Elizabeth George
*Nie sollst du vergessen*

# Elizabeth George

## *Nie sollst du vergessen*

Roman

Deutsch von
Mechtild Sandberg-Ciletti

Blanvalet

Die Originalausgabe erschien 2001
unter dem Titel »A Traitor To Memory«
bei Bantam Books, Random House, Inc., New York.

*Umwelthinweis*
Dieses Buch und der Schutzumschlag
wurden auf chlorfrei gebleichtem Papier gedruckt.
Die Einschrumpffolie (zum Schutz vor Verschmutzung)
ist aus umweltschonender und recyclingfähiger PE-Folie.

Der Blanvalet Verlag ist ein
Unternehmen der Verlagsgruppe Random House

1. Auflage
© der Originalausgabe 2001 by Susan Elizabeth George
© der deutschsprachigen Ausgabe 2001 by
Blanvalet Verlag, München,
in der Verlagsgruppe Random House GmbH
Satz: Uhl + Massopust, Aalen
Druck und Bindung: GGP Media, Pößneck
Printed in Germany
ISBN 3-7645-0098-0
www.blanvalet-verlag.de

*Für das andere Jones-Mädchen,*
*wo immer sie ist.*

Mein Sohn Absalom! Mein Sohn, mein Sohn Absalom!
Wollte Gott, ich wäre für dich gestorben.

ZWEITES BUCH SAMUEL, KAP. 19,1

# MAIDA VALE LONDON

Dicke sind toll. Dicke sind toll. Dicke sind toll, toll, toll.
Katie Waddington begleitete ihren schwerfälligen Schritt mit dem gewohnten Mantra, während sie den Bürgersteig entlang zu ihrem Wagen ging. Sie sprach die Worte nicht laut, sondern sagte sie sich in Gedanken vor, weniger deshalb, weil sie allein war und fürchtete, für verrückt gehalten zu werden, sondern vor allem, weil lautes Sprechen ihre strapazierte Lunge zusätzlich angestrengt hätte. Und die hatte schon Mühe genug, durchzuhalten. Genau wie ihr Herz, das, ihrem stets dozierenden Hausarzt zufolge, nicht dazu geschaffen war, Blut durch Arterien zu pumpen, die durch Fettablagerungen stetig enger wurden.

Wenn er sie betrachtete, sah er Fettwülste; Brüste, die wie Säcke von ihren Schultern herabhingen; statt eines Bauchs schlaff wabbelnde Massen, die ihre Scham verdeckten; von Cellulite gewellte Haut. Sie schleppte so viel Fett mit sich herum, dass sie ein ganzes Jahr von ihren Reserven hätte zehren können, ohne einen Bissen zu essen, und wenn dem Arzt zu glauben war, begann das Fett, die lebenswichtigen Organe anzugreifen. Wenn sie nicht bald anfinge, sich bei Tisch zu bremsen, erklärte er bei jedem ihrer Besuche, würde sie nicht mehr lange leben.

»Herzversagen oder ein Schlaganfall, Kathleen«, pflegte er kopfschüttelnd zu sagen. »Sie können es sich aussuchen. Bei Ihrem Zustand müssen Sie unbedingt etwas tun, und dazu gehört vor allem, dass Sie sich nicht ständig Essen in den Mund schieben, das sich sofort in Fettgewebe verwandelt. Verstehen Sie?«

Natürlich, wie sollte sie nicht verstehen? Es war schließlich *ihr* Körper, über den sie hier sprachen, und man konnte nicht aussehen wie ein Nilpferd im Schneiderkostüm, ohne das gelegentlich zu bemerken, wenn man an einem Spiegel vorüberkam.

Tatsache war jedoch, dass der Arzt der Einzige in Katies Bekannten- und Familienkreis war, dem es schwer fiel, sie als die Dicke zu akzeptieren, die sie schon seit ihrer Kindheit war. Und da die Menschen, die für sie zählten, sie so nahmen, wie sie war, trieb nichts sie an, den vom Arzt immer wieder empfohlenen Kampf gegen die achtzig Kilo Übergewicht aufzunehmen.

Wenn je Zweifel sie plagten, ob sie in einer Gesellschaft, in der die Körper immer glatter, straffer und durchtrainierter wurden, einen Platz hatte, so wurden diese gewöhnlich von ihren *Eros-Action*-Gruppen, die montags, mittwochs und freitags von neunzehn bis zweiundzwanzig Uhr zusammenzukommen pflegten, umgehend beseitigt. In diesen Gruppen versammelte sich die sexuell gestörte Bevölkerung Groß-Londons auf der Suche nach Trost und Problemlösungen. Unter der Leitung von Katie Waddington – die sich das Studium der menschlichen Sexualität zur Leidenschaft gemacht hatte – wurde die Libido der Gruppenteilnehmer unter die Lupe genommen; Erotomanie und -phobie wurden seziert; Frigidität, Nymphomanie, Satyriasis, Transvestismus und Fetischismus gebeichtet; erotische Fantasien gefördert; die sinnliche Vorstellungskraft stimuliert.

Ihre Klienten überschütteten sie mit Dankbarkeit. »Du hast unsere Ehe gerettet«, hieß es häufig, oder: »mein Leben«, »meinen Verstand«, »meine Karriere«.

*Sex ist Kommerz*, lautete Katies Motto, und zum Beweis der Richtigkeit ihrer These konnte sie beinahe zwanzig Jahre Erfahrung mit etwa sechstausend zufriedenen Klienten und eine lange Warteliste vorweisen.

Kein Wunder, dass sie an diesem Abend nach der Gruppe recht beschwingt zu ihrem Wagen ging, nicht gerade ekstatisch, aber doch sehr zufrieden mit sich. Sie selbst hatte zwar noch nie einen Orgasmus gehabt, aber das brauchte ja niemand zu wissen; Hauptsache, es gelang ihr, anderen zu diesem Glückserlebnis zu verhelfen. Denn die Leute wollten doch alle das Gleiche: sexuelle Befriedigung auf Kommando und ohne Schuldgefühle.

Und wer zeigte ihnen den Weg dorthin? Eine Dicke.

Wer befreite sie von der Scham über ihre Lust? Eine Dicke.

Wer zeigte ihnen die Tricks von der Stimulation der erogenen Zonen bis zum Simulieren von Leidenschaft, um Leidenschaft neu anzufachen? Eine unförmige Dicke aus Canterbury.

Das war wichtiger, als Kalorien zu zählen. Wenn Katie Waddington dazu bestimmt war, als Dicke zu sterben, dann würde sie eben als Dicke sterben.

Es war ein kühler Abend, genauso, wie sie es mochte. Nach einem glühenden Sommer war endlich der Herbst in die Stadt eingezogen, und während sie sich mit ihrem watschelnden Gang durch die Dunkelheit bewegte, dachte sie wie stets an diesen Abenden an die Glanzpunkte der vergangenen Gruppensitzung zurück.

Tränen, ja, Tränen gab es immer, ebenso Händeringen, schamhaftes Erröten, Stottern und Schwitzen. Aber es gab auch jedes Mal einen besonderen Moment, einen Moment des Durchbruchs, der es wert war, sich stundenlang immer wieder dieselben alten Geschichten anzuhören.

Heute Abend hatten ihr Felix und Dolores (Nachnamen taten nichts zur Sache) diesen Moment beschert. Sie waren in die Gruppe gekommen, weil sie, wie sie es ausgedrückt hatten, »den Zauber« in ihrer Ehe wieder finden wollten, nachdem jeder von ihnen zwei Jahre – und zwanzigtausend Pfund – darauf verwendet hatte, seine ganz persönlichen sexuellen Bedürfnisse zu erforschen. Felix hatte längst eingestanden, dass er die Befriedigung außerhalb der Ehe suchte, und Dolores hatte bekannt, dass sie ihren Vibrator und ein Bild Laurence Oliviers als Heathcliff weit erregender fand als die Umarmungen ihres Ehemanns. An diesem Abend jedoch waren Felix' laute Überlegungen darüber, warum der Anblick von Dolores' nacktem Gesäß Gedanken an seine alte Mutter weckte, drei älteren Frauen in der Gruppe zu viel geworden. Sie hatten ihn so heftig angegriffen, dass Dolores selbst leidenschaftlich für ihn in die Bresche gesprungen war und mit ihren selbstlosen Tränen allem Anschein nach seine Aversion gegen ihren Hintern fortgespült hatte. Die beiden waren sich in die Arme gesunken und hatten nicht mehr voneinander gelassen bis zum Ende der Sitzung, als sie in schöner Einmütigkeit gejubelt hatten: »Du hast unsere Ehe gerettet!«

Katie war sich bewusst, dass sie nicht mehr getan hatte, als ihnen ein Forum zu bieten. Aber es gab eben genügend Leute, die gar nicht mehr wollten als eine Gelegenheit, sich selbst oder ihren Partner in der Öffentlichkeit zu demütigen und so eine Situation zu schaffen, die es dem Partner letztlich ermöglichte, zu retten oder gerettet zu werden.

Das Geschäft mit den sexuellen Nöten der Briten war eine

echte Goldgrube. Katie fand es ausgesprochen clever von sich, dass sie auf diese Marktlücke gestoßen war.

Sie gähnte herzhaft und bemerkte dabei das laute Knurren ihres Magens. Nach einem Tag und einem Abend harter Arbeit hatte sie ein üppiges Mahl und danach ein paar Stunden Faulenzen vor dem Fernsehgerät als Belohnung redlich verdient. Die alten Filme mit ihrer romantischen Schönfärberei waren ihr die liebsten. Eine Abblende im entscheidenden Moment wirkte auf sie weit erregender als Nahaufnahmen gewisser Körperteile und ein Soundtrack, der nur aus Keuchen und Stöhnen bestand. Heute Abend würde sie sich *Es geschah in einer Nacht* gönnen: Clark und Claudette und die prickelnde Spannung zwischen den beiden.

Das ist genau das, was in den meisten Beziehungen fehlt, dachte sie bestimmt zum tausendsten Mal in diesem Monat. Die erotische Spannung. Zwischen Männern und Frauen bleibt nichts mehr der Fantasie überlassen. Wir leben in einer Welt, die alles weiß, alles sagt und alles fotografiert; in der es keine Erwartungsfreude und keine Geheimnisse mehr gibt.

Aber darüber durfte sie sich am allerwenigsten beklagen. An diesem Zustand der Welt verdiente sie; und mochte sie noch so dick sein, die Leute dachten nicht daran, sich über sie lustig zu machen, wenn sie sahen, in welchem Haus sie lebte, welche Kleider sie trug, welchen Schmuck sie sich kaufte, welches Auto sie fuhr.

Das besagte Auto stand gleich drüben auf der anderen Straßenseite, auf einem Privatparkplatz um die Ecke der Klinik, in der sie ihre Tage verbrachte. Sie war sich, als sie am Bordstein stehen blieb, bewusst, dass sie schwerer atmete als gewöhnlich. Mit einer Hand stützte sie sich an einen Laternenpfahl, während ihr Herz sich pflichtschuldig abrackerte.

Vielleicht sollte sie doch einmal über die Diät nachdenken, die der Arzt ihr vorgeschlagen hatte. Aber sogleich verwarf sie den Gedanken wieder. Was blieb denn noch vom Leben, wenn man sich jeden Genuss versagte?

Ein leichter Wind kam auf. Er blies ihr das Haar aus dem Gesicht und kühlte ihren Nacken. Nur einen Moment verschnaufen. Sobald sie wieder zu Atem gekommen war, würde sie topfit sein wie immer.

Sie horchte in die Stille, die sie umgab. Das Viertel hier war teils Wohn-, teils Gewerbegebiet, die meisten Geschäfte waren längst geschlossen, und vor den Fenstern der Wohnungen in den Mietshäusern waren die Jalousien heruntergelassen.

Merkwürdig, dachte sie. Ihr war nie aufgefallen, wie still und leer die Straßen hier nach Einbruch der Dunkelheit waren. Sie sah sich um. In so einer Gegend konnte alles geschehen – Gutes oder Böses –, und Zeugen gäbe es hier sicher nur zufällig.

Sie fröstelte. Besser nicht hier herumstehen.

Sie trat vom Bürgersteig auf die Fahrbahn und schickte sich an, sie zu überqueren.

Das Auto am Ende der Straße nahm sie erst wahr, als seine Scheinwerfer aufflammten und sie blendeten. Donnernd wie ein galoppierender Stier raste es auf sie zu.

Sie wollte laufen, aber der Wagen war schon da. Sie war zu dick, um ihm auszuweichen.

# GIDEON

*16. August*

Zunächst einmal möchte ich ausdrücklich sagen, dass ich dieses Unternehmen für reine Zeitverschwendung halte, und gerade Zeit habe ich, wie ich Ihnen gestern zu erklären versuchte, überhaupt keine übrig. Wenn Sie von mir Vertrauen in diese Prozedur erwarten, hätten Sie mir vielleicht kurz erläutern sollen, auf welche Grundlagen und Erfahrungswerte Sie sich bei Ihrer so genannten »Behandlung« stützen. Wieso spielt es eine Rolle, welches Papier ich benutze? Oder welches Heft. Welchen Füller oder Stift. Und wieso ist es von Bedeutung, wo ich dieser unsinnigen Schreiberei nachgehe, die Sie mir aufgebürdet haben? Genügt Ihnen nicht die schlichte Tatsache, dass ich dem Experiment zugestimmt habe?

Nein, lassen Sie nur. Sie brauchen nicht zu antworten. Ich weiß bereits, wie Ihre Antwort ausfallen würde: Woher kommt diese Wut, Gideon? Was verbirgt sich darunter? Woran erinnern Sie sich?

An nichts. Verstehen Sie denn nicht? Ich erinnere mich an gar nichts. Darum bin ich ja hier.

An nichts?, sagen Sie. An gar nichts? Ist das wirklich wahr? Immerhin erinnern Sie sich Ihres Namens. Und ganz offensichtlich kennen Sie auch Ihren Vater und wissen, wo Sie wohnen und womit Sie sich Ihren Lebensunterhalt verdienen. Und Sie kennen Ihre nächsten Bezugspersonen. Wenn Sie also »nichts« antworten, so wollen Sie mir damit wohl sagen, dass Sie sich –

– dass ich mich an nichts erinnere, was mir wichtig ist. Gut. Ich spreche es aus. Ich erinnere mich an nichts, was für mich von Bedeutung ist. Wollen Sie das hören? Und wollen wir beide uns nun mit dem hässlichen kleinen Charakterzug beschäftigen, den ich mit dieser Erklärung offenbare?

Aber anstatt mir diese beiden Fragen zu beantworten, erklären

Sie mir, dass wir zunächst einmal alles aufschreiben werden, woran wir uns erinnern – ob es nun von Bedeutung ist oder nicht. Nur – wenn Sie »wir« sagen, meinen Sie in Wirklichkeit, dass *ich* zunächst einmal schreiben werde; und ich werde natürlich schreiben, woran *ich* mich erinnere. Denn, wie Sie es in Ihrem neutralen und unangreifbaren Psychiaterton so kurz und prägnant ausdrückten: »Unsere Erinnerungen sind häufig der Schlüssel zu dem, was wir einmal vorzogen zu vergessen.«

Ich denke, das Wort »vorziehen« haben Sie ganz bewusst gebraucht. Sie wollten mich zu einer Reaktion herausfordern. Ich sollte mir wohl denken, na, der werde ich's zeigen. Dieser Person werde ich zeigen, woran ich mich erinnern kann.

Wie alt sind Sie überhaupt, Dr. Rose? Sie sagen dreißig, aber das glaube ich Ihnen nicht. Sie sind nicht einmal so alt wie ich, vermute ich, und was schlimmer ist, Sie sehen aus wie eine Zwölfjährige. Wie soll ich zu Ihnen Vertrauen haben? Glauben Sie im Ernst, Sie könnten Ihren Vater ersetzen? Denn zu *ihm* wollte ich eigentlich. Sagte ich Ihnen das bei unserem ersten Zusammentreffen? Wohl eher nicht. Ich hatte zu viel Mitleid mit Ihnen. Der einzige Grund übrigens, warum ich zu bleiben beschloss, als ich in die Praxis kam und Sie an seiner Stelle sah: Sie wirkten so rührend, wie Sie da saßen, ganz in Schwarz, als meinten Sie, dadurch könnten Sie den Eindruck erwecken, kompetent genug zu sein, um mit den seelischen Krisen anderer Menschen umzugehen.

Seelisch? Sie jagen diesem Wort hinterher, als wäre es ein anfahrender Zug. Sie haben also beschlossen, den Befund des Neurologen zu akzeptieren? Sie sind damit zufrieden? Sie brauchen keine weiteren Untersuchungen, um sich überzeugen zu lassen?

Das ist sehr gut, Gideon. Das ist ein großer Schritt vorwärts. Es wird unsere Zusammenarbeit erleichtern, wenn Sie – so schwer es auch fällt – zu akzeptieren bereit sind, dass es für das, was Sie gegenwärtig durchmachen, keine physiologische Erklärung gibt.

Es ist angenehm, Ihnen zuzuhören, Dr. Rose. Eine Stimme wie Samt. Ich hätte gleich, als Sie das erste Mal den Mund aufmachten, kehrtmachen und wieder gehen sollen. Ich tat es nicht, weil Sie mich mit diesem Quatsch, dieser Bemerkung: »Ich trage Schwarz, weil mein Mann vor kurzem gestorben ist«, sehr geschickt manipulierten und zu bleiben bewogen. Sie legten es darauf an, mein Mitgefühl zu wecken, nicht wahr? Stellen Sie eine Verbindung zu dem Patienten her, hat man Sie gelehrt. Gewinnen Sie sein Vertrauen, damit er beeinflussbar ist.

Wo ist Dr. Rose?, frage ich beim Eintritt in das Sprechzimmer. Sie sagen: Ich bin Dr. Rose. Dr. Alison Rose. Vielleicht haben Sie meinen Vater erwartet? Er hat vor acht Monaten einen Schlaganfall erlitten und befindet sich jetzt in der Rekonvaleszenz, aber es wird noch eine Weile dauern, bevor er wieder hergestellt ist, darum kann er im Moment keine Patienten sehen. Ich habe seine Praxis übernommen.

Und Sie plaudern munter drauflos: Wie es zu Ihrer Rückkehr nach London kam; wie sehr Sie Boston vermissen; dass es dennoch so das Beste sei, weil die Erinnerungen dort zu schmerzlich gewesen seien. Die Erinnerungen an ihn, Ihren Ehemann. Sie gehen sogar so weit, seinen Namen zu nennen: Tim Freeman. Und seine Krankheit: Darmkrebs. Und Sie sagen mir, welches Alter er hatte, als er starb: siebenunddreißig Jahre. Sie berichten, dass Sie den Gedanken an Kinder zunächst auf Eis gelegt hatten, weil Sie bei Ihrer Heirat noch studierten, und dass später, als es Zeit wurde, an Nachwuchs zu denken, für ein Kind kein Platz mehr war, da Sie beide, er und Sie, um sein Leben kämpften.

Sie taten mir Leid, Dr. Rose, und darum blieb ich. Das Resultat ist, dass ich jetzt hier an meinem Fenster mit Blick auf den Chalcot Square sitze und schreibe. Ich schreibe, wie Sie mir geraten haben, mit Kugelschreiber, damit ich nicht radieren kann. Ich schreibe in ein Ringbuch, damit ich jederzeit Ergänzungen einschieben kann, sollte mir wunderbarerweise irgendwann später etwas Entscheidendes einfallen. Nur das, was ich tun sollte, was die ganze Welt von mir erwartet, das tue ich nicht: nämlich Seite an Seite mit Raphael Robson dieses infernalische, allgegenwärtige Nichts zwischen den Tönen aufheben.

Raphael Robson?, höre ich Sie fragen. Erzählen Sie mir von Raphael Robson.

Ich habe heute Morgen meinen Kaffee mit Milch getrunken, und dafür bezahle ich jetzt, Dr. Rose. Mein Magen brennt wie Feuer, und die Flammen kriechen in meine Eingeweide. Eigentlich steigt Feuer ja auf, aber nicht das Feuer in meinem Inneren. Da geschieht genau das Gegenteil, und die Schmerzen sind immer die gleichen. Gemeine Blähungen, teilt mir mein Arzt in einem Ton mit, als gäbe er mir den medizinischen Segen. Dieser Scharlatan! Ein viertklassiger Kurpfuscher ist er. In meinen Eingeweiden wuchert etwas Böses, das mich von innen auffrisst, und er spricht von Winden.

Erzählen Sie mir etwas von Raphael Robson, wiederholen Sie.

Warum?, frage ich. Warum soll ich von Raphael erzählen?

Weil er ein Anfang ist. Ihr Unterbewusstsein liefert Ihnen einen Anfang, Gideon. So läuft dieser Prozess.

Aber Raphael ist nicht der Anfang, widerspreche ich. Der Anfang liegt fünfundzwanzig Jahre zurück in einem Peabody-Haus, einem Seniorenstift, am Kensington Square.


## 17. August

Dort lebte ich damals. Nicht in einem der Peabody-Häuser, sondern im Haus meiner Großeltern auf der Südseite des Platzes. Die Peabody-Häuser sind schon lange verschwunden. Bei meinem letzten Besuch in der Gegend fand ich an ihrer Stelle zwei Restaurants und eine Boutique. Aber ich erinnere mich gut an diese Häuser, und ich erinnere mich auch, wie geschickt mein Vater sie einflocht, als er die Gideon-Legende spann.

So ist mein Vater, immer bereit, alles, was auf dem Weg liegt, zu nutzen, wenn er sich einen Vorteil davon verspricht. Er war damals ein rastloser Mensch voller Ideen. Heute ist mir klar, dass die meisten seiner Ideen Versuche waren, die Befürchtungen meines Großvaters in Bezug auf seine Person zu beschwichtigen. Denn in den Augen meines Großvaters war das Scheitern meines Vaters beim Militär ein eindeutiges Zeichen dafür, dass er auch auf allen anderen Gebieten scheitern würde. Und ich denke, mein Vater wusste das, denn mein Großvater hielt mit seinen Ansichten nie hinter dem Berg.

Mein Großvater war seit dem Krieg nicht mehr gesund. Ich nehme an, das war der Grund, weshalb wir bei ihm und Großmutter lebten. Er war zwei Jahre lang in Burma in japanischer Gefangenschaft gewesen und hatte sich davon nie ganz erholt. Ich glaube, die Gefangenschaft hat bei ihm etwas hervorgerufen, was sonst verborgen geblieben wäre. Wie dem auch sei, mir jedenfalls wurde immer nur gesagt, Großvater habe »Episoden«, die es hin und wieder notwendig machten, ihn zur Erholung »aufs Land« zu verfrachten. An Einzelheiten dieser Episoden kann ich mich nicht erinnern; ich war erst zehn Jahre alt, als mein Großvater starb. Aber ich weiß, dass sie stets nach dem gleichen Muster abliefen: Zuerst gab es ein entsetzliches Gepolter und Gezeter, dann begann meine Großmutter zu weinen, und am Ende, wenn sie ihn wegbrachten, schrie mein Großvater meinen Vater an, er wäre nicht sein Sohn.

Wer sind *sie*?, fragen Sie.

Ich nannte sie die Unterirdischen. Sie sahen aus wie ganz normale Menschen, aber sie waren Seelenräuber. Stets ließ mein Vater sie ins Haus. Stets kam Großmutter ihnen weinend auf der Treppe entgegen. Und stets gingen sie ohne ein Wort an ihr vorbei, weil alles, was sie zu sagen hatten, schon mehr als einmal gesagt worden war. Sie kamen nämlich schon seit Jahren regelmäßig, um Großvater abzuholen. Das hatte bereits lange vor meiner Geburt begonnen, lange bevor ich wie eine kleine Kröte hinter dem Treppengeländer hockte und sie voller Angst beobachtete.

Ja. Sie brauchen gar nicht zu fragen, ich erinnere mich an diese Angst. Und ich erinnere mich auch noch an etwas anderes. Ich weiß, dass irgendjemand mich vom Treppengeländer wegzog, meine Finger einen nach dem anderen öffnete und mich wegführte.

Raphael Robson?, fragen Sie. Ist das der Moment seines Auftritts?

Nein. Das war Jahre vor Raphael Robson. Raphael kam erst nach dem Peabody-Haus.

Wir sind also beim Peabody-Haus, sagen Sie.

Ja. Beim Peabody-Haus und der Gideon-Legende.


*19. August*

Erinnere ich mich wirklich an das Peabody-Haus? Oder habe ich die Einzelheiten erfunden, um einen Rahmen zu füllen, den mein Vater mir vorgegeben hatte? Könnte ich mich nicht genau daran erinnern, wie es im Inneren des Hauses roch, so würde ich sagen, dass ich lediglich die Geschichten meines Vaters wiederhole, wenn ich, so wie jetzt, im Stande bin, mir das Peabody-Haus aus dem Hirn zu zupfen. Aber ein Geruch nach Bleiche kann mich auch heute noch in Sekundenschnelle in das Peabody-Haus zurückversetzen, und daher weiß ich, dass zumindest der Kern der Geschichte wahr ist, ganz gleich, wie weit sie im Lauf der Jahre von meinem Vater, meiner PR-Agentin und den Journalisten, die mit den beiden gesprochen haben, ausgeschmückt wurde. Ich selbst beantworte schon lange keine Fragen mehr über das Peabody-Haus. Ich sage: »Das sind doch alte Geschichten. Gibt es keine aktuelleren Themen?«

Aber Journalisten haben immer gern einen Aufhänger für ihre Story, und was könnte sich für die Leute, die sich, dem strikten Befehl meines Vaters gemäß, bei ihren Interviews mit mir auf Fragen nach meiner Karriere zu beschränken haben, besser als Aufhänger eignen als die kleine Anekdote, die mein Vater aus einem schlichten Spaziergang in den Grünanlagen am Kensington Square fabriziert hat:

Ich bin drei Jahre alt und in Begleitung meines Großvaters. Ich strample auf meinem Dreirad auf dem Weg rund um die Anlagen herum, während Großvater in diesem kleinen tempelähnlichen Bauwerk beim schmiedeeisernen Zaun sitzt, wo man notfalls vor Regen geschützt ist. Er hat sich eine Zeitung mitgenommen, aber er liest nicht darin. Er lauscht vielmehr einer Musik, die aus einem der Häuser hinter ihm erklingt.

»Das nennt man ein Konzert, Gideon«, erklärt er mir mit ehrfürchtig gedämpfter Stimme. »Das ist Paganinis D-Dur-Konzert. Horch!« Er winkt mich näher zu sich. Er sitzt ganz am Ende der Bank. Ich stelle mich neben ihn, er legt mir den Arm um die Schultern, und ich horche.

Ich brauche nur einen Moment, um zu wissen, dass dies meine Bestimmung ist. Mich, den Dreijährigen, trifft eine Erkenntnis, die mich seither nie mehr verlassen hat: Wenn ich zuhöre, dann bin ich; wenn ich spiele, dann lebe ich.

Ich dränge Großvater, sofort zu gehen. Mit seinen arthritischen Händen hat er Mühe, das Tor zu öffnen. Ich treibe ihn an, bitte ihn, sich zu beeilen, »bevor es zu spät ist«.

»Zu spät, wofür?«, fragt er nachsichtig.

Ich nehme ihn bei der Hand und zeige es ihm.

Ich ziehe ihn zu dem Peabody-Haus, denn von dort erklingt die Musik. Wir treten ein. Von dem frisch geschrubbten Linoleumboden steigt ein so durchdringender Geruch nach Bleiche auf, dass es uns in den Augen brennt.

Oben, im ersten Stock, stoßen wir auf die Quelle der Musik. In einem der Einzimmerappartements des Stifts lebt Miss Rosemary Orr, ehemals Geigerin bei den Londoner Philharmonikern, aber nun schon lange im Ruhestand. Sie steht vor einem großen Wandspiegel, eine Geige am Kinn, einen Bogen in der Hand. Aber sie spielt nicht. Sie lauscht mit geschlossenen Augen, die Hand mit dem Bogen gesenkt, dem Paganini-Konzert, und dabei tropfen die Tränen, die ihr über das Gesicht rinnen, auf ihr Instrument hinab.

»Sie macht es kaputt, Großpapa«, erkläre ich meinem Großvater. Miss Orr erwacht mit einem Ruck aus ihrer Trance und fragt sich wahrscheinlich, wie dieser arthritische alte Mann und der Dreikäsehoch in ihr Zimmer gekommen sind.

Aber ihre Verwunderung zu äußern, bleibt ihr keine Zeit, denn ich gehe schnurstracks zu ihr und nehme ihr das Instrument aus den Händen. Und dann beginne ich zu spielen.

Nicht gut, natürlich. Niemand würde glauben, dass ein ungeschulter Dreijähriger, ganz gleich, wie begabt er ist, einfach eine Geige ergreifen und das D-Dur-Violinkonzert von Paganini spielen kann, das er nie zuvor gehört hat. Aber die Rohmaterialien sind vorhanden – das Ohr, die natürliche Balance, die Leidenschaft –, und Miss Orr erkennt das und besteht darauf, das frühreife Kind zu unterrichten.

Sie wird also meine erste Geigenlehrerin. Bei ihr bleibe ich anderthalb Jahre. Dann, ich bin mittlerweile viereinhalb, wird entschieden, dass zur Förderung meiner Begabung eine weniger konventionelle Art des Unterrichts notwendig ist.

Das, Dr. Rose, ist die Gideon-Legende. Sind Sie mit der Kunst des Geigenspiels vertraut genug, um zu erkennen, an welcher Stelle sie in die Fantasie abgleitet?

Es ist uns gelungen, die Legende zu verkaufen, indem wir sie als Legende bezeichnen und stets mit einem nachsichtigen Lachen abtun. Alles Unsinn, sagen wir, jedoch mit einem viel sagenden Lächeln. Miss Orr ist schon lange tot, sie kann keinen Widerspruch erheben. Und nach Miss Orr kam Raphael Robson, dessen Interesse an der Wahrheit begrenzt ist.

Aber Sie sollen die Wahrheit erfahren, Dr. Rose. Mögen Sie über mich und meine Reaktion auf dieses Unternehmen hier denken, was Sie wollen, ich möchte Ihnen die Wahrheit sagen.

Ich befinde mich an diesem Tag mit einer Sommerspielgruppe, die für ein geringes Entgelt von einem Kloster in der Nähe für die Kinder der Umgebung initiiert wurde, in den Gartenanlagen am Kensington Square. Beaufsichtigt wird die Gruppe von drei Studentinnen, die in einem Heim hinter dem Kloster wohnen. Wir Kinder werden täglich von zu Hause abgeholt und marschieren dann, von einer der Studentinnen angeführt, in Zweierreihen zu unserem Spielplatz. Dort sollen wir im gemeinschaftlichen Spiel grundlegende soziale Fertigkeiten erlernen, die uns später in der Schule von Nutzen sein werden.

Unter der Anleitung der jungen Frauen machen wir Spiele, wir malen und basteln, wir turnen. Und sobald wir beschäftigt und in unser Tun vertieft sind, ziehen sich die Studentinnen – ohne Wissen unserer Eltern natürlich – in diesen kleinen Bau zurück, der einem griechischen Tempelchen gleicht, um miteinander zu schwatzen und Zigaretten zu rauchen.

An diesem besonderen Tag sind wir Kinder alle mit unseren Dreirädern unterwegs. Und während ich auf meinem fahrbaren Untersatz mit der kleinen Meute zusammen um die Grünanlagen herumkurve, hält einer der Jungen an, ein Junge wie ich, lässt seine Hose herunter und pinkelt ganz offen auf den gepflegten Rasen. Es gibt einen Riesenwirbel, und der Missetäter wird zur Strafe schnurstracks nach Hause gebracht.

Das ist der Moment, wo die Musik einsetzt. Die beiden Studentinnen, die noch da sind, haben keine Ahnung, was wir hören, aber ich möchte den Klängen nachgehen und dränge mit einer für mich so ungewöhnlichen Hartnäckigkeit, dass eine der Studentinnen – eine Italienerin, glaube ich, ihr Englisch ist nicht gut, auch wenn sie ein großes Herz hat – sich bereit erklärt, mit mir zusammen die Musik zu suchen. Und so gelangen wir in das Peabody-Haus, wo wir auf Miss Orr treffen.

Miss Orr spielt nicht, tut auch nicht so, als spielte sie, und weint auch nicht, als die Studentin und ich in ihr Wohnzimmer treten. Sie hat gerade eine Musikstunde gegeben und beendet sie, wie das – so erfahre ich später – ihrer Gewohnheit entspricht, indem sie ihrem Schüler auf ihrer Stereoanlage ein Musikstück vorspielt. Diesmal ist es das Violinkonzert von Brahms.

Ob ich Musik mag, möchte sie wissen.

Ich weiß darauf keine Antwort. Ich weiß nicht, ob ich Musik mag. Ich weiß nur, ich möchte auch solche Musik machen können. Aber ich bin schüchtern und sage nichts, sondern verstecke mich hinter der Italienerin, die mich schließlich an der Hand nimmt, sich in ihrem etwas schwerfälligen Englisch entschuldigt und mich wieder nach draußen führt.

So war es wirklich.

Natürlich möchten Sie jetzt wissen, wie dieser wenig verheißungsvolle Beginn meines Lebens als Musiker sich in die Gideon-Legende verwandelte. Wie, um es anders auszudrücken, aus der weggeworfenen Waffe, die in einer Höhle hundert Jahre Kalk ansetzte, Excalibur wurde, das Schwert im Stein. Ich kann nur Mutmaßungen anstellen, da die Legende das Machwerk meines Vaters ist, nicht meines.

Am Ende des Tages, wenn die Kinder der Spielgruppe nach Hause gebracht wurden, erhielten die Eltern in der Regel einen kurzen Bericht über Entwicklung und Verhalten ihres Sprösslings. Das war es ja wohl, was sie sich von der Investition erhofften: tägliche Hinweise darauf, dass die soziale Reife ihres Kindes Fortschritte machte.

Weiß der Himmel, was die Eltern des kleinen Pinkelhelden an diesem Nachmittag zu hören bekamen. Meine Eltern jedenfalls hörten von meiner Begegnung mit Rosemary Orr.

Ich vermute, die Berichterstattung spielte sich bei uns zu Hause im Wohnzimmer ab, wo Großmutter den Tee kredenzte, den sie Großpapa jeden Nachmittag auftischte, um ihn in eine Atmosphäre alltäglicher Normalität einzubetten und vor einem Überfall durch eine »Episode« zu schützen. Vielleicht war mein Vater auch da, vielleicht gesellte sich auch James, der Untermieter, dazu, der eines der leer stehenden Zimmer im dritten Stockwerk des Hauses gemietet hatte und so dazu beitrug, dass wir finanziell über die Runden kamen.

22

Die italienische Studentin – ich muss allerdings sagen, dass sie genauso gut Griechin, Spanierin oder Portugiesin gewesen sein kann – wurde zweifellos aufgefordert, eine Tasse Tee mit uns zu trinken, und hatte somit hinreichend Gelegenheit, die Geschichte unserer Begegnung mit Rosemary Orr zu erzählen.

»Der Kleine«, sagte die Italienerin, »wollte die Musik suchen gehen, der wir gelauscht haben, und da sind wir ihr nachgespurt –«

»Sie meint wahrscheinlich ›gehört‹ und ›nachgegangen‹«, wirft der Untermieter ein, der, wie ich schon erwähnte, James heißt. Des Öfteren habe ich meinen Großvater empört trompeten hören, sein Englisch sei »zu perfekt, um wahr zu sein«, und er könne nur ein Spion sein. Ich höre ihm trotzdem gern zu. Die Worte rollen James, dem Untermieter, von den Lippen wie goldene Orangen, saftig und rund. Er selbst allerdings ist alles andere als saftig und rund, nur seine Wangen, die sind rund und rot und röten sich noch mehr, wenn er merkt, dass er im Mittelpunkt der Aufmerksamkeit steht.

»Erzählen Sie weiter«, sagt er zu der italienisch-spanisch-griechisch-portugiesischen Studentin. »Achten Sie nicht auf mich.«

Sie lächelt. Der Untermieter gefällt ihr. Ich vermute, sie hätte nichts dagegen, wenn er ihr helfen würde, ihr Englisch zu verbessern. Sie wäre gern gut Freund mit ihm.

Ich selbst habe keine Freunde – trotz der Spielgruppe –, aber ich habe nicht das Gefühl, dass mir etwas fehlt. Ich habe ja meine Familie, in deren Liebe ich eingebunden bin. Mein Leben spielt sich ganz anders ab als das der meisten Kinder meines Alters, die von der Erwachsenenwelt isoliert im Kinderzimmer hausen, von irgendeiner Kinderfrau betreut ihre Mahlzeiten allein einnehmen und, abgesehen von periodischen Auftritten im Kreis der Familie, nur eine eng begrenzte Welt kennen lernen, bis sie endlich eines Tages ins Internat verfrachtet werden. Nein, ich habe Anteil an der Welt der Erwachsenen, mit denen ich zusammenlebe. Ich bekomme sehr viel von dem mit, was in meinem Zuhause geschieht, und wenn ich mich vielleicht auch nicht an die Ereignisse selbst erinnere, so sind mir doch die Eindrücke gegenwärtig, die sie hervorgerufen haben.

Ich entsinne mich also dessen: Wie die Geschichte von der Geigenmusik erzählt wird und Großvater mit einer ausführlichen Erörterung von Paganinis Musik mitten hineinplatzt. Großmama setzt seit Jahren Musik ein, um ihn zu beruhigen, wenn eine »Episode« droht und noch Hoffnung besteht, sie abzuwenden, und nun lässt er sich mit einer Bestimmtheit, die sich wie Autorität anhört, aber, wie ich heute weiß, nichts als Größenwahn ist, über Triller und Strich, über Vibrato und Glissandi aus. Er schwadroniert mit dröhnender Stimme, ein ganzes Orchester für sich allein, und keiner unterbricht ihn oder widerspricht ihm, als er im Tonfall Gottes, der Licht befiehlt, der Runde verkündet: »Dieser Junge wird spielen!« Und damit meint er mich.

Mein Vater hört das, entnimmt den Worten eine Bedeutung, die niemand mit ihm teilt, und leitet unverzüglich die erforderlichen Schritte ein.

So kommt es, dass ich schon bald bei Miss Rosemary Orr die ersten Geigenstunden erhalte. Und aus diesen Unterrichtsstunden und diesem Bericht nach der Spielgruppe konstruierte mein Vater die Gideon-Legende, die ich seither mitschleppe wie einen Klotz am Bein.

Aber warum hat er Ihren Großvater zu einer Hauptperson der Legende gemacht? Das möchten Sie doch jetzt gern wissen, nicht wahr? Warum hat er den Kern nicht einfach gelassen und nur die Details hier und dort ein wenig ausgeschmückt? Fürchtete er denn nicht, es würde irgendwann jemand auftauchen, um der Legende zu widersprechen und die wahre Geschichte zu erzählen?

Darauf kann ich Ihnen nur eine Antwort geben, Dr. Rose: Fragen Sie meinen Vater.


*21. August*

Ich entsinne mich der ersten Stunden bei Rosemary Orr. Ich entsinne mich vor allem meiner Ungeduld, die ständig mit ihrer pingeligen Genauigkeit im Streit lag.

»Spüre deinen Körper, Gideon, mein Kind. Spüre deinen Körper«, sagt sie. Und die Sechzehntelgeige zwischen Kinn und Schulter geklemmt – das kleinste Instrument, das damals zu haben war –, erdulde ich Miss Orrs fortwährende korrigierende Eingriffe in meine Körperhaltung. Sie krümmt meine Finger, sodass sie halbrund über dem Griffbrett stehen; sie dreht mir den Unterarm unter das Griffbrett; sie zieht meine Schulter zurück, damit diese nicht die Bogenführung stört; sie drückt mir den Rücken durch und schlägt mir mit einem Lineal leicht auf die Innenseiten der Beine, um mich zu veranlassen, die Fußspitzen nach außen zu drehen. Und wenn ich spiele – wenn ich endlich einmal spielen *darf* –, übertönt ihre Stimme die Tonleitern und Arpeggios, die meine ersten Übungen sind: »Oberkörper aufrecht, Gideon, Kind, und die Schulter locker«, »Daumen an der Einbuchtung des Bogens und nicht zu weit oben«, »Beim Aufstrich führt der ganze Arm den Bogen«, »Die Striche sind kräftig und voneinander getrennt«, »Nein, nein! Du spielst mit den *Ballen* der Finger, mein Kind.« Immer wieder muss ich einen Ton spielen und zum nächsten ansetzen. Immer wieder machen wir diese Übung, bis alle Körperteile, die als Verlängerung der rechten Hand gelten können – das heißt das Handgelenk, der Ellbogen, der Arm und das Schulterblatt –, zu ihrer Zufriedenheit funktionieren und mit dem Bogen zusammenwirken wie die Achse mit dem Rad.

Ich lerne, dass meine Finger unabhängig voneinander arbeiten müssen. Ich lerne, genau die Stelle auf dem Griffbrett zu finden, von wo aus meine Finger später wie von Luft getragen von einem Punkt auf den Saiten zum nächsten gleiten können. Ich lerne, mein Instrument zum Klingen zu bringen. Ich lerne den Aufstrich und den Abstrich, *staccato* und *legato*, *détaché* und *spiccato*.

Kurz, ich lerne Technik, Theorie und Prinzip, nur das, was ich unbedingt lernen möchte, lerne ich nicht: Wie man den Geist sprengt, um den Klang hervorzubringen.

Achtzehn Monate harre ich bei Miss Rosemary Orr aus, aber bald werde ich der seelenlosen Übungen müde, die meine Zeit auffressen. Was ich damals auf dem Platz hörte, war nicht das Produkt seelenloser Übungen, und ich bäume mich heftig dagegen auf, ihnen unterworfen zu werden.

Ich höre, wie Miss Orr dies meinem Vater gegenüber entschuldigt: »Er ist ja doch noch sehr klein. Es war eigentlich zu erwarten, dass in diesem Alter das Interesse nicht allzu lange anhalten würde.« Aber mein Vater – der sich zu dieser Zeit bereits einen zweiten Arbeitsplatz gesucht hatte, um der Familie das Zuhause am Kensington Square erhalten zu können – hat den Unterrichtsstunden, die dreimal wöchentlich stattfinden, nie beigewohnt und daher auch nie Gelegenheit gehabt, zu erleben, wie diese Art des Unterrichts der Musik, die ich liebe, alles Leben entzieht.

Dafür ist mein Großvater, der in diesen anderthalb Jahren nicht einen seiner »Episoden« genannten Anfälle hat, die ganze Zeit dabei. Er bringt mich regelmäßig zu den Stunden und hört, in einer Ecke des Zimmer sitzend, den Übungen zu. Mit scharfem Blick und einer Seele, die nach Paganini dürstet, registriert er Form und Inhalt des Unterrichts und gelangt zu der Überzeugung, dass die wunderbare Begabung seines Enkels von der wohlmeinenden Rosemary Orr niedergehalten, aber nicht gefördert wird.

»Er möchte *Musik* machen, verdammt noch mal!«, brüllt Großvater meinen Vater an, als sie die Situation besprechen. »Der Junge ist ein *Künstler*, Dick! Wenn du nicht fähig bist, das zu erkennen, dann besitzt du noch weniger Verstand, als ich bisher glaubte. Würdest du ein Rassepferd aus dem Schweinetrog füttern? Wohl kaum, Richard!«

Vielleicht gibt mein Vater aus Furcht klein bei, aus Furcht davor, dass die nächste »Episode« ins Haus steht, wenn er sich dem Plan, den Großvater ihm ohne viel Federlesens unterbreitet, nicht beugt. Es ist ein ganz einfacher Plan: Wir leben in Kensington, nicht weit vom Royal College of Music entfernt, und dort wird sich ganz gewiss ein geeigneter Geigenlehrer für seinen Enkel Gideon finden.

So wird mein Großvater zum Retter und Verwalter meiner unausgesprochenen Träume. Und so tritt Raphael Robson in mein Leben.


## 22. *August*

Ich bin zu diesem Zeitpunkt vier Jahre und sechs Monate alt. Natürlich weiß ich heute, dass Raphael damals erst Anfang Dreißig war, aber für mich ist er von unserer ersten Begegnung an eine erhabene und Ehrfurcht gebietende Gestalt, die mir absoluten Gehorsam abfordert.

Rein äußerlich hat er nichts Gefälliges. Er schwitzt übermäßig. Durch das feine Haar schimmert die blassrosa Kopfhaut. Seine Haut ist weiß wie ein Fischbauch und schuppt sich an vielen Stellen infolge übertriebener Sonnenbestrahlung. Aber sobald Raphael zu seiner Geige greift und mir vorspielt – so machen wir uns miteinander bekannt –, verliert sein Aussehen alle Bedeutung, und er wird mir zum großen Vorbild. Er wählt das Violinkonzert in E-Moll von Mendelssohn und gibt sich mit seinem ganzen Körper der Musik hin.

Er spielt nicht einzelne Töne, er lebt in Klängen. Das Allegro-Feuerwerk, das er auf seinem Instrument entzündet, fasziniert mich. Innerhalb eines Augenblicks hat er sich verwandelt. Er ist nicht mehr der schwitzende, schuppige, profillose Schulmeister, sondern Merlin, und ich möchte seine Zauberkraft für mich gewinnen.

Raphael, entdecke ich, hält nichts von Methodenlehre. Im Gespräch mit meinem Großvater sagt er klar und deutlich: »Es ist Aufgabe des Geigers, seine eigene Methode zu entwickeln.« Er lässt mich aus dem Stegreif Übungen machen. Er führt, und ich folge. »Versuche, an der Situation zu wachsen«, sagt er zu mir, während er spielt und mein Spiel beobachtet. »Verstärke dieses Vibrato. Fürchte dich nicht vor *portamenti*, Gideon. *Du musst gleiten. Lass es fließen. Gleite.*«

Das ist der Moment, wo mein wahres Leben als Geiger beginnt, Dr. Rose, die Stunden bei Miss Orr waren nur Vorspiel. Anfangs habe ich dreimal die Woche Unterricht, dann vier-, dann fünfmal. Jede Unterrichtseinheit dauert drei Stunden. In den ersten Wochen finden meine Stunden in Raphaels Arbeitszimmer im Royal College of Music statt, und Großvater und ich fahren von der Kensington High Street aus mit dem Bus dorthin. Aber das lange Warten bis zum Ende meines Unterrichts tut Großvaters Nerven nicht gut, und zu Hause fürchten alle, dass es früher oder später zu einer »Episode« kommen und dann meine Großmutter nicht zur Stelle sein wird, um sich um ihren Mann zu kümmern. Es bleibt schließlich nichts anderes übrig, als mit Raphael Robson zu vereinbaren, dass er mich in Zukunft zu Hause unterrichtet.

Das kostet natürlich Unsummen. Von einem Geiger von Raphael Robsons Kaliber kann man die nahezu ausschließliche Beschäftigung mit einem einzigen kleinen Schüler nicht verlangen, ohne ihn für Fahrzeiten, ausgefallene Stunden und selbstverständlich für die Zeit, die er mir widmet, zu vergüten. Der Mensch lebt schließlich nicht von der Liebe zur Musik allein. Zwar hat Raphael keine Familie zu ernähren, aber er muss doch für sich selbst sorgen, seine Miete und andere Kosten bezahlen, und darum muss irgendwie das Geld aufgebracht werden, das ihm erlaubt, seinen Lebensstandard aufrechtzuerhalten, ohne die Zahl meiner Stunden zu reduzieren, um anderweitig etwas dazuzuverdienen.

Mein Vater hat, wie gesagt, bereits zwei Arbeitsstellen. Großvater erhält eine kleine staatliche Pension, gewissermaßen als Dank dafür, dass er dem Vaterland im Krieg seine geistige Gesundheit geopfert hat. Um diese geistige Gesundheit nicht noch mehr zu gefährden, haben meine Großeltern in den Nachkriegsjahren nie einen Umzug in eine andere Gegend in Betracht gezogen, wo das Wohnen vielleicht preiswerter, dafür aber für die Nerven strapaziöser gewesen wäre. Sie haben äußerst sparsam gelebt, jeden Penny zweimal umgedreht, haben vermietet und sich Kosten und Arbeit, die ein großes Haus mit sich bringt, mit meinem Vater geteilt. Aber mit einem Wunderkind – wie mein Großvater mich zu nennen pflegt – in der Familie hat niemand gerechnet und ebenso wenig mit den Kosten, die anfallen, um das Talent dieses Wunderkinds zur Reife zu bringen.

Und ich mache es ihnen nicht leicht. Wann immer Raphael hier oder da eine zusätzliche Unterrichtseinheit empfiehlt, ein, zwei oder drei zusätzliche Stunden mit dem Instrument, erhebe ich leidenschaftlich Anspruch auf diese Zeit. Sie sehen, wie ich unter Raphaels Führung gedeihe: Er tritt ins Haus, und ich warte schon auf ihn, die Geige in der einen Hand, den Bogen in der anderen.

Es muss also eine finanzielle Möglichkeit zur Fortsetzung meines Unterrichts geschaffen werden, und meine *Mutter* schafft sie.

# 1

Die Erinnerung an eine Berührung trieb Ted Wiley in die Nacht hinaus. Er hatte sie von seinem Fenster aus beobachtet, obwohl er eigentlich gar nicht hatte spionieren wollen. Die Zeit: kurz nach ein Uhr nachts. Der Ort: die Friday Street in Henley-on-Thames, sechzig Meter vom Fluss entfernt, direkt vor ihrem Haus, aus dem die beiden erst Augenblicke zuvor auf die Straße hinausgetreten waren, die Köpfe eingezogen, um sich nicht an dem Türsturz zu stoßen, der aus einer Zeit stammte, als Männer und Frauen kleiner und ihre Rollen klarer definiert waren.

Ted Wiley hatte nichts gegen eine klare Rollenverteilung alten Stils. Aber sie hatte etwas dagegen. Und wenn er bisher nicht begriffen hatte, dass Eugenie sich nicht einfach und bequem als »seine« Frau würde einordnen lassen, so hatte er das spätestens in dem Moment erkennen müssen, als er die beiden – Eugenie und den groß gewachsenen, hageren Fremden – draußen auf dem Bürgersteig in inniger Umarmung sah.

Deutlicher geht's nicht, hatte er gedacht. Sie *will*, dass ich das sehe. Sie will, dass ich sehe, wie sie ihn umarmt und dann ihre Hand an seine Wange legt, als sie sich von ihm löst. Zum Teufel mit dieser Frau! Sie *will*, dass ich sie sehe.

Natürlich war das nur seine Interpretation. Hätten sich Umarmung und Berührung zu einer unverfänglicheren Zeit zugetragen, so hätte sich Ted die bedrohlichen Gedanken, die in seinem Kopf Gestalt anzunehmen begannen, sofort ausgeredet. Es kann überhaupt nichts zu bedeuten haben, da sie es auf offener Straße tut, hätte er sich gesagt; am helllichten Tag, in der Öffentlichkeit, im Herbstsonnenschein vor sämtlichen Nachbarn und vor *mir*... Nein, diese Berührung kann nichts zu bedeuten haben, da sie doch weiß, wie leicht ich sie dabei beobachten kann... Aber stattdessen dachte Ted an alles, was es bedeuten kann, wenn ein Mann nachts um ein Uhr das Haus einer Frau verlässt, und diese Gedanken breiteten sich aus wie ein giftiges Gas, das in den folgenden sieben Tagen immer mehr Raum gewann, während er – voll ängstlicher Nervosität jede ihrer Gesten und Bemerkungen interpretierend – auf ein Wort wartete. Etwa: »Ach Ted, habe ich dir übrigens erzählt, dass mein Bruder« – oder mein Vetter, mein Vater, mein Onkel, der homosexuelle Architekt, der den Anbau am Haus machen will – »mich neulich abends besucht hat? Er ist bis nach Mitternacht geblieben, ich dachte schon, er würde überhaupt nicht mehr gehen. Vielleicht hast du uns draußen vor meinem Haus gesehen, wenn du hinter deiner Jalousie gelauert hast, wie du das ja in letzter Zeit zu tun pflegst.« Nur wusste Ted nichts von einem Bruder, Vetter, Onkel oder Vater, und wenn es einen homosexuellen Architekten gab, so hatte Eugenie ihn bisher mit keinem Wort erwähnt.

Sie hatte allerdings erklärt, sie habe ihm etwas Wichtiges zu sagen. Als er gefragt hatte, worum es gehe, und sich dabei gedacht hatte, es wäre ihm lieber, sie würde es ihm rundheraus sagen, falls es der tödliche Schlag sein sollte, hatte sie erwidert: Bald, so ganz bin ich noch nicht bereit, meine Sünden zu beichten. Dabei hatte sie ihm leicht die Hand an die Wange gelegt. Ja. Ja, genau. Die gleiche Berührung!

Und darum legte Ted Wiley nun an einem regnerischen Abend Mitte November gegen neun Uhr seinem Hund, einer alten Golden-Retriever-Hündin, die Leine an, um ihn auszuführen. Sie würden, erklärte er der Hündin, die, von Arthritis und einer Aversion gegen Regen geplagt, nicht gerade ein Ausbund an Temperament war, bis zum Ende der Friday Street und danach noch die paar Meter bis zur Albert Road marschieren, wo sie vielleicht ganz zufällig Eugenie treffen würden, die jetzt noch im *Sixty Plus Club* saß und mit den anderen Mitgliedern des Festausschusses um den Speiseplan für das große Silvestermenü rang. Vielleicht würde sie genau in dem Moment aus dem Haus des Altenklubs treten, wenn sie – Herr und Hund – dort vorbeikamen… Ja, wirklich, es wäre ein rein zufälliges Zusammentreffen und eine günstige Gelegenheit für einen Schwatz. Denn jeder Hund brauchte schließlich seinen Abendspaziergang. Von Planung konnte da keine Rede sein.

Die Hündin – von Teds verstorbener Frau auf den bei aller Liebe ziemlich albernen Namen *Precious Baby* getauft und von Ted kurz PB genannt – verharrte unschlüssig an der Tür und starrte zur Straße hinaus, wo es eintönig rauschend regnete. Dann setzte sie sich hin und wäre zweifellos sitzen geblieben, hätte nicht Ted, grimmig entschlossen, seine Pläne nicht durchkreuzen zu lassen, sie auf die Straße hinausgezerrt.

»Los, komm jetzt, PB«, herrschte er das Tier an und riss an der Leine, dass sich das Würgehalsband um den Hundehals zusammenzog. PB sah ein, dass Widerstand sinnlos war. Mit einem tiefen Seufzer trottete sie verdrossen in den Regen hinaus.

Das Wetter war ein Elend, aber das ließ sich nicht ändern. PB brauchte Auslauf. Sie war in den vergangenen fünf Jahren seit dem Tod ihrer Herrin faul geworden, und Ted hatte nicht viel getan, um sie auf Trab zu halten. Aber das würde sich jetzt ändern. Er hatte Connie versprochen, sich um den Hund zu kümmern, und das wollte er auch tun, von heute Abend an mit neuer Konsequenz. »Schluss mit den kleinen Schnupperrunden im Garten«, teilte er PB mit. »Ab heute wird jeden Abend stramm gelaufen.«

Er vergewisserte sich noch einmal, dass die Tür der Buchhandlung sicher abgeschlossen war, und klappte den Kragen seiner alten Wachsjacke hoch. Ich hätte einen Schirm mitnehmen sollen, dachte er, als er aus dem Schutz der Türnische trat und die ersten Regentropfen klatschend seinen Nacken trafen. Eine Schirmmütze reichte als Schutz nicht aus, auch wenn sie ihn noch so gut kleidete. Aber was machte er sich überhaupt Gedanken darüber, was ihn kleidete? Hölle und Teufel, wenn einer ihm in den Kopf sehen könnte, würde er nichts als Spinnweben und Hirngespinste darin finden.

Er räusperte sich einmal kräftig, spie den Schleim auf die Straße, und während er mit dem Hund an der Royal Marine Reserve vorbeistapfte, wo aus einem großen Loch in der Dachrinne das Regenwasser in Kaskaden herabstürzte, begann er, sich Mut zuzusprechen. Ich bin eine gute Partie, sagte er sich. Ted Wiley, Major a. D. und Witwer nach zweiundvierzig Jahren glücklicher Ehe, wäre für jede Frau ein ausgesprochen guter Fang. Ungebundene Männer waren in Henley-on-Thames so rar wie ungeschliffene Diamanten. Ungebundene Männer, die sich weder hässlicher Nasen- und Ohrenhaare noch wild wuchernder Augenbrauen zu schämen brauchten, waren noch seltener. Und Männer, die auf Sauberkeit und Ordnung hielten, im Vollbesitz ihrer geistigen Kräfte und bei bester Gesundheit waren, die in der Küche nicht gerade zwei linke Hände hatten und die eheliche Treue hochhielten, waren in dieser Stadt eine solche Rarität, dass sich die Frauen wie Vampire auf sie stürzten, sobald sie sich auf irgendeiner gesellschaftlichen Veranstaltung sehen ließen. Und er gehörte zu diesen Männern. Das wussten alle.

Einschließlich Eugenie!

Mehr als einmal hatte sie zu ihm gesagt, Ted, du bist ein großartiger Mann! Sie hatte seine Gesellschaft in den vergangenen drei Jahren gern und mit Vergnügen genossen, das wusste er. Und er erinnerte sich, wie sie errötend gelächelt und dann hastig weggesehen hatte, als seine Mutter, die sie gemeinsam im Pflegeheim besucht hatten, in der für sie typischen, irritierenden und gebieterischen Art gesagt hatte: Ich möchte vor meinem Tod noch eine Hochzeit erleben, ihr beiden!

Das alles bedeutete doch ungleich mehr als diese eine flüchtige Berührung, mit der sie eines Nachts ihre Hand an die Wange eines Fremden gelegt hatte. Warum haftete dieser Moment wie eingebrannt in seinem Gedächtnis, obwohl er nichts weiter war als eine unerfreuliche Erinnerung, die er nicht einmal ertragen müsste, wenn er es sich nicht angewöhnt hätte, ständig zu beobachten und zu spekulieren, zu lauern und auf der Hut zu sein, die Schotten dicht zu machen, als wäre sein Leben ein schlingerndes Schiff, das Gefahr lief, seine Fracht zu verlieren, wenn er nicht jeden Moment Acht gab?

Eugenie war schuld daran. Eugenie, deren zerbrechlich dünner Körper danach verlangte, in den Arm genommen und gehalten zu werden; deren ordentlich frisiertes, grau gesprenkeltes Haar danach verlangte, von Nadeln und Spangen befreit zu werden; deren blaugrüne Augen nie ohne Vorsicht waren; deren unauffällige und dennoch aufregende Weiblichkeit bei Ted Gefühle und Empfindungen weckte, die er seit Connies Tod nicht mehr gekannt hatte. Ja. Eugenie war schuld daran.

Und er war der Mann für Eugenie, der Mann, der sie beschützen und ihr das Leben wieder schenken konnte. Sie hatte sich, wer weiß wie lange schon, den ganz gewöhnlichen Umgang mit anderen Menschen so radikal verwehrt, dass es ihm, obwohl sie es nie angesprochen hatte, sofort aufgefallen war, als er sie das erste Mal zu einem Glas Sherry im *Catherine Wheel* eingeladen hatte.

Ach Gott, hatte er angesichts ihrer Verwirrung bei seiner Einladung gedacht, sie ist wohl schon seit Jahren nicht mehr mit einem Mann ausgegangen. Und er hatte sich gefragt, warum das so war.

Möglich, dass er jetzt die Antwort erhielt. Sie hatte Geheimnisse vor ihm. *Ich muss dir etwas Wichtiges sagen, Ted.* Sünden habe sie zu beichten, hatte sie erklärt.

Nun, dann sollte sie ihm *jetzt* sagen, was sie zu sagen hatte.

Am Ende der Friday Street hielt Ted mit der vor Kälte zitternden PB an seiner Seite vor der Ampel an, um auf Grün zu warten. Tag und Nacht donnerte der Verkehr durch die Duke Street, die Hauptdurchgangsstraße nach Reading und Marlow. Selbst an einem regnerischen Abend wie diesem ließ er kaum nach, was kein Wunder war, da sich die Leute in deprimierender Weise ja immer stärker auf das Auto verließen und in immer größerer Zahl ein Pendlerleben nach dem Motto »arbeiten in der Stadt und wohnen auf dem Land« führten. Sogar um neun Uhr abends brausten Personenautos und Lastwagen in beinahe unverminderter Zahl über die nasse Straße und erleuchteten mit ihren Scheinwerfern, deren Licht sich in Fensterglas und Pfützen spiegelte, die Nacht.

Zu viele Menschen, die ständig kreuz und quer unterwegs sind, dachte Ted trübsinnig. Zu viele Menschen, die keine Ahnung haben, warum sie wie gejagt durch das Leben hetzen.

Die Ampel schaltete um. Ted überquerte die Fahrbahn und legte das kurze Stück in die Greys Road im Laufschritt zurück. Die alte Hündin japste jämmerlich, obwohl sie höchstens fünfhundert Meter gegangen war, und Ted trat in die Türnische von *Mirabelles Antiques*, dem kleinen Antiquitätengeschäft, um dem armen Tier eine Verschnaufpause zu gönnen. »Gleich sind wir da«, sagte er tröstend. »Das kurze Stück bis zur Albert Road schaffst du schon noch.«

Dort war, mit einem großen Parkplatz vor dem Haus, der *Sixty Plus Club*, eine Organisation, die sich der sozialen Bedürfnisse der wachsenden Gemeinde von Rentnern und Pensionären in Henley annahm. Dort war Eugenie in der Organisationsleitung tätig. Und dort hatte Ted sie kennen gelernt, nachdem er von Maidstone, wo die Erinnerungen an das lange Sterben seiner Frau ihm unerträglich geworden waren, nach Henley umgezogen war.

»Major Wiley, das ist ja nett! Sie wohnen in der Friday Street«, hatte Eugenie zu ihm gesagt, als sie sein Mitgliedschaftsformular durchgesehen hatte. »Da sind wir Nachbarn. Ich wohne in Nummer 65. Das rosarote Haus, kennen Sie es? *Doll Cottage.* Ich lebe seit Jahren dort. Und Sie?«

»Mir gehört die Buchhandlung«, hatte er geantwortet. »Gleich gegenüber. Die Wohnung ist darüber. Aber ich hatte keine Ahnung… Ich meine, ich habe Sie nie gesehen.«

»Ach, ich gehe immer in aller Frühe aus dem Haus und komme meist erst spät zurück. Ich kenne Ihre Buchhandlung. Ich habe oft dort eingekauft. Jedenfalls, als Ihre Mutter sie noch führte. Vor dem Schlaganfall, meine ich. Und es geht ihr zum Glück immer noch gut. Sie ist deutlich auf dem Weg der Besserung, nicht wahr?«

Erst glaubte er, Eugenie wolle sich erkundigen; als ihm klar wurde, dass das nicht der Fall war, dass sie vielmehr nur bekräftigte, was sie bereits wusste, fiel ihm auch ein, wo er sie früher schon gesehen hatte: im *Quiet Pines*-Pflegeheim, wo er dreimal wöchentlich seine Mutter besuchte. Eugenie half dort morgens ehrenamtlich aus und wurde von den Patienten nur »unser Engel« genannt. So jedenfalls hatte Teds Mutter es ihrem Sohn einmal erzählt, als sie beide zufällig beobachteten, wie Eugenie mit einer Erwachsenenwindel über dem Arm ein Zimmer betreten hatte. »Sie hat keinen Angehörigen hier, Ted, und das Heim zahlt ihr keinen Penny.«

Warum sie diese Arbeit dann übernommen habe, hatte Ted damals wissen wollen.

Geheimnisse, dachte er jetzt. Stille Wasser und Geheimnisse.

Er sah zu PB hinunter, die sich gegen sein Bein hatte sinken lassen und hier, vom Regen geschützt, ein Nickerchen hielt. »Komm, gehen wir«, sagte er. »Es ist nicht mehr weit.« Er blickte zwischen den kahlen Ästen der Bäume hindurch zur anderen Straßenseite und sah, dass auch nicht mehr viel Zeit war.

Eben traten die Mitglieder des Festausschusses aus dem Haus, in dem der *Sixty Plus Club* seine Räume hatte. Mit aufgespannten Schirmen über Pfützen springend, riefen sie einander Gutenachtwünsche zu, und dem vergnügten Klang ihrer Stimmen war zu entnehmen, dass sie endlich eine Einigung über die Zusammenstellung des Silvestermenüs erzielt hatten. Eugenie würde erfreut sein. Und erfreut würde sie gewiss aufgeschlossener Stimmung und bereit sein, mit ihm zu sprechen.

Die widerspenstige Hündin im Schlepptau, eilte Ted über die Straße, um Eugenie nicht zu verpassen. Er erreichte das niedrige Mäuerchen zwischen Bürgersteig und Parkplatz, als die letzten Ausschussmitglieder davonfuhren. Im *Sixty Plus Club* gingen die Lichter aus, die Haustür unter dem Vordach versank im Schatten. Einen Augenblick später trat, mit einem schwarzen Schirm ausgerüstet, Eugenie in das dunstige Halbdunkel zwischen Haus und Parkplatz. Ted hob den Arm, um ihr zu winken, öffnete den Mund, um ihr zu rufen und anzubieten, sie nach Hause zu begleiten. An einem solchen Abend sollte eine hübsche Frau nicht allein unterwegs sein. Gestattest du, dass ein heißer Verehrer dich nach Hause bringt? Leider mit Hund. PB und ich machen gerade unseren Abendspaziergang.

All dies hätte er sagen können und wollte in der Tat schon zum Sprechen ansetzen, als er plötzlich eine Männerstimme Eugenies Namen rufen hörte. Eugenie wandte sich ruckartig nach links, und Teds Blick flog an ihr vorbei zu einer schattenhaften Gestalt, die soeben einer dunklen Limousine entstieg. Es war nicht viel zu erkennen, da keine der auf dem Parkplatz verteilten Straßenlampen die Gestalt direkt beleuchtete, aber an der Kopfform und der gebogenen Nase, die wie ein Möwenschnabel hervorsprang, sah Ted, dass Eugenies nächtlicher Besucher von neulich wieder da war.

Der Fremde ging ihr entgegen. Sie blieb, wo sie war. In der veränderten Beleuchtung konnte Ted etwas mehr erkennen: ein älterer Mann – vielleicht in seinem eigenen Alter – mit vollem weißen Haar, das er glatt aus der Stirn gestrichen und so lang trug, dass es an den hochgeschlagenen Kragen seines Burberry stieß.

Sie begannen miteinander zu sprechen. Er nahm ihr den Schirm ab und hielt ihn über beide, während er drängend auf sie einredete. Er war gut zwanzig Zentimeter größer als Eugenie und stand daher leicht gebeugt, während sie mit erhobenem Kopf zu ihm hinaufsah. Ted versuchte zu hören, worum es bei dem Gespräch ging, aber er fing nur einige Wortfetzen auf: »Du *musst*...« und »...auf die Knie fallen, Eugenie?« und schließlich, laut und heftig: »Warum willst du nicht *einsehen* –« An dieser Stelle unter-

35

brach Eugenie den Fremden mit einem Schwall gedämpft gesprochener Worte und legte ihm beschwichtigend die Hand auf den Arm. »Das sagst *du mir*?«, war das Letzte, was Ted hörte, bevor der Mann Eugenies Hand abschüttelte, ihr zornig den Schirm zurückgab und zu seinem Wagen lief. Ted sandte einen Stoßseufzer der Erleichterung zum Abendhimmel.

Seine Freude jedoch war von kurzer Dauer. Eugenie lief dem Fremden nach und holte ihn ein, als er die Tür zu seinem Wagen aufriss. Durch die Tür von ihm getrennt, begann sie von neuem zu sprechen. Doch der Mann wandte sich ab. »Nein! Nein!«, rief er, und da hob sie den Arm, um ihm die Hand an die Wange zu legen. Der Autotür zum Trotz, die wie eine Schranke zwischen ihnen stand, schien sie ihn zu sich ziehen zu wollen.

Aber die Schranke wirkte, der Fremde entzog sich der Liebkosung, die Eugenie ihm zugedacht hatte. Er tauchte in seinen Wagen hinunter, knallte die Tür zu und ließ den Motor an, dessen Aufheulen sich an den Häuserfassaden rund um den Parkplatz brach.

Eugenie trat zurück. Der Wagen wendete. Die Gangschaltung krachte. Die Reifen drehten auf dem nassen Pflaster ein paar Mal durch, ehe sie mit einem Kreischen, das wie Verzweiflung klang, griffen.

Dann raste der Wagen zur Ausfahrt. Keine sechs Meter von dem jungen Liquidambar entfernt, in dessen Schutz Ted stand und die Szene beobachtete, schoss der Audi – Ted erkannte die vier Ringe auf der Motorhaube – auf die Straße hinaus, ohne dass der Fahrer sich auch nur einen Moment Zeit genommen hätte, zu prüfen, ob sie frei war. Ted sah flüchtig das Profil eines von Emotionen verzerrten Gesichts, bevor der Wagen nach links einbog, in Richtung zur Duke Street, und kurz danach auf die Straße nach Reading abbog. Mit zusammengekniffenen Augen sah Ted ihm nach, versuchte das Kennzeichen zu erkennen, überlegte, ob dies nicht vielleicht doch der falsche Moment für ein Zusammentreffen mit Eugenie war.

Ihm blieb nicht viel Zeit, zu entscheiden, was klüger war – nach Hause zu verschwinden oder so zu tun, als wäre er eben erst gekommen. Gleich würde Eugenie auf den Bürgersteig gehen und ihn sehen.

Er blickte zu der alten Hündin hinunter, die sich, die Pause nutzend, unter dem Baum zusammengerollt hatte, offenbar entschlossen, lieber im strömenden Regen zu nächtigen, als noch einen Schritt zu tun. Ted fragte sich, ob überhaupt Hoffnung bestand, den Hund so schnell hochzujagen, dass sie aus dieser Ecke verschwunden wären, bevor Eugenie den Bürgersteig erreichte. Wohl eher nicht. Also würde er ihr eben erklären, er wäre gerade erst hier angekommen.

Er straffte die Schultern und zog einmal kurz an der Leine. Aber im selben Augenblick sah er, dass Eugenie gar nicht auf dem Weg zu ihm war, sondern die entgegengesetzte Richtung eingeschlagen hatte und einem Fußweg folgte, der zwischen Häusern hindurch zur Market Place führte. Wohin, zum Teufel, wollte sie?

Ted lief ihr nach, in einem Tempo, das PB gar nicht behagte, dem sie sich aber nicht widersetzen konnte, ohne Gefahr zu laufen, von ihrem Halsband erdrosselt zu werden. Eugenie ging vor ihnen, eine dunkle Gestalt – schwarzer Regenmantel, schwarze Stiefel, schwarzer Schirm.

Sie bog in die Market Place ein, und zum zweiten Mal fragte sich Ted, was sie vorhaben könnte. Die Läden waren um diese Zeit alle geschlossen, und es war nicht Eugenies Art, sich allein in ein Pub zu setzen.

Er machte einen qualvollen Moment durch, als PB sich zum Pinkeln niederließ, war sicher, dass er in der Zeit, die die Hündin brauchte, um eine dampfende Urinpfütze aufs Pflaster zu setzen, Eugenie, die jetzt entweder in die Market Place Mews oder die Market Lane abbiegen konnte, aus den Augen verlöre. Aber nach einem schnellen Blick nach rechts und nach links setzte Eugenie ihren Weg in gerader Richtung fort, hinunter zum Fluss. An der Duke Street vorbeigehend, nahm sie die Hart Street, und Ted sagte sich, dass sie trotz des Wetters vielleicht aus irgendwelchen Gründen lediglich den längeren Weg nach Hause ging. Aber dann schwenkte sie zum Portal der Marienkirche ein, deren schöner, mit Zinnen versehener Turm zu dem Flusspanorama gehörte, für das Henley berühmt war.

Aber Eugenie war nicht hergekommen, um die Aussicht zu bewundern, sie eilte vielmehr ohne zu zögern in die Kirche hinein.

»Verdammt«, brummte Ted. Was sollte er jetzt tun? Mit dem

Hund konnte er ihr nicht in die Kirche folgen. Und draußen im Regen herumzulungern, bis sie wieder herauskam, war keine verlockende Vorstellung. Er konnte den Hund natürlich irgendwo anbinden und hineingehen und mit ihr beten – wenn sie überhaupt betete –, aber der Schein einer Zufallsbegegnung ließ sich dann nicht aufrechterhalten. Eugenie wusste, dass er kein Kirchgänger war. Was also blieb ihm jetzt anderes übrig, als kehrtzumachen und sich nach Hause zu trollen wie ein liebeskranker Trottel? Und dabei ständig den Moment auf dem Parkplatz vor Augen zu haben, als sie diesem Kerl die Hand an die Wange gelegt hatte, wieder! Wieder diese Berührung...

Ted schüttelte heftig den Kopf. So konnte es nicht weitergehen. Er musste Gewissheit haben. Noch heute Abend.

Links neben der Kirche lag der Friedhof, ein Dreieck regennasser Bäume und Sträucher, von einem Fußweg durchschnitten, der zu einer Reihe alter Gemeindehäuser aus dunklem Backstein führte. Die Fenster der niedrigen Häuser leuchteten hell in der Dunkelheit, und mit PB an der Leine folgte Ted dem Weg, während er sich überlegte, was er Eugenie sagen wollte, wenn sie aus der Kirche herauskam.

Schau dir diesen Hund an, fett wie ein Mastschwein, würde er sagen. Sie muss unbedingt dünner werden. Sonst streikt demnächst ihr Herz, meint der Tierarzt. Tja, und nun machen wir also jeden Abend einen großen Rundgang um die Stadt. Hast du etwas dagegen, wenn wir dich begleiten, Eugenie? Du gehst nach Hause? Wäre das nicht die Gelegenheit zum Reden? Du hast doch gesagt, *bald*. Ich weiß nämlich, ehrlich gesagt, nicht, wie ich das noch länger aushalten soll, mir ständig Gedanken darüber zu machen, was du mir zu »beichten« hast, wie du es formuliert hast.

Das Problem war, dass er sich für sie entschieden hatte, ohne zu wissen, ob sie sich auch für ihn entschieden hatte. In den fünf Jahren seit Connies Tod hatte er es nicht nötig gehabt, um eine Frau zu werben; die Frauen warben um ihn, und das mit einer Aggressivität, die ihm widerwärtig war und durch die er sich einem Leistungsdruck ausgesetzt fühlte, unter dem er regelmäßig versagte. Dennoch war es natürlich sehr befriedigend, zu erleben, dass er auch in seinem Alter noch das gewisse Etwas besaß und dieses gewisse Etwas höchst begehrt war.

Nur Eugenie hatte bisher kein Begehren gezeigt. Und darum fragte sich Ted, ob er vielleicht Manns genug für alle anderen Frauen war – zumindest oberflächlich gesehen –, aber aus irgendeinem Grund nicht Manns genug für Eugenie.

Ach, verdammt, woher rührten diese ängstlichen Zweifel? Das war ja wie bei einem Halbwüchsigen, der noch nie mit einer Frau zusammen gewesen war! Sie hatten ihren Ursprung natürlich in seinem kläglichen Versagen bei den anderen Frauen, einem Versagen, das er in der Ehe mit Connie nicht gekannt hatte.

»Du solltest dich mal mit einem Arzt über dieses kleine Problem unterhalten«, hatte Georgia Ramsbotton gesagt, dieser Piranha in Menschengestalt. Sie hatte ihre knochigen Beine aus seinem Bett geschwungen und seinen Flanellmorgenrock übergezogen. »Das ist nicht normal, Ted, bei einem Mann deines Alters. Wie alt bist du – sechzig? Das ist einfach nicht normal.«

Achtundsechzig, hatte er gedacht, mit einem Geschlechtsorgan zwischen den Beinen, das sich trotz inbrünstiger An- und Zuwendungen nicht rührt.

Aber daran waren einzig diese aggressiven Frauen schuld. Wenn sie ihm die Rolle gelassen hätten, die die Natur dem Mann zugedacht hatte – die des Jägers und nicht die des Wildes –, dann hätte sich alles von selbst geregelt. Oder vielleicht doch nicht? Er musste unbedingt Gewissheit haben.

Eine plötzliche Bewegung hinter einem der erleuchteten Fenster der Gemeindehäuser lenkte ihn von seinen Gedanken ab. Er hob den Kopf und sah, dass eine Frau das Zimmer betreten hatte. Während er noch neugierig hinschaute, zog sie zu seiner Überraschung den roten Pulli, den sie anhatte, über den Kopf und ließ ihn zu Boden fallen.

Er spähte nach rechts und nach links. Seine Wangen brannten plötzlich trotz des eiskalten Regens. Merkwürdig, dass manche Leute anscheinend nicht wussten, wie verräterisch erleuchtete Fenster in der Nacht waren. Sie konnten nicht hinaussehen, also glaubten sie, man könne auch nicht hineinsehen. Kinder waren so. Teds drei Töchter waren von klein auf dazu angehalten worden, die Vorhänge zuzuziehen, bevor sie sich entkleideten. Aber wenn einem Kind das nicht beigebracht wird – wirklich merkwürdig, dass manche Leute nie gescheit wurden.

Verstohlen warf er noch einen Blick zu dem erleuchteten Fenster. Die Frau hatte ihren Büstenhalter abgelegt. Ted schluckte. PB, die er immer noch an der Leine hielt, begann im Gras zu schnüffeln, das den Fußweg begrenzte, und zog in aller Unschuld zu den Gemeindehäusern hinüber. *Lass sie von der Leine, sie läuft nicht weg.* Stattdessen folgte Ted dem Zug der Leine.

Die Frau hinter dem Fenster begann sich das Haar zu bürsten. Bei jedem Bürstenstrich hoben sich ihre Brüste und sanken wieder herab, volle runde Brüste mit tiefbraunen Aureolen um die Brustwarzen. Ted starrte wie gebannt dorthin, als hätte er den ganzen Abend und alle Abende, die diesem hier vorausgegangen waren, nur auf dieses Schauspiel gewartet, und während er schaute und schaute, spürte er ein leises Ziehen und dann dieses befriedigende Aufwallen des Bluts und den Puls des Lebens.

Er seufzte. Gesundheitlich fehlte ihm nichts. Gar nichts. Gejagt zu werden, das war das Problem. Selbst zu jagen – und danach das Besitzrecht geltend zu machen und zu verteidigen – war die sichere Lösung.

Er nahm PB kurz, damit sie nicht noch weiterlaufen konnte, und blieb stehen, wo er war, um die Frau hinter dem Fenster zu beobachten und auf Eugenie zu warten.

Eugenie war nicht in die Marienkirche gegangen, um zu beten, sondern um abzuwarten. Sie hatte seit Jahren keine Kirche mehr betreten und war an diesem Abend einzig hierher gekommen, um dem Gespräch, das sie Ted versprochen hatte, aus dem Weg zu gehen.

Sie wusste, dass er ihr folgte. Nicht zum ersten Mal hatte sie ihn beim Verlassen des *Sixty Plus Club* drüben unter den Bäumen stehen sehen, aber zum ersten Mal hatte sie das Gespräch mit ihm meiden wollen. Darum war sie nicht, wie es normal gewesen wäre, auf ihn zugegangen, um ihm eine Erklärung für die Szene zu geben, die er auf dem Parkplatz beobachtet hatte, sondern hatte ohne einen bestimmten Plan den Weg zur Market Place eingeschlagen.

Beim Anblick der Kirche hatte sie sich kurzerhand entschlossen, hineinzugehen und einen Moment der Andacht einzulegen.

Zuerst kniete sie sogar auf einem der verstaubten Betkissen nieder und wartete, den Blick auf die Heilige Jungfrau gerichtet, darauf, dass ihr die alten frommen Worte von selbst wieder in den Sinn kämen. Aber das geschah nicht. Zu vieles bewegte sie, das sich dem Gebet entgegenstellte: alte Konflikte und Anklagen, Loyalitäten noch älteren Ursprungs und die Sünden, die in ihrem Namen begangen worden waren; gegenwärtige Bedrängnisse mit all ihren Auswirkungen; künftige Konsequenzen, wenn sie jetzt einen falschen Schritt machte.

Sie hatte in der Vergangenheit genug falsch gemacht und mehr als einen Menschen ins Verderben gestürzt. Und sie hatte lange schon begriffen, dass es sich mit allem, was man tat, ähnlich verhielt wie mit dem Steinchen, das man ins Wasser warf: Die konzentrischen Kreise, die durch den Steinwurf auf der Wasseroberfläche entstehen, werden nach und nach schwächer, aber sie existieren.

Als ihr kein Gebet über die Lippen kam, erhob sich Eugenie von den Knien und setzte sich, die Füße flach auf dem Boden. Schweigend betrachtete sie das Antlitz der Heiligen Jungfrau. Du hast dich ja nicht selbst für den Verlust deines Sohnes entschieden, nicht wahr?, fragte sie stumm. Wie also kann ich verlangen, dass du mich verstehst? Und selbst wenn du verstündest, um welche Art des Eingreifens sollte ich dich bitten? Du kannst die Zeit nicht zurückdrehen. Du kannst nicht ungeschehen machen, was geschehen ist. Du kannst nicht zum Leben erwecken, was tot ist; denn wenn du das könntest, dann hättest du es getan, um dir die Qual seiner Ermordung zu ersparen.

Aber es spricht ja niemand von Mord, nicht wahr? Immer ist nur die Rede von einem Opfer für etwas Höheres, von der Hingabe des Lebens an etwas, das weit bedeutender ist als das Leben selbst. Als ob es das wirklich gäbe…

Eugenie stützte die Ellbogen auf ihre Oberschenkel und presste ihre Stirn in die geöffneten Handflächen. Wenn dem zu glauben war, was ihre Religion sie einst gelehrt hatte, dann hatte die Jungfrau Maria von Anfang an genau gewusst, was von ihr gefordert wurde. Sie hatte klar verstanden, dass das Kind, das sie nährte, in der Blüte seines Mannesalters dem Leben entrissen werden würde. Geschmäht, beschimpft, geschlagen und *geopfert*.

Dass er in Schande sterben würde und sie es mitansehen müsste. Und die Gewissheit, dass sein Tod von höherer Bedeutung war als aus der Tatsache ersichtlich wurde, dass er angespien und zwischen zwei gemeinen Verbrechern ans Kreuz geschlagen wurde, bot ihr einzig der Glaube. Zwar behauptete die christliche Überlieferung, ihr sei ein Engel erschienen, um ihr von zukünftigen Ereignissen zu künden, aber war so etwas mit dem Verstand überhaupt fassbar?

Sie hatte sich daher in blindem Glauben darauf verlassen, dass irgendwo etwas Höheres existierte. Nicht in ihrer Lebenszeit und nicht in der Lebenszeit der Enkel, die sie niemals haben würde. Aber dort. Irgendwo. Ganz real. Dort.

Natürlich hatte es sich noch nicht gezeigt. Zweitausend Jahre der Gewalt später wartete die Menschheit immer noch auf die Ankunft des Guten. Und was dachte die heilige Mutter bei sich, während sie auf ihrem Thron in den Wolken saß und das Treiben beobachtete, während sie wartete? Wie wollte sie auch nur versuchen den Nutzen gegen den Preis aufzurechnen?

Jahrelang hatte sich Eugenie auf die Zeitungen verlassen, um sich zu vergewissern, dass der Nutzen – das Gute – schwerer wog als der Preis, den sie bezahlt hatte. Aber jetzt war sie nicht mehr sicher. Das höhere Gute, dem sie zu dienen geglaubt hatte, drohte, sich vor ihren Augen aufzulösen wie ein gewirkter Teppich, der durch seinen allmählichen Zerfall dem Fleiß und der Arbeit spottet, die aufgewendet worden waren, um ihn zu schaffen. Und nur sie konnte diesen Zerfall aufhalten, wenn sie es wollte.

Das Problem war Ted. Sie hatte nicht beabsichtigt, eine engere Beziehung zu ihm zu haben. Seit Jahren hatte sie keinen Menschen so nahe an sich herangelassen, dass sich in irgendeiner Form Vertrauen hätte bilden können. Und jetzt das Gefühl zu haben, einer Beziehung zu einem anderen Menschen fähig zu sein – ja, sie zu verdienen –, schien ihr eine Art von Hybris, die ohne Zweifel ihr Verhängnis werden würde. Trotzdem wollte sie die Nähe zu ihm, als wäre er das Heilmittel für eine Krankheit, die zu benennen ihr der Mut fehlte.

Und darum saß sie jetzt in der Kirche. Einerseits, weil sie Ted Wiley nicht gegenübertreten konnte, bevor der Weg geebnet war, und andererseits, weil sie nicht über die Worte verfügte, den Weg zu ebnen.

Bitte, Gott, betete sie, sag mir, was ich tun soll. Sag mir, was ich sagen soll.

Aber Gott schwieg, wie er seit Ewigkeiten geschwiegen hatte.

Eugenie warf ein Geldstück in den Opferstock und ging.

Draußen regnete es immer noch ohne Unterlass. Sie spannte ihren Schirm auf und schlug den Weg zum Fluss ein. An der Ecke frischte der Wind plötzlich auf, und sie blieb einen Moment stehen, um sich gegen ihn zu stemmen, als er ungestüm ihren Schirm packte und nach hinten riss.

»Warte, Eugenie. Lass mich dir helfen.«

Sie sah sich um. Seite an Seite mit seinem müden alten Hund stand Ted hinter ihr. Regenwasser tropfte ihm von Nase und Kinn, seine Wachsjacke glänzte feucht, und die Schirmmütze klebte ihm durchweicht am Kopf.

»Ted!« Sie lächelte mit geheuchelter Überraschung. »Du bist ja völlig durchnässt. Und die arme PB! Was tut ihr denn bei diesem Wetter hier draußen, ihr beiden?«

Er richtete ihren Schirm und hielt ihn hoch, sodass sie beide geschützt waren. Sie hakte sich bei ihm ein.

»Wir haben ein neues Fitnessprogramm«, erklärte er. »Bis zur Market Place, dann runter zum Friedhof und wieder zurück. Das ganze viermal am Tag. Und was tust *du* hier? Du warst doch nicht in der Kirche?«

Du weißt, dass ich dort war, hätte sie gern geantwortet. Du weißt nur nicht, warum. Stattdessen sagte sie in leichtem Ton: »Ich muss mich von der Ausschusssitzung erholen – du weißt schon, der Festausschuss, der über das Silvestermenü beschließen sollte. Ich hatte den Leuten einen Termin gegeben, um zu einer Einigung zu kommen. Der Partyservice kann schließlich nicht bis in alle Ewigkeit auf eine feste Bestellung warten.«

»Und jetzt gehst du nach Hause?«

»Ja.«

»Darf ich –?«

»Aber natürlich, das weißt du doch!«

Wie absurd, dieses Geplänkel, da so vieles, was endlich gesagt werden musste, unausgesprochen zwischen ihnen stand.

*Du vertraust mir nicht, Ted. Warum nicht? Wie soll Liebe zwischen uns gedeihen, wenn nicht die Grundlage gegenseitigen Vertrauens da ist? Ich weiß, du bist beunruhigt, weil ich dir zwar gesagt habe, dass ich mit dir sprechen möchte, dies jedoch bis heute nicht getan habe. Aber warum kannst du dich fürs Erste nicht einfach damit zufrieden geben?*

Sie konnte jetzt nichts sagen, was womöglich alles aufdecken würde. Sie schuldete es denjenigen, zu denen viel ältere Bindungen bestanden als zu Ted, dass sie ihr Haus in Ordnung brachte, ehe sie es niederbrannte.

So gingen sie also unverfänglich plaudernd am Fluss entlang: Wie war sein Tag gewesen, wie ihrer, wer war in die Buchhandlung gekommen, wie ging es seiner Mutter. Er war herzlich und offen, sie freundlich, wenn auch etwas distanziert.

»Müde?«, fragte er, als sie ihr Haus erreicht hatten.

»Ein bisschen«, bekannte sie. »Es war ein langer Tag.«

Er reichte ihr den Schirm mit den Worten: »Dann will ich dich nicht aufhalten«, sah sie dabei aber mit so unverhohlener Erwartung an, dass sie wusste, er hoffte auf eine Einladung zu einem Gutenachttrunk.

Weil sie ihn wirklich gern hatte, sagte sie die Wahrheit: »Ich muss nach London, Ted.«

»Ach? Morgen in aller Frühe, hm?«

»Nein. Ich muss noch heute Abend fahren. Ich habe eine Verabredung.«

»Eine Verabredung? Aber bei dem Regen brauchst du doch mindestens eine Stunde – sagtest du *Verabredung?*«

»Ja.«

»Was für eine – Eugenie…« Er seufzte. Dann fluchte er leise. PB schien es zu hören. Sie hob den Kopf und sah Ted mit zusammengekniffenen Augen wie verdutzt an. Das arme Tier war klatschnass. Nun, zum Glück hatte es wenigstens ein dickes Fell.

»Dann lass mich dich fahren«, sagte Ted schließlich.

»Besser nicht.«

»Aber –«

Sie legte ihm beschwichtigend die Hand auf den Arm. Dann hob sie sie, um seine Wange zu berühren, aber er zuckte zurück, und sie trat einen Schritt von ihm weg. »Hast du Lust, morgen Abend mit mir zusammen zu essen?«, fragte sie.

»Das weißt du doch.«

»Gut. Dann komm zu mir zum Abendessen. Da können wir dann auch reden, wenn du möchtest.«

Er sah sie an. Sie wusste, dass er versuchte, in ihren Zügen zu lesen, und es ihm nicht gelang. Bemüh dich nicht, hätte sie am liebsten gesagt. Ich habe jahrelange Übung darin, eine bestimmte Rolle in einem Drama zu spielen, von dem du nichts weißt.

Sie erwiderte ruhig seinen Blick, während sie auf seine Antwort wartete. Das Licht aus ihrem Wohnzimmer fiel durch das Fenster und warf einen gelben Schein auf sein Gesicht, das vom Alter und von Ängsten, die er verschwieg, gezeichnet war. Sie war ihm dankbar dafür, dass er seine tiefsten Ängste ihr gegenüber nicht aussprach, denn das verlieh ihr den Mut, sich ihrerseits mit alldem auseinander zu setzen, was *sie* ängstigte.

Er nahm plötzlich die Mütze ab, eine Geste der Unterwürfigkeit, die sie niemals von ihm verlangt hätte. Das graue Haar kam zum Vorschein, das jetzt nass wurde, und die fleischige rote Nase, die bisher im Schatten des Mützenschirms verborgen geblieben war. Nun sah er aus wie das, was er war: ein alter Mann. Und sie fühlte sich als die, die sie war: eine Frau, die die Liebe eines so anständigen Mannes nicht verdiente.

»Eugenie«, sagte er, »wenn du denkst, du kannst mir nicht sagen, dass du – dass du und ich – das wir nicht…« Er schaute zur Buchhandlung gegenüber.

»Ich denke gar nichts«, erwiderte sie. »Außer an London und die Fahrt. Und der Regen ist natürlich lästig. Aber ich fahre vorsichtig. Du brauchst dir keine Sorgen zu machen.«

Er schien zufrieden und vielleicht eine Spur erleichtert über ihre Worte, die gedacht waren, ihn zu beruhigen. »Du bist mein Leben«, sagte er schlicht. »Eugenie, weißt du das? Du bist mein Leben. Und ich bin zwar die meiste Zeit ein ziemlicher Trottel, aber ich –«

»Ich weiß«, sagte sie. »Ich weiß. Und wir reden morgen.«

»Ja, gut.« Er küsste sie ungeschickt und stieß mit dem Kopf gegen die Kante des Schirms, sodass er ihr beinahe aus der Hand gefallen wäre.

Regen schlug ihr ins Gesicht. Ein Auto raste durch die Friday Street, und Wasser spritzte über ihre Schuhe.

Ted fuhr ärgerlich herum. »Hey!«, schrie er dem Fahrzeug nach. »Können Sie nicht aufpassen!«

»Ist schon gut«, sagte sie. »Es ist ja nichts passiert, Ted.«

Er wandte sich ihr wieder zu. »Verdammt noch mal«, sagte er. »War das nicht –« Aber dann brach er ab.

»Was?«, fragte sie. »Wer?«

»Niemand. Nichts.« Er scheuchte den Hund hoch, um das letzte Stück Weg zu seiner Haustür hinter sich zu bringen. »Und wir reden morgen?«, fragte er. »Nach dem Abendessen?«

»Ja«, antwortete sie. »Es gibt so vieles zu sagen.«

Große Vorbereitungen brauchte sie nicht zu treffen. Sie wusch sich das Gesicht und putzte die Zähne. Sie kämmte sich das Haar und band ein dunkelblaues Tuch um, trug einen farblosen Lippenbalsam auf und knöpfte das Winterfutter in ihren Trenchcoat, um gegen die Kälte der Nacht besser geschützt zu sein. Parkplätze waren in London immer knapp, und sie wusste nicht, wie weit sie nach Erreichen ihres Ziels noch zu Fuß durch Wind und Kälte würde gehen müssen.

Im Trenchcoat, die Handtasche am Arm, stieg sie die schmale Treppe hinunter. Vom Küchentisch nahm sie eine Fotografie in einem schlichten Holzrahmen, eine von dreizehn, die gewöhnlich im Haus verteilt standen. Zur Auswahl hatte sie sie in Reih und Glied auf dem Tisch aufgestellt, und die anderen blieben nun dort stehen.

Das Bild an die Brust gedrückt, trat sie in die Dunkelheit hinaus.

Ihr Wagen stand ein paar Häuser weiter in einem abgeschlossenen Hof. Sie mietete den Platz monatlich. Der Hof war hinter einem Tor verborgen, das geschickt so gefertigt war, dass es aussah, als wäre es Teil der Fachwerkhäuser zu seinen beiden Seiten. Das bot Sicherheit, und Sicherheit war Eugenie wichtig. Die Illusion von Sicherheit, die Tore und Schlösser boten, sagte ihr zu.

In ihrem Wagen – ein Polo aus zweiter Hand, dessen Gebläse röchelte wie ein Asthmatiker – legte sie die gerahmte Fotografie auf den Beifahrersitz und ließ den Motor an. Sie hatte sich für diese Fahrt nach London gerüstet – Öl und Reifendruck des Wagens geprüft, den Tank aufgefüllt –, sobald sie Datum und Ort des

Termins erfahren hatte. Die genaue Uhrzeit war ihr später angegeben worden, und sie war zunächst zurückgeschreckt, als ihr klar geworden war, dass das »zehn Uhr fünfundvierzig« sich auf den Abend bezog und nicht auf den Vormittag. Aber sie wusste, dass Proteste von ihr keine Chance hatten, darum hatte sie zugestimmt. Sie sah bei Dunkelheit nicht mehr so gut wie früher, aber sie würde es schon schaffen.

Mit dem Regen allerdings hatte sie nicht gerechnet. Als sie die Außenbezirke von Henley hinter sich gelassen hatte und die Straße nahm, die in nordwestlicher Richtung nach Marlow führte, kroch sie bald nur noch im Schneckentempo vorwärts. Die Hände um das Lenkrad gekrampft und den Oberkörper so weit vorgebeugt, dass sie mit dem Kopf beinahe die Windschutzscheibe berührte, suchte sie sich ihren Weg durch den peitschenden Regen, von dem das grelle Licht entgegenkommender Fahrzeuge in tausend glitzernde Pfeile gebrochen wurde, die auf ihre Windschutzscheibe hagelten.

Auf der M40, wo Personenwagen und Lastzüge Sprühfontänen aufwirbelten, denen die Scheibenwischer des Polo kaum gewachsen waren, war es nicht viel besser. Die Markierungslinien, die nicht unter dem stehenden Wasser verschwunden waren, schienen sich unter Eugenies Blick bald zu Schlangenlinien zu krümmen, bald in plötzlichen Sprüngen auf eine andere Spur hinüberzuwechseln.

Als sich die Lichter von Wormwood Scrubbs näherten, wagte sie es, den Todesgriff, mit dem sie das Lenkrad umklammert hielt, etwas zu lockern, aber wirklich wohler wurde ihr erst, als sie von der schwimmenden Betonbahn der M40 abbog und bei Maida Hill in nördlicher Richtung weiterfuhr.

Sobald es möglich war, lenkte sie den Wagen an den Straßenrand und stieß mit einem Gefühl, als hätte sie während der ganzen Fahrt die Luft angehalten, einen tiefen Seufzer der Erleichterung aus. Sie kramte in ihrer Handtasche nach der Wegbeschreibung, die sie sich anhand des Londoner Stadtplans notiert hatte. Zwar hatte sie nun die Fahrt auf der Schnellstraße heil überstanden, aber noch lag das letzte Viertel des Wegs vor ihr, der durch das Labyrinth der Londoner Straßen führte.

Es war zu jeder Zeit schwierig, sich in der Stadt zurechtzufinden. Bei Dunkelheit sorgten schlechte Straßenbeleuchtung und ein eklatanter Mangel an Hinweisschildern für zusätzliche Mühe. Und wenn es dann auch noch in Strömen regnete, war man so gut wie verloren. Drei Fehlversuche brachten Eugenie gerade bis Paddington Recreation Ground, bevor sie merkte, dass sie sich hoffnungslos verfahren hatte. Nicht bereit, ein Risiko einzugehen, fuhr sie genau den Weg zurück, den sie gekommen war, wie ein Taxifahrer, der in die Irre gefahren ist und unbedingt feststellen will, wo er sich unterwegs das erste Mal verfahren hat.

Es war beinahe zwanzig nach elf, als sie endlich auf die Straße im Nordwesten Londons stieß, die sie suchte. Und dann musste sie noch einmal sieben schweißtreibende Minuten lang in der Gegend herumkurven, ehe sie einen Parkplatz fand.

Sie nahm die gerahmte Fotografie an sich, holte ihren Regenschirm vom Rücksitz und stieg aus. Der Regen hatte zum Glück nachgelassen, aber es wehte immer noch ein starker Wind, der die wenigen noch an den Bäumen haftenden Blätter abriss und auf Bürgersteig, Straße und geparkte Autos hinunterfegte.

Das Haus, zu dem sie wollte, hatte die Nummer 32, und sie sah sogleich, dass es ein ganzes Stück weiter die Straße hinauf auf der anderen Seite lag. Mit schnellem Schritt ging sie die ersten fünfundzwanzig Meter auf dem Bürgersteig. Kaum eines der Häuser, an denen sie vorüberkam, war noch erleuchtet, und die ängstliche Nervosität, die sie angesichts des bevorstehenden Gesprächs ohnehin schon plagte, steigerte sich noch wegen der Dunkelheit und den Fantasien, was sich alles in dieser Dunkelheit verbergen könnte. Eugenie beschloss, vorsichtig zu sein, wie das einer Frau, die an einem regnerischen Herbstabend allein in der Stadt unterwegs war, zu raten war, und trat vom Bürgersteig herab, um in der Mitte der Straße weiterzugehen. So würde sie vielleicht noch rechtzeitig aufmerksam werden, sollte jemand sie überfallen wollen.

Sie hielt das zwar für unwahrscheinlich, denn dies war eine anständige Gegend. Dennoch war sie erleichtert, als die fächerförmigen Strahlen zweier Autoscheinwerfer über sie hinwegglitten und ihr sagten, dass hinter ihr ein Fahrzeug in die Straße eingebogen war. Es fuhr langsam, so langsam, wie auch sie gefahren war, offensichtlich wie sie selbst noch vor wenigen Minuten auf der Suche nach einem Parkplatz. Sie drehte sich kurz um und trat an das nächststehende Fahrzeug, um den Wagen vorbeizulassen. Aber der Fahrer zog zur Seite und gab ihr mit der Lichthupe Zeichen, dass sie weitergehen könne.

Irrtum, dachte sie, schulterte ihren Schirm und setzte ihren Weg fort. Der Fahrer suchte gar nicht nach einem Parkplatz, sondern wartete offenbar auf einen Bewohner des Hauses, vor dem er angehalten hatte. Sie warf noch einmal einen schnellen Blick über die Schulter zurück, und als hätte der fremde Fahrer ihre Gedanken gelesen, hupte er einmal kurz. Es klang, fand Eugenie, wie die ungeduldige Mahnung einer Mutter oder eines Vaters an ein widerspenstiges Kind.

Sie ging weiter und achtete auf die Nummern der Häuser, an denen sie vorüberkam. Sie war bei Nummer zehn und Nummer zwölf – kaum sechs Häuser von ihrem Auto entfernt –, als das bisher stetige Licht hinter ihr plötzlich zur Seite schwenkte und dann erlosch.

Seltsam, dachte sie, man kann doch nicht einfach mitten auf der Straße parken, und sah sich um.

Grelle Lichter flammten auf. Sie war augenblicklich geblendet. Und geblendet blieb sie wie gebannt stehen.

Ein Motor heulte auf, Reifen glitten quietschend über den Asphalt.

Mit weit ausgebreiteten Armen wurde sie in die Luft geschleudert, als der Wagen sie erwischte, und das Bild in seinem schlichten Rahmen schoss in die Höhe wie eine Rakete.

49

2

J. W. Pitchley, alias *Die Zunge*, hatte einen höchst gelungenen Abend hinter sich. Er hatte Regel Nummer eins gebrochen – verabrede dich *niemals* persönlich mit einem Cybersexpartner –, aber es hatte alles bestens geklappt, und er hatte wieder einmal den Beweis dafür bekommen, dass er ein messerscharfes Gespür für den unvergleichlichen Genuss der überreifen Früchte besaß, die gerade, weil sie so lange unbeachtet am Baum gehangen hatten, umso saftiger waren.

Bescheidenheit und Ehrlichkeit zwangen ihn allerdings zu dem Eingeständnis, dass er in diesem Fall nicht viel riskiert hatte. Eine Frau, die sich *Sahnehöschen* nannte, ließ ja kaum Zweifel daran, was sie wollte. Und alle noch vorhandene Unsicherheit seinerseits war durch fünf Online-Rendezvous, bei denen er sich in seine Calvin-Klein-Jockeys ergossen hatte, ohne einen Finger rühren zu müssen, beseitigt worden. Im Gegensatz zu den vier anderen Cybergespielinnen, zu denen er gegenwärtig Kontakt hatte und deren orthografischen Kenntnisse bedauerlicherweise meist so beschränkt waren wie ihre Fantasie, verfügte das Sahnehöschen, wie sie sich gern nannte, über einen Einfallsreichtum und eine natürliche Fähigkeit, ihre Fantasien in Worte zu fassen, dass sich sein Schwanz wie eine Wünschelrute aufstellte, sobald sie einloggte.

*Sahnehöschen hier*, pflegte sie zu schreiben. *R U rdy 4 it, Zungenmann?*, hast du Lust?

Aber ja. Aber ja. Lust hatte er immer.

Und diesmal hatte er sogar selbst den sprichwörtlichen Sprung ins kalte Wasser gewagt und nicht erst auf die Initiative der anderen Seite gewartet. Das war total untypisch für ihn. Im Allgemeinen machte er bereitwillig jedes Spiel mit und war online stets verfügbar, wenn eine seiner Partnerinnen ein bisschen Action wünschte, aber die persönliche Begegnung anzuregen, das überließ er gewöhnlich den Damen. Diesem Prinzip treu, hatte er dafür gesorgt, dass siebenundzwanzig Super-Highway-Begegnungen zu siebenundzwanzig ungemein befriedigenden körperlichen Begegnungen im *Comfort Inn* in der Cromwell Road geführt hatten – in kluger Entfernung von seiner Wohnung und beobachtet einzig von einem Nachtportier asiatischer Herkunft, dessen Interesse an Gesichtern weit hinter seiner Leidenschaft für Videos alter BBC-Historienschinken zurückstand. Nur einmal war er zum Opfer eines Cyberstreichs geworden, als ihn bei einer Verabredung statt der Frau, die sich *TrauDich* genannt hatte, zwei pickelige Zwölfjährige, angezogen wie die Kray-Brüder, erwartet hatten. Aber kein Problem. Den beiden hatte er gründlich den Kopf gewaschen, die würden solche Dummheiten wahrscheinlich so bald nicht wieder machen.

Doch *Sahnehöschen* faszinierte ihn. *Hast du Lust?*

Sie hatte es geschafft, ihn beinahe von Anfang an neugierig zu machen. Konnte sie mit dem Körper erfüllen, was ihr Cyberego mit Worten versprach?

Das war ja immer die Frage. Und darüber zu spekulieren und zu fantasieren und sich schließlich die Antwort zu holen war Teil des Spaßes.

Er hatte hart gearbeitet, um *Sahnehöschen* so weit zu bringen, dass sie ein persönliches Treffen vorschlug. Er hatte neue, schwindelnde Höhen sexueller Ausschweifungen mit dieser Frau erklommen. Und um noch originellere Ideen auf dem Gebiet der Sinnenfreude entwickeln zu können, hatte er im Lauf von zwei Wochen gut sechs Stunden lang in den Utensilien der Lust herumgestöbert, die die fensterlosen Geschäfte in der Brewer Street anzubieten hatten. Als er sich dann eines Tages bewusst wurde, dass er auf der täglichen Bahnfahrt in die City anstatt die *Financial Times* zu lesen, die Basislektüre seiner beruflichen Laufbahn, in aufregenden Bildern ihrer beider Körper schwelgte, die sich lustgesättigt und aufs Engste ineinander verschlungen auf der hässlichen Tagesdecke eines Betts im *Comfort Inn* rekelten, wusste er, dass er handeln musste.

*Want it 4 real?* Hast du Lust auf die Realität?, hatte er ihr schließlich geschrieben. Bist du bereit, etwas zu riskieren? *R U rdy 4 a rsk?*

Sie war bereit gewesen.

Er schlug vor, was er immer vorschlug, wenn eine seiner Cybergespielinnen eine Zusammenkunft wünschte: Drinks im *Valley of*

*Kings*, leicht zu finden, nur einen Katzensprung vom Sainsbury's in der Cromwell Road entfernt. Sie könnte mit dem eigenen Wagen kommen, per Taxi, Bus oder U-Bahn, ganz nach Belieben. Und sollte man gleich auf den ersten Blick feststellen, dass die Chemie doch nicht stimmte, so konnte man es bei einem schnellen Drink an der Bar bewenden lassen, und nichts für ungut, okay?

Das *Valley of Kings* hatte den gleichen unschätzbaren Vorteil zu bieten wie das *Comfort Inn*: Die Angestellten dort sprachen, wie die der meisten Dienstleistungsunternehmen in London, praktisch kein Englisch und waren unfähig, den einen Engländer vom anderen zu unterscheiden. Er hatte alle siebenundzwanzig seiner Cyberfreundinnen ins *Valley of Kings* geführt, ohne dass die Kellner oder der Barkeeper auch nur mit einem Wimpernzucken Wiedererkennen gezeigt hatten. Er war daher sicher, auch *Sahnehöschen* dorthin führen zu können, ohne befürchten zu müssen, von einem der Angestellten verraten zu werden.

Er erkannte sie sofort, als sie hereinkam, und fand es hoch befriedigend, wieder einmal festzustellen, dass er instinktiv gewusst hatte, wie sie sein würde. Um die fünfundfünfzig, proper, dezent parfümiert: keine dahergelaufene Schlampe, die auf Kohle aus war; keine Straßenschnepfe, die höher hinaus wollte; keine Vorstadtfotze, die in die Stadt gekommen war, weil sie hoffte, einen Kerl zu finden, der ihren Lebensstandard verbessern würde. Nein, sie war genau das, was er vermutet hatte: eine einsame geschiedene Frau, deren Kinder aus dem Haus waren und die sich damit abfinden musste, ungefähr zehn Jahre früher, als sie es sich wünschte, *Oma* genannt zu werden. Sie wollte sich beweisen, dass sie trotz Falten und beginnender Hamsterbäckchen noch immer einen gewissen Sexappeal besaß. Dass er seine eigenen Gründe hatte, sich für sie zu interessieren, obwohl sie gewiss ein Dutzend Jahre älter war als er, spielte keine Rolle. Er war nur zu gern bereit, ihr die Bestätigung zu liefern, die sie suchte.

Und die erhielt sie in Zimmer 109, erster Stock, nur durch eine dünne Wand vom Donnern des Straßenverkehrs getrennt. Ein Zimmer zur Straße – um das er stets mit gedämpfter Stimme bat, bevor er den Zimmerschlüssel holte – schloss von vornherein jede Möglichkeit aus, über Nacht zu bleiben. Niemand, der mit einem normalen Gehör ausgestattet war, hätte in einem der Zimmer zur Cromwell Road hinaus *schlafen* können, und da eine ganze Liebesnacht mit einer Cyberfrau das Letzte war, wonach ihm der Sinn stand, nutzte er nur zu gern den Straßenlärm, um irgendwann sagen zu können:»Lieber Gott, ist das ein Lärm!«, und damit einen Abgang mit Anstand einzuleiten.

Es war alles gelaufen wie geplant: Nachdem man sich mit Hilfe einiger Drinks körperlich näher gekommen war, hatte man sich ins *Comfort Inn* begeben und dort nach energischem Beischlaf zu beiderseitiger Befriedigung gefunden. In ihren Aktivitäten war *Sahnehöschen* – die es verschämt ablehnte, ihren richtigen Namen zu enthüllen – kaum weniger einfallsreich als mit Worten. Erst nachdem sie gemeinsam sämtliche Stellungen und Spielarten des Geschlechtsverkehrs gründlich erforscht hatten, ließen sie, in Schweiß und diverse andere Körperflüssigkeiten gebadet, voneinander ab. Erschöpft blieben sie auf dem Bett liegen und lauschten dem Donnern der Lastzüge, die die A4 hinauf- und hinunterbrausten.

»Mein Gott, ist das ein Lärm«, stöhnte er. »Ich hätte mir ein besseres Hotel einfallen lassen sollen. Hier werden wir nie zum Schlafen kommen.«

»Oh«, sagte sie brav wie auf Kommando, »keine Sorge! Ich kann sowieso nicht bleiben.«

»Nein?« Bedauernd.

Ein Lächeln. »Nein, so weit hatte ich nicht geplant. Es hätte doch leicht sein können, dass wir beide uns persönlich nicht so gut verstehen wie im Netz. Du weißt schon.«

Und wie er das wusste! Blieb nur eine Frage, als er nach Hause fuhr: Was weiter? Zwei Stunden lang hatten sie es getrieben wie die Biber, hatten es beide ungeheuer genossen und sich mit dem Versprechen getrennt, dass man »in Verbindung« bleiben würde. Aber *Sahnehöschens* Abschiedsumarmung hatte unterschwellig etwas an sich gehabt, das zu ihrer zur Schau getragenen Nonchalance im Widerspruch stand und ihn warnte, lieber eine Weile Abstand zu halten.

Und nach einer langen ziellosen Fahrt durch den Regen, die er brauchte, um sich abzureagieren, beschloss er, genau das zu tun.

Gähnend lenkte er den Wagen in die Straße, in der er wohnte. Nach den körperlichen Anstrengungen des Abends würde er ausgezeichnet schlafen. Durch die Windschutzscheibe blinzelnd, halb eingeschläfert vom eintönigen Surren der Scheibenwischer, fuhr er langsam die Steigung hinauf und setzte mehr aus Gewohnheit als Notwendigkeit den Blinker zum Abbiegen in die Einfahrt zum Haus, als er neben einem Vauxhall Calibra neueren Modells ein vom Regen durchweichtes Kleiderbündel liegen sah.

Er seufzte. Die Leute sind doch wirklich Schweine, dachte er. Werfen ihr Gerümpel einfach auf die Straße, anstatt es zur Kleidersammlung zu geben. Zum Kotzen ist das.

Er wollte schon vorüberfahren, als in dem Wust klatschnasser Lumpen etwas Weißes aufleuchtete, das ihn veranlasste genauer hinzusehen. Ein Strumpf, ein zerfetzter Schal, ein Schlüpfer? Was?

Aber da erkannte er, was es war, und trat schockiert auf die Bremse.

Es war eine Hand, ein Handgelenk, ein kurzes Stück Arm, was sich von dem Schwarz eines Mantels abhob. Eine Schaufensterpuppe, sagte er sich unwirsch zur Selbstberuhigung. Ein geschmackloser Scherz, den sich irgendjemand erlaubt hat. Das Ding ist sowieso zu klein, um ein Mensch zu sein. Und Beine oder ein Kopf sind auch nicht da. Nur dieser Arm.

Aber trotz dieser beruhigenden Überlegungen ließ er sein Fenster herunter. Der Regen schlug ihm ins Gesicht, während er mit zusammengekniffenen Augen das formlose Ding auf dem Boden musterte. Und sah, was noch da war.

Beine. Und ein Kopf. Sie waren nur nicht sofort auf den ersten Blick durch das regenblinde Fenster zu erkennen gewesen, weil der Kopf wie im Gebet tief in den Mantel zurückgezogen war und die Beine bis zum Rumpf unter dem Auto lagen.

Herzinfarkt, sagte er sich, obwohl seine Augen ihm etwas ganz anderes sagten. Aneurisma. Schlaganfall.

Aber was taten die Beine unter dem Auto? Dafür gab es nur eine mögliche Erklärung…

Er griff nach seinem Handy und wählte dreimal die Neun.

54

Die Grippe hatte Inspector Eric Leach von der Kriminalpolizei schwer erwischt. Er konnte sich vor Gliederschmerzen kaum bewegen. Er hatte einen heißen Kopf und einen rauen Hals und Schüttelfrost. Er hätte sich gleich krank melden sollen, als er den ersten Anflug gespürt hatte, und hätte sich ins Bett legen sollen. Das wäre in zweierlei Hinsicht von Nutzen gewesen: Er hätte den Schlaf nachholen können, den er versäumt hatte, seit er versuchte, sein Leben nach der Scheidung wieder auf die Reihe zu bringen; und er hätte eine gute Entschuldigung gehabt, dem Anruf, der ihn um Mitternacht erreicht hatte, nicht Folge zu leisten. Stattdessen schleppte er sich nun zitternd und zähneklappernd aus seiner spartanisch eingerichteten neuen Wohnung in Regen und Kälte hinaus, wo er sich garantiert eine beidseitige Lungenentzündung holen würde.

Man lernt eben nie aus, dachte er verdrossen. Wenn ich das nächste Mal heirate, bleibe ich verheiratet, verdammt noch mal!

Als er die letzte Linkskurve nahm, sah er weiter vorn schon die blauen Blinklichter der Polizeifahrzeuge. Es war ungefähr zwanzig nach zwölf Uhr nachts, aber die leicht ansteigende Straße vor ihm war taghell erleuchtet von starken Flutlichtern, deren Schein bei jeder Blitzlichtaufnahme des Polizeifotografen noch an Grellheit gewann.

Das nächtliche Treiben vor ihren Häusern hatte die Nachbarn in Scharen ins Freie gelockt, aber weiter als bis zum Rand der Fahrbahn, die auf beiden Seiten mit gelben Plastikbändern abgesperrt war, kamen sie nicht. Hinter den Schranken, die an beiden Straßenenden aufgestellt worden waren, hatte sich bereits eine Meute Pressefotografen eingefunden, diese Geier, die ständig den Polizeifunk abhörten, in der Hoffnung zu erfahren, dass es irgendwo frisches Blut zu fotografieren gab.

Inspector Leach drückte eine Lutschtablette aus der Packung, die er vorsorglich eingesteckt hatte. Er ließ seinen Wagen hinter einem Rettungsfahrzeug stehen, dessen Besatzung in wasserdichte Regenkleidung gehüllt vorn an der Motorhaube lehnte. Die Männer tranken aus einer Thermosflasche Kaffee und taten das mit einer Gemütsruhe, die keinen Zweifel daran ließ, dass ihre Dienste nur noch für eines gebraucht wurden. Leach nickte ihnen zu, als er mit eingezogenem Kopf an ihnen vorübereilte, zeigte dem langen jungen Constable, der die Aufgabe hatte, die Presse abzuwimmeln, seinen Dienstausweis und ging an der Schranke vorbei auf die kleine Gruppe von Kollegen zu, die weiter die Straße hinauf um ein Auto herumstand.

Hier und dort fing er eine Bemerkung der Gaffer auf, als er die ansteigende Straße hinaufstapfte, meist in ehrfürchtigem Ton gemurmelte Weisheiten über die Gleichgültigkeit, mit der der Tod sich seine Opfer sucht. Aber es fiel auch diese oder jene unüberlegte Beschwerde über den Wirbel, der entstand, wenn ein plötzlicher Todesfall in der Öffentlichkeit polizeiliche Untersuchung erforderte. Und als Leach eine dieser Beschwerden hörte, in dem abfällig nörgelnden Ton gesprochen, den er hasste, machte er auf dem Absatz kehrt und marschierte schnurstracks in Richtung der protestierenden Stimme, die ihre Klage soeben mit den Worten schloss: »...dass man ohne jeden ersichtlichen Grund aus dem Schlaf gerissen wird, nur weil diese Zeitungsschmierer ihre niedrigen Instinkte befriedigen wollen.« Er fand die Nörglerin, eine Schreckschraube mit gemeißeltem Haar und einem gelifteten Gesicht, das durch die Operation nicht schöner geworden war. Sie sagte gerade: »Wenn einen die Gemeindesteuern, die man bezahlt, nicht vor derartigen Störungen schützen –«, als Leach sie mit einem lauten Ruf zum nächststehenden Constable unterbrach.

»Sorgen Sie dafür, dass diese Hexe die Klappe hält«, blaffte er. »Drehen Sie ihr den Kragen um, wenn's nicht anders geht.« Und damit ging er weiter.

Am Unfallort beherrschte im Augenblick der Pathologe die Szene. Unter einem provisorischen Zelt aus Plastikplanen war er, in eine bizarre Kombination aus Tweedhose, Gummistiefeln und Designerregenjacke gekleidet, gerade dabei, die erste Untersuchung der Leiche abzuschließen, und soweit Leach erkennen konnte, hatten sie es entweder mit einem Transvestiten oder einer weiblichen Person unbestimmten Alters zu tun, die schwer verstümmelt war. Die Gesichtsknochen waren zertrümmert; Blut sickerte aus einem Loch, wo einmal ein Ohr gewesen war; nackte Hautstellen auf dem Kopf zeigten, wo das Haar büschelweise herausgerissen worden war; der Kopf lag in natürlichem Winkel, aber unnatürlich verdreht. Es war genau der Anblick, den man sich wünschte, wenn einem vom Fieber sowieso schon übel war.

Der Pathologe Dr. Olav Grotsin schlug sich mit beiden Händen auf die Oberschenkel und stemmte sich in die Höhe. Er zog die Latexhandschuhe aus, warf sie seiner Assistentin zu, und sein Blick fiel auf Leach, der dastand und schaute und sich bemühte, sein Unwohlsein zu ignorieren, während er versuchte, sich ein Bild von dem zu machen, was er sah.

»Sie schauen aus wie Braunbier und Spucke«, sagte Grotsin.

»Was haben wir denn hier?«

»Weibliche Leiche. War vielleicht eine Stunde tot, als ich ankam. Höchstens zwei.«

»Sind Sie sicher?«

»Bezüglich was? Des Geschlechts oder der Zeit?«

»Bezüglich des Geschlechts.«

»Sie hat einen Busen. Verschrumpelt, aber da. Alles Weitere erfahren Sie morgen. Ich schneid sie nicht gern auf offener Straße in Stücke.«

»Was ist passiert?«

»Fahrerflucht. Schwere innere Verletzungen. Ich würde sagen, dass so ziemlich alles zerstört ist, was zerstört werden kann.«

Leach sagte: »Scheiße«, und trat an Grotsin vorbei, um neben der Toten niederzuhocken. Sie lag auf der Seite, den Rücken zur Fahrbahn, nur wenige Zentimeter von der Fahrertür des Calibra entfernt. Der eine Arm war hinter dem Körper verdreht, die Beine steckten unter dem Chassis des Vauxhall. Der Wagen war unberührt, was Leach nicht wunderte. Es war kaum anzunehmen, dass ein Fahrer auf Parkplatzsuche so weit gehen würde, einen auf der Straße liegenden Menschen kurzerhand zu überfahren, um sich einen Platz zu sichern. Er suchte auf dem Leichnam und dem dunklen Regenmantel, den die Tote anhatte, nach Reifenspuren.

»Der Arm ist ausgerenkt«, sagte Grotsin hinter ihm. »Beide Beine sind gebrochen. Und Schaum vorm Mund haben wir auch. Wenn Sie ihren Kopf drehen, sehen Sie's.«

»Der Regen hat ihn nicht weggespült?«

»Der Kopf war geschützt. Er lag unter dem Wagen.«

*Geschützt*, dachte Leach, ein merkwürdiges Wort in diesem Zusammenhang. Die arme Frau war tot, wer auch immer sie sein mochte. Rötlicher Schaum aus der Lunge konnte heißen, dass sie nicht auf der Stelle tot gewesen war, aber das war ihnen keine

Hilfe und dem unglückseligen Unfallopfer erst recht nicht. Es sei denn, es war jemand auf sie gestoßen, solange sie noch gelebt hatte, und die Sterbende hatte ihm noch etwas sagen können.

Leach richtete sich auf und sagte: »Wer hat es gemeldet?«

»Gleich da drüben, Sir.« Grotsins Assistentin wies mit dem Kopf zur anderen Straßenseite, wo, wie Leach jetzt erst bemerkte, in zweiter Reihe ein Porsche Boxster mit blinkendem Warnlicht geparkt war. Zwei uniformierte Polizeibeamte bewachten das Fahrzeug, und nicht weit entfernt stand unter einem gestreiften Regenschirm ein Mann mittleren Alters, dessen Blick beinahe unablässig voller Nervosität zwischen dem Porsche und der einige Meter entfernt liegenden Leiche hin- und herflog.

Leach machte sich auf den Weg zu dem Sportwagen, um ihn sich näher anzusehen. Wenn der Fahrer, der Wagen und das Opfer zusammengehörten, würden sie nicht viel Arbeit haben, aber schon auf dem Weg zum Wagen war Leach klar, dass das unwahrscheinlich war. Grotsin hatte sicher nicht unbegründet von Fahrerflucht gesprochen.

Dennoch ging Leach aufmerksam um den Porsche herum. Er kauerte vor ihm nieder und musterte prüfend die Vorderfront und die Karosserie. Er prüfte jeden einzelnen Reifen. Er ließ sich auf das regennasse Pflaster hinunter und nahm das Fahrgestell unter die Lupe. Und als er fertig war, beschlagnahmte er den Wagen zur Untersuchung durch die Spurensicherung.

»Also, hören Sie mal! Das ist doch bestimmt nicht nötig«, beschwerte sich der Porschefahrer. »Ich hab doch angehalten! Sobald ich sah – und ich habe es gemeldet. Sie müssen doch einsehen, dass –«

»Das gehört einfach zur Routine«, erklärte Leach dem Mann, dem ein Constable einen Becher Kaffee anbot. »Sie bekommen den Wagen so bald wie möglich wieder zurück. Darf ich um Ihren Namen bitten?«

»Pitchley«, antwortete der Mann. »J. W. Pitchley. Aber im Ernst, das ist ein stinkteurer Wagen, und ich seh keinen Grund – lieber Gott, wenn ich sie angefahren hätte, würde man doch Spuren am Auto sehen.«

»Sie wissen also, dass es sich um eine Frau handelt?«

Pitchley schien verwirrt. »Ich – ich hab's wohl einfach angenommen – ich bin hingegangen – zu ihr, meine ich. Nachdem ich angerufen hatte. Ich bin ausgestiegen und bin hingegangen, weil ich sehen wollte, ob ich was für sie tun kann. Es hätte ja sein können, dass sie noch lebt.«

»Aber sie war tot?«

»Das weiß ich nicht genau. Sie war jedenfalls nicht – ich meine, ich hab gesehen, dass sie bewusstlos war. Sie hat keinen Laut von sich gegeben. Kann sein, dass sie geatmet hat. Aber ich wusste, dass es besser ist, sie nicht anzurühren…« Er trank von seinem Kaffee. Dampf stieg aus dem Becher in die kalte Nachtluft.

»Sie ist arg mitgenommen. Unser Pathologe hat anhand des Busens festgestellt, dass es sich um eine Frau handelt. Wie haben Sie's gemacht?«

Pitchley schien entsetzt über die Unterstellung. Er warf einen Blick über seine Schulter zum Bürgersteig, als fürchtete er, die Gaffer, die immer noch dort standen, könnten sein Gespräch mit dem Polizeibeamten hören und falsche Schlüsse daraus ziehen. »Ich hab überhaupt nichts gemacht!«, sagte er leise. »Mein Gott, was denken Sie denn? Ich hab natürlich gesehen, dass sie unter dem Mantel einen Rock anhatte. Und ihr Haar war länger, als Männer es gewöhnlich tragen –«

»Da, wo's ihr nicht ausgerissen worden ist.«

Pitchley zuckte zusammen, sprach aber weiter. »Als ich den Rock sah, hab ich einfach angenommen, dass es eine Frau ist.«

»Und sie hat dort gelegen, wo sie jetzt liegt? Direkt neben dem Vauxhall?«

»Ja. Genau da. Ich hab sie nicht angerührt.«

»Haben Sie auf der Straße jemanden gesehen? Auf dem Bürgersteig? Vor einer Haustür? An einem Fenster? Ganz gleich, wo.«

»Nein, keine Menschenseele. Ich bin ganz normal hier entlanggefahren, und es war alles menschenleer. Die Frau hätte ich auch nicht gesehen, wenn mir nicht ihre Hand – oder ihr Arm, was Weißes jedenfalls – aufgefallen wäre.«

»Waren Sie allein im Wagen?«

»Ja. Ja, natürlich war ich allein. Ich lebe allein. Da drüben. Ein Stück weiter oben.«

Leach machte sich seine Gedanken angesichts der ungefragt erteilten Auskünfte. »Woher kamen Sie, Mr. Pitchley?«

»Aus South Kensington. Ich habe – ich war dort mit einer Freundin beim Essen.«

»Würden Sie mir den Namen der Freundin nennen?«

»Moment mal, stehe ich hier unter Anklage oder was?« Pitchleys Stimme drückte mehr Empörung als Besorgnis aus. »Wenn man sich nämlich dadurch verdächtig macht, dass man brav die Polizei ruft, wenn man eine Leiche findet, rede ich nur noch mit einem Anwalt an meiner Seite. Hallo, Sie da – seien Sie doch so nett und bleiben Sie von meinem Wagen weg!« Dies war an einen dunkelhäutigen Constable gerichtet, der zusammen mit einigen Kollegen Straße und Bürgersteige absuchte.

Aus der Gruppe, die in der Nähe von Pitchley und Leach arbeitete, kam eine Beamtin mit einer Damenhandtasche in den latexgeschützten Händen im Laufschritt auf Leach zu. Der zog selbst Handschuhe über und entfernte sich von Pitchley, nachdem er ihn angewiesen hatte, einem der Beamten, die seinen Wagen bewachten, seine Adresse und Telefonnummer zu hinterlassen. Er traf in der Mitte der Straße mit der Beamtin zusammen und nahm die Handtasche entgegen.

»Wo haben Sie sie gefunden?«

»Da hinten, ungefähr zehn Meter zurück. Unter dem Auto da, dem Montego. Schlüssel und Geldbörse sind drin. Ausweis auch, und Führerschein.«

»Ist sie von hier?«

»Aus Henley«, antwortete die Beamtin.

Leach öffnete die Handtasche, kramte den Schlüsselbund heraus und reichte ihn der Beamtin. »Prüfen Sie mal, ob einer davon zu einem Auto hier in der Gegend passt«, sagte er kurz, und während sie sich auf den Weg machte, um dem Befehl nachzukommen, nahm er die Geldtasche heraus und klappte sie auf, um sich den Ausweis anzusehen.

Nichts rührte sich bei ihm, als er den Namen las. Später fragte er sich, wieso es nicht augenblicklich gefunkt hatte. Aber er fühlte sich zu diesem Zeitpunkt so zerschlagen, dass er sich erst noch die Organspendekarte ansehen und den Namen auf den Schecks lesen musste, bevor er begriff, wer die Frau war.

Er sah von der Handtasche in seinen Händen zu dem zerschundenen Leichnam hinunter, der wie ein Bündel weggeworfener

Lumpen auf der Straße lag, und sagte erschüttert: »Mein Gott, Eugenie! Es ist Eugenie.«

Am anderen Ende der Stadt stimmte Constable Barbara Havers tapfer in den Jubelgesang der anderen Partygäste ein und fragte sich, wie viele solcher Hymnen sie noch würde über sich ergehen lassen müssen, ehe sie sich mit Anstand aus dem Staub machen konnte. Die nächtliche Stunde war es nicht, die ihr zu schaffen machte. Zwar würde es ihren Schönheitsschlaf kritisch verkürzen, wenn sie nicht bald ins Bett kam, da aber selbst ein Dornröschenschlaf an ihrer äußeren Erscheinung nichts hätte retten können, lebte sie ganz gut in dem Wissen, dass sie von Glück sagen konnte, wenn sie vier Stunden Schlaf bekam. Nein, was ihr zu schaffen machte, war die Frage, *warum* man sie und ihre Kollegen von New Scotland Yard in diesem überheizten Haus in Stamford Brook zusammengepfercht hatte und seit nunmehr fünf Stunden hier festhielt.

Natürlich war der fünfundzwanzigste Hochzeitstag ein Grund zum Feiern. Die Paare ihrer Bekanntschaft, die diesen Meilenstein auf dem holprigen Weg der Ehe erreicht hatten, konnte sie an den Fingern einer Hand abzählen. Aber das Paar, um das es hier ging, erschien ihr irgendwie seltsam, als wäre etwas nicht echt. Vom ersten Moment an, als sie das Wohnzimmer betreten hatte, wo gelbes Kreppapier und grüne Ballons nur notdürftig eine Schäbigkeit vertuschten, die mehr mit Gleichgültigkeit als mit Armut zu tun hatte, war sie den Eindruck nicht losgeworden, dass das Jubelpaar und die versammelten Gäste alle in einem Familiendrama mitspielten, für das man ihr – Barbara – keinen Text gegeben hatte.

Anfangs redete sie sich ein, dieses Außenseitergefühl rühre daher, dass sie ungewohnterweise zusammen mit ihren Vorgesetzten feierte, von denen einer sie vor knapp drei Monaten vor dem beruflichen Absturz gerettet hatte, während der andere ihr am liebsten höchstpersönlich den tödlichen Tritt gegeben hätte. Später sagte sie sich, ihr Unbehagen sei darauf zurückzuführen, dass sie wie immer ohne Begleitung auf der Party erschienen war, während alle anderen jemanden mitgebracht hatten. Selbst Constable Winston Nkata, der ihr unter den Kollegen der Liebste war,

war mit seiner Mutter gekommen, einer großen imposanten Frau, die in den lebhaften Farben ihrer karibischen Heimat gekleidet war. Am Ende diagnostizierte sie die simple Tatsache, dass andere einen Partner hatten, mit dem sie den Hochzeitstag feiern konnten, und sie nicht, als Quelle ihres Missbefindens und schimpfte sich angewidert einen gemeinen Neidhammel.

Aber nicht einmal diese Erklärung hielt genauerer Prüfung stand. Normalerweise fiel es Barbara nicht ein, Energie an Gefühle wie Neid und Eifersucht zu verschwenden. Zwar wären solche negativen Regungen gerade an diesem Abend verständlich gewesen: Auf allen Seiten umgaben sie heiter schwatzende Paare und Grüppchen – Ehepaare, Eltern mit ihren Kindern, Freundescliquen, Liebespaare –, während sie selbst ohne Kind und Kegel dastand und nicht hoffen konnte, dass sich an dieser Situation etwas ändern würde. Aber nachdem sie sich in bewährter Reaktion auf diese Lage der Dinge mit Köstlichkeiten vom Büfett abgelenkt hatte, war sie sehr schnell dazu übergegangen, mit Dankbarkeit die vielen Freiheiten zu bedenken, die sie sich, ungebunden wie sie war, erlauben konnte, und alle beunruhigenden Gefühle, die ihren Seelenfrieden zu stören drohten, rigoros zu verscheuchen.

Dennoch war sie längst nicht so guter Dinge, wie sie auf so einer Party hätte sein können, und als das Jubelpaar mit vereinten Händen ein Riesenmesser ergriff und einer Torte zu Leibe rückte, die mit Marzipanrosen und Zuckerherzen und den Worten *Viel Glück, Malcolm und Frances* verziert war, sah Barbara verstohlen in die Runde, um festzustellen, ob außer ihr noch jemand sich mehr für die Uhrzeit interessierte als für die Feier. Nein. Die Aufmerksamkeit aller Gäste war auf Superintendent Malcolm Webberly und seine Ehefrau Frances gerichtet.

Barbara war Webberlys Frau vor diesem Abend nie begegnet, und während sie jetzt zusah, wie diese ihrem Mann einen Bissen Torte in den Mund schob und dann lachend einen von ihm entgegennahm, wurde ihr bewusst, dass sie den ganzen Abend lang jeden Kontakt zu Frances Webberly gemieden hatte. Miranda, die Tochter des Hauses, die für diesen Abend in die Rolle der Gastgeberin geschlüpft war, hatte sie miteinander bekannt gemacht, und sie hatten ein paar höfliche Worte gewechselt, wie das die

Form gebot. *Wie lange arbeiten Sie schon mit meinem Mann zusammen?* und *Finden Sie die Arbeit in einem Beruf, wo man rundherum mit Männern in Konkurrenz ist, nicht schwierig?* und *Was hat Sie denn bewogen, zur Mordkommission zu gehen?* Während des ganzen Gesprächs hatte Barbara nur gewünscht, Frances entkommen zu können, obwohl diese durchaus freundlich gewesen war und sie mit ihren vergissmeinnichtblauen Augen herzlich angestrahlt hatte.

Aber vielleicht war es gerade der Blick dieser Augen, der bei ihr Unbehagen hervorrief, der Blick und das, was sich hinter ihm verbarg: ein Gefühl, eine Unruhe, etwas, das spürbar nicht so war, wie es sein sollte.

Aber was genau dieses Etwas war, hätte Barbara nicht sagen können. Sie widmete sich also den, wie sie aus tiefstem Herzen hoffte, letzten Momenten der Party und applaudierte mit den anderen, nachdem die letzten Takte der Gratulationshymne verklungen waren.

»Jetzt verratet uns mal, wie ihr es geschafft habt!«, rief jemand aus der Menge, als Miranda Webberly herankam, um ihre Eltern beim Tortenschneiden abzulösen.

»Indem wir keine großen Erwartungen hatten«, antwortete Frances Webberly prompt und umfasste mit beiden Händen den Arm ihres Mannes. »Das musste ich schon zeitig lernen, nicht wahr, Schatz? Nichts zu erwarten, meine ich. Und es war gut so. Das Einzige, was ich nämlich durch diese Ehe *gewonnen* habe – abgesehen von meinem Malcolm natürlich –, sind die fünf Kilo, die ich nach der Schwangerschaft mit Randie nie wieder losgeworden bin.«

Die Gästen stimmten in ihr herzliches Gelächter ein. Miranda senkte nur den Kopf und fuhr fort, die Torte aufzuschneiden.

»Das scheint mir doch ein gutes Geschäft gewesen zu sein«, bemerkte Helen Lynley, die Frau von Barbaras direktem Vorgesetzten, Inspector Thomas Lynley. Sie hatte eben einen Teller mit Torte von Miranda entgegengenommen und tätschelte dem jungen Mädchen liebevoll die Schulter.

»Sie sagen es«, stimmte Superintendent Webberly zu. »Wir haben die beste Tochter der Welt.«

»Sie haben natürlich ganz Recht«, sagte Frances mit einem Lächeln zu Helen. »Ohne Randie wäre ich verloren. Aber warten Sie nur, Gräfin, wenn erst für Sie die Zeit kommt, wo Sie dick und schwerfällig werden, dann werden Sie wissen, wovon ich spreche. Lady Hillier, ein Stück Torte?«

Das ist es, dachte Barbara. Das ist es, was nicht stimmt. Gräfin und Lady! Total daneben von Frances Webberly, mit diesen Titeln um sich zu werfen! Helen Lynley machte von ihrem Titel niemals Gebrauch und hätte sich genau wie ihr Mann, der nicht nur Inspector der Kriminalpolizei bei New Scotland Yard war, sondern auch ein waschechter Graf alten Geschlechts, lieber die Zunge abgebissen, als auf ihre adelige Abstammung hinzuweisen. Und Lady Hillier war zwar die Ehefrau von Assistant Commissioner Sir David Hillier – der wiederum keine Gelegenheit ausließ, um jeden, der es hören wollte, wissen zu lassen, dass er geadelt worden war –, aber sie war außerdem Frances Webberlys leibliche Schwester, und wenn Frances sie so förmlich anredete, wie sie es den ganzen Abend getan hatte, dann erschien das beinahe wie ein bewusstes Bemühen, Unterschiede zwischen den beiden hervorzuheben, die sonst ganz sicher unbeachtet geblieben wären.

Alles höchst seltsam, dachte Barbara. Sehr merkwürdig. Irgendwie – bizarr.

Sie beschloss, sich ein wenig zu Helen zu gesellen, von der die Gesellschaft abgerückt zu sein schien, seit Frances Webberly sie mit *Gräfin* tituliert hatte. Sie stand ganz allein da mit ihrem Kuchenteller in der Hand. Ihrem Mann fiel es offenbar gar nicht auf – typisch Mann –, er war im Gespräch mit zwei Kollegen, Inspector Angus MacPherson, der seine Gewichtsprobleme bekämpfte, indem er ein Stück Torte von der Größe eines Schuhkartons vertilgte, und Inspector John Stewart, der mit zwanghafter Pedanterie die Kuchenkrümel auf seinem Teller zu einem Muster anordnete, das einem Union Jack glich. Barbara beschloss also, Helen aus der Isolation zu retten.

»Und – sind Euer Durchlaucht angetan von den Festivitäten des Abends?«, fragte sie mit leiser Ironie, als sie bei Helen angekommen war. »Oder haben die Untertanen nicht genug gekatzbuckelt?«

»Barbara! Benehmen Sie sich!«, sagte Helen tadelnd, aber sie lachte dabei.

»Das kann ich nicht. Ich hab einen Ruf zu verteidigen.« Barbara nahm dankend ein Stück Torte entgegen und machte sich mit Genuss darüber her. »Euer Schlankheit sollten wenigstens *versuchen*, sich uns anzugleichen und ein wenig in die Breite zu gehen. Haben Sie mal dran gedacht, Querstreifen zu tragen?«

»Hm, da wäre die Tapete, die ich für das Gästezimmer gekauft habe«, meinte Helen nachdenklich. »Die ist zwar längs gestreift, aber ich könnte sie ja quer verarbeiten.«

»Das schulden Sie uns anderen Frauen einfach. Neben Ihnen sehen wir alle wie Elefantinnen aus. Wie schaffen Sie es nur, allen Versuchungen zum Trotz Ihr Gewicht unverändert zu bewahren?«

»Lange wird mir das wahrscheinlich nicht mehr gelingen«, sagte Helen.

»Na, also da würde ich keine fünf Pfund drauf –« Barbara registrierte plötzlich, was Helen gesagt hatte, sah sie erstaunt an und bemerkte das ungewohnt verschämte Lächeln.

»Himmel und Hölle!«, sagte sie beinahe ehrfürchtig. »Sie sind wirklich … Ich meine, Sie und der Inspector …? Mann, das ist echt Spitze!« Sie sandte einen Blick durchs Zimmer zu Lynley, der, den blonden Kopf leicht zur Seite geneigt, konzentriert irgendeiner Geschichte zuhörte, die Angus MacPherson ihm gerade erzählte. »Der Inspector hat kein Wort davon gesagt.«

»Wir haben es erst diese Woche erfahren. Es weiß noch keiner. Wir fanden es so am besten.«

»Ach so. Hm. Ja.« Barbara wusste nicht, was sie davon halten sollte, dass Helen Lynley sie soeben ins Vertrauen gezogen hatte. Plötzliche Wärme überflutete sie, und sie musste gegen einen Kloß im Hals kämpfen. »Also, das ist echt toll. Ich gratuliere! Keine Angst, Helen, ich werd das Kind nicht aus dem Sack lassen, solange Sie es nicht wollen.«

Während sie beide noch über das kleine Wortspiel lachten, sah Barbara eine der Frauen vom Partyservice mit einem schnurlosen Telefon in der Hand aus der Küche kommen.

»Ein Anruf für den Superintendent«, verkündete sie in bedauerndem Ton und fügte »Tut mir Leid« hinzu, als meinte sie, sie hätte den Anruf irgendwie verhindern können.

»Oho, hier kommt der Verdruss«, brummte Angus MacPherson, und Frances rief: »Um diese Zeit? Malcolm, du kannst doch jetzt nicht…«

Unter den Gästen entstand teilnehmendes Gemurmel. Sie wussten alle aus eigener direkter oder indirekter Erfahrung, was so ein Anruf nachts um ein Uhr bedeutete. Und natürlich wusste es auch Webberly. Er sagte: »Kann man nicht ändern, Frances«, und tätschelte ihr kurz die Schulter, bevor er sich das Telefon geben ließ.

Es wunderte Thomas Lynley nicht, dass der Superintendent sich bei seinen Gästen entschuldigte und mit dem Hörer am Ohr die Treppe hinaufging. Es wunderte ihn jedoch, wie lange sein Chef fort blieb. Es vergingen mindestens zwanzig Minuten, und in dieser Zeit aßen die Gäste ihren Kuchen auf, tranken den letzten Schluck Kaffee und begannen von Aufbruch zu sprechen. Frances Webberly protestierte mit nervösen Blicken zur Treppe. Sie könnten doch nicht einfach so gehen, sagte sie, bevor Malcolm Gelegenheit hätte, sich bei ihnen für ihr Kommen zu bedanken. Wollten sie nicht wenigstens auf Malcolm warten?

Über den wahren Grund für ihre hochgradige Nervosität sagte sie nichts. Wenn die Gäste wirklich gingen, bevor ihr Mann sein Telefongespräch beendet hatte, verlangte die Höflichkeit, dass Frances die Leute, die mit ihr und ihrem Mann zusammen gefeiert hatten, zum Abschied in den Garten hinausbegleitete. Aber das konnte sie nicht. Malcolm hatte mit den wenigsten seiner Kollegen je darüber gesprochen, aber Frances hatte seit mehr als zehn Jahren das Haus nicht mehr verlassen.

»Phobien«, hatte er einmal beinahe beiläufig zu Lynley gesagt, als die Rede auf seine Frau gekommen war. »Mit kleinen Dingen, die mir zunächst gar nicht auffielen, fing es an. Und als ich dann aufmerksam wurde, war es bereits so weit, dass sie den ganzen Tag nur im Schlafzimmer saß. In eine Wolldecke gewickelt! Guter Gott, man stelle sich das vor!«

Die Geheimnisse, mit denen Menschen leben, dachte Lynley, während er Frances beobachtete, wie sie mit einer Heiterkeit, die etwas Schrilles hatte, einem Hauch grimmer Entschlossenheit und ängstlichen Eifers zwischen ihren Gästen herumschwirrte. Randie hatte ihre Eltern mit einer Jubiläumsfeier in einem Restaurant in der Nähe überraschen wollen, wo mehr Platz gewesen wäre und die Gäste hätten tanzen können. Aber in Anbetracht von Frances' Zustand war das nicht möglich gewesen, und man hatte sich darauf beschränken müssen, zu Hause zu feiern, in dem ziemlich verwahrlosten alten Haus in Stamford Brook.

Webberly kam schließlich wieder herunter, als die Gäste schon im Aufbruch waren, zur Tür geleitet von seiner Tochter, die mit einem Arm ihre Mutter umschlungen hielt. Es war eine liebevolle Geste von Randie, die einerseits Frances Sicherheit geben, andererseits verhindern sollte, dass diese in Panik von der offenen Tür floh.

»Ihr geht doch noch nicht?«, rief Webberly mit dröhnender Stimme von der Treppe herab. Er hatte sich eine Zigarre angezündet, von der eine dicke blaue Wolke zur Zimmerdecke aufstieg. »Die Nacht ist noch jung.«

»Die Nacht ist der Morgen«, entgegnete Laura Hillier. Sie tätschelte ihrer Nichte liebevoll die Wange. »Das war wirklich ein schönes Fest, Randie. Deine Eltern können stolz auf dich sein.« Hand in Hand mit ihrem Mann trat sie ins Freie hinaus, wo es endlich aufgehört hatte zu regnen.

Assistant Commissioner Hilliers Abgang wirkte wie ein Signal, und nun begann die Gesellschaft, sich endgültig aufzulösen. Lynley wartete mit Helen zusammen nur noch auf den Mantel seiner Frau, der irgendwo im oberen Stockwerk ausgegraben werden musste, als Webberly zu ihm trat und leise sagte: »Bleiben Sie noch einen Moment, Tommy. Wenn es Ihnen recht ist.«

Webberlys Gesicht hatte einen angespannten Zug, der Lynley veranlasste, ohne Zögern »natürlich, gern« zu sagen, während Helen neben ihm spontan rief: »Frances, haben Sie nicht zufällig Ihre Hochzeitsbilder in der Nähe? Ich fahre erst nach Hause, wenn ich Sie an Ihrem schönsten Tag gesehen habe.«

Lynley warf ihr einen dankbaren Blick zu.

Zehn Minuten später war das Haus leer, und während Helen sich mit Frances Webberly Fotos ansah und Miranda den Leuten vom Partyservice beim Aufräumen half, zogen sich Lynley und Webberly ins Arbeitszimmer zurück, einen engen kleinen Raum, in dem selbst das spärliche Inventar – Schreibtisch, Sessel, Bücherregale – kaum Platz hatte.

Vielleicht aus Rücksicht auf Lynley ging Webberly zum Fenster und öffnete es, um den Rauch seiner Zigarre hinauszulassen. Kalte, regenschwere Herbstluft strömte ins Zimmer.

»Setzen Sie sich, Tommy.« Webberly selbst blieb am Fenster stehen, ein Schatten jenseits des Lichts, das von der Deckenlampe herabfiel, und kaute auf der Unterlippe, als wüsste er nicht recht, wie er in Worte fassen sollte, was er zu sagen hatte. Lynley wartete schweigend.

Draußen auf der Straße krachte die Gangschaltung eines Autos, drinnen im Haus wurden knallend Küchenschränke zugeschlagen. Die Geräusche schienen Webberly aus seiner Unschlüssigkeit zu reißen. Er blickte auf und sagte: »Das war eben ein Kollege namens Leach am Telefon. Wir waren früher Partner. Ich hatte ihn seit Jahren nicht mehr gesprochen. Es ist schon traurig, wenn man sich so aus den Augen verliert. Ich weiß nicht, wie es kommt, aber es ist so.«

Lynley war klar, dass Webberly ihn nicht zu bleiben gebeten hatte, um ihm melancholische Vorträge über den Zustand einer alten Freundschaft zu halten. Dazu war Viertel vor zwei Uhr nachts weiß Gott nicht die geeignete Zeit. Aber um dem Mann, mit dem er schon so lange zusammenarbeitete, das Reden zu erleichtern, sagte er: »Ist Leach noch bei der Polizei, Sir? Ich glaube, ich kenne ihn nicht.«

»Nordwest-London«, erwiderte Webberly. »Er und ich haben vor zwanzig Jahren zusammengearbeitet.«

»Ah.« Lynley rechnete. Webberly wäre damals fünfunddreißig gewesen, das hieß, dass er von seiner Dienstzeit in Kensington sprach. »Kripo?«, fragte er.

»Er war mein Sergeant. Er ist jetzt in Hampstead Leiter der Mordkommission. Inspector Eric Leach. Ein guter Mann. Ein sehr guter Mann.«

Lynley betrachtete Webberly nachdenklich: das dünne, von Grau durchzogene, blonde Haar hastig über die Stirn gebürstet; der von Natur aus frische rosige Teint blass, der Kopf halb gesenkt, als drückte eine allzu schwere Last auf seinen Schultern. Ein Gesamtbild, das nur eine Erklärung zuließ – schlechte Nachrichten.

Ohne aus dem Schatten zu treten, sagte Webberly: »Er bearbeitet einen Fall von Fahrerflucht in West Hampstead. Darum hat er angerufen. Die Geschichte ist heute Abend um zehn oder elf Uhr passiert. Das Opfer ist eine Frau.« Er hielt inne, schien auf eine

Reaktion von Lynley zu warten. Als Lynley sich mit einem kurzen Nicken begnügte – Fahrerflucht kam in einer Großstadt, wo Ausländer leicht vergaßen, auf welcher Straßenseite sie zu fahren hatten, in welche Richtung sie zu schauen hatten, wenn sie zu Fuß gingen, erschreckend häufig vor –, senkte Webberly den Blick auf seine Zigarre und räusperte sich. »Nach Lage der Dinge vermuten die Kollegen von der Spurensicherung, dass jemand sie zunächst angefahren und danach bewusst noch einmal *über*fahren hat; dass der Betreffende dann ausgestiegen ist, den Leichnam an den Straßenrand gezerrt hat und weggefahren ist.«

»O Gott«, murmelte Lynley.

»Ihre Handtasche wurde ganz in der Nähe gefunden. Mit Schlüsseln und Ausweispapieren. Und ihr Auto war auch nicht weit weg in derselben Straße abgestellt. Auf dem Beifahrersitz lagen ein Londoner Stadtplan und ein Zettel mit einer Wegbeschreibung zu der Straße, in der sie getötet wurde. Eine Adresse war auch dabei: Crediton Hill zweiunddreißig.«

»Und wer wohnt dort?«

»Der Mann, der die Frau gefunden hat, Tommy. Er fuhr ganz zufällig keine Stunde nach dem ›Unfall‹ durch eben diese Straße.«

»Hat er die Frau bei sich zu Hause erwartet? War er mit ihr verabredet?«

»Soweit wir wissen, nicht, aber wir wissen bis jetzt noch nicht viel. Leach sagte, der Bursche machte ein Gesicht, als hätte er in eine Zitrone gebissen, als sie ihm mitteilten, dass die Frau einen Zettel mit seiner Adresse in ihrem Wagen liegen hatte. Er sagte angeblich nur: ›Das ist ausgeschlossen‹, und rief dann sofort seinen Anwalt an.«

Was natürlich sein gutes Recht war, wenn auch etwas verdächtig als erste Reaktion auf die Nachricht, dass man bei der Toten seine Adresse gefunden hatte.

Aber Lynley verstand noch immer nicht, wieso dieser Fall von Fahrerflucht, so merkwürdig die Umstände seiner Entdeckung waren, für Inspector Leach Anlass gewesen waren, Webberly noch nachts um ein Uhr anzurufen, und wieso Webberly sich bemüßigt fühlte, ihm – Lynley – jetzt von diesem Anruf zu berichten.

»Sir«, sagte er, »fühlt Inspector Leach sich mit diesem Fall aus irgendeinem Grund überfordert? Läuft es bei der Mordkommission Hampstead nicht so, wie es laufen sollte?«

»Sie wollen wissen, warum er angerufen hat? Und warum ich jetzt Ihnen mit der Sache komme?« Webberly ließ sich schwer in den Sessel hinter seinem Schreibtisch fallen und sagte, ohne auf Lynleys Antwort zu warten: »Wegen der Frau, die bei dem Unfall ums Leben kam, Tommy. Es ist Eugenie Davies, und ich möchte, dass Sie sich zusammen mit Leach um den Fall kümmern. Ich werde Himmel und Hölle in Bewegung setzen, um herauszubekommen, was ihr zugestoßen ist. Das war Leach sofort klar, als er sah, wer sie war.«

Lynley runzelte die Stirn. »Und wer war sie?«

»Wie alt sind Sie, Tommy?«

»Siebenunddreißig, Sir.«

Webberly seufzte. »Dann sind Sie wohl zu jung, um die Geschichte zu kennen.«

# GIDEON

*23. August*

Mir gefiel die Art nicht, wie Sie mir die Frage stellten, Dr. Rose. Ich fühlte mich beleidigt, sowohl von Ihrem Ton als auch von der subtilen Intention Ihrer Frage. Sagen Sie jetzt bitte nicht, es hätte da nichts Subtiles gegeben; ich bin kein Idiot. Und erzählen Sie mir nichts von der »tatsächlichen Bedeutung« dessen, was der Patient in Ihre Worte hineinliest. Ich weiß, was ich gehört habe, ich weiß, was geschehen ist, und ich kann beides für Sie in einem Satz zusammenfassen: Sie lasen, was ich geschrieben hatte, entdeckten eine Lücke in der Geschichte und stürzten sich darauf wie ein Ankläger, der nur eines im Sinn hat – den Verdächtigen zu überführen.

Lassen Sie mich wiederholen, was ich bereits während unserer Sitzung sagte: Ich erwähnte meine Mutter deshalb erst in diesem letzten Satz, weil ich die Aufgabe erfüllen wollte, die Sie mir gestellt hatten, nämlich niederzuschreiben, woran ich mich erinnere. Was ich schrieb, das schrieb ich so, wie es mir in den Sinn kam. Und meine Mutter kam mir ganz einfach nicht vor diesem Zeitpunkt in den Sinn: dem Tag, an dem Raphael Robson mein Lehrer und Tutor wurde.

Aber das italienisch-griechisch-portugiesisch-spanische junge Mädchen, das *kam* Ihnen in den Sinn?, fragen Sie mit dieser unerträglichen Milde und Gelassenheit, die Sie kultivieren.

Ganz recht, ja, das Mädchen kam mir in den Sinn. Und was ist daraus nun zu schließen? Dass ich eine bisher unerwähnte Affinität zu portugiesisch-spanisch-italienisch-griechischen Frauen habe, meiner bisher verleugneten Dankesschuld an eine junge Frau ohne Namen entsprungen, die mich unwissentlich auf den Weg zum Erfolg geführt hat? Ist es so, Dr. Rose?

Ah, ich verstehe. Sie geben mir keine Antwort. Sie halten, im Sessel Ihres Vaters verschanzt, sicheren Abstand und betrachten mich mit Ihrem seelenvollen Blick, und ich soll diese Distanz zwischen uns als den Bosporus betrachten, der darauf wartet, von mir durchschwommen zu werden. Ich soll gewissermaßen den Sprung in die Gewässer der Wahrheit tun. Als spräche ich nicht die Wahrheit.

Sie war da. Natürlich war meine Mutter da. Und wenn ich anstelle meiner Mutter das italienische Mädchen erwähnte, dann aus dem einfachen Grund, weil die Italienerin – und warum, verflixt noch mal, kann ich mich nicht an ihren Namen erinnern? – in der Gideon-Legende eine Rolle spielt und meine Mutter nicht. Ich glaubte, Sie hätten mir aufgetragen, niederzuschreiben, woran ich mich erinnere, und dabei bis zu meiner frühesten Erinnerung zurückzugehen. Wenn das nicht Ihr Auftrag war, wenn Sie vielmehr wünschten, ich würde Ihnen die entscheidenden Details einer Kindheit auftischen, die großenteils Erfindung ist, aber so sauber und steril aufbereitet, dass Sie identifizieren und etikettieren können, wo und was Sie wollen –

O ja, ich bin wütend, Sie brauchen mich gar nicht erst darauf hinzuweisen. Weil ich nämlich nicht einsehe, was meine Mutter, eine Analyse meiner Mutter oder auch nur ein oberflächliches Gespräch über meine Mutter mit dem zu tun haben soll, was in der Wigmore Hall geschehen ist. Und das ist schließlich der Grund, warum ich Sie aufgesucht habe, Dr. Rose. Das wollen wir doch nicht vergessen. Ich habe mich bereit erklärt, diese Prozedur mitzumachen, weil ich dort, in der Wigmore Hall, vor einem Publikum, das eine Menge Geld bezahlt hatte, um das East London Conservatory zu unterstützen – das ich übrigens selbst regelmäßig unterstütze –, auf die Bühne trat, meine Violine hob, meinen Bogen zur Hand nahm, wie gewohnt die Finger meiner linken Hand lockerte, dem Pianisten und dem Cellisten zunickte und – nicht spielen konnte. Mein Gott, können Sie sich überhaupt vorstellen, was das bedeutet?

Das war kein Lampenfieber, Dr. Rose, und auch keine vorübergehende Blockierung wegen eines bestimmten Musikstücks, das ich übrigens vor dem Auftritt zwei Wochen lang geprobt hatte. Es war ein vollständiger und demütigender Verlust der Fähigkeit zu spielen. Nicht nur war die Erinnerung an die Musik aus meinem Gehirn gelöscht, ich wusste plötzlich auch nicht mehr, wie man spielt – geschweige denn, wie man lebt. Ebenso gut hätte ich nie eine Geige in der Hand gehalten haben können oder die letzten einundzwanzig Jahre meines Lebens irgendwo im stillen Kämmerlein verbracht haben können, statt vor Publikum zu spielen.

Sherill begann mit dem Allegro. Ich hörte es, und es sagte mir nichts. Dann kam die Stelle, wo ich mit der Geige hätte einsetzen müssen – nichts. Ich wusste weder, *was* ich zu tun noch *wann* ich es zu tun hatte. Ich war, wie einst Lots Weib, buchstäblich zur Salzsäule erstarrt.

Sherill sprang für mich ein. Er *improvisierte* – bei Beethoven! Er führte mit seinen Improvisationen zu der Stelle zurück, an der mein Einsatz hätte kommen müssen. Wieder nichts! Nur Stille. Ein Vakuum. Und die Stille toste in meinem Kopf wie ein Orkan.

Als das geschah, rannte ich von der Bühne, blindlings und am ganzen Körper zitternd, stürzte ich hinaus. Mein Vater erwartete mich im grünen Zimmer und rief: »Was ist, Gideon? Um Gottes willen! Was ist?« Keinen Schritt hinter ihm war Raphael.

Ich warf ihm noch meine Geige in die Hände, bevor ich zusammenbrach. Aufgeregtes Gemurmel rundherum, die Stimme meines Vaters, der sagte: »Es ist diese Frau, diese verwünschte Person, richtig? Das haben wir *ihr* zu verdanken. Verdammt noch mal, reiß dich zusammen, Gideon. Du hast Verpflichtungen.«

Und Sherill, der gleich nach mir die Bühne verlassen hatte, fragte: »Gid? Was ist denn los? Sind dir die Nerven durchgegangen? Mist, das passiert schon mal.«

Raphael legte meine Geige auf den Tisch und sagte: »Ach Gott, ich habe immer befürchtet, dass so etwas einmal passieren würde.« Wie die meisten Menschen dachte er an sich selbst, an seine zahllosen fehlgeschlagenen Versuche, es seinem Vater und seinem Großvater gleichzutun und öffentlich aufzutreten. Alle aus seiner Familie können auf große musikalische Karrieren verweisen, nur der arme, ewig schwitzende Raphael nicht, und ich vermute, er hat insgeheim nur darauf gewartet, dass endlich die Katastrophe über mich hereinbrechen und uns beide zu Brüdern im Unglück machen würde. Er warnte unermüdlich vor den Gefahren einer Blitzkarriere, als nach meinem ersten öffentlichen Konzert, bei dem ich sieben Jahre alt war, mein Stern aufging und bald viele andere überstrahlte. Offensichtlich ist er der Ansicht, dass ich jetzt den Lohn für diesen rasanten Aufstieg ernte.

Aber was ich da zunächst auf der Bühne vor dem Publikum erlebte und danach im grünen Zimmer, das war keine Nervenkrise, Dr. Rose, das war etwas wie ein Ende, so umfassend und unabänderlich fühlte es sich an. Und das Merkwürdige war, dass ich zwar alle Stimmen hörte – die meines Vaters, Raphaels, Sherills –, aber dabei nur ein weißes Licht sah, das auf eine blaue, blaue Tür fiel.

Habe ich eine »Episode«, Dr. Rose, wie mein Großvater? Habe ich eine Episode, die ein Aufenthalt auf dem Land kurieren kann? Bitte, Sie müssen es mir sagen! Denn ich mache nicht Musik, ich *bin* die Musik, und wenn ich sie nicht mehr habe – den Klang, die reine Erhabenheit des Klangs –, bin ich nichts als eine leere Hülse.

Und nun sagen Sie mir, was es für eine Rolle spielt, dass ich bei dem Bericht über meine Einführung in die Musik meine Mutter nicht erwähnte! Es war eine Unterlassung von »Schall und Wahn«, und es wäre klug von Ihnen, ihr die entsprechende Bedeutung zuzumessen. Aber jetzt wäre es Absicht, sie unerwähnt zu lassen, entgegnen Sie. Und sagen: Erzählen Sie mir von Ihrer Mutter, Gideon.


### 25. *August*

Sie ist arbeiten gegangen. In meinen ersten vier Lebensjahren war sie immer und zuverlässig da, aber als sich zeigte, dass sie ein Kind von außergewöhnlicher Begabung hatte, die Förderung verdiente, was nicht nur Zeit, sondern auch sehr viel Geld kosten würde, suchte sie sich Arbeit, um die finanzielle Last mitzutragen. Ich war von da an meiner Großmutter anvertraut – wenn ich nicht Geige übte, bei Raphael Stunden hatte, die Plattenaufnahmen anhörte, die er mir mitbrachte, oder in seiner Begleitung Konzerte besuchte –, aber mein Leben hatte sich seit dem Tag, an dem ich zum ersten Mal die Musik am Kensington Square hörte, so grundlegend verändert, dass ich meine Mutter kaum vermisste. Vor dieser Zeit jedoch, daran erinnere ich mich genau, pflegte ich sie beinahe jeden Tag, so scheint es mir jedenfalls, in die Frühmesse zu begleiten.

Eine Nonne aus dem Kloster bei uns am Platz, mit der sie sich angefreundet hatte, machte es möglich, dass meine Mutter täglich die Morgenmesse besuchen durfte, die eigentlich nur für die Nonnen gelesen wurde. Ich muss dazu sagen, dass meine Mutter zum Katholizismus übergetreten war, wobei ich nicht weiß, ob dies infolge einer echten Bekehrung zu einer anderen Glaubenslehre geschah oder als Ohrfeige für ihren Vater gedacht war, der anglikanischer Geistlicher und, soweit ich gehört habe, kein besonders angenehmer Zeitgenosse gewesen war. Mehr weiß ich über ihn nicht.

Über meine Mutter weiß ich natürlich mehr, aber im Grunde genommen ist sie für mich nur eine schattenhafte Gestalt, denn sie hat ja die Familie verlassen, als ich noch relativ jung war. Neun oder zehn war ich – ich weiß es nicht mehr genau – und erfuhr bei meiner Heimkehr von einer Konzertreise durch Österreich, dass meine Mutter fortgegangen war, ohne eine Spur zu hinterlassen. Sie hatte alles mitgenommen, was ihr gehörte, jedes Kleidungsstück und jedes Buch, dazu eine große Zahl Familienfotografien, und war verschwunden wie ein Dieb in der Nacht. Allerdings war es Tag gewesen, wie man mir erzählte, und sie hatte sich ein Taxi genommen. Sie ließ keinen Brief und keine Adresse für uns zurück. Ich hörte nie wieder von ihr.

Mein Vater war mit mir in Österreich gewesen – er begleitete mich stets auf Konzertreisen, wie übrigens häufig auch Raphael – und wusste so wenig wie ich darüber, wohin und aus welchen Gründen meine Mutter gegangen war. Ich weiß nur, als wir nach Hause kamen, hatte mein Großvater eine seiner »Episoden«, meine Großmutter saß weinend auf der Treppe, und Calvin, der Untermieter, suchte allein und ohne Hilfe nach einer Telefonnummer, bei der er anrufen könnte.

Calvin, der Untermieter?, fragen Sie. War der frühere Mieter – James, richtig? – nicht mehr da?

Nein. Er muss im Jahr zuvor ausgezogen sein. Oder noch ein Jahr früher. Ich weiß es nicht mehr. Wir hatten im Lauf der Zeit eine ganze Reihe Untermieter. Anders wären wir finanziell nicht über die Runden gekommen, wie ich bereits sagte.

Erinnern Sie sich an alle?, fragen Sie.

Nein. Nur an die, die für mich eine besondere Bedeutung hatten, vermute ich. An Calvin, weil er an dem Abend da war, als ich erfuhr, dass meine Mutter uns verlassen hatte. An James, weil er dabei gewesen war, als alles begann.

Alles?

Ja. Die Musik. Der Geigenunterricht. Die Stunden bei Miss Orr. Alles eben.


## 26. August

Für mich ist jeder mit Musik verbunden. Wenn ich an Rosemary Orr denke, fällt mir unweigerlich Brahms ein, das Violinkonzert, das sie aufgelegt hatte, als ich ihr das erste Mal begegnete. Bei Raphael denke ich an Mendelssohn. Bei meinem Vater ist es Bach, die Violinsonate in G-Moll. Und mein Großvater ist für mich immer mit Paganini verbunden. Die vierundzwanzigste Caprice war sein Lieblingsstück. »Diese Fülle von Tönen«, pflegte er staunend zu sagen. »Diese vollkommenen Töne.«

Und Ihre Mutter?, fragen Sie. Welches Musikstück verbinden Sie mit Ihrer Mutter?

Keines, eigentlich. Bei ihr ist es nicht so wie bei den anderen. Ich weiß nicht, woher das kommt. Das ist interessant. Vielleicht eine Form der Verleugnung? Oder der Verdrängung von Gefühlen? Ich weiß es nicht. Sie sind die Psychiaterin. Erklären Sie es mir.

Ich tue das übrigens auch heute noch. Ich meine, dass ich ein bestimmtes Musikstück mit einer bestimmten Person verknüpfe. Bei Sherill beispielsweise denke ich sofort an Bartóks Rhapsodie. Das ist das Stück, das wir beide spielten, als wir das erste Mal gemeinsam öffentlich auftraten, vor Jahren, in St. Martin's in the Fields. Wir haben es seither nie wieder gespielt und wir waren damals beide noch Teenager – das amerikanische und das englische Wunderkind, das gab hervorragende Presse, glauben Sie mir –, aber mir wird immer sofort der Bartók präsent sein, wenn ich an Sherill denke. So funktioniert mein Bewusstsein einfach.

Und so funktioniert es auch bei Menschen, die nicht im Geringsten musikalisch sind. Nehmen Sie zum Beispiel Libby. Habe ich Ihnen von Libby erzählt? Libby, die Untermieterin. Ja, wie James und Calvin und all die anderen, nur gehört sie in die Gegenwart und nicht in die Vergangenheit. Sie wohnt im Souterrain meines Hauses am Chalcot Square.

Ich hatte überhaupt nicht daran gedacht, die Wohnung unten zu vermieten, bis sie eines Tages bei mir vor der Tür stand, um mir einen Plattenvertrag abzuliefern, den mein Agent sofort unterzeichnet haben wollte. Sie arbeitet bei einem Kurierdienst, und ich erkannte erst, dass sie eine Frau war, als sie mir die Unterlagen gab, ihren Motorradhelm abnahm und mit einer Kopfbewegung zu den Verträgen sagte: »Ay, nehmen Sie's mir nicht übel, okay? Ich muss einfach fragen. Sind Sie Rockmusiker oder so was?« Sie hatte diese übertrieben lässige und aufdringlich freundliche Art an sich, die eine Krankheit der Kalifornier zu sein scheint.

Ich sagte: Nein, ich bin Konzertgeiger.

»Nie im Leben!«, rief sie.

Doch im Leben, sagte ich.

Woraufhin sie mich so entgeistert ansah, dass ich glaubte, ich hätte es mit einer Schwachsinnigen zu tun.

Ich unterschreibe niemals einen Vertrag, ohne ihn vorher gelesen zu haben, auch wenn mein Agent stets beleidigt behauptet, das zeige, wie wenig Vertrauen ich in seine Geschäftstüchtigkeit habe, und da ich das arme Ding – so wirkte sie damals auf mich – nicht draußen warten lassen wollte, während ich den Vertrag prüfte, bat ich sie herein. Wir gingen in die erste Etage hinauf, wo mein Musikzimmer mit Blick auf den Platz ist.

»Oh! Wau! Sie sind echt wer, hm?«, sagte sie, während wir nach oben gingen und sie die Entwürfe für die CD-Cover sah, die an der Wand im Treppenflur aufgehängt waren. »Ich komm mir richtig blöd vor.«

Ich sagte: »Unsinn«, und ging, bereits in Vertragsklauseln über Begleiter, Tantiemen und Termine vertieft, ins Musikzimmer.

»Das ist ja irre hier«, sagte sie beeindruckt, während ich zu der Fensterbank ging, auf der ich eben jetzt diese Ereignisse für Sie aufschreibe, Dr. Rose. »Wer ist der Typ da mit Ihnen auf dem Foto? Der mit den Krücken. Mann, Sie schauen aus, als wären Sie gerade mal sieben Jahre alt.«

Du meine Güte! Er ist vielleicht der größte Geiger auf Erden, und die Frau hat keine Ahnung. »Itzhak Perlman«, sagte ich. »Und ich war damals sechs, nicht sieben.«

»Wau!«, sagte sie wieder. »Und Sie haben richtig mit ihm zusammen *gespielt*, obwohl Sie erst sechs waren?«

»Wohl kaum. Aber ich durfte ihm an einem Nachmittag vorspielen, als er in London war.«

»Cool!«

Während ich las, marschierte sie im Zimmer herum und kommentierte, was sie sah, mit Ausrufen aus ihrem ziemlich beschränkten Vokabular. Ganz besonders hatte es ihr anscheinend mein erstes Instrument angetan, die kleine Sechzehntelgeige, die in meinem Musikzimmer einen Ehrenplatz innehatte. Ich bewahre auch meine Guarneri dort auf, die Geige, mit der ich heute spiele. Sie lag in ihrem Kasten, und der Kasten war offen, weil ich gerade beim Üben gewesen war, als Libby mit den Verträgen kam. Unbedarft, wie sie offensichtlich war, griff sie einfach zu und zupfte die E-Saite.

Der Ton jagte mich in die Höhe wie ein Pistolenschuss. »Rühren Sie die Geige nicht an!«, brüllte ich und erschreckte sie damit so sehr, dass sie wie ein Kind reagierte, das eine Ohrfeige bekommen hat.

»'tschuldigung!«, sagte sie und wich mit ausgestreckten Armen zurück. Als ihr Tränen in die Augen traten, wandte sie sich hastig ab.

Ich legte die Vertragspapiere aus der Hand und sagte: »Tut mir Leid! Ich wollte Sie nicht erschrecken. Aber dieses Instrument ist zweihundertfünfzig Jahre alt. Ich gehe sehr sorgsam mit ihm um und erlaube im Allgemeinen niemandem –«

Mit dem Rücken zu mir, winkte sie ab. Sie holte ein paar Mal tief Luft, dann schüttelte sie energisch den Kopf, wobei ihr Haar in alle Richtungen flog – habe ich erwähnt, dass sie lockiges Haar hat? Dunkelblond und sehr kraus –, und rieb sich die Augen. Dann drehte sie sich herum und sagte: »Ist schon okay. Ich hätte die Geige nicht anrühren sollen. Das war total gedankenlos von mir. Ich kann verstehen, dass Sie mich angebrüllt haben, ehrlich. Es war nur – wissen Sie, einen Moment lang waren Sie so total Rock, dass ich Panik gekriegt hab.«

Eine Sprache vom anderen Stern. Ich sagte: »Total Rock?«
»Rock Peters«, erklärte sie. »Vormals Rocco Petrocelli und derzeit mein Nochehemann. Eigentlich leben wir getrennt, aber nur so getrennt, wie er's zulässt, weil er die Kohle und überhaupt nichts damit am Hut hat, mir zu helfen, damit ich auf eigenen Füßen stehen kann.«

Ich fand, sie sähe viel zu jung aus, um verheiratet zu sein, aber es stellte sich heraus, dass sie, so wenig man das bei ihrem Aussehen und gewissen Resten von Babyspeck, die übrigens etwas recht Niedliches hatten, vermuten konnte, dreiundzwanzig Jahre alt und seit zwei Jahren mit dem unerfreulichen Rock verheiratet war.

Für den Moment jedoch begnügte ich mich mit einem kurzen »Ach!« als Kommentar.

Sie sagte: »Er hat einen Wahnsinnsjähzorn und von ehelicher Treue noch nie was gehört. Ich wusste nie, wann er ausflippen würde. Nachdem ich mich zwei Jahre lang ständig mit eingezogenem Kopf in der Bude rumgedrückt hatte, machte ich Schluss.«

»Oh. Das tut mir Leid.« Ich gebe zu, dass ich mich bei diesen privaten Geständnissen nicht sonderlich wohl fühlte. Es ist nicht so, dass mir solche Selbstentblößungen völlig fremd sind. Alle Amerikaner, die ich kenne, haben eine Neigung zu Beichte und Zerknirschung, als gehörte in ihrer Kultur das Herzausschütten genauso zur Grundausbildung wie das Salutieren vor der Flagge. Aber wenn man etwas kennt, heißt das noch lange nicht, dass es einem willkommen ist. Ich meine, was soll man mit solchen persönlichen Informationen eines anderen *anfangen?*

Sie erzählte mir noch mehr. Sie wollte die Scheidung, er nicht. Sie lebten weiterhin unter einem Dach, weil sie nicht das Geld hatte, um sich von ihm zu trennen. Immer wenn sie sich gerade so viel zusammengespart hatte, wie sie brauchte, um sich auf eigene Füße zu stellen, hielt er einfach ihren Lohn so lange zurück, bis sie das mühsam Ersparte wieder aufgebraucht hatte.

»Und ich frag mich echt, warum er mich überhaupt dahaben will. Das ist so ungefähr das größte Rätsel meines Lebens, wissen Sie? Ich meine, der Typ ist total vom Herdentrieb beherrscht, wozu dann der Quatsch?«

Er war, erklärte sie mir, ein Macho ohnegleichen, ein Anhänger der Überzeugung, dass eine Gruppe weiblicher Wesen – »die Herde, capito?« – von nur einem männlichen Wesen beherrscht und begattet werden sollte.

»Das Problem ist nur, dass in Rocks Augen das gesamte weibliche Geschlecht die Herde darstellt. Und er muss sie alle bumsen, um sie glücklich zu machen.« Sie schlug sich mit der Hand auf den Mund und sagte: »Hoppla. Entschuldigung.« Und dann lachte sie und sagte: »Na ja, und so weiter. Du meine Güte, ich laber Ihnen hier die Ohren voll. Tut mir echt Leid. Haben Sie die Papiere unterschrieben?«

Das hatte ich natürlich nicht getan. Ich hatte ja gar keine Gelegenheit gehabt, sie zu lesen. Ich sagte, ich würde sie gleich unterschreiben, wenn Sie noch einen Moment warten könne. Daraufhin setzte sie sich still in eine Ecke.

Ich las, machte einen kurzen Anruf, um eine Passage zu klären, unterzeichnete die Verträge und gab sie ihr zurück. Sie schob sie in ihre Tasche, sagte danke und fragte dann, den Kopf ein wenig zur Seite geneigt: »Darf ich Sie um einen Gefallen bitten?«

»Kommt darauf an.«

Sie trat leicht verlegen von einem Fuß auf den anderen. Aber dann packte sie den Stier bei den Hörnern, und ich bewunderte sie dafür. »Würden Sie – ich meine, ich habe noch nie eine Geige live gehört. Würden Sie mir bitte ein Lied vorspielen?«

Ein Lied! Sie hatte wirklich keine Ahnung! Aber auch Ahnungslose können lernen, und sie hatte höflich gefragt. Warum also nicht? Ich war sowieso beim Üben gewesen. Ich hatte an Bartóks Violinsonate gearbeitet und spielte ihr einen Teil der *Melodia* vor. Ich spielte so, wie ich immer spielte: mit ganzer Hingabe an die Musik, ohne Gedanken an mich selbst oder den Zuhörer. Als ich das Ende des Satzes erreichte, hatte ich ihre Anwesenheit vergessen. Ich ging zum Presto über, hörte wie immer Raphaels Mahnung: Mach es zu einer Aufforderung zum *Tanz*, Gideon. Spür die Lebendigkeit. Lass es funkeln wie Licht.

Zum Ende gekommen, wurde ich mir abrupt ihrer Gegenwart wieder bewusst, als sie sagte: »O wau! *Wahnsinn!* Ich meine, Sie sind ja echt total hervorragend!«

Als ich sie ansah, bemerkte ich, dass sie irgendwann während meines Spiels zu weinen begonnen hatte. Ihre Wangen waren feucht, und sie kramte in den Taschen ihrer Lederkluft, vermutlich auf der Suche nach einem Taschentuch, um ihre tropfende Nase zu trocknen. Es freute mich, sie mit Bartók bewegt zu haben, und noch mehr freute es mich, dass ich mit meiner Einschätzung ihrer Lernfähigkeit Recht gehabt hatte. Ich denke, das war der Grund, weshalb ich sie zum Morgenkaffee einlud. Es war ein schöner Tag, und wir tranken den Kaffee im Garten, wo ich am vorhergegangenen Nachmittag in der Laube an einem meiner Drachen gebastelt hatte.

Von den Drachen habe ich bisher nichts erzählt, nicht wahr, Dr. Rose? Nun, eigentlich gibt es dazu auch nichts weiter zu sagen. Drachenbauen ist einfach etwas, womit ich mich beschäftige, wenn ich das Gefühl habe, eine Pause von der Musik zu brauchen. Ich lasse sie auf dem Primrose Hill steigen.

Natürlich, Sie suchen gleich wieder nach einer tieferen Bedeutung, nicht wahr? Was bedeutet es für die Biografie und die gegenwärtige Lebenssituation des Patienten, dass er Drachen baut und steigen lässt? Das Unbewusste äußert sich in allen unseren Handlungen. Wir brauchen mit unserem Bewusstsein nur die Bedeutung dieser Handlungen zu erfassen und in verständliche Form zu bringen.

Drachen. Luft. Wind. Freiheit. Aber Freiheit wovon? Was für eine Freiheit brauche ich, da doch mein Leben reich und voll und rund ist?

Soll ich das Knäuel, das Sie aufzurollen suchen, noch ein wenig mehr verwirren? Ich bin nicht nur Drachenbauer, ich bin auch Segelflieger. Sie kennen diesen Sport: Man lässt sich in einem Flugzeug ohne Motor von einer Motormaschine hochziehen, klinkt dann aus und navigiert allein auf den Luftströmungen.

Mein Vater findet dieses Hobby ganz besonders beängstigend. Es hat zwischen uns zu solch heftigen Auseinandersetzungen geführt, dass wir nicht mehr darüber sprechen. Als ihm endlich klar wurde, dass er keinen Einfluss mehr darauf hat, was ich mit den wenigen Mußestunden anfange, die mir bleiben, schrie er wütend: »Ich will nichts mehr von dir wissen, Gideon!« Und von da an war das Thema zwischen uns tabu.

Es ist aber doch auch ein ziemlich gefährlicher Sport, sagen Sie.

Nicht gefährlicher als das Leben, antworte ich darauf.

Und dann fragen Sie: Was gefällt Ihnen am Segelfliegen? Die Stille? Die Beherrschung einer Kunst, die mit dem Beruf, den Sie sich erwählt haben, so gar nichts zu tun hat? Ist es eine Art der Flucht, Gideon, oder reizt Sie vielleicht das Risiko?

Da kann ich nur sagen, es ist gefährlich, zu tief zu schürfen, wenn etwas so leicht zu erklären ist: Als Kind durfte ich, nachdem meine Begabung sich gezeigt hatte, nichts tun, was meine Hände irgendwie gefährdet hätte. Drachen steigen lassen und Segelfliegen – da sind meine Hände vor Verletzung sicher.

Aber Sie sehen doch die Bedeutung solcher Tätigkeiten, Gideon, das Himmelstrebende daran?

Ich sehe nur, dass der Himmel blau ist. Blau wie die Tür. Wie diese blaue, blaue Tür.

# GIDEON

*28. August*

Ich habe getan, was Sie vorgeschlagen haben, Dr. Rose, und kann nicht mehr dazu sagen, als dass ich mir wie ein kompletter Idiot vorkam. Vielleicht wäre das Experiment anders ausgegangen, wenn ich es, wie Sie wünschten, bei Ihnen in der Praxis vorgenommen hätte, aber es erschien mir einfach zu absurd. Absurder noch, als Stunden über diesem Tagebuch zu sitzen, anstatt auf meiner Geige zu üben, wie ich das gewöhnt bin und so gern tun würde.

Aber ich habe sie noch immer nicht angerührt.

Warum nicht?

Was soll die Frage, Dr. Rose? Sie wissen es doch. Sie ist weg. Die Musik ist weg. Verstehen Sie das denn nicht? Verstehen Sie nicht, was das bedeutet?

Heute Morgen war mein Vater hier. Er ist eben erst wieder gegangen. Er kam vorbei, um zu sehen, ob es mir besser geht – mit anderen Worten, ob ich versucht habe zu spielen. Er war immerhin so rücksichtsvoll, mich nicht direkt zu fragen. Aber er brauchte auch gar nicht zu fragen, die Guarneri lag noch genau so da, wie er sie hingelegt hatte, als er mich aus der Wigmore Hall nach Hause brachte. Ich habe noch nicht einmal den Nerv, den Kasten anzurühren.

Warum nicht?, fragen Sie wieder.

Und ich sage wieder, Sie wissen es doch. Weil mir im Moment aller Mut fehlt. Wenn ich nicht mehr spielen kann, wenn die Gabe, das Ohr, das Talent, das Genie, wie immer Sie es nennen wollen, auf den Tod krank oder mir ganz genommen ist, wie soll ich dann existieren? Nicht, wie soll ich weitermachen, Dr. Rose, sondern wie soll ich existieren! Wie soll ich existieren, wenn doch alles, was ich bin, von meiner Musik umfasst und durch sie definiert ist?

Dann sollten wir uns vielleicht die Musik einmal genauer ansehen, sagen Sie. Wenn jeder Mensch in Ihrem Leben auf irgendeine Art mit Ihrer Musik verknüpft ist, dann müssen wir diese Musik vielleicht viel, viel aufmerksamer betrachten, um auf den
Schlüssel zu Ihren Leiden zu stoßen.

Ich lache und sage: War das Wortspiel beabsichtigt?

Und Sie sehen mich mit diesem ernsten, durchdringenden
Blick an, nicht bereit, auf Leichtfertigkeiten einzugehen. Bartók,
sagen Sie, über den Sie zuletzt geschrieben haben, die Violinsonate – ist das das Musikstück, das Sie mit Libby verknüpfen?

Ja, das stimmt, ich verknüpfe die Sonate mit Libby. Aber Libby
hat mit meinem gegenwärtigen Problem nichts zu tun. Das ver-
sichere ich Ihnen.

Mein Vater hat das Tagebuch übrigens entdeckt. Als er vorbei-
kam, um nach mir zu sehen, fand er es auf der Fensterbank. Und
bevor Sie fragen – nein, er hat nicht darin herumgeschnüffelt. Er
ist vielleicht rücksichtslos in seiner Zielstrebigkeit, aber ein Spitzel
ist er nicht. Er hat lediglich die letzten fünfundzwanzig Jahre seines Lebens daran gegeben, um die Karriere seines einzigen Kindes zu fördern, und er möchte natürlich, dass diese Karriere sich
weiter entwickelt und nicht in einem plötzlichen Abbruch endet.

Ich werde allerdings nicht mehr lang sein einziges Kind sein.
Daran habe ich in den letzten Wochen gar nicht mehr gedacht.
Jill ist ja auch noch da. Ich kann mir nicht vorstellen, in meinem
Alter einen kleinen Bruder oder eine kleine Schwester zu bekom-
men, geschweige denn eine Stiefmutter, die nicht einmal zehn
Jahre älter ist als ich. Aber wir leben in einer Zeit der flexiblen Fa-
milien, und es ist wohl das Klügste, man passt sich den gleitenden
Definitionen an.

Trotzdem finde ich es ziemlich merkwürdig, dass es meinem
Vater jetzt noch einfällt, eine neue Familie zu gründen. Ich habe
natürlich nicht erwartet, dass er nach der Scheidung auf immer
und ewig allein bleiben würde. Aber nach beinahe zwanzig Jahren, in denen er meines Wissens niemals auch nur mit einer Frau
befreundet war, geschweige denn eine engere Beziehung hatte,
bei der man sich körperliche Intimität hätte vorstellen können,
überrascht mich dieser Entschluss doch sehr.

Ich lernte Jill bei der BBC kennen, als ich mir den Rohschnitt eines Dokumentarberichts ansah, der im East London Conservatory gedreht worden war. Das ist inzwischen mehrere Jahre her, Jill hatte damals gerade diese hervorragende Bearbeitung von *Desperate Remedies* herausgebracht. Haben Sie die übrigens gesehen? Sie ist eine große Verehrerin von Thomas Hardy. Sie arbeitete damals in der Dokumentarfilmabteilung der BBC, wenn das die richtige Bezeichnung ist. Mein Vater muss sie ebenfalls um diese Zeit kennen gelernt haben, aber ich erinnere mich nicht, die beiden je zusammen gesehen zu haben, und ich habe keine Ahnung, wann die Beziehung zwischen ihnen begonnen hat. Ich weiß nur noch, dass mein Vater mich einmal zu sich zum Essen einlud und ich Jill dort in der Küche antraf. Sie stand am Herd und kochte irgendetwas. Ich wunderte mich zwar, sie zu sehen, glaubte aber, sie wäre nur gekommen, um uns die Endfassung des Dokumentarberichts zur Begutachtung zu bringen. Kann sein, dass sich damals etwas anbahnte. Mein Vater stand, wenn ich mich jetzt erinnere, nach diesem Abend jedenfalls nicht mehr so uneingeschränkt wie bisher zu meiner Verfügung. Also hat die Geschichte vielleicht damals angefangen. Aber da Jill und mein Vater nie zusammenlebten – das soll sich meinem Vater zufolge nach der Geburt des Kindes ändern –, hatte ich im Grunde keinen Anlass, anzunehmen, dass irgendetwas zwischen ihnen wäre.

Und jetzt, wo Sie es wissen?, fragen Sie. Wie empfinden Sie es? Wann haben Sie von der Beziehung Ihres Vaters erfahren? Wann von dem Kind? Und wo war das?

Ich weiß schon, worauf Sie hinaus wollen. Aber ich muss Sie enttäuschen, Sie sind auf dem Holzweg, Dr. Rose.

Ich habe bereits vor einigen Monaten von der Beziehung meines Vaters zu Jill erfahren, nicht am Tag des Konzerts in der Wigmore Hall, nicht einmal in derselben Woche oder im selben Monat. Und es war weit und breit nirgends eine blaue Tür, als ich die freudige Nachricht von der baldigen Geburt meines künftigen Halbgeschwisters erhielt. Sehen Sie, ich wusste doch gleich, worauf Sie hinaus wollen.

Aber wie empfanden Sie es?, fragen Sie wieder, dass Ihr Vater nach so vielen Jahren eine zweite Ehe eingehen wollte –

Es ist nicht die Zweite, korrigiere ich Sie sogleich. Es ist die Dritte!

Die dritte Ehe? Sie sehen die Notizen durch, die Sie sich während unserer Sitzungen gemacht haben, und finden keinen Hinweis auf eine frühere Ehe vor meiner Geburt. Aber es hat sie gegeben, und aus dieser ersten Ehe ist auch ein Kind hervorgegangen, ein Mädchen, das noch im Säuglingsalter starb.

Sie hieß Virginia, und ich weiß nicht genau, wie und wo sie starb oder wie lange nach ihrem Tod mein Vater die Ehe mit ihrer Mutter beendete. Ich weiß nicht einmal, wer ihre Mutter war, ich kenne sie nicht. Tatsächlich weiß ich überhaupt nur von ihrer Existenz – und dieser früheren Ehe meines Vaters –, weil mein Großvater einmal, als er einen seiner Anfälle hatte, darüber zu schimpfen begann. Genauso, wie er immer auf meinen Vater schimpfte, wenn er aus dem Haus gebracht wurde, und brüllte, er wäre nicht sein Sohn. Nur schrie er diesmal, mein Vater könne sein Sohn nicht sein, er produziere ja nur Krüppel. Und ich nehme an, irgendjemand beruhigte mich mit einer hastigen Erklärung – war es meine Mutter, oder war sie damals schon fort? –, da ich wohl glaubte, mein Großvater meinte mich. Vermutlich ist Virginia also an irgendeinem, vielleicht erblichen Leiden gestorben. Was ihr tatsächlich fehlte, weiß ich nicht. Wer immer mir damals von ihr erzählte, wusste es wohl nicht oder wollte es mir nicht sagen, und danach wurde nie wieder über das Thema gesprochen.

Es wurde nie wieder darüber gesprochen?, fragen Sie.

Aber Sie kennen das doch, Dr. Rose. Kinder sprechen nicht über Dinge, die sie mit Chaos, Tumult und Streit verbinden. Sie lernen schon sehr früh, dass es besser ist, nicht in einem Wespennest herumzustochern. Den Rest können Sie sich gewiss denken: Da meine ganze Konzentration auf die Geige gerichtet war, dachte ich nicht mehr über die Geschichte nach, sobald man mich beruhigt und der Wertschätzung meines Großvaters versichert hatte.

Die Geschichte mit der blauen Tür jedoch ist etwas anderes. Wie ich bereits zu Beginn sagte, tat ich genau das, was Sie vorgeschlagen und was wir schon in Ihrer Praxis versucht hatten. Ich stellte mir die Tür vor: preußischblau mit einem silbernen Ring in der Mitte als Türklopfer, zwei Schlösser, glaube ich, das eine in Silber wie der Ring und vielleicht eine Haus- oder Wohnungsnummer oberhalb des Rings.

Ich verdunkelte mein Schlafzimmer, legte mich auf mein Bett, schloss die Augen und versuchte, mir diese Tür vorzustellen. Ich stellte mir vor, ich ginge auf sie zu und umschlösse mit der Hand den Ring, der als Türklopfer dient. Ich stellte mir vor, ich sperrte auf; zuerst das untere Schloss mit so einem altmodischen Schlüssel mit grob gezacktem Bart, von dem sich leicht ein Duplikat machen lässt, dann das obere mit einem schmalen, modernen Sicherheitsschlüssel. Und nun, da offen ist, lehne ich mich mit der Schulter an die Tür und stoße sie leicht an. Und was geschieht? Nichts, Dr. Rose, rein gar nichts.

Hinter der Tür ist nichts. Nur Leere. Sie würden gern ein bisschen herumdeuten an dem, was ich hinter der Tür entdeckt habe, oder auch an ihrer Farbe, der Tatsache, dass sie zwei Schlösser hat statt eines und einen Ring als Klopfer. Könnte es eine Flucht vor Verbindlichkeit sein?, fragen Sie sich, während diese Übung bei mir gar nichts auslöst. Nichts hat sich mir gezeigt. Kein Gespenst hinter dieser Tür. Sie führt nirgendwohin, sie steht nur da oben am Ende der Treppe wie –

Treppe? Sie stürzen sich sofort darauf. Es gibt also auch eine Treppe?

Ja, es gibt eine Treppe. Und das heißt, wie wir beide wissen, aufwärts steigen, in die Höhe streben, sich aus der Tiefe emporarbeiten. Und wenn schon!

Sie sehen die Erregung in meiner Handschrift, nicht wahr? Sie sagen, bleiben Sie bei der Angst. Sie wird Sie nicht umbringen, Gideon. Gefühle töten nicht. Sie sind nicht allein.

Das habe ich auch nie geglaubt, sage ich. Unterstellen Sie mir nicht etwas, wozu ich Ihnen keine Grundlage gegeben habe, Dr. Rose.


## 2. September

Libby war hier. Sie weiß, dass etwas nicht stimmt, weil sie seit Tagen kein Geigenspiel gehört hat und sie es im Allgemeinen stundenlang über sich ergehen lassen muss, wenn ich übe. Deshalb hatte ich die Souterrainwohnung nicht vermietet, nachdem die vorherigen Mieter ausgezogen waren. Ich dachte zwar daran, es zu tun, als ich das Haus nach dem Kauf bezog. Aber dann wurde mir klar, dass mich das Kommen und Gehen eines Mieters – selbst bei getrennten Eingängen – stören würde, und ich im Übrigen auch keine Lust hatte, mich aus Rücksicht auf andere in meinen Übungszeiten einzuschränken.

Das alles erzählte ich Libby an jenem ersten Tag. Wir standen draußen vor der Haustür, sie zog die Reißverschlüsse ihrer Lederkluft zu und wollte gerade ihren Helm aufsetzen, als sie die leere Wohnung unten sah.

»Wau!«, rief sie. »Ist die zu vermieten?«

Ich erklärte ihr, dass ich die Wohnung absichtlich leer stehen ließ; dass sie an ein junges Paar vermietet gewesen sei, als ich das Haus gekauft hatte, die beiden aber sehr schnell ausgezogen seien, weil sie sich für Geigenspiel zu jeder Tages- und Nachtzeit nicht begeistern konnten.

Sie neigte den Kopf zur Seite und sagte: »Hey, wie alt sind Sie eigentlich? Reden Sie immer so hochgestochen? Als Sie mir vorhin die Drachen gezeigt haben, haben Sie sich total normal angehört. Also, wie kommt das? Gehört das dazu, wenn man Engländer ist? Sobald man aus dem Haus geht, wird man Henry James?«

»Der war kein Engländer«, sagte ich.

»Ach! Tut mir Leid.« Sie wollte den Riemen ihres Helms zuziehen, schaffte es aber nicht. Sie wirkte nervös. »Ich habe mich auf der Highschool gerade mal so durchgemogelt, wissen Sie, da können Sie von mir nicht verlangen, dass ich Henry James von Sid Vicious unterscheiden kann, Kumpel. Ich weiß nicht mal, warum er mir überhaupt in den Kopf gekommen ist. Oder Sid Vicious.«

»Wer ist Sid Vicious?«, fragte ich mit ernster Miene.

Sie starrte mich an. »Jetzt hören Sie aber auf! Das soll wohl ein Witz sein?«

»Ja«, antwortete ich.

Da lachte sie. Na ja, nicht richtig, es war eher ein Wiehern. Und sie packte mich beim Arm und sagte auf eine so unglaublich vertrauliche Art: »Mensch, du!«, dass ich gleichzeitig verblüfft und entwaffnet war. Und da habe ich angeboten, ihr die untere Wohnung zu zeigen.

Warum?, fragen Sie.

Weil sie sich nach der Wohnung erkundigt hatte und ich sie ihr zeigen wollte, und wahrscheinlich auch, weil ich sie eine Weile um mich haben wollte. Sie war so völlig unenglisch.

Sie sagen: Ich meinte nicht, warum Sie ihr die Wohnung zeigten, Gideon, ich meinte, warum erzählen Sie mir von Libby.

Weil sie gerade hier war.

Sie ist wichtig, nicht wahr?

»Ich weiß es nicht.«


## 3. September

»Mein richtiger Name ist Liberty«, sagt sie. »Ist das nicht absolut das Letzte? Meine Eltern waren Hippies, bevor sie Yuppies wurden, also lange bevor mein Dad in Silicon Valley ungefähr eine Billion Dollar machte. Von Silicon Valley wirst du ja wohl schon mal gehört haben, oder?«

Wir stapfen den Primrose Hill hinauf. Es ist ein Spätnachmittag im vergangenen Jahr. Ich trage einen meiner Drachen. Libby hat mich überredet, mit ihr zum Drachensteigen zu gehen. Eigentlich müsste ich üben. Ich soll in knapp drei Wochen mit den Philharmonikern das zweite Violinkonzert von Paganini einspielen, und das *Allegro maestoso* bereitet mir einige Schwierigkeiten. Aber Libby ist gerade von einer Auseinandersetzung mit dem fürchterlichen Rock zurückgekehrt, der wieder einmal ihren Lohn einbehalten hat. »Und weißt du, was das Arschloch gesagt hat, als ich mein Geld verlangt hab«, berichtet sie mir. »›Mach 'ne Fliege, Maus‹, hat er gesagt. Und das machen wir jetzt, Gideon, komm. Wir machen die große Fliege mit einem deiner Drachen. Du arbeitest sowieso zu viel.«

Ich bin einverstanden. Ich habe bereits sechs Stunden Arbeit hinter mir, mit nur einer kurzen Unterbrechung gegen Mittag für einen Spaziergang im Regent's Park. Ich lasse sie den Drachen aussuchen, den wir mitnehmen wollen, und sie wählt ein Kastenmodell, das kreiseln kann und genau die richtige Windgeschwindigkeit braucht, um zu zeigen, was es kann.

Wir machen uns auf den Weg, folgen dem Bogen der Chalcot Crescent – sanierte Häuser, von Libby, der London im Verfall anscheinend besser gefällt als in Erneuerung, mit abwertenden Bemerkungen bedacht – und laufen über die Regent's Park Road in den Park, wo es zum Primrose Hill hinaufgeht.

»Der Wind ist zu stark«, sage ich und muss schreien, weil der Wind den Drachen packt und das Nylongewebe knallend gegen meinen Körper schlägt. »Für den hier braucht man ideale Bedingungen. Er wird wahrscheinlich nicht einmal abheben.«

Genauso ist es, sehr zu ihrer Enttäuschung, wo sie doch gehofft hatte, es dem »blöden Rock mit der großen Drachenfliege mal richtig zu zeigen. Der Typ ist so fies. Er droht mir echt damit, dass er den zuständigen Leuten« – eine vage Handbewegung in Richtung Westminster – »erzählen will, dass wir in Wirklichkeit überhaupt nicht verheiratet wären. Ich mein, nicht richtig, mit vollzogener Ehe und so. Dass wir's nie miteinander getan hätten. Dabei ist das echt der reine Scheiß.«

»Was würde denn passieren, wenn er den Behörden mitteilte, ihr wärt in Wirklichkeit nicht verheiratet?«

»Aber wir sind's doch. Mann, ich flipp noch aus mit dem Typen.«

Sie fürchtet, wie sich herausstellt, dass sie wegen ihrer Aufenthaltserlaubnis Schwierigkeiten bekommen wird, wenn ihr Mann seine Drohung wahr macht. Er wiederum fürchtet, da sie aus seiner – in meiner Vorstellung zweifellos verwahrlosten – Wohnung in Bemondsey in die Wohnung am Chalcot Square umgezogen ist, sie endgültig zu verlieren, was er offenbar trotz seiner ständigen Geschichten mit anderen Frauen nicht will. Es kam also wieder einmal zum Streit zwischen den beiden, der damit endete, dass er sie hinauswarf.

Sie tut mir Leid, und da uns der Drachen nicht den Gefallen getan hat, »die große Fliege« zu machen, lade ich sie zum Kaffee ein. Und bei dieser Gelegenheit erzählt sie mir, dass der Name Libby nur eine Kurzform von Liberty ist.

»Diese Hippies!«, sagt sie, von ihren Eltern sprechend. »Die wollten ihren Kindern die superabgefahrenen Namen geben.« Dabei tat sie mit spöttischer Miene so, als zöge sie an einer Marihuanazigarette. »Meine Schwester hat's sogar noch schlimmer erwischt. Sie heißt Equality. Kannst du dir das vorstellen? Sie nennt sich Ali. Und wenn noch ein drittes Kind gekommen wäre –«

»Fraternity?«, sage ich.

»Du hast's erfasst. Immerhin kann ich noch heilfroh sein, dass sie abstrakte Begriffe gewählt haben. Sonst würde ich jetzt vielleicht Baum heißen.«

Ich muss lachen. »Könnte auch ein bestimmter Baum sein – Weide, Pinie, Linde.«

»Linde Neal. Hey, das klingt richtig geil.« Sie kramt unter den Zuckertütchen auf dem Tisch nach dem Süßstoff. Ich habe bereits entdeckt, dass sie eine chronische Kalorienzählerin ist, deren Streben nach dem perfekten Körper ihr »ewiges Kreuz« ist, wie sie es ausdrückt. Sie gibt den Süßstoff in ihren Caffè latte mit der fettarmen Milch und sagt. »Und du, Gideon?«

»Ich?«

»Wie sind deine Eltern? Bestimmt keine ehemaligen Blumenkinder, oder?«

Sie hatte meinen Vater noch nicht kennen gelernt; er allerdings hatte sie einmal spätnachmittags gesehen, als sie auf ihrer Suzuki von der Arbeit nach Hause kam und die Maschine am gewohnten Platz auf dem Bürgersteig gleich neben der Treppe abstellte, die zur unteren Wohnung hinunterführte. Sie fuhr donnernd vor und ließ die Maschine zwei- oder dreimal aufheulen, wie das ihre Gewohnheit ist. Das Getöse erregte die Aufmerksamkeit meines Vaters. Er trat ans Fenster, sah sie und sagte: »Das kann doch nicht wahr sein! Da kettet so ein verdammter Motorradfahrer seine Maschine direkt an deinem Eisenzaun an, Gideon. Also –« Er schickte sich an, das Fenster aufzureißen.

»Das ist Libby Neal«, sagte ich. »Das ist schon in Ordnung, Dad. Sie wohnt hier.«

Er drehte sich langsam um. »Was sagst du da? Das ist eine *Frau* da draußen! Und sie *wohnt* hier?«

»Unten. In der Wohnung. Ich habe sie jetzt doch vermietet. Habe ich vergessen, dir das zu sagen?«

Vergessen konnte man es nicht nennen. Aber ich hatte es auch nicht bewusst unterlassen, ihm von Libby zu erzählen; es war einfach ein Thema, das nicht zur Sprache gekommen war. Mein Vater und ich sprechen täglich miteinander, aber unsere Gespräche drehen sich stets um berufliche Angelegenheiten – ein bevorstehendes Konzert, zum Beispiel, oder eine Konzertreise, die er gerade auf die Beine stellt, oder um Plattenaufnahmen, Interviews, persönliche Auftritte von mir und dergleichen. Vergessen Sie nicht, dass ich von seiner Beziehung zu Jill erst erfuhr, als es kaum noch zu umgehen war. Ich meine, das plötzliche Auftauchen einer offensichtlich schwangeren Frau im Leben meines Vaters verlangte schließlich nach einer Erklärung. Aber wir hatten nie so eine kumpelhafte Vater-Sohn-Beziehung. Wir widmen uns beide seit meiner Kindheit ganz meiner künstlerischen Entwicklung als Musiker, und bei dieser beiderseitigen Konzentration auf eine bestimmte Sache hat nie die Möglichkeit oder auch die Notwendigkeit zu diesen Seelengesprächen bestanden, die heutzutage als Zeichen von Nähe zwischen Menschen gelten.

Glauben Sie mir, ich habe an der Beziehung, wie sie zwischen meinem Vater und mir besteht, überhaupt nichts auszusetzen. Sie ist stabil und zuverlässig, und wenn auch vielleicht nicht die Art seelischer Verbindung besteht, die uns dazu treibt, gemeinsam den Himalaja zu besteigen oder den Nil hinaufzupaddeln, so gibt sie mir doch Halt und Kraft. Um es ganz klar zu sagen, Dr. Rose, ohne meinen Vater wäre ich nicht da, wo ich heute bin.


*4. September*

*Nein!* Damit werden Sie mich nicht einfangen.

Wo sind Sie heute, Gideon?, fragen Sie freundlich und milde.

Aber ich mache dieses Spiel nicht mit! Mein Vater hat keinen Part in dieser Sache, was auch immer diese Sache sein mag. Wenn ich es nicht über mich bringe, die Guarneri auch nur zur Hand zu nehmen, so ist das nicht meines Vaters Schuld. Ich lasse mich von Ihnen nicht zu einem dieser wehleidigen Jammerlappen machen, die an jeder Schwierigkeit in ihrem Leben ihren Eltern die Schuld geben. Mein Vater hat ein schweres Leben gehabt. Er hat sein Bestes getan.

Schwer inwiefern?, wollen Sie wissen.

Na ja, stellen Sie sich nur vor, einen Mann wie meinen Großvater zum Vater zu haben! Mit sechs Jahren ins Internat verfrachtet zu werden. Und dann, wenn man schon mal zu Hause ist, mit den psychotischen Schüben des Vaters leben zu müssen. Dabei immer ganz klar zu wissen, dass überhaupt keine Hoffnung besteht, den

Erwartungen gerecht werden zu können, ganz gleich, was man tut, weil man adoptiert ist und der Vater einen das nie vergessen lässt. Nein, mein Vater hat als Vater, weiß Gott, sein Bestes getan. Und als Sohn war er besser als die meisten.

Besser als Sie in Ihrer Rolle als Sohn?, fragen Sie.

Danach müssen Sie meinen Vater fragen.

Aber was halten Sie von sich selbst als Sohn, Gideon? Was kommt Ihnen als Erstes in den Sinn?

Enttäuschung, antworte ich.

Dass Sie Ihren Vater enttäuscht haben?

Nein. Dass ich ihn nicht enttäuschen darf, aber es vielleicht tue.

Hat er Ihnen denn gesagt, wie wichtig es ist, ihn nicht zu enttäuschen?

Kein einziges Mal. Überhaupt nicht. Aber –

Aber?

Er mag Libby nicht. Irgendwie wusste ich von Anfang an, dass er sie nicht mögen oder dass ihre Anwesenheit in meinem Haus ihm nicht passen würde. Ich wusste, er würde fürchten, dass sie mich von meiner Arbeit ablenkt, oder sogar, was natürlich noch schlimmer wäre, von ihr abhält.

Sie fragen: Das ist wohl der Grund, warum er sofort »Es ist diese Frau, diese verwünschte Person« sagte, als Sie den Blackout in der Wigmore Hall hatten? Er ist ja augenblicklich auf Libby gekommen, nicht wahr?

Ja.

Warum?

Also, er will ganz sicher nicht, dass ich wie ein Mönch lebe. Weshalb sollte er auch? Familie ist alles für meinen Vater. Und wenn ich nicht eines Tages heirate und selbst Kinder in die Welt setze, wird es keine Familie mehr geben.

Ja, aber jetzt ist ein zweites Kind unterwegs, nicht wahr? Die Familie wird also fortbestehen, unabhängig davon, was Sie tun, Gideon.

Das ist richtig.

Und damit kann Ihr Vater jede Frau in Ihrem Leben ablehnen, ohne die Konsequenzen fürchten zu müssen; nämlich, dass Sie sich seine Ablehnung zu Herzen nehmen und niemals heiraten werden. Nicht wahr, Gideon?

Nein! Dieses Spiel mache ich nicht mit. Es geht hier nicht um meinen Vater. Wenn er Libby nicht mag, dann nur, weil er sich Sorgen macht, was für einen Einfluss sie auf meine Musik haben könnte. Und er hat jedes Recht, besorgt zu sein. Libby kann einen Geigenbogen nicht von einem Küchenmesser unterscheiden.

Stört sie Sie bei der Arbeit?

Nein.

Steht sie Ihrer Musik gleichgültig gegenüber?

Nein.

Ist sie aufdringlich? Missachtet sie Ihr Bedürfnis, für sich zu sein? Stellt sie Ansprüche an Sie, mit denen sie Ihnen Übungszeit raubt?

Nie, nein.

Sie sagten, sie habe keine Ahnung von Musik. Kultiviert sie Ihrem Eindruck nach ihre Ahnungslosigkeit, als wäre dies eine Leistung?

Nein.

Und trotzdem mag Ihr Vater sie nicht!

Aber schauen Sie, er will doch nur mein Bestes. Er hat nie etwas getan, was nicht zu meinem Besten gewesen wäre. Ohne ihn wäre ich nicht hier bei Ihnen, Dr. Rose. Als er nach dem Blackout in der Wigmore Hall sah, was mit mir los war, sagte er nicht: »Reiß dich zusammen, Gideon. Da draußen im Saal sitzt ein Haufen Leute, die teuer dafür bezahlt haben, dich zu hören.« Nein. Er sagte zu Raphael: »Er ist krank. Entschuldige uns beim Publikum«, und brachte mich sofort nach Hause. Er packte mich ins Bett und blieb die ganze Nacht bei mir und sagte: »Das kriegen wir schon wieder hin, Gideon. Jetzt schlaf erst einmal.«

Er gab Raphael den Auftrag, sich um Hilfe für mich zu kümmern. Raphael wusste von der Arbeit Ihres Vaters mit Künstlern, die Ähnliches erlebt hatten wie ich. Und ich bin zu Ihnen gekommen, weil mein Vater möchte, dass ich wieder zu meiner Musik finde. Darum bin ich zu Ihnen gekommen.

## 5. *September*

Niemand sonst weiß die Wahrheit, nur wir drei: mein Vater, Raphael und ich. Nicht einmal meine PR-Agentin weiß, was wirklich los ist. In ärztlicher Behandlung, hat sie bekannt gegeben und den Leuten erzählt, es handle sich um körperliche Erschöpfung. Wahrscheinlich werden die meisten hinter meinem Verhalten nichts als Starallüren sehen, aber das soll mir recht sein. Sollen sie ruhig vermuten, ich wäre gegangen, weil mir die Beleuchtung im Saal nicht passte; Hauptsache, die Wahrheit sickert nicht durch.

Welche Wahrheit meinen Sie?, fragen Sie.

Gibt es denn mehr als eine?, frage ich zurück.

Aber gewiss, sagen Sie. Die eine Wahrheit ist das, was Ihnen zugestoßen ist. Man nennt das eine psychogene Amnesie. Die andere Wahrheit ist das Warum dieses plötzlichen teilweisen Gedächtnisverlusts. Und die Frage nach dem Warum ist der Anlass unserer Gespräche.

Wollen Sie damit sagen, solange wir nicht wissen, *warum* ich diese – diese – wie nannten Sie es –?

Psychogene Amnesie. Es ist ähnlich wie hysterische Lähmung oder Blindheit: Ein Teil von Ihnen, der stets perfekt funktioniert hat – in diesem Fall Ihr musikalisches Gedächtnis, wenn Sie es so nennen wollen –, streikt plötzlich. Und solange wir nicht wissen, woher diese Störung kommt, was dahinter steckt, können wir sie nicht beheben.

Ich frage mich, ob Sie eine Ahnung haben, wie furchtbar mich diese Eröffnung erschreckt, Dr. Rose. Sie sagen mir das mit teilnehmendem Verständnis, aber ich komme mir trotzdem wie ein Krüppel vor. Ja, ja, ich weiß, das ist ein Wort aus meiner Kindheit, Sie brauchen mich nicht darauf hinzuweisen. Ich kann ja jetzt noch hören, wie mein Großvater es meinem Vater ins Gesicht brüllt, während sie ihn aus dem Haus zerren, und heute noch beschimpfe ich mich selbst täglich mit diesem Wort. Du bist ein Krüppel, sage ich zu mir. Ein armseliger Krüppel. Den Garaus sollte man dir machen, du Krüppel.

Sind Sie denn wirklich einer?, fragen Sie.

Aber ja, was sonst? Ich bin nie in meinem Leben Fahrrad gefahren, ich habe nie Rugby oder Cricket gespielt, nie einen Tennisball geschlagen, ich bin nicht einmal zur Schule gegangen. Ich hatte einen Großvater, der regelmäßig psychotische Schübe hatte, eine Mutter, die wahrscheinlich als Nonne im Kloster glücklicher gewesen wäre und dort vermutlich auch endete, einen Vater, der Tag und Nacht schuftete, um mir eine Karriere zu ermöglichen, und einen Geigenlehrer, der mich von Konzertreisen zu Schallplattenterminen schleppte und niemals aus den Augen ließ. Ich wurde verwöhnt, verhätschelt und angebetet, Dr. Rose. Kann ein Mensch unter solchen Bedingungen »normal« bleiben? Da muss man doch zum Krüppel werden!

Ist es ein Wunder, dass ich von Magengeschwüren gequält werde? Dass ich mir vor jedem Auftritt, mit Verlaub, die Seele aus dem Leib kotze? Dass mir das Hirn manchmal wie ein Vorschlaghammer im Schädel dröhnt? Dass ich seit mehr als sechs Jahren unfähig bin, mit einer Frau zu schlafen? Und selbst als ich das noch konnte, war der Akt niemals mit Nähe, Lust oder Leidenschaft verbunden, sondern immer nur mit einem Drang, es zu erledigen, es hinter mich zu bringen, mir meine armselige Befriedigung zu holen und die Frau möglichst schnell wieder loszuwerden.

Was ist denn einer wie ich anderes als ein Krüppel, Dr. Rose?


## 7. September

Libby fragte heute Morgen, ob etwas nicht in Ordnung sei. Sie kam im gewohnten Freizeitlook – Overall, T-Shirt, Wanderstiefel – aus dem Haus, offenbar in der Absicht, ein paar Runden zu laufen. Jedenfalls hatte sie wie meistens, wenn sie in Sachen Fitness unterwegs ist, ihren Walkman auf. Ich saß oben auf der Fensterbank und schrieb brav an meinem Tagebuch, als sie heraufschaute und mich sah. Und schon war sie da.

Sie probiere gerade eine neue Diät aus, erzählt sie. Die so genannte »Kein-Weiß-Diät«. »Ich hab es mit der Mayodiät probiert, mit der Kohlsuppendiät, der Kartoffeldiät, der Scarsdale-Diät, wirklich mit allem, und nichts hat was gebracht. Darum mach ich jetzt diese neue Kur.« Bei der man, wie sie mir erklärt, essen darf, was man will, solange es nicht weiß ist. Auch weiße Nahrungsmittel, die künstlich gefärbt sind, sind verboten.

Ich weiß inzwischen, dass sie von der fixen Idee geplagt wird, zu dick zu sein, und ich verstehe bis heute nicht, wieso. So weit ich sehen kann – nicht allzu weit, zugegebenermaßen, da ich sie immer nur in ihrer Lederkluft oder ihrem Jeansoverall erlebe –, ist sie überhaupt nicht dick. Und wenn andere sie vielleicht ein wenig pummelig finden – ich gehöre nicht zu ihnen! –, dann kommt das vermutlich daher, weil sie ein rundes Gesicht hat. Mit einem runden Gesicht wirkt man leicht etwas mollig, nicht wahr? Aber damit kann ich sie nicht trösten. »Wir leben in spindeldürren Zeiten«, sagt sie. »Du hast Glück, dass du von Natur aus so mager bist.«

Ich habe ihr nie gesagt, welchen Preis ich für diesen mageren Körper bezahlt habe, den sie offenbar bewundert. Stattdessen pflege ich zu sagen: »Frauen sind viel zu stark auf ihr Gewicht fixiert. Du siehst doch gut aus.«

Als ich ihr wieder einmal damit komme, meint sie: »Wenn ich so gut aussehe, könntest du ja mal mit mir ausgehen, oder?«

Und so fängt es an. Wir sehen uns häufiger, gehen hin und wieder miteinander aus. Aber ich würde nicht sagen, dass wir »miteinander gehen«. Ich mag diesen Ausdruck nicht, er klingt so pubertär, aber selbst wenn diese Abneigung nicht wäre, würde ich ihn nicht gebrauchen, um die Beziehung zwischen uns zu beschreiben.

Was für eine Beziehung haben Sie denn zu Libby Neal?, fragen Sie.

Sie meinen: Schlafen Sie mit ihr, Gideon? Hat *sie* es endlich geschafft, das Eis in Ihren Adern zu schmelzen?

Das kommt darauf an, was Sie meinen, wenn Sie fragen, ob ich mit ihr schlafe, Dr. Rose. Das ist auch so ein Ausdruck, den ich eigentlich nicht mag. Warum sprechen wir von »schlafen«, wenn doch schlafen das Letzte ist, was wir im Sinn haben, wenn wir mit einem Partner ins Bett steigen.

Aber ja, man könnte sagen, wir schlafen miteinander. Hin und wieder. Damit meine ich allerdings nur, dass wir zusammen in einem Bett schlafen. Sonst passiert gar nichts. Für mehr sind wir beide noch nicht reif.

Und wie kam es dazu?, fragen Sie.

Ach, das war eine ganz natürliche Entwicklung. Eines Abends hat sie nach einem besonders anstrengenden Probentag vor einem Konzert im Barbican für mich gekocht. Ich bin danach auf ihrem Bett eingeschlafen, auf das wir uns gesetzt hatten, um uns eine Platte anzuhören. Sie hat mich zugedeckt und ist mit unter die Decke gekrochen, und so sind wir bis zum nächsten Morgen geblieben. Seitdem schlafen wir hin und wieder zusammen. Ich denke, es hat für uns beide etwas Tröstliches.

Es gibt Ihnen Geborgenheit, sagen Sie.

Insofern es gut tut, sie neben mir zu haben, ja, es vermittelt mir ein Gefühl von Geborgenheit.

Sie sagen, dass in Ihrer Kindheit etwas gefehlt hat, Gideon. Wenn alle sich nur für Ihre künstlerische Entwicklung und Ihre Leistungen auf der Geige interessiert haben, kann man sich vorstellen, dass tiefe kindliche Bedürfnisse, die Sie hatten, unbeachtet und ungestillt blieben.

Dr. Rose, ich muss darauf bestehen, dass Sie akzeptieren, was ich Ihnen sage: Ich hatte gute Eltern. Ich habe Ihnen ja schon berichtet, dass mein Vater Tag und Nacht gearbeitet hat, um für die Familie zu sorgen. Als sich zeigte, dass ich das Potenzial, die Begabung und den Wunsch hatte ein – nun, sagen wir, das zu werden, das ich heute bin –, hat auch meine Mutter sich Arbeit gesucht, um zur Deckung der immensen Kosten beizutragen. Ich habe meine Eltern deshalb vielleicht nicht so viel gesehen, wie es unter normalen Umständen möglich gewesen wäre, aber ich hatte Raphael, der jeden Tag Stunden mit mir verbrachte, und ich hatte Sarah-Jane.

Wer ist Sarah-Jane?

Sarah-Jane Beckett. Ich weiß nicht recht, als was ich sie bezeichnen soll. Gouvernante ist ein zu altmodischer Ausdruck, und Sarah-Jane wäre einem ganz schön über den Mund gefahren, wenn man sie so genannt hätte. Sagen wir einfach, sie war meine Lehrerin. Wie ich bereits früher bemerkte, bin ich nie zur Schule gegangen. Regelmäßiger Schulbesuch hätte sich mit meinen täglichen Musikstunden nicht vereinbaren lassen. Darum wurde Sarah-Jane engagiert. Sie sollte mich in den normalen Schulfächern unterrichten. Wenn ich nicht mit Raphael arbeitete, dann mit ihr. Sie lebte jahrelang bei uns im Haus. Sie muss gekommen sein, als ich fünf oder sechs Jahre alt war – sobald meinen Eltern klar wurde, dass eine Erziehung nach traditionellem Muster für mich nicht infrage kam –, und sie blieb bis zu meinem sechzehnten Lebensjahr. Da war meine Schulbildung abgeschlossen, und meine vielen Termine – Auftritte, Plattenaufnahmen, Proben, Übungsstunden – ließen weitere Studien nicht zu. Aber bis dahin hatte ich täglich Unterricht bei Sarah-Jane.

War sie ein Mutterersatz für Sie?, fragen Sie.

Immer und immer wieder kommen Sie auf meine Mutter zurück. Suchen Sie nach ödipalen Verbindungen, Dr. Rose? Wie wär's mit einem ungelösten Ödipuskomplex? Mutter entzieht sich ihrem Sohn, als dieser fünf Jahre alt ist, indem sie täglich zur Arbeit geht, und gibt dem armen Jungen so keine Möglichkeit, seine unbewusste Begierde, mit ihr zu kopulieren, zu verarbeiten. Als er acht oder neun ist oder wie alt auch immer, ich kann mich nicht erinnern, und es ist mir auch egal, verschwindet sie ganz aus seinem Leben und wird nie wieder gesehen.

Ich erinnere mich allerdings an ihr Schweigen. Merkwürdig. Das fällt mir erst jetzt ein, in diesem Moment. Das Schweigen meiner Mutter. Und ich erinnere mich, dass ich einmal, als sie noch bei uns war, nachts aufwachte und sie bei mir im Bett lag. Sie hält mich in den Armen, und ich kann kaum atmen, so wie sie mich hält. Sie hat die Arme um mich gelegt, und drückt meinen Kopf irgendwie... Ach, ich weiß nicht mehr...

Wie hält Ihre Mutter Sie, Gideon?

Ich weiß nicht mehr. Ich weiß nur noch, dass ich Mühe habe, Luft zu bekommen. Ich spüre ihren Atem, und es ist sehr heiß.

Ihr Atem ist heiß?

Nein, nein. Alles. Da, wo ich bin. Ich möchte fliehen.

Vor ihr?

Nein. Einfach fliehen. Weglaufen. Natürlich könnte das alles auch ein Traum gewesen sein. Es ist ja so lange her.

Ist es häufiger als einmal vorgekommen?, fragen Sie.

Ich sehe wieder mal genau, worauf Sie hinaus wollen, und ich mache da nicht mit. Ich werde nicht vorgeben, mich an irgendetwas zu erinnern, nur weil Sie es gern so hätten. Hier sind die Tatsachen: Meine Mutter liegt neben mir im Bett; sie hält mich in den Armen; es ist heiß; ich rieche ihr Parfüm. Und auf meine Wange drückt ein Gewicht. Ich fühle es. Es ist schwer und unbewegt, und es riecht nach Parfüm. Wie seltsam, dass ich mich an diesen Geruch erinnere! Ich könnte ihn nicht beschreiben, aber ich denke, wenn ich ihn irgendwo wahrnähme, würde ich ihn auf der Stelle wieder erkennen, und er würde mich an meine Mutter erinnern.

Ich vermute, sie hielt Sie zwischen ihren Brüsten, sagen Sie. Daher die Wahrnehmung von Schwere und Parfümgeruch. Ist es dunkel in Ihrem Zimmer, oder brennt vielleicht ein Licht?

Ich weiß nicht. Ich erinnere mich nur an die Hitze, die Schwere, den Duft. Und an das Schweigen.

Haben Sie danach mit irgendeinem anderen Menschen so gelegen? Mit Libby vielleicht? Oder einer anderen Frau? Vor Libby?

Lieber Gott, nein! Es geht hier nicht um meine Mutter! Gut. Ja. Ich weiß natürlich, wie schwer in meinem Leben die Tatsache wiegt, dass sie mich – uns – verlassen hat. Ich bin schließlich kein Idiot. Ich komme von einer Reise durch Österreich nach Hause, und meine Mutter ist fort, ich sehe sie nie wieder, höre nie wieder ihre Stimme, bekomme keinen einzigen Brief von ihr … Ja, ja, Sie brauchen es mir nicht zu sagen, das ist ein tief einschneidendes Erlebnis. Und ich kann mir vorstellen, was ich als Kind daraus geschlossen haben könnte, dass ich verlassen wurde: Es ist meine Schuld. Vielleicht habe ich es damals tatsächlich so empfunden, aber bewusst war es mir nicht, und ganz sicher empfinde ich es heute nicht mehr so. Sie hat uns verlassen. Und aus.

Und aus? Wie meinen Sie das?, fragen Sie.

Genauso. Wir haben nie wieder von ihr gesprochen. Oder zumindest ich nicht. Wenn meine Großeltern und mein Vater von ihr gesprochen haben, oder Raphael, Sarah-Jane und James, der Untermieter –

Er war noch da, als sie fort ging?

Er war da – oder nein? Nein. Er kann nicht da gewesen sein. Es war Calvin. Sagte ich nicht, dass es Calvin war? Ja, natürlich, Calvin versuchte damals telefonisch Hilfe zu holen, als meine Mutter gegangen war und mein Großvater eine seiner »Episoden« hatte. James hatte sich längst aus dem Staub gemacht.

Aus dem Staub gemacht, wiederholen Sie. Das klingt irgendwie nach Heimlichkeit. War es denn mit Heimlichkeiten verbunden, als James bei Ihnen auszog?

Bei uns gab es überall Heimlichkeiten. Schweigen und Heimlichkeiten. So kommt es mir jedenfalls vor. Ich betrete ein Zimmer, und sofort wird es still. Ich weiß, dass sie von meiner Mutter gesprochen haben, aber ich darf nicht von ihr sprechen.

Was geschieht denn, wenn Sie es tun?

Ich weiß es nicht. Ich habe es nie ausprobiert.

Warum nicht?

Die Musik ist der Mittelpunkt meines Lebens. Ich habe die Musik. Ich habe sie immer noch. Mein Vater, meine Großeltern, Sarah-Jane und Raphael, sogar Calvin, der Untermieter – wir alle haben immer noch die Musik.

War das denn ein ausdrückliches Gebot? Ich meine, dass Sie nicht nach Ihrer Mutter fragen sollen? Oder ging das stillschweigend?

Letzteres, wahrscheinlich – ich weiß es nicht. Sie kommt uns bei unserer Rückkehr aus Österreich nicht entgegen, um uns zu begrüßen. Sie ist fort, aber niemand verliert ein Wort darüber. Im Haus ist jede Spur von ihr gelöscht. Es ist, als hätte sie dort nie gelebt. Und alle schweigen. Sie tun nicht so, als wäre sie verreist. Sie tun nicht so, als wäre sie plötzlich gestorben oder als wäre sie vielleicht mit einem anderen Mann durchgebrannt. Sie verhalten sich so, als hätte sie nie existiert. Und das Leben geht weiter.

Sie fragten nie nach ihr?

Ich muss gewusst haben, dass sie eines der Themen war, über die bei uns nicht gesprochen wurde.

Eines? Gab es denn noch andere?

Vielleicht habe ich sie nicht vermisst. Ich erinnere mich nicht, sie vermisst zu haben. Ich weiß kaum noch, wie sie ausgesehen hat, nur dass sie blonde Haare hatte und immer ein Kopftuch aufsetzte, so wie es die Queen trägt. Aber das wird in der Kirche gewesen sein. Ah ja, daran erinnere ich mich auch, dass ich mit ihr in der Kirche war. Ich weiß, dass sie geweint hat. Ja, sie weint bei der Morgenmesse, und vorn in der Klosterkapelle sitzen die Nonnen, auf der anderen Seite des Lettners, oder Lettner ist vielleicht nicht der richtige Ausdruck, es ist mehr ein Gitter, das sie von den Laien trennen soll. Aber bei der Frühmesse sind nie Laien da, vor denen sie sich abschirmen müssten. Nur meine Mutter und ich. Von den Nonnen trägt nur eine die Ordenstracht, die anderen sind alle ganz normal gekleidet, wenn auch sehr einfach und mit Kreuzen auf der Brust. Meine Mutter kniet, sie kniet immer bei der Messe, und hat den Kopf auf ihre Hände gelegt. Sie weint die ganze Zeit, und ich weiß nicht, was ich tun soll.

Warum weint sie?, wollen Sie natürlich wissen.

Ich weiß es nicht, sie weint eigentlich immer. Nach der Kommunion, aber noch vor dem Ende der Messe, kommt die eine Nonne, die in Tracht ist, zu meiner Mutter und führt uns beide in ein Sprechzimmer oder so etwas, im Kloster nebenan. Dort spricht sie mit meiner Mutter. Die beiden sitzen in der einen Ecke des Zimmers, und ich in der anderen, ihnen schräg gegenüber. Man hat mir ein Buch zum Lesen gegeben und mir geboten, mich zu setzen. Ich bin voller Ungeduld, ich möchte nach Hause. Raphael hat mir versprochen, mit mir zur Belohnung in die Festival Hall zu gehen, wenn ich die Übungen, die er mir aufgegeben hat, fehlerfrei spiele. Dort gibt Ilya Kaler ein Konzert. Er ist noch keine zwanzig Jahre alt, aber er hat beim Paganini-Wettbewerb in Genua schon den ersten Preis gewonnen, und ich möchte ihn unbedingt hören. Ich bin nämlich fest entschlossen, ihn eines Tages weit zu übertreffen.

Wie alt sind Sie zu der Zeit?, fragen Sie.

Sechs, glaube ich, höchstens sieben. Und ich möchte schnellstens nach Hause. Ich stehe also von meinem Stuhl auf, gehe zu meiner Mutter und zupfe sie am Ärmel. »Mama, mir ist langweilig«, sage ich. Das sage ich immer, das ist meine Art der Kommunikation. Nicht: Ich muss noch üben, Mama. Sondern: Mir ist langweilig, und es ist deine Pflicht als meine Mutter, etwas dagegen zu tun. Aber Schwester Cecilia – ja, so hieß sie, ich erinnere mich jetzt wieder – nimmt mich bei der Hand und führt mich zu meinem Stuhl in der Ecke zurück. »Du wirst brav hier sitzen bleiben, bis zu geholt wirst, Gideon«, sagt sie ruhig und bestimmt, und ich bin fassungslos. So spricht niemand mit mir! Ich bin schließlich das Wunderkind. Ich bin – um es einmal so auszudrücken – einmaliger als jeder andere in meiner Welt.

Vielleicht aus Verblüffung über die ungewohnte Maßregelung, noch dazu von so einer Frau, bleibe ich zunächst in meiner Ecke, während Schwester Cecilia und meine Mutter sich mit leisen Stimmen weiter unterhalten. Aber nach einigen Minuten beginne ich mit den Füßen gegen ein Bücherregal zu treten, mit zunehmender Wucht, bis die ersten Bücher herunterfallen und eine Marienstatuette zu Boden stürzt und zerspringt. Kurz danach nimmt meine Mutter mich bei der Hand, und wir gehen.

An diesem Morgen glänze ich beim Musikunterricht, und Raphael geht am Abend mit mir wie versprochen ins Konzert. Er hat ein Treffen mit Ilya Kaler arrangiert, ich habe meine Geige mitgebracht, und wir musizieren zusammen. Kaler ist brillant, aber ich weiß, dass ich ihn übertrumpfen werde. Schon an diesem Tag weiß ich das.

Was ist mit Ihrer Mutter?, fragen Sie.

Sie ist sehr viel oben.

In ihrem Zimmer?

Nein. Nein. Im Kinderzimmer.

Im Kinderzimmer? Warum denn das?

Und ich weiß die Antwort. Ich *weiß* sie. Wo hat sich dieses Wissen all die Jahre versteckt? Wieso ist es auf einmal wieder da?

Meine Mutter ist bei Sonia.


## 8. September

Es sind Lücken da, Dr. Rose. In meinem Gedächtnis existieren sie als unvollständige Bilder, in Umrissen, aber größtenteils schwarz.

Sonia ist Teil eines solchen Bildes. Ich erinnere mich jetzt der Tatsache, dass es sie gab – Sonia – und dass sie meine jüngere Schwester war. Sie ist sehr jung gestorben. Auch daran erinnere ich mich.

Das wird wohl der Grund sein, warum meine Mutter morgens bei der Frühmesse stets weinte. Und Sonias Tod muss zu den Themen gehört haben, über die bei uns nicht gesprochen wurde. Über ihren Tod zu sprechen, hätte meine Mutter von neuem in Kummer und Leid gestürzt, und das wollten wir ihr ersparen.

Ich versuche ein Bild von Sonia heraufzubeschwören, aber es ist nichts da. Nur eine leere Leinwand. Und wenn ich versuche mich in Verbindung mit irgendwelchen besonderen Ereignissen

an sie zu erinnern – mit Weihnachten oder Ostern oder der all-
jährlichen Taxifahrt mit Großmutter zum Geburtstagslunch bei
Fortnum and Mason, irgendetwas, ganz gleich, was – stoße ich
auch nur auf Leere. Da ist einfach gar nichts. Nicht einmal den
Tag, an dem sie starb, habe ich im Gedächtnis. Auch ihre Beerdigung nicht. Ich weiß nur, *dass* sie starb, weil sie auf einmal nicht
mehr da war.

Genau wie Ihre Mutter, Gideon?, fragen Sie.

Nein. Anders. Es fühlt sich jedenfalls ganz anders an. Sie war
meine Schwester, und sie starb sehr früh, das ist das Einzige, was
ich mit Gewissheit weiß. Nach ihrem Tod verließ uns meine Mutter. Ob es bald danach war oder erst Monate oder Jahre später,
kann ich nicht sagen. Aber wie kommt es, dass ich mich an meine
Schwester nicht erinnern kann? Was ist ihr zugestoßen? Woran
sterben Kinder? An Krebs, Leukämie, Scharlach, Influenza, Lungenentzündung… Woran noch?

Das ist das zweite Kind, das starb, sagen Sie.

Wie? Was meinen Sie? Das zweite Kind?

Das zweite Kind Ihres Vaters, das starb, Gideon. Sie haben mir
doch von Virginia erzählt…

Kinder sterben, Dr. Rose. Das kommt immer wieder vor. Jeden
Tag. Kinder werden krank. Und Kinder sterben.

# 3

»Ich frage mich wirklich, wie die Frau vom Partyservice hier zurecht gekommen ist«, sagte Frances Webberly. »Für uns ist die Küche natürlich gut genug. Wir würden einen Geschirrspüler oder eine Mikrowelle wahrscheinlich gar nicht benutzen, wenn wir so etwas hätten. Aber der Partyservice... Diese Leute sind doch bestimmt allen modernen Komfort gewöhnt. Das wird eine schöne Überraschung für die arme Frau gewesen sein, als sie hier ankam und unsere museumsreife Küche sah.«

Malcolm Webberly, der am Tisch saß, antwortete nicht. Er hatte die betont lebhafte Rede seiner Frau natürlich gehört, aber in Gedanken war er ganz woanders. Um ein Gespräch abzubiegen, nach dem ihm jetzt nicht der Sinn stand, hatte er sich in die Küche zurückgezogen und angefangen, seine Schuhe zu putzen. Er hoffte, Frances, die ihn seit mehr als dreißig Jahren kannte und wusste, wie sehr er es hasste, zwei Dinge gleichzeitig zu tun, würde ihn, wenn sie ihn bei der Arbeit sah, in Ruhe lassen.

Er wünschte sich sehr, in Ruhe gelassen zu werden; seit dem Augenblick, als Eric Leach gesagt hatte: »Malc, tut mir Leid, Sie so spät noch zu stören, aber ich wollte es Ihnen persönlich mitteilen«, und ihm dann von Eugenie Davies' Tod berichtet hatte. Er brauchte Zeit für sich, um sich mit seinen Gefühlen auseinander zu setzen. Eine schlaflose Nacht an der Seite seiner sanft schnarchenden Frau hatte ihm zwar Gelegenheit gegeben, darüber nachzudenken, was das Wort *Fahrerflucht* bei ihm auslöste, aber sich Eugenie Davies' Tod vorzustellen, war ihm unmöglich gewesen. Wenn er an sie dachte, sah er sie stets so, wie er sie das letzte Mal gesehen hatte: am Fluss, im Wind, mit flatterndem blondem Haar. Sie hatte sich sofort ein Kopftuch umgebunden, als sie aus dem Haus gekommen war, aber beim Spaziergang hatte es sich gelockert, und als sie es abgenommen hatte, um es neu zu falten und zu binden, hatte der Wind ihr Haar erfasst und kräftig durcheinander geblasen.

»Lass es doch so«, hatte er zu ihr gesagt. »Wenn das Licht so auf dein Haar fällt, wirkst du so –« Wie denn?, hatte er überlegt. Schön? Aber eine große Schönheit war sie, solange er sie gekannt hatte, nicht gewesen. Jung? Sie hatten beide ihre besten Jahre hinter sich. Wahrscheinlich, dachte er später, hatte er nach dem Wort friedlich gesucht. Das Licht der Sonne auf ihrem Haar bildete einen Strahlenkranz um ihren Kopf wie bei einem Engel, und Engel bedeuteten Frieden. Ihm war bei diesen Überlegungen bewusst geworden, dass er Eugenie Davies niemals wahrhaft in Frieden erlebt hatte und dass sie auch in diesem Moment – trotz des Lichts, das sie umgab – nicht in Frieden gewesen war.

Diese Erinnerungen gingen ihm durch den Sinn, während er gewissenhaft Schuhcreme auf seinen Schuh auftrug, und seine Frau immer noch redete.

»...alles ganz wunderbar gemacht. Aber ein Glück, dass es schon dunkel war, als die arme Frau kam, weiß der Himmel, wie sie reagiert hätte, wenn sie unseren Garten hätte sehen können.« Frances lachte schamhaft. ›Aber meinen Seerosenteich lasse ich mir nicht ausreden‹, habe ich gestern Abend zu Lady Hillier gesagt. Wusstest du übrigens, dass sie und David daran denken, einen Whirlpool in ihrem Wintergarten installieren zu lassen? ›Wunderbar, wenn man so etwas mag‹, habe ich gesagt, ›aber mir reicht ein kleiner Teich. Mehr wollte ich nie. Und irgendwann werden wir ihn auch haben. Malcolm hat es versprochen, und auf Malcolms Versprechen kann ich mich verlassen!‹ Allerdings müssen wir vorher jemanden finden, der mit der Machete die Wildnis da draußen lichtet und den alten Mäher abtransportiert. Aber davon habe ich Lady Hillier natürlich nichts gesagt –«

Du meinst, deiner Schwester Laura, dachte Webberly.

»– gar nicht begreifen, wovon ich rede. Sie hat ja schon wer weiß wie lang ihren Gärtner. Aber eines Tages, wenn das Geld da ist, bekommen *wir* unseren kleinen Teich, nicht wahr?«

»Ja, sicher«, sagte Webberly.

Frances zwängte sich in der engen kleinen Küche am Tisch vorbei ans Fenster und sah in den Garten hinaus. Sie hatte in den vergangenen zehn Jahren so oft und so lange an dieser Stelle gestanden, dass ihre Füße eine Mulde ins Linoleum gedrückt und ihre Finger, dort wo sie sie aufzulegen pflegte, Rillen im Fensterbrett hinterlassen hatten. Webberly fragte sich, was ihr durch den Kopf ging, wenn sie stundenlang dort stand. Was für Widerstände versuchte sie zu besiegen, ohne es je zu erreichen?

Schon einen Augenblick später gab sie ihm die Antwort.

»Es scheint ein schöner Tag zu werden«, sagte sie. »Im Radio haben sie zwar für Nachmittag wieder Regen angesagt, aber ich denke, die täuschen sich. Weißt du, was, ich glaube, heute Vormittag gehe ich endlich mal raus und arbeite ein bisschen im Garten.«

Webberly hob den Kopf. Frances, die seinen Blick anscheinend spürte, drehte sich um, eine Hand noch auf dem Fensterbrett, die andere verkrampft am Revers ihres Morgenrocks. »Ich glaube, heute schaffe ich es«, sagte sie. »Malcolm! Ich glaube, ich schaffe es.«

Wie oft hatte sie das schon gesagt! Hundertmal? Tausendmal? Und immer steckte die gleiche Mischung aus Hoffnung und Selbstbetrug in ihren Worten. Ich werde im Garten arbeiten, Malcolm. Ich werde heute Nachmittag einkaufen gehen. Ich werde mich in den Prebend Gardens auf eine Bank setzen; einen langen Marsch mit Alfie machen; die neue Kosmetikerin ausprobieren, die alle so rühmen … So viele aufrichtige und gute Vorsätze, die sich unweigerlich in Luft auflösten, wenn Frances vor der Haustür stand. Sie brachte es einfach nicht über sich, die rechte Hand zum Türknauf zu heben, wie sehr sie sich auch bemühte.

»Frannie –«, begann Webberly, und sie fiel ihm beschwörend ins Wort. »Die Party gestern hat alles geändert. Rundherum von Freunden umgeben zu sein, das tut unglaublich gut. Ich fühle mich so wohl, Malcolm! So wohl wie schon lange nicht mehr.«

Miranda, die in diesem Moment in die Küche kam, ersparte es Webberly, darauf antworten zu müssen. Mit einem »Ah, hier seid ihr«, ließ sie ihren Trompetenkasten und einen sperrigen Rucksack zu Boden fallen und ging zum Herd, wo Alfie, der Schäferhundmischling, sich auf seiner Decke von den Strapazen der Party erholte. Sie kraulte ihn kräftig zwischen den Ohren, woraufhin er sich prompt auf den Rücken rollte und seinen Bauch darbot. Nachdem sie ihn gekrault hatte, drückte sie ihm zum Abschluss einen Kuss auf den Kopf und nahm dafür einen feuchten Hundekuss in Empfang.

»Schatz, das ist schrecklich unhygienisch«, sagte Frances.

»Ach was, das ist Hundeliebe«, entgegnete Miranda. »Die reinste Liebe, die es gibt. Stimmt's, Alfie?«

Alf gähnte.

Miranda wandte sich zum Gehen. »Also, dann fahre ich jetzt. Ich muss nächste Woche zwei Arbeiten abgeben.«

»Du willst schon wieder weg?« Webberly schob seine Schuhe auf die Seite. »Du warst keine achtundvierzig Stunden hier. Kann Cambridge nicht noch einen Tag warten?«

»Die Pflicht ruft, Dad. Du willst doch nicht, dass ich meine Prüfungen verhaue, oder?«

»Dann warte wenigstens, bis ich die Schuhe fertig hab. Ich bring dich mit dem Wagen zum King's-Cross-Bahnhof.«

»Ach, das ist nicht nötig. Ich nehme die U-Bahn.«

»Dann lass mich dich zur U-Bahn fahren.«

»Dad!«, sagte sie gequält. Sie kannte diese Diskussion seit Ewigkeiten. »Die Bewegung tut mir gut. Erklär's ihm, Mama.«

»Aber wenn es unterwegs zu regnen anfängt –«, wandte Webberly ein.

»Lieber Himmel, Malcolm, davon wird sie sich nicht gleich auflösen.«

Aber genau das geschieht doch, widersprach Webberly im Stillen. Sie lösen sich auf, sie zerbrechen, sie verschwinden von einem Moment auf den anderen. Und immer dann, wenn man am wenigsten damit rechnet. Aber ihm war klar, dass in dieser Situation, wo zwei Frauen sich gegen ihn zu verbünden drohten, ein Kompromiss angeraten war. Er sagte deshalb: »Dann begleite ich dich einfach ein Stück.« Und als Miranda die Augen verdrehte und zu Protesten dagegen ansetzte, dass sie, eine erwachsene Frau, sich von ihrem Vater bei der Hand nehmen lassen sollte wie ein kleines Kind, das nicht allein über die Straße gehen kann, fügte er hinzu: »Alfie braucht seinen Morgenspaziergang, Randie.«

»Mama!«, wandte sich Miranda Hilfe suchend an ihre Mutter, aber die sagte mit einem bedauernden Achselzucken: »Du hast ja Alfie heute noch nicht ausgeführt, Schatz.«

Miranda gab klein bei. »Na gut, dann komm eben mit, du Gluckenvater«, sagte sie gutmütig. »Aber ich warte bestimmt nicht, bis du mit dem Schuhputzen fertig bist.«

»Ich mach die Schuhe schon«, sagte Frances.

Webberly holte die Hundeleine und folgte seiner Tochter ins Freie, wo Alfie sofort im Gebüsch nach einem alten Tennisball zu suchen begann. Er wusste, was ihn erwartete, wenn sein Herr mit ihm loszog: ein Spaziergang in den Park, wo er frei laufen, dem Tennisball nachjagen und mindestens eine Viertelstunde lang nach Herzenslust herumtollen durfte.

»Ich weiß nicht, wer von euch beiden weniger Fantasie hat«, bemerkte Miranda, den Hund beobachtend, der in den Hortensien stöberte. »Du oder der Hund. Schau ihn dir doch an, Dad. Er weiß genau, was kommt. Da gibt's doch überhaupt keine Überraschung mehr.«

»Hunde mögen Rituale«, erklärte Webberly, als Alfie triumphierend mit dem Tennisball im Maul aus dem Gebüsch hervorstieß.

»Hunde, ja. Aber was ist mit dir? Wieso gehst du immer nur in den Park mit ihm?«

»Das ist meine Meditation«, teilte er ihr mit. »Zweimal am Tag, morgens und abends. Zufrieden?«

»Meditation!«, wiederholte sie mit ungläubigem Spott. »Du alter Schwindler. Also wirklich!«

Zum Tor hinaus, wandten sie sich nach rechts, folgten dem Hund bis zum Ende der Palgrave Street, wo er den erwarteten Linksschwenk machte, der sie zur Stamford Brook Road und zu den Prebend Gardens gleich über der Straße führen würde.

»Die Party war nett.« Miranda hakte sich bei ihrem Vater ein. »Ich glaube, Mama hat es auch gefallen. Und niemand hat irgendeine Bemerkung gemacht – jedenfalls nicht mir gegenüber.«

»Ja, es war ein schönes Fest.« Webberly drückte Randies Arm. »Deine Mutter hat sich so gut amüsiert, dass sie vorhin sogar sagte, sie wolle im Garten arbeiten.« Er spürte den Blick seiner Tochter, hielt den seinen jedoch entschlossen nach vorn gerichtet.

»Das tut sie bestimmt nicht«, sagte Miranda. »Das weißt du doch, Dad. Warum bestehst du nicht darauf, dass sie wieder zu diesem Arzt geht? Menschen wie Mama kann man helfen.«

»Ich kann sie nicht zwingen.«

»Nein. Aber du könntest –« Miranda seufzte. »Ach, ich weiß

auch nicht. Irgendwas musst du doch tun können. Ich versteh nicht, warum du nicht mal energisch wirst, sondern ihr gegenüber immer so nachgiebig bist.«

»Wie soll das denn aussehen, wenn ich energisch werde?«

»Na ja, wenn sie annehmen müsste, dass du – du könntest zum Beispiel sagen: ›Das war's, Frances. Ich bin am Ende meiner Geduld. Entweder du gehst wieder in Behandlung oder – oder es passiert was.‹«

»Und was, bitte?«

»Ja, ja, ich weiß schon«, sagte sie kleinlaut. »Du würdest sie niemals verlassen. Wie könntest du auch? Du könntest dir ja selbst nie wieder ins Gesicht sehen. Aber es muss doch was geben, an das du – woran wir noch nicht gedacht haben.« Sie ließ sich, vielleicht um ihrem Vater eine Antwort zu ersparen, von Alfie ablenken, der mit gespannter Aufmerksamkeit eine Katze weiter vorn auf ihrem Weg beobachtete. Schnell nahm sie ihrem Vater die Leine aus der Hand und sagte, mit einem kurzen Ruck daran ziehend: »Daran brauchst du nicht mal zu denken, Alfred!«

An der Ecke überquerten sie die Straße und trennten sich dann mit einer liebevollen Umarmung. Miranda wandte sich nach links zum U-Bahnhof Stamford Brook, während Webberly am grünen Eisengitter entlangging, das den Park auf der Ostseite begrenzte.

Im Park nahm er Alfie den Ball ab und schleuderte ihn, nachdem er den Hund von der Leine gelassen hatte, so weit er konnte auf die Grünfläche hinaus. Der Hund setzte dem Ball in wilden Sprüngen nach, rannte, sobald er den Ball geschnappt hatte, wie stets bis zum Ende der Rasenfläche und jagte endlos im Kreis um die Grünanlage herum. Webberly verfolgte mit Blicken seinen wilden Lauf von Busch zu Baum, während er selbst nur ein paar Schritte bis zu der schwarzen Parkbank vor dem Schwarzen Brett mit den Gemeindenachrichten ging.

Er überflog die Nachrichten, ohne sie wirklich aufzunehmen: Weihnachtsfeiern, Trödelmärkte, Haushaltsauflösungen. Er sah mit Befriedigung, dass die Telefonnummer der zuständigen Polizeidienststelle auffällig platziert war, und vermerkte, dass irgendeine Gruppe, die vorhatte, einen Nachbarschaftsschutz ins Leben zu rufen, ein Treffen im Souterrain einer der Kirchen plante. Er las das alles und hätte doch später keinerlei Auskunft darüber geben können, was er gelesen hatte. Er nahm die sechs, sieben Zettel wahr, die hinter Glas an die Anschlagtafel geheftet waren. Sein Blick glitt über jeden der Texte, aber in Gedanken war er bei Frances, wie sie vorhin am Küchenfenster gestanden hatte, und bei seiner Tochter, die zärtlich und mit bedingungslosem Vertrauen in ihn sagte: *Du würdest sie niemals verlassen. Wie könntest du auch?* Aber gerade diese letzten Worte erschienen ihm wie blanker Hohn. Wie könntest du sie je verlassen, Malcolm Webberly? Sag, wie könntest du?

Tatsächlich war eine Trennung von Frances das Letzte gewesen, was er an dem Abend im Kopf gehabt hatte, als er in das Haus am Kensington Square gerufen worden war. Die Meldung war über die Dienststelle Earl's Court Road eingegangen, wo er, vor kurzem zum Inspector befördert, mit seinem neuen Partner, Sergeant Eric Leach, tätig war. Leach hatte am Steuer gesessen, als sie die Kensington High Street hinuntergefahren waren, wo damals kaum weniger Getümmel geherrscht hatte als heute, und da Leach sich im Bezirk noch nicht auskannte, war er ein gutes Stück über das Ziel hinausgeschossen, und sie hatten durch die gewundene kleine Thackery Street, deren dörflicher Charakter so gar nicht zu ihrer großstädtischen Umgebung passte, wieder zurückfahren müssen. Von Südosten auf den Platz kommend, sahen sie das Haus, das sie suchten, direkt vor sich stehen: ein viktorianisches Gebäude aus rotem Backstein mit einem Medaillon unter dem Giebel, das das Baujahr, 1879, angab; ein relativ neuer Bau in einem Stadtviertel, wo die ältesten Häuser beinahe zweihundert Jahre früher errichtet worden waren.

Nur ein Streifenwagen stand noch am Bordstein. Die Sanitäter waren längst wieder fort, genau wie die Nachbarn, die sich zweifellos vor dem Haus versammelt hatten, als Polizeisirenen die abendliche Stille dieser Wohngegend gestört hatten.

Webberly stieg aus dem Auto und ging zum Haus. Ein schwarzes schmiedeeisernes Gitter auf einem niedrigen Backsteinsockel umgrenzte einen gepflasterten Vorhof, in dessen Mitte in einem großen Pflanzgefäß eine Zierkirsche stand. Ihre Blütenblätter bedeckten den Boden unter ihr wie ein zartrosa Teppich.

Die Haustür war geschlossen, aber drinnen hatte offensichtlich jemand auf sie gewartet. Kaum setzte Webberly den Fuß auf die unterste Stufe der Vortreppe, da ging die Tür auf, und der Constable, der die Dienststelle angerufen hatte, ließ sie ins Haus. Er wirkte tief erschüttert. Es sei das erste Mal, dass er zu einem toten Kind gerufen worden sei, erklärte er. Er war unmittelbar nach dem Rettungsdienst angekommen.

»Zwei Jahre alt«, berichtete er mit tonloser Stimme. »Der Vater hat es mit Mund-zu-Mund-Beatmung versucht, und die Sanitäter haben getan, was sie konnten.« Er schüttelte mit hoffnungsloser Miene den Kopf. »Keine Chance. Die Kleine war schon tot. Entschuldigen Sie, Sir. Wir haben gerade ein Baby bekommen. Da fragt man sich doch ...«

»Ja, natürlich«, sagte Webberly. »Ist schon in Ordnung. Ich habe auch eine kleine Tochter.« Er brauchte nicht daran erinnert zu werden, welchen Gefahren das Leben eines Kindes ausgesetzt war und wie wachsam Eltern sein mussten, um es zu schützen. Seine kleine Miranda war gerade zwei Jahre alt geworden.

»Wo ist es passiert?«, fragte er.

»Oben. Im Bad. Aber wollen Sie nicht erst mit den Eltern sprechen? Sie sind im Wohnzimmer.«

Belehrungen eines unerfahrenen jungen Kollegen brauchte Webberly wahrhaftig nicht, aber der Junge war durcheinander, und es hätte wenig Sinn gehabt, ihn jetzt zurechtzuweisen. Darum begnügte er sich damit, Leach zu bitten, den Eltern zu sagen, dass er gleich kommen werde. Dann wies er mit dem Kopf zur Treppe und sagte zu dem jungen Constable: »Gehen Sie voraus.« Er folgte dem Jungen eine Treppe hinauf, die sich um einen kunstvoll geschnitzten Pflanzenständer aus Eichenholz wand, auf dem ein üppiger Farn stand.

Das Kinderbadezimmer war neben dem Kinderzimmer, einer Toilette und dem Zimmer des anderen Kindes der Familie in der zweiten Etage des Hauses. Die Eltern und die Großeltern hatten ihre Zimmer im ersten Stockwerk, und im obersten Stock wohnten eine Kinderfrau, ein Untermieter und eine Frau, die – nun, der Constable meinte, man würde sie wohl als Erzieherin bezeichnen, obwohl die Familie sie nicht so nannte.

»Sie unterrichtet die Kinder«, sagte der Constable. »Na ja, wahrscheinlich nur den Jungen, der schon alt genug ist.«

Webberly zog kurz die Brauen hoch über die ungewöhnliche

Tatsache einer privaten Erzieherin in diesen modernen Zeiten, dann ging er in das Badezimmer, wo das Unglück geschehen war. Leach, der wie befohlen den Eltern unten im Wohnzimmer Bescheid gesagt hatte, gesellte sich wenig später zu ihm, während der Constable an seinen Posten im Vestibül zurückkehrte.

Bedrückt sahen sich die beiden Beamten in dem Badezimmer um. Ein so alltäglicher, scheinbar harmloser Ort! Kaum vorstellbar, dass man in so einem Raum das Opfer eines tödlichen Unfalls werden konnte. Und doch kam es so häufig vor, dass Webberly sich manchmal fragte, wann die Leute endlich begreifen würden, dass man ein kleines Kind nicht eine Sekunde unbeaufsichtigt lassen durfte, wenn nur die kleinste Wasserpfütze in der Nähe war.

In der Wanne allerdings stand das Wasser höher als in einer Pfütze: mindestens fünfundzwanzig Zentimeter hoch. Es war mittlerweile abgekühlt, und auf der unbewegten Oberfläche schwammen ein Plastikboot und fünf gelbe Gummientchen. Auf dem Grund der Wanne, neben dem Abfluss, lag ein Stück Seife, und auf der Ablage aus rostfreiem Stahl, die sich quer über die Wanne spannte, lagen ein feuchter Waschlappen, ein Kamm und ein Schwamm. Auf den ersten Blick sah alles ganz normal aus. Bei näherem Hinsehen waren mancherlei Hinweise darauf zu erkennen, dass erst vor kurzem Panik und schreckliches Unglück in diesem Raum geherrscht hatten.

Ein Handtuchhalter war umgestoßen. Eine durchweichte Bademette lag zusammengeschoben unter dem Waschbecken. Ein umgestürzter Rattanpapierkorb war völlig zerdrückt. Und über die weißen Fliesen führten die Fußabdrücke der Sanitäter, die in ihrem Bestreben, das Leben eines Kindes zu retten, bestimmt nicht daran gedacht hatten, das Bad sauber zu halten.

Webberly konnte sich die Szene vorstellen, als wäre er dabei gewesen, weil er als junger Streifenbeamter mehr als einmal solche Szenen erlebt hatte: keine Panik bei den Sanitätern, vielmehr konzentrierte, beinahe unmenschlich wirkende Ruhe. Prüfung von Puls, Atmung und Augenreflexen, sofortige Einleitung von Wiederbelebungsmaßnahmen. Sie hatten vermutlich schon nach Augenblicken gewusst, dass die Kleine tot war, aber sie sagten es keinem, denn ihre Aufgabe war es, um jeden Preis Leben zu retten. Deshalb hätten sie nichts unversucht gelassen, sich mit allem

Einsatz um das Kind bemüht, es aus dem Haus gebracht und auch auf der Fahrt ins Krankenhaus ihre Bemühungen fortgesetzt, weil ja immer die Chance bestand, dass dem schlaffen Bündel, das zurückblieb, wenn der Geist aus dem Körper gewichen war, doch noch Leben abgerungen werden konnte.

Webberly hockte neben dem Papierkorb nieder und richtete ihn vorsichtig mithilfe eines Kugelschreibers wieder auf, um einen Blick hineinzuwerfen. Sechs zerknüllte Papiertücher, ein Stück Zahnseide, eine flach gedrückte Tube Zahnpasta. »Sehen Sie im Apothekerschränkchen nach, Eric«, sagte er zu Leach, während er wieder an die Wanne trat und alles mit prüfendem Blick musterte – die Wände, die Armaturen und den Wasserhahn, den Kitt rund um die Wanne, das Wasser in ihr. Nichts.

Leach sagte: »Kinderaspirin, Hustensaft, verschiedene Medikamente. Fünf insgesamt. Alle rezeptpflichtig. Mit Namensschildchen.«

»Auf wen ausgestellt?«

»Alle auf Sonia Davies.«

»Notieren Sie die Namen der Medikamente. Dann versiegeln Sie den Raum. Ich spreche jetzt mit den Eltern.«

Aber unten im Wohnzimmer erwarteten ihn nicht nur die Eltern des Kindes. Es lebte noch eine Anzahl anderer Menschen im Haus, und die Hausbewohner waren nicht allein gewesen, als das Unglück sie aus der Abendruhe gerissen hatte. Der Raum wirkte überfüllt, obwohl nur neun Personen anwesend waren: acht Erwachsene und ein kleiner Junge mit weißblondem Haar, das ihm auf sehr ansprechende Art in die Stirn fiel. Mit blassem Gesicht stand er in der schützenden Umarmung eines alten Mannes, vermutlich seines Großvaters, an dessen Schlips – Andenken an irgendeine Universität oder einen Klub – er sich mit einer Hand krampfhaft festklammerte.

Niemand sprach. Sie schienen alle im Schock, zusammengeschart, um einander zu stützen und zu trösten, so gut sie es vermochten. Die Fürsorge galt vor allem der Mutter, einer Frau in den Dreißigern, wie Webberly, mit bleichem Gesicht, in dem die Augen übergroß wirkten, gehetzt, als sähen sie immer wieder, was keine Mutter je sehen müssen sollte: ihr Kind in den Händen Fremder, die um sein Leben kämpften.

Als Webberly sich vorstellte, stand einer der beiden Männer auf, die sich bisher um die Mutter bemüht hatten. Er sei Richard Davies, sagte er, der Vater des Kindes, das ins Krankenhaus gebracht worden war. Warum er es so schonend ausdrückte, verriet der Blick zu dem kleinen Jungen, seinem Sohn. Er wollte verständlicherweise nicht vor ihm vom Tod seiner kleinen Schwester sprechen. »Wir waren im Krankenhaus«, sagte er. »Meine Frau und ich. Man sagte uns –«

Die junge Frau, die im Arm eines etwa gleichaltrigen Mannes auf dem Sofa saß, begann zu weinen. Es war ein schreckliches, röchelndes Weinen, das schnell zu einem hysterischen Schluchzen wurde. »Ich habe sie nicht allein gelassen«, rief sie keuchend, und Webberly hörte deutlich den deutschen Akzent in ihrer Aussprache. »Ich schwöre es, ich habe sie keine Minute allein gelassen.«

Was natürlich die Frage herausforderte, wie das Kind dann umgekommen war.

Sie mussten alle befragt werden, aber nicht gleichzeitig. Webberly wandte sich zunächst an die junge Deutsche: »Sie waren für das Kind verantwortlich?«

Woraufhin die Mutter sagte: »*Ich* habe das über uns gebracht!«

»Eugenie!«, rief Richard Davies, und der andere Mann mit dem schweißfeuchten Gesicht, der bei ihr stand, sagte: »So etwas darfst du nicht sagen, Eugenie.«

Der Großvater erklärte: »Wir wissen doch alle, wer schuld ist.«

Die Deutsche jammerte: »Nein! Nein! Ich habe sie nicht allein gelassen«, und der junge Mann neben ihr sagte: »Ist schon okay«, was es nun wahrhaftig nicht war.

Zwei Personen sprachen kein Wort: eine alte Frau, die unverwandt den Großvater fixierte, und eine rothaarige junge Frau im adretten Faltenrock, die mit unverhüllter Abneigung die Deutsche beobachtete.

Zu viele Menschen, zu viele Emotionen und wachsende Verwirrung. Webberly bat alle, bis auf die Eltern, sich zurückzuziehen. »Aber bleiben Sie im Haus«, gebot er. »Und irgendjemand muss sich um den Jungen kümmern.«

»Ich«, sagte die Rothaarige, offensichtlich die »Erzieherin«, von der der Constable gesprochen hatte. »Komm, Gideon. Wir nehmen uns mal dein Mathebuch vor.«

»Aber ich muss doch üben«, entgegnete der Junge mit ernstem Blick in die Runde der Erwachsenen. »Raphael hat gesagt –«

»Es ist schon in Ordnung, Gideon. Geh du ruhig mit Sarah-Jane.« Der Mann mit dem schweißnassen Gesicht entfernte sich von der Mutter und kauerte vor dem Jungen nieder. »Mach dir jetzt um deine Musik keine Gedanken. Geh mit Sarah-Jane, ja?«

»Komm, Junge.« Mit dem Kleinen auf dem Arm, stand der Großvater auf. Die anderen folgten ihm aus dem Zimmer, und schließlich waren nur noch die Eltern des toten Kindes übrig.

Selbst jetzt noch, hier im Park von Stamford Brook, wo Alfie kläffend Vögel und Eichhörnchen jagte, selbst jetzt noch konnte sich Webberly an Eugenie Davies erinnern, wie sie an diesem Abend ausgesehen hatte.

Sie trug eine graue Hose und eine blassblaue Bluse und war völlig reglos dagesessen. Sie hatte weder ihn noch ihren Mann angesehen, als sie wie zu sich selbst gesagt hatte: »O mein Gott, was soll jetzt aus uns werden?«

Ihr Mann ging nicht auf ihre Worte ein, sondern bemerkte, zu Webberly gewandt: »Wir waren im Krankenhaus. Man konnte nichts mehr für sie tun. Hier hatte man uns das nicht gesagt. Hier im Haus, meine ich. Da haben sie uns das nicht gleich gesagt.«

»Nein«, antwortete Webberly. »Das ist nicht ihre Aufgabe. Das überlassen sie den Ärzten.«

»Aber sie wussten es. Schon als sie noch hier im Haus waren. Sie wussten es, nicht wahr?«

»Ich vermute, ja. Es tut mir sehr Leid.«

Sie weinten beide nicht. Das würde später kommen; wenn sie begriffen, dass der Albtraum kein Albtraum war, sondern Realität, die den Rest ihres Lebens verändern würde. Im Moment waren sie betäubt von den seelischen Erschütterungen: der anfänglichen Panik, den verzweifelten Rettungsbemühungen, der Invasion fremder Menschen in ihrem Heim, dem qualvollen Warten in der Notaufnahme, dem Urteil der Ärzte.

»Sie sagten, sie würde erst später freigegeben werden. Die – ihr Leichnam«, sagte Richard Davies. »Wir durften sie nicht mitnehmen … warum nicht?«

Eugenie senkte den Kopf und starrte, wie es schien, auf ihre gefalteten Hände.

Webberly zog sich einen Sessel heran und setzte sich, um mit der Frau auf gleicher Höhe zu sein. Mit einer Kopfbewegung bedeutete er Richard Davies, sich ebenfalls zu setzen. Der nahm neben seiner Frau Platz und ergriff ihre Hand. Webberly erklärte es ihnen, so gut er konnte: Bei einem unerwarteten Tod, wenn jemand starb, der sich nicht in Behandlung eines Arztes befand, der einen Totenschein ausstellen konnte, wenn jemand bei einem Unglücksfall ums Leben kam – zum Beispiel durch Ertrinken –, dann schrieb das Gesetz eine Obduktion des Verstorbenen vor.

Eugenie blickte auf. »Soll das heißen, dass man sie aufschneiden wird?«

Webberly wich der Frage aus, indem er sagte: »Das geschieht, um die genaue Todesursache festzustellen.«

»Aber die kennen wir doch«, wandte Richard Davies ein. »Sie war oben – sie wurde gebadet, sie war in der Wanne. Ich hörte jemanden rufen, dann die Frauen schreien, und als ich nach oben lief, kam James heruntergestürzt –«

»James?«

»Unser Untermieter. Er war oben in seinem Zimmer und kam die Treppe heruntergerannt.«

»Wo waren die übrigen Hausbewohner?«

Richard warf seiner Frau einen fragenden Blick zu, aber die schüttelte den Kopf. »Ich war mit meiner Schwiegermutter in der Küche. Wir wollten das Abendessen machen. Sonia wurde meistens um diese Zeit gebadet, und –« Sie brach ab, als drohte durch das Aussprechen des Namens das Undenkbare sie zu überwältigen.

»Und Sie wissen nicht, wo die anderen waren?«

»Mein Vater und ich waren im Wohnzimmer«, sagte Richard Davies. »Wir sahen uns – mein Gott, wir haben uns Fußball angesehen! Wir haben uns ein Fußballspiel angesehen, und oben ertrank unser Kind!«

In Eugenie schien etwas zu zerbrechen. Sie begann endlich zu weinen.

Richard Davies, der mit seinen eigenen Gefühlen des Schmerzes und der Hoffnungslosigkeit beschäftigt war, nahm seine Frau nicht in den Arm, wie Webberly das von ihm erwartet hätte. Er sagte nur ihren Namen und versicherte ihr völlig nutzlos, es sei ja gut, das Kind sei jetzt bei Gott, der es ebenso sehr liebte, wie sie es geliebt hatten. Gerade sie, Eugenie, mit ihrem unerschütterlichen Glauben an Gott und seine unendliche Güte, wisse das doch, nicht wahr?

Welch armseliger Trost, dachte Webberly und sagte: »Ich möchte mit jedem sprechen, der zur Zeit des Unfalls im Haus war.« Zu Richard Davies gewandt, fügte er hinzu: »Vielleicht braucht Ihre Frau einen Arzt, Mr. Davies. Wollen Sie nicht einen anrufen?«

Noch während er sprach, wurde die Wohnzimmertür geöffnet, und Sergeant Leach trat ein. Er nickte zum Zeichen, dass er seine Liste fertig gestellt und das Badezimmer versiegelt hatte, woraufhin Webberly ihm mitteilte, dass sie die Hausbewohner hier im Wohnzimmer befragen würden.

»Danke für Ihre Hilfe, Inspector«, sagte Eugenie.

*Danke für Ihre Hilfe.* Diese Worte gingen Webberly durch den Kopf, als er jetzt schwerfällig von der Parkbank aufstand. Vier schlichte Worte, im Ton tiefsten Elends gesprochen, die sein Leben verändert hatten: die aus dem Kriminalbeamten den Ritter ohne Furcht und Tadel gemacht hatten.

Weil sie, dachte er jetzt, als er nach Alfie rief, eine so besondere Mutter gewesen war. Eine Mutter, wie Frances sie nie hätte sein können. Das musste man bewundern. Einer solchen Mutter musste man als Mann einfach helfen wollen.

»Alfie, komm jetzt!«, rief er laut, als der Hund einem Terrier mit einem Frisbee im Maul nachlief. »Nach Hause. Komm! Ich lass dich auch frei laufen.«

Als hätte der Hund dieses letzte Versprechen verstanden, kam er zurückgerannt und blieb japsend und mit hängender Zunge vor Webberly stehen. Er hatte für diesen Morgen offensichtlich genug Auslauf gehabt. Mit einer Kopfbewegung beorderte Webberly ihn zum Parktor, wo er sich gehorsam setzte und seinen Herrn in Erwartung einer Belohnung mit wachem Blick fixierte.

»Nachher, wenn wir zu Hause sind«, sagte Webberly. Den ganzen Heimweg gingen ihm diese Wort durch den Kopf.

Sehr passend, eigentlich. Letztendlich und über allzu viele Jahre hinweg war alles, was in Webberlys armseligem kleinen Leben von Bedeutung war, auf »nachher« verschoben worden.

Lynley sah, dass Helen, die noch im Bett lag, höchstens einen Schluck von ihrem Tee getrunken hatte. Doch sie hatte sich herumgedreht und sah ihm beim Kampf mit seiner Krawatte zu, während er sie im Spiegel beobachtete.

»Malcolm Webberly hat sie also gekannt?«, fragte sie. »Nicht schön für ihn. Und noch dazu an seinem Hochzeitstag.«

»Ich glaube nicht, dass er persönlich mit ihr bekannt war«, erwiderte Lynley. »Sie war eine der Hauptbetroffenen in seinem ersten Fall als frisch gebackener Inspector in Kensington.«

»Das muss ja dann Jahre her sein. Die Sache hat offenbar einen ungeheuren Eindruck bei ihm hinterlassen.«

»Ja, vermutlich.« Lynley wollte nicht näher auf die Geschichte eingehen. Er wollte Helen überhaupt nichts von diesem lang zurückliegenden Unglück erzählen, bei dem Webberly damals ermittelt hatte. Wenn ein Kind ertrank, war das immer schrecklich, und ein solches Thema, fand Lynley, müsse man gerade jetzt, da ihr gemeinsames Leben – Helens und seines – eine neue Wendung genommen hatte und Helen selbst ein Kind erwartete, nicht unbedingt erörtern.

*Unser* Kind, dachte er, ein Kind, dem niemals ein Leid geschehen würde. Wenn man sich gerade da über den tragischen Tod eines anderen Kindes ausließ, erschien das wie eine Herausforderung des Schicksals. Das jedenfalls sagte sich Lynley, während er sich dem Ritual der Morgentoilette widmete.

Im Bett warf sich Helen auf die andere Seite, sodass sie ihm jetzt den Rücken zuwandte, zog die Knie hoch und drückte sich stöhnend ein Kissen auf den Bauch.

Lynley ging zu ihr, setzte sich auf die Bettkante und strich ihr über das kastanienbraune Haar. »Du hast deinen Tee kaum angerührt«, sagte er. »Möchtest du etwas anderes haben?«

»Ich möchte ganz einfach, dass diese fürchterliche Übelkeit endlich aufhört.«

»Was sagt denn die Ärztin?«

»Ach, die ist ein echter Quell der Weisheit: ›Ich habe die ersten vier Monate jeder Schwangerschaft in Anbetung der Toilettenschüssel verbracht. Das geht vorbei, Mrs. Lynley. Glauben Sie mir.‹«

»Und bis dahin?«

»Denken Sie an was Schönes. Nur nicht gerade an was zu essen.«

Lynley betrachtete sie voller Liebe: den sanften Schwung ihrer Wange, das zarte Ohr, das wie eine vollendet geformte Muschel an ihrem Kopf anlag. Aber ihre Haut war bleich mit einem Stich ins Grünliche, und sie hielt das Kissen so krampfhaft umklammert, als rollte schon die nächste Welle der Übelkeit heran.

»Ich wollte, ich könnte dir das abnehmen, Helen«, sagte er.

Sie lachte schwach. »So was sagt ihr Männer immer, wenn ihr ein schlechtes Gewissen habt. Dabei wisst ihr ganz genau, dass ihr nie im Leben freiwillig ein Kind zur Welt bringen würdet.« Sie griff nach seiner Hand. »Trotzdem danke für die guten Worte. Gehst du jetzt? Versprich mir, dass du vorher frühstückst, Tommy.«

Er versprach es. Ein Entkommen gab es sowieso nicht. Wenn nicht Helen ihn zum Essen zwang, dann stand Charlie Denton – Butler, Diener, Koch, Theaterfan und unverbesserlicher Don Juan – vor der Tür Wache, bis er wenigstens ein paar Bissen gegessen hatte.

»Und was hast du heute vor?«, fragte er Helen. »Arbeitest du?«

»Ehrlich gesagt würde ich mich am liebsten in den nächsten zweiunddreißig Wochen überhaupt nicht mehr bewegen.«

»Soll ich Simon anrufen?«

»Nein, nein. Er arbeitet noch an dieser Acrylamid-Sache. Sie brauchen das Ergebnis in zwei Tagen.«

»Ach so. Aber braucht er dich?« Simon Allcourt-St. James war Chemiker, ein von Gerichten und Anwälten gesuchter Gutachter, der regelmäßig in den Zeugenstand gerufen wurde, um entweder die Beweisführung der Anklage oder der Verteidigung zu untermauern. In diesem besonderen Fall, einem Schadensersatzprozess, ging es darum, festzustellen, welche Menge von Acrylamid – das über die Haut aufgenommen worden war – eine toxische Dosis darstellte.

»Ich hoffe es«, antwortete sie. »Außerdem...« Mit einem Lächeln sah sie ihn an. »Außerdem möchte ich ihm gern erzählen, was es bei uns Neues gibt. Ich hab's übrigens gestern Abend Barbara gesagt.«

»Oh.«

»Oh? Was soll das denn heißen, Tommy?«

Lynley stand vom Bett auf. Er ging zum Schrank, wo ihm die Spiegeltür zeigte, dass sein Krawattenknoten völlig verunglückt war. Er zog ihn wieder auf und begann noch einmal von vorn. »Du hast Barbara doch gesagt, dass sonst noch niemand davon weiß?«

Sie versuchte sich aufzusetzen, musste aber die unbedachte Bewegung sofort büßen und ließ sich gleich wieder zurücksinken. »Ja, natürlich, das habe ich ihr gesagt. Aber jetzt, wo sie es weiß, können wir es, finde ich, auch den anderen –«

»Ich möchte lieber noch ein bisschen warten.« Der neue Krawattenknoten sah noch schlimmer aus als der vorherige. Lynley gab auf, schimpfte auf das Material und holte sich einen anderen Schlips. Er war sich bewusst, dass Helen ihn beobachtete. Natürlich erwartete sie eine Erklärung für seine Zurückhaltung. »Reiner Aberglaube, Darling«, sagte er. »Wenn wir es für uns behalten, schützen wir uns vor dem Neid der Götter. Ich weiß, das ist Quatsch. Aber so ist es. Ich würde es am liebsten erst an die große Glocke hängen, wenn – wenn wirklich nichts mehr passieren kann.«

»Wenn wirklich nichts mehr passieren kann?«, wiederholte sie nachdenklich. »Machst du dir denn Sorgen?«

»Ja. Ich mache mir Sorgen. Ich habe Angst. Ich bin nur noch ein Nervenbündel. Ich kann kaum an etwas anderes denken. Und ich bin häufig verwirrt. Das wär's so ziemlich.«

Sie lächelte. »Ich liebe dich, Darling.«

Und dieses Lächeln verlangte ein weiteres Bekenntnis. Er schuldete es ihr. »Außerdem denke ich an Deborah«, sagte er. »Simon wird sicher ganz gut damit umgehen können, dass wir ein Kind bekommen, aber Deborah wird es sehr wehtun, das zu hören.«

Deborah war Simons Frau. Seit Jahren wünschte sie sich ein Kind, doch jede ihrer Schwangerschaften hatte in einer Fehlgeburt geendet. Natürlich würde sie vorgeben, sich mit den Freunden zu freuen. Und auf eine distanzierte Art würde sie sich wirklich mit ihnen freuen. Aber tief im Innern, wo ihre Hoffnungen ruhten, würde sie wieder den bitteren Schmerz enttäuschter Träume erleben, den sie schon so oft erlebt hatte.

»Tommy«, sagte Helen liebevoll drängend, »Deborah wird es früher oder später sowieso erfahren. Meinst du nicht, es wäre weit schlimmer für sie, wenn ich plötzlich in Umstandskleidern herumlaufe, ohne ihr ein Wort von der Schwangerschaft gesagt zu haben? Und meinst du nicht, dass dieser Mangel an Vertrauen – denn sie wird doch sofort wissen, *warum* wir nichts gesagt haben – ihr umso mehr wehtun wird?«

»So lange brauchen wir es ja gar nicht aufzuschieben«, erwiderte Lynley. »Nur noch ein Weilchen, Helen. Und eigentlich mehr, um das Glück nicht herauszufordern, weißt du, als um Deborah zu schonen. Kannst du mir den Gefallen nicht tun, Schatz?«

Helen musterte ihn aufmerksam, und obwohl er spürte, wie er unter ihrem Blick unruhig wurde, wandte er sich nicht ab, während er auf ihre Antwort wartete.

Sie sagte: »Freust du dich denn überhaupt auf das Kind, Tommy? Bist du glücklich?«

»Helen, ich kann mir nichts Schöneres vorstellen.«

Aber noch während er sprach, fragte er sich, wieso er nicht wirklich so empfand, sondern vielmehr das bedrückende Gefühl hatte, einer lange überfälligen Pflicht nachgekommen zu sein.

# 4

Jill Foster quälte sich gerade zu den Kommandos der Schwangerschaftsgymnastin stöhnend durch die letzte Serie Beckenübungen, als Richard zurückkam. Er sah angegriffener aus, als sie erwartet hatte, und die Gefühle, die das bei ihr auslöste, gefielen ihr gar nicht. Er war seit sechzehn Jahren von Eugenie geschieden. Ihrer Meinung nach hätte die Identifizierung der Leiche seiner geschiedenen Frau für ihn nicht mehr bedeuten sollen als eine unangenehme Pflicht.

Gladys, die Trainerin, die Jill mittlerweile als eine Mischung aus Sportkanone und Foltermeisterin kennen gelernt hatte, sagte: »Kommen Sie, Jill, noch zehn. Sie werden's mir danken, Kindchen, wenn Sie erst in den Wehen liegen.«

»Ich kann nicht mehr«, ächzte Jill.

»Unsinn. Denken Sie einfach nicht an die Anstrengung, denken Sie lieber an das Kleid. Sie werden's mir danken, glauben Sie mir. Nun kommen Sie schon, noch zehn Stück.«

Das erwähnte Kleid war ein Hochzeitskleid, eine Kreation aus einem Salon in Knightsbridge, das ein kleines Vermögen gekostet hatte. Es schmückte die Wohnzimmertür, an der Jill es aufgehängt hatte, um sich anzuspornen, wenn sie gegen Heißhungeranfälle zu kämpfen hatte oder von ihrer unerbittlichen Foltermeisterin durch eine Serie anstrengender Übungen gejagt wurde.

»Ich schicke dir Gladys Smiley«, hatte ihre Mutter sofort erklärt, als sie von dem zu erwartenden Nachwuchs erfuhr. »Sie ist die Beste, die du weit und breit für eine Schwangerschaftsvorbereitung bekommen kannst. Im Allgemeinen ist sie zwar voll ausgebucht, aber mir zuliebe wird sie dich sicher noch einschieben. Gymnastik ist das A und O. Und natürlich eine gesunde Ernährung.«

Jill hatte sich ihrer Mutter gefügt, allerdings nicht aus töchterlichem Gehorsam, sondern weil Dora Forster im Lauf der Jahre bei Hausgeburten mindestens fünfhundert gesunden Säuglingen auf die Welt geholfen hatte, also wusste, wovon sie sprach.

Gladys gab den Rhythmus an. Jill schwitzte wie ein Rennpferd und fühlte sich wie eine trächtige Sau, aber sie brachte ein strahlendes Lächeln für Richard zustande. Er war gegen die Schwangerschaftsvorbereitung gewesen, die er »absolut absurd« nannte, und von einer Entbindung Jills durch ihre Mutter in ihrem Elternhaus in Wiltshire wollte er ebenfalls nichts wissen. Aber da Jill seinen Wünschen bezüglich der Hochzeit entgegengekommen war – indem sie sich dem neueren Brauch, die Eheschließung erst nach Geburt eines Kindes durchzuführen, fügte, anstatt auf der traditionellen Abfolge von Verlobung, Verheiratung, Schwangerschaft zu bestehen, die ihr persönlich lieber gewesen wäre –, würde Richard nichts anderes übrig bleiben, als sich nach ihren Vorstellungen zu richten. Schließlich war sie diejenige, die das Kind zur Welt brachte. Und wenn sie wünschte, dass ihre Mutter – die immerhin über dreißig Jahre Erfahrung auf diesem Gebiet verfügte – sie entband, dann würde es auch so gemacht werden.

»Du bist noch nicht mein Ehemann, Schatz«, sagte sie jedes Mal freundlich, wenn er protestierte. »Ich habe noch nicht versprochen, dich zu lieben, zu ehren und dir zu gehorchen.«

Das war der Trumpf, der immer stach, und darum würde sie am Ende ihren Willen durchsetzen.

»…vier… drei… zwei… eins… Ja!«, rief Gladys. »Hervorragend, Jill. Machen Sie so weiter, dann wird die Kleine nur so rausflutschen. Warten Sie nur ab.« Sie reichte Jill ein Handtuch und nickte Richard zu, der, grau im Gesicht, an der Tür stehen geblieben war. »Haben Sie sich schon auf einen Namen geeinigt?«

»Catherine Ann«, sagte Jill entschieden, und Richard sagte ebenso entschieden: »Cara Ann.«

Gladys blickte kurz von einem zu anderen und meinte dann: »Na, wunderbar. Machen Sie so weiter, Jill, Kindchen. Wir sehen uns übermorgen, ja? Um dieselbe Zeit?«

»Hm.« Jill blieb auf dem Boden liegen, während Richard Gladys hinausbegleitete. Jill lag immer noch dort – sie kam sich vor wie ein gestrandeter Wal –, als er ins Wohnzimmer zurückkehrte.

»Schatz«, sagte sie, »nie im Leben wird mein Kind Cara heißen. Ich mache mich doch nicht zum Gespött aller meiner Freunde und Bekannten. Cara! Also wirklich, Richard. Unsere Tochter ist ein *Kind* und keine Figur aus einem Kitschroman.«

Unter normalen Umständen hätte er widersprochen und gesagt: »Aber der Name Catherine ist viel zu gewöhnlich. Wenn dir Cara nicht passt, müssen wir uns etwas ganz anderes einfallen lassen und uns auf einen Kompromiss einigen.«

So war das zwischen ihnen seit dem Tag ihrer ersten Begegnung, als sie bei den Dreharbeiten zu einer Dokumentation über seinen Sohn mit Richard aneinander geraten war. »Sie können sich mit Gideon über Musik unterhalten«, hatte er ihr bei den Vertragsverhandlungen mitgeteilt. »Sie können ihn über sein Geigenspiel befragen. Aber mein Sohn lehnt es ab, sein Privatleben oder seine Biografie mit Medienvertretern zu erörtern, das möchte ich von vornherein klarstellen.«

Weil er kein Privatleben hat, dachte Jill jetzt. Und seine Biografie ließ sich in zwei Worte fassen: die Geige. Gideon war Musik, und Musik war Gideon. So war es immer gewesen und so würde es bleiben.

Richard hingegen war Elektrizität. Es hatte ihr Spaß gemacht, intellektuelle Wortgefechte mit ihm auszutragen und ihren Willen gegen seinen zu stellen. Sie hatte das trotz des enormen Altersunterschieds zwischen ihnen aufregend und prickelnd gefunden. Mit einem Mann zu streiten, hatte etwas Hocherotisches. Aber nur wenige Männer in Jills Leben waren überhaupt zu streiten bereit. Schon gar nicht die englischen Männer, die sich beim ersten Anzeichen einer Auseinandersetzung im Allgemeinen in den passiven Widerstand zurückzogen.

Aber Richard war an diesem Morgen nicht nach Streiten zumute. Themen gab es genug zwischen ihnen – der Name ihrer ungeborenen Tochter, die Lage des Hauses, das sie erst noch kaufen mussten, die Art des Festes und das Datum der geplanten Hochzeit –, aber Jill sah ihm an, dass er im Moment keinen Sinn für hitzige Diskussionen hatte.

Sein blasses Gesicht verriet, dass er in den vergangenen Stunden Erschütterndes durchgemacht hatte, und wenn auch sein stures Festhalten an dem Namen Cara, den er vor fünf Monaten zum ersten Mal ins Gespräch gebracht hatte, Jill gründlich ärgerte, wollte sie ihm doch zeigen, dass sie an seinen Kümmernissen Anteil nahm. Zwar hätte sie am liebsten gesagt: Was stellst du dich so an, Richard? Die Frau hat dich vor beinahe zwanzig Jahren sang-

und klanglos verlassen! Aber sie wusste natürlich, dass es klüger war, sanft zu fragen: »Wie fühlst du dich, Schatz? War es sehr schlimm?«

Richard ging zum Sofa und ließ sich darauf niederfallen. »Ich konnte es ihnen nicht sagen«, murmelte er mit gesenktem Kopf.

Sie runzelte die Stirn. »Was denn, Darling?«

»Eugenie. Ich konnte ihnen nicht mit Gewissheit sagen, ob die Frau wirklich Eugenie war.«

»Oh.« Mit schwacher Stimme. Dann: »Hatte sie sich denn so stark verändert? Na ja, ein Wunder wäre es nicht, Richard. Ihr hattet euch doch ewig nicht gesehen. Und vielleicht hatte sie in ihrem Leben sehr zu kämpfen...«

Er schüttelte den Kopf und rieb sich die Stirn. »Das war es nicht.«

»Was dann?«

»Sie war grauenvoll zugerichtet. Auf der Polizei wollten sie mir nicht genau sagen, was passiert war – wenn sie es überhaupt wussten. Aber sie sah aus, als wäre sie von einem Lastwagen überfahren worden. Völlig – verstümmelt, Jill.«

»Mein Gott!« Jill richtete sich mit einiger Mühe auf und legte ihm tröstend eine Hand aufs Knie. Das war nun doch ein Grund, erschüttert zu sein. »Richard, das tut mir wirklich Leid. Das muss für dich ja eine Qual gewesen sein.«

»Zuerst haben sie mir eine Polaroidaufnahme gezeigt. Ich fand das sehr rücksichtsvoll von ihnen. Als ich sie aber anhand des Fotos nicht identifizieren konnte, musste ich mir den Leichnam ansehen. Sie fragten, ob sie irgendwelche besonderen Merkmale besäße, an denen ich sie erkennen könne. Aber ich konnte mich nicht erinnern.« Seine Stimme war dumpf und klanglos. »Das Einzige, was ich ihnen sagen konnte, war der Name des Zahnarztes, zu dem sie vor zwanzig Jahren gegangen ist. Stell dir das vor, Jill! Ich hatte den Namen ihres Zahnarztes im Kopf, aber ich konnte mich nicht erinnern, ob sie irgendwo an ihrem Körper ein Muttermal hatte, an dem zu erkennen gewesen wäre, ob sie Eugenie ist – war –, meine Frau.«

Geschiedene Frau, hätte Jill gern hinzugefügt. Die Frau, die nur an sich dachte und ein Kind zurückließ, das du allein großgezogen hast. *Allein*, Richard. Vergiss das nicht.

»Aber an den Namen ihres gottverdammten Zahnarztes konnte ich mich erinnern«, sagte er. »Allerdings nur, weil er auch mein Zahnarzt ist.«

»Und was geschieht jetzt?«

»Sie wollen die Röntgenaufnahmen anfordern, um sich zu vergewissern, dass die Tote Eugenie ist.«

»Und was glaubst du?«

Er blickte auf. Er sah sehr müde aus. Mit ungewohnt schlechtem Gewissen dachte Jill daran, wie unbequem es für ihn sein musste, auf ihrem Sofa zu schlafen, und wie fürsorglich es von ihm war, jetzt, da der Tag der Entbindung näher rückte, nachts bei ihr zu bleiben. Sie hatte von ihm, der bereits zwei Kinder hatte – wenngleich nur ein Kind noch am Leben war –, nicht erwartet, dass er sie mit so viel liebevoller Sorge umgeben würde, wie er das während des größten Teils ihrer Schwangerschaft getan hatte. Praktisch vom ersten Tag an war er ihr mit einer Zärtlichkeit entgegengekommen, die sie rührte und die viel dazu beitrug, dass sich eine große Nähe zwischen ihnen entwickelte. Sie begannen zu einer Einheit zusammenzuwachsen, wie Jill es sich ersehnt und erträumt und bei Männern ihres Alters erfolglos gesucht hatte.

»Meiner Ansicht nach«, sagte Richard, auf ihre Frage antwortend, »ist die Wahrscheinlichkeit, dass Eugenie noch bei demselben Zahnarzt war wie bei unserer Trennung...«

Bei ihrem Verschwinden, korrigierte Jill im Stillen.

»...ziemlich gering.«

»Ich verstehe immer noch nicht, wie sie die Verbindung von ihr zu dir hergestellt haben. Und wie sie dich ausfindig gemacht haben.«

Richard richtete sich kurz auf, dann beugte er sich über den Couchtisch und blätterte flüchtig in der *Radio Times,* die dort lag. Auf der Titelseite prangte das Konterfei einer amerikanischen Schauspielerin mit zähneblitzendem Lachen, die in einer weiteren Neuauflage der *Jane Eyre,* dieses verlogenen viktorianischen Melodrams, unbedingt die Titelrolle spielen wollte, obwohl sie den britischen Akzent ganz sicher nur fehlerhaft hinkriegen würde. Ausgerechnet Jane Eyre, dachte Jill geringschätzig, die mehr als hundert Jahre lang bei der wachsweichen holden Weiblichkeit den Glauben genährt hat, dass ein Mann mit rabenschwarzer Vergangenheit durch die Liebe einer anständigen Frau rehabilitiert werden könnte. Was für ein Quatsch!

Richard schwieg noch immer.

»Richard«, sagte Jill, »ich versteh das nicht. Wie haben sie von Eugenie zu dir gefunden? Auch wenn sie weiterhin deinen Namen getragen hat, ist doch Davies nicht so ungewöhnlich, dass man sofort auf die frühere Verbindung zwischen euch gekommen wäre.«

»Einer der Polizeibeamten am Unfallort wusste, wer sie war«, antwortete Richard. »Wegen des Falls damals…« Er schob die Zeitschrift achtlos beiseite, sodass eine unter ihr liegende, ältere Ausgabe zum Vorschein kam. *Ihr* Titelbild zeigte Jill selbst im Kreis des in historischen Kostümen posierenden Ensembles ihrer hochgelobten Produktion von *Desperate Remedies*. Sie hatte es nur Wochen nach dem endgültigen Bruch mit Jonathon Stewart gedreht, dessen inbrünstige Schwüre, dass er seine Frau verlassen werde, »sobald unsere Steph in Oxford fertig ist, Darling«, sich als ungefähr ebenso zuverlässig erwiesen hatten wie die Vorstellung, die er im Bett zu geben pflegte. Zwei Wochen nachdem »unsere Steph« ihr Diplom in Empfang genommen hatte, war Jonathon mit der nächsten Entschuldigung des Tenors dahergekommen, dass man dem Töchterchen helfen müsse, »sich in ihrer neuen Wohnung in Lancaster einzurichten, Darling«. Drei Tage später hatte Jill einen Schlussstrich gezogen und sich in *Desperate Remedies* gestürzt.

»Welcher Fall?«, fragte Jill und begriff einen Augenblick später, wovon er sprach. Natürlich, es ging um *den* Fall, den einzigen, der von Bedeutung war. Der ihm das Herz gebrochen, der seine Ehe zerstört und die letzten zwei Jahrzehnte seines Lebens überschattet hatte. »Ja«, sagte sie, »daran erinnert man sich bei der Polizei wahrscheinlich.«

»Er hatte direkt mit dem Fall zu tun, war einer der Beamten. Als er ihren Namen auf dem Führerschein sah, hat er sich erinnert und sofort versucht, mich ausfindig zu machen.«

»Ach so, jetzt verstehe ich.« Sie rollte sich auf die Knie und richtete sich auf, sodass sie seine Schulter berühren konnte. »Komm, ich mach dir einen Kaffee. Oder vielleicht einen Tee?«

»Ein Kognak wäre mir lieber.«

Sie zog eine Braue hoch, aber da sein Blick auf die Zeitschrift gerichtet war und nicht auf sie, sah er es nicht. Um diese Zeit?, hätte sie gern gesagt. Aber Schatz! Doch sie tat es nicht, sondern stand auf und ging in die Küche, wo sie eine Flasche Courvoisier aus einem der schicken Glasschränke nahm und ihm genau zwei Esslöffel voll in ein Glas goss.

Er folgte ihr in die Küche und nahm das Glas ohne Kommentar entgegen. Nachdem er einen Schluck getrunken hatte, sagte er, den Rest Flüssigkeit im Glas schwenkend: »Ich kann den Anblick einfach nicht vergessen.«

Das war Jill nun doch zu viel. Gewiss, die Frau war tot. Auf schreckliche Weise ums Leben gekommen. Bemitleidenswert. Zweifellos war es kein Vergnügen gewesen, sich ihren verstümmelten Leichnam ansehen zu müssen. Aber Richard hatte seit nahezu zwanzig Jahren nichts mehr von seiner früheren Frau gehört, weshalb also diese Verstörtheit? Trauerte er ihr vielleicht doch noch nach? War er vielleicht nicht ganz ehrlich gewesen, als er gesagt hatte, diese Ehe sei für ihn ein für allemal erledigt?

Jill legte ihm liebevoll die Hand auf den Arm und sagte behutsam: »Ich verstehe natürlich, dass dir das alles sehr nahe geht. Aber du hast sie doch in all den Jahren nie wiedergesehen?«

Ein Flackern in seinem Blick. Ihre Finger spannten sich unwillkürlich an. Nicht schon wieder, dachte sie. Wenn du mich jetzt belügst, wie Jonathon es getan hat, werde ich auf der Stelle Schluss machen, Richard! Ich werde mich nicht noch einmal einer Illusion hingeben.

»Nein, gesehen habe ich sie nicht«, antwortete er. »Aber ich habe vor kurzem mit ihr gesprochen. Mehrmals im Lauf des letzten Monats.« Er schien zu spüren, wie sie sich verschloss, um sich vor Verletzung zu schützen, denn er fügte hastig hinzu: »Sie hatte mich Gideons wegen angerufen. Sie hatte von der Geschichte in der Wigmore Hall in der Zeitung gelesen. Und als sie hörte, er befände sich in ärztlicher Behandlung, rief sie mich an, um sich nach ihm zu erkundigen. Ich habe dir nichts davon gesagt, weil … ich weiß eigentlich gar nicht, warum ich dir nichts gesagt habe. Es erschien mir einfach nicht wichtig. Außerdem wollte ich dir in diesen letzten Wochen vor – vor der Geburt jede Aufregung ersparen. Ich wollte dich nicht damit belästigen.«

»Also, das ist wirklich unerhört!«, sagte Jill empört.

»Es tut mir Leid«, sagte Richard. »Wir haben jedes Mal nur fünf Minuten – höchstens zehn – miteinander gesprochen. Ich hielt es nicht für –«

»Das meine ich ja gar nicht«, unterbrach Jill. »Ich finde es unerhört, dass sie dich angerufen hat, Richard. Das ist doch eine Dreistigkeit sondersgleichen. Sie verlässt dich – und ihren Sohn, Herrgott noch mal! – von einem Tag auf den anderen, kümmert sich jahrelang überhaupt nicht mehr um euch und ruft dann plötzlich an, nur weil sie irgendwo gelesen hat, dass ihr Sohn einen Auftritt vermasselt hat, und sie neugierig ist. Mein Gott, das ist wirklich eine Frechheit.«

Richard sagte nichts. Er schwenkte den Kognak im Glas und beobachtete, wie die Flüssigkeit an den Wänden herablief. Jill kam zu dem Schluss, dass es noch etwas gab.

»Richard?«, sagte sie scharf. »Was ist? Du verschweigst mir doch etwas, stimmt's?« Und bei dem Gedanken, dass der Mann, dem sie so viel Vertrauen entgegengebracht hatte, nicht so offen sein könnte, wie sie es erwartete, fiel wieder eine Tür in ihrem Inneren zu. Seltsam, dachte sie, wie stark das Erlebnis einer einzigen demütigenden und misslungenen Beziehung alle nachfolgenden Verbindungen zu anderen Menschen beeinflussen kann.

»Richard! Sag schon! Da ist doch noch etwas.«

»Gideon«, sagte Richard. »Ich habe ihm nicht erzählt, dass sie mich seinetwegen angerufen hatte. Ich wusste nicht, was ich ihm sagen sollte, Jill. Sie hatte ja mit keinem Wort etwas davon erwähnt, dass sie ihn sehen wollte. Wozu also hätte ich ihm von ihren Anrufen erzählen sollen? Aber jetzt ist sie tot, und das *kann* ich ihm nicht verschweigen, und ich habe wahnsinnige Angst, dass sein Zustand sich verschlechtern wird, wenn er von ihrem Tod hört.«

»Ja, das kann ich verstehen. Das wäre durchaus möglich.«

»Sie wollte wissen, ob es ihm gut geht, Jill. ›Warum spielt er nicht, Richard?‹, fragte sie mich. ›Wie viele Auftritte hat er wirklich abgesagt? Und warum? Warum?‹«

»Was wollte sie denn?«

»Sie hat mich allein in den letzten zwei Wochen bestimmt zehnmal angerufen«, sagte Richard. »Plötzlich drängte sie sich wieder in mein Leben, eine Stimme aus der Vergangenheit, von der ich glaubte, ich hätte sie endgültig hinter mir gelassen und –« Er brach ab.

Jill spürte, wie die Kälte an ihr emporkroch, von den Fußsohlen aufwärts, und sie umklammerte. »Du *glaubtest,* du hättest sie hinter dir gelassen«, sagte sie leise und versuchte, das Undenkbare nicht zu denken. Aber die Gedanken stürmten trotzdem auf sie ein: Er liebt sie immer noch. Sie verließ ihn, sie verschwand aus seinem Leben, aber er liebt sie immer noch. Er hat mich geküsst. Er hat mit mir geschlafen. Aber geliebt hat er immer nur Eugenie.

Kein Wunder, dass er nie wieder geheiratet hatte. Die einzige Frage war: Warum wollte er jetzt wieder heiraten?

Dieser verwünschte Mann konnte ihre Gedanken lesen. Vielleicht las er auch in ihrem Gesicht oder spürte die Kälte. Jedenfalls sagte er: »Ich habe so lange gebraucht, um dich zu finden, Jill. Ich liebe dich. Ich hatte überhaupt nicht erwartet, dass ich in meinem Alter noch einmal lieben würde. Und jeden Morgen, wenn ich auf diesem Foltersofa hier aufwache, danke ich Gott für das Wunder deiner Liebe. Eugenie ist ein sehr ferner Teil meiner Vergangenheit. Wir wollen sie nicht zu einem Teil unserer Zukunft machen.«

Sie hatten, wie Jill nur zu gut wusste, beide eine Vergangenheit. Sie waren keine Teenager mehr, sie konnten nicht erwarten, dass der andere ohne Gepäck in das gemeinsame neue Leben eintreten würde. Was zählte, war die Zukunft. Ihre gemeinsame Zukunft und die Zukunft ihres Kindes. Catherine Ann.

Henley-on-Thames war von London aus rasch zu erreichen, wenn die Rückstaus, die sich im morgendlichen Berufsverkehr auf der M40 bildeten, auf die andere Fahrbahnseite beschränkt blieben. Inspector Thomas Lynley und Constable Barbara Havers hatten Marlow bereits knapp eine Stunde nach ihrer Abfahrt aus Hampstead, wo sie an einer Lagebesprechung unter der Leitung von Inspector Eric Leach teilgenommen hatten, hinter sich gelassen und fuhren in südlicher Richtung Henley entgegen.

Inspector Leach, der offenbar mit einer Erkältung oder Grippe kämpfte, hatte sie mit seinen Leuten bekannt gemacht, die nicht verbargen, dass ihnen die Anwesenheit New Scotland Yards in ihrer Mitte nicht recht geheuer war. Aber angesichts der massiven Arbeitslast, die auf sie wartete – sie hatten unter anderem eine Reihe von Vergewaltigungen in Hampstead Heath und eine Brandstiftung im Haus einer berühmten alternden Schauspielerin aufzuklären –, nahmen sie das Hilfsangebot der Kollegen doch gern an.

Leach berichtete zunächst über den ersten Befund der Obduktion, der die Ergebnisse von Blut-, Gewebe- und Organuntersuchungen noch nicht einschloss. Man hatte bei der Toten, die mit Hilfe der zahnärztlichen Unterlagen als Eugenie Davies, 62 Jahre alt, identifiziert worden war, eine Vielzahl körperlicher Verletzungen festgestellt. Zuerst zählte Leach die Frakturen auf, die sie davongetragen hatte: vierter und fünfter Halswirbel, Oberschenkelhals links, Elle und Speiche ebenfalls links, Schlüsselbein rechts, fünfte und sechste Rippe. Es folgten die organischen Verletzungen: Leber, Milz und Niere. Als Todesursache waren starke innere Blutungen und Schock festgestellt worden; der Tod war zwischen zweiundzwanzig Uhr und Mitternacht eingetreten. Eine Auswertung des am Leichnam festgestellten Spurenmaterials würde folgen.

»Sie wurde ungefähr fünfzehn Meter weit geschleudert«, berichtete Leach den im Besprechungszimmer zwischen Computern, Aktenschränken, Kopiergeräten und Tafeln versammelten Beamten. »Den Untersuchungen zufolge ist danach mindestens zweimal ein Fahrzeug über sie hinweggefahren, möglicherweise auch dreimal. Das ergibt sich aus den Quetschungen am Körper der Toten und den auf ihrem Trenchcoat sichergestellten Spuren.«

»Das scheint ja eine reizende Gegend zu sein«, bemerkte jemand ironisch.

Leach korrigierte den falschen Eindruck des Sprechers sofort. »Wir vermuten, dass der Schaden durch ein einziges Fahrzeug angerichtet wurde, McKnight, nicht durch zwei oder drei. Davon werden wir auf jeden Fall ausgehen, solange wir aus Lambeth nichts anderes hören. Beim ersten Zusammenprall mit dem Fahrzeug wurde sie zu Boden gerissen. Der Wagen fuhr dann zuerst vorwärts, danach rückwärts und noch einmal vorwärts über sie hinweg.«

Leach zeigte auf verschiedene Fotografien, die an der Tafel aufgehängt waren, ehe er fortfuhr. Sie zeigten die Straße nach dem Unglück. Er wies auf eine Aufnahme hin, die ein Stück Asphalt zwischen zwei orangefarbenen Pylonen und im Hintergrund eine Reihe geparkter Autos zeigte. »Der Zusammenstoß scheint hier erfolgt zu sein«, sagte er. »Und der Körper schlug hier, mitten auf der Fahrbahn auf.« Wieder ein Stück Straße, das an beiden Enden abgesperrt war. »An der Stelle, wo die Frau aufgeschlagen ist, hat der Regen einen Teil des Bluts weggespült. Aber es hat zum Glück nicht so stark geregnet, dass alles weggewaschen wurde. Und Gewebe- und Knochenspuren waren auch noch vorhanden. Aber die Tote wird nicht da gefunden, wo die Spuren feststellbar sind, sondern hier drüben, neben diesem Vauxhall, der am Bordstein geparkt ist. Achten Sie auf die Lage der Leiche. Sie sehen, dass sie ein Stück unter den Wagen geschoben ist. Wir vermuten, dass der Fahrer des Unfallwagens ausgestiegen ist, nachdem er die Frau niedergefahren und ein paar Mal überrollt hatte, und sie an den Straßenrand zerrte, ehe er weiterfuhr.«

»Könnte sie nicht von einem Fahrzeug dorthin geschleift worden sein? Einem Lkw vielleicht?«, fragte ein Constable, der bisher lautstark eine Tasse Instantbrühe geschlürft hatte. »Oder können Sie das ausschließen?«

»Ja, auf Grund der wenigen Reifenabdrücke, die wir haben«, erklärte Leach und griff nach seinem Kaffeebecher, den er auf einem mit Akten und Computerausdrucken beladenen Schreibtisch an seiner Seite abgestellt hatte.

Er war lockerer, als Lynley nach der ersten Begegnung vor vierzig Minuten in seinem Büro erwartet hatte. Lynley nahm es als gutes Omen für die bevorstehende Zusammenarbeit.

»Aber warum nicht mehrere Fahrzeuge, Sir?«, erkundigte sich ein anderer Beamter. »Das erste fährt sie nieder, und der Fahrer gerät in Panik und flüchtet. In ihrer schwarzen Kleidung wird sie von den beiden nächsten vorüberkommenden Autofahrern nicht gesehen und nochmals überrollt.«

Leach trank einen Schluck Kaffee und schüttelte den Kopf. »Es wäre doch sehr unwahrscheinlich, dass in derselben Nacht im selben Viertel drei unachtsame Autofahrer dieselbe Person überfahren, ohne den Unfall zu melden. Und wie soll sie, wenn wir Ihrer

Theorie folgen, unter dem Vauxhall gelandet sein? Dafür gibt es nur eine Erklärung, Potashnik, und die ist der Grund dafür, dass *wir* uns mit dem Fall befassen.«

Seinen Worten folgte zustimmendes Gemurmel von allen Seiten.

»Ich würde wetten, dass der Typ, der die Sache gemeldet hat, unser Fahrer ist«, rief jemand von hinten.

»Möglich«, stimmte Leach zu. »Pitchley hat sofort seinen Anwalt hinzugezogen und keinen Ton mehr gesagt. Das stinkt natürlich, da haben Sie Recht. Aber er wird uns schon noch einiges erzählen, denke ich, wenn wir sein kostbares Auto lange genug unter Verschluss halten.«

»Nimm einem Kerl seinen Porsche, und er singt wie ein Kanarienvogel«, behauptete ein Constable, der ganz vorn saß.

»Genau darauf zähle ich«, stimmte Leach zu. »Ich behaupte weder, dass er der Fahrer war, der sie niedergefahren hat, noch, dass er es nicht war. Aber ganz gleich, wie der Hase läuft, er wird seinen Porsche nicht zurückbekommen, solange er uns nicht gesagt hat, warum die Tote seine Adresse bei sich trug. Wenn wir ihn nur dann zum Reden bringen können, wenn wir den Porsche in Gewahrsam behalten, werden wir genau das tun. So und jetzt…«

Leach begann mit der Aufgabenverteilung. Die meisten Männer seines Teams wurden in das Gebiet rund um den Unfallort beordert, um die Bewohner der umliegenden Häuser – teils Einfamilien-, teils Mehrfamilienhäuser – darüber zu befragen, was sie in der vergangenen Nacht gesehen, gehört oder sonst irgendwie wahrgenommen hatten. Einige andere Beamte wurden angewiesen, sich ständig über die Arbeit der Spurensicherung und des Labors zu informieren, also die Fortschritte bei der Untersuchung von Eugenie Davies' Wagen zu verfolgen, alle Angaben bezüglich des am Körper der Toten sichergestellten Spurenmaterials zu koordinieren, das am Leichnam gesicherte Material mit dem von dem beschlagnahmten Porsche zu vergleichen, alle Reifenabdrücke auf der Straße in West Hampstead und auf dem Körper und der Kleidung Eugenie Davies' auszuwerten. Eine letzte Gruppe von Beamten – die größte – wurde mit der Fahndung nach einem Fahrzeug mit beschädigter Vorderfront beauftragt. »Karosseriewerkstätten, Parkplätze und -garagen, Mietwagenfirmen, Straßen,

Höfe und Parkbuchten an der Schnellstraße«, instruierte Leach. »So ein Unfall hinterlässt Spuren am Fahrzeug.«

»Dann ist aber der Porsche aus dem Rennen«, bemerkte eine Beamtin.

»Den Porsche brauchen wir, um unseren Mann zum Reden zu bringen«, erwiderte Leach. »Aber wer weiß, ob Pitchley nicht irgendwo noch einen zweiten Wagen versteckt hat. Wir dürfen diese Möglichkeit jedenfalls nicht außer Acht lassen.«

Nach der Besprechung setzte sich Leach in seinem Büro mit Lynley und Havers zusammen, um ihnen als Leiter der Ermittlungen seine Anweisungen zu geben. Die Art, wie er das tat, legte nahe, dass es in diesem Fall nicht allein um Mord ging, sondern dass mehr auf dem Spiel stand. Was genau, verriet er ihnen allerdings nicht. Er nannte ihnen lediglich mit der Bemerkung, dass dies ihr Ausgangspunkt sei, Eugenie Davies' Adresse in Henley. Er nehme an, sagte er mit eigenartiger Betonung, sie besäßen Erfahrung genug, um zu wissen, wie sie mit den Erkenntnissen, die dort möglicherweise auf sie warteten, umzugehen hätten.

»Was sollte das denn heißen?«, fragte Barbara, als sie in Henley in die Bell Street einbogen, wo in einem Schulhof Kinder herumtobten. »Und wieso teilt er uns das Haus zu, während die anderen sämtliche Straßen in West Hampstead abklappern? Ich kapier das nicht.«

»Webberly wollte unsere Mitarbeit. Hillier hat seinen Segen dazu gegeben.«

»Und das allein ist Grund genug, wenn Sie mich fragen, Glacéhandschuhe überzuziehen.«

Lynley widersprach nicht. Er wusste so gut wie Barbara, dass Hillier sie beide nicht ins Herz geschlossen hatte. Und Webberlys Verhalten bei dem Gespräch am vergangenen Abend hatte einiges vermuten lassen, aber klar ausgesprochen worden war nichts.

»Wir werden wahrscheinlich bald genug dahinter kommen, worum es geht, Havers«, sagte er. »Wie war gleich wieder die Adresse?«

»Friday Street fünfundsechzig«, antwortete sie und fügte mit einem Blick auf den Stadtplan hinzu: »Die nächste links, Sir.«

Eugenie Davies hatte nur ein paar Häuser von der Themse entfernt gewohnt, in einer hübschen Straße, wo es neben reinen

Wohnhäusern einige Geschäfte und Arztpraxen gab. Das Haus war sehr klein, kaum größer, dachte Lynley, als Barbara Havers' Minibungalow in London, mit pinkfarbenem Anstrich, zwei Stockwerken und möglicherweise einer Mansarde, wenn man das winzige Dachfenster einbezog. Das reinste Puppenhaus, und so hieß es auch, wie das Emailschild an seiner Fassade verriet – *Doll Cottage.*

Lynley parkte ein Stück entfernt, gegenüber einer Buchhandlung. Er kramte den Schlüsselbund der Verstorbenen aus seiner Tasche, und Havers nutzte die Gelegenheit, um sich eine Zigarette anzuzünden und ihrem Kreislauf einen Nikotinstoß zu verpassen.

»Wann geben Sie dieses widerwärtige Laster endlich auf?«, fragte er, während er die Fassade des Hauses nach Anzeichen einer Alarmanlage überprüfte und dann den Schlüssel ins Schloss schob.

Havers inhalierte tief und sah ihn mit tabakseligem Lächeln herausfordernd an. »Hör sich das einer an!«, sagte sie zum Himmel hinauf. »Kann ja sein, dass es Zeitgenossen gibt, die noch unerträglicher sind als bekehrte Raucher, aber ich kenne keine. Ein Pädophiler, der sich am Tag seiner Festnahme zu Jesus bekennt? Ein Konservativer mit sozialem Gewissen? Hm, nein, die kommen da nicht ran.«

Lynley lachte. »Machen Sie sie auf der Straße aus, Havers.«

»Etwas anderes würde ich mir nicht einfallen lassen.« Sie schnippte die Zigarette über ihre Schulter auf die Fahrbahn, nachdem sie sich noch drei rasche Züge gegönnt hatte.

Lynley öffnete die Tür. Sie führte direkt in ein Wohnzimmer, klein, karg wie eine Klosterzelle, mit Restbeständen der Heilsarmee möbliert, wie es schien.

»Und ich glaubte, *bonjour tristesse* wär meine Spezialität«, bemerkte Barbara.

Treffend beschrieben, dachte Lynley. Die Möbel waren klassisches Nachkriegsdesign, zu einer Zeit fabriziert, als alle Energien des Landes in den Wiederaufbau einer durch Bomben zerstörten Hauptstadt gesteckt worden waren. Ein abgewetztes graues Sofa, das an der einen Wand stand, bildete zusammen mit einem Sessel der gleichen faden Farbe und zwei Beistelltischchen aus hellem Holz, die jemand ohne viel Erfolg aufzupolieren versucht hatte, eine Sitzgruppe um einen Couchtisch, auf dem mehrere Zeitschriften lagen. Die drei Lampen im Zimmer hatten Fransenschirme, zwei von ihnen hingen schief, der dritte hatte ein Brandloch, das man zur Wand hätte drehen können, wenn man gewollt hätte. Die Wände waren kahl, bis auf einen Druck über dem Sofa, der ein hässliches kleines Mädchen aus viktorianischer Zeit mit einem Kaninchen im Arm zeigte. Zwischen den Büchern in den beiden Regalen rechts und links vom mauselochgroßen, offenen Kamin klafften hier und da Lücken, offenbar von Gegenständen hinterlassen, die dort ihren Platz gehabt hatten und entfernt worden waren.

»Arm wie eine Kirchenmaus«, stellte Barbara fest, während sie – die Hände in Latex – die Zeitschriften auf dem Couchtisch durchsah und fächerförmig auslegte, sodass Lynley selbst von seinem Platz beim Regal an den Titelblättern erkennen konnte, dass die Hefte alle uralt waren.

Er wandte sich den Büchern zu, während Barbara in die Küche ging, die an das Wohnzimmer anschloss.

»Hier gibt's immerhin ein Stück moderner Technik«, rief sie. »Sie hat einen Anrufbeantworter, Inspector. Und das Licht blinkt.«

»Schalten Sie ein«, sagte Lynley.

Die erste geisterhafte Stimme erscholl aus der Küche, als Lynley seine Lesebrille aus der Jackentasche zog, um sich die wenigen Bände in den Regalen näher anzusehen.

»Eugenie? Ian hier«, sagte ein Mann mit tiefer, sonorer Stimme, während Lynley nach einem Buch mit dem Titel *The Little Flower* griff und es aufschlug. Dem Klappentext entnahm er, dass es sich um die Biografie einer katholischen Heiligen namens Therese handelte: Französin, eine von mehreren Schwestern, Nonne, früh verstorben an irgendeinem Leiden, das sie sich im Winter in der unbeheizten Zelle eines französischen Klosters zugezogen hatte.

»Tut mir Leid, dass wir uns gestritten haben«, fuhr die Geisterstimme fort. »Ruf mich an, ja? Bitte! Ich hab mein Handy bei mir.« Langsam und deutlich gab er die Nummer an.

»Ich hab sie«, rief Havers aus der Küche.

»Das ist eine Cellnet-Nummer«, sagte Lynley und griff zum nächsten Buch, als nebenan die nächste Stimme – die einer

Frau – erklang. »Eugenie, ich bin's, Lynn. Dank tausendmal für deinen lieben Anruf. Ich war gerade spazieren, als du angerufen hast. Das war sehr aufmerksam von dir. Ich hätte nicht erwartet… Ach, ich weiß nicht, was ich sagen soll. Irgendwie halte ich mich aufrecht. Ich danke dir jedenfalls für deine Fürsorge. Wenn du mich zurückrufst, können wir eingehender miteinander sprechen. Aber du kannst dir sicher vorstellen, was ich im Moment durchmache.«

Lynley stellte fest, dass auch dieses Buch eine Biografie war. Diesmal ging es um eine Heilige namens Klara, eine frühe Anhängerin des Franz von Assisi: Sie verschenkte alles, was sie besaß, gründete einen Nonnenorden, führte ein Leben in der Askese und starb in Armut. Er nahm ein drittes Buch zur Hand.

»Eugenie!« Erregt und drängend, die Stimme eines Mannes, der Eugenie Davies offenbar nahe gestanden hatte, da er es nicht für nötig hielt, seinen Namen zu nennen. »Ich muss unbedingt mit dir sprechen. Ich musste noch einmal anrufen. Ich weiß, dass du da bist, bitte nimm ab!… Eugenie, nimm den verdammten Hörer ab.« Ein Seufzen. »Hör zu. Glaubst du im Ernst, ich würde mich über diese Wendung der Dinge freuen? Wie denn? … Nimm ab, Eugenie.« Schweigen, dann wieder ein Seufzen. »Na schön. Wie du willst. Wirf die Vergangenheit auf den Müll und schau nach vorn. Ich werd's auch so machen.« Damit wurde aufgelegt.

»Da könnte was zu holen sein«, rief Barbara.

»Wählen Sie eins-vier-sieben-eins, wenn die letzte Nachricht durch ist. Vielleicht haben wir Glück.«

Das dritte Buch behandelte, wie Lynley sah, das Leben der Teresa von Avila. Eine rasche Durchsicht des Klappentexts zeigte ihm, dass auf den Bücherborden thematische Einheit herrschte: Kloster, Armut, leidvoller Tod. Lynley runzelte nachdenklich die Stirn.

Aus der Küche erscholl die nächste Stimme. Wieder die eines Mannes, der seinen Namen nicht nannte. »Hallo, Liebste. Schläfst du noch, oder bist du schon unterwegs? Ich rufe nur wegen heute Abend an. Um welche Zeit? Ich bringe eine Flasche Rotwein mit, wenn's dir recht ist. Gib mir kurz Bescheid. Ich bin – ich kann es kaum erwarten, dich zu sehen, Eugenie.«

»Das war's«, verkündete Barbara. »Also, drücken Sie schön die Daumen, Inspector.«

»Ist doch klar«, antwortete er, während in der Küche Barbara die Nummer 1-4-7-1 wählte, um festzustellen, woher der letzte Anruf gekommen war.

Lynley ließ seinen Blick über die restlichen Bücher im Regal wandern und sah, dass es sich durchweg um Biografien katholischer Heiliger handelte, allesamt weiblichen Geschlechts. Werke aus jüngerer Zeit befanden sich nicht darunter, die meisten waren vor mindestens dreißig Jahren, einige sogar schon vor dem Krieg erschienen. In elf der Bücher stand auf dem Vorsatzblatt, mit kindlicher Hand geschrieben, der Name *Eugenie Victoria Staines,* vier trugen den Stempel eines Klosters der Unbefleckten Empfängnis, und fünf andere waren mit einer persönlichen Widmung versehen: *Für Eugenie mit den besten Wünschen von Cecilia.* Aus einem Buch dieser letzten Gruppe – einer Abhandlung über das Leben irgendeiner heiligen Rita – fiel ein kleiner Briefumschlag ohne Anschrift oder Poststempel. Das Schreiben, das darin lag, war vor neunzehn Jahren datiert und in einer Handschrift verfasst, die wie gestochen wirkte.

Liebste Eugenie,

Sie dürfen nicht verzweifeln. Gottes Wege sind unerforschlich, und keiner von uns kann sie begreifen. Wir können nur versuchen, die Prüfungen, die er uns auferlegt, zu bestehen, in dem Wissen, dass sie einen Sinn haben, den wir vielleicht im Moment nicht erkennen können. Aber eines Tages *werden* wir ihn erkennen, liebe Freundin. Daran müssen Sie glauben.

Wir alle vermissen Sie bei der Morgenmesse und hoffen von Herzen, dass Sie bald zu uns zurückkehren werden.

Die Liebe Christi und die meine begleiten Sie, Eugenie.

Cecilia.

Lynley schob das Blatt Papier wieder in den Umschlag und schlug das Buch zu. »Kloster der Unbefleckten Empfängnis, Havers«, rief er.

»Wollen Sie mir empfehlen, meinen Lebenswandel zu ändern, Sir?«

»Nur wenn Sie das Bedürfnis dazu haben. Nein, lassen Sie uns daran denken, dieses Kloster ausfindig zu machen. Wir suchen jemanden namens Cecilia, falls die Frau überhaupt noch am Leben ist, und ich vermute, wir werden sie dort finden.«

»In Ordnung.«

Lynley war Barbara während dieses kurzen Austauschs in die Küche gefolgt und sah sich um. Die gleiche Kargheit wie im Wohnzimmer. So wie es aussah, war hier seit mehreren Generationen nichts erneuert worden, das einzige halbwegs moderne Stück war der Kühlschrank, der allerdings auch schon mindestens fünfzehn Jahre auf dem Buckel zu haben schien.

Der Anrufbeantworter stand auf einer schmalen Arbeitsplatte aus Holz neben einem Pappmacheeständer, in dem mehrere Briefe steckten. Lynley nahm sie heraus, während Havers zu dem kleinen Küchentisch mit den zwei Stühlen ging, der an der einen Wand stand. Auf ihm war eine kleine Fotoausstellung aufgebaut: drei ordentliche Reihen mit jeweils vier gerahmten Fotografien boten sich hier dem interessierten Betrachter dar. Die Briefe in der Hand, trat Lynley zu Barbara, als diese sagte: »Ob das wohl ihre Kinder sind? Was meinen Sie, Inspector?«

In der Tat zeigten alle Aufnahmen dasselbe Sujet: zwei Kinder, die sich mit jedem Foto ein wenig weiterentwickelten. Auf dem ersten sah man einen kleinen Jungen – vielleicht fünf oder sechs Jahre alt –, der ungeschickt einen Säugling auf dem Arm hielt, ein kleines Mädchen, wie sich bei Besichtigung der späteren Bilder erwies. Der Junge wirkte mit seinem großäugig strahlenden Lächeln voll ängstlichen Eifers von der ersten bis zur letzten Aufnahme gleich bemüht zu gefallen. Das kleine Mädchen hingegen schien meist gar nicht zu bemerken, dass eine Kamera auf sie gerichtet war. Sie sah nach rechts, nach links, nach oben, nach unten. Nur einmal – da lag die Hand ihres Bruders an ihrer Wange – war es jemandem gelungen, sie dazu zu bewegen, in die Kamera zu blicken.

Havers sagte gewohnt unverblümt: »Sir, irgendwas stimmt bei der Kleinen nicht, oder? Das ist doch das Kind, das gestorben ist, nicht? Von dem Ihnen der Superintendent erzählt hat. Richtig?«

»Wir müssen uns das erst von jemandem bestätigen lassen«, meinte Lynley. »Es könnte auch ein anderes Kind sein. Eine Nichte oder ein Enkelkind.«

»Aber was *denken* Sie?«

»Ja«, sagte Lynley, »ich denke, es ist das kleine Mädchen, das damals ertrunken ist.« Und nicht infolge eines Unglücksfalls, wie man zunächst hatte glauben wollen.

Das Bild konnte nicht lange vor ihrem Tod gemacht worden sein. Webberly hatte ihm erzählt, dass sie mit zwei Jahren gestorben war, und Lynley hatte den Eindruck, dass sie zum Zeitpunkt dieser letzten Aufnahme nicht wesentlich jünger gewesen war. Aber Webberly hatte ihm nicht alles erzählt. Das erkannte er jetzt bei näherer Betrachtung der Fotografie.

Er spürte, wie Argwohn und Verdacht erwachten.

Und diese Regungen gefielen ihm beide nicht.

# 5

Major Ted Wiley dachte nicht an Polizei, als drüben auf der anderen Straßenseite der silberne Bentley anhielt. Er stand in seiner Buchhandlung an der Kasse, um den Einkauf einer jungen Frau mit schlafendem Kind im Buggy abzurechnen, und anstatt der Luxuskarosse, die außerhalb der Regattasaison in der Friday Street parkte, nähere Aufmerksamkeit zu schenken, begann er mit der jungen Frau ein Gespräch. Die vier Bücher von Dahl, die sie offensichtlich nicht für sich selbst ausgesucht hatte, schienen ihm Beweis dafür, dass sie zu den wenigen modernen jungen Eltern gehörte, die erkannten, wie wichtig es war, einem Kind so früh wie möglich das Lesen nahe zu bringen. Dies war neben den Gefahren des Rauchens eines von Teds Lieblingsthemen. Er und seine Frau hatten ihren drei Töchtern regelmäßig vorgelesen – andere Möglichkeiten des abendlichen Zeitvertreibs hatte es damals in Rhodesien für Kinder allerdings auch kaum gegeben –, und er sagte sich gern, dass diese frühe Einführung in die Literatur, die er und Connie ihren Töchtern hatten angedeihen lassen, sich unter anderem in Respekt vor dem geschriebenen Wort und dem Willen, nur an einer erstklassigen Universität zu studieren, niedergeschlagen hatte.

Er freute sich deshalb, als er diese junge Mutter mit einem ganzen Stapel Kinderbücher zur Kasse kommen sah, und erkundigte sich sogleich, ob man ihr als Kind auch vorgelesen habe? Ob ihr Kleiner denn schon eine Lieblingsgeschichte habe; ob es nicht erstaunlich sei, wie rasch Kinder sich für eine Geschichte begeisterten, die man ihnen einmal vorgelesen hatte, und wie sie sie immer wieder zu hören verlangten.

Den silbernen Bentley nahm er nur beiläufig wahr und dachte bei seinem Anblick ebenso beiläufig nichts weiter als: ein toller Wagen. Erst als die Insassen ausstiegen und den Weg zu Eugenies Haus einschlugen, verabschiedete er sich freundlich von seiner Kundin und trat näher zum Fenster, um die Fremden zu beobachten.

Sie waren ein seltsames Paar. Der Mann, groß, blond, sportlich, trug einen dieser edlen Anzüge, die, wie ein erstklassiger Wein, mit den Jahren immer nobler werden. Seine Begleiterin, klein und pummelig, hatte rote Baseballstiefel an, eine schwarze Hose und einen voluminösen dunkelblauen Kolani, der ihr bis zu den Knien reichte. Noch ehe sie die Wagentür hinter sich zugeschlagen hatte, zündete sie sich eine Zigarette an, was Ted veranlasste, angewidert die Lippen zu kräuseln – die Tabakhersteller dieser Welt würden garantiert auf ewig in der Hölle schmoren –, der Mann jedoch hielt direkt auf Eugenies Haustür zu.

Ted wartete, glaubte, er würde anklopfen. Aber das tat er nicht. Während seine Begleiterin hektisch an ihrer Zigarette zog, betrachtete der Mann prüfend einen Gegenstand in seiner Hand, den Schlüssel zu Eugenies Haus, wie sich zeigte, als er das Objekt ins Schloss schob. Die Tür öffnete sich, und nach einer kurzen Bemerkung des Mannes zu seiner Begleiterin trat das Paar ins Haus.

Ted war schockiert. Erst nachts um eins dieser unbekannte Mann, dann gestern Abend derselbe Mann auf dem Parkplatz, eindeutig, um Eugenie abzupassen, und nun diese beiden Fremden im Besitz eines Schlüssels zum Haus. Ihm war klar, dass er sofort eingreifen musste.

Er sah sich im Laden um. Zwei Kunden waren noch da. Der alte Mr. Horsham – so nannte Ted ihn, weil er so froh war, dass es in Henley jemanden gab, der älter war als er – hatte einen Band über Ägypten vom Bord genommen, schien aber eher sein Gewicht als seinen Inhalt zu prüfen, und Mrs. Dilday las wie gewohnt ein weiteres Kapitel eines Buchs, das sie nicht zu kaufen gedachte. Es gehörte zu ihrem täglichen Ritual, einen Bestseller auszuwählen und sich mit ihm unauffällig in den hinteren Teil des Ladens zurückzuziehen, wo es bequeme Sessel gab. Wenn sie dann ein oder zwei Kapitel gelesen hatte, pflegte sie die Stelle mit einer alten Rechnung vom Supermarkt einzumerken und das Buch unter den antiquarischen Bänden von Salman Rushdie zu verstecken, wo es – dem Geschmack der Bürger von Henley sei Dank – nicht bemerkt werden würde.

Beinahe zwanzig Minuten wartete Ted darauf, dass seine beiden Kunden endlich das Feld räumen würden und er sich einen Grund ausdenken könnte, ins Haus gegenüber zu laufen. Als der

alte Horsham endlich für einen lohnenden Betrag das Ägypten-
buch erstand und mit der Bemerkung »Ich war dort an der Front«
zwei Zwanzigpfundnoten aus einer Brieftasche zog, die ihrem
Aussehen nach mit ihrem Eigentümer zusammen »dort an der
Front« gewesen war, begann Ted Hoffnung zu schöpfen. Aber
sein Blick auf Mrs. Dilday machte diese gleich wieder zunichte.
Wie festgemauert saß die alte Dame in ihrem Lieblingssessel, zu
allem Überfluss auch noch mit einer Thermosflasche Tee versehen, und las und trank so still vergnügt vor sich hin, als wäre sie
bei sich zu Hause.

Haben Sie noch nie was von öffentlichen Bibliotheken gehört,
hätte Ted am liebsten zu ihr gesagt. Aber er begnügte sich damit,
abwechselnd Mrs. Dilday zu beobachten und mit telepathischen
Marschbefehlen zu bombardieren, und zum Fenster hinauszu-
schauen, um vielleicht etwas über die Leute zu erfahren, die in
Eugenies Haus waren.

Als er sich gerade dem Wunschtraum hingab, Mrs. Dilday
würde tatsächlich den Roman kaufen und nach Hause gehen, um
ihn zu lesen, klingelte das Telefon. Ohne den Blick von Eugenies
Haus abzuwenden, griff er, nach dem Hörer suchend, hinter sich
und hob ab, als es zum fünften Mal klingelte.

»Wileys Buchhandlung«, sagte er, und eine Frau fragte: »Wer
spricht bitte?«

»Major Ted Wiley«, antwortete er. »Im Ruhestand. Und wer
sind Sie bitte?«

»Sind Sie der Einzige, der diesen Anschluss benutzt, Sir?«

»Wie bitte? Sind Sie von der Telefongesellschaft? Gibt es ein
Problem?«

»Wir haben über eins-vier-sieben-eins festgestellt, dass Sie der
Letzte waren, der diesen Anschluss hier, von dem aus ich spreche,
angerufen hat. Er ist auf Eugenie Davies eingetragen.«

»Das ist richtig. Ich habe sie heute Morgen angerufen«, sagte
Ted, bemüht, ruhig zu bleiben. »Wir sind zum Abendessen verabredet.« Und dann musste er die Frage doch stellen, obwohl er die
Antwort schon wusste. »Ist etwas nicht in Ordnung? Ist etwas passiert? Bitte sagen Sic mir, wer Sie sind.«

Er hörte gedämpft, dass die Frau mit einer anderen Person im
Raum sprach, konnte aber nicht verstehen, was, da sie die Sprech-

muschel offenbar zudeckte. Dann sagte sie:»Metropolitan Police, Sir.«

Metropolitan… das hieß London. Plötzlich sah Ted es ganz deutlich vor sich: Eugenie in Finsternis und strömendem Regen in ihrem kleinen Polo auf der Fahrt nach London. Trotzdem fragte er:»Londoner Polizei?«

»Ja«, bestätigte die Frau am Telefon.»Darf ich fragen, wo Sie gerade sind, Sir?«

»Gegenüber von Mrs. Davies' Haus. In der Buchhandlung –«

Weitere unverständliche Beratungen. Dann:»Würden Sie freundlicherweise hier herüberkommen, Sir? Wir haben ein, zwei Fragen.«

»Ist denn etwas…« Ted brachte es kaum über sich, die Worte auszusprechen, aber sie mussten gesagt werden, wenn auch nur deshalb, weil die Polizei sie ganz sicher erwartete.»Ist Mrs. Davies etwas zugestoßen?«

»Wir können auch zu Ihnen kommen, wenn Ihnen das besser passt.«

»Nein, nein. Ich komme sofort. Ich muss nur noch den Laden schließen, dann –«

»Gut, Major Wiley. Wir werden noch eine Weile hier sein.«

Ted ging nach hinten, um Mrs. Dilday mitzuteilen, dass ein Notfall ihn zwinge, den Laden vorübergehend zu schließen.

»Ach, du meine Güte«, sagte sie.»Es ist doch hoffentlich nichts mit Ihrer Mutter?« Und das war in der Tat der Notfall, der am plausibelsten schien: der Tod seiner Mutter, obwohl sie mit ihren neunundachtzig Jahren und trotz eines Schlaganfalls quicklebendig war.

»Nein, nein«, antwortete er.»Es ist nur – ich muss dringend etwas erledigen.«

Sie musterte ihn scharf mit zusammengekniffenen Augen, gab sich dann aber mit dieser vagen Auskunft zufrieden. Nervös wartete Ted, während sie ihren Tee austrank, in ihren Wollmantel schlüpfte, ihre Handschuhe überzog und – ohne den geringsten Versuch, irgendetwas zu vertuschen – den Roman, den sie gerade las, hinter eine Ausgabe der *Satanischen Verse* schob.

Sobald sie weg war, lief Ted nach oben in seine Wohnung. Sein Herz war außer Rand und Band, bald flatterte es, bald hämmerte es schmerzhaft, und er merkte, wie ihm schwindlig wurde. Mit dem Schwindelgefühl stellten sich Stimmen ein, so lebendig, dass er sich in der Erwartung, tatsächlich jemanden im Zimmer zu sehen, hastig umdrehte.

Zuerst noch einmal die Stimme der fremden Anruferin: »Metropolitan Police. Wir haben ein, zwei Fragen.«

Dann Eugenies Stimme: »Wir werden miteinander sprechen. Es muss so vieles gesagt werden.«

Und danach sprach unerklärlicherweise Connie zu ihm, Connie, die ihn besser gekannt hatte als jeder andere Mensch: »Du kannst es mit jedem Mann aufnehmen, Ted Wiley.«

Warum jetzt?, fragte er sich. Warum sprach Connie gerade jetzt zu ihm?

Aber eine Antwort gab es nicht. Nur die Frage blieb. Und das, was im Haus gegenüber wartete und durchgestanden werden musste.

Während Lynley die Briefe durchsah, die er dem Pappmacheeständer in der Küche entnommen hatte, stieg Barbara Havers über eine schmale Treppe in die erste Etage des kleinen Hauses hinauf. Vom Treppenabsatz, der kaum eine Körperdrehung erlaubte, gingen zwei Zimmer, klein wie Kammern, und ein altmodisches Badezimmer ab. Die beiden Räume waren so spartanisch eingerichtet wie das Wohnzimmer; im Ersten gab es genau drei Möbelstücke: ein schmales Bett mit einem schlichten Überwurf, eine Kommode und einen Nachttisch, den eine weitere Lampe mit Fransenschirm zierte. Der zweite Raum diente als Nähzimmer. In ihm stand das neben dem Anrufbeantworter einzige moderne Gerät im Haus, eine Nähmaschine, neben der ein ansehnlicher Stapel winziger Kleidungsstücke lag. Puppenkleider, wie Barbara bei Durchsicht feststellte, alle mit Liebe entworfen und mit Liebe gearbeitet. Puppen allerdings waren nirgends zu sehen, weder im Näh- noch im Schlafzimmer nebenan.

Dort nahm Barbara sich als Erstes die Kommode vor. Was sie an Wäsche und anderen Kleidungsstücken darin fand, war – selbst an ihren Maßstäben gemessen – armselig: abgetragene Schlüpfer, ausgeleierte Büstenhalter, ein paar Pullis, ein kleines Häufchen Strumpfhosen. Da es keinen Kleiderschrank gab, hatten auch die wenigen Röcke, langen Hosen und Kleider, die die Frau ihr Eigen genannt hatte, säuberlich gefaltet in der Kommode Platz gefunden.

Ganz hinten in der Schublade mit den Hosen und Röcken entdeckte Barbara ein Bündel Briefe. Sie holte es heraus, nahm das Gummiband ab, das es zusammenhielt, und breitete die Briefe auf dem Bett aus. Alle waren von derselben Hand geschrieben. Sie wollte ihren Augen nicht trauen. Sie kannte diese schwarzen, energischen Schriftzüge!

Die Briefe waren alt. Die Poststempel auf den Umschlägen zeigten Daten, die bis zu siebzehn Jahren zurücklagen, das letzte Datum etwas mehr als zehn Jahre. Sie nahm den Brief zur Hand und zog das Schreiben aus dem Umschlag.

Er nannte sie »Eugenie, meine Liebste«. Er schrieb, er wisse nicht, wie er beginnen solle, und schrieb genau das, was Männer immer schreiben oder sagen, wenn sie behaupten, nach schwerem Ringen zu dem Entschluss gelangt zu sein, der von Beginn an feststand: Sie dürfe niemals daran zweifeln, dass er sie mehr als sein Leben liebe; sie solle wissen und niemals vergessen, dass er sich in den mit ihr verbrachten Stunden zum ersten Mal seit langem wieder lebendig gefühlt habe – wahrhaft und wunderbar lebendig, du, meine Liebste!

Barbara verdrehte gequält die Augen. Sie ließ den Brief sinken und nahm sich einen Moment Zeit, um seinen Inhalt und die Tragweite ihres Funds zu bedenken. Weiter lesen oder nicht, Barb?, fragte sie sich. Wenn ja, würde sie sich irgendwie unsauber fühlen, wenn nein, unprofessionell.

Sie las wieder weiter. Er war, las sie, mit der Absicht nach Hause gefahren, seiner Frau alles zu sagen. Er hatte seinen Mut hochgeschraubt, so weit es ging – Barbara schnitt eine Grimasse über diese Anleihe bei Shakespeare –, und sich Eugenies Bild fest vor Augen gehalten, damit es ihm die Kraft gäbe, einer Frau, der man nichts vorwerfen konnte, einen vielleicht tödlichen Schlag zu versetzen. Aber er habe sie krank vorgefunden – »Eugenie, Liebste« –, die Art der Erkrankung könne er in einem Brief nicht beschreiben, aber bei ihrem nächsten Wiedersehen würde er ihr alles bis ins letzte hoffnungslose Detail erklären. Das solle auf keinen Fall heißen, dass sie nicht am Ende doch noch zusammenkommen würden, dass sie etwa keine gemeinsame Zukunft hätten. Es solle vor allem nicht heißen, dass das, was zwischen ihnen gewesen war, keine Bedeutung habe. Dem sei gewiss nicht so. »Warte auf mich«, schloss er. »Ich bitte dich. Ich werde zu dir kommen, Liebste.« Und unterschrieben war der Brief mit dem Krakel, den Barbara seit Jahren kannte, von Rundschreiben, Weihnachtskarten, Dienstanweisungen, Aktennotizen.

Wenigstens weiß ich jetzt, warum ich auf dem Fest bei Webberly so ein ungutes Gefühl hatte, dachte sie, als sie den Brief wieder in den Umschlag steckte. Dieses ganze herzliche Getue, um fünfundzwanzig Jahre Heuchelei zu feiern.

»Havers?« An der Tür stand Lynley, die Brille auf der Nasenspitze, in der Hand eine Grußkarte. »Hier haben wir etwas, das zu einer der telefonischen Nachrichten passt. Was haben Sie gefunden?«

»Tauschen wir«, sagte sie und reichte ihm den Brief.

Die Karte, die er ihr dafür gab, war von einer Person namens Lynn. Der Umschlag trug einen Londoner Poststempel, aber keinen Absender. Der Text war kurz:

Vielen Dank für die schönen Blumen, liebe Eugenie, und dein Kommen, das mir sehr viel bedeutet hat. Das Leben geht weiter, das weiß ich. Aber es wird natürlich nie wieder so sein wie früher.

Herzlichst,

Lynn.

Barbara sah sich das Datum an: Das Schreiben war gerade eine Woche alt. Sie stimmte Lynley zu; der Tenor legte nahe, dass es von der Frau kam, die die Nachricht auf dem Anrufbeantworter hinterlassen hatte.

»O verdammt!« Das war Lynleys Reaktion auf den Brief, den er von Barbara bekommen hatte. Er wies zu den übrigen Briefen auf dem Bett. »Und die?«

»Auch alle von ihm, Inspector, jedenfalls nach der Handschrift auf den Umschlägen zu urteilen.«

Barbara beobachtete Lynleys Mienenspiel. Sie wusste, dass er dasselbe dachte wie sie: Hatte Webberly gewusst, dass diese – für ihn so peinlichen und möglicherweise vernichtenden Briefe – sich noch in Eugenie Davies' Besitz befanden? Hatte er es bloß vermutet und befürchtet? Und hatte er Lynley – und damit Havers, die stets mit diesem zusammenarbeitete – in den Fall eingeschaltet, um die Möglichkeit zum Eingreifen zu haben?

»Glauben Sie, dass Leach von den Briefen weiß?«, fragte Barbara.

»Er hat Webberly angerufen, sobald er wusste, wer die Tote war, auch wenn sie noch nicht amtlich identifiziert war. Um ein Uhr morgens! Was schließen Sie daraus, Havers?«

»Und wen hat er heute Morgen nach Henley abkommandiert?« Barbara ergriff den Brief, den Lynley ihr hinhielt. »Was tun wir jetzt, Sir?«

Lynley trat ans Fenster und sah hinaus. Barbara beobachtete ihn schweigend, während sie auf die Standardantwort wartete. Sie hatte die Frage im Grunde nur der Form halber gestellt.

»Wir nehmen sie mit«, sagte er.

Sie stand auf. »Die Plastikbeutel für die Beweismittel sind hinten im Kofferraum, richtig? Ich hol –«

»Nein, nein, so war das nicht gemeint«, unterbrach Lynley.

»Wie denn?«, fragte Barbara. »Sie sagten doch eben, dass wir sie –«

»Ja, natürlich, wir nehmen sie an uns.« Er wandte sich vom Fenster ab.

Barbara starrte ihn ungläubig an. Sie wollte nicht daran denken, was seine Worte bedeuteten. *Natürlich, wir nehmen sie an uns.* Nicht: Wir schieben sie in einen Plastikbeutel, versiegeln und registrieren ihn, Havers. Nicht: Gehen Sie vorsichtig mit ihnen um, Barbara. Nicht: Wir werden sie auf Fingerabdrücke überprüfen lassen – von einem Dritten, der sie vielleicht gefunden oder gelesen hat und von Eifersucht gepackt wurde, obwohl sie so alt sind, und der sich rächen wollte …

»Moment mal, Inspector«, sagte sie. »Sie meinen doch nicht im Ernst –«

Aber weiter kam sie nicht. In diesem Moment klopfte es unten.

Lynley machte die Haustür auf und sah sich einem alten Herrn in einer Barbour-Jacke und mit einer Schirmmütze gegenüber, der, die Hände tief in den Taschen, auf dem Bürgersteig vor dem Haus stand. Das gut durchblutete Gesicht war von einem Netz geplatzter Äderchen gezeichnet, und die Nase hatte jenen Rotton, der sich im Laufe der Zeit zu Violett vertiefen würde. Lynley fielen vor allem die Augen auf – blau, mit scharfem, misstrauischem Blick.

Er sei Major Ted Wiley, sagte er. »Jemand von der Polizei – ich nehme an, Sie gehören dazu? Man hat mich angerufen…?«

Lynley bat ihn ins Haus. Er stellte erst sich vor und dann Barbara Havers, die gerade herunterkam, als Wiley zaghaft ins Zimmer trat. Der alte Herr sah sich um, blickte zur Treppe, hob die Augen dann zur Zimmerdecke, als hoffte er zu ergründen, was Barbara Havers im oberen Stockwerk gesucht und vielleicht gefunden hatte.

»Was ist denn passiert?« Wiley machte keine Anstalten abzulegen.

»Sie sind ein Freund von Mrs. Davies?«, fragte Lynley.

Wiley antwortete nicht gleich. Es schien beinahe, als überlegte er, was genau das Wort *Freund* im Rahmen seiner Beziehung zu Eugenie Davies bedeutete. Schließlich sagte er mit einem Blick von Lynley zu Havers und wieder zurück zu Lynley: »Ihr ist etwas zugestoßen. Sonst wären Sie nicht hier.«

»Die letzte Nachricht auf Mrs. Davies' Anrufbeantworter war von Ihnen, nicht wahr? Sie sprachen von Plänen für heute Abend«, sagte Barbara, die an der Treppe stehen geblieben war.

»Wir wollten –« Wiley verbesserte sich abrupt. »Wir wollen heute Abend zusammen essen. Sie sagte – Sie beide sind von der Londoner Polizei, und sie ist gestern Abend mit dem Wagen nach London gefahren. Es ist ihr offensichtlich etwas zugestoßen. Bitte sagen Sie es mir.«

»Nehmen Sie doch erst einmal Platz, Major Wiley«, meinte Lynley. Wiley wirkte nicht gebrechlich, aber man konnte nicht wissen, wie es um sein Herz oder seinen Blutdruck stand. Lynley wollte kein Risiko eingehen.

»Gestern Abend hat es in Strömen geregnet«, bemerkte Wiley, sich erinnernd. »Ich habe mit ihr darüber gesprochen, wie unangenehm es ist, bei starkem Regen Auto zu fahren. Und bei Dunkelheit. Dunkelheit allein ist schon übel genug. Regen macht es noch schlimmer.«

Barbara entfernte sich von der Treppe und trat zu Wiley. Sie nahm ihn beim Arm. »Setzen Sie sich doch, Major.«

»Es ist was Schlimmes«, sagte er.

»Leider ja«, bestätigte Lynley.

»Auf der Schnellstraße? Sie hat mir versprochen, vorsichtig zu sein. Sie sagte, ich solle mir keine Sorgen machen. Wir würden heute Abend miteinander reden. Sie wollte mit mir reden.« Er hielt den Blick auf den Couchtisch vor dem Sofa gerichtet, auf das Barbara ihn sanft, aber bestimmt hinuntergedrückt hatte. Sie setzte sich neben ihn, auf die äußerste Kante.

Lynley nahm den Sessel. »Es tut mir Leid, Ihnen das mitteilen zu müssen«, sagte er behutsam, »aber Eugenie Davies ist gestern Abend ums Leben gekommen.«

Wie in Zeitlupe drehte Wiley den Kopf, um Lynley anzusehen. »Die Schnellstraße«, sagte er. »Der Regen. Ich wollte nicht, dass sie fährt.«

Lynley ließ ihn fürs Erste in dem Glauben, sie sei das Opfer eines Unfalls auf der Schnellstraße geworden. Die BBC hatte in den Morgennachrichten von der Fahrerflucht berichtet, aber Eugenie Davies' Name war nicht erwähnt worden, da ihr Leichnam zu diesem Zeitpunkt noch nicht amtlich identifiziert und ihre Familie noch nicht ausfindig gemacht worden war.

»Sie ist also nach Einbruch der Dunkelheit losgefahren?«, fragte Lynley. »Wissen Sie, um welche Zeit?«

»Halb zehn, glaube ich«, antwortete Wiley tonlos. »Wir kamen von der Kirche –«

»Abendgottesdienst?« Barbara hatte ihr Heft herausgezogen und notierte sich die Angaben.

»Nein, nein«, entgegnete Wiley. »Um die Zeit war kein Gottesdienst. Sie war hineingegangen… um zu beten, vermute ich. Genau weiß ich es nicht, weil…« Er nahm plötzlich die Mütze ab, als befände er sich selbst in der Kirche, und hielt sie in beiden Händen. »Ich bin nicht mit ihr hineingegangen. Ich hatte meinen Hund mit, meinen Golden Retriever. P. B., so heißt sie. Wir haben auf dem Friedhof gewartet.«

»Im Regen?«, fragte Lynley.

Wiley drehte die Mütze zusammen. »Hunden macht Regen nichts aus. Und sie musste noch mal raus. P. B., meine ich.«

»Können Sie uns sagen, warum Mrs. Davies nach London fahren wollte?«, fragte Lynley.

Wiley drehte die Mütze noch fester zusammen. »Sie sagte, sie hätte eine Verabredung.«

»Wissen Sie, mit wem? Und wo?«

»Nein. Sie sagte nur, wir würden heute Abend miteinander sprechen.«

»Über die Verabredung?«

»Ich weiß es nicht. Lieber Gott, ich weiß es doch nicht.« Ted Wileys Stimme drohte zu brechen, aber er war nicht umsonst ein ehemaliger Major. Innerhalb von Sekunden hatte er sich wieder im Griff. »Wie ist es passiert?«, fragte er. »Wo? Ist sie ins Schleudern gekommen? Mit einem Lkw zusammengestoßen?«

Lynley teilte ihm die Fakten mit. Er sagte Wiley, wo und wie sie ums Leben gekommen war, aber von Mord sagte er nichts. Und Wiley ließ ihn ausreden, ohne zu fragen, warum zwei Beamte der Londoner Polizei das Haus einer Frau durchsuchten, die allem Anschein nach einem alltäglichen Autounfall, wenn auch mit Fahrerflucht, zum Opfer gefallen war.

Aber Lynley hatte kaum zu Ende gesprochen, da wurden Wiley, vermutlich bereits aufmerksam geworden durch gewisse seltsame Beobachtungen – zum Beispiel, dass Barbara Havers Latexhandschuhe trug, als sie die Treppe herunterkam, und beide Beamte sich so eingehend für Eugenie Davies' Anrufbeantworter interessierten –, die Ungereimtheiten bewusst, und er sagte: »Das kann kein Unfall gewesen sein! Weshalb sollten Sie beide eigens aus London hierher kommen ...« Sein Blick wurde unscharf, als sähe er durch sie hindurch in die Ferne, und er sagte: »Der Mann gestern Abend. Auf dem Parkplatz. Es war kein Unfall, nicht wahr?« Mit diesen Worten stand er auf.

Barbara stand mit ihm auf und drängte ihn, sich wieder zu setzen. Er kam zwar ihrer Aufforderung nach, aber er war plötzlich wie verwandelt, wie von einem nur ihm bekannten Vorsatz beherrscht. Er drehte seine Mütze nicht mehr rastlos in den Fingern, sondern schlug sie hart auf seine offene Hand und forderte im Befehlston: »Sagen Sie mir, was Eugenie Davies zugestoßen ist!«

Die Gefahr einer Herzattacke oder eines Schlaganfalls schien gering, darum eröffnete Lynley ihm ohne weitere Umschweife, allerdings auch ohne auf Einzelheiten einzugehen, dass sie in einer Mordsache ermittelten, und sagte: »Erzählen Sie von dem Mann auf dem Parkplatz«, was Wiley ohne Zögern tat.

Er war zum *Sixty Plus Club* gegangen, wo Eugenie arbeitete. Er hatte P. B., seinen Hund, ausgeführt und war zum Altenklub gegangen, um Eugenie dort abzuholen. Bei seiner Ankunft hatte er eine Auseinandersetzung zwischen ihr und einem Mann beobachtet. Einem Fremden, nicht aus dem Ort, sagte er. Aus Brighton.

»Aus Brighton?«, fragte Lynley. »Hat Mrs. Davies Ihnen das gesagt?«

Wiley schüttelte den Kopf. Er habe das Kennzeichen gesehen, als der Wagen abgebraust war. Nur flüchtig, aber die Buchstaben habe er klar erkannt: ADY. »Ich war beunruhigt, wissen Sie. Sie war in den letzten Tagen irgendwie sonderbar gewesen. Darum habe ich die Buchstaben im Kennzeichenverzeichnis nachgeschlagen und gesehen, dass ADY für Brighton steht. Der Wagen war ein Audi. Dunkelblau oder schwarz. Ich konnte es im Dunklen nicht erkennen.«

»Sie haben so ein Verzeichnis auf dem Nachttisch liegen?«, erkundigte sich Barbara. »Ist das ein Hobby von Ihnen?«

»Nein, nein, ich habe es in der Buchhandlung bei den Reisebüchern. Hin und wieder verkaufe ich eines an Leute, die auf längeren Autofahrten ihre Kinder beschäftigen wollen, zum Beispiel.«

»Ah.« Barbara musterte Wiley neugierig.

Lynley kannte dieses »Ah« von Havers. Er sagte: »Sie haben nicht eingegriffen, als Sie die Auseinandersetzung zwischen Mrs. Davies und dem Fremden beobachteten, Major Wiley?«

»Ich habe nur noch das Ende mitbekommen, als ich auf den Parkplatz kam. Es fielen einige laute Worte – von ihm –, dann ist er in seinen Wagen gestiegen und abgefahren, ehe ich überhaupt nahe genug war, um etwas zu sagen. Das war alles.«

»Und wer war dieser Mann? Hat Mrs. Davies Ihnen das gesagt?«

»Ich habe sie nicht danach gefragt.«

Lynley und Barbara tauschten einen Blick, und Barbara fragte: »Warum nicht?«

»Wie ich schon sagte, sie hatte sich in den letzten Tagen irgendwie merkwürdig verhalten, anders als sonst. Ich hatte den Eindruck, dass etwas sie sehr beschäftigte, und…« Wileys Blick wanderte zu seiner Mütze hinunter. Er schien überrascht, sie immer noch in seinen Händen zu sehen, und stopfte sie energisch in die Jackentasche. »Ich bin kein Mensch, der seine Nase in anderer Leute Angelegenheiten steckt. Ich wollte warten, bis sie mir von selbst sagte, was sie vielleicht zu sagen wünschte.«

»Hatten Sie diesen Mann schon vorher einmal gesehen?«

Wiley verneinte. Er habe den Mann nicht gekannt, ihn an jenem Abend zum ersten Mal gesehen, habe ihn sich allerdings genau angesehen und könne den Beamten eine gute Beschreibung liefern, wenn sie daran interessiert seien. Auf das Nicken der beiden gab er das ungefähre Alter und die geschätzte Körpergröße des Mannes an, sprach von eisgrauem Haar und einer hervorspringenden Raubvogelnase. »Er nannte sie Eugenie«, schloss er. »Die beiden kannten sich.« Er habe das, erklärte er, aus dem Verhalten der beiden auf dem Parkplatz geschlossen: Eugenie habe das Gesicht des Mannes berühren wollen, aber der habe sich entzogen.

»Und trotzdem haben Sie sie nicht gefragt, wer der Mann war?«, wunderte sich Lynley. »Warum nicht, Major Wiley?«

»Es erschien mir zu – na ja, irgendwie zu persönlich. Ich sagte mir, sie würde es mir schon erklären, wenn sie es für richtig hielte. Wenn er eine Bedeutung hätte.«

»Und sie hatte ja angekündigt, dass sie etwas mit Ihnen besprechen wollte, nicht wahr?«, warf Barbara ein.

Wiley nickte. »Ja, das stimmt. Sie sprach von einer Beichte ihrer Sünden.«

»Ihrer Sünden?«, wiederholte Barbara.

Lynley beugte sich vor und sagte, ohne Barbaras viel sagenden Blick zu beachten: »Darf ich fragen, welcher Art die Beziehung zwischen Ihnen und Mrs. Davies war, Major Wiley? Waren Sie befreundet? Oder waren Sie ein Paar? Hatten Sie vielleicht die Absicht zu heiraten?«

Die Frage schien Wiley Unbehagen zu bereiten. Er setzte sich anders hin. »Wir kannten uns seit drei Jahren. Ich wollte ihr mit Respekt begegnen, nicht so wie diese modernen Männer, denen es nur um eines geht. Ich wollte ihr Zeit lassen. Und schließlich sagte sie mir, sie sei bereit, aber zuerst wollte sie noch mit mir reden.«

»Und dieses Gespräch sollte heute Abend stattfinden«, meinte Barbara. »Darum haben Sie sie angerufen.«

Wiley bestätigte ihre Vermutung.

Lynley bat den alten Herrn in die Küche. Eugenie Davies' Anrufbeantworter habe noch einige andere Nachrichten aufgezeichnet, erklärte er. Vielleicht würde Major Wiley – der immerhin drei Jahre mit der Toten bekannt gewesen sei – die Stimmen erkennen.

In der Küche blieb Wiley vor dem Tisch stehen und betrachtete die Fotografien der beiden Kinder. Er wollte eine von ihnen in die Hand nehmen, brach aber mitten in der Bewegung ab, als sei ihm plötzlich klar geworden, dass Lynley und Havers nicht ohne Grund Latexhandschuhe übergezogen hatten. Während Barbara das Band zurückspulte, um die Anrufe noch einmal ablaufen zu lassen, fragte Lynley: »Sind das Mrs. Davies' Kinder, Major Wiley?«

»Ihr Sohn und ihre Tochter«, antwortete Wiley. »Ja. Sonia ist lange tot. Und der Junge... Sie hatte keinen Kontakt mehr zu ihm. Seit langem schon nicht mehr. Es kam offenbar vor Jahren zu einem schweren Zerwürfnis zwischen ihnen. Sie hat mir nur erzählt, sie seien einander völlig fremd geworden. Sonst hat sie nie über ihn gesprochen.«

»Und hat sie Ihnen von ihrer Tochter Sonia erzählt?«

»Nur, dass sie sehr jung gestorben ist. Aber –« Wiley räusperte sich und trat vom Tisch weg, als wollte er sich von der Bemerkung distanzieren, die er gleich machen würde. »Ich meine, sehen Sie sich die Kleine an. Ihr früher Tod kann ja wohl kaum überraschen. Das kommt bei – bei solchen Kindern doch häufig vor.«

Lynley runzelte die Stirn, verwundert darüber, dass Wiley anscheinend nie von der tragischen Geschichte gehört hatte, die seinerzeit zweifellos Schlagzeilen gemacht hatte. Er sagte: »Waren Sie vor zwanzig Jahren in England, Major Wiley?«

Nein, nein, er sei... Wiley schien durch die Zeit zurückzublättern und die Jahre an sich vorüberziehen zu lassen, die er als aktiver Soldat verbracht hatte. Er sei damals auf den Falklandinseln gewesen, sagte er dann. Aber das sei lange her, und vielleicht sei er ja auch in Rhodesien gewesen – oder dem, was von Rhodesien noch übrig war. Warum?

»Mrs. Davies hat Ihnen nie gesagt, dass Sonia ermordet wurde?«

Betroffen blickte Wiley wieder zu den Fotografien. »Nein, das hat sie mir nicht gesagt... Nein... Nie. Nicht ein einziges Mal. Mein Gott!« Er griff in seine Hosentasche und zog ein Taschentuch heraus. Aber er benutzte es nicht, sondern sagte nur, auf die Bilder deutend: »Die gehören eigentlich gar nicht hier auf den Tisch. Haben Sie sie hierher gestellt?«

»Nein, wir haben sie hier gefunden«, antwortete Lynley.

»Sie waren immer im ganzen Haus verteilt. Im Wohnzimmer. Oben. Hier, in der Küche.« Er zog einen der beiden Küchenstühle heraus und ließ sich schwer darauf niedersinken. Er wirkte sehr erschöpft, aber er nickte Barbara, die beim Anrufbeantworter stand, auffordernd zu.

Lynley beobachtete Wiley, während er sich die telefonischen Nachrichten anhörte. Er wollte die Reaktionen des alten Mannes sehen, wenn dieser die Stimmen der beiden anderen Männer hörte, die, wie ihren Worten und ihrem Ton zu entnehmen war, in persönlicher Beziehung zu Eugenie Davies gestanden hatten. Aber wenn Wiley das bemerkte und diese Wahrnehmung ihn bekümmerte, so war ihm das nicht anzusehen.

Als das Band abgelaufen war, fragte Lynley: »Haben Sie jemanden erkannt?«

»Lynn«, antwortete er. »Von ihr hat Eugenie mir erzählt. Sie ist eine alte Freundin, deren Kind vor kurzem plötzlich gestorben ist. Eugenie fuhr zur Beerdigung. Nachdem sie vom Tod des Kindes gehört hatte, sagte sie zu mir, sie wisse genau, wie Lynn sich fühle, und wolle ihr beistehen.«

»Nachdem sie von dem Tod gehört hatte?«, hakte Barbara nach. »Von wem denn?«

Das wusste Wiley nicht. Er hatte nicht daran gedacht zu fragen. »Ich nahm an, die Frau, diese Lynn, hätte sie angerufen«, sagte er.

»Wissen Sie, wo die Beerdigung stattfand?«

Er schüttelte den Kopf. »Sie war den ganzen Tag weg.«

»Und wann war das?«

»Letzten Dienstag. Ich habe sie gefragt, ob ich mitkommen soll. Ich dachte, bei einer Beerdigung hätte sie vielleicht ganz gern jemanden an ihrer Seite. Aber sie sagte, sie und Lynn hätten Verschiedenes zu besprechen. ›Ich muss sie sehen‹, sagte sie. Das war alles.«

»Sie *musste* sie sehen?«, wiederholte Lynley. »Hat sie sich so ausgedrückt.«

»Ja.«

Ich muss, dachte Lynley, nicht: ich möchte. Was bedeutet das Wort *müssen* in diesem Zusammenhang? Es impliziert ein starkes Bedürfnis, und wenn wir ein Bedürfnis haben, also, etwas *brauchen,* so unternehmen wir im Allgemeinen etwas, um es zu befriedigen. Das ist nur menschlich. Manchmal ist das, was wir tun, erlaubt, vernünftig und klug. Manchmal ist es das nicht.

Hier, in dieser kleinen Küche in Henley, schienen unterschiedliche Bedürfnisse aufeinander zu prallen. Eugenie Davies' Bedürfnis, dem Major zu beichten. Das Bedürfnis eines Fremden, mit Eugenie Davies zu sprechen. Und Ted Wileys Bedürfnis – wonach?

Lynley bat Barbara, die Nachrichten noch einmal abzuspielen, und fragte sich, ob Wileys kaum wahrnehmbare Änderung seiner Haltung – er zog die Arme näher an seinen Körper– eine Schutzhaltung war. Er behielt den Major unverwandt im Auge, während die beiden Männer noch einmal erklärten, dass sie Eugenie Davies sprechen müssten.

*Ich muss unbedingt mit dir sprechen,* erklärte die eine Stimme. *Ich musste noch einmal anrufen.*

Wieder dieses Wörtchen *muss,* das ein Bedürfnis ausdrückte. Wozu war ein Mann fähig, der meinte, dringend etwas ganz Bestimmtes zu brauchen?


*Wie würdest du's mir denn machen, wenn du könntest?*

*Die Zunge* las Feuerladys Frage ohne die gewohnte Genugtuung. Wochenlang waren sie um diesen Moment herumgeschlichen wie zwei Katzen um den heißen Brei, dabei hatte er zu Anfang auf Grund seiner – leider falschen – Einschätzung ihrer Person geglaubt, er würde sie noch vor dem »Sahnehöschen« soweit haben. Da konnte man mal wieder sehen, dass überhaupt nichts darauf zu geben war, wie anzüglich eine im Netz chattete. Anfangs hatte Feuerlady die schärfsten Beschreibungen geliefert, aber die waren schnell fade geworden, als sich der Austausch vom Fantasiefick zwischen Prominenten (ihr Talent, eine heiße Szene zwischen einem lilahaarigen Rockstar und der Monarchin des Landes zu beschreiben, war umwerfend) dem Fantasiefick mit eigener Beteiligung zugewandt hatte. Eine Zeit lang hatte er tatsächlich geglaubt, sie wäre ihm ganz durch die Lappen gegangen, weil er zu früh Druck gemacht und zu viel enthüllt hatte. Er hatte schon mit dem Gedanken gespielt, zur nächsten Kandidatin überzugehen, als Feuerlady doch wieder auf der Cyberbildfläche erschienen war. Sie hatte offensichtlich Bedenkzeit gebraucht. Aber jetzt wusste sie, was sie wollte.

*Wie würdest du's mir denn machen, wenn du könntest?*

Er überlegte die Antwort und bemerkte, dass seine Fantasie nicht wie sonst bei der Vorstellung einer persönlichen, wenn auch halb anonymen Begegnung mit einer Cybermieze auf Hochtouren zu arbeiten begann. Das kam wahrscheinlich daher, dass ihm die letzte Begegnung und die Ereignisse, die ihr gefolgt waren, noch nachhingen: die grellen Blinklichter der Polizeifahrzeuge, die Straßensperren, die Beschlagnahme des Porsche, seine eigene Vernehmung durch die Bullen, die ihn wie den Hauptverdächtigen behandelt hatten. Aber er hatte sich gut gehalten. Ja, er hatte das hingekriegt wie ein echter Profi.

Die Bullen rechneten nicht damit, dass einer sich mit ihren Methoden auskannte. Die erwarteten, dass man sofort in die Knie ging, wenn sie anfingen, einen mit Fragen zu bombardieren. Sie glaubten, in seinem Eifer zu beweisen, dass er nichts zu verbergen hatte, würde der brave Bürger sich von ihnen problemlos ins Bockshorn jagen und dahin bringen lassen, wo sie ihn haben wollten. Und tatsächlich trotteten ja die meisten Leute, wenn die Bullen sagten: »Wir haben ein paar Fragen an Sie, hätten Sie was dagegen, mit uns aufs Revier zu kommen?«, brav mit, weil sie sich einbildeten, sie besäßen so was wie Immunität in einem Rechtssystem, das es, wie jeder mit dem geringsten Funken Verstand wusste, erlaubte, den Gutgläubigen in ungefähr fünf Minuten total fertig zu machen.

*Die Zunge* jedoch war alles andere als gutgläubig. Er machte sich keine Illusionen darüber, was einem blühen konnte, wenn man sich auf Kooperation einließ, weil man naiverweise glaubte, man brauche nur seine Bürgerpflicht zu tun, dann wäre die eigene Harmlosigkeit schon bewiesen. Nichts als Quatsch! Er hatte sofort gewusst, wie der Hase lief, und daher schleunigst seinen Anwalt mobil gemacht, als die Bullen sagten, die Frau auf der Straße hätte seine Adresse bei sich gehabt und sie würden ihm gern ein paar Fragen stellen.

Jake Azoff hatte es natürlich überhaupt nicht witzig gefunden, um Mitternacht aus dem Bett geholt zu werden, und hatte was von »präsenzpflichtigen Pflichtverteidigern« gemurmelt, die sich gefälligst das Geld verdienen sollten, das Vater Staat ihnen bezahlt. Aber Pitchley dachte nicht daran, seine Zukunft – ganz zu schweigen von seiner Gegenwart – in die Hände eines Pflichtverteidigers zu legen. Gewiss, so ein Rechtsbeistand hätte ihn nichts gekostet, aber er hätte auch keinerlei persönliches Interesse an Pitchleys weiterem Fortkommen gehabt. Bei Azoff, mit dem ihn eine ziemlich komplizierte Beziehung verband, in der es um Aktien, Obligationen, Investmentfonds und dergleichen ging, war das ganz anders. Außerdem zahlte er Azoff genug dafür, dass der sofort da war, wenn juristischer Rat gebraucht wurde.

Trotzdem war er nervös. Es lag auf der Hand. Er konnte versuchen, sich was vorzumachen. Er konnte versuchen, sich abzulenken, indem er sich in der Firma krankmeldete und für ein paar Stunden lustvoller Fantasieübungen ins Netz einloggte. Aber sein Körper machte solche Verdrängungsmanöver nicht mit. Und die Tatsache, dass er auf die Frage: *How wd u do it 2 me if u cd?*, Wie würdest du's mir denn machen, wenn du könntest?, überhaupt keine körperliche Reaktion verspürte, sagte alles.

Er tippte: *U wdnt 4get it soon.* Du würdest es auf jeden Fall nicht so schnell vergessen.

Sie erwiderte: *R u shy 2day? Cm on. Tell how.* Bist du heute schüchtern? Komm schon, sag mir, wie.

Wie?, überlegte er. Genau das war es – wie? Sei locker, sagte er sich. Lass deiner Fantasie freien Lauf. Darin war er doch gut. Darin war er Meister. Und sie war zweifellos wie alle anderen vor ihr schon älter und begierig auf ein Zeichen, dass sie einen Mann noch reizen konnte.

*Whr do u want my tong?* Wo willst du meine Zunge spüren?, tippte er, ein Versuch, sie die Arbeit tun zu lassen.

*No fair. R U jst all tlk?* Hey, das ist unfair. Hast du nur eine große Klappe?

Heute hatte er nicht einmal eine große Klappe, wie sie schnell genug merken würde, wenn sie noch länger auf diese Art weitermachten. Es war an der Zeit, den Eingeschnappten zu spielen und Feuerlady die kalte Schulter zu zeigen. Er brauchte erst mal eine Pause, um mit sich selber klarzukommen.

*If thts wt u think, bby.* Na schön, wenn du's so siehst, dann tschüss!, tippte er und loggte sich aus. Sollte sie ruhig mal ein, zwei Tage schmoren.

Er schaute noch, wie es an der Börse lief, ehe er abschaltete und aus dem Arbeitszimmer in die Küche hinunterging, wo in der Glaskaraffe der Kaffeemaschine gerade noch genug Kaffee für eine Tasse war. Er schenkte sich ein und trank das Gebräu so, wie er es am liebsten mochte: stark, schwarz und bitter.

Ein bisschen wie das Leben, dachte er und lachte kurz, ohne Erheiterung. Die letzten zwölf Stunden waren nicht ohne Ironie gewesen, und er war sicher, er würde dahinter kommen, worin die Ironie steckte, wenn er nur lange genug darüber nachdachte. Aber eben das, über die Ereignisse der vergangenen Stunden nachdenken, wollte er nicht. Ihm saß eine ganze Horde Bullen im Nacken, da war Gelassenheit gefragt. Das war überhaupt das Geheimnis des Lebens, Gelassenheit: angesichts der Niederlage, angesichts des Sieges, angesichts –

Ein Steinchen schlug klirrend ans Küchenfenster. Aus seinen Gedanken gerissen, fuhr er hoch und sah hinaus. Zwei ungepflegt wirkende Männer standen mitten in seinem Garten. Sie waren vom Park aus hereingekommen, der sich an die Gärten hinter den Häusern auf der Ostseite der Straße anschloss. Da er zwischen seinem Grundstück und dem Park keinen Zaun gezogen hatte, war es ihnen ein Leichtes gewesen, bei ihm einzudringen. Da würde er bald mal etwas unternehmen müssen.

Als die beiden Männer ihn sahen, stießen sie einander an. Der eine rief: »Mach auf, Jay. Wir haben uns ja 'ne Ewigkeit nicht gesehen«, und der andere fügte mit einem herausfordernden Grinsen hinzu: »Kannst froh sein, dass wir extra von hinten rein gekommen sind.«

Pitchley fluchte. Erst eine Leiche auf der Straße. Dann der Porsche beschlagnahmt. Dann er selbst von den Bullen aufs Korn genommen. Und jetzt das. Man sollte eben nie glauben, es könne nicht noch schlimmer kommen, sagte er sich, als er ins Esszimmer hinüberging und die Terrassentür öffnete.

»Hallo, Robbie! Hallo, Brent!« Er begrüßte die beiden Männer, als hätte er sie erst in der vergangenen Woche gesehen. Mit hochgezogenen Schultern standen sie draußen in der Kälte, stampfend und schnaubend wie zwei gereizte Stiere in Erwartung des Matadors. »Was wollt ihr denn hier?«

»Wie wär's, wenn du uns rein bittest«, sagte Robbie. »Für den Garten ist das heute nicht das richtige Wetter.«

Pitchley seufzte. Es war immer das Gleiche – jedes Mal, wenn er einen Schritt vorwärts geschafft hatte, tauchte irgendwas auf und zerrte ihn zwei Schritte zurück. »Worum geht's?«, fragte er. Aber in Wirklichkeit meinte er, wie habt ihr mich diesmal gefunden?

Brent grinste wieder. »Das Übliche, Jay«, antwortete er, besaß aber wenigstens Anstand genug, eine gewisse Verlegenheit zu zeigen und unbehaglich von einem Fuß auf den anderen zu treten.

Derjenige, vor dem man auf der Hut sein musste, war Robbie. Das war schon immer so gewesen. Der würde seine Großmutter vor die U-Bahn stoßen, wenn er glaubte, es würde sich für ihn lohnen, und Pitchley wusste, dass er von dem Typen weder Rücksicht noch Respekt oder Anteilnahme erwarten konnte.

»Die Straße ist abgesperrt.« Robbie wies mit dem Kopf in Richtung des unteren Straßenendes. »Ist da was passiert?«

»Gestern Abend ist eine Frau überfahren worden.«

»Ach was.« Robbies Ton verriet, dass das für ihn keine Neuigkeit war. »Und deswegen bist du heute nicht in der Arbeit?«

»Ich arbeite manchmal zu Hause. Das habe ich euch doch gesagt.«

»Klar, kann schon sein. Aber wir haben uns ja 'ne Weile nicht gesehen.« Er sagte nicht, wie viel Zeit genau vergangen war, seit er sich das letzte Mal gemeldet hatte, und wie mühevoll es gewesen war, diese Adresse ausfindig zu machen. Stattdessen erklärte er: »Aber von deinem Büro hab ich erfahren, dass du heute eine Besprechung abgesagt hast, weil du die Grippe hast. Oder war's 'ne Erkältung? Weißt du's noch, Brent?«

»Was fällt euch ein, mit meiner –« Pitchley brach ab. Das war genau die Reaktion, auf die Robbie spekulierte. Er sagte: »Ich dachte, das wäre ein für allemal klar zwischen uns. Ich hab euch gesagt, ihr sollt mit keinem außer mir reden, wenn ihr in der Firma anruft. Ihr wisst die Durchwahl. Es besteht überhaupt kein Grund, mit meiner Sekretärin zu reden.«

»Hey, findest du nicht, du verlangst 'n bisschen viel?«, meinte Robbie. »Was, Brent?« Die letzte Frage sollte offensichtlich den anderen – der mit der geringeren Intelligenz ausgestattet war – daran erinnern, auf welcher Seite er stand.

Brent sagte: »Genau. Also, Jay, bittest du uns jetzt vielleicht mal rein? Ist verdammt kalt hier draußen.«

Und Robbie fügte wie beiläufig hinzu: »Unten am Ende der Straße stehen übrigens drei Typen von der Presse. Hast du das gewusst, Jay? Was läuft'n da?«

Lautlos fluchend trat Pitchley von der Terrassentür zurück. Die beiden Männer draußen klatschten einander lachend auf die Schulter und liefen über die Terrasse.

»Da ist ein Fußabstreifer«, sagte Pitchley. »Benutzt ihn gefälligst.« Die Regenfälle der vergangenen Nacht hatten den Boden unter den Bäumen an der Grenze zwischen den Häusern und dem Park in einen Morast verwandelt. Robbie und Brent waren mittendurch gestapft wie zwei Bauerntrampel durch den Schweinepferch. »Ich hab Perserteppiche im Haus.«

»Zieh die Botten aus, Brent«, sagte Robbie scheinbar gutmütig. »Okay, Jay, wir lassen unsere verdreckten Stiefel hier draußen stehen. Wir wissen schließlich, wie man sich als Gast benimmt.«

»Ein Gast lädt sich nicht selber ein.«

»Na ja, so genau muss man's auch wieder nicht nehmen.«

Die beiden Männer drängten durch die Tür ins Haus. Sie hatten zwar noch nie versucht, ihn durch ihre körperliche Überlegenheit einzuschüchtern, aber er wusste, dass sie nicht zögern würden, um ihn ihren Wünschen gefügig zu machen.

»Wieso lungern diese Pressetypen da unten rum?«, fragte Robbie. »So viel ich weiß, kriegen die Revolverblätter ihr Zeug doch immer von Leuten, die wegen 'ner heißen Story anrufen.«

»Genau.« Brent ging vor der Porzellanvitrine ein wenig in die Knie, um im Glas der Tür seine Frisur zu inspizieren. »Da gibt's 'ne heiße Story, Jay.« Er rüttelte an der Schranktür.

»He, Vorsicht! Der ist antik.«

»Hat uns neugierig gemacht, wie die Kerle da rumhingen«, bemerkte Robbie. »Drum haben wir sie gefragt, stimmt's, Brent?«

»Stimmt.« Brent öffnete die Tür der Vitrine und nahm eine der Sammeltassen heraus. »Hübsch. Auch alt, was, Jay?«

»Hör auf, Brent.«

»Er hat was gefragt, Jay.«

»Ja, okay. Sie ist alt. Frühes neunzehntes Jahrhundert. Wenn du sie demolieren willst, dann tu's gleich und erspar mir die prickelnde Spannung.«

Robbie lachte leise. Brent grinste und stellte die Tasse wieder in den Schrank. Er schloss die Tür mit einer Behutsamkeit, die der blanke Hohn war.

»Einer von den Pressefuzzis hat uns erzählt, dass die Bullen sich für jemanden hier in der Straße interessieren«, sagte Robbie. »Er hat's von einem Kumpel auf dem Revier. Die Tote von gestern Abend hatte anscheinend 'ne Adresse bei sich. Aber die Adresse hat er uns nicht verraten. Wenn er sie überhaupt wusste. Der hat uns nämlich für Konkurrenz gehalten.«

Wohl kaum, dachte Pitchley. Aber er ahnte schon, woher der Wind wehte, und versuchte, sich zu wappnen.

»Ist schon irre«, fuhr Robbie fort, »was diese Leute von der Sensationspresse so alles ans Licht bringen können, wenn man ihnen nicht gleich das Handwerk legt.«

»Ja, irre«, stimmte Brent zu. Und dann sagte er, als spielte er dem anderen nur die Stichworte zu und sei selbst nicht an der Sache beteiligt: »Das Geschäft, Jay, das braucht 'ne kleine Spritze.«

»Ich hab ihm erst vor 'nem halben Jahr eine gegeben.«

»Stimmt. Aber das war damals, im Frühling. Im Moment läuft's schlecht. Und dazu kommt – na, du weißt schon.« Brent warf einen Blick auf Robbie.

Und Pitchley begriff. »Ihr habt das Geschäft beliehen!«, sagte er. »Was ist es denn diesmal? Pferde? Hunde? Karten? Fällt mir doch nicht im Traum ein –«

»He, Moment mal!« Robbie trat einen Schritt näher, wie um den beträchtlichen Unterschied in ihrer Körpergröße zu verdeutlichen. »Du bist uns was schuldig, Kumpel. Wer hat denn zu dir gehalten, als es darauf ankam, hm? Wer ist jeder Dreckschleuder sofort auf die Pelle gerückt, die nur daran gedacht hat, dir was anzuhängen? Brent hat sich wegen dir den *Arm* brechen lassen, und ich –«

»Ich kenn die Story, Rob.«

»Gut. Dann hör dir das Ende an. Wir brauchen Kohle, wir brauchen sie heute, und wenn das für dich ein Problem ist, dann sag's lieber gleich.«

Pitchley blickte von einem zum anderen, und vor ihm entrollte sich die Zukunft wie ein endloser Läufer mit ewig gleichem Muster. Er würde wieder einmal alle Brücken abbrechen, umziehen, sich neu einrichten, die Stellung wechseln, wenn nötig – und sie würden ihn trotzdem aufstöbern. Und wenn sie ihn gefunden hatten, würden sie dieselben Geschütze auffahren, die sie schon seit Jahren mit so großem Erfolg einsetzten. So würde es immer sein. Sie waren der Meinung, er wäre ihnen etwas schuldig. Und sie vergaßen nie.

»Was braucht ihr?«, fragte er resigniert.

Robbie nannte seinen Preis. Brent zwinkerte und grinste.

Pitchley holte sein Scheckbuch und trug den Betrag ein. Dann ließ er sie auf dem Weg hinaus, auf dem sie gekommen waren: durch das Esszimmer in den Garten. Er wartete, bis sie unter den kahlen Ästen der Platanen am Rand des Parks hindurchtauchten. Dann ging er zum Telefon.

Als Jake Azoff sich meldete, holte er einmal tief Luft, und dabei war ihm, als träfe ihn ein Messerstich ins Herz. »Rob und Brent haben mich wieder mal gefunden«, teilte er seinem Anwalt mit. »Sagen Sie den Bullen, ich bin bereit zu reden.«

# GIDEON

## 10. September

Ich verstehe nicht, warum Sie mir nicht etwas verschreiben können. Sie sind doch Medizinerin. Oder wären Sie als Scharlatanin entlarvt, wenn Sie mir ein Rezept für ein Migränemittel ausstellten? Und, bitte, kommen Sie mir jetzt nicht wieder mit dieser nervtötenden Bemerkung über psychotropische Medikamente. Wir sprechen nicht von Antidepressiva, Neuroleptika, Tranquillizern, Beruhigungsmitteln oder Amphetaminen, Dr. Rose. Wir sprechen von einem ganz gewöhnlichen Schmerzmittel. Das nämlich ist es, was meinen Kopf quält – ganz gewöhnlicher Schmerz.

Libby versuchte, mir zu helfen. Sie kam vorhin und fand mich dort, wo ich schon den ganzen Morgen verbracht hatte: im verdunkelten Schlafzimmer, mit einer Flasche Harveys Bristol Cream wie ein Plüschtier im Arm. Sie setzte sich auf die Bettkante und löste die Flasche aus meiner Hand. »Wenn du vorhast, dich volllaufen zu lassen, kannst du damit rechnen, dass du in spätestens einer Stunde kotzt wie ein Reiher.«

Ich stöhnte. Diese Ausdrucksweise, so ungewohnt und so drastisch, war nun wirklich das Letzte, was ich in dem Moment hören wollte. Ich sagte: »Mein Kopf.«

»Total fies, ich weiß. Aber mit Alkohol wird's nur schlimmer. Lass mal sehen, vielleicht kann ich was tun.«

Sie legte ihre Hände um meinen Kopf. Ihre Fingerspitzen, die leicht auf meinen Schläfen ruhten, waren kühl. Sie bewegten sich in kleinen erfrischenden Kreisen, die das Hämmern in meinen Adern beruhigten. Ich spürte, wie mein Körper sich unter der Berührung entspannte, und ich hatte das Gefühl, ich könnte mit Leichtigkeit einschlafen, als sie so still bei mir saß.

Dann legte sie sich neben mich und drückte leicht ihre Hand auf meine Wange. Dieselbe sanfte Berührung, kühl und frisch. »Du glühst ja«, sagte sie.

»Das kommt von den Kopfschmerzen«, murmelte ich.

Sie drehte ihre Hand, sodass ihre Fingerrücken auf meiner Wange ruhten. Sie waren so kühl, so wunderbar kühl.

»Das tut gut«, sagte ich. »Danke, Libby.« Ich ergriff ihre Hand, küsste ihre Finger und legte sie wieder auf meine Wange.

»Gideon?«

»Hm?«

»Ach, lass gut sein.« Aber als ich eben das tat, fügte sie mit einem Seufzen hinzu: »Denkst du manchmal über – über uns nach? Ich meine, wie's mit uns weitergeht und so?«

Ich antwortete nicht. Immer läuft es mit den Frauen darauf hinaus. Auf das »wir« und das Streben nach einer Bestätigung: Nachdenken über *uns* heißt ja, dass es ein *wir* gibt.

Sie sagte: »Hast du dir mal überlegt, wie oft wir zusammen sind?«

»Sehr oft.«

»Mann, wir haben sogar zusammen geschlafen, könnte man sagen.«

Frauen, auch das ist mir aufgefallen, haben einen untrüglichen Blick für das Offensichtliche.

»Was meinst du, sollen wir weitergehen? Glaubst du, wir sind für die nächste Stufe reif? Also, ich muss sagen, ich fühl mich total reif dafür. Echt reif für den nächsten Schritt. Und du?« Während sie sprach, drückte sie ihren Oberschenkel an den meinen, legte einen Arm über meine Brust und knickte ganz leicht – wirklich kaum merklich – ihr Becken, um ihre Scham an mich zu pressen.

Plötzlich bin ich wieder bei Beth, zurück an jenem Punkt in einer Beziehung, wo es zwischen dem Mann und der Frau eigentlich eine Weiterentwicklung geben sollte, und nichts geschieht. Jedenfalls nicht bei mir. In der Beziehung mit Beth wäre die nächste Stufe die Bindung auf Dauer gewesen. Wir waren schließlich seit elf Monaten ein Liebespaar.

Sie hält die Verbindung zwischen dem East Londoner Conservatory und den Schulen, aus denen die Schüler des Konservatoriums kommen. Sie als Cellistin und frühere Musiklehrerin ist für das Konservatorium die ideale Mittlerin; sie spricht die Sprache der Instrumente, die Sprache der Musik und, das Wichtigste, die Sprache der Kinder.

Anfangs bemerke ich sie gar nicht. Sie fällt mir erst eines Tages auf, als wir uns um ein Kind kümmern müssen, das von zu Hause weggelaufen ist und im Konservatorium Zuflucht sucht. Wir erfahren, dass der Freund der Mutter das kleine Mädchen ständig am Üben hindert, weil er anderes mit ihr im Sinn hat. Sie wird in dem verwahrlosten Zuhause wie eine Sklavin behandelt und von dem gewissenlosen Paar sexuell missbraucht.

Beth wird zur Nemesis. Sie ist außer sich vor Zorn und Entsetzen. Sie wartet weder auf Polizei noch Sozialdienst, denn sie traut beiden nicht. Sie erledigt die Angelegenheit persönlich: Mithilfe eines Privatdetektivs und mittels eines Gesprächs mit dem sauberen Paar, in dessen Verlauf sie keine Zweifel daran lässt, was die beiden zu erwarten haben, sollte dem Kind auch nur der geringste Schaden geschehen. Und um ganz sicherzugehen, dass die beiden verstehen, was gemeint ist, definiert sie ihnen den Begriff »Schaden« im plastischen Straßenjargon, den sie gewöhnt sind.

Ich erlebe das alles nicht mit, aber ich höre von mehreren Lehrern davon. Und die wütende Unbedingtheit, mit der sie für dieses Kind eintritt, berührt etwas tief in meinem Inneren. Eine Sehnsucht vielleicht oder eine Erinnerung.

Wie dem auch sei, ich suche ihre Gesellschaft. Und wir finden einander auf die natürlichste Weise, die ich mir vorstellen kann. Ein Jahr lang ist alles gut.

Dann aber beginnt sie, von der Zukunft zu sprechen. Das ist logisch, ich weiß. Es ist nur vernünftig, dass ein Mann und eine Frau über den nächsten Schritt nachdenken, vor allem die Frau, die auf ihre biologische Uhr achten muss.

Ich weiß, ich müsste eigentlich das wollen, was die natürliche Folge unserer beiderseitigen Liebesbeteuerungen wäre. Ich weiß, dass nichts immer gleich bleibt und es Illusion wäre, zu erwarten, sie und ich würden auf ewig damit glücklich sein, die Musik und eine leidenschaftliche Affäre zu teilen. Und trotzdem – als sie vorsichtig von Heirat und Kindern spricht, spüre ich, wie ich innerlich erkalte. Anfangs wechsle ich einfach das Thema. Als ich es mir schließlich mit Ausflüchten wie Proben, Übungsstunden, Plattenaufnahmen und Ähnlichem nicht mehr vom Leib halten kann, stelle ich fest, dass die Kälte in meinem Inneren zugenommen und nicht nur alle Gedanken an eine Zukunft mit Beth erfroren, sondern auch die Gegenwart mit ihr mit Reif überzogen hat. Ich kann nicht mehr wie früher mit ihr zusammen sein. Leidenschaft und Begehren sind erloschen. Anfangs versuche ich, den Schein zu wahren, aber es ist vorbei. Was auch immer es war: Begehren, Leidenschaft, Anhänglichkeit, Liebe – es ist nichts mehr da.

Wir zerren aneinander, wie das wahrscheinlich viele Paare tun, die krampfhaft eine Beziehung bewahren wollen, die längst nicht mehr besteht, und zermürben uns gegenseitig mit diesem Gezerre. Am Ende ist das, was einmal zwischen uns war, nur noch Erinnerung, fern und unwiederbringlich verloren. Beth findet einen anderen Mann, den sie siebenundzwanzig Monate und eine Woche später heiratet. Ich bleibe, wie ich bin.

Ist es ein Wunder, dass mich schauderte, als Libby von der nächsten Stufe sprach? Dabei hatte ich doch gewusst, dass jede Beziehung mit einer Frau – solange ich noch Frauen an mich heranließ – früher oder später genau zu diesem Gespräch führen würde.

Der Reigen der Selbstvorwürfe begann. Ich hätte ihr die untere Wohnung nicht zeigen sollen. Ich hätte ihr die Wohnung nicht vermieten sollen. Ich hätte sie nicht zum Kaffee einladen sollen. Ich hätte sie nicht ins Restaurant führen, ihr nicht auf ihrer Stereoanlage dieses erste Konzert vorspielen, nicht mit ihr auf den Primrose Hill gehen sollen, um die Drachen steigen zu lassen. Ich hätte sie nicht im Segelflieger mitnehmen, nicht an ihrem Tisch essen, nicht Körper an Körper mit ihr einschlafen sollen, so dicht, dass ihr nacktes Gesäß, über dem das Nachthemd hochgerutscht war, warm und weich an mein schlaffes Glied drückte.

Das hätte ihr eigentlich alles sagen müssen: diese Schlaffheit, diese sture, durch nichts zu erschütternde Schlaffheit. Aber es hatte ihr nichts gesagt. Oder wenn doch, so wollte sie wohl aus dem Zustand dieses schlaffen Stücks Fleisch nicht die logische Schlussfolgerung ziehen.

»Es tut gut, dich hier bei mir zu haben«, sagte ich.

»Es könnte noch besser sein«, entgegnete sie. »Wir könnten beide mehr haben.« Und sie drehte ihre Hüften in dieser für Frauen typischen Art in unbewusster Nachahmung jener rotierenden Bewegung, die jeden normalen Mann zum Stoß reizt.

Aber ich bin ja, wie wir wissen, kein normaler Mann.

Ich wusste, dass mich wenigstens nach dem Akt hätte gelüsten sollen, wenn schon nicht nach der Frau. Aber ich spürte nichts. Es regte sich nichts in mir, außer vielleicht das Eis. Stille und Schatten legten sich über mich, und ein Gefühl ergriff mich, als befände ich mich außerhalb von mir, über mir, und blickte auf dieses jämmerliche Exemplar von Mann hinunter, bei dem sich nichts rührte.

Libby berührte mit ihrer kühlen Hand wieder meine Wange und sagte: »Was ist es, Gideon?« Sie wurde ganz ruhig, aber sie rückte nicht von mir ab, und aus Angst, eine unüberlegte Bewegung von mir könnte sie auf falsche Gedanken bringen, blieb auch ich völlig bewegungslos.

»Ich war bei mehreren Ärzten«, sagte ich. »Ich habe sämtliche Tests über mich ergehen lassen. Es gibt keine Erklärung dafür, Libby. Sie kommt einfach.«

»Ich spreche nicht von der Migräne, Gid.«

»Wovon dann?«

»Warum spielst du nicht mehr? Du hast doch immer gespielt. Man konnte die Uhr nach dir stellen. Jeden Morgen drei Stunden, jeden Nachmittag drei Stunden. Ich sehe Rafes Wagen jeden Tag unten auf dem Platz, aber ich höre weder ihn noch dich spielen.«

Rafe. Sie hat diese typisch amerikanische Neigung, jedem einen Spitznamen zu verpassen. Aus Raphael wurde schon bei der ersten Begegnung Rafe. Es passt überhaupt nicht zu ihm, finde ich, aber er scheint nichts gegen diese Kurzform zu haben.

Ja, er ist jeden Tag hier, genau wie sie gesagt hat. Manchmal eine Stunde, manchmal zwei oder drei Stunden. Meistens geht er auf und ab, während ich am Fenster sitze und schreibe. Er schwitzt, er wischt sich die Stirn und den Nacken mit einem Taschentuch, er wirft mir besorgte Blicke zu und stellt sich zweifellos eine Zukunft vor, in der meine Angstzustände den vorzeitigen Abbruch einer glänzenden Karriere herbeiführen und seinen Ruf als mein musikalischer Guru zunichte machen werden. Er fürchtet, dass von ihm nicht mehr bleiben wird als eine Fußnote der Geschichte, so winzig klein gedruckt, dass man eine Lupe braucht, um sie zu entziffern.

All seine Hoffnungen auf Unsterblichkeit waren immer an mich gebunden. Da steht er, ein Mann von fünfzig Jahren, der es trotz großer Begabung und höchsten Bemühens nicht einmal zum Konzertmeister gebracht hat; ein Opfer unheilbaren Lampenfiebers, das ihn stets mit vernichtender Gewalt überfiel, wenn ihm die Chance vorzuspielen geboten wurde. Der Mann ist ein brillanter Musiker, genau wie alle Mitglieder seiner Familie. Aber er hat sich im Gegensatz zu den anderen – von denen jeder in irgendeinem Orchester spielt, wie etwa seine Schwester, die seit mehr als zwanzig Jahren in einer Hippieband namens *Plated Starfire* die elektrische Gitarre schwingt – bisher einzig dadurch ausgezeichnet, dass er sein großes Können an andere weitergegeben hat. Öffentliche Auftritte haben ihn immer überfordert.

Ich bin seine Garantie auf Ruhm, mir hat er es zu verdanken, dass er im Lauf der letzten zwei Jahrzehnte eine Anhängerschaft viel versprechender Wunderkinder samt Eltern um sich scharen konnte. Aber das alles wird vorbei sein, wenn ich mein Problem nicht in den Griff bekomme. Dass Raphael nie auch nur den Versuch gemacht hat, *sein* Problem in den Griff zu bekommen – ich meine, es kann doch nicht normal sein, dass ein Mensch tagtäglich drei Hemden und ein Jackett durchschwitzt –, ist völlig unwichtig. *Ich* soll gefälligst was für meine Psyche tun.

Raphael war, wie ich schon sagte, derjenige, der Sie ausfindig gemacht hat, Dr. Rose. Das heißt, er machte Ihren Vater ausfindig, nachdem der Neurologe zu dem Schluss gekommen war, dass mir körperlich nichts fehlt. Er hat also ein zweifaches Interesse an meiner Genesung: Erstens hat er wesentlich dazu beigetragen, dass ich mich in Ihre Behandlung begab, das heißt, ich werde tief in seiner Schuld stehen, wenn es uns beiden, Ihnen und mir, gelingen sollte, die Störung zu beheben, die mich plagt; und zweitens wird die Fortsetzung *meiner* Karriere als Geiger die Fortsetzung *seiner* Karriere als mein Mentor bedeuten. Raphael liegt also sehr viel daran, dass ich möglichst bald wieder gesund werde.

Sie finden mich zynisch, nicht wahr, Dr. Rose? Ein weiterer Knick im Stoff meines Charakters. Aber vergessen Sie nicht, dass ich Raphael Robson seit Jahren kenne. Ich weiß, wie er denkt und was er will. Wahrscheinlich besser als er selbst.

Ich weiß zum Beispiel, dass er meinen Vater nicht leiden kann.

Und ich weiß, dass mein Vater ihn im Lauf der Jahre schon x-mal gefeuert hätte, wäre nicht sein Unterrichtsstil – der dem Schüler erlaubt, seine eigene Methode zu entwickeln, anstatt ihn in eine Schablone zu pressen – genau das gewesen, was ich brauchte, um meine Begabung voll zu entfalten.

Warum kann Raphael Ihren Vater nicht leiden?, fragen Sie neugierig, unsicher, ob diese Feindseligkeit zwischen den beiden Männern vielleicht die Wurzel meiner gegenwärtigen Schwierigkeiten ist.

Auf diese Frage habe ich keine Antwort, Dr. Rose. Jedenfalls keine, die klar und eindeutig wäre. Aber ich vermute, es hat mit meiner Mutter zu tun.

Raphael Robson und Ihre Mutter?, fragen Sie nach und sehen mich dabei so gespannt an, dass ich mich frage, was für einen Brocken ich Ihnen da zugeworfen habe.

Ich grabe also in meinem Gedächtnis. Versuche, etwas zu finden, und stelle bei Überprüfung aller Funde, die ich bisher gemacht habe, eine Verbindung her. Diese Wörter nebeneinander gestellt – »Raphael Robson« und »meine Mutter« –, haben nämlich etwas in mir in Bewegung gebracht, Dr. Rose. Ich verspüre Übelkeit. Ich habe etwas Verdorbenes gekaut und hinuntergeschluckt, und nun *fühle* ich, wie es in meinen Eingeweiden rumort.

Worauf bin ich da gestoßen, ohne es zu wollen? Seit mehr als zwanzig Jahren verabscheut Raphael Robson meinen Vater wegen meiner Mutter. Ja. Ich fühle, dass daran etwas Wahres ist. Aber was?

Sie schlagen mir vor, mich in eine Situation zurückzuversetzen, wo die beiden zusammen sind. Raphael und meine Mutter. Das Bild ist da, aber es ist schwarz, und wenn sie auf diesem Bild festgehalten sind, so sind die Farben längst nachgedunkelt.

Und doch, sagen Sie zu mir, haben Sie die beiden Personen, Raphael und Ihre Mutter, miteinander verknüpft. Und wenn es zwischen den Namen der beiden eine Verbindung gibt, dann muss es noch weitere Verbindungen geben, wenn auch nur im Unbewussten. Sie sagen, dass Sie diese beiden Menschen zusammendenken, Gideon. Sehen Sie sie auch zusammen?

*Sehen?* Die beiden zusammen? Der Gedanke ist absurd.

Was ist daran absurd?, fragen Sie. Das Sehen oder das Zusammen?

Hören Sie auf, ich weiß genau, worauf hinaus Sie mit diesen Alternativen wollen. Sie geben mir die Wahl zwischen einem ödipalen Konflikt und der Primärszene. So ist es doch, nicht wahr, Dr. Rose? Der kleine Gideon kann es nicht ertragen, dass sein Musiklehrer *à le béguin pour sa mère*. Oder, schlimmer noch, der kleine Gideon überrascht *sa mère et l'amoureux de sa mère*, nämlich Raphael Robson, beim Geschlechtsakt.

Warum dieser schamhafte Wechsel ins Französische?, fragen Sie mich. Was geschieht mit den Fakten, wenn Sie sich der englischen Sprache bedienen? Wie fühlt es sich an, wenn Sie sie in Ihrer Sprache aussprechen, Gideon?

Lächerlich. Grotesk. Unerhört. Raphael Robson und meine Mutter ein Liebespaar? Was für eine Vorstellung! Meine Mutter und dieses ewig schwitzende Monster? Mit seinem Schweiß hätte man schon vor zwanzig Jahren den ganzen Garten wässern können.

*12. September*

Der Garten. Blumen. Lieber Gott. Ich erinnere mich plötzlich an diese Blumen, Dr. Rose. Ich entsinne mich, dass Raphael Robson mit einem Riesenstrauß zu uns ins Haus kam. Der Strauß ist für meine Mutter. Sie ist da, das heißt, es ist entweder Abend, oder sie ist an diesem Tag nicht zur Arbeit gegangen.

Ist sie krank?, fragen Sie mich.

Ich weiß es nicht. Aber ich sehe die Blumen. Viele verschiedene, so viele verschiedene Arten, dass ich sie nicht alle benennen kann. Es ist der prächtigste Strauß, den ich je gesehen habe. Stimmt, ja, sie muss krank sein. Raphael bringt die Blumen nämlich in die Küche und verteilt sie eigenhändig in mehreren Vasen, die meine Großmutter ihm heraussucht. Aber sie kann nicht bleiben und ihm helfen, weil Großvater aus irgendeinem Grund Aufsicht braucht. Seit Tagen schon müssen wir auf Großvater aufpassen, und ich weiß nicht, warum.

Eine »Episode«?, fragen Sie. Hat er einen psychotischen Schub?

Ich weiß es nicht. Aber es ist alles durcheinander. Meine Mutter ist krank. Großvater muss oben in seinem Zimmer bleiben, und die ganze Zeit läuft Musik, um ihn zu beruhigen. Sarah-Jane Beckett und James, der Untermieter, stehen dauernd irgendwo in der Ecke und tuscheln, und wenn ich ihnen zu nahe komme, macht sie ein strenges Gesicht und sagt, ich soll mich wieder an meine Aufgaben setzen, obwohl ich gar keine Unterrichtsstunde hatte und folglich auch keine Aufgaben bekommen habe. Ich ertappe Großmutter auf der Treppe, weinend. Ich höre meinen Vater irgendwo brüllen, hinter einer geschlossenen Tür, denke ich. Schwester Cecilia war da, und ich habe beobachtet, wie sie im oberen Flur mit Raphael gesprochen hat. Und dann die vielen Blumen. Raphael und die Blumen. Massenhaft Blumen, von denen ich nicht einmal die Namen weiß.

Er trägt sie in die Küche, und ich muss im Wohnzimmer warten. Er hat mir eine Übungsaufgabe gegeben, um mich zu beschäftigen. Heute noch erinnere ich mich an diese Aufgabe. Tonleitern! Ich soll Tonleitern üben, etwas, das ich hasse und das meiner Meinung nach weit unter meiner Würde liegt. Ich weigere mich also. Ich stoße meinen Notenständer um und ich schreie, dass diese *blöde* Musik langweilig ist und ich nicht eine Minute länger spielen werde. Ich will fernsehen. Ich will Milch und Kekse haben. Ich will, ich will, ich will.

Im Nu ist Sarah-Jane da. Sie sagt – ich erinnere mich wortwörtlich, Dr. Rose, weil mir so etwas noch nie gesagt wurde: »Hör auf damit! Du bist nicht mehr der Nabel der Welt. Benimm dich endlich.«

*Nicht mehr* der Nabel der Welt?, wiederholen Sie nachdenklich. Dann wird das also nach Sonias Geburt gewesen sein.

Ja, so muss es sein.

Und – können Sie irgendwelche Verbindungen herstellen?

Was für Verbindungen?

Nun – Raphael Robson, die Blumen, Ihre weinende Großmutter, Sarah-Jane Beckett und der Untermieter, die in der Ecke stehen und klatschen.

Ich habe nicht gesagt, dass sie klatschen. Sie stecken nur die Köpfe zusammen und tuscheln, vielleicht haben sie ein Geheimnis miteinander. Wer weiß. Vielleicht haben sie ein Verhältnis.

Ja, ja, schon gut, Dr. Rose. Ich sehe selbst, wie ich immer wieder auf das Thema heimliche Liebe zurückkomme. Darauf brauchen Sie mich nicht hinzuweisen. Und ich weiß auch, was Sie wollen. Sie wollen mich kontinuierlich und gnadenlos immer näher an meine Mutter und Raphael heranführen. Ich kann mir jetzt schon vorstellen, wo der Weg enden wird, wenn wir die Hinweise ruhig und sachlich betrachten: Raphael und die Blumen, Großmutters Weinen, das wütende Gebrüll meines Vaters, der Besuch Schwester Cecilias, das Getuschel Sarah-Janes und des Untermieters... Ich weiß, wohin uns das führen wird, Dr. Rose.

Was hindert Sie daran, es auszusprechen?, fragen Sie, Ihren ernsten, aufrichtigen Blick auf mich gerichtet.

Nur Ungewissheit.

Wenn Sie es aussprechen, werden Sie überprüfen können, wie es sich anfühlt und ob es stimmig ist.

Also gut. Meinetwegen. Raphael Robson hat meine Mutter geschwängert, und sie hat nun dieses Kind zur Welt gebracht – Sonia. Mein Vater begreift, dass er zum Hahnrei gemacht worden ist – du lieber Gott, woher habe ich denn plötzlich dieses Wort?, ich komme mir ja vor wie in einem jakobinischen Melodram –, und das Gebrüll hinter der Tür ist seine Reaktion. Großvater hört es, zählt zwei und zwei zusammen und gerät so sehr außer sich, dass mit einem Schub zu rechnen ist. Großmutter weint aus Kummer über meine Eltern und aus Angst vor dem nächsten psychotischen Schub. Sarah-Jane und der Untermieter sind völlig aus dem Häuschen vor Sensationslust. Schwester Cecilia wird geholt, um zu vermitteln, aber mein Vater erklärt, dass es ihm unmöglich sei, mit diesem Kind, das ihn fortwährend an den Verrat seiner Frau erinnern wird, unter einem Dach zu leben. Er verlangt, dass es entfernt wird, zur Adoption weggegeben oder etwas Ähnliches. Und meine Mutter, die diese Vorstellung nicht ertragen kann, liegt in ihrem Zimmer und weint.

Und Raphael?, fragen Sie.

Raphael ist der stolze Vater und bringt Blumen wie jeder stolze Vater.

Wie fühlen Sie sich jetzt?, wollen Sie wissen.

Angewidert. Aber nicht bei dem Gedanken an meine Mutter, im Schweiß und Brodem eines eklen Betts – wenn Sie mir diese

Anspielung gestatten –, sondern seinetwegen. Raphaels wegen. Ja, gewiss, ich kann mir vorstellen, dass er meine Mutter geliebt und meinen Vater dafür gehasst hat, dass dieser besaß, was er selbst haben wollte. Aber dass meine Mutter seine Gefühle erwidert, dass sie auch nur daran gedacht haben soll, diesen schwitzenden Menschen mit seinem ewig sonnenverbrannten Körper in ihr Bett zu lassen, oder wo sonst sie den Akt vollzogen haben – das ist einfach undenkbar.

Aber Kinder, sagen Sie, finden jede Vorstellung von der Sexualität ihrer Eltern entsetzlich, Gideon. Darum ist ja der Anblick des Geschlechtsakts –

Ich habe keinen Geschlechtsakt gesehen, Dr. Rose, weder zwischen meiner Mutter und Raphael, noch zwischen Sarah-Jane Beckett und dem Untermieter, und auch nicht zwischen meinen Großeltern oder meinem Vater und sonst jemandem.

Sonst jemandem?, haken Sie sofort nach. Was heißt *sonst jemand*, Gideon? Woher kommt diese Vorstellung?

Keine Ahnung. Ich weiß es nicht.


## 15. September

Ich war heute Nachmittag bei ihm, Dr. Rose. Seit ich bei meinen »Grabungen« auf Sonia gestoßen bin und mich dann an Raphael und diese obszöne Blumenpracht und das Chaos in unserem Haus am Kensington Square erinnerte, hat es mich gedrängt, mit meinem Vater zu sprechen. Also bin ich nach South Kensington gefahren und fand ihn dort im Garten von Braemar Mansions, der Wohnanlage, in der er seit einigen Jahren lebt. Er war in dem kleinen Treibhaus, das er von den übrigen Bewohnern der Anlage requiriert hat, und beschäftigte sich, wie meist in seiner freien Zeit, mit seinen Kamelien, die er selbst gezogen und gekreuzt hat. Er war dabei, ihre Blätter mit einem Vergrößerungsglas zu inspizieren. Ich weiß nicht, ob er nach Insekten oder Knospenansätzen suchte. Er träumt davon, eine Blüte hervorzubringen, die es wert ist, auf der Blumenausstellung in Chelsea gezeigt zu werden. Die es wert ist, einen Preis zu bekommen, sollte ich sagen. Alles andere würde er als Zeitverschwendung betrachten.

Ich sah ihn schon von der Straße aus im Treibhaus, aber da ich zur Gartenpforte keinen Schlüssel habe, musste ich durchs Haus gehen. Mein Vater bewohnt den ersten Stock, und als ich sah, dass die Tür oben offen stand, lief ich hinauf, um sie zu schließen. Aber dann sah ich drinnen Jill. Sie saß mit ihrem Laptop am Esstisch, die Beine auf einem Sitzkissen, das sie aus dem Wohnzimmer geholt hatte.

Wir tauschten ein paar höfliche Worte – was redet man mit der schwangeren Mätresse seines Vaters? –, und sie sagte mir, was ich bereits wusste: dass mein Vater im Garten sei. »Er kümmert sich um seine anderen Kinder«, bemerkte sie und verdrehte dabei theatralisch die Augen, vermutlich als Hinweis auf ihre heftig strapazierte Langmut. Dieser Ausdruck, »seine anderen Kinder«, schien mir an diesem Tag voll tiefer Bedeutung, und ich konnte ihn mir auch nicht aus dem Kopf schlagen, als ich wieder ging.

Auf dem Weg hinaus fiel mir etwas auf, das ich bis zu diesem Moment nie bemerkt hatte. Von Wänden, Tischen, Kommoden und Bücherregalen sprang mir plötzlich ins Auge, was ich vorher nie wahrgenommen hatte, und ich sprach es sofort an, als ich das Treibhaus betrat. Ich meinte, wenn ich meinem Vater eine ehrliche Antwort entlocken könnte, würde ich dem Verstehen einen Schritt näher sein.

Entlocken? Dieses Wort – mit allem, was es beinhaltet – hat es Ihnen sofort angetan, nicht wahr, Dr. Rose? Ist denn Ihr Vater nicht ehrlich mit Ihnen?, fragen Sie mich.

Ich habe ihn immer für ehrlich gehalten. Aber jetzt…

Und was werden Sie verstehen, fragen Sie weiter, wenn Sie Ihrem Vater die Wahrheit entlocken? Was wollen Sie denn verstehen?

Was mir geschehen ist.

Das ist mit Ihrem Vater verbunden?

Das möchte ich lieber nicht glauben.

Als ich ins Treibhaus kam, blickte er nicht auf. Mir ging der Gedanke durch den Kopf, wie sein Körper sich dieser von ihm bevorzugten Tätigkeit, bei der er sich ständig über seine kleinen Pflanzen beugt, angepasst hat. Die Skoliose, an der er schon lange leidet, scheint sich in den letzten Jahren verschlimmert zu haben. Er ist erst zweiundsechzig, aber mir erscheint er älter durch diesen Buckel, der immer größer wird. Während ich ihn betrachtete, fragte ich mich, wie es möglich ist, dass Jill Foster, die beinahe dreißig Jahre jünger ist als er, sich sexuell zu ihm hingezogen fühlt. Es ist mir ein Rätsel, was Menschen zueinander treibt.

Ich sagte:»Warum ist in deiner Wohnung nicht ein einziges Bild von Sonia, Dad?« Ein Frontalangriff aus heiterem Himmel, dachte ich, würde am ehesten wirken.»Von mir hast du Aufnahmen aus jedem Blickwinkel und in jedem Alter, mit oder ohne Geige, von Sonia gibt es nicht ein Foto. Warum nicht?«

Da sah er doch auf, aber ich glaube, er wollte nur Zeit gewinnen. Er zog ein Taschentuch aus der Hüfttasche seiner Jeans und polierte umständlich sein Vergrößerungsglas. Dann faltete er das Taschentuch wieder zusammen, verstaute das Glas in einem Waschlederbeutel und trug diesen zu einem Regal hinten im Treibhaus, in dem er seine Gartenwerkzeuge aufbewahrt.

»Und dir auch einen schönen Nachmittag«, sagte er.»Ich hoffe, du hast Jill aufmerksamer begrüßt. Sitzt sie noch am Computer?«

»In der Küche, ja.«

»Aha. Das Drehbuch macht gute Fortschritte. Sie arbeitet an *The Beautiful and Damned*. Habe ich dir das erzählt? Sehr ambitiös, der BBC einen zweiten Fitzgerald anzubieten, aber sie will unbedingt beweisen, dass man dem britischen Zuschauer einen amerikanischen Roman über Amerikaner in Amerika schmackhaft machen kann. Nun, wir werden sehen. Und wie geht es *deiner* Amerikanerin?«

So nennt er Libby. Einen anderen Namen hat er für sie nicht. Entweder »deine Amerikanerin«, manchmal auch »deine kleine Amerikanerin« oder »deine reizende Amerikanerin«. Meine reizende Amerikanerin wird sie vor allem dann, wenn sie mal wieder ins Fettnäpfchen getreten ist, was sie mit wahrer Inbrunst tut. Libby hält nicht viel von Förmlichkeit, und mein Vater hat ihr bis heute nicht vergeben, dass sie ihn gleich beim Vornamen angesprochen hat, als ich ihn mit ihr bekannt machte. Und auch ihre spontane Reaktion auf die Nachricht von Jills Schwangerschaft hat er nicht vergessen:»Scheiße, Mann! Sie haben eine Dreißigjährige geschwängert? Hut ab, Richard!« Diese Anspielung auf den großen Altersunterschied war in den Augen meines Vaters eine unverzeihliche Frechheit.

»Es geht ihr gut«, antwortete ich.

»Kurvt sie immer noch auf ihrem Motorrad durch die Stadt?«

»Sie arbeitet immer noch für den Kurierdienst, wenn du das meinst.«

»Und wie bevorzugt sie derzeit ihren Tartini? Geschüttelt oder gequirlt?« Er nahm seine Brille ab, verschränkte die Arme und musterte mich, wie er das gern tut, mit einem Blick, als wollte er sagen: Schön ruhig bleiben, mein Junge, sonst mach ich dich fertig.

Er schafft es fast immer, mich mit diesem Blick aus dem Konzept zu bringen, und er hätte es in Verbindung mit seinen Bemerkungen über Libby wahrscheinlich auch diesmal geschafft, wenn ich nicht von der plötzlichen Erinnerung an eine bisher völlig vergessene Schwester so sehr fasziniert gewesen wäre, dass alle seine Ablenkungsmanöver fehlschlagen mussten.

»Ich hatte Sonia vergessen«, sagte ich. »Nicht nur ihren Tod, sondern dass sie überhaupt existiert hatte. Ich hatte völlig vergessen, dass ich einmal eine Schwester hatte. Es ist so, als hätte jemand sie aus meinem Gedächtnis ausradiert, Dad.«

»Bist du deshalb hergekommen? Um nach Fotos zu fragen?«

»Um nach *ihr* zu fragen. Wieso hast du keine Bilder von ihr?«

»Du willst darin unbedingt etwas Verdächtiges sehen.«

»Du hast Fotos von mir. Du hast eine ganze Sammlung Fotos von Großvater. Von Jill. Sogar von Raphael.«

»Zusammen mit Szeryng. Raphael war zweitrangig.«

»Ja. Gut. Aber da muss man sich doch fragen, warum es kein Foto von Sonia gibt.«

Er musterte mich bestimmt fünf Sekunden lang, ehe er sich bewegte. Und dann wandte er sich von mir ab und begann den Arbeitstisch zu säubern, an dem er vorher mit seinen Pflanzen hantiert hatte. Er nahm einen kleinen Besen zur Hand und fegte abgefallene Blätter und Erdkrümel in einen Eimer, den er vom Boden aufgehoben hatte. Als das getan war, verschloss er den Sack mit Erde, schraubte eine Flasche mit Blumendünger zu und verstaute seine Werkzeuge in den für sie gedachten Fächern, doch vorher reinigte er jedes einzelne gewissenhaft. Schließlich nahm er die schwere grüne Schürze ab, die er bei der Gartenarbeit stets umlegte, und ging vor mir aus dem Treibhaus in den Garten.

Er führte mich zu einer Bank unter der Kastanie, die ihm schon lange das Leben vergällt. »Viel zu viel Schatten«, pflegt er zu schimpfen. »Im Schatten gedeiht doch nichts.«

Heute allerdings schien ihm der Schatten willkommen. Leise stöhnend, als schmerzte ihn sein Rücken, setzte er sich nieder. Vielleicht hatte er wirklich Rückenschmerzen, aber ich fragte nicht danach. Er sollte mir endlich meine erste Frage beantworten.

»Dad«, sagte ich, »warum gibt es –«

»Das kommt doch nur von dieser Ärztin«, fiel er mir ins Wort. »Dieser – wie heißt sie gleich wieder?«

»Rose. Dr. Rose. Das weißt du doch ganz genau.«

»Ach, zum Teufel«, brummte er und stand auf. Ich dachte, er würde nun wütend im Haus verschwinden, um einem Gespräch aus dem Weg zu gehen, das er offensichtlich nicht führen wollte, aber er sank auf die Knie und begann in dem Blumenbeet vor uns das Unkraut auszurupfen. »Wenn es nach mir ginge«, schimpfte er, »müsste jeder Bewohner, der sein Stückchen Grund nicht ordentlich pflegt, es wieder abgeben. Schau dir doch nur mal diese Schweinerei an.«

Das war nun wirklich übertrieben. Zwar sprossen auf den Umgrenzungssteinen wegen der Feuchtigkeit Pilze und Moos, und Unkräuter kämpften mit einer riesigen Fuchsie, die vermutlich längst hätte gestutzt werden müssen, aber das Gärtchen mit dem von Efeu überwachsenen Vogelbad in der Mitte und den tief ins Grün eingesunkenen Trittsteinen, hatte in seiner Natürlichkeit etwas sehr Ansprechendes. »Mir gefällt es«, sagte ich.

Mein Vater prustete geringschätzig, während er fortfuhr, Unkräuter aus dem Boden zu ziehen und sie über seine Schulter hinweg auf den Kiesweg zu werfen. »Hast du deine Geige inzwischen wieder mal zur Hand genommen?«, fragte er.

»Nein.«

Er hockte sich auf seine Fersen zurück. »Brillant! Ein Riesenaufwand, bei dem bis jetzt rein gar nichts herausgekommen ist. Erklär mir doch bitte mal, was uns das Ganze bringt! Was hast du davon, wenn du mit dieser genialen Ärztin in der Vergangenheit herumstocherst? Unser Problem liegt in der Gegenwart, Gideon! Dass ich dich daran auch noch erinnern muss!«

»Sie nennt es psychogene Amnesie. Sie hat mir erklärt –«

»Blödsinn! Das waren die Nerven. Und sind's immer noch. So was kommt vor. Das weiß jeder. Weißt du, wie viele Jahre Rubinstein nicht gespielt hat? Ich glaube, es waren zehn. Oder waren es zwölf? Und meinst du, dass er in dieser Zeit rumgesessen und irgendwas in ein Heft gekritzelt hat? Das kann ich mir nicht vorstellen.«

»Er hatte nicht vergessen, wie man spielt«, erklärte ich meinem Vater. »Er hatte Angst davor zu spielen.«

»Du weißt doch gar nicht, ob du es vergessen hast. Wenn du die Geige bis jetzt kein einziges Mal zur Hand genommen hast, kannst du gar nicht wissen, ob du es tatsächlich vergessen hast oder ob das nur eine Befürchtung ist. Jeder vernünftige Mensch würde dir sagen, dass das, was du im Moment durchmachst, schlicht und einfach ein Anfall von Feigheit ist. Und wenn deine tolle Ärztin dieses Wort bis jetzt nicht über die Lippen gebracht hat…« Er machte sich wieder über das Unkraut im Blumenbeet her. »Unmöglich!«

»*Du* wolltest doch, dass ich zu ihr gehe«, erinnerte ich ihn. »Als Raphael den Vorschlag machte, warst du sofort einverstanden.«

»Ich dachte, du würdest lernen, mit deiner Furcht umzugehen. Ich dachte, das würde sie dir beibringen. Hätte ich übrigens gewusst, dass da so ein verdammtes Weib den Doktor spielt, dann hätte ich es mir zweimal überlegt, ob ich dich hinschicke, um ihr dein Herz auszuschütten.«

»Es kann keine Rede davon –«

»Das alles kommt nur von dieser Amerikanerin, dieser verwünschten Person!« Mit dem letzten Wort riss er ein besonders hartnäckiges Kraut mit solcher Gewalt aus dem Beet, dass er eine der noch nicht erblühten Lilien entwurzelte. Fluchend schlug er mit beiden Händen auf die Erde, um den Schaden wieder gutzumachen. »So läuft das nämlich bei den Amerikanern, Gideon. Ich hoffe, das ist dir klar«, sagte er. »Das passiert, wenn man eine ganze Generation von Faulpelzen, denen alles in den Schoß gefallen ist, unentwegt hätschelt und verwöhnt. Diese jungen Leute haben zu viel Zeit und wissen nichts Besseres damit anzufangen, als die eigene Disziplinlosigkeit ihren Eltern zum Vorwurf zu machen. Diese Person bestärkt dich doch nur in dieser Tendenz, die

Schuld bei anderen zu suchen. Als Nächstes wird sie dir vorschlagen, dich in Talkshows auszusprechen.«

»Also, das ist wirklich nicht fair. Libby hat mit dieser Geschichte überhaupt nichts zu tun.«

»Es ging dir glänzend, bis sie auf der Bildfläche erschien.«

»Zwischen uns ist nichts vorgefallen, was an diesem Problem schuld sein könnte.«

»Du schläfst mit ihr, hm?«

»Vater –«

»Treibst es richtig mit ihr?« Er blickte bei dieser letzten Frage zurück und sah wohl, was ich lieber vor ihm verborgen hätte. »Ah. Ja«, sagte er ironisch. »Aber sie ist nicht die Wurzel deines Problems. Ich verstehe. Dann sag mir doch mal, wann nach Meinung von Dr. Rose für dich der richtige Moment gekommen sein wird, wieder zur Geige zu greifen?«

»Darüber haben wir nicht gesprochen.«

Er richtete sich auf. »Das ist allerhand. Du gehst seit – seit wie vielen Wochen, drei oder vier? – dreimal wöchentlich zu ihr, aber ihr seid noch nicht dazu gekommen, über das eigentliche Problem zu reden? Findest du das nicht etwas ungewöhnlich?«

»Die Geige – das Spielen …«

»Du meinst, das Nichtspielen.«

»Gut. Ja. Die Unfähigkeit zu spielen ist ein Symptom, Dad. Es ist nicht die Krankheit.«

»Erzähl das mal den Leuten in Paris, München und Rom.«

»Ich werde meine Verpflichtungen einhalten.«

»Na, wenn es so weitergeht wie bisher, bezweifle ich das.«

»Ich dachte, dir läge daran, dass ich zu ihr gehe. Du hast doch Raphael gebeten –«

»Ich bat Raphael um Hilfe, damit du wieder auf die Beine kommst, damit du wieder spielen, wieder auftreten kannst. Sag mir – schwör mir, gib mir die Zusicherung –, dass du von dieser Ärztin die nötige Hilfe bekommst. Ich bin doch auf deiner Seite, mein Junge. Glaub mir, ich bin auf deiner Seite.«

»Ich kann dir keine Zusicherungen geben«, sagte ich, und ich weiß, dass in meiner Stimme die ganze Niedergeschlagenheit mitschwang, die ich empfand. »Ich weiß nicht, was ich von ihr bekomme, Dad.«

Er wischte sich die Hände an seiner Jeans ab und fluchte leise, in einem Ton, der mir von Angst gefärbt schien. »Komm mit«, sagte er dann.

Ich folgte ihm. Wir gingen ins Haus, die Treppe hinauf in seine Wohnung. Jill hatte Tee gekocht. Sie hob ihre Tasse hoch. »Möchtest du, Gideon? Du, Schatz?«, fragte sie, als wir an der Küche vorüberkamen. Ich lehnte dankend ab, mein Vater reagierte überhaupt nicht. Jills Gesicht verdunkelte sich, wie mir das schon früher aufgefallen ist, wenn mein Vater sie nicht beachtet: nicht gekränkt oder zornig, sondern so, als messe sie sein Verhalten an irgendeinem heimlichen Verhaltenskodex, den sie im Kopf hat.

Mein Vater ging weiter, ohne etwas zu merken. Er führte mich in einen Raum, den ich das Großvaterzimmer nenne. Dort bewahrt er eine bizarre, aber durchaus aufschlussreiche Kollektion von Erinnerungsstücken auf: Sie reicht von Kinderlöckchen Großvaters im silbernen Kästchen bis zu Briefen vom Frontkommandeur des »großen Mannes«, die voll des Lobs über seine großartige Haltung während der Gefangenschaft in Burma sind. Ich habe den Eindruck, mein Vater versucht zeit seines Lebens so zu tun, als wäre sein Vater ein normaler oder außergewöhnlicher Mensch gewesen und nicht der, der er in Wirklichkeit war: ein zerstörter Geist, der sich aus Gründen, über die nie gesprochen wurde, mehr als vierzig Jahre lang am Rand der Geisteskrankheit bewegte.

Als er die Tür hinter uns schloss, glaubte ich zunächst, er hätte mich in dieses Zimmer gelotst, um ein Loblied auf Großvater zu singen, und merkte, wie ich ärgerlich wurde. Ich dachte, das wäre wieder ein Versuch, dem Gespräch mit mir auszuweichen.

Sie möchten jetzt wissen, ob er sich früher schon so verhalten hat, nicht wahr? Die Frage ist logisch.

Und ich müsste sie mit Ja beantworten. Ja, er hat sich früher schon so verhalten. Nur ist es mir bis vor kurzem nicht aufgefallen. Ich hatte keinen Anlass, darauf zu achten, weil die Musik der Mittelpunkt unserer Beziehung und das ständige Thema unserer Gespräche war. Üben, Proben, Arbeit im Konservatorium, Plattenaufnahmen, Auftritte, Konzerte, Konzertreisen… Immer hat die Musik uns beschäftigt. Und da ich so stark besetzt war von meiner Musik, konnte jede Frage, die ich stellte, jedes Thema, das ich ansprach, leicht umgangen werden, indem man meine Aufmerksamkeit auf die Musik lenkte. *Wie kommst du mit dem Strawinsky zurecht? Und mit dem Bach? Macht dir das Erzherzog-Trio immer noch Schwierigkeiten?* Guter Gott. *Das Erzherzog.* Es hat mir stets Schwierigkeiten bereitet. Dieses Stück ist mein Verhängnis. Es ist mein Waterloo. Dieses Stück wollte ich in der Wigmore Hall spielen. Zum ersten Mal wollte ich es vor der Öffentlichkeit meistern, und es ist mir nicht gelungen.

Na bitte, da sehen Sie, wie leicht ich durch Gedanken an Musik von jedem anderen Thema abzulenken bin, Dr. Rose. Eben habe ich es selbst getan, da können Sie sich vorstellen, wie mühelos mein Vater mich bei unseren Gesprächen manipulieren konnte.

Aber an diesem Nachmittag war ich nicht abzulenken, und ich denke, mein Vater merkte es; er versuchte nämlich nicht, mich mit einer Geschichte von Großvaters Heldentaten während seiner Gefangenschaft zu zerstreuen oder mit einem Bericht seines tapferen Kampfs gegen ein bösartiges geistiges Leiden, das seine Klauen tief in sein Gehirn geschlagen hatte. Nein, er hatte die Tür hinter uns geschlossen, um ungestört zu sein.

»Du suchst doch nach irgendetwas Finsterem, nicht wahr?«, sagte er. »Darauf haben es die Psychiater doch immer abgesehen.«

»Ich versuche, mich zu erinnern«, entgegnete ich. »Das ist alles.«

»Und wie soll die Erinnerung an Sonia dir helfen, dich deinem Instrument wieder anzunähern? Hat deine Dr. Rose dir das erklärt?«

Nein, das haben Sie nicht getan, nicht wahr, Dr. Rose? Sie haben lediglich gesagt, dass wir mit dem anfangen werden, woran ich mich erinnern kann. Ich werde also niederschreiben, was ich im Gedächtnis habe, aber Sie erklären mir nicht, wie durch diesen Prozess die Blockade, die mich am Spielen hindert, aufgelöst werden kann.

Und in der Tat, was hat Sonia mit meinem Spiel zu tun? Sie muss noch ein Säugling gewesen sein, als sie starb. Denn an eine ältere Schwester, die sprechen und laufen konnte, die im Wohnzimmer spielte und im Garten mit mir tobte, würde ich mich doch erinnern.

Ich sagte: »Dr. Rose nennt diesen Zustand eine psychogene Amnesie.«

»Psycho– was?«

Ich erklärte es ihm, wie Sie es mir erklärt haben, und schloss mit der Bemerkung: »Da es eine körperliche Ursache für den Gedächtnisverlust nicht gibt – du weißt ja selbst, dass die Neurologen nichts gefunden haben –, muss die Ursache woanders sitzen. In der Psyche, Dad, und nicht im Verstand.«

»Das ist doch nichts als Quatsch, Gideon«, widersprach er, aber ich spürte, dass dieses Auftrumpfen nur Geste war. Er setzte sich in einen Sessel und starrte ins Leere.

»Na schön.« Ich setzte mich ebenfalls, vor das alte Rollpult meiner Großmutter, und tat etwas, woran ich bisher nie gedacht hatte, weil ich es nie für notwendig gehalten hatte. Ich nahm ihn beim Wort. »Also schön, Dad. Nehmen wir an, es ist nichts als Quatsch. Was soll ich dann tun? Wenn mein Zustand wirklich nur auf Nervenschwäche und Furcht zurückzuführen ist, dann könnte ich doch Musik machen, wenn ich allein bin, nicht wahr? Wenn keiner da ist. Wenn auch Libby aus dem Haus ist und ich nirgendwo Zuhörer fürchten muss. Dann könnte ich doch spielen, richtig? Kein Mensch würde davon erfahren, wenn ich nicht einmal ein simples Arpeggio zu Stande brächte. Ist es nicht so?«

Er sah mich an. »Hast du es denn versucht, Gideon?«

»Begreifst du denn nicht? Ich musste es gar nicht versuchen. Ich muss es doch nicht versuchen, wenn ich es schon vorher weiß.«

Er wandte sich von mir ab. Er schien sich in sich zurückzuziehen, und während das geschah, wurde mir die Stille in der Wohnung bewusst und die Stille draußen, wo nicht das kleinste Lüftchen in den Blättern der Bäume raschelte.

»Keiner«, sagte er schließlich, »weiß vor der Geburt eines Kindes, was an Schmerz auf ihn zukommt. Es scheint alles so einfach, aber so einfach ist es eben nicht.«

Ich antwortete nicht. Sprach er von mir? Von Sonia? Oder von dem anderen Kind aus einer lang zurückliegenden Ehe, dem Kind Virginia, das nie erwähnt worden war?

»Man bringt sie ins Leben«, fuhr er fort, »und weiß, dass man alles tun würde, um sie zu beschützen, Gideon. Das ist so.«

Ich nickte, aber da er mich immer noch nicht ansah, nahm er es nicht wahr, und ich sagte: »Ja.« Was ich damit bestätigte, könnte ich Ihnen nicht erklären. Aber irgendetwas musste ich sagen, und da sagte ich eben Ja.

Es schien zu genügen. Mein Vater sprach weiter. »Aber manchmal scheitert man. Man will es nicht. Man denkt nicht einmal an Scheitern. Aber es geschieht. Es kommt aus dem Nichts und trifft einen aus heiterem Himmel, ehe man überhaupt eine Chance hat, es zu verhindern – oder auch nur auf irgendeine völlig unzulängliche Art zu reagieren. Es trifft einen einfach.« Erst da sah er mir in die Augen, und sein Blick war so voller Qual, dass ich mich am liebsten zurückgezogen und ihm erspart hätte, was ihm solchen Schmerz bereitete. Ist es nicht schon schlimm genug, dass sein Leben von Kindheit an von dem Kummer überschattet war, einen Vater zu haben, dessen Leiden seine Geduld und seine Liebe fortwährend auf die härteste Probe stellte? Soll ihm jetzt auch noch ein Sohn beschieden sein, der ihn ähnlich fordern wird? Ich wollte mich zurückziehen. Ich wollte ihn schonen. Aber noch dringender wollte ich die Musik. Ohne die Musik bin ich nichts. Darum sagte ich kein Wort, sondern ließ das Schweigen wie einen hingeworfenen Handschuh zwischen uns liegen. Und als mein Vater es nicht mehr aushalten konnte, nahm er den Handschuh auf.

Er stand auf und kam auf mich zu. Einen Moment lang glaubte ich, er wolle mich berühren. Aber er öffnete nur das Rollpult meiner Großmutter und schob einen kleinen Schlüssel aus seinem Bund in das Schloss der mittleren Schublade. Das ordentliche Bündel Papiere, das er ihr entnahm, trug er mit sich zu seinem Sessel.

Ich war mir der Dramatik und Tragweite des Augenblicks bewusst. Es war, als hätten wir eine Grenze überschritten, deren Existenz wir beide vorher nicht wahrgenommen hatten. Mein Magen rebellierte. Vor meinen Augen flimmerte der funkelnde Halbmond, der stets die hämmernden Kopfschmerzen ankündigt.

Er sagte: »Dass ich keine Fotos von Sonia habe, hat einen ganz einfachen Grund. Hättest du darüber nachgedacht – und das hättest du sicher getan, wenn du im Moment nicht so durcheinander wärst –, dann wärst du zweifellos selbst darauf gekommen. Deine

Mutter hat die Bilder mitgenommen, als sie uns verließ, Gideon. Sie hat alle Bilder mitgenommen. Bis auf dieses.«

Aus einem schmuddeligen Umschlag nahm er eine Fotografie und reichte sie mir. Im ersten Moment hätte ich am liebsten abgewehrt, eine so entscheidende Bedeutung hatte Sonia auf einmal für mich bekommen.

Er sah mein Zögern. »Nimm das Foto, Gideon«, sagte er. »Es ist alles, was ich noch von ihr habe.«

Da nahm ich es doch. Ich versuchte, alle Erwartungen zu unterdrücken, und fürchtete dennoch, was ich zu sehen bekommen würde. Ich wappnete mich und richtete meinen Blick auf die Fotografie.

Ein Säugling im Arm einer Frau, die ich nicht kannte. Sie saß in einem gestreiften Liegestuhl im Garten des Hauses am Kensington Square in der Sonne. Ihr Schatten fiel über Sonias Gesicht, ihr eigenes war lichtbeschienen. Sie war jung und blond, sehr blond. Mit klar gemeißelten Gesichtszügen. Sie war sehr hübsch.

»Ich – wer ist das?«, fragte ich meinen Vater.

»Das ist Katja«, antwortete er. »Katja Wolff.«

# GIDEON

*20. September*

Viele Fragen verfolgen mich, seit mein Vater mir diese Fotografie gezeigt hat: Wenn meine Mutter damals alle Fotografien Sonias mitgenommen hat, warum dann diese eine nicht? Weil Sonias Gesicht, vom Schatten so stark verdunkelt, kaum zu erkennen war und ihr daher kein Trost sein konnte in ihrem Schmerz? – wenn tatsächlich der Schmerz sie getrieben hatte, uns zu verlassen. Oder weil Katja Wolff mit auf dem Bild war? Oder vielleicht weil sie gar nichts von dem Foto wusste? Eines nämlich kann ich der Aufnahme, die ich jetzt bei mir habe und Ihnen bei unserer nächsten Sitzung zeigen werde, nicht entnehmen: Wer sie gemacht hat.

Wieso besaß mein Vater ausgerechnet dieses Bild, dessen Mittelpunkt nicht seine Tochter ist, seine verstorbene Tochter, sondern ein strahlendes junges Mädchen, das nicht seine Frau ist, nie seine Frau war, nie seine Frau wurde und nicht die Mutter dieses Kindes war.

Natürlich fragte ich meinen Vater nach Katja Wolff. Und er sagte mir, sie sei Sonias Kinderfrau gewesen; eine junge Deutsche mit geringen Englischkenntnissen. Sie war in einem Heißluftballon, den sie und ihr Freund heimlich gebaut hatten, von Ostberlin aus in den westlichen Sektor der Stadt geflohen, eine kühne und dramatische Flucht, die ihr eine gewisse Berühmtheit eingebracht hatte.

Sie kennen die Geschichte vielleicht, Dr. Rose. Nein, wohl eher nicht. Sie waren damals vermutlich noch keine zehn Jahre alt gewesen, und wahrscheinlich haben Sie gar nicht hier gelebt, sondern in Amerika.

Ich jedenfalls erinnere mich nicht, obwohl ich hier in England war, den Ereignissen näher. Aber die Geschichte hat, wie mein Vater mir erzählte, einiges Aufsehen erregt, weil Katja und ihr

Freund nicht über die grüne Grenze zu fliehen versuchten, wo die Gefahr, geschnappt zu werden, nicht ganz so groß gewesen wäre, sondern direkt von Ostberlin aus gestartet sind. Der Junge hat es nicht geschafft, er wurde von den Grenzsoldaten erwischt. Aber Katja schaffte es. Sie hatte ihren großen Auftritt und wurde zur Fahnenträgerin der Freiheit. Nachrichtensendungen, Schlagzeilen in den Zeitungen, Berichte und Interviews. Und sie wurde nach England eingeladen.

Ich hörte aufmerksam zu, als mein Vater mir dies alles berichtete, und beobachtete ihn scharf. Ich suchte nach Zeichen und versteckten Bedeutungen, ich versuchte zu deuten, zu folgern, Schlüsse zu ziehen. Denn selbst jetzt noch, hier im Wohnzimmer am Chalcot Square sitzend, die Guarneri keine fünf Meter entfernt, endlich wenigstens ihrem Kasten entnommen, das muss doch ein Fortschritt sein, Dr. Rose, auch wenn ich es nicht schaffe, die Geige auf Schulterhöhe zu heben, selbst jetzt noch bedrängen mich Fragen, die zu stellen ich mich fürchte.

Was sind das für Fragen?, wollen Sie wissen.

Fragen wie die Folgenden, die mir ganz von selbst in den Sinn kommen: Wer hat das Foto von Sonia und Katja aufgenommen? Warum hat meine Mutter dieses eine Foto zurückgelassen? Wusste sie überhaupt von seiner Existenz? Hat sie die übrigen Fotos tatsächlich mitgenommen, oder hat sie sie vielleicht vernichtet? Und vor allem, warum hat mein Vater nie zuvor von ihnen gesprochen – von meiner Schwester Sonia, meiner Mutter und Katja Wolff?

Vergessen hatte er sie offensichtlich nicht. Schließlich hat er, nachdem ich ihn auf Sonia angesprochen hatte, das Foto zum Vorschein gebracht, und so wie es aussah, bin ich sicher, dass er es unzählige Male in der Hand gehalten und angesehen hat. Warum also das Schweigen?

Leidvermeidung, sagen Sie. Manchmal meiden die Menschen ein Thema, weil es zu schmerzhaft wäre, sich damit zu beschäftigen.

Und was genau wäre für meinen Vater zu schmerzhaft? Die Beschäftigung mit Sonia oder mit ihrem Tod? Mit meiner Mutter und der Tatsache, dass sie uns verlassen hat? Oder mit den Fotografien?

Mit Katja Wolff vielleicht?

Wieso sollte Katja Wolff für meinen Vater ein schmerzliches Thema sein? Dafür könnte es doch nur einen Grund geben.

Und der wäre?

Sie möchten, dass ich es ausspreche, nicht wahr, Dr. Rose? Dass ich es niederschreibe und das Geschriebene ins Auge fasse, um zu prüfen, was daran wahr und was falsch ist. Aber was, zum Teufel, soll mir das bringen? Sie hält meine Schwester im Arm, sie drückt sie an ihre Brust, der Blick ihrer Augen ist freundlich und ihr Gesicht ist ruhig und heiter. Eine ihrer Schultern ist nackt, der Träger des Tops oder Kleides, das sie anhat, ist heruntergerutscht. Dieses Kleidungsstück ist leuchtend bunt, auffallend bunt, so viel Gelb, Orange, Grün und Blau. Und die nackte Schulter ist glatt und rund – ja, schon gut, sie wirkt wie eine Aufforderung, ich müsste blind sein, um das nicht zu sehen. Wenn also ein Mann dieses Foto von Katja Wolff macht – mein Vater vielleicht, aber ebenso gut könnte es Raphael sein oder James, der Untermieter, mein Großvater, der Gärtner, der Briefträger, jeder beliebige Mann, denn sie ist bildschön und verführerisch, sogar ich, verkorkst und verklemmt, wie ich bin, kann erkennen, was sie ist, was sie zu bieten hat und wie sie es tut –, dann mit ihrem Einverständnis, und ich kann mir sehr gut vorstellen, welcher Art dieses Einverständnis ist.

Schreiben Sie über sie, drängen Sie mich. Schreiben Sie über Katja Wolff. Füllen Sie, wenn nötig, eine ganze Seite mit nichts als ihrem Namen, und beobachten Sie, was dabei geschieht, Gideon. Fragen Sie Ihren Vater, ob er noch andere Bilder hat: Familienfotos, Schnappschüsse aus dem Alltag, Urlaubsbilder, Aufnahmen von Festen und Familienfeiern. Sehen Sie sich die Fotos genau an. Achten Sie darauf, wen sie zeigen. Versuchen Sie, in den Gesichtern zu lesen.

Ich soll auf Katja achten, meinen Sie?

Achten Sie auf das, was da ist.

*21. September*

Mein Vater sagte mir, dass ich bei Sonias Geburt sechs Jahre alt war und knapp acht, als sie starb. Ich habe ihn angerufen und ganz direkt danach gefragt. Sind Sie zufrieden mit mir, Dr. Rose? Ich habe den Stier bei den Hörnern gepackt.

Als ich meinen Vater fragte, woran Sonia gestorben sei, sagte er: »Sie ist ertrunken, mein Junge.« Ich hatte den Eindruck, dass es ihm sehr schwer fiel, darüber zu sprechen. Seine Stimme klang wie aus weiter Ferne. Es bedrückte mich, ihn überhaupt gefragt zu haben, aber das hinderte mich nicht daran, weiterzumachen. Ich fragte ihn nach Sonias Alter bei ihrem Tod: zwei Jahre. Die offenkundige Anstrengung, die diese Worte ihn kosteten, verriet mir, dass sie lange genug lebte, um sich nicht nur einen Platz in seinem Herzen zu erobern, sondern auch eine unauslöschliche Spur in seiner Seele zu hinterlassen.

Diese Erkenntnis erklärte mir vieles: Die starke Fixierung meines Vaters auf mich, als ich noch ein Kind war; sein Bestreben, mir immer und in jeder Hinsicht das Beste zuteil werden zu lassen; seine ständige Sorge um mein Wohlbefinden und meine Sicherheit, als ich die ersten öffentlichen Auftritte hatte; sein Misstrauen gegen jedermann, der mir zu nahe kam und mir hätte schaden können. Ein Kind hatte er schon verloren – ach Gott, nein, es waren ja zwei, Virginia, sein ältestes Kind, war auch jung gestorben –, und er wollte nicht noch eines verlieren.

Jetzt endlich verstehe ich, warum er stets so nahe war, so stark engagiert, warum er sich in solchem Maß in mein Leben und meine Karriere eingemischt hat. Sehr früh schon sagte ich laut und deutlich, was ich wollte – die Geige, die Musik –, und er tat, was er konnte, um dafür zu sorgen, dass sein einziges noch lebendes Kind bekam, was es wollte. Als könnte er bewirken, dass ich ihm nicht vorzeitig genommen würde, wenn er mir die Möglichkeit gab, meinen Traum zu verwirklichen. Er arbeitete für zwei, er schickte meine Mutter zur Arbeit, er engagierte Raphael, er ließ mir Privatunterricht geben.

Nur war das alles *vor* Sonia, nicht wahr? Es kann also nicht die Konsequenz aus Sonias Tod gewesen sein; denn wenn sie, wie er mir sagte, zur Welt kam, als ich sechs Jahre alt war, dann waren Raphael und Sarah-Jane Beckett bereits im Haus. Und auch James, der Untermieter. Zu dieser bereits bestehenden Gruppe stieß dann Katja Wolff, Sonias Kinderfrau. Es könnte also folgendermaßen gewesen sein: Eine feste Gruppe musste sich öffnen, um einen Neuankömmling einzulassen. Einen unwillkommenen Eindringling, wenn Sie so wollen, noch dazu eine Ausländerin. Und nicht irgendeine, sondern eine Deutsche! Zwar vorübergehend öffentlich bewundert; aber eine Deutsche, Kind der ehemaligen Feinde in einem Krieg, dessen Gefangener Großvater immer noch war.

Sarah-Jane Beckett und James, der Untermieter, tuscheln über *sie*, nicht über meine Mutter und Raphael und die Blumen. Sie tuscheln über Katja, weil Sarah-Jane nun mal so ist, eine, die immer gern was zu tuscheln hat. In diesem Fall steckt Eifersucht dahinter, denn Katja ist gertenschlank, hübsch und verführerisch, und Sarah-Jane Beckett – mit ihrem kurzen roten Haar, das aussieht, als hätte man beim Schneiden einfach eine Salatschüssel darüber gestülpt, und einem Körper, der eher meinem ähnelt – bemerkt natürlich die Blicke, mit denen die Männer des Hauses Katja ansehen, vor allem James, der Untermieter, der Katja Englischunterricht gibt und ihre Fehler reizend findet. Gefragt, ob sie eine Tasse Tee möchte, sagt sie:»Sehr gern, herzliche Dankbarkeiten«, und die Männer lachen, völlig bezaubert. Mein Vater, Raphael, James, der Untermieter, sogar Großvater.

Daran erinnere ich mich, Dr. Rose. Ich habe es im Gedächtnis.


## 22. *September*

Aber wo war Katja Wolff all die Jahre? Mit Sonia zusammen verschüttet? Oder vielleicht wegen Sonia verschüttet?

Wegen Sonia? Da müssen Sie natürlich sofort nachhaken. Wieso *wegen*, Gideon?

Wegen ihres Todes. Wenn Katja Sonias Kinderfrau war und Sonia mit zwei Jahren starb, wird Katja danach vermutlich gegangen sein. Ich brauchte ja keine Kinderfrau, um mich kümmerten sich Sarah-Jane und Raphael. Katja wird also schon nach zwei Jahren – vielleicht sogar weniger – wieder fort gewesen sein; vielleicht hatte ich sie deshalb vergessen. Ich war damals schließlich erst acht Jahre alt, und sie war nicht meine, sondern Sonias Kinderfrau, und so werde ich nicht viel mit ihr zu tun gehabt haben. Ich war von der Musik besetzt, und wenn ich nicht mit der Geige beschäftigt war, dann mit dem Schulunterricht. Ich hatte meine ersten Auftritte hinter mir, und es folgte ein Angebot der Juilliard School of Music in New York. Ich hätte ein Jahr dort studieren können. Stellen Sie sich das vor! An der Juilliard! Wie alt kann ich gewesen sein: sieben? acht?

»Einen aufgehenden Stern am Musikhimmel«, nannten sie mich.

Aber ich wollte kein aufgehender Stern sein. Ich wollte die Sonne im Zenit sein.


## 23. *September*

Aber aus dem Studium an der Juilliard School wird nichts, obwohl es eine Ehre gewesen wäre und meiner musikalischen Entwicklung sicher nicht geschadet hätte. Die Schule hat eine so beeindruckende Geschichte, dass viele, auch wesentlich ältere Musiker, für die Chance einer so außergewöhnlichen und wertvollen Erfahrung sicher alles gegeben hätten. Aber es ist kein Geld da, und selbst wenn es da gewesen wäre – ich bin viel zu jung, um allein eine so lange Reise zu unternehmen, geschweige denn so weit von der Familie entfernt zu leben. Und da nicht die ganze Familie mit mir übersiedeln kann, muss ich auf diese Chance verzichten.

Die ganze Familie! Irgendwie weiß ich, dass ich, ob Geld oder nicht, nur nach New York komme, wenn die ganze Familie mitgeht. Ich beschwöre meinen Vater. Bitte, bitte, lass mich an die Schule gehen, Dad. Ich muss, ich will dorthin! Ich weiß nämlich damals schon, was dieser Aufenthalt für mich bedeutet, jetzt und auch in Zukunft.

Es geht nicht, Gideon, sagt mein Vater, das weißt du. Dich allein in New York zu lassen wäre unverantwortlich, und wir können nicht alle zusammen dorthin übersiedeln. Ich möchte natürlich wissen, warum nicht. Warum kann ich gerade jetzt nicht haben, was ich will, wo ich doch bisher immer alles bekommen habe. Er sagt – ja, ich erinnere mich gut an dieses Gespräch – Gideon, sagt er, die Welt wird eines Tages zu dir kommen. Das verspreche ich dir, mein Junge.

Aber es ist klar, dass wir nicht nach New York gehen werden.

Ich weiß das und höre trotzdem nicht auf, zu bitten und zu betteln. Ich benehme mich wie ein Wahnsinniger, schlimmer als je zuvor, trete meinen Notenständer mit Füßen, demoliere den geliebten Halbmondtisch meiner Großmutter und weiß doch längst, dass es die Juilliard School für mich nicht geben wird, auch wenn ich noch so wütend tobe. Ob allein oder mit der ganzen Familie, ob nur mit einem meiner Eltern oder in Begleitung von Raphael oder Sarah-Jane – ich werde nicht in dieses Mekka der Musik reisen.

Sie *wissen* es, sagen Sie zu mir. Sie wissen es, schon bevor sie darum bitten, reisen zu dürfen, noch während sie bitten und alles tun, um eine Änderung herbeizuführen. Aber *was* wollen Sie denn ändern, Gideon?

Die Realität, offensichtlich. Ja, ja, ich weiß, dass diese Antwort uns nicht weiterbringt, Dr. Rose. Was ist das für eine Realität, die ich bereits als Sieben- oder Achtjähriger verstehe?

Nun, sie sieht folgendermaßen aus: Wir sind nicht reich. Wir leben zwar in einem Viertel, das nicht nur nach Geld riecht, sondern auch Geld kostet, aber das Haus ist seit Generationen im Besitz der Familie, und dass es ihr noch gehört, ist den Untermietern zu verdanken, meinem Vater und meiner Mutter, die beide arbeiten gehen, und der ziemlich erbärmlichen Rente, die mein Großvater vom Staat bekommt. Doch über Geld wird bei uns nicht gesprochen. Geldgespräche sind absolut verpönt. Aber ich weiß trotzdem, dass ich auf das Studium der Juilliard School verzichten muss, und eine ungeheure Spannung ergreift von mir Besitz. Sie entwickelt sich zuerst in den Armen, greift auf den Magen über und schießt durch meine Kehle aufwärts, um sich in wütendem Geschrei Luft zu machen. Ich weiß, was ich geschrien habe, Dr. Rose. »Es ist doch nur, weil sie hier ist«, schreie ich rasend vor Wut.

Weil sie hier ist?

Sie. Ja. Das muss Katja sein.

## 26. September, 17 Uhr

Mein Vater war wieder hier. Er ist zwei Stunden geblieben und wurde dann von Raphael abgelöst. Sie wollten nicht den Anschein erwecken, als wechselten sie sich bei einer Totenwache ab, darum hatte ich nach dem Abgang meines Vaters und vor dem Erscheinen Raphaels wenigstens fünf Minuten für mich. Sie wissen nicht, dass ich sie vom Fenster aus beobachtet habe. Raphael kam zu Fuß aus der Chalcot Road und traf in der Mitte der Grünanlage mit meinem Vater zusammen. Eine der Bänke zwischen sich, blieben sie stehen und sprachen miteinander. Das heißt, mein Vater sprach. Raphael hörte zu. Er nickte ab und zu und strich sich, wie das seine Gewohnheit ist, mit den Fingern von links nach rechts über den Kopf, um seine dürftige Haarpracht zu glätten. Mein Vater war sehr aufgeregt. Das erkannte ich an seiner Gestik, die eine Hand in Brusthöhe zur Faust geballt, wie zum Schlag bereit. Mehr brauchte ich nicht zu interpretieren, ich wusste, warum er so erregt war.

Er war in Frieden gekommen. Kein Wort über die Musik. »Ich musste mal ein Weilchen von ihr weg«, sagte er seufzend. »Weißt du, ich glaube allmählich, Frauen in den letzten Monaten der Schwangerschaft sind auf der ganzen Welt gleich.«

»Ist Jill zu dir gezogen?«, fragte ich.

»Warum das Schicksal herausfordern?«

Womit er sagen wollte, dass sie an ihrem ursprünglichen Plan festhalten: Erst wenn das Kind da ist, wollen sie zusammenziehen, und nicht eher heiraten, bis nach den vorangegangenen beiden Ereignissen wieder Ruhe eingekehrt ist. Das ist die moderne Art der Beziehung, und Jill ist eine moderne Person. Aber manchmal würde es mich doch interessieren, wie mein Vater dieses Arrangement findet, das ihm, nach seinen beiden Ehen zu urteilen, sicherlich fremd ist. Meiner Ansicht nach ist er im Herzen ein traditionsbewusster Mensch, dem nichts wichtiger ist als die Familie und der von Familie eine ganz bestimmte Vorstellung hat. Ich bin sicher, als Jill ihm eröffnete, dass sie schwanger ist, hat er einen Kniefall vor ihr gemacht und sie gebeten, seine Frau zu werden. So hat er es jedenfalls bei seiner ersten Frau gemacht. Mein Vater weiß nicht, dass mein Großvater mir das erzählt hat. Er hatte sie im Urlaub kennen gelernt – er war damals noch beim Militär, eigentlich wollte er dort Karriere machen –, sie wurde von ihm schwanger, und er heiratete sie auf der Stelle. Dass er es bei Jill nicht genauso gehalten hat, heißt für mich, dass er sich nach Jills Wünschen richtet.

»Sie schläft jetzt, wann immer sie kann«, berichtete er. »So ist das in den letzten sechs Wochen eigentlich immer. Es wird ihnen alles so beschwerlich, und wenn das Kind von Mitternacht bis fünf Uhr morgens in Bewegung ist…« Er machte eine resignierte Handbewegung. »Dann hast du endlich das, worauf du jahrelang gewartet hast: eine Chance, die ganze Nacht *Krieg und Frieden* zu lesen.«

»Lebst du jetzt bei ihr?«

»Ich büße auf ihrem Sofa.«

»Für deinen Rücken ist das aber nicht gut.«

»Daran brauchst du mich nicht zu erinnern.«

»Habt ihr euch auf einen Namen geeinigt?«

»Ich bin immer noch für Cara.«

»Und sie –« Es fiel mir plötzlich wie Schuppen von den Augen, und ich musste mich zwingen, fortzufahren. »Sie hält weiter an Catherine fest?«

Unsere Blicke prallten aufeinander. Es war, als stünde sie in greifbarer Körperlichkeit zwischen uns, auf ewig das bezaubernde junge Mädchen aus dem Foto. Meine Hände waren feucht, und in meinem Magen regte sich der erste Anflug schneidender Schmerzen, als ich sagte: »Aber das würde dich an Katja erinnern, nicht wahr? Wenn ihr eurem Kind den Namen Catherine gäbt.«

Statt einer Antwort stand er auf und begann, Kaffee zu kochen. Er ließ sich Zeit dabei. Er kommentierte meine Vorliebe für bereits gemahlenen Kaffee und machte mich darauf aufmerksam, was mir dadurch an Aroma entging. Danach ließ er sich darüber aus, dass in seinem Viertel schon wieder ein Starbucks Coffee Shop gebaut worden war – diesmal in der Gloucester Road, nicht weit von Braemar Mansions – und dadurch allmählich die ganze Atmosphäre dieser Gegend zerstört werde.

Währenddessen kroch der brennende Schmerz aus meinem Magen langsam tiefer und wurde, wie stets, in meinen Eingeweiden zu loderndem Feuer. Ich hörte meinem Vater zu, während er von Starbucks auf die allgemeine Amerikanisierung der Kultur zu sprechen kam, und presste meinen Arm mit aller Kraft auf den Unterleib, um den Schmerz zu unterdrücken und dem Bedürfnis nach Erleichterung nicht nachzugeben, weil sonst mein Vater gesiegt hätte.

Ich ließ ihn weiter über Amerika schimpfen: über internationale Konzerne, die die Weltwirtschaft beherrschen, über die Größenwahnsinnigen in Hollywood, die dem Kino in aller Welt ihre Kunstform aufzwingen, über Einkommen und Aktiengewinne in perverser Höhe, die zum Maß kapitalistischen Erfolgs geworden sind. Als er sich dem Schluss seines Vortrags näherte – was daran zu sehen war, dass er immer häufiger zur Kaffeetasse griff, um einen Schluck zu trinken –, wiederholte ich meine Frage, nur formulierte ich sie nicht als Frage. »Catherine würde dich an Katja erinnern«, stellte ich fest.

Er kippte den Rest seines Kaffees ins Spülbecken. Dann ging er mit großen Schritten ins Musikzimmer und sagte: »Gottverdammt, Gideon! Was hast du vorzuweisen?« Und dann: »Ach, das nennt man also Fortschritt, wie?«

Er hatte gesehen, dass die Guarneri wieder in ihrem Kasten lag, und wusste, auch wenn der Kasten offen war, dass ich noch nicht einmal den Versuch gemacht hatte, zu spielen. Er nahm die Geige heraus, und an der Ehrfurchtslosigkeit, mit der er zupackte und die sonst nicht seine Art war, erkannte ich, wie zornig er sein musste – oder erregt, irritiert, wütend, beunruhigt, geängstigt, ich weiß nicht, was für Emotionen ihn bewegten. Die Finger um den Hals des Instruments gekrallt, hielt er mir die Geige hin, und über seiner Faust krümmte sich die glänzende Schnecke wie Hoffnung um ein stillschweigendes Versprechen.

»Hier«, sagte er, »nimm sie. Zeig mir, wo wir stehen. Zeig mir, wohin dieses wochenlange Wühlen im Dreck der Vergangenheit dich geführt hat, Gideon. Ein Ton reicht. Eine Tonleiter. Ein Arpeggio. Oder vielleicht wirst du mir wunderbarerweise einen Satz aus einem Konzert deiner Wahl spielen. Ganz gleich, aus welchem. Zu schwierig? Wie wär's dann mit so einer kleinen Delikatesse, wie du sie sonst als Zugabe servierst?«

Das Feuer brannte in mir, war zu flüssigem Eisen geworden.

Weißglühend, silberglühend, strahlend rann es wie Säure durch meinen Körper und sang dabei: Umfange mich, Gideon, oder stirb.

Ja, ja, ich weiß natürlich, was mein Vater da getan hat, Dr. Rose. Sie brauchen mich nicht erst darauf zu stoßen. Ich weiß es. Aber in diesem Moment konnte ich nur stammeln: »Ich kann nicht. Verlang das nicht von mir. Ich kann nicht.« Wie ein Neunjähriger, von dem man erwartet, dass er ein Stück spielt, das er nicht beherrscht.

Und sofort stieß mein Vater nach, indem er sagte: »Aber vielleicht ist das ja unter deiner Würde? Zu leicht für dich, Gideon? Eine Beleidigung deines Könnens. Dann lass uns doch einfach mit dem *Erzherzog* anfangen, hm?«

Die Säure fraß sich durch mich hindurch, und wie immer, wenn der Schmerz in meinen Eingeweiden tobt und mich aller Kraft beraubt, blieb nur Schuld. Ich bin schuld. Ich habe mich selbst in diese Situation gebracht. Beth stellte das Programm für das Benefizkonzert in der Wigmore Hall zusammen. Sie sagte in aller Unschuld: »Wie wär's mit dem *Erzherzog*, Gideon?« Und weil gerade sie den Vorschlag machte, die schon einmal mein Versagen erlebt hatte, wenn auch im privaten Bereich, brachte ich es nicht über mich, einfach zu erwidern: »Nein, vergiss das mal lieber. Dieses Stück bringt mir nur Unglück.«

Künstler sind abergläubisch. Beth hätte verstanden, wenn ich ihr offen gesagt hätte, wie es mir mit diesem Stück ging. Und Sherill wäre es egal gewesen, was wir spielen. Er hätte auf die typisch amerikanisch schnodderige Art, hinter der er seine unglaubliche Begabung verbirgt, gesagt: »Hey, Freunde, zeigt mir einfach, wo das Klavier steht.« Und das wär's gewesen. Es war also allein meine Entscheidung, und ich habe die Dinge einfach laufen lassen. Es ist meine eigene Schuld.

Mein Vater fand mich dort, wohin ich vor seiner Herausforderung geflohen war: im Geräteschuppen im Garten, wo ich meine Drachen entwerfe und baue. Ich zeichnete, als er kam und sich zu mir setzte. Die Guarneri lag oben im Haus wieder in ihrem Kasten.

Er sagte: »Gideon, die Musik ist dein Leben! Ich möchte, dass du sie wieder findest. Das ist alles, was ich will.«

»Genau das versuche ich doch«, erwiderte ich.

»Aber glaubst du denn im Ernst, du erreichst etwas, wenn du deine Zeit mit dieser Schreiberei vergeudest und dich dreimal wöchentlich bei einer Psychiaterin auf die Couch legst?«

»Ich liege nicht auf der Couch.«

»Du weißt genau, was ich meine.« Er legte seine Hand auf die Skizze, an der ich arbeitete, um meine Aufmerksamkeit zu erzwingen. »Wir können die Leute nicht ewig vertrösten, Gideon«, sagte er. »Bis jetzt geht es noch – Joanne leistet da wirklich erstklassige Arbeit –, aber irgendwann wird der Moment kommen, wo selbst eine loyale Mitarbeiterin wie Joanne fragen wird, was genau eigentlich das Wort ›Erschöpfung‹ bedeutet, wenn alle Anzeichen einer Besserung ausbleiben. Wenn es soweit ist, muss ich ihr entweder die Wahrheit sagen, oder ich muss mir ein Märchen einfallen lassen, das sie den Leuten erzählen kann. Und das wird die Situation vielleicht noch schlimmer machen.«

»Dad«, sagte ich, »es ist doch Unsinn zu glauben, dass es die Leute von der Regenbogenpresse auch nur im Geringsten interessiert –«

»Ich spreche nicht von der Regenbogenpresse. Wenn ein Rockstar plötzlich von der Bildfläche verschwindet, wühlen die Reporter jeden Morgen seinen Müll durch, weil sie hoffen, etwas zu finden, das ihnen den Grund verrät. Aber wir brauchen so etwas nicht zu fürchten, und es ist auch nicht das, was mir Sorgen macht. Mir geht es um die Welt, in der *wir* uns bewegen. Da gibt es für die nächsten zwei Jahre feste Verpflichtungen, wie du weißt, und wir erhalten – beinahe täglich, wohlgemerkt! – Anrufe von Konzertagenturen und Musikdirektoren, die sich nach deinem Befinden erkundigen, weil sie wissen wollen, ob du deine Termine einhalten wirst. Geht es ihm schon besser?, fragen sie und meinen, sollen wir den Vertrag zerreißen oder steht das Programm?«

Beim Sprechen zog mein Vater meine Zeichnung langsam immer näher zu sich heran, aber ich sagte nichts, obwohl er mit seinen Fingern die Linien verschmierte.

»Ich habe jetzt eine ganz einfache Bitte an dich, Gideon«, fuhr er fort. »Geh nach oben ins Musikzimmer und nimm die Geige zur Hand. Du sollst es nicht für mich tun, um mich geht es nicht. Tu es für dich.«

»Ich kann nicht.«

»Ich bin doch bei dir. Ich werde neben dir stehen und dich stützen oder was du sonst willst. Aber du musst es tun.«

Wir starrten einander an. Ich spürte, wie er mit aller Kraft versuchte, mir seinen Willen aufzuzwingen und mich dazu zu bewegen, aus dem Schuppen hinaus und durch den Garten ins Haus zu gehen.

»Du wirst nie erfahren, ob du mit ihrer Hilfe Fortschritte gemacht hast, Gideon, wenn du nicht die Geige zur Hand nimmst und zu spielen versuchst.«

Er sprach von Ihnen, Dr. Rose. Von den vielen Stunden, die ich damit verbracht habe, meine Erinnerungen aufzuschreiben. Von diesem Blättern in der Vergangenheit, das wir betreiben und bei dem er mir offenbar helfen wollte, wenn – wenn ich ihm nur zeigte, dass ich wenigstens im Stande bin, die Geige zur Hand zu nehmen und den Bogen über die Saiten zu ziehen.

Ich sagte nichts, aber ich stand auf und ging aus dem Schuppen ins Haus. Im Musikzimmer trat ich nicht zur Fensterbank, wo ich fast immer beim Schreiben zu sitzen pflege, sondern zum Geigenkasten. Im Glanz ihrer Decke und ihrer Ornamente lag die Guarneri vor mir, ein Klangkörper, der in all seinen Teilen – Schalllöchern, Zargen, Wirbel – den Geist mehr als zweihundertjährigen Musizierens atmete.

*Ich kann es.* Fünfundzwanzig Jahre lassen sich nicht mit einem Schlag auslöschen. Was ich gelernt habe, was ich kann, meine natürliche Begabung, das alles mag unter einem Erdrutsch verschüttet sein, aber es ist noch da.

Mein Vater trat neben mich. Er legte leicht seine Hand an meinen Ellbogen, als ich nach der Guarneri griff. »Ich bin bei dir, mein Junge«, sagte er. »Es ist alles gut. Ich bin bei dir.«

Und genau in diesem Moment klingelte das Telefon.

Wie in einem Reflex verkrampften sich die Finger meines Vaters an meinem Ellbogen. »Geh nicht hin«, sagte er, und da ich schon seit Wochen das Telefon ignorierte, fiel es mir nicht schwer, ihm zu gehorchen.

Aber es war Jill, die auf den Anrufbeantworter sprach. »Gideon?«, sagte sie, »ist Richard noch bei dir? Ich muss ihn dringend sprechen. Ist er schon wieder weg? Bitte, heb ab!«

»Das Kind«, sagten Vater und ich wie aus einem Mund, und er lief zum Telefon.

»Ich bin noch hier«, sagte er. »Ist bei dir alles in Ordnung, Schatz?«

Ihre Antwort war kein kurzes Ja oder Nein. Während sie sprach, wandte sich mein Vater von mir ab. Dann sagte er: »Was für ein Anruf?«, und lauschte einer weiteren umständlichen Erklärung, bis er zum Schluss rief. »Jill – Jill, das reicht. Warum bist du überhaupt hingegangen?«

Wieder folgte ein Redeschwall, und als Jill zum Ende gekommen war, sagte mein Vater: »Warte! Jetzt reg dich doch nicht so auf. Das ist doch albern. Du steigerst dich da in etwas hinein... Du kannst mich doch nicht für einen Anruf verantwortlich machen, der –« Sein Gesicht verfinsterte sich plötzlich, und dann rief er: »Verdammt noch mal, Jill. Was redest du da! Das ist ja völlig irrational.« Ich kannte diesen Ton, den schlug er immer an, wenn er ein Thema vom Tisch fegte, das er nicht weiterverfolgen wollte. Ein eisiger Ton, wegwerfend und arrogant.

Aber Jill war hartnäckig. Sie begann von neuem. Er hörte wieder zu. Er stand mit dem Rücken zu mir, aber ich sah, wie er stocksteif wurde. Es verging beinahe eine Minute, bevor er wieder sprach.

»Ich komme jetzt nach Hause«, sagte er brüsk. »Am Telefon führe ich diese Diskussion nicht weiter.«

Damit legte er auf, und ich hatte den Eindruck, Jill war mitten in einem Satz, als er es tat. Dann drehte er sich um und sagte mit einem Blick zu meiner Geige: »Du hast noch mal eine Gnadenfrist bekommen.«

»Ist zu Hause alles in Ordnung?«, fragte ich.

»Nichts ist in Ordnung«, antwortete er unwirsch.


*26. September, 23.30 Uhr*


Zweifellos erzählte mein Vater Raphael, als er ihn unten auf dem Platz traf, dass ich nicht für ihn gespielt hatte; ich sah es Raphaels Gesicht an, als er keine drei Minuten später ins Musikzimmer kam. Sein Blick flog zu der Geige.

»Ich kann nicht«, sagte ich.

»Er behauptet, du willst nicht.« Raphael berührte behutsam das Instrument, das wieder in seinem Kasten lag. Es war eine Berührung wie eine Liebkosung, die er vielleicht einer Frau zugedacht hätte, wenn je eine Frau sich zu ihm hingezogen gefühlt hätte. Soweit mir bekannt war, hatte es das nie gegeben. Ja, mir schien, während ich ihn beobachtete, dass einzig ich – und meine Geige – Raphael vor einem Leben in völliger Einsamkeit bewahrt hatten.

Es klang wie eine Bestätigung meiner Überlegung, als er sagte: »Das kann nicht ewig so weitergehen, Gideon.«

»Und wenn doch?«, fragte ich.

»Das wird nicht geschehen. Das darf nicht geschehen.«

»Stellst du dich also auf seine Seite? Hat er dich da draußen aufgefordert« – ich wies mit einer Kopfbewegung zum Fenster – »mich zum Spielen zu zwingen?«

Raphael blickte zum Platz hinaus, wo das Laub an den Bäumen sich herbstlich zu färben begann. »Nein«, sagte er, »das hat er nicht getan. Heute nicht. Ich hatte den Eindruck, er war mit anderen Dingen beschäftigt.«

Ich wusste nicht, ob ich ihm glauben sollte, nachdem ich beobachtet hatte, mit welcher Erregung mein Vater auf ihn eingeredet hatte. Aber ich nutzte die Erwähnung »anderer Dinge«, um selbst auf andere Dinge zu sprechen zu kommen.

»Warum hat meine Mutter uns eigentlich verlassen, Raphael?«, fragte ich. »War es wegen Katja Wolff?«

»Das ist kein Thema, über das wir beide uns unterhalten sollten«, sagte Raphael.

»Ich kann mich an Sonia erinnern«, sagte ich.

Er griff zum Riegel des Fensters. Ich dachte, er wollte es öffnen, um entweder frische Luft hereinzulassen oder auf den schmalen Balkon hinauszuklettern. Aber er tat weder das eine noch das andere. Er machte sich nur ziellos an dem Riegel zu schaffen, und während ich ihm zusah, wurde mir bewusst, wie viel dieses sinnlose Gefummel über unsere Beziehung aussagte, in der keinerlei Interaktion stattfand, wenn es nicht um die Geige ging.

»Ich *erinnere* mich wieder an sie, Raphael«, sagte ich. »Ich erinnere mich an Sonia. Und an Katja Wolff. Warum hat nie jemand von ihnen gesprochen?«

Er schien unangenehm berührt, und ich glaubte, er wollte einer Antwort ausweichen. Aber gerade als ich sein Schweigen in Frage stellen wollte, sagte er: »Wegen dem, was Sonia zugestoßen ist.«

»Wieso? Was ist Sonia denn zugestoßen?«

Sein Ton klang verwundert, als er antwortete: »Du erinnerst dich wirklich nicht. Ich glaubte immer, du rührst nicht daran, weil wir anderen nie darüber gesprochen haben. Aber du weißt es nicht mehr.«

Ich schüttelte den Kopf, voller Scham bei diesem Geständnis. Sie war meine Schwester gewesen, und ich wusste nichts von ihr, Dr. Rose. Bis zu dem Moment, als Sie und ich zusammen zu arbeiten anfingen, hatte ich vergessen, dass sie überhaupt existiert hatte. Können Sie sich vorstellen, wie man sich da fühlt?

Raphael bemühte sich mit großer Güte um eine Entschuldigung für so viel grenzenlose Egozentrik, die mich meine Schwester hatte vergessen lassen. Er sagte: »Aber du warst ja damals noch nicht einmal acht Jahre alt. Und nach dem Prozess hat keiner von uns je wieder ein Wort darüber verloren. Wir haben schon während der Verhandlung kaum darüber gesprochen und vereinbarten, danach überhaupt nicht mehr daran zu rühren. Sogar deine Mutter war damit einverstanden, obwohl sie völlig gebrochen war. Ja, ich kann mir gut vorstellen, dass du das alles aus deinem Gedächtnis streichen wolltest.«

Ich sagte mit trockenem Mund: »Dad hat mir erzählt, dass sie ertrunken ist. Sonia, meine ich. Dass sie ertrunken ist. Wieso gab es einen Prozess? Gegen wen? Und warum?«

»Mehr hat dein Vater dir nicht gesagt?«

»Nein. Er hat nur gesagt, Sonia sei ertrunken. Er wirkte so… Er sah aus, als kostete es ihn schon ungeheuer viel, mir nur zu sagen, *wie* sie gestorben ist. Ich wollte nicht noch mehr Fragen stellen. Aber jetzt – ein Prozess? Vor Gericht?«

Raphael nickte, und noch bevor er fortfuhr, stürmte all das Erinnerte in seiner ganzen Tragweite auf mich ein: Virginia ist jung gestorben; Großvater hat »Episoden«; Mutter weint in ihrem Zimmer; jemand hat im Garten ein Foto gemacht; Schwester Cecilia ist im Vestibül; Dad brüllt, und ich bin im Wohnzimmer, trete mit den Füßen gegen die Sofabeine, stoße meinen Notenständer um, erkläre hitzig und voll Trotz, dass ich diese kindischen Tonleitern *nicht* spielen werde.

»Katja Wolff hat deine Schwester getötet, Gideon«, sagte Raphael. »Sie hat sie in der Badewanne ertränkt.«


## 28. September

Mehr sagte er nicht. Er machte einfach dicht, schaltete ab oder was immer Menschen tun, wenn sie die Grenze des Unaussprechlichen erreichen.

Als ich rief: »Ertränkt? Absichtlich? Wann? Warum?«, und spürte, wie das Entsetzen mit eisigen Fingern über meinen Rücken strich, sagte er: »Mehr kann ich dir nicht sagen. Frag deinen Vater.«

Mein Vater. Er sitzt auf der Bettkante und beobachtet mich, und ich habe Angst.

Wovor?, fragen Sie mich. Wie alt sind Sie, Gideon?

Ich muss noch klein sein, er wirkt so groß wie ein Riese, obwohl er doch in Wirklichkeit etwa die gleiche Statur hat wie ich heute. Er legt seine Hand auf meine Stirn –

Und – fühlen Sie sich durch die Berührung getröstet?

Nein. Nein, ich schrecke vor ihr zurück.

Sagt er etwas?

Nein, zuerst nicht. Er sitzt nur bei mir. Aber dann legt er mir die Hände auf die Schultern, als glaubte er, ich würde aufzustehen versuchen, und wollte mich ruhig halten, damit ich ihm zuhöre. Und ich bleibe gehorsam liegen. Wir sehen einander an, und dann beginnt er endlich zu sprechen.

Er sagt: »Du brauchst keine Angst zu haben, Gideon. Dir kann nichts passieren.«

Wovon spricht er?, fragen Sie. Haben Sie einen bösen Traum gehabt? Ist er darum bei Ihnen? Oder geht es um etwas Schlimmeres? Katja Wolff vielleicht? Brauchen Sie vor *ihr* keine Angst zu haben? Oder liegt dieser Abend weiter zurück, Gideon, in einer Zeit, als Katja Wolff noch gar nicht bei Ihnen im Haus war?

Es waren Menschen im Haus, daran erinnere ich mich. Man hat mich unter Sarah-Jane Becketts Obhut in mein Zimmer geschickt. Sie redet und redet, sie hält endlose Selbstgespräche, ihre Worte sind nicht für mich bestimmt. Und während sie redet, läuft sie unaufhörlich hin und her und zerrt an ihren Fingerspitzen, als wollte sie sich die Nägel ausreißen. »Ich hab's gewusst«, sagt sie. »Ich habe es kommen sehen. Diese verdammte kleine Hure!« Ich weiß, dass das schlimme Wörter sind, und das erschreckt und ängstigt mich, weil Sarah-Jane sonst nie schlimme Wörter gebraucht. »Hat gedacht, wir würden es nicht erfahren«, sagt sie. »Hat sich eingebildet, wir würden es nicht *merken*.«

Was merken?

Ich weiß es nicht.

Vor meinem Zimmer höre ich Schritte. Jemand weint. »Hier! Hier drinnen!« Die laute Stimme meines Vaters. Sie ist kaum zu erkennen, so sehr ist sie von Panik verzerrt. Neben seinen lauten Rufen höre ich meine Mutter. »Richard!«, sagt sie. »O mein Gott, Richard! Richard!« Mein Großvater tobt, meine Großmutter jammert laut, und irgendjemand befiehlt, den Raum freizumachen. »Alle hinaus, bitte! Den Raum freimachen.« Diese letzte Stimme ist mir unbekannt. Als Sarah-Jane Beckett sie hört, bleibt sie stehen, schweigt und wartet mit gesenktem Kopf hinter der Tür.

Dann höre ich weitere Stimmen – auch diese fremd. Jemand stellt eine Folge schneller Fragen, die alle mit dem Wort »Wie« beginnen.

Und Schritte, ein ständiges Hin und Her, irgendwelche Metallkästen schlagen auf den Boden, ein Mann blafft Anweisungen, andere Männer antworten kurz und angespannt, und irgendjemand ruft in diesem ganzen Durcheinander weinend: »Nein! Ich lasse sie nicht allein!«

Das muss Katja sein, sie sagt lasse statt ließ, wie das jemandem in einem Moment der Panik passieren kann, der mit der Sprache nicht vertraut ist. Und als sie das laut weinend ausruft, umfasst Sarah-Jane Beckett den Türknauf und sagt: »Du Luder!«

Mir scheint, dass sie in den Korridor hinausgehen will, wo der Lärm ist, aber das tut sie nicht. Vielmehr sieht sie sich nach dem Bett um, von dem aus ich sie beobachte, und sagt: »Nun werde ich wohl doch bleiben.«

Bleiben, Gideon? Wollte sie denn weg? Wohin? Hatte sie vielleicht vor, in Urlaub zu fahren?

Nein, ich glaube nicht, dass sie davon sprach. Irgendwie hatte ich den Eindruck, dass sie eigentlich vorhatte, ihre Stellung bei uns aufzugeben.

Ist sie vielleicht entlassen worden?

Das erscheint mir nicht logisch. Wenn sie wegen Inkompetenz, Unehrlichkeit oder irgendeiner anderen Verfehlung entlassen worden wäre, wieso hätte dann Sonias Tod etwas an der Situation ändern sollen? Aber so war es, Dr. Rose. Sarah-Jane Beckett bleibt bis zu meinem sechzehnten Lebensjahr meine Lehrerin. Zu diesem Zeitpunkt heiratet sie und zieht nach Cheltenham. Sie wollte also damals aus einem anderen Grund weg, der jedoch mit Sonias Tod hinfällig wurde.

Heißt das, Sonia war der Grund für Sarah-Janes Absicht, zu gehen?

Es scheint so. Aber ich habe keine Ahnung, was dahinter steckt.

# 6

Im *Doll Cottage*, dem Häuschen, das Eugenie Davies bewohnt hatte, gab es einen Speicher, den Lynley und Barbara Havers ganz zuletzt aufsuchten. Durch eine Falltür im Flur neben dem Badezimmer zwängten sie sich in einen kleinen Raum unter dem Dach, in dem man sich nur kriechend fortbewegen konnte. Nirgends war ein Stäubchen zu entdecken; offenbar war jemand regelmäßig heraufgekommen, um sauber zu machen oder um die hier aufbewahrten Gegenstände durchzusehen.

»Was meinen Sie?«, fragte Barbara, als Lynley an einer Schnur zog, die von einer Glühbirne an der Decke herabhing. Ein gelber Lichtkegel hüllte ihn ein, und der Schatten seiner Stirn verdunkelte seine Augen. »Wiley behauptet, sie hätte mit ihm sprechen wollen. Aber er brauchte doch nur die Zeiten, die er uns angegeben hat, ein bisschen zu manipulieren, und schon ist die Sache geritzt.«

»Mit anderen Worten, Sie meinen, Wiley hat ein Motiv?«, fragte Lynley. »Hier ist nirgends auch nur eine Spinnwebe, Havers.«

»Ich weiß. Staub ist auch keiner da.«

Lynley strich mit der Hand über eine hölzerne Seekiste, die neben mehreren großen Kartons stand. Sie hatte eine Haspe zum Verschließen, aber kein Schloss. Er hob ihren Deckel an und warf einen Blick ins Innere, während Barbara zum ersten Karton robbte. »Drei Jahre lang bemüht er sich geduldig«, sagte er, »eine Beziehung aufzubauen, von der er sich mehr erhofft, als sie zu geben bereit ist. Sie bringt ihm widerstrebend bei, dass eine engere Bindung ausgeschlossen ist –«

»– weil ihr Herz einem anderen gehört, der einen dunkelblauen oder schwarzen Audi fährt und mit dem sie sich auf dem Parkplatz gestritten hat?«

»Möglich. Enttäuscht und wütend folgt er ihr nach London – Wiley, meine ich – und überfährt sie. Ja, so könnte es gewesen sein.«

»Aber Sie glauben es nicht?«

»Wir stehen noch ganz am Anfang, Havers. Was ist in dem Karton?«

Barbara prüfte den Inhalt. »Klamotten.«

»Von Eugenie Davies?«

Sie nahm das erste Kleidungsstück heraus und hielt es hoch: eine Kinderlatzhose aus pinkfarbenem Cord, mit gelben Blumen bestickt. »Das wird der Tochter gehört haben.« Sie grub tiefer und hob einen ganzen Stapel Kleidungsstücke aus dem Karton: Kleidchen, Pullis, Schlafanzüge, Shorts, T-Shirts, Strümpfchen und Schuhe. Den Farben und Mustern nach alles Kleinmädchensachen. Sie packte sie wieder ein und wandte sich dem nächsten Karton zu, während Lynley sich über die Seekiste beugte.

Im zweiten Karton fand sie Kinderbettwäsche und Spielsachen. Laken und Bezüge lagen ordentlich gestapelt zwischen einem Mobile, einer reichlich abgegriffenen Plüschente, sechs weiteren Stofftieren, deren Zustand verriet, dass sie entschieden weniger geliebt worden waren als die Ente, und der Seitenpolsterung eines Kindergitterbetts. Der dritte Karton enthielt Badeutensilien, von der Gummiente bis zum Kinderbademantel. Barbara wollte gerade eine Bemerkung darüber machen, wie makaber sie diese Andenken in Anbetracht des Schicksals des Kindes fand, als Lynley sagte: »Hier haben wir etwas Interessantes, Havers.«

Sie blickte auf und sah, dass er ein Bündel Zeitungsausschnitte in der Hand hielt, den obersten bereits auseinander gefaltet, um ihn zu lesen. Neben sich auf dem Boden hatte er aufgehäuft, was er sonst noch in der Kiste gefunden hatte, unter anderem eine Sammlung von Zeitschriften und Zeitungen sowie fünf in Leder gebundene Alben.

»Was denn?«, fragte sie.

»Sie hat hier das reinste Archiv über ihren Sohn Gideon.«

»Zeitungsausschnitte? Und weshalb?«

»Er ist Geiger.« Lynley ließ das Blatt sinken, das er in der Hand hielt, und sagte: »Gideon Davies, Havers.«

»Nie gehört.« Barbara, die einen Waschlappen in Form einer Katze in der Hand hielt, schüttelte den Kopf.

»Sie wissen nicht –? Okay, schon gut«, sagte Lynley. »Das hatte ich vergessen. Klassische Musik ist ja nicht unbedingt Ihre Stärke. Wäre er der Gitarrist der Faulenden Zähne –«

»Nehme ich da eine gewisse Verachtung für meinen Musikgeschmack wahr?«

»– oder irgendeiner anderen Gruppe, hätte es bei Ihnen wahrscheinlich sofort gefunkt.«

»Genau«, sagte Barbara. »Also, wer ist der Typ?«

Lynley erklärte: ein ehemaliges musikalisches Wunderkind, ein Geigenvirtuose von Weltruf, der sein erstes öffentliches Konzert gegeben hatte, noch bevor er zehn Jahr alt gewesen war. »Seine Mutter hat offenbar alles, was die Zeitungen über ihn geschrieben haben, aufgehoben.«

»Obwohl sie keinen Kontakt mehr zu ihm hatte?«, fragte Havers. »Das legt nahe, dass *er* die Verbindung abgebrochen hat. Oder vielleicht der Vater.«

»Hm«, brummte Lynley zustimmend, während er die Papiere durchsah. »Das ist ja eine wahre Fundgrube. Alles über seine Auftritte, besonders über den letzten, sogar die Berichte der Boulevardpresse hat sie aufbewahrt.«

»Na ja, wenn er so berühmt ist…« Barbara fand unter den Badesachen einen kleinen Karton und öffnete ihn. Er enthielt ein Arsenal an verschreibungspflichtigen Medikamenten. Die Etiketten auf den Behältern lauteten alle auf denselben Namen: Sonia Davies.

»Nein, nein. Der Auftritt war eher ein Fiasko«, erklärte Lynley. »In der Wigmore Hall. Ein Beethoven-Trio. Davies spielte keinen einzigen Ton. Er marschierte noch vor seinem Einsatz einfach vom Podium und hat seither nicht wieder in der Öffentlichkeit gespielt.«

»Starallüren?«

»Möglich.«

»Oder vielleicht Lampenfieber?«

»Kann auch sein.« Lynley hielt die Zeitungen hoch, Sensationsblätter und seriöse Tageszeitungen. »Sie scheint alles gesammelt zu haben, was über diesen Vorfall geschrieben wurde, und sei es auch nur die kleinste Meldung.«

»Sie war seine Mutter. Was ist in den Alben?«

Lynley schlug das erste Album auf. Barbara kroch näher, um ihm über die Schulter zu blicken. Die Alben enthielten weitere Zeitungsausschnitte, dazu Konzertprogramme, Fotos und

Broschüren einer Institution mit Namen East London Conservatory.

»Es würde mich interessieren, was genau an dem Zerwürfnis der beiden schuld war«, bemerkte Barbara, als sie das alles sah.

»Das ist eine gute Frage«, meinte Lynley.

Sie sahen die restlichen Dinge in den Kartons und der Kiste durch. Es war nichts dabei, was nicht entweder mit Gideon oder Sonia Davies zu tun hatte. Als hätte sie, dachte Barbara, vor der Geburt ihrer Kinder nicht existiert und aufgehört zu existieren, als sie sie verloren hatte. Aber sie hatte natürlich nur eines von ihnen verloren.

»Wir werden wohl dem guten Gideon mal auf den Zahn fühlen müssen«, sagte Barbara.

»Er steht schon auf der Liste«, bestätigte Lynley.

Nachdem sie alles aufgeräumt hatten, ließen sie sich durch die Luke wieder in den Flur im ersten Stockwerk hinunter, und Lynley zog die Klappe zu. »Holen Sie die Briefe aus dem Schlafzimmer, Havers«, sagte er. »Und dann fahren wir in den *Sixty Plus Club* hinüber. Vielleicht bekommen wir da ein paar Auskünfte, die uns weiterhelfen.«

Auf dem Weg zurück durch die Friday Street kamen sie an der Buchhandlung gegenüber vorbei, wo, wie Barbara bemerkte, der Major hinter eine Auslage von Bilderbüchern am Schaufenster stand und sie ganz offen beobachtete. Er hob ein Taschentuch zum Gesicht, als sie vorübergingen. Weinte er? Oder tat er nur so? Oder schnäuzte er sich vielleicht ganz einfach. Barbara konnte nicht umhin, sich Gedanken zu machen. Drei Jahre auf eine Entscheidung zu warten, die dann negativ ausfiel, das war hart.

Die Friday Street mündete in die Duke Street. Dort waren im Fenster eines großen Musikgeschäfts neben Gitarren, Mandolinen und Banjos auch Geigen und Bratschen ausgestellt.

»Einen Moment, Barbara«, sagte Lynley und trat näher, um sich die Instrumente anzusehen. Barbara zündete sich eine Zigarette an, während sie aus reiner Kollegialität ebenfalls ins Fenster blickte und sich fragte, was es da zu sehen gab.

»Was ist denn?«, fragte sie schließlich, als Lynley wie gebannt ins Fenster starrte und sich dabei nachdenklich über das Kinn strich.

»Er ist wie Menuhin«, erklärte er. »Es gibt da zu Beginn der beiden Karrieren eine Reihe von Ähnlichkeiten. Ob das allerdings auch auf die Familienbeziehungen zutrifft, ist die Frage. Menuhins Eltern standen von Beginn an voll hinter ihm. Wenn das bei Gideon Davies nicht –«

»Menu-wer?«

Lynley warf ihr einen Blick zu. »Auch ein Geiger, Havers. Auch ein ehemaliges Wunderkind.« Er verschränkte die Arme und stellte sich so hin, als hätte er vor, eine längere Diskussion über dieses Thema zu führen. »Das ist eine Frage, über die man vielleicht einmal nachdenken sollte: Wie gestaltet sich das Leben eine Paars, das entdeckt, dass es ein Genie in die Welt gesetzt hat? Solche Eltern sehen sich doch einer ganz anderen Art von Verantwortung gegenüber als die Eltern von Durchschnittskindern. Und wenn dann noch die Verantwortung für ein Kind hinzukommt, das auf andere Weise aus dem Durchschnitt herausfällt...«

»Ein Kind wie Sonia«, warf Barbara ein.

»Richtig. Da werden zusätzliche Forderungen an die Eltern gestellt, die ebenso anspruchsvoll sind, wenn auch auf eine andere Art.«

»Fragt sich nur, ob den Eltern der Einsatz in einem solchen Fall ebenso lohnend erscheint. Wenn nicht, wie gehen sie dann mit dem Problem um? Und wie wirkt sich das auf ihre Ehe aus?«

Lynley nickte und wandte sich wieder dem Schaufenster zu. Barbara fragte sich auf Grund seiner Bemerkungen, wie weit in die eigene Zukunft er zu sehen versuchte, während sein Blick auf die Instrumente gerichtet war. Sie hatte ihm noch nicht von dem Gespräch erzählt, das sie am vergangenen Abend mit seiner Frau geführt hatte. Und jetzt schien auch nicht der geeignete Moment, es zu erwähnen. Andererseits hatte er ihr einen Einstieg geliefert, den man eigentlich nicht ignorieren konnte. Und vielleicht täte es ihm ja ganz gut zu wissen, dass es in seiner Nähe jemanden gab, mit dem er in den Monaten von Helens Schwangerschaft über eventuelle Sorgen oder Ängste sprechen konnte. Denn mit seiner Frau würde er das wohl kaum tun wollen.

»So ganz wohl ist Ihnen nicht, hm, Sir?«, sagte sie und zog hastig an ihrer Zigarette, weil ihr selbst nicht ganz wohl war bei die-

210

ser Frage. Zwar arbeitete sie seit nunmehr drei Jahren mit Lynley zusammen, aber über persönliche Dinge sprachen sie nur sehr selten.

»Wieso soll mir nicht ganz wohl sein, Havers?«

Sie ließ den Rauch aus dem Mundwinkel entweichen, um nicht sein Gesicht einzunebeln, als er sich ihr wieder zuwandte. »Helen hat mir gestern Abend gesagt … Ach, Sie wissen schon. Ich könnte mir vorstellen, dass man sich da doch gewisse Sorgen macht. Hin und wieder überfallen die bestimmt jeden. Ich meine … Sie wissen schon.« Sie fuhr sich durch die Haare und machte den obersten Knopf ihrer Jacke zu, öffnete ihn aber gleich wieder, da es ihr die Kehle zudrückte.

»Ach so, das Kind«, sagte Lynley. »Ja.«

»Da gibt's doch sicher sorgenvolle Momente.«

»Momente, ja«, erwiderte er ruhig und sagte dann: »Kommen Sie, gehen wir weiter.« Damit setzte er sich wieder in Bewegung, ohne noch einmal auf das Thema zurückzukommen.

Eigenartige Antwort, dachte Barbara, eigenartige Reaktion. Und sie wurde sich bewusst, wie sehr sie in ihrer Erwartung seiner Reaktion auf die bevorstehende Vaterschaft vom Stereotyp ausgegangen war. Der Mann stammte aus einer alten vornehmen Familie. Er war von Adel – auch wenn so ein Titel heute ein Anachronismus war –, und es gab einen Familienstammsitz, den er mit Anfang zwanzig geerbt hatte. Von so einem Zeitgenossen erwartete man doch, dass er möglichst umgehend nach der Eheschließung einen Erben produzierte, oder nicht? Und er müsste jetzt eigentlich froh und glücklich sein, seine Pflicht so prompt erfüllt zu haben.

Mit einem Stirnrunzeln warf sie den Stummel ihrer Zigarette auf die Straße, wo er in einer Pfütze landete und erlosch. Wahnsinn, was man alles über Männer nicht weiß, dachte sie.

Der *Sixty Plus Club* hatte seine Räume in einem bescheidenen kleinen Bau neben einem Parkplatz in der Albert Road, und Barbara und Lynley wurden bei ihrem Eintritt sofort von einer Rothaarigen mit Pferdegebiss in Empfang genommen, die irgendetwas Duftiges anhatte, das mehr einem Gartenfest entsprach als dem grauen Novembertag. Mit zähnefletschendem Lächeln stellte sie sich als Georgia Ramsbottom vor, Schriftführerin des

Vereins, »im fünften Jahr in Folge gewählt und stets einstimmig«. Ob sie ihnen behilflich sein könne? Gehe es vielleicht um Vater oder Mutter, die sich scheuten, sich persönlich über das Angebot des Klubs zu informieren? Oder gehe es um einen Vater, der den Tod der geliebten Frau nicht verwinden könne? Oder eine kürzlich verwitwete Mutter?

»Die älteren Herrschaften« – zu denen sie sich selbst offensichtlich nicht zählte, wenn auch die straff gespannte, glänzende Haut ihres Gesichts Bände sprach über ihren erbitterten Kampf gegen das Alter – »lassen sich manchmal gern etwas Zeit, wenn es daran geht, gewisse Änderungen im Leben vorzunehmen, nicht wahr?«

»Nicht nur die älteren Herrschaften«, erwiderte Lynley charmant, zog seinen Dienstausweis heraus und nannte seinen und Barbaras Rang und Namen.

»Ach, du meine Güte. Entschuldigen Sie vielmals. Ich hatte ja keine Ahnung…« Georgia Ramsbottom senkte die Stimme. »Sie sind von der Polizei? Ich weiß gar nicht, ob ich da der richtige Ansprechpartner für Sie bin. Ich bin ja nur *gewählt*.«

»Fünf Jahre in Folge«, bemerkte Barbara. »Glückwunsch!«

»Gibt es denn etwas…? Aber da sprechen Sie am besten mit unserer Leiterin, denke ich. Sie ist nur leider noch nicht im Haus – ich weiß nicht, warum, ich kann nur sagen, dass Eugenie häufig auch anderweitig dringend gebraucht wird –, aber ich kann sie zu Hause anrufen, wenn Sie so freundlich wären, inzwischen im Spielzimmer zu warten.«

Sie zeigte auf die Tür, durch die sie selbst zur Begrüßung herausgekommen war. In dem Raum dahinter saßen an kleinen Tischen Vierergruppen beim Kartenspiel, Paare beim Schach oder Damespiel, und ein Mann saß allein da und legte Patience, und nach seinem unterdrückten Schimpfen zu urteilen, ganz ohne die Geduld, die das Spiel erfordert. Georgia Ramsbottom trat zu einer geschlossenen Tür mit einem Milchglasfenster, auf dem »Klubleitung« stand. »Ich geh nur rasch ins Büro und rufe sie an.«

»Ich nehme an, Sie sprechen von Mrs. Davies«, sagte Lynley.

»Eugenie Davies, ja. Wenn sie nicht in einem ihrer Pflegeheime zu tun hat, ist sie eigentlich immer hier. Sie ist die Güte selbst. So großherzig, wissen Sie. Ein Vorbild an…« Ihr schien nichts einzufallen, und sie fuhr fort: »Aber wenn Sie sie suchen, dann wissen

Sie wohl schon…? Ich meine, von dem Ruf der Wohltätigkeit, den sie genießt. Sonst…«

»Leider muss ich Ihnen mitteilen, dass Mrs. Davies tot ist«, sagte Lynley.

»Tot?« Georgia Ramsbottom starrte Lynley und Barbara fassungslos an. »Eugenie ist tot?«

»Ja. Es ist gestern Abend geschehen. In London.«

»In London? War sie…? Mein Gott, was ist denn passiert? Weiß *Teddy* schon Bescheid?« Ihr Blick flog zur Haustür. Man sah ihr an, dass sie am liebsten sofort losgerannt wäre, um Major Wiley die schlechte Nachricht zu überbringen. »Er und Eugenie«, erklärte sie hastig und leise, als fürchtete sie, die Kartenspieler im Zimmer nebenan könnten lauschen, »sie waren… Na ja, sie haben es beide nie direkt gesagt, aber das war typisch für Eugenie, wissen Sie. Die Diskretion in Person. Sie war nicht ein Mensch, der sich jedem gleich mitteilte. Aber wenn die beiden zusammen waren, konnte jeder sehen, dass Ted ganz bezaubert war von ihr. Und mich hat das für die beiden herzlich gefreut, das können Sie mir glauben. Ich war nämlich selbst eine Zeit lang mit Ted zusammen, gleich am Anfang, als er nach Henley kam, aber ich merkte, dass er nicht ganz der Richtige für mich war, und darum war ich, als ich ihn dann Eugenie überließ, überglücklich zu sehen, dass es bei den beiden sofort funkte. Tja, das ist eben die Chemie, nicht wahr? Dieses gewisse Etwas, das zwischen ihm und mir nicht gestimmt hat. Sie kennen das ja sicher.« Wieder zeigte sie ihre großen Zähne. »Der arme Ted. Er ist ein so reizender Mensch. Bei allen im Klub sehr beliebt.«

»Er weiß von Mrs. Davies' Tod«, sagte Lynley. »Wir haben mit ihm gesprochen.«

»Ach, der Arme. Zuerst seine Frau und jetzt das. Mein Gott!« Sie seufzte. »Du meine Güte. Ich muss es den anderen sagen.«

Barbara konnte sich vorstellen, mit welchem Genuss sie diese Pflicht übernehmen würde.

»Haben Sie etwas dagegen, wenn wir Mrs. Davies' Büro benutzen?« Lynley wies mit einer Kopfbewegung auf die geschlossene Tür.

»Aber nein. Nein, gar nicht. Es ist bestimmt nicht abgeschlossen. Es ist immer offen. Wegen des Telefons. Es steht im Büro, und wenn Eugenie nicht hier ist, muss natürlich jemand rangehen können, wenn es klingelt. Einige unserer Mitglieder haben Partner im Pflegeheim, und ein Anruf kann ja immer…« Sie hüllte sich in vielsagendes Schweigen, öffnete die Tür zum Büro und forderte Barbara und Lynley mit einer Handbewegung auf, einzutreten. »Darf ich Sie etwas fragen?«, sagte sie.

Lynley blieb an der Tür stehen und drehte sich nach der Frau um, während Barbara an ihm vorbeiging, zum Schreibtisch trat und sich dort in den Sessel setzte. Auf dem Schreibtisch lag ein Terminkalender, den sie näher zu sich heranzog. An der Tür sagte Lynley: »Ja?«

»War Ted… ich meine, ist er…« Sie bemühte sich angestrengt, mit Grabesstimme zu sprechen. »Hat es Ted sehr getroffen, Inspector? Wir sind so gute Freunde, wissen Sie, und ich überlege, ob ich ihn nicht gleich mal anrufen soll? Oder ob ich besser bei ihm vorbeigehe, um ihm Beistand zu leisten?«

Heiliger Strohsack, dachte Barbara. Die Leiche ist noch nicht mal kalt! Aber wenn unversehens ein Mann auf den Markt kommt, darf man vermutlich keine Zeit verlieren. Während Lynley höflich und wohlerzogen darüber sprach, dass nur ein Freund beurteilen könne, ob ein Anruf oder Besuch angebracht sei, und Georgia Ramsbottom sich verzog, um dies zu bedenken, nahm Barbara sich Eugenie Davies' Terminkalender vor. Ihm zufolge hatte die Leiterin des Altenklubs eine Menge zu tun gehabt mit Ausschusssitzungen des Vereins, Besuchen bei Institutionen mit Namen *Tannenruh, Flussblick* und *Unter den Weiden,* allem Anschein nach Pflegeheime, Verabredungen mit Major Wiley – jeweils der Name »Ted« neben einer Zeitangabe, sowie mit regelmäßigen Terminen, die nach den verzeichneten Namen zu urteilen in Pubs oder Hotels stattzufinden pflegten; das ganze Jahr hindurch, mindestens einmal im Monat. Interessanterweise reichten diese besonderen Eintragungen bis zum Ende des Terminkalenders, der auch noch die ersten sechs Monate des kommenden Jahres umfasste. Barbara machte Lynley, der gerade ein persönliches Telefonverzeichnis durchsah, das er in der obersten rechten Schublade des Schreibtischs gefunden hatte, darauf aufmerksam.

»Irgendwelche feststehenden geschäftlichen Termine«, meinte er.

»Als Bierkosterin in diversen Pubs«, fragte Barbara. »Oder als Hotelkritikerin? Das glaube ich nicht. Hören Sie doch mal: *Catherine Wheel, King's Head, Fox and Glove, Claridge's* – hey, das tanzt aus der Reihe. Was halten Sie davon? Wenn Sie mich fragen, waren das heimliche Verabredungen.«

»Nur *ein* Hotel?«

»Nein, hier sind noch andere. Das *Astoria*, das *Lords of the Manor*, das *Le Meridien*. In London und außerhalb. Sie hatte eine heimliche Beziehung mit jemandem, Inspector, und bestimmt nicht mit Wiley.«

»Rufen Sie die Hotels an und fragen Sie, ob sie dort ein Zimmer gebucht hatte.«

»Puh! Stupider geht's nicht.«

»Tja, das sind die Freuden des Jobs.«

Während Barbara die Anrufe machte, setzte sie die Inspektion von Eugenie Davies' Schreibtisch fort. In den Schubladen fand sie Büromaterial: Visitenkarten, Briefumschläge und Schreibpapier, Locher und Heftmaschine, Gummibänder, Büroklammern, Schere, Stifte und Kugelschreiber. In Mappen waren Verträge mit Lieferanten von Lebensmitteln, Möbeln, Computern und Kopiergeräten aufbewahrt. Etwa zur gleichen Zeit, als sie vom ersten der Hotels hörte, dass man dort von einem Gast namens Eugenie Davies nichts wisse, war klar, dass der Schreibtisch nichts Persönliches enthielt.

Sie wandte ihre Aufmerksamkeit dem Eingangskorb zu, während Lynley den Computer einschaltete.

Die Durchsicht des Eingangskorbs war, wie Barbara schnell feststellte, nicht viel ergiebiger als die Anrufe bei den Hotels. Sie fand drei Mitgliedschaftsanträge darin – alle von Witwen in den Siebzigern – und diverse Entwürfe zur Bekanntmachung kommender Klubaktivitäten. Barbara pfiff leise durch die Zähne, als sie sah, was der Verein seinen Mitgliedern zu bieten hatte. Gerade in der bevorstehenden Weihnachtszeit wartete eine beeindruckende Auswahl an Veranstaltungen auf die Senioren, von einer Busfahrt mit Abendessen nach Bath bis zum großen Silvesterball. Es gab Cocktailpartys, Abendessen mit Tanz, Ausflüge und eine Mitternachtsmesse am Heiligen Abend für die »alten Herrschaften«, die offensichtlich nicht an einem ruhigen Lebensabend interessiert waren.

Hinter sich hörte sie die Summ- und Pieptöne von Eugenie Davies' erwachendem Computer. Sie stand auf und ging zum Aktenschrank, und Lynley nutzte die Gelegenheit, um es sich in dem Sessel bequem zu machen, den sie ihm überlassen hatte. Während er ihn zum Computer drehte, öffnete Barbara die oberste Schublade des Aktenschranks, der nicht abgeschlossen war, und begann, die Hefter durchzusehen. Sie fand vor allem Korrespondenz mit anderen Seniorenorganisationen in Großbritannien, jedoch auch Unterlagen des staatlichen Gesundheitsdiensts, eines Reise- und Studienprogramms, über diverse Altersleiden wie Alzheimerkrankheit und Osteoporose und über Rechtsfragen bei Erbangelegenheiten und die Einrichtung von Treuhandfonds und Geldanlagen. In einer Mappe lagen Briefe erwachsener Kinder von Klubmitgliedern, größtenteils Dankesbriefe, in denen gewürdigt wurde, was der Verein dazu getan hatte, Mutters oder Vaters Lebensfreude wieder zu wecken. Ein paar Schreiber waren nicht so ganz einverstanden mit der Verbundenheit der Mutter oder des Vaters mit einer Organisation, die mit der Familie nichts zu tun hatte. Die Briefe dieser Gruppe nahm Barbara heraus und legte sie auf den Tisch. Möglicherweise hatte Mamas oder Papas plötzliche Zuneigung zur Leiterin des Klubs einen Angehörigen beunruhigt; man konnte schließlich nie wissen, wohin solche Anhänglichkeit führte. Sie sah die Briefe noch einmal durch, um sich zu vergewissern, dass keiner mit Wiley unterschrieben war, und fand nichts. Aber das hieß natürlich nicht, dass der Major nicht eine verheiratete Tochter hatte, die an Eugenie geschrieben hatte.

Eine der Mappen war besonders interessant. Sie enthielt zahlreiche Fotografien, die bei Klubveranstaltungen aufgenommen worden waren. Major Wiley war häufig auf diesen Fotos zu finden und meist in Gesellschaft einer Frau, die entweder seinen Arm eisern umklammert hielt oder ihm fast die Gurgel abdrückte oder auf seinem Schoß saß. Georgia Ramsbottom. *Der liebe Teddy!* Aha, dachte Barbara. Sie sagte: »Inspector«, und im selben Moment sagte Lynley: »Ich glaube, hier haben wir etwas, Havers.«

Mit den Fotos in der Hand trat sie zum Computer. Lynley hatte sich ins Internet eingeloggt und Eugenie Davies' E-Mail auf den Bildschirm geholt.

»Hatte sie kein Passwort?«, fragte Barbara, als sie ihm die Bilder reichte.

»Doch«, antwortete Lynley. »Aber es war leicht zu erraten.«

»Der Name eines der Kinder?«

»Sonia«, sagte er, und gleich darauf: »Ach, verdammt!«

»Was ist denn?«

»Hier ist nichts.«

»Dabei wäre uns doch ein Drohbrief so gelegen gekommen. Schade.«

»Ich verstehe das nicht«, sagte Lynley, den Blick auf den Bildschirm gerichtet. »Hier ist überhaupt nichts. Wissen Sie, wie man E-Mails zurückverfolgt? Ist es möglich, dass irgendwo alte E-Mails versteckt sind?«

»Das fragen Sie mich? Wo ich mich gerade erst ans Handy gewöhnt habe?«

»Wir müssen sie finden, wenn welche da sind.«

»Dann müssen wir den Computer mitnehmen«, sagte Barbara. »In London macht uns das bestimmt jemand im Handumdrehen.«

»Ja, bestimmt«, stimmte Lynley zu. Er sah die Fotos durch, die sie ihm in die Hand gedrückt hatte, aber er wirkte zerstreut.

»Georgia Ramsbottom und der liebe Teddy waren anscheinend eine Zeit lang ein Paar«, sagte Barbara.

»Sechzigjährige Frauen, die sich gegenseitig totfahren?«, erkundigte sich Lynley.

»Warum nicht?«, meinte Barbara. »Es würde mich interessieren, ob ihr Wagen eine Delle hat.«

»Irgendwie bezweifle ich das«, sagte Lynley.

»Aber wir sollten nachsehen. Ich finde, wir dürfen nicht –«

»Ja, ja, wir überprüfen es. Der Wagen steht bestimmt auf dem Parkplatz.« Aber sein Ton war desinteressiert, und es gefiel Barbara gar nicht, wie er die Fotos, ohne ihnen weitere Beachtung zu schenken, aus der Hand legte und sich entschlossen wieder dem Computer zuwandte. Er loggte sich aus, schaltete das Gerät ab und ging daran, die Stecker herauszuziehen. »Wir werden Mrs. Davies' Spur im Internet verfolgen«, sagte er. »Kein Mensch geht online, ohne Fußstapfen zu hinterlassen.«

»*Sahnehöschen.*« Chief Inspector Eric Leach verzog keine Miene. Er war seit sechsundzwanzig Jahren bei der Polizei und wusste längst, dass man in diesem Metier ein gewaltiger Dummkopf sein musste, um sich einzubilden, man hätte alles gehört und gesehen, was die lieben Mitmenschen an Abartigkeiten zu bieten hatten. Dennoch – das hier war ein echter Kracher. »Sagten Sie *Sahnehöschen*, Mr. Pitchley?«

Sie befanden sich in einem Vernehmungszimmer der Polizeidienststelle: J. W. Pitchley, sein Anwalt – ein Zwerg namens Jacob Azoff mit üppig behaarten Nasenlöchern und einem großen Kaffeefleck auf der Krawatte –, ein Constable namens Stanwood und Leach, der die Vernehmung leitete, dabei Halspastillen lutschte und sich missmutig fragte, wann sein Immunsystem sich endlich darauf einstellen würde, dass er wieder ein Singledasein führte. Nur ein langer Abend im Pub und sämtliche der Wissenschaft bekannte Viren fielen über ihn her.

Pitchleys Anwalt hatte keine zwei Stunden vor dieser Sitzung angerufen. Sein Mandant wolle eine Aussage machen, hatte er Leach kurz mitgeteilt, und wünsche die Garantie, dass diese absolut vertraulich behandelt würde. Mit anderen Worten, Pitchley wolle auf keinen Fall, dass die Presse von seinem Namen Wind bekomme, und wenn auch nur die geringste Gefahr bestünde, dass man der Presse seinen Namen mitteilen würde … und so weiter und so fort. Gähn, gähn.

»Er kennt das Verfahren«, hatte Azoff in bedeutungsschwerem Ton gesagt. »Wenn wir also zu einer Vereinbarung bezüglich der Vertraulichkeit dieses Gesprächs gelangen können, Chief Inspector, dann denke ich, können Sie sich darauf verlassen, dass mein Mandant sich aufrichtig bemühen wird, Ihnen bei Ihren Ermittlungen behilflich zu sein.«

Wenig später waren Pitchley und sein Anwalt eingetroffen und wie verdeckte Ermittler durch die Hintertür in die Dienststelle geführt worden. Nachdem sie die Erfrischungen bekommen hatten, die sie wünschten – frischen Orangensaft und Mineralwasser mit Limette, nicht Zitrone, bitte –, hatte man im Vernehmungsraum Platz genommen, wo Leach den Rekorder eingeschaltet und Datum, Uhrzeit sowie die Namen aller Anwesenden zu Protokoll gegeben hatte.

Bisher unterschied sich Pitchleys Aussage in nichts von dem, was er ihnen in der vergangenen Nacht erzählt hatte, er war lediglich in Bezug auf Namen und Örtlichkeiten etwas präziser geworden. Leider jedoch konnte er neben den Pseudonymen der Gespielinnen, mit denen er sich im *Comfort Inn* zu treffen pflegte, nicht mit einem einzigen *richtigen* Namen einer Person aufwarten, die seine Story hätte bestätigen können.

Verständlicherweise verwundert, fragte Leach: »Mr. Pitchley, wie kommen Sie auf die Idee, dass wir diese Frau ausfindig machen können? Wenn sie nicht einmal bereit war, dem Kerl, mit dem sie gebumst hat –«

»Dieser Ausdruck wird bei uns nicht gebraucht«, warf Pitchley verärgert ein.

»– ihren Namen zu nennen, wieso sollte sie dann ausgerechnet der Polizei gegenüber entgegenkommender sein? Sagt es Ihnen denn gar nichts, dass sie ihren Namen verheimlicht?«

»Bei uns ist das immer –«

»Lässt das nicht vermuten, dass sie auf keine andere Art als durch das Internet gefunden werden *will*?«

»Das gehört doch zum Spiel, dass wir –«

»Und wenn sie nicht gefunden werden will, könnte das dann nicht vielleicht heißen, dass es da jemanden gibt – einen Ehemann, zum Beispiel –, der nicht mit Begeisterung reagieren würde, wenn plötzlich ein Typ, der's vor kurzem mit seiner Frau getrieben hat, mit Blumen und Pralinen vor der Tür steht, weil er hofft, dass sie sein Alibi bestätigt?«

Pitchley wurde immer blasser und Leach immer ungeduldiger. Unter viel Stottern und Stammeln hatte der Mann zugegeben, dass er sich damit vergnügte, über das Internet mit älteren Frauen Kontakt aufzunehmen, die niemals ihren Namen nannten und niemals den seinen erfuhren. Pitchley behauptete, sich nicht erinnern zu können, mit wie vielen Frauen er sich seit der Einführung von E-Mail und Chatrooms getroffen habe. Er hätte die einzelnen Cybernamen nicht mehr im Kopf, sagte er, aber er könne schwören, dass er bei jedem persönlichen Zusammentreffen, das zu Stande gekommen war, nach gleicher Weise verfahren sei: Drinks und Abendessen im *Valley of Kings* in South Kensington, danach mehrere Stunden kreativer Sex im *Comfort Inn*.

»Dann wird man sich ja entweder im Restaurant oder Hotel an Sie erinnern?«, meinte Leach.

Da könnte es, erwiderte Pitchley einigermaßen niedergeschlagen, ein Problem geben. Die Kellner im *Valley of Kings* seien Ausländer, ebenso der Nachtportier im *Comfort Inn*. Und Ausländer hätten nun mal meist kein Gedächtnis für englische Gesichter, nicht wahr? Denn Ausländer –

»Zwei Drittel der Bewohner Londons sind Ausländer«, fiel Leach ihm ins Wort. »Wenn Sie uns nichts zu bieten haben, was wirklich Hand und Fuß hat, Mr. Pitchley, verschwenden wir alle hier nur unsere Zeit.«

»Darf ich Sie daran erinnern, Chief Inspector, dass Mr. Pitchley aus reinem Entgegenkommen hier ist«, schaltete sich Jake Azoff ein, dem von dem bestellten Saft ein Fitzelchen Orangenmark wie gefärbter Vogelkot im Schnauzer hing. »Etwas mehr Höflichkeit würde sein Erinnerungsvermögen vielleicht anregen.«

»Ich nahm an, Mr. Pitchley sei hergekommen, weil er seiner Aussage von gestern Abend noch etwas hinzuzufügen hat«, erwiderte Leach. »Bisher tischt er uns hier aber nur Variationen zu einem Thema auf und reitet sich damit höchstens noch tiefer in den Schlamassel, in dem er bereits steckt.«

»Das ist nun wirklich völlig unzutreffend«, entgegnete Azoff pikiert.

»Finden Sie? Dann darf ich Sie vielleicht aufklären. Wenn ich recht gehört habe, hat Mr. Pitchley uns soeben informiert, dass es sein Hobby ist, über das Internet Frauen über fünfzig anzumachen und ins Bett zu lotsen. Er hat uns ferner mitgeteilt, dass er auf diesem Gebiet so stattliche Erfolge verzeichnen kann, dass er gar nicht mehr zählen kann, wie viele Frauen er mit seinen besonderen erotischen Talenten beglückt hat. Habe ich Recht, Mr. Pitchley?«

Pitchley setzte sich von einer Gesäßbacke auf die andere und trank von seinem Wasser. Sein mausbraunes Haar, zwei schwungvolle Wellen zu beiden Seiten des Mittelscheitels, fiel ihm ins Gesicht, als er nickte. Er hielt den Kopf gesenkt. Ob aus Verlegenheit, Bedauern oder um sich nicht in die Karten sehen zu lassen – wer konnte das sagen?

»Gut. Dann fahren wir fort. Also, in der Straße, in der Mr. Pitchley wohnt, in der Tat gar nicht weit von seiner Wohnung, wird eine ältere Frau überfahren. Zufällig hat diese Frau einen Zettel mit Mr. Pitchleys Adresse bei sich. Was würden Sie daraus schließen?«

»Gar nichts«, antwortete Azoff.

»Natürlich nicht. Aber meine Aufgabe ist es, Schlussfolgerungen zu ziehen. Und ich gelange zu dem Schluss, dass diese Dame auf dem Weg zu Mr. Pitchleys Wohnung war.«

»Wir haben mit keinem Wort bestätigt, dass Mr. Pitchley diese Frau erwartete oder auch nur kannte.«

»Und wenn sie tatsächlich auf dem Weg zu ihm war, dann hat Mr. Pitchley selbst uns einen prächtigen Grund für einen solchen Besuch genannt.« Leach beugte sich vor, um Pitchley stärker unter Druck zu setzen und ihm besser unter das herabhängende Haar sehen zu können. »Sie war ziemlich genau in dem Alter, in dem Sie sie mögen, Pitchley. Zweiundsechzig. Gut erhalten – soweit das noch feststellbar war. Geschieden. Nicht wieder verheiratet. Keine Kinder zu Hause. Es würde mich interessieren, ob sie sich einen Computer angeschafft hatte, um sich die einsamen Abende da draußen in Henley zu verkürzen …«

»Das ist völlig ausgeschlossen«, erklärte Pitchley entschieden. »Keine erfährt je, wo ich wohne. Sie haben keine Ahnung, wohin ich verschwinde, wenn wir – nachdem wir… also, ich meine, wenn's vorbei ist.«

»Sie vögeln sie und hauen dann ab«, sagte Leach. »Klasse. Aber was ist, wenn einer der Damen dieses Arrangement nicht gepasst hat? Wenn sie Ihnen nach Hause gefolgt ist? Natürlich nicht gestern Abend, aber an irgendeinem anderen Abend. Sie ist Ihnen gefolgt, hat festgestellt, wo Sie wohnen, und dann, als Sie sich nie wieder gemeldet haben, nur auf den rechten Moment gewartet, um Sie zu stellen.«

»Unmöglich. Das geht gar nicht.«

»Wieso nicht?«

»Weil ich nie direkt nach Hause fahre. Ich fahre immer erst mindestens eine halbe Stunde kreuz und quer herum – manchmal auch eine ganze Stunde –, um ganz sicherzugehen…« Er hielt inne und schaffte es, ein halbwegs verlegenes Gesicht wegen seines Geständnisses zu machen. »Ich fahre durch die Gegend, um dafür zu sorgen, dass mir keine am Auspuff hängt.«

»Sehr weise«, sagte Leach ironisch.

»Ich weiß, wie das klingt. Ich weiß, das hört sich an, als wär ich der letzte Dreck. Und wenn ich das bin, dann bin ich's eben. Aber ich bin jedenfalls keiner, der eine Frau totfährt, und das wissen Sie, verdammt noch mal, auch ganz genau, wenn Sie meinen Wagen untersucht haben und nicht stattdessen eine Spritztour mit ihm gemacht haben. Und ich möchte meinen Wagen jetzt gefälligst zurück haben, Inspector Leach.«

»Ach ja?«

»Ach ja! Ganz recht. Sie wollten was von mir wissen, und ich habe Ihnen gesagt, was ich weiß. Ich habe Ihnen gesagt, wo ich gestern war, was ich gemacht habe und mit wem ich zusammen war.«

»Mit einer Dame namens Sahnehöschen, deren wahrer Name Ihnen unbekannt ist.«

»Na schön, ich geh noch mal online. Ich werde sie schon dazu kriegen, sich zu melden, wenn Sie solchen Wert darauf legen.«

»Das traue ich Ihnen sogar zu«, sagte Leach. »Aber nach allem, was Sie uns erzählt haben, wird das nicht viel helfen.«

»Wieso nicht? Ich kann ja wohl nicht an zwei Orten zugleich sein.«

»Nein, das sicher nicht. Aber auch wenn die besagte Dame Ihre Aussage bestätigt, werden Lücken bleiben, weil sie uns ja nicht sagen können wird, wohin Sie nach dem Stelldichein mit ihr gefahren sind. Da wird also mindestens eine halbe, wenn nicht eine ganze Stunde Ihres Tuns offen bleiben. Und wenn Sie jetzt behaupten, sie könnte Ihnen gefolgt sein, begeben Sie sich auf sehr dünnes Eis, Meister. Denn wenn sie Ihnen hätte folgen können, dann hätte Ihnen nach einem ebensolchen Stelldichein auch Eugenie Davies folgen können.«

Pitchley stieß sich so heftig vom Tisch ab, dass die Beine seines Stuhls laut quietschend über den Fußboden schrammten. »Wer?«, rief er mit heiserer Stimme. »Wer, sagen Sie?«

»Eugenie Davies. Die Tote.« Noch während Leach sprach, erkannte er, was der Ausdruck im Gesicht des anderen zu bedeuten hatte. »Sie haben sie gekannt. Und unter diesem Namen. Sie haben sie gekannt, Mr. Pitchley?«

»O Gott. Scheiße«, stöhnte Pitchley.

Azoff sagte blitzschnell »Fünf Minuten Pause« zu seinem Mandanten.

Bevor Pitchley antworten konnte, klopfte es, und gleich darauf streckte eine Beamtin den Kopf zur Tür herein. »Inspector Lynley ist am Telefon, Sir«, sagte sie zu Leach. »Jetzt oder später?«

»Fünf Minuten«, sagte Leach kurz zu Pitchley und Azoff. Er nahm seine Papiere und ging hinaus.

Das Leben war nicht ein Strom fortlaufender Entwicklung, obwohl es in genau dieser Verkleidung daherkam. In Wirklichkeit war das Leben ein Karussell. In der Kindheit sprang man auf den Rücken eines galoppierenden Ponys und begab sich auf eine Reise, in deren Verlauf, glaubte man, die Dinge sich ständig verändern würden. Aber in Wahrheit war das Leben eine endlose Wiederholung der immer gleichen Erlebnisse – ununterbrochen im Kreis ging es auf diesem Pony, immer hinauf und hinunter. Und wenn man sich den Herausforderungen, die einem unterwegs begegneten, nicht stellte, so traten sie einem bis ans Ende seiner Tage in dieser oder jener Form immer wieder in den Weg. Wenn J. W. Pitchley zuvor nicht so recht an diese Vorstellung geglaubt hatte, so war er jetzt davon überzeugt.

Er stand draußen auf der Treppe vor dem Polizeirevier Hampstead und hörte sich einen hitzigen Monolog Jake Azoffs zum Thema Vertrauen und Wahrhaftigkeit in der Beziehung zwischen Anwalt und Mandant an. Azoff schloss mit den Worten: »Glauben Sie im Ernst, ich hätte auch nur einen Fuß in diese verdammte Polizeidienststelle gesetzt, wenn ich gewusst hätte, was Sie verheimlichen, Sie Wahnsinniger? Sie haben mich zum Narren gehalten. Ist Ihnen klar, wie sich das auf meine Glaubwürdigkeit bei den Bullen auswirkt?«

Pitchley hätte am liebsten gesagt, im Moment gehe es überhaupt nicht um Azoff, aber er ließ es sein. Als er schwieg, fühlte sich der Anwalt ermutigt, verächtlich zu fragen: »Also, wie darf ich Sie für die restliche Zeit unserer geschäftlichen Beziehung nennen, Sir? Pitchley oder Pitchford?«

»Pitchley ist absolut legal«, erwiderte J. W. Pitchley. »Ich habe meinen Namen gesetzlich ändern lassen, Jake.«

»Kann schon sein«, gab Azoff zurück. »Aber ich möchte

Gründe und Umstände vor achtzehn Uhr schriftlich auf meinem Schreibtisch haben, sei es per Fax, E-Mail, Kurier oder Brieftaube. Dann werden wir sehen, wie es mit unserer geschäftlichen Beziehung weitergeht.«

J. W. Pitchley, alias James Pitchford, alias *Die Zunge*, nickte wie ein braver Junge, obwohl er genau wusste, dass das alles nur heiße Luft war. Jake Azoff, der eine so schauderhafte Art hatte, mit Geld umzugehen, hätte keinen Monat ohne einen fachmännischen Berater existieren können, der sich um seine Finanzen kümmerte. Wenn er jetzt Pitchley-Pitchford verstieße, der seit so vielen Jahren und mit so viel trickreicher Raffinesse seine Interessen auf dem Steuersektor wahrnahm, würde er sehr schnell in die gierigen Hände des Finanzamt fallen, was er natürlich keinesfalls wollte. Aber er musste Dampf ablassen, und J. W. Pitchley, vormals James Pitchford, konnte es ihm im Grunde nicht übel nehmen. Er sagte darum nur: »In Ordnung, Jake. Tut mir Leid, dass ich Ihnen diese unangenehme Überraschung bereitet habe«, und ließ es schweigend geschehen, dass Azoff eingeschnappt seinen Mantelkragen gegen den kalten Wind hochklappte und ging.

Er selbst machte sich, da er keinen Wagen zur Verfügung hatte und Azoff sich nicht erboten hatte, ihn nach Hause zu fahren, missmutig auf den Weg zum Bahnhof in der Nähe von Hampstead Heath. Wenigstens, sagte er sich zum Trost, während er sich innerlich gegen die Fahrt in einem der unappetitlichen Züge wappnete, war es nicht die Untergrundbahn. *Und* es hatte seit gut einer Woche kein Zugunglück mehr gegeben, obwohl man den Eindruck nicht los wurde, dass die verschiedenen Eisenbahngesellschaften sich gegenseitig an Unfähigkeit zu überbieten suchten.

Er ging den Downshire Hill hinauf und bog nach rechts in den Keats Grove ein, wo beim Haus des Dichters, der dem Ort den Namen gegeben hatte, eine Frau mittleren Alters mit einer schweren Aktentasche, deren Gewicht ihre Schulter nach unten zog, aus dem Park trat. Pitchley-Pitchford ging langsamer, als sie sich nach rechts wandte, in die gleiche Richtung wie er. Zu einer anderen Zeit wäre er ihr nachgelaufen, um ihr die Tasche abzunehmen. So was gehörte sich einfach für einen Gentleman.

Ihre Fesseln waren eine Spur zu dick, sonst aber war sie genau so, wie er Frauen gern hatte: ein wenig verbraucht, ein wenig abgetakelt, mit dem etwas gehemmten, geistig interessierten Ausdruck im Gesicht, der nicht nur ein angenehmes Maß an Intelligenz versprach, sondern auch jenen Mangel an Vertrauen in die eigene Attraktivität, den er so anregend fand. Stets entpuppten sich die Frauen aus dem Chatroom als solche, wenn er sie schließlich persönlich traf, und das war der Grund, warum er wider besseres Wissen und trotz der Gefahr, sich mit irgendeiner scheußlichen Krankheit zu infizieren, immer wieder auf Internetbekanntschaften zurückgriff. Und obwohl nach dem, was er soeben bei der Polizei in Hampstead erlebt hatte, die Vernunft ihm sagte, dass es hirnverbrannt war, weitere anonyme Begegnungen mit Frauen zu suchen, hatte der andere Teil seiner Persönlichkeit – das Reptil in ihm – überhaupt keine Lust, aus Schaden klug zu werden und in Zukunft die vertrauten Spielchen zu lassen. Es gibt wirklich Dinge, die mehr Gewicht haben als ein bisschen Ärger mit der Polizei, James, hielt das Reptil ihm vor. Denk beispielsweise nur einen Moment lang an die köstliche Lust, die die verschiedenen Öffnungen des weiblichen Körpers zu bereiten und zu empfangen vermögen.

Aber dies war nicht der Moment, sich Fantasien hinzugeben. Tatsache war, dass die Tote in Crediton Hill, die seine Adresse bei sich gehabt hatte, Eugenie Davies gewesen war, die er früher einmal gekannt hatte.

Damals hieß er James Pitchford, war fünfundzwanzig Jahre alt, hatte drei Jahre zuvor sein Studium abgeschlossen und ein Jahr zuvor ein Miniapartment von der Größe einer Rumpelkammer in Hammersmith aufgegeben. Ein Jahr in dieser Unterkunft ermöglichte es ihm, eine Sprachenschule zu besuchen, wo er für eine exorbitante Summe, die wieder hereinzuholen er Jahre brauchte, den dringend notwendigen Einzelunterricht in seiner Muttersprache nahm, der ihn für Geschäftsverhandlungen, den Umgang mit den besseren Kreisen und die Demontage hochnäsiger Hotelportiers fit machen sollte.

Von dort aus ergatterte er seinen ersten Job in der City, und da machte sich eine Adresse in Zentrallondon natürlich absolut hervorragend. Da er niemals Kollegen zu sich einlud, sei es auf einen Drink oder zum Abendessen oder aus anderem Anlass, erfuhr niemand, dass die Briefe und aufwändigen Einladungen, die an eine feudale Adresse in Kensington abgeschickt wurden, in einem Mansardenzimmer landeten, das noch kleiner war als das Apartment in Hammersmith, in dem er angefangen hatte.

Aber er nahm die Beengtheit seines kleinen Zimmers gern in Kauf, nicht nur um der guten Adresse, sondern auch um der Gemeinschaft willen, die er in diesem Haus fand. In der Zeit nach den Tagen am Kensington Square hatte J. W. Pitchley sich darin geübt, nicht an diese Gemeinschaft zu denken. Für James Pitchford jedoch, der sie genossen hatte und ihr den Erfolg seiner Bemühungen, sich selbst neu zu erfinden, zuschrieb, hatte es kaum einen Moment gegeben, in dem er nicht wenigstens flüchtig an dieses oder jenes Mitglied des häuslichen Kreises dachte. Vor allen anderen an Katja.

»Du kannst mir bitte helfen, besser Englisch zu sprechen?«, hatte sie ihn gefragt. »Ich bin ein Jahr hier. Ich lerne nicht so gut, wie ich möchte. Ich wäre dir so dankbar.« Ihr etwas harter Akzent war die charmante Variante der grässlichen Cockney-Laute, die loszuwerden er so hart geschuftet hatte.

Er sagte ihr seine Hilfe zu, weil sie in ihrem Bitten so ernsthaft war. Er sagte sie ihr zu, weil sie beide – obwohl sie das nicht wissen konnte und er sich lieber die Zunge abgebissen hätte, als es ihr zu verraten – vom selben Schlag waren. Ihre Flucht aus Ostdeutschland, wenn auch weit dramatischer und beeindruckender, spiegelte seine eigene frühere Flucht wider. Die Motive mochten unterschiedlicher Art sein, der Kern war derselbe.

Er und Katja sprachen die gleiche Sprache. Wenn er ihr mit simplen Grammatik- und Ausspracheübungen helfen konnte, an Boden zu gewinnen, tat er das gern.

Sie setzten sich in Katjas Freizeit zusammen, wenn Sonia schlief oder bei ihrer Familie war. Sie trafen sich in seinem oder ihrem Zimmer, wo jeder einen Tisch hatte, auf dem die Grammatikbücher und das Tonbandgerät für ihre Sprechübungen knapp Platz hatten. Sie nahm es sehr ernst mit ihren Bemühungen um richtige Betonung, Aussprache und Artikulation. Ihre Bereitschaft, in einer Sprache zu experimentieren, die ihr so fremd war wie Yorkshirepudding, zeigte viel Mut. Dieser Mut war das Erste, was James Pitchford an Katja Wolff bewunderte. Die Kühnheit, die sie über die Berliner Mauer getragen hatte, war der Stoff, aus dem Helden gemacht wurden; er wollte ihr nacheifern.

Ich werde mich deiner würdig erweisen, schwor er ihr insgeheim, wenn sie beieinander saßen und sich mit den Tücken der unregelmäßigen Verben plagten. Und im gelben Lichtschein, der auf die herabfiel, stellte er sich vor, er würde ihr seidiges blondes Haar berühren, seine Finger hindurchziehen, seine Weichheit auf seiner nackten Brust spüren, wenn diese tolle Frau sich aus seiner Umarmung erhob.

Das Babyfon, das immer auf der Kommode lag, pflegte James Pitchford gnadenlos aus diesen Träumereien zu reißen. Zwei Stockwerke tiefer wimmerte das Kind, und Katja hob den Kopf von den Büchern.

»Es ist nichts«, sagte er jedes Mal, weil er nicht wollte, dass diese gemeinsame Stunde, die ihm so viel bedeutete und ohnehin schon viel zu kurz war, endete.

»Es ist die Kleine. Ich muss gehen«, sagte Katja.

»Warte noch.« Er nutzte die Gelegenheit, um seine Hand auf die ihre zu legen.

»Ich kann nicht, James. Wenn sie weint und Mrs. Davies merkt, dass ich nicht bei ihr bin… Du kennst sie doch. Das ist nun mal mein Job.«

Job?, dachte er. Sklavenarbeit war das. Zu jeder Tages- und Nachtzeit verfügbar sein, alles tun, was gerade anfiel. Die Betreuung eines Kindes, das ständig krank war, verlangte mehr als die gutwilligen Bemühungen einer jungen Frau, die praktisch keine Erfahrung hatte.

Selbst mit seinen fünfundzwanzig Jahren sah James Pitchford ganz klar, dass Sonia Davies professionelle Pflege brauchte. Warum sie die nicht bekam, war eines der Rätsel in diesem Haus. Aber er war nicht berufen, diesem Rätsel auf den Grund zu gehen. Er musste den Kopf unten und sich selbst im Hintergrund halten.

Wenn aber Katja mitten in der Englischstunde aufsprang, um sich um das Kind zu kümmern, wenn er sie in der Nacht aus dem Bett stolpern und die Treppe hinunterlaufen hörte, weil das kleine Mädchen Hilfe brauchte, wenn er bei der Heimkehr von der Arbeit Katja damit beschäftigt fand, das Kind zu füttern, zu baden, auf diese oder jene Weise zu beschäftigen und zu unterhalten, dachte er oft, die arme Kleine hat doch eine Familie. Was tut die denn für sie?

Nichts, fand er. Sonia Davies wurde Katjas Obhut überlassen, während die anderen um Gideon herumtanzten.

Konnte man ihnen das zum Vorwurf machen, fragte sich James. Und selbst wenn ja, hatten sie denn eine Wahl? Die Familie hatte sich schon lange vor Sonias Geburt in das Unternehmen Gideon gestürzt. Sie hatte sich bereits auf einen Weg festgelegt, und die Anwesenheit Raphael Robsons und Sarah-Jane Becketts in ihrem Kreis war der beste Beweis dafür.

Mit dem Gedanken an Robson und die Beckett trat Pitchley-Pitchford in die Bahnhofshalle und warf die erforderlichen Münzen in den Fahrkartenautomaten. Auf dem Weg zum Bahnsteig beschäftigte ihn die erstaunliche Tatsache, dass er seit Jahren weder an Robson noch an Sarah-Jane Beckett gedacht hatte. Bei Robson war das vielleicht nicht weiter verwunderlich, da der Geigenlehrer ja nicht im Haus gelebt hatte. Aber es war schon merkwürdig, dass er in all den Jahren Sarah-Jane Beckett nicht einmal einen flüchtigen Gedanken gewidmet hatte. Sie war schließlich immer sehr präsent gewesen.

»Ich finde meine Position hier durchaus angemessen«, erklärte sie ihm bald nach ihrer Einstellung in dieser etwas verschrobenen, präviktorianischen Art, in der sie sich auszudrücken pflegte, wenn sie die Gouvernante herauskehrte. »Gideon mag bisweilen schwierig sein, aber er ist ein bemerkenswerter Schüler, und ich fühle mich geehrt, unter neunzehn Kandidaten ausgewählt worden zu sein, ihn zu unterrichten.«

Sie war gerade erst ins Haus gekommen und würde wie er in einem Zimmerchen in der Mansarde wohnen. Sie würden sich ein winziges Badezimmer teilen müssen, keine Wanne, nur eine Dusche, in der ein Mann von durchschnittlichem Körperbau sich kaum drehen konnte. Sie hatte das gleich an dem Tag gesehen, als sie eingezogen war, entsetzt vermerkt, aber schließlich mit Märtyrermiene seufzend akzeptiert.

»Ich wasche keine Wäsche im Badezimmer«, teilte sie ihm mit, »und es wäre mir angenehm, wenn Sie das ebenfalls unterlassen würden. Wenn wir in solchen Kleinigkeiten aufeinander Rücksicht nehmen, werden wir gewiss gut miteinander auskommen. Woher kommen Sie, James? Ich weiß nicht recht, wo ich Sie unterbringen soll. Normalerweise habe ich ein sehr gutes Ohr für Dialekte. Mrs. Davies ist zum Beispiel in Hampshire aufgewachsen. Haben Sie ihr das nicht angehört? Sie ist mir recht sympathisch. Mr. Davies auch. Aber der Großvater! Der scheint mir etwas... Nun ja. Man soll ja nichts Schlechtes sagen, aber...« Sie tippte sich mit dem Finger an die Stirn und verdrehte die Augen zur Zimmerdecke.

Der hat 'nen Sprung in der Schüssel, hätte James zu einer anderen Zeit in seinem Leben gesagt. Nun aber sagte er: »Ja, er ist ein komischer Vogel, nicht wahr? Gehen Sie ihm einfach aus dem Weg. Er ist im Grunde genommen völlig harmlos.«

Etwas über ein Jahr lebte man in friedlicher Gemeinschaft unter einem Dach. James ging, genau wie Richard und Eugenie Davies, jeden Morgen zur Arbeit, während die beiden Alten zu Hause blieben. Großvater werkelte im Garten, und Großmutter kümmerte sich um den Haushalt. Raphael Robson beaufsichtigte Gideons Geigenspiel, Sarah-Jane Beckett unterrichtete den Jungen in sämtlichen Schulfächern von der Literatur bis zur Geografie.

»Die Arbeit mit diesem Jungen ist wirklich unglaublich«, berichtete sie ihm. »Er saugt das Wissen auf wie ein Schwamm. Man würde vielleicht vermuten, er wäre in allem außer der Musik hoffnungslos unbegabt, aber das stimmt nicht. Wenn ich ihn mit den Schülern in meinem ersten Jahr in Nord-London vergleiche...« Wieder verdrehte sie, wie das ihre Gewohnheit war, die Augen, um ihrer Meinung Ausdruck zu geben: Nordlondon, wo sich der Abschaum der Gesellschaft tummelte. Mehr als die Hälfte ihrer Schüler seien Schwarze gewesen, berichtete sie. Und die übrigen – hier eine effekthascherische Pause – *Iren.* »Nichts gegen Minderheiten, aber man muss ja bei seiner Arbeit nicht *alles* ertragen.«

Sie suchte seine Gesellschaft, wenn sie nicht mit Gideon zu tun hatte, forderte ihn zum Kinobesuch auf oder zu einem Bier oder Wein im *Greyhound.* »Rein freundschaftlich«, pflegte sie zu sagen, aber in der Dunkelheit des Kinosaals, wenn die Bilder über die Leinwand flimmerten, drückte sie an diesen »rein freundschaftlichen« Abenden oft ihr Bein an das seine, oder sie hakte sich bei ihm ein, wenn sie das Pub betraten, und ließ ihre Hand dann über seinen Bizeps und Ellbogen zu seinem Handgelenk hinuntergleiten, sodass ihre Finger, wenn sie einander begegneten, sich ganz von selbst verschränkten und so blieben.

»Erzähl mir von deiner Familie, James«, pflegte sie ihn zu drängen. »Komm schon. Ich will alles wissen.«

Und er erzählte Märchen, wie er sich das schon lange zur Gewohnheit gemacht hatte. Er fühlte sich geschmeichelt, dass sie, ein gebildetes Mädchen aus guter Familie, ihm ihre Aufmerksamkeit schenkte. Er hatte so viele Jahre lang immer nur den Mund gehalten und den Kopf eingezogen, dass ihr Interesse an ihm eine Sehnsucht nach Gemeinschaft weckte, die er fast sein Leben lang unterdrückt hatte.

Doch sie war nicht die Gefährtin, die er suchte. Zwar hätte er nicht sagen können, was er suchte, aber es durchzuckte ihn keinerlei Verlangen, wenn Sarah-Jane ihn berührte, keine prickelnde Sehnsucht, mehr von ihr zu spüren als den Druck ihrer Finger, wenn sie seine Hand umfasste.

Dann kam Katja Wolff, und alles wurde anders. Aber Katja Wolff war ja auch ganz anders als Sarah-Jane Beckett.

# 7

»Das könnte ihr Exmann gewesen sein«, meinte Chief Inspector Leach, als er von dem Mann hörte, den Ted Wiley auf dem Parkplatz des *Sixty Plus Clubs* beobachtet hatte. »Scheidung heißt noch lange nicht auf ewig Lebewohl, das können Sie mir glauben. Er heißt Richard Davies. Am besten stellen Sie gleich mal fest, wo er zu finden ist.«

»Vielleicht war er auch der dritte Mann auf dem Anrufbeantworter«, sagte Lynley.

»Was hatte er gesagt?«

Barbara las es aus ihren Notizen vor. »Seine Stimme klang ärgerlich«, sagte sie und fügte nachdenklich hinzu: »Ich frage mich, ob die gute Eugenie ihre Männer gegeneinander ausgespielt hat.«

»Sie denken an den anderen – Wiley?«, fragte Leach.

»Da könnte doch was dran sein«, fuhr Barbara fort. »Auf ihrem Anrufbeantworter haben wir die Stimmen drei verschiedener Männer. Sie streitet sich – Wiley zufolge – mit einem Typen auf dem Parkplatz. Sie kündigt Wiley an, dass sie ihm etwas zu sagen hat, etwas, was er offenbar für bedeutsam hält...« Barbara zögerte mit einem Blick zu Lynley.

Er wusste, was sie dachte und gern sagen wollte. Wir haben einen Stapel Liebesbriefe von einem verheirateten Mann im Haus gefunden, und einen Computer mit Internetanschluss. Sie wartete unverkennbar auf grünes Licht von ihm, um damit herauszurücken, aber er sagte nichts, und so schloss sie ihre Ausführungen kleinlaut mit den Worten: »Wir sollten alle Männer, die mit ihr bekannt waren, genau unter die Lupe nehmen, wenn Sie mich fragen.«

Leach nickte. »Dann mal ran an Richard Davies.«

Sie waren im Besprechungsraum, wo Beamte über die Ergebnisse der ihnen zugewiesenen Ermittlungsaufgaben berichteten. Nachdem Lynley auf der Rückfahrt nach London bei Leach angerufen hatte, hatte dieser zusätzliche Leute für die Suche nach einem schwarzen oder dunkelblauen Audi abgestellt, in dessen Kennzeichen die Buchstaben *ADY* waren. Einen Constable hatte er beauftragt, sich von der britischen Telefongesellschaft eine Liste sämtlicher Anrufe, die von *Doll Cottage* aus getätigt worden oder dort eingegangen waren, zusammenstellen zu lassen, ein anderer sollte die Firma Cellnet veranlassen, die Nummer des Handys festzustellen, dessen Eigentümer eine Nachricht auf Eugenie Davies' Anrufbeantworter hinterlassen hatte.

Unter den bislang eingegangenen Berichten war nur der des Mannes, der zum Labor Verbindung hielt, brauchbar: An der Kleidung der Toten sowie an ihrem Körper, insbesondere an ihren Beinen, waren bei der Untersuchung winzige Lackpartikelchen gefunden worden.

»Sie werden eine chemische Analyse vornehmen«, sagte Leach, »dann lässt sich vielleicht die Marke des Wagens feststellen, der sie überfahren hat. Aber das braucht natürlich Zeit. Sie kennen das ja.«

»Welche Farbe haben die Lackteilchen? Wissen Sie das?«, fragte Lynley.

»Schwarz.«

»Und welche Farbe hat der beschlagnahmte Porsche?«

»Ach ja, der Porsche…« Leach ermunterte seine Leute, sich wieder an ihre Arbeit zu begeben, und ging mit Lynley und Barbara zu seinem Büro. »Er ist silbern«, sagte er »und sauber. Aber ich würde sowieso niemals erwarten, dass jemand – auch wenn er noch so viel Geld hat – einen Menschen mit einem Auto überfährt, das mehr gekostet hat als das Haus meiner Mutter. Wir haben den Wagen noch in Gewahrsam. Das hat sich bisher als recht nützlich erwiesen.«

Er blieb vor einem Kaffeeautomaten stehen und schob einige Münzen in den Zahlschlitz. Eine klebrige braune Flüssigkeit tropfte in einem dünnen Rinnsal in einen Plastikbecher. Leach nahm ihn und hielt ihn hoch. »Möchten Sie?« Barbara nickte und bereute es, ihrer Miene nach zu urteilen, sobald sie von dem Gebräu gekostet hatte; Lynley war so klug, abzulehnen. Nachdem Leach sich auch noch einen Becher hatte einlaufen lassen, führte er sie in sein Büro, wo er die Tür mit dem Ellbogen zuschob. Das Telefon auf seinem Schreibtisch klingelte. Er hob ab. »Leach«, blaffte er, stellte seinen Kaffeebecher ab und ließ sich mit einem auffordernden Nicken zu Lynley und Barbara in seinen Sessel fallen. »Hallo!«, rief er ins Telefon. Sein Gesicht hellte sich auf. »Nein, nein – sie ist was?«, fragte er mit einem Blick zu seinen beiden Kollegen. »Esmé, ich kann im Moment nicht reden. Aber glaub mir: Kein Mensch hat was von Wiederverheiratung gesagt, okay? Ja. In Ordnung. Wir sprechen uns später, Liebes.« Er legte auf. »Kinder. Scheidung. Der reinste Albtraum.«

Lynley und Barbara murmelten Anteilnehmendes. Leach schlürfte seinen Kaffee und ging zur Tagesordnung über. »Unser Freund Pitchley war heute Morgen samt Anwalt zu einem kleinen Schwatz hier«, sagte er und berichtete, was sie von dem Mann erfahren hatten: dass er Eugenie Davies, das Fahrerfluchtopfer, nicht nur gekannt, sondern zur Zeit der Ermordung ihrer kleinen Tochter mit ihr unter einem Dach gelebt hatte. »Er hieß damals Pitchford. Warum er seinen Namen geändert hat, verrät er nicht«, schloss Leach. »Ich möchte gern glauben, dass ich irgendwann darauf gekommen wäre, wer er ist, aber ich habe ihn das letzte Mal vor zwanzig Jahren gesehen, und seitdem ist viel Wasser die Themse runtergeflossen.«

»Das ist wahr«, sagte Lynley.

»Aber ich muss sagen, jetzt, wo ich weiß, mit wem wir es zu tun haben, scheint's mir gar nicht ausgeschlossen, dass der Bursche die Hände im Spiel hat – ob Porsche oder nicht. Der hat was auf dem Gewissen, und eine Lappalie ist es nicht. Das spür ich.«

»War er damals beim Tod des Kindes verdächtig?« erkundigte sich Lynley.

Barbara, die ihr Heft herausgeholt hatte, blätterte um und schrieb mit. Das Blatt sah aus, als wäre es voller Soßenflecken.

»Anfangs war gar niemand verdächtig. Bis die Befunde reinkamen, sah es nur nach Fahrlässigkeit aus. Sie wissen schon: Man rennt zum Telefon, während das Kleine in der Wanne sitzt. Das Kind grapscht nach seiner Schwimmente, rutscht aus und schlägt mit dem Kopf gegen die Wanne. Ende. Tragisch, aber es kommt vor.«

Leach trank wieder einen Schluck Kaffee und nahm irgendein Dokument zur Hand, mit dem er herumfuchtelte, während er sprach. »Aber als die Untersuchungsbefunde des Leichnams ein-

gingen, zeigte sich, dass man Blutergüsse und Frakturen festgestellt hatte, für die es keine Erklärung gab. Und damit wurden alle
verdächtig. Sehr schnell geriet das Kindermädchen ins Visier, und
der Verdacht spitzte sich im Handumdrehen zu. Die Frau war aber
auch ein Monster. Die vergess ich bestimmt nie, dieses deutsche
Miststück. Eine eiskalte Person war das. Einmal hat sie uns Rede
und Antwort gestanden – ein einziges Mal! Dabei ging es um ein
Kind, das gestorben war, während es sich in ihrer Obhut befand!
Danach hat sie kein Wort mehr gesagt. Weder bei der Kripo, noch
zu ihrem Anwalt, noch vor Gericht. Sie hat ihr Schweigen bis nach
Holloway durchgehalten und nie auch nur eine Träne vergossen.
Aber was kann man von einer Deutschen auch erwarten? Die
Leute müssen verrückt gewesen sein, so eine zu engagieren.«

Aus dem Augenwinkel nahm Lynley wahr, dass Barbara Havers
mit ihrem Kugelschreiber auf das Blatt Papier klopfte, das sie vor
sich hatte. Er drehte ein wenig den Kopf zu ihr hin und sah, dass
sie Leach mit zusammengekniffenen Augen fixierte. Intoleranz
jeglicher Art – vom Fremdenhass bis zur Frauenfeindlichkeit –
konnte sie nicht ausstehen, und er sah ihr an, dass sie nahe dran
war, eine Bemerkung loszulassen, die sie dem Chief Inspector gewiss nicht sympathischer machen würde. Ehe es dazu kommen
konnte, sagte er: »Ihre deutsche Herkunft hat also gegen sie gesprochen?«

»Ihre miese deutsche Mentalität hat gegen sie gesprochen.«

»›An den Stränden kämpfen wir sie nieder‹«, murmelte Barbara.

Lynley schoss einen scharfen Blick auf sie ab. Sie schoss zurück.

Leach hatte entweder nichts gehört, oder er hielt es für klüger,
Barbara Havers nicht zu beachten. Lynley war froh darüber. In-
terne Zwistigkeiten über Fragen von *Political Correctness* brauchten
sie jetzt wirklich nicht.

Leach lehnte sich in seinem Sessel zurück und sagte: »Außer
dem Terminkalender und den Nachrichten auf dem Anrufbeantworter haben Sie nichts im Haus gefunden?«

»Bisher nicht«, antwortete Lynley. »Eine Postkarte von einer
Frau namens Lynn, aber die scheint mir im Moment nicht von Be-
lang zu sein. Das Kind der Frau ist vor kurzem gestorben, und
Mrs. Davies war anscheinend bei der Beerdigung.«

»Sonst war keine Korrespondenz da?«, fragte Leach. »Briefe, Rechnungen oder so was?«

»Nein«, sagte Lynley. »Nichts.« Er sah Barbara nicht an. »Aber auf dem Dachboden haben wir eine Seekiste voller Unterlagen gefunden, die sich alle auf ihren Sohn beziehen. Zeitungen, Zeitschriften, Konzertprogramme. Major Wiley sagte uns, dass Gideon Davies und seine Mutter keinerlei Kontakt hatten, aber nach dieser Materialsammlung zu urteilen, würde ich meinen, dass nicht Mrs. Davies diese Trennung wollte.«

»Der Sohn?«, fragte Leach.

»Oder der Vater.«

»Womit wir wieder bei der Auseinandersetzung auf dem Parkplatz wären.«

»Möglich, ja.«

Leach trank den Rest seines Kaffees aus und drückte den Plastikbecher zusammen. »Aber merkwürdig ist es schon, meinen Sie nicht auch, dass in ihrem Haus so wenig Persönliches zu finden war«, sagte er.

»Sie scheint sehr spartanisch gelebt zu haben, Sir.«

Leach fixierte Lynley. Lynley fixierte Leach. Barbara Havers schrieb wie eine Wilde in ihr Heft. Ein Moment verstrich, in dem keiner irgendetwas zugab. Lynley wartete darauf, dass der Chief Inspector ihm die Information geben würde, die er haben wollte. Leach tat es nicht. Er sagte nur: »Gut, dann nehmen Sie sich Davies vor. Er dürfte nicht schwer zu finden sein.«

Wenig später waren Lynley und Barbara wieder draußen, auf dem Weg zu ihren Autos. Barbara zündete sich eine Zigarette an und sagte: »Was wollen Sie mit den Briefen tun, Inspector?«

Lynley tat nicht so, als verstünde er nicht. »Ich werde sie Webberly zurückgeben – irgendwann«, sagte er.

»Hab ich das richtig verstanden?« Barbara zog an ihrer Zigarette und stieß gereizt eine Rauchwolke aus. »Wenn rauskommt, dass sie die Briefe mitgenommen und nicht abgegeben – dass *wir* sie mitgenommen und nicht abgegeben haben… zur Hölle, Inspector, ist Ihnen klar, was das heißt? Und dann noch der Computer? Wieso haben Sie Leach von dem auch nichts gesagt?«

»Ich werde es ihm schon noch sagen, Havers«, entgegnete Lynley. »Sobald ich weiß, was da alles gespeichert ist.«

»Heiliger Strohsack!«, schrie Barbara. »Das ist Unterdrückung –«

»Hören Sie, Barbara, es gibt nur einen Weg, wie herauskommen kann, dass wir den Computer und die Briefe haben, und Sie wissen, welchen ich meine.« Er sah sie ruhig und unverwandt an. Ihre Miene veränderte sich. »Mensch, Inspector«, sagte sie beleidigt, »ich *bin* keine Petze.«

»Darum arbeite ich mit Ihnen zusammen, Barbara.« Er öffnete die Tür zu seinem Bentley und sagte über das Wagendach hinweg: »Wenn man mich zu dem Fall hinzugezogen hat, um Webberly Rückendeckung zu geben, dann möchte ich gern, dass man mir das ausnahmsweise klipp und klar ins Gesicht sagt. Und Sie?«

»Ich? Ich möchte vor allem keinen Ärger«, antwortete Barbara. »Mir reicht's, dass ich vor zwei Monaten beinahe rausgeflogen wäre.« Ihr Gesicht war bleich und hatte einen Ausdruck, den er mit der kampflustigen Person, mit der er seit mehreren Jahren zusammenarbeitete, nur schwer in Einklang bringen konnte. Sie hatte in den vergangenen fünf Monaten beruflich einiges einstecken müssen, was sie auch psychisch erschüttert hatte, und Lynley sah ein, dass er ihr die Möglichkeit geben musste, sich vor einer weiteren Erfahrung dieser Art zu schützen. Das schuldete er ihr.

»Barbara«, sagte er deshalb, »möchten Sie aussteigen? Das ist kein Problem. Ein Anruf und –«

»Nein, ich will nicht aussteigen.«

»Aber es könnte ganz schön brenzlig werden. Es ist schon brenzlig. Ich könnte es vollkommen verstehen, wenn Sie –«

»Reden Sie keinen Quatsch, Inspector. Ich bin dabei. Ich find nur, wir sollten ein bisschen vorsichtiger sein.«

»Ich bin vorsichtig«, versicherte Lynley. »Die Briefe von Webberly spielen in diesem Fall keine Rolle.«

»Hoffentlich liegen Sie mit dieser Ansicht richtig«, meinte Barbara. Sie trat vom Wagen weg. »Also, dann – wie machen wir weiter?«

Lynley überlegte einen Moment, wie sie am besten an den nächsten Abschnitt ihrer Aufgabe herangehen sollen. »Sie sehen aus, als hätten Sie spirituellen Rat nötig«, sagte er. »Schauen Sie mal, ob Sie das Kloster der Unbefleckten Empfängnis aufstöbern können.«

»Und Sie?«

»Ich werde Leachs Vorschlag folgen und mir Richard Davies vorknöpfen. Wenn er seine geschiedene Frau in letzter Zeit gesehen oder gesprochen hat, weiß er vielleicht, was für eine Sünde sie Wiley beichten wollte.«

»Vielleicht war er selbst die Sünde«, meinte Barbara.

»Das ist natürlich auch eine Möglichkeit«, bestätigte Lynley.

Jill Foster war bei der Abarbeitung ihrer Projektliste, die sie das erste Mal als fünfzehnjähriges Schulmädchen aufgestellt hatte, nie auf größere Schwierigkeiten gestoßen. Den ganzen Shakespeare lesen (mit zwanzig erledigt); per Anhalter durch Irland reisen (mit einundzwanzig erledigt); in Cambridge in zwei Fächern mit Auszeichnung abschließen (mit zweiundzwanzig geschafft); allein durch Indien reisen (mit dreiundzwanzig); den Amazonas erforschen (sechsundzwanzig); mit dem Kajak den Nil hinunterfahren (siebenundzwanzig); einen maßgeblichen Aufsatz über Proust schreiben (noch in Arbeit); die Romane F. Scott Fitzgeralds für das Fernsehen bearbeiten (ebenfalls noch in Arbeit)... Nicht einmal war sie auf dem ehrgeizigen Weg zur Erreichung ihrer sportlichen und intellektuellen Ziele auch nur gestolpert.

Im persönlichen Bereich sah es etwas anders aus. Sie hatte sich zum Ziel gesetzt, vor ihrem fünfunddreißigsten Geburtstag verheiratet zu sein und Kinder zu haben, hatte aber feststellen müssen, dass die Verwirklichung dieses Plans, die nur unter Mitarbeit eines entsprechend enthusiastischen Partners bewerkstelligt werden konnte, schwieriger war als gedacht. Eigentlich hatte sie es in der konventionellen Reihenfolge gewollt: erst die Heirat, dann die Kinder. Natürlich war es »in«, einfach zusammenzuleben und Kinder in die Welt zu setzen. Die Promis aus dem Schaugeschäft und dem Sport machten es täglich vor und wurden dafür, dass sie sich fortpflanzten wie die Karnickel, von der Regenbogenpresse auch noch in den Himmel gehoben, als wäre das ein besonderes Talent. Aber Jill gehörte nicht zu denen, die jeden Trend mitmachten, schon gar nicht, wenn es um ihre Projektliste ging. Man erreichte seine Ziele nicht, indem man Abkürzungen nahm, die nichts als flüchtige Modeerscheinungen waren.

Durch die missglückte Beziehung mit Jonathon hatte ihre Zuversicht, ihre Ehepläne umsetzen zu können, eine Zeit lang schwer gelitten. Aber dann war Richard in ihr Leben getreten, und sie hatte sehr schnell erkannt, dass der Erfolg, der sich ihr bisher entzogen hatte, endlich in Reichweite war. In der Welt ihrer Großeltern – sogar ihrer Eltern – wäre es ein Wahnsinn gewesen, der nur ins Verderben führen konnte, vor Abgabe eines förmlichen Versprechens mit einem Mann intim zu werden. Selbst heute noch gab es wahrscheinlich jede Menge »gute Freundinnen«, die ihr in Anbetracht ihres Endziels geraten hätten, auf den Ring, die Kirchenglocken und das Konfetti zu warten, bevor sie mit dem Mann, den sie gern heiraten wollte, ins Bett ging, oder zumindest »vorsichtig« zu sein, wie es genannt wurde, bis die Unterschrift auf dem Standesamt geleistet war. Doch Richards ernstes Werben war für sie nach Jonathons schnödem Verrat besonders schmeichelhaft und wichtig gewesen. Sein Begehren hatte *ihr* Begehren geweckt, und diese Erkenntnis machte sie glücklich. Denn nach dem Fiasko mit Jonathon hatte sie schon daran zu zweifeln begonnen, dass sie je wieder fähig wäre, dieses hitzige Verlangen nach einem Mann zu empfinden.

Dieses Verlangen war, wie Jill herausfand, untrennbar verbunden mit dem Wunsch nach einer Schwangerschaft. Vielleicht hatte es damit zu tun, dass sie sich bewusst zu werden begann, wie wenig Zeit ihr noch blieb, aber jedes Mal, wenn Richard und sie in diesen ersten Monaten miteinander im Bett gewesen waren, wollte sie ihn noch tiefer in sich aufnehmen, als könnte dieser Akt totaler Hingabe garantieren, dass aus ihrer Vereinigung ein Kind entstehen würde.

Sie hatte also gewissermaßen das Pferd vom Schwanz her aufgezäumt, aber was spielte das schon für eine Rolle? Sie waren glücklich miteinander, und sie wusste, dass Richard sie liebte.

Trotzdem regten sich manchmal Zweifel, ein Erbe, das Jonathon mit seinen leeren Versprechungen und Lügen ihr hinterlassen hatte. Zwar hielt sie sich, wenn diese Zweifel auftauchten, jedes Mal vor, dass die beiden Männer nichts gemeinsam hatten, aber es gab Momente, wo ein Schatten auf Richards Gesicht oder ein Schweigen in einem Gespräch mit ihm flatternde Unruhe bei ihr auslöste.

Selbst wenn Richard und ich nicht heiraten, pflegte sie sich in den schlimmsten Momenten zu sagen, kann Catherine und mir nichts passieren. Ich habe schließlich einen Beruf, auf den ich zurückgreifen kann! Und die Zeiten, als ledige Mütter wie Aussätzige behandelt wurden, sind längst vorbei.

Aber darum ging es in Wirklichkeit gar nicht. Es ging um die Erreichung ihres Ziels, um Heirat und Familie, wobei die Familie für sie durch Vater, Mutter und Kind definiert war.

Und mit diesem Ziel vor sich, sagte sie jetzt schmeichelnd zu Richard: »Ach, Schatz, ich weiß, du wärst sofort einverstanden, wenn du es sehen könntest.« Sie waren in Richards Wagen auf dem Weg von Shepherd's Bush nach South Kensington, zu einem Termin bei einem Immobilienmakler, der ihnen einen Verkaufspreis für Richards Wohnung nennen sollte. Jill fand, das wäre ein erster Schritt in die richtige Richtung, da sie selbstverständlich nach der Geburt des Kindes nicht alle zusammen in Braemar Mansions hausen konnten. Die Wohnung war viel zu klein.

Natürlich war sie froh über diesen zusätzlichen Beweis von Richards ernsthaften Absichten, aber sie verstand immer noch nicht, warum sie nicht gleich den nächsten Schritt unternehmen und sich ein Einfamilienhaus – komplett renoviert – ansehen konnten, das sie in Harrow aufgetrieben hatte. Anschauen hieß ja noch lange nicht kaufen, um Himmels willen. Da sie ihre Wohnung noch nicht zum Verkauf angeboten hatte – »Wir wollen doch nicht gleich beide obdachlos werden«, hatte Richard gemeint, als sie vorgeschlagen hatte, das zu tun –, war nicht zu befürchten, dass sie postwendend mit dem unterzeichneten Kaufvertrag abziehen würden.

»Du könntest dir dann ein besseres Bild machen, was ich mir für uns vorstelle«, erklärte sie. »Dann wissen wir es wenigstens gleich, wenn dir meine Vorstellungen nicht gefallen, und ich kann mich entsprechend umorientieren.« Was sie natürlich nicht tun würde. Sie würde lediglich auf subtilere Weise versuchen, *ihn* zum Nachgeben zu bewegen.

»Ich brauche es nicht zu sehen, um zu wissen, was dir vorschwebt, Schatz«, antwortete Richard, während er den Wagen durch den Verkehr lenkte, der für die Tageszeit noch einigermaßen erträglich war. »Moderner Komfort, schalldichte Fenster,

Spannteppiche und ein großer Garten.« Er sah sie kurz an und lächelte liebevoll. »Wenn du mir sagen kannst, dass ich mich geirrt habe, lade ich dich ins Restaurant ein.«

»Du musst mich sowieso ins Restaurant einladen«, erwiderte sie. »Wenn ich mich in die Küche stelle, um für dich zu kochen, schwellen meine Beine auf Elefantengröße an.«

»Aber sag mir, dass ich mich geirrt habe.«

»Ach, du weißt doch, dass du dich nicht geirrt hast.« Sie lachte und strich ihm mit zärtlicher Bewegung über die Schläfe, wo sein Haar grau war. »Und halt mir jetzt bitte keinen Vortrag, falls du das im Sinn haben solltest. Ich war nicht allein unterwegs, um mir das Haus anzusehen. Der Makler hat mich nach Harrow gefahren.«

»Wie sich's gehört«, sagte Richard. Seine Hand wanderte zu ihrem Bauch. »Bist du wach, Cara Ann?«, fragte er.

Catherine Ann, korrigierte Jill im Stillen, aber sie sagte nichts.

Er hatte sich gerade von der Niedergeschlagenheit erholt, die ihn gequält hatte, als er am Morgen zu ihr gekommen war, und es wäre herzlos gewesen, ihn jetzt von neuem aufzuregen. Zwar würde ein Streit über den Namen ihres Kindes sicher keine tiefer gehenden Erschütterungen auslösen, aber sie fand, dass Richard nach dem, was er heute durchgemacht hatte, ihr Verständnis verdiente.

Er liebte die Frau nicht mehr, nein. Er war ja seit Ewigkeiten von ihr geschieden. Einzig der Schock hatte ihn so schwer mitgenommen; sich den verstümmelten Leichnam eines Menschen ansehen zu müssen, mit dem er Jahre seines Lebens geteilt hatte, das würde bestimmt jeden fertig machen. Wenn sie den zerstörten Körper Jonathon Stewarts identifizieren müsste, würde sie dann nicht ähnlich reagieren?

Mit diesem Gedanken beschloss sie, sich in Bezug auf das Haus in Harrow kompromissbereit zu zeigen. Sie war sicher, ihn damit zu gleicher Kompromissbereitschaft zu veranlassen. »Na schön«, sagte sie darum, »wir fahren heute nicht nach Harrow. Aber wie steht's mit dem modernen Komfort, Richard? Kannst du dich damit anfreunden?«

»Gut funktionierende sanitäre Anlagen und schalldichte Fenster?«, fragte er. »Spannteppiche, Geschirrspülmaschine und was sonst noch so dazu gehört? Ich denke, ich kann damit leben. Solange du da bist. Solange ihr beide da seid.« Er lächelte, doch in seinen Augen ahnte sie noch etwas anderes, etwas wie Trauer um das, was hätte sein können.

Aber er liebt Eugenie nicht mehr, dachte sie sofort. Er liebt sie nicht, und er kann sie auch gar nicht lieben, weil sie tot ist. Sie ist tot.

»Richard«, sagte sie, »ich habe noch einmal über die Wohnungen nachgedacht, meine und deine, und welche von ihnen wir zuerst verkaufen sollten.«

Er bremste vor einem roten Licht beim Notting-Hill-Bahnhof ab, wo Menschen im typischen Londoner Schwarz die Bürgersteige entlangeilten und ihren Teil zur Londoner Müllflut beisteuerten.

»Ich dachte, das hätten wir bereits entschieden.«

»Ja, stimmt schon, aber ich habe noch mal nachgedacht…«

»Und?« Er schien argwöhnisch.

»Na ja, ich denke, meine Wohnung wird sich leichter verkaufen lassen. Sie ist modern, von Grund auf renoviert, das Haus ist elegant und steht in einem guten Wohnviertel. Meiner Ansicht nach würde ich genug dafür bekommen, um die Anzahlung auf ein Haus zu leisten. Das heißt, wir müssten nicht warten, bis wir beide Wohnungen verkauft haben, um uns was Gemeinsames anzuschaffen.«

»Aber wir hatten doch alles schon entschieden«, wandte Richard ein. »Wir haben den Makler bestellt –«

»Na, den können wir doch wieder abbestellen. Wir brauchen nur zu sagen, dass wir es uns anders überlegt haben. Komm, Schatz, seien wir doch mal ehrlich. Deine Wohnung ist museumsreif. Und der Pachtvertrag läuft keine fünfzig Jahre mehr. Das Haus selbst ist nicht schlecht – wenn es den Eigentümern mal einfallen würde, es herzurichten –, aber die Wohnung zu verkaufen, das wird bestimmt Monate dauern. Bei meiner hingegen… Du musst doch einsehen, wie anders alles sein könnte.«

Die Ampel schaltete um, und sie fuhren weiter. Richard sprach erst wieder, als sie in die Kensington Church Street einbogen, dieses Paradies der Antiquitätensammler. »Ja, du hast Recht, es könnte Monate dauern, meine Wohnung zu verkaufen«, sagte er.

»Aber ist das denn ein Problem? Du wirst dir doch in den nächsten sechs Monaten bestimmt keinen Umzug antun wollen!«

»Aber –«

»Jill, das wäre Wahnsinn in deinem Zustand. Es wäre nicht nur eine Tortur, sondern vielleicht auch gefährlich.« An der Karmeliterkirche vorbei, lenkte er den Wagen durch das Gewühl von Taxis und Bussen in Richtung South Kensington und bog nach einiger Zeit in die Cornwall Gardens ein. »Bist du nervös, Schatz? Du sprichst fast nie über die Entbindung. Und ich hatte die ganze Zeit den Kopf voll – erst Gideon und jetzt diese... diese andere Geschichte –, ich konnte mich gar nicht richtig um dich kümmern. Glaub mir, ich weiß das.«

»Richard, ich verstehe doch, dass du dich um Gideon sorgst. Ich wollte wirklich nicht den Eindruck erwecken –«

»Hör zu, Schatz, ich liebe dich, ich freue mich auf unser Kind und auf ein Leben zusammen mit dir. Und wenn du möchtest, dass ich jetzt, so kurz vor dem Termin, mehr bei dir in Shepherd's Bush bin, dann brauchst du es nur zu sagen.«

»Du bist doch sowieso schon jede Nacht da. Mehr kann ich wirklich nicht verlangen.«

Er manövrierte den Wagen rückwärts in eine Parklücke, etwa dreißig Meter von Braemar Mansions entfernt, schaltete den Motor aus und wandte sich ihr zu. »Du kannst alles von mir verlangen, Jill. Und wenn du deine Wohnung gern vor meiner verkaufen möchtest, ist mir das auch recht. Aber wir ziehen auf keinen Fall um, bevor das Kind da ist und du dich von den Strapazen der Entbindung gründlich erholt hast. Ich bin ziemlich sicher, dass deine Mutter mit mir einer Meinung ist.«

Dagegen konnte Jill nichts vorbringen. Sie wusste, ihre Mutter würde überhaupt kein Verständnis aufbringen, wenn es ihr – Jill – einfiele, einen Umzug in Angriff zu nehmen, bevor sie sich nicht mindestens drei Monate von der Entbindung erholt hatte. »Eine Geburt strengt den Körper an, Kind«, würde sie sagen. »Verwöhn dich ein bisschen, Jill. Später hast du dazu vielleicht keine Möglichkeit mehr.«

»Also?«, fragte Richard und schaute sie liebevoll lächelnd an. »Was sagst du?«

»Du bist immer so fürchterlich logisch und vernünftig. Wie

kann ich da widersprechen? Was du gesagt hast, ist natürlich vollkommen richtig.«

Er neigte sich zu ihr und küsste sie. »Du kannst sogar mit Grazie verlieren. Und wenn ich mich nicht irre« – er wies mit einer Kopfbewegung zu dem Gebäude im edwardianischen Stil, als er um den Wagen herumkam und ihr heraushalf – »ist unser Makler auf die Minute pünktlich. Ein gutes Omen, finde ich.«

Hoffentlich, dachte Jill mit einem Blick auf den hoch gewachsenen blonden Mann, der gerade die Vortreppe zum Haus hinaufging und klingelte, nachdem er kurz das Klingelbrett studiert hatte.

»Ich nehme an, Sie suchen uns«, rief Richard im Näherkommen.

Der Mann drehte sich herum. »Mr. Davies?«

»Richtig.«

»Thomas Lynley. New Scotland Yard.«

Lynley hatte es sich zur Gewohnheit gemacht, die Reaktionen zu beobachten, wenn er sich Leuten vorstellte, die ihn nicht erwartet hatten, und so hielt er es auch jetzt, als der Mann und die Frau einen Moment am Fuß der Treppe vor dem ziemlich heruntergekommenen Haus am westlichen Ende der Cornwall Gardens stehen blieben.

Die Frau machte den Eindruck, als wäre sie normalerweise recht zierlich, im Moment allerdings wirkte sie wegen ihrer weit fortgeschrittenen Schwangerschaft plump und schwerfällig. Ihre Fesseln waren stark angeschwollen und zogen die Aufmerksamkeit auf ihre Füße, die unverhältnismäßig groß waren. Sie bewegte sich leicht schwankend, als hätte sie Mühe, das Gleichgewicht zu halten.

Davies ging ein wenig nach vorn gebeugt, offenbar die Auswirkung eines Leidens, das mit den Jahren schlimmer zu werden drohte. Sein Haar, früher vielleicht blond oder rotblond, es war schwer zu sagen, war zu einem faden Grau ausgeblichen, und er trug es glatt aus der Stirn gestrichen und versuchte nicht zu verbergen, wie dünn es geworden war.

Beide, sowohl Davies als auch die Frau, waren sichtlich erstaunt, als sie hörten, wen sie vor sich hatten, die Frau vielleicht noch etwas mehr als der Mann. Sie sah Davies an und sagte: »Richard? Scotland Yard?«, als brauchte sie entweder seinen Schutz oder verstünde nicht, was die Polizei von ihnen wollte.

Davies sagte: »Handelt es sich –?« unterbrach sich aber sofort, da er vielleicht einsah, dass sich mit der Polizei nicht gut zwischen Tür und Angel verhandeln ließ. »Kommen Sie herein«, sagte er stattdessen. »Wir hatten eigentlich einen Immobilienmakler erwartet. Deshalb sind wir etwas überrascht. Das ist übrigens Mrs. Foster, meine zukünftige Frau.«

Sie schien um die Dreißig zu sein – nicht hübsch, aber mit einem klaren Gesicht und schönem, dunkelbraunem Haar, das sie halblang trug –, und Lynley hatte zunächst geglaubt, sie wäre eine Tochter oder vielleicht eine Nichte Richard Davies'. Er nickte ihr grüßend zu und bemerkte dabei, wie verkrampft ihre Hand Davies' Arm festhielt.

Davies ging ihnen voraus in seine Wohnung im ersten Stock des Hauses. Das Wohnzimmer führte zur Straße, ein etwas düsterer Raum mit einem Fenster, vor dem die Läden geschlossen waren. Davies ging hin, um sie zu öffnen, und sagte dabei zu seiner Lebensgefährtin: »Setz dich, Schatz, und leg die Füße hoch«, und zu Lynley: »Kann ich Ihnen etwas anbieten? Tee? Kaffee? Wir erwarten, wie gesagt, jeden Moment einen Makler. Da bleibt uns leider nicht viel Zeit.«

Lynley versicherte ihnen, dass er sie nicht lange aufhalten würde, und nahm dankend eine Tasse Tee an, um Zeit zu gewinnen, sich in dem überladenen Wohnzimmer genauer umzusehen. Die meisten Möbel stammten aus der Vorkriegszeit, den Wandschmuck bildeten Amateurfotografien, meist Aufnahmen im Freien sowie eine Sammlung Spazierstöcke, die kreisförmig angeordnet über dem Kamin aufgehängt waren wie die Waffensammlungen in alten schottischen Burgen. Überall standen Fotos des berühmten Sohns, Illustrierte und Zeitungen lagen stapelweise herum, ein Arsenal von Souvenirs, die alle an die Karriere des Sohns erinnerten, zierte Tische und Borde.

»Richard hat ein bisschen was von einem Hamster«, bemerkte Jill Foster zu Lynley und ließ sich vorsichtig in einen Sessel sinken, aus dem an zahlreichen durchgewetzten Stellen das Rosshaar spross. »Sie sollten die anderen Zimmer sehen.«

Lynley nahm eine Fotografie des Geigers, die ihn als Kind zeigte, zur Hand. Der Junge stand stramm wie ein kleiner Soldat, das Instrument in der Hand, und blickte zu Yehudi Menuhin auf, der seinerseits, ebenfalls mit der Geige in der Hand, wohlwollend lächelnd zu ihm hinabblickte. »Gideon Davies«, sagte Lynley.

»*The one and only*«, sagte Jill Foster.

Lynley warf ihr einen Blick zu. Sie lächelte, vielleicht um ihren Worten die Schärfe zu nehmen. »Richards ganze Freude und der Mittelpunkt seines Lebens«, fügte sie hinzu. »Es ist verständlich, aber manchmal ein wenig strapaziös.«

»Das kann ich mir vorstellen. Wie lange kennen Sie Mr. Davies schon?«

Sie stemmte sich stöhnend aus dem Sessel – »O nein, so geht das nicht« – und suchte sich einen Platz auf dem Sofa, wo sie die Beine hochlegte und ein Kissen unter ihre Füße schob. »Mein Gott«, sagte sie. »*Noch* zwei Wochen. Das wird eine Erlösung.« Sie schob sich ein zweites Kissen, so abgewetzt wie die Möbel, in den Rücken. »Wir kennen uns seit drei Jahren.«

»Und er freut sich auf das Kind?«

»Wo doch die meisten Männer seines Alters sich auf Enkelkinder freuen«, meinte Jill. »Aber ja, er freut sich. Trotz seines Alters.«

Lynley lächelte. »Meine Frau ist auch schwanger.«

Jills Gesicht öffnete sich. »Ach, wirklich? Ist es Ihr erstes Kind, Inspector?«

Lynley nickte. »Ich kann mir an Mr. Davies ein Beispiel nehmen. Er scheint sehr besorgt um Sie.«

Sie verdrehte mit einem gutmütigen Lächeln die Augen. »Er ist die reinste Glucke. Vorsicht auf der Treppe, Jill. Fahr lieber nicht mit den öffentlichen Verkehrsmitteln. Setz dich nicht selbst ans Steuer, Jill. Geh nicht ohne Begleitung spazieren. Trink nichts, was Koffein enthält. Nimm immer dein Handy mit. Meide Menschenmengen, Zigarettenrauch – ach, die Liste ist endlos.«

»Er sorgt sich um Sie.«

»Ja, und es ist auch wirklich rührend, wenn ich ihn nicht gerade am liebsten in den nächsten Schrank einsperren würde.«

»Konnten Sie sich einmal mit seiner geschiedenen Frau unterhalten? Über die Schwangerschaft?«

»Mit Eugenie? Nein. Wir sind uns nie begegnet. Alte und neue Ehefrauen oder, in meinem Fall, Ehefrau in spe… Manchmal ist es klüger, sie auseinander zu halten, denke ich.«

Mit einem Plastiktablett, auf dem Tasse, Milchkännchen und Zuckerdose standen, kehrte Richard Davies ins Zimmer zurück. »Du wolltest doch keinen Tee, Schatz, nicht wahr?«, sagte er zu Jill.

Sie verneinte, und nachdem Richard das Tablett auf einem Tischchen in der Nähe von Lynleys Sessel abgestellt hatte, setzte er sich neben sie und hob ihre Füße auf seinen Schoß.

»Wie können wir Ihnen helfen, Inspector?«, fragte er.

Lynley nahm ein Notizbuch aus seiner Jackentasche. Er fand die Frage interessant. Er fand Davies' Verhalten insgesamt interessant. Er konnte sich nicht erinnern, wann er das letzte Mal mit so freundlicher Bewirtung für einen unerwarteten Überfall belohnt worden war. Die meisten Leute reagierten auf einen unangemeldeten Besuch der Polizei mit Argwohn, Unruhe und Angst, auch wenn sie es vielleicht zu verbergen suchten.

Als hätte er mit Lynleys Verwunderung gerechnet, fügte Davies hinzu: »Ich nehme an, Sie sind Eugenies wegen gekommen. Ich war Ihren Kollegen in Hampstead keine große Hilfe, als man mich bat, mir – äh – den Leichnam anzusehen. Ich hatte Eugenie seit Jahren nicht mehr gesehen, und die Verletzungen…« Er hob die Hände in einer Geste der Hoffnungslosigkeit.

»Ja«, bestätigte Lynley, »ich bin wegen Ihrer geschiedenen Frau hier.«

Woraufhin Davies seine künftige Frau ansah und sagte: »Möchtest du dich lieber ein bisschen hinlegen, Jill? Ich sag dir Bescheid, wenn der Immobilienmakler kommt.«

»Nein, nein, es geht mir gut«, antwortete sie ablehnend. »Es ist doch unser gemeinsames Leben, Richard.«

Er drückte ihr Bein und sagte dann zu Lynley: »Die Tote ist also wirklich Eugenie. Irgendwie hatte ich gehofft, es hätte vielleicht eine andere Person ihre Ausweispapiere bei sich getragen.«

»Nein, es war Mrs. Davies«, entgegnete Lynley. »Es tut mir Leid.«

Davies nickte. Er versuchte nicht, Trauer vorzutäuschen. »Wissen Sie«, sagte er, »ich habe sie vor beinahe zwanzig Jahren das letzte Mal gesehen. Ich finde es traurig, dass sie durch einen so schlimmen Unfall ums Leben kommen musste, aber der Moment meines Verlusts – unsere Scheidung – liegt lange zurück. Ich hatte jahrelang Zeit, mich von diesem Verlust zu erholen, wenn Sie verstehen, was ich meine.«

Lynley verstand. Endlose Trauer hätte auf eine abgöttische Liebe wie die der seligen Königin Viktoria zu ihrem Albert oder auf eine ungesunde Fixierung hingedeutet, was ungefähr auf das Gleiche hinauslief. Doch Davies' Vorstellung, seine Frau sei durch einen Unfall ums Leben gekommen, bedurfte der Korrektur.

»Es war leider kein Unfall, Mr. Davies«, sagte Lynley. »Ihre geschiedene Frau wurde ermordet.«

Jill Foster richtete sich auf. »Aber wurde sie nicht...? Richard, du hast doch gesagt...«

Richard Davies sah Lynley unverwandt an. Seine Pupillen weiteten sich. »Mir sagte man, es sei ein Unfall mit Fahrerflucht gewesen.«

Lynley erklärte. Ohne gerichtsmedizinische Befunde könne man in so einem Fall meist nur sehr wenig sagen. Eine erste Untersuchung der Toten – und des Orts, wo sie aufgefunden worden war – habe zwangsläufig zu dem Schluss geführt, dass sie von einem Autofahrer überfahren worden war, der dann geflüchtet war. Eine genauere Untersuchung habe jedoch ergeben, dass das Opfer mehr als einmal überrollt worden und dann an den Straßenrand geschleift worden war. Was man an Reifenspuren auf der Kleidung und am Körper der Toten gesichert habe, weise eindeutig darauf hin, dass nur ein Fahrzeug im Spiel gewesen war. Somit stehe fest, dass der flüchtige Fahrer ein Mörder und der Tod Eugenie Davies' kein Unfall, sondern Mord war.

»Das ist ja furchtbar!« Jill bot Richard Davies ihre Hand, aber er nahm sie nicht. Er schien sich wie betäubt in eine finstere Innenwelt zu verkriechen, wo keiner ihn erreichen konnte.

»Aber man hat mir mit keinem Wort angedeutet...«, sagte er, den Blick starr ins Leere gerichtet. »O Gott, kann es denn noch schlimmer werden?« Dann sah er Lynley an. »Ich muss es meinem Sohn sagen. Sie werden doch gestatten, dass *ich* es ihm sage? Es geht ihm seit einigen Monaten nicht besonders gut. Er kann nicht spielen. Dieses Unglück könnte ihn... Bitte gestatten Sie mir, es ihm selbst zu sagen, damit er es nicht von anderer Seite erfahren muss. Aus den Zeitungen, womöglich! Man wird es doch nicht der Presse mitteilen, bevor Gideon informiert wurde?«

»Das ist Sache der Pressestelle«, erwiderte Lynley. »Aber im Allgemeinen hält man dort derartige Informationen zurück, bis die Familie unterrichtet ist. Dabei können Sie uns helfen. Gibt es außer Gideon Angehörige?«

»Eugenies Brüder, aber ich habe keine Ahnung, wo die sich aufhalten. Ihre Eltern haben vor zwanzig Jahren noch gelebt, aber sie können inzwischen längst gestorben sein. Frank und Lesley Staines. Frank war anglikanischer Geistlicher – da könnten Sie vielleicht bei der Kirche nachfragen.«

»Und die Brüder?«

»Einer jünger, einer älter als sie. Douglas und Ian. Auch von ihnen weiß ich nichts. Als ich Eugenie kennen lernte, hatte sie ihre Eltern und ihre Brüder schon jahrelang nicht mehr gesehen und sie hat sie auch in der Zeit unserer Ehe nicht einmal getroffen.«

»Wir werden versuchen, sie ausfindig zu machen.« Lynley griff zu seiner Tasse, in der schlaff und braun der durchweichte Teebeutel hing. Er nahm ihn heraus und gab ein paar Tropfen Milch in die Tasse, bevor er trank. Dann sagte er: »Und Sie, Mr. Davies? Wann haben Sie Ihre geschiedene Frau das letzte Mal gesehen?«

»Bei unserer Scheidung. Das ist vielleicht… hm, sechs Jahre?… her. Wir mussten die Scheidungspapiere unterschreiben, und da sind wir uns noch einmal begegnet.«

»Und danach nicht mehr?«

»Nein. Ich habe allerdings in jüngster Zeit verschiedentlich mit ihr telefoniert.«

Lynley stellte seine Tasse ab. »Wann war das?«

»Sie hat regelmäßig angerufen, um sich nach Gideons Befinden zu erkundigen. Sie hatte erfahren, dass es ihm nicht gut ging. Das muss so –« Er wandte sich Jill Foster zu. »Wann war dieses katastrophale Konzert, Schatz?«

Jill Foster sah ihn mit so unbewegtem Blick an, dass klar war, dass er genau wusste, wann das Konzert stattgefunden hatte. »War es nicht am dreißigsten Juli?«, sagte sie.

»Ja, das scheint mir richtig zu sein.« Und zu Lynley: »Eugenie hat wenig später angerufen. Ich weiß nicht mehr genau, wann es war. Vielleicht so um den fünfzehnten August. Danach hat sie Verbindung gehalten.«

»Und wann haben Sie das letzte Mal mit ihr gesprochen?«

»Irgendwann letzte Woche? Ich kann es nicht genau sagen. Ich habe es mir nicht aufgeschrieben. Sie rief hier an und hinterließ eine Nachricht. Ich habe sie dann zurückgerufen. Viel konnte ich ihr nicht sagen, das Gespräch war daher kurz. Gideon – und ich wäre sehr dankbar, wenn das unter uns bleiben würde, Inspector – leidet an akutem Lampenfieber. Wir haben bisher behauptet, es handle sich um Erschöpfung, aber das ist ein Euphemismus. Eugenie ließ sich davon nicht täuschen, und ich bezweifle, dass die Öffentlichkeit es noch lange akzeptieren wird.«

»Aber sie hat Ihren Sohn nicht besucht? Hat sie mit ihm Kontakt aufgenommen?«

»Wenn ja, dann hat Gideon mir nichts davon gesagt. Was mich sehr wundern würde. Mein Sohn und ich habe eine sehr enge Beziehung, Inspector.«

Jill Foster senkte den Blick. Lynley hielt es für möglich, dass die enge Beziehung, von der Davies gesprochen hatte, eine einseitige Angelegenheit war. Er sagte: »Ihre geschiedene Frau hatte offenbar die Absicht, einen Bekannten in Hampstead zu besuchen. Sie hatte seine Adresse bei sich. Er heißt J.W. Pitchley, aber Sie kennen ihn vielleicht unter seinem früheren Namen – James Pitchford.«

Davies, der bisher liebevoll die Füße seiner Lebensgefährtin gestreichelt hatte, erstarrte.

»Sie erinnern sich an ihn?«, fragte Lynley.

»Ja, ich erinnere mich an ihn. Aber –« Zu Jill Foster gewandt: »Willst du dich nicht doch lieber hinlegen, Schatz?«

Ihre Miene war eindeutig: Keinesfalls würde die kleine Jill jetzt brav ins Schlafzimmer abziehen.

»Die Menschen aus jener besonderen Zeit werde ich bestimmt nie vergessen, Inspector«, sagte Davies. »Das würde Ihnen unter den Umständen genauso gehen. James wohnte mehrere Jahre bei uns zur Untermiete, bevor Sonia, unsere Tochter …« Er sprach nicht weiter, sondern drückte mit einer kurzen Geste aus, was er meinte.

»Wissen Sie, ob Ihre geschiedene Frau mit diesem Mann in Ver-

bindung geblieben war? Er wurde bereits danach gefragt und verneinte. Aber hat Ihre geschiedene Frau ihn vielleicht in den Telefongesprächen mit Ihnen mal erwähnt?«

Davies schüttelte den Kopf. »Wir haben nie über etwas anderes
als Gideon und seine Gesundheit gesprochen.«

»Dann hat sie also auch nie ihre Familie erwähnt oder von ihrem Leben in Henley gesprochen, von Freunden, die sie dort
hatte, Verehrern vielleicht?«

»Nein, nichts dergleichen. Eugenie und ich haben uns nicht im
Guten getrennt. Sie hat mich eines Tages von heute auf morgen
verlassen, und fertig. Keine Erklärung, kein Streit, keine Entschuldigung. Gerade war sie noch da gewesen, und im nächsten
Moment war sie weg. Vier Jahre später hörte ich von ihren Anwälten. Sie können sich vielleicht vorstellen, dass wir nicht gerade ein
Herz und eine Seele waren. Ich war, ehrlich gesagt, nicht sonderlich erfreut, als ich plötzlich wieder von ihr hörte.«

»Ist es möglich, dass sie eine Beziehung zu einem anderen
Mann hatte, als sie Sie damals verließ? Jemand, der vor kurzem erneut in ihr Leben getreten ist?«

»Pitches?«

»Ja. Wäre es möglich, dass sie eine Beziehung zu Pitchley unterhielt, als er noch James Pitchford hieß?«

Davies ließ sich das durch den Kopf gehen. »Er war um einiges
jünger als Eugenie – fünfzehn Jahre vielleicht. Oder zehn. Aber
Eugenie war eine attraktive Frau. Für ausgeschlossen würde ich es
nicht halten, dass zwischen den beiden etwas war. Darf ich Ihnen
noch etwas Tee nachschenken, Inspector?«

Davies rutschte unter Jill Fosters Beinen hervor und verschwand, nachdem Lynley ihm seine Tasse gereicht hatte, in der
Küche. Während draußen das Wasser in den Kessel lief, fragte
sich Lynley, warum der Mann diese Pause gerade in diesem Augenblick herbeigeführt hatte und wozu er sie brauchte. Gewiss,
zum Schock waren jetzt Überraschung und Bestürzung gekommen, und Davies gehörte einer Generation an, bei der es als
schamlos galt, Gefühle zu zeigen. Und Jill Foster achtete genau
auf jede seiner Reaktionen, und er hatte vielleicht einen guten
Grund, einen Moment des Alleinseins zu suchen, um sich in den
Griff zu bekommen. Aber trotzdem…

250

Als Richard Davies zurückkehrte, brachte er ein Glas Orangensaft mit, das er Jill Foster mit den Worten aufdrängte: »Du kannst die Vitamine gebrauchen, Jill.«

Lynley nahm dankend seine Tasse entgegen und sagte: »Ihre geschiedene Frau hatte in Henley eine engere Beziehung zu einem Mann namens Wiley. Hat sie ihn vielleicht in einem Ihrer Telefongespräche erwähnt?«

»Nein«, antwortete Davies, »im Ernst, Inspector, wir haben uns auf Gideon beschränkt.«

»Major Wiley erzählte uns, Ihre Frau und Ihr Sohn seien einander völlig fremd geworden.«

»Ach ja?« erwiderte Davies. »Hat er Ihnen auch gesagt, wie das kam? Wie ein Blitzschlag aus heiterem Himmel. Seine Mutter verschwand eines Tages und ward nie wieder gesehen. Sie hat ihren Sohn *verlassen.*«

»Vielleicht war das ihre Sünde«, murmelte Lynley.

»Wie bitte?«

»Sie sagte zu Major Wiley, sie müsse ihm etwas beichten – vielleicht, dass sie ihren Sohn und ihren Mann verlassen hatte. Es kam übrigens nie zu dieser Beichte. Behauptet jedenfalls Major Wiley.«

»Glauben Sie denn, dass Wiley…?«

»Im Moment sammeln wir lediglich Informationen, Mr. Davies. Können Sie dem, was Sie mir berichtet haben, noch irgendetwas hinzufügen? Hat Ihre geschiedene Frau vielleicht *en passant* eine Bemerkung gemacht, die Ihnen zunächst bedeutungslos erschien, im Licht der vorliegenden Tatsachen jedoch –«

»Cresswell-White!«, sagte Davies, zunächst eher unsicher, dann aber ein zweites Mal mit zunehmender Überzeugung. »Ja, Cresswell-White. Ich hatte einen Brief von ihm bekommen, und Eugenie ganz sicher auch.«

»Und wer ist Cresswell-White?«

»O ja, er hat ihr ganz sicher geschrieben. Wenn Mörder aus der Strafanstalt entlassen werden, unterrichtet man die betroffenen Familien automatisch. So stand es jedenfalls in meinem Schreiben.«

»Mörder?«, wiederholte Lynley. »Haben Sie etwas von der Mörderin Ihrer Tochter gehört, Mr. Davies?«

Statt einer Antwort, stand Richard Davies auf und ging durch einen kurzen Flur in ein anderes Zimmer. Schubladen wurden geöffnet und wieder zugeschoben. Dann kam Davies mit einem Brief zurück, den er Lynley reichte. Der Absender war ein Mitglied der Kronanwaltschaft, ein gewisser Bertram Cresswell-White, der Mr. Richard Davies mitteilte, dass Miss Katja Wolff zum unten angegebenen Datum auf Bewährung aus dem Gefängnis Holloway entlassen werde. Sollte Miss Katja Wolff Mr. Davies in irgendeiner Weise belästigen oder bedrohen oder auch nur versuchen, zu ihm Kontakt aufzunehmen, so solle Mr. Davies unverzüglich Mr. Cresswell-White davon in Kenntnis setzen.

Lynley überflog das Schreiben und vermerkte das Datum: zwölf Wochen vor dem Tag, an dem Eugenie Davies umgekommen war.

»Hat sie versucht, mit Ihnen Verbindung aufzunehmen?«, fragte er Davies.

»Nein. Glauben Sie mir, wenn Sie das getan hätte, ich hätte –«, begann er und ließ es dann sein, sich aufzuplustern wie der junge Mann, der er nicht mehr war. »Könnte Katja Wolff Eugenie aufgespürt haben?«

»Hat Ihre geschiedene Frau nichts von ihr gesagt?«

»Nein.«

»Hätte sie es getan, wenn sie diese Katja Wolff gesprochen hätte?«

Davies schüttelte den Kopf, aber nicht als Verneinung, sondern eher als Zeichen der Unsicherheit. »Ich habe keine Ahnung. Früher natürlich, da hätte sie mir so etwas erzählt. Aber nach dieser langen Zeit… ich weiß es nicht, Inspector.«

»Darf ich den Brief behalten?«

»Bitte sehr. Haben Sie die Absicht, mit der Frau zu sprechen?«

»Ich werde sie auf jeden Fall ausfindig machen lassen.« Lynley stellte die wenigen Fragen, die er noch hatte, erfuhr aber nur, wer Cecilia war, die den Brief an Eugenie Davies geschrieben hatte: Schwester Cecilia Mahoney, Eugenie Davies' Freundin im Kloster der Unbefleckten Empfängnis. Das Kloster war am Kensington Square, wo die Familie Davies früher einmal gelebt hatte.

»Eugenie war zum katholischen Glauben übergetreten«, erklärte Richard Davies. »Sie hasste ihren Vater – er pflegte zu toben wie ein Verrückter, wenn er nicht gerade auf der Kanzel den

Heiligen spielte – und wollte sich damit für ihre schreckliche Kindheit an ihm rächen. Zumindest hat sie es mir so erzählt.«

»Und Ihre gemeinsamen Kinder wurden auch katholisch getauft?«, fragte Lynley.

»Nur wenn sie und Schwester Cecilia es heimlich getan haben. *Meinen* Vater hätte sonst der Schlag getroffen.« Davies lächelte herzlich. »Er war auf seine Weise auch ein ziemlich tyrannisches Familienoberhaupt.«

Und du schlägst ihm nach, dachte Lynley, auch wenn du jetzt die Fürsorglichkeit in Person zu sein scheinst. Aber um darüber etwas zu erfahren, würde er mit Gideon Davies sprechen müssen.

# GIDEON

## *1. Oktober*

Wohin führt uns das, Dr. Rose? Ich soll jetzt nicht nur meine Erinnerungen betrachten, sondern auch meine Träume, und ich frage mich, ob Sie wissen, was Sie tun. Ich soll einfach aufschreiben, was mir dazu einfällt, sagen Sie, und nicht darüber nachdenken, wo die Verbindungen sein könnten, wohin sie vielleicht führen oder wie ich mit ihrer Hilfe den Schlüssel zu dem verbotenen Zimmer in meiner Seele finden könnte. Um ehrlich zu sein, mir geht allmählich die Geduld aus.

Mein Vater sagt, in New York hätten Sie vor allem mit Patienten mit Essstörungen gearbeitet. Er hat sich gründlich über Sie informiert – ein paar Anrufe in den Staaten waren genug –, weil er keinen Fortschritt sieht und sich allmählich fragt, wie viel Zeit ich noch damit verschwenden will, in der Vergangenheit herumzuwühlen, anstatt mich auf die Gegenwart zu konzentrieren.

»Herrgott noch mal, sie hat noch nie mit Musikern gearbeitet«, sagte er, als ich heute mit ihm sprach. »Sie hat überhaupt keine Erfahrung mit Künstlern. Du kannst ihr weiterhin die Taschen füllen, ohne etwas dafür zu bekommen – denn so ist es doch, Gideon! –, oder du versuchst endlich etwas anderes!«

»Und was?«, fragte ich zurück.

»Wenn du so fest davon überzeugt bist, dass Psychotherapie die Lösung ist, dann such dir wenigstens einen Therapeuten, der das Problem direkt anpackt. Und das Problem ist die Geige, Gideon, nicht die Frage, was du von der Vergangenheit noch im Kopf hast und was nicht.«

Ich sagte: »Raphael hat es mir gesagt.«

»Was?«

»Dass Katja Wolff Sonia ertränkt hat.«

Daraufhin wurde es still, und da wir am Telefon miteinander sprachen und nicht von Angesicht zu Angesicht, konnte ich nur versuchen, mir das Gesicht meines Vaters vorzustellen. Ich vermute, es erstarrte vor Anspannung, und der Blick verdüsterte sich. Raphael hatte einen zwanzig Jahre alten Pakt gebrochen, als er mir die Wahrheit über Sonias Tod verriet. Es war klar, dass meinem Vater das nicht gefiel.

»Was ist damals passiert?«, fragte ich.

»Ich will darüber nicht sprechen.«

»Es ist der Grund, warum Mutter uns verlassen hat, nicht wahr?«

»Ich habe gesagt –«

»Nichts! Gar nichts hast du mir gesagt. Wenn dir wirklich so viel daran liegt, mir zu helfen, warum lässt du mich dann jetzt einfach hängen?«

»Weil *diese Geschichte* mit deinem Problem überhaupt nichts zu tun hat. Das alles wieder auszugraben, jedes Detail unter die Lupe zu nehmen und *ad infinitum* hin und her zu drehen, ist eine geniale Methode, den wahren Fragen auszuweichen, Gideon.«

»Für mich ist es die einzige Möglichkeit, die Sache anzugehen.«

»Blödsinn! Du lässt dich an der Nase herumführen wie ein Tanzbär.«

»Das ist nun wirklich nicht fair.«

»Ach ja? Was soll ich denn sagen! Glaubst du, ich finde es fair, einfach auf die Seite geschoben zu werden und untätig zusehen zu müssen, wie mein Sohn sein Leben wegwirft, erleben zu müssen, wie er beim ersten kleinen Problem in seiner Karriere völlig aus dem Gleichgewicht gerät, nachdem ich fünfundzwanzig Jahre meines Lebens dafür geopfert habe, ihm zu helfen, der große Musiker zu werden, der er immer werden wollte? Glaubst du, ich finde es fair, wenn die Liebe und das Vertrauen, die mein Sohn mir dank der einzigartigen Beziehung zwischen uns jahrelang entgegenbrachte, nun an eine beliebige Psychotherapeutin verschleudert wird, die als Empfehlung nicht mehr vorzuweisen hat, als dass sie es geschafft hat, den Machu Picchu aus eigener Kraft zu besteigen.«

»Du lieber Gott! Du hast offensichtlich gründlich geschnüffelt!«

»Gründlich genug, um dir sagen zu können, dass du deine Zeit verschwendest. Verdammt noch mal, Gideon –«, aber seine Stimme war nicht hart, als er das sagte: »Hast du's auch nur *versucht?*«

Zu spielen, meinte er natürlich. Das war das Einzige, was ihn interessierte. Es war, als wäre ich für ihn nur noch eine Musik produzierende Maschine.

Als ich schwieg, erklärte er nicht ohne eine gewisse Berechtigung: »Siehst du denn nicht, dass das vielleicht nichts weiter war als ein vorübergehender Blackout? Aber weil es in deiner Karriere bisher nie auch nur die kleinste Panne gegeben hat, bist du sofort in Panik geraten. Nimm die Geige zur Hand, um Gottes willen. Tu es für dich, bevor es zu spät ist.«

»Zu spät wofür?«

»Um die Angst zu überwinden. Lass dich nicht von ihr überwältigen, Gideon. Halte nicht an ihr fest.«

Das alles klang nicht unlogisch. Im Gegenteil, es schien einen Weg zu weisen, der vernünftig und praktisch war. Vielleicht machte ich wirklich aus einer Mücke einen Elefanten und versteckte mich in meinem gekränkten beruflichen Stolz hinter einem eingebildeten »seelischen Leiden«.

Ich nahm also die Guarneri zur Hand, Dr. Rose. Ich hob sie zum Kinn. Ich erlaubte mir, vom Blatt zu spielen, und nahm mir allen Druck, indem ich ein Violinkonzert von Mendelssohn wählte, das ich schon tausendmal gespielt hatte. Ich spürte meinen Körper, wie Miss Orr befohlen hätte. Ich konnte ihre Stimme hören: »Oberkörper gerade, Schultern locker. Den Aufstrich mit dem *ganzen* Arm. Nur die Fingerspitzen bewegen sich.«

Ich hörte alles, aber ich konnte es nicht umsetzen. Der Bogen kratzte über die Saiten, und meine Finger am Griffbrett waren plump und unsensibel.

Nerven, dachte ich, nichts als die Nerven.

Ich versuchte es ein zweites Mal. Es war noch schlimmer. Was ich hervorbrachte, war Geräusch, Dr. Rose, mit Musik hatte es nichts zu tun. Und gar Mendelssohn *spielen* – ebenso gut hätte ich versuchen können, vom Musikzimmer aus zum Mond zu fliegen. Ein Ding der Unmöglichkeit!

Wie war es denn, den Versuch zu wagen?, fragen Sie.

Wie war es, den Sarg über Tim Freeman zu schließen?, entgegne ich, über Ihrem Ehemann und Gefährten und was er Ihnen sonst noch war, Dr. Rose. Wie war es, als Ihr Mann starb? Ich sehe hier dem Tod ins Auge, und wenn es eine Wiederauferstehung gibt, dann muss ich wissen, wie sie ausgerechnet dadurch bewerkstelligt werden soll, dass ich in der Vergangenheit herumstochere und meine verdammten Träume aufschreibe. Verraten Sie mir das, bitte!

## 2. Oktober

Ich habe es meinem Vater nicht gesagt.

Warum nicht?, fragen Sie.

Es wäre mir unerträglich gewesen.

Was wäre Ihnen unerträglich gewesen?

Seine Enttäuschung zu sehen, vermute ich. Seine Reaktion auf mein Versagen. Sein ganzes Leben dreht sich um mich, und mein ganzes Leben dreht sich um mein Spiel. Im Augenblick rasen wir beide dem Abgrund entgegen, und ich finde, es ist eine Gnade, wenn es nur einer von uns weiß.

Als ich die Geige wieder in den Kasten legte, stand mein Entschluss fest. Ich verließ das Haus.

Aber auf der Vortreppe stieß ich auf Libby. Sie saß da, ans Geländer gelehnt, und hatte einen aufgerissenen Beutel Marshmallows auf dem Schoß. Sie hatte offenbar noch keine Marshmallows gegessen, aber ihrer Miene nach zu urteilen, schien sie gute Lust dazu zu haben.

Ich hätte gern gewusst, wie lange sie schon da saß. Mit ihren ersten Worten sagte sie es mir.

»Ich hab dich gehört.« Sie stand auf, sah zu dem Beutel mit den Marshmallows hinunter und schob ihn dann unter den Latz ihrer Hose. »So ist das also, hm? Darum spielst du nicht mehr. Warum hast du mir nie was *gesagt*? Ich dachte, wir wären Freunde.«

»Sind wir doch!«

»Ach ja? Freunde helfen einander.«

»In diesem Fall kannst du mir nicht helfen. Ich weiß ja selbst nicht, was los ist, Libby.«

Sie starrte niedergeschlagen auf die Straße. »Ach, Scheiße! Was soll das alles, Gid? Wir ziehen miteinander los und lassen deine Drachen steigen, wir sausen in deinem Segelflieger durch die Luft, wir schlafen in einem Bett. Und da kannst du nicht mal mit mir reden?«

Das Gespräch war eine Reprise unzähliger ähnlicher Diskussionen mit Beth, allerdings mit einer Themaverschiebung. Bei Beth hatte es immer geheißen, Gideon, wenn wir nicht einmal mehr miteinander schlafen …

In der Beziehung mit Libby war das noch nicht zum Thema geworden, weil sie noch nicht weit genug gediehen war, und darüber war ich froh. Ich ließ Libby ausreden, ohne etwas darauf zu sagen. Als sie merkte, dass sie keine Antwort bekommen würde, lief sie mir zum Auto nach. »Hey!«, rief sie. »Warte doch mal. Ich rede mit dir. Warte, verdammt noch mal!« Sie packte mich beim Arm.

»Ich muss los«, sagte ich.

»Wohin?«

»Victoria.«

»Wozu?«

»Libby –«

»Na gut.« Und als ich den Wagen aufgesperrt hatte, stieg sie einfach ein. »Dann komme ich eben mit.«

Um sie loszuwerden, hätte ich sie eigenhändig aus dem Wagen zerren müssen. Die entschlossene Miene und der trotzige Blick verrieten, dass sie zum Widerstand bereit war. Für eine Rangelei fehlten mir die Energie und die Lust, ich startete deshalb ohne ein Wort den Wagen, und wir fuhren zum Victoria-Bahnhof.

Die Räume der Press Association sind gleich um die Ecke vom Bahnhof in der Vauxhall Bridge Road. Dorthin fuhr ich. Unterwegs zog Libby die Marshmallows heraus und begann zu essen.

»Ich dachte, du machst gerade die ›Kein-Weiß-Diät‹«, bemerkte ich.

»Die Dinger sind rosa und grün, falls dir das noch nicht aufgefallen sein sollte.«

»Aber du hast doch mal gesagt, alles, was künstlich gefärbt ist, zählt als weißes Nahrungsmittel.«

»Ich rede viel, wenn der Tag lang ist.« Sie knallte sich den Beutel mit Marshmallows auf die Oberschenkel und schien einen Entschluss zu fassen. »Ich möchte wissen, wie lange«, sagte sie. »Und ich würde dir raten, mir die Wahrheit zu sagen.«

»Wie lang was?«

»Seit wann spielst du schon nicht mehr? Oder spielst so wie eben, mein ich. Seit wann?« Und mit einer Sprunghaftigkeit, die nicht ganz untypisch für sie war, fügte sie hinzu: »Okay, lass nur. Ich hätt's viel früher merken müssen. Aber Rock, dieser Mistkerl – daran ist nur er schuld.«

»Also, man kann ja wohl kaum deinem Mann –«

»Ex, bitte.«

»Noch nicht.«

»Aber nah dran.«

»Na gut. Aber man kann wohl kaum ihm die Schuld daran geben –«

»Auch wenn er noch so widerlich ist.«

»– dass ich im Moment Schwierigkeiten habe.«

»Davon red ich doch überhaupt nicht«, entgegnete sie mit einem gereizten Unterton. »Es gibt außer dir noch andere Menschen auf der Welt, Gideon. Ich hab von mir geredet. *Ich* hätte viel früher gecheckt, was mit dir los ist, wenn ich nicht so auf Rock fixiert gewesen wäre –«

Doch ich hörte kaum, was sie über ihren Mann sagte. Mich beschäftigte der Satz, den sie davor gesagt hatte: … außer dir noch andere Menschen auf der Welt, Gideon. Sie klangen wie ein Echo dessen, was Sarah-Jane Beckett vor so vielen Jahren zu mir gesagt hatte: Du bist nicht mehr der Nabel der Welt. Und ich sah nicht Libby, die neben mir im Auto saß, sondern ich sah Sarah-Jane Beckett. Ich sehe sie jetzt noch, wie sie sich zu mir herunterbeugt und mich mit zusammengekniffenen Augen mustert. Das ganze Gesicht ist verzerrt, die Augen sind Schlitze, hinter kurzen Wimpern verborgen.

Was meint sie, wenn sie das sagt?, fragen Sie.

Ja, das eben ist die Frage.

Ich war ungezogen in der Zeit, als ich mich unter ihrer Obhut befand. Es blieb ihr überlassen, mich angemessen zu bestrafen, und sie hat mir eine gründliche Standpauke gehalten, wie das ihre Art ist. In Großvaters Schrank steht ein Holzkasten mit Schuhputzzeug, und über den habe ich mich hergemacht. Im ganzen oberen Korridor habe ich die Wände mit brauner und schwarzer Schuhcreme beschmiert. So was Langweiliges, dachte ich die ganze Zeit, während ich die Tapete ruinierte und mir die Hände an den Vorhängen abwischte. Aber in Wirklichkeit geht es nicht um Langeweile, und Sarah-Jane weiß das. Ich habe es nicht aus Langeweile getan.

Wissen Sie denn, warum Sie es getan haben?, fragen Sie.

Ich bin mir jetzt nicht mehr sicher. Aber ich glaube, ich bin wütend und habe Angst. Das ist sehr deutlich, ja, diese starke Angst.

In Ihren Augen blitzt Interesse auf, Dr. Rose. Ah, jetzt geht es vorwärts. Wut und Angst. Emotionen. Leidenschaft. Etwas, womit Sie arbeiten können.

Aber ich habe kaum mehr dazu zu sagen. Nur dies: Als Libby mir das von den anderen Menschen auf der Welt vorhielt, bekam ich Angst. Ganz eindeutig. Und diese Angst hatte mit der anderen Angst, vielleicht nie wieder auf meiner Geige spielen zu können, nichts zu tun. Sie war klar von ihr getrennt und hatte auch keinen Bezug zu dem Gespräch, das Libby und ich führten. Trotzdem überfiel sie mich mit einer solchen Macht, dass ich unwillkürlich »Nicht!« rief. Dabei war es die ganze Zeit über gar nicht Libby, mit der ich sprach.

Und wovor haben Sie Angst?, fragen Sie.

Das dürfte doch wohl offensichtlich sein.


*3. Oktober, 15.30 Uhr*

Wir wurden ins Archiv hinaufgeschickt. Das ist ein riesiges Lager mit endlosen Rollregalen voller Zeitungsausschnitte, die in großen braunen Umschlägen gesammelt und nach Sachgebieten katalogisiert sind. Kennen Sie das? Da sitzen professionelle Leser, die den ganzen Tag nichts anderes tun, als sämtliche größeren Zeitungen zu durchforsten und Artikel auszuschneiden und zu kennzeichnen, die dann der Archivbibliothek einverleibt werden. In einer Ecke gibt es einen Tisch und ein Kopiergerät für Leute, die hier irgendetwas recherchieren wollen.

Ich erklärte einem schlecht gekleideten jungen Mann mit langen Haaren, was ich suchte.

»Sie hätten vorher anrufen sollen«, sagte er.»Das wird gut zwanzig Minuten dauern. Die Sachen liegen nicht hier oben.«

Ich sagte, ich würde warten, aber als der junge Mann gegangen war, um sich um meinen Auftrag zu kümmern, wurde mir bewusst, wie nervös ich war. Ich konnte unmöglich bleiben. Das Atmen bereitete mir Mühe, und mir war so heiß, dass ich schwitzte wie Raphael. Ich erklärte Libby, ich brauche frische Luft. Sie ging mit mir zur Vauxhall Bridge Road hinaus. Aber auch draußen konnte ich kaum atmen.

»Das ist der Verkehr«, sagte ich zu Libby.»Die Abgase.« Ich keuchte wie ein ausgepumpter Langstreckenläufer. Und dann meldeten sich auch noch Magen und Darm mit solcher Heftigkeit, dass ich eine demütigende Entladung mitten auf der Straße fürchtete.

»Du siehst aus wie frisch gekotzt, Gid«, sagte Libby.

»Nein, nein. Es geht mir gut«, versicherte ich.

»Wenn's dir gut geht, bin ich die Jungfrau Maria«, entgegnete sie.»Komm, weg hier von der Straße.«

Sie führte mich in ein Café und suchte uns einen Tisch.»Du rührst dich jetzt nicht von der Stelle«, sagte sie zu mir, nachdem sie mich auf einen Stuhl gedrückt hatte,»außer dir wird schlecht oder so was. Dann steckst du den Kopf zwischen die Knie, okay?« Sie ging zum Tresen und kehrte mit einem Orangensaft zurück. »Wann hast du das letzte Mal was gegessen?«, fragte sie.

Und ich – Lügner und Feigling – ließ ihr ihren Glauben.»Ich weiß nicht mehr genau«, antwortete ich und kippte den Orangensaft hinunter, als wäre er ein Zaubertrank, der mir alles wiedergeben könnte, was ich bisher verloren habe.

Verloren?, wiederholen Sie, stets hellwach und aufmerksam.

Ja. Was ich verloren habe: die Musik, Beth, meine Mutter, meine Kindheit und Erinnerungen, die für andere Selbstverständlichkeiten sind.

Und Sonia?, fragen Sie. Sonia auch? Würden Sie sie zurückhaben wollen, wenn das möglich wäre, Gideon?

Ja, natürlich. Aber eine andere Sonia, antworte ich und verstumme unter der plötzlich hereinbrechenden Flut des Bedauerns über jene Besonderheit meiner Schwester, die ich völlig vergessen hatte.

*3. Oktober, 18 Uhr*

Als sich meine rebellischen Eingeweide beruhigt hatten und ich wieder normal atmen konnte, kehrten Libby und ich ins Zeitungsarchiv zurück. Dort erwarteten uns fünf dicke braune Umschläge, voll gestopft mit Presseausschnitten aus einer Zeit, die mehr als zwanzig Jahre zurücklag: eselsohrig, muffig riechend, vergilbt.

Während Libby sich einen Stuhl holte, um sich zu mir an den Tisch setzen zu können, griff ich nach dem ersten Umschlag und öffnete ihn.

*Mörderisches Kindermädchen verurteilt,* sprang es mir entgegen und vermittelte zugleich die Gewissheit, dass Schlagzeilen immer Schlagzeilen bleiben werden. Begleitet wurde der Titel von einem Bild, das mir die Mörderin meiner Schwester zeigte. Es schien gleich zu Beginn des Verfahrens aufgenommen worden zu sein, denn nicht in einem der Gerichtssäle des Old Bailey oder im Gefängnis war Katja Wolff von der Kamera eingefangen worden, sondern in der Earl's Court Road vor dem Polizeirevier Kensington, das sie gerade in Begleitung eines untersetzten Mannes in schlecht sitzendem Anzug verließ. Unmittelbar hinter ihm, vom Türpfosten teilweise verdeckt, befand sich eine Gestalt, die ich sicherlich nicht erkannt hätte, wären mir nicht die Statur und die allgemeine Erscheinung aus beinahe fünfundzwanzig Jahren täglicher Geigenstunden vertraut gewesen: Raphael Robson. Ich nahm die Anwesenheit der beiden Männer – der Untersetzte war vermutlich Katja Wolffs Anwalt – wahr, aber meine Aufmerksamkeit galt zunächst einzig Katja Wolff.

Sie hatte sich sehr verändert seit dem Tag, an dem das sonnige Foto im Garten aufgenommen worden war. Das Foto war gestellt gewesen; dieser Schnappschuss hingegen war offensichtlich in einem Moment der Hektik gemacht, wie er entsteht, wenn eine Person des öffentlichen Interesses aus einem Gebäude ins Freie tritt und, von Freunden oder Personal umgeben, zum wartenden Wagen eilt, in dem sie schnell verschwindet. Das Bild zeigte deutlich, dass das öffentliche Interesse – zumindest dieser Art – Katja Wolff nicht gut getan hatte. Sie wirkte abgemagert und krank. Auf dem Gartenfoto hatte sie offen in die Kamera gelächelt; hier ver-

262

suchte sie, ihr Gesicht zu verstecken. Der Fotograf musste ihr sehr nahe gekommen sein, denn das Bild war nicht körnig, wie man das bei einem Telefoto erwarten würde; im Gegenteil, jedes Detail des Gesichts der jungen Frau war durch die Nähe der Kamera gnadenlos scharf gezeichnet.

Die Lippen waren so fest zusammengepresst, dass sie schmal wirkten. Schatten lagen wie dunkle Halbmonde unter den Augen. Die klar geschnittenen Züge hatten in dem abgemagerten Gesicht eine hässliche Schärfe bekommen. Die Arme waren streichholzdünn, und aus dem V-Ausschnitt der Bluse traten spitz die Schlüsselbeinknochen hervor.

Dem Artikel entnahm ich, dass der zuständige Richter, ein Mann namens St. John Wilkes, Katja Wolff – wie vom Gesetz bei Mord gefordert – zu einer lebenslänglichen Freiheitsstrafe verurteilt hatte, wobei er seinen Spruch durch die ungewöhnliche Empfehlung an das Innenministerium ergänzt hatte, man möge die Verurteilte keinesfalls weniger als zwanzig Jahre verbüßen lassen. Dem Berichterstatter zufolge, der im Gerichtssaal gewesen war, war die Angeklagte bei der Urteilsverkündung aufgesprungen und hatte angeblich laut gerufen: »Lassen Sie mich erklären, wie es wirklich war.« Aber ihr Angebot, nun endlich zu sprechen – sie hatte während der Ermittlungen und den ganzen Prozess hindurch hartnäckig geschwiegen –, war zu spät gekommen. Es hatte allgemein den Verdacht erregt, sie hoffe, von plötzlicher Panik getrieben, auf einen Handel mit der Kronanwaltschaft.

»Wir wissen, wie es war«, erklärte Bertram Cresswell-White, Vertreter der Kronanwaltschaft, später vor der Presse. »Wir wissen es von der Polizei und der Gerichtsmedizin, wir wissen es von der Familie und Miss Wolffs eigenen Freunden. Sie war in einer Lebenssituation gefangen, mit der sie nicht zurechtkam, sie war wütend, weil sie sich ungerecht behandelt fühlte, und als sie eine Gelegenheit sah, sich dieses Kindes zu entledigen, das ohnehin nicht gesund war, drückte sie mit böswilligem Vorsatz und aus Rachegefühlen gegenüber der Familie Davies das Kind in der Badewanne unter Wasser und hielt es trotz seiner kläglichen Versuche, sich zu wehren, dort so lange fest, bis es ertrank. Danach schlug sie Alarm. So war es. So ist es nachgewiesen. Und für diese Tat hat Richter Wilkes die vom Gesetzgeber geforderte Strafe verhängt.«

»Sie muss für zwanzig Jahre ins Gefängnis, Dad.« Ja. Ja. Das sagt mein Vater zu meinem Großvater, als er ins Zimmer tritt, wo wir auf Nachricht warten: Großvater, Großmutter und ich. Wir sitzen nebeneinander auf dem Sofa im Wohnzimmer, ich in der Mitte. Und ja, meine Mutter ist auch da. Sie weint wie immer, so kommt es mir vor, nicht erst seit Sonias Tod, sondern seit ihrer Geburt.

Die Geburt eines Kindes sollte ein freudiges Ereignis sein; aber an Sonias Geburt kann wenig Erfreuliches gewesen sein. Das begriff ich endlich, als ich den ersten Zeitungsausschnitt auf die Seite gelegt hatte und mir den zweiten ansah – eine Fortsetzung der Titelgeschichte –, der darunter lag. Hier stieß ich auf ein Bild des Opfers und blickte mit tiefer Beschämung dem ins Auge, was ich jahrzehntelang vergessen oder verdrängt hatte.

Libby, die inzwischen einen Stuhl gefunden hatte und ihn hinter sich herziehend wieder ins Archiv gekommen war, sah es sofort, als sie sich zu mir setzte. Sie wusste nicht, dass das Bild meine Schwester zeigte, denn ich hatte ihr nicht gesagt, was ich hier im Archiv suchte. Sie hatte mich nach Zeitungsausschnitten über den Wolff-Prozess fragen hören, aber mehr auch nicht.

Sie setzte sich also mit an den Tisch, drehte sich halb zu mir her und griff mit den Worten: »Na, was hast du aufgestöbert?«, nach dem Bild. Sobald ihr Blick darauf fiel, sagte sie, »Oh! Die Kleine leidet am Downsyndrom, nicht? Wer ist sie?«

»Meine Schwester.«

»Ehrlich? Aber du hast nie was davon gesagt…« Sie blickte hoch und sah mich an. Vorsichtig, vermutlich weil sie mir nicht zu nahe treten wollte, sagte sie: »Hast du dich – geschämt oder so was? Ihretwegen, meine ich. Mensch, Gid, das ist doch keine Schande! Das Downsyndrom, meine ich.«

»›Oder so was‹«, erwiderte ich. »Absolut erbärmlich. Wirklich schlimm.«

»Wieso? Was hast du denn getan?«

»Ich habe sie einfach vergessen. Das alles hier.« Ich wies auf die Unterlagen. »Ich konnte mich an nichts erinnern. Ich war acht Jahre alt, jemand ertränkte meine Schwester –«

»*Ertränkte* deine –«

Ich packte sie am Arm, um sie zum Schweigen zu bringen. Das hätte mir gerade noch gefehlt, dass das ganze Personal im Archiv erfährt, wer ich bin. Glauben Sie mir, ich habe mich auch so schon genug geschämt.

»Schau sie dir an«, sagte ich zu Libby. »Schau es dir selber an. Und ich hatte *keine Erinnerung* an sie, Libby. Ich habe mich an nichts erinnert.«

»Aber warum denn nicht?«, fragte sie.

Weil ich nicht wollte.

### 3. Oktober, 22.30 Uhr

Ich habe eigentlich erwartet, dass Sie sich mit Triumphgeheul auf dieses Bekenntnis stürzen würden, Dr. Rose, aber Sie hüllen sich in Schweigen. Sie begnügen sich damit, mich zu beobachten. Aber wissen Sie, auch wenn Sie sich darin geübt haben, ihre Gesichtszüge zu beherrschen, um nichts zu verraten, besitzen Sie doch keine Macht über das Licht, das in Ihren Augen aufzublitzen pflegt. Nur einen Wimpernschlag lang sehe ich es aufleuchten – dieses Fünkchen –, und es verrät mir, dass Sie wünschen, ich möge hören, was ich eben gesagt habe.

Ich hatte keine Erinnerung an meine Schwester, weil ich mich nicht erinnern *wollte*. So muss es sein. Wir wollen uns nicht erinnern, wir ziehen es vor zu vergessen. Aber ist es nicht in Wahrheit so, dass wir uns manchmal einfach nicht erinnern müssen und dass uns manchmal das Vergessen befohlen wird.

Trotzdem, eines kann ich nicht verstehen. Die so genannten Episoden meines Großvaters waren das große Familiengeheimnis, und doch habe ich sie klar im Gedächtnis, und ich weiß noch genau, was sie verursacht hat und dass meine Großmutter jedes Mal Musik auflegte, weil sie hoffte, sie damit verhindern zu können. Ich weiß noch, wie diese Episoden abgelaufen sind, von was für einem Chaos sie begleitet waren, und wie meine Großmutter weinte, wenn die Leute von der Anstalt kamen, um meinen Großvater wegzubringen. Aber gesprochen wurde bei uns nie über diese Episoden. Wieso also erinnere ich mich so deutlich an sie – und an meinen Großvater –, aber nicht an meine Schwester?

Ihr Großvater, erklären Sie mir, hat in Ihrem Leben eine weit größere Bedeutung als Ihre Schwester. Er spielt in der Geschichte

Ihrer musikalischen Entwicklung eine der Hauptrollen, selbst wenn ein Teil dieser Geschichte Erfindung ist. Um die Erinnerung an ihn zu verdrängen, wie Sie sie offenbar an Sonia verdrängt haben…

Verdrängt? Wieso verdrängt? Meinen Sie auch, dass ich mich an meine Schwester nicht erinnern *wollte*, Dr. Rose?

Verdrängung ist ein unbewusster Vorgang, erklären Sie mir. Ihre Stimme ist leise, Ihr Ton ruhig und einfühlsam. Sie geschieht bei Ereignissen psychischer oder physischer Natur, die so überwältigend sind, dass wir sie nicht verarbeiten können, Gideon. Wenn wir als Kinder etwas erleben, das heftige Angst auslöst oder das wir nicht verstehen können – Geschlechtsverkehr zwischen den Eltern ist ein gutes Beispiel –, stoßen wir es aus unserem Bewusstsein aus, weil wir in diesem Alter nicht über das Instrumentarium verfügen, um uns mit dem Erlebten auseinander zu setzen und es so zu verarbeiten, dass wir es integrieren können. Auch bei Erwachsenen kommt das vor, beispielsweise bei Menschen, die einen schweren Unfall erleiden. Sie können sich hinterher nicht an das Ereignis erinnern, weil es so furchtbar war. Wir fassen nicht bewusst den Entschluss, etwas aus unserem Bewusstsein zu verdrängen, Gideon, wir tun es einfach. Mithilfe der Verdrängung schützen wir uns vor etwas, mit dem wir uns noch nicht auseinander setzen können.

Und was ist an meiner Schwester so schrecklich, dass ich ihm nicht ins Auge sehen kann, Dr. Rose? Denn erinnert habe ich mich ja an sie. Als ich über meine Mutter schrieb, kehrte die Erinnerung an Sonia zurück. Nur *ein* Detail habe ich ausgeblendet. Bis zu dem Moment, als ich das Foto sah, wusste ich nicht, dass sie am Downsyndrom litt.

Folglich spielt wohl ihre Krankheit eine wichtige Rolle in dieser ganzen unglückseligen Situation? Denn daran habe ich mich nicht von selbst erinnert. Ich musste mit der Nase darauf gestoßen werden.

Sie haben sich auch an Katja Wolff nicht von selbst erinnert, sagen Sie.

Also sind die Krankheit meiner Schwester und Katja Wolff miteinander verknüpft, richtig, Dr. Rose? Ja, so muss es sein.

## 5. Oktober

Nachdem ich das Foto meiner Schwester gesehen und Libby ausgesprochen hatte, was ich selbst nicht über die Lippen brachte, hielt ich es im Archiv nicht mehr aus. Ich wollte bleiben, denn ich hatte ja fünf Umschläge vor mir, die voll waren mit Informationen zu den Ereignissen, von denen meine Familie vor zwanzig Jahren überrollt worden war. Zweifellos hätte ich in diesen Umschlägen auch die Namen sämtlicher Personen gefunden, die an den polizeilichen Ermittlungen oder dem nachfolgenden Gerichtsverfahren beteiligt waren. Aber ich war nicht fähig weiterzulesen, nachdem ich dieses Foto von Sonia gesehen hatte, das es mir ermöglichte, mir meine kleine Schwester unter Wasser vorzustellen: wie der runde Kopf sich unablässig hin und her bewegt und wie sie mit diesen bemerkenswerten Augen, die selbst auf einem Zeitungsfoto erkennen lassen, dass sie kein normales Kind war, schaut und schaut und nicht aufhören kann, den Menschen anzustarren, der sie töten will. Ein Mensch, dem sie vertraut, den sie liebt und den sie braucht, drückt sie unter Wasser, und sie kann das nicht verstehen. Sie ist erst zwei Jahre alt, und selbst wenn sie ein normales Kind gewesen wäre, hätte sie nicht verstanden, was ihr geschah. Aber sie ist nicht normal. Sie ist nicht als normales Kind zur Welt gekommen. Nichts in den zwei kurzen Jahren ihres Lebens ist je normal gewesen.

Krankheit, die zur Krise führt. Genauso ist es, Dr. Rose. Mit meiner Schwester stürzen wir von einer Krise in die andere. Mutter weint morgens bei der Messe, und Schwester Cecilia weiß, dass sie Hilfe braucht. Sie braucht nicht nur seelischen Beistand, der ihr hilft, damit fertig zu werden, dass sie ein Kind zur Welt gebracht hat, das anders ist, nicht vollkommen, ungewöhnlich oder wie immer Sie es nennen wollen, sie braucht auch praktische Hilfe bei der Betreuung dieses Kindes. Denn das Leben muss weitergehen, auch wenn es ein Wunderkind zu fördern und ein krankes Kind zu betreuen gilt: Großmutter muss sich wie immer um Großvater kümmern, mein Vater muss seinen zwei Jobs nachgehen, und wenn ich weiterhin Geige spielen will, muss auch meine Mutter arbeiten.

Das Naheliegendste unter diesen Umständen wäre es, meine musikalische Ausbildung abzubrechen, Raphael Robson und Sarah-Jane Beckett zu entlassen und mich in eine öffentliche Schule zu schicken. Die Summe, die sich mit diesen einfachen und vernünftigen Maßnahmen einsparen ließe, würde es meiner Mutter erlauben, zu Hause zu bleiben, sich um Sonia zu kümmern und diese während der immer wieder auftretenden gesundheitlichen Krisen zu pflegen.

Aber ein solcher Schritt ist für alle aus der Familie undenkbar. Ich habe mit meinen sechseinhalb Jahren bereits meinen ersten öffentlichen Auftritt hinter mir, und es wäre in den Augen aller ein ungeheuerliches Banausentum, der Welt zu verweigern, was ich ihr zu geben habe. Aber zweifellos wurde eine solche Maßnahme zwischen meinen Eltern und meinen Großeltern erörtert.

Ja, ich erinnere mich. Meine Mutter und mein Vater führen im Wohnzimmer eine Diskussion, und mein Großvater mischt sich lautstark ein. »Der Junge ist ein Genie, verdammt noch mal! Ein *Genie*!«, brüllt er. Großmutter ist auch da. Ich höre ihr ängstliches »Jack, Jack!« und sehe sie vor mir, wie sie zur Stereoanlage läuft und Paganini auflegt, um das Wüten meines Großvaters zu besänftigen. »Er gibt bereits *Konzerte*! Wenn ihr seine Karriere abbrechen wollt, dann nur über meine Leiche!«, tobt Großvater. »Tu mir also den Gefallen und triff wenigstens einmal in deinem Leben – nur ein einziges Mal, Dick – die richtige Entscheidung.«

Raphael und Sarah-Jane sind an der Debatte nicht beteiligt. Es geht um ihre Zukunft und um meine, aber sie werden ebenso wenig um ihre Meinung gefragt wie ich. Der Disput setzt sich über Stunden und Tage fort. Meine Mutter ist noch von Schwangerschaft und Entbindung geschwächt, und die schwierige Situation wird durch Sonias gesundheitliche Probleme verschärft.

Das Baby ist beim Arzt – im Krankenhaus – in der Notaufnahme. Wir alle befinden uns in einem Zustand ständiger Anspannung und ängstlicher Beklemmung. Die Nerven liegen blank. Immer steht die Frage im Raum: Was wird als Nächstes geschehen?

Krisen, nichts als Krisen. Ständig Unruhe und Tumult. Manchmal scheint kein Mensch zu Hause zu sein außer Raphael und mir, oder Sarah-Jane und mir. Alle anderen sind bei Sonia.

Warum?, fragen Sie. Was waren das für Krisen, die Sonia durchmachte?

Ich weiß nur noch: *Er hat gesagt, er erwartet uns im Krankenhaus. Gideon, geh in dein Zimmer.* Und ich erinnere mich an Sonias dünnes Weinen, das allmählich leiser wird, als sie sie mitten in der Nacht die Treppe hinuntertragen und mit ihr aus dem Haus eilen.

Ich gehe in ihr Zimmer, es liegt neben meinem. Das Kinderzimmer. Ein Licht brennt, und neben ihrem Bettchen steht irgendeine Maschine, an die sie während des Schlafs angeschlossen wird. Auf der Kommode steht eine Nachtlampe mit einem bunten Schirm, der sich dreht; dieselbe Lampe, die sich neben meinem Bettchen gedreht hat, demselben Bettchen, in dem Sonia jetzt schläft. Ich sehe die Kerben in den Gitterstäben, die meine Zähne hinterlassen haben, und ich sehe die Abziehbilder mit den Arche-Noah-Motiven, die ich immer angestarrt habe. Und obwohl ich schon sechseinhalb bin, klettere ich in das Gitterbett, rolle mich zusammen und warte, was geschehen wird.

Und was geschieht?

Nach einer Weile kommen sie wieder nach Hause, wie immer, mit Medikamenten, mit dem Namen eines Arztes, den sie am Morgen aufsuchen sollen, mit Verhaltensvorschriften oder einem Diätplan, an den sie sich halten sollen. Manchmal kommen sie mit Sonia nach Hause. Manchmal ohne sie, weil man sie im Krankenhaus behalten hat.

Darum weint meine Mutter morgens bei der Messe. Und darüber wird sie mit Schwester Cecilia gesprochen haben, an jenem Tag, an dem wir im Kloster waren und ich das Bücherregal ins Wanken brachte und die Figur der Heiligen Jungfrau zerbrach. Die Nonne spricht fast immer leise murmelnd, ich vermute, um meine Mutter zu trösten, die gewiss an vielerlei leidet – an Schuldgefühlen, ein Kind geboren zu haben, das nahezu ununterbrochen krank ist; an der Angst vor dem, was als Nächstes hinter der Tür lauert; am Zorn über die Ungerechtigkeit des Lebens und an purer seelischer und körperlicher Erschöpfung.

In dieser bedrängenden Situation wird vermutlich die Idee geboren, eine Kinderfrau zu engagieren. Das wäre die ideale Lösung für alle. Mein Vater könnte seine zwei Arbeitsplätze behalten; meine Mutter könnte wieder arbeiten gehen; Raphael und Sarah-Jane könnten sich weiterhin um mich kümmern; und die Kinderfrau könnte bei Sonias Betreuung helfen. Man könnte vielleicht einen zweiten Untermieter ins Haus nehmen, um die Einnahmen aufzustocken.

So kommt Katja Wolff zu uns. Aber sie ist keine ausgebildete Kinderschwester. Sie hat weder Kurse noch eine Schule besucht, um die Kinderpflege zu erlernen. Aber sie ist eine gebildete junge Frau, und sie ist hilfsbereit, anhänglich, dankbar und – auch das muss gesagt werden – preiswert. Sie liebt Kinder und braucht dringend Arbeit. Und die Familie Davies braucht dringend Hilfe.

*6. Oktober*

Noch am selben Abend besuchte ich meinen Vater. Wenn überhaupt jemand den Schlüssel zur Erinnerung besitzt, nach dem ich suche, dann mein Vater.

Er war bei Jill. Ich traf die beiden auf der Vortreppe ihres Hauses an. Sie steckten mitten in einer jener höflichen, aber geladenen Auseinandersetzungen, die sich unter liebenden Paaren entzünden, wenn durchaus vernünftige Wünsche der Partner kollidieren. Hier ging es offenbar darum, ob Jill in ihrem hochschwangeren Zustand noch Auto fahren sollte oder nicht.

»Das wäre gefährlich und absolut unverantwortlich«, sagte mein Vater gerade. »Der Wagen ist doch nur noch ein Schrotthaufen. Herrgott noch mal, ich rufe dir ein Taxi. Oder ich fahre dich selbst.«

Und Jill versetzte hitzig: »Würdest du bitte aufhören, mich wie ein Zuckerpüppchen zu behandeln. Ich habe das Gefühl, ich bekomme überhaupt keine Luft mehr, wenn du so bist.«

Sie wollte ins Haus gehen, aber er hielt sie am Arm fest. »Schatz! Bitte!«, sagte er, und ich hörte seiner Stimme an, wie groß seine Angst um sie war.

Ich konnte ihn verstehen. Er war, was seine Kinder anging, nicht vom Glück gesegnet. Virginia tot. Sonia tot. Zwei von drei Kindern tot. Kein Wunder, dass er Angst hatte.

Zu Jills Verteidigung muss gesagt werden, dass auch sie dafür

Verständnis zu haben schien. Sie sagte, ruhiger jetzt: »Ach komm, das ist doch albern«, aber ich glaube, gleichzeitig war sie gerührt von seiner Besorgtheit um ihr Wohlbefinden.

Dann sah sie mich unten auf dem Bürgersteig, wo ich unschlüssig dastand und überlegte, ob ich mich unbemerkt wieder davonmachen oder mit großem Hallo, das nur falsches Getue gewesen wäre, zu ihnen gehen sollte.

»Hallo!«, rief sie mir zu. »Da ist Gideon, Schatz.«

Mein Vater drehte sich herum. Dabei ließ er ihren Arm los, und sie sperrte die Haustür auf und ging uns beiden voraus nach oben.

Ihre Wohnung, in einem Altbau, der vor einigen Jahren von einem geschäftstüchtigen Unternehmer entkernt und völlig renoviert worden ist, entspricht in jeder Beziehung dem letzten Schrei: überall Teppichböden, in der Küche Kupfergeschirr, das von der Decke baumelt, in Küche und Bad modernste Geräte, die auch tatsächlich funktionieren, und an den Wänden Gemälde, bei denen man das Gefühl hat, sie werden gleich von der Leinwand rutschen und irgendwas Zweifelhaftes aufführen. Kurz, die Wohnung ist ganz Jill. Ich bin gespannt, wie mein Vater mit ihrem Geschmack zurechtkommen wird, wenn die beiden zusammenleben. Obwohl sie ja schon jetzt praktisch zusammenleben. So wie mein Vater ständig um Jill herumtanzt, kann man beinahe von Obsession sprechen.

Ich überlegte, ob ich ihn gerade jetzt, da seine Ängste wegen des Kindes, das er und Jill erwarten, täglich wachsen, überhaupt auf Sonia ansprechen sollte. Mein Körper sagte klar Nein: beginnendes Kopfweh und stechende Magenschmerzen, die eindeutig Nervosität waren.

»Ich lasse euch allein«, sagte Jill. »Ich habe sowieso noch zu arbeiten, und du bist ja sicher nicht meinetwegen gekommen, nicht wahr?«

Es war wahr, ich hätte daran denken sollen, Jill hin und wieder zu besuchen, zumal sie, so merkwürdig die Vorstellung auch war, bald meine Stiefmutter werden würde. Aber an der Art, wie sie fragte, merkte man, dass es ihr wirklich nur um die Information ging und nicht darum, eine Spitze anzubringen.

Ich sagte: »Ich wollte ein, zwei Dinge –«

»Natürlich«, unterbrach sie. »Ich bin im Arbeitszimmer.« Sie entfernte sich durch den Flur.

Mein Vater ging mit mir in die Küche. Er schob Jills beeindruckende Kaffeemaschine in die Mitte der Arbeitsplatte und kippte Espressobohnen hinein. Die Kaffeemaschine ist – ganz Jills Vorliebe für alles Zeitgemäße entsprechend – ein erstaunliches Gerät, das in weniger als einer Minute jede Art von Kaffee zubereitet, die das Herz begehrt: Kaffee, Cappuccino, Espresso, Latte macchiato. Die Maschine schäumt die Milch auf und kocht das Wasser und würde vermutlich auch noch abspülen, Wäsche waschen und Staub saugen, wenn man sie entsprechend programmierte. Mein Vater, der anfangs nur spöttische Geringschätzung für dieses Wunderwerk der Technik übrig gehabt hatte, bediente sie wie ein Profi.

Er holte zwei Espressotassen aus dem Schrank und nahm eine Zitrone aus der Obstschale. Während er nach dem richtigen Messer suchte, um ein Stück Schale abzuschneiden, begann ich zu sprechen.

»Dad«, sagte ich, »ich habe ein Foto von Sonia gesehen. Besser als das, das du mir gezeigt hast. Ein Zeitungsfoto, das damals zur Zeit des Prozesses veröffentlicht wurde.«

Er drehte einen Knopf an der Kaffeemaschine, ersetzte den Einzelhahn durch einen Doppelhahn, den er aus einer Schublade holte, und stellte die beiden Tassen darunter. Dann schaltete er das Gerät ein, das leise surrend zu arbeiten begann. Er wandte seine Aufmerksamkeit wieder der Zitrone zu und schnitt ein Ringelschwänzchen Schale ab, das dem Barkeeper des Savoy Ehre gemacht hätte. »Aha«, sagte er nur und setzte das Messer zum zweiten Mal an.

»Warum hat mit mir nie jemand darüber gesprochen?«, fragte ich.

»Worüber?«

»Das weißt du genau. Über den Prozess. Über Sonias Tod. Über die ganze Situation. Warum wurde nie darüber gesprochen?«

Er schüttelte den Kopf. Er hatte die zweite Schalenspirale abgeschnitten, und als der Espresso fertig war, gab er ein Stück Schale in jede Tasse und reichte mir meine.

»Wollen wir hinausgehen?«, fragte er und wies mit einer Kopfbewegung zum Balkon vor dem Wohnzimmer.

Viel Wohlbehagen versprach der Balkon an diesem grauen Tag nicht, aber er bot immerhin die Ungestörtheit, die ich suchte, und darum folgte ich meinem Vater nach draußen.

Wir waren, wie ich erwartet hatte, völlig allein dort draußen. Die anderen Balkone ringsherum waren leer. Jills Terrassenmöbel waren schon zugedeckt, aber mein Vater nahm die Plastikhülle von zwei Stühlen ab, und wir setzten uns. Er stellte die Tasse mit dem Espresso auf sein Knie und schloss den Reißverschluss seines Parkas.

»Ich habe die Zeitungen von damals nicht aufgehoben«, sagte er. »Ich habe sie mir gar nicht angesehen. Ich wollte nur vergessen. Mir ist klar, dass darüber heute sämtliche Seelenspezialisten entsetzt die Augenbrauen hochziehen würden, ihrer Meinung nach sollen wir uns ja ständig in der Erinnerung suhlen, aber zu meiner Zeit war das nicht Mode, Gideon. Ich habe es durchlebt – die Tage, Wochen und Monate –, und als es vorbei war, wollte ich nur eines: Vergessen, dass es je geschehen war.«

»Hat Mutter auch so empfunden?«

Er hob seine Tasse, aber er ließ mich nicht aus den Augen, während er trank. Dann sagte er: »Das weiß ich nicht. Wir konnten nicht darüber sprechen. Keiner von uns konnte darüber sprechen. Denn dann hätte man es ja alles noch einmal durchmachen müssen.«

»Aber ich muss jetzt darüber sprechen.«

»Ist das auch eine der Empfehlungen deiner teuren Dr. Rose? Sonia liebte die Geige, falls dich das interessiert. Genauer gesagt, sie liebte *dich* und dein Spiel. Sie sprach sehr wenig – Kinder mit dieser Krankheit lernen das Sprechen im Allgemeinen erst spät –, aber sie konnte deinen Namen sagen.«

Es war wie eine bewusste Verletzung, ein feiner, aber gezielter Stich mitten in mein Herz. »Vater –«

Er fiel mir ins Wort. »Vergiss es. Das war unfair.«

»Warum hat später nie jemand von ihr gesprochen? Nachdem sie – nach dem Prozess«, fragte ich, obwohl die Antwort auf der Hand lag: In unserer Familie wurde nie über Unerfreuliches gesprochen. Großvater tobte von Zeit zu Zeit wie ein Wahnsinniger, wurde bei helllichtem Tag oder bei Nacht und Nebel aus dem Haus geführt, gezerrt oder gekarrt und blieb mehrere Wochen lang weg, aber keiner von uns verlor je ein Wort darüber. Meine Mutter verschwand eines Tages und nahm nicht nur jedes einzelne Stück mit, das ihr gehörte, sondern auch alles, was daran hätte erinnern können, dass sie einmal Teil der Familie gewesen war, aber es fiel uns gar nicht ein, auch nur einmal Mutmaßungen darüber anzustellen, warum sie fortgegangen war und wohin. Und da wunderte ich mich, auf dem Balkon der Geliebten meines Vaters sitzend, darüber, dass niemals über Sonia gesprochen worden war! Dabei war es doch in unserer Familie schon immer so gewesen, dass man nie über etwas gesprochen hatte, das schmerzhaft, tragisch, grausam oder traurig war.

»Wir wollten vergessen, dass es geschehen war.«

»Ihr wolltet Mutter vergessen? Und Sonia?«

Er beobachtete mich, und ich sah, wie sich sein Gesicht verschloss und jenen Ausdruck bekam, der mir immer schon eine Landschaft gespiegelt hat, die nichts anderes war als Eis, kalter Wind und endloser trüber Himmel. »Das ist deiner unwürdig«, sagte er. »Ich denke, du weißt genau, wovon ich spreche.«

»Aber niemals auch nur ihren Namen auszusprechen! Nicht ein Mal in all den Jahren. Niemals die Worte ›deine Schwester‹ zu sagen…«

»Meinst du, damit wäre irgendetwas gewonnen gewesen? Hätte es dir in irgendeiner Weise genützt, wenn Sonias Ermordung ein Thema unseres Alltags gewesen wäre?«

»Ich verstehe ganz einfach nicht –«

Er trank den letzten Rest seines Espressos und stellte die Tasse neben seinen Stuhl auf den Boden. Sein Gesicht war so grau wie sein Haar, das er zurückgebürstet trägt wie ich und das den gleichen Ansatz hat wie meines, zur Mitte der Stirn spitz zulaufend, mit tiefen Geheimratsecken an den Seiten.

»Deine Schwester ist in der Badewanne ertränkt worden«, sagte er, »von einer Deutschen, die wir bei uns aufgenommen hatten –«

»Ich weiß –«

»Nein! Gar nichts weißt du. Du weißt vielleicht, was die Zeitungen berichtet haben, aber du weißt nicht, wie es wirklich war. Du weißt nicht, dass Sonia ermordet wurde, weil es immer schwieriger wurde, sie zu versorgen, und weil die Deutsche –«

Katja Wolff. Warum will er ihren Namen nicht aussprechen?

»– schwanger war.«

Schwanger. Das Wort wirkte wie ein Fingerschnalzen direkt vor meiner Nase. Es riss mich zurück in die Welt meines Vaters, erinnerte mich wieder daran, was er durchgemacht hatte und was er jetzt in dieser Situation von neuem durchmachen musste. Ich dachte an die Fotografie, auf der Katja Wolff mit Sonia auf dem Arm im Garten des Hauses am Kensington Square saß und träumerisch in die Kamera lächelte. Ich dachte an das Bild, das sie zeigte, wie sie abgemagert und krank aussehend, mit harten Gesichtszügen, das Polizeirevier verließ. Schwanger.

»Auf dem Foto hat man ihr das aber nicht angesehen«, murmelte ich und blickte von meinem Vater weg zu einem der anderen Balkone, wo ein Altenglischer Schäferhund uns neugierig beäugte. Als er sah, dass ich ihn bemerkt hatte, stellte er sich auf die Hinterbeine, die Vorderpfoten auf das Balkongeländer gestützt, und begann zu bellen. Es war ein schreckliches Geräusch. Man hatte ihm die Stimmbänder entfernen lassen. Was blieb, war ein hoffnungsvolles, aber jämmerliches Jaulen, nichts als Luft und Muskeln und vor allem Grausamkeit.

»Auf was für einem Foto?«, fragte mein Vater, und dann begriff er wohl, dass ich von einem Foto sprach, das ich in der Zeitung gesehen hatte, denn er fügte hinzu: »Nein, natürlich sah man es ihr nicht an. Es ging ihr zu Beginn der Schwangerschaft sehr schlecht, sie hat kein Gramm zugenommen, sondern ist immer dünner geworden. Als uns auffiel, dass es ihr nicht gut ging und sie kaum noch aß, glaubten wir zunächst, es wäre Liebeskummer. Sie und der Untermieter –«

»Das muss James gewesen sein.«

»Richtig. James. Sie waren befreundet. Offensichtlich viel enger, als wir ahnten. Er lernte mit ihr Englisch, wenn sie freihatte. Dagegen hatten wir nichts einzuwenden. Bis sie schwanger wurde.«

»Und dann?«

»Wir haben ihr gekündigt. Wir führten schließlich kein Heim für ledige Mütter, und wir brauchten jemanden, der sich um Sonia kümmern konnte und nicht ausschließlich mit sich selbst beschäftigt war – dem eigenen Unwohlsein, den eigenen Schwierigkeiten, der Schwangerschaft. Wir haben sie nicht auf die Straße gesetzt, wir haben sie auch nicht fristlos entlassen. Aber wir sagten ihr natürlich, dass sie sich eine andere Stellung suchen müsse, und da geriet sie völlig außer sich, weil es die Trennung von James bedeutete.«

»Wie hat sich das denn geäußert?«

»Tränen, Wut, Hysterie. Sie war restlos überfordert, von der Schwangerschaft und dem andauernden Unwohlsein, von der Notwendigkeit, sich eine neue Bleibe suchen zu müssen, und natürlich von den Ansprüchen, die deine Schwester an sie stellte. Sonia war damals gerade aus dem Krankenhaus wieder nach Hause gekommen und brauchte ständige Betreuung. Die Deutsche drehte durch.«

»Ich erinnere mich.«

»Woran?« Ich hörte das Widerstreben hinter der Frage, Ausdruck des Konflikts zwischen dem Wunsch meines Vaters, diese quälenden Erinnerungen wieder zu verdrängen, und seinem Bestreben, den Sohn, den er liebte, aus dessen innerer Gefangenschaft zu befreien.

»An Krisen. Wie Sonia zum Arzt gebracht wurde oder ins Krankenhaus oder – ich weiß nicht, wohin noch.«

Er ließ sich in seinen Gartenstuhl zurücksinken und blickte wie ich zu dem Hund hinüber, der so eifrig um unsere Aufmerksamkeit buhlte. »Kein Platz für Geschöpfe mit eigenen Bedürfnissen«, sagte er, und ich konnte nicht sagen, ob er von dem Tier sprach oder von sich selbst, von mir oder meiner Schwester. »Zuerst war es das Herz. Einen atriospektalen Defekt, nannten sie es. Wir merkten sehr schnell – gleich nach der Geburt – an ihrer Hautfarbe und ihrem Puls, dass etwas nicht in Ordnung war. Sie wurde sofort operiert, und wir dachten, gut, damit ist das Problem erledigt. Aber dann kam schon das nächste, ihr Magen – duodenale Stenose. Kommt bei Kindern mit Downsyndrom häufig vor, erklärte man uns. Als wäre die Tatsache, dass sie am Downsyndrom litt so harmlos wie meinetwegen ein Schielauge. Es folgte also die nächste Operation. Danach stellte man fest, dass sie keine Afteröffnung hatte. Man sagte zu uns, diese Kleine scheint ja so ziemlich alles zu haben, was das Downsyndrom so mit sich bringt. Ein Extremfall. Da werden wir sie wohl noch einmal aufmachen müssen. Und noch einmal. Und noch einmal. Sie bekam ein Hörgerät. Und Medikamente *en masse*. Wir können nur hoffen, hieß es, dass es nicht zu schlimm für sie ist, so oft operiert werden zu müssen, bis wir sie endlich richtig hinkriegen.«

»Dad –« Ich wollte ihm den Rest ersparen. Er hatte genug gesagt. Er hatte genug durchgemacht. Er hatte nicht nur ihr Leiden, sondern auch ihren Tod miterleben müssen, und vor diesem Tod seinen eigenen Schmerz und den meiner Mutter und zweifellos auch den seiner Eltern getragen …

Ehe ich ihm sagen konnte, was mir auf der Zunge lag, hörte ich auf einmal wieder meinen Großvater. Mir verschlug es den Atem wie nach einem harten Schlag in den Magen, trotzdem musste ich die Frage stellen. »Dad«, sagte ich, »wie ist Großvater mit der Situation fertig geworden?«

»Fertig geworden? Er ist gar nicht erst zum Prozess gegangen. Er –«

»Ich meine nicht den Prozess. Ich spreche von Sonia. Von ihrer – ihrer Krankheit.«

Ich kann ihn hören, Dr. Rose. Ich kann ihn wirklich hören. Er brüllt. Er brüllt, wie er immer brüllt – wie der alte Lear, nur dass der Sturm, gegen den er anbrüllt, nicht draußen auf dem Moor tobt, sondern in seinem eigenen Inneren. Krüppel, schreit er. Du bist nicht fähig, etwas anderes als Krüppel zu produzieren. Speichel sammelt sich in seinen Mundwinkeln. Meine Großmutter packt ihn beim Arm und spricht leise seinen Namen, aber er nimmt nichts wahr als Sturm und Donnerwetter in seinem eigenen Kopf.

Mein Vater sagte: »Dein Großvater war ein gequälter Mensch, Gideon, aber ein großer und guter Mensch. So grimmig wie die Dämonen, die ihn geplagt haben, war sein Kampf gegen sie.«

»Hat er sie geliebt?«, fragte ich. »Hat er sie auf den Arm genommen? Mit ihr gespielt? Sie als sein Enkelkind betrachtet?«

»Sonia war in der Zeit, die sie bei uns war, sehr oft krank. Sie war zart. Ein Notfall löste den anderen ab.«

»Er wollte also nichts von ihr wissen«, stellte ich fest.

Mein Vater antwortete nicht. Er stand auf und trat ans Geländer des Balkons. Der Altenglische Schäferhund jaulte keuchend, beinahe lautlos, und sprang mit dem Eifer der Verzweiflung am Balkongitter hoch.

»Warum tut man Tieren so etwas an?«, sagte mein Vater. »Es ist doch völlig unnatürlich. Wenn jemand unbedingt ein Haustier haben will, dann sollte er angemessen dafür sorgen. Wenn das nicht möglich ist, sollte er es weggeben, verdammt noch mal.«

»Du sagst es mir nicht, stimmt's?«, insistierte ich. »Wie Großvater zu Sonia stand. Du sagst es mir nicht.«

»Dein Großvater war eben dein Großvater«, antwortete mein Vater, und damit war der Fall für ihn erledigt.

# 8

Wenn ich das Glück gehabt hätte, Rock Peters irgendwo in Mexiko zu begegnen und dort zu heiraten, dachte Liberty-Libby-Neale, dann wäre ich jetzt nicht in dieser beschissenen Situation. Ich hätte mich von dem Fiesling scheiden lassen können, und das wär's dann gewesen. Aber sie war ihm leider nicht in Mexiko begegnet. Sie war gar nicht in Mexiko gewesen. Sie war nach England gekommen, weil sie in der High School eine solche Niete in Fremdsprachen gewesen war, dass England so ziemlich das einzige Ausland war, wo die Leute eine Sprache sprachen, die sie verstand. Kanada zählte kaum.

Frankreich wäre ihr lieber gewesen – sie hatte eine Schwäche für Croissants, obwohl man darüber besser kein Wort verlor –, aber gleich in den ersten Tagen hatte London ihr ein wesentlich breiteres Spektrum an kulinarischen Abenteuern geboten, als sie erwartet hatte, und daraufhin hatte es ihr hier recht gut gefallen, außer Reichweite der Eltern und – das war das Entscheidende! – tausende von Meilen entfernt von ihrer älteren Schwester, diesem Ausbund an Vollkommenheit. Equality Neale war groß, schlank, intelligent und eloquent. Alles, was sie sich vornahm, schaffte sie mit Leichtigkeit und war obendrein noch an der Los Altos High School zur beliebtesten Schulabgängerin des Jahres gewählt worden. Da konnte man doch nur noch kotzen! Nichts wie weg, hatte sie sich darum gesagt, und war schleunigst nach London abgehauen.

Aber in London hatte sie Rock Peters kennen gelernt. In London hatte sie diesen Widerling geheiratet. Und in London – wo sie sich bis jetzt trotz ihrer Heirat weder Arbeitserlaubnis noch unbefristete Aufenthaltserlaubnis hatte sichern können – war sie Rock ausgeliefert, während sie in Mexiko ganz leicht mit einem kurzen »Du kannst mich mal, Jack« hätte abhauen können. Das Geld dafür hätte sie zwar auch dort nicht gehabt, aber das wäre kein Hindernis gewesen. Der Daumen sprach eine Sprache, die jeder verstand, und sie hätte keine Angst davor gehabt, sich an die

Straße zu stellen. Aber in England ging das natürlich nicht; man konnte nicht gut über den Atlantik trampen.

Rock hatte sie in der Hand. Sie wollte in England bleiben. Keinesfalls wollte sie das Handtuch werfen und Mama und Papa, die mit jedem Brief Loblieder auf Alis Tüchtigkeit sangen, bitten, sie nach Hause zu holen. Aber um in England bleiben zu können, brauchte sie Geld. Und um zu Geld zu kommen, brauchte sie Rock. Natürlich hätte sie sich eine andere Schwarzarbeit suchen können, aber da wäre die Gefahr, erwischt zu werden, groß gewesen, und damit auch die Gefahr, abgeschoben zu werden, heim nach Los Altos Hills, zu Mama und Papa und den ewig gleichen guten Ratschlägen: »Arbeite doch eine Weile bei Ali, Lib. In der Publicrelationsbranche könntest du…« Bla-bla-bla. Nie im Leben, schwor sich Libby, würde sie sich freiwillig in die Nähe ihrer Schwester begeben.

Aber damit hatte Rock natürlich Macht über sie. Wenn er pfiff, musste sie springen. Nur deshalb ging sie seit einiger Zeit wieder zwei-, dreimal die Woche mit dem Arschloch ins Bett, wenn er es verlangte. Ihre Versuche, ihn abzuwimmeln, indem sie eine eilige Lieferung vorschob und fragte, ob ihm zuverlässige Arbeit gar nicht wichtig sei, halfen nichts. Wenn Rock bumsen wollte, dann wollte er bumsen, und basta.

So war es auch an diesem Tag gelaufen, und zwar in der Bruchbude über dem Lebensmittelgeschäft in Bermondsey, wo es ihr, wenn sie sich auf den Verkehrslärm der Straße konzentrierte, meist gelang, Rocks schweinemäßiges Grunzen an ihrem Ohr auszublenden. Wie immer war sie hinterher so stinksauer gewesen, dass sie ihm am liebsten den Schwanz kupiert hätte. Aber da das leider Wunschtraum bleiben musste, war sie einfach abgehauen und zu ihrem Stepptanzkurs gegangen.

Dort tanzte sie mit solcher Wut und Verbissenheit, dass ihr der Schweiß bald in Strömen am Körper herablief. »Libby, was tun Sie denn da drüben?«, rief die Lehrerin immer wieder zu den Klängen von *On the Sunny Side of the Street*, aber Libby schenkte ihr keine Beachtung. Es war ihr völlig egal, ob sie im Takt tanzte oder nicht, in der Reihe oder nicht, die richtigen Schritte machte oder nicht. Hauptsache, das, was sie tat, geschah in so hohem Tempo und erforderte so viel Energie, dass ihr vor Anstrengung alle Gedanken an Rock Peters vergingen. Sonst würde sie sich nämlich auf den nächsten Kühlschrank stürzen und ungefähr sechs Milliarden Kalorien in sich reinstopfen vor lauter Frust über Rock.

»Du musst das so sehen, Lib«, pflegte er zu sagen, wenn es vorbei war und sie, wieder einmal geschlagen, unter ihm lag. »Eine Hand wäscht die andere.« Und dann setzte er dieses blöde Grinsen auf, das sie anfangs so cool gefunden hatte, das aber in Wirklichkeit, wie sie mittlerweile gelernt hatte, nichts weiter als ein Ausdruck der Verachtung war. »Dein Fiedler bringt's offensichtlich nicht. Ich bin ja nicht blöd, ich merk doch, wenn 'ne Frau richtig gebumst worden ist, und du schaust aus wie eine, die seit mindestens einem Jahr keinen guten Fick mehr gehabt hat.«

»Stimmt genau, du Blödmann«, gab sie dann wütend zurück. »Vielleicht denkst du darüber mal nach. Und er ist kein Fiedler. Er spielt Geige.«

»Oh-oh, bitte tausendmal um Entschuldigung«, sagte er, und es interessierte ihn überhaupt nicht, dass sie ihm soeben jegliche Fähigkeit im Bett abgesprochen hatte. Ihm war im Bett nur eines wichtig – zum Schuss zu kommen. Was bei seiner Partnerin ablief, blieb deren Eigeninitiative oder dem Zufall überlassen.

Wieder optimistischer gestimmt, verließ Libby in der Ledermontur, die sie auf ihren Kurierfahrten zu tragen pflegte, das Tanzstudio. Den Rucksack mit den Leggings und den Steppschuhen über der Schulter und den Helm unter dem Arm, ging sie zu ihrer Suzuki. Statt die elektrische Zündung zu benutzen, ließ sie die Maschine mit dem Kickstarter an und stellte sich dabei vor, unter ihrem Fuß wäre Rocks grinsende Visage.

Die Straßen waren verstopft wie immer, aber sie kannte sich inzwischen gut genug aus, um zu wissen, welche Seitenstraßen sie nehmen musste, und sie war frech genug, um sich zwischen Pkws und Lieferwagen nach vorn durchzuschlängeln, wenn der Verkehr ganz zum Erliegen kam. Meistens hatte sie ihren Walkman dabei, den Rekorder in einer Innentasche ihrer Lederjacke, die Ohrstöpsel unter dem Helm, und fast immer hörte sie Teenyrockmusik. Sie liebte sie laut und sang voll Begeisterung mit, weil die Kombination aus Musik, die auf ihr Trommelfell donnerte, und ihrem eigenen grölenden Gesang so ziemlich alles aus ihrem Kopf fegte, worüber sie nicht nachdenken wollte.

Aber heute schaltete sie den Walkman nicht ein. Heute *wollte* sie nachdenken.

Rock hatte richtig vermutet: Sie hatte Gideon Davies immer noch nicht ins Bett gekriegt – jedenfalls nicht richtig –, und sie verstand nicht, weshalb das so war. Er schien gern mit ihr zusammen zu sein, und er war bis auf das, was im Bett nicht passierte, völlig normal. Trotzdem waren sie in der ganzen Zeit, seit sie in der Wohnung unter ihm wohnte und mit ihm befreundet war, nicht über den Punkt hinausgekommen, den sie an jenem ersten Abend, als sie beim Musikhören beide auf ihrem Bett eingeschlafen waren, erreicht hatten.

Zuerst hatte sie geglaubt, der Typ wäre vielleicht schwul, und ihre Antennen wären nach so langer Zeit mit Rock total unbrauchbar. Aber er verhielt sich nicht wie ein Schwuler, er hing nicht in der Londoner Schwulenszene herum, er bekam nie Besuch von jüngeren oder älteren oder offensichtlich perversen Typen. Die Einzigen, die ihn besuchten, waren sein Vater – der sie hasste wie die Pest und wie den letzten Dreck behandelte – und Rafe Robson, diese Klette.

All diese Beobachtungen hatten Libby zu dem Schluss geführt, dass Gideon nichts fehlte, was nicht durch eine gesunde Beziehung gerichtet werden konnte – vorausgesetzt, sie schaffte es, ihn seinen Betreuern eine Weile zu entführen.

Sie ließ das South Bank, wo ihr Stepptanzkurs stattfand, hinter sich und kämpfte sich durch das Verkehrsgetümmel in der City bis zur Pentonville Road hinauf. Dort beschloss sie, den Schleichweg durch die kleinen Seitenstraßen von Camden Town zu nehmen, anstatt sich dem Gedränge in den Straßen rund um den King's-Cross-Bahnhof auszusetzen. Das war zwar nicht der direkte Weg zum Chalcot Square, aber Libby störte das nicht. Im Gegenteil, sie hatte überhaupt nichts dagegen, über zusätzliche Zeit zu verfügen, um eine Strategie entwickeln zu können, die hoffentlich bei Gideon zu einem Durchbruch führen würde. Sie war überzeugt, dass Gideon Davies mehr war als ein Mann, der, seit er aus den Windeln heraus war, Geige spielte. Natürlich war es super, dass er als Musiker eine echte Berühmtheit war, aber er war doch auch ein Mensch. Und dieser Mensch war mehr als die Musik, die er machte. Dieser Mensch existierte, ob er Geige spielte oder nicht.

Als Libby endlich am Chalcot Square ankam, sah sie als Erstes, dass Gideon nicht allein war. Raphael Robsons uralter Renault stand drüben auf der Südseite des Platzes, ein Rad auf dem Gehweg, als wäre er in großer Eile abgestellt worden. Gideons Musikzimmer war erleuchtet, und durch das Fenster konnte Libby die unverkennbare Silhouette Robsons erkennen. Er rannte – wie immer mit dem Taschentuch in der Hand, um sich das schweißtriefende Gesicht zu wischen –, ununterbrochen hin und her und redete dabei wie ein Wasserfall. Oder predigte wahrscheinlich. Libby konnte sich denken, worüber.

»Scheiße«, murmelte sie und fuhr mit Vollgas zum Haus. Um Dampf abzulassen, ließ sie die Maschine ein paar Mal aufheulen, ehe sie sie abschaltete. Robson zeigte sich normalerweise nicht um diese Tageszeit am Chalcot Square; dass er ausgerechnet jetzt hier war – und zweifellos Gideon einen Vortrag darüber hielt, was er zu tun habe, nämlich das, was der gute Rafe wollte –, konnte einen echt abtörnen, noch dazu, wenn man vorher gerade Rock, das Ekel, genossen hatte.

Ungestüm stieß sie das schmiedeeiserne Tor auf, ohne zu verhindern, dass es krachend gegen die unterste Stufe der Vortreppe schlug. Sie stürmte nach unten in ihre Wohnung, wo sie schnurgerade auf den Kühlschrank zuhielt.

Sie hatte sich bisher tapfer an die Kein-Weiß-Diät gehalten, aber jetzt lechzte sie trotz Stepptanz nach irgendeinem bleichen Dickmacher – Vanilleeis, Popcorn, Reis, Käse. Sie befürchtete auszuflippen, wenn sie nicht sofort irgendwas bekäme.

Doch in weiser Voraussicht hatte sie ihren Kühlschrank schon vor Monaten für einen ebensolchen Moment ausgerüstet. Ehe sie seine Tür öffnen konnte, musste sie, ob sie wollte oder nicht, einem Foto von sich selbst ins Auge blicken, das sie im Alter von sechzehn Jahren zeigte – einen Fettmops im einteiligen Badeanzug – und daneben ihre gertenschlanke Schwester im Bikini *und* natürlich knackebraun. Libby hatte Alis Gesicht mit einem Aufkleber – eine Spinne mit Cowboyhut – verdeckt. Aber jetzt schälte sie den Aufkleber ab und musterte ihre Schwester lange und ausgiebig. Dann las sie als zusätzlichen Anreiz den Spruch, den sie sich selbst auf die Kühlschranktür geschrieben hatte: Pack's dir doch gleich auf die Hüften!

Mit einem tiefen Seufzer trat sie zurück, und da hörte sie plötzlich von oben die Geige. Einen Moment hielt sie inne. »O Mann! Er spielt!«, rief sie voll freudiger Erregung. Vielleicht war Gideon seine Probleme jetzt endlich los!

Mann, war das cool! Er würde bestimmt ausflippen vor Freude. Das musste Gideon sein, der da oben spielte. So gemein konnte Robson nicht sein, Gid damit zu quälen, dass er vor ihm Geige spielte.

Aber während sie noch über Gideon Davies' Rückkehr zur Musik frohlockte, setzte oben wuchtig das Orchester ein. Eine CD, dachte sie niedergeschlagen. Das war Rafes Methode, Gideon aufzumuntern: Hörst du, wie du mal gespielt hast, Gideon? Du hast es damals gekonnt. Du kannst es auch jetzt.

Warum, zum Teufel, ließen sie ihn nicht einfach in Ruhe?, fragte sich Libby. Bildeten sie sich ein, er würde wieder zu spielen anfangen, wenn sie ihn nur richtig nervten? Ihr jedenfalls gingen sie mittlerweile ganz gewaltig auf die Nerven. »Verdammt noch mal«, knurrte sie zur Zimmerdecke hinauf, »er besteht doch nicht nur aus Musik.«

Sie ging aus der Küche zu ihrem eigenen kleinen CD-Player und wählte eine Platte, die Raphael Robson garantiert die Wände hochjagen würde. Teenyrock in Potenz, volle Dröhnung. Sie öffnete auch noch die Fenster, und prompt wurde von oben geklopft. Sie drehte die Musik auf höchste Lautstärke. Zeit für ein gemütliches Bad. Es gab nichts Besseres als donnernden Teenyrock, wenn man Lust hatte, sich im warmen Schaumbad zu aalen und lauthals zu singen.

Dreißig Minuten später schaltete sie, frisch gebadet und gekleidet, den CD-Player aus und lauschte nach oben. Stille. Sie hatte erreicht, was sie wollte.

Sie ging aus der Wohnung und ein paar Stufen die Treppe hinauf, um zur Straße zu sehen und feststellen zu können, ob Rafes Wagen noch da war. Der Renault war weg. Vielleicht war Gideon jetzt für den Besuch einer Freundin empfänglich, der Gideon, der Mensch, wichtiger war als Gideon, der Musiker. Sie stieg die Vortreppe hinauf zu seiner Wohnung und klopfte kräftig an die Tür.

Als sich nichts rührte, blickte sie noch einmal zum Platz hinaus und suchte Gideons Mitsubishi. Er stand nicht weit entfernt am Bordstein geparkt. Stirnrunzelnd klopfte sie ein zweites Mal und rief: »Gideon? Bist du da? Ich bin's, Libby.«

Das brachte ihn endlich auf die Beine. Der Innenriegel wurde zurückgeschoben, die Tür ging auf.

»Entschuldige«, sagte Libby, »wegen der Musik, meine ich. Ich hab irgendwie nicht aufgepasst –« Sie brach ab. Er sah schlecht aus; schlechter noch als in den letzten Wochen. Richtig elend. Libby war sofort überzeugt davon, dass Robson ihn fertig gemacht hatte, indem er ihn gezwungen hatte, sich seine eigenen Plattenaufnahmen anzuhören.

»Und wo ist der gute alte Rafe?«, erkundigte sie sich. »Schon bei Daddy, um Bericht zu erstatten?«

Gideon trat nur wortlos von der Tür zurück und ließ sie herein. Er ging nach oben, und sie folgte ihm ins Schlafzimmer, wo er sich offensichtlich aufgehalten hatte, als sie geklopft hatte. Die Abdrücke seines Kopfs und seines Körpers auf dem Bett waren noch frisch.

Auf dem Nachttisch brannte gedämpftes Licht. Die Schatten, die sein trüber Schein nicht aufzulösen vermochte, legten sich auf Gideons Gesicht und ließen es schwarz und ausgehöhlt erscheinen. Seit dem Debakel in der Wigmore Hall schien er umhüllt von einer Aura von Angst und Mutlosigkeit, aber jetzt hatte sich noch etwas anderes dazu gesellt. Libby sah es, nur, was war es? Qual, dachte sie und sagte: »Was ist passiert, Gideon?«

Er antwortete schlicht: »Meine Mutter ist ermordet worden.«

Sie riss die Augen auf. »Deine Mutter? Im Ernst? Das kann doch nicht sein! Wann denn? Wie ist es passiert? Das ist ja furchtbar. Setz dich doch hin.« Sie drängte ihn zu seinem Bett, und er setzte sich gehorsam, die Arme auf die Knie gestützt. »Was ist passiert?«, fragte sie ein zweites Mal.

Gideon berichtete das wenige, das es zu berichten gab, und schloss mit den Worten: »Mein Vater musste den Leichnam identifizieren. Später war jemand von der Polizei bei ihm. Ein Kriminalbeamter, sagte er. Er hat vorhin angerufen.« Gideon umschlang seinen Oberkörper mit beiden Armen und schaukelte vor und zurück wie ein Kind. »Das wär's dann«, sagte er.

»Wie meinst du das?«, fragte Libby.

»Jetzt gibt es keine Hoffnung mehr.«

»Sag so was nicht, Gideon.«

»Ebenso gut könnte ich auch tot sein.«

»Mensch, Gideon! Hör auf!«

»Aber es ist wahr.« Er fröstelte und sah sich wie suchend im Zimmer um, während er fortfuhr zu schaukeln.

Libby versuchte zu erfassen, was der Tod seiner Mutter bedeutete: für seine Vergangenheit, seine Gegenwart und seine Zukunft. »Gideon«, sagte sie, »du schaffst es schon. Du wirst über das alles hinwegkommen«, und sie bemühte sich so zu sprechen, als wäre sie überzeugt von ihren Worten, als wäre es für sie ebenso wichtig wie für ihn, ob er Geige spielte oder nicht.

Sie bemerkte, dass aus seinem Frösteln ein heftiger Schüttelfrost geworden war. Am Fußende seines Betts lag eine Wolldecke, die sie nahm und ihm um die mageren Schultern legte.

»Möchtest du darüber reden?«, fragte sie. »Über deine Mutter? Über – na ja, ich weiß nicht – über das, was dich bewegt.« Sie setzte sich neben ihn und nahm ihn in den Arm. Mit der anderen Hand hielt sie die Decke an seinem Hals zusammen, bis er den Arm hob und die Zipfel selbst ergriff.

»Sie war auf dem Weg zu James, dem Untermieter«, sagte er.

»Zu wem?«

»James Pitchford. Er wohnte bei uns, als meine Schwester – als sie starb. Es ist merkwürdig, ich habe in letzter Zeit öfter an ihn denken müssen, obwohl ich vorher jahrelang nicht einen Gedanken an ihn verschwendet hatte.«

Er verzog das Gesicht, und sie bemerkte, dass er eine Hand auf seinen Magen drückte, als hätte er Schmerzen.

»Jemand hat sie in der Straße, in der James Pitchford wohnt, überfahren«, sagte er. »Nicht einmal, sondern mehrmals, Libby. Mein Vater meint, weil sie auf dem Weg zu James war, wird die Polizei jetzt alle sprechen wollen, die damals irgendwie betroffen waren.«

»Wieso?«

»Ich vermute, die Fragen, die sie ihm stellten, haben ihn darauf gebracht.«

»Ich meinte, wieso er glaubt, dass die Bullen jetzt alle sprechen wollen. Ich meine, *warum* sollen sie das wollen? Gibt es denn

286

einen Zusammenhang zwischen damals, was vor zwanzig Jahren passiert ist, und jetzt? Klar, irgendeine Verbindung muss es geben, wenn deine Mutter diesen James Pitchford besuchen wollte. Aber wenn jemand von damals sie getötet hat, warum hat er dann bis heute gewartet?«

Gideon krümmte sich mit schmerzverzerrtem Gesicht. »O Gott, mein Magen brennt wie glühende Kohlen.«

»Dann leg dich hin.« Libby drückte ihn aufs Bett hinunter. Auf die Seite gedreht, rollte er sich zusammen und zog die Knie bis zur Brust hoch. Libby zog ihm die Schuhe aus. Er hatte keine Socken an, und seine Füße waren milchweiß. Er rieb sie krampfhaft aneinander, als könnte ihn das vom Schmerz ablenken.

Libby legte sich neben ihn unter die Decke und umhüllte seinen Körper mit dem ihren. Sie schob ihre Hand unter seinem Arm hindurch und legte sie flach auf seinen Magen. Sie spürte den Druck seiner Wirbelsäule, die sich in die Krümmung ihres Körpers schmiegte, spürte jeden einzelnen Wirbel wie eine Murmel. Er war so stark abgemagert, dass sie das Gefühl hatte, seine Knochen müssten jeden Moment die papierdünne Haut durchbohren.

»Du kannst wahrscheinlich an gar nichts anderes denken, hm?«, sagte sie. »Aber vergiss es einfach. Nicht für immer, aber für eine Weile. Bleib hier mit mir liegen und vergiss es.«

»Das darf ich nicht«, entgegnete er mit einem bitteren Lachen. »Ich habe die Aufgabe, mich an alles zu erinnern.« Seine Füße rieben sich aneinander. Er krümmte sich noch mehr zusammen, und Libby drückte ihn fester an sich. Schließlich sagte er: »Sie ist auf freiem Fuß, Libby. Mein Vater wusste es, aber er hat es mir nicht gesagt. Darum ist die Polizei an der alten Geschichte interessiert. Sie ist aus dem Gefängnis entlassen worden.«

»Wer? Du meinst –?«

»Katja Wolff.«

»Glauben sie denn, *sie* könnte deine Mutter überfahren haben?«

»Keine Ahnung.«

»Weshalb sollte sie? Weit einleuchtender wäre doch, dass deine Mutter den Wunsch hatte, *sie* totzufahren.«

»Normalerweise, ja«, sagte Gideon, »aber in meinem Leben ist nichts normal, folglich gibt es keinen Grund, weshalb der Tod meiner Mutter normal sein sollte.«

»Deine Mutter hat damals sicher gegen sie ausgesagt«, meinte Libby. »Vielleicht hat sie die ganze Zeit im Knast nur darüber nachgedacht, wie sie es allen heimzahlt, die sie da reingerissen haben. Aber wenn das stimmt, wie hat sie deine Mutter überhaupt gefunden, Gideon? Ich meine, nicht mal du hast gewusst, wo sie ist. Wie soll da diese Wolff sie ausfindig gemacht haben? Und selbst wenn sie das geschafft und sie umgebracht hat, warum dann ausgerechnet in der Straße, wo dieser Typ wohnt?« Libby dachte über ihre Fragen nach und gab die Antwort selbst. »Um Pitchford zu warnen?«

»Oder jemand anderen.«

Barbara Havers hörte am Telefon, was Lynley von Richard Davies erfahren hatte, auch den Namen, den sie brauchte, um ins Kloster der Unbefleckten Empfängnis reingelassen zu werden. Dort, sagte er, solle sie versuchen, jemanden ausfindig zu machen, der ihr etwas über den Verbleib einer Schwester Cecilia Mahoney sagen könne.

Das Kloster stand auf einem Grundstück, das wahrscheinlich ein königliches Vermögen wert war, umgeben von Gebäuden aus der letzten Dekade des 17. Jahrhunderts, die alle unter Denkmalschutz standen. Hier hatten zu der Zeit, als William und Mary ihr bescheidenes kleines Nest in den Kensington Gardens gebaut hatten, die Händler und Unternehmer ihre Landhäuser errichtet. Jetzt war der Platz im Besitz einiger Firmen, die sich in den historischen Gebäuden breit gemacht hatten, und der Insassen eines zweiten Klosters – woher, zum Teufel, hatten die Nonnen die Kohle, um sich hier häuslich niederzulassen, fragte sich Barbara – und der Bewohner einer Anzahl von Häusern, die vermutlich seit mehr als dreihundert Jahren im Besitz der dort ansässigen Familien waren. Im Gegensatz zu einigen anderen alten Plätzen in der Stadt, die durch Bomben oder die Geldgier aufeinander folgender konservativer Regierungen mit nichts als Bigbusiness, Riesengewinnen und Privatisierungsplänen verwüstet worden waren, zeigte sich der Kensington Square größtenteils unverändert: ein Geviert aus schönen alten Gebäuden mit Blick auf einen kleinen

Park in der Mitte, wo unter jedem Baum rostbraunes Herbstlaub auf grünem Rasen leuchtete.

Ein Parkplatz war nicht zu finden. Barbara stellte ihren Mini auf dem Bürgersteig auf der Nordseite des Platzes ab, wo ein strategisch platzierter Poller verhinderte, dass die Autofahrer die Route über den Platz als Schleichweg benutzten und die Ruhe des Viertels störten. Zur Sicherheit legte sie ihren Polizeiausweis auf das Armaturenbrett des Wagens, bevor sie ausstieg.

Wenig später hatte sie Schwester Cecilia Mahoney gefunden, die immer noch im Kloster der Unbefleckten Empfängnis lebte und, als Barbara vorsprach, gerade in der Kapelle arbeitete. Wie eine Nonne, fand Barbara, sah sie nicht aus. Dem Klischee zufolge waren Nonnen alte Frauen, die man an ihrer schweren schwarzen Tracht, klirrenden Rosenkränzen und mittelalterlichen Flügelhauben erkannte.

Cecilia Mahoney entsprach nicht dem Klischee. Ja, als Barbara die Frau im Schottenrock mit der Marmorpolitur in der Hand auf der kleinen Trittleiter erblickte, hielt sie sie zuerst für eine Putzfrau, zumal sie gerade damit beschäftigt war, einen Altar zu reinigen, dessen Hauptattraktion eine Jesusfigur mit goldenem, anatomisch nicht ganz korrekt sitzendem Herzen war. Ob sie einen Moment stören dürfe, fragte Barbara, sie suche Schwester Cecilia Mahoney; woraufhin die Frau sich lächelnd umdrehte und sagte: »Dann suchen Sie mich«, und das in so ausgeprägtem irischem Dialekt, als wäre sie eben erst aus Killarney angekommen.

Barbara stellte sich vor, und Schwester Cecilia kletterte vorsichtig von der kleinen Leiter herab.

»So, so, Sie sind also von der Polizei. Das sieht man Ihnen gar nicht an. Gibt es denn irgendwelche Schwierigkeiten, Constable?«

Die Beleuchtung in der Kapelle war düster, aber von der Leiter herabgestiegen, stellte sich Schwester Cecilia in den Schein einer Votivkerze, die auf dem Altar brannte. Das milde Licht glättete die Falten in dem Gesicht der vielleicht Fünfzigjährigen und setzte Glanzlichter auf das rabenschwarze Haar, das zwar kurz geschnitten, aber trotzdem nicht einmal von einigen Spangen zu bändigen war. Ihre veilchenblauen Augen mit den dunklen Wimpern waren freundlich auf Barbara gerichtet.

»Können wir uns irgendwo ungestört unterhalten?«, fragte Barbara.

»So traurig es ist – hier werden wir ganz sicher nicht gestört werden, Constable«, antwortete Schwester Cecilia. »Früher war das anders. Aber heutzutage… sogar die Schülerinnen, die bei uns im Wohnheim leben, kommen nur in die Kapelle, wenn sie vor einer Prüfung stehen und Gottes Hilfe erhoffen. Kommen Sie, gehen wir hier hinauf, dann können Sie mir sagen, was Sie von mir wissen wollen.« Wieder lächelte sie, mit ebenmäßigen weißen Zähnen, und fügte dann wie zur Erklärung ihres Lächelns hinzu: »Oder wollen Sie zu uns ins Kloster kommen, Constable?«

»Was die Kleidung betrifft, wär's wahrscheinlich eine Verbesserung«, meinte Barbara.

Schwester Cecilia lachte. »Kommen Sie, beim Hauptaltar ist es etwas wärmer. Da habe ich immer einen Heizlüfter stehen für unseren Monsignore, wenn er morgens die Messe liest. Er leidet ziemlich heftig unter Arthritis, der arme Mann.«

Sie nahm ihre Putzutensilien und führte Barbara unter einer tiefblauen Decke durch den Mittelgang nach vorn. Es war, wie Barbara sah, eine Kapelle der Frauen: Alle Kunstwerke außer der Jesusstatue und einem Glasfenster, das den heiligen Michael zeigte, stellten Frauen dar: die heilige Theresa von Lisieux, die heilige Klara, die heilige Katharina und die heilige Margarete. Und auch die Schmucksäulen, die die Fenster flankierten, waren von steinernen Frauenfiguren gekrönt.

»So, da sind wir schon.« Schwester Cecilia trat neben den Altar und schaltete einen großen Radiator ein. Während er warm wurde, sagte sie, dass sie ihre Arbeit gern hier fortsetzen würde, wenn Constable Havers nichts dagegen habe. Auch der Hauptaltar müsse in Ordnung gehalten werden; die Kerzenleuchter und der Marmor poliert, das Retabel abgestaubt, die Altardecke ausgetauscht werden. »Aber Sie sollten sich an das Öfchen setzen, Kind, die Kälte dringt hier durch alle Ritzen.«

Als die Nonne wieder zum Poliertuch griff, sagte Barbara, dass sie mit einer Nachricht gekommen sei, die Schwester Cecilia wahrscheinlich traurig machen werde. Man habe ihren Namen in mehreren Lebensbeschreibungen katholischer Heiliger gefunden…

»Nun, das ist doch angesichts meiner Berufung hoffentlich keine Überraschung«, meinte Schwester Cecilia, während sie die Kerzenleuchter aus Messing vom Altartisch nahm und vorsichtig neben Barbara auf den Boden stellte. Sie faltete die Altartücher, hängte sie über die reich verzierte Chorschranke und holte Putzlappen und Politur aus ihrem Eimer.

Barbara berichtete ihr, dass man die erwähnten Bücher im Besitz einer Frau gefunden hatte, die am vergangenen Abend ums Leben gekommen war. Und in einem der Bücher hatte sich ein Brief befunden, der von Schwester Cecilia geschrieben war.

»Die Frau hieß Eugenie Davies«, erklärte Barbara.

Schwester Cecilia hielt in ihrer Arbeit inne. »Eugenie?«, sagte sie. »Oh, das tut mir Leid. Ich habe allerdings seit Jahren nichts mehr von ihr gehört, der armen Seele. Ist sie *plötzlich* gestorben?«

»Sie ist ermordet worden«, sagte Barbara. »In West Hampstead. Auf dem Weg zu einem Mann namens J. W. Pitchley, der früher James Pitchford hieß.«

Langsam wie eine Taucherin in einer starken, kalten Strömung bewegte sich Schwester Cecilia zum Altar. Sie verrieb mit kleinen Kreisbewegungen etwas Politur auf dem Marmor, wobei sie lautlos betete oder monologisierte.

»Wir haben erfahren«, fuhr Barbara fort, »dass die Mörderin ihrer Tochter – eine Frau namens Katja Wolff – erst vor kurzem aus dem Gefängnis entlassen wurde.«

Schwester Cecilia drehte sich mit beinahe heftiger Bewegung herum. »Sie können nicht im Ernst glauben, dass die arme Katja mit dieser Sache etwas zu tun hatte!«

*Die arme Katja!* Barbara fragte: »Kannten Sie sie denn?«

»Natürlich kannte ich sie. Sie hat hier im Kloster gewohnt, bevor sie die Stellung bei der Familie Davies angenommen hat. Die lebte damals auch hier am Kensington Square.«

Katja sei Flüchtling aus der ehemaligen DDR gewesen, erklärte Schwester Cecilia und berichtete von der Flucht der jungen Frau und der nachfolgenden Übersiedelung nach England.

Katja Wolff hatte Träume gehabt, wie alle jungen Mädchen sie haben, auch in Ländern, wo die Freiheit so eingeschränkt ist, dass allein schon das Träumen gefährlich ist. Sie war in Dresden geboren und aufgewachsen, und ihre Eltern hatten fest an das Regime geglaubt, unter dem sie lebten. Ihr Vater, im Zweiten Weltkrieg ein halbwüchsiger Junge, hatte das Schlimmste mitgemacht, was geschehen kann, wenn Nationen miteinander in Konflikt geraten, und sich in der Überzeugung, dass nur der Kommunismus die globale Zerstörung verhindern könne, mit Leib und Seele der sozialistischen Ideologie verschrieben. Den Wolffs, linientreue Parteimitglieder ohne familiäre Verbindungen zur Intelligenz, für deren Fehler sie hätten bezahlen müssen, ging es gut. Die Familie zog irgendwann von Dresden nach Berlin um.

»Aber Katja war anders«, fuhr Schwester Cecilia fort. »Katja war der lebende Beweis dafür, Constable, dass jedes Kind mit einer intakten Persönlichkeit geboren wird.«

Anders als ihre Eltern und die vier Geschwister verabscheute Katja Wolff die Atmosphäre in diesem Staat, der allgegenwärtig war im Leben seiner Bürger. Sie konnte sich nicht damit abfinden, dass das Leben des Einzelnen von Geburt an »beschrieben, bestimmt und definiert« war. Und in Ostberlin – dem Westen so nahe – bekam sie einen ersten Vorgeschmack davon, wie das Leben sein könnte, wenn es ihr gelänge, aus dem Land ihrer Geburt zu fliehen. In Ostberlin sah sie zum ersten Mal Westfernsehen, und von Westberlinern, die geschäftlich im Osten der Stadt zu tun hatten, hörte sie, wie das Leben dort drüben war, im Land der Freiheit, wie sie es nannte.

»Sie sollte irgendein naturwissenschaftliches Fach studieren, heiraten und Kinder bekommen, um die sich dann der Staat gekümmert hätte«, erzählte Schwester Cecilia weiter. »So machten es ihre Schwestern, und so wünschten es ihre Eltern auch von ihr. Aber sie wollte Modezeichnerin werden.« Schwester Cecilia drehte sich zu Barbara um und schüttelte lächelnd den Kopf. »Können Sie sich vorstellen, wie dieser Plan bei den Parteifreunden ankam?«

Katja Wolff war also geflohen und hatte dank ihrer spektakulären Flucht eine gewisse Berühmtheit erlangt, durch die wiederum das Kloster auf sie aufmerksam geworden war. Man hatte sie in das Programm für politische Flüchtlinge aufgenommen, das diesen, bei freier Kost und Logis im Kloster, ein Jahr lang Gelegenheit geben sollte, sich so gründlich wie möglich mit der neuen Sprache und Kultur vertraut zu machen.

»Als sie zu uns kam, sprach sie kein Wort Englisch und hatte nichts bei sich als die Kleider, die sie auf dem Leib trug. Sie blieb das ganze Jahr bei uns, bevor sie die Stellung bei der Familie Davies antrat, wo sie bei der Betreuung des neu geborenen Kindes helfen sollte.«

»Haben Sie die Familie erst bei dieser Gelegenheit kennen gelernt?«

»Nein, nein. Ich kannte Eugenie seit vielen Jahren. Sie kam regelmäßig zur Messe hier in die Kapelle. Sie war uns allen bekannt. Hin und wieder haben wir ein paar Worte miteinander gewechselt, und ich habe ihr dieses oder jenes Buch geliehen – vermutlich sind das die Bücher, die Sie bei ihr gefunden haben –, aber näher kennen gelernt habe ich sie erst nach Sonias Geburt.«

»Ich habe eine Fotografie des kleinen Mädchens gesehen.«

»Tja.« Schwester Cecilia polierte die kunstvollen Schnitzereien auf der Front des Altars. »Eugenie war nach der Geburt dieses Kindes zutiefst niedergeschlagen und verzweifelt. Ich vermute, jede andere Mutter hätte genauso reagiert. Es muss immer eine Zeit der Anpassung geben, nicht wahr, wenn ein Kind geboren wird, das nicht den Erwartungen entspricht. Und ich kann mir vorstellen, dass es für Eugenie und ihren Mann vielleicht ein noch größerer Schlag war als für andere Eltern, weil ihr erstes Kind so außergewöhnlich begabt war.«

»Der Geiger. Richtig, ja. Wir wissen von ihm.«

»Ja, der kleine Gideon. Ein wahrhaft erstaunlicher Junge.« Schwester Cecilia kniete sich hin und bearbeitete die gedrechselte Säule an der Ecke des Altartischs. »Eugenie sprach anfangs nicht über Sonia«, sagte sie. »Wir wussten natürlich alle, dass sie ein Kind erwartete, und wir hörten auch von der Entbindung. Aber erst als sie ein oder zwei Wochen später wieder zur Messe kam, wurde uns klar, dass etwas nicht in Ordnung war.«

»Hat sie es Ihnen gesagt?«

»Nein, o nein. Das arme Ding. Sie weinte drei oder vier Tage lang jeden Morgen zum Erbarmen, wenn sie da hinten in der Kapelle saß. Und der verängstigte Kleine saß neben ihr und streichelte immerzu ihren Arm und ließ sie keinen Moment aus den Augen, während er versuchte, sie zu trösten, ohne zu wissen, weswegen. Von uns hier im Kloster hatte keiner das Kind gesehen.

Ich versuchte mehrmals, Eugenie zu besuchen, aber sie konnte niemanden ›empfangen‹, wie es hieß.« Schwester Cecilia zuckte die Achseln und beugte sich wieder über ihren Eimer, dem sie ein frisches Poliertuch entnahm.

»Als ich endlich dazu kam, mit Eugenie zu sprechen«, fuhr sie fort, »und die Wahrheit erfuhr, verstand ich ihren Schmerz, aber nicht diese Untröstlichkeit, Constable. Die habe ich nie verstanden. Vielleicht kommt es daher, dass ich keine Mutter bin und daher keine Ahnung habe, was es heißt, ein Kind zur Welt zu bringen, das nicht vollkommen ist. Aber ich war schon damals der Meinung – und bin es heute noch –, dass Gott uns gibt, was uns *bestimmt* ist. Wir mögen seine Gründe dafür nicht gleich verstehen, aber für jeden von uns besteht ein Plan, und die Zeit gestattet uns, ihn zu begreifen.«

Sie hielt einen Moment in ihrer Arbeit inne. Mit einem Blick auf Barbara sagte sie besänftigend, da ihr die eigenen Worte offenbar zu hart erschienen: »Aber jemand wie ich hat leicht reden, nicht wahr, Constable. Ich bin ja hier« – sie breitete die Arme aus – »von Gottes Liebe umgeben, und sie manifestiert sich jeden Tag auf tausend verschiedene Arten. Wie komme ich dazu, über die Fähigkeit – oder Unfähigkeit – eines anderen, sich dem Willen Gottes zu beugen, ein Urteil zu sprechen, wo ich selbst so reich gesegnet bin? Würden Sie mir mit den Leuchtern helfen, Kind? Die Dose mit dem Poliermittel liegt im Eimer.«

»Aber ja«, sagte Barbara hastig. »Natürlich. Entschuldigen Sie.« Sie kramte die Dose aus dem Eimer und dazu einen Lappen, der ihr wegen seiner zahllosen schwarzen Flecken der richtige zum Putzen der Leuchter zu sein schien.

»Wann haben Sie Mrs. Davies das letzte Mal gesehen?«, fragte sie.

»Das muss nach Sonias Tod gewesen sein. Es wurde ein Gottesdienst für das Kind gehalten.« Schwester Cecilia sah sinnend zu ihrem Poliertuch hinunter. »Eugenie wollte von einem katholischen Begräbnis nichts wissen. Sie kam nicht mehr zur Messe. Sie hatte ihren Glauben verloren. Dass Gott ihr dieses kranke Kind zugemutet hatte und es ihr dann auf solche Art wieder nahm… Ich habe Eugenie nie wieder gesehen. Ich habe mehrmals versucht, sie zu besuchen, und ich habe ihr geschrieben. Aber sie wollte nichts von mir wissen, und nichts von meinem Glauben und meiner Kirche. Schließlich konnte ich sie nur Gott befehlen und darum beten, dass sie ihren Frieden finden würde.«

Barbara, die wie eine brave Schülerin einen Leuchter polierte, runzelte irritiert die Stirn. In der Geschichte fehlte ein entscheidender Teil – das Kapitel Katja Wolff. »Wie kam es eigentlich zu der Verbindung zwischen Katja Wolff und der Familie Davies?«, fragte sie.

»Das war mein Werk.« Schwester Cecilia richtete sich leise ächzend auf. Sie knickste vor dem Tabernakel in der Mitte des Altars und begann, seine Seitenteile in Angriff zu nehmen.

»Katja brauchte Arbeit, als das Jahr hier im Kloster zu Ende ging. Die Anstellung bei der Familie Davies, wo man ihr neben dem Lohn freie Unterkunft und Verpflegung anbot, ermöglichte es ihr, für die Modeschule zu sparen. Es war für beide Teile eine ideale Lösung.«

»Und dann wurde die Kleine getötet.«

Schwester Cecilia sah Barbara an. Sie sagte nichts, doch ihr Gesicht, das plötzlich allen Ausdruck verlor, verriet, was sie am liebsten gesagt hätte.

»Haben Sie zu irgendjemandem aus dieser Zeit noch Verbindung, Schwester Cecilia?« fragte Barbara.

»Sie fragen nach Katja, stimmt's, Constable?«

»Wenn Sie so wollen.«

»Ich habe Katja fünf Jahre lang jeden Monat besucht. Zuerst als sie noch in Holloway in Untersuchungshaft war, später dann im Gefängnis. Sie hat nur einmal mit mir gesprochen, ganz am Anfang, als sie verhaftet wurde. Danach nie wieder.«

»Und was sagte sie?«

»Dass sie Sonia nicht getötet hat.«

»Haben Sie ihr geglaubt?«

»Ja.«

Aber sie hatte ihr natürlich glauben müssen, sonst hätte sie ja ihr Leben lang eine schreckliche Last mit sich schleppen müssen, gerade sie, die Frau – ob sie nun in ihrem Glauben an einen allmächtigen und weisen Gott ruhte oder nicht –, die dafür gesorgt hatte, dass Katja Wolff die Arbeit bei der Familie Davies bekam.

»Haben Sie von Katja Wolff gehört, seit sie wieder auf freiem Fuß ist?«, fragte Barbara.

»Nein.«

»Könnte es – abgesehen vielleicht von dem Bedürfnis, ihre Unschuld zu beteuern – einen Grund dafür geben, dass sie sich nach ihrer Entlassung bei Eugenie Davies meldete?«

»Keinen«, antwortete Schwester Cecilia mit Entschiedenheit.

»Sie sind sicher?«

»Aber ja. Wenn Katja überhaupt mit jemandem aus dieser Schreckenszeit Kontakt aufnehmen wollte, dann gewiss nicht mit einem Mitglied der Familie Davies. Höchstens mit mir. Aber ich habe nichts von ihr gehört.«

Sie sprach mit absoluter Bestimmtheit und schien so überzeugt, als gäbe es ihrer Meinung nach nicht den geringsten Raum für Zweifel. Barbara fragte sie, wieso sie sich so sicher sei.

»Wegen des Kindes«, antwortete sie.

»Sonia?«

»Nein. Ich spreche von Katjas Kind. Es kam im Gefängnis zur Welt. Ein Junge. Nach der Geburt bat Katja mich, ihn bei einer Familie unterzubringen. Wenn sie also auf freiem Fuß ist und über die Vergangenheit nachdenkt, wird sie, das kann man wohl mit Sicherheit annehmen, vor allem wissen wollen, was aus ihrem Sohn geworden ist.«

# 9

Yasmin Edwards sperrte ihren Laden so gewissenhaft wie immer für die Nacht ab. Die meisten Geschäfte in der Straße, der Manor Place, waren seit Ewigkeiten mit Brettern vernagelt und hatten längst das gleiche Los erlitten, das so ziemlich allen leer stehenden Häusern auf der Südseite der Themse blühte: Sie dienten Graffitikünstlern als Experimentier- und Malflächen, und von den Fenstern, die nicht mit Gittern oder Sperrholz gesichert waren, gab es nur noch die Rahmen ohne Glasscheiben. Yasmin Edwards' Laden war eines der wenigen neuen oder wieder eröffneten Geschäfte in dieser Gegend von Kensington. Nur die beiden Pubs hatten den städtischen Verfall, der bereits vor langem in der Straße Einzug gehalten hatte, überlebt. Aber wann kam es schon mal vor, dass ein Wirtshaus nicht überlebte? So lange es Alkohol gab und Typen wie Roger Edwards, die ihn wie Wasser tranken, hatten sie nichts zu befürchten.

Yasmin prüfte noch einmal das Vorhängeschloss und vergewisserte sich, dass das Gitter richtig eingerastet war. Dann ergriff sie die vier Plastiktüten, die sie im Laden gefüllt hatte, und machte sich auf den Heimweg.

Sie lebte seit ihrer Entlassung aus dem Holloway Gefängnis vor fünf Jahren in einer Wohnsiedlung, dem Doddington Grove Estate, nicht weit von ihrem Laden entfernt, und hatte das Glück, dass ihre Wohnung, nach der sie sich weiß Gott die Hacken hatte ablaufen müssen, dem Gartenzentrum gegenüber lag. Es war zwar kein Park und keine gepflegte Anlage, aber es war grün und ein Stück Natur, was sie für Daniel gesucht hatte. Er war erst elf Jahre alt und hatte, während sie im Gefängnis gewesen war, die meiste Zeit bei Pflegefamilien gelebt, dank ihres jüngeren Bruders, der nicht gewusst hatte, wie er »mit so einem Jungen fertig werden« sollte. »Mann, Yas, es tut mir echt Leid, aber so isses nun mal.« Sie hatte viel wieder gutzumachen bei ihrem Sohn.

Er wartete draußen vor dem Aufzug auf sie, auf der anderen Seite des Asphaltstreifens, der den Bewohnern des Hauses als

Parkplatz diente. Aber er war nicht allein, und als Yasmin sah, was für ein Typ mit ihrem Sohn sprach, begann sie zu laufen. Das war hier keine schlechte Gegend – hätte viel schlechter sein können –, aber Pusher und Kinderverführer gab es überall, und wenn es so einem Kerl einfallen sollte, ihrem Sohn Angebote zu machen, würde sie das Schwein eigenhändig umbringen.

Dieser Typ da mit seinen teuren Klamotten und der dicken goldenen Uhr sah aus wie ein Dealer. Und quasseln konnte er offenbar auch. Als sie näher kam, sah sie, dass Daniel ganz fasziniert war von dem, was der Kerl ihm erzählte.

»Dan«, rief sie, »was tust du denn so spät noch hier draußen?«

Die beiden drehten sich zu ihr um. »Hallo, Mam«, rief Daniel. »Ich hab meinen Schlüssel vergessen.«

Der Mann sagte nichts.

»Warum bist du dann nicht in den Laden gekommen?«, fragte Yasmin mit wachsendem Argwohn.

Daniel senkte den Kopf wie immer, wenn er ein schlechtes Gewissen hatte. Den Blick auf seine Nike-Laufschuhe gerichtet, die sie ein Vermögen gekostet hatten, sagte er: »Ich bin rüber in die Kaserne, Mam. Da hat einer die Soldaten geprüft. Sie haben alle in einer Reihe gestanden, und ich hab zuschauen dürfen, und hinterher haben sie mich noch zum Abendessen eingeladen.«

Almosen, dachte Yasmin. Beschissene Almosen. »Haben die gedacht, du hättest kein Zuhause, oder was?«, fragte sie scharf.

»Mam, die kennen mich. Und ich kenne sie auch. Einer hat gesagt: ›Ist deine Mama nicht die hübsche Frau mit den Perlen im Haar?‹«

Yasmin prustete ärgerlich. Ohne den Mann an der Seite ihres Sohnes eines Blickes zu würdigen, reichte sie Daniel zwei der Plastiktüten. »Geh vorsichtig mit ihnen um. Da gibt's einiges für dich zu waschen«, sagte sie und tippte den Code für den Aufzug ein.

Das war der Moment, als der Mann sie ansprach. In einem Tonfall, der wie ihrer die Kindheit südlich vom Fluss verriet, dem aber die westindischen Ursprünge stärker anzuhören waren, sagte er: »Mrs. Edwards?«

»Ich kaufe nichts.« Sie wendete den Blick nicht von der Aufzugtür. »Daniel?«, sagte sie kurz, und der Junge trat zu ihr, um mit ihr auf den Aufzug zu warten. Sie legte ihm beschützend eine Hand auf die Schulter. Daniel drehte sich nach dem Fremden um, doch Jasmin zog ihn zurück und zwang ihn, den Blick wieder auf den Aufzug zu richten.

»Winston Nkata«, sagte der Fremde. »New Scotland Yard.«

Da horchte sie doch auf. Er zeigte ihr seinen Ausweis, den sie sich ansah, bevor sie den Mann selbst betrachtete. Ein Bulle, dachte sie. Ein Bruder *und* ein Bulle. Nur eines war schlimmer als ein Bruder, der ein Ganove war, und das war ein Bruder, der zu den Bullen gegangen war.

Sie nahm den Ausweis mit einer wegwerfenden Kopfbewegung zur Kenntnis, die so heftig war, dass die Perlen in ihren vielen Zöpfen ihm die Musik ihrer Verachtung spielten. Er sah sie so an, wie Männer sie immer ansahen, und sie wusste, was er sah und was er dachte. Er sah: ihren Körper in seiner vollen Größe von einem Meter achtzig; das walnussbraune Gesicht, das ein Modelgesicht hätte sein können, vollkommen geschnitten mit makelloser Haut, wenn nicht der Mund gestört hätte – genauer gesagt, die Oberlippe, für immer entstellt durch eine Narbe wie eine blutrote, voll erblühte Rose, die sie diesem Schwein Roger Edwards zu verdanken hatte, der ihr eine Vase ins Gesicht knallte, als sie sich geweigert hatte, ihm ihren Lohn von Sainsbury rauszurücken oder anschaffen zu gehen, um seine Sucht zu finanzieren; die Augen, kaffeebraun und zornig, zornig, aber auch misstrauisch. Und wenn sie in der kalten Abendluft ihren Mantel auszöge, würde er den Rest sehen, vor allem das sommerliche kurze Top, das sie anhatte, weil ihr Bauch flach war und ihre Haut straff und sie auf die Witterung keine Rücksicht nahm, wenn sie Lust hatte, den Leuten einen glatten, schlanken Bauch vorzuführen. Das also sah er. Und was dachte er? Was sie alle dachten, was sie immer dachten: Hätte nichts dagegen, mit der 'ne Nummer zu schieben, solang ihr einer 'ne Tüte übern Kopf stülpt.

Er sagte: »Also, kann ich Sie mal kurz sprechen, Mrs. Edwards?« Und er redete so, wie sie immer redeten – als könnte er kein Wässerchen trüben.

Der Aufzug kam. Die Tür öffnete sich so zögernd, als wären die Schienen mit geschmolzenem Käse verkleistert, als wollte sie sagen, wenn du blöd genug bist, einzusteigen und in den dritten Stock raufzufahren, wo du deine Wohnung hast, kann's dir passieren, dass du nicht wieder rauskommst, weil ich dann endgültig den Geist aufgegeben habe.

Sie schob Daniel vor sich in die Kabine.

Der Bulle wiederholte: »Mrs. Edwards? Kann ich Sie kurz sprechen?«

»Hab ich vielleicht eine Wahl?«, erwiderte sie und drückte auf den Knopf für das dritte Stockwerk.

Der Bulle sagte: »In Ordnung«, und stieg ein.

Er war groß. Das war das Erste, was ihr im grellen Licht der Aufzugskabine auffiel. Er war mindestens zehn Zentimeter größer als sie. Und auch er hatte eine Narbe im Gesicht. Sie zog sich wie ein Kreidezeichen vom Winkel seines Auges über seine ganze Wange abwärts, und sie wusste, woher dieses Mal stammte – von einem Rasiermesser –, aber nicht, wie er dazu gekommen war. »Und was ist das?«, fragte sie mit einem Blick und einer Kopfbewegung zu seinem Gesicht.

Er sah zu Daniel hinunter, der ihn anschaute, wie er Schwarze immer anschaute: so offen und so sehnsüchtig, dass jeder sehen konnte, was ihm seit dem Abend fehlte, als seine Mutter sich das letzte Mal gegen Roger Edwards zur Wehr gesetzt hatte.

»Es ist eine Mahnung«, sagte der Bulle.

»Woran?«

»Wie dumm einer sein kann, wenn er sich einbildet, er wäre cool.«

Der Aufzug hielt mit einem Ruck an. Sie sagte nichts. Der Bulle war der Tür am nächsten. Er trat zuerst aus der Kabine, als die Tür sich stöhnend öffnete, und er hielt sie offen, als könnte sie gleich wieder zuschnappen und Yasmin oder ihren Sohn einquetschen. Hatte der eine Ahnung!

Als er zur Seite trat, ging sie hocherhobenen Hauptes an ihm vorbei und sagte: »Pass auf die Tüten auf, Dan. Lass die Perücken nicht fallen. Der Boden ist total versifft, und wenn du sie hier runterfallen lässt, kriegst du den Dreck nie mehr raus.«

Sie trat in die Wohnung und knipste eine der Lampen im Wohnzimmer an. »Lass gleich die Wanne ein«, sagte sie zu Daniel. »Und sei sparsam mit dem Shampoo.«

»Ja, Mama«, antwortete Daniel. Er warf einen scheuen Blick auf den Polizisten, einen Blick, der sagte: Hey, Mann, hier wohnen

300

wir, gefällt's Ihnen? So rührend, dass es Yasmin fast das Herz zerriss. Sie wurde wütend, weil der Bulle sie wieder daran erinnerte, was sie und Daniel verloren hatten.

»Jetzt mach schon«, sagte sie zu Daniel, und dann zu dem Bullen: »Also, was wollen Sie, Mann? Was haben Sie gesagt, wie Sie heißen?«

»Winston Nkata, Mama«, warf Dan ein.

»Ich hab dir gesagt, was du tun sollst, Dan«, erwiderte sie streng.

Er lachte, dass die großen weißen Zähne – die Zähne eines Mannes, der er früher werden würde, als sie es wünschte – in dem runden Gesicht blitzten, das heller war als ihres, sein Ton eine Mischung aus den Hautfarben von Mutter und Vater. Ohne ein weiteres Wort verzog er sich ins Badezimmer, wo er, um seine Mutter wissen zu lassen, dass er seine Arbeit ordentlich machte, den Wasserhahn so weit aufdrehte, dass das Wasser prasselnd in die Wanne stürzte.

Winston Nkata blieb an der Tür stehen, und das irritierte Yasmin mehr, als wenn er durch die ganze Wohnung spaziert wäre und jeden einzelnen der vier Räume samt Mobiliar inspiziert hätte, wozu er sicher nicht länger als eine Minute gebraucht hätte.

»Also, was wollen Sie?«, fragte sie ein zweites Mal.

»Kann ich mich mal umschauen?«, fragte er.

»Wozu? Bei mir gibt's nichts zu finden. Haben Sie einen Durchsuchungsbeschluss? Ich hab mich letzte Woche wie immer bei Sharon Todd gemeldet. Wenn sie Ihnen was anderes erzählt hat – wenn dieses Miststück dem Ausschuss irgendwas anderes erzählt hat…« Yasmin spürte, wie ihr die Angst über den Nacken kroch, als ihr wieder einmal bewusst wurde, wie viel Macht ihre Bewährungshelferin über ihr Leben hatte. »Sie war nicht da«, fügte sie hinzu. »Sie war beim Arzt. Jedenfalls haben sie mir das gesagt. Sie hatte irgendeinen Anfall im Büro, und die anderen haben ihr geraten, lieber gleich zum Arzt zu gehen. Als ich kam…«

Sie holte Luft, um sich zu beruhigen. Und sie war wütend, unheimlich wütend darüber, dass sie so nervös war und dass dieser Typ mit der Narbe im Gesicht ihr die Angst ins Haus getragen hatte. Dieser Bulle hielt alle Trümpfe in der Hand, und sie wussten es beide. Mit einem Achselzucken sagte sie: »Bitte, schauen Sie sich ruhig um. Ich weiß nicht, was Sie suchen, aber hier finden Sie's bestimmt nicht.«

Er sah ihr mit klarem Blick lange in die Augen, und sie hielt dem Blick stand, weil etwas anderes wie Kapitulation ausgesehen hätte. Sie blieb am Durchgang zur Küche stehen, während im Badezimmer das Wasser toste, und Daniel die Perücken einweichte, die gereinigt werden mussten.

»In Ordnung«, sagte der Bulle mit einem Kopfnicken, das zweifellos schüchtern und höflich wirken sollte.

Zuerst betrat er ihr Schlafzimmer und machte Licht. Sie sah ihn, wie er zu dem alten Kleiderschrank mit der rissigen Lackierung ging und die Tür aufmachte. Aber er begann nicht, die Taschen der Kleidungsstücke zu leeren, nur einige lange Hosen besah er sich näher. Auch die Schubladen der Kommode ließ er unberührt, aber er inspizierte genau, was auf ihr lag, insbesondere eine Haarbürste und die blonden Haare, die in ihren Borsten hingen, und das Schälchen mit den Perlen, die sie manchmal in ihr Haar zu flechten pflegte. Am längsten verweilte er bei dem Foto von Roger, von dem je ein Abzug im Wohnzimmer und in Daniels Zimmer auf dem Nachttisch stand, und eines in der Küche über dem Tisch hing. Roger Edwards, zum damaligen Zeitpunkt siebenundzwanzig Jahre alt, einen Monat zuvor aus Neu-Süd-Wales in England angekommen, seit zwei Tagen Yasmins Geliebter.

Er kam wieder aus dem Schlafzimmer heraus, nickte ihr höflich zu und ging in Daniels Zimmer, wo es ähnlich ablief: Kleiderschrank, Kommode, Foto von Roger. Als Nächstes war das Bad an der Reihe, wo Daniel sofort mit ihm zu schwatzen begann und sagte: »Ich muss nämlich immer die Perücken waschen. Mam besorgt sie für Frauen, die Krebs haben, wissen Sie. Denen fallen fast immer die Haare aus, wenn sie ihre Medizin nehmen. Dann besorgt Mam ihnen neue Haare. Und das Gesicht macht sie ihnen auch.«

»Sie macht ihnen Bärte?«, fragte der Bulle.

Daniel lachte. »Doch nicht mit Haaren, Mann, mit Make-up. Sie schminkt sie. Das kann sie echt gut. Soll ich Ihnen mal zeigen –«

»Dan!«, fuhr Yasmin dazwischen. »Du sollst arbeiten!«

Sofort beugte sich Dan wieder über die Wanne.

Der Bulle kam aus dem Badezimmer, nickte ihr wieder zu und ging weiter in die Küche. Von dort führte eine Tür auf den kleinen Balkon hinaus, wo sie die Wäsche trocknete. Die öffnete er, warf einen Blick hinaus, schloss sie dann sorgfältig wieder und strich mit der Hand – einer großen kräftigen Hand – am Türpfosten hinauf und hinunter, als suchte er nach rauen oder gesplitterten Stellen im Holz. Er öffnete weder Schränke noch Schubladen. Er tat eigentlich überhaupt nichts, außer dass er vor dem Tisch stehen blieb und das Foto betrachtete, das er bereits in allen anderen Zimmern gesehen hatte.

»Und wer ist der Typ?« fragte er.

»Dans Vater. Mein Mann. Er ist tot.«

»Das tut mir Leid.«

»Braucht Ihnen nicht Leid zu tun«, entgegnete sie. »Ich hab ihn getötet. Aber das wissen Sie wahrscheinlich schon. Deswegen sind Sie doch hier, oder? Eines Tages hat man einen Junkie mit einem Messer in der Gurgel gefunden. Ihre Kollegen haben die Daten in ihren Computer eingegeben, und heraus kam wie der Teufel aus der Schachtel Yasmin Edwards.«

»Nein, das wusste ich nicht«, sagte Nkata. »Tut mir trotzdem Leid.«

Seine Stimme klang – ja, wie eigentlich? Sie konnte es nicht definieren, so wenig wie sie den Ausdruck seiner Augen definieren konnte. Und sie spürte schon wieder die Wut in sich aufsteigen, diese Wut, über die sie nicht nachdenken und die sie niemals erklären konnte. Es war die Wut, die sie als junges Mädchen gelernt hatte, stets – ohne Ausnahme – herausgefordert durch einen Mann: Typen, die sie kennen lernte und einen Tag oder eine Woche oder einen Monat lang ganz in Ordnung fand, bis durch das, was sie zu sein vorgaben, hindurchzuschimmern begann, was sie wirklich waren.

»Also, was wollen Sie dann?«, fuhr sie ihn gereizt an. »Warum kommen Sie zu mir? Was stehen Sie draußen rum und quasseln mit meinem Sohn, als hätte er Ihnen was zu erzählen, das Sie interessiert? Wenn Sie glauben, dass ich was verbrochen hab, dann reden Sie endlich Klartext. Wenn nicht, verschwinden Sie. Verstanden? Wenn Sie nicht –«

»Katja Wolff«, sagte er, und das verschlug ihr die Sprache. Was, zum Teufel, hatte er mit Katja zu schaffen. »Bei der Bewährungshilfe wird sie unter dieser Adresse hier geführt. Ist das richtig, wohnt sie hier?«

»Wir haben die Genehmigung«, sagte Yasmin. »Ich bin seit fünf Jahren draußen. Gegen mich liegt nichts vor. Wir haben die Genehmigung.«

»Sie haben ihr Arbeit in einer Wäscherei in der Kennington High Street verschafft«, sagte Winston Nkata. »Da war ich zuerst, weil ich mit ihr reden wollte, aber sie ist heute nicht erschienen. Sie hat sich krankgemeldet. Wegen Grippe. Darum bin ich hierher gekommen.«

Bei Yasmin schrillten die Alarmglocken, aber sie ließ sich nichts anmerken. »Na und?«, sagte sie. »Sie ist wahrscheinlich beim Arzt.«

»Den ganzen Tag?«

»Staatlicher Gesundheitsdienst«, erwiderte sie achselzuckend.

Höflich, wie schon die ganze Zeit über, sagte er: »Das ist das vierte Mal, dass sie sich krank gemeldet hat, Mrs. Edwards. So haben sie's mir jedenfalls in der Wäscherei gesagt. Das vierte Mal in zwölf Wochen. Erfreut sind die darüber nicht, das kann ich Ihnen sagen. Sie haben heute mit ihrer Bewährungshelferin gesprochen.«

Aus der Beunruhigung wurde Furcht, die kalt Yasmins Rücken hinaufkroch. Aber sie wusste, wie die Bullen lügen konnten, wenn sie einen aus der Fassung bringen wollten, damit man sich vor Aufregung verplapperte und etwas sagte, woraus sie einem dann einen Strick drehen konnten. Verlier jetzt bloß nicht die Nerven, dumme Kuh, schalt sie sich selbst.

Laut sagte sie: »Davon weiß ich nichts. Katja wohnt hier, das stimmt, aber sie geht ihre eigenen Wege. Ich habe mit Daniel genug zu tun.«

Er schaute zum Schlafzimmer. Das große Doppelbett, die Haarbürste auf der Kommode und die Kleider im Schrank erzählten eine andere Geschichte. Und sie hätte am liebsten geschrien: Ja und? Was gibt's daran auszusetzen? Warst du vielleicht schon mal im Knast, du selbstgerechter Pinkel? Hast du auch nur 'ne Ahnung, wie es ist, wenn du da drinnen hockst und dir klar machst, dass du jetzt eine ganze Zeit lang, die dir wie eine Ewigkeit vorkommt, keinen Menschen hast, der an deinem Leben Anteil nimmt? Keinen Freund und keine Freundin, keinen Geliebten, keinen Partner! Weißt du, wie das ist?

Aber sie sagte nichts, erwiderte nur trotzig seinen Blick. Und fünf Sekunden lang, die ihr vorkamen wie fünfzig, war in der Wohnung nichts zu hören als die gedämpfte Stimme Dans, der im Badezimmer vor sich hinsummte, während er die Perücken wusch.

Dann brach ein anderes Geräusch in die Stille ein: das Knirschen eines Schlüssels, und die Wohnungstür wurde geöffnet.

Katja war da.

Sein letzter Termin an diesem Tag führte Lynley nach Chelsea. Nachdem er Richard Davies seine Karte in die Hand gedrückt und ihn gebeten hatte, sich zu melden, sollte er von Katja Wolff hören oder sonst etwas Neues zu berichten haben, lenkte er den silbernen Bentley mit viel Geduld durch das Verkehrsgetümmel rund um den South-Kensington-Bahnhof und fuhr dann die Sloane Street hinauf, wo das Licht der Straßenlampen auf die edlen Läden und Restaurants eines rundum edlen Viertels fiel. Er dachte über Verbindungen und Zufall nach und über die Frage, ob das Vorhandensein des einen die Möglichkeit des anderen ausschloss. Es schien sehr wahrscheinlich. Oft befanden sich Menschen zur falschen Zeit am falschen Ort, aber selten war dabei der Zufall im Spiel, wenn ihre Schritte von der Absicht gelenkt waren, jemanden aufzusuchen, der in ihrer Vergangenheit in ein Gewaltverbrechen verwickelt gewesen war. Solche »Zufälle« wollten genau unter die Lupe genommen werden.

Er nutzte gleich die erste Parklücke in der Nähe des Hauses der St. James', das hoch und braun an der Ecke Lordship Place und Cheyne Row stand, und hievte aus dem Kofferraum des Wagens den Computer, den er aus Eugenie Davies' Arbeitszimmer mitgenommen hatte.

Auf sein Klingeln an der Haustür der Freunde erscholl als Erstes Hundegebell. Es kam von links, aus der Richtung von St. James' Arbeitszimmer, wo, wie Lynley durch das Fenster erkennen konnte, Licht brannte, und näherte sich der Haustür.

»Schluss jetzt, Peach!«, sagte drinnen eine Frau, aber der Hund, ein echter Dackel, beachtete den Befehl nicht. Ein Riegel wurde zurückgezogen, die Außenbeleuchtung angeschaltet, und die Tür wurde geöffnet.

»Tommy! Hallo! Wie schön, dich zu sehen.« Deborah St. James war selbst an der Tür. In den Armen hielt sie ein kläffendes, ungebärdiges Bündel, den rot-braunen Langhaardackel, der unbedingt wieder auf den Boden wollte, um Lynley zu beschnuppern. »Peach!«, herrschte sie ihn streng an. »Jetzt hör endlich auf. Du weißt genau, wer das ist.« Sie trat von der Tür zurück. »Komm rein, Tommy. Helen ist leider schon gegangen. Sie war müde, sagte sie. Simon behauptet, sie mache die Nächte durch, weil sie keine Lust hätte, irgendwelche Daten zusammenzutragen, die er braucht – keine Ahnung, woran sie gerade arbeiten –, aber sie schwor Stein und Bein, sie sei nur deshalb so müde, weil du sie gezwungen hättest, bis in die frühen Morgenstunden aufzubleiben und sich alle vier Teile des *Ring* anzuhören. Ich weiß gar nicht, ob er wirklich vier Teile hat. Aber ist ja egal. Was hast du uns denn da mitgebracht?«

Sobald die Tür geschlossen war, setzte sie den Hund ab. Er beschnupperte Lynley kurz und wedelte dann erfreut mit dem Schwanz. »Danke«, sagte Lynley höflich, und Peach trottete ins Arbeitszimmer, wo ein Gasfeuer brannte und die Lampe auf St. James' Schreibtisch, in deren Lichtschein mehrere Druckseiten verteilt lagen, manche mit Schwarzweißfotografien, andere nur mit Schrift.

»Stell das Ding irgendwo ab, Tommy«, sagte Deborah. »Es sieht grässlich schwer aus.«

Lynley stellte den Computer auf einen niedrigen Tisch neben dem Sofa vor dem offenen Kamin. Peach konnte es nicht lassen, das Gerät kurz zu inspizieren, ehe er zu seinem Korb zurückkehrte, der direkt vor dem Feuer stand. Mit einem behaglichen Seufzer rollte er sich zusammen und legte den Kopf auf die Vorderpfoten, um den weiteren Verlauf des Abends zu beobachten, wobei ihm von Zeit zu Zeit die Augen zufielen.

»Du willst sicher zu Simon«, sagte Deborah. »Er ist oben. Ich geh rauf und sag ihm Bescheid.«

»Gleich«, sagte Lynley, ohne zu überlegen und so prompt, dass

Deborah, die schon auf dem Weg hinaus war, abrupt stehen blieb und ihn fragend anlächelte.

Mit einer kurzen Handbewegung schob sie ihr schweres Haar hinter das Ohr, sagte: »Na gut«, und ging zu dem altmodischen Barwagen, der am Fenster stand. Sie war ziemlich groß und hatte einen sehr weiblichen Körper, nicht dick, aber wohl gerundet. Zu schwarzen Jeans trug sie einen olivgrünen Pulli, der ihr kupferrotes Haar gut zur Geltung brachte.

Überall an den Wänden des Zimmers und auf dem untersten Bord der Bücherregale waren Dutzende gerahmter Fotografien gestapelt, einige von ihnen in Plastikfolie verpackt, und das erinnerte ihn daran, dass die Eröffnung von Deborahs Ausstellung in einer Galerie in der Great Newport Street kurz bevorstand.

»Magst du einen Sherry?«, fragte sie. »Oder lieber einen Whisky? Wir haben einen neuen Lagavulin, von dem Simon behauptet, er wäre der absolute Göttertrank.«

»Na, wenn Simon, der Wissenschaftler, zu Metaphern greift, muss er wirklich gut sein. Ich nehm gern einen. Und du bist bei den Vorbereitungen für deine Ausstellung?«

»Ich bin beinahe fertig. Nur der Katalog gefällt mir noch nicht ganz.« Sie reichte ihm den Whisky und sagte mit einer Handbewegung zum Schreibtisch: »Ich seh mir gerade die Fahnen an. Die Bilder, die sie ausgewählt haben, sind in Ordnung, aber sie haben einen Teil meiner fulminanten Prosa gestrichen –« Sie lachte und zog dabei ihre sommersprossige Nase kraus, sodass sie plötzlich wie ein Teenager aussah und nicht wie eine sechsundzwanzigjährige verheiratete Frau. »Und das ärgert mich. Da hast du's. Kaum nähern sich meine fünfzehn Minuten, schon gebärde ich mich als *grande artiste*!«

Er lächelte. »Das glaube ich nicht.«

»Was?«

»Das mit den fünfzehn Minuten.«

»Du bist heute Abend sehr fix.«

»Ich sage nur die Wahrheit.«

Sie sah ihn mit einem liebevollen Lächeln an, dann wandte sie sich um und goß sich Sherry ein. Sie nahm das Glas und hob es hoch. »Auf – hm – ich weiß nicht«, sagte sie. »Worauf wollen wir trinken?«

Helen hatte also Wort gehalten und nichts von dem Kind gesagt. Er war erleichtert. Gleichzeitig fühlte er sich unbehaglich.
Irgendwann würde Deborah es erfahren müssen, und er wusste,
dass er selbst es ihr sagen sollte. Er hätte es gern jetzt, in diesem
Moment, getan, aber er wusste nicht, wie er anfangen sollte, wenn
er nicht rundheraus sagen wollte: Trinken wir auf Helen. Trinken
wir auf das Kind, das meine Frau und ich gemacht haben. Aber
das war natürlich völlig ausgeschlossen.

So sagte er stattdessen: »Trinken wir darauf, dass du alle deine
Fotos verkaufst, gleich am Eröffnungstag, und an Mitglieder der
königlichen Familie, die damit endlich einmal beweisen würden,
dass sie neben Pferden und der Hetzjagd auch anderes zu schätzen wissen.«

»Du hast deine erste Fuchsjagd nie überwunden, hm?«

»Schauderhaft!«

»Das ist Standesverrat, mein Lieber!«

»Ich hoffe, gerade das macht mich interessant.«

Deborah lachte, sagte: »Na, dann prost!«, und nippte an ihrem
Sherry.

Lynley seinerseits trank einen großen Schluck von dem Lagavulin und sann darüber nach, was alles zwischen ihnen unausgesprochen war. Es war ein beklemmendes Gefühl, sich plötzlich
mit der eigenen Feigheit und Unschlüssigkeit konfrontiert zu
sehen.

»Was hast du nach der Ausstellung vor?«, fragte er. »Hast du
schon etwas Neues im Kopf?«

Deborah betrachtete nachdenklich die reihenweise gestapel-
ten Fotografien. »Ach weißt du, es ist ein bisschen abschreckend«,
gestand sie. »Ich arbeite jetzt seit Januar an diesem Projekt. Elf
Monate! Und was ich gern täte, wenn die Götter und mein Ehemann damit einverstanden sind…« Sie hob den Kopf und blickte
zur Zimmerdecke hinauf. »Ich würde gern das Fremde fotografieren. Es sollen Porträts sein, ich liebe Porträts. Aber die Gesichter
Fremder sollen es sein; nicht die von Fremden in London, da
könnte ich natürlich Hunderttausende finden, aber die sind alle
schon anglisiert, auch wenn sie das gar nicht merken. Nein, ich
möchte gern was ganz anderes machen. Vielleicht in Afrika, Indien, der Türkei oder Russland. Ich weiß es selbst nicht genau.«

»Aber auf jeden Fall Porträts?«

»Ja. Die Menschen verstecken sich nicht vor der Kamera, wenn die Aufnahme nicht für ihre eigene Verwendung ist. Und genau das fasziniert mich so: die Offenheit ihres Blicks. Es kann einen direkt süchtig machen, diese Gesichter ausnahmsweise einmal ohne Maske zu sehen.« Sie trank von ihrem Sherry und fügte hinzu: »Aber du bist doch nicht hergekommen, um dich mit mir über meine Fotografien zu unterhalten.«

Er ergriff die Gelegenheit zur Flucht, auch wenn er sich selbst erbärmlich fand. »Ist Simon im Labor?«, fragte er.

»Soll ich ihn holen?«

»Nein, nein, ich geh einfach hinauf, wenn es dir recht ist.«

Natürlich, erwiderte sie, er wisse ja den Weg. Sie trat zum Schreibtisch, an dem sie gearbeitet hatte, stellte ihr Glas ab und kam zu ihm zurück. Er trank seinen Whisky aus, da er glaubte, sie wolle ihm das Glas abnehmen, doch sie drückte seinen Arm und küsste ihn auf die Wange. »Schön, dich zu sehen. Brauchst du Hilfe mit dem Computer?«

»Das schaff ich schon«, sagte er und hob das Gerät hoch, nicht gerade stolz darauf, wie bereitwillig er den Fluchtweg nahm, den sie ihm eröffnete, jedoch beruhigte er sich mit dem Gedanken, dass es Arbeit gab und dass die Arbeit Vorrang hatte, was gerade Deborah ganz bestimmt verstehen würde.

St. James' Arbeitszimmer, das so genannte Labor, an das sich Deborahs Dunkelkammer anschloss, war im vierten Stockwerk des Hauses. Oben angekommen, blieb Lynley stehen und sagte: »Simon, stör ich?«, bevor er über den Treppenabsatz zur offenen Tür ging.

Simon St. James, der an seinem Computer saß, war in das Studium irgendeiner komplizierten Sache vertieft, die einer dreidimensionalen grafischen Darstellung glich. Das Bild veränderte sich, als er auf verschiedene Tasten tippte, und begann sich nach einigen weiteren Anschlägen seitlich um die eigene Achse zu drehen. »So was Komisches«, brummte er, dann wandte er sich der Tür zu. »Tommy! Ich dachte doch, ich hätte vorhin jemanden kommen hören.«

»Deb hat mich zu einem Glas von deinem Lagavulin eingeladen. Sie wollte hören, ob er wirklich so gut ist, wie du sagst.«

»Und?«

»Hervorragend. Darf ich –?«, fragte er mit einer Kopfbewegung zu dem Computer, den er trug.

»Oh, entschuldige«, sagte St. James. »Warte, ich – irgendwo finden wir hier bestimmt einen freien Platz.«

Er rollte seinen Sessel vom Computertisch zurück und schlug mit einem Metalllineal seitlich auf seine Beinschiene, als er aufstehen wollte, und das Scharnier sich nicht bewegte. »Dieses Ding macht nichts als Ärger«, schimpfte er. »Schlimmer als jede Arthritis. Sobald es draußen regnet, funktioniert es nicht mehr richtig. Zeit für eine Generalüberholung, denke ich, oder einen Besuch in Oz.«

Die Sachlichkeit, mit der er sprach, war nicht vorgetäuscht, das wusste Lynley, der selbst weit von solcher Leidenschaftslosigkeit entfernt war. Dreizehn Jahre waren seit dem verhängnisvollen Unfall vergangen, aber noch immer kostete es ihn jedes Mal, wenn er St. James' mühsame Art der Fortbewegung sah, alle Selbstbeherrschung, sich nicht in abgrundtiefer Scham von dem abzuwenden, was er dem Freund angetan hatte.

St. James machte auf dem Arbeitstisch neben der Tür Platz frei, indem er Unterlagen, Akten und wissenschaftliche Zeitschriften auf einer Seite aufeinander stapelte. »Ist mit Helen alles in Ordnung?«, fragte er beiläufig. »Sie sah ziemlich schlecht aus, als sie heute Nachmittag ging. Das heißt, eigentlich hat sie den ganzen Tag schon elend ausgesehen.«

»Heute Morgen ging es ihr gut«, antwortete Lynley und redete sich ein, dass das keine Lüge sei. Übelkeit in der Schwangerschaft war schließlich keine Krankheit im landläufigen Sinn. »Ein bisschen müde war sie vielleicht. Wir waren am Abend bei Web–« Aber das, erinnerte er sich, war nicht die Geschichte, die seine Frau Deborah und Simon erzählt hatte. Verflixt, warum musste Helen so kreativ sein, wenn es ans Geschichtenerzählen ging! »Nein, Moment mal. Das war vorgestern Abend, glaube ich. Herrgott noch mal, ich werfe alles durcheinander. Na ja, egal, es geht ihr jedenfalls gut. Sie hatte wahrscheinlich einfach etwas zu wenig Schlaf.«

»Hm, ja, wahrscheinlich«, meinte St. James zustimmend, aber der Blick, mit dem er Lynley ansah, war diesem gar nicht geheuer.

Draußen begann es zu regnen, die Tropfen schlugen gegen die Scheiben, und ein plötzlicher Windstoß rüttelte an den Fenstern.

»Also, was hast du mir da mitgebracht?«, fragte St. James.

»Ein bisschen Detektivarbeit.«

»Das ist doch eigentlich dein Ressort.«

»Aber hier ist besonderes Fingerspitzengefühl gefragt.«

St. James kannte Lynley seit mehr als zwanzig Jahren und hatte längst gelernt, zwischen den Zeilen zu lesen. »Wir befinden uns wohl auf dünnem Eis?«

»Nur ich«, antwortete Lynley. »Du bist auf sicherem Grund. Vorausgesetzt, du bist überhaupt bereit, mir zu helfen.«

»Sehr beruhigend«, stellte St. James trocken fest. »Ich frage mich, wieso ich das unbehagliche Gefühl habe, dass ich demnächst Blut schwitzend in einem Gerichtssaal auf der Anklagebank oder im Zeugenstand landen werde.«

»Das hast du deinem natürlichen Empfinden für Fairness und Anstand zu verdanken. Du weißt ja, dass ich diese Eigenschaft schon immer an dir bewundert habe, aber wenn man längere Zeit ständig mit Kriminellen zu tun hat, verkümmert sie leider.«

»Es geht also um einen Fall?«

»Das hast du aber nicht von mir.«

Den Blick auf den Computer gerichtet, strich sich St. James nachdenklich über die Oberlippe. Er wusste natürlich, was Lynley eigentlich mit dem Gerät hätte tun müssen. Warum er es nicht tat – nun, danach fragte man besser nicht. Er holte einmal tief Luft und sagte mit einem Kopfschütteln, das signalisierte, dass er wider besseres Wissen handelte: »Was brauchst du?«

»Alle Internetaktivitäten. Besonders ihre E-Mails.«

»Ihre?«

»Ja, du hast richtig gehört. Es ist möglich, dass sie Post von einem Internetcasanova bekommen hat, der sich *Die Zunge* nennt –«

»Du lieber Gott!«

»– aber wir haben nichts gefunden, als wir uns eingeloggt haben.« Er nannte St. James Eugenie Davies' Passwort, das dieser sich auf einem Zettel notierte.

»Und dieser Kerl ist das Einzige, was mich zu interessieren hat?«, fragte er.

»Dich hat alles zu interessieren, Simon. E-Mail-Eingang und

-Ausgang. Recherchen, Kontakte, alles, was sie getrieben hat, wenn sie online war. Sagen wir, in den letzten zwei Monaten. Das ist doch möglich, nicht wahr?«

»Ja, meistens. Aber ein Spezialist vom Yard könnte das viel schneller für dich erledigen als ich. Außerdem könntest du dir sofort eine richterliche Verfügung besorgen, wenn du einen Provider unter Druck setzen musst.«

»Natürlich. Das weiß ich.«

»Und das veranlasst mich zu der Schlussfolgerung, dass du vermutest, in dem Ding hier« er legte seine Hand auf den Computer, »ist etwas zu finden, was jemanden, dem du das ersparen möchtest, in Schwierigkeiten bringen würde. Habe ich Recht?«

»Ja«, antwortete Lynley ruhig. »Da hast du Recht.«

»Ich hoffe, es geht nicht um dich selbst.«

»Um Himmels willen, nein.«

St. James nickte. »Dann bin ich erleichtert.« Dennoch schien ihm nicht recht wohl zu sein, und er versuchte, es zu verbergen, indem er den Kopf senkte und sich mit einer Hand den Nacken rieb. »Bei dir und Helen ist also alles in Ordnung«, sagte er schließlich nur.

Lynley begriff, in welche Richtung sich St. James' Gedanken bewegten. Eine geheimnisvolle *Sie*, ein Computer in Lynleys Besitz, ein Unbekannter, der in Schwierigkeiten geraten könnte, sollte seine E-Mail-Adresse auf dem Computerschirm erscheinen... Das alles deutete auf eine geheime Liaison hin, und es war ganz natürlich, dass St. James, der nicht nur Helens Arbeitgeber war, sondern sie seit ihrem achtzehnten Lebensjahr kannte und ihr in Freundschaft verbunden war, sie schützen wollte.

»Simon«, versicherte Lynley hastig, »es hat nichts mit Helen zu tun. Auch nicht mit mir. Ich gebe dir mein Wort darauf. Also, hilfst du mir?«

»Dann habe ich aber etwas bei dir gut, Tommy.«

»Das brauchst du mir nicht zu sagen. Ich stehe bereits so tief in deiner Schuld, dass ich dir gleich den Besitz in Cornwall überschreiben könnte, um die Sache zu erledigen.«

»Das ist ein verlockender Vorschlag.« St. James lachte. »Ich wäre immer gern ein Landjunker gewesen.«

»Du tust es also?«

»Ja, in Ordnung, aber ohne die Überschreibung. Wir wollen doch nicht daran schuld sein, dass deine Vorfahren sich im Grabe herumdrehen.«

Constable Winston Nkata wusste augenblicklich, dass die Frau Katja Wolff war, noch ehe sie überhaupt ein Wort gesprochen hatte. Aber hätte man ihn gefragt, woher er die Gewissheit nahm, so hätte er es nicht sagen können. Sicher, sie hatte den Schlüssel zur Wohnung, und von ihrer Bewährungshelferin, die er auf Inspector Lynleys Anordnung hin aufgesucht hatte, wusste er, dass sie in dieser Wohnung im Doddington Grove Estate gemeldet war. Aber das war es nicht allein, was ihn so sicher machte. Es war ihre Haltung, die Haltung einer Frau, die ständig vor unerfreulichen Begegnungen auf der Hut ist, und es war ihr Gesichtsausdruck, so verschlossen und nichts sagend, wie alle ihn zur Schau trugen, die im Gefängnis nicht auffallen wollten.

Sie blieb an der Tür stehen. Ihr Blick flog von Yasmin Edwards zu Nkata und wieder zurück zu Yasmin. »Störe ich, Yas?« Ihre Stimme war rauchig, und von dem deutschen Akzent, den Nkata erwartet hatte, war nur ein leiser Anklang zu hören. Aber sie lebte ja mittlerweile länger als zwanzig Jahre in England und hatte keinen Umgang mit deutschen Landsleuten gehabt.

»Das ist Constable Nkata von der Polizei«, sagte Yasmin, und augenblicklich war Katja Wolff in Alarmbereitschaft: ein plötzliches gespanntes Aufmerken, so subtil, dass jemand, der nicht wie Winston Nkata selbst am Rand der Legalität gelebt hatte, es wahrscheinlich nicht wahrgenommen hätte.

Katja Wolff zog ihren kirschroten Mantel aus und nahm die graue Mütze mit dem passenden knallroten Streifen ab. Unter dem Mantel trug sie einen himmelblauen Pulli, der wie Kaschmir aussah, aber so abgetragen war, dass er an den Ellbogen papierdünn war, und dazu eine graue lange Hose aus irgendeinem glatten Material, das glitzerte, wenn sie sich im Licht bewegte.

»Wo ist Dan?«, fragte sie Yasmin.

Yasmin wies zum Badezimmer. »Er wäscht die Perücken.«

»Und der Typ?«, fragte sie mit einem Blick zu Nkata.

Nkata nutzte den Moment, um das Kommando zu übernehmen. »Sie sind Katja Wolff?«

Ohne ihm zu antworten, ging sie zum Badezimmer, um Yasmin Edwards' Sohn zu begrüßen, der bis zu den Ellbogen in Seifenschaum steckte. Der Junge schaute sie über die Schulter an. Er sah ins Wohnzimmer hinüber und schaffte es, einen Moment lang Nkatas Blick einzufangen. Aber er sagte nichts. Katja Wolff machte die Badezimmertür zu und ging zu der alten Couchgarnitur, wo sie sich auf das Sofa setzte und aus einer Packung Dunhill, die auf dem Couchtisch lag, eine Zigarette nahm. Nachdem sie diese angezündet hatte, griff sie zur Fernbedienung des Fernsehers. Aber noch bevor sie das Gerät einschalten konnte, rief Yasmin sie leise beim Namen – nicht bittend, wie Nkata schien, sondern eher warnend.

Er verspürte ein plötzliches Bedürfnis, sich Yasmin Edwards genauer anzusehen; er wollte sie gern verstehen – ihre Situation hier in Kensington, die Beziehung zu ihrem Sohn, das Verhältnis zwischen ihr und der anderen Frau. Dass sie schön war, hatte er bereits wahrgenommen. Aber er verstand ihren Zorn nicht und auch nicht die Angst, die sie so krampfhaft zu verbergen suchte. Er hätte gern gesagt, dass sie keine Angst haben müsse, aber das wäre natürlich absurd gewesen.

Er wandte sich Katja Wolff zu. »In der Wäscherei oben in der Kensington High Street wurde mir gesagt, dass Sie heute nicht zur Arbeit gekommen sind.«

»Mir war heute Morgen nicht gut«, erklärte sie. »Den ganzen Tag nicht. Ich war gerade in der Apotheke. Das verstößt ja wohl nicht gegen das Gesetz.« Sie zog an ihrer Zigarette, während sie ihn schweigend musterte.

Nkata fing Yasmins Blick auf, der zwischen ihm und ihrer Freundin hin und her flog. Sie hielt die Hände vor ihrem Körper gefaltet, genau auf der Höhe ihres Geschlechts, als wollte sie es verdecken.

»Sie sind mit dem Auto zur Apotheke gefahren?«, fragte er Katja Wolff.

»Ja, und?«

»Sie haben ein eigenes Auto?«

»Wieso interessiert Sie das?«, fragte Katja Wolff. »Sind Sie hergekommen, um mich zu bitten, Sie irgendwohin zu fahren?« Ihr Englisch war perfekt, so beeindruckend wie die Frau selbst.

»Haben Sie ein Auto, Miss Wolff?«, wiederholte er geduldig.

»Nein. Sie stellen bedingt Entlassenen keine fahrbaren Unter-
sätze zur Verfügung, was ich persönlich schade finde, besonders
für diejenigen, die wegen bewaffneten Raubüberfalls sitzen. Zu
wissen, dass man in Zukunft zu Fuß vom Tatort abhauen muss, das
muss doch ziemlich niederschmetternd sein. Für jemanden wie
mich hingegen…« Sie klopfte die Asche ihrer Zigarette am Rand
eines Keramikaschenbechers ab, der die Form eines Kürbisses
hatte. »Um in einer Wäscherei zu arbeiten, braucht man nun
wirklich kein Auto. Man braucht lediglich eine hohe Toleranz für
Langeweile und brütende Hitze.«

»Es ist also nicht Ihr Wagen?«

Yasmin ging durch das Zimmer und setzte sich neben Katja
Wolff auf das Sofa. Nachdem sie ein paar Illustrierte und Boule-
vardzeitungen auf dem Couchtisch mit den schmiedeeisernen
Beinen zu ordentlichen Häufchen zusammengeschoben hatte,
legte sie Katja ihre Hand aufs Knie und sah Nkata ruhig an.

»Was wollen Sie von uns, Mann?«, fragte sie. »Entweder Sie
kommen endlich zur Sache, oder Sie verschwinden.«

»Haben Sie ein Auto, Mrs. Edwards?«, fragte Nkata.

»Und wenn?«

»Würd ich's mir gern anschauen.«

»Warum?«, fragte Katja. »Mit wem wollen Sie eigentlich sprechen, Constable?«

»Darauf kommen wir noch früh genug«, erwiderte Nkata. »Wo
ist der Wagen?«

Die beiden Frauen blieben einen Moment reglos sitzen, während Wasserrauschen aus dem Badezimmer darauf schließen ließ,
dass Daniel nun die gewaschenen Perücken zu spülen begann.
Katja Wolff brach schließlich das Schweigen, und sie tat es mit
einer Selbstsicherheit, die zeigte, dass sie die vergangenen zwanzig Jahre genutzt hatte, um sich über ihre Rechte gegenüber der
Polizei genauestens zu informieren.

»Haben Sie eine richterliche Verfügung? Für irgendetwas?«

»Ich dachte nicht, dass ich eine brauchen würde. Ich hatte eigentlich nur ein Gespräch im Sinn.«

»Ein Gespräch über Yasmins Auto?«

»Aha! Es ist also Mrs. Edwards' Auto! Wo steht es?« Nkata bemühte sich, keinen Triumph zu zeigen. Katja Wolff errötete dennoch, vielleicht weil sie erkannte, dass sie sich in ihrer Abneigung und ihrem Misstrauen gegenüber Nkata selbst ein Bein gestellt hatte.

»Was, zum Teufel, soll das alles, Mann?«, fuhr Yasmin ihn an, aber ihre Stimme war beinahe schrill, und die Hand auf Katja Wolffs Knie verkrampfte sich. »Sie brauchen eine richterliche Verfügung, wenn Sie mein Auto filzen wollen!«

Nkata entgegnete: »Ich will es nicht filzen, Mrs. Edwards, nur anschauen.«

Die Frauen tauschten einen kurzen Blick, dann stand Katja Wolff auf und ging in die Küche. Türen wurden geöffnet und zugeschlagen, ein Wasserkessel knallte klirrend auf einen Gasring, eine Flamme zischte.

Yasmin blieb sitzen. Es war, als wartete sie auf ein Zeichen aus der Küche. Als sie keines erhielt, stand sie auf und nahm von einem Haken neben der Wohnungstür einen Schlüssel.

»Dann kommen Sie«, sagte sie zu Nkata, und trotz der Witterung ging sie ohne Mantel voraus ins Freie. Katja Wolff blieb in der Wohnung zurück.

Mit langen Schritten, scheinbar ohne Rücksicht darauf, ob der Polizeibeamte ihr folgte oder nicht, eilte sie zum Aufzug. Bei jeder Bewegung klimperten die perlendurchwirkten langen Zöpfe, die ihr über die Schultern reichten. Es war eine Musik, die hypnotisierte, und Nkata konnte sich die Wirkung, die sie auf ihn hatte, nicht erklären. Zuerst spürte er die Reaktion im Hals, dann hinter den Augen und schließlich in der Brust. Er schüttelte sich, wehrte sich dagegen, indem er zum Parkplatz hinunterschaute, dann zur anderen Straßenseite hinüber, wo eine Heimgartenanlage zu sein schien, schließlich die Manor Place entlang, deren Häuser größtenteils leer und verwahrlost waren.

Im Aufzug sagte er: »Sind Sie hier aufgewachsen?«

Sie durchbohrte ihn mit steinernem Blick, ohne ein Wort zu sagen, bis er schließlich wegsah und sein Blick auf die Worte »Fick mich, bis die Heide wackelt« fiel, die jemand an die Aufzugswand geschmiert hatte. Ihm fiel sofort seine Mutter ein; die hätte so eine obszöne Schmiererei in ihrem Umfeld so wenig geduldet wie Schimpfworte. Sie wäre wie der Blitz mit dem Nagellackentferner angerückt, um den Satz zu löschen, noch ehe er richtig trocken gewesen wäre. Als er sie sich in ihrer Entrüstung vorstellte, seine Mutter, die es geschafft hatte, in einer Gesellschaft, die zuerst die Hautfarbe wahrnahm und dann erst den Menschen, ihre Würde zu bewahren, musste Nkata lächeln.

Yasmin sagte: »Sie mögen's, wenn die Frauen vor Ihnen kuschen müssen, hm? Sind Sie deshalb zu den Bullen gegangen?«

Er hätte ihr gern gesagt, sie solle dieses höhnische Grinsen lassen, nicht weil es ihr Gesicht entstellte und die Narbe an ihrer Lippe in die Breite zog, sondern weil sie so verängstigt aussah mit diesem Ausdruck im Gesicht. Und Furcht war auf der Straße der Feind jeder Frau.

»Nein«, sagte er. »Ich musste gerade an meine Mutter denken.«

»Ach was!« Sie verdrehte die Augen. »Gleich werden Sie mir sagen, dass ich Sie an sie erinnere, was?«

Nkata lachte laut heraus bei dem Gedanken. »Ganz bestimmt nicht«, entgegnete er immer noch lachend.

Sie kniff die Augen zusammen. Die Aufzugtür öffnete sich schleppend. Sie traten aus der Kabine.

Auf dem Parkplatz hinter einem Streifen welken Rasens standen ein paar Autos, die einiges darüber aussagten, in was für wirtschaftlichen Verhältnissen die Leute in der Siedlung lebten. Yasmin Edwards führte Nkata zu einem Ford Fiesta, dessen hintere Stoßstange so schief hing, als hätte sie einen schweren Schlag erhalten. Der Wagen war einmal rot gewesen, inzwischen hatte Rost fast überall die Farbe gefressen. Langsam ging Nkata um den Wagen herum. Der rechte vordere Scheinwerfer hatte einen Sprung, sonst war, abgesehen von der hinteren Stoßstange, alles in Ordnung.

Er kauerte vor dem Auto nieder und leuchtete mit seiner Taschenlampe unter das Chassis. Dann ging er nach hinten und wiederholte die Inspektion. Er ließ sich Zeit. Yasmin Edwards stand schweigend dabei, die Arme fröstelnd um ihren Oberkörper geschlungen, den das kurze Sommertop kaum vor dem Wind und dem Regen schützte, die eingesetzt hatten.

Als Nkata die Prüfung des Wagens abgeschlossen hatte, richtete er sich auf. »Was ist mit dem Scheinwerfer passiert?«, fragte er.

»Mit welchem Scheinwerfer?« Sie ging am Auto entlang nach

vorn und sah sich den Scheinwerfer an. »Keine Ahnung«, sagte sie dann, und zum ersten Mal, seit sie gehört hatte, wer Nkata war, wirkte sie nicht aggressiv, als sie mit den Fingerspitzen über den gezackten Sprung im Glas strich. »Die Lichter funktionieren noch, darum ist es mir nicht aufgefallen.« Sie fröstelte jetzt stärker. Nkata zog seinen Mantel aus. »Hier«, sagte er und reichte ihn ihr. Sie nahm ihn.

Er wartete, bis sie den Mantel übergezogen und fest um sich gewickelt hatte und er sah, wie sie dastand, geschützt vom hochgestellten Kragen, der einen gerundeten Schatten auf ihre dunkle Haut warf. Dann sagte er: »Sie benutzen den Wagen beide, nicht wahr? Sie und Katja Wolff.«

Und noch ehe er zu Ende gesprochen hatte, riss sie sich den Mantel herunter und schleuderte ihn Nkata hin. Wenn es einen Moment ohne Feindseligkeit zwischen ihnen gegeben hatte, so hatte er ihn augenblicklich wieder zerstört.

Sie sah zu ihrer Wohnung hinauf, wo Katja Wolff in der Küche Tee kochte. Dann richtete sie den Blick auf Nkata und sagte ruhig, die Arme wieder um ihren Oberkörper geschlungen: »Ist das alles, was Sie von uns wollen, Mann?«

»Nein«, antwortete er. »Wo waren Sie gestern Abend, Mrs. Edwards?«

»Hier? Wo sonst? Ich habe einen Sohn, der seine Mutter braucht, wie Ihnen vielleicht aufgefallen sein wird.«

»Und Miss Wolff war auch hier?«

»Ganz recht«, sagte sie. »Katja war auch hier.« Aber es schwang bei dieser Behauptung etwas mit, das nahe legte, dass sie nicht der Wahrheit entsprach.

Wenn jemand lügt, verändert sich immer irgendetwas an ihm. Nkata hatte das schon hunderte von Malen gehört. Horchen Sie auf das Timbre der Stimme, hatte man ihn gelehrt. Beobachten Sie die Pupillen, die Bewegungen des Kopfes. Achten Sie darauf, ob sich die Schultern anspannen oder lockern, ob sich die Muskeln am Hals verkrampfen. Achten Sie auf jede kleinste Veränderung, und Sie werden erfahren, wie der Sprecher zur Wahrheit steht.

Er sagte: »Ich brauche noch ein paar Informationen«, und wies mit einer Kopfbewegung nach oben.

»Ich habe Ihnen Informationen gegeben.«

»Ja, ich weiß.« Er ging zum Aufzug, und sie fuhren schweigend hinauf. Doch das Schweigen schien Nkata voller Spannung, einer Spannung allerdings, die mit der zwischen Mann und Frau, Bulle und Verdächtiger, ehemaliger Strafgefangener und möglichem Gefängniswärter nichts zu tun hatte.

»Sie war hier«, sagte Yasmin Edwards endlich. »Aber Sie glauben mir nicht, weil Sie mir nicht glauben dürfen. Denn wenn Sie rausgekriegt haben, wo Katja wohnt, dann haben Sie auch den Rest rausgekriegt, und wissen, dass ich gesessen habe, und für die Bullen ist jeder, der im Knast war, automatisch ein Lügner. Stimmt's nicht, Mann?«

Er stand schon vor ihrer Wohnungstür. Sie schob sich an ihm vorbei und versperrte ihm den Weg. »Fragen Sie sie, was sie gestern Abend getan hat«, sagte sie. »Fragen Sie, wo sie war. Sie wird Ihnen sagen, dass sie hier war. Und damit Sie nicht auf die Idee kommen, ich misch da irgendwie mit, bleib ich inzwischen hier draußen.«

Nkata sagte: »Meinetwegen. Aber wenn Sie wirklich hier draußen bleiben wollen, dann ziehen Sie den hier über«, und er legte ihr seinen Mantel um die Schultern und klappte den Kragen hoch, damit ihr Hals vor dem Wind geschützt war. Sie zuckte vor ihm zurück. Er hätte am liebsten gefragt: Warum sind Sie so geworden, Yasmin Edwards?, aber er sagte nichts und ging in die Wohnung, um mit Katja Wolff zu sprechen.

# 10

»Wir haben Briefe gefunden, Helen.« Lynley stand vor dem Ankleidespiegel in ihrem gemeinsamen Schlafzimmer und versuchte missmutig, sich zwischen drei Krawatten zu entscheiden, die schlaff in seiner Hand hingen. »Sie waren in einer Kommode, ein ganzes Bündel, jeder in seinem Umschlag, nur das blaue Bändchen fehlte.«

»Vielleicht gibt es eine ganz harmlose Erklärung.«

»Was, zum Teufel, hat der Mann sich dabei gedacht?«, fuhr Lynley fort, als hätte Helen nichts gesagt. »Die Mutter eines ermordeten Kindes. Eine Frau, die Opfer eines Verbrechens geworden war! Solche Menschen sind ungeheuer verletzlich. Da versucht man, Abstand zu halten, aber man verführt sie doch nicht.«

»Vorausgesetzt, es war überhaupt so, Tommy.« Helen beobachtete ihren Mann vom Bett aus.

»Wie soll es sonst gewesen sein? ›Warte auf mich, Eugenie. Ich lasse dich nie wieder gehen.‹ Klingt das vielleicht nach einer Einkaufsliste?«

»Der Vergleich hinkt, Darling.«

»Ach, du weißt genau, was ich meine.«

Helen drehte sich auf die Seite, ergriff sein Kopfkissen und drückte es auf ihren Leib. »O Gott«, stöhnte sie dumpf.

Er konnte es nicht ignorieren. »Schlimm heute?«, fragte er.

»Furchtbar. So elend hab ich mich in meinem ganzen Leben nicht gefühlt. Ich möchte wissen, wann sich endlich die rosige Zufriedenheit der glücklichen Frau einstellt, die ihre Erfüllung gefunden hat. Warum werden schwangere Frauen in Romanen immer als von innen strahlend beschrieben, wo sie doch in Wirklichkeit fast die ganze Zeit mit ihrem Körper kämpfen und ausschauen wie Leichen auf Urlaub.«

»Hm.« Lynley ließ sich ihre Frage durch den Kopf gehen. »Das weiß ich auch nicht. Ist es vielleicht eine Verschwörung, um die Fortpflanzung der Spezies zu sichern? Ich wollte, ich könnte dir das abnehmen, Darling.«

320

Sie lachte schwach. »Lügen konntest du noch nie gut.«

Da hatte sie nicht Unrecht. Er unterließ weitere Versuche und hielt stattdessen die drei Krawatten hoch. »Welche soll ich nehmen? Die dunkelblaue mit den Enten? Was meinst du?«

»Mit der kannst du die Verdächtigen jedenfalls glauben machen, dass du sanft mit ihnen verfahren wirst.«

»Genau, was ich dachte.« Er schlang die beiden anderen Krawatten um den Bettpfosten und wandte sich dem Spiegel zu.

»Hast du Inspector Leach was von den Briefen gesagt?«, fragte sie.

»Nein.«

»Was hast du mit ihnen gemacht?« Ihre Blicke trafen sich im Spiegel, und sie las die Antwort in seinem Gesicht. »Du hast sie an dich genommen? Tommy…«

»Ich weiß. Aber bedenk doch mal die Alternative: Ich hätte sie zu den Beweismitteln legen oder zurücklassen können und hätte damit riskiert, dass ein anderer sie findet und Webberly in einem ungünstigen Moment aufsucht, um sie zurückzugeben. Zu Hause, zum Beispiel. Vielleicht auch noch im Beisein von Frances, die nur darauf wartet, dass ihr jemand den Todesstoß versetzt. Oder im Yard, wo es seiner Karriere bestimmt nicht gut täte, wenn herauskäme, dass er was mit einer Frau angefangen hat, die in ein Verbrechen involviert war. Oder stell dir vor, die Briefe fallen irgendeinem Revolverblatt in die Hände! Für die Presse wäre das doch ein gefundenes Fressen.«

»Ist das der einzige Grund, weshalb du sie an dich genommen hast? Um Frances und Malcolm zu schützen?«

»Was gibt es denn sonst noch für einen Grund?«

»Vielleicht das Verbrechen selbst. Die Briefe könnten Beweise sein.«

»Du wirst doch nicht im Ernst behaupten wollen, dass Webberly irgendwie mit der Sache zu tun hat? Er war den ganzen Abend in unserer Gesellschaft. Genau wie Frances, die übrigens weit mehr Grund hätte, Eugenie Davies ins Jenseits zu befördern. Außerdem wurde der letzte Brief vor mehr als zehn Jahre geschrieben. Das Kapitel Eugenie Davies war für Webberly seit Jahren abgeschlossen, Helen. Es war Wahnsinn von ihm, sich mit ihr einzulassen, aber wenigstens war Schluss, bevor irgendein Leben zerstört wurde.«

Helen durchschaute ihn wie immer. »Aber ganz sicher bist du nicht, stimmt's, Tommy?«

»Sicher genug. Und darum wüsste ich nicht, inwiefern die Briefe heute relevant sein sollten.«

»Es sei denn, die beiden hatten in letzter Zeit noch Kontakt.«

Wegen dieser Überlegung hatte er Eugenie Davies' Computer mitgenommen. Er verließ sich auf Instinkt und Erfahrung, die ihm beide sagten, dass sein Chef ein anständiger Mensch war, der es im Leben nicht leicht hatte und dem es fern lag, anderen zu schaden, der aber in einem Moment der Schwäche, den er zweifellos noch heute bereute, der Versuchung erlegen war.

»Er ist ein guter Mann«, sagte Lynley in den Spiegel, mehr zu sich selbst als zu seiner Frau.

Die dennoch auf die Bemerkung einging. »Wie du. Und das erklärt vielleicht, warum er Inspector Leach gebeten hat, dich hinzuzuziehen. Du bist von seiner Anständigkeit überzeugt, darum wirst du versuchen, ihn zu schützen, ohne dass er dich ausdrücklich darum bitten muss.«

Und genauso läuft es, dachte Lynley bedrückt. Vielleicht hatte Barbara doch Recht gehabt. Vielleicht hätte er die Briefe ausliefern und Malcolm Webberly seinem Schicksal überlassen sollen.

Helen warf plötzlich die Bettdecke zurück und stürzte ins Badezimmer. Hinter der Tür begann sie zu würgen. Lynley betrachtete sich im Spiegel und versuchte, das Geräusch nicht zu hören.

Wie leicht man sich etwas einreden konnte, wenn man nur bereit war, es zu glauben. Ein Gedanke, und aus Helens Übelkeit konnte ein verdorbener Magen werden, den sie sich gestern beim Mittagessen zugezogen hatte, weil das Hühnchen nicht mehr frisch gewesen war, oder die Grippe, die im Moment ohnehin grassierte, oder vielleicht eine nervöse Reaktion: Sie hatte im Lauf des Tages etwas Schwieriges zu erledigen, und ihr Körper reagierte auf die Angst. Oder, wenn man diese Überlegung bis zum Extrem weiterführen wollte, konnte man auch behaupten, sie hätte einfach generell Angst. So lange waren sie ja noch nicht zusammen, und sie hatte es mit ihm nicht so leicht wie er mit ihr. Es gab Unterschiede zwischen ihnen: in Erfahrung, Bildung und Alter. Und das alles hatte eine Bedeutung, auch wenn sie sich gern das Gegenteil eingeredet hätten.

Helen war immer noch im Bad, und er hörte immer noch die schrecklichen Geräusche. Er zwang sich, wie ein erwachsener Mensch zu reagieren, und wandte sich vom Spiegel ab, um ins Bad zu gehen. Dort knipste er das Licht an, Helen hatte es in ihrer Hast vergessen. Sie hing, krampfhaft nach Luft schnappend, über der Toilette.

»Helen?«, sagte er, brachte es aber nicht über sich, auch nur einen Schritt näher zu gehen.

Er beschimpfte sich. Du egoistisches Schwein! Das ist die Frau, die du liebst. Geh zu ihr. Wisch ihr das Gesicht mit einem feuchten Tuch ab. Tu irgendwas, verdammt noch mal!

Aber er konnte nicht. Er stand wie versteinert da, als hätte er das Haupt der Medusa gesehen, den Blick starr auf seine Frau gerichtet, die wie ein Häufchen Elend vor der Toilette kniete und sich übergab, das nunmehr tägliche Ritual zur Feier ihrer Vereinigung.

»Helen?«, sagte er ein zweites Mal und hoffte, sie werde sagen, sie komme schon zurecht, sie brauche nichts. Er wartete darauf, dass sie ihn fortschicken würde.

Sie drehte sich nach ihm um. Er konnte die Feuchtigkeit auf ihrem Gesicht erkennen. Und er wusste, sie erwartete von ihm, dass er etwas tun würde, was ihr seine Liebe und seine Besorgnis beweisen würde.

Aber zu mehr als einer Frage reichte es nicht. »Soll ich dir irgendetwas bringen, Helen?«

Sie hielt ihn mit ihrem Blick fest. Er nahm die feine Veränderung in Miene und Haltung wahr, als der Erkenntnis, dass er nicht zu ihr kommen würde, Verletztheit folgte.

Sie schüttelte den Kopf und wandte sich ab. »Alles in Ordnung«, murmelte sie, mit den Händen den Rand der Toilette umklammernd.

Und er nahm die Lüge erleichtert hin.

Das Klirren von Porzellan weckte Malcolm Webberly in seinem Haus in Stamford Brook. Er öffnete die Augen und sah seine Frau, die ihm eben eine Tasse Tee auf den wackligen alten Nachttisch stellte.

Die Hitze im Zimmer war erstickend. Das war der schlecht

funktionierenden Zentralheizung und Frances' Weigerung zu verdanken, bei offenem Fenster zu schlafen. Sie konnte die Vorstellung kühler Nachtluft auf ihrem Gesicht nicht ertragen. Und sie hätte aus Angst vor Einbrechern die ganze Nacht kein Auge zugetan, wenn nur eines der Fenster im Haus den kleinsten Spalt offen gewesen wäre.

Webberly versuchte, sich aufzurichten, und sank sogleich ächzend wieder auf sein Kopfkissen. Es war eine lange und eine schlimme Nacht gewesen. Alle Glieder taten ihm weh, aber quälender als der körperliche Schmerz war der seelische.

»Ich hab dir einen schönen Earl Grey gebracht«, sagte Frances. »Mit Milch und Zucker. Aber Vorsicht, er ist sehr heiß.« Sie trat zum Fenster und zog die Vorhänge auf. Das trübe Licht des Spätherbsts sickerte ins Zimmer. »Ein richtig grauer Tag heute«, fuhr sie fort. »Sieht nach Regen aus. Für später ist aus Westen Sturm angesagt. Na ja, was kann man vom November auch anderes erwarten!«

Sich auf die Ellbogen stützend, schob sich Webberly unter der Bettdecke hervor und stellte fest, dass er auch in dieser Nacht wieder einen Pyjama durchgeschwitzt hatte. Er nahm die Tasse mit dem Tee und starrte in die dampfende Flüssigkeit. An der Farbe sah er, dass Frances den Tee nicht hatte ziehen lassen; er würde wie verwässerte Milch schmecken. Er trank schon seit Jahren morgens keinen Tee mehr; Kaffee war ihm lieber. Aber Frances trank immer Tee, und es war einfacher, nur das Wasser heiß zu machen und über die Teebeutel zu kippen, als die Umstände des Kaffeekochens auf sich zu nehmen.

Na wenn schon, sagte er sich, am Ende läuft's doch auf das Gleiche hinaus. Hauptsache, der Körper bekommt sein Koffein. Also, trink aus und pack's an.

»Ich habe den Einkaufszettel geschrieben«, bemerkte Frances. »Er liegt neben der Tür.«

Er nahm es mit einem Brummen zur Kenntnis.

Sie schien sein Brummen als eine Art des Protests aufzufassen und sagte nervös: »Es ist wirklich nicht viel, nur ein paar Sachen, die ausgegangen sind – Papiertücher, Küchenrolle und so was. Zu essen ist von der Party noch genug da. Es dauert bestimmt nicht lang.«

»Schon in Ordnung, Fran«, sagte er. »Kein Problem. Ich erledige es auf dem Heimweg.«

»Wenn etwas dazwischenkommen sollte, brauchst du natürlich nicht –«

»Ich erledige es auf dem Heimweg.«

»Aber nur, wenn es nicht zu viel Mühe macht, Schatz.«

Wenn es nicht zu viel Mühe macht?, dachte Webberly ironisch und verabscheute sich sofort für seine Treulosigkeit. Trotzdem konnte er gegen die plötzliche Aufwallung des Zorns auf seine Frau nichts tun. Wenn es nicht zu viel Mühe macht, mich um alles und jedes zu kümmern, was einen Schritt aus dem Haus verlangt, Fran? Wenn es nicht zu viel Mühe macht, die Einkäufe zu erledigen, bei der Apotheke vorbeizugehen, die Sachen von der Reinigung zu holen, den Wagen zum Kundendienst zu bringen, den Garten zu versorgen, den Hund auszuführen, die... Hör auf!, fuhr er sich selbst an. Fran hatte sich ihre Krankheit nicht ausgesucht. Es war, weiß Gott, nicht ihre Absicht, ihm das Leben zur Hölle zu machen; sie tat ihr Bestes, um mit der Situation fertig zu werden, genau wie er, und darum ging es ja im Leben – sich mit dem auseinander zu setzen, was einem aufgetischt wurde.

»Es macht keine Mühe, Fran«, versicherte er und trank das fade Gebräu, das sie ihm gebracht hatte. »Danke für den Tee.«

»Hoffentlich schmeckt er. Es ist doch mal was anderes. Ich wollte dich überraschen.«

»Das ist lieb von dir«, sagte er.

Er wusste, warum sie es getan hatte. Es war der gleiche Grund, der sie veranlassen würde, nach unten zu gehen, sobald er aufstand, und ihm ein Riesenfrühstück zu bereiten. Es war ihre einzige Möglichkeit, ihn dafür um Verzeihung zu bitten, dass sie wieder gescheitert war und es nicht geschafft hatte, zu tun, was sie vierundzwanzig Stunden zuvor angekündigt hatte. Aus ihrem Plan, im Garten zu arbeiten, war nichts geworden. Nicht einmal die Mauern, die das Grundstück umschlossen, vermochten ihr die Sicherheit zu geben, die sie gebraucht hätte, um das Haus zu verlassen. Möglich, dass sie es versucht hatte; dass sie eine Hand um den Türknauf gelegt – *es wäre doch gelacht, wenn ich das nicht schaffe* –, die Tür vorsichtig aufgezogen – *ja, ich kann das!* –, die frische Luft auf der Haut ihres Gesichts gespürt – *es gibt nichts zu fürchten* – und sogar die freie Hand an den Türpfosten gedrückt hatte, bevor sie von Panik überwältigt worden war. Weiter war sie nicht gekommen, das wusste er, weil er – Gott verzeih ihm seinen Irrsinn! – sich ihre Gummistiefel angesehen hatte, den Rechen, die Gartenhandschuhe und sogar die Müllsäcke, um festzustellen, ob sie ihre irrationalen Ängste besiegt hatte und tatsächlich aus dem Haus gegangen war und sie irgendetwas getan, auch nur ein einziges Blatt aufgelesen hatte.

Er schwang die Beine aus dem Bett und trank, auf der Kante sitzend, den restlichen Tee. Bei jeder Bewegung roch er den Schweiß in seinem Pyjama, dessen Stoff klamm an seiner Haut klebte. Er fühlte sich schwach, merkwürdig zittrig, als hätte er ein schweres Fieber durchgemacht, von dem er sich erst zu erholen begann.

Frances sagte: »Ich mache dir jetzt erst einmal ein ordentliches Frühstück, Malcolm, keine labberigen Cornflakes heute.«

»Ich muss duschen«, sagte er statt einer Antwort.

»Wunderbar. Dann habe ich gut Zeit.« Sie war schon auf dem Weg zur Tür.

»Fran«, sagte er, um sie aufzuhalten, und als sie stehen blieb: »Das alles ist wirklich nicht nötig.«

»Nicht nötig?« Sie neigte den Kopf zur Seite. Das rote Haar – mit dem Mittel gefärbt, das er ihr einmal im Monat bei Boots holen musste, weil sie meinte, die Haarfarbe ihrer Tochter nachahmen zu können, was nie glückte – war sorgsam frisiert, und sie hatte den Gürtel ihres Morgenrocks zu einer tadellosen Schleife gebunden.

»Ich meine, lass es gut sein«, sagte er. »Du brauchst nicht –«

Was denn? Was brauchte sie nicht zu tun? Wenn er es aussprach, würde sie das auf einen Weg führen, den sie beide nicht betreten wollten. Er sagte also nur: »Du brauchst mich nicht zu verwöhnen. Die Cornflakes tun's auch.«

Sie lächelte. »Das weiß ich, Schatz. Aber ein richtiges Frühstück ab und zu ist doch was Schönes. Und du bist doch nicht in Eile, oder?«

»Der Hund muss noch raus.«

Ich gehe mit ihm, Malcolm. Aber genau das würde sie natürlich nicht sagen. Schon gar nicht nach den fehlgeschlagenen Plänen des gestrigen Tages bezüglich des Gartens. Zwei Niederlagen hintereinander wären eine allzu schwere Kränkung, das würde sie nicht riskieren. Webberly verstand es. Das war es ja, er hatte es immer verstanden! Darum war er auch jetzt nicht überrascht, als sie sagte: »Warten wir doch einmal ab, wie wir mit der Zeit hinkommen. Ich denke, sie wird reichen. Und wenn nicht, kannst du ja Alfies Spaziergang ein bisschen abkürzen. Er wird's überleben, wenn du mit ihm ausnahmsweise nur bis zur Ecke und zurück gehst.«

Sie gab ihm einen liebevollen Kuss auf den Scheitel und ging hinaus. Keine Minute später hörte er sie in der Küche rumoren. Sie begann zu singen.

Er stand vom Bett auf und schlurfte müde ins Badezimmer. Es roch muffig wie immer, vom verschimmelten Kitt rund um die Wanne und von den Stockflecken im Duschvorhang, der längst ausgewechselt hätte werden müssen. Webberly schob das Fenster ganz auf und stellte sich davor, um die feuchte Morgenluft einzuatmen, die einen langen, kalten und nassen Winter ankündigte. Er dachte an Spanien, Italien, Griechenland, an all die warmen sonnigen Gegenden der Welt, die er niemals sehen würde.

Ungeduldig schlug er sich die verlockenden Bilder aus dem Kopf, trat vom Fenster weg und zog seinen Pyjama aus. Er drehte das heiße Wasser auf, bis der Dampf in dichten Schwaden aus der Wanne aufstieg, ließ dann kaltes Wasser nachlaufen, um die Temperatur zu regulieren, und stieg ins Bad.

Während er sich einseifte, dachte er über die unbestreitbar vernünftige Frage seiner Tochter nach, warum er nicht darauf bestand, dass Frances sich wieder in psychiatrische Behandlung begab. Was konnte es schaden, Fran das vorzuschlagen? In den vergangenen zwei Jahren war nicht eine Bemerkung über ihre Schwierigkeiten über seine Lippen gekommen. Wäre es denn so verwerflich, wenn er sie jetzt, nach fünfundzwanzigjähriger Ehe und im Angesicht seines baldigen Rückzugs aus dem Berufsleben, darauf hinwiese, dass sie sich auf ein neues Leben würden einstellen müssen, und sie – Fran – sich Hilfe holen müsse, um mit ihrem Problem umgehen zu lernen, wenn sie gemeinsam dieses neue Leben mit allem, was es zu bieten hatte, genießen wollten? Wir wollen doch reisen, Frannie, könnte er sagen. Stell dir vor, ein

Wiedersehen mit Spanien, denk an Italien, an Kreta. Ach was, wir könnten sogar alles hier verkaufen und aufs Land ziehen. Davon haben wir doch früher immer geträumt.

Ihr Mund würde sich bei seinen Worten zu einem Lächeln verziehen, doch in den Augen würde sich die beginnende Panik spiegeln. »Aber, Malcolm«, würde sie sagen, die Finger verkrampft – um den Rand ihrer Schürze, den Gürtel ihres Morgenrocks, die Manschette ihrer Bluse. »Aber, Malcolm!«

Vielleicht würde sie bei der Erkenntnis, dass es ihm ernst war, sogar einen Versuch machen, ihre Ängste zu bezwingen. Wie vor zwei Jahren. Und es würde heute so enden wie damals: in Panik und Tränen; mit einem Anruf wildfremder Leute bei der Polizei; mit Rettungswagen, Sanitätern und Polizei, die am Supermarkt angerückt waren, wohin sie sich im Taxi hatte bringen lassen, um zu beweisen, was sie gesagt hatte: »Ich schaffe es, Schatz.« Wie damals würde ein Aufenthalt im Krankenhaus folgen, eine Zeit der Ruhigstellung, eine Intensivierung aller ihrer Ängste. Sie hatte sich gezwungen, aus dem Haus zu gehen, weil sie es ihm recht machen wollte. Es hatte damals nicht geklappt, es würde auch heute nicht klappen.

»Sie muss selbst wünschen, wieder gesund zu werden«, hatte der Psychiater ihm erklärt. »Ohne den eigenen Wunsch entsteht kein Druck. Und der innere Druck, der die Wiederherstellung der Gesundheit fordert, kann nicht künstlich erzeugt werden.«

Die Jahre verstrichen. Das Leben ging weiter, ihre Welt schrumpfte. Und die seine mit. Manchmal glaubte Webberly, er würde in der Enge dieser Welt ersticken.

Er blieb lange im Wasser liegen, er wusch sich das schütter werdende Haar. Als er fertig war und aus der Wanne stieg, umfing ihn die eisige Kälte des Badezimmers, da das Fenster immer noch weit offen stand und Morgenluft hereinließ.

Frances hatte Wort gehalten. Ein großes Frühstück erwartete ihn, als er in die Küche kam. Es duftete verlockend nach gebratenem Schinkenspeck, und Alfie saß neben dem Herd und beäugte hoffnungsvoll die Bratpfanne, aus der Frances die knusprigen Speckscheiben nahm. Doch der Tisch war nur für eine Person gedeckt.

»Isst du nichts?«, fragte Webberly seine Frau.

»Ich lebe, um dir zu dienen.« Sie gestikulierte mit der Bratpfanne. »Du brauchst es nur zu sagen, und du bekommst deine Frühstückseier, wie du sie haben willst. Ich richte mich ganz nach dir. In allem.«

»Ist das dein Ernst, Fran?« Er zog seinen Stuhl heraus.

»Gekocht, gerührt oder gebraten«, erklärte sie. »Ganz wie es dir beliebt.«

»Wie es mir beliebt.«

Er hatte keinen Appetit, aber er aß. Er kaute und schluckte, ohne viel zu schmecken. Nur die Säure des Orangensafts nahm er wahr.

Frances schwatzte. Ob er nicht auch fände, dass Randy ein bisschen zu füllig sei? Sie sage ja nicht gern etwas, aber ob er nicht auch der Meinung sei, das Kind hätte ein bisschen zu viel Babyspeck auf den Knochen für ein junges Mädchen ihres Alters? Und was er zu ihrem neuesten Plan sage, für ein Jahr in die Türkei zu gehen? Ausgerechnet in die Türkei. Aber sie habe ja ständig irgendwelche Rosinen im Kopf, da sei es wahrscheinlich völlig überflüssig, sich aufzuregen. Trotzdem, ein junges Mädchen ihres Alters ... ganz allein in der Türkei? Das sei doch unvernünftig, das könne nicht gut gehen. Als sie im vergangenen Jahr davon gesprochen habe, für ein Jahr nach Australien zu gehen, sei das schlimm genug gewesen – so weit weg von der Familie! Aber die Türkei? Nein. Das müssten sie ihr ausreden. Und habe Helen Lynley neulich Abend nicht hinreißend ausgesehen?

»Sie gehört zu den Frauen, die alles tragen können. Natürlich kommt es auch darauf an, wo man kauft. In französischen Modellen sieht man einfach – na ja, man sieht eben aus wie alter Adel, Malcolm. Und sie kann es sich ja leisten, französisch einzukaufen, nicht wahr? Kein Mensch achtet darauf, wo sie einkauft. Da hat sie's besser als unsere spießige alte Queen, die immer aussieht, als hätte ein englischer Polsterer sie ausstaffiert. Tja, es stimmt schon, Kleider machen Leute.«

Ein endloses Gebrabbel. Es ließ kein längeres Schweigen zu, das vielleicht zu einem schmerzhaften Gespräch geführt hätte. Und es vermittelte den Schein von Wärme und Nähe, das Bild vom alten Ehepaar im trauten Heim beim gemeinsamen Frühstück.

Webberly stieß abrupt seinen Stuhl zurück und drückte sich kurz die Papierserviette auf den Mund. »Komm, Alfie!«, sagte er, »gehen wir.« Er nahm die Leine vom Haken neben der Tür, und der Hund folgte ihm durchs Wohnzimmer zur Haustür hinaus.

Kaum im Freien, wurde Alfie quicklebendig. Schwanzwedelnd und mit gespitzten Ohren, lief er an der Seite seines Herrn die Straße hinunter zur Emlyn Road, ständig nach Katzen, seinen Erzfeinden, Ausschau haltend, um sie mit wütendem Gebell in die Flucht zu schlagen, sobald sie sich zeigten. An der Ecke Stamford und Brook Road setzte er sich gehorsam wie immer. Hier war zu manchen Tageszeiten sehr viel Verkehr, und nicht einmal ein Zebrastreifen garantierte, dass man als Fußgänger unbeschadet über die Fahrbahn kam.

Sie überquerten die Straße und betraten den Park.

Alles war nass vom Regen der vergangenen Nacht. Die Gräser bogen sich unter dem Gewicht des Wassers, von den Bäumen tropfte der Regen, die Bänke an den Wegen glänzten feucht. Aber Webberly störte das nicht. Er hatte nicht die Absicht, sich unter die Bäume zu setzen oder durch das Gras zu stapfen, durch das Alfie ausgelassen herumzutollen begann, sobald sein Herr ihn von der Leine gelassen hatte. Webberley schlug den Fußweg ein, der um die Anlage herumführte, und während er auf knirschendem Kies zielstrebig dahinlief, wanderten seine Gedanken fort aus Stamford Brook, wo er seit mehr als zwanzig Jahren lebte, und suchten Henley auf, den kleinen Ort an der Themse.

Bis zu diesem Moment des Tages hatte er es geschafft, nicht an Eugenie zu denken. Es erschien ihm wie ein Wunder. In den vorangegangenen vierundzwanzig Stunden war sie keine Minute aus seinen Gedanken gewichen. Er hatte noch nichts von Eric Leach gehört, und er hatte Tommy Lynley im Yard nicht gesprochen. Lynleys Bitte, ihm Constable Winston Nkata zuzuteilen, sah er als ein Zeichen dafür, dass die Ermittlungen Fortschritte machten, aber er wollte wissen, welcher Art diese Fortschritte waren, denn es war besser zu wissen – was auch immer es war – als mit der Ungewissheit und den Bildern aus der Vergangenheit dazustehen, die man am besten vergaß.

Da ihm aber der Kontakt zu den Kollegen fehlte, kehrten die Bilder zurück. Ohne den Schutz der beengenden Wände seines

Hauses, ohne Frances' Geplapper und die, die ihn forderten, wenn er ins Büro kam, wurde er von Bildern bestürmt, inzwischen so fern, dass sie nur noch Fragmente waren, Teile eines Puzzles, das er nicht hatte vollenden können.

Es war Sommer. Irgendwann nach der Regatta. Er und Eugenie trieben in einem Ruderboot auf dem trägen Fluss dahin.

Ihre Ehe war nicht die erste, die der Erschütterung durch einen gewaltsamen Tod in der Familie nicht standgehalten hatte, und würde nicht die Letzte sein, die unter dem Druck der äußeren Umstände – polizeiliche Ermittlungen und Gerichtsverfahren – und der heftigen Schuldgefühle zerbrach, die der Tod eines Kindes, verursacht durch eine Person, der man vertraut hat, mit sich brachte. Aber der Zerfall dieser Ehe hatte Webberly besonders berührt. Es dauerte viele Monate, bevor er sich den Grund dafür eingestand.

Nach dem Prozess war die Sensationspresse mit der gleichen räuberischen Lust über Eugenie Davies hergefallen wie über Katja Wolff. Die Wolff wurde als die Verkörperung des Bösen verdammt, Eugenie wurde als die Rabenmutter abgestempelt, die ihrer Arbeit außer Haus nachgegangen war, anstatt sich um ihr behindertes Kind zu kümmern, und dieses einer ungelernten Person überlassen hatte, die nicht einmal Englisch sprach und keine Ahnung hatte, wie man ein krankes Kind betreute. Katja Wolff hatte man verteufelt, Eugenie Davies an den Pranger gestellt.

Sie hatte die öffentliche Geißelung als gerechten Lohn empfunden. »Es ist meine Schuld«, hatte sie gesagt. »Ich habe es nicht anders verdient.« Sie sprach mit einer ruhigen Würde, ohne alle Hoffnung und ohne alles Verlangen, auf Widerspruch zu stoßen. Nein, sie ließ Widerspruch gar nicht zu. »Ich möchte nur, dass es vorbei ist«, hatte sie gesagt.

Zwei Jahre nach dem Prozess traf er sie zufällig am Paddington-Bahnhof. Er war auf dem Weg zu einer Konferenz in Exeter. Sie war nach London gekommen, wie sie sagte, weil sie hier einen Termin hatte.

»Sie leben nicht mehr in London?«, hatte er gefragt. »Sind Sie aufs Land gezogen? Das wird dem Jungen sicher gut tun.«

Aber nein, die Familie lebte weiterhin in London. Nur sie war weggegangen.

»Oh, das tut mir Leid«, sagte er.

»Danke, Inspector Webberly.«

»Malcolm. Einfach Malcolm«, sagte er.

»Gut, dann einfach Malcolm.« Ihr Lächeln war tieftraurig.

Impulsiv und in Eile, weil in wenigen Minuten sein Zug abfahren würde, sagte er: »Würden Sie mir Ihre Telefonnummer geben, Eugenie? Ich würde gern ab und zu einmal nachfragen, wie es Ihnen geht. Als Freund. Wenn es Ihnen recht ist.«

Sie schrieb die Nummer auf die Zeitung, die sie bei sich hatte, und sagte: »Ich danke Ihnen für Ihre Liebenswürdigkeit, Inspector.«

»Malcolm«, erinnerte er sie.

Der Sommertag am Fluss war zwölf Monate später gewesen und nicht der erste Tag, an dem er einen Vorwand gefunden hatte, um nach Henley zu fahren und nach Eugenie zu sehen. Sie war wunderschön an diesem Tag, still wie immer, aber mit einer Ausstrahlung inneren Friedens, die er vorher noch nie wahrgenommen hatte. Er ruderte das Boot, sie saß ihm gegenüber, zurückgelehnt und halb zur Seite gedreht. Sie zog die Hand nicht durch das Wasser, wie manche Frauen das vielleicht um der hübschen Pose willen getan hätten, sondern blickte auf das Wasser, als wäre in seinen Tiefen etwas verborgen, auf dessen Erscheinen sie wartete. Licht und Schatten huschten über ihr Gesicht, während sie unter Bäumen dahinglitten.

Unversehens hatte ihn die Gewissheit überfallen, dass er sie liebte. Nach zwölf Monaten reiner Freundschaft, mit Spaziergängen in der Stadt, Fahrten aufs Land, Mittagessen in Pubs, einem gelegentlichen gemeinsamen Abendessen und Gesprächen, echten Gesprächen, die sie einander näher gebracht hatten.

»Als ich jung war, glaubte ich an Gott«, erzählte sie ihm. »Aber auf dem Weg zur Erwachsenen habe ich ihn verloren. Ich habe jetzt lange ohne ihn gelebt und würde ihn gern wieder finden.«

»Selbst nach allem, was geschehen ist?«

»Eben deswegen. Aber ich habe Angst, dass er mich nicht mehr haben will, Malcolm. Meine Sünden wiegen zu schwer.«

»Du hast nicht gesündigt. Du könntest gar nicht sündigen.«

»Wie kannst gerade du so etwas glauben? Jeder Mensch ist ein Sünder.«

Aber Webberly konnte sie nicht als Sünderin sehen, ganz gleich, was sie über sich selbst sagte. Er sah nur Vollkommenheit und – letztlich – das, was er sich wünschte. Doch von seinen Gefühlen zu sprechen, wäre ihm wie Verrat in jeder Richtung erschienen. Er war verheiratet und hatte eine Tochter. Eugenie war anfällig und verletzlich. Trotz der Länge der Zeit, die seit der Ermordung ihrer Tochter verstrichen war, hätte er das Gefühl gehabt, er nütze ihre Schwäche aus.

Deshalb sagte er nur: »Eugenie, weißt du, dass ich verheiratet bin?«

Sie hob den Blick vom Wasser und sah ihn an. »Ich habe es vermutet.«

»Warum?«

»Deine Güte. Keine Frau wäre so töricht, einen Mann wie dich entwischen zu lassen. Möchtest du mir von deiner Frau und deinen Kindern erzählen?«

»Nein.«

»Oh. Was heißt das?«

»Ehen gehen manchmal zu Ende.«

»Ja.«

»Wie deine.«

»Ja. Meine Ehe ist zu Ende.« Sie richtete den Blick wieder auf das Wasser. Er fuhr fort zu rudern und beobachtete ihr Gesicht. Noch in hundert Jahren, wenn er längst blind wäre, würde er es in allen Einzelheiten aus dem Gedächtnis zeichnen können.

Sie hatten ein Picknick mitgenommen, und als Webberly eine Stelle entdeckte, die ihm gefiel, steuerte er das Boot an die Uferböschung. »Warte hier«, sagte er, »ich mache das Boot erst fest.« Aber als er die feuchte Uferböschung hinaufstieg, rutschte er aus und schlitterte direkt ins Wasser. Wie ein begossener Pudel stand er da, während das Themsewasser kühl seine Oberschenkel umspülte. Das Bootsseil hing über seiner Hand, und der Schlick auf dem Grund des Flusses drang in seine Schuhe.

»Um Gottes willen, Malcolm!«, rief Eugenie und setzte sich mit einem Ruck gerade hin. »Ist dir was passiert?«

»Ich komme mir vor wie ein Idiot. Im Film läuft es nie so ab.«

»Aber so ist es viel besser«, sagte Eugenie. Und bevor er etwas erwidern konnte, sprang sie aus dem Boot zu ihm ins Wasser.

»Der Schlamm –«, begann er protestierend.

»– fühlt sich herrlich an«, vollendete sie und begann zu lachen.

»Du bist knallrot im Gesicht. Warum denn?«

»Weil ich alles ganz perfekt haben wollte«, bekannte er.

»Aber das ist es doch, Malcolm.«

Er war verwirrt, wollte und wollte nicht, war sicher und unsicher. Sie kletterten die Böschung hinauf. Er zog das Boot ans Ufer und nahm die Tasche mit dem Picknick heraus. Sie suchten sich unter den Weiden einen Platz, der ihnen gefiel, und als sie sich niederließen, sagte sie: »Malcolm, ich bin bereit, wenn du es auch bist.«

So hatte es angefangen.

»Das Kind wurde also zur Adoption freigegeben«, schloss Barbara Havers ihren Vortrag, klappte ihr abgegriffenes Heft zu und kramte aus ihrer unförmigen Umhängetasche ein Päckchen Juicy-Fruit-Kaugummis, das sie in Chief Inspector Leachs Büro in Hampstead großzügig herumreichte. Eric Leach nahm ein Stäbchen, Lynley und Nkata lehnten dankend ab. Barbara schob sich selbst eines in den Mund und kaute energisch. Ersatz für die Zigaretten, dachte Lynley und fragte sich flüchtig, wann sie das Rauchen ganz lassen würde.

Leach spielte mit dem Silberpapier, in das der Kaugummi eingewickelt gewesen war. Er faltete es zu einem winzigen Fächer, den er vor das gerahmte Foto seiner Tochter legte. Er hatte gerade mit ihr telefoniert, als die drei Beamten von Scotland Yard gekommen waren, die wegen eines Verkehrsstaus in Westminster die allgemeine Lagebesprechung verpasst hatten. Sie hatten noch mitbekommen, wie er am Ende des Gesprächs verdrossen gesagt hatte: »Lieber Gott, Esmé, das musst du wirklich mit deiner Mutter besprechen ... Aber *natürlich* wird sie dir zuhören. Sie hat dich doch lieb ... Esmé, jetzt hör mal – ja. Gut. Eines Tages wird sie ... Ja, ich vielleicht auch, aber das heißt doch nicht, dass wir dich nicht –« An diesem Punkt schien die Tochter aufgelegt zu haben. Leach brach jedenfalls mitten im Satz ab und saß einen Moment mit offenem Mund da, ehe er mit betont gemessener Bewegung und einem tiefen Seufzer den Hörer auflegte.

Jetzt sagte er: »Da haben wir vielleicht das Motiv des Killers oder der Killer: das adoptierte Kind. Die Wolff ist schließlich nicht von allein schwanger geworden. Das sollten wir nicht vergessen.«

»Ja«, meinte Nkata. »Vielleicht will die Wolff ihr Kind wiederhaben, und keiner will ihr helfen, es zu finden. Ist es eigentlich ein Sohn oder eine Tochter, Barb?« Er hatte sich, seiner Gewohnheit entsprechend, nicht gesetzt, sondern stand nicht weit von der Tür lässig an die Wand gelehnt, eine Schulter unter einer gerahmten Ehrenurkunde, die Leach vom *Commissioner of Police* bekommen hatte.

»Ein Sohn«, antwortete Barbara. »Aber ich glaube nicht, dass Ihre Vermutung zutrifft.«

»Und warum nicht?«

»Schwester Cecilia zufolge hat sie den Jungen gleich nach der Geburt freigegeben. Sie hätte ihn neun Monate bei sich behalten können – sogar länger, wenn sie ihre Strafe woanders als in Holloway abgesessen hätte –, aber das wollte sie nicht. Sie hat es nicht einmal beantragt. Sie hat den Kleinen gleich im Entbindungsraum abgegeben und sich nie mehr um ihn gekümmert.«

»Sie wollte wahrscheinlich nicht, dass sich eine Bindung zwischen ihr und dem Kind entwickelt, Havers«, bemerkte Lynley. »Das wäre doch nur eine Quälerei gewesen. Auf sie wartete schließlich eine zwanzigjährige Haftstrafe! Es könnte etwas über die Stärke ihrer mütterlichen Gefühle für das Kind aussagen. Hätte sie es nicht adoptieren lassen, dann wäre es im Heim gelandet.«

»Aber wenn sie ihren Sohn sucht, warum ist sie dann nicht als Erstes zu Schwester Cecilia gegangen?«, fragte Barbara. »Die hat doch die Adoption vermittelt.«

»Vielleicht sucht sie ihn gar nicht«, entgegnete Nkata. »Es sind zwanzig Jahre vergangen. Vielleicht ist ihr klar, dass der Junge nicht scharf darauf ist, seine wahre Mutter kennen zu lernen und zu erfahren, dass sie gerade aus dem Knast kommt. Und vielleicht hat sie genau deshalb Mrs. Davies erledigt, weil sie der Meinung ist, dass sie ohne Mrs. Davies nicht im Knast gelandet wäre. Wenn einem so eine Vorstellung zwanzig Jahre lang im Kopf rumgeht, brennt man doch darauf, sich zu rächen, sobald man endlich rauskommt.«

»Ich glaub das nicht«, beharrte Barbara. »Was ist mit diesem alten Kerl, diesem Wiley, der da draußen in Henley in seiner Buchhandlung hockt und wochen- oder monatelang jede Bewegung von Eugenie Davies beobachtet hat. So ein Zufall, dass er sie genau an dem Abend, an dem sie umgelegt wurde, mit einem geheimnisvollen Fremden streiten sah! Woher wissen wir, dass es wirklich ein Streit war und nicht genau das Gegenteil? Und dass unser guter Major Wiley daraufhin nicht blutige Rache übte?«

»Wir müssen diesen Jungen auf jeden Fall ausfindig machen«, erklärte Leach. »Katja Wolffs Sohn. Sie ist vielleicht schon auf der Suche nach ihm, und er muss benachrichtigt werden. Lustig wird das nicht werden, aber es muss sein. Constable, das übernehmen Sie.«

»In Ordnung, Sir«, stimmte Barbara zu, aber sie sah nicht so aus, als wäre sie vom Sinn ihres Auftrags überzeugt.

»Also, wenn Sie mich fragen«, bemerkte Nkata, »ich denke, mit Katja Wolff sind wir auf der richtigen Spur. Irgendwas stimmt bei der ganz eindeutig nicht.«

Er schilderte den anderen das Gespräch, das er am vergangenen Abend in Yasmin Edwards' Wohnung mit der Deutschen geführt hatte. Nach ihren Aktivitäten am Abend des Mordes gefragt, hatte Katja Wolff behauptet, mit Yasmin Edwards und deren Sohn Daniel zu Hause gewesen zu sein. Sie hätten ferngesehen, hatte sie gesagt, aber die Sendung nicht nennen können, die sie sich angeschaut hatten. Sie hätten den ganzen Abend herumgezappt, hatte sie erklärt, und sie habe nicht aufgepasst, was sie alles gesehen hatten. Wozu man denn überhaupt eine Schüssel und eine Fernbedienung habe, wenn man sie nicht benutze, um sich damit zu amüsieren?

Sie hatte sich während des Gesprächs eine Zigarette angezündet und so getan, als kümmerte sie nichts auf der Welt.

»Worum geht's denn eigentlich, Constable?«, hatte sie mit Unschuldsmiene gefragt, aber jedes Mal, bevor sie eine Frage beantwortete, zur Tür geschaut. Nkata hatte gewusst, was diese Blicke zur Tür zu bedeuten hatten: Sie verheimlichte ihm etwas und fragte sich, ob Yasmin Edwards ihm das Gleiche erzählt hatte wie sie.

»Und was hat Yasmin Edwards Ihnen erzählt?«, fragte Lynley.

»Dass die Wolff zu Hause gewesen wäre. Weiter nichts.«

»Knastfreundinnen«, sagte Eric Leach. »Die werden sich doch nicht gegenseitig in die Pfanne hauen, wenn die Bullen antanzen. Jedenfalls nicht gleich. Sie müssen sich die beiden noch mal vorknöpfen, Constable. Was haben Sie sonst noch?«

Nkata berichtete von dem beschädigten Scheinwerfer an Yasmin Edwards' Auto. »Sie hat behauptet, sie wüsste nicht, wann oder wo das passiert ist«, sagte er. »Aber die Wolff benutzt den Wagen auch. Sie hat ihn auf jeden Fall gestern gefahren.«

»Farbe?«, fragte Lynley.

»Rot mit viel Rost.«

»Sehr hilfreich ist das alles nicht«, stellte Barbara Havers fest.

»Hat jemand von den Nachbarn eine der beiden Frauen am fraglichen Abend wegfahren sehen?« Gerade als Leach die Frage stellte, kam eine uniformierte Beamtin mit einem Bündel Papiere herein, das sie ihm übergab. Er warf einen kurzen Blick darauf, bedankte sich brummend und fragte: »Wie weit sind wir mit den Audis?«

»Noch in Arbeit, Sir«, antwortete sie. »In Brighton gibt's fast zweitausend von der Sorte.«

»Wer hätte das gedacht«, meinte Leach, als die Beamtin wieder gegangen war. »Die Parole ›Kauft britisch‹ gilt anscheinend gar nichts mehr.« Er behielt die Unterlagen, die die Beamtin ihm gebracht hatte, bei sich und kehrte zum Gesprächsthema zurück. »Also, wie war das mit den Nachbarn?«, fragte er Nkata.

»Sie kennen doch die Gegend«, antwortete Nkata achselzuckend. »Da redet keiner. Die haben mich alle abblitzen lassen, bis auf so eine alte Betschwester, die sich tierisch über Frauen aufgeregt hat, die in Sünde zusammenleben. Die Leute in der Siedlung hätten schon versucht, die Babymörderin – das waren ihre Worte! – zu vertreiben, aber leider ohne Erfolg.«

»Dann werden wir da draußen kräftig nachhaken müssen«, stellte Leach fest. »Versuchen Sie's, Constable. Die Edwards ist vielleicht zu knacken, wenn Sie ihr richtig zusetzen. Sie sagten, dass sie einen Sohn hat, richtig? Setzen Sie sie damit unter Druck, wenn's sein muss. Und machen Sie sie darauf aufmerksam, dass Beihilfe zum Mord keine Kleinigkeit ist. Ach, übrigens« – er kramte in irgendwelchen Papieren auf seinem Schreibtisch und zog eine Fotografie heraus – »das hat uns Holloway gestern Abend per Kurier geschickt. Es muss in Henley herumgezeigt werden.«

Er reichte Lynley das Foto, das, wie dieser dem Vermerk am unteren Rand entnahm, Katja Wolff zeigte. Es schmeichelte ihr nicht. Im grellen Licht wirkte sie scharfgesichtig und hohläugig. Genau wie eine verurteilte Mörderin.

»Wenn sie die Davies erledigt hat«, fuhr Leach fort, »muss sie sie zuerst in Henley aufgestöbert haben. Und wenn's so war, muss jemand sie gesehen haben. Überprüfen Sie das.«

Sie hätten, fuhr Leach fort, mittlerweile eine Liste aller Anrufe, die Eugenie Davies in den letzten drei Monaten gemacht oder erhalten hatte, und seien jetzt dabei, die Liste mit den Namen im Adressbuch der Toten zu vergleichen. Anhand der Namen und Telefonnummern im Adressbuch werde man die Identität der Anrufer feststellen, die auf ihren Anrufbeantworter gesprochen hatten. In wenigen Stunden würden sie wissen, wer zuletzt mit ihr in Kontakt gewesen war.

»Und wir haben einen Namen für die Cellnetnummer«, fügte Leach hinzu. »Ian Staines.«

»Das könnte ihr Bruder sein«, meinte Lynley. »Richard Davies erwähnte, dass sie zwei Brüder hat, von denen einer Ian heißt.«

Leach notierte sich das und schloss die Besprechung mit den Worten: »Also, Sie wissen, was Sie zu tun haben, meine Herrschaften.«

Barbara und Lynley standen auf. Nkata stieß sich von der Wand ab. Leach hielt sie alle drei noch einmal auf, bevor sie gingen. »Hat übrigens einer von Ihnen mit Webberly gesprochen?«

Es klang wie beiläufig, aber die Beiläufigkeit wirkte gekünstelt. »Er war heute Morgen, als wir vom Yard losgefahren sind, noch nicht da«, antwortete Lynley.

»Grüßen Sie ihn von mir, wenn Sie ihn sehen«, sagte Leach. »Richten Sie ihm aus, dass ich mich bald melden werde.«

»Wird gemacht. Wenn wir ihn sehen.«

Als sie draußen auf der Straße standen und Nkata gegangen war, sagte Barbara zu Lynley: »Weswegen will er sich bei ihm melden? Das würde mich interessieren.«

»Sie sind alte Freunde.«

»Hm. Was haben Sie denn mit den Briefen gemacht?«

»Nichts, bis jetzt.«

»Haben Sie immer noch vor…« Barbara sah ihn scharf an. »O ja, ich seh's Ihnen an. Verdammt noch mal, Inspector, wenn Sie mir mal eine Minute zuhören würden –«

»Ich höre, Barbara.«

»Gut. Also: Ich kenne Sie, und ich weiß, wie Sie denken. ›Anständiger Kerl, unser Freund Webberly. Hat eine kleine Dummheit gemacht. Aber man braucht ja nicht unbedingt zulassen, dass aus einer einzigen kleinen Dummheit gleich eine Katastrophe wird.‹ Nur, die Katastrophe ist bereits eingetreten, Inspector. Die Frau ist tot, und die Briefe sind vielleicht der Grund. Dieser Möglichkeit müssen wir ins Auge sehen und uns mit ihr auseinander setzen.«

»Wollen Sie behaupten, dass ein paar Briefe, die vor mehr als zehn Jahren geschrieben wurden, jemanden zum Mord getrieben haben könnten?«

»Für sich allein vielleicht nicht. Das behaupte ich auch gar nicht. Aber wenn man Wiley glaubt, wollte sie ihm etwas Wichtiges mitteilen, etwas, das, wie *er* meinte, die Beziehung zwischen ihnen verändert hätte. Wie wär's, wenn sie es ihm bereits mitgeteilt hatte? Oder wenn er bereits wusste, worum es ging, weil er die Briefe entdeckt hatte? Wir haben nur sein Wort darauf, dass er nicht weiß, was sie ihm mitteilen wollte.«

»Zugegeben. Aber Sie können nicht im Ernst glauben, dass sie die Absicht hatte, mit Wiley über Webberly zu sprechen. Das ist doch Schnee von gestern.«

»Nicht, wenn die beiden die Beziehung wieder aufgenommen hatten. Oder die Verbindung zwischen ihnen niemals abgerissen war. Wenn sie sich weiterhin heimlich getroffen haben, in – na, sagen wir, in Pubs und Hotels. Das hätte geklärt werden müssen. Und vielleicht wurde es ja geklärt. Nur eben nicht so, wie unsere Protagonisten – Mrs. Davies und Webberly – es sich vorgestellt hatten.«

»Ich kann mir nicht vorstellen, dass es so war. Und für meinen Geschmack ist es ein Zufall zu viel, dass Eugenie Davies so bald nach Katja Wolffs Entlassung aus dem Gefängnis getötet wurde.«

»Ach, auf *den* Zug springen Sie auf?«, sagte Barbara verächtlich. »Da kommen Sie nicht weiter. Verlassen Sie sich drauf.«

»Ich springe nirgendwo auf«, entgegnete Lynley. »Um sich irgendwie festzulegen, ist es noch viel zu früh. Und ich würde vorschlagen, dass Sie in Bezug auf Major Wiley die gleiche Vorsicht walten lassen. Wenn wir uns jetzt auf eine Möglichkeit einschießen und alle anderen völlig außer Acht lassen, wird uns das wirklich nicht weiterbringen.«

»Ach, und Sie sind nicht dabei, genau das zu tun, Inspector? Haben Sie nicht soeben beschlossen, dass die Briefe von Webberly ohne Belang sind?«

»Ich habe beschlossen, mir meine Meinung auf der Grundlage von Fakten zu bilden, Barbara. Bis jetzt haben wir nicht allzu viele, und solange sich das nicht ändert, können wir der Sache der Gerechtigkeit nur dienen – ganz zu schweigen davon, dass das der Weg ist, den die Weisheit gebietet –, indem wir die Augen und unser Urteil offen halten. Finden Sie das nicht auch?«

Barbara schäumte. »Mann, Sie sollten sich mal reden hören! Ich hasse dieses Gelaber.«

Lynley lächelte. »Habe ich gelabert? Das tut mir Leid. Ich hoffe, es treibt Sie nicht zu Gewalttätigkeiten.«

»Nur zur Zigarette«, gab Barbara zurück.

»Noch schlimmer.« Lynley seufzte.

# GIDEON

*8. Oktober*

Letzte Nacht habe ich von ihr geträumt, oder von einer Frau, die Ähnlichkeit mit ihr hatte. Aber Zeit und Ort stimmten nicht. Ich war im Eurostar, und wir tauchten in den Ärmelkanal hinab. Es war, als führe man in ein Bergwerk ein.

Alle waren da: mein Vater, Raphael, meine Großeltern und eine schattenhafte und gesichtslose Gestalt, in der ich meine Mutter erkannte. Und sie war auch da, die Deutsche, sehr ähnlich dem Zeitungsfoto, das ich von ihr gesehen habe. Ach ja, und Sarah-Jane Beckett war da, mit einem Picknickkorb, aus dem sie nicht Speisen herausholte, sondern einen Säugling. Sie bot das Kind ringsherum an wie eine Brötchenplatte, und alle lehnten ab. Ein Baby kann man nicht essen, erklärte ihr mein Großvater.

Dann war es finster vor den Fenstern, und irgendjemand sagte: Natürlich, wir sind jetzt unter Wasser.

Und da geschah es – die Tunnelwände barsten, und Wasser drang ein. Es war nicht schwarz wie das Innere des Tunnels, sondern durchsichtig wie auf dem Grund eines Flusses, wo man beim Tauchen durch das Wasser nach oben schauen und die Sonne erkennen kann.

Dann veränderte sich die Szene plötzlich, wie das im Traum oft vorkommt, und wir waren nicht mehr im Zug. Wir waren nicht mehr unter Wasser, sondern an einem Seeufer. Auf einer Decke lag ein Picknickkorb, und ich wollte ihn unbedingt aufmachen, weil ich so hungrig war. Aber ich konnte die Lederriemen am Korb nicht öffnen. Ich bat die anderen, mir zu helfen, aber keiner tat etwas, weil keiner mich hörte.

Sie waren nämlich alle aufgesprungen und deuteten mit ausgestreckten Armen, rufend und schreiend, auf ein Boot, das in einiger Entfernung vom Ufer über den See trieb. Ich verstand plötzlich, was sie riefen. Es war der Name meiner Schwester. Irgendjemand sagte, sie sei ganz allein im Boot zurückgeblieben, und wir müssen sie holen! Aber niemand rührte sich.

Dann waren die Lederriemen an dem Picknickkorb plötzlich weg, als wären sie nie da gewesen. Jubelnd klappte ich den Deckel hoch, um mir etwas zu essen herauszuholen, aber es war nichts zu essen im Korb. Nur der Säugling. Und irgendwie wusste ich, dass der Säugling meine Schwester war, obwohl ich das Gesicht nicht sehen konnte. Kopf und Schultern waren von einem Schleier bedeckt, so ähnlich wie man sie bei den Marienstandbildern sieht.

Im Traum sagte ich, Sosy – ich nannte Sonia damals so – ist hier. Sie ist *hier*! Aber keiner von denen, die am Ufer standen, hörte auf mich. Stattdessen begannen sie, dem Boot entgegenzuschwimmen, und ich konnte sie nicht aufhalten, so laut ich auch schrie. Ich hob das Kind aus dem Korb, um ihnen zu zeigen, dass ich die Wahrheit sagte. Ich rief laut: Sie ist hier! Seht doch! Sosy ist hier! Kommt zurück, da draußen in dem Boot ist niemand! Aber sie schwammen immer weiter, einer nach dem anderen, wie aufgefädelt, und einer nach dem anderen verschwanden sie unter der Oberfläche des Sees.

Ich versuchte verzweifelt, sie aufzuhalten. Ich glaubte, wenn sie nur ihr Gesicht sehen könnten, wenn ich sie nur hoch genug hielte, würden sie mir glauben und umkehren. Ich riss an dem Schleier über dem Gesicht meiner Schwester, aber darunter war ein zweiter Schleier, Dr. Rose, und unter diesem noch einer. Ich zerrte und riss, bis ich völlig außer mir war und laut weinte und kein Mensch außer mir mehr am Ufer war. Sogar Sonia war fort. Da wandte ich mich wieder dem Picknickkorb zu, aber auch diesmal fand ich nichts zu essen darin, sondern lauter Drachen. Ich begann, sie herauszuzerren und zu Boden zu werfen, und während ich zog und riss, überkam mich eine Hoffnungslosigkeit wie nie zuvor in meinem Leben. Hoffnungslosigkeit und schreckliche Angst, weil alle fort waren und mich allein gelassen hatten.

Und was haben Sie getan?, fragen Sie teilnehmend.

Nichts. Libby hat mich geweckt. Ich war schweißgebadet, hatte wahnsinniges Herzklopfen und weinte.

Ich habe wirklich geweint, Dr. Rose, wegen eines Traums!

Ich sagte zu Libby: »Es war nichts in dem Korb. Ich konnte sie nicht aufhalten. Ich hatte sie bei mir, aber sie konnten es nicht sehen und sind in den See gegangen und nicht wieder herausgekommen.«

»Du hast nur geträumt«, sagte sie. »Komm. Komm zu mir. Ich nehm dich eine Weile in den Arm, okay?«

Richtig, Dr. Rose, sie war die Nacht über geblieben. Wir machen das oft. Sie kocht oder ich koche, wir spülen zusammen ab und sehen uns etwas im Fernsehen an. Das ist alles, was mir geblieben ist: das Fernsehen. Wenn Libby überhaupt bemerkt, dass wir keine Musik mehr hören, keinen Perlman, keinen Rubinstein, keinen Menuhin – nicht einmal den wunderbaren Menuhin, der wie ich das Kind seines Instruments war –, so hat sie bisher kein Wort darüber verloren. Wahrscheinlich ist ihr das Fernsehen ohnehin viel lieber. Sie ist eben doch eine typische Amerikanerin.

Wenn wir vom Fernsehen genug haben, schlafen wir. Wir schlafen zusammen in einem Bett, immer in derselben Bettwäsche, die seit Wochen nicht gewechselt worden ist. Aber sie ist unbefleckt, Dr. Rose.

Libby hielt mich im Arm, mein Herz raste. Mit der rechten Hand streichelte sie meinen Kopf, und mit der linken strich sie über meinen Rücken. Sie ließ ihre Hand zu meinem Po hinunterwandern, bis wir Bauch an Bauch dalagen und nur der dünne Flanell meines Pyjamas und der Baumwollstoff ihres Schlüpfers zwischen uns war. Sie flüsterte: »Es ist nichts, es ist alles gut, lass dich einfach fallen«, aber trotz dieser Worte, die unter anderen Umständen vielleicht Trost gewesen wären, wusste ich genau, was nun eigentlich hätte kommen müssen: dass alles Blut in mein Geschlecht strömte und ich spürte, wie es zu pochen begann; dass der Pulsschlag stärker wurde, der Penis anschwoll; ich den Kopf hob und ihren Mund suchte, oder meine Lippen abwärts glitten zu ihrem Busen; dass ich mich mit kreisenden Hüften an sie drängte; sie unter mir auf das Bett drückte und sie nahm, stumm, in einer Stille, die nur von den Schreien unserer Lust – dieser für Männer und Frauen einzigartigen Lust – beim Orgasmus durchbrochen wurde, und dass wir natürlich gleichzeitig kamen. Gleichzeitig. Alles andere wäre meiner Männlichkeit unwürdig gewesen.

Aber so kam es natürlich nicht. Wie denn auch, da ich doch das bin, was ich bin?

Und was ist das?, fragen Sie.

Eine leere Hülle, Dr. Rose. Nein, nicht einmal das. Jetzt, wo mir die Musik genommen ist, bin ich nur noch ein Nichts.

Libby begreift das nicht, weil sie nicht sehen kann, dass ich bis zu dem Tag in der Wigmore Hall die Musik war, die ich spielte. Ich war bloß die Erweiterung des Instruments, und nur durch das Instrument existierte ich.

Sie sagen erst mal gar nichts, Dr. Rose. Sie sehen mich an – manchmal frage ich mich, wie viel Disziplin nötig ist, jemanden anzusehen, der so offensichtlich nicht einmal mit Ihnen in einem Raum ist – und machen ein nachdenkliches Gesicht. Aber ihre Augen spiegeln noch etwas anderes als Nachdenklichkeit. Ist es Mitleid? Verwirrung? Zweifel? Frustration?

Unbewegt sitzen Sie da im Schwarz Ihrer Trauer. Sie betrachten mich über den Rand Ihrer Teetasse hinweg. Was rufen Sie in Ihrem Traum?, fragen Sie. Was rufen Sie, Gideon, als Libby Sie weckt.

Mama.

Aber das wussten Sie natürlich schon, bevor Sie fragten.


*10. Oktober*

Dank der Zeitungen im Archiv der Presseagentur habe ich meine Mutter jetzt klar vor mir. Ich sah sie flüchtig – auf der Seite gegenüber von Sonias Foto –, bevor ich das Sensationsblatt wegstieß. Ich wusste, dass die Frau meine Mutter war, weil sie am Arm meines Vaters ging, weil sie beide vor dem Old Bailey aufgenommen waren; weil die Schlagzeile über dem Foto in riesigen Lettern »Gerechtigkeit für Sonia« forderte.

Nun sehe ich sie also vor mir. Bisher war sie nur ein Schemen. Ich sehe ihr blondes Haar, die Konturen ihres Gesichts, die Form ihres Kinns, das, scharf geschnitten, von den leicht gekrümmten Unterkieferknochen zur Spitze gebildet wird. In eine schwarze Hose und einen weichen grauen Pulli gekleidet, kommt sie in mein Zimmer, wo Sarah-Jane mir eine Geografiestunde gibt. Wir nehmen gerade den Amazonas durch, der sich einer gewaltigen Schlange gleich sechstausendfünfhundert Kilometer von den An-

344

den durch Peru und Brasilien windet bis zu dem endlosen Atlantischen Ozean.

Meine Mutter erklärt Sarah-Jane, dass sie die Stunde abbrechen muss, und ich sehe Sarah-Jane an, dass ihr das gar nicht passt; ihre Lippen werden zu einem schmalen Strich, obwohl sie höflich sagt: »Natürlich, Mrs. Davies«, und unsere Bücher zuklappt.

Ich folge meiner Mutter. Wir gehen die Treppe hinunter, sie führt mich ins Wohnzimmer, wo ein Mann wartet, ein großer, kräftiger Mann mit buschigem, rotblondem Haar.

Meine Mutter erklärt mir, dass er von der Polizei ist und mir einige Fragen stellen möchte, ich brauche aber keine Angst zu haben, sie werde bei mir im Zimmer bleiben. Sie setzt sich aufs Sofa und klopft neben ihrem Oberschenkel auf das Polster. Und als ich mich zu ihr setze, legt sie mir den Arm um die Schultern. Ich spüre, dass sie zittert, als sie sagt: »Bitte, fangen Sie an, Inspector.«

Sie hat vermutlich seinen Namen genannt, aber ich kann mich nicht an ihn erinnern. Ich erinnere mich jedoch, dass er einen Sessel ganz dicht zu uns heranzieht und sich vorbeugt. Er hat die Ellbogen auf die Knie gestützt und die Arme erhoben, sodass er das Kinn auf den ausgestreckten Daumen ruhen lassen kann. Ich rieche Zigarren. Der Qualm sitzt wahrscheinlich in seinen Kleidern und seinem Haar. Es ist kein unangenehmer Geruch, aber ich bin ihn nicht gewöhnt und drücke mich, davor zurückschreckend, an meine Mutter.

Er sagt: »Deine Mama hat Recht, mein Junge. Du brauchst keine Angst zu haben. Niemand wird dir etwas tun.« Während er spricht, drehe ich den Kopf und schaue zu meiner Mutter hinauf. Aber sie hält den Blick starr auf ihren Schoß gerichtet. In ihrem Schoß liegen unsere Hände, ihre Hand und meine, die sie zuvor ergriffen hat, um uns noch mehr miteinander zu verbinden: durch ihren Arm, der um meine Schultern liegt, durch unsere Hände. Sie drückt mir die Hand, aber sie sagt nichts zu den Worten des rotblonden Polizeibeamten.

Der fragt mich, ob ich weiß, was meiner Schwester zugestoßen ist. Ich antworte, ich wisse, dass Sosy etwas Schlimmes passiert ist. Es waren ganz viele Menschen im Haus, berichte ich ihm, und dann haben sie sie ins Krankenhaus gebracht.

»Deine Mama hat dir sicher schon gesagt, dass sie jetzt beim lieben Gott ist.«

Und ich sage, Ja, Sosy ist beim lieben Gott.

Er fragt mich, ob ich weiß, was das heißt, beim lieben Gott sein.

Ich antworte ihm, dass es heißt, dass Sosy gestorben ist.

»Weißt du, wie sie gestorben ist?«, fragt er.

Ich lasse den Kopf sinken. Ich schlage mit den Fersen gegen das Sofa und sage, dass ich jetzt eigentlich drei Stunden Geige üben sollte, dass Raphael mir etwas aufgegeben hat – irgendein Allegro, glaube ich, war es –, und ich nur dann nächsten Monat Mr. Stern kennen lernen darf, wenn ich es richtig kann. Meine Mutter beugt sich vor und bringt meine Beine zur Ruhe. Ich solle versuchen, dem Inspector zu antworten, sagt sie.

Ich weiß die Antwort. Ich habe das Poltern der vielen Menschen gehört, die die Treppe hinauf zum Badezimmer gelaufen sind. Ich habe die Schreie in der Nacht gehört. Ich habe auf die flüsternden Stimmen gehorcht. Ich bin mitten hineingeplatzt in heftige Fragen und Vorwürfe. Ich weiß, was meiner kleinen Schwester zugestoßen ist.

In der Badewanne, sage ich. Sosy ist in der Badewanne gestorben.

»Wo warst du denn, als Sosy starb?«, fragt er.

Ich habe Musik gehört, antworte ich.

An dieser Stelle schaltet meine Mutter sich ein und erklärt dem Polizeibeamten, dass ich auf Raphaels Anordnung mir zweimal täglich bestimmte Musikstücke anhören muss, weil ich nicht so gut spiele, wie ich eigentlich sollte.

»Du bist also ein kleiner Fiedler?«, sagt der Polizeibeamte freundlich zu mir.

»Ich bin *Geiger*, kein Fiedler«, gebe ich zur Antwort.

»Ach so.« Der Polizeibeamte lächelt. »Geiger. Jetzt weiß ich Bescheid.« Er setzt sich bequemer hin, legt die Hände auf die Oberschenkel und sagt: »Deine Mama hat mir gesagt, mein Junge, dass sie und dein Dad dir noch nicht genau erklärt haben, wie deine kleine Schwester gestorben ist.«

In der Badewanne, wiederhole ich. Sie ist in der Badewanne gestorben.

»Das ist richtig. Aber es war kein Unfall, mein Junge. Jemand hat deiner kleinen Schwester wehgetan. Mit Absicht. Weißt du, was das bedeutet?«

Ich denke sofort an Stöcke und Steine, und das sage ich auch. Jemandem wehtun bedeutet, mit Steinen nach ihm werfen, sage ich. Oder jemandem ein Bein stellen, damit er hinfällt, oder schlagen und kneifen und beißen. Ich sehe Sosy all diesen Quälereien ausgesetzt.

Der Polizeibeamte sagt: »Ja, das ist eine Art, jemandem wehzutun. Aber es gibt noch eine andere Art, die Art, wie ein Erwachsener einem Kind wehtut. Weißt du, was ich meine?«

Wenn man Schläge kriegt, sage ich.

»Schlimmer.«

An dieser Stelle tritt mein Vater ins Zimmer. Ist er gerade von der Arbeit nach Hause gekommen? War er überhaupt arbeiten? Wie lange nach Sonias Tod findet dieses Gespräch statt? Ich versuche, die Erinnerung in einen Zusammenhang zu bringen, aber ich kann nur sagen, wenn die Polizei noch dabei ist, der Familie Fragen über Sonias Tod zu stellen, dann muss es vor der Festnahme Katjas gewesen sein.

Mein Vater sieht sofort, was los ist, und macht der Sache ein Ende. Daran erinnere ich mich. Und dass er wütend war, sowohl auf meine Mutter als auch auf den Polizeibeamten.

»Was geht hier vor, Eugenie?«, sagt er scharf, während der Polizist aufsteht.

»Der Inspector wollte Gideon ein paar Fragen stellen«, antwortet sie.

»Warum?«

»Jeder muss befragt werden, Mr. Davies«, erklärt der Polizeibeamte.

Mein Vater entgegnet: »Sie vermuten doch nicht im Ernst, dass *Gideon* –«

Meine Mutter ruft ihn beim Namen. Genauso wie Großmutter immer »Jack« ruft, wenn sie hofft, eine »Episode« abwehren zu können.

Mein Vater befiehlt mir, in mein Zimmer zu gehen, und der Polizeibeamte sagt daraufhin, er zögere das Unvermeidliche nur hinaus. Ich weiß nicht, was er meint, aber ich gehorche meinem Vater – wie immer – und verlasse das Zimmer. Ich höre den In-

347

spector noch sagen: »Das macht alles nur noch beängstigender für den Jungen«, und meinen Vater heftig erwidern: »Ich will Ihnen mal was sagen –« Dann wird er von Mutter unterbrochen, die mit brüchiger Stimme ruft: »Bitte, Richard!«

Meine Mutter weint. Daran sollte ich mich eigentlich mittlerweile gewöhnt haben. Immer in Grau und Schwarz gekleidet, immer bleich, weint sie seit mehr als zwei Jahren unablässig, so scheint es. Aber ob sie nun weint oder nicht, sie kann die Situation an diesem Tag nicht ändern.

Vom Zwischengeschoss aus sehe ich den Polizeibeamten gehen. Meine Mutter bringt ihn zur Tür. Er spricht mit ihr, sie hält den Kopf gesenkt, während er sie unverwandt ansieht und die Hand ausstreckt, um sie zu berühren, es aber dann doch nicht tut. Dann ruft mein Vater nach meiner Mutter, und sie dreht sich um. Sie sieht mich nicht auf ihrem Weg zurück zu ihm. Hinter der geschlossenen Tür schreit mein Vater sie an.

Hände umfassen meine Schultern, und ich werde vom Treppengeländer weggezogen. Ich drehe mich um, Sarah-Jane Beckett steht hinter mir. Sie geht neben mir in die Hocke und legt mir den Arm um die Schultern, wie zuvor meine Mutter, aber sie zittert nicht. So bleiben wir einige Minuten lang – und die ganze Zeit hören wir die Stimmen meiner Eltern, laut und scharf die meines Vaters, zaghaft und furchtsam die meiner Mutter. »... Das kommt mir nicht wieder vor, Eugenie«, sagt mein Vater. »Ich erlaube es nicht. Hast du mich verstanden?«

Ich nehme mehr als Zorn in seiner Stimme wahr. Ich nehme Gewalt wahr, die gleiche Art von Gewalt wie bei meinem Großvater, Gewalt, die einem zerbrechenden Geist entspringt. Ich habe Angst.

Suchend sehe ich zu Sarah-Jane hinauf. Aber was suche ich denn? Schutz? Bestätigung dessen, was ich von unten höre? Ablenkung? Egal was, alles. Aber sie ist starr vor Spannung, ihr Blick unverwandt auf die Wohnzimmertür gerichtet. Fasziniert starrt sie auf diese Tür, und ihre Finger krampfen sich immer fester um meine Schultern, bis es wehtut. Ich stoße einen leisen Schmerzenslaut aus und blicke zu ihrer Hand hinunter. Abgekaute, rissige Fingernägel, die Nagelhaut entzündet und blutig. Aber ihr Gesicht glüht, sie atmet tief und macht keine Bewegung, bis das

Gespräch unten abbricht und Schritte auf dem Parkettboden laut werden. Da nimmt sie mich rasch bei der Hand und zieht mich mit sich die Treppe hinauf in die zweite Etage, vorbei an der geschlossenen Tür des Kinderzimmers, zurück zu meinem Zimmer, wo die Schulbücher wieder aufgeschlagen sind und eine Karte den Amazonas zeigt, der wie eine Giftschlange über den ganzen Kontinent kriecht.

Was ist denn zwischen Ihren Eltern gewesen?, fragen Sie mich. Heute scheint mir die Antwort klar: die Frage der Schuld.


## *11. Oktober*

Sonia ist tot. Ihr Tod verlangt nach einer Abrechnung, nicht nur in einem Gerichtssaal des Old Bailey, nicht nur vor dem Gericht der öffentlichen Meinung, sondern auch vor dem Gericht der Familie. Denn jemand muss die Last der Verantwortung auf sich nehmen: für die Geburt dieses unvollkommenen Kindes, für die unzähligen körperlichen Leiden, die es während seines kurzen Lebens geplagt haben, für seinen vorzeitigen, gewaltsamen Tod. Ich weiß heute, was ich damals noch nicht wissen konnte: Das, was in dem Badezimmer in Kensington geschah, wäre nicht zu überleben gewesen, wenn nicht der Schuld ein Platz zugewiesen worden wäre.

Mein Vater kommt zu mir ins Zimmer. Sarah-Jane und ich haben unsere Stunde beendet. Sie ist mit James, dem Untermieter, weggegangen. Ich habe die beiden von meinem Fenster aus beobachtet, als sie über die Steinplatten vor dem Haus gingen und durch die Pforte hinaus. Sarah-Jane trat zurück, um sich von James, dem Untermieter, die Pforte öffnen zu lassen, und wartete, nachdem sie an ihm vorbei hinausgegangen war, auf dem Bürgersteig auf ihn. Sie nahm seinen Arm und drängte sich auf diese Art an ihn, die Frauen manchmal haben, um ihre Brüste – obwohl sie kaum welche hat – an seinen Arm zu pressen. Wenn er überhaupt etwas fühlte, so ließ er es sich nicht anmerken. Vielmehr ging er sofort los in Richtung zum Pub, und sie bemühte sich, ihren Schritt dem seinen anzupassen.

Ich habe ein Musikstück ausgewählt, das Raphael mir ans Herz

gelegt hat, und höre es mir gerade an, als mein Vater herein-
kommt. Ich versuche, die Töne nicht nur zu hören, sondern zu
empfinden, denn nur, wenn ich sie empfinde, werde ich sie meinem Instrument entlocken können.

Ich hocke in einer Ecke des Zimmers auf dem Fußboden. Mein
Vater kommt zu mir und kauert vor mir nieder. Die Musik um-
spült uns. Wir leben in der Musik, bis der Satz zu Ende ist. Mein
Vater schaltet die Stereoanlage aus. »Komm zu mir, mein Sohn«,
sagt er und setzt sich auf das Bett.

Ich trete vor ihn hin.

Er sieht mich forschend an. Am liebsten würde ich mich diesem Blick entziehen, aber ich tue es nicht. Er sagt: »Du lebst doch
für die Musik, nicht wahr?«, und dabei streicht er mir mit der
Hand übers Haar. »Konzentriere dich auf die Musik, Gideon, nur
auf die Musik und nichts sonst.«

Ich nehme seinen Geruch wahr: Zitrone und Wäschestärke,
ganz anders als der Zigarrengeruch. »Er hat mich gefragt, wie
Sosy gestorben ist«, sage ich.

Mein Vater zieht mich an sich und hält mich im Arm. »Sie ist
jetzt weg«, sagt er. »Niemand kann dir etwas antun.«

Er spricht von Katja. Ich habe sie fortgehen hören. Ich habe sie
in Begleitung der Nonne gesehen, vielleicht ist sie also ins Kloster zurückgekehrt. Niemand bei uns erwähnt ihren Namen, so
wenig wie Sonias. Es sei denn, der Polizeibeamte spricht über eine
von ihnen.

»Er hat gesagt, dass jemand Sosy wehgetan hat«, berichte ich.

Mein Vater sagt: »Denk an die Musik, Gideon. Höre und übe,
mein Junge. Mehr verlangt im Moment keiner von dir.«

Aber er täuscht sich. Der Polizeibeamte bittet ihn, mich aufs
Revier in der Earl's Court Road zu bringen, wo wir in einen kleinen, hell erleuchteten Raum geführt werden. Dort erwartet uns
eine Frau, die einen Anzug trägt wie ein Mann und wachsam auf
die Fragen hört, die mir gestellt werden, wie eine Hüterin, die eigens dazu da ist, um mich zu beschützen. Die Fragen stellt mir der
rothaarige Polizeibeamte selbst.

Was er wissen wolle, sagt er, sei ganz einfach. »Du kennst doch
Katja Wolff, nicht wahr, mein Junge?« Ich blicke von meinem Vater zu der fremden Frau. Sie trägt eine Brille, und wenn das Licht

auf die Gläser fällt, blitzen diese auf und man kann die Augen der Frau nicht sehen.

Mein Vater sagt: »Natürlich kennt er Katja Wolff. Er ist kein Idiot. Kommen Sie zur Sache.«

Der Polizeibeamte lässt sich nicht drängen. Er spricht mit mir, als wäre mein Vater gar nicht da. Er fragt nach Sosys Geburt, nach Katjas Ankunft in unserem Haus, nach der Betreuung von Sosy. An dieser Stelle protestiert mein Vater. »Wie soll ein Achtjähriger derartige Fragen beantworten können?«

Der Polizeibeamte erwidert, mein Vater werde sich wundern, Kinder seien gute Beobachter, und ich könne zweifellos mehr erzählen, als er für möglich halte.

Man hat mir eine Dose Cola auf den Tisch gestellt und einen Keks mit Nüssen und Rosinen dazugelegt. Die Dose ist außen beschlagen, und ich zeichne mit dem Finger ein dreiblättriges Kleeblatt in den Feuchtigkeitsfilm. Wegen dieses Besuchs auf der Polizeidienststelle kann ich an diesem Morgen nicht wie gewohnt meine drei Stunden Geige üben. Das macht mich unruhig, nervös, schwierig. Und ich habe ohnehin Angst.

Wovor?, fragen Sie mich.

Vor den Fragen; davor, die falschen Antworten zu geben; vor der Spannung, die ich bei meinem Vater spüre und die mir jetzt, wenn ich darüber nachdenke, im Vergleich zum Schmerz meiner Mutter völlig unangemessen erscheint. Hätte er nicht niedergeschmettert sein müssen vor Kummer, Dr. Rose? Hätte er nicht wenigstens verzweifelt versuchen müssen zu klären, was Sonia zugestoßen war? Aber von Schmerz merkt man nichts bei ihm, und wenn so etwas wie verzweifeltes Bemühen da ist, dann scheint es aus einer inneren Angst geboren, die er keinem erklärt hat.

Beantworten Sie die Fragen trotz Ihrer Furcht?, fragen Sie.

So gut ich kann, ja. Sie führen mich noch einmal durch die zwei Jahre, als Katja Wolff bei uns gelebt hat. Aus irgendeinem Grund konzentrieren sie sich vor allem auf Katjas Beziehung zu James, dem Untermieter, und Sarah-Jane Beckett. Aber schließlich wenden sie sich der Betreuung Sonias zu, und hierbei einem speziellen Punkt.

»Hast du einmal gehört, dass Katja deine kleine Schwester angeschrien hat?«, fragt der Polizeibeamte.

Nein, nie.

»Hast du irgendwann einmal gesehen, dass sie Sonia gezüchtigt hat, wenn sie ungehorsam war?«

Nein, nie.

»Hast du irgendwann einmal beobachtet, dass Katja grob mit Sonia umgegangen ist? Vielleicht hat sie sie geschüttelt, wenn sie nicht aufhörte zu weinen. Oder ihr einen Klaps auf den Po gegeben, wenn sie nicht gehorchte. Oder sie am Arm gezogen, um sie auf sich aufmerksam zu machen; oder am Bein gepackt, um sie hochzuziehen, wenn sie sie wickelte.«

»Sosy hat oft geweint«, erzähle ich ihm. »Katja musste nachts aufstehen und nach ihr sehen. Sie hat deutsch mit ihr gesprochen –«

»In zornigem Ton?«

»– und manchmal hat sie selbst auch geweint. Ich konnte es in meinem Zimmer hören, und einmal bin ich aufgestanden und habe in den Korridor hinausgeschaut, und da habe ich gesehen, wie sie mit Sosy auf dem Arm hin und her gegangen ist. Sosy hat einfach nicht aufgehört zu weinen. Schließlich legte Katja sie wieder in ihr Bettchen. Sie schwenkte einen Spielzeugschlüsselbund aus Plastik über dem Bett, und ich hörte sie ›Bitte, bitte‹ sagen. Auf Deutsch. Und als Sosy trotzdem nicht zu weinen aufhörte, hat Katja das Gitter vom Bett gepackt und daran gerüttelt.«

»Hast du das gesehen?« Der Polizeibeamte beugt sich über den Tisch zu mir. »Hast du gesehen, wie Katja das tat? Bist du sicher, mein Junge?«

Irgendetwas in seinem Ton verrät mir, dass ich eine Antwort gegeben habe, die Anklang findet. Ich sage, ich sei ganz sicher: Sosy habe geweint, und Katja hat am Gitterbett gerüttelt.

»Ich glaube, jetzt sind wir auf dem richtigen Weg«, sagt der Polizeibeamte.


*12. Oktober*

Was von dem, das ein Kind erzählt, entspringt seiner Erinnerung, Dr. Rose? Was von dem, das ein Kind erzählt, entspringt seinen Träumen? Was von dem, das ich dort auf dem Polizeirevier dem Kriminalbeamten erzähle, entspringt tatsächlich Erlebtem? Was davon entspringt so unterschiedlichen Quellen wie der Spannung, die ich zwischen meinem Vater und dem Polizeibeamten wahrnehme, und meinem Wunsch, es beiden recht zu machen?

Um aus dem Rütteln an einem Kinderbett das Schütteln eines kleinen Kindes zu machen, bedarf es nur eines Schritts. Und es bedarf nur eines Moments der Fantasie, damit man sich einbildet, man habe gesehen, wie beim Anziehen eines Mantels ein kleiner Arm verdreht, ein kleiner Körper grob in die Höhe gerissen wurde, wie ein rundes Gesichtchen zornig zusammengedrückt und gekniffen wurde, weil das Kind sein Essen ausgespien hatte, wie ein Kamm grob durch eine Strähne zerzausten Haars gezerrt wurde; kleine Beine ungeduldig in eine pinkfarbene Latzhose gestoßen wurden.

Aha, sagen Sie. Ihr Ton ist völlig neutral, Sie sind gewissenhaft darauf bedacht, nicht zu bewerten, Dr. Rose. Aber sie heben die Hände, aneinander gelegt wie zum Gebet. Sie drücken sie unter das Kinn. Sie wenden Ihren Blick nicht ab, aber ich tue es.

Ich sehe, was Sie denken. Ich denke das Gleiche. Auf Grund meiner Antworten auf die Fragen des Polizeibeamten wurde Katja Wolff verurteilt.

Aber ich habe beim Prozess nicht ausgesagt, Dr. Rose. Wenn das, was ich der Polizei erzählte, so wichtig war, warum wurde ich dann nicht als Zeuge vor Gericht geladen? Eine Aussage, die nicht vor einem ordentlichen Gericht beeidet wird, ist nicht mehr wert als ein Artikel in irgendeinem Boulevardblatt: Es ist etwas, das man glauben oder auch nicht glauben kann und das weitere Nachforschungen durch professionelle Ermittler nahe legt.

Wenn ich sagte, dass Katja Wolff meiner Schwester Leid zufügte, hätte das zu nicht mehr geführt, als dass man dieser Behauptung nachgegangen wäre und sie überprüft hätte. Oder stimmt das nicht? Und wenn es für meine Behauptung eine Bestätigung gab, dann wird die Polizei sie gefunden haben.

So muss es gewesen sein, Dr. Rose.

*15. Oktober*

Vielleicht habe ich es wirklich gesehen. Vielleicht wurde ich tatsächlich Zeuge dieser Geschehnisse, von denen ich behauptete, sie hätten sich zwischen meiner kleinen Schwester und ihrer Kinderfrau zugetragen. Wenn so viele Kammern meines Gedächtnisses leer sind, ist es dann nicht logisch zu vermuten, dass irgendwo im weiträumigen Bau meines Bewusstseins Bilder verborgen sind, die genau zu erinnern allzu schmerzhaft wäre?

Eine rosarote Latzhose ist ein ziemlich genaues Bild, erwidern Sie. Es kommt entweder aus der Erinnerung, oder es ist Ausschmückung, Gideon.

Wie sollte ich auf eine rosarote Latzhose kommen, wenn sie keine solche Latzhosen trug?

Sie war ein kleines Mädchen, erwidern Sie mit einem Achselzucken, das weniger wegwerfend als unverbindlich ist. Kleine Mädchen tragen häufig die Farbe Rosa.

Sie wollen also sagen, dass ich gelogen habe, Dr. Rose? Dass ich ein Wunderkind und zugleich ein Lügner war?

Das eine schließt das andere nicht aus, erwidern Sie.

Die Bemerkung erschüttert mich, und Sie nehmen etwas davon in meinem Gesicht wahr – Schmerz, Entsetzen, Schuld?

Ich sage nicht, dass Sie heute ein Lügner sind, Gideon. Aber vielleicht waren Sie damals einer. Vielleicht haben die Umstände Sie gezwungen zu lügen.

Was für Umstände, Dr. Rose?

Darauf haben Sie nur eine Antwort: Schreiben Sie nieder, woran Sie sich erinnern.


*17. Oktober*

Libby entdeckte mich oben auf dem Primrose Hill. Ich stand vor der Metalltafel, mit deren Hilfe man die Gebäude und Sehenswürdigkeiten identifizieren kann, die man vom Gipfel aus sieht, und zwang mich, den Blick von dem gestochen scharfen Bild auf der Tafel auf das Panorama zu richten, um – von Osten nach Westen wandernd – jedes einzelne Bauwerk zu identifizieren. Aus dem Augenwinkel sah ich Libby den Fußweg heraufkommen. Sie hatte ihre schwarze Lederkluft an. Den Helm hatte sie nicht dabei, und der Wind peitschte ihr das lockige Haar ins Gesicht.

»Ich hab deinen Wagen auf dem Platz stehen sehen«, sagte sie, »und dachte mir, dass ich dich hier finden würde. Ohne Drachen?«

»Ohne Drachen.« Ich berührte das kühle Metall der Tafel und ließ meinen Finger auf dem eingravierten Abbild der Kuppel der St.-Pauls-Kathedrale liegen. Ich musterte die Stadtsilhouette.

»Was ist los? Du siehst nicht gerade aus wie's blühende Leben. Ist dir kalt? Was tust du hier draußen ohne Pulli?«

Ich suche Antworten, dachte ich.

»Hey!«, sagte sie. »Jemand zu Hause? Falls du's noch nicht gemerkt hast, ich rede mit dir.«

»Ich musste dringend ein Stück laufen«, erwiderte ich.

»Du warst heute bei deiner Psychotante, stimmt's?«

Ich hätte gern gesagt, dass ich auch dann bei Ihnen bin, wenn ich nicht bei Ihnen bin, Dr. Rose. Aber ich dachte, sie würde das missverstehen und die Bemerkung als ein Zeichen dafür halten, dass ich völlig auf Sie fixiert bin, was nicht der Fall ist.

Sie trat auf die andere Seite der Tafel und stellte sich mir gegenüber, sodass mir die Aussicht auf die Stadt versperrt war. Sie griff über die Tafel und legte mir die Hand auf die Brust. »Was ist los, Gid? Kann ich dir irgendwie helfen?«

Die Berührung brachte mir wieder zu Bewusstsein, was alles nicht zwischen uns geschieht – was alles zwischen einer Frau und einem normalen Mann längst geschehen wäre –, und neben dem, was mich sowieso schon quälte, war die Belastung dieses Gedankens einfach zu viel.

»Ich bin vielleicht dafür verantwortlich, dass ein Mensch ins Gefängnis gekommen ist«, sagte ich.

»Was? Wieso?«

Ich erzählte ihr den Rest der Geschichte.

Als ich geendet hatte, sagte sie: »Du warst damals acht Jahre alt! Ein Bulle hat dich ausgefragt. Du hast versucht, aus einer schlimmen Situation das Beste zu machen. Und vielleicht hast du das ja wirklich alles gesehen. Darüber gibt's Untersuchungen, Gid, und die zeigen, dass Kinder nichts erfinden, wenn's um Missbrauch geht. Wo Rauch ist, ist auch Feuer. Außerdem muss jemand bestätigt haben, was du gesagt hast, sonst hättest du auf jeden Fall vor Gericht aussagen müssen.«

»Aber genau das ist doch der springende Punkt. Ich weiß nicht, ob ich ausgesagt habe oder nicht, Libby.«

»Aber du hast doch erklärt –«

»Ich habe gesagt, dass ich mich an den Polizeibeamten, die Fragen und das Revier erinnern kann – alles Bestandteile einer Situation, die ich völlig verdrängt hatte. Wer sagt mir, dass ich einen Auftritt bei Katja Wolffs Prozess nicht ebenfalls verdrängt habe?«

»Ach so. Ja. Ich verstehe.« Sie sah das Stadtpanorama an und hielt mit den Händen ihr flatterndes Haar fest, während sie auf der Unterlippe kauend über meine Worte nachdachte. Schließlich meinte sie:»Okay. Dann versuchen wir, doch mal rauszukriegen, was wirklich abgelaufen ist.«

»Und wie?«

»Na, so schwer kann's doch nicht sein, Einzelheiten über einen Prozess rauszukriegen, über den wahrscheinlich alle Zeitungen im ganzen Land berichtet haben.«


*19. Oktober*

Wir begannen unsere Nachforschungen bei Bertram Cresswell-White, der bei dem Prozess gegen Katja Wolff die Krone vertreten hatte. Ihn ausfindig zu machen war, wie Libby prophezeit hatte, kein Problem. Er hatte seine Kanzlei in den Paper Buildings, die zum so genannten Temple gehörten, einem ausgedehnten Komplex von Gebäuden und Gartenanlagen, wo die Anwälte ihre Kanzleien haben, die den Genossenschaften des Inner und des Middle Temple angehören. Nachdem es mir gelungen war, ihn am Telefon zu erreichen, war er sogleich bereit, mich zu empfangen. »Ich habe den Fall noch lebhaft im Gedächtnis«, sagte er. »Ich unterhalte mich gern mit Ihnen darüber, Mr. Davies.«

Libby bestand darauf, mich zu begleiten. »Zwei Köpfe sind besser als einer. Was du vielleicht zu fragen vergisst, werde ich fragen.«

Wir fuhren also zur Themse hinunter und betraten die Anlage vom Victoria Embankment aus. Hier führt eine schmale Kopfsteingasse unter einem kunstvoll gearbeiteten Torbogen hindurch in das Allerheiligste der juristischen Elite des Landes. Das Haus namens Paper Buildings steht auf der Ostseite eines üppig bepflanzten Gartens und bietet den Anwälten, die hier ihre Kanzleien haben, einen Blick auf die Bäume oder den Fluss.

Bertram Cresswell-White hatte von seiner Kanzlei aus eine Aussicht nach beiden Seiten. Er erwartete uns bereits, als wir von einer jungen Frau, die ihm ein Bündel rot verschnürter Hefter brachte, zu ihm geführt wurden, in einem Alkoven, von wo er, hinter seinem Schreibtisch sitzend, einen Lastkahn beobachtete, der sich träge die Themse hinunter zur Waterloo-Brücke bewegte. Sobald er sich vom Fenster abwandte, war ich sicher, dass ich ihn nie gesehen hatte, dass keinerlei Verbindung zu ihm bestand, die ich bewusst oder unbewusst aus meinem Gedächtnis gestrichen hatte. Diesen imposanten Mann hätte ich gewiss nicht vergessen, wenn er mich vor Gericht befragt hätte.

Er ist bestimmt einen Meter zweiundneunzig groß, Dr. Rose, und hat Schultern wie ein Profiruderer. Die buschigen Altmännerbrauen haben etwas sehr Bedrohliches, und als er mich mit diesem scharfen Blick ansah, mit dem er vor Gericht wahrscheinlich die Zeugen der Gegenseite einschüchtert, wurde ich einen Moment richtiggehend nervös.

Aber dann sagte er ganz freundlich: »Ich hätte nie erwartet, Sie einmal persönlich kennen zu lernen. Ich habe Sie vor einigen Jahren im Barbican gehört«, und zu der jungen Frau, die ihm die Hefter auf den Schreibtisch legte, in dessen Mitte sich bereits ein Aktenstapel türmte, bemerkte er: »Bringen Sie uns bitte Kaffee, Mandy.« Er sah Libby und mich an. »Sie trinken doch eine Tasse?«

Ich sagte Ja. Libby sagte: »Klar, gern«, und sah sich aufmerksam im Zimmer um, wobei ihr Mund sich zu einem kleinen O rundete, durch das sie die Luft ausstieß. Ich kannte sie mittlerweile gut genug, um zu wissen, was sie auf ihre typisch kalifornische Art dachte. »Mann, das ist ja 'ne irre Bude hier.« Recht hatte sie.

Cresswell-Whites Arbeitszimmer war in der Tat beeindruckend: Messingleuchter an der Decke, hohe Bücherregale an den Wänden, mit juristischen Wälzern in edlen alten Einbänden, ein offener Kamin, in dem selbst jetzt ein Gasfeuer brannte. Er wies uns zu einer Klubgarnitur, die auf einem Perserteppich um einen runden Tisch gruppiert war. Eine gerahmte Fotografie auf diesem Tisch zeigte einen noch relativ jungen Mann in Perücke und Robe, der mit verschränkten Armen neben Cresswell-White stand und höchst vergnügt lachte.

»Ist das Ihr Sohn?«, fragte Libby. »Die Ähnlichkeit ist auffallend.«

»Ja, das ist mein Sohn Geoffrey«, antwortete Cresswell-White, »nach seinem ersten Prozess.«

»Er scheint ihn gewonnen zu haben«, stellte Libby fest.

»Richtig. Er ist übrigens genau in Ihrem Alter«, fügte er mit einem Nicken zu mir hinzu, als er die Hefter, die alle mit »Die Krone gegen Wolff« gekennzeichnet waren, auf den Couchtisch legte. »Ich entdeckte zufällig, dass Sie beide mit einer Woche Abstand im selben Krankenhaus geboren wurden. Zur Zeit des Verfahrens wusste ich das noch nicht. Aber später habe ich irgendwo einen Bericht über Sie gelesen – Sie waren damals noch ein Teenager, wenn ich mich recht erinnere –, in dem erwähnt wurde, wo und wann Sie geboren wurden. Tja, die Welt ist klein, nicht wahr?«

Mandy kam mit dem Kaffee und stellte das Tablett auf den Tisch: drei Tassen mit Untertassen, Milch und Zucker, aber keine Kanne, eine Unterlassung, die wohl mehr oder weniger dezent die Dauer unseres Besuchs bestimmen sollte.

Als sie gegangen war, sagte ich: »Wir sind hergekommen, weil ich mir Antworten auf einige Fragen erhoffe, die ich zum Prozess gegen Katja Wolff habe.«

»Sie hat sich doch nicht bei Ihnen gemeldet?« Cresswell-Whites Ton war scharf.

»Bei mir gemeldet? Nein. Ich habe sie nie wieder gesehen, nachdem sie unser Haus verlassen hatte – nach dem Tod meiner Schwester. Das heißt, ich glaube zumindest nicht, dass ich sie gesehen habe.«

»Sie glauben nicht…?« Cresswell-White nahm seine Tasse und stellte sie auf seinem Knie ab. Er trug einen Anzug von gediegener Eleganz – graue Wolle und natürlich maßgeschneidert –, und die Bügelfalten der Hose waren messerscharf.

»Ich kann mich an den Prozess nicht entsinnen«, erklärte ich ihm. »Ich habe überhaupt keine *deutliche* Erinnerung an diese ganze Zeit. Große Teile meiner Kindheit verschwimmen im Nebel, und ich versuche augenblicklich, etwas Klarheit zu schaffen.« Ich sagte ihm nicht, warum ich mich bemühte, die Vergangenheit wieder einzufangen. Ich vermied das Wort »Verdrängung«, und ich brachte es auch nicht über mich, mehr preiszugeben.

»Ich verstehe«, erklärte Cresswell-White mit einem flüchtigen Lächeln, das so schnell wieder erlosch, wie es aufgetaucht war. Mir erschien das Lächeln voll Selbstironie, und seine nächste Bemerkung verstärkte diesen Eindruck. »Ach, könnten wir alle wie Sie von den Wassern Lethes trinken, Gideon. Ich würde zweifellos nachts besser schlafen. Darf ich Sie überhaupt Gideon nennen? So habe ich immer von Ihnen gedacht, obwohl wir einander nie begegnet sind.«

Das war eine eindeutige Antwort auf die Frage, die mich am heftigsten beschäftigt hatte, und die große Erleichterung, die sich bei mir einstellte, machte mir bewusst, wie quälend meine Ängste gewesen waren.

»Ich habe damals nicht ausgesagt?«, fragte ich. »Beim Prozess? Ich habe nicht gegen Katja Wolff ausgesagt?«

»Lieber Gott, nein. Ich würde einem achtjährigen Kind niemals so etwas zumuten. Warum fragen Sie?«

»Gideon ist von der Polizei vernommen worden, als seine Schwester starb«, erklärte Libby an meiner Stelle. »Er konnte sich an den Prozess nicht erinnern, aber er dachte, seine Aussage hätte vielleicht zur Verurteilung Katja Wolffs geführt.«

»Ach so! Ich verstehe. Und jetzt, da sie wieder auf freiem Fuß ist, möchten Sie gerüstet sein für den Fall –«

»Sie ist frei?«, unterbrach ich.

»Das wussten Sie nicht? Hat keiner Ihrer Eltern Sie davon in Kenntnis gesetzt? Sie bekamen beide Briefe. Katja Wolff ist seit« – er warf einen Blick in einen der Hefter – »seit etwas mehr als einem Monat auf freiem Fuß.«

»Nein, ich hatte keine Ahnung.« Ein plötzliches Pochen erwachte in meinem Schädel, und vor meinen Augen flirrte das bekannte Muster leuchtender Sprenkel, das stets ankündigt, dass das Pochen sich zu vierundzwanzig Stunden gnadenlosen Hämmerns auswachsen wird. Nein, dachte ich. Bitte nicht. Nicht gerade hier, nicht gerade jetzt.

»Vielleicht hielten Ihre Eltern es nicht für nötig, Sie zu unterrichten«, meinte Cresswell-White. »Wenn die Wolff überhaupt vorhat, an jemanden aus dieser Zeit heranzutreten, betrifft das wahrscheinlich eher Ihre Eltern. Oder mich. Oder jemanden, der sie mit seiner Aussage belastet hat.«

Er setzte seine Überlegungen fort, aber ich hörte nichts mehr, weil das Pochen in meinem Kopf immer lauter wurde und das Flirren zu einem grellen Lichtbogen verschmolz. Mein Körper war wie ein angreifendes Heer, und ich, der eigentlich der Kommandeur hätte sein sollen, war das Opfer.

Ich merkte, wie meine Füße nervös zu zappeln begannen, als wollten sie mich schnurstracks aus dem Zimmer befördern. Verzweifelt holte ich Luft, und hatte plötzlich wieder das Bild dieser Tür vor mir, dieser blauen Tür am Ende der Treppe, mit den beiden Schlössern und dem Ring in der Mitte. Ich konnte sie sehen, als stünde ich vor ihr, und ich wollte sie öffnen, aber ich konnte die Hand nicht hochheben.

Libby rief meinen Namen. Das immerhin hörte ich. Ich hob eine Hand und bedeutete ihr, dass ich einen Moment Ruhe brauchte, nur einen Moment, um mich zu erholen.

Wovon?, fragen Sie und neigen sich näher zu mir her, allzeit bereit, nachzuhaken. Wovon wollten Sie sich erholen? Gehen Sie noch einmal zurück, Gideon.

Wohin zurück?

Zu diesem Moment in der Kanzlei von Cresswell-White, zu dem Pochen in Ihrem Kopf. Was löste dieses Pochen aus?

Dieses ganze Gerede über den Prozess, natürlich.

Über den Prozess haben wir auch schon früher gesprochen. Es ist etwas anderes. Was wollen Sie vermeiden?

Gar nichts… Aber Sie lassen sich nicht überzeugen, nicht wahr, Dr. Rose? Ich soll aufschreiben, woran ich mich erinnere, und Sie fragen sich allmählich, wie diese Exkursionen zum Prozess gegen Katja Wolff mich zur Musik zurückführen sollen. Sie warnen mich. Sie weisen darauf hin, dass der menschliche Geist so leicht nicht nachgibt, dass er mit eiserner Beharrlichkeit an seinen schützenden Neurosen festhält, dass er die Fähigkeit zur Verleugnung und Ablenkung besitzt, und diese Expedition in die Kanzlei Cresswell-Whites sehr gut eine Aktion zum Zwecke der Verschiebung sein kann.

Dann muss es eben so sein, Dr. Rose. Ich weiß nicht, wie ich anders an diese Sache herangehen soll.

Gut, sagen Sie. Hat der Besuch bei Cresswell-White noch irgendetwas anderes ausgelöst, abgesehen von der Episode mit den Kopfschmerzen?

*Episode*, sagen Sie. Ich weiß, dass Sie das Wort bewusst gewählt haben. Aber ich werde den Köder nicht schlucken. Ich werde Ihnen lieber von Sarah-Jane erzählen. Darüber nämlich hat Bertram Cresswell-White mich aufgeklärt: Über die Rolle, die ich im Prozess gegen Katja Wolff nicht gespielt habe, und die Rolle, die Sarah-Jane Beckett spielte.


## *19. Oktober, 21 Uhr*

»Sie lebte immerhin mit Ihrer Familie und Katja Wolff unter einem Dach«, sagte Bertram Cresswell-White, der den obersten Hefter mit dem Schildchen »Die Krone gegen Wolff« zur Hand genommen und begonnen hatte, die darin befindlichen Schriftstücke durchzublättern, wobei er von Zeit zu Zeit, wenn sein Gedächtnis Auffrischung brauchte, ein paar Sätze nachlas. »Sie hatte ausgezeichnete Gelegenheit zu beobachten, was vorging.«

»Und hat sie was gesehen?«, fragte Libby.

Sie hatte ihren Sessel näher zu meinem geschoben und mir die Hand auf den Nacken gelegt, als wüsste sie, wie es um mich stand, obwohl ich kein Wort zu ihr gesagt hatte. Sanft massierte sie meinen Nacken, und ich wäre ihr gern dankbar gewesen. Aber ich bemerkte die Missbilligung Cresswell-Whites über diese ungeeignete Zurschaustellung ihrer Zuneigung zu mir, und verkrampfte mich wie stets, wenn ich den kritischen Blick eines älteren Mannes auf mir weiß, und noch mehr angesichts seines Missvergnügens.

»Sie hat beobachtet, dass die Wolff sich plötzlich morgens übergab. Jeden Morgen, einen ganzen Monat lang, vor dem Tod des Kindes«, sagte er. »Sie wissen, dass sie schwanger war?«

»Ja, das hat mein Vater mir erzählt«, antwortete ich.

»Hm. Sarah-Jane Beckett konnte praktisch zusehen, wie Katja Wolffs Geduld immer brüchiger wurde. Das Kind – Ihre Schwester – holte sie jede Nacht drei-, viermal aus dem Bett. Sie war ständig übermüdet, und dieser Zustand in Verbindung mit der morgendlichen Übelkeit zermürbte sie. Immer häufiger überließ sie das Kind allzu lang sich selbst. Miss Beckett fiel das auf, weil die täglichen Unterrichtsstunden mit Ihnen in einem Raum stattfanden, der im selben Stockwerk lag wie das Kinderzimmer. Schließlich hielt sie es für unumgänglich, Ihre Eltern darauf aufmerksam zu machen, dass die Wolff ihre Pflichten vernachlässigte. Das führte zu einer Auseinandersetzung, die mit der Entlassung der Wolff endete.«

»Fristlos?«, fragte Libby.

Cresswell-White musste erst in seine Unterlagen sehen, um darauf antworten zu können. »Nein«, sagte er dann. »Man gab ihr einen Monat. In Anbetracht der Situation waren Ihre Eltern sehr großzügig, Gideon.«

»Aber Sarah-Jane hat vor Gericht nichts davon gesagt, dass sie beobachtet hätte, wie Katja Wolff meine Schwester misshandelte?«, fragte ich.

Cresswell-White klappte den Hefter zu. »Miss Beckett sagte aus, dass es zwischen Ihren Eltern und der Wolff zu einem Streit gekommen war. Sie sagte ferner aus, dass Sonia manchmal eine ganze Stunde lang in ihrem Bett lag und schrie, ohne dass die Wolff sich um sie kümmerte. Sie berichtete, am fraglichen Abend habe sie gehört, wie die Wolff das Kind badete. Aber sie hatte ihrer Aussage zufolge nie eine direkte körperliche Misshandlung beobachtet.«

»Und jemand anders?«, fragte Libby.

»Auch nicht«, erwiderte der Anwalt.

»Mein Gott«, murmelte ich.

Cresswell-White schien zu wissen, was ich dachte; er legte den Hefter auf den Tisch und begann beinahe beschwörend auf mich einzureden. »Ein Gerichtsverfahren ist wie ein Mosaik, Gideon. Wenn es für das verhandelte Verbrechen keine Augenzeugen gibt – und so war es in diesem Fall –, dann müssen sich die einzelnen Aussagen der Zeugen der Anklage zu einem Muster zusammenfügen, aus dem sich ein Gesamtbild ergibt. Erst das Gesamtbild vermag die Geschworenen von der Schuld des oder der Angeklagten zu überzeugen. So war es in Katja Wolffs Fall.«

»Weil noch andere Zeugen sie belastet haben?«, fragte Libby.

»Ganz recht.«

»Wer?« Meine Stimme war schwach – ich hörte die Schwäche, ich verabscheute sie, und es gelang mir doch nicht, sie aus meinem Ton zu tilgen.

»Die Polizeibeamten, die Katja Wolffs erste und einzige Aussage aufnahmen; der Gerichtspathologe, der die Obduktion durchführte; die Freundin, mit der die Wolff ihrer Behauptung zufolge nur eine Minute telefoniert hatte, während das Kind – Ihre Schwester – im Bad war; Ihre Mutter, Ihr Vater, Ihre Großeltern. Es geht in so einem Prozess weniger darum, einen Einzelnen zu finden, der den Angeklagten überführen kann, als vielmehr das Bild einer Situation zu zeichnen und den Geschworenen damit die Möglichkeit zu geben, ihre eigenen Schlüsse zu ziehen. Jeder hat in diesem Prozess ein Steinchen zum Mosaik beigetragen. So zeigte sich uns am Ende das Bild einer jungen Deutschen, die sich in dem Ruhm sonnte, den sie sich durch die Aufsehen erregende Flucht aus ihrer ostdeutschen Heimat erworben hatte, die dank dem Wohlwollen einer Gruppe Nonnen die Möglichkeit erhielt, nach England auszuwandern, wo allerdings der Ruhm, der ihrem Selbstgefühl so gut getan hatte, rasch verblasste, und die schließlich eine Anstellung als Kinderfrau bei einem behinderten Kind übernahm, schwanger wurde, infolge der Schwangerschaft körperlich geschwächt war, mit dem Leben und ihrer Arbeit nicht mehr zurechtkam, ihre Stellung und daraufhin völlig die Kontrolle über sich verlor.«

»Das klingt aber eher nach Totschlag als nach Mord«, stellte Libby fest.

»Und wäre wahrscheinlich auch so bewertet worden, wäre sie bereit gewesen, eine Aussage zu machen. Aber das lehnte sie ab. Mit einer bemerkenswerten Arroganz, die aber nicht weiter verwunderlich war, wenn man bedenkt, woher das Mädchen kam. Natürlich machte sie dadurch alles noch schlimmer; sie weigerte sich ja nicht nur, mit der Polizei zu sprechen – nach dieser ersten Aussage, die sie gemacht hatte –, sondern sogar mit ihrem Verteidiger.«

»Aber warum hat sie nicht geredet?«, fragte Libby.

»Das kann ich nicht sagen. Ich weiß nur, dass bei der Obduktion am Leichnam des Kindes ältere, bereits verheilte Frakturen festgestellt wurden, für die es keine Erklärung gab, Gideon, und die Tatsache, dass die Wolff es ablehnte, sich irgendwie zu äußern, nährte natürlich den Verdacht, dass sie von diesen alten Verletzungen wusste. Zwar wurden die Geschworenen – wie das damals Vorschrift war – angewiesen, das Schweigen der Angeklagten nicht gegen diese auszulegen, aber Geschworene sind auch nur Menschen. Ganz klar, dass so beharrliches Schweigen einer Angeklagten sie nicht unbeeinflusst lässt.«

»Was ich also vor der Polizei aussagte –«

Er winkte mit einer beschwichtigenden Geste ab. »Ich habe das Protokoll Ihrer Aussage damals gelesen und habe es noch einmal gelesen, als Sie mich angerufen hatten. Es war selbstverständlich Bestandteil der Klageschrift, aber niemals hätte ich allein auf Grund Ihrer Aussage Anklage erhoben.« Er lächelte. »Mein Gott, Sie waren damals acht Jahre alt, Gideon. Ich hatte einen gleichaltrigen Sohn und natürlich meine Erfahrungen mit Jungs dieses Alters. Ich musste die Möglichkeit in Betracht ziehen, dass Katja Wolff in den Tagen vor dem Tod Ihrer Schwester Sie vielleicht aus irgendeinem Grund ausgeschimpft und bestraft hatte und Sie sich vielleicht etwas ausgedacht hatten, um sich an ihr zu rächen, ohne sich klar zu machen, was Ihre Aussage bei der Polizei bedeuten würde.«

»Da hast du's, Gideon«, sagte Libby.

»Sie haben keinen Grund, sich an Katja Wolffs Schicksal schuldig zu fühlen«, sagte Cresswell-White. »Sie hat sich selbst weit mehr geschadet, als Sie ihr.«

## 20. Oktober

War es also Rache, oder war es wirklich Erinnerung, Dr. Rose? Und wenn es Rache war – wofür? Soweit ich mich entsinnen kann, war Raphael der Einzige, der mich je bestrafte, und dann stets damit, dass er mich dazu verdonnerte, mir ein Musikstück anzuhören, das ich nicht gut genug gespielt hatte, und das war ja eigentlich keine richtige Strafe.

War das *Erzherzog-Trio* eines der Stücke, die Sie sich anhören mussten?

Ich kann mich nicht erinnern. Aber andere Stücke habe ich noch im Kopf: Lalo, Kompositionen von Saint-Saëns und Bruch.

Und haben Sie diese anderen Stücke schließlich gemeistert?, fragten Sie. Konnten Sie sie spielen, nachdem Sie sie sich angehört hatten?

Selbstverständlich. Ja. Ich habe sie alle gespielt.

Aber nicht das *Erzherzog-Trio*?

Ich habe das Stück nie gemocht.

Wollen wir darüber sprechen?

Worüber denn? Das *Erzherzog-Trio* gibt es nun mal. Ich habe es nie gut gespielt. Jetzt kann ich nicht einmal mehr das Instrument spielen. Und im Moment sieht es nicht so aus, als würde ich je wieder spielen. Hat also mein Vater Recht? Ist das hier nur Zeitverschwendung? Stecke ich lediglich in einer Nervenkrise, die mir allen Mut geraubt hat und mich veranlasst, anderswo nach einer Lösung zu suchen? Sie wissen, was ich meine: Das Problem auf die Schultern eines anderen abwälzen, damit ich mich nicht selbst damit befassen muss. Reichen wir es doch an die Psychotherapeutin weiter, mal sehen, was sie damit anfängt.

Glauben Sie das, Gideon?

Ich weiß nicht, was ich glauben soll.

Nach dem Gespräch mit Cresswell-White fuhren wir nach Hause. Ich merkte, dass Libby glaubte, alle meine Probleme wären gelöst, weil der Anwalt mir die Absolution erteilt hatte. In unbeschwertem Ton teilte sie mir mit, wie sie »Rock, diesem Fiesling, einheizen« würde, sobald er das nächste Mal ihren Lohn einbehielte, und wenn sie die Hand nicht am Schalthebel brauchte, ließ sie sie auf meinem Knie liegen. Sie hatte sich angeboten zu fahren, und ich hatte das Angebot gern angenommen. Cresswell-Whites Absolution hatte die Kopfschmerzen nicht lindern können, und in diesem Zustand gehörte ich nicht hinters Steuer.

Am Chalcot Square angekommen, parkte Libby den Wagen und wandte sich mir zu. »Hey«, sagte sie, »du weißt jetzt, was du wissen wolltest, Gideon. Keine Zweifel mehr. Komm, das müssen wir feiern.«

Sie neigte sich zu mir, zog meinen Kopf zu sich her und berührte mit ihren Lippen meinen Mund. Ich spürte ihre Zunge auf meinen Lippen und öffnete sie und ließ mich von ihr küssen.

Warum?, fragen Sie.

Weil ich glauben wollte, was sie gesagt hatte: Dass ich jetzt Gewissheit hätte.

War das der einzige Grund?

Nein. Natürlich nicht. Ich wollte normal sein.

Und?

Na schön, ich brachte so etwas wie eine Reaktion zu Stande. Es sprengte mir zwar fast den Schädel, aber ich zog Libby an mich und schob meine Finger in ihre Haare. So blieben wir, während wir mit unseren Zungen so eine Art Balztanz aufführten. Ich schmeckte den Kaffee, den sie bei Cresswell-White getrunken hatte, und sog das Aroma tief in mich ein, weil ich hoffte, dass der plötzliche Durst, den ich verspürte, zu dem Hunger führen würde, den ich seit Jahren nicht mehr erlebt hatte. Ich wünschte mir diesen Hunger, Dr. Rose. Ich meinte, ihn haben zu müssen, um zu wissen, dass ich lebendig war.

Eine Hand immer noch in ihrem Haar, drückte ich sie an mich und küsste ihr Gesicht. Ich ließ meine Hand zu ihrer Brust hinuntergleiten und spürte durch ihr T-Shirt hindurch, wie die Brustwarze hart wurde und sich aufrichtete. Ich streichelte und drückte sie, um ihr Schmerz und Lust zu bereiten, und sie stöhnte. Libby kletterte von ihrem Sitz zu mir herüber und setzte sich rittlings auf meinen Schoß. Sie küsste mich, sie strich mit beiden Händen über meine Brust, sie leckte mir den Hals. Sie nannte mich Süßer und Schatz und Gid und knöpfte mein Hemd auf, während ich drückte und streichelte. Ihr Mund lag auf meiner Brust, und ihre Lippen wanderten abwärts, und ich wünschte mir so sehr, zu fühlen, darum stöhnte ich laut auf und drückte mein Gesicht in ihr Haar.

Da nahm ich den Duft wahr: frische Minze, von ihrem Shampoo wahrscheinlich. Ich war auf einmal nicht mehr im Auto. Ich war hinten im Garten unseres Hauses in Kensington. Es war Sommer, und es war Nacht. Ich habe ein paar Minzblätter gepflückt und rolle sie zwischen meinen Händen, um den Duft freizusetzen. Ich höre die Geräusche, bevor ich die Menschen sehe. Es klingt wie das Schmatzen zufriedener Esser. Genau dafür hielt ich es, bis ich die beiden in der Dunkelheit am Ende des Gartens erkennen kann. Ein heller Schimmer, das Blond ihres Haares, zieht meine Aufmerksamkeit auf sich.

Sie stehen an den Backsteinschuppen gelehnt, in dem die Gartengeräte untergebracht sind. Er steht mit dem Rücken zu mir. Ihre Hände umfassen seinen Kopf. Eines ihrer Beine ist erhoben und umschlingt seine Hüfte, während sie sich in rhythmischen Zuckungen bewegen. Sie hat den Kopf zurückgeworfen, und er küsst ihren Hals. Ich kann nicht erkennen, wer *er* ist, aber sie erkenne ich. Es ist Katja, die Kinderfrau meiner kleinen Schwester. Er ist einer der Männer aus dem Haus.

Nicht ein anderer Bekannter von Katja?, fragen Sie. Nicht vielleicht ein Fremder von außerhalb?

Wer denn? Katja hat keine Bekannten, Dr. Rose. Sie verkehrt mit niemandem außer der Nonne aus dem Kloster und einer jungen Frau, die sie hin und wieder besucht. Sie heißt Katie. Und das da draußen in der Dunkelheit ist nicht Katie. Ich erinnere mich nämlich an Katie, großer Gott, ich *erinnere* mich tatsächlich! Sie ist dick und witzig, und sie kleidet sich fantasievoll. Sie steht in der Küche und erzählt, während Katja Sonia füttert, und sagt, Katjas Flucht aus Ostberlin wäre eine Metapher für einen Organismus, nur sagte sie nicht *Organismus*, sondern Orgasmus, sowieso das Einzige, wovon sie ständig spricht.

Gideon, sagen Sie mir, wer war der Mann? Sehen Sie sich seine Figur an, sehen Sie sich sein Haar an.

Ihre Hände umschließen seinen Kopf. Und er ist vornübergebeugt. Ich kann sein Haar nicht erkennen.

Sie können nicht? Oder wollen Sie nicht? Wie ist es, Gideon?, können Sie nicht oder wollen Sie nicht?

Ich kann nicht. Ich *kann* nicht.

Haben Sie den Untermieter gesehen? Ihren Vater? Ihren Großvater? Raphael Robson? Wer ist der Mann, Gideon?

*Ich weiß es nicht!*

Dann zog Libby mich noch fester an sich, und griff mit beiden Händen zu, um das zu tun, was jede normale Frau tut, wenn sie erregt ist und ihre Erregung teilen möchte. Sie lachte, so ein atemloses Lachen, und sagte: »Ich kann nicht glauben, dass wir das in deinem Auto tun.« Dann schob sie meinen Gürtel aus der

Schließe, öffnete ihn, öffnete die Knöpfe am Bund meiner Hose, griff zum Reißverschluss und hob ihren Mund wieder zu meinem.

Und ich empfand nichts, Dr. Rose, keinen Hunger, keinen Durst, keine Hitze, kein Verlangen. Keine Wallung des Bluts, die meine Lust geweckt hätte.

Ich packte Libbys Hände. Ich musste keine Ausrede erfinden, ich mußte überhaupt nichts sagen. Sie ist zwar Amerikanerin – ein wenig laut manchmal, ein wenig ordinär, eine Spur zu locker, zu umgänglich und zu freimütig –, aber sie ist nicht dumm.

Sie wandte sich von mir ab und setzte sich wieder in ihren Sitz. »Es liegt an mir, stimmt's?«, sagte sie. »Ich bin dir zu fett.«

»Sei nicht blöd.«

»Nenn mich nicht blöd.«

»Dann benimm dich nicht so.«

Sie drehte sich zum Fenster. Die Scheibe war beschlagen. Von draußen fiel gedämpftes Licht auf ihre Wange. Eine runde Wange, sanft gerötet wie ein reifender Pfirsich. In meiner Verzweiflung – über mich, über sie, über uns beide – sprach ich weiter. »Du bist völlig in Ordnung, Libby, hundert Prozent. Du bist perfekt. An dir liegt es nicht.«

»Woran dann? An Rock? Genau, es liegt an Rock! Daran, dass wir noch verheiratet sind. Daran, dass du weißt, was er mit mir macht, stimmt's? Du kannst es dir denken.«

Ich wusste nicht, wovon sie sprach, und wollte es auch nicht wissen. »Libby«, sagte ich, »wenn du bis jetzt nicht gemerkt hast, dass bei mir etwas nicht stimmt – dass ich eine schwere …«

Sie sprang aus dem Wagen. Sie riss die Tür auf und knallte sie zu. Sie tat etwas, was sie nie tut. Sie brüllte. »So ein Quatsch! Was, zum Teufel, soll bei dir nicht stimmen, Gideon? Bei dir stimmt alles, verdammt noch mal! Hast du mich verstanden?«

Ich stieg ebenfalls aus, und über die Motorhaube des Wagens hinweg starrten wir einander an. Ich sagte: »Du weißt doch, dass du dir da etwas vormachst.«

»Ich weiß, was ich vor mir sehe. Und vor mir sehe ich dich.«

»Du hast erlebt, wie ich spielen wollte. Du hast in deiner Wohnung gesessen und mich gehört. Du weißt Bescheid.«

»Ist das denn alles, worum es geht, Gid? Diese Scheißgeige?«

Sie schlug mit ihrer Faust auf die Motorhaube, dass ich zusammenfuhr. »Du bist doch nicht die Geige«, schrie sie. »Geige spielen ist etwas, was du *tust*. Aber doch nicht das, was du *bist*!«

»Und wenn ich nicht spielen kann? Was geschieht dann?«

»Dann lebst du, Herrgott noch mal! Du fängst an zu *leben*. Ist das nicht eine Erleuchtung?«

»Du verstehst es nicht.«

»Ich verstehe eine Menge, mein Lieber. Ich verstehe, dass du dich total mit deiner Geige identifizierst. Du hast so viele Jahre immer nur auf dem verdammten Ding rumgeschrubbt, dass dir der Rest deiner Persönlichkeit verloren gegangen ist. Warum tust du das? Was willst du damit beweisen? Meinst du, dein Dad wird dich endlich *lieben,* wie du's verdienst, wenn du dir die Finger blutig geigst?« Mit einer heftigen Bewegung wandte sie sich ab. »Wieso kümmere ich mich überhaupt, hm, Gideon?«

Sie eilte mit großen Schritten zum Haus. Ich folgte ihr, und erst da sah ich, dass die Haustür offen war und jemand vorn auf der Treppe stand, wahrscheinlich schon dort stand, seit Libby den Wagen auf dem Platz angehalten hatte. Sie bemerkte ihn im gleichen Moment wie ich, und zum ersten Mal nahm ich in ihrem Gesicht einen Ausdruck wahr, der mir verriet, dass ihre Abneigung gegen meinen Vater wahrscheinlich ebenso stark, wenn nicht stärker war, als seine gegen sie.

»Vielleicht wäre es an der Zeit, dass Sie aufhören, sich zu kümmern«, sagte mein Vater. Sein Ton war durchaus freundlich, aber sein Blick war eisig.

# GIDEON

*20. Oktober, 22 Uhr*

»Eine reizende junge Dame«, sagte mein Vater. »Ist es ihre Gewohnheit, auf offener Straße herumzukeifen wie ein Fischweib,
oder war das heute Abend eine Sondervorstellung?«

»Sie war erregt.«

»Das war offenkundig. Wie übrigens auch ihre Einstellung zu
deiner Arbeit. Darüber solltest du vielleicht einmal nachdenken,
wenn du vorhast, weiter mit ihr zu verkehren.«

Ich wollte mich mit ihm nicht über Libby unterhalten. Er hat
von Anfang an keinen Zweifel daran gelassen, was er von ihr hält.
Es wäre sinnlose Energieverschwendung, eine Änderung seiner
Meinung erreichen zu wollen.

Wir waren in der Küche, wohin wir uns begeben hatten, nachdem Libby uns auf der Treppe stehen lassen hatte. »Aus dem Weg,
Richard«, hatte sie gesagt und klirrend die Pforte zu ihrer Treppe
aufgestoßen. Sie war hinuntergerannt in ihre Wohnung, aus der
jetzt zur Untermalung ihres inneren Aufruhrs donnernde Pop-
musik erklang.

»Wir waren bei Bertram Cresswell-White«, berichtete ich meinem Vater. »Erinnerst du dich an ihn?«

»Ich habe mich vorhin in deinem Garten umgesehen«, antwortete er, mit einer Kopfbewegung zum rückwärtigen Teil des Hauses. »Das Unkraut nimmt langsam überhand, Gideon. Wenn du
es nicht vernichtest, wird es bald die wenigen anderen Pflanzen,
die da sind, ersticken. Du kannst doch einen Filipino engagieren,
wenn du zur Gartenarbeit keine Lust hast. Hast du dir das mal
überlegt?«

Aus Libbys Wohnung schallte immer noch laute Musik. Sie
hatte ihre Fenster aufgemacht, und Teile des Textes waren zu verstehen. *How can your man... loves you... slow down, bay-bee...*

Ich sagte: »Dad, ich habe dich etwas –«

»Ich habe dir übrigens zwei Kamelien mitgebracht.« Er ging zum Fenster, das in den Garten führte.

*... let him know... he's playing around!*

Draußen war es dunkel, es war nichts zu sehen außer unseren Spiegelbildern im dunklen Glas. Das meines Vaters war klar; das meine geisterte umher, entweder unter dem Eindruck der Stimmung oder infolge meiner Unfähigkeit, klar in Erscheinung zu treten.

»Ich habe sie rechts und links von der Treppe eingepflanzt«, fuhr mein Vater fort. »Die Blüten sind noch nicht ganz das, was mir vorschwebt, aber es wird schon noch werden.«

»Dad, ich habe dich gefragt –«

»Ich habe aus den beiden Töpfen das Unkraut herausgezogen, aber um den Rest des Gartens musst du dich selbst kümmern.«

»Dad!«

*... a chance to feel... free to... the feeling grab you, bay-bee...*

»Du kannst ja deine amerikanische Freundin fragen, ob sie Lust hat, sich zur Abwechslung einmal nützlich zu machen, anstatt dich auf der Straße zu beschimpfen oder mit ihrer eigenwilligen Musikauswahl zu unterhalten.«

»Verdammt noch mal, Dad! Ich habe dich etwas gefragt.«

Er wandte sich vom Fenster ab. »Ich habe die Frage gehört. Und –«

*... love him. Love him, baby. Love him.*

»– wenn ich nicht mit dem Ohrenschmaus konkurrieren müsste, den deine kleine Amerikanerin uns hier serviert, würde ich sie vielleicht sogar beantworten.«

»Dann ignorier doch die Musik!«, rief ich. »Ignorier Libby. Du bist doch sonst Meister darin, alles zu ignorieren, womit du dich nicht befassen willst.«

Die Musik brach plötzlich ab, als wäre ich gehört worden. Das Schweigen, das meiner Frage folgte, schuf ein Vakuum, und ich wartete gespannt, wie es gefüllt werden würde. Einen Moment später flog Libbys Wohnungstür krachend zu. Dann sprang draußen donnernd die Suzuki an und heulte auf, als Libby wütend Vollgas gab. Sie brauste davon, und das Geräusch des Motors verklang in der Ferne.

Mein Vater stand mit verschränkten Armen und sah mich an.

Wir hatten gefährlichen Boden betreten, und ich spürte die Gefahr wie knisternde Hochspannung zwischen uns.

Doch er sagte ganz ruhig: »Ja. Ja, da hast du wohl Recht. Ich ignoriere alles Unerfreuliche, um mich im Alltagsgeschäft des Lebens nicht stören zu lassen.«

Ich ging auf die Anspielung, die in seinen Worten steckte, nicht ein, sondern sagte langsam, als spräche ich mit jemandem, der kaum Englisch verstand: »Erinnerst du dich an Cresswell-White?«

Seufzend trat er vom Fenster weg und ging ins Musikzimmer. Ich folgte ihm. Er setzte sich vor der Stereoanlage und den CD-Ständern nieder. Ich blieb an der Tür stehen.

»Was willst du wissen?«, fragte er.

Ich nahm die Frage als Bestätigung und sagte: »Ich erinnerte mich plötzlich, Katja eines Abends im Garten gesehen zu haben. Es war dunkel. Sie war dort mit einem Mann. Die beiden –« Ich zuckte die Achseln, spürte die Hitze in meinem Gesicht, war mir bewusst, wie kindisch diese Reaktion war, ohne etwas dagegen tun zu können. »Sie waren zusammen. Intim. Ich weiß nicht mehr, wer er war. Ich glaube, ich konnte ihn nicht richtig erkennen.«

»Was soll das?«

»Das weißt du doch. Wir haben das alles besprochen. Du weißt, was sie – Dr. Rose – von mir erwartet.«

»Ach, und diese besondere Erinnerung, soll die etwa in irgendeiner Weise mit deiner Fähigkeit zu musizieren zu tun haben?«

»Ich versuche einfach, mir so viel wie möglich ins Gedächtnis zu rufen. Gleichgültig, in welcher Chronologie. Wann immer es geht. Eine Erinnerung scheint den nächsten Anstoß zu geben, und wenn ich ausreichend viele von ihnen miteinander verknüpfe, gelingt es mir vielleicht, die Ursache meiner Schwierigkeiten zu spielen zu entdecken.«

»Schwierigkeiten zu spielen? Du spielst doch *überhaupt* nicht.«

»Warum antwortest du mir nicht einfach? Warum hilfst du mir nicht? Sag mir nur, mit wem Katja –«

»Du glaubst, dass ich das weiß?«, fragte er scharf. »Oder fragst du in Wirklichkeit, ob ich der Mann bin, der mit Katja Wolff im Garten war? Meine Beziehung zu Jill weist ja eindeutig auf eine Vorliebe für jüngere Frauen hin, nicht wahr? Und wenn ich diese Vorliebe jetzt habe, warum nicht auch schon damals?«

»Wirst du mir nun antworten?«

»Ich darf dir versichern, dass diese besondere Vorliebe von mir neueren Datums ist und sich einzig auf Jill bezieht.«

»Du warst also nicht der Mann im Garten. Der Mann, der mit Katja Wolff zusammen war.«

»Nein.«

Ich musterte ihn aufmerksam. Sagte er die Wahrheit? Ich musste an das Foto von Katja und meiner Schwester denken, an das Lächeln, mit dem Katja die Person angesehen hatte, die die Aufnahme gemacht hatte, und ich fragte mich, was dieses Lächeln zu bedeuten gehabt hatte.

Mit einer müden Geste zu den CD-Ständern neben seinem Sessel deutend, sagte er: »Ich habe mir deine CDs angesehen, während ich auf dich gewartet habe, Gideon.«

Ich schwieg, misstrauisch über den unvermittelten Themawechsel.

»Du hast eine beachtliche Sammlung. Wie viele sind das? Dreihundert? Vierhundert?«

Ich sagte noch immer nichts.

»Eine Anzahl von Stücken mehrfach, von verschiedenen Musikern interpretiert.«

»Du willst doch sicher auf etwas Bestimmtes hinaus«, sagte ich endlich.

»Aber du hast nicht eine Aufnahme des *Erzherzog-Trios*. Wie kommt das? Das interessiert mich wirklich.«

»Ich habe dieses Stück nie geliebt.«

»Warum wolltest du es dann in der Wigmore Hall spielen?«

»Beth hatte den Vorschlag gemacht. Und Sherill fand ihn gut. Ich hatte eigentlich nichts dagegen –«

»– ein Stück zu spielen, das du nicht liebst?«, fiel er mir ins Wort. »Was, zum Teufel, hast du dir dabei gedacht? Den Namen hast doch *du*, Gideon, nicht Beth und nicht Sherill. *Du* bestimmst das Programm eines Konzerts, nicht sie.«

»Ich will jetzt nicht über das Konzert sprechen.«

»Das weiß ich. O ja, das weiß ich nur zu gut. Du hattest von Anfang an keine Lust, über das Konzert zu sprechen. Tatsache ist, dass du nur zu dieser verwünschten Psychiaterin gehst, weil du nicht über das Konzert sprechen willst.«

»Das stimmt nicht.«

»Joanne wurde heute aus Philadelphia angerufen. Die wollten wissen, ob du dein Engagement dort einhalten kannst. Die Gerüchte sind mittlerweile bis nach Amerika gedrungen, Gideon. Was meinst du, wie lange du dir die Welt noch vom Leib halten kannst?«

»Ich bemühe mich, dieser Sache auf den Grund zu gehen. Und ich weiß keinen anderen Weg.«

»›Ich bemühe mich, dieser Sache auf den Grund zu gehen‹«, spottete er. »Soll ich dir sagen, was du tust? Du gehst den Weg der Feigheit, sonst nichts, und das hätte ich wahrhaftig nicht für möglich gehalten. Ich danke Gott, dass dein Großvater diesen Tag nicht mehr erleben musste.«

»Dankst du ihm um deinet- oder um meinetwillen?«

Er holte einmal tief und langsam Luft. Eine Hand ballte sich zur Faust, die andere schloss sich um sie. »Was, bitte, soll das heißen?«

Ich war beinahe schon zu weit gegangen. Wir hatten eine Grenze erreicht. Jeder Schritt weiter konnte irreparablen Schaden anrichten. Was hätte es gebracht, wenn ich es weitergetrieben hätte? Was wäre gewesen, wenn ich meinen Vater gezwungen hätte, den Spiegel statt auf mich auf seine eigene Kindheit, auf sein Leben als Erwachsener zu richten, auf alles, was er getan und versucht hatte, um von dem Mann, der ihn adoptiert hatte, akzeptiert zu werden?

Krüppel, lauter Krüppel, hatte Großvater den Sohn angeschrien, der drei von ihnen gezeugt hatte. Denn auch ich bin ein Krüppel, bin immer einer gewesen, Dr. Rose. Ein seelischer Krüppel.

Ich sagte: »Cresswell-White hat erzählt, alle hätten gegen Katja ausgesagt. Alle, die zum Haus gehörten.«

Mein Vater fixierte mich mit zusammengekniffenen Augen, bevor er etwas erwiderte. Ich konnte nicht erkennen, ob sein Zögern mit meinen Worten zu tun hatte oder mit meiner Weigerung, seine Frage zu beantworten. »Das sollte dich bei einem Mordprozess kaum überraschen«, bemerkte er schließlich.

»Er sagte mir, dass ich nicht als Zeuge gehört wurde.«

»Richtig, ja.«

»Aber ich erinnere mich, dass ich von der Polizei vernommen

374

wurde. Ich erinnere mich, dass du und Mutter deswegen miteinander gestritten habt. Ich weiß auch noch, dass man mir eine Reihe von Fragen über die Beziehung zwischen Sarah-Jane Beckett und James, dem Untermieter, stellte.«

»Pitchford.« Die Stimme meines Vaters war dumpfer geworden, klang müde. »Er hieß James Pitchford.«

»Pitchford. Genau. Ja. James Pitchford.« Ich hatte die ganze Zeit gestanden, jetzt ergriff ich einen Stuhl und trug ihn zu meinem Vater hinüber. Ich stellte ihn vor ihm ab und setzte mich. »Vor Gericht sagte jemand, du und Mutter hättet in den Tagen vor – vor Sonias Tod mit Katja Streit gehabt.«

»Sie war schwanger, Gideon. Sie war nachlässig geworden. Die Betreuung deiner Schwester wäre schon unter normalen Umständen für jeden schwierig gewesen und –«

»Warum?«

»Warum?« Er rieb sich die Stirn, als wollte er sein Gedächtnis anregen. Als er die Hand sinken ließ, sah er nicht mich an, sondern blickte zur Zimmerdecke hinauf, doch ich hatte, als er den Kopf hob, Zeit genug zu erkennen, dass seine Augen gerötet waren. Es gab mir einen Stich, aber ich hinderte ihn nicht fortzufahren. »Gideon, ich habe dir doch schon eine ganze Litanei der Leiden deiner Schwester heruntergebetet. Das Downsyndrom war nur die Spitze des Eisbergs. In den zwei Jahren ihres Lebens musste sie immer wieder ins Krankenhaus, und wenn sie zu Hause war, brauchte sie jemanden, der sich ständig um sie kümmerte. Dafür hatten wir Katja engagiert.«

»Warum habt ihr nicht eine gelernte Kinderpflegerin eingestellt?«

Er lachte bitter. »Dazu hatten wir nicht das Geld.«

»Aber der Staat –«

»Staatliche Unterstützung? Undenkbar.«

Bei diesem Ausruf hörte ich plötzlich meinen Großvater, der bei Tisch entrüstet brüllte: »Wir werden uns doch nicht dazu erniedrigen, um Almosen zu bitten, gottverdammmich! Ein richtiger Mann sorgt selbst für seine Familie, und wenn er das nicht kann, sollte er keine Kinder in die Welt setzen. Hol ihn gar nicht erst raus aus deiner gottverdammten Hose, wenn du hinterher mit den Konsequenzen nicht fertig wirst, Dick.«

»Und selbst wenn wir Unterstützung beantragt hätten«, fügte mein Vater hinzu, »was meinst du wohl, wie weit wir gekommen wären, wenn das Sozialamt oder wer immer herausbekommen hätte, was wir allein für Raphael und Sarah-Jane ausgaben? Wir hätten Einsparungen machen können. Anfangs entschieden wir uns, das nicht zu tun.«

»Wie war das mit dem Streit mit Katja?«

»Wie soll es schon gewesen sein? Wir erfuhren von Sarah-Jane, dass Katja nachlässig geworden war. Wir haben mit ihr gesprochen, und bei dem Gespräch kam heraus, dass ihr jeden Morgen übel war. Da konnten wir uns natürlich denken, was los war. Wir haben es ihr auf den Kopf zugesagt, und sie hat nicht einmal versucht, es zu bestreiten.«

»Woraufhin ihr sie hinausgeworfen habt.«

»Was hätten wir sonst tun sollen?«

»Wer hatte sie geschwängert?«

»Das sagte sie nicht. Und wir haben sie nicht entlassen, weil sie es nicht sagen wollte, damit das klar ist. Das war nicht das Entscheidende. Wir haben sie entlassen, weil sie nicht fähig war, sich angemessen um deine Schwester zu kümmern. Im Übrigen gab es auch noch andere Probleme, die wir bisher übersehen hatten, weil sie Sonia gern zu haben schien und wir darüber froh waren.«

»Was für Probleme?«

»Nun, ihre Kleidung zum Beispiel, die immer unpassend war. Wir hatten sie gebeten, entweder Tracht zu tragen oder einfach Rock und Bluse. Aber es fiel ihr nicht ein, sich nach unseren Wünschen zu richten. Die Kleidung sei Ausdruck ihrer Persönlichkeit, erklärte sie uns. Dann ihre Bekannten! Sie besuchten sie zu allen Tages- und Nachtzeiten, obwohl wir sie gebeten hatten, die Besuche einzuschränken.«

»Was waren das für Leute?«

»Ich kann mich nicht an sie erinnern. Guter Gott, das ist mehr als zwanzig Jahre her.«

»Katie?«

»Wie bitte?«

»Eine Frau namens Katie? Sie war dick und trug teure Klamotten. Ich erinnere mich an sie.«

»Vielleicht war eine Katie dabei. Ich weiß es nicht. Sie kamen aus dem Kloster, saßen in der Küche herum, tranken Kaffee, rauchten und schwatzten. Und wenn Katja an ihren freien Abenden mit ihnen ausging, kam sie mehr als einmal angetrunken nach Hause und verschlief am nächsten Morgen. Mit anderen Worten, es gab bereits Probleme mit ihr, *bevor* ihre Schwangerschaft alles durcheinander brachte, Gideon. Die Schwangerschaft – und das Unwohlsein – war lediglich der Tropfen, der das Fass zum Überlaufen brachte.«

»Aber du und Mutter habt mit Katja gestritten, als ihr sie gefeuert habt.«

Er stand auf und ging quer durch das Zimmer, wo er stehen blieb und zu meinem Geigenkasten hinuntersah. Ich hatte ihn seit Tagen nicht mehr geöffnet, weil ich mich nicht vom Anblick der Guarneri quälen lassen wollte.

»Sie wollte die Anstellung natürlich behalten. Sie war schwanger und konnte nicht damit rechnen, dass sie so schnell etwas anderes finden würde. Darum fing sie an, mit uns zu debattieren. Sie wollte, dass wir sie behalten.«

»Warum hat sie nicht abgetrieben? Auch damals gab es schon Ärzte – Kliniken…«

»Das war für sie keine Alternative. Warum, kann ich dir nicht sagen.«

Er kauerte nieder und öffnete die Metallschließen des Geigenkastens. Er klappte den Deckel auf. Die Guarneri schimmerte im Licht, und der goldene Glanz des Holzes schien mir wie eine Anklage, auf die ich nichts zu entgegnen hatte. »Es kam zum Streit. Zu einem Streit zwischen uns dreien. Und als Sonia das nächste Mal Schwierigkeiten machte – am folgenden Tag –, da erledigte Katja das Problem ein für alle Mal.« Er hob die Geige aus dem Kasten und nahm den Bogen aus seiner Halterung. »Jetzt weißt du die Wahrheit«, sagte er. Seine Stimme war nicht unfreundlich, und die Augen waren stärker gerötet als zuvor. »Spielst du für mich, mein Junge?«

Ich hätte es wirklich gern getan, Dr. Rose. Aber ich wusste, dass in mir nichts war, nichts von dem, was früher die Musik aus meiner Seele durch meinen Körper in meine Arme und Finger getrieben hat. Das ist mein Fluch, auch jetzt noch.

Ich sagte: »Ich erinnere mich an Menschen im Haus in der

Nacht, als – als Sonia… Ich erinnere mich an die Stimmen und Schritte vieler Menschen und dass Mutter nach dir rief.«

»Wir waren in Panik. Alle. Es waren Sanitäter da. Feuerwehrleute. Deine Großeltern. Pitchford. Raphael.«

»Raphael war auch da?«

»Ja.«

»Wieso? Was hatte er bei uns zu tun?«

»Ich weiß es nicht mehr. Vielleicht telefonierte er mit der Juilliard School. Er versuchte seit Monaten, uns davon zu überzeugen, dass es für dich irgendwie möglich sein müsste, dort Unterricht zu bekommen. Er war ganz versessen darauf, mehr noch als du.«

»Das passierte also alles zu der Zeit, als ich die Einladung nach New York bekam?«

Mein Vater, der mir die ganze Zeit die Guarneri dargeboten hatte, ließ die Arme sinken. Die Geige hing in der einen Hand, der Bogen in der anderen, beide verwaist wegen meines Versagens.

»Wohin führt uns das, Gideon?«, sagte er. »Was, zum Teufel, hat das alles mit deinem Spiel zu tun? Ich bemühe mich weiß Gott, dir zu helfen, aber du gibst mir absolut keine Möglichkeit, mir ein Urteil zu bilden.«

»Ein Urteil worüber?«

»Woher soll ich wissen, ob es Fortschritte gibt? Woher weißt *du* es?«

Darauf konnte ich nicht antworten, Dr. Rose. Denn die Wahrheit ist das, was er fürchtet und wovor ich Angst habe: Ich kann nicht erkennen, ob diese Prozedur Sinn hat, ob der Weg, den ich eingeschlagen habe, wirklich der ist, der mich in das Leben zurückführen wird, das ich einmal kannte und das mir so viel bedeutete.

Ich sagte: »An dem Abend, als es geschah – da war ich in meinem Zimmer. Daran erinnere ich mich. Ich erinnere mich an das Rufen und Schreien und an die Sanitäter – mehr an ihre Stimmen als an einzelne Personen –, und ich entsinne mich jetzt, dass Sarah-Jane, die mit mir in meinem Zimmer war, an der Tür stand und lauschte und dann sagte, dass sie nun doch nicht weggehen würde. Aber ich erinnere mich nicht, vor Sonias Tod davon gehört zu haben, dass sie gehen wollte.«

Die rechte Hand meines Vaters, die um den Hals der Guarneri lag, verkrampfte sich. Nein, das war natürlich nicht die Reaktion, die er sich erhofft hatte, als er das Instrument aus dem Kasten genommen hatte.

»Eine Geige wie diese muss gespielt werden«, sagte er. »Und sie muss ordentlich aufbewahrt werden. Sieh dir den Bogen an. Sieh dir den Zustand des Bezugs an. Wann hast du das letzte Mal einen Bogen weggelegt, ohne ihn zu lockern? Oder denkst du an solche Kleinigkeiten gar nicht mehr, seit du deine ganze Energie auf die Erforschung der Vergangenheit konzentrierst?«

Ich dachte an den Tag, an dem ich zu spielen versucht und an dem Libby mich gehört hatte, an dem mir zur Gewissheit geworden war, was ich bis dahin nur geahnt hatte: dass mir die Musik genommen war, für immer.

Mein Vater sagte: »So was hast du sonst nie getan. Nie hast du diese Geige einfach auf dem Fußboden liegen lassen. Sie wurde immer so aufbewahrt, dass sie weder Hitze noch Kälte ausgesetzt war, nie in der Nähe eines Heizkörpers oder eines offenen Fensters.«

»Wenn Sarah-Jane vor diesem schrecklichen Abend eigentlich gehen wollte, warum ist sie dann doch nicht gegangen?«, fragte ich.

»Die Saiten sind seit dem Abend in der Wigmore Hall nicht mehr gereinigt worden, richtig? Ich kann mich nicht erinnern, dass du irgendwann einmal nach einem Konzert vergessen hast, die Saiten zu reinigen, Gideon.«

»Es hat kein Konzert stattgefunden. Ich habe nicht gespielt.«

»Nein. Und du hast auch seither nicht einen Ton gespielt. Du hast überhaupt nicht daran gedacht zu spielen. Du hast nicht den Mut gefunden, zu –«

»Sag mir, wie das mit Sarah-Jane Beckett war.«

»Verdammt noch mal, es geht hier nicht um Sarah-Jane Beckett.«

»Warum antwortest du mir dann nicht?«

»Weil es nichts zu sagen gibt. Sie wurde gefeuert. Okay? Auch Sarah-Jane Beckett wurde gefeuert.«

Diese Antwort hatte ich nicht erwartet. Ich hatte gedacht, er würde mir sagen, dass sie sich verlobt oder eine bessere Stellung gefunden oder beschlossen hatte, beruflich andere Wege zu gehen. Aber dass auch sie, genau wie Katja Wolff, entlassen worden war – diese Möglichkeit hatte ich überhaupt nicht in Betracht gezogen.

»Wir mussten versuchen zu sparen«, sagte mein Vater. »Wir konnten es uns nicht leisten, Sarah-Jane Beckett, Raphael Robson und eine Kinderfrau für Sonia zu bezahlen. Deshalb hatten wir Sarah-Jane gekündigt, mit einer Frist von zwei Monaten.«

»Wann?«

»Kurz bevor wir uns klarmachten, dass wir Katja Wolff würden entlassen müssen.«

»Und als dann Sonia starb und Katja weg war –«

»– konnte Sarah-Jane bleiben.« Er drehte sich um und legte die Guarneri wieder in den Kasten. Seine Bewegungen waren langsam; durch die Skoliose behindert, wirkte er wie ein Greis.

Ich sagte: »Dann könnte ja auch Sarah-Jane –«

»Sie war mit Pitchford zusammen, als deine Schwester getötet wurde, Gideon. Sie schwor einen Eid darauf, und Pitchford bestätigte es.«

Mein Vater richtete sich auf und wandte sich mir wieder zu. Er sah todmüde aus. Es bereitete mir tiefes Unbehagen und Schuldgefühle, ihn zu zwingen, Dingen ins Auge zu sehen, die er vor Jahren zusammen mit meiner Schwester begraben hatte. Aber ich musste weitermachen. Zum ersten Mal seit der *Episode* in der Wigmore Hall – ja, ich gebrauche dieses Wort so bewusst wie Sie zuvor, Dr. Rose – hatte ich den Eindruck, dass wir Fortschritte machten, und da konnte ich nicht einfach aufgeben.

»Warum hat sie nicht geredet?«, fragte ich.

»Ich sagte doch eben –«

»Katja Wolff, meine ich, nicht Sarah-Jane Beckett. Cresswell-White erzählte mir, dass sie nur ein einziges Mal gesprochen hat – mit der Polizei –, und dann nie wieder. Weder mit der Polizei noch mit sonst jemandem. Über das Verbrechen, meine ich. Über Sonia.«

»Die Frage kann ich dir nicht beantworten. Ich weiß die Antwort nicht. Es ist mir auch egal. Und –« Er nahm die Noten zur Hand, die ich auf dem Ständer zurückgelassen hatte, als ich mir vorgenommen hatte, zu spielen. Er klappte langsam das Heft zu, als beendete er etwas, das keiner von uns beiden beim Namen nennen wollte. »Ich verstehe einfach nicht, warum du auf dieser Geschichte herumreiten musst. Hat Katja Wolff nicht genug Zerstörung in unser aller Leben angerichtet?«

»Es geht nicht um Katja Wolff«, entgegnete ich. »Es geht darum, was geschehen ist.«

»Du weißt, was geschehen ist.«

»Ich weiß nicht alles.«

»Aber genug.«

»Wenn ich auf mein Leben zurückblicke, wenn ich über es schreibe oder spreche, kann ich mich nur an die Zeiten genau erinnern, die mit der Musik zu tun haben: Wie ich zur Musik kam, wie ich diesen Weg weiterging, mit was für Übungen Raphael mich schulte, die Konzerte, die ich gab, die Orchester, mit denen ich gespielt habe, Dirigenten, Konzertmeister, Journalisten, die mich interviewten. Plattenaufnahmen, die ich gemacht habe.«

»Das *ist* dein Leben. Das macht deine Persönlichkeit aus.«

Libby war da anderer Meinung. Ich hatte ihre zornige Stimme noch im Ohr. Ich spürte ihre Frustration. Ich hätte in ihrer wütenden Verzweiflung ertrinken können.

Man hat mir die Wurzeln abgeschnitten, Dr. Rose. Ich bin plötzlich ein Heimatloser. Einst lebte ich in einer Welt, die ich kannte und in der ich mich zu Hause fühlte, in einer Welt mit klaren Grenzen, von Menschen bevölkert, die eine Sprache sprachen, die ich verstand. Diese Welt ist mir entfremdet, aber ebenso fremd ist mir das Land, das ich jetzt durchschreite, ohne Führer und ohne Karte, nur Ihren Anweisungen folgend.

# 11

Yasmin Edwards hatte an diesem Morgen eine Menge zu tun und war froh darüber. Ein Frauenhaus in Lambeth hatte ihr sechs neue Kundinnen geschickt, die alle zu gleicher Zeit in ihren Laden gekommen waren. Keine von ihnen brauchte eine Perücke – die wurden meistens von Frauen verlangt, die sich einer Chemotherapie unterziehen mussten oder an krankhaftem Haarausfall litten –, aber alle wünschten sie ein neues Make-up und neue Frisuren, um ihren Typ zu verändern, und Yasmin half ihnen gern. Sie wusste aus eigener Erfahrung, wie einem, von einem Mann missbraucht und erniedrigt, zu Mute war, und es überraschte sie nicht, dass die Frauen zunächst sehr zurückhaltend waren und nur leise und zaghaft von ihrem Aussehen sprachen und den Veränderungen, die sie sich von Yasmin Edwards' Künsten erhofften. Yasmin ging deshalb sehr behutsam mit ihnen um und ließ sie, nachdem sie sie mit Zeitschriften versorgt hatte, bei Kaffee und Keksen selbst entscheiden.

»Können Sie machen, dass ich wie die da ausschau?« Das war die Frage, die das Eis brach. Eine der Frauen – gut zwei Zentner schwer und weit über sechzig – hatte das Bild eines attraktiven schwarzen Models mit üppigem Busen und aufgeworfenem Schmollmund gewählt.

»Wenn du nachher so ausschaust, Mädchen, geh ich aus diesem gottverdammten Laden nie wieder raus«, sagte eine der anderen, und alle lachten schallend.

Danach lief alles problemlos.

Merkwürdigerweise erinnerte der Geruch der Reinigungsflüssigkeit, mit der sie die Arbeitstische sauber machte, nachdem die Frauen gegangen waren, sie plötzlich an den Morgen. Sie fragte sich flüchtig, warum, als ihr einfiel, dass sie gerade dabei gewesen war, die Badewanne zu säubern, in der von Davids Perückenwäsche am vergangenen Abend noch ein paar Haare hingen, als Katja ins Bad kam, um sich die Zähne zu putzen.

»Gehst du heute in die Arbeit?«, fragte Yasmin. Daniel war

schon zur Schule gegangen. Sie konnten zum ersten Mal offen miteinander reden. Oder es wenigstens versuchen.

»Klar«, antwortete Katja. »Wieso sollte ich nicht?«

Sie sprach das englische »W« immer noch nach deutscher Art wie ein stimmhaftes »V« aus; dabei, dachte Yasmin manchmal, hätten zwanzig Jahre in englischer Umgebung eigentlich reichen müssen, um Katja selbst die hartnäckigsten Sprachgewohnheiten auszutreiben. Ihr Akzent hatte Yasmin immer gefallen, aber jetzt war das vorbei. Sie hätte nicht sagen können, wann diese Eigenart für sie den Charme verloren hatte. Lange war es noch nicht her. Aber auf den Tag genau konnte sie es nicht sagen.

»Er hat behauptet, du hättest blaugemacht. Viermal bereits.«

Im Spiegel über dem Waschbecken fixierte Katja mit ihren blauen Augen die Freundin. »Und das glaubst du, Yas? Er ist Bulle, und du und ich, wir sind… Du weißt, was wir für ihn sind: zwei lesbische Knastschwestern, die wieder raus sind. Ich hab genau gesehen, wie er uns angeschaut hat. Wieso sollte so einer uns sagen, was wirklich läuft, wenn er mit ein paar Lügen einen Keil zwischen uns treiben kann?«

So ganz unrecht hatte Katja mit ihrer Einschätzung nicht. Yasmin hatte selbst die Erfahrung gemacht, dass der Polizei nicht zu trauen war. Keinem im Vollzug war zu trauen. Die legten sich auf eine Geschichte fest, verbogen dann sämtliche Fakten so, dass sie ihnen in den Kram passten, und präsentierten das Ganze den Gerichten auf eine Art, dass die Gewährung einer Kaution unverantwortlich erschien und ein Prozess im Old Bailey mit nachfolgender langer Gefängnisstrafe als das einzige probate Mittel gegen einen so genannten gesellschaftlichen Missstand war. Als wären sie und Roger Edwards eine Seuche und ihr Opfer gewesen und nicht das, was sie wirklich gewesen waren: Sie, eine Neunzehnjährige, die jahrelang von Stiefvätern, Stiefbrüdern und deren Freunden missbraucht worden war; er ein gelbhaariger Australier, der seiner Freundin nach London folgte, wo er mit einem Band Gedichten unterm Arm abserviert worden war. Diesen selben Gedichtband hatte er an der Kasse bei Sainsbury liegen lassen, wo sie einmal in der Woche seine Einkäufe in die Kasse eintippte. Und wegen dieses Gedichtbands hatte sie geglaubt, er wäre etwas anderes als das, was sie gewöhnt war.

Und das war er auch, dieser Roger Edwards. Er war anders, in vielerlei Hinsicht. Nur nicht da, wo es zählte.

Was eine Frau und einen Mann zueinander trieb, war nie einfach. Oberflächlich betrachtet, sah es einfach aus – Schwanz und Möse –, aber so war es nie. Man konnte es nicht erklären: ihre Geschichte und die Rogers, ihre Ängste und seine ungeheure Hoffnungslosigkeit, ihre beiderseitige Bedürftigkeit und die unausgesprochenen Erwartungen des einen an den anderen. Sichtbar war nur das Ergebnis: Ständige Beschuldigungen, die seiner Sucht entsprangen, und ewige Zurückweisungen dieser Beschuldigungen, die niemals ausreichten, zu denen stets Beweise verlangt wurden, die wiederum zu neuen Anschuldigungen Anlass gaben. Sie wurden mit einer sich steigernden Paranoia hervorgebracht, die wiederum von Drogen und Alkohol gespeist wurde, bis sie ihn schließlich nur noch los sein, nichts mehr mit ihm zu tun haben wollte, auch wenn ihr Sohn wie so viele Kinder ihres Viertels ohne Vater aufwachsen würde; auch wenn sie damit gegen ihren festen Vorsatz verstieß, Daniel auf keinen Fall von lauter Frauen umgeben aufwachsen zu lassen.

Doch Roger weigerte sich zu gehen. Er wehrte sich. Er wehrte sich ernstlich. So wie ein Mann sich gegen einen Mann wehrt – stumm, mit Fäusten und Gewalt. Aber sie hatte die Waffe gehabt, und sie hatte sie benützt.

Fünf Jahre hatte sie dafür im Gefängnis gesessen. Sie war festgenommen und unter Anklage gestellt worden. Mit einer Körpergröße von einem Meter achtzig überragte sie ihren Mann um Haupteslänge. »Wieso also, meine Damen und Herren Geschworenen, glaubte diese Frau, sie müsse sich mit einem *Messer* zur Wehr setzen, als er angeblich aggressiv wurde?« Er hatte, wie es so schön hieß, unter dem Einfluss einer »körperfremden Substanz« gestanden, und die meisten seiner Schläge hatten sie verfehlt oder waren zu kurz gewesen oder hatten sie lediglich gestreift, anstatt sie dort zu treffen, wo sie ihr Schmerz bereitet oder, noch besser, etwas gebrochen hätten. Dennoch hatte sie gemeint, sich mit einem *Messer* gegen ihn wehren zu müssen, und hatte ihm nicht weniger als achtzehn Stiche beigebracht.

Mehr Blut wäre von Nutzen gewesen bei den nachfolgenden Untersuchungen durch die Polizei. Mehr Blut von ihr als von Roger. So hatte sie nicht mehr vorzuweisen als die Geschichte von dem attraktiven blonden Typen, der, gerade von seiner Freundin sitzen gelassen, den Blick eines jungen Mädchens auf sich zieht, das sich vor der Welt versteckt. Er lockt sie aus ihrem Schneckenhaus heraus; sie verspricht ihm einen erfrischenden Schluck Vergessen. Und was war schon groß dabei, wenn er ein wenig kokste und viel trank? Diese Verhaltensweisen waren ihr vertraut. Aber zwei Dinge hatte sie nicht akzeptieren können: Den Abstieg in Armut und Verwahrlosung und die Forderungen, dass sie nachts, in Türnischen, in geparkten Autos oder an den Baum einer Grünanlage gelehnt, das Geld verdienen sollte, um seine Sucht zu finanzieren.

»Raus! Mach sofort, dass du verschwindest!«, schrie sie ihn an. Und an diese schreiende Stimme und diese Worte erinnerten sich später die Nachbarn.

»Erzählen Sie uns einfach die Geschichte, Mrs. Edwards«, hatten die Bullen gesagt, zu Füßen den blutverschmierten Leichnam ihres Mannes. »Sie brauchen uns nur zu erzählen, was passiert ist, dann regeln wir das alles auf dem schnellsten Weg.«

Sie hatte mit Gefängnis dafür bezahlt, dass sie der Polizei ihre Geschichte erzählt hatte. Das war deren Art gewesen, die Dinge auf dem schnellsten Weg zu regeln. Fünf Jahre gemeinsamen Lebens mit ihrem Sohn hatte es sie gekostet, und als sie herausgekommen war, hatte sie nichts gehabt, und die folgenden fünf Jahre hatte sie geschuftet, gebettelt und geborgt, um die verlorene Zeit wieder einzuholen. Katja hatte Recht, und Yasmin wusste es. Man musste schon komplett verrückt sein, um dem Wort eines Bullen zu trauen.

Aber die Behauptungen des Bullen über Katjas Abwesenheiten – von ihrem Arbeitsplatz, von der Wohnung, von weiß Gott wo – waren nicht das Einzige, womit sich Yasmin konfrontiert sah. Es ging auch noch um das Auto. Und ob man dem schwarzen Kerl trauen konnte oder nicht – der Wagen war beschädigt.

Yasmin sagte: »Der eine Scheinwerfer am Auto ist kaputt, Katja. Er hat sich das gestern Abend angesehen, der Bulle, meine ich. Er wollte wissen, wie das passiert ist.«

»Und fragst du mich das jetzt?«

»Ja, schon.« Energisch verrieb Yasmin die Scheuermilch in der alten Wanne, als könnte sie so die Stellen entfernen, wo das Metall durch das Email schimmerte. »Ich kann mich nicht erinnern, dass ich irgendwo dagegengefahren bin. Du?«

»Warum will er das überhaupt wissen? Was geht es ihn an, wie der Scheinwerfer zerbrochen ist?«

Katja war fertig mit dem Zähneputzen und beugte sich über das Waschbecken, um im Spiegel ihr Gesicht zu mustern, wie sie es immer tat, wie auch Yasmin es nach ihrer Entlassung aus dem Gefängnis monatelang getan hatte, um sich immer von neuem zu vergewissern, dass sie wirklich hier war, in diesem besonderen Raum, ohne Aufseher, ohne Gitter, ohne Schloss und Riegel, vor sich ihr Leben – das, was von ihm übrig war –, und verzweifelt bemüht, sich von dieser unstrukturierten Spanne leerer Jahre keine Angst machen zu lassen.

Katja wusch sich das Gesicht und trocknete es. Sie wandte sich um und lehnte sich mit dem Rücken an das Waschbecken, während Yasmin fortfuhr, die Wanne zu reinigen. Als sie die Hähne zudrehte, sagte Katja: »Was will er von uns, Yas?«

»Von dir«, verbesserte Yasmin. »Von mir will er gar nichts. Es geht um dich. Wie ist der Scheinwerfer zu Bruch gegangen?«

»Ich wusste nicht mal, dass er kaputt ist«, antwortete Katja. »Ich habe ihn nie beachtet... Yas, stellst du dich regelmäßig vor dein Auto und inspizierst es? Hast du gewusst, dass der Scheinwerfer kaputt ist, bevor er dich darauf aufmerksam gemacht hat? Nein? Er kann schon seit Wochen kaputt sein. Ist es denn so schlimm? Das Licht funktioniert doch noch? Wahrscheinlich ist uns auf dem Parkplatz jemand dagegengefahren. Oder auf der Straße.«

Das war gut möglich. Aber kamen Katjas Erklärungen nicht irgendwie zu hastig, waren sie nicht zu bemüht? Und warum fragte sie nicht danach, welcher Scheinwerfer zerbrochen war? Wäre es nicht normal, wissen zu wollen, um welchen Scheinwerfer es sich handelte?

Katja fügte hinzu: »Es kann genauso gut passiert sein, als du den Wagen gefahren hast. Wir wissen ja nicht, wann es passiert ist.«

»Stimmt«, sagte Yasmin gedehnt.

»Was soll dann –«

»Er wollte wissen, wo du warst. Er war bei deiner Arbeitsstelle und hat sich nach dir erkundigt.«

»Sagt er. Aber wenn er wirklich mit ihnen gesprochen hat und sie ihm erzählt haben, dass ich vier Tage nicht da war, warum hat er das dann nur dir gesagt und nicht mir? Ich war doch hier, ich stand mit euch beiden im Zimmer. Warum hat er mich nicht nach einer Erklärung gefragt? Überleg dir das mal.«

Yasmin musste einräumen, dass Katjas Entgegnung logisch und der Überlegung wert war. Der Constable hatte Katja tatsächlich nicht nach einer Erklärung ihrer Abwesenheit von ihrer Arbeitsstelle gefragt, als sie alle drei gemeinsam im Wohnzimmer gewesen waren. Er hatte nur mit Yasmin darüber gesprochen, beinahe vertraulich, als wären sie alte Freunde, die sich nach langer Zeit wieder getroffen hatten.

»Du weißt doch, was das bedeutet«, fuhr Katja fort. »Er will einen Keil zwischen uns treiben, weil ihm das nützlich wäre. Und wenn er es schafft, wird er sich hinterher bestimmt nicht bemühen, uns wieder zusammenzubringen. Auch dann nicht, wenn er erreicht hat, was er will – was immer das auch ist.«

»Er forscht irgendwas aus«, sagte Yasmin. »Oder irgendjemanden. Also –« Sie holte so tief Luft, dass es wehtat. »Hast du mir irgendwas vorenthalten, Katja? Verheimlichst du mir was?«

»Genau so funktioniert es«, sagte Katja. »Genau das bezweckt der Typ.«

»Aber du gibst mir keine Antwort?«

»Weil ich nichts zu sagen habe. Ich hab nichts zu verbergen, weder vor dir noch sonst jemandem.«

Ihr Blick hielt Yasmins stand. Ihre Stimme war fest. Beide, Blick und Stimme, waren voller Verheißung und erinnerten Yasmin an die Geschichte, die sie mit Katja verband. Anfangs war es nur der Trost gewesen, den die eine gespendet und die andere gesucht hatte, dann war aus diesem Trost etwas entstanden, was beiden Kraft gegeben hatte. Aber Gefühle waren nicht unzerstörbar. Das wusste Yasmin aus Erfahrung. Sie sagte: »Katja, du würdest es doch sagen, wenn...?«

»Wenn was?«

»Wenn...«

Neben Yasmin, die immer noch über die Wanne gebeugt stand,

kniete Katja nieder und zeichnete mit den Fingern behutsam die geschwungene Linie von Yasmins Ohr nach. »Du hast fünf Jahre auf mich gewartet«, sagte sie. »Es gibt kein Wenn, Yas.«

Sie küssten einander lange und zärtlich, und Yasmin dachte nicht wie beim ersten Mal, so ein Irrsinn, ich küsse eine Frau… sie streichelt mich… ich lasse mich von ihr streicheln… Es ist der Mund einer Frau, der mich küsst, der mich dort küsst, wo ich geküsst werden möchte… Es ist eine Frau, und was sie tut – ja, ja, ich will es. Sie dachte nur daran, wie es war, mit dieser Frau zusammen zu sein, sich geborgen und ihrer sicher zu fühlen.

Sie packte die Schminksachen wieder in den Make-up-Koffer und sammelte die Papiertücher ein, mit denen sie die Arbeitstische abgewischt hatte, an denen die Frauen gesessen hatten, um sich von ihr schön machen zu lassen. Sie musste lächeln, als sie daran dachte, wie sie sich an ihrer Verwandlung ergötzt hatten, kichernd und lachend wie Schulmädchen.

Yasmin hatte Freude an ihrer Arbeit. Als ihr das bewusst wurde, schüttelte sie unwillkürlich den Kopf, erstaunt und dankbar dafür, dass lange Jahre im Gefängnis sie nicht nur zu einer Beschäftigung geführt hatten, die sie befriedigte, sondern auch zu einer Gefährtin, die sie liebte, und in ein Leben, das ihr wichtig war. Sie wusste, dass ein Happyend nach einem so harten Weg, wie sie ihn gegangen war, selten war.

Hinter ihr wurde die Ladentür geöffnet. Das würde Mrs. Newlands älteste Tochter Naseesha sein, die Mamas frisch gewaschene Perücke abholen wollte.

Mit einem Lächeln drehte sich Yasmin um.

»Ich hätte Sie gern einen Moment gesprochen«, sagte der schwarze Constable.


Major Ted Wiley war der Letzte in Henley, dem Lynley und Barbara Havers die Fotografie von Katja Wolff zeigten. Geplant war das nicht. Normalerweise hätten sie ihm das Bild zuerst gezeigt. Er war, zumindest seinen eigenen Angaben zufolge, Eugenie Davies' engster Freund und nächster Nachbar gewesen, und von ihm wäre wohl am ehesten anzunehmen gewesen, dass er Katja Wolff gesehen hatte, wenn diese tatsächlich nach Henley gekommen war, um Eugenie Davies aufzusuchen. Aber bei ihrer Ankunft in der Friday Street hatten sie die Buchhandlung geschlossen vorgefunden, mit einem Schild an der Tür: »Bin gleich zurück.« Daraufhin zeigten sie die Fotografie in sämtlichen anderen Geschäften in der Friday Street herum, jedoch ohne Erfolg.

Barbara wunderte das nicht. »Ich sag Ihnen, wir sind auf dem Holzweg, Inspector«, erklärte sie Lynley mit Märtyrermiene.

»Es ist ein Anstaltsbild«, erwiderte er. »So schlecht wie ein Passfoto. Es hat möglicherweise überhaupt keine Ähnlichkeit mit ihr. Versuchen wir unser Glück im *Sixty Plus Club*, bevor wir aufgeben. Wenn dieser Mann ihr dort auflauerte, warum nicht auch Katja Wolff?«

Der *Sixty Plus Club* war selbst um diese Tageszeit recht gut besucht. Die meisten der anwesenden Mitglieder spielten Karten, sie schienen ein Bridgeturnier auszutragen. Vier Frauen hatten sich in eine Partie Monopoly verbissen und das Spielbrett mit dutzenden roter Hotels und grüner Häuser besetzt. In einem schmalen Raum, einer Küche, wie es schien, saßen drei Männer und zwei Frauen, mit aufgeschlagenen Aktenordnern vor sich, um einen Tisch. Unter ihnen war der gekrauste Rotschopf der schrecklichen Georgia Ramsbottom auszumachen, deren laute Stimme sogar den romantischen Gesang Fred Astaires übertönte, der – auf dem Bildschirm eines Fernsehgeräts, das in einem Alkoven mit unbequemen Sesseln stand – gerade *check to check* mit Ginger Rogers tanzte.

»Es wäre doch viel vernünftiger, intern einen Nachfolger zu suchen«, sagte Georgia Ramsbottom gerade. »Wir sollten es wenigstens versuchen, Patrick. Wenn jemand von uns bereit ist, jetzt, nach Eugenies Tod, die Klubleitung zu übernehmen –«

Die andere Frau fiel ihr in mühsam gedämpftem Ton ins Wort, aber Georgia Ramsbottom konterte sofort. »Also, das finde ich wirklich beleidigend, Margery. Jemand muss sich schließlich um die Interessen des Klubs kümmern. Ich schlage vor, wir stellen fürs Erste unsere persönlichen Gefühle zurück und befassen uns mit der Frage der Nachfolge. Wenn wir nicht gleich heute eine Lösung finden, dann doch hoffentlich, bevor sich noch mehr Anfragen« – dabei wies sie auf ein Bündel gelber Zettel, auf denen die Anfragen offenbar vermerkt waren – »und unbezahlte Rechnungen anhäufen.«

Ihren Worten folgte allgemeines Gemurmel, das ebenso gut Zustimmung wie Ablehnung ausdrücken konnte, was genau, wurde nicht klar, da Georgia Ramsbottom in diesem Moment Lynley und Barbara Havers entdeckte, sich bei den anderen Diskussionsteilnehmern entschuldigte, und zu den beiden Kriminalbeamten eilte. Der Leitungsausschuss des *Sixty Plus Club* befinde sich soeben in einer Besprechung, erklärte sie in einem Ton, als hätte der Ausschuss Entscheidungen von nationaler Tragweite zu treffen. Der Klub könne nicht noch länger führungslos bleiben, auch wenn es sich leider als ausgesprochen schwierig erweise, den anderen Mitgliedern klar zu machen, dass eine »angemessene Trauerzeit« zum Gedenken an Eugenie Davies kein Grund sei, die Entscheidung über einen Nachfolger oder eine Nachfolgerin unnötig hinauszuschieben.

»Wir werden Sie nicht lange aufhalten«, sagte Lynley. »Wir möchten nur kurz mit jedem Einzelnen hier sprechen. Unter vier Augen. Wenn Sie so freundlich wären, das zu arrangieren…«

»Inspector«, entgegnete Georgia mit genau dem richtigen Maß an Entrüstung in der Stimme, »die Mitglieder des *Sixty Plus Club* von Henley sind anständige und redliche Leute. Wenn Sie hierher gekommen sind, weil Sie glauben, dass einer von Ihnen etwas mit Eugenies Tod zu tun hat –«

»Ich glaube gar nichts«, unterbrach Lynley besänftigend. Ihm war nicht entgangen, dass Georgia Ramsbottom von den Klubmitgliedern gesprochen hatte, als zählte sie selbst nicht zu ihnen, darum sagte er betont liebenswürdig: »Vielleicht können wir gleich mit Ihnen anfangen, Mrs. Ramsbottom. In Mrs. Davies' Büro…?«

Die Blicke der anderen folgten ihnen, als sie, Georgia Ramsbottom ihnen vorauseilend, zum Büro gingen. Es war heute nicht abgeschlossen, und als sie eintraten, fiel Lynley sofort auf, dass alles, was irgendwie an Eugenie Davies hätte erinnern können, bereits in einem Karton verstaut war, der einsam auf dem Schreibtisch stand. Er fragte sich flüchtig, was die schreckliche Mrs. Ramsbottom als »angemessene Trauerzeit« für die verstorbene Klubleiterin betrachtete.

Nachdem Barbara Havers die Tür geschlossen und sich mit ihrem Heft in der Hand daneben hingestellt hatte, vergeudete er keine Zeit mit belangsloser Konversation, sondern nahm sogleich hinter dem Schreibtisch Platz, wies Georgia Ramsbottom den Besuchersessel davor zu und zog die Fotografie von Katja Wolff heraus. Ob Mrs. Ramsbottom irgendwann in den Wochen vor Mrs. Davies' Tod diese Frau gesehen habe, fragte er, entweder in der Umgebung des *Sixty Plus Club* oder sonst irgendwo in Henley.

Beim Anblick des Fotos hauchte Georgia ehrfürchtig wie eine Agatha-Christie-Heldin: »Die Mörderin...?« Sie war plötzlich die Hilfsbereitschaft in Person, vielleicht verwandelt durch die Erkenntnis, dass die Polizei den Mörder nicht in den Reihen der Klubmitglieder suchte. Hastig fügte sie hinzu: »Ich weiß, dass sie mit Vorsatz getötet wurde, Inspector, und nicht einfach das Opfer eines verantwortungslosen Autofahrers war, der nach dem Unfall geflüchtet ist. Teddy, der arme Gute, hat es mir erzählt, als ich ihn gestern Abend angerufen habe.«

*Teddy, der arme Gute*, wiederholte Barbara lautlos und verdrehte die Augen, während sie eifrig in ihr Heft kritzelte. Georgia, die das Geräusch des Bleistifts auf dem Papier hörte, drehte sich neugierig zu ihr um.

Lynley sagte: »Vielleicht möchten Sie sich das Bild einmal ansehen, Mrs. Ramsbottom...«

Georgia Ramsbottom nahm das Foto und betrachtete es. Sie führte es dicht vor ihre Augen. Sie hielt es auf Armeslänge von sich weg. Sie neigte den Kopf zur Seite. Nein, sagte sie endlich, die Frau auf dem Foto habe sie nie gesehen. Jedenfalls nicht in Henley-on-Thames.

»Woanders?«, fragte Lynley.

Nein, nein, das habe sie mit der Bemerkung nicht sagen wollen. Selbstverständlich sei es möglich, dass sie ihr in London einmal begegnet sei – eine Fremde auf der Straße vielleicht? –, als sie dort ihre niedlichen kleinen Enkel besucht hatte. Aber wenn das zutreffe, könne sie sich nicht daran erinnern.

»Danke«, sagte Lynley, bereit, sie ihrer Wege gehen zu lassen.

Aber so leicht wurde man Georgia Ramsbottom nicht los. Sie schlug die Beine übereinander, strich sich mit einer Hand über die Falten ihres Rocks, beugte sich vor, um ihre Strümpfe zu glätten, und sagte: »Sie werden natürlich auch mit Teddy sprechen wollen, nicht wahr, Inspector?« Es klang eher wie ein Vorschlag als eine Frage. »Er wohnt ja ganz in der Nähe von Eugenie – aber ich nehme an, das wissen Sie bereits, nicht? –, und wenn diese Frau sich in der Nähe des Hauses aufgehalten oder Eugenie vielleicht besucht hat, könnte er das wissen. Möglicherweise hat Eugenie selbst ihm etwas erzählt, die beiden waren ja sehr eng befreundet, Eugenie und Teddy, meine ich. Es ist gut möglich, dass sie sich ihm anvertraut hat, wenn diese Person…« Georgia zögerte und rieb sich mit schwer beringten Fingern die Wange. »Nein. Nein. Vielleicht doch nicht.«

Lynley seufzte insgeheim. Er hatte überhaupt keine Lust, sich mit dieser Frau auf ein Frage- und Antwortspiel einzulassen. Wenn sie es zur Befriedigung ihrer Machtgier brauchte, ihr Wissen in kleinen Bröckchen auszuwerfen und den anderen danach schnappen zu lassen, würde sie sich ein anderes Opfer suchen müssen. Er überraschte sie mit einem: »Ich danke Ihnen, Mrs. Ramsbottom«, und nickte Barbara zu, um ihr zu bedeuten, dass sie die Frau hinausführen solle.

Georgia Ramsbottom legte ihre Karten auf den Tisch. »Na schön. Ich habe mit Teddy gesprochen«, bekannte sie in vertraulichem Ton. »Wie ich schon sagte, ich habe ihn gestern Abend angerufen. Ich meine, man möchte ja seine Anteilnahme bekunden, wenn jemand einen geliebten Menschen verliert, selbst wenn die Beziehung vielleicht einseitiger ist, als man es einem lieben Freund wünschen würde.«

»Der liebe Freund ist Major Wiley?«, erkundigte sich Barbara mit einer gewissen Ungeduld.

Georgia Ramsbottom warf ihr einen hochmütigen Blick zu, ehe sie zu Lynley sagte: »Inspector, ich denke, es wäre nützlich für Sie zu wissen – es würde mir gewiss nicht einfallen, von einer Toten schlecht zu reden… Aber man kann wohl nicht von übler Nachrede sprechen, wenn es sich schlicht und einfach um Tatsachen handelt, nicht wahr?«

»Worauf wollen Sie hinaus, Mrs. Ramsbottom?«

»Nun ja, ich überlege, ob das, was ich Ihnen sagen könnte, für Ihre Ermittlungen wirklich von Bedeutung ist.« Sie wartete auf eine Antwort oder Zusicherung. Als Lynley schwieg, blieb ihr nichts anderes übrig, als fortzufahren. »Andererseits könnte es durchaus von Bedeutung sein. Ist es wahrscheinlich auch. Und wenn ich nichts sage… Sehen Sie, es geht mir um den armen

Teddy. Der Gedanke, dass etwas, das ihm schaden könnte, an die Öffentlichkeit gelangt… Diese Vorstellung kann ich nur schwer ertragen.«

Lynley hatte da seine Zweifel. Er sagte: »Mrs. Ramsbottom, wenn Sie bezüglich Mrs. Davies irgendetwas wissen, was möglicherweise zu ihrem Mörder führt, ist es in Ihrem eigenen Interesse, uns das ohne Unschweife mitzuteilen.«

Und auch in unserem Interesse, besagte Barbaras Miene. Sie machte ein Gesicht, als würde sie dieser fürchterlichen Person am liebsten den Kragen umdrehen.

»Wenn das nicht der Fall ist«, fügte Lynley hinzu, »darf ich Sie bitten, uns jetzt die übrigen Klubmitglieder hereinzuschicken, damit wir –«

»Es betrifft Eugenie«, erklärte Georgia Ramsbottom hastig. »Ich sage es wirklich nicht gern, aber es geht nicht anders. Sie hat Teddys Gefühle nicht erwidert. Ihre Gefühle für ihn waren nicht so stark wie seine für sie, und er hat das nicht gemerkt.«

»Aber Sie haben es gemerkt«, sagte Barbara von der Tür her.

»Ich bin ja nicht blind«, gab Georgia Ramsbottom mit einem kurzen Blick über die Schulter zurück. Dann fügte sie zu Lynley gewandt hinzu: »Und ich bin auch nicht dumm. Es gab da einen anderen, und Teddy wusste nichts davon. Er weiß es immer noch nicht, der Arme.«

»Einen anderen?«

»Manche Leute würden vielleicht behaupten, dass Eugenie innerlich unablässig mit irgendetwas beschäftigt war und dass dies verhinderte, dass sie Teddy näher kam. Ich würde sagen, dass sie mit einer Person beschäftigt war und es noch nicht über sich gebracht hatte, dem armen Teddy reinen Wein einzuschenken.«

»Sie haben sie mit jemandem gesehen?«, fragte Lynley.

»Das war gar nicht nötig«, antwortete Georgia Ramsbottom. »Ich habe gesehen, was sie tat, wenn sie hier war. Ich weiß von den Telefonaten, die sie hinter verschlossener Tür geführt hat, und ich weiß auch von den Tagen, an denen sie schon um halb zwölf gegangen ist und nicht wiederkam. An solchen Tagen ist sie mit dem Auto in den Klub gekommen, Inspector, obwohl sie sonst immer von der Friday Street zu Fuß herübergegangen ist. Und sie ist nie an den Tagen gefahren, an denen sie ehrenamtlich im *Quiet*

*Pines*-Pflegeheim gearbeitet hat. Das war immer montags und mittwochs.«

»Und an welchen Tagen ist sie früher gegangen?«

»Donnerstag und Freitag. Einmal im Monat. Manchmal auch zweimal. Was würden Sie daraus schließen, Inspector? Meiner Ansicht nach stecken da heimliche Rendezvous dahinter.«

Es konnte, sagte sich Lynley, alles Mögliche dahinter stecken, vom Arztbesuch bis zum Friseurtermin. Aber wenn auch Georgia Ramsbottoms Enthüllungen von ihrer offenkundigen Abneigung gegen Eugenie Davies beeinflusst waren, ließ sich nicht ignorieren, dass sie zu den Eintragungen passten, die sie im Tagebuch der Toten gefunden hatten.

Nachdem Lynley ihr für ihre Hilfsbereitschaft gedankt hatte, schickte er sie zu ihren Ausschusskollegen zurück und bat sie, ihm die anderen anwesenden Klubmitglieder hereinzuschicken, einzeln, zur Begutachtung des Fotos von Katja Wolff. Sie wünschten alle zu helfen, das war deutlich spürbar, aber keiner konnte bezeugen, Katja Wolff irgendwo in der Nähe des Klubs gesehen zu haben.

Auf dem Rückweg zur Friday Street, wo Lynley seinen Wagen vor dem Häuschen von Eugenie Davies abgestellt hatte, sagte Barbara: »Zufrieden, Inspector?«

»Womit?«

»Na, was die Wolff-Theorie angeht.«

»Nicht ganz.«

»Aber Sie werden sie doch nicht immer noch als Mörderin führen? Ich meine, nach allem, was wir da eben gehört haben.« Sie wies mit dem Daumen zurück in Richtung des *Sixty Plus Club*. »Angenommen, Katja Wolff hätte Eugenie Davies überfahren, dann hätte sie doch erst mal wissen müssen, wohin sie an dem fraglichen Abend überhaupt wollte. Oder sie hätte ihr von hier aus nach London folgen müssen. Oder sehen Sie das anders?«

»Nein, nein, das ist schon richtig.«

»Sie hätte auf jeden Fall irgendwie mit Eugenie Davies Kontakt aufnehmen müssen, nachdem sie aus dem Gefängnis entlassen worden war. Kann ja sein, dass wir bei der Durchsicht der Telefonunterlagen eine freudige Überraschung erleben und feststellen werden, dass Eugenie Davies und Katja Wolff in den letzten zwölf Wochen aus Gründen, die absolut im Dunkeln liegen, endlose Telefongespräche miteinander geführt haben. Aber wenn uns diese Unterlagen nichts dergleichen bringen, dann bleibt nur die Möglichkeit, dass jemand ihr von hier aus nach London gefolgt ist. Und Sie wissen ja wohl so gut wie ich, welcher Jemand das mit Leichtigkeit hätte bewerkstelligen können, oder?« Sie wies auf die Tür der Buchhandlung, von der das Bin-gleich-zurück-Schild inzwischen entfernt worden war.

»Sehen wir mal, was Major Wiley uns zu sagen hat«, meinte Lynley und öffnete die Tür.

Ted Wiley war damit beschäftigt, einen Karton voll neuer Bücher auszupacken und diese auf einem Tisch auszulegen, auf dem ein von Hand beschriftetes Schild »Neuerscheinungen« ankündigte. Er war nicht allein im Laden. Hinten saß in einem bequemen Sessel eine Frau mit einem Paisleykopftuch, die genüsslich Tee aus einer Thermosflasche trank und dazu in einem Buch las, das sie aufgeschlagen auf den Knien liegen hatte.

»Ich habe Ihren Wagen gesehen, als ich zurückkam«, bemerkte Wiley, während er drei Bücher aus dem Karton hob und jedes mit einem Tuch abstaubte, bevor er es auf den Tisch legte. »Und – was haben Sie bis jetzt herausgefunden?«

Interessant, die Fähigkeit dieses Mannes, zu kommandieren und zu fordern, dachte Lynley. Er schien anzunehmen, die Londoner Beamten wären nur mit der Absicht nach Henley gekommen, ihm Bericht zu erstatten. »Es ist noch zu früh, um irgendwelche Schlüsse zu ziehen, Major Wiley«, sagte er. »Wir stehen ja noch ganz am Anfang unserer Ermittlungen.«

»Eines weiß ich jedenfalls«, erklärte Wiley. »Je länger sich diese Sache in die Länge zieht, desto unwahrscheinlicher wird es, dass Sie das Schwein fassen. Sie müssen doch Anhaltspunkte haben. Einen Verdacht. Irgendetwas.«

Lynley hielt ihm die Fotografie von Katja Wolff hin. »Haben Sie diese Frau schon einmal gesehen? Hier in der Gegend vielleicht. Oder irgendwo anders im Ort?«

Wiley griff in die Brusttasche seines Jacketts und zog eine dunkle Hornbrille heraus, die sehr schwer wirkte. Mit einer Hand klappte er sie auf und setzte sie auf seine große, rote Nase. Gut fünfzehn Sekunden lang musterte er das Bild Katja Wolffs mit zusammengekniffenen Augen, bevor er sagte: »Wer ist das?«

»Sie heißt Katja Wolff. Das ist die Frau, die Eugenie Davies' Tochter ertränkt hat. Kennen Sie sie?«

Noch einmal betrachtete Wiley das Bild. Sein Gesichtsausdruck verriet, wie gern er diese Frau wiedererkannt hätte, vielleicht um der Qual des Nichtwissens, wer die Frau, die er geliebt hatte, überfahren und getötet hatte, ein Ende zu machen, vielleicht aber auch aus einem ganz anderen Grund. Schließlich schüttelte er den Kopf und gab Lynley das Foto zurück.

»Was ist mit dem Kerl?«, fragte er. »Mit dem Audi. Er war wütend, sage ich Ihnen. Völlig außer sich. Das war deutlich zu sehen. Und wie er dann davongebraust ist… Er war genau der Typ, der den Kopf verliert und gewalttätig wird. Wehe, er bekommt nicht, was er will, dann schlägt er zu. Und zurück bleibt meistens eine Leiche. Oder mehrere. Sie wissen, was ich meine. Hungerford. Dunblane.«

»Wir haben ihn nicht ausgeschlossen«, sagte Lynley. »Die Kollegen in London überprüfen sämtliche Audi-Besitzer in Brighton. Wir müssten eigentlich bald etwas Konkretes haben.«

Wiley brummte und nahm seine Brille ab.

»Sie haben uns erzählt«, sagte Lynley, »dass Mrs. Davies etwas mit Ihnen besprechen wollte. Wenn ich Sie recht verstanden habe, sagte sie ausdrücklich, sie habe Ihnen etwas mitzuteilen. Haben Sie eine Ahnung, worum es sich gehandelt haben könnte, Major Wiley?«

»Nein.« Wiley griff nach einer nächsten Ladung Bücher. Er überprüfte die Schutzumschläge, ging sogar so weit, jedes Einzelne aufzuschlagen und mit den Fingern über die Innenklappe zu streichen, als suchte er nach Mängeln.

Lynley dachte derweilen über die Tatsache nach, dass ein Mann es im Allgemeinen spürt, wenn die Frau, die er liebt, seine Gefühle nicht erwidert. Genau wie ein Mann wahrnimmt – gar nicht umhin kann, es wahrzunehmen –, wenn die Leidenschaft der Frau, die er liebt, zu erkalten beginnt. Manchmal macht er sich etwas vor, leugnet die Tatsachen bis zu dem Moment, wo er nicht mehr lügen oder fliehen kann. Aber im Unterbewussten weiß er schon lange, dass etwas nicht stimmt. Es offen auszusprechen, allerdings, ist qualvoll. Und manche Männer sind nicht bereit, solche Qual auf sich zu nehmen, und wählen einen anderen Weg, um mit den Gegebenheiten fertig zu werden.

»Major Wiley«, sagte Lynley. »Sie haben gestern die Mitteilungen auf Mrs. Davies' Anrufbeantworter gehört. Sie haben die Männerstimmen gehört. Es wird Sie daher sicher nicht überraschen, wenn ich frage, ob Sie es für möglich halten, dass Mrs. Davies neben der Beziehung zu Ihnen noch eine andere unterhielt und eventuell darüber mit Ihnen sprechen wollte.«

»Ja, daran habe ich gedacht«, sagte Wiley leise. »Ich habe keinen anderen Gedanken mehr im Kopf seit – ach, verdammt!« Er schüttelte den Kopf und schob eine Hand in seine Hosentasche, um ein Taschentuch herauszuholen. Er schnäuzte sich so laut, dass die lesende Frau hinten im Sessel den Kopf hob. Sie schaute sich um, bemerkte Lynley und Barbara Havers und sagte: »Major Wiley? Ist alles in Ordnung?«

Er nickte, hob beschwichtigend eine Hand und drehte sich so, dass sie sein Gesicht nicht sehen konnte. Ihr schien diese Antwort zu genügen, denn sie wandte sich wieder ihrer Lektüre zu, als Wiley mit gesenkter Stimme zu Lynley sagte: »Ich komme mir wie ein Vollidiot vor.«

Lynley wartete auf mehr. Barbara klopfte mit dem Bleistift auf ihr Heft und runzelte die Stirn.

Wiley nahm all seine Entschlossenheit zusammen und berichtete ihnen, was für ihn offensichtlich das Schlimmste war: von den Abenden, die er damit zugebracht hatte, Eugenie Davies von seinem Wohnungsfenster aus zu beobachten, von einem Abend im Besonderen, an dem seine Wachsamkeit belohnt worden war.

»Es war ein Uhr nachts«, sagte er. »Es war der Kerl mit dem Audi. Und so, wie sie sich ihm gegenüber verhielt... Ja, es ist so, ich habe sie geliebt, und sie hatte einen anderen. Ob es das war, worüber sie mit mir sprechen wollte, Inspector? Ich weiß es nicht. Ich wollte es damals nicht wissen, und ich möchte es jetzt nicht wissen. Wozu auch?«

»Um ihren Mörder zu finden«, sagte Barbara.

»Sie glauben, ich war es?«

»Was für einen Wagen fahren Sie?«

»Einen Mercedes. Da draußen steht er, vor dem Laden.«

Barbara warf Lynley einen fragenden Blick zu, und der nickte. Sie ging zur Straße hinaus, und die beiden Männer sahen schweigend zu, wie sie das Auto einer gründlichen Inspektion unterzog. Es war schwarz, aber die Farbe war ohne Belang, wenn kein Schaden feststellbar war.

»Ich hätte ihr niemals etwas angetan«, sagte Wiley leise. »Ich habe sie geliebt. Ich denke, auch bei der Polizei weiß man, was das bedeutet.«

Und wozu es führen kann, dachte Lynley, aber er sagte nichts, wartete schweigend, bis Barbara die Untersuchung des Wagens abgeschlossen hatte und zu ihnen zurückkehrte. Er ist sauber, sagte ihr Blick. Lynley sah ihr an, dass sie enttäuscht war.

Wiley merkte, was vorging, und gönnte sich die Genugtuung zu sagen: »Ich hoffe, Sie sind zufrieden. Oder wollen Sie mich auch noch auf den Prüfstand stellen?«

»Sie möchten doch bestimmt, dass wir unsere Arbeit tun«, versetzte Barbara.

»Dann tun Sie sie«, erwiderte Wiley. »In Eugenies Haus fehlt ein Foto.«

»Was für ein Foto?«, fragte Lynley.

»Das Einzige, auf dem das kleine Mädchen allein zu sehen ist.«

»Warum haben Sie uns nicht schon gestern darauf aufmerksam gemacht?«

»Weil es mir erst heute Morgen aufgefallen ist. Sie hatte sie alle auf den Küchentisch gestellt, in drei Reihen von jeweils vier Stück. Aber sie hatte dreizehn Bilder von ihren Kindern im Haus – zwölf, die beide zeigen, und eines von der Kleinen allein. Wenn sie das eine nicht wieder nach oben gebracht hat, dann ist es weg.«

Lynley sah Barbara an. Die schüttelte den Kopf. In keinem der drei Räume im ersten Stockwerk des Häuschens hatte sie ein Foto gefunden.

»Wann haben Sie dieses besondere Foto zuletzt gesehen?«, fragte Lynley.

»Ich habe sie immer alle gesehen, jedes Mal, wenn ich drüben war. Sie standen nicht wie gestern in der Küche versammelt, sie waren überall im Haus verteilt – im Wohnzimmer, oben, im Treppenflur, in ihrem Nähzimmer.«

»Vielleicht hat sie dieses eine weggebracht, um es neu rahmen zu lassen«, meinte Barbara. »Oder sie hat es weggeworfen.«

»Das hätte sie nie getan«, sagte Wiley im Brustton der Überzeugung.

»Dann hat sie es vielleicht verschenkt oder ausgeliehen.«

»Ein Foto ihrer Tochter? Wem denn?«

Das war eine Frage, die beantwortet werden musste.

Wieder draußen auf der Straße, schlug Barbara eine weitere Möglichkeit vor. »Sie kann das Bild weggeschickt haben. An ihren Mann vielleicht, was meinen Sie? Hatte er Bilder von der Kleinen in seiner Wohnung, als Sie bei ihm waren, Inspector?«

»Ich habe keines gesehen. Es waren nur Aufnahmen des Sohnes da.«

»Na bitte. Wir wissen, dass die beiden miteinander gesprochen hatten. Über Gideons Lampenfieber, richtig? Warum nicht auch über die Kleine? Kann doch sein, dass er seine Frau um ein Bild des Kindes bat und sie es ihm geschickt hat. Ob es so war, sollte sich leicht feststellen lassen.«

»Aber finden Sie es nicht seltsam, dass er nirgends im Haus ein Bild der Tochter hatte, Havers?«

»Sicher! Aber die Menschen sind nun mal seltsam«, antwortete Barbara. »Nach so langer Zeit bei der Truppe müssten Sie das doch wissen.«

Dagegen konnte Lynley nichts vorbringen. »Sehen wir uns auf jeden Fall noch einmal in ihrem Haus um«, sagte er, »um ganz sicherzugehen, dass das Foto nicht da ist.«

Es war nur eine Sache von Minuten, Major Wileys Aussage zu überprüfen und bestätigt zu finden. Die zwölf Fotografien waren die einzigen Bilder im Haus.

Lynley und Barbara standen im Wohnzimmer und berieten sich darüber, als Lynleys Handy klingelte. Es war Eric Leach, der von der Dienststelle Hampstead aus anrief.

»Wir haben was«, sagte er ohne Umschweife und unverkennbar befriedigt, sobald Lynley sich meldete. »Der Audi aus Brighton und unser Cellnet-Kunde gehören zusammen.«

»Ian Staines?« sagte Lynley, dem sofort der Name zu der Cellnet-Nummer einfiel. »Ihr Bruder?«

»Ganz recht.« Leach gab Lynley die Adresse, und der schrieb sie sich auf der Rückseite einer seiner Geschäftskarten auf. »Knöpfen Sie sich den Mann vor«, sagte Leach. »Was haben Sie über die Wolff?«

»Nichts.« Lynley berichtete kurz von ihren Gesprächen mit den Mitgliedern des Altenklubs und mit Major Wiley, dann kam er auf die verschwundene Fotografie zu sprechen.

Der Chief Inspector bot eine andere Erklärung an. »Sie könnte das Foto nach London mitgenommen haben.«

»Um es jemandem zu zeigen?«

»Damit wären wir wieder bei Pitchley.«

»Aber weshalb sollte sie ihm das Foto zeigen wollen? Oder gar schenken?«

»Wer weiß«, sagte Leach. »Nehmen Sie ein Foto von dieser Davies mit. Im Haus gibt es doch bestimmt eines. Sonst wird dieser Wiley eines haben. Zeigen Sie's im *Valley of Kings* und im *Comfort Inn.* Vielleicht erinnert sich dort jemand an sie.«

»In Begleitung von Pitchley?«

»Er bevorzugt ältere Semester, wie wir wissen.«

Nachdem die Polizeibeamten gegangen waren, ließ Ted Wiley sein Geschäft in Mrs. Dildays Obhut. Der Vormittag war ruhig gewesen, und der Nachmittag versprach, nicht aufregender zu werden, und deshalb hatte er nicht die geringsten Bedenken, aus dem Laden zu verschwinden und während seiner Abwesenheit seine lesefreudige Kundin nach dem Rechten sehen zu lassen. Es wurde ohnehin langsam Zeit, dass sie etwas tat, um sich das Privileg zu verdienen, jeden Bestseller zu lesen, ohne je mehr zu kaufen als eine Grußkarte. Erbarmungslos riss er sie aus ihrer Lektüre, erklärte ihr kurz die Bedienung der Registrierkasse und ging dann in seine Wohnung hinauf.

P. B. lag dösend in einem Fleckchen wässrigen Sonnenscheins. Er stieg über sie hinweg und setzte sich an Connies alten Sekretär, in dem er die Prospekte für die kommende Opernsaison in Wien, Santa Fé und Sydney aufbewahrte. Er hatte gehofft, eine dieser Städte würde mit ihren Festspielen den romantischen Hintergrund zur Festigung seiner innigen Beziehung zu Eugenie abgeben. Sie würden, hatte er sich vorgestellt, nach Österreich,

Amerika oder Australien reisen, um durch den gemeinsamen Genuss der Musik von Rossini, Verdi oder Mozart ihr Glück zu beflügeln und ihre Liebe zu vertiefen. Langsam und vorsichtig hatten sie sich in drei langen Jahren diesem Ziel genähert, indem sie ein gemeinsames Haus aus Zärtlichkeit, Hingabe, Zuneigung und gegenseitiger Unterstützung errichtet hatten. Alles andere, was zu einer Beziehung zwischen Mann und Frau gehörte – vor allem der Sex –, würde sich mit der Zeit ganz von selbst einstellen.

Ted hatte es nach Connies Tod und den hartnäckigen Nachstellungen der Frauen, denen er sich als Witwer ausgesetzt gesehen hatte, als ungeheure Erleichterung empfunden, einer Frau zu begegnen, die sich Zeit lassen und eine Basis schaffen wollte, bevor sie seine Geliebte wurde. Jetzt aber, nach dem Besuch der beiden Polizeibeamten, musste er sich endlich eingestehen, woran er bis zu diesem Augenblick nicht einmal zu denken gewagt hatte: dass Eugenies Zögern, ihr sanftes und stets liebenswürdiges: »Ich bin innerlich noch nicht bereit, Ted«, in Wirklichkeit nichts anderes hieß, als dass sie für *ihn* nicht bereit gewesen war. Was sollte es sonst bedeuten, dass ein Mann sie angerufen und eine Nachricht voller Verzweiflung hinterlassen hatte, morgens um ein Uhr aus ihrem Haus gekommen war, sie auf dem Parkplatz des *Sixty Plus Club* abgepasst und gebettelt hatte, wie ein Mann nur bettelt, wenn es um alles – insbesondere seine Gefühle – geht? Es gab auf diese Fragen nur eine Antwort, und er wusste sie.

Was war er für ein Narr gewesen! Anstatt Eugenie dankbar zu sein, dass sie ihn nicht unter Druck setzte, seine Männlichkeit zu beweisen, hätte er augenblicklich argwöhnen müssen, dass sie anderswo gebunden war. Aber genau das war ihm vor lauter Erleichterung darüber, Georgia Ramsbottoms aggressiven sexuellen Forderungen entronnen zu sein, gar nicht in den Sinn gekommen.

Sie hatte ihn gestern Abend angerufen. »Teddy, es tut mir so Leid. Ich habe heute mit der Polizei gesprochen, und man sagte mir, dass Eugenie... Liebster Teddy, kann ich irgendetwas für dich tun?«, hatte sie teilnehmend gefragt und war doch nicht im Stande gewesen, ihren Triumph zu verbergen. »Ich komme auf der Stelle zu dir«, hatte sie erklärt. »Keine Widerrede. Du brauchst das nicht allein zu tragen.«

Er hatte keine Chance gehabt, zu protestieren, und nicht den Mut, vor ihrer Ankunft zu verschwinden. Kaum zehn Minuten später kam sie hereingerauscht und stellte ihm eine Auflaufform mit ihrer Spezialität, einem Shepherd's Pie, auf den Tisch. Mit schwungvoller Geste zog sie die Alufolie ab, um das Meisterwerk ihrer Kochkunst zu enthüllen, das, wie er sah, widerlich perfekt war, mit akkuraten kleinen, von der Gabel gezogenen Furchen in der Kartoffelpüreedecke, die wie kleine Wellen aussahen. Mit einem Lächeln sagte sie: »Er ist nicht mehr ganz heiß, aber wenn wir ihn in die Mikrowelle schieben, ist er im Nu wieder warm. Du musst etwas essen, Teddy. Ich weiß doch, dass du keinen Bissen zu dir genommen hast. Nicht wahr?«

Ohne auf seine Antwort zu warten, marschierte sie zum Mikrowellenherd, schob den Auflauf hinein und klappte die Glastür zu. Dann machte sie sich geschäftig daran, den Tisch zu decken, holte mit der Selbstverständlichkeit der Frau, die sich bestens auskennt, Geschirr und Besteck aus den Schränken.

»Du bist todunglücklich«, sagte sie. »Ich sehe es deinem Gesicht an. Es tut mir so Leid. Ich weiß, wie gut ihr befreundet wart. Eine Freundin wie Eugenie zu verlieren… Du musst deinen Schmerz zulassen, Teddy.«

Freundin, dachte er, nicht Geliebte. Nicht Ehefrau, nicht Lebensgefährtin oder Partnerin. Nur Freundin.

In diesem Moment hasste er Georgia Ramsbottom. Er hasste sie nicht nur, weil sie in sein Alleinsein eingebrochen war wie ein Eisbrecher in stille arktische Gebiete, sondern auch, weil sie so widerlich scharfsichtig war. Sie sagte, ohne es auszusprechen, was er sich nicht zu denken erlaubt hatte: Das Band, durch das er sich mit Eugenie verknüpft geglaubt hatte, war nur ein Produkt seiner Fantasie und seiner Wünsche gewesen.

Frauen, die sich für einen Mann interessieren, zeigten ihr Interesse. Sie zeigten es schnell und ohne Scham. Anders ging es nicht in einer Gesellschaft, in der die Konkurrenz so groß war. Diese Erfahrung hatte er mit Georgia gemacht und ebenso mit den Frauen, die vor ihr versucht hatten, sich diesen nicht unattraktiven Witwer zu angeln. Die hatten den Schlüpfer schon unten, ehe man beruhigend sagen konnte: Keine Angst, ich bin kein Draufgänger. Oder sie gingen einem gleich selbst an die Wäsche.

Aber Eugenie war nicht so gewesen. Die jungfräuliche, unschuldige, gottverdammte Eugenie.

Ihn überfiel eine solche Wut, dass er Georgia zunächst überhaupt nicht antworten konnte. Am liebsten hätte er mit beiden Fäusten auf irgendetwas eingeschlagen und es zu Kleinholz gemacht.

Georgia nahm sein Schweigen als Zeichen eiserner Selbstbeherrschung, jener unerschütterlichen Contenance, auf die jeder Brite stolz ist, der etwas auf sich hält. Sie sagte: »Ich weiß, ich weiß. Es ist schrecklich, nicht wahr? Je älter wir werden, desto häufiger müssen wir uns für immer von Freunden verabschieden. Gerade deshalb ist es so wichtig, die kostbaren Freundschaften, die uns bleiben, zu pflegen. Du darfst dich nicht von denen unter uns abkapseln, die dich lieben. Das werden wir nicht zulassen.«

Sie griff über den Tisch und legte ihm ihre Hand mit den schweren Ringen auf den Arm. Er dachte flüchtig an Eugenies Hände – welch ein Gegensatz zu diesen Klauen mit den roten Krallen. Ringlos, mit kurz geschnittenen Nägeln und kleinen hellen Monden.

»Zieh dich jetzt nicht zurück, Teddy«, sagte Georgia und griff ein wenig fester zu. »Wende dich nicht von uns ab. Wir sind da, um dir über diese Zeit hinwegzuhelfen. Du bist uns wichtig. Wirklich. Du wirst sehen.«

Als hätte es ihre kurze misslungene Liaison mit Ted nie gegeben. Sein Versagen und die Verachtung, die sie ihm entgegengebracht hatte, schienen in ein fernes Land verbannt. Die Jahre ohne Mann, die danach gefolgt waren, hatten sie offenbar gelehrt, zwischen wichtig und unwichtig zu unterscheiden. Sie war eine andere geworden, das würde er bald merken; sobald sie es geschafft hatte, sich wieder in sein Leben einzudrängen.

Dies alles entnahm Ted dem Zugriff ihrer Hand auf seinen Arm und dem klebrigen Lächeln, mit dem sie ihn ansah. Ekel stieg in ihm auf. Er brauchte dringend frische Luft.

Abrupt stand er auf. »Der Hund«, sagte er und rief barsch, »P. B.! Wo hast du dich verkrochen? Komm.« Zu Georgia sagte er: »Tut mir Leid. Ich wollte gerade mit dem Hund gehen, als du angerufen hast.«

So floh er, ohne sie aufzufordern, ihn auf dem Abendspazier-

gang zu begleiten, ohne ihr eine Chance zu geben, selbst den Vorschlag zu machen. »P. B.?«, rief er noch einmal. »Komm schon,
meine Alte. Gassi gehen.«

Und weg war er, ehe Georgia Zeit hatte zu reagieren. Er wusste, sie würde annehmen, dass sie zu forsch angegriffen und ihn
damit kopfscheu gemacht hatte. Auf eine andere Idee würde sie
gar nicht kommen. Und das war wichtig, erkannte Ted plötzlich.
Das war sogar sehr wichtig: die Frau möglichst wenig über ihn wissen zu lassen.

Er ging schnell, von neuem Zorn gepackt. Dumm, sagte er sich.
Dumm und blind. Wie ein Schüler, der dem Lokalflittchen nach-
läuft und keine Ahnung hat, dass sie ein Flittchen ist, weil er zu
jung, zu unerfahren, zu verknallt und total – gutmütig ist. Ja, genau! Total gutmütig.

Wie ein Wilder stürmte er, den armen alten Hund rücksichtslos hinter sich her zerrend, zum Fluss hinunter. Er musste weg von
Georgia und war entschlossen, so lange auszubleiben, bis er sicher sein konnte, dass sie bei seiner Rückkehr das Feld geräumt
hatte. Nicht einmal Georgia Ramsbottom würde ihre Chancen
verspielen, indem sie gleich am ersten Abend alles auf eine Karte
setzte. Sie würde gehen; sie würde sich ein paar Tage rar machen.
Erst wenn sie hoffen konnte, dass er sich von dieser ersten Attacke einigermaßen erholt hatte, würde sie wieder aufkreuzen und
ihm von neuem ihre warme Anteilnahme anbieten. Ted wusste,
dass er sich darauf verlassen konnte.

Am Ende der Friday Street bog er nach links ab und ging am
Fluss weiter. Auf dem Pflaster unter den Straßenlampen sammelten sich gelbe Lichtpfützen, und der Wind peitschte den dichten
Nebel zu Wellen auf, die direkt vom Fluss heraufzusteigen schienen. Ted schlug den Kragen seiner Jacke hoch und sagte:
»Komm, meine Schöne«, zu der Hündin, die sehnsüchtig ein Gebüsch in der Nähe beäugte, vermutlich mit dem Wunsch, unter
ihm ein kleines Nickerchen zu halten. »P. B., komm jetzt!« Er riss
an der Leine, und das wirkte wie immer. Sie eilten weiter.

Ehe er es sich versah, ehe er auch nur mit einem Gedanken an
das Schauspiel dachte, dessen Zeuge er hier am Abend von Eugenies Tod geworden war, fand er sich auf dem Friedhof wieder. P. B.
zerrte ihn zum Rasen wie ein müdes Pferd, das den Stall sucht,

hockte sich sofort nieder und ließ Wasser, ehe er sie dazu bewegen konnte, sich eine andere Stelle zu suchen.

Unwillkürlich schweifte Teds Blick von dem Hund zu den Gemeindehäusern am Ende des Fußwegs. Nur einen schnellen Blick würde er riskieren, um zu sehen, ob die Frau, die im dritten Haus rechts wohnte, ihre Vorhänge geschlossen hatte. Wenn nicht und wenn Licht brannte, würde er ihr einen Dienst erweisen und sie darauf aufmerksam machen, dass jeder Vorübergehende ihr direkt ins Zimmer sehen und – äh – feststellen konnte, ob es in dem Haus etwas zu holen gab.

Das Licht war an. Auf zum guten Werk des Tages. Ted zog P. B. von dem umgekippten Grabstein weg, den sie schnüffelnd umrundete, und eilte mit ihr im Schlepptau so schnell es ging den Fußweg hinunter. Er musste das Haus erreichen, bevor die Frau drinnen etwas tat, was sie beide in eine peinliche Situation bringen konnte. Wenn sie einmal begonnen hatte, sich zu entkleiden wie neulich abends, könnte er schlecht bei ihr anklopfen und sie auf ihren Leichtsinn hinweisen. Damit würde er ja zugeben, dass er sie beobachtet hatte.

»Komm schon, P. B.«, sagte er. »Ein bisschen schneller.«

Aber er kam fünfzehn Sekunden zu spät. Fünf Meter war er noch vom Haus entfernt, da begann sie, sich auszukleiden. Und mit einem Tempo, das ihm nicht einmal Zeit ließ, sich abzuwenden, bevor sie ihren Pulli ausgezogen, ihr Haar ausgeschüttelt und ihren Büstenhalter abgelegt hatte. Sie bückte sich nach irgendetwas – ihren Schuhen? Strümpfen? –, und ihre Brüste fielen schwer schwingend nach vorn.

Ted schluckte krampfhaft. Großer Gott, dachte er und spürte die erste pulsende Reaktion seines Körpers. Er hatte sie schon einmal beobachtet, hatte schon einmal hier gestanden und mit Blicken diese vollen, üppigen Rundungen nachgezeichnet. Auf keinen Fall durfte er sich das ein zweites Mal erlauben. Man musste sie aufmerksam machen. Man musste sie warnen. Sie musste Bescheid wissen! Aber welche Frau wusste nicht Bescheid? Welche Frau hatte nicht gelernt, abends bei erleuchtetem Fenster vorsichtig zu sein? Welche Frau legte bei Nacht in einem hell erleuchteten Raum ohne Vorhänge oder Jalousien ihre Kleider ab und ahnte nicht, dass auf der anderen Seite dieser wenigen Millimeter Glas wahrscheinlich jemand war, der sie beobachtete, sich in Wünschen und Fantasien verlor, in Erregung geriet... Sie wusste es. O ja, sie wusste es genau.

Er blieb und beobachtete die Fremde in dem fremden Schlafzimmer ein zweites Mal. Er blieb diesmal länger, gebannt vom Zauber ihrer Bewegungen, als sie Hals und Arme mit Körpermilch einrieb. Er hörte sich stöhnen wie einen pubertären Jungen, der das erste Mal einen Blick in den *Playboy* wirft, als sie ihre vollen Brüste zu massieren begann.

Er stand auf dem dunklen Friedhof und masturbierte. Während es zu regnen begann, bearbeitete er unter seiner Jacke seinen Penis wie ein Mann, der Insektenvernichtungsmittel auf Blumen und Gräser pumpt. Die Befriedigung, als er zum Erguss kam, war schal, und er verspürte keinerlei Lust. Nur bittere Scham.

Die überflutete ihn auch jetzt wieder, hier, in seinem Wohnzimmer, schwarz und demütigend, während er an Connies Sekretär saß. Er betrachtete die Hochglanzfotografie des Opernhauses von Sydney, nahm eine Aufnahme des Freilichttheaters in Santa Fé zur Hand, wo unter einem Sternenhimmel *Die Hochzeit des Figaro* gesungen wurde, legte dieses zur Seite und griff zu dem Bild einer schmalen altmodischen Straße in Wien. Eine Finsternis des Gemüts umfing ihn, während er das Foto mit starrem Blick ansah, und er hörte eine Stimme, die er kannte, die Stimme seiner Mutter, die den jungen Ted viele Jahre lang beherrscht hatte, schnell fertig mit ihrem Urteil und noch schneller mit der Verurteilung. »Lieber Gott, Teddy, das ist doch reine Zeitverschwendung. Wie kann man nur so dumm sein.«

Ja, er war dumm gewesen. Er hatte kostbare Stunden damit vergeudet, sich von Eugenie und sich selbst Bilder zu machen an diesem oder jenem Ort, unantastbar wie zwei Schauspieler auf einem Filmstreifen, der nichts duldete, was den Moment getrübt oder die Personen in ein schlechtes Licht gesetzt hätte. In seiner Fantasie gab es kein grelles Sonnenlicht auf alternder Haut, kein ungepflegtes Haar, keinen Atem, dem die Frische fehlte, keinen krampfhaft zusammengekniffenen Schließmuskel, um das peinliche Entweichen eines Darmwinds zu verhindern, keine dick gewordenen Zehennägel, kein schlaffes Fleisch und vor allem kein Versagen, wenn endlich der rechte Moment gekommen war. Er hatte sich eingebildet, in den Augen des anderen, wenn auch nicht der Welt, würden sie beide ewig jung sein. Und das hatte für ihn als Einziges gezählt: wie sie einander sahen.

Aber Eugenie hatte anders empfunden. Das begriff er jetzt. Weil es einfach nicht natürlich war, dass eine Frau einen Mann so viele Monate lang, die unausweichlich zu Jahren wurden, auf Abstand hielt. Es war nicht natürlich. Und es war nicht fair.

Sie hatte ihn als Strohmann benutzt. Es gab keine andere Erklärung für die Anrufe, die sie erhalten hatte, die nächtlichen Besuche in ihrem Haus, die unerklärliche Fahrt nach London. Sie hatte ihn als Strohmann benutzt, um ihre gemeinsamen Freunde und Bekannten in Henley – ganz zu schweigen vom Vorstand des *Sixty Plus Club* – zu täuschen. Wenn die glaubten, sie unterhielte eine züchtige Freundschaft mit Major Ted Wiley, würden sie nicht so leicht auf den Gedanken kommen, dass sie eine gar nicht züchtige Beziehung zu einem anderen unterhielt.

Dummkopf. Dummkopf. Wie kann man nur so dumm sein. Durch Schaden wird man klug. Ich hätte dich für klüger gehalten.

Aber wie sollte man denn klüger werden? Mit kluger Voraussicht handeln hieß doch, niemals Nähe zu einem anderen Menschen zu riskieren, aber von solcher Feigheit hielt Ted nichts. Seine Ehe mit Connie – so viele Jahre lang glücklich und befriedigend – hatte ihn übermäßig optimistisch gemacht. Sie hatte ihn glauben gelehrt, dass eine derartige Beziehung wieder möglich sei, durchaus keine Seltenheit, sondern etwas, auf das man hinarbeiten konnte, das, wenn auch nicht mit Leichtigkeit, so doch mit ernsthaftem Bemühen, das auf Liebe gründete, zu erreichen war.

Lügen, dachte er, alles Lügen. Lügen, die er sich selbst erzählt und bereitwillig geglaubt hatte, wenn Eugenie sie erzählte. *Ich bin noch nicht bereit, Ted.* In Wirklichkeit war sie für *ihn* nicht bereit gewesen.

Das Gefühl, verraten worden zu sein, war wie eine Krankheit, die langsam in ihm entstand. Es begann in seinem Kopf und breitete sich in seinem ganzen Körper aus. Ihm schien, er könnte es nur besiegen, wenn er es aus seinem Körper herauspeitschte, und hätte er eine Peitsche zur Hand gehabt, so hätte er sie gegen sich gewendet und aus dem Schmerz Befriedigung gezogen. So aber hatte er nur die Broschüren auf dem Sekretär, diese leeren Symbole seiner kindischen Illusionen.

Glatt und glänzend lagen sie in seiner Hand. Zuerst knüllte er sie zusammen, dann riss er sie in Fetzen. In seiner Brust machte sich eine Beklemmung breit, als verschlössen sich langsam seine Arterien, aber er wusste, es war das Sterben von etwas anderem und für ihn weit Wichtigerem als nur das seines Altmännerherzens.

# 12

Unmittelbar nach dem schwarzen Constable kam Naseesha Newland in den Laden und bot Yasmin einen willkommenen Anlass, den Polizisten zu ignorieren. Das junge Mädchen blieb höflich ein paar Schritte zurück, offensichtlich in der Annahme, der Mann sei geschäftlich hier und vor ihr an der Reihe, bedient zu werden. Die Newland-Kinder waren alle so gut erzogen und aufmerksam.

»Wie geht's deiner Mutter heute?«, fragte Yasmin das Mädchen, ohne den Constable zu beachten.

»Ganz gut bis jetzt«, antwortete Naseesha. »Sie war vor zwei Tagen wieder bei der Chemo, aber so schlimm wie's letzte Mal hat sie nicht mehr reagiert. Ich weiß zwar nicht, was das bedeutet, aber wir hoffen einfach das Beste. Sie wissen schon.«

*Das Beste* hieß noch fünf Jahre, mehr hatten die Ärzte Mrs. Newland nicht versprechen können, als sie den Tumor in ihrem Gehirn entdeckt hatten. Ohne Behandlung noch anderthalb Jahre, erklärten sie. Mit Behandlung vielleicht fünf. Aber das wäre das Maximum, es sei denn, es geschähe ein Wunder, und Wunder waren in der Geschichte der Medizin dünn gesät. Yasmin fragte sich, wie man sich fühlte, wenn man sieben Kinder großzuziehen hatte und wusste, dass man zum Tod verurteilt war.

Sie holte Mrs. Newlands Perücke aus dem Hinterzimmer und trug sie auf dem Styroporkopf in den Laden.

Naseesha sagte: »Aber die sieht ja ganz anders –«

»Es ist eine neue«, unterbrach Yasmin. »Ich glaube, die Frisur wird deiner Mutter gefallen. Wenn nicht, bringst du die Perücke zurück, und wir machen ihr wieder die alte Frisur. Okay?«

Naseesha strahlte. »Das ist echt nett von Ihnen, Mrs. Edwards.« Sie klemmte sich den Perückenkopf unter den Arm. »Vielen Dank. Das wird bestimmt eine Überraschung für Mama.«

Sie nickte dem Constable höflich zu und lief auf die Straße hinaus, ehe Yasmin etwas erwidern konnte, um das Gespräch zu verlängern. Als die Tür hinter dem Mädchen zufiel, sah sie den

Schwarzen an und wurde sich bewusst, dass sie sich nicht an seinen Namen erinnern konnte. Es war ihr eine Genugtuung.

Entschlossen, ihn weiterhin wie Luft zu behandeln, sah sie sich im Laden nach einer Arbeit um. Jetzt war vielleicht ein guter Moment, um ihren Schminkkoffer zu inspizieren und festzustellen, was sie nach der Verschönerung der sechs Frauen an Kosmetika nachbestellen musste. Sie holte den Koffer wieder heraus, öffnete die Schnappschlösser und begann, Cremes und Lotionen, Pinsel, Schwämmchen, Wimperntusche, Lidschatten, Lippenstifte, Rouge und Konturenstifte durchzusehen. Jedes Stück legte sie nach Begutachtung auf den Verkaufstisch.

Der Constable sagte: »Kann ich Sie kurz sprechen, Mrs. Edwards?«

»Sie haben mich gestern schon gesprochen. Und nicht nur kurz, wenn ich mich recht erinnere. Wer sind Sie überhaupt?«

»Kriminalpolizei.«

»Ich meine, wie heißen Sie? Ich weiß Ihren Namen nicht.«

Er nannte ihn ihr, und sie war irritiert. Ein Nachname, der auf seine Herkunft verwies, war ja in Ordnung. Aber dieser Vorname – Winston – offenbarte doch ein absolut würdeloses Verlangen, Engländer zu sein! Er war schlimmer als Colin oder Nigel oder Giles. Was hatten sich seine Eltern nur gedacht, als sie ihn Winston genannt hatten, als würde er einmal ein großer Politiker werden oder so was? Das war doch bescheuert.

»Ich muss arbeiten, wie Sie wohl selbst sehen können«, sagte sie. »Ich habe noch einen Termin –« Sie warf einen Blick in ihren Terminkalender, der für ihn zum Glück nicht einzusehen war. »In zehn Minuten. Was wollen Sie noch von mir? Machen Sie's kurz.«

Er war sehr groß und kräftig. Sie hatte diesen Eindruck schon am vergangenen Abend gehabt, erst im Aufzug und dann in der Wohnung. Aber irgendwie wirkte er heute, hier im Laden, noch wuchtiger, vielleicht weil sie mit ihm allein war, ohne Daniel als Ablenkung. Er schien den Raum auszufüllen, ein stattlicher Mann mit breiten Schultern und schmalen Händen, mit einem Gesicht, das freundlich wirkte – weil er sich freundlich gab, wie sie das alle taten –, trotz der langen Narbe auf der Wange.

»Nur eine Frage, Mrs. Edwards.« An seinem höflichen Ton war nichts auszusetzen. Er hielt Abstand, respektierte die Trennungslinie des Verkaufstischs, der zwischen ihnen stand. Aber anstatt auf die Frage zu kommen, die er angeblich hatte, sagte er:»Ich find's echt gut, dass in einer Straße wie der hier ein neues Geschäft aufmacht. Es ist doch jedes Mal ein Jammer, wenn wieder ein Laden schließt und mit Brettern vernagelt wird. Da ist es ein Glück, wenn jemand so einen kleinen Betrieb übernimmt, statt dass irgendein reicher Typ sämtliche Grundstücke aufkauft, dann mit der Abbruchstruppe anrückt und einen Supermarkt oder so was hinstellt.«

Sie ließ ein geringschätziges kleines Lachen hören.»Die Miete ist billig, wenn man bereit ist, sich auf einer Müllhalde niederzulassen«, sagte sie, als bedeute es ihr gar nichts, dass sie es tatsächlich geschafft hatte, sich etwas aufzubauen, wovon sie in den Jahren im Gefängnis nur hatte träumen können.

Nkata lächelte flüchtig.»Da haben Sie wahrscheinlich Recht. Aber die Nachbarn sind bestimmt froh. Das macht ihnen doch Hoffnung. Was bieten Sie denn den Leuten hier an?«

Was sie den Leuten hier anbot, war offensichtlich. An der Wand standen Styroporköpfe mit Perücken, und hinten war ein Arbeitsraum, wo sie sie frisierte. Er hatte beides im Blick, darum konnte sie seine Frage nicht für bare Münze nehmen, sondern hielt sie für einen plumpen Anbiederungsversuch. Sie betrachtete ihn mit einem kurzen, abschätzigen Blick und sagte:»Und was treiben Sie so als Bulle?«

Er zuckte die Achseln.»Was anfällt. Irgendwie muss man sich ja sein Geld verdienen.«

»Auf Kosten der Brüder.«

»Wenn's so läuft, kann man's nicht ändern.«

Es hörte sich an, als hätte er die Frage, was es für ihn bedeuten würde, eines Tages vielleicht einen der eigenen Leute festnehmen zu müssen, längst für sich geklärt. Es machte sie wütend, und sie sagte mit einer ruckartigen Kopfbewegung zu seinem Gesicht: »Wo haben Sie sich das da geholt?«, als wäre die Narbe auf seiner Wange der gerechte Lohn dafür, dass er seine eigenen Leute im Stich gelassen hatte.

»Messerstecherei«, antwortete er.»Ich war damals fünfzehn und hab mir eingebildet, ich wäre der Größte. Ich hatte ein Riesenglück.«

»Der andere Typ wahrscheinlich nicht, was?«

Er betastete die Narbe, als helfe es ihm, sich zu erinnern. »Kommt drauf an, wie man Glück definiert.«

Sie prustete nur verächtlich und beugte sich wieder über den Schminkkoffer. Sie ordnete die Lidschatten nach Farbnuancen, zog Lippenstifthülsen ab, um sich auch hier an den Farben zu orientieren, klappte Rouge- und Puderdosen auf, prüfte den Inhalt jedes einzelnen Fläschchens der Flüssiggrundierung. Demonstrativ machte sie sich Notizen, füllte säuberlich ein Bestellformular aus und achtete dabei so gewissenhaft auf ihre Rechtschreibung, als hinge das Leben ihrer Kundinnen davon ab.

»Ich war damals bei einer Bande«, fügte Nkata erklärend hinzu. »Aber nach diesem Kampf bin ich ausgestiegen. Hauptsächlich wegen meiner Mutter. Als sie in der Notaufnahme mein Gesicht gesehen hat, ist sie umgefallen wie ein Baum. Danach musste sie mit einer Gehirnerschütterung ins Krankenhaus. Das hat mir gereicht.«

»Aha, Sie lieben Ihre Mama.« So ein Quatsch, dachte sie.

»Reine Notwehr«, erwiderte er.

Sie blickte verblüfft auf und sah, dass er lächelte, aber über sich selbst, wie es schien, nicht nur über sie.

»Ihr Sohn ist ein netter Junge«, sagte er.

»Lassen Sie meinen Sohn aus dem Spiel.« Sie war selbst überrascht, mit welcher Panik sie reagierte.

»Sein Vater fehlt ihm wahrscheinlich, hm?«

»Ich hab gesagt, halten Sie sich da raus!«

Nkata trat plötzlich an den Verkaufstisch. Er legte seine beiden Hände flach auf die Platte, als wollte er zeigen, dass er unbewaffnet sei. Aber Yasmin wusste es besser. Bullen hatten immer Waffen bei sich und wussten auch, sie zu gebrauchen. Wie jetzt Nkata. »Vor zwei Tagen ist nachts eine Frau umgekommen, Mrs. Edwards«, sagte er, »oben in Hampstead. Sie hatte auch einen Sohn.«

»Was hat das mit mir zu tun?«

»Sie ist überfahren worden. Sie wurde dreimal überrollt, vom selben Wagen.«

»Ich kenne niemanden in Hampstead. Ich komm nie nach Hampstead. Ich war noch nie in meinem Leben dort. Wenn ich mich dort blicken ließe, würde ich auffallen wie ein Kaktus in Sibirien.«

»Stimmt.«

Sie warf ihm einen scharfen Blick zu, erwartete, in seiner Miene den Sarkasmus zu finden, den sie in seiner Stimme nicht wahrnehmen konnte, und sah nur eine Zärtlichkeit in seinen Augen, von der sie genau wusste, was sie bedeutete. Es war eine Zärtlichkeit, die nur für den Augenblick künstlich war und nicht mehr besagte, als dass er es ihr gleich hier, im Laden, besorgen würde, wenn sie sich dazu überreden ließ, und wenn er meinte, damit ungestraft davonkommen zu können; dass er es ihr sogar dann besorgen würde, wenn er sie mit Gewalt dazu bringen müsste, weil es beweisen würde, dass er die Macht hatte.

Sie sagte: »So wie ich's gehört hab, arbeiten die Bullen ganz anders.«

»Wie meinen Sie das?«, fragte er, und schaffte es, sie wirklich überrascht anzusehen.

»Sie wissen, was ich meine. Sie waren doch auf der Polizeischule, oder nicht? Bullen gehen immer davon aus, dass Knastbrüder auf die Methoden zurückgreifen, die ihnen vertraut sind, und das sind dann die Leute, die sie suchen, wenn ein Verbrechen begangen worden ist. Die begeben sich bei ihren Ermittlungen nicht auf völlig neues Terrain, wenn sie nicht unbedingt müssen, weil sie wissen, dass das Zeitverschwendung wäre.«

»Meiner Meinung nach verschwende ich meine Zeit hier nicht. Und ich hab so das Gefühl, dass Sie das wissen, Mrs. Edwards.«

»Ich hab Roger Edwards erstochen. Mit einem Messer. Ich hab ihn nicht mit dem Auto überfahren. Wir hatten zu der Zeit nicht mal ein Auto, Roger und ich. Wir hatten unseren Wagen verkauft, als uns das Geld ausging und Roger dringend was für seine Sucht tun musste.«

»Das tut mir echt Leid«, sagte Nkata. »Das muss schlimm für Sie gewesen sein.«

»Wenn Sie wissen wollen, was schlimm ist, dann probieren Sie's mal mit fünf Jahren im Knast.« Sie wandte sich von ihm ab und widmete sich wieder der Bestandsaufnahme ihrer Kosmetika.

Er sagte: »Mrs. Edwards, Sie wissen, dass ich nicht Ihretwegen hier bin.«

»Ich weiß nichts dergleichen, Constable. Aber Sie können jederzeit gehen, wenn Sie nicht mit *mir* reden wollen. Ich bin allein hier und werde allein sein, bis meine nächste Kundin kommt. Aber vielleicht wollen Sie ja mit der reden. Sie hat Eierstockkrebs, aber sie ist echt nett und sagt Ihnen bestimmt, wann ich das letzte Mal oben in Hampstead war. Deswegen sind Sie doch hier, oder? Weil eine Schwarze die Frechheit hatte, in Hampstead mit ihrem Auto rumzufahren, und jetzt regt sich das ganze Viertel darüber auf, und Sie versuchen rauszukriegen, wer's war.«

»Sie wissen genau, dass es nicht so ist.«

Er schien über unerschöpfliche Geduld zu verfügen, und Yasmin fragte sich, wie weit sie es noch treiben musste, ehe er wütend wurde.

Sie drehte ihm den Rücken zu. Sie hatte nicht die Absicht, ihm irgendetwas zu bieten, am wenigsten das, worauf er es offensichtlich abgesehen hatte.

Er sagte: »Was war mit Ihrem Jungen, während Sie im Gefängnis saßen, Mrs. Edwards?«

Sie fuhr so heftig herum, dass die Perlen an den Enden ihrer Zöpfe ihr gegen die Wangen schlugen. »Lassen Sie Daniel aus dem Spiel. Versuchen Sie bloß nicht, mich mit Daniel unter Druck zu setzen. Ich hab nichts getan, und das wissen Sie, verdammt noch mal, auch ganz genau!«

»Ja, ich denke, das ist wahr. Aber es ist auch wahr, dass Katja Wolff diese Frau kannte, Mrs. Edwards. Diese Frau, die in Hampstead überfahren wurde. Das war vor zwei Tagen, Mrs. Edwards, und Katja Wolff hat früher bei dieser Frau gearbeitet. Vor zwanzig Jahren. Am Kensington Square. Sie war die Kinderfrau ihrer kleinen Tochter. Wissen Sie, von welcher Frau ich spreche?«

Panik überfiel Yasmin wie ein wütender Bienenschwarm. »Aber Sie haben doch den Wagen gesehen!«, rief sie laut. »Erst gestern Abend. Sie haben gesehen, dass er nicht in einen Unfall verwickelt war.«

»Ich habe gesehen, dass einer der vorderen Scheinwerfer kaputt ist. Und weder Sie noch Katja Wolff konnten mir sagen, wie das passiert ist.«

»Katja hat niemanden überfahren! Bestimmt nicht. Oder wollen Sie behaupten, Katja könnte eine Frau überfahren, ohne dass dabei mehr zu Bruch geht als ein einziger Scheinwerfer?«

Er antwortete nicht, sondern ließ die Frage und alles, was sie einschloss, vibrierend in der Stille hängen. Sie erkannte ihren Fehler. Er hatte mit keinem Wort gesagt, dass Katja die Person war, die er suchte. Sie selbst, Yasmin, hatte das Gespräch zu diesem Punkt geführt.

Wütend über ihre Kopflosigkeit, begann sie, die Kosmetika, die zu ordnen sie sich solche Mühe gemacht hatte, in den großen Metallkoffer zurückzuwerfen.

»Ich glaube nicht, dass Katja zu Hause war, Mrs. Edwards«, sagte Nkata. »Jedenfalls nicht zu dem Zeitpunkt, als diese Frau überfahren wurde. Das war irgendwann zwischen zweiundzwanzig Uhr und Mitternacht. Und ich denke, dass Katja Wolff genau um diese Zeit nicht bei Ihnen in der Wohnung war. Wie lange sie weg war, weiß ich nicht, vielleicht zwei Stunden oder drei, vielleicht auch vier oder sogar die ganze Nacht. Aber sie war weg, richtig? Und ebenso der Wagen.«

Sie antwortete nicht. Sie sah ihn nicht an. Sie tat, als wäre er gar nicht da, obwohl sie, nur durch den Verkaufstisch von ihm getrennt, beinahe seinen Atem fühlen konnte. Aber sie war entschlossen, sich von seiner Anwesenheit – und seinen Worten – nicht beeindrucken zu lassen. Trotzdem hatte sie rasendes Herzklopfen und sah nur Katjas Gesicht vor sich. Dieses Gesicht, das sie während der Selbstmordwache in der ersten Zeit nach ihrer Überführung nicht aus den Augen gelassen hatte; das sie beim gemeinschaftlichen Hofgang und beim Essen unverwandt beobachtet hatte; das schließlich – obwohl sie sich es niemals auch nur hätte träumen lassen, dass sie das wünschen würde – in der Dunkelheit über dem ihren schwebte. *Verrat mir deine Geheimnisse. Dann verrat ich dir meine.*

Sie wusste, warum Katja im Gefängnis war. Alle wussten es, auch wenn Katja selbst nie darüber gesprochen hatte. Was damals in Kensington geschehen war, gehörte nicht zu den Geheimnissen, die Katja Wolff preisgegeben hatte, und als Yasmin ein einziges Mal nach dem Verbrechen gefragt hatte, dessentwegen Katja so tief verabscheut wurde, dass sie jahrelang Vergeltungsmaßnahmen der anderen Frauen fürchten musste, hatte Katja gesagt:

»Glaubst du wirklich, ich würde ein Kind töten, Yasmin?«, und sich von Yasmin abgewandt.

Niemand wusste, wie es war, im Gefängnis zu sein, wo man sich nur für das eine oder das andere entscheiden konnte: Allein zu bleiben, trotz der Gefahren, die das mit sich brachte, oder den Schutz durch die Gemeinschaft zu suchen, indem man eine Gefährtin, Partnerin und Liebhaberin wählte – oder sich als solche wählen ließ. Allein zu bleiben hieß Isolation in der Isolation, und an der trostlosen Einsamkeit dieser Situation konnte eine Frau zerbrechen, sodass sie, endlich wieder auf freiem Fuß, zu nichts mehr taugte.

Yasmin hatte ihre Zweifel verdrängt und geglaubt, dass Katjas Worte bedeuteten: Katja Wolff war keine Kindermörderin; sie war überhaupt keine Mörderin.

»Mrs. Edwards«, sagte Constable Nkata in diesem freundlichen, Vertrauen erweckenden Ton, mit dem die Bullen stets versuchten, den Fuß in die Tür zu kriegen, bevor sie merkten, dass er nicht so wirkte, wie sie es sich wünschten. »Ich verstehe Ihre Situation. Sie waren lange Zeit mit ihr zusammen und konnten sich auf ihre Loyalität verlassen, als Sie im Gefängnis waren, und Loyalität ist eine gute Sache. Aber wenn ein Mensch ums Leben gekommen ist und ein anderer lügt –«

»Was wissen Sie schon von Loyalität?«, fuhr sie ihn an. »Was wissen Sie überhaupt, Mann? Sie führen sich hier auf, als wären Sie Gott persönlich, nur weil Sie Glück hatten und einen anderen Weg gegangen sind als wir anderen. Vom wahren Leben haben Sie doch keine Ahnung! Sie gehen immer auf Nummer sicher, aber lebendig macht Sie das nicht.«

Er betrachtete sie ruhig, und es schien, als könnte nichts, was sie sagte oder tat, diese innere Gelassenheit und Sicherheit stören. Sie hasste ihn für diese Ruhe, die er ausstrahlte, weil sie wusste, dass sie aus seinem tiefsten Inneren kam.

»Katja war zu Hause«, erklärte sie kurz und zornig. »Und jetzt hauen Sie endlich ab. Ich hab eine Menge Arbeit.«

Er sagte: »Was glauben Sie, wo sie an den Tagen war, an denen sie sich in der Wäscherei krankgemeldet hat, Mrs. Edwards?«

»Sie hat sich nicht krankgemeldet. Sie hat überhaupt nicht mit der Wäscherei telefoniert.«

»Hat sie Ihnen das gesagt?«

»Sie musste es mir gar nicht sagen.«

»Dann fragen Sie sie doch lieber mal. Und beobachten Sie ihre Augen, wenn sie Ihnen die Antwort gibt. Wenn sie Sie fixiert, lügt sie wahrscheinlich. Wenn sie Ihrem Blick ausweicht, lügt sie wahrscheinlich auch. Nach zwanzig Jahren im Knast hat sie bestimmt Übung im Lügen. Wenn sie also auf Ihre Fragen einfach mit dem weitermacht, was sie gerade tut, kann man davon ausgehen, dass sie ebenfalls lügt.«

»Ich hab gesagt, Sie sollen verschwinden«, sagte Yasmin. »Ich hab nicht die Absicht, es noch mal zu sagen.«

»Mrs. Edwards, Sie stecken in einer riskanten Situation, aber Sie sollten sich klar machen, dass sie nicht nur für Sie riskant ist, sondern auch für Ihren Sohn. Er ist ein netter Junge. Er ist gescheit, und er ist brav. Man merkt ihm an, dass er Sie mehr liebt als alles andere auf der Welt, und wenn irgendwas passiert, was Sie wieder von ihm trennt –«

»Raus!«, schrie sie. »Raus aus meinem Laden! Wenn Sie nicht auf der Stelle abhauen, werd ich –« Ja, was denn?, dachte sie völlig aufgelöst. Was, in Gottes Namen, würde sie tun? Ihn mit dem Messer niederstechen wie ihren Mann? Auf ihn losgehen? Ha! Und was würden sie dann mit ihr anstellen? Und mit Daniel? Was würde aus dem Jungen werden? Wenn sie Daniel ihr wegnähmen – ihn auch nur für einen Tag in Pflege gäben, während sie nach altbewährter Manier die Sache *regelten* –, nie könnte sie die Last der Verantwortung für seinen Schmerz und seine Verwirrung tragen.

Sie senkte den Kopf. Sie würde ihm ihr Gesicht nicht zeigen. Er konnte sehen, wie schwer sie atmete, er konnte den Schweiß auf der Haut ihres Nackens erkennen, aber mehr würde sie ihm nicht zeigen. Nicht um alles in der Welt, nicht um ihre Freiheit oder irgendwas anderes.

Unter den gesenkten Augenlidern hervor sah sie plötzlich seine dunkle Hand über den Verkaufstisch gleiten. Sie erschrak, aber dann begriff sie, dass er nicht die Absicht hatte, sie zu berühren. Vielmehr schob er ihr eine Visitenkarte hin und zog die Hand dann wieder zurück. Sehr leise sagte er: »Rufen Sie mich an, Mrs. Edwards. Auf der Karte steht meine Piepsernummer. Sie können sich jederzeit mit mir in Verbindung setzen, Tag und Nacht. Rufen Sie an, wenn Sie so weit sind –«

»Ich habe Ihnen nichts zu sagen.« Aber sie flüsterte nur.

»Jederzeit, Mrs. Edwards«, wiederholte er.

Sie sah nicht auf, aber das war auch nicht nötig. Sie hörte das Geräusch seiner Absätze auf dem gelben Linoleum, als er aus dem Laden hinausging.

Nachdem sie und Lynley sich getrennt hatten, fuhr Barbara Havers ins *Valley of Kings*, wo es von dunkelhäutigen Kellnern aus Nahost wimmelte. Nachdem diese sich von ihrer kollektiven Entrüstung darüber erholt hatten, eine Frau in Uniform zu sehen statt im gewohnten schwarzen Bettlaken, studierten sie der Reihe nach den Schnappschuss von Eugenie Davies, den Barbara und Lynley nach längerem Suchen in dem Häuschen in der Friday Street aufgestöbert hatten. Sie hatte sich zusammen mit Ted Wiley auf jener Brücke fotografieren lassen, die das Tor zur Stadt Henley bildete, am Tag der Regatta, nach den flatternden Fähnchen, den Booten und den Menschenmengen im Hintergrund zu urteilen. Barbara hatte das Foto in der Mitte abgeknickt, um den Major verschwinden zu lassen. Wozu die Angestellten vom *Valley of Kings* durch das Konterfei eines Mannes durcheinander bringen, den sie gewiss nie gesehen hatten.

Aber auch so schüttelten sie einer nach dem anderen den Kopf. Keiner konnte sich erinnern, die Frau auf dem Foto irgendwann einmal gesehen zu haben.

Wenn sie hier gewesen war, dann zusammen mit einem Mann, erklärte Barbara hilfsbereit. Die beiden waren getrennt gekommen, aber mit der Absicht, sich zu treffen, möglicherweise in der Bar. Sie hatten aus ihrem Interesse aneinander keinen Hehl gemacht, und es hatte sich um sexuelles Interesse gehandelt.

Zwei der Kellner schienen fasziniert von diesem Detail, während die angewiderte Miene eines dritten deutlich sagte, dass in einem Sündenbabel wie London natürlich gar nichts anderes zu erwarten war als schamloses Verhalten dieses Art. Mehr brachte dieses Bemühen, den Leuten ein klares Bild zu zeichnen, Barbara nicht ein, und sie war schon bald wieder draußen auf der Straße, um als Nächstes das *Comfort Inn* anzupeilen.

Von dem Komfort, den der Name versprach, war kaum etwas zu finden, aber so war das nun mal mit preiswerten Hotels in belebten Großstadtstraßen. Auch hier zeigte sie das Bild von Eugenie Davies – dem Mann am Empfang, den Zimmermädchen und allen anderen Angestellten, die mit den Hotelgästen in Berührung kamen –, aber das Resultat war so negativ wie im *Valley of Kings*. Allerdings war der Nachtportier, der die Dame auf dem Foto am ehesten bemerkt hätte, wenn sie mit einem Geliebten hier aufgekreuzt wäre, noch nicht im Dienst, wie der Geschäftsführer Barbara mitteilte. Wenn sie also am Abend noch einmal wiederkommen wolle ...

Etwas anderes, sagte sich Barbara, würde ihr gar nicht übrig bleiben. Man durfte nichts unversucht lassen.

Sie ging zu ihrem Wagen zurück, den sie verbotswidrig am Zugang zu einer begrünten Fußgängerzone geparkt hatte, setzte sich hinein, zündete sich eine Zigarette an und öffnete trotz der kühlen Herbstluft das Fenster einen Spalt, um den Rauch hinauszulassen. Sie rauchte versonnen, in Gedanken mit zwei Erkenntnissen beschäftigt: dass an Ted Wileys Auto nichts fehlte und dass niemand in diesem Viertel in South Kensington sich erinnern konnte, Eugenie Davies gesehen zu haben.

Was Wileys Wagen anging, schien die Schlussfolgerung auf der Hand zu liegen: So sehr Barbara vom Gegenteil überzeugt gewesen war, Ted Wiley hatte die Frau, die er liebte, nicht getötet. Hinsichtlich der Tatsache, dass niemand in der Gegend Eugenie Davies erkannt hatte, lagen die Dinge nicht ganz so klar. Eine mögliche Schlussfolgerung war, dass Eugenie Davies keinerlei Verbindung mehr zu J. W. Pitchley alias James Pitchford gehabt hatte, auch wenn sie früher einmal mit ihm unter einem Dach gelebt hatte; auch wenn sie zum Zeitpunkt ihres Todes seine Adresse bei sich gehabt hatte und ausgerechnet in der Straße überfahren worden war, in der er wohnte. Man konnte aber auch den Schluss ziehen, dass sehr wohl eine Verbindung zwischen den beiden bestanden hatte – jedoch nicht eine sexueller Natur, die zu geheimen Zusammenkünften im *Valley of Kings* und wilden Nächten im *Comfort Inn* geführt hatte. Oder dass die beiden seit langem ein Verhältnis gehabt und sich vor dem fraglichen Abend nie bei Pitchley-Pitchford zu Hause getroffen hatten, womit erklärt gewesen wäre, warum Eugenie seine Adresse in ihrer Handtasche gehabt hatte. Eine vierte Möglichkeit war, dass Eugenie Davies dank einem verrückten Zufall über Internet mit dem Mann namens *Die Zunge* – Barbara schauderte bei dem Gedanken an den Namen – in Kontakt gekommen war und sich wie alle seine Gespielinnen zu Drinks und Abendessen im *Valley of Kings* mit ihm getroffen hatte; dass sie ihm später heimlich nach Hause gefolgt und an einem anderen Abend zurückgekehrt war, um ihn zu treffen oder ihm aufzulauern.

Das Bedeutsame in diesem Zusammenhang waren die anderen Gespielinnen. Wenn Pitchley-Pitchford in dem Restaurant und dem Hotel Stammgast war, würde sicher jemand von den Angestellten ihn wieder erkennen, und es bestand die Chance, dass der Anblick seines Gesichts neben dem Eugenie Davies' beim Betrachter eine Erinnerung auslöste, die für die Ermittlungen von Nutzen sein konnte. Um die Probe aufs Exempel zu machen, brauchte Barbara natürlich ein Foto von Pitchley-Pitchford, und es gab nur eine Möglichkeit, sich das zu besorgen.

Sie schaffte die Fahrt zum Crediton Hill in fünfundvierzig Minuten, wobei sie nicht zum ersten Mal wünschte, über die Stadtkenntnis eines Taxifahrers der seine Prüfung mit Auszeichnung bestanden hatte, zu verfügen. In der Straße war natürlich nirgendwo ein Parkplatz zu finden, aber vor den Häusern gab es Einfahrten, und Barbara stellte ihren Wagen kurzerhand in der zu Pitchleys Haus ab. Eine gute Gegend mit ansehnlichen Häusern, die darauf schließen ließen, dass hier niemand an akutem Geldmangel litt. Ganz so schick wie Hampstead selbst – mit Espressobars, schmalen Sträßchen und Künstleratmosphäre – war das Viertel zwar nicht, aber es war hübsch und gefällig, das richtige Ambiente für Familien mit Kindern, bestimmt nicht das richtige Ambiente für Mord.

Als Barbara aus ihrem Wagen stieg und am Haus emporsah, bemerkte sie am vorderen Fenster den Hauch einer Bewegung, doch als sie klingelte, blieb alles still. Das wunderte sie, denn der Raum, in dem sie die Bewegung wahrgenommen hatte, war schließlich nicht weit von der Haustür entfernt. Als sie ein zweites Mal klingelte, rief drinnen jemand: »Ich komm ja schon«, und gleich darauf wurde die Haustür von einem Mann geöffnet, der mit dem Online-Casanova ihrer Vorstellung überhaupt keine Ähnlichkeit hatte. Sie hatte einen eher schmierigen Typen erwartet, in zu enger Hose, bis zur Taille offenem Hemd und einem goldenen Medaillon auf der behaarten Brust. Der Mann, der ihr gegenüberstand, war schmal wie ein Windhund und weniger als einen Meter achtzig groß, mit grauen Augen und runden Wangen von robuster natürlicher Farbe, die er als junger Bursche bestimmt verwünscht hatte. Er hatte eine Blue Jeans an und ein gestreiftes Baumwollhemd mit Button-down-Kragen, der bis zum Hals zugeknöpft war. In der Hemdtasche steckte eine Brille, die Füße steckten in teuren Slipper.

Na, da hast du ja schön danebengehauen, dachte Barbara. Es war offensichtlich an der Zeit, ihre Freizeitlektüre einer kritischen Prüfung zu unterziehen; die Schmonzetten, die sie zu lesen pflegte, drohten, ihre Fantasie zu vergiften.

Sie zog ihren Dienstausweis und stellte sich vor. »Ich hätte Sie gern einen Moment gesprochen«, sagte sie.

»Nicht ohne meinen Anwalt«, antwortete Pitchley prompt und machte Anstalten, die Haustür zuzuschlagen.

Barbara streckte einen Arm aus und hielt die Tür auf. »Regen Sie sich nicht gleich so auf, Mr. Pitchley. Ich möchte nur ein Foto von Ihnen. Es kann Sie doch nicht weiter stören, mir eines zu geben, wenn Sie mit Eugenie Davies' Tod nichts zu tun haben.«

»Ich hab Ihnen eben gesagt –«

»Ja, ja, ich hab's gehört. Aber jetzt hören Sie mir mal zu: Ich kann natürlich sämtliche Hebel in Bewegung setzen, um das Foto zu bekommen, das ich brauche, aber ich sag Ihnen gleich, dass das Ihre Schwierigkeiten nur unnötig verlängern wird. Außerdem werden es Ihre Nachbarn bestimmt höchst unterhaltsam finden, wenn ich hier zusammen mit einem Polizeifotografen im Streifenwagen vorfahre. Mit heulender Sirene und Blaulicht, natürlich.«

»Das würden Sie nie wagen.«

»Wetten?«

Sein Blick huschte hin und her, während er überlegte. »Ich hab doch schon gesagt, dass ich sie seit Jahren nicht mehr gesehen hatte. Ich hab sie ja nicht mal erkannt, als ich den Leichnam sah.

Warum glauben Sie und Ihre Kollegen mir nicht? Ich sag die Wahrheit.«

»Na, das ist doch wunderbar. Dann lassen Sie es mich allen, die es interessiert, beweisen. Ich weiß nicht, wie's meine Kollegen sehen, aber ich bin wirklich nicht scharf darauf, diesen Mord jemandem in die Schuhe zu schieben, der nichts damit zu tun hat.«

Er trat von einem Fuß auf den anderen wie ein Schuljunge. Mit der einen Hand hielt er immer noch die Tür fest und hob jetzt die andere Hand, um sie gegen den Türpfosten zu stützen.

Eine interessante Reaktion, dachte Barbara. Trotz ihrer beschwichtigenden Worte reagierte er so, als wollte er ihr den Zutritt verwehren. Er schien etwas verbergen zu wollen, und es interessierte Barbara brennend, was das war.

»Mr. Pitchley?«, sagte sie. »Wie ist es mit dem Foto...?«

»Ach ja, gut«, antwortete er. »Ich hole eines. Warten Sie nur einen Moment –«

Barbara drängte sich an ihm vorbei ins Haus, ehe er hinzufügen konnte: – *hier draußen auf der Treppe*, und sagte überschwänglich: »Hey, das ist echt nett von Ihnen. Tausend Dank. Bei der Kälte wärm ich mich gern ein bisschen auf.«

Seine Nasenflügel blähten sich vor Ärger, aber er sagte nur: »Gut, warten Sie hier. Ich bin gleich wieder da«, und flog förmlich die Treppe hinauf.

Barbara horchte und versuchte festzustellen, ob sich im Haus etwas rührte. Der Typ hatte zugegeben, dass er im Internet nach älteren Frauen angelte, aber vielleicht legte er seine Netze ja auch nach jüngeren Fischlein aus. Wenn das zutraf und er bei den kleinen Mädchen so viel Erfolg hatte wie bei den großen, würde er bestimmt nicht riskieren, eine von ihnen ins *Comfort Inn* zu locken. Wer bei einer Begegnung mit den Bullen als Erstes seinen Anwalt verlangte, wusste genau, was Sache war, wenn's um Sex mit Minderjährigen ging. Wenn der Typ wirklich einen Hang in diese Richtung hatte, würde er diesem riskanten Vergnügen bestimmt in seinen eigenen vier Wänden nachgehen und nicht in irgendeinem Hotel.

Barbara trat zu einer geschlossenen Tür, die vom Vestibül abging. In dem Raum dahinter hatte sie, ihrer Berechnung nach, von der Einfahrt aus die flüchtige Bewegung beobachtet. Während irgendwo über ihr Pitchley rumorte, stieß sie die Tür auf und trat in ein überaus ordentlich aufgeräumtes Wohnzimmer, das mit antiken Möbeln eingerichtet war.

Das einzige Stück, was nicht ins Bild passte, war eine abgetragene Wachsjacke, die über einem Stuhl lag. Merkwürdig, dass der ordentliche Pitchley, der wie aus dem Ei gepellt wirkte, so nachlässig mit einem seiner Kleidungsstücke verfahren sein sollte. Er hatte so etwas Pedantisches an sich. Niemals wäre man bei ihm auf den Gedanken gekommen, dass er seine Sportjacke nach dem täglichen Spaziergang einfach auf einen Stuhl im edel ausgestatteten Wohnzimmer werfen würde.

Barbara sah sich die Jacke näher an, dann noch näher. Sie hob sie hoch und hielt sie auf Armeslänge vor sich. Bingo, dachte sie. Pitchley hätte in dem Ding ausgesehen wie eine versunkene Glocke. Ein minderjähriges Mädchen allerdings ebenfalls. Überhaupt jede Frau, die nicht gerade den Leibesumfang eines Sumoringers besaß.

Sie legte die Jacke wieder an ihren Platz, als Pitchley die Treppe heruntergepoltert kam und ins Wohnzimmer platzte. »Ich hatte Sie doch gebeten –« begann er und brach ab, als er sie den Kragen der Jacke glätten sah. Sein Blick huschte zu der zweiten Tür im Raum, die geschlossen war, und kehrte dann zu Barbara zurück. »Hier«, sagte er, den Arm ausstreckend. »Hier haben Sie, was Sie wollten. Die Frau ist übrigens eine Kollegin.«

Barbara sagte: »Danke«, und nahm das Foto, das er ihr hinhielt, an sich. Er hatte etwas Schmeichelhaftes ausgesucht: Er selbst im Smoking mit einer rassigen Brünetten am Arm. Sie trug ein meergrünes Kleid, das hauteng war und nur knapp die prallen ballonrunden Brüste bedeckte, offensichtlich Implantate, die sich wie Zwillingskuppeln nach Plänen Sir Christopher Wrens in den Raum wölbten.

»Hübsche Frau«, meinte Barbara. »Amerikanerin, nehme ich an?«

Pitchley machte ein erstauntes Gesicht. »Ja, aus Los Angeles. Wie haben Sie das erraten?«

»Kombinationsgabe«, antwortete Barbara. Sie steckte das Foto ein und bemerkte freundlich: »Hübsch haben Sie es hier. Leben Sie allein?«

Sein Blick flog zu der Jacke, aber er sagte: »Ja.«

»So viel Platz! Sie sind ein echter Glückspilz. Ich hab ein kleines Haus in Chalk Farm. Mit dem hier nicht zu vergleichen. Eher ein Mauseloch.« Sie deutete auf die zweite Tür. »Was ist da?«

Er fuhr sich mit der Zunge über die Lippen. »Das Esszimmer, Constable. Wenn das alles ist…«

»Haben Sie was dagegen, wenn ich mal einen Blick reinwerfe? Ich find's immer toll zu sehen, wie die besseren Leute leben.«

»Ja, ich habe etwas dagegen. Ich meine, Sie haben bekommen, was Sie wollten, und ich sehe keinen Anlass –«

»Ich habe den Verdacht, dass Sie etwas verheimlichen, Mr. Pitchley.«

Er lief rot an. »So ein Unsinn!«

»Ach? Na, dann ist es ja gut. Dann werde ich mal schauen, was hinter der Tür da ist.« Sie stieß die Tür auf, ehe er erneut protestieren konnte.

»Das habe ich Ihnen nicht erlaubt«, rief er, als sie ins Nachbarzimmer trat.

Es war leer. Am anderen Ende war eine Terrassentür, von eleganten Vorhängen umrahmt. Wie im Wohnzimmer herrschte peinliche Ordnung. Und wie im Wohnzimmer sprang ein Detail ins Auge, das nicht ins Bild passte. Auf dem Walnusstisch lag ein Scheckbuch. Es war aufgeschlagen, Rücken nach oben, und neben ihm lag ein Kugelschreiber.

»Ach, Sie zahlen wohl gerade Ihre Rechnungen?«, bemerkte Barbara wie nebenbei, während sie sich dem Tisch näherte. Der aufdringliche Duft irgendeines Männerparfüms hing in der Luft.

»Ich möchte Sie bitten, jetzt zu gehen, Constable.« Pitchley wollte zum Tisch, aber Barbara war vor ihm da und ergriff das Scheckbuch.

»Moment mal!«, rief Pitchley hitzig. »Was unterstehen Sie sich? Sie haben kein Recht, einfach in mein Haus einzudringen.«

»Hm. Ja«, sagte Barbara, den Blick auf den Scheck gerichtet, der nicht fertig ausgestellt war. Zweifellos hatte sie mit ihrem Klingeln den guten Pitchley bei der Arbeit gestört. Der ausgefüllte Betrag belief sich auf dreitausend Pfund, der Begünstigte hieß Robert, sein Nachname fehlte.

»Das reicht«, sagte Pitchley wütend. »Ich bin Ihnen entgegengekommen. Verlassen Sie jetzt mein Haus, sonst rufe ich meinen Anwalt an.«

»Wer ist Robert?«, fragte sie. »Gehört ihm die Jacke im Wohnzimmer? Und ist das sein Rasierwasser, das hier die Luft verpestet?«

Statt einer Antwort lief Pitchley zu einer Schwingtür. Über die Schulter hinweg rief er: »Ich beantworte Ihre Fragen nicht.«

Aber Barbara ließ sich nicht abwimmeln. Sie rannte ihm in die Küche nach.

»Bleiben Sie draußen«, fuhr er sie an.

»Warum?«

Ein kalter Luftzug wehte ihr ins Gesicht, als sie eintrat. Das Küchenfenster stand weit offen. Aus dem Garten klang lautes Geklapper. Barbara stürzte zum Fenster und Pitchley zum Telefon. Während er hinter ihr irgendeine Nummer eintippte, schaute sie zum Fenster hinaus und sah den umgestürzten Rechen, der vorher offensichtlich unweit vom Küchenfenster an der Hauswand gelehnt hatte. Die beiden Männer, die ihn bei ihrer Flucht umgestoßen hatten, stolperten gerade halb laufend, halb rutschend einen Hang hinunter, der den Garten vom Park dahinter trennte.

»Halt, alle beide!«, brüllte Barbara ihnen aus Leibeskräften nach.

Es waren zwei Riesenkerle in verdreckten Blue Jeans und schlammverkrusteten Stiefeln. Einer hatte eine lederne Bomberjacke an. Der andere trug trotz der Kälte nur einen Pullover.

Beide drehten die Köpfe, als sie Barbaras Donnerstimme vernahmen. Der im Pullover grinste und salutierte frech. Der in der Bomberjacke schrie: »Schnapp sie dir, Jay«, und beide rutschten vor Lachen aus, rappelten sich wieder hoch und rannten durch den Park davon.

»Mist!« Barbara trat vom Fenster weg.

Pitchley hatte mittlerweile seinen Anwalt erreicht. »Kommen Sie sofort her«, herrschte er ihn an. »Ich schwör's Ihnen, Azoff, wenn Sie nicht binnen zehn Minuten hier sind –«

Barbara riss ihm den Hörer aus der Hand.

»Sie *unverschämte* –« schimpfte er.

»Nehmen Sie 'ne Beruhigungstablette, Pitchley«, riet Barbara und sagte ins Telefon: »Die Fahrt können Sie sich sparen, Mr.

425

Azoff. Ich gehe sowieso. Ich habe, was ich brauche.« Ohne auf eine Erwiderung des Anwalts zu warten, gab sie Pitchley den Hörer zurück. »Ich weiß nicht, was hier los ist, Sie Schlaumeier, aber ich krieg's raus, verlassen Sie sich drauf. Und dann komme ich mit einem Durchsuchungsbeschluss wieder und nehme die Bude hier auseinander. Wenn wir irgendwas finden, das beweist, dass es zwischen Ihnen und Eugenie Davies eine Verbindung gab, Verehrtester, sind Sie erledigt. Ist das klar?«

»Ich hatte mit Eugenie Davies lediglich in dem Rahmen zu tun, wie ich es Chief Inspector Leach bereits erklärt habe«, entgegnete er förmlich. Aber er war blass geworden.

»Dann ist es ja gut«, sagte sie. »Also dann, Mr. Pitchley, hoffen Sie das Beste.«

Sie marschierte aus der Küche hinaus zur Haustür und setzte sich draußen sofort in ihren Wagen. Es wäre sinnlos gewesen, die beiden Kerle verfolgen zu wollen, die durch Pitchleys Küchenfenster geflohen waren. Bis sie sich auf die andere Seite des Parks durchgearbeitet hätte, wären die beiden längst weg oder hätten sich ein gutes Versteck gesucht.

Barbara ließ den Mini an und trat ein paar Mal das Gaspedal durch, um Dampf abzulassen. Sie hatte vorgehabt, mit Pitchleys Foto noch einmal das *Valley of Kings* und das *Comfort Inn* aufzusuchen, aus reinem Pflichtbewusstsein und ohne Hoffnung, dass etwas dabei herauskommen würde. Ja, sie war nahe daran gewesen, J. W. Pitchley alias James Pitchford alias *Die Zunge* von der Liste der Verdächtigen zu streichen. Aber jetzt sah die Sache anders aus. Der Mann hatte sich wirklich nicht benommen wie jemand, der ein reines Gewissen hat. Eher schon wie jemand, der bis zum Hals im Dreck steckte. Dazu der Scheck über dreitausend Pfund, der unfertig im Esszimmer gelegen hatte, und die beiden gorillamäßigen Kerle, die aus dem Küchenfenster gesprungen waren… So sauber sah die Weste von Pitchley, Pitchford, *Die Zunge*, oder wer, zum Teufel, er sonst zu sein vorgab, nicht mehr aus.

Pitchley, Pitchford, *Die Zunge*, dachte Barbara, während sie den Mini rückwärts zur Straße hinausmanövrierte, und fragte sich, ob der Mann vielleicht noch einen weiteren Namen hatte, den er für besondere Zwecke verwendete.

Sie wusste, wie sie das herausfinden würde.

Das Haus von Eugenie Davies' Bruder, Ian Staines, stand in einer ruhigen Straße nicht weit von St. Ann's Well Gardens. Lynley, der die Schnellstraße gefahren war, hatte von Henley bis Brighton nicht allzu lange gebraucht, aber der kurze Novembertag begann schon zu dämmern, als er vor dem Haus anhielt.

Die Tür wurde ihm von einer Frau mit einer Katze auf dem Arm geöffnet. Sie hielt das Tier wie ein kleines Kind an die Schulter gedrückt. Es war eine Birmakatze, ein reinrassiges Tier mit arrogantem Gesichtsausdruck, das Lynley mit feindseligen blauen Augen musterte, als dieser seinen Dienstausweis herauszog. Die Frau war Eurasierin, eine auffallende Erscheinung, nicht mehr jung, eine verblühte Schönheit, von der man dennoch den Blick kaum abwenden konnte, da unter der welken Haut eine subtile Härte zu erahnen war.

Sie warf einen Blick auf Lynleys Ausweis und sagte nur »Ja«, als er fragte, ob sie Mrs. Ian Staines sei. In aller Ruhe wartete sie auf weitere Erklärungen von ihm, obwohl sie, wie Lynley dem Blick der leicht verengten Augen entnahm, kaum Zweifel hatte, wem sein Besuch galt. Als er höflich fragte, ob er sie einen Moment sprechen könne, trat sie von der Tür zurück und führte ihn in ein äußerst spärlich eingerichtetes Wohnzimmer. Er bemerkte die Spuren von Möbeln, die diese im dicken Teppich hinterlassen hatten, und fragte die Frau, ob sie und ihr Mann die Absicht hätten, umzuziehen. Nein, sie zögen nicht um, antwortete sie und fügte nach einer winzigen Pause im Ton tiefer Verachtung hinzu: »Noch nicht.«

Sie bat ihn nicht, in einem der beiden noch vorhandenen Sessel Platz zu nehmen, die von je einer Katze besetzt waren, Tiere derselben Rasse wie die Katze auf ihrem Arm. Sie schliefen nicht, wie man das angesichts ihrer scheinbar entspannten Haltung vielleicht erwartet hätte, sondern zeigten eine scharfe Wachsamkeit, als wäre Lynley etwas, für das sie sich interessieren könnten, sollte ein plötzlicher Energieschub sie packen.

Mrs. Staines setzte die Katze, die sie auf dem Arm hielt, auf den Fußboden. Das üppige Fell, das sich an den Beinen der Katze wie eine Pumphose bauschte, glänzte gepflegt, als sie träge zu einem der Sessel strich, mühelos hinaufsprang und den Hausgenossen von seinem Platz verscheuchte. Dieser gesellte sich zu der Katze im anderen Sessel und ließ sich neben ihr nieder.

»Wunderschöne Tiere«, bemerkte Lynley. »Züchten Sie, Mrs. Staines?«

Sie antwortete nicht. Sie war ihren Katzen sehr ähnlich: wachsam, zurückhaltend, spürbar feindselig.

Sie ging zu einem Tisch. Die Spuren im Teppich auf der anderen Seite verrieten, dass dort einmal ein Sofa gewesen war. Auf dem Tisch selbst befand sich nichts als ein kleiner Schildpattkasten, dessen Deckel Mrs. Staines mit ihrem manikürten Finger aufklappte. Sie nahm eine Zigarette aus dem Kästchen und ein Feuerzeug aus der Tasche ihrer schmal geschnittenen, langen Hose. Nachdem sie die Zigarette angezündet und einmal tief inhaliert hatte, fragte sie: »Was hat er getan?«, und ihrem Tonfall war anzumerken, dass sie eigentlich lieber: »Was hat er denn *jetzt wieder* getan?« gesagt hätte.

Im Zimmer lag nirgends eine Zeitung, aber das hieß noch nicht, dass die Staines' von Eugenie Davies' Tod nichts wussten.

Lynley sagte: »Ich hätte Ihren Mann gern wegen einer Sache in London gesprochen, Mrs. Staines. Ist er zu Hause oder noch in seiner Arbeit?«

»Arbeit?« Sie lachte kurz. »London, sagen Sie? Ian mag Städte nicht, Inspector. Er hält kaum das Getümmel in Brighton aus.«

»Den Verkehr, meinen Sie?«

»Die Menschen. Er ist ein Menschenfeind, wenn es ihm auch meist gelingt, das zu verbergen.« Maniriert wie ein Star aus einem alten Film zog sie an ihrer Zigarette, den Kopf in den Nacken geneigt, sodass ihr Haar – üppig, elegant geschnitten, mit einer gelegentlichen weißen Strähne als Glanzlicht – lose über ihre Schultern fiel. Sie ging zum Fenster, auch hier mangelte es nicht an Spuren von fortgeschafften Möbelstücken, und sagte: »Er war nicht hier, als sie starb. Er war bei ihr gewesen. Sie hatten sich gestritten, wie Ihnen vermutlich irgendjemand berichtet hat, sonst wären Sie wohl kaum hier. Aber er hat sie nicht getötet.«

»Sie wissen also, was Mrs. Davies zugestoßen ist?«

»Aus der Zeitung«, antwortete sie. »Wir haben es erst heute Morgen gelesen.«

»Jemand hat beobachtet, dass Mrs. Davies am fraglichen Abend in Henley mit einem Mann Streit hatte, der dann in einem Audi mit einem Brightoner Kennzeichen davongefahren ist. War dieser Mann Ihr Gatte?«

»Ja«, antwortete sie. »Das wird Ian gewesen sein, dem wieder einmal ein schöner Plan geplatzt war.«

»Ein Plan?«

»Mein Mann hat immer irgendwelche Pläne. Und wenn er keinen Plan hat, dann kommt er mit Versprechungen. Pläne und Versprechungen, Versprechungen und Pläne. Und meistens kommt nichts dabei heraus.«

»Das reicht, Lydia.«

Der Ton war kurz und scharf. Lynley wandte sich um. An der Tür stand ein magerer, langgliedriger Mann mit dem trockenen, gelblich getönten Teint eines Kettenrauchers. Wie zuvor seine Frau ging er durch das Zimmer zum Tisch mit der Schildpattdose und nahm sich eine Zigarette. Ohne ein Wort zu sagen, nickte er seiner Frau zu, die daraufhin ihr Feuerzeug aus der Hosentasche zog. Sie reichte es ihm, und während er sich seine Zigarette anzündete, sagte er zu Lynley: »Was kann ich für Sie tun?«

»Er ist wegen deiner Schwester hier«, erklärte Lydia Staines. »Ich hab dir gesagt, dass das zu erwarten ist, Ian.«

»Lass uns allein.« Er wies mit dem Kinn zu den beiden Sesseln und sagte: »Nimm die Biester mit, bevor ich ihnen das Fell abziehe.«

Sie warf ihre noch schwelende Zigarette in den offenen Kamin, klemmte sich je eine Katze unter den Arm und rief der dritten zu: »Komm, Cäsar«, bevor sie sich zur Tür wandte. »Viel Spaß«, sagte sie zu ihrem Mann, und dann ging sie – von ihren Tieren begleitet – hinaus.

Staines sah ihr nach, im Blick etwas wie animalische Gier und den Mund verzerrt vom Hass eines Mannes auf die Frau, die übermäßige Macht über ihn besitzt. Als er hörte, wie hinten im Haus ein Radio eingeschaltet wurde, richtete er seine Aufmerksamkeit auf Lynley.

»Ja«, sagte er, »ich habe Eugenie gesehen. Zweimal. Ich habe sie in Henley besucht. Wir hatten Streit. Sie hatte mir ihr Wort gegeben, hatte versprochen, mit Gideon zu reden – das ist ihr Sohn, aber ich nehme an, das wissen Sie bereits –, und ich habe mich auf ihr Wort verlassen. Aber dann erklärte sie, sie hätte es sich anders überlegt, es wäre etwas dazwischengekommen und sie könne ihn nun unmöglich um Geld bitten… Das war's dann. Ich hab mich wahnsinnig aufgeregt und bin abgefahren wie ein Irrer. Aber es hat uns wohl jemand beobachtet. Mich, meine ich. Und den Wagen.«

»Wo ist der Wagen jetzt?«, fragte Lynley.

»Beim Kundendienst.«

»Wo?«

»Beim Händler hier am Ort. Warum?«

»Ich brauche die Adresse. Ich muss mir den Wagen ansehen und mit den Leuten von der Werkstatt sprechen. Dort werden doch auch Unfallinstandsetzungen gemacht, nehme ich an.«

Staines' Zigarette glühte auf, als er gierig Rauch einsog, um den Moment zu überbrücken. Er sagte: »Darf ich nach Ihrem Namen fragen?«

»Lynley. Inspector Lynley von New Scotland Yard.«

»Ich habe meine Schwester nicht überfahren, Inspector Lynley. Ich war wütend, ja. Ich war bereit, alles zu versuchen. Aber sie zu töten, hätte mir gar nichts gebracht. Ich beschloss, einfach ein paar Tage abzuwarten – ein paar Wochen, wenn nötig und wenn ich so lange durchhalten konnte –, und dann mein Glück noch einmal zu versuchen.«

»Was wollten Sie denn von ihr?«

Wie seine Frau zuvor warf er seine Zigarette in den offenen Kamin. »Kommen Sie«, sagte er dann und ging Lynley voraus aus dem Wohnzimmer hinaus.

Sie stiegen eine Treppe hinauf, die mit einem so dicken Teppich ausgelegt war, sodass der Klang ihrer Schritte geschluckt wurde. Dann gingen sie durch einen Flur, wo helle Rechtecke an den tapezierten Wänden verrieten, dass hier einmal Bilder gehangen hatten. Sie traten in einen verdunkelten Raum, der offensichtlich als Arbeitszimmer diente. Auf dem Schreibtisch stand ein Computer, über dessen Bildschirm irgendwelche Informationen zogen. Bei näherem Hinsehen stellte Lynley fest, dass Staines sich ins Internet eingeloggt und einen Onlinebörsenmakler angewählt hatte.

»Sie spekulieren an der Börse«, sagte Lynley.

»Reichtum.«

»Wie bitte?«

»Reichtum. Es geht darum, Reichtum zu denken und zu leben. Aus dem Denken und Leben von Reichtum *entsteht* Reichtum, und dieser Überfluss erzeugt neuen Überfluss.«

Stirnrunzelnd versuchte Lynley, diese Informationen mit dem zu verknüpfen, was er auf dem Bildschirm sah.

Staines fuhr fort. »Es geht um die Denkweise«, erklärte er. »Die meisten Menschen bleiben im Mangel verhaftet, weil das das Einzige ist, das sie kennen und das man sie gelehrt hat. Ich habe auch einmal zu diesen Menschen gehört. O ja, und wie!«

Er stellte sich neben Lynley vor den Schreibtisch und legte seine Hand auf ein dickes Buch, das aufgeschlagen neben seinem Computerkeyboard lag. Verschiedene Passagen waren mit Leuchtstift in unterschiedlichen Farben markiert, als beschäftigte sich der Leser seit Jahren mit dem Buch und betone bei jeder neuerlichen Lektüre etwas Neues in ihm. Es sah aus wie ein Fachtext – Lynley dachte an etwas Betriebswirtschaftliches –, aber Staines' Ausführungen klangen mehr nach New-Age-Weisheiten. Seine Stimme war leise und eindringlich.

»Wir ziehen im Leben immer das an, was unseren Gedanken entspricht«, erklärte er beinahe beschwörend. »Wenn wir Schönheit denken, sind wir schön. Wenn wir Hässlichkeit denken, sind wir hässlich. Wenn wir Erfolg denken, werden wir Erfolg haben.«

»Wenn wir Beherrschung der internationalen Märkte denken, dann erreichen wir sie?«, fragte Lynley.

»Ja. Ja, genau. Wenn man sein Leben lang immer nur die eigenen Grenzen sieht, kann man nicht erwarten, diese Grenzen zu überwinden.« Staines' Blick war auf den Bildschirm gerichtet. Im bläulichen Licht konnte Lynley erkennen, dass sein linkes Auge vom grauen Star milchig getrübt und die Haut darunter aufgequollen war. »Ich habe früher nur in Grenzen gelebt, war von Drogen, Alkohol und Glücksspiel eingeschränkt. Wenn es nicht das eine war, dann war es das andere. Und dabei habe ich alles verloren – meine Frau, meine Kinder, mein Zuhause –, aber das wird mir nicht noch einmal passieren. Das schwöre ich. Der Überfluss wird kommen. Ich werde den Überfluss *leben*.«

Lynley bekam allmählich eine Vorstellung. Er sagte: »Es ist aber doch ziemlich riskant, an der Börse zu spekulieren, meinen Sie nicht auch, Mr. Staines? Man kann natürlich große Gewinne machen, aber man kann auch schwere Verluste erleiden.«

»Wo Vertrauen, richtiges Handeln und Glaube sind, da gibt es kein Risiko. Das richtige Denken bringt das Ergebnis hervor, das von Gott gewollt ist, der selbst das Gute ist und für seine Kinder das Gute will. Wenn wir eins mit ihm sind und Teil von ihm, sind wir Teil des Guten. Wir müssen es nur für uns erschließen.«

Er starrte beim Sprechen angespannt auf den Bildschirm, über dessen unteren Rand sich wie ein flimmerndes Fließband ständig ändernde Börsenkurse zogen. Staines schien hypnotisiert, als sähe er in den vorübereilenden Zahlen verschlüsselte Wegweiser zum Heiligen Gral.

»Aber lässt denn der Begriff des Guten nicht verschiedene Deutungen zu?«, fragte Lynley. »Und könnte es nicht sein, dass der Mensch in seinem Streben nach dem Guten in ganz anderen Zeitdimensionen denkt als Gott?«

»Es ist der *Überfluss*«, erklärte Staines mit zusammengebissenen Zähnen. »Wir definieren ihn, und er *kommt*.«

»Und wenn nicht, stecken wir bis zum Hals in Schulden«, sagte Lynley.

Mit einer abrupten Bewegung beugte Staines sich vor und drückte auf einen Knopf am Computer. Der Bildschirm wurde dunkel, doch Staines behielt ihn unverwandt im Auge, während er in einem Ton weitersprach, der die Wut verriet, die er mühsam in Schach hielt. »Ich hatte sie seit Jahren nicht mehr gesehen. Ich hatte sie völlig in Ruhe gelassen. Das letzte Mal hatten wir uns beim Begräbnis unserer Mutter getroffen, aber sogar da hab ich mich im Hintergrund gehalten, weil ich wusste, wenn ich mit ihr spräche, würde ich auch mit *ihm* sprechen müssen, und ich habe diesen Menschen gehasst. Von dem Tag an, als ich von zu Hause weglief, las ich täglich die Todesanzeigen, weil ich hoffte, irgendwann auf die seine zu stoßen und die Gewissheit zu erhalten, dass der große Gottesmann endlich aus diesem Leben geschieden war, das er allen um ihn herum zur Hölle gemacht hatte, und nun in seiner eigenen Hölle schmorte. Aber sie sind geblieben. Doug und Eugenie sind geblieben. Wie brave kleine Soldaten Gottes saßen sie sonntags in der Kirche und hörten seinen Predigten zu, und den Rest der Woche ließen sie sich mit dem Gürtel verprü-

432

geln. Aber ich bin durchgebrannt, als ich fünfzehn war, und nie zurückgekehrt.«

Er sah Lynley an. »Ich habe meine Schwester *nie* um irgendetwas gebeten. Nicht ein einziges Mal in all den Jahren, als mich die Drogen, der Alkohol und das Spiel im Griff hatten. Ich sagte mir immer, sie ist die Jüngste, sie hat ausgehalten und hat die ganze schwarze Wut dieses Bastards zu spüren bekommen, sie hat es verdient, dass man ihr ihr Leben lässt. Und es spielte für mich keine Rolle, dass ich alles verlor – alles, was ich je besessen oder geliebt hatte –, denn sie war ja meine Schwester, und wir waren seine Opfer, und meine Zeit würde kommen. Ich habe mich an Doug gewandt, und er hat mir geholfen, wenn er konnte. Aber beim letzten Mal sagte er: ›Ich kann nicht, Ian. Sieh dir mein Scheckbuch an, wenn du mir nicht glaubst.‹ Was hätte ich also tun sollen?«

»Sie baten Ihre Schwester um Geld, um Ihre Schulden bezahlen zu können. Wie kam es zu den Schulden, Mr. Staines? Hatten Sie sich verspekuliert?«

Staines drehte sich vom Bildschirm weg, als wäre dessen Anblick ihm jetzt widerlich, und erklärte: »Wir haben verkauft, was möglich war. Wir haben nur noch ein Bett in unserem Zimmer. Wir essen in der Küche von einem Klapptisch. Das ganze Silber ist weg. Lydia hat ihren Schmuck verloren. Dabei hätte ich nur eine einzige vernünftige Chance gebraucht, nur eine! Mit ein bisschen Geld hätte sie mir diese Chance geben können, und sie hatte versprochen, mir unter die Arme zu greifen. Ich habe ihr gesagt, dass ich ihr alles zurückzahlen würde. Ihm, meine ich. Er schwimmt ja im Geld. Er hat Millionen. Garantiert.«

»Gideon. Ihr Neffe.«

»Ich hab mich darauf verlassen, dass sie mit ihm sprechen würde. Und dann überlegt sie es sich plötzlich anders! Es wäre was dazwischengekommen, sagte sie. Sie könne ihn nicht um Geld bitten.«

»Hat sie Ihnen das neulich abends gesagt, als Sie bei ihr waren?«

»Ja.«

»Nicht schon früher?«

»Nein.«

»Hat sie Ihnen gesagt, *was* dazwischengekommen war?«

»Wir hatten einen Riesenstreit. Ich habe sie angebettelt. Ich habe meine eigene Schwester angebettelt, aber ... Nein, sie hat es mir nicht gesagt.«

Lynley fragte sich, warum der Mann so bereitwillig so viel preisgab. Süchtige, das wusste er aus persönlicher Erfahrung, waren Meister darin, die Menschen zu manipulieren, die ihnen am Nächsten standen. Sein eigener Bruder hatte ihn jahrelang manipuliert. Aber Eugenie Davies' Bruder stand er nicht nahe; er war kein enger Verwandter, der sich von Schuldgefühlen wegen etwas, das in Wirklichkeit überhaupt nicht seine Schuld war, dazu verleiten lassen würde, das Geld zu geben, das »nur dies eine Mal« so dringend gebraucht wurde. Dennoch wusste er mit der Gewissheit langer Erfahrung, dass Staines jedes einzelne Wort, das er sagte, mit Bedacht sprach.

»Wohin sind Sie gefahren, nachdem Sie sich von Ihrer Schwester getrennt hatten, Mr. Staines?«

»Ich bin bis morgens um halb zwei ziellos durch die Gegend gefahren, weil ich sicher sein wollte, dass meine Frau schläft, wenn ich nach Hause komme.«

»Kann das irgendjemand bestätigen? Haben Sie vielleicht irgendwo getankt?«

»Nein, das war nicht nötig.«

»Dann muss ich Sie bitten, mit mir zu dem Autohändler zu fahren, bei dem Ihr Wagen steht.«

»Ich habe Eugenie nicht überfahren. Ich habe sie nicht getötet. Das hätte mir überhaupt nichts gebracht.«

»Das ist Routine, Mr. Staines.«

»Sie hat mir versprochen, mit ihm zu reden. Ich brauchte nur eine einzige Chance.«

Er brauchte, dachte Lynley, Heilung von der Selbsttäuschung.

# 13

Libby Neal nahm die Kurve zum Chalcot Square so eng, dass sie einen Fuß über den Boden schleifen ließ, um zu verhindern, dass die Suzuki ins Schleudern geriet. Sie hatte auf einer ihrer Kurierfahrten eine Pause eingelegt, um sich in einem Imbiss in der Victoria Street ein dickes Sandwich amerikanischer Machart zu gönnen, und während sie an einem der Stehtische genüsslich gegessen hatte, war ihr eine Zeitung ins Auge gefallen, ein Boulevardblatt, das ein Gast neben einer leeren Evianflasche liegen gelassen hatte. Sie hatte die Zeitung umgedreht und gesehen, dass es die *Sun* war, das Blatt, das sie am wenigsten mochte, weil auf Seite 3 täglich ein Pin-up-Girl posierte, das sie unweigerlich an ihre unendlich vielen körperlichen Defizite erinnerte. Sie wollte die Zeitung schon zur Seite schieben, als ihr die Schlagzeile auffiel: »Mord! Berühmter Geiger verliert seine Mutter«, hieß es in Riesenlettern. Darunter war ein grobkörniges Foto, dessen Alter durch Frisur und Kleidung der Frau, die es zeigte, bestimmt war: Gideons Mutter.

Libby nahm die Zeitung zur Hand und las, während sie weiteraß. Sie blätterte zu den Seiten vier und fünf, wo der Bericht fortgesetzt wurde, und ihr Sandwich schmeckte plötzlich wie Sägemehl, als sie sah, was dem Leser geboten wurde. Es ging überhaupt nicht um den Tod von Gideons Mutter – über den im Moment noch kaum Informationen verfügbar waren –, sondern um einen ganz anderen Todesfall.

Scheiße, dachte Libby. Diese bescheuerten Journalisten hatten die alte Geschichte noch mal ausgegraben, und es würde bestimmt nicht lang dauern, ehe sie über Gideon herfielen. Wahrscheinlich waren sie schon dabei, ihn durch die Mangel zu drehen. Die Notiz über Gideons Aussetzer bei seinem Konzert in der Wigmore Hall schrie ja förmlich nach genaueren Recherchen. Als hätte der arme Kerl nicht schon Sorgen genug, schien die Zeitung jetzt auch noch zu versuchen, zwischen der Konzertpanne und der Fahrerflucht in West Hampstead eine Verbindung herzustellen!

Ein echter Witz, dachte Libby voller Verachtung. Gideon hätte seine Mutter wahrscheinlich nicht mal erkannt, wenn er ihr auf der Straße oder sonst wo begegnet wäre.

Kurzerhand warf sie, ganz untypisch, den Rest ihres Sandwichs weg, stopfte sich die Zeitung vorn in ihre Lederkluft und brauste los. Eigentlich hätte sie noch zwei Aufträge erledigen müssen, aber zum Teufel damit. Erst musste sie Gideon sehen.

Am Chalcot Square donnerte sie um die Grünanlage herum und bremste die Maschine direkt vor dem Haus ab. Sie schob sie auf den Bürgersteig, machte sich aber nicht die Mühe, sie am Eisenzaun anzuketten, sondern rannte mit drei großen Sprüngen die Treppe hinauf und klopfte an die Tür. Als nichts geschah, drückte sie anhaltend auf die Klingel. Immer noch nichts. Seinen Mitsubishi suchend, sah sie zum Platz hinunter. Der Wagen stand nicht weit entfernt vor einem gelben Haus. Gideon war also zu Hause. Komm schon, dachte sie, mach die Tür auf.

Drinnen begann sein Telefon zu klingeln. Viermal, dann war Schluss. Sie glaubte schon, er wäre zu Hause und wollte nur nicht aufmachen, aber dann verriet ihr eine ferne körperlose Stimme, die sie nicht kannte, dass Gideons Anrufbeantworter sich eingeschaltet hatte und eine Nachricht aufnahm.

»Ach, verdammt!«, schimpfte sie. Er musste weggegangen sein. Wahrscheinlich wusste er bereits, dass die Presse dabei war, die Geschichte über den Tod seiner Schwester wieder aufzurollen, und hatte beschlossen, eine Weile zu verschwinden. Übel nehmen konnte man es ihm nicht. Die meisten Menschen mussten schlimme Ereignisse nur einmal erleben; er schien die schreckliche Geschichte der Ermordung seiner Schwester ein zweites Mal durchleben zu müssen.

Sie ging in ihre Wohnung hinunter. Die Post lag auf der Matte. Sie hob sie auf, sperrte die Tür auf und sah im Hineingehen die Briefe durch: die Telefonrechnung, ein Bankauszug, dem zu entnehmen war, dass ihr Konto dringend eine Spritze brauchte, ein Werbeschreiben von irgendeiner Firma, die Alarmanlagen vertrieb, und ein Brief von ihrer Mutter, den Libby am liebsten ungeöffnet weggeworfen hätte, weil er ja doch wieder nur eine Story über die tollen Leistungen ihrer Schwester enthalten würde. Sie riss ihn trotzdem auf, und während sie mit der einen Hand ihren

436

Helm abnahm, schüttelte sie mit der anderen das violettfarbene
Blatt Papier aus dem Umschlag.

»Haben, was man sich wünscht, sein, was man sich erträumt«,
stand in schwarzer Blockschrift quer über dem Blatt. Equality
Neale, Direktorin der Firma Neale Publicity, der erst kürzlich die
Zeitschrift *Money* ihre Titelgeschichte gewidmet hatte, würde in
Boston ein Seminar zum Thema Selbstbehauptung und Erfolg im
Geschäftsleben leiten und es danach in Amsterdam anbieten. In
einer Handschrift, die wie gestochen wirkte und den Nonnen, die
sie das Schreiben gelehrt hatten, alle Ehre gemacht hätte, hatte
Mrs. Neale geschrieben: Wäre es nicht schön, wenn ihr beide
euch sehen könntet? Ali könnte auf der Rückreise in London Zwi-
schenstopp machen. Wie weit ist Amsterdam von London entfernt?

Nicht weit genug, dachte Libby und knüllte die Bekanntmachung zusammen. Immerhin bewirkte der Gedanke an Ali und
ihre aufreizende Tadellosigkeit, dass Libby den Kühlschrank, den
sie in ihrem Frust über Gideons Unerreichbarkeit normalerweise
unverzüglich angesteuert hätte, ignorierte. Tugendhaft goss sie
sich ein Glas gesundes Mineralwasser ein, statt sich die sechs Kä-
sequesadillas zu genehmigen, die sie am liebsten sofort verschlungen hätte. Während des Trinkens sah sie zum Fenster hinaus.
Gleich bei der Mauer, die seinen Garten von dem des Nachbarn
abgrenzte, stand der Schuppen, in dem er seine Drachen zu
bauen pflegte. Die Tür war angelehnt, ein schmaler Lichtstreifen
fiel durch die Öffnung ins Freie.

Sie stellte das Glas auf den Tisch und lief zur Tür hinaus, sprang
die von graugrünen Flechten überzogenen Treppenstufen zum
Garten hinauf. »He, Gideon!«, rief sie laut, schon auf dem Weg
zum Schuppen. »Bist du da drinnen?«

Als sie keine Antwort erhielt, blieb sie irritiert stehen. Sie hatte
Richard Davies' Granada draußen auf dem Platz nicht gesehen,
aber sie hatte auch nicht nach ihm Ausschau gehalten. Vielleicht
war der Alte wieder mal zu einem dieser peinlichen Vater-Sohn-
Gespräche vorbeigekommen, die er so besonders gut drauf hatte.
Und wenn er es geschafft hatte, Gideon hinreichend zu nerven,
hatte der sich vielleicht zu Fuß aus dem Staub gemacht, und Richard war in diesem Moment dabei, sich dafür zu rächen, indem

er die Drachenwerkstatt seines Sohnes zerlegte. Das sähe ihm ähnlich, dachte Libby, dass er Gid das Einzige im Leben, was nichts mit der blöden Geige zu tun hatte – außer dem Segelfliegen, das Richard natürlich ebenfalls unmöglich fand –, ohne mit der Wimper zu zucken ruinieren würde. Und garantiert würde er hinterher noch eine erstklassige Entschuldigung dafür liefern. »Es hat dich von deiner Musik abgehalten, mein Junge.«

Ha, ha, dachte Libby mit wütender Geringschätzung.

In ihrer Fantasie fuhr Richard fort: Ich habe es zuvor als Hobby akzeptiert, Gideon, aber das kann ich jetzt nicht mehr. Wir müssen dafür sorgen, dass du wieder gesund wirst. Wir müssen dafür sorgen, dass du wieder spielen kannst. Du hast Konzert- und Plattenverträge, die du erfüllen musst, dein Publikum wartet auf dich.

Verpiss dich, fuhr Libby Richard Davies an. Er hat ein eigenes Leben. Ein gutes Leben. Warum siehst du nicht zu, dass du dir endlich auch eines schaffst?

Der Gedanke an eine handfeste Auseinandersetzung mit Richard – die Vorstellung, ihm endlich einmal die Meinung sagen zu können, ohne von Gideon daran gehindert zu werden –, gab Libby neuen Mut. Sie lief weiter und stieß die Tür mit einer kurzen Bewegung ganz auf.

Gideon war da, ohne Richard. Er saß an seinem provisorischen Arbeitstisch. Ein Stück Pergamentpapier war vor ihm ausgebreitet, an den Ecken mit Klebeband auf die Platte geheftet, auf das er so angespannt hinunterblickte, als hätte es ihm etwas mitzuteilen, wenn er nur lange und aufmerksam genug horchte.

»Gid?«, sagte Libby. »Hallo. Ich hab das Licht gesehen.«

Es war, als hätte er sie nicht gehört. Sein Blick blieb auf das Papier geheftet.

»Ich hab oben bei dir geklopft«, fuhr Libby fort. »Und geklingelt hab ich auch. Ich hab deinen Wagen draußen stehen sehen, da hab ich mir gedacht, dass du da bist. Und als ich dann hier draußen das Licht entdeckt hab…« Die Worte erstarben.

Immer noch das Papier fixierend, sagte er: »Du bist früh dran.«

»Ja, ich hab meine Lieferungen heute endlich mal so eingeteilt, dass ich nicht denselben Weg zweimal fahren musste.« Sie war selbst überrascht, wie routiniert sie log. Das musste sie von Rock übernommen haben.

»Es wundert mich, dass dein Mann dich nicht trotzdem zurück-gehalten hat.«

»Er hat keine Ahnung davon, und ich werde mich hüten, es ihm zu verraten.« Sie fröstelte. Auf dem Boden neben ihm stand ein kleiner elektrischer Ofen, aber er war nicht eingeschaltet. »Ist dir nicht kalt ohne Pulli oder Jacke?«, fragte sie.

»Ich habe nicht darauf geachtet.«

»Bist du schon lang hier draußen?«

»Ein paar Stunden vielleicht.«

»Und was tust du? Arbeitest du an einem neuen Drachen?«

»Ja. An einem, der höher steigt als alle anderen.«

»Klingt cool.« Sie kam näher und stellte sich hinter ihn, neu-gierig auf seinen neuesten Entwurf. »Du könntest einen Beruf da-raus machen, Gid. Keiner baut solche Drachen wie du. Sie sind echt Wahnsinn. Sie sind –«

Sie brach ab, als ihr Blick auf seinen Entwurf fiel, ein Netzwerk verwischter grauer Bleistiftflecken, wo er zu zeichnen versucht und dann radiert hatte, an manchen Stellen so heftig, dass das Pa-pier durchgerieben war.

Er drehte sich zu ihr um, als sie nicht weitersprach. Er drehte sich so schnell herum, dass ihr keine Zeit blieb, sich zu verstellen.

»Das kann ich anscheinend auch nicht mehr«, sagte er.

»Unsinn«, entgegnete sie. »Du bist nur – blockiert oder so was. Das ist doch was Kreatives, stimmt's? Drachen bauen ist was Krea-tives. Das geht allen kreativen Menschen so, dass sie hin und wie-der eine Blockade haben.«

Er blickte ihr ins Gesicht und las in ihm offenbar das, was sie nicht gesagt hatte. Er schüttelte den Kopf. Er sah elend aus, so elend wie noch nie, seit er nicht mehr Geige spielen konnte. Er sah noch schlechter aus als am vergangenen Abend, als er ihr vom Tod seiner Mutter berichtet hatte. Sein helles Haar klebte sträh-nig und glanzlos an seinem Schädel, seine Augen schienen tief eingesunken, seine Lippen waren rissig. Alles viel zu extrem, dachte sie. Er hatte seine Mutter seit Jahren nicht gesehen, er war längst nicht so sehr an sie gebunden gewesen wie an seinen Vater.

Als wüsste er, was ihr durch den Kopf ging, und glaubte, sie kor-rigieren zu müssen, sagte er: »Ich habe sie gesehen, Libby.«

»Wen?«

»Ich habe sie gesehen und hatte es vergessen.«

»Deine Mutter?«, fragte Libby. »Du hast deine Mutter gesehen?«

»Ich weiß nicht, wie ich das vergessen konnte. Ich weiß nicht, wie es kommt, dass man vergisst, aber ich habe es vergessen.« Er sah Libby an, aber sie hatte den Eindruck, dass er sie gar nicht wahrnahm und nur mit sich selbst sprach.

Er wirkte so voller Selbstverachtung, dass sie hastig versuchte, ihn zu trösten. »Vielleicht hast du gar nicht gewusst, wer sie ist«, sagte sie. »Es war ja immerhin – ich meine, du hattest sie vor Jahren das letzte Mal gesehen. Du warst damals noch ein Kind. Und du hast keine Fotos von ihr, nicht? Woher solltest du dich da erinnern, wie sie aussah?«

»Sie war da«, sagte er dumpf. »Sie nannte meinen Namen. ›Erinnerst du dich an mich, Gideon?‹ Und sie wollte Geld haben.«

»Geld?«

»Ich habe ihr einfach den Rücken zugedreht. Ich bin ja ein so bedeutender Mann und ich muss bedeutende Konzerte geben. Also habe ich ihr den Rücken zugedreht, weil ich nicht wusste, wer die Frau war. Aber ich habe mich schuldig gemacht, ganz gleich, was ich wusste oder nicht.«

»Mist«, murmelte Libby, als ihr klar wurde, was er sagen wollte. »Mensch, Gid, du glaubst doch nicht, dass du schuld bist an dem, was deiner Mutter zugestoßen ist, oder?«

»Ich *glaube* es nicht«, erwiderte er. »Ich weiß es.« Sein Blick glitt von ihr weg zur offenen Tür, durch die das Dunkel der Abenddämmerung hereinströmte.

»Das ist doch Scheiße«, sagte sie. »Wenn du gewusst hättest, wer sie ist, als sie zu dir kam, hättest du ihr geholfen. Ich kenne dich, Gideon. Du bist ein guter Mensch. Du bist anständig. Wenn deine Mutter Probleme gehabt hätte oder so was, wenn sie Geld gebraucht hätte, dann hättest du sie nie im Leben im Stich gelassen. Okay, sie hat dich verlassen und sich jahrelang nicht um dich gekümmert. Aber sie war deine Mutter, und du bist überhaupt nicht der nachtragende Typ, schon gar nicht deiner Mutter gegenüber. Du bist nicht so ein Arschloch wie Rock Peters.«

Libby lachte ohne Erheiterung bei der Vorstellung, wie ihr Nochehemann reagieren würde, wenn *seine* Mutter nach zwanzigjähriger Abwesenheit plötzlich in seinem Leben aufkreuzte und ihn um Geld bäte. Er würde sie fertig machen, dachte Libby. Schlimmer noch, er würde sie wahrscheinlich ohrfeigen, wie er das bei Frauen zu tun pflegte, die ihm angeblich berechtigte Gründe zu Tätlichkeiten lieferten. Und das war ja wohl ein berechtigter Grund zur Tätlichkeit – wenn die Mutter, die einen gnadenlos im Stich gelassen hatte, nach zwanzig Jahren vor der Tür stand und um Geld anbettelte, ohne vorher wenigstens zu fragen: Wie ist es dir ergangen, mein Sohn. Gut möglich, dass er total ausrasten würde und ...

Libby zügelte ihre wild galoppierenden Gedanken. Der Gedanke, dass ausgerechnet Gideon Davies, der nicht einmal einer Fliege etwas zu Leide tun konnte, die Hand gegen seine Mutter erheben würde, war absurd. Er war schließlich Künstler, und Künstler gehörten nicht zu den Menschen, die auf offener Straße jemanden umfahren und erwarten würden, dass die Kreativität davon unbeeinträchtigt bleiben würde. Allerdings saß er hier vor seinen Drachen und brachte nichts mehr von dem zu Stande, was er vorher mühelos geschafft hatte.

Mit trockenem Mund sagte sie: »Hast du von ihr gehört, Gid? Ich meine, nachdem sie dich um Geld gebeten hatte – hast du da noch einmal von ihr gehört?«

»Ich wusste nicht, wer sie war«, erklärte Gideon erneut. »Ich wusste nicht, was sie von mir wollte, Libby, deshalb begriff ich überhaupt nicht, wovon sie sprach.«

Libby verstand das als Verneinung, weil sie es nicht anders interpretieren wollte. »Komm«, sagte sie, »gehen wir doch rein. Ich mach dir einen Tee. Hier ist es ja eiskalt. Du bist wahrscheinlich schon total durchgefroren.«

Sie nahm ihn beim Arm, und er ließ sich von ihr hochziehen. Sie schaltete das Licht aus, und zusammen tasteten sie sich durch die Dunkelheit zur Tür. Er stützte sich so schwer auf Libby, als hätten alle seine Kräfte sich in dem Bemühen, einen Drachen zu bauen, erschöpft.

»Ich weiß nicht, was ich tun soll«, sagte er. »Sie hätte mir geholfen, und jetzt ist sie tot.«

»Ich sag dir, was du tun wirst. Du trinkst jetzt erst mal eine Tasse Tee«, sagte Libby. »Ich spendier dir auch einen Teekuchen dazu.«

»Ich kann nichts essen«, erwiderte er. »Ich kann nicht schlafen.«

»Dann schlaf heute Nacht bei mir. Wenn du bei mir bist, kannst du immer schlafen.«

Was anderes taten sie sowieso nicht. Zum ersten Mal fragte sie sich, ob er überhaupt schon einmal eine Frau berührt hatte oder die Bereitschaft zur Nähe verloren gegangen war, als seine Mutter ihn verlassen hatte. Libby hatte keine Ahnung von Psychologie, aber es schien eine vernünftige Erklärung für Gideons offenkundige Abneigung gegen Sex. Wie konnte er nach dem, was er erlebt hatte, riskieren, eine Frau zu lieben, die ihn dann vielleicht auch wieder verließ?

Libby zog ihn die Treppe zu ihrer Küche hinunter, wo sie sehr schnell entdeckte, dass sie ihm die versprochenen Teekuchen nicht bieten konnte. Sie hatte überhaupt nichts Kuchenähnliches da, während bei ihm bestimmt etwas Genießbares im Küchenschrank lag. Sie lotste ihn also nach oben in seine eigene Wohnung und setzte ihn an den Küchentisch, während sie den Elektrotopf mit Wasser füllte und in den Schränken nach Tee und etwas Essbarem suchte, was dazu passte.

Er sah aus wie ein wandelnder Toter. Libby zuckte innerlich zusammen bei dem Vergleich und begann, um ihn zu zerstreuen, von ihrem Tag zu erzählen. Es war wie anstrengende Arbeit, und als sie ins Schwitzen geriet, zog sie, ohne zu überlegen, den Reißverschluss des Oberteils ihrer Ledermontur auf, um es abzustreifen, während sie redete.

Die Zeitung, die sie unter das Leder gestopft hatte, fiel heraus. Und sie fiel genau so, wie sie, wäre es nach Libby gegangen, nicht hätte fallen sollen: mit der Titelseite nach oben. Die Schlagzeilen wirkten, wie sie wirken sollten – sie zogen sofort Gideons Aufmerksamkeit auf sich. Er beugte sich zum Boden hinunter und wollte im selben Moment wie Libby die Zeitung ergreifen.

»Lies es nicht«, sagte sie. »Es macht alles nur schlimmer.«

Er sah zu ihr auf. »Was alles?«

»Wozu willst du dich der ganzen Geschichte aussetzen?«, fragte sie, während ihre Hand den einen Rand der Zeitung und seine den anderen packte. »Die wühlen nur alles wieder auf. Das brauchst du doch echt nicht.«

Doch er war so hartnäckig wie sie, und sie wusste, wenn sie ihm die Zeitung nicht ließ, würden sie sie zerreißen, nicht besser als zwei Frauen, die sich am Wühltisch schlugen. Sie ließ die Zeitung los und ärgerte sich, dass sie sie überhaupt eingesteckt und dann vergessen hatte.

Gideon überflog den Bericht auf der Titelseite und blätterte wie vorher Libby zu den Seiten vier und fünf. Dort sah er die Fotos, die die Zeitung aus ihrem Archiv hervorgeholt hatte: von seiner Schwester, seinen Eltern, sich selbst als Achtjährigen, von den anderen, die betroffen oder beteiligt gewesen waren.

Heute muss für die Zeitungen ein echter Saurer-Gurken-Tag gewesen sein, dachte Libby erbittert und sagte, um ihn abzulenken: »Hey, Gideon, was ich dir noch sagen wollte: Als ich vorhin bei dir geklopft hab, hat jemand angerufen. Ich hab eine Stimme am Anrufbeantworter gehört. Willst du ihn abhören? Soll ich's dir abspielen?«

»Das hat Zeit«, sagte er.

»Vielleicht war's dein Vater. Vielleicht wegen Jill. Wie findest du das Ganze eigentlich? Du hast nie was darüber gesagt. Muss doch komisch sein, in einem Alter, wo man längst eigene Kinder haben könnte, noch einen kleinen Bruder oder eine kleine Schwester zu kriegen. Wissen sie schon, was es wird?«

»Ein Mädchen«, antwortete er, aber sie merkte, dass er mit seinen Gedanken woanders war. »Jill hat sich untersuchen lassen. Es wird ein Mädchen.«

»Cool. Eine kleine Schwester. Du wirst bestimmt ein toller großer Bruder.«

Er stand abrupt auf. »Diese Albträume machen mich fertig. Wenn ich zu Bett gehe, schlafe ich stundenlang nicht ein. Ich liege da und horche und starre die Zimmerdecke an. Und wenn ich dann endlich doch einschlafe, kommen die Träume. Jede Nacht. Ich halte das nicht mehr aus.«

Hinter ihr schaltete sich der Wasserkocher aus. Libby wollte den Tee aufgießen, aber auf seinem Gesicht lag ein Ausdruck wilder Verzweiflung... Sie hatte nie zuvor so einen Gesichtsausdruck gesehen. Er faszinierte sie, er besaß einen so mächtigen Sog, dass sie unfähig war, etwas anderes zu tun, als dieses Gesicht anzustarren. Besser so, dachte sie, als sich bei diesem Anblick zu fragen, ob der Tod seiner Mutter Gideon in den Wahnsinn getrieben hatte.

Das konnte nicht sein. Was für einen Grund hätte es gegeben? Weshalb sollte ein Mann wie er durchdrehen, wenn seine Mutter starb? Die Mutter, von der er jahrelang nichts gesehen und gehört hatte. Okay, gut, einmal hatte er sie gesehen, sie hatte ihn um Geld gebeten, und er hatte abgelehnt, weil er nicht gewusst hatte, wen er vor sich hatte … Aber war das ein Grund, total auszuflippen? Libby konnte es sich nicht vorstellen. Sie war sich aber im Klaren darüber, dass sie heilfroh war, Gideon in psychiatrischer Behandlung zu wissen.

»Erzählst du der Psychotherapeutin deine Träume?«, fragte sie. »Die wissen doch angeblich, was sie zu bedeuten haben. Ich meine, wofür bezahlt man diese Psychotypen, wenn nicht dafür, dass sie einem die Träume erklären, damit sie sich nicht wiederholen, stimmt's?«

»Ich gehe nicht mehr hin.«

»Was?« Libby runzelte die Stirn. »Seit wann denn?«

»Ich habe den heutigen Termin abgesagt. Sie kann mir nicht helfen. Ich habe nur Zeit verschwendet.«

»Aber ich dachte, du magst sie.«

»Was bedeutet das schon? Wenn sie mir nicht helfen kann, wozu dann der ganze Quatsch? Sie wollte, dass ich mich erinnere. Ich habe mich erinnert, und was ist das Resultat? Schau mich an. Schau dir das an. Schau her! Glaubst du im Ernst, dass ich so Geige spielen kann?«

Er streckte seine Hände aus, und sie bemerkte etwas, das ihr bisher nicht aufgefallen war. Sie war sicher, dass es vor vierundzwanzig Stunden, als er zu ihr gekommen war, um ihr vom Tod seiner Mutter zu berichten, noch nicht dagewesen war. Seine Hände zitterten. Sie zitterten so heftig, wie die Hände ihres Großvaters zitterten, bevor sein Parkinson-Medikament zu wirken begann.

Einerseits freute sie sich darüber, dass Gideon nicht mehr zu der Psychotherapeutin ging. Es bedeutete, dass er sich nicht mehr nur über sein Geigenspiel definierte, und das war gut. Andererseits aber erfüllte sie das, was er sagte, mit kribbelndem Unbehagen. Ohne die Geige hatte er die Möglichkeit zu entdecken, wer er war, aber er musste diese Entdeckung *wollen,* und er wirkte nicht gerade wie ein Mensch, der darauf brannte, sich auf eine Reise der Selbstfindung zu begeben.

Dennoch sagte sie liebevoll: »Nicht zu spielen, ist doch kein Weltuntergang, Gideon.«

»Es ist der Untergang meiner Welt«, entgegnete er und ging ins Musikzimmer.

Sie hörte, wie er über irgendetwas stolperte und schimpfte. Dann wurde Licht gemacht, und während Libby den Tee aufgoss, hörte Gideon den Anrufbeantworter ab.

»Hier spricht Inspector Thomas Lynley von der Kriminalpolizei«, teilte ein kultivierter Theaterbariton mit. »Ich bin auf der Fahrt von Brighton nach London. Würden Sie mich unter meiner Handynummer zurückrufen, wenn Sie diese Nachricht abhören? Ich muss mit Ihnen über Ihren Onkel sprechen.«

Jetzt auch noch ein Onkel?, dachte Libby, während der Kriminalbeamte seine Handynummer angab. Was würde als Nächstes kommen? Was würde man Gideon noch alles aufbürden, und wann würde er endlich sagen: Schluss jetzt!

Warte bis morgen, Gid, wollte sie zu ihm sagen. Schlaf heute Nacht bei mir. Ich vertreib dir die Albträume, ich versprech es, aber da hörte sie Gideon schon wählen. Und einen Augenblick später begann er zu sprechen. Sie klapperte mit Tassen und Löffeln, als wäre sie mit dem Teekochen beschäftigt, und versuchte zu lauschen, natürlich nur in Gideons Interesse.

»Gideon Davies hier«, sagte er. »Ich habe gerade Ihre Nachricht bekommen … Danke … Ja, es war ein Schock.« Es blieb eine Weile still, während er dem Kriminalbeamten zuhörte, dann sagte er: »Es wäre mir lieber, wir könnten das telefonisch erledigen, wenn es Ihnen recht ist.«

Eins zu null für uns, dachte Libby. Wir machen uns einen ruhigen Abend, und dann gehen wir schlafen. Aber als sie die Tassen zum Tisch trug, hörte sie Gideon nach einer Pause wieder sprechen.

»Ja, gut dann, in Ordnung. Wenn es nicht anders geht.« Er gab seine Adresse an. »Ich bin hier, Inspector.« Und damit legte er auf.

Er kam wieder in die Küche. Libby versuchte so zu tun, als hätte sie nichts gehört. Auf der Suche nach Gebäck zum Tee öffnete sie einen Schrank und entschied sich für einen Beutel japanische Knabbermischung. Sie riss ihn auf und füllte den Inhalt in eine Schale, die sie auf den Tisch stellte.

»Jemand von der Kriminalpolizei«, erklärte Gideon. »Er möchte sich mit mir über meinen Onkel unterhalten.«

»Ist deinem Onkel auch was passiert?« Libby löffelte Zucker in ihre Tasse. Sie wollte eigentlich keinen Tee, fand aber, sie könne jetzt keinen Rückzieher machen, da sie den Vorschlag gemacht hatte.

»Ich weiß es nicht«, antwortete Gideon.

»Meinst du nicht, du solltest ihn anrufen, bevor der Bulle hier aufkreuzt? Nur um nachzufragen, was läuft.«

»Ich habe keine Ahnung, wo er sich aufhält.«

»In Brighton, oder nicht?« Libby spürte, wie ihr Gesicht rot anlief. »Ich hab gehört, wie der Typ sagte, er käme gerade aus Brighton rauf. Auf dem Anrufbeantworter. Als du ihn abgespielt hast.«

»Möglich, dass er in Brighton ist, ja. Aber ich habe nicht daran gedacht, nach seinem Namen zu fragen.«

»Wessen Namen?«

»Dem meines Onkels.«

»Du weißt nicht –? Ach so. Na ja. Macht wahrscheinlich auch nichts.« Lediglich eine weitere Eigentümlichkeit in seiner Familiengeschichte, dachte Libby. Es gab schließlich massenhaft Leute, die ihre Verwandten nicht kannten. Es war, wir ihr Vater verkündet hätte, ein Zeichen der Zeit. »Und du konntest ihn nicht abwimmeln? Bis morgen wenigstens?«

»Ich wollte ihn nicht abwimmeln. Ich möchte wissen, was los ist.«

»Ah ja. Klar.« Sie war enttäuscht. Sie hatte sich vorgestellt, wie sie sich den ganzen Abend lang um ihn bemühen würde, und in ihrer Naivität gemeint, wenn sie sich gerade jetzt, da er am Tiefpunkt angelangt war, intensiv um ihn kümmerte, würde vielleicht etwas zwischen ihnen entstehen, das tiefer ging, würde es vielleicht endlich zum Durchbruch kommen. Sie sagte: »Fragt sich nur, ob du ihm vertrauen kannst.«

»Wie meinst du das?«

»Na ja, ob du darauf vertrauen kannst, dass er dir die Wahrheit sagt. Er ist schließlich ein Bulle.« Sie zuckte die Schultern und schob eine Hand voll japanisches Knabberzeug in den Mund.

Gideon setzte sich. Er zog seine Teetasse zu sich heran, aber er trank nicht. »Es spielt sowieso keine Rolle«, sagte er.

»Was spielt keine Rolle?«

»Ob er mir die Wahrheit sagt oder nicht.«

»Nein? Wieso nicht?«

Gideon sah sie an, als er ihr den Schlag versetzte. »Weil ich niemandem trauen kann. Das wusste ich vorher nicht. Aber jetzt weiß ich es.«

Die Situation wird immer beschissener.

J. W. Pitchley alias James Pitchford alias *Die Zunge* loggte sich aus dem Internet aus und starrte laut fluchend auf den leeren Bildschirm. Da hatte er es endlich geschafft, das *Sahnehöschen* zu einem Schwatz ins Netz zu locken, hatte sie aber trotz mehr als einer halben Stunde guten Zuredens nicht dazu bewegen können, ihm zu helfen. Dabei müsste sie nur mal kurz in Hampstead aufs Polizeirevier gehen und sich fünf Minuten mit Chief Inspector Leach unterhalten. Aber nein, dazu war sie nicht bereit. Sie müsste lediglich bestätigen, dass sie und ein Mann, den sie nur unter dem Namen *Die Zunge* kannte, den Abend zusammen verbracht hatten, zuerst in einem Restaurant in South Kensington und dann in einem klaustrophobisch kleinen Hotelzimmer über der Cromwell Road, wo der unaufhörliche Verkehrslärm das schrille Quietschen der Sprungfedern und die Lustschreie übertönte, die er ihr entlockt hatte. Aber nein, sie war nicht bereit, das für ihn zu tun. Obwohl er sie in weniger als zwei Stunden sechsmal zum Orgasmus hochgejagt hatte; obwohl er seine eigene Befriedigung hintan gestellt hatte, bis sie schwitzend und erschöpft auf dem Bett gelegen hatte, ausgepowert von der Lust, die er ihr bereitet hatte; obwohl er jede ihrer schmutzigen Fantasien über anonymen Sex erfüllt hatte. All das, und sie war trotzdem nicht bereit, sich zu melden, weil es »ungeheuer beschämend wäre, einem wildfremden Menschen zu offenbaren, wie ich unter gewissen, außergewöhnlichen Umständen sein kann«.

Ich *bin* ein wildfremder Mensch, du blöde Kuh, hätte Pitchley sie am liebsten angebrüllt. Es hat dir überhaupt nichts ausgemacht, *mir* zu offenbaren, was du drauf hast, wenn du richtig heiß bist.

Sie schien zu wissen, was ihm durch den Kopf ging, obwohl er ihr nichts davon mitteilte. Sie schrieb: Man würde meinen Namen verlangen, verstehst du. Und das geht nicht, *Zunge*. Meinen Namen kann ich nicht preisgeben. Du kennst doch die Sensationspresse. Es tut mir Leid. Ich hoffe, du verstehst meine Situation.

Er hatte vor allem verstanden, dass sie nicht geschieden war. Sie war keine allein lebende, alternde Frau, die dringend einen Mann suchte, um sich zu beweisen, dass sie immer noch wirkte. Sie war eine verheiratete alternde Frau, die den Kick suchte, weil das Eheglück nur noch aus Langeweile bestand.

Es war offenbar eine langjährige Ehe, und die Gute war nicht etwa mit einem Niemand oder Jedermann verheiratet, sondern mit einem Mann, der einen Namen hatte, einem Politiker oder einem Schauspieler oder einem erfolgreichen und bekannten Geschäftsmann. Wenn sie Chief Inspector Leach ihren Namen verriete, würde sich innerhalb der klatschfreudigen Polizeidienststelle sehr schnell herumsprechen, wer sie war. Und es würde natürlich auch irgendeiner Plaudertasche zu Ohren kommen, die sich von einem skrupellosen Journalisten mit Ambitionen auf die Titelseite seines Schmierblatts für Informationen bezahlen ließ.

Diese blöde Kuh, dachte Pitchley erbittert. Diese gottverdammte blöde Kuh, die immer so tat, als könnte sie nicht bis drei zählen! Daran hätte sie doch denken können, bevor sie sich mit ihm im *Valley of Kings* getroffen hatte. Sie hätte sich die möglichen Konsequenzen überlegen können, ehe sie reintrippelte wie die Jungfer Rühr-mich-nicht-an, das harmlose Häschen, das mit Männern überhaupt keine Erfahrung hatte, die Schüchterne, die dringend einen Mann brauchte, der ihr zeigte, dass sie noch begehrenswert war, weil ihr jegliches Selbstwertgefühl abhanden gekommen war. Sie hätte sich überlegen können, was alles passieren könnte; dass sie vielleicht zugeben müsste, ja, ich war im *Valley of Kings*, ja, ich habe mich dort zum Cocktail und zum Abendessen mit einem wildfremden Mann getroffen, den ich in einem Chatroom im Internet kennen gelernt habe, wo die Leute ihre wahre Identität verbergen, während sie sich gemeinsam an sexuellen

Fantasien aufgeilen, dass man ihr vielleicht das Eingeständnis abverlangen würde, dass sie mit einem Mann, dessen Namen sie nicht wusste und nicht wissen wollte, Stunden ausschweifender Lust in einem schäbigen Bett in einem Hotel in South Kensington verbracht hatte. Sie hätte doch mal ihr Hirn einschalten können, diese dämliche Kuh.

Pitchley rückte ein Stück von seinem Computer ab. Die Ellbogen auf die Knie gestützt, ließ er den Kopf auf die Hände sinken und drückte seine Finger gegen die Stirn. Sie hätte ihm helfen können. Zwar wäre damit nicht das ganze Problem gelöst gewesen – es wäre immer noch die lange Zeitspanne zwischen seiner Abfahrt vom *Comfort Inn* und seiner Ankunft am Crediton Hill geblieben, für die er kein Alibi vorweisen konnte –, aber es wäre ein verdammt guter Anfang gewesen. So aber stand er allein da mit seiner Aussage und seiner Entschlossenheit, an ihr festzuhalten; mit der eher unwahrscheinlichen Möglichkeit, dass der Nachtportier vom *Comfort Inn* Pitchleys Anwesenheit am fraglichen Abend bestätigen würde, ohne diesen Abend mit den vielen anderen zu verwechseln, an denen er – Pitchley – die erforderliche Summe in bar über den Tresen geschoben hatte, und mit der Hoffnung, dass sein Gesicht unschuldig genug war, um die Polizei von seiner Glaubwürdigkeit zu überzeugen.

Es war natürlich keine Hilfe, dass er die Frau, die mit seiner Adresse in ihrer Handtasche praktisch vor seinem Haus gestorben war, gekannt hatte. Und es war auch keine Hilfe, dass er früher einmal – wenn auch nur ganz am Rande – in ein abscheuliches Verbrechen verwickelt gewesen war, das sich zugetragen hatte, als er unter ihrem Dach gelebt hatte.

Er hatte an jenem Abend die Schreie gehört und war sofort losgestürmt, weil er die Stimme erkannt hatte. Als er vor dem Bad eintraf, waren alle anderen schon da gewesen: der Vater und die Mutter des Kindes, der Großvater, der Bruder, Sarah-Jane Beckett und Katja. Katja Wolff. »Ich habe sie nicht eine Minute allein gelassen«, schrie sie hysterisch der Gruppe zu, die vor der geschlossenen Badezimmertür stand. »Ich schwöre es. Ich habe sie nicht eine Minute allein gelassen.«

Dann trat Robson, der Geigenlehrer, hinter sie, fasste sie bei den Schultern und zog sie weg.

»Sie müssen mir glauben«, rief sie weinend und ließ sich schluchzend von ihm die Treppe hinunterziehen.

Er selbst hatte anfangs nicht gewusst, was eigentlich los war. Er wollte es nicht wissen und konnte sich nicht erlauben, es zu wissen. Er hatte die Auseinandersetzung zwischen ihr und den Eltern gehört, sie hatte ihm gesagt, dass sie entlassen worden war, und er wollte nicht darüber nachdenken, ob die Auseinandersetzung, die Entlassung und der Grund für die Entlassung – den er ahnte, aber nicht näher ins Auge fassen wollte, weil er das nicht ertragen hätte – in irgendeiner Weise mit dem zu tun hatte, was sich hinter der geschlossenen Badezimmertür befand.

»James, was ist passiert?« Sarah-Jane Beckett schob ihre Hand in die seine und umklammerte sie fest, als sie flüsternd sagte. »O Gott, es ist was mit Sonia, nicht wahr?«

Er sah sie an und bemerkte, dass ihre Augen dem tragischen Ton zum Trotz voll Erregung blitzten. Aber er stellte keine Mutmaßungen darüber an, was dieses Blitzen der Augen zu bedeuten hatte. Er überlegte nur, wie er ihr entkommen und zu Katja gelangen könnte.

»Nehmen Sie den Jungen«, befahl Richard Davies Sarah-Jane. »Bringen Sie, um Gottes willen, Gideon von hier weg, Sarah.«

Sie gehorchte. Sie brachte den blassen kleinen Jungen in sein Zimmer, in dem heitere Musik spielte, als hätte sich nicht etwas Schreckliches ereignet.

Er selbst machte sich auf die Suche nach Katja und fand sie in der Küche, wo Robson ihr Kognak einflößte. Sie wehrte sich dagegen, rief immer wieder: »Nein! Nein!« Sie sah aus wie eine Wahnsinnige, mit wildem Haar und wildem Blick, überhaupt nicht der Rolle der liebevollen, fürsorglichen Kinderfrau eines kleinen Mädchens entsprechend, das… Was war mit dem Kind? Er wagte nicht zu fragen; wagte es nicht, weil er es schon wusste, aber der Gewissheit nicht ins Auge sehen wollte; er hatte Angst vor den Auswirkungen auf sein eigenes kleines Leben, wenn das, was er glaubte und fürchtete, sich als wahr erwiese.

»Trinken Sie«, sagte Robson. »Katja. Um Himmels willen, nehmen Sie sich zusammen. Die Sanitäter werden jeden Moment hier sein. Sie können es sich nicht erlauben, in diesem Zustand gesehen zu werden.«

»Ich habe sie nicht allein gelassen! Nein! Nein!« Mit heftiger Bewegung drehte sie sich auf dem Stuhl, auf dem sie saß, herum und klammerte sich an Robsons Hemd. »Sie müssen es ihnen *sagen*, Raphael. Sagen Sie ihnen, dass ich sie nicht allein gelassen habe.«

»Kommen Sie, werden Sie nicht hysterisch. Es ist wahrscheinlich gar nichts.«

Aber da irrte er.

Er – James – hätte zu ihr gehen sollen, aber er hatte es nicht getan, weil er Angst gehabt hatte. Allein der Gedanke, dass diesem Kind etwas zugestoßen sein könnte, dass überhaupt einem Kind in einem Haus, in dem er lebte, etwas zustoßen könnte, lähmte ihn. Und später, als er mit ihr hätte sprechen können und es auch versuchte, um sich ihr als der Freund zu zeigen, den sie brauchte und offensichtlich nicht hatte, lehnte sie jedes Gespräch ab. Es war, als hätten die versteckten Angriffe, mit denen die Presse unmittelbar nach Sonias Tod über sie herfiel, sie derart eingeschüchtert, dass sie glaubte, nur überleben zu können, wenn sie sich ganz klein machte und absolut still verhielt. Jeder Bericht über die Tragödie am Kensington Square begann mit einem Hinweis darauf, dass die Kinderfrau der kleinen Sonia Davies die junge Deutsche war, deren Aufsehen erregende Flucht aus Ostdeutschland – damals allgemein gelobt und bewundert – einen lebensfrohen jungen Mann das Leben gekostet hatte, und dass der Luxus, den sie in England genoss, in traurigem und bedrückendem Gegensatz zu der Situation stand, in die sie durch ihre spektakuläre Flucht in die Freiheit ihre Eltern und Geschwister gebracht hatte. Alles an ihr, was irgendwie zweifelhaft war, alles, was sich gegen sie verwenden ließ, wurde von der Presse ausgeschlachtet. Und demjenigen, der eine nähere Beziehung zu ihr hatte, konnte die gleiche Behandlung blühen. Deshalb hatte er Distanz gehalten – bis es schließlich zu spät gewesen war.

Als sie endlich angeklagt und vor Gericht gestellt wurde, bombardierten erboste Bürger das Fahrzeug, mit dem man sie aus dem Holloway-Gefängnis zum Old Bailey transportierte, regelmäßig mit Eiern und faulen Früchten, und wenn sie abends im selben Wagen nach Holloway zurückkehrte, wurde sie auf dem kurzen Weg zu ihrer Zelle als »Kindsmörderin« beschimpft. Die

Öffentlichkeit war in leidenschaftlichen Aufruhr geraten über das Verbrechen, das sie angeblich verübt hatte: weil das Opfer ein Kind war, ein behindertes Kind noch dazu, und weil die angebliche Mörderin eine Deutsche war, wenn das so offen auch niemand sagte.

Und jetzt hocke ich wieder mittendrin im Schlamassel, dachte Pichtley und rieb sich frustriert die Stirn. Als wären die zwanzig Jahre, die seit den Ereignissen jenes Abends vergangen waren, nie gewesen. Dabei hatte er in dieser Zeit seinen Namen geändert und fünfmal seinen Arbeitsplatz gewechselt. Aber wenn er dieser blöden Kuh nicht klar machen konnte, dass von ihrer Aussage sein Überleben abhing, dann waren all seine Bemühungen, sich ein neues Leben aufzubauen, umsonst gewesen.

Sie war allerdings nicht die Einzige, die ihm Sorgen machte. Wenn er in seinem Leben Ordnung schaffen wollte, dann musste er sich dringend mit Robbie und Brent befassen, die wie zwei Zeitbomben waren, bei denen man nicht wusste, wann sie explodieren würden.

Er hatte angenommen, sie wollten wieder Geld haben, als sie das zweite Mal bei ihm antanzten. Dass er ihnen bereits einen Scheck ausgeschrieben hatte, spielte keine Rolle; er kannte die beiden gut genug, um sich vorstellen zu können, dass Robbie das Geld, statt es auf die Bank zu legen, auf ein Pferd mit einem spektakulären Namen gesetzt hatte. Und er sah sich in dieser Vermutung bestätigt, als Robbie, keine fünf Minuten, nachdem die beiden ungepflegt wie immer zur Tür hereingekommen waren, zu seinem Gefährten sagte: »Zeig's ihm, Brent.« Woraufhin Brent gehorsam eine Ausgabe der *Source* aus der Tasche zog und sie auseinander schüttelte wie ein gefaltetes Bettlaken.

»Schau mal, Jay, wen sie da praktisch vor deiner Haustür zu Matsch gefahren haben!« Er zeigte grinsend die Titelseite der Boulevardzeitung. Es konnte natürlich nur die *Source* sein, sagte sich Pitchley. Niemals würden sich Robbie und Brent durchringen, ein anspruchsvolleres Blatt zu lesen.

Was Brent ihm da unter die Nase hielt, ließ sich nicht ignorieren: fette Schlagzeilen, ein Foto von Eugenie Davies, eine Aufnahme der Straße, in der er wohnte, und eine zweite des Jungen, der jetzt kein Junge mehr war, sondern ein erwachsener Mann –

und ein berühmter dazu. Nur ihm war es zu verdanken, dass dieser Todesfall von der Presse so hochgespielt wurde. Wäre Gideon Davies nicht zu Erfolg, Ruhm und Reichtum gelangt, in einer Welt, die auf solche Äußerlichkeiten zunehmend mehr Wert legte, hätte kein Hahn nach dieser Geschichte gekräht. Sie wäre kurz und bündig als tödlicher Unfall mit Fahrerflucht abgetan worden, ein Fall wie viele andere, in dem die Polizei Ermittlungen anstellte.

»Das hab'n wir natürlich nicht gewusst, wie wir gestern hier war'n«, sagte Robbie. »Stört's dich, wenn ich das Ding auszieh, Jay?« Er legte die schwere Jacke ab und warf sie auf einen Sessel. Dann drehte er gemächlich eine Runde durch das Zimmer und musterte demonstrativ jede Einzelheit. »Nicht übel, die Hütte. Du hast's offensichtlich weit gebracht, Jay. In der City bist du wahrscheinlich bekannt wie 'n bunter Hund, mindestens bei den Leuten, die zählen. Richtig, Jay? Du kümmerst dich liebevoll um ihre Knete, und prompt produziert sie neue Knete, und die guten Leute verlassen sich ganz auf dich, was?«

»Sag einfach, was du willst. Ich hab nicht viel Zeit«, sagte Pitchley.

»Das versteh ich nicht«, entgegnete Robbie. »In New York –« Er schnalzte mit den Fingern und sagte: »Brent, die Zeit in New York?«

Brent schaute brav auf seine Uhr. Seine Lippen bewegten sich lautlos, während er rechnete. Er runzelte die Stirn und zählte an den Fingern ab. »Früh«, verkündete er schließlich.

»Na bitte, Jay«, sagte Rob. »Früh. In New York hat die Börse noch nicht geschlossen. Du hast massenhaft Zeit, noch 'n bisschen Kohle zu machen, bevor der Tag um ist. Trotz unserem kleinen Plausch hier.«

Pitchley seufzte. Er konnte die beiden nur loswerden, wenn er zum Schein auf Robs Spiel einging. »Ja, okay, du hast natürlich Recht«, antwortete er und trat zu dem Schreibtisch, der vor dem Fenster zur Straße stand. Nachdem er sein Scheckbuch und einen Kugelschreiber aus der Schublade genommen hatte, ging er ins Esszimmer hinüber, setzte sich an den Tisch und begann zu schreiben. Als Erstes trug er den Betrag ein: dreitausend Pfund. Er konnte sich nicht vorstellen, dass Rob weniger verlangen würde.

Rob, der, wie immer von seinem Bruder Brent gefolgt, ebenfalls ins Esszimmer gekommen war, sagte: »Ach, das denkst du also, Jay? Dass es immer nur um Geld geht, wenn wir beide dich besuchen?«

»Worum sonst?« Pitchley füllte das Datum aus und begann, den Namen des anderen zu schreiben.

Robbie schlug mit der flachen Hand auf den Tisch, dass es knallte. »Hey! Lass das und schau mich an.« Um seinem Befehl Nachdruck zu verleihen, schlug er Pitchley den Kugelschreiber aus der Hand. »Du glaubst, es geht hier um Geld, Jay? Ich und Brent, wir laufen uns die Hacken ab, rennen bis nach Hampstead rauf, lassen dringende Geschäfte liegen« – eine Kopfbewegung in Richtung Straße – »und lassen uns einen Haufen Knete durch die Lappen gehen, weil wir hier rumstehen und mit dir labern, und du glaubst, wir sind wegen der Kohle hier? Mann, du bist vielleicht ein Arsch!« Und zu seinem Bruder: »Wie findest du das, Brent?«

Brent gesellte sich zu ihnen an den Tisch. Er hatte immer noch die Zeitung in der Hand und würde sie erst weglegen, wenn Robbie ihm genau sagte, was er damit tun sollte.

Was für ein erbärmlicher Idiot, dachte Pitchley. Ein Wunder, dass er sich die Schuhe selber binden kann. »Also gut«, sagte er und lehnte sich auf seinem Stuhl zurück. »Dann sag mir doch, warum ihr gekommen seid, Rob.«

»Schon mal was von Freundschaftsbesuch gehört?«

»O ja, aber nicht in unserer gemeinsamen Geschichte.«

»Aha! Na, dann denk mal über Geschichte nach. Die ist nämlich drauf und dran, dich einzuholen, Jay.« Rob schnippte mit den Fingern gegen die Zeitung. Entgegenkommend hielt Brent sie höher wie ein Schuljunge, der dem Zeichenlehrer sein Kunstwerk vorführt. »An der Nachrichtenfront war nichts los die letzten Tage. Kein Royal ist ins Fettnäpfchen getreten, kein Abgeordneter mit 'ner Minderjährigen erwischt worden. Die Presse fängt garantiert an zu wühlen, Jay. Und darum sind wir hergekommen, ich und Brent. Um zu planen.«

»Zu planen?«, wiederholte Pitchley vorsichtig.

»Klar. Wir haben dir doch schon mal aus der Patsche geholfen. Wir können's wieder tun. Die Bullen werden dir nämlich ganz schön Feuer unterm Hintern machen, wenn sie erst mal rauskriegen, wer du wirklich bist. Und wenn sie das an die Presse weitergeben, wie sie's ja immer tun –«

»Sie wissen Bescheid«, unterbrach Pitchley, in der Hoffnung, ihn mit der halben Wahrheit bluffen zu können und ihm so den Wind aus den Segeln zu nehmen. »Ich hab denen schon alles gesagt.«

Aber Rob war nicht bereit, das so einfach zu schlucken. »Nie im Leben, Jay«, erwiderte er. »Wenn's so wäre, würden die Bullen dich den Wölfen zum Fraß vorwerfen, sobald sie was brauchen, um gut dazustehen. Das weißt du doch selber. Und drum nehm ich mal an, dass du ihnen zwar 'nen kleinen Teil erzählt hast, aber garantiert nicht alles.« Er musterte Pitchley mit scharfem Blick und nickte. »Genau. Und drum sind Brent und ich der Ansicht, dass wir planen müssen. Du brauchst Schutz, und den können wir dir geben.«

Und ich werde auf ewig in eurer Schuld stehen, dachte Pitchley. Ich werde doppelt so tief in eurer Schuld stehen, weil ihr mir dann schon zweimal in meinem Leben die Meute vom Leib gehalten habt.

»Du brauchst uns, Jay«, behauptete Robbie. »Und ich und Brent, wir gehören nicht zu den Leuten, die wie Röhrenwasser verschwinden, wenn sie gebraucht werden.«

Pitchley konnte sich vorstellen, wie es ablaufen würde; wie Robbie und Brent für ihn zu Felde ziehen und genauso ungeschickt mit der Presse umspringen würden wie in der Vergangenheit.

Er wollte ihnen sagen, sie sollten nach Hause gehen zu ihren Frauen und ihrem schlecht geführten kleinen Unternehmen, einer Autowaschanlage, wo sie die Luxuskarossen der Reichen schrubbten und polierten. Er wollte ihnen sagen, sie sollten sich für jetzt und alle Zukunft verpissen, weil er die Nase voll davon hatte, ausgenommen zu werden wie eine Weihnachtsgans. Er öffnete sogar den Mund, um das alles zu sagen, aber genau in dem Moment klingelte es an der Tür und er ging zum Fenster, um zu sehen, wer es war.

»Bleibt hier«, sagte er zu Robbie und Brent und schloss die Esszimmertür, als er hinausging.

Und jetzt, dachte er erbittert, nachdem er vergeblich versucht hatte, die Frau namens *Sahnehöschen* zu überreden, ihm zu helfen, schulde ich ihnen noch mehr. Schon deshalb, weil Rob die Geistesgegenwart gezeigt hatte, mit Brent aus dem Haus zu verschwinden, bevor das Mopsgesicht von der Kripo die beiden in der Küche ertappen konnte. Dass sie der Frau nichts hätten erzählen können, was seine derzeitige Situation verschlimmert hätte, war nebensächlich. Robbie und Brent würden es anders sehen. Sie würden sich als seine Beschützer aufspielen und ihn irgendwann dafür zahlen lassen.

Lynley fuhr direkt nach London weiter, nachdem er vorher mit Staines zusammen die Audi-Werkstatt besucht hatte, bei der dieser seinen Wagen abgegeben hatte. Staines hatte er nur mitgenommen, um zu verhindern, dass der Mann in seiner Abwesenheit versuchte, per Telefon in seinen – Lynleys – Ermittlungen dazwischenzufunken. Er hatte ihn im Auto warten lassen, während er sich im Büro der Firma mit den Leuten unterhalten hatte.

Sie bestätigten, was er von Eugenie Davies' Bruder gehört hatte. Der Wagen war an diesem Morgen um acht Uhr zur Inspektion abgegeben worden, nachdem der Termin bereits am Donnerstag zuvor vereinbart worden war. Es war nichts Besonderes – wie etwa Karosserieschäden, die der Reparatur bedurften – in den Computer eingegeben worden, als die Sekretärin den Auftrag aufgenommen hatte.

Als Lynley den Wagen zu sehen verlangte, führte ihn einer der Verkäufer bereitwillig hinaus, wobei er begeistert erzählte, wie fortschrittlich Audi auf technischem Gebiet und im Design sei. Wenn das Erscheinen eines Polizeibeamten, der sich für den Wagen eines Kunden interessierte, ihn neugierig machte, so ließ er sich nichts davon merken. Jeder war schließlich ein potenzieller Kunde.

Staines' Wagen stand gerade auf der Hebebühne, so hoch, dass Lynley sich neben Front und Kotflügeln auch das Fahrgestell ansehen konnte. Vorn am Wagen war alles in Ordnung, aber am linken Kotflügel hatte er Schrammen und eine Beule, die verdächtig aussahen. Und ganz frisch waren.

»Ist es möglich, dass eine verbeulte Stoßstange ausgetauscht worden ist, bevor der Wagen bei Ihnen abgegeben wurde?«, fragte Lynley den Mechaniker, der an dem Fahrzeug arbeitete.

»Möglich ist so was immer«, antwortete der Mann. »Man braucht ja der Vertragswerkstatt nicht das Geld hinterher zu werfen, wenn man's woanders billiger kriegt.«

Es bestand also durchaus die Möglichkeit, dass hinter den Schrammen und der kleinen Beule mehr steckte als reine Unaufmerksamkeit beim Fahren. Man konnte Staines nicht so ohne weiteres von der Liste streichen, auch wenn er behauptete, er hätte keine Ahnung, woher die Schrammen stammten. »Meine Frau fährt den Wagen auch, Inspector.«

Lynley setzte Staines an einer Bushaltestelle ab und riet ihm, Brighton nicht zu verlassen. »Wenn Sie umziehen, dann rufen Sie mich bitte an«, sagte er und reichte Staines seine Karte. »Ich muss das wissen.«

Dann fuhr er direkt nach London weiter. Der Chalcot Square, nordöstlich vom Regent's Park gelegen, gehörte zu einem der zahlreichen Stadtviertel, die derzeit saniert und veredelt wurden. Lynley sah es an den Gerüsten, die an mehreren Häusern hochgezogen waren, und an den frisch gestrichenen Fassaden der übrigen Gebäude am Platz. Die Gegend erinnerte ihn an Notting Hill – die gleiche Vielfalt freundlicher Farben an den Fassaden der Häuser.

Gideon Davies' Haus stand etwas zurückgesetzt an einer Ecke des Platzes. Es war leuchtend blau und hatte eine weiße Tür. Im ersten Stock hatte es einen schmalen Balkon mit einer niedrigen weißen Balustrade. Durch die Fenster und die Balkontür fiel helles Licht.

Auf sein Klopfen hin wurde ihm prompt geöffnet, als hätte der Eigentümer des Hauses hinter der Tür am Fuß der Treppe gewartet.

»Inspector Lynley?« fragte Gideon Davies, und als Lynley nickte, sagte er: »Bitte, kommen Sie mit nach oben.« An einer Wand vorbei, an der gerahmte Zeugnisse seiner Karriere hingen, führte er ihn eine Treppe hinauf in den ersten Stock und ging voraus in das Zimmer, das Lynley von der Straße aus aufgefallen war. Es war behaglich eingerichtet mit bequemen Sesseln und Sofas, an der einen Wand eine Musikanlage, Beistelltische und Notenständer, auf denen Notenhefte lagen, aber keines von ihnen aufgeschlagen.

Davies sagte: »Ich habe meinen Onkel nie kennen gelernt, Inspector Lynley. Ich weiß nicht, inwieweit ich Ihnen helfen kann.«

Lynley hatte die Berichte in den Zeitungen gelesen, nachdem der Geiger das Konzert in der Wigmore Hall hatte platzen lassen. Wie die meisten Leute, die die Geschichte verfolgt hatten, war er der Meinung gewesen, dahinter steckten nichts weiter als die Starallüren eines verwöhnten Publikumslieblings. Er hatte die Erklärungen gesehen, die die PR-Leute des jungen Mannes veröffentlicht hatten: Erschöpfung nach den Anstrengungen einer strapaziösen Konzertreise im Frühjahr. Und er hatte die ganze Sache als einen Sturm im Wasserglas abgetan, den die Zeitungen aufgewirbelt hatten, um während des Sommerlochs ihre Seiten zu füllen.

Aber der Geiger sah wirklich krank aus, und Lynley dachte sofort an Parkinson – Davies' Gang war unsicher, und seine Hände zitterten –, eine Krankheit, die das Ende seiner Karriere bedeuten würde. So etwas würde man natürlich so lange wie möglich geheim zu halten suchen und der Öffentlichkeit von Erschöpfung, Nervenkrisen und weiß der Himmel was erzählen, bis man nicht mehr darum herumkam, die Katze aus dem Sack zu lassen.

Davies wies zu den drei Sesseln, die vor dem offenen Kamin standen. Er selbst setzte sich in den, der dem Feuer am nächsten war – orangefarbene und blaue Flammen, die in regelmäßigem Rhythmus aus künstlichen Kohlen emporzüngelten. Die starke Ähnlichkeit zwischen Gideon Davies und seinem Vater Richard war trotz des kränklichen Aussehens des jungen Mannes unverkennbar. Sie hatten den gleichen Körperbau, mager und langgliedrig, eher sehnig als muskulös. Der jüngere Davies schien die Rückenkrankheit des Vaters nicht geerbt zu haben, doch die Art, wie er die Beine zusammengepresst hielt und die geballten Fäuste in den Magen drückte, legte nahe, dass er dafür andere körperliche Probleme hatte.

»Wie alt waren Sie, als Ihre Eltern sich scheiden ließen, Mr. Davies?«, fragte Lynley.

»Als sie sich scheiden ließen?« Davies musste nachdenken. »Ich war acht oder neun, als meine Mutter die Familie verließ, aber die Scheidung kam erst später. Sie hätten sich nach den damaligen Gesetzen gar nicht sofort scheiden lassen können. Es wird also wohl – tja, wie lange? vier Jahre? – gedauert haben. Ich weiß es tatsächlich nicht, Inspector, das fällt mir jetzt erst auf. Aber über das Thema wurde bei uns nie gesprochen.«

»Welches Thema meinen Sie? Die Scheidung oder die Tatsache, dass Ihre Mutter gegangen war?«

»Beides. Eines Tages war sie einfach weg.«

»Und Sie haben nie gefragt, warum?«

»In unserer Familie wurde nie viel über persönliche Dinge gesprochen. Es gab allgemein – nun ja, einen hohen Grad der Zurückhaltung, könnte man vielleicht sagen. Wir waren ja nicht allein im Haus. Mit uns zusammen lebten meine Großeltern, meine Lehrerin und ein Untermieter. Das waren viele Leute. Ich vermute, es war ein Mittel, um sich abzugrenzen – man ließ jedem ein Privatleben, über das von keinem anderen gesprochen wurde. Jeder behielt seine Gedanken und Gefühle weitgehend für sich. Nun ja, das war damals sowieso der Stil.«

»Und in der Zeit nach dem Tod Ihrer Schwester?«

Davies, der Lynley bis dahin offen angesehen hatte, wandte seinen Blick ab und starrte ins Feuer. »Was meinen Sie?«

»Als Ihre Schwester ermordet wurde, hat da auch jeder seine Gedanken und Gefühle weitgehend für sich behalten? Und während des nachfolgenden Prozesses?«

Davies schloss wie in Abwehr der Fragen die Beine noch fester.

»Über das alles wurde nie gesprochen. Man könnte sagen, das Motto unserer Familie lautete: Vergessen wir's, und wir haben nach diesem Motto gelebt, Inspector.« Er hob den Kopf und richtete den Blick auf die Wand. »Mein Gott«, sagte er und schluckte. »Ich vermute, genau aus diesem Grund ist meine Mutter gegangen. Weil nie jemand über die Dinge gesprochen hat, die in diesem Haus dringend hätten besprochen werden müssen. Damit ist sie am Ende einfach nicht mehr fertig geworden.«

»Wann haben Sie Ihre Mutter zum letzten Mal gesehen, Mr. Davies?«

»Damals.«

»Als Sie neun Jahre alt waren?«

»Mein Vater und ich gingen auf Konzertreise nach Österreich. Als wir zurückkamen, war sie fort.«

»Und Sie haben seitdem nichts von ihr gehört?«

»Nein, ich habe seitdem nichts von ihr gehört.«

»Sie hat nicht in den letzten Monaten irgendwann mit Ihnen Verbindung aufgenommen?«

»Nein. Warum?«

»Ihr Onkel sagte, sie hätte vorgehabt, Sie aufzusuchen. Sie hätte vorgehabt, sie um ein Darlehen zu bitten. Er behauptet, sie hätte ihm dann gesagt, es wäre etwas dazwischengekommen, sodass es ihr nicht möglich gewesen sei, Sie um Geld zu bitten. Ich wüsste gern, ob Sie eine Ahnung haben, *was* dazwischengekommen ist.«

Davies' Gesicht verschloss sich bei diesen Worten. Es war, als hätte sich ein dünner eiserner Schild vor seinen Augen herabgesenkt. »Ich habe – nun ja, sagen wir, ich hatte in letzter Zeit gewisse Schwierigkeiten mit meinem Spiel.« Er überließ es Lynley, das Weitere zu folgern: Einer Mutter, die sich um das Wohlbefinden ihres Sohnes sorgte, würde es kaum einfallen, diesen um Geld anzugehen, sei es im eigenen oder im Namen ihres nichtsnutzigen Bruders.

Das stand keineswegs im Widerspruch zu dem, was Lynley von Richard Davies gehört hatte: dass seine geschiedene Frau ihn angerufen hatte, um Näheres über das Befinden ihres gemeinsamen Sohnes zu erfahren. Aber der zeitliche Ablauf gab zu denken, wenn man glauben wollte, der Gesundheitszustand des Musikers sei der Grund dafür gewesen, dass seine Mutter ihre Bitte um ein Darlehen nicht vorgebracht hatte. Da klaffte eine Lücke von mehreren Monaten. Die traumatische Geschichte in der Wigmore Hall war im Juli geschehen. Inzwischen schrieb man November. Und wenn man Ian Staines folgte, war der Sinneswandel seiner Schwester bezüglich des Plans, ihren Sohn um Geld zu bitten, erst kürzlich eingetreten, in der jüngsten Vergangenheit. Es war nur eine kleine Ungereimtheit, aber sie durfte nicht übersehen werden.

»Ihr Vater sagte mir, dass sie ihn regelmäßig angerufen hat, um sich nach Ihnen zu erkundigen. Sie wusste also offenbar von Ihren Schwierigkeiten«, meinte Lynley zustimmend. »Aber er erwähnte nichts davon, dass sie den Wunsch äußerte, Sie zu sehen. Sie hat sich nicht direkt mit Ihnen in Verbindung gesetzt?«

»Ich denke, dass ich mich daran erinnern würde, wenn meine

Mutter mit mir Verbindung aufgenommen hätte, Inspector. Sie hat es nicht getan, und es wäre auch gar nicht möglich gewesen. Meine Telefonnummer ist nicht eingetragen. Sie hätte mich also höchstens über meinen Agenten oder meinen Vater erreichen können, oder indem sie mir bei einem Konzert eine Nachricht ins Künstlerzimmer schickte.«

»Und das hat sie nicht getan?«

»Nein, das hat sie nicht getan.«

»Und sie hat Ihnen auch nicht über Ihren Vater eine Nachricht zukommen lassen?«

»Nein«, antwortete Davies. »Vielleicht lügt also mein Onkel, wenn er behauptet, meine Mutter hätte vorgehabt, mit mir Verbindung aufzunehmen und mich um Geld zu bitten. Oder vielleicht hat auch meine Mutter meinen Onkel belogen, als sie sagte, sie würde mich um Geld bitten. Oder vielleicht hat mein Vater ihre Anrufe bei ihm erfunden. Aber das ist höchst unwahrscheinlich«, erklärte er mit großer Bestimmtheit.

»Warum halten Sie das für so unwahrscheinlich?«

»Weil mein Vater selbst ein Zusammentreffen zwischen meiner Mutter und mir wünschte. Er dachte, sie könnte mir helfen.«

»Wobei?«

»Meine Schwierigkeiten zu überwinden. Er dachte, sie könnte –« An dieser Stelle richtete Davies den Blick wieder ins Feuer. Er hatte alle Sicherheit, die er einen Moment zuvor noch gezeigt hatte, verloren. Seine Beine zitterten. Den Blick unverwandt in die Flammen gerichtet, sagte er: »Aber ich glaube nicht, dass sie mir hätte helfen können. Ich glaube nicht, dass mir überhaupt geholfen werden kann. Trotzdem war ich bereit, es zu versuchen. Vor ihrem Tod. Ich war bereit, alles zu versuchen.«

Ein Künstler, dachte Lynley, den eine tiefe Angst an der Ausübung seiner Kunst hinderte. Er hatte vermutlich nach einer Art Talisman gesucht. Er hatte glauben wollen, dass seine Mutter die Zauberkraft besaß, die ihm helfen würde, wieder zu seinem Instrument zu finden. Um sich zu vergewissern, sagte Lynley: »Wie, Mr. Davies?«

»Bitte?«

»Wie hätte Ihre Mutter Ihnen helfen können?«

»Indem sie meinen Vater bestätigt hätte.«

»Bestätigt? Worin?«

Davies dachte über die Frage nach, und als er antwortete, verriet er Lynley, welch ein Unterschied zwischen seinem tatsächlichen beruflichen Leben bestand und dem, was der Öffentlichkeit präsentiert wurde.

»Indem sie bestätigt hätte, dass mir nichts fehlt; nur dass mir meine Nerven Streiche spielten. Das wollte mein Vater von ihr. Er brauchte unbedingt ihre Bestätigung, verstehen Sie. Alles andere ist undenkbar. Unaussprechlich wäre normal in meiner Familie. Aber undenkbar…? Das wäre viel zu anstrengend.« Er lachte schwach, keine Erheiterung im Ton, nur Bitterkeit. »Aber ich hätte einem Zusammentreffen zugestimmt. Und ich hätte versucht, ihr zu glauben.«

Er hätte also allen Grund gehabt, seine Mutter lebend zu wünschen, nicht tot. Vor allem wenn er daran geglaubt hatte, dass sie ihm bei seinen Problemen helfen könnte.

Dennoch sagte Lynley: »Die nächste Frage ist reine Routine, Mr. Davies, ich muss sie stellen: Wo waren Sie vorgestern Abend, als Ihre Mutter getötet wurde? Sagen wir, zwischen zweiundzwanzig Uhr und Mitternacht.«

»Hier«, antwortete Davies. »Im Bett. Allein.«

»Hatten Sie Kontakt mit einem gewissen James Pitchford, seit dieser vor gut zwanzig Jahren das Haus Ihrer Eltern verließ?«

Davies' Verwunderung war nicht gespielt. »Mit James, dem Untermieter? Nein. Warum?« Die Frage schien durchaus aufrichtig.

»Ihre Mutter war auf dem Weg zu seiner Wohnung, als sie getötet wurde.«

»Auf dem Weg zu James? Das ergibt doch überhaupt keinen Sinn.«

»Nein«, stimmte Lynley zu. »Einen Sinn ergibt es bis jetzt nicht.«

Und es war nicht die einzige ihrer Handlungen, die keinen Sinn ergab. Lynley fragte sich, welche von ihnen zu ihrem Tod geführt hatte.

# 14

Jill Foster sah Richard an, dass es ihm nicht passte, schon wieder von der Polizei Besuch zu bekommen. Noch weniger passte es ihm, dass der Kriminalbeamte eigenem Bekunden zufolge direkt von Gideon kam. Er hörte sich diese Mitteilung zwar höflich an, aber Jill bemerkte, wie er, als er den Beamten ins Wohnzimmer führte, den Mund zusammenkniff – bei ihm stets ein Zeichen der Verärgerung.

Dieser Inspector Lynley fasste Richard so scharf ins Auge, als wollte er sich nicht die kleinste Reaktion entgehen lassen. Das machte Jill unruhig. Sie kannte sich aus mit der Polizei, nicht umsonst hatte sie jahrelang Zeitungsberichte über manipulierte Ermittlungen und berühmte Justizirrtümer gelesen. Sie wusste ziemlich genau, wie weit diese Leute zu gehen bereit waren, wenn sie einem Verdächtigen ein Verbrechen anhängen wollten. Bei Mord waren sie mehr daran interessiert, irgendjemanden festzunageln – ganz gleich, wen –, als den Ereignissen wirklich auf den Grund zu gehen, denn wenn man einen Täter hatte, konnte man die Ermittlungen abschließen und ausnahmsweise mal zu einer vernünftigen Zeit nach Hause zu Frau und Kindern gehen. Jeder Schritt, den sie bei einer Morduntersuchung unternahmen, war von diesem Wunsch motiviert, und man war gut beraten, sich darüber im Klaren zu sein, wenn man von ihnen befragt wurde.

Die Polizei ist nicht unser Freund und Helfer, Richard, rief sie ihrem Lebensgefährten lautlos zu. Diese Leute warten nur darauf, dass du etwas sagst, was sie später verdrehen und gegen dich verwenden können.

Genau das tat jetzt offensichtlich der Inspector. Er sah Richard mit seinen dunklen Augen an – braune Augen waren es, nicht blaue, wie man sie bei einem blonden Menschen erwartet hätte – und sagte: »Als wir gestern miteinander sprachen, Mr. Davies, sagten Sie nichts davon, dass Sie ein Treffen Ihres Sohnes mit seiner Mutter befürwortet hatten. Warum ließen Sie das unerwähnt?«

Ein elegantes Notizbuch offen in der schlanken Hand, wartete er geduldig auf eine Antwort.

Richard saß auf einem hochlehnigen Stuhl, ein Stück von dem Tisch weggerückt, an dem er und Jill ihre Mahlzeiten einzunehmen pflegten. Er hatte diesmal keinen Tee angeboten, als wollte er keinen Zweifel daran lassen, dass der Inspector ihm nicht willkommen war. Bei der Ankunft des Inspectors, noch bevor dieser erwähnte, dass er gerade von Gideon kam, hatte Richard gesagt: »Ich möchte Ihnen wirklich gern behilflich sein, Inspector, aber ich muss Sie doch bitten, bei Ihren Besuchen eine gewisse Rücksichtnahme walten zu lassen. Miss Foster braucht viel Ruhe, und ich wäre Ihnen dankbar, wenn unsere Gespräche nicht in den Abendstunden stattfinden würden.«

Der Kriminalbeamte hatte leicht den Mund verzogen, und der Unbedarfte hätte vielleicht geglaubt, er lächelte. Aber der Blick, mit dem er Richard musterte, sagte klar, dass er es nicht gewöhnt war, sich Vorschriften machen zu lassen. Weder hatte er sich für sein Erscheinen entschuldigt, noch hatte er versucht, sie mit Beteuerungen zu beschwichtigen, dass er sie nicht lange in Anspruch nehmen würde.

»Mr. Davies?«, hakte er jetzt nach.

»Ich habe nichts davon gesagt, dass ich vorhatte, meinen Sohn und seine Mutter zusammenzuführen, weil Sie nicht danach gefragt haben«, erklärte Richard. Er sah zu Jill hinüber, die mit geöffnetem Laptop am anderen Ende des Tisches saß und die fünfte Version von Akt III, Szene 1 ihrer Fernsehadaption von *Die Schöne und das Biest* auf dem Bildschirm prüfte. Er sagte: »Du möchtest wahrscheinlich weiterarbeiten, Jill. Der Schreibtisch im Arbeitszimmer…«

Jill hatte nicht die Absicht, sich in diesen mausoleumsähnlichen Gedenkraum für Richards Vater verbannen zu lassen. »Ich kann im Moment sowieso nicht weitermachen«, erwiderte sie und ging wie zur Bestätigung ihrer Worte daran, das Geschriebene zu speichern und zu sichern. Wenn hier über Eugenie gesprochen werden sollte, wollte sie dabei sein.

»Hatte sie darum gebeten, Ihren gemeinsamen Sohn zu sehen?«, fragte der Kriminalbeamte.

»Nein.«

»Sie sind sicher?«

»Aber ja, natürlich. Sie wollte keinen von uns sehen. So hatte sie sich vor zwanzig Jahren entschieden, als sie ging, ohne ein Wort darüber zu verlieren, wohin sie wollte.«

»Und warum?«, fragte der Inspector.

»Warum was?«

»Warum ist Ihre Frau gegangen, Mr. Davies? Hat sie sich dazu geäußert?«

Richard war empört. Jill hielt den Atem an und versuchte, den Stich nicht zu beachten, den die Worte – Ihre Frau – ihr versetzt hatten. Wie sie sich dabei fühlte, wenn eine andere Frau so bezeichnet wurde, war in diesem Moment völlig nebensächlich; die Frage des Inspectors traf genau den Kern der Geschichte, der sie interessierte. Sie wollte wissen, warum Richard von seiner Frau verlassen worden war, und sie wollte wissen, was für Gefühle es bei ihm ausgelöst hatte, dass Eugenie ihn verlassen hatte; wie er sich damals gefühlt hatte und, wichtiger noch, wie er sich heute fühlte.

»Inspector«, sagte Richard ruhig, »haben Sie je ein Kind verloren? Durch Gewalt? Durch die Tat eines Menschen, der mit Ihnen unter einem Dach lebte? Nein? Nun, dann würde ich vorschlagen, Sie überlegen sich einmal, was ein derartiger Verlust für eine Ehe bedeuten kann. Eugenie brauchte mir keine langen Erklärungen darüber zu geben, warum sie ging. Manche Ehen überleben ein Trauma. Andere nicht.«

»Sie haben nicht nach Ihrer geschiedenen Frau gesucht, nachdem sie gegangen war?«

»Was hätte das für einen Sinn gehabt? Ich wollte Eugenie nicht mit Gewalt an mich binden, wenn sie nicht bleiben wollte. Und ich musste auch an meinen Sohn denken. Ich gehöre nicht zu den Leuten, die der Auffassung sind, dass zwei Elternteile für ein Kind immer das Beste sind, ganz gleich, wie es in ihrer Ehe aussieht. Wenn eine Ehe misslingt, muss sie beendet werden. Das ist für Kinder gesünder, als in einer Familie zu leben, in der ständig Krieg herrscht.«

»Sie haben sich nicht im Guten getrennt?«

»Sie ziehen Schlussfolgerungen, Inspector.«

»Das gehört zu meiner Arbeit.«

»Aber es führt Sie auf den falschen Weg. Es tut mir Leid, Sie enttäuschen zu müssen, aber zwischen Eugenie und mir gab es kein böses Blut.«

Richard war verärgert. Jill hörte es an seinem Ton und war ziemlich sicher, dass auch der Inspector es hörte. Besorgt versuchte sie mit ein paar scheinbar absichtslosen Gesten die Aufmerksamkeit Richards zu gewinnen, um ihn mit einem Blick zu warnen, der ihn hoffentlich veranlassen würde, wenn schon nicht den Inhalt seiner Antworten, so doch ihren Ton zu ändern. Sie kannte die Quelle seines Ärgers: Gideon, immer Gideon, was Gideon tat und nicht tat, was Gideon sagte und nicht sagte. Richard war verstimmt, weil Gideon nicht angerufen und den Besuch des Kriminalbeamten gemeldet hatte. Aber der Inspector würde es nicht so verstehen. Er würde den Ärger weit eher als Richards Reaktion auf die allzu direkten Fragen über Eugenie verstehen.

»Entschuldige, Richard«, sagte sie. »Könntest du mir kurz helfen…?« Und zu dem Kriminalbeamten gewandt, fügte sie mit einem ungeduldigen Lächeln hinzu:»Ich laufe in letzter Zeit jede Viertelstunde zur Toilette. – Oh, danke dir, Darling. Du lieber Gott, ich bin ganz wackelig.« Sie hielt Richards Arm umklammert und tat, als wäre ihr schwindlig, während sie auf sein Angebot wartete, sie zum Badezimmer zu begleiten. Damit würde er etwas Zeit gewinnen, um sich wieder in den Griff zu bekommen. Aber zu ihrer Enttäuschung legte er ihr nur einen Moment stützend den Arm um die Taille und sagte, »sei vorsichtig«, ohne die geringsten Anstalten zu machen, sie aus dem Zimmer zu geleiten.

Sie versuchte es mit Telepathie. *Komm mit*, beschwor sie ihn stumm. Aber er ignorierte die Botschaft, oder sie kam gar nicht bei ihm an. Sobald er den Eindruck hatte, dass sie wieder sicher auf den Füßen stand, ließ er sie los und richtete seine Aufmerksamkeit erneut auf den Kriminalbeamten.

Ihr blieb nichts anderes übrig als hinauszugehen, und sie tat es in Anbetracht ihres Körperumfangs bemerkenswert schnell. Sie musste sowieso pinkeln – sie musste jetzt dauernd pinkeln –, und während sie auf dem Klo saß, versuchte sie zu hören, was in dem Zimmer vorging, das sie soeben verlassen hatte.

Als sie wieder zurückkam, sprach gerade Richard. Sie bemerkte erleichtert, dass es ihm gelungen war, seinen Jähzorn zu zügeln. Er war die Ruhe selbst, als er sagte, »Mein Sohn leidet, wie ich Ihnen bereits sagte, an starkem Lampenfieber, Inspector. Er kann diese Furcht nicht bezwingen. Wenn Sie bei ihm waren, werden Sie zweifellos bemerkt haben, dass es ihm sehr schlecht geht. Ich war bereit – und bin es immer noch –, alles zu versuchen, um ihm zu helfen. Und in der Hoffnung, meine geschiedene Frau könne irgendwie dazu beitragen, war ich sogar bereit, sie um Unterstützung zu bitten. Ich liebe meinen Sohn. Ich möchte nicht erleben müssen, dass sein Leben durch irrationale Ängste zerstört wird.«

»Sie haben Ihre Frau also gebeten, sich mit Ihrem Sohn zu treffen?«

»Ja.«

»Warum erst so lange nach dem Ereignis?«

»Dem *Ereignis*?«

»Dem Konzert in der Wigmore Hall.«

Richard bekam einen roten Kopf. Er hasste es, an jenen Abend erinnert zu werden. Jill hatte kaum Zweifel, dass er Gideon, sollte dieser je wieder Konzerte geben können, dieses Haus niemals betreten lassen würde. Es war der Schauplatz einer öffentlichen Demütigung, und am liebsten hätte Richard es in Schutt und Asche gelegt.

Richard sagte: »Wir hatten zu diesem Zeitpunkt alles andere versucht, Inspector. Aromatherapie, Verhaltenstherapie, aufbauende Gespräche, Psychotherapie, wir hatten es wirklich mit allem versucht, was man sich vorstellen kann, außer mit der Astrologie. Es hat mehrere Monate in Anspruch genommen, diese verschiedenen Wege auszuprobieren. Meine geschiedene Frau war einfach das letzte Mittel.« Er wartete einen Moment, während Lynley in sein Notizbuch schrieb, dann fügte er hinzu: »Ich wäre Ihnen übrigens sehr verbunden, wenn Sie diese Informationen vertraulich behandeln würden.«

Lynley blickte auf. »Bitte?«

»Ich bin nicht naiv, Inspector. Ich weiß, wie die Polizei arbeitet. Die Bezahlung ist bescheiden, also bessern sie sie auf, indem sie an Informationen weitergeben, was möglich ist, ohne gewisse Grenzen zu verletzen. Gut. Ich kann das verstehen. Man hat ja Familie. Aber dass die Probleme meines Sohnes in der Sensationspresse breitgetreten werden, ist wirklich das Letzte, was wir jetzt brauchen können.«

»Ich arbeite im Allgemeinen nicht mit den Zeitungen zusammen«, entgegnete der Inspector. Und nach einer Pause, während der er sich etwas notierte, fügte er hinzu: »Es sei denn, ich werde dazu gezwungen, Mr. Davies.«

Richard hörte offensichtlich die unterschwellige Drohung, denn er erwiderte hitzig: »Moment mal! Ich bin absolut kooperativ, da können Sie verdammt noch mal –«

»Richard!« Jill konnte nicht anders. Zu viel stand auf dem Spiel, um ihn ungehindert fortfahren und den Inspector verärgern zu lassen.

Richard klappte den Mund zu und sah sie an. Mit Blicken appellierte sie an seinen gesunden Menschenverstand. *Sag ihm, was er wissen will, dann wird er uns in Ruhe lassen.* Diesmal kam die Botschaft offenbar an.

»Na schön«, sagte er, »tut mir Leid«, an den Inspector gerichtet. »Mich regt das alles ziemlich auf. Erst mein Sohn, dann Eugenie. Nach diesen langen Jahren, und gerade als wir sie am dringendsten brauchten… Ich gerate leicht aus der Fassung.«

Lynley sagte: »Hatten Sie eine Zusammenkunft mit Ihrem Sohn und Ihrer geschiedenen Frau arrangiert?«

»Nein. Ich hatte Eugenie angerufen und auf ihrem Anrufbeantworter eine Nachricht hinterlassen. Sie hat mich aber nicht zurückgerufen.«

»Wann hatten Sie telefoniert?«

»Anfang der Woche. Den Tag habe ich nicht mehr im Kopf. Dienstag vielleicht.«

»War es ihre Art, nicht zurückzurufen?«

»Ich habe mir nichts dabei gedacht. Ich hatte in meiner Nachricht nichts von Gideon gesagt. Ich bat sie nur, mich gelegentlich anzurufen.«

»Und sie hat Sie nie von sich aus gebeten, sie mit Ihrem Sohn zusammenzubringen?«

»Nein. Weshalb hätte sie das tun sollen? Sie hat mich angerufen, als Gideon diese – nun, diese Schwierigkeiten bei seinem Auftritt hatte. Im Juli. Aber wenn ich mich recht erinnere, habe ich Ihnen das bereits gestern gesagt.«

468

»Und als sie Sie anrief, ging es einzig um die Krankheit Ihres Sohnes?«

»Es ist keine Krankheit«, entgegnete Richard. »Es ist Lampenfieber, Inspector. Eine Blockade. So etwas kommt vor. Wie die Schreibhemmung bei einem Schriftsteller. Wie die plötzliche Unfähigkeit eines Bildhauers, aus einem Steinbrocken etwas zu schaffen. Wie ein Maler, der eine Woche lang keine inneren Bilder mehr hat.«

Er hörte sich an wie jemand, der krampfhaft versucht, sich selbst etwas einzureden, und Jill war klar, dass auch dem Inspector das auffallen musste. Bemüht, einen Ton zu finden, der nicht so klang, als wollte sie den Mann, den sie liebte, entschuldigen, sagte sie zu Lynley: »Wissen Sie, Richard hat für die Musik seines Sohnes sein Leben gegeben. Er hat seinen Sohn gefördert, wie das Eltern eines Wunderkinds tun müssen – ohne an sich selbst zu denken. Und wenn man sein Leben für etwas gibt, tut es natürlich sehr weh, mit ansehen zu müssen, wie das Projekt in Stücke zerfällt.«

»Wenn ein Mensch ein Projekt ist«, sagte der Inspector.

Sie errötete und verkniff sich eine Entgegnung. Schon gut, dachte sie, lass ihm ruhig das letzte Wort. Davon würde sie sich nicht ärgern lassen.

Der Inspector wandte sich Richard zu: »Hat Ihre geschiedene Frau während all dieser Telefongespräche jemals ihren Bruder erwähnt?«

»Wen? Doug?«

»Nein, den anderen, Ian Staines.«

»Ian?« Richard schüttelte den Kopf. »Kein einziges Mal. Soweit ich mich erinnere, hatte Eugenie ihn seit Jahren nicht gesehen.«

»Er sagte mir, dass sie Ihren gemeinsamen Sohn um ein Darlehen bitten wollte. Er steckt finanziell in der Klemme –«

»Wann steckt der nicht in der Klemme!«, unterbrach Richard. »Er ist als Teenager von zu Hause durchgebrannt und hat die nächsten dreißig Jahre versucht, Doug die Verantwortung dafür aufzubürden. Doug hat offensichtlich nicht mehr als Goldesel zur Verfügung gestanden, wenn Ian es für nötig hielt, sich an Eugenie zu wenden. Aber sie hat ihm früher – als wir noch verheiratet waren – nie geholfen, wenn Doug ihm nicht unter die Arme greifen konnte, und ich bin ziemlich sicher, dass sie ihn auch diesmal abgewiesen hat.« Er zog irritiert die Augenbrauen zusammen. »Warum fragen Sie überhaupt nach Ian?«

»Er wurde in der Nacht ihres Todes mit ihr zusammen gesehen.«

»Das ist ja grässlich«, murmelte Jill.

»Er ist ein jähzorniger Bursche«, erklärte Richard. »Das Erbe seines Vaters. Der Mann war ein wahrer Wüterich. Vor seinen Wutanfällen war keiner sicher. Er hat sich immer damit entschuldigt, dass er behauptete, er hätte nie die Hand gegen seine Kinder erhoben, aber er hatte eine ganz eigene Form der Folter entwickelt. Und dieser Mensch war *Priester!* Man stelle sich das vor.«

»Mr. Staines hat andere Erinnerungen«, bemerkte Lynley.

»Wieso?«

»Er sprach von Schlägen.«

Richard prustete geringschätzig. »Ach ja? Und wahrscheinlich hat er behauptet, er allein hätte die Prügel auf sich genommen, um die anderen zu schonen. Dann hätten Eugenie und Doug erst recht Anlass gehabt, sich in der Pflicht zu fühlen, wenn er sie um Geld anging.«

»Vielleicht hatte er etwas gegen sie in der Hand«, meinte Lynley. »Gegen seine Geschwister. Was ist aus dem Vater geworden?«

»Worauf wollen Sie hinaus?«

»Auf die Frage, welche Sünden Mrs. Davies Major Wiley beichten wollte.«

Richard schwieg. Jill sah das rasche Pochen in seiner Schläfe. Schließlich sagte er: »Ich hatte meine Frau seit beinahe zwanzig Jahren nicht gesehen, Inspector. Woher soll ich wissen, was sie ihrem Geliebten erzählen wollte.«

*Meine Frau.* Die Worte trafen Jill wie ein Messerstich mitten ins Herz. Blind griff sie zum Deckel des Laptop, klappte ihn zu und verschloss ihn mit mehr Sorgfalt als notwendig.

Der Inspector sagte: »Hat sie übrigens diesen Mann – Major Wiley – irgendwann im Lauf Ihrer Gespräche einmal erwähnt, Mr. Davies?«

»Wir haben immer nur von Gideon gesprochen.«

»Sie wissen also nicht von etwas, das sie innerlich stark beschäftigt haben könnte?«, bohrte der Inspector weiter.

»Herrgott noch mal, ich wusste ja nicht mal, dass sie einen Mann *hatte*, Inspector«, erwiderte Richard ungeduldig. »Woher soll ich da wissen, was sie mit ihm zu besprechen hatte?«

Jill suchte die Gefühle hinter seinen Worten; versuchte angesichts seiner Reaktion – und der Emotionen, die sie ausgelöst hatten – und seines Verweises auf Eugenie als seine Frau zu erkennen, was für Fossilien an Emotionen vielleicht noch da waren. Sie hatte sich am Morgen die *Daily Mail* besorgt und die Zeitung begierig nach einem Foto von Eugenie Davies durchgeblättert. Sie wusste jetzt, dass sie es an Schönheit nicht mit ihrer Vorgängerin aufnehmen konnte, und sie hätte den Mann, den sie liebte, gern gefragt, ob er dieser Schönheit nachtrauerte. Denn sie war nicht bereit, Richard mit einer toten Nebenbuhlerin zu teilen. Sie wollte alles oder nichts, und wenn sie nicht alles bekommen konnte, dann wollte sie das wenigstens wissen, um ihre Pläne danach zu richten.

Aber wie danach fragen? Wie das Thema zur Sprache bringen?

Der Inspector sagte: »Sie hat es vielleicht nicht direkt als etwas bezeichnet, worüber sie mit Major Wiley sprechen wollte.«

»Dann hätte ich es sowieso nicht erkannt, Inspector. Ich bin kein Gedankenleser –« Richard brach plötzlich ab. Er stand auf, und einen Moment glaubte Jill, er würde in seinem Zorn darüber, hier über seine frühere Frau sprechen zu müssen, den Polizeibeamten auffordern zu gehen. Aber er sagte stattdessen: »Was ist mit dieser Wolff? Vielleicht war Eugenie ihretwegen in Sorge. Sie hatte doch sicher auch den Brief mit der Nachricht von ihrer Entlassung bekommen. Vielleicht hatte sie Angst, denn sie hatte damals beim Prozess ausgesagt. Sie hat vielleicht gefürchtet, die Wolff könnte es auf sie abgesehen haben. Halten Sie das für möglich?«

»Gesagt hat sie das nicht zu Ihnen?«

»Nein. Aber zu diesem Wiley vielleicht. Er war ja zur Stelle, ich meine, in Henley. Wenn Eugenie Schutz gesucht hat – oder vielleicht nur eine gewisse Sicherheit, das Gefühl, dass jemand für sie da ist –, dann hätte sie das doch bei ihm gesucht. Nicht bei mir. Und wenn es so war, hätte sie ihm zuerst einmal erklären müssen, wovor sie sich fürchtete und warum.«

Der Inspector nickte mit nachdenklicher Miene. »Das ist möglich«, meinte er. »Major Wiley war nicht in England, als Ihre Tochter ermordet wurde. Das hat er uns gesagt.«

»Und wissen Sie, wo sie sich aufhält?«, fragte Richard. »Die Wolff.«

»Ja. Wir haben sie ausfindig gemacht.« Der Inspector klappte sein elegantes Büchlein zu und stand nun ebenfalls auf und dankte ihnen für ihr Entgegenkommen.

Richard sagte hastig, als wünschte er plötzlich, der Mann würde nicht gehen und sie allein lassen: »Vielleicht war sie ganz versessen darauf, sich zu rächen, Inspector.«

Lynley steckte das Büchlein ein. »Haben Sie auch gegen sie ausgesagt, Mr. Davies?«

»Ja. Die meisten von uns.«

»Dann sollten Sie vorsichtig sein, bis wir diese Geschichte geklärt haben.«

Jill sah, wie Richard schluckte. »Natürlich«, antwortete er. »Natürlich.«

Der Inspector nickte ihnen beiden kurz zu, dann ging er.

Jill hatte plötzlich Angst. »Richard!«, sagte sie. »Du glaubst doch nicht… Was ist, wenn diese Frau sie umgebracht hat? Wenn es ihr gelungen ist, Eugenie zu finden, ist damit zu rechnen, dass sie auch – du bist vielleicht auch in Gefahr, Richard…«

»Ist ja gut, Jill. Reg dich nicht auf.«

»Wie kannst du das sagen? Gerade jetzt, wo Eugenie tot ist?«

Richard trat zu ihr. »Bitte, reg dich nicht auf. Es wird nichts passieren.«

»Aber du musst vorsichtig sein. Du musst aufpassen – versprich mir das.«

»Ja. Gut. Ich verspreche es.« Er berührte sanft ihre Wange. »Guter Gott. Du bist ja kreidebleich. Hast du ernsthaft Angst?«

»Natürlich habe ich Angst. Er hat praktisch gesagt –«

»Nicht! Das reicht jetzt. Komm, ich bringe dich nach Hause.« Er half ihr auf und blieb bei ihr, während sie sich fertig machte. »Du hast ihm die Unwahrheit gesagt, Jill«, bemerkte er. »Zumindest teilweise. Ich habe den Mund gehalten, aber jetzt möchte ich dich doch korrigieren.«

Jill schob ihren Laptop in die Tasche und sah Richard fragend an, während sie den Reißverschluss zuzog. »Was meinst du?«

»Du hast gesagt, ich hätte Gideon mein Leben geopfert.«

»Ach so.«

»Genau. Das war einmal zutreffend: vor einem Jahr noch. Aber heute trifft es nicht mehr zu. Natürlich wird er mir immer wichtig sein. Wie könnte es anders sein? Er ist mein Sohn. Aber er ist nicht mehr wie in den letzten zwanzig Jahren der Mittelpunkt meines Lebens, Jill. Mein Leben ist weiter geworden, durch dich.«

Er hielt ihr den Mantel. Sie schob ihre Arme hinein und drehte sich zu ihm herum. »Du bist doch glücklich, nicht?«, sagte sie. »Über uns, über das Kind?«

»Glücklich?« Er legte eine Hand auf ihren Leib. »Ich fühle mich dir und unserer kleinen Cara unglaublich nahe.«

»Das macht mich froh«, sagte Jill und hob ihren Mund dem seinen entgegen, öffnete ihre Lippen, fühlte die Berührung seiner Zunge und verspürte die Hitze ihres erwachenden Verlangens.

Catherine, dachte sie. Sie heißt Catherine. Doch sie küsste ihn voll Sehnsucht und Begierde und war beinahe verlegen: Sie war im neunten Monat schwanger, schwerfällig wie eine Elefantin und begehrte ihn immer noch. Und plötzlich überkam sie ein solches Verlangen nach ihm, dass die Hitze in ihr umschlug in schmerzliche Sehnsucht.

»Schlaf mit mir«, flüsterte sie, Mund an Mund mit ihm.

»Hier?«, fragte er. »In meinem wackligen alten Bett?«

»Nein. Bei mir. In Shepherd's Bush. Komm, fahren wir. Schlaf mit mir, Darling.«

»Hm.« Seine Finger suchten ihre Brüste. Er drückte sie liebkosend. Sie seufzte. Er drückte stärker, und Feuer schoss in ihren Schoß.

»Bitte«, murmelte sie. »Richard.«

Er lachte leise. »Willst du das wirklich?«

»Ich vergehe vor Sehnsucht nach dir.«

»Das können wir natürlich nicht zulassen.« Er ließ sie los, legte seine Hände auf ihre Schultern und betrachtete sie prüfend. »Aber du siehst todmüde aus.«

Jill war enttäuscht. »Richard –«

»Gut, dann musst du mir aber versprechen«, unterbrach er sie, »dass du dich danach gründlich ausschläfst und mindestens zehn Stunden lang kein Auge öffnest. Abgemacht?«

Liebe – oder etwas, was sie dafür hielt – überschwemmte sie. Sie lächelte. »Dann bring mich jetzt aber schleunigst nach Hause und erfüll mir meinen Wunsch, sonst kann ich deinem wackligen alten Bett keine Schonung garantieren.«

Es gab Zeiten, da musste man sich auf den Instinkt verlassen, das wusste Constable Winston Nkata aus der Erfahrung der Zusammenarbeit mit verschiedenen Kollegen, und er hatte sich selbst diesen Grundsatz längst zu Eigen gemacht.

Nach dem Besuch in Yasmin Edwards' Laden plagte ihn den ganzen Nachmittag das ungute Gefühl, dass die junge Frau ihm etwas verheimlichte. Schließlich fuhr er mit seinem Wagen in die Kennington Park Road und postierte sich dort, in der einen Hand ein Lammsamosa, in der anderen einen Behälter mit Soße zum Tunken. Seine Mutter würde ihm das Abendessen warm halten, aber es würde vielleicht noch Stunden dauern, ehe er sich über das Hühnchengericht, ihr Spezialrezept, hermachen konnte, das sie ihm für den Abend versprochen hatte. Inzwischen brauchte er etwas, um seinen knurrenden Magen zu besänftigen.

Kauend hielt er den Blick auf die beschlagenen Fenster von Crushleys Wäscherei schräg gegenüber gerichtet. Er war vorher einmal langsam vorbeigegangen und hatte hineingeschaut, als jemand die Tür geöffnet hatte. Katja Wolff hatte, von Dampfwolken eingehüllt, hinten an einem Bügelbrett gestanden.

»Ist sie heute gekommen?«, hatte er ihre Arbeitgeberin gefragt, die er nicht lange nach seinem Besuch bei Yasmin Edwards angerufen hatte. »Nur eine Routineüberprüfung. Sie brauchen ihr nicht zu sagen, dass ich angerufen hab.«

»Ja«, sagte Betty Crushley, die nuschelte, als hätte sie eine dicke Zigarre zwischen den Lippen. »Hat sich ausnahmsweise mal wieder blicken lassen.«

»Das hört man doch gern.«

Und nun saß er hier und wartete darauf, dass Katja Wolff für diesen Tag mit der Arbeit Schluss machen und die Wäscherei verlassen würde. Wenn sie dann brav nach Hause in die Siedlung ging, würde er sich sagen müssen, dass sein Instinkt ihn getrogen hatte. Schlug sie jedoch einen anderen Weg ein, so hätte er wieder einmal den Beweis, dass er sich auf sein Gefühl verlassen konnte.

Er tunkte gerade den letzten Happen seines Samosas in die Soße, als die Frau endlich aus der Wäscherei herauskam. Hastig stopfte er das Gebäck in den Mund, um sofort in Aktion treten zu können. Doch Katja Wolff schien es nicht eilig zu haben. Mit der Jacke über dem Arm, blieb sie direkt vor der Wäscherei auf dem Bürgersteig stehen. Es war kalt, und ein scharfer Wind blies den Passanten Abgase und Gestank ins Gesicht, aber das schien sie nicht zu stören.

In aller Ruhe zog sie ihre Jacke an, nahm aus ihrer Tasche eine blaue Baskenmütze, und stülpte sie sich über das blonde Haar. Dann schlug sie den Jackenkragen hoch und nahm den Weg die Kennington Park Road hinunter in Richtung zur Siedlung.

Schon wollte Nkata seinen trügerischen Instinkt verfluchen, als Katja Wolff das Unerwartete tat. Anstatt in die Braganza Street einzubiegen, die zum Doddington Grove Estate führte, überquerte sie diese Straße und folgte ohne einen Blick in Richtung zu Hause weiter der Kennington Park Road. Sie ging an einem Pub vorüber, an einem Straßenimbiss, wo er zuvor das Samosa gekauft hatte, an einem Frisiersalon und einem Schreibwarengeschäft und blieb schließlich an einer Bushaltestelle stehen, wo sie sich eine Zigarette anzündete und zu der kleinen Gruppe Wartender gesellte. Die ersten zwei Busse, die kamen, ließ sie fahren, und stieg in den dritten ein, nachdem sie ihre Zigarette auf die Straße geworfen hatte. Als der Bus schwerfällig wieder auf die Fahrbahn rumpelte, reihte sich Nkata, froh, nicht in einem Streifenwagen zu sitzen, hinter ihm ein.

Die anderen Autofahrer auf der Straße verwünschten ihn wegen seiner unberechenbaren Fahrweise, die sich an der des Busses orientierte und dadurch auszeichnete, dass er immer wieder urplötzlich an den Bordstein fuhr und anhielt, und dann ebenso plötzlich wieder ausscherte und Gas gab. Mehr als ein Fahrer zeigte ihm den Finger, während er im Zickzack durch das Verkehrsgewühl kreuzte, und einmal hätte er beinahe einen Radfahrer mit Mundschutz angefahren, als der Bus schneller als erwartet an einer Bedarfshaltestelle vorbeibrauste.

Auf diese Art durchquerte er Südlondon. Katja Wolff saß am Fenster auf der Fahrbahnseite des Busses, sodass Nkata jedes Mal, wenn die Straße vor ihm eine Kurve machte, flüchtig ihre blaue

Mütze erkennen konnte. Er war ziemlich sicher, dass er sie nicht übersehen würde, wenn sie ausstieg. Und so war es. Als der Bus nach einer Höllenfahrt durch den Berufsverkehr vor dem Bahnhof Clapham anhielt, sah er sie aussteigen.

Er glaubte, sie wollte dort einen Zug nehmen, und überlegte sich schon, wie er es anstellen sollte, nicht gesehen zu werden, wenn er mit ihr in denselben Waggon steigen müsste. Aber anstatt in die Halle zu gehen, wie er erwartet hatte, stellte sie sich wieder an eine Bushaltestelle und stürzte sich nach fünf Minuten Warten in die nächste Fahrt durch Südlondon.

Diesmal hatte sie keinen Fensterplatz, und Nkata musste an jeder Haltestelle scharf aufpassen, um sie nicht zu übersehen, falls sie aussteigen sollte. Es war anstrengend, und das wütende Gehupe der Autofahrer rundherum war auch nicht gerade entspannend, aber er versuchte, sich davon nicht irritieren zu lassen, und konzentrierte seine Aufmerksamkeit auf das, was wichtig war.

Am Bahnhof Putney konnte er endlich aufatmen. Katja Wolff sprang aus dem Bus und ging, ohne einen Blick nach rechts oder links zu werfen, die Upper Richmond Street hinauf.

Unmöglich, ihr im Auto zu folgen. Da würde er ihr entweder sofort auffallen oder sich die Wut sämtlicher heimwärts strebender Pendler zuziehen, die hinter ihm herzuckeln mussten. Er überholte sie und stellte seinen Wagen ungefähr fünfzig Meter weiter in einer Halteverbotszone auf der anderen Straßenseite ab. Dann wartete er, blickte in den Rückspiegel, den er so eingestellt hatte, dass er den Bürgersteig gegenüber zeigte.

Es dauerte nicht lange, da kam sie, Kopf gesenkt und Kragen hochgeschlagen zum Schutz gegen den Wind. Sie bemerkte ihn nicht. Ein gebotswidrig geparktes Auto ist in London nichts Bemerkenswertes. Und selbst wenn sie ihn gesehen hätte, im schwindenden Licht des Tages wäre er nur irgendein Fremder gewesen, der in seinem Wagen saß und auf jemanden wartete.

Als sie ungefähr zwanzig Meter vor ihm war, stieg Nkata aus dem Wagen und heftete sich an ihre Fersen. Im Gehen schlüpfte er in seinen Mantel, wickelte sich den Schal um den Hals und dankte seinem guten Stern, dass seine Mutter ihn heute Morgen gezwungen hatte, das Ding mitzunehmen. Er drückte sich in den Schatten des Stamms einer alten Platane, als Katja Wolff stehen

476

blieb, sich mit dem Rücken in den Wind drehte und eine Zigarette anzündete. Dann trat sie an den Bordstein, wartete auf eine Lücke im Verkehr und rannte zur anderen Straßenseite hinüber. Hier mündete die Straße in ein kleines Einkaufsviertel. In den Häusern waren oben die Wohnungen und unten die Geschäfte – Schreibwaren, Zeitungen, Videothek, Restaurants, Blumengeschäfte und Ähnliches.

Katja Wolff ging schnurstracks auf *Frère Jacques' Bar und Brasserie* zu, wo sowohl die britische als auch die französische Flagge im Wind knallten. Es war ein freundliches, gelb gestrichenes Haus mit altmodischen Sprossenfenstern, innen hell erleuchtet. Als sie hineinging, wartete Nkata auf eine Gelegenheit, die Straße zu überqueren, und bis er das geschafft hatte, hatte sie drinnen schon ihren Mantel ausgezogen und ihn einem Kellner gegeben, der sie zum Tresen jenseits der Gruppe kleiner Tische mit brennenden Kerzen wies. Das Lokal war leer, bis auf eine gut gekleidete Frau im schwarzen Schneiderkostüm, die mit einem Drink an der Bar saß.

Sieht nach Kohle aus, dachte Nkata, ihr Haar musternd, das, kurz geschnitten, wie ein glänzender Helm um ihren Kopf lag; und ihre Kleidung, geschmackvoll und zeitlos, wie es nur für viel Geld zu bekommen ist. Nkata hatte in den Jahren, in denen er einen neuen Menschen aus sich gemacht hatte, genug Zeit mit der Lektüre des *GQ* verbracht, um zu wissen, wie Leute aussahen, die ihre Klamotten in Gegenden wie Knightsbridge einkauften, wo zwanzig Pfund bestenfalls für ein Taschentuch reichten.

Katja Wolff näherte sich dieser Frau, die lächelnd von ihrem Hocker glitt und ihr entgegenging. Sie gaben einander die Hände, drückten ihre Wangen aneinander und hauchten Küsschen in die Luft. Dann bedeutete die Frau Katja Wolff, sich zu ihr zu setzen.

Nkata kroch tiefer in seinen Mantel und beobachtete die beiden aus den Schatten jenseits der Fensterreihe der Brasserie. Sollten sie in seine Richtung schauen, konnte er so tun, als interessierte er sich brennend für die am Schaufenster des Supermarkts angeschlagenen Sonderangebote – spanischer Rotwein war zu Schleuderpreisen zu haben, wie er feststellte. Und inzwischen konnte er sie im Auge behalten und versuchen herauszubekommen, in welcher Beziehung sie zueinander standen, obwohl er bereits eine ziemlich klare Vorstellung hatte. Er hatte ja die vertrauliche Begrüßung gesehen. Und die Frau in Schwarz hatte Geld, was Katja Wolff bestimmt bestens in den Kram passte. Das waren Hinweise zu dem Gesamteindruck, in den auch die Lüge der Deutschen über ihren Aufenthaltsort am Abend des Todes von Eugenie Davies passte.

Trotzdem wünschte Nkata, es gäbe eine Möglichkeit, das Gespräch der beiden Frauen zu belauschen. Ihr ganzes Verhalten, die Art, wie sie Schulter an Schulter vor ihren Getränken saßen, ließ auf ein sehr vertrauliches Gespräch schließen, bei dem er zu gern Mäuschen gespielt hätte. Und als die Wolff eine Hand zu den Augen hob und die andere Frau ihr den Arm um die Schultern legte und ihr etwas ins Ohr flüsterte, dachte er sogar daran, einfach hineinzumarschieren und sich in aller Form vorzustellen, nur um zu sehen, wie Katja Wolff auf die Überraschung reagieren würde.

Ja, dachte er, da läuft was, ganz entschieden. Und wahrscheinlich war es das, wovon Yasmin Edwards etwas wusste, aber nicht darüber sprechen sollte. Denn man merkt es immer, wenn der oder die Geliebte plötzlich abends länger ausblieb als nur für einen Abendspaziergang oder zum Zigarettenholen. Es war schwierig, solch ein Wissen zu akzeptieren. Die meisten Leute rannten meilenweit, um etwas, von dem sie wussten, dass es ihnen Schmerz bereiten würde, nicht sehen zu müssen, geschweige denn sich damit auseinander zu setzen. Es war nichts als Selbstbetrug, bei Schwierigkeiten in einer Beziehung die Augen zu verschließen, und trotzdem taten es die meisten.

Nkata stampfte auf, um seine Füße zu wärmen, und schob die Hände tiefer in die Manteltaschen. Eine weitere Viertelstunde verging, und er begann gerade zu überlegen, wie lange er noch bleiben sollte, da sah er die beiden Frauen bezahlen und ihre Sachen nehmen.

Er trat hastig in den Supermarkt, als sie zur Tür herauskamen. Halb versteckt hinter einem Regal mit Chianti Classico, nahm er eine Flasche zur Hand und tat so, als studierte er das Etikett, während der junge Mann an der Kasse ihn mit dem Blick musterte, der jeden Schwarzen traf, der nicht schnell genug kaufte, was er in die Hand zu nehmen wagte. Nkata ignorierte ihn. Mit gesenktem Kopf blickte er durch das Schaufenster hinaus. Als er Katja Wolff und ihre Begleiterin vorüberkommen sah, stellte er die Flasche wieder ins Regal, unterdrückte die Worte, die er dem Jungen an der Kasse gern gesagt hätte – wann würde er endlich herauswachsen aus diesem Verlangen, laut zu sagen: »Hey, ich bin von der Polizei«? –, und trat auf die Straße, um den beiden Frauen zu folgen.

Die Frau in Schwarz hatte sich bei Katja Wolff eingehakt und redete im Gehen auf sie ein. Über ihrer rechten Schulter hing eine Ledertasche, so groß wie eine Aktenmappe, die sie fest unter den Arm geklemmt hielt, als traute sie dem Frieden auf der Straße nicht. Die beiden Frauen gingen nicht zum Bahnhof, sondern die Upper Richmond Road in Richtung Wandsworth hinauf.

Nach vielleicht fünfhundert Metern bogen sie links ab. Auf diesem Weg gelangte man in ein dicht bevölkertes Viertel mit Reihen- und Doppelhäusern, und Nkata wusste, dass er, wenn sie in einem der Häuser verschwänden, wenig Chancen hatte, sie wieder zu finden. Er ging schneller und begann dann zu laufen.

Glück gehabt, dachte er, als er um die Ecke bog. Zwar führten von dieser Straße mehrere Seitenstraßen ab, die sich durch das eng besiedelte Gebiet schlängelten, aber die beiden Frauen hatten keine davon eingeschlagen. Sie gingen immer noch geradeaus, immer noch ins Gespräch vertieft, nur dass jetzt die Deutsche redete und lebhaft gestikulierte und die andere Frau zuhörte.

Schließlich bogen sie in die Galveston Road ab, eine kurze Durchgangsstraße mit Reihenhäusern, von denen einige in Wohnungen aufgeteilt waren, während andere den Einfamiliencharakter bewahrt hatten. Es war eine Mittelklassegegend mit Stores an den Fenstern, frischen Anstrichen, gepflegten Gärten und Blumenkästen, die in Erwartung des Winters mit Stiefmütterchen bepflanzt waren. Etwa auf halbem Weg durch die Straße traten Katja Wolff und ihre Begleiterin durch ein schmiedeeisernes Törchen und gingen auf eine rot lackierte Tür zu, auf der zwischen zwei schmalen Fenstern in Messing die Nummer 55 angebracht war.

Anders als bei den Nachbarn war der Garten hier verwildert. Man hatte die Büsche zu beiden Seiten der Haustür unbeschnitten wachsen lassen, und auf der einen Seite wuchsen die langen

Triebe eines Jasmins, auf der anderen die eines Ginsters bis zur Haustür, als suchten sie Halt. Von der anderen Straßenseite schaute Nkata zu, wie Katja Wolff sich seitlich zwischen den wuchernden Büschen hindurchschob und die zwei Stufen zum kleinen Vorplatz hinaufstieg. Sie klingelte nicht, sondern öffnete die Tür und ging ins Haus. Ihre Begleiterin folgte.

Die Tür fiel hinter den beiden Frauen zu. Im Vestibül wurde Licht gemacht, Nkata sah es in den beiden kleinen Fenstern der Tür. Ungefähr fünf Sekunden später wurde auch das vordere Erkerfenster hell. Durch die geschlossenen Vorhänge waren nur Schatten auszumachen, aber das reichte, um zu erkennen, was vorging – wie die beiden Frauen einander in die Arme sanken und miteinander verschmolzen.

»Na bitte«, murmelte Nkata. Endlich hatte er, was er gesucht hatte: den konkreten Beweis für Katja Wolffs Verrat.

Wenn er der ahnungslosen Yasmin Edwards diese Neuigkeiten überbrachte, würde sie garantiert offen über ihre Freundin reden. Und wenn er jetzt sofort ging und sich in seinen Wagen setzte, würde er bei Yasmin ankommen und mit ihr sprechen können, bevor Katja Wolff Gelegenheit hatte, die Freundin darauf vorzubereiten, dass sie etwas Unerfreuliches zu hören bekommen würde, was sie – Katja – sonst natürlich als Verleumdung hinstellen würde.

Aber als die beiden Gestalten hinter dem großen Fenster in der Galveston Road sich voneinander lösten, um das zu tun, wozu sie zusammengekommen waren, zögerte Nkata. Wie, fragte er sich, sollte er es anstellen, Yasmin Edwards die Verlogenheit ihrer Freundin beizubringen und zu verhindern, dass Yasmin lieber den Überbringer der Nachricht töten würde, als sich mit der Nachricht auseinander zu setzen?

Dann fragte er sich, warum er sich darüber überhaupt Gedanken machte. Die Frau war eine Lesbe und eine Knastschwester dazu. Sie hatte ihren eigenen Ehemann erstochen und dafür fünf Jahre gesessen und in dieser Zeit zweifellos noch eine ganze Menge dazugelernt. Sie war gefährlich, und das sollte er – Winston Nkata, der einem Leben entronnen war, das ihn auf einen ähnlichen Weg hätte führen können – besser im Kopf behalten.

Also kein Grund, jetzt in die Siedlung hinüberzubrausen, sagte er sich. So wie es aussah, würde Katja Wolff sowieso nicht so bald aufbrechen.

Lynley war überrascht, seine Frau noch bei den St. James' anzutreffen, als er dort ankam. Es war bald Zeit zum Abendessen, und normalerweise war Helen um diese Zeit längst zu Hause. Aber als Joseph Cotter – St. James' Schwiegervater und der Mann, der seit mehr als einem Jahrzehnt dafür sorgte, dass der Haushalt in der Cheyne Row reibungslos lief – Lynley die Tür öffnete, sagte er als Erstes: »Sie sind oben im Labor, die ganze verflixte Gesellschaft. Aber wen wundert's! Der hohe Herr hat sie heute wieder mal auf Trab gehalten. Deb ist auch oben, ich weiß allerdings nicht, ob sie so brav und fügsam war wie Lady Helen. Sogar das Mittagessen hat sie sausen lassen. ›Ich kann jetzt keine Pause machen‹, hat sie gesagt. ›Wir sind gerade mittendrin.‹«

»Wo mittendrin?«, fragte Lynley und dankte Cotter, als dieser das Tablett, das er in Händen hielt, absetzte, um ihm aus dem Mantel zu helfen.

»Weiß der Himmel! Möchten Sie einen Drink? Eine Tasse Tee, vielleicht? Ich habe gerade frische Scones gebacken« – er machte eine Kopfbewegung zum Tablett – »wenn Sie so nett wären, sie mit raufzunehmen. Ich hatte sie zum Tee gemacht, aber es kam keiner runter.«

»Ich werde die Situation mal sondieren.« Lynley nahm das Tablett, das Cotter auf dem Schirmständer abgestellt hatte. »Soll ich den Herrschaften etwas ausrichten?«, fragte er.

»Sagen Sie ihnen, dass wir um halb acht essen. Schmorbraten in Portweinsoße. Neue Kartoffeln. Zucchini und Karotten.«

»Das wird sie bestimmt locken.«

Cotter lachte skeptisch. »Das ist die Frage. Aber richten Sie ihnen aus, wenn sie diesmal nicht herunterkommen, koche ich in Zukunft nicht mehr für sie. Peach ist übrigens auch oben. Geben Sie ihm bloß keines von den Scones, auch wenn er noch so bettelt. Er ist viel zu dick.«

»In Ordnung.« Lynley stieg die Treppe hinauf.

Er fand sie alle oben, wie Cotter vorausgesagt hatte. Helen und Simon saßen über irgendwelchen Diagrammen, die auf einem Arbeitstisch ausgebreitet lagen, Deborah inspizierte in ihrer Dunkelkammer eine Serie Negative, Peach rannte schnuppernd im Zimmer herum. Er war der Erste, der Lynley bemerkte, und beim Anblick des Tabletts kam er sofort schwanzwedelnd und mit blitzenden Äuglein angelaufen.

»Wenn ich es nicht besser wüsste, würde ich glauben, du freust dich über mein Kommen«, sagte Lynley zu ihm. »Aber es ist mir leider strengstens verboten worden, dich zu füttern.«

St. James sah auf, und Helen rief: »Tommy!«, warf einen Blick zum Fenster, runzelte die Stirn und fügte hinzu: »Du meine Güte! Wie spät ist es eigentlich?«

»Unsere Ergebnisse sind völlig blödsinnig«, sagte St. James ohne nähere Erklärung zu Lynley. »Ein Gramm als tödliche Dosis? Die lachen mich ja bei der Verhandlung aus dem Saal.«

»Und wann ist die Verhandlung?«

»Morgen.«

»Da hast du wohl eine lange Nacht vor dir, hm?«

»Oder Ritualselbstmord.«

Deborah gesellte sich zu ihnen. »Hallo, Tommy. Was hast du uns da mitgebracht?« Ihr Gesicht leuchtete auf. »Oh, genial! Scones.«

»Dein Vater hat mir eine Nachricht bezüglich des Abendessens mitgegeben.«

»Fresst oder sterbt?«

»So ähnlich.« Lynley sah seine Frau an. »Ich dachte, du wärst längst weg.«

»Kein Tee zu den Scones?«, fragte Deborah und nahm Lynley das Tablett ab.

»Wir haben die Zeit anscheinend völlig aus den Augen verloren«, sagte Helen.

»Das sieht dir eigentlich gar nicht ähnlich«, meinte Deborah und stellte das Tablett neben einen dicken Schmöker, bei dem die schaurige Darstellung eines Toten aufgeschlagen war, dem vor seinem Tod grünstichiger Schleim aus Mund und Nase rann. Ohne sich von diesem unappetitlichen Anblick stören zu lassen, nahm Deborah sich ein Scone. »Wenn wir uns nicht mehr darauf verlassen können, dass du uns an die Mahlzeiten erinnerst, sind wir aufgeschmissen, Helen.« Sie brach das Gebäck auseinander und biss davon ab. »Köstlich«, sagte sie. »Ich habe gar nicht gemerkt, dass ich solchen Hunger habe. Aber ich kann die Dinger nicht essen, ohne was dazu zu trinken. Ich hol mir einen Sherry. Sonst noch jemand?«

»Das klingt gut.« St. James nahm sich ebenfalls eines von den Scones, während seine Frau schon hinausging. »Gläser für alle, Liebes«, rief er ihr nach.

»In Ordnung«, rief Deborah zurück und fügte hinzu: »Komm mit, Peach. Jetzt gibt's was zu Fressen.« Der Hund folgte ihr gehorsam, den Blick fest auf das Scone in ihrer Hand gerichtet.

»Müde?«, fragte Lynley seine Frau. Sie sah sehr blass aus.

»Ein bisschen.« Sie schob sich eine Locke hinter das Ohr. »Er hat mich heute ganz schön rangenommen.«

»Wann tut er das nicht?«

»Ich habe schließlich einen Ruf als Sklaventreiber zu verlieren«, sagte St. James. »Aber ich habe einen grundgütigen Kern. Ich werd's euch beweisen. Sieh dir das an, Tommy.«

Er ging zu seinem Tisch, wo er, wie Lynley sah, den Computer aufgestellt hatte, den Lynley und Barbara Havers aus Eugenie Davies' Büro mitgenommen hatten. Daneben stand ein Laserdrucker, aus dem St. James ein Bündel Unterlagen nahm.

»Du hast die von ihr besuchten Web-Adressen gefunden«, sagte Lynley. »Gut gemacht, Simon. Ich bin beeindruckt und dankbar.«

»Spar dir ›beeindruckt‹. Das hättest du auch selbst fertig gebracht, wenn du nur die geringste Ahnung von der Materie hättest.«

»Sei gnädig mit ihm, Simon.« Helen sah ihren Mann mit einem liebevollen Lächeln an. »Sie haben ihn erst kürzlich im Büro mit roher Gewalt gezwungen, mit E-Mails zu arbeiten. Stoß ihn nicht zu abrupt in die Zukunft.«

»Sonst brech ich mir noch das Genick«, meinte Lynley und zog seine Brille heraus. »Also, was haben wir?«

»Zuerst ihre Internetverbindungen.« St. James erklärte, dass die meisten Computer – wie auch der von Eugenie Davies – jede Website, den ein Anwender aufsuchte, aufzeichneten, und überreichte Lynley eine Liste, die selbst für ihn als Internetadressen erkennbar waren. »Alles absolut seriös«, bemerkte er. »Ich denke, wenn du nach irgendwelchen Unappetitlichkeiten in ihrer Internetbenutzung suchst, wirst du nichts finden.«

Lynley sah die Liste mit den Web-Adressen durch, die St. James bei der Untersuchung von Eugenie Davies' Internettätigkeit erstellt hatte. Dies, erklärte er, waren die Adressen, die sie in die location-bar eingegeben hatte, um zu einzelnen Websites Zugriff zu bekommen. Wenn man nur das Drop-down-Menü neben der location-bar anklickt, hatte man leichten Zugang zu der Spur, die ein Internetanwender hinterließ, wenn er surfte.

Lynley, der St. James' Erklärungen darüber, wie er zu seinen Informationen gekommen war, mit beiläufiger Aufmerksamkeit zuhörte, brummelte zustimmend zum Zeichen, dass er verstanden hatte, und überflog die Liste der Web-Adressen, die Eugenie Davies gewählt hatte. Er sah, dass St. James den Internetgebrauch der Toten mit gewohnter Genauigkeit überprüft hatte. Jede Site schien – zumindest dem Namen nach – mit ihrer Tätigkeit als Leiterin des *Sixty Plus Club* zu tun zu haben, ob es sich nun um die Internetadresse einer Abteilung des nationalen Gesundheitsdiensts oder eines Reisebüros, das auf Seniorenbusreisen spezialisiert war, handelte. Sie schien außerdem in Zeitungsarchiven herumgestöbert zu haben, vor allem denen der *Daily Mail* und des *Independent*. Diese Website hatte sie regelmäßig aufgesucht, häufiger in den vergangenen vier Monaten. Möglicherweise war das eine Bestätigung für Richard Davies' Behauptung, sie hätte versucht, sich anhand der Zeitungen über das Befinden ihres Sohnes zu informieren.

»Nein, das ist keine Hilfe«, meinte Lynley zustimmend.

»Aber vielleicht gibt's hier Hoffnung.« St. James reichte ihm die Papiere, die er in der Hand behalten hatte. »Ihre E-Mails.«

»Wie viele davon?«

»Alle. Von dem Tag an, als sie anfing, online zu korrespondieren.«

»Sie hatte das alles gespeichert?«

»Nicht absichtlich.«

»Was heißt das?«

»Das heißt, dass die Leute sich im Internet zu schützen versuchen, es aber nicht immer klappt. Sie nehmen Passwörter, die für jeden, der sie kennt, mit Leichtigkeit zu erraten sind –«

»Wie sie, als sie *Sonia* wählte.«

»Richtig. Das ist der erste Fehler, den sie machen. Der zweite ist, dass sie es versäumen, zu prüfen, ob ihr Computer konfiguriert ist, alle eingehenden E-Mails zu speichern. Sie bilden sich ein, alles, was sie tun, geschähe unter dem Ausschluss der Öffentlichkeit, aber in Wirklichkeit ist ihre Welt ein offenes Buch für jedermann, der weiß, welche Symbole welche Seiten öffnen. In Mrs. Davies' Fall hat der Computer alle eingehende Post in den Papierkorb befördert, sobald sie die Nachrichten löschte, aber bis zu dem Zeitpunkt, wo sie den Papierkorb selbst leerte – was sie offenbar nicht ein einziges Mal getan hat –, blieben die Nachrichten einfach dort gespeichert. Das kommt ständig vor. Man drückt auf die Löschtaste und meint, damit wäre die betreffende Nachricht oder was immer aus der Welt, aber in Wirklichkeit hat der Computer sie nur an eine andere Position verlagert.

»Dann ist das hier alles?« Lynley wies auf das Bündel Papiere.

»Die gesamte Post, die sie erhalten hat, ja. Helen hat alles ausgedruckt. Sag schön danke. Sie hat die Mitteilungen durchgesehen und, um mir Zeit zu sparen, diejenigen angemerkt, die wahrscheinlich geschäftlicher Art sind. Den Rest wirst du dir genauer ansehen müssen.«

»Danke dir, Darling«, sagte Lynley zu seiner Frau, die an einem Scone knabberte. Er blätterte das dünne Bündel Papiere durch und legte alle Ausdrucke, die Helen angemerkt hatte, auf die Seite. Die übrigen Mitteilungen las er in chronologischer Reihenfolge durch, wobei er genau prüfte, ob sie irgendetwas enthielten, was verdächtig wirkte; irgendeine Andeutung, dass jemand Eugenie Davies Böses gewollt hatte. Gleichzeitig achtete er darauf – wovon er allerdings nichts verlauten ließ –, ob etwas von Webberly dabei war, vielleicht eine Mitteilung jüngeren Datums, die den Superintendent in eine peinliche Lage hätte bringen können.

Einige der Absender benutzten nicht ihre eigenen Namen, sondern Pseudonyme, die sich aber offensichtlich auf ihr Arbeitsgebiet oder ihre besonderen Interessen bezogen, und es war für Lynley eine Erleichterung, festzustellen, dass unter diesen Decknamen keiner war, hinter dem man ohne weiteres seinen Vorgesetzten in Scotland Yard hätte vermuten können. Auch eine Scotland-Yard-Adresse erschien nirgends.

Aufatmend las er weiter. Unter den Absendern war keiner, der mit *Die Zunge,* Pitchley oder Pitchford gezeichnet hatte. Und bei einer zweiten Prüfung der Liste mit den von Eugenie Davies aufgesuchten Internetadressen, die St. James ihm zuerst gegeben hatte, gewann er nicht den Eindruck, dass eine von ihnen eine raffinierte Deckadresse für einen Chatroom war, wo Rendezvous zum anonymen Sex arrangiert wurden. Ob man allerdings daraufhin *Die Zunge,* Pitchley-Pitchford, aus dem Kreis der Verdächtigen streichen konnte, war fraglich.

Als er sich von neuem dem E-Mail-Bündel zuwandte, sagte Helen, die zusammen mit St. James schon wieder über den Diagrammen saß, mit denen die beiden bei Lynleys Ankunft beschäftigt gewesen waren: »Die letzte E-Mail kam übrigens am Morgen ihres Todestages, Tommy. Sie liegt ganz unten im Stapel. Sieh sie dir mal an. Mir ist sie sofort aufgefallen.«

Lynley war klar, warum, als er den Ausdruck hervorzog. Die Mitteilung bestand nur aus drei Sätzen: »Ich muss dich noch einmal sehen, Eugenie. Ich flehe dich an. Du kannst mich nach dieser langen Zeit nicht zurückweisen.«

»Verdammt!«, sagte er leise. *Nach dieser langen Zeit!*

»Was hältst du davon?«, fragte Helen, die sich, nach ihrem Tonfall zu urteilen, bereits ihr eigenes Bild gemacht hatte.

»Ich weiß nicht.« Die Mitteilung endete ohne Schlussformel, und der Absender gehörte zu denen, die sich eines Pseudonyms statt ihres richtigen Namens bedienten. *Jete* lautete das Wort, das der Domain voranging. Der Provider war Claranet, ein Firmenname war nicht angegeben.

Das ließ darauf schließen, dass ein Heimcomputer benutzt worden war, um mit Eugenie Davies Verbindung aufzunehmen, und das war für Lynley, der ziemlich sicher war, dass Webberly keinen PC zu Hause hatte, eine gewisse Beruhigung.

»Simon«, sagte er, »gibt es eine Möglichkeit, den wahren Namen eines E-Mail-Anwenders herauszufinden, wenn er mit einem Decknamen arbeitet?«

»Über den Provider«, antwortete St. James. »Ich vermute allerdings, man muss ordentlich Druck machen, um da was zu erreichen. Denn der Provider ist nicht verpflichtet, Namen preiszugeben.«

»Aber in einem Mordfall...«, warf Helen ein.

486

»Das wäre als Druckmittel vielleicht ausreichend«, stimmte St. James zu.

Deborah kam mit vier Gläsern und einer Karaffe zurück. »Bitte sehr«, sagte sie, »Scones und Sherry.« Sie begann einzuschenken.

»Für mich nicht, Deborah«, sagte Helen hastig und nahm sich einen Klacks Butter auf ihr Scone.

»Also komm, irgendwas brauchst du zur Stärkung«, widersprach Deborah. »Wir haben geschuftet wie die Sklaven. Da hast du eine Belohnung verdient. Wär dir ein Gin Tonic lieber, Helen?« Sie rümpfte die Nase. »Was rede ich denn da? Gin Tonic und Scones? Das klingt ja vielleicht verlockend!« Sie reichte ein Glas ihrem Mann und das andere Lynley. »Hör mal, das ist ein denkwürdiger Tag, Helen. Ich habe noch nie erlebt, dass du einen Sherry abgelehnt hast. Schon gar nicht, wenn Simon dich vorher so hart rangenommen hatte. Geht's dir auch wirklich gut?«

»Bestens«, versicherte Helen und warf Lynley einen Blick zu.

Genau der richtige Moment, dachte Lynley. Einen besseren Zeitpunkt, ihnen die freudige Nachricht mitzuteilen, gab es nicht. Sie waren unter sich, vier alte Freunde, die sich mochten, was also hinderte ihn daran, wie beiläufig zu sagen: »Wir haben euch übrigens etwas mitzuteilen. Wahrscheinlich habt ihr schon eine Ahnung, hm? Na, ahnt ihr was?« Er könnte beim Sprechen Helen den Arm um die Schultern legen. Er könnte sie an sich ziehen und küssen. »Der Ernst des Lebens hat uns erwischt«, könnte er scherzhaft sagen. »Nächte durchfeiern und sonntags lang schlafen ist nicht mehr. Jetzt winken Windeln und Babygeschrei.«

Aber er sagte nichts dergleichen. Stattdessen hob er sein Glas und richtete das Wort an St. James. »Danke dir für deine Hilfe mit dem Computer, Simon. Ich stehe wieder einmal in deiner Schuld.« Er trank von seinem Sherry.

Deborah blickte neugierig von Lynley zu Helen, die schweigend die Diagramme ordnete, während St. James Lynley zuprostete. Ein gespanntes Schweigen breitete sich aus, in das Peach hineinplatzte, der, mit seinem Abendessen fertig, die Treppe herauf ins Labor gerannt kam, sich unter den Arbeitstisch setzte, auf dem noch immer die Scones standen, und einmal laut und schrill kläffte.

»Tja, also…«, sagte Deborah, und dann energisch, als der Hund ein zweites Mal bellte: »Nein, Peach. Du bekommst gar nichts. Simon, schau ihn dir an. Er ist einfach unverbesserlich.« Die Beschäftigung mit dem Hund half ihnen, den Moment zu überbrücken, bevor Helen ihre Sachen einzusammeln begann. »Simon, Schatz«, sagte sie zu St. James, »ich würde zwar liebend gern bleiben und mir mit dir zusammen die Nacht um die Ohren schlagen, aber…«

Woraufhin St. James antwortete: »Du warst lange genug hier, Helen. Ich weiß das zu schätzen. Irgendwie werde ich schon allein durchkommen.«

»Hört euch das an! Er ist schlimmer als der Hund«, bemerkte Deborah. »Manipuliert die Leute, wie er es braucht. Lass dich ja nicht von ihm einfangen, Helen. Verschwinde lieber.«

Helen nahm sich den Rat zu Herzen. Während St. James und Deborah im Labor blieben, ging sie hinaus. Lynley folgte ihr.

Auf dem Weg die Treppe hinunter sprachen sie beide kein Wort. Und als sie draußen vor dem Haus standen, im kalten Wind, der vom Fluss herauf durch die Straße fegte, sagte Helen nur: »Na ja.« Sie sagte es zu sich selbst und nicht zu ihm, und ihr Gesicht drückte Traurigkeit und Erschöpfung aus. Lynley konnte nicht erkennen, was überwog, aber er hatte eine Ahnung.

»Ist es denn zu früh passiert?«, fragte Helen.

Er gab nicht vor, sie nicht zu verstehen. »Nein. Nein! Natürlich nicht.«

»Was dann?«

Er suchte nach einer möglichen Erklärung; einer Erklärung, mit der sie beide leben könnten, die ihn nicht eines Tages verfolgen und quälen würde. »Ich möchte ihnen nicht wehtun«, sagte er. »Ich stelle mir ihre Gesichter vor, wie sie Freude vortäuschen, und es sie innerlich beinahe zerreißt vor Schmerz und Wut über die Ungerechtigkeit.«

»Das Leben ist voller Ungerechtigkeiten, Tommy. Das musst du doch am besten wissen. Man kann es nicht jedem recht machen. So wenig, wie man in die Zukunft sehen kann. Wir wissen nicht, was auf sie wartet. Wir wissen nicht, was auf uns wartet.«

»Das weiß ich.«

»Dann –«

»Aber so einfach ist es nicht, Helen. Auch wenn ich das weiß, kann ich nicht einfach über ihre Gefühle hinweggehen.«

»Und was ist mit meinen Gefühlen?«

»Sie sind mir das Wichtigste überhaupt. Helen, du bist alles für mich.« Er zog sie an sich, schloss den obersten Knopf ihres Mantels und schob den Schal um ihren Hals etwas höher. »Komm, raus aus der Kälte. Bist du mit dem Auto hier? Wo steht dein Wagen?«

»Ich möchte mit dir darüber sprechen. Du benimmst dich, als ob…« Sie sprach nicht weiter. Es gab nur eine Möglichkeit, es zu sagen – direkt. Es gab keine Metapher, zu beschreiben, was sie fürchtete, und er wusste es.

Er wollte sie beruhigen, aber das konnte er nicht. Er hatte Freude erwartet, Aufregung, er hatte die Verbundenheit gemeinsamen Glücks erwartet, aber nicht Schuldgefühle und Schrecken: die Erkenntnis, dass er die Toten begraben musste, bevor er die Lebenden mit offenen Armen empfangen konnte.

»Komm, fahren wir nach Hause«, sagte er. »Es war ein langer Tag, und du brauchst Ruhe.«

»Mehr als Ruhe, Tommy«, entgegnete sie und wandte sich von ihm ab.

Er sah ihr nach, wie sie zum Ende der Straße ging, wo sie vor dem *King's Head and Eight Bells* ihren Wagen geparkt hatte.

Malcolm Webberly legte den Hörer auf. Viertel vor zwölf, er hätte sie nicht anrufen sollen, aber er hatte es nicht lassen können. Er hatte nicht auf die Vernunft gehört, die ihm gesagt hatte, dass es spät war, dass die beiden gewiss schon schlafen würden, dass auf jeden Fall Helen im Bett wäre, auch wenn Tommy um diese Zeit noch arbeiten sollte, und über einen mitternächtlichen Anruf nicht erfreut wäre. Den ganzen Tag hatte er auf Nachricht gewartet, und als er bis zum Abend nichts gehört hatte, war ihm klar geworden, dass er nicht würde schlafen können, solange er nicht mit Lynley gesprochen hatte.

Er hätte Eric Leach anrufen und um einen Bericht über den neuesten Stand der Ermittlungen bitten können. Eric hätte ihm alles geliefert, was er auf Lager hatte. Aber Eric hineinzuziehen, das hätte die Erinnerungen auf eine Art lebendig gemacht, wie er es sich nicht erlauben konnte. Denn Eric war dem Geschehen zu nahe gewesen. Er war dabei gewesen, als es begonnen hatte in dem Haus in Kensington; er war bei nahezu jeder Vernehmung dabei gewesen, die er – Webberly – geleitet hatte, und er hatte vor Gericht ausgesagt. Er war dabei gewesen, hatte direkt neben Webberly gestanden, als dieser den ersten Blick auf das tote Kind geworfen hatte. Leach war damals ein unverheirateter Mann gewesen, der keine Ahnung hatte, was es bedeutete, ein Kind zu verlieren, über einen solchen Verlust auch nur nachzudenken.

Er aber hatte an seine kleine Tochter Miranda denken müssen, als er den leblosen Körper des Kindes auf dem Obduktionstisch liegen sah, und war voller Entsetzen zurückgezuckt beim ersten Schnitt, dieser charakteristischen Y-Inzision, die sich nicht beschönigen ließ, sondern immer blieb, was sie war: eine zwar notwendige, aber brutale Verstümmelung. Nur mit Mühe hatte er einen Aufschrei des Protests darüber zurückgehalten, dass eine solche Grausamkeit durchgeführt werden musste, wo schon genug Grausamkeit verübt worden war.

Aber zu Sonia Davies war nicht nur der Tod grausam gewesen, sondern auch das Leben, die Natur, die sie fehlerhaft erschaffen hatte.

Er hatte die Krankenberichte gesehen, über die Folgen von Operationen und Erkrankungen gelesen, die dieses kleine Mädchen in den ersten zwei Jahren seines Lebens hatte aushalten müssen. Mit Dankbarkeit hatte er an seine Tochter gedacht, die ein Wunder an Gesundheit und Lebenskraft war, und sich gefragt, wie Menschen damit fertig wurden, wenn das Schicksal ihnen etwas bescherte, was ihnen weit mehr abverlangte, als sie je für möglich gehalten hatten.

Eric Leach hatte sich offensichtlich die gleichen Gedanken gemacht. »Ich verstehe, dass sie eine Kinderfrau brauchten«, hatte er gesagt. »Das war alles zu viel, noch dazu mit einem Großvater, der nicht alle Tassen im Schrank hat, und einem Sohn, der ein zweiter Mozart ist oder so was. Aber warum haben sie nicht eine gelernte Kraft für das Kind engagiert? Sie hätten eine Kinderschwester gebraucht, nicht ein Flüchtlingsmädchen.«

»Ja, das war eine schlechte Entscheidung«, hatte Webberly zustimmend gesagt. »Und jetzt bekommen sie die Strafe dafür. Aber weder das Gericht noch die Presse kann sie so hart bestrafen, wie sie selbst sich bestrafen werden.«

»Es sei denn…« Leach sprach nicht weiter. Er blickte zu Boden und trat von einem Fuß auf den anderen.

»Es sei denn, was, Sergeant?«

»Es sei denn, sie haben diese Entscheidung ganz bewusst getroffen. Weil sie sachkundige Pflege für das Kind gar nicht wollten. Aus ganz persönlichen Gründen.«

Webberly versuchte nicht, seine Empörung zu verbergen. »Sie wissen ja nicht, was Sie da reden. Warten Sie, bis Sie selber Kinder haben, dann werden Sie wissen, wie das ist. Nein. Ich sag's Ihnen gleich. Es ist so, dass man am liebsten jeden umbringen würde, der sie nur schief ansieht.«

Und genauso fühlte er sich, als im Lauf der folgenden Wochen die Informationen immer präziser wurden: bereit, zu töten. Weil es ihm nicht gelang, Abstand zu finden, und weil er in dem fremden Kind immer seine kleine Tochter Miranda sah, die zu dieser Zeit mit ihrem zerfledderten Plüschesel im Arm durchs ganze Haus zu laufen pflegte. Überall witterte er plötzlich Gefahren für sie. In jedem Winkel lauerte etwas, das sie ihm rauben und ihm das Herz brechen konnte. Da war das Bedürfnis entstanden, Sonia Davies' Tod zu rächen, als ein Mittel, für die Sicherheit seines eigenen Kindes zu sorgen. Wenn ich ihre Mörderin vor den Richter bringe, sagte er sich, werde ich mit meiner Rechtschaffenheit Gottes Schutz für Randie erkaufen.

Natürlich hatte er zu Beginn nicht gewusst, dass es eine Mörderin gab. Wie alle anderen hatte er geglaubt, ein Moment der Fahrlässigkeit hätte zu der Tragödie geführt, die alle Betroffenen auf ewig verfolgen würde. Aber als bei der Obduktion die alten Frakturen entdeckt wurden und bei genauerer Untersuchung die Quetschungen an Schultern und Hals, die darauf hindeuteten, dass das Kind unter Wasser gedrückt und ertränkt worden war, war bei ihm der Wunsch nach Vergeltung erwacht. Vergeltung für den Tod dieses unvollkommen geborenen Kindes. Vergeltung im Namen der Mutter, die dieses Kind zur Welt gebracht hatte.

Augenzeugen gab es keine, die Beweise waren dünn. Das beunruhigte Leach, aber nicht Webberly. Der Tatort erzählte ja seine eigene Geschichte, und er wusste, dass er diese Geschichte verwenden konnte, um eine Theorie zu stützen, die sich rasch entwickelte. Da war einmal die Wanne mit der völlig unberührt wirkenden Seifenschale, die der Behauptung widersprach, dass hier ein Kindermädchen, zu Tode erschrocken, ihren Schützling im Wasser versunken gesehen und verzweifelt um Hilfe gerufen hatte, während sie das kleine Mädchen aus der Wanne gezogen und versucht hatte, es zu retten. Da waren die Medikamente – ein ganzer Apothekerschrank voll – und, später, die umfangreichen ärztlichen Berichte, die genug darüber aussagten, welch eine Belastung es war, ein Kind wie Sonia betreuen zu müssen. Da waren die Streitigkeiten zwischen dem Kindermädchen und den Eltern, die von allen anderen Mitgliedern des Haushalts bestätigt worden waren. Und es gab die Aussagen der Eltern, des älteren Kindes, der Großeltern, der Lehrerin, der Freundin, die das Kindermädchen am fraglichen Abend angeblich angerufen hatte, und des Untermieters, der Einzige, der jedes Gespräch über die junge Deutsche zu vermeiden suchte. Und dann war da Katja Wolff selbst, die nach einer ersten Aussage unglaublicherweise beharrlich geschwiegen hatte.

Da sie nicht zu sprechen bereit war, musste er sich auf die Aussagen anderer verlassen, die mit ihr zusammenlebten. »Wirklich gesehen habe ich nichts, nein…«, »Ja, natürlich gab es Augenblicke der Spannung, wenn sie mit dem Kind zu tun hatte…«, »Sie war nicht immer so geduldig, wie sie vielleicht hätte sein sollen, aber die Umstände waren ja auch wirklich schwierig…«, »Anfangs war sie die Gefälligkeit selbst…«, »Es gab Streit zwischen ihr und den Eltern, weil sie wieder verschlafen hatte…«, »Wir hatten beschlossen, sie zu entlassen…«, »Sie fand das nicht fair…«, »Wir waren nicht bereit, ihr ein Zeugnis zu geben, weil wir nicht der Meinung waren, sie sei für die Kinderpflege die geeignete Person…« Aus den Aussagen der anderen Hausbewohner ergab sich ein Muster, das von Katja Wolff selbst weder bestätigt noch widerlegt wurde. Mit dem Muster bildete sich die Geschichte, ein Flickenteppich aus Gesehenem und Gehörtem und den Schlussfolgerungen, die sich daraus ziehen ließen.

»Besonders überzeugend sind die Argumente trotzdem nicht«, hatte Leach in einer Pause während der Verhandlung vor dem Haftrichter gesagt.

»Aber es sind Argumente«, hatte Webberly entgegnet. »Solange sie den Mund nicht aufmacht, nimmt sie uns die Hälfte der Arbeit ab und legt sich gleich selbst die Schlinge um den Hals. Ich kann mir nicht vorstellen, dass ihr Anwalt ihr das nicht klar gemacht hat.«

»Die Presse reißt sie in Fetzen, Sir. Die Zeitungen berichten wortwörtlich über das Verfahren, und jedes Mal, wenn Sie auf Fragen nach Gesprächen mit ihr sagen: ›Sie lehnte es ab, die Frage zu beantworten‹, steht sie da wie –«

»Was soll der Quatsch, Eric?«, hatte Webberly ihn unterbrochen. »Was die Presse druckt, kann ich nicht ändern, und es ist auch nicht unser Problem. Wenn sie sich sorgt, wie ihr Schweigen auf die Geschworenen wirken wird, falls es zum Prozess kommen sollte, braucht sie doch nur den Mund aufzumachen.«

Ihre Sorge und Aufgabe, sagte er zu Leach, müsse es sein, für die Gerechtigkeit einzutreten, Fakten zu präsentieren, die es dem Richter ermöglichen würden, ihre Inhaftierung bis zum Prozessbeginn zu verfügen. Und das hatte Webberly getan. Das war alles, was er getan hatte. Er hatte dafür gesorgt, dass der Familie der kleinen Sonia Davies Gerechtigkeit zuteil wurde. Frieden oder ein Ende ihrer Albträume hatte er ihnen nicht bringen können. Aber wenigstens für Gerechtigkeit hatte er gesorgt.

Während er jetzt mit einer Tasse Horlicks am Küchentisch in seinem Haus in Stamford Brook saß, ließ er sich alles, was er bei diesem späten Telefongespräch von Tommy Lynley erfahren hatte, durch den Kopf gehen. Zu einer Neuigkeit kehrte er immer wieder zurück – dass Eugenie Davies einen Mann gefunden hatte. Er war froh darüber. Vielleicht würde ihm das die tägliche Scham und Reue über sein feiges Verhalten ihr gegenüber etwas erträglicher machen.

Er hatte nur die besten Absichten gehabt, bis zu dem Tag, an dem ihm klar geworden war, dass ihre Beziehung keine Zukunft hatte. Kennen gelernt hatte er sie im Rahmen seiner beruflichen Tätigkeit, und ihre Beziehung war rein sachlich gewesen. Als sich das nach der zufälligen Begegnung am Paddington-Bahnhof zu ändern begann, hatte er sich zunächst bloß als Freund gesehen und sich, indem er die erwachenden Wünsche unterdrückte, einzureden versucht, dass es dabei bleiben könnte. Sie ist verletzlich, hatte er sich in dem erfolglosen Bemühen, seine Gefühle zu beherrschen, vorgehalten. Sie hat ein Kind verloren, ihre Ehe ist in die Brüche gegangen – so eine Situation darf man nicht ausnützen.

Hätte nicht sie ausgesprochen, was besser unausgesprochen geblieben wäre, er hätte nicht mehr gewagt. Zumindest sagte er sich das während ihrer langen Beziehung immer wieder. Sie wünscht dies so sehr wie ich, argumentierte er, und es gibt Augenblicke im Leben, wo man die Fesseln gesellschaftlicher Konvention sprengen muss, um das vom Schicksal Gegebene anzunehmen.

Eine heimliche Beziehung wie die zwischen ihm und Eugenie war für ihn nur aus spirituellen Gründen zu rechtfertigen. Sie macht mich vollständig, sagte er sich. Was ich mit ihr erlebe, spielt sich auf seelischer Ebene ab und nicht nur auf körperlicher. Und wie soll ein Mensch zu einem erfüllten Leben finden, wenn seine Seele keine Nahrung bekommt?

Seine Frau konnte ihm diese Nahrung nicht geben. Die Beziehung zu ihr war eine absolut prosaische, materielle Angelegenheit, so sagte er sich, ein gesellschaftlicher Vertrag, der auf der reichlich überholten Vorstellung von gemeinsamem Eigentum, der Sicherung eines nachweisbaren Stammbaums für die Kinder und auf einem beiderseitigen Interesse am Beischlaf gründete. Im Rahmen dieses Vertrags sollten ein Mann und eine Frau zusammenleben, wenn möglich Kinder zeugen und einander ein Leben bereiten, das für beide gleichermaßen zufrieden stellend war. Aber nirgends stand geschrieben oder war auch nur angedeutet, dass der eine des anderen gefesselte Seele freisetzen und beflügeln sollte. Und das, meinte er, war das Problem mit der Ehe. Sie verleitete die Partner zu Selbstzufriedenheit, und daraus entstand ein Zustand, in dem Mann und Frau sich selbst und den anderen aus dem Auge verloren.

So war es in seiner Gemeinschaft mit Frances gewesen. So, schwor er sich, würde es in seiner Seelengemeinschaft mit Eugenie niemals werden.

Immer weiter schritt er auf dem Weg der Selbsttäuschung voran, während die Zeit verging und er die Beziehung zu Eugenie fortsetzte. Der Beruf, den er gewählt hatte, war wie geschaffen, ihn in seinem treulosen Tun zu unterstützen, auf das er bald ein gottgegebenes Recht zu haben glaubte. Unregelmäßige Arbeitszeiten, Überstunden, ganze Wochenenden, die der Ermittlungsarbeit geopfert werden mussten, unvorhergesehene Abwesenheiten von zu Hause, das alles war von Anfang an sein täglich Brot gewesen. Weshalb sollte Gott oder das Schicksal oder der Zufall ihn auf diesen Weg geführt haben, wenn nicht, um ihm Gelegenheit zu geben, sich menschlich weiterzuentwickeln und zu wachsen? Auf diese Weise legitimierte er die Fortsetzung der heimlichen Beziehung, spielte für sich selbst den Mephisto, der lockte und beschwatzte. Dass es so einfach war, ein Doppelleben zu führen, indem er bei seinen Abwesenheiten von zu Hause die Forderungen der Arbeit vorschob, brachte ihn allmählich zu der Überzeugung, dass ihm ein solches Doppelleben zustand.

Aber des Menschen Verderben ist seine ewige Unzufriedenheit. Immer will er mehr. Und der Wunsch nach mehr hatte schließlich auch diese Seelenliebe verdorben und ins Fleischliche hinabgezogen, ohne dass sie dadurch etwas von ihrer Unwiderstehlichkeit verloren hatte. Eugenie hatte ihre Ehe beendet. Er könnte die seine doch auch beenden. Ein, zwei unangenehme Auseinandersetzungen mit seiner Frau, und er wäre frei.

Aber zu diesen Auseinandersetzungen mit Frances war es nie gekommen. Stattdessen hatte er sich mit ihren Phobien auseinander setzen müssen und dabei entdeckt, dass er und seine Liebe und alle rechtschaffenen Gründe zur Verteidigung dieser Liebe nicht gegen das Leiden ankamen, das seine Frau und letztlich sie beide in den Klauen hielt.

Er hatte es Eugenie nie gesagt. Er schrieb ihr einen letzten Brief, in dem er sie zu warten bat, und schrieb nie wieder. Er rief sie nicht an. Er sprach nicht mit ihr. Er führte ein Leben in der Warteschleife und begründete es damit, dass er es Frances schulde, sie auf dem Weg zur Genesung zu begleiten und den Zeitpunkt abzuwarten, wo sie so weit wiederhergestellt wäre, dass er es ihr zumuten konnte, einer Trennung ins Auge zu sehen.

Als er endlich begriffen hatte, dass die Krankheit seiner Frau nicht so leicht zu besiegen war, waren allzu viele Monate ins Land gezogen. Der Gedanke, Eugenie nur wiederzusehen, um sich endgültig von ihr zu trennen, war ihm unerträglich. Feigheit lähmte die Hand, die sonst vielleicht zu Stift oder Telefon gegriffen hätte. Einfacher, sich einzureden, diese so genannte Beziehung wäre im Grunde nicht mehr gewesen als eine sich über einige Jahre erstreckende Folge kurzer leidenschaftlicher Episoden, von ihnen zu liebender Gemeinschaft hochstilisiert, als ihr mit der Gewissheit gegenüberzutreten, dass er sie gehen lassen musste, und sich klar zu machen, dass seinem Leben der Sinn versagt bleiben würde, den er ihm so gern geben wollte. Er hatte also die Dinge einfach treiben lassen und gar nichts getan. Sollte sie von ihm denken, was sie wollte.

Sie hatte sich nicht bei ihm gemeldet, und er hatte das als klares Zeichen dafür genommen, dass weder die Beziehung noch deren erzwungenes Ende sie so tief berührte wie ihn. In diesem Bewusstsein ging er daran, ihr Bild aus seinen Gedanken zu löschen und ebenso alle Erinnerung an gemeinsam verbrachte Zeit. Indem er das tat, war er ihr genauso untreu wie seiner Frau. Und er hatte dafür bezahlt.

Aber sie hatte einen Mann gefunden, der frei war, sie zu lieben und ihr das zu sein, was sie verdiente. »Ein Witwer namens Wiley«, hatte Lynley am Telefon gesagt. »Er sagte uns, dass sie irgendetwas mit ihm besprechen wollte. Es handelte sich anscheinend um etwas, das sie daran gehindert hatte, eine körperliche Beziehung einzugehen.«

»Und Sie glauben, man könnte sie ermordet haben, um dieses Gespräch mit Wiley zu verhindern?«, fragte Webberly.

»Das ist nur eine von einem halben dutzend Möglichkeiten«, hatte Lynley geantwortet und gleich die restlichen aufgezählt, wobei er nicht, wie das eigentlich seine Aufgabe gewesen wäre, mit der gnadenlosen Direktheit des Ermittlers vorging, sondern, Gentleman, der er war, bewusst nichts darüber sagte, ob er Hinweise auf Webberlys Verbindung zu der Ermordeten entdeckt hatte. Vielmehr sprach er ausführlich über den Bruder der Toten, über Major Ted Wiley, Gideon Davies, J. W. Pitchley, alias James Pitchford, und Eugenies geschiedenen Ehemann.

»Die Wolff ist auf freiem Fuß«, berichtete er weiter. »Sie ist vor drei Monaten bedingt entlassen worden. Davies weiß nichts von ihr, aber das heißt nicht, dass sie nichts von ihm weiß. Und Eugenie Davies hat damals beim Prozess gegen sie ausgesagt.«

»Wie alle anderen auch. Eugenie Davies' Aussage war nicht belastender als die der übrigen Zeugen, Tommy.«

»Ja, hm, trotzdem wären meiner Meinung nach alle, die mit dem Fall zu tun hatten, gut beraten, vorsichtig zu sein, bis wir die Sache aufgeklärt haben.«

»Ja, glauben Sie etwa, das ist ein Feldzug?«

»Ausschließen kann man diese Möglichkeit nicht.«

»Aber Sie können doch nicht glauben, dass die Wolff jedem Einzelnen auflauert und –«

»Wie ich schon sagte, Sir, meiner Meinung nach sollten alle vorsichtig sein. Winston hat übrigens angerufen. Er ist ihr heute gegen Abend zu einem Haus in Wandsworth gefolgt. Es sah nach einem Stelldichein aus. Sie ist ganz sicher nicht das, was sie zu sein vorgibt.«

Webberly hatte darauf gewartet, dass Lynley von Katja Wolffs Rendezvous – dem Verrat, den es implizierte – unmittelbar auf seinen – Webberlys – Verrat zu sprechen käme. Aber das geschah nicht. Vielmehr sagte Lynley: »Wir prüfen im Moment ihre E-Mails und Internetkontakte und haben eine Nachricht gefunden, die sie am Morgen ihres Todestags bekam. Sie muss sie gelesen haben, denn sie hatte sie bereits in ihren Papierkorb befördert. Der Absender war ein gewisser *Jete,* der sie unbedingt sehen wollte. Er hat sie geradezu angefleht. ›Nach all den Jahren‹, das war der Wortlaut.«

»Eine E-Mail, sagen Sie?«

»Ja.« Lynley machte eine kleine Pause, ehe er hinzufügte: »Die moderne Technik hat mein Begriffsvermögen längst gesprengt, Sir. Mit dem Computer hat St. James sich befasst. Er hat uns ihre gesamten E-Mails und ihre Internetkontakte geliefert.«

»St. James? Was hat ihr Computer bei St. James zu suchen? Herrgott noch mal, Tommy! Sie hätten ihn direkt zu –«

»Ja, ja, ich weiß. Aber ich wollte sehen …« Wieder zögerte er, aber dann endlich wagte er es. »Es fällt mir nicht leicht, diese Frage zu stellen, Sir: Haben Sie zu Hause einen Computer?«

»Randie hat einen Laptop.«

»Können Sie ihn benutzen?«

»Wenn er hier ist, ja. Aber er steht bei ihr in Cambridge. Warum?«

»Ich denke, Sie wissen, warum.«

»Sie haben den Verdacht, dass ich dieser *Jete* bin?«

»›Nach all diesen Jahren.‹ Es geht darum, *Jete* von der Liste zu streichen, wenn Sie es sind. Sie können sie nicht getötet haben –«

»Also wirklich!«

»Tut mir Leid. Es tut mir wirklich Leid. Aber es muss gesagt werden. Sie können sie nicht getötet haben, denn Sie waren mit zwei Dutzend Zeugen zu Hause und haben Ihren Hochzeitstag gefeiert. Wenn Sie also *Jete* sind, Sir, würde ich das gern wissen, damit wir nicht unnötig Zeit damit vergeuden, den Mann zu suchen.«

»Oder die Frau, Tommy. ›Nach all den Jahren.‹ Das könnte auch Katja Wolff sein.«

»Richtig. Aber Sie sind es nicht?«

»Nein.«

»Danke. Das ist alles, was ich wissen muss, Sir.«

»Sie sind uns schnell auf die Spur gekommen. Eugenie und mir.«

»Nicht ich. Havers –«

»Havers? Wie zum Teufel –«

»Eugenie Davies hat Ihre Briefe aufgehoben. Sie lagen in der Kommode in ihrem Schlafzimmer. Barbara hat sie gefunden.«

»Und wo sind sie jetzt? Haben Sie sie Leach übergeben?«

»Nein. Ich war der Meinung, dass sie für den Fall nicht von Bedeutung sind. Oder doch, Sir? Mein gesunder Menschenverstand rät mir, die Möglichkeit in Betracht zu ziehen, dass Eugenie Davies mit Ted Wiley über *Sie* sprechen wollte.«

»Dann wäre es aber allein um Sünden der Vergangenheit gegangen, die sie beichten wollte, um unbelastet ein neues Kapitel aufschlagen zu können.«

»Hätte ihr so etwas ähnlich gesehen?«

»O ja«, bestätigte Webberly leise, »es wäre typisch gewesen.«

Sie war nicht im katholischen Glauben erzogen worden, aber sie hatte ihn gelebt, in dem tiefen und machtvollen Bewusstsein der Katholikin von Schuld und Sühne. Dieser Glaube hatte ihre Lebensführung bestimmt und zweifellos auch ihre Einstellung zur Zukunft, davon war Webberly überzeugt.

Als er einen sanften Druck am Ellbogen spürte, wandte er sich um und sah, dass Alfie sich von seinem zerschlissenen alten Polster am Herd hochgerappelt hatte und zu ihm gekommen war. Vielleicht spürte er, dass sein Herr Trost brauchte, vielleicht wollte er ihn auch nur an den abendlichen Spaziergang erinnern.

Getrieben vom schlechten Gewissen, da er die letzten achtundvierzig Stunden unablässig mit seinen Gedanken und Gefühlen bei einer anderen Frau gewesen war, ging Webberly nach oben, um nach Frances zu sehen. Sie lag sachte schnarchend im gemeinsamen Doppelbett, und er blieb einen Augenblick stehen und sah sie an. Der Schlaf hatte die Spuren von Unsicherheit und Angst in ihrem Gesicht verwischt, sodass es zwar nicht wieder jung aussah, aber einen Zug kindlicher Verletzlichkeit zeigte, dessen Wirkung er sich nie entziehen konnte. Wie oft in den vergangenen Jahren hatte er so dagestanden und seine schlafende Frau angesehen und sich gefragt, wie sie zu diesem Punkt gekommen waren? Wie sie so lange einfach vor sich hingelebt hatten, von Tag zu Tag, über Wochen und Monate, und nicht einmal zu verstehen versucht hatten, welche innere Sehnsucht jeden von ihnen in eine stumme Verzweiflung trieb, wenn er allein war. Aber um seine Antwort zu bekommen, brauchte er nur zum Fenster zu blicken, das hinter fest zugezogenen Vorhängen verriegelt war, und zu dem Holzkeil auf dem Boden, der an Abenden, wenn er nicht zu Hause war, sicherheitshalber eingeschoben wurde.

Sie hatten beide von Beginn an Angst gehabt. Frans Ängste hatten lediglich eine Form angenommen, die einem Außenstehenden leichter erkennbar waren. Ihre Ängste hatten ihn ständig gefordert, ein stummes, aber darum nicht weniger beredtes Flehen um seine Treue und Beständigkeit. Und seine eigenen Ängste hatten ihn an sie gebunden, diese schreckliche Angst davor, sich weiterentwickeln zu müssen, über das hinaus, was er bisher gelebt hatte.

Ein leises Winseln am Fuß der Treppe riss ihn aus seinen Gedanken. Er zog die Decke über die nackte rechte Schulter seiner Frau, flüsterte: »Schlaf gut, Frances«, und ging hinaus.

Unten saß Alfie schon erwartungsvoll vor der Haustür. Webberly ging noch einmal in die Küche, um seine Jacke und die Hundeleine zu holen. Als er zurückkam, sprang der Hund auf und drehte sich freudig im Kreis, bis Webberly ihn festhielt, um ihm die Leine anzulegen.

Er wollte an diesem Abend nur einen kurzen Spaziergang mit dem Hund machen, einmal um den Block – die Palgrave Road hinauf bis zur Stamford Brook Road und dann durch die Hartswood Road zurück zur Palgrave Road und nach Hause. Er war müde, und er hatte keine Lust, im Park herumzustehen und zu warten, während Alfie sich vergnügte. Natürlich wusste er, dass das dem Hund gegenüber nicht fair war. Das Tier war treu und geduldig und verlangte nicht mehr als regelmäßig Nahrung und zweimal täglich einen Spaziergang, um sich auf den Grünflächen der Prebend Gardens auszutoben. Das war wenig genug, aber an diesem Abend war Webberly nicht einmal bereit, das zu geben.

»Dafür gehe ich morgen doppelt so lang mit dir, Alfie«, sagte er und nahm sich fest vor, das auch zu tun.

Der Verkehr hatte um diese Zeit nachgelassen, aber immer noch rumpelten Pkws und Busse in beinahe lückenloser Kette durch die Stamford Brook Road. Alfie setzte sich gehorsam auf den Bürgersteig, wie er das gelernt hatte. Aber als Webberly nach links schwenken wollte, anstatt wie sonst die Straße zum Park zu überqueren, rührte der Hund sich nicht vom Fleck. Sein Blick schweifte von seinem Herrn zur dunklen Masse der Bäume und Büsche auf der anderen Straßenseite, und er klopfte mit dem Schweif aufs Pflaster.

»Morgen, Alf«, sagte Webberly. »Doppelt so lange. Ich versprech's dir. Morgen. Komm jetzt.« Er zog an der Leine.

Der Hund stand auf. Aber als Webberly den Blick sah, den das Tier zum Park sandte, gab er mit einem Seufzen nach. Er konnte nicht auch hier noch falsch spielen und so tun, als merkte er nicht, was der Hund sich so dringend wünschte. »Na schön, dann komm«, sagte er. »Aber nur ein paar Minuten. Frauchen ist allein im Haus und wird Angst bekommen, wenn sie aufwacht und sieht, dass wir beide nicht da sind.«

Sie warteten auf Grün, der Hund mit wedelndem Schwanz und Webberly etwas heiterer angesichts der Freude des Hundes. Wie einfach, ein Hund zu sein, dachte er, wie wenig brauchte er zur Zufriedenheit.

Sie überquerten die Straße und traten durch das Tor in den Park. Sobald es rostknirschend hinter ihnen zugefallen war, machte Webberly den Hund von der Leine los und beobachtete ihn im trüben Licht der Straßenbeleuchtung, wie er ausgelassen über den Rasen sprang.

Er hatte den Ball nicht mitgenommen, aber das schien Alfie nicht zu stören. Es gab genug nächtliche Gerüche, die ihm den Abendspaziergang interessant und spannend machten.

Sie blieben ungefähr eine Viertelstunde, während der Webberly gemächlich von der West- zur Ostseite des Parks marschierte. Der Wind, der schon früher am Tag aufgekommen war, war kalt, und Webberly schob seine Hände in die Taschen und bedauerte es, dass er nicht daran gedacht hatte, Handschuhe und Schal mitzunehmen.

Fröstelnd ging er den Ascheweg entlang, der von Rasenflächen begrenzt war. Jenseits des Gebüschs und des Eisengitters brausten die Autos auf der Stamford Brook Road vorbei. Der Verkehrslärm war neben dem Knarren der kahlen Bäume das einzige Geräusch in der Nacht.

Am anderen Ende des Parks blieb er stehen und rief dem Hund, der schon wieder in großen Sprüngen zur anderen Seite der Grünfläche gejagt war. Er pfiff und wartete ruhig, während das Tier ein letztes Mal über den Rasen rannte und schließlich vor ihm Halt machte, das Fell feucht und voll nassen Laubs. Webberly lachte leise. Da würde noch einiges auf ihn zukommen. Sobald er zu Hause war, würde er den Hund gründlich bürsten müssen.

Er legte ihm die Leine wieder an. Vom Parktor aus gingen sie die Allee hinauf zur Stamford Brook Road, wo es einen Zebrastreifen für Fußgänger zur Hartswood Road gab. Hier hatten sie den Vortritt. Aber Alfie tat brav, was er gelernt hatte: Er setzte sich und wartete auf das Kommando seines Herrn.

Webberly passte eine Verkehrslücke ab, die dank der späten Stunde nicht lange auf sich warten ließ. Sie ließen noch einen Bus vorbeifahren, dann traten Herr und Hund auf die Fahrbahn. Bis zur anderen Seite waren es keine dreißig Meter.

Webberly war auf der Straße vorsichtig, aber einen Augenblick lang richtete sich seine Aufmerksamkeit auf die andere Straßenseite zu dem Briefkasten, der dort schon seit Königin Victorias Zeiten stand. In diesen Kasten hatte er die Briefe geworfen, die er Eugenie über die Jahre geschrieben hatte, auch den letzten, der ihre Beziehung beendet hatte, ohne sie zu beenden. Den

Blick auf den roten Kasten gerichtet, sah er sich selbst, wie er an hundert Morgen dort hastig einen Brief in den Schlitz geschoben und dabei über die Schulter zurückgeschaut hatte, als fürchtete er, Frances könnte ihn verfolgt haben. Als er sich so sah, von Liebe und Begehren getrieben, das Gelübde zu brechen, das das Unmögliche von ihm forderte, achtete er nicht auf die Straße. Es war nur eine Sekunde der Unachtsamkeit, aber mehr war nicht nötig.

Rechts von sich hörte er einen Motor aufheulen. Im selben Moment begann Alfie zu bellen. Dann kam der Aufprall. Die Hundeleine peitschte durch die Luft, und Webberly wurde gegen den Briefkasten geschleudert, der seine Beteuerungen ewiger Liebe aufgenommen hatte.

Ein Schlag traf ihn gegen die Brust.

Ein Lichtblitz bohrte sich in seine Augen.

Dann wurde es dunkel.

# GIDEON

*23. Oktober, 1 Uhr nachts*

Ich habe wieder geträumt und bin mit der Erinnerung an den Traum erwacht. Jetzt sitze ich mit dem Heft auf den Knien im Bett, um ihn aufzuschreiben.

Ich bin in unserem Haus am Kensington Square im Wohnzimmer. Ich sehe den Kindern zu, die draußen in der Grünanlage spielen, und sie bemerken, dass ich sie beobachte. Sie winken und bedeuten mir, zu ihnen hinauszukommen. Ein Zauberer in einem schwarzen Cape und mit einem Zylinder gibt eine Vorstellung. Er zieht den Kindern lebende weiße Tauben aus den Ohren und wirft die Vögel hoch in die Luft. Ich möchte dabei sein, möchte, dass der Zauberer *mir* eine Taube aus dem Ohr holt, und ich laufe zur Wohnzimmertür. Aber sie hat keine Klinke, nur ein Schlüsselloch, durch das man ins Vestibül mit der Treppe sehen kann.

Aber als ich durch das Schlüsselloch schaue, das viel mehr Ähnlichkeit mit einem Bullauge hat, sehe ich auf der anderen Seite nicht das, was ich erwarte, sondern das Kinderzimmer meiner Schwester. Und obwohl es im Wohnzimmer sehr hell ist, ist es im Kinderzimmer dämmrig, als wären die Vorhänge wegen des Mittagsschlafs zugezogen.

Ich höre Weinen auf der anderen Seite der Tür. Ich weiß, dass es Sonias Weinen ist, aber ich kann meine Schwester nicht sehen. Und plötzlich ist die Tür keine Tür mehr, sondern ein schwerer Vorhang. Ich schiebe mich hindurch und sehe, dass ich nicht mehr im Haus bin, sondern im Garten dahinter.

Der Garten ist viel größer, als er in Wirklichkeit war. Es gibt mächtige alte Bäume, riesige Farne und einen Wasserfall, der sich in ein fernes Becken ergießt. In der Mitte des Beckens ist der Gartenschuppen, bei dem ich an jenem Abend, an den ich mich wieder erinnert habe, Katja und den unbekannten Mann sah.

Immer noch höre ich Sonia weinen, aber sie weint jetzt sehr jämmerlich, schreit beinahe, und ich weiß, dass ich mich auf die Suche nach ihr begeben soll. Rund um mich herum ist Dickicht, das von Augenblick zu Augenblick dichter und höher zu werden scheint. Mit den Händen Farne und Liliengewächse zur Seite schiebend, versuche ich, mir einen Weg zu bahnen, um das Weinen zu lokalisieren. Gerade als ich mich ganz nahe glaube, ertönt es plötzlich aus einer völlig anderen Richtung, und ich muss aufs Neue zu suchen beginnen.

Ich rufe nach Hilfe – nach meiner Mutter, meinem Vater, Großmutter oder Großvater. Aber keiner kommt. Dann erreiche ich den Rand des Wasserbeckens und sehe, dass zwei Menschen an den Schuppen gelehnt dastehen, ein Mann und eine Frau. Er ist über sie gebeugt und saugt an ihrem Hals, indes Sonia immer noch unablässig weint.

Am Haar erkenne ich die Frau, es ist Libby. Ich stehe wie erstarrt und beobachte die beiden, während der Mann, den ich noch nicht erkennen kann, an ihr saugt. Ich rufe ihnen zu; ich bitte sie, mir bei der Suche nach meiner kleinen Schwester zu helfen. Der Mann hebt den Kopf, und ich erkenne meinen Vater.

Ich bin wütend, fühle mich verraten, bin wie gelähmt. Sonia weint immer weiter.

Dann ist meine Mutter bei mir oder jemand wie meine Mutter, jemand von ihrer Größe und ihrer Gestalt, mit Haar der gleichen Farbe. Diese Person nimmt mich bei der Hand, und mir ist bewusst, dass ich ihr helfen muss, weil Sonia uns braucht, um sich zu beruhigen. Ihr Weinen hat sich jetzt zu zornigem Schreien gesteigert, schrill vor Trotz, als hätte sie einen Wutanfall.

»Keine Angst«, sagt die Mutterperson zu mir. »Sie ist nur hungrig, Schatz.«

Wir finden sie unter einem Farn liegend, zugedeckt von großen Farnwedeln. Die Mutterperson nimmt sie auf den Arm und drückt sie an ihre Brust. »Ich lasse sie saugen. Dann beruhigt sie sich.«

Aber Sonia beruhigt sich nicht, weil sie gar nicht saugen kann. Die Mutterperson gibt ihr nicht die Brust, und selbst wenn sie es täte, würde das nichts helfen. Denn wie ich erst jetzt sehe, trägt meine Schwester eine Maske, die ihr ganzes Gesicht bedeckt. Ich versuche, die Maske zu entfernen, aber es gelingt mir nicht; meine Finger rutschen immer wieder ab. Die Mutterperson bemerkt nicht, dass etwas nicht stimmt, und ich kann sie nicht dazu veranlassen, meine Schwester anzuschauen. Ich versuche weiterhin verzweifelt, die Maske abzureißen, aber es gelingt mir einfach nicht.

Ich bitte die Mutterperson, mir zu helfen, aber das nützt auch nichts. Sie schaut ja nicht einmal zu Sonia hinunter. In höchster Eile kämpfe ich mich zurück zum Becken, um dort Hilfe zu holen, aber an seinem Rand angelangt, verliere ich den Halt und stürze ins Wasser. Unablässig drehe ich mich unter Wasser und bekomme keine Luft.

An dieser Stelle erwachte ich.

Mein Herz raste. Ich konnte seinen hämmernden Schlag im ganzen Körper spüren. Während des Schreibens habe ich mich beruhigt, aber ich glaube nicht, dass ich heute Nacht noch einmal schlafen kann.

Libby ist nicht bei Ihnen?, fragen Sie.

Nein. Sie ist nicht zurückgekommen, seit sie nach unserer Heimkehr von Cresswell-White, als mein Vater vor dem Haus wartete, auf ihrer Maschine davongeprescht ist.

Machen Sie sich Sorgen um sie?

Sollte ich mir Sorgen machen?

Es gibt kein *sollte,* Gideon.

Bei mir schon, Dr. Rose. Ich sollte mich an mehr erinnern können. Ich sollte Geige spielen können. Ich sollte eine Beziehung zu einer Frau eingehen, etwas mit ihr teilen können, ohne zu fürchten, dass ich alles verlieren werde.

Was denn verlieren?

Das, was mich zusammenhält.

Haben Sie es denn nötig, zusammengehalten zu werden, Gideon?

So fühlt es sich jedenfalls an.

## 23. Oktober

Raphael hat heute wieder seinen täglichen Pflichtbesuch bei mir absolviert, aber anstatt uns ins Musikzimmer zu setzen und auf ein Wunder zu warten, sind wir zum Regent's Park gegangen und haben einen Spaziergang durch den Zoo gemacht. Einer der Elefanten wurde gerade von einem Wärter mit Wasser abgespritzt, und wir blieben stehen und sahen zu, wie das Wasser in Strömen an den Seiten des gewaltigen Tiers herabfloss. Haarbüschel auf dem Rückgrat des Elefanten sträubten sich wie steife Drähte, und das Tier verlagerte sein Gewicht, als suchte es besseren Halt.

»Seltsame Geschöpfe, nicht?«, sagte Raphael. »Man fragt sich, was zu einer solchen Konstruktion geführt hat. Wenn ich so eine biologische Merkwürdigkeit sehe, bedaure ich stets, dass ich nicht mehr über die Evolution weiß. Wie, beispielsweise, hat sich ein Geschöpf wie der Elefant aus dem Urschlamm entwickelt?«

»Er macht sich wahrscheinlich die gleichen Gedanken über uns.«

Mir war gleich bei Raphaels Ankunft aufgefallen, dass er ausgesprochen guter Dinge war. Er war derjenige, der vorschlug, »an die Luft« zu gehen und einen Spaziergang durch den Zoo zu machen, wo die Luft nicht nur von Abgasen geschwängert ist, sondern auch von den Gerüchen nach Urin und Heu. Mich veranlasste das, mir Gedanken darüber zu machen, was vorging, und ich erkannte die Handschrift meines Vaters. »Sieh zu, dass er mal aus dem Haus kommt«, hatte er vermutlich befohlen.

Und wenn mein Vater befiehlt, dann gehorcht Raphael.

Nur darum hat er sich so lange als mein Lehrer gehalten: Er lenkte meine musikalische Entwicklung; mein Vater lenkte den Rest meines Lebens. Und Raphael hat diese Gewaltenteilung von Anfang an akzeptiert.

Erwachsen hätte ich Raphael natürlich ersetzen und mir einen anderen Reisebegleiter – neben meinem Vater, meine ich – und Partner bei den täglichen Übungsstunden suchen können. Aber nach zwei Jahrzehnten der Zusammenarbeit und Partnerschaft war jeder von uns mit dem Lebens- und Arbeitsstil des anderen so innig vertraut, dass es mir nie in den Sinn kam, mich nach jemand anderem umzusehen. Im Übrigen habe ich immer sehr gern mit Raphael zusammen musiziert, als ich dazu noch in der Lage war. Er war – und ist – technisch einfach brillant. Zwar fehlt ihm der innere Funke, die Leidenschaft, die ihn vor langem schon getrieben hätte, seine Hemmungen und Ängste zu überwinden und vor großem Publikum zu spielen, um durch sein Spiel eine Brücke zu den Zuhörern zu schlagen, die die Viererkonstellation Komponist-Musik-Zuhörer-Interpret vollkommen gemacht hätte. Aber das Können und die Liebe waren immer vorhanden, ebenso wie eine bemerkenswerte Fähigkeit, sein technisches Können in eine Form der Kritik und der Unterweisung zu gießen, die dem Novizen gut verständlich und dem etablierten Geiger, dem es darum geht, sein Spiel zu verbessern, von unschätzbarem Wert ist. Darum habe ich nie daran gedacht, mich von Raphael zu trennen – trotz seines Gehorsams meinem Vater gegenüber und seines Abscheus vor ihm.

Ich muss diese gegenseitige Antipathie der beiden immer gespürt haben, obwohl sie nie offen zu Tage trat. Irgendwie kamen sie bei aller gegenseitiger Abneigung miteinander zurecht, und erst jetzt, wo sie sich plötzlich so ungeheuer bemühten, diese beiderseitige Animosität zu *verbergen*, hatte ich einen Anlass, mich zu fragen, worin ihr Ursprung liegt.

Die logische Antwort konnte nur lauten, in der Konkurrenz um meine Mutter, in den Gefühlen, die Raphael meiner Mutter entgegenbrachte. Aber das erklärte im Grunde nur, warum Raphael meinen Vater nicht ausstehen konnte: Weil der etwas besaß, das Raphael haben wollte. Die Aversion meines Vaters gegen Raphael erklärte es nicht. Da musste noch etwas anderes eine Rolle spielen.

Vielleicht war es Neid auf das, was Raphael Ihnen geben konnte, bieten Sie mir als Antwort an.

Ja, es ist wahr, mein Vater spielte kein Instrument, aber meiner Meinung nach hat der Hass zwischen den beiden eine tiefere, eher atavistische Wurzel.

Als wir das Elefantengehege hinter uns ließen, um zu den Koalas zu gehen, sagte ich zu Raphael: »Dir ist wohl aufgetragen worden, mich aus dem Haus zu lotsen.«

Er bestritt es nicht. »Er ist der Ansicht, du hältst dich zu viel in der Vergangenheit auf und meidest die Gegenwart.«

»Und was meinst du?«

»Ich verlasse mich auf Dr. Rose. Genauer gesagt, ich verlasse mich auf Dr. Rose, den Vater. Was Dr. Rose, die Tochter, angeht, so nehme ich an, dass sie den Fall mit ihm bespricht.« Er warf mir einen nervösen Blick zu, als er das Wort *Fall* gebrauchte, das mich zu einem psychiatrischen Phänomen reduzierte, von dem zweifellos zu einem späteren Zeitpunkt in einer einschlägigen Fachzeitschrift berichtet werden würde, natürlich ohne Nennung meines Namens, aber doch so detailliert, dass jeder erraten könnte, wer der anonyme Patient war. »Er hat jahrzehntelange Erfahrung mit solchen Geschichten, wie du sie jetzt durchmachst, und darauf wird sie sicherlich bauen.«

»Was für eine Geschichte meinst du denn, dass ich gerade durchmache?«

»Ich weiß, wie sie es genannt hat. Sie hat von Amnesie gesprochen.«

»Das hat Dad dir erzählt?«

»Das ist doch verständlich. Ich bin mehr als jeder andere mit deiner Karriere verbunden.«

»Aber du glaubst nicht an die Amnesie, richtig?«

»Was ich glaube oder nicht, spielt hier keine Rolle, Gideon.«

Er führte mich zum Koalagehege, wo durch ein Gewirr von Ästen, die aus dem Boden aufstiegen, Eukalyptusbäume simuliert wurden, und der Wald, das natürliche Habitat der Bären, auf eine hohe pinkfarbene Mauer aufgemalt war. Ein kleiner Bär schlief einsam und allein in der Gabelung zweier dieser Äste, nicht weit von ihm hing ein Eimer mit Blättern, die seine Nahrung waren. Der Boden des Waldes war aus Beton, es gab keine Büsche, keinerlei Spielzeug oder Abwechslung für den Bären. Er hatte auch keine Gefährten, seine Einsamkeit wurde lediglich von den Menschen durchbrochen, die ihn pfeifend und schreiend zu animieren suchten, weil sie nicht begreifen konnten, dass dieses Geschöpf, das die Natur als Nachttier erschaffen hatte, nicht bereit war, sich auf ihren Lebensrhythmus einzustellen.

Ich registrierte das alles mit einer tiefen Niedergeschlagenheit. »Mein Gott, warum gehen Menschen überhaupt in zoologische Gärten?«

»Um sich ihrer eigenen Freiheit zu erinnern.«

»Um ihre Überlegenheit auszukosten.«

»Ja, wahrscheinlich auch. Es ist nun einmal so, dass wir Menschen das Heft in der Hand halten.«

»Aha!«, sagte ich. »Ich dachte mir doch gleich, dass hinter diesem Spaziergang in den Regent's Park mehr steckt als ein harmloser Ausflug, um frische Luft zu schnappen. Ich habe noch nie ein Interesse an körperlicher Bewegung und Tieren bei dir erlebt. Also, was hat Dad gesagt? ›Zeig ihm, dass er seinem Schicksal dankbar sein sollte. Zeig ihm, wie grausam das Leben wirklich sein kann!‹«

»Er hätte sicher etwas anderes gewählt, wenn er das im Sinn gehabt hätte. Es gibt weit schlimmere Orte als den Zoo, Gideon.«

»Was war dann der Zweck der Übung? Und erzähl mir jetzt nicht, das mit dem Zoo wäre deine Idee gewesen.«

»Du grübelst zu viel. Das ist ungesund. Und das weiß er.«

Ich lachte ohne Erheiterung. »Als wäre das, was bereits geschehen ist, gesund!«

»Wir wissen nicht, was geschehen ist. Wir können nur vermuten. Und genauso ist es mit dieser Amnesiegeschichte – sie ist reine Vermutung.«

»Also hat er um deine Unterstützung gebeten. Das hätte ich nun wirklich nicht für möglich gehalten – in Anbetracht deiner Beziehung zu ihm.«

Raphael hatte den Blick auf den bedauernswerten kleinen Koala gerichtet, der fest zusammengerollt in dem dürren Geäst schlief, das mit seinem heimatlichen Wäldern keinerlei Ähnlichkeit hatte. »Meine Beziehung zu deinem Vater geht dich nichts an«, entgegnete er mit Entschiedenheit, aber auf seiner Stirn zeigten sich die ersten Schweißtröpfchen. Innerhalb von zwei Minuten würde sein ganzes Gesicht klatschnass sein, und er würde sein Taschentuch herausziehen, um den Schweiß abzuwischen.

»Du warst an dem Abend, als Sonia starb, bei uns im Haus«, sagte ich. »Das hat Dad mir erzählt. Du hast also immer alles gewusst, nicht wahr? Alles, was damals geschehen ist, was zu ihrem Tod geführt hat und was darauf folgte.«

»Komm, trinken wir eine Tasse Tee«, sagte Raphael.

Wir setzten uns in das Restaurant in Barclays Court, obwohl ein Getränkekiosk es auch getan hätte. Er sprach kein Wort, während er zunächst mit pedantischer Genauigkeit die Speisekarte mit ihrem Angebot von gegrilltem Fleisch und Gemüse las und dann eine Kanne Darjeeling und einen Teekuchen bei der Kellnerin bestellte, die nicht mehr jung war und eine Brille trug.

Sie sagte:»Kommt sofort«, und wartete, mit ihrem Bleistift auf ihren Block klopfend, auf meine Bestellung. Ich nahm das Gleiche wie Raphael, obwohl ich nicht hungrig war, und sie ging, um alles zu holen.

Es war keine Essenszeit, darum waren nur wenige Gäste im Lokal, niemand in der Nähe unseres Tischs. Wir saßen am Fenster, und Raphael schaute hinaus, wo ein Mann mit einer Wolldecke kämpfte, die sich im Rad eines Kindersportwagens verheddert hatte, während eine Frau mit einem kleinen Kind auf dem Arm daneben stand und ihm gestikulierend Anweisungen gab.

Ich sagte:»Meinem Gefühl nach war es später Abend, als Sonia ertrank. Aber wenn das stimmt, was hattest du dann um diese Zeit noch bei uns zu tun? Dad hat mir gesagt, dass du da warst.«

»Es war später Nachmittag, als sie ertrank, kurz vor sechs. Ich war geblieben, weil ich noch ein paar Telefonate erledigen wollte.«

»Dad sagte, du hättest an dem Tag wahrscheinlich mit Juilliard telefoniert.«

»Ich wollte es dir gern ermöglichen, die Schule zu besuchen, nachdem man dir das Angebot gemacht hatte. Also bemühte ich mich, für mein Vorhaben Unterstützung zu gewinnen. Für mich war es undenkbar, dass jemand allen Ernstes ein Angebot der Juilliard School ausschlagen würde –«

»Wie hatte man dort überhaupt von mir gehört? Ich hatte ein paar Konzerte gegeben, aber ich kann mich nicht erinnern, mich dort um einen Platz beworben zu haben. Ich weiß nur noch, dass ich die Einladung erhielt.«

»Ich hatte an die Schule geschrieben. Ich hatte ihnen Bandaufnahmen geschickt. Besprechungen. Einen Artikel, den die *Radio Times* über dich gebracht hatte. Man war interessiert und schickte ein Bewerbungsformular, das ich dann ausfüllte.«

»Wusste Dad davon?«

Wieder trat ihm der Schweiß auf die Stirn. Diesmal griff er zu einer der Papierservietten auf dem Tisch, um ihn abzutupfen.

»Ich wollte deinen Vater vor die vollendete Tatsache stellen, weil ich glaubte, wenn ich die Einladung in der Hand hätte, würde dein Vater sein Einverständnis geben.«

»Aber es war kein Geld da, richtig?«, warf ich finster ein. Und einen Augenblick lang überkam mich die gleiche heiße, an Wut grenzende Enttäuschung wie damals, als der Achtjährige erfahren hatte, dass ein Studium an der Juilliard School of Music ihm verwehrt bleiben würde, weil kein Geld da war, weil bei uns *niemals* auch nur genug Geld zum Leben da war.

Raphaels nächste Bemerkung war deshalb überraschend. »Geld war nie das Problem. Das hätten wir schon irgendwie zusammenbekommen. Davon war ich immer überzeugt. Und die Schule hatte ein Stipendium angeboten, das die Studiengebühren gedeckt hätte. Aber dein Vater wollte nichts davon hören, dass du nach New York gehst. Er wollte die Familie nicht auseinander reißen. Ich glaubte, es ginge ihm in erster Linie um eine Trennung von seinen Eltern, und erbot mich, allein mit dir nach New York zu gehen. Dann hätten alle anderen hier in London bleiben können. Aber diese Lösung passte ihm auch nicht.«

»Dann waren es also keine finanziellen Gründe? Und ich dachte immer –«

»Nein. Das Finanzielle spielte letztendlich keine Rolle.«

Wahrscheinlich sah Raphael mir an, dass ich ziemlich verwirrt war und mich betrogen fühlte, denn er sagte hastig: »Dein Vater war der festen Überzeugung, dass du ein Studium an der Juilliard nicht nötig hättest, Gideon. Das ist ein Kompliment für uns beide, denke ich. Er war der Meinung, du bekämst hier in London den Unterricht, den du brauchst, und würdest auch ohne einen Umzug nach New York deinen Weg machen. Und er hat Recht behalten. Sieh dir an, wie weit du es gebracht hast.«

»Ja, sieh es dir nur an«, erwiderte ich ironisch, als Raphael in dieselbe Falle lief, in die ich auch schon gelaufen war, Dr. Rose.

Wirklich weit habe ich es gebracht! Hocke auf dem Fensterbrett in meinem Musikzimmer, wo bereits seit Monaten keine Musik mehr gemacht wird, und kritzle in ein Heft, was mir gerade durch den Kopf geht, und versuche, mich an Einzelheiten zu erinnern, die mein Unterbewusstes lieber dem Vergessen anheim gegeben hätte. Und jetzt entdecke ich, dass einige dieser Erinne-

rungen, die ich aus den Tiefen meines Gedächtnisses heraus-
krame – wie zum Beispiel die Einladung der Juilliard School und
die Gründe, die mich davon abhielten, ihr zu folgen –, gar nicht
den Tatsachen entsprechen! Wenn das so ist, worauf kann ich
mich dann eigentlich noch verlassen, Dr. Rose?

Das werden Sie spüren, antworten Sie ruhig.

Aber ich frage Sie, wie Sie da so sicher sein können. Die Fakten
meiner Vergangenheit kommen mir zunehmend wie bewegliche
Ziele vor, und sie huschen vor einem Hintergrund von Gesichtern
vorüber, die ich seit Jahren nicht mehr gesehen habe. Sind es also
echte Tatsachen, Dr. Rose, oder die Abbilder der Tatsachen, wie
ich sie gern hätte?

Ich sagte zu Raphael: »Wie war das damals, als Sonia ertrank?
An dem Abend. Dem Nachmittag. Wie kam es dazu? Ich habe versucht, mit Dad darüber zu sprechen …« Ich schüttelte den Kopf.

Die Kellnerin erschien mit dem Tee und dem Gebäck. Sie
brachte uns alles auf einem Tablett aus Kunststoff, der auf Holz
getrimmt war, ganz der vorherrschenden Gepflogenheit des Zoos
entsprechend, die Dinge für etwas auszugeben, was sie nicht waren. Sie stellte Tassen, Teller und Kannen vor uns auf den Tisch,
und ich wartete, bis sie wieder gegangen war, ehe ich zu sprechen
fortfuhr.

»Dad schweigt sich aus. Wenn ich mit ihm über Musik sprechen
will, über mein Geigenspiel, dann ist das in Ordnung. Es sieht ja
nach Fortschritt aus. Wenn ich eine andere Richtung einschlagen
möchte … dann folgt er, aber es ist die Hölle für ihn, das sehe ich
ihm an.«

»Es war für alle die Hölle.«

»Auch für Katja Wolff?«

»Ihre Hölle kam später, vermute ich. Ich kann mir nicht vorstellen, dass sie mit einer Haftstrafe von zwanzig Jahren ohne Bewährung rechnete.«

»Ist das der Grund, warum sie im Gerichtssaal – Ich habe gelesen, dass sie aufgesprungen ist und versucht hat, eine Erklärung
abzugeben, nachdem der Richter das Urteil verkündet hatte.«

»Hat sie das getan?«, fragte Raphael. »Das wusste ich gar nicht.
Am Tag der Urteilsverkündung war ich nicht beim Prozess. Ich
hatte einfach genug.«

»Aber du bist mit ihr zur Polizei gegangen. Am Anfang. Es gibt ein Foto von euch beiden, wie ihr aus der Polizeidienststelle herauskommt.«

»Das war sicher ein zufälliges Zusammentreffen. Irgendwann mussten wir alle zur Vernehmung aufs Revier. Die meisten von uns mehr als einmal.«

»Auch Sarah-Jane Beckett?«

»Ich denke schon. Warum?«

»Ich muss sie sprechen.«

Raphael hatte seinen Teekuchen mit Butter bestrichen. Er hob ihn zum Mund, aber er biss nicht davon ab, sondern hielt ihn ruhig in der Hand und sah mich an. »Was soll das bringen, Gideon?«

»Es zieht mich einfach in die Richtung, und Dr. Rose hat mir geraten, auf der Suche nach Verbindungen meinem Instinkt zu folgen. Sie meint, auf diese Weise würde ich am ehesten auf etwas stoßen, was Erinnerungen weckt.«

»Dein Vater wird davon nicht erfreut sein.«

»Dann häng einfach dein Telefon aus.«

Raphael biss ein Riesenstück von seinem Teekuchen ab, zweifellos, um seinen Ärger darüber zu kaschieren, dass ich ihm auf die Schliche gekommen war. Aber hatte er tatsächlich geglaubt, ich könnte mir nicht denken, dass er und mein Vater tägliche Konferenzen über mich und die Fortschritte, die ich machte oder nicht machte, abhielten? Sie sind schließlich die beiden Menschen, die von dem, was mir widerfahren ist, am meisten betroffen sind, und sie sind neben Libby und Ihnen, Dr. Rose, die Einzigen, die das Ausmaß meiner Probleme kennen.

»Was erwartest du dir von einem Gespräch mit Sarah-Jane Beckett? Immer vorausgesetzt, dass du sie überhaupt findest.«

»Sie lebt in Cheltenham«, erwiderte ich. »Schon seit Jahren. Ich bekomme jedes Jahr zum Geburtstag und zu Weihnachten eine Karte von ihr. Du nicht?«

»Na schön. Sie lebt in Cheltenham«, sagte er, ohne auf meine Frage einzugehen. »Und was soll sie dir helfen?«

»Das weiß ich auch nicht. Vielleicht kann sie mir erklären, warum Katja Wolff nie gesprochen hat.«

»Sie hatte das Recht zu schweigen, Gideon.« Er legte sein Gebäck auf seinen Teller und nahm seine Tasse, die er mit beiden Händen umspannte, als suche er Wärme.

»Sicher. Vor Gericht. Bei der Polizei. Da brauchte sie nichts zu sagen. Aber was ist mit ihrem Anwalt? Warum hat sie mit dem nicht gesprochen?«

»Ihr Englisch war nicht so gut. Vielleicht hat jemand sie über ihr Recht zu schweigen aufgeklärt, und sie hat es missverstanden.«

»Es gibt da noch einen Punkt, den ich nicht verstehe«, fuhr ich fort. »Sie war Ausländerin. Wieso verbüßte sie ihre Strafe in England. Warum wurde sie nicht nach Deutschland zurückgeschickt?«

»Sie hat sich der Auslieferung mit allen Mitteln widersetzt. Der Prozess zog sich über mehrere Instanzen hin, und sie hat am Ende gewonnen.«

»Woher weißt du das?«

»Mein Gott, das ging damals durch sämtliche Zeitungen. Sie war wie Myra Hindley, jeder Schritt, den sie unternahm, während sie hinter Gittern saß, wurde von den Medien genauestens unter die Lupe genommen. Es war eine scheußliche Geschichte, Gideon. Brutal. Sie hat das Leben deiner Eltern zerstört, sie hat deine beiden Großeltern innerhalb von drei Jahren unter die Erde gebracht, und sie hätte leicht auch dein Leben zerstören können, wenn nicht alles Menschenmögliche getan worden wäre, um dich da herauszuhalten. Das jetzt alles wieder auszugraben… so viele Jahre später…« Er stellte seine Tasse ab und goss Tee nach. »Du isst ja gar nichts«, bemerkte er.

»Ich bin nicht hungrig.«

»Wann hast du das letzte Mal etwas zu dir genommen? Du siehst furchtbar aus. Iss das Gebäck. Oder trink wenigstens den Tee.«

»Raphael, was ist, wenn Katja Wolff es gar nicht getan hat?«

Er stellte die Teekanne wieder auf den Tisch, griff zum Zucker, kippte den Inhalt eines Beutels in seine Tasse und goss Milch dazu. Mir fiel auf, dass er das alles nicht in der üblichen Reihenfolge tat, sondern genau umgekehrt.

Als das Ritual abgeschlossen war, sagte er: »Es wäre doch ziemlich unsinnig von ihr gewesen, sich in Schweigen zu hüllen, wenn sie Sonia nicht getötet hätte, Gideon.«

»Vielleicht hatte sie Angst, dass die Polizei ihre Aussage verfälschen würde. Oder auch der Ankläger, falls sie in den Zeugenstand gerufen würde.«

»Sicher. Es ist durchaus möglich, dass diese Leute das versucht hätten. Aber ihre Anwälte hätten bestimmt keines ihrer Worte verfälscht, wenn sie bereit gewesen wäre, sich zu äußern.«

»Hat mein Vater sie geschwängert?«

Er hatte die Tasse gehoben, aber jetzt setzte er sie schlagartig wieder ab. Er schaute zum Fenster hinaus, wo das Paar mit dem Kindersportwagen eine Tasche, zwei Babyfläschchen und ein Paket Wegwerfwindeln abgeladen und den Wagen auf die Seite gekippt hatten. Der Mann rückte dem festgeklemmten Rad jetzt mit dem Absatz seines Schuhs zu Leibe. Raphael sagte leise: »Das hat doch mit dem Problem nichts zu tun«, und ich wusste, dass er nicht von dem manövrierunfähigen Kinderwagen sprach.

»Wie kannst du das sagen? Woher willst du das wissen? Hat er sie geschwängert? Und was war der Grund dafür, dass die Ehe meiner Eltern in die Brüche gegangen ist?«

»Wenn eine Ehe in die Brüche geht, können nur die beiden Partner sagen, wie es dazu kam.«

»Gut. Akzeptiert. Aber was ist mit meiner anderen Frage? Hat er Katja geschwängert?«

»Was sagt er denn dazu? Hast du ihn gefragt?«

»Er sagt Nein. Aber es ist doch klar, dass er das sagt.«

»Na bitte, dann hast du deine Antwort.«

»Wer könnte es getan haben?«

»Vielleicht der Untermieter. James Pitchford war in sie verliebt. Vom ersten Tag an. Und er hat sich nie davon erholt.«

»Aber ich dachte, James und Sarah-Jane … In meiner Erinnerung gehören die beiden zusammen, James, der Untermieter, und Sarah-Jane. Ich habe sie von meinem Fenster aus abends weggehen sehen. Und ich habe sie in der Küche tuscheln sehen.«

»Ich vermute, das war vor Katja.«

»Wieso?«

»Weil er nach ihrer Ankunft fast jede freie Minute mit ihr verbrachte.«

»Katja hat also Sarah-Jane in mehr als einer Hinsicht verdrängt?«

»Das könnte man sagen, ja, und ich sehe schon, worauf du hinaus willst. Aber sie war mit James Pitchford zusammen, als Sonia ertrank. James hat das bestätigt. Er hatte keinen Grund, für sie zu lügen. Wenn, dann hätte er für die Frau, die er liebte, gelogen. Ich denke sogar, wenn Sarah-Jane zum Zeitpunkt von Sonias Ermordung *nicht* mit James zusammen gewesen wäre, hätte er Katja jederzeit ein Alibi gegeben, auf Grund dessen man ihr zwar Pflichtverletzung und fahrlässige Tötung hätte vorwerfen können, aber keinesfalls Mord.«

»Aber es war Mord«, sagte ich nachdenklich.

»Nach Berücksichtigung aller Fakten, ja.«

## 25. Oktober

Nach Berücksichtigung aller Fakten, hat Raphael Robson gesagt. Und eben danach suche ich doch, nach den Fakten.

Sie antworten nicht. Ihr Gesicht bleibt ausdruckslos, Sie verhalten sich ganz so, wie es Ihnen als Assistenzärztin in der Psychiatrie oder als Studentin oder was weiß ich beigebracht wurde, und warten auf meine Erklärung dafür, warum ich mich so entschlossen auf dieses Gebiet konzentriert habe. Angesichts dieser abwartenden Haltung gerät mein Redefluss ins Stocken. Ich beginne, mich selbst zu befragen. Ich prüfe die Motive, die mich zur Verschiebung, wie Sie es nennen würden, veranlassen könnten, und bekenne mich zur allen meinen Ängsten.

Was sind das für Ängste?, fragen Sie.

Das wissen Sie doch bereits, Dr. Rose.

Ich vermute, entgegnen Sie, ich ziehe in Betracht, ich mutmaße, und ich mache mir Gedanken, aber ich *weiß* gar nichts.

Na schön. Ich bin bereit, das zu akzeptieren. Und zum Beweis dafür, werde ich sie Ihnen aufzählen: Angst vor Menschenmengen, Angst davor, in der Untergrundbahn eingeschlossen zu werden, Angst vor hohen Geschwindigkeiten, Todesangst vor Schlangen.

Alles ziemlich verbreitete Ängste, stellen Sie fest.

Genau wie Versagensangst, Angst vor der Missbilligung meines Vaters, Angst vor geschlossenen Räumen –

Da ziehen Sie eine Augenbraue hoch, vergessen einen Moment die Maske der Neutralität.

Ja, geschlossene Räume sind mir ein Gräuel, und mir ist natürlich klar, was das in Bezug auf meine Bereitschaft, Beziehungen einzugehen, bedeutet, Dr. Rose. Ich habe Angst davor, vom anderen erstickt zu werden, und diese Angst weist auf eine weiter gehende Angst vor Nähe hin – zu Frauen, zu Menschen überhaupt. Aber das ist mir nicht neu. Ich habe Jahre lang Zeit gehabt, darüber nachzudenken, wie und warum und an welchem Punkt genau meine Affäre mit Beth in die Brüche gegangen ist, und ich mache mir natürlich Gedanken über meinen Mangel an körperlichen Reaktionen bei Libby. Aber wenn ich mir meiner Ängste bewusst bin und mich zu ihnen bekenne, wenn ich sie ans Tageslicht hole und ausschüttle wie Staubtücher, wie können dann Sie oder mein Vater oder sonst jemand mich beschuldigen, ich verlegte mich, statt meinen Ängsten ins Auge zu sehen, auf ein ungesundes Interesse am Tod meiner Schwester und an den ihn umgebenden Ereignissen?

Ich beschuldige Sie nicht, Gideon, sagen Sie, die Hände im Schoß gefaltet. Ist es vielleicht so, dass Sie selbst sich beschuldigen?

Wessen denn?

Vielleicht können Sie mir das sagen.

Ach, was sollen diese Spielchen? Ich weiß genau, in welche Richtung Sie mich drängen wollen. In dieselbe wie alle anderen – außer Libby. Es geht doch nur um die Musik, Dr. Rose. Ich soll über die Musik sprechen. Ich soll eintauchen in dieses Thema.

Nur wenn Sie es wollen, entgegnen Sie.

Und wenn ich nicht will?

Dann könnten wir darüber sprechen, warum nicht.

Na bitte! Sie wollen mich reinlegen. Wenn Sie mich dazu bringen können, zuzugeben …

Was?, fragen Sie, als ich zögere, und Ihre Stimme ist so sanft wie Flaum. Bleiben Sie bei der Angst, ermahnen Sie mich. Angst ist nur ein Gefühl – sie ist keine Tatsache.

Aber *Tatsache* ist, dass ich nicht spielen kann. Und die Angst ist die vor der Musik.

Vor jeder Art von Musik?

Ach, die Antwort darauf wissen Sie doch, Dr. Rose. Sie wissen, dass es die Angst vor einem Musikstück im Besonderen ist. Sie wissen, dass das *Erzherzog-Trio* mich schon mein Leben lang verfolgt. Und Sie wissen, dass ich nicht ablehnen konnte, als Beth es zur Aufführung vorschlug. Eben weil Beth den Vorschlag machte. Hätte Sherill ihn gemacht, so hätte ich ohne Bedenken ganz einfach sagen können: »Such was anderes aus.« Er hätte sich wahrscheinlich über meine Ablehnung gewundert, weil es für ihn so etwas wie ein Unglücksstück nicht gibt, aber bei seinem Talent wäre es überhaupt kein Problem für ihn gewesen, von einem Stück auf ein anderes umzuschwenken, und er hätte es wahrscheinlich nur als Energieverschwendung betrachtet, meine Entscheidung zu hinterfragen. Aber Beth ist anders als Sherill, Dr. Rose, nicht in Bezug auf ihr Talent, sondern in ihrer ganzen Lebenseinstellung. Beth hatte das *Erzherzog-Trio* schon vorbereitet. Sie hätte Fragen gestellt. Sie hätte vielleicht hinter meiner Ablehnung meine Versagensangst entdeckt und die Verbindung zu meinem Versagen auf einem anderen Gebiet hergestellt, das sie nur zu gut kannte. Deshalb bat ich nicht darum, ein anderes Stück aufs Programm zu setzen. Ich beschloss, der Angst ins Auge zu sehen. Ich habe es darauf ankommen lassen, und ich bin gescheitert.

Und vorher?, fragen Sie.

Vorher?

Vor dem Auftritt in der Wigmore Hall. Sie haben doch geprobt.

Ja. Natürlich.

Und da haben Sie das Stück gespielt?

Wir hätten ja wohl kaum ein öffentliches Konzert angekündigt, wenn einer von uns –

Sie hatten keine Schwierigkeiten, es zu spielen? Bei den Proben, meine ich.

Ich habe das Stück *nie* ohne Schwierigkeiten gespielt, Dr. Rose, sei es bei mir zu Hause oder bei Proben. Ich war jedes Mal ein Nervenbündel, meine Eingeweide tobten, der Kopf hämmerte zum Zerspringen, und mir war so übel, dass ich mindestens eine Stunde über der Toilette hing. All das, auch wenn kein öffentlicher Auftritt bevorstand.

Und wie war es an dem Abend in der Wigmore Hall?, fragen Sie. Hatten Sie da vor Ihrem Auftritt die gleichen Probleme?

Und ich zögere.

In Ihren Augen blitzt Interesse auf. Sie versuchen, mein Zögern zu deuten, und überlegen, ob Sie jetzt nachhaken oder lieber warten sollen, bis die Erkenntnisse und Geständnisse von selbst aus mir hervorsprudeln.

Denn ich habe vor diesem Auftritt tatsächlich nicht gelitten.

Und ich habe bis zu diesem Moment nicht über diese Tatsache nachgedacht.


*26. Oktober*


Ich war in Cheltenham. Sarah-Jane Beckett heißt jetzt Sarah-Jane Hamilton, seit zwölf Jahren schon. Körperlich hat sie sich seit der Zeit, als sie meine Lehrerin war, kaum verändert: Sie hat ein wenig an Gewicht zugelegt, aber der Busen ist immer noch flach und ihr Haar so rot wie damals, als sie noch bei uns lebte. Sie trägt es jetzt anders – mit einem Haarband aus dem Gesicht gehalten –, aber es ist so glatt wie immer.

Eine Veränderung jedoch fiel mir augenblicklich an ihr auf. Sie kleidete sich anders. Sie hat sich offenbar von dem Stil abgewandt, den sie bevorzugte, als sie noch bei uns lebte – Kleider mit üppigen Krägen und Spitzenbesatz, wenn ich mich recht erinnere –, und hat den Aufstieg zu Twinset und Perlenkette geschafft. Die zweite Veränderung, die ich an ihr bemerkte, betrifft ihre Hände. Früher hatte sie immer bis zum Fleisch abgebissene Fingernägel, jetzt sind die Nägel lang und gepflegt und rot lackiert, damit der protzige Ring mit den Saphiren und Brillanten besser zur Geltung kommt. Die Fingernägel fielen mir vor allem deshalb auf, weil sie im Gespräch ständig mit den Händen gestikulierte, als wollte sie mir zeigen, wie reich sie mit weltlichen Gütern gesegnet ist.

Der Beschaffer der weltlichen Güter war nicht zu Hause, als ich kam. Sarah-Jane war vorn im Garten des Hauses – das in einem sehr eleganten Viertel steht, wo man offensichtlich bevorzugt Mercedes und Range Rover fährt – und füllte, auf einer dreistufigen Trittleiter stehend, gerade einen riesigen Futtertrog für Vögel mit Körnern auf. Da ich sie nicht erschrecken wollte, wartete ich schweigend, bis sie von der Leiter heruntergestiegen war und sich, nachdem sie ihr Twinset glatt gezogen hatte, auf die Brust klopfte, um sich zu vergewissern, dass die Perlenkette noch da war. Erst dann rief ich ihren Namen, und nachdem sie mich überrascht und erfreut begrüßt hatte, klärte sie mich darüber auf, dass Perry – Ehemann und großzügiger Versorger – geschäftlich in Manchester war und sehr enttäuscht wäre, wenn er bei seiner Heimkehr erführe, dass er meinen Besuch verpasst hatte.

»Er hat ja im Lauf der Jahre ständig von Ihnen gehört«, sagte sie. »Aber wahrscheinlich hat er nie geglaubt, dass ich Sie tatsächlich kenne.« Sie begleitete ihre Worte mit einem trällernden kleinen Lachen, das mir ausgesprochen unangenehm war, obwohl ich nicht sagen könnte, warum, außer dass Gelächter dieser Art stets unecht klingt.

»Kommen Sie herein«, sagte sie. »Bitte, kommen Sie. Darf ich Ihnen eine Tasse Kaffee anbieten? Tee? Oder einen Drink?«

Sie ging mir voraus ins Haus, das so geschmackvoll eingerichtet war, wie dies nur ein Innenarchitekt fertig gebracht haben konnte: genau die richtigen Möbel, genau die richtigen Farben, genau die richtigen Objekte, sanfte Beleuchtung, die schmeichelte, und die kleine persönliche Note bei der sorgfältigen Auswahl von Familienfotos.

Eines dieser Bilder ergriff sie auf dem Weg zur Küche und hielt es mir hin. »Perry«, sagte sie. »Unsere Töchter und seine beiden Töchter aus erster Ehe. Sie sind die meiste Zeit bei ihrer Mutter und verbringen nur jedes zweite Wochenende bei uns. Und die halben Ferien. Die moderne britische Familie eben.« Wieder das trällernde Lachen, dann verschwand sie durch eine Schwingtür, hinter der sich, so vermutete ich, die Küche befand.

Während ihrer Abwesenheit sah ich mir die Atelieraufnahme der Familie an. Perry thronte in der Mitte und war von fünf Frauen umgeben: Neben ihm saß seine Frau, seine beiden älteren Töchter standen hinter ihm, jede eine Hand auf seinen Schultern, ein kleineres Mädchen stand an Sarah-Jane gelehnt, und die letzte, noch kleiner, saß auf Perrys Knie. Sein Gesicht zeigte jenen Ausdruck von Selbstgefälligkeit, der sich bei Männern offenbar einzustellen pflegt, wenn sie es geschafft haben, Nachkommen in die Welt zu setzen. Die älteren Mädchen wirkten zu Tode gelangweilt, die jüngeren sahen sympathisch aus, und Sarah-Jane schien hoch zufrieden zu sein.

Sie kam aus der Küche zurück, und ich stellte das Foto wieder auf den Tisch, von dem sie es genommen hatte.

»Als Stiefmutter«, bemerkte sie, »geht es einem ähnlich wie als Lehrerin: Man muss ständig ermutigen, aber man darf sich nicht die Freiheit nehmen, zu sagen, was man wirklich denkt. Und ständig machen einem die Eltern zu schaffen, in diesem Fall die Mutter. Sie trinkt leider.«

»War es bei mir auch so?«

»Um Gottes willen, Ihre Mutter hat doch nicht getrunken.«

»Ich meinte, dass man nicht die Freiheit hat, zu sagen, was man denkt.«

»Man lernt Diplomatie«, antwortete sie. »Das ist meine kleine Angelique.« Sie deutete auf das Kind auf Perrys Schoß. »Und das ist Anastasia. Sie ist übrigens musikalisch nicht unbegabt.«

Ich wartete darauf, dass sie mir auch die älteren Mädchen vorstellen würde, aber das tat sie nicht. So fragte ich schließlich pflichtschuldig, was für ein Instrument Anastasia denn spiele. Die Harfe, wurde mir geantwortet, und ich dachte, sehr passend. Sarah-Jane hatte immer ein wenig wie eine Jane-Austen-Figur gewirkt, die sich im Jahrhundert geirrt hatte, viel eher dazu geschaffen, in stiller Beschaulichkeit an ihrem Stickrahmen zu sitzen oder harmlose Aquarelle zu malen, als in der Härte und Hektik des modernen Lebens mit anderen Frauen zusammen um ihren Platz in der Gesellschaft zu kämpfen. Sarah-Jane Beckett Hamilton beim Joggen im Regent's Park mit einem Handy am Ohr? Das war mir so unvorstellbar wie Sarah-Jane Beckett Hamilton im Kampf gegen einen Großbrand, beim Kohleabbau in einem Bergwerk, als Mitglied einer Segelmannschaft bei der Fastnet-Regatta. Ganz logisch, dass sie ihre ältere Tochter lieber zur Harfe als etwa zur elektrischen Gitarre hingeführt hatte. Ich hatte keinen Zweifel, dass sie sie sehr energisch beeinflusst hatte, nachdem das Mädchen den Wunsch geäußert hatte, ein Instrument zu lernen.

»Ihnen kann sie natürlich nicht das Wasser reichen.« Sarah-Jane zeigte mir stolz ein weiteres Foto: Anastasia an der Harfe, die Arme anmutig erhoben, um mit den Fingern – die leider kurz und dick waren wie die der Mutter – in die Saiten zu greifen. »Aber sie macht ihre Sache recht gut. Ich hoffe, Sie werden sie einmal hören. Natürlich nur, wenn Sie Zeit haben.« Und sie ließ wieder ihr trällerndes Lachen erklingen. »Ach, es ist wirklich schade, dass Perry nicht hier ist, Gideon. Er hätte sich so sehr gefreut, Sie kennen zu lernen. Sind Sie hier, um ein Konzert zu geben?«

Ich verneinte kurz, ohne irgendetwas zu erklären. Sie hatte offensichtlich die Berichte über den Zwischenfall in der Wigmore Hall nicht gelesen, und mir war das nur recht. Ich wollte mich vor allem bei Sarah-Jane darüber nicht auslassen. Ich sagte einfach, dass ich gekommen sei, um mit ihr über den Tod meiner Schwester und die Gerichtsverhandlung zu sprechen.

»Ach so«, sagte sie. »Hm, ich verstehe.« Und sie setzte sich auf ein hoch aufgepolstertes Sofa von der Farbe frisch gemähten Grases und wies mich zu einem Sessel, über dessen Bezug, der in gedämpften Herbsttönen gehalten war, eine Hundemeute einem Hirsch hinterherjagte.

Ich wartete auf die logischen Fragen. *Warum? Warum gerade jetzt? Warum diese alten Geschichten ausgraben, Gideon?* Aber sie stellte diese Fragen nicht, und das fand ich seltsam. Vielmehr setzte sie sich auf dem Sofa ordentlich zurecht, kreuzte die Beine an den Fesseln, legte die Hände im Schoß übereinander – die Hand mit den Saphiren und Brillanten obenauf – und machte ein aufmerksames Gesicht ganz ohne eine Spur der misstrauischen Vorsicht, die ich erwartet hatte.

»Was möchten Sie denn wissen?«, fragte sie.

»Alles, was Sie mir erzählen können. Vor allem über Katja Wolff. Was für ein Mensch sie war, wie das Zusammenleben mit ihr war.«

»Ah ja. Natürlich.« Sarah-Jane saß still da und sammelte sich. Dann begann sie zu sprechen. »Nun ja, es war von Anfang an offensichtlich, dass sie als Kinderfrau für Ihre Schwester nicht geeignet war. Es war ein Fehler Ihrer Eltern, sie zu engagieren, aber das erkannten sie erst, als es zu spät war.«

»Mir hat man erzählt, dass Katja Sonia gern hatte.«

»O ja, gern gehabt hat sie die Kleine sicher. Es war leicht, Sonia gern zu haben. Sie war sehr zart, und sie war schwierig – welches Kind in so einer Situation wäre das nicht? –, aber sie war doch sehr liebenswert. Wer würde so ein hilfloses kleines Wesen nicht gern haben? Aber um sich dem Kind wirklich mit Liebe zu widmen, hatte Katja zu viel anderes im Kopf. Und Liebe braucht man im Umgang mit Kindern, Gideon. Bloßes Gernhaben reicht nicht, wenn die ersten Wutanfälle oder Schreikrämpfe kommen.«

»Was hatte sie denn anderes im Kopf?«

»Es war ihr nicht ernst mit der Kinderbetreuung. Für sie war das nur ein Job, ein Mittel zum Zweck. Sie wollte Modezeichnerin werden – mir ist schleierhaft, wieso; Sie hätten die bizarren Kostümierungen sehen sollen, die sie für sich selbst zusammenstellte! – und nur so lange bei Sonia bleiben, bis sie das Geld zusammengespart hatte, das sie brauchte, um ... na ja, um ihre Ausbildung zu bezahlen. Das war das eine.«

»Und weiter?«

»Der Ruhm.«

»Sie wollte berühmt werden?«

»Sie war schon berühmt: das Mädchen, das die Berliner Mauer überwand und deren Geliebter in ihren Armen starb.«

»In ihren Armen?«

»Hm, na ja. So hat sie es erzählt. Sie hatte ein ganzes Album mit sämtlichen Interviews, die sie den Zeitungen und Illustrierten aus aller Welt nach der Flucht gegeben hatte, und wenn man ihr glaubte, hatte sie den Ballon ganz allein entworfen und aufgeblasen, was ich, ehrlich gesagt, stark bezweifle. Ich war immer der Ansicht, sie konnte von Glück reden, dass sie diese Flucht überlebte. Wäre der Junge am Leben geblieben – wie hieß er nur gleich? Georg? Klaus? –, so hätte er zweifellos ganz anders darüber berichtet, wer die Idee gehabt und die Arbeit gemacht hatte. Sie hielt sich bereits für etwas Besonderes, als sie nach England kam, und hier wurde sie noch überheblicher – erneute Interviews, Mittagessen mit dem Bürgermeister, eine Privataudienz im Buckingham-Palast. Sie war rein psychologisch überhaupt nicht gerüstet, als Betreuerin Ihrer kleinen Schwester wieder in der Versenkung zu verschwinden. Und sie war auch körperlich und mental nicht auf die Verantwortung vorbereitet, die da auf sie zukam. Sie war ganz einfach nicht für diese Arbeit geeignet. Überhaupt nicht.«

»Sie *musste* also versagen«, sagte ich leise, und es klang wahrscheinlich spekulativ, denn Sarah-Jane erwiderte sogleich, sie müsse einen falschen Eindruck berichtigen.

»Ich will keinesfalls unterstellen, dass Ihre Eltern sie engagiert haben, *weil* sie für diese Arbeit nicht geeignet war, Gideon. Das wäre eine falsche Einschätzung der Situation. Das könnte ja nahe legen, dass... Aber lassen wir das.«

»Aber es war von Anfang an offenkundig, dass sie mit der Verantwortung überfordert war?«

»Nur bei genauem Hinsehen war es offenkundig«, erwiderte sie. »Und Sie und ich, wir beide waren weit häufiger als alle anderen mit Katja und der Kleinen zusammen. Wir waren in der Lage, zu sehen und zu hören... Wir – wir vier, meine ich – waren viel öfter im Haus als Ihre Eltern, die ja beide täglich zur Arbeit gingen. Darum haben wir mehr gesehen. Zumindest ich habe mehr gesehen.«

»Und meine Großeltern? Wo waren die?«

»Oh, Ihr Großvater war nie weit, das ist wahr. Katja gefiel ihm, er hat ihre Gesellschaft gesucht. Aber er war ja wirklich nicht ganz klar im Kopf, nicht wahr, wenn Sie wissen, was ich damit sagen will. Von ihm konnte man, weiß Gott, nicht erwarten, dass er irgendwelche Unregelmäßigkeiten, die ihm auffielen, meldete.«

»Unregelmäßigkeiten?«

»Nun, zum Beispiel, dass Katja die Kleine oft einfach schreien ließ, ohne sich um sie zu kümmern, dass sie wegging, wenn Sonia während des Tages schlief, Telefongespräche führte, während sie die Kleine fütterte, oft ungeduldig war mit ihr. Das nenne ich Unregelmäßigkeiten: Verhaltensweisen, die zwar nicht grob fahrlässig sind, aber auch nicht in Ordnung.«

»Haben Sie das damals jemandem gesagt?«

»Aber ja, Ihrer Mutter.«

»Und was war mit meinem Vater?«

Sarah-Jane sprang plötzlich vom Sofa auf. »Ach, der Kaffee!«, rief sie. »Den habe ich ganz vergessen...« Damit entschuldigte sie sich und eilte aus dem Zimmer.

*Und was war mit meinem Vater?* Es war so still, drinnen wie draußen, dass meine Frage von den Wänden abzuprallen schien wie ein Echo in einer Schlucht. *Und was war mit meinem Vater?*

Ich stand aus meinem Sessel auf und trat zu einer der zwei Glasvitrinen, die zu beiden Seiten des offenen Kamins standen. Ich sah mir an, was in ihnen zur Schau gestellt war: alte Puppen aller

Arten und Größen, von der Babypuppe bis zur Teepuppe, alle in historische Kostüme gekleidet, vielleicht der Zeit entsprechend, in der sie hergestellt worden waren. Ich verstehe nichts von Puppen und wusste daher nicht, was ich vor mir hatte, aber ich konnte immerhin erkennen, dass es sich um eine beeindruckende Sammlung handelte, sowohl der Zahl als auch der Qualität und dem Zustand der Puppen nach. Einige von ihnen sahen aus, als hätte sie nie ein Kind in der Hand gehalten, und ich fragte mich, ob Sarah-Janes Töchter oder Stieftöchter manchmal vor diesen Vitrinen gestanden und sehnsüchtig die Puppen angestarrt hatten, die sie nicht anfassen durften.

Dann bemerkte ich, dass an den Wänden des Zimmers zahlreiche Aquarelle hingen, alle, wie es schien, von derselben Hand gemalt: Darstellungen von Häusern, Brücken, Schlössern, Autos und sogar Bussen. Ich suchte die Signatur in der rechten unteren Bildecke. S.J. Beckett stand da in geschwungenen Schriftzügen. Ich trat ein paar Schritte zurück, um die Bilder genauer zu betrachten. Ich konnte mich nicht erinnern, dass Sarah-Jane gemalt hatte, als sie meine Lehrerin gewesen war. Diese Arbeiten zeigten ein gewisses Talent für Detailgenauigkeit, aber das Vertrauen in den malerischen Schwung fehlte.

»Ah, Sie haben mein Geheimnis entdeckt.« Sie war an der Tür stehen geblieben, in beiden Händen trug sie ein großes Tablett, auf dem ein verschnörkeltes silbernes Kaffeeservice, Tassen aus feinem Porzellan und eine Schale mit Ingwerkeksen standen, die sie, wie sie in vertraulichem Ton mitteilte, »heute Morgen frisch gebacken« hatte. Aus irgendeinem Grund fragte ich mich, wie Libby auf dies alles reagiert hätte: die Puppen, die Aquarelle, das Kaffeeservice, auf diese Frau und vor allem auf das, was sie bisher gesagt und geflissentlich verschwiegen hatte.

»Bei Menschen habe ich leider gar keine glückliche Hand«, sagte sie. »Genauso bei Tieren. Bei allem Lebendigen eigentlich. Die einzige Ausnahme sind Bäume. Die kann ich malen. Blumen allerdings – unmöglich.«

Im ersten Moment wusste ich nicht, wovon sie sprach. Dann aber begriff ich, dass ihre Worte sich auf ihre Malerei bezogen, und machte eine angemessene Bemerkung über die Qualität ihrer Arbeit.

»Sie Schmeichler!«, schalt sie lachend.

Sie stellte das Tablett auf einen niedrigen Tisch und schenkte ein. »Ich war ein bisschen arg sarkastisch, als wir von Katjas modischem Geschmack sprachen«, bemerkte sie. »Ich habe manchmal so eine Art. Sie müssen mir das nachsehen. Ich bin viel allein – Perry ist ja häufig auf Reisen, wie ich schon sagte, und die Mädchen sind natürlich in der Schule –, da vergesse ich leicht, meine Zunge im Zaum zu halten, wenn dann tatsächlich einmal jemand zu Besuch kommt. Eigentlich hätte ich sagen sollen, dass sie von Mode und Design keine Ahnung hatte; sie war ja in Ostdeutschland aufgewachsen. Ich meine, was konnte man von jemandem aus dem Ostblock erwarten? *Haute couture?* Es war darum eigentlich umso bewundernswerter, dass sie fest entschlossen war, auf die Modeschule zu gehen. Aber es war eben ein Unglück – eine Tragödie, sollte man sagen –, dass sie mitsamt ihren Träumen und ihrer Unerfahrenheit in der Kinderpflege im Haus Ihrer Eltern landete. Die Kombination war tödlich. Milch? Zucker?«

Ich nahm die dargebotene Tasse. Nicht bereit, mich in eine Erörterung über Katja Wolffs modischen Geschmack ziehen zu lassen, sagte ich: »Wusste mein Vater, dass sie in ihrer Arbeit nachlässig war?«

Sarah-Jane rührte ihren Kaffee um, obwohl sie nichts hineingegeben hatte, was umgerührt hätte werden müssen. »Das hat ihm Ihre Mutter zweifellos gesagt.«

»Aber Sie nicht?«

»Nachdem ich einen Elternteil darauf aufmerksam gemacht hatte, hielt ich es nicht für notwendig, auch noch mit dem anderen darüber zu sprechen. Und Ihre Mutter war häufiger im Haus, Gideon. Ihr Vater war selten da, er arbeitete ja fast immer Doppelschichten. Daran erinnern Sie sich doch sicher. Nehmen Sie einen Keks? Haben Sie immer noch so eine Schwäche für Süßigkeiten? Ach, merkwürdig! Eben ist mir eingefallen, dass Katja ganz versessen auf Süßigkeiten war. Vor allem auf Pralinen. Tja, das ist wahrscheinlich auch eine Folge des Lebens in einem Ostblockstaat. Die täglichen Entbehrungen.«

»Worauf war sie sonst noch versessen?«

»Worauf sie sonst noch …?« Sarah-Jane schien perplex.

»Ich weiß, dass sie schwanger war, und ich erinnere mich daran, sie im Garten mit einem Mann gesehen zu haben. Ich konnte ihn nicht erkennen, aber was die beiden taten, war klar. Raphael behauptet, es wäre James gewesen, der Untermieter.«

»Das glaube ich kaum!«, protestierte Sarah-Jane. »James und Katja? Du lieber Himmel!« Dann lachte sie. »James Pitchford hatte nichts mit Katja. Wie kommen Sie nur auf so eine Idee? Er hat ihr beim Englischlernen geholfen, aber abgesehen davon… Wissen Sie, James war Frauen gegenüber immer eher gleichgültig. Man machte sich unwillkürlich Gedanken über seine – äh – sexuelle Orientierung. Nein, nein. Mit James Pitchford hat Katja ganz sicher keine Affäre gehabt.« Sie nahm sich noch einen Ingwerkeks. »Aber wenn eine Gruppe Erwachsener unter einem Dach lebt und dann eine der Frauen schwanger wird, tendiert man natürlich dazu, einen der männlichen Mitbewohner als Urheber zu verdächtigen. Das ist wahrscheinlich logisch. Aber in diesem Fall…? Nein, James war es sicher nicht. Ihr Großvater kann es nicht gewesen sein. Wer bleibt dann? Nun, Raphael natürlich. Vielleicht hat er James Pitchford angeschwärzt, um von sich abzulenken.«

»Was ist mit meinem Vater?«

Einen Moment geriet sie außer Fassung. »Aber Gideon, Sie können nicht im Ernst glauben, dass Ihr Vater und Katja – also, Sie hätten doch Ihren eigenen Vater erkannt, wenn er der Mann gewesen wäre, den sie mit ihr zusammen beobachtet haben. Außerdem – nein, Ihr Vater hat nur Ihre Mutter geliebt.«

»Trotzdem haben sie sich zwei Jahre nach Sonias Tod getrennt –«

»Aber das hatte doch nur mit diesem Todesfall zu tun, mit der Tatsache, dass Ihre Mutter einfach nicht damit fertig wurde. Sie ist nach der Ermordung Ihrer Schwester in eine tiefe Depression gefallen – was unter diesen Umständen ja auch ganz normal war – und hat nie wieder aus ihr herausgefunden. Nein. Sie dürfen nicht schlecht von Ihrem Vater denken. Wirklich nicht.«

»Aber Katja Wolff weigerte sich, den Namen des Vaters ihres Kindes zu nennen. Sie lehnte es ab, über irgendetwas zu sprechen, was mit meiner Schwester zu tun hatte…«

»Gideon, jetzt hören Sie mir mal zu.« Sarah-Jane stellte ihre Kaffeetasse ab und legte den angebissenen Keks auf den Rand der

Untertasse. »Ihr Vater hat vielleicht Katja Wolffs äußere Schönheit bewundert, so wie alle Männer. Er hat vielleicht ab und zu mal ein Stündchen mit ihr allein verbracht. Er hat sich vielleicht über die Fehler, die sie im Englischen machte, amüsiert, er hat ihr vielleicht auch zu Weihnachten und ihrem Geburtstag ein, zwei Geschenke gemacht… Aber das alles heißt doch nicht, dass er ihr Liebhaber war. Diesen Gedanken müssen Sie sich sofort aus dem Kopf schlagen.«

»Aber dass sie mit keinem Menschen geredet hat… Ich weiß, dass sie zu allem geschwiegen hat, und das ergibt doch überhaupt keinen Sinn.«

»Für uns vielleicht nicht«, erwiderte Sarah-Jane. »Aber Sie dürfen nicht vergessen, dass Katja eine eigensinnige Person war. Ich bin sicher, sie hatte sich in den Kopf gesetzt, sie brauche nur zu schweigen und alles würde gut ausgehen. Sie kam schließlich aus einem kommunistischen Land, wo die Kriminalistik längst nicht so weit war wie in England, und sie sagte sich wahrscheinlich, was haben die schon gegen mich in der Hand, das sich nicht erklären ließe? Also behauptete sie, sie sei kurz ans Telefon gerufen worden – wobei ich nicht verstehe, wie sie so dumm sein konnte, etwas zu behaupten, was so leicht zu widerlegen war –, und die Folge sei ein tragischer Unfall gewesen. Woher hätte sie wissen sollen, was noch alles ans Licht kommen und sie am Ende überführen würde?«

»Was kam denn noch ans Licht? Außer der Schwangerschaft, der Lüge bezüglich des Anrufs und dem Streit mit meinen Eltern? Was kam noch ans Licht?«

»Nun, da waren einmal die anderen, bereits verheilten Verletzungen ihrer Schwester. Und dann Katja Wolffs Charakter. Es kam doch heraus, dass ihre eigene Familie in Ostdeutschland ihr völlig egal war und sie sich nie darum gekümmert hatte, wie man nach ihrer Flucht ihre Angehörigen behandelte. Erinnern Sie sich nicht? Irgendjemand hatte da nachgegraben. Es stand in allen Zeitungen.«

Sie griff wieder nach ihrer Tasse und goss sich Kaffee ein. Dass ich den meinen bisher nicht angerührt hatte, fiel ihr nicht auf. »Aber nein«, fügte sie hinzu, »Sie waren damals noch zu klein. Sie haben sicher keine Zeitungen gelesen. Und im Übrigen achteten alle sorgfältig darauf, vor Ihnen nicht über die Sache zu sprechen. Sie werden sich also nicht erinnern – wussten es wahrscheinlich nie –, dass man ihre Familie ausfindig gemacht hatte. Weiß der Himmel, wie, obwohl die Ostdeutschen vermutlich nur zu gern Auskunft gaben, als Warnung für jeden, der eine Flucht plante...«

»Was war mit der Familie?«, drängte ich.

»Beide Eltern verloren die Arbeit, und die Geschwister mussten ihr Universitätsstudium aufgeben. Aber glauben Sie ja nicht, Katja hätte in der Zeit, in der sie bei Ihnen lebte, auch nur eine einzige Träne um ihre Eltern oder Geschwister geweint! Glauben Sie ja nicht, sie hätte auch nur einmal versucht, mit ihnen Kontakt aufzunehmen und ihnen irgendwie zu helfen! Im Gegenteil, sie hat nicht einmal von ihnen *gesprochen*. Sie existierten nicht für sie.«

»Hatte sie damals Freunde?«

»Hm. Ich erinnere mich an diese Dicke mit dem lockeren Mundwerk. Waddington hieß sie mit Nachnamen, das weiß ich noch, weil der Name zu ihr passte. Sie ging nicht, sie *watschelte*, wissen Sie.«

»Hieß die Frau Katie?«

»Richtig. Ja. Katie Waddington. Katja kannte sie aus dem Kloster, und als sie zu Ihrer Familie zog, kam diese Waddington – Katie – regelmäßig vorbei. Meistens saß sie irgendwo herum und stopfte sich voll – kein Wunder, dass sie so dick war. Und sie redete ständig von Freud und von Sex. Sie war völlig fixiert auf Sex. Freud und Sex. Sex und Freud. Die Bedeutung des Orgasmus, die Lösung des Ödipuskomplexes, die Befriedigung unerfüllter und verbotener kindlicher Wünsche, die Funktion der Sexualität als Katalysator für Veränderung, die sexuelle Versklavung der Frauen durch die Männer und der Männer durch die Frauen...« Sarah-Jane beugte sich vor, ergriff die Kaffeekanne und sah mich lächelnd an: »Noch eine Tasse? Oh, Sie haben ja noch nicht mal probiert. Kommen Sie. Ich gieße Ihnen eine frische Tasse ein.«

Und bevor ich etwas erwidern konnte, schnappte sie sich meine Kaffeetasse und verschwand in der Küche.

Ich war allein mit meinen Gedanken: über plötzlichen Ruhm und sein Verblassen, über die Zerstörung der engsten Familie, über Wünsche und Träume und die entscheidende Fähigkeit, die Erfüllung solcher Wünsche und Träume zurückzustellen, über äußerliche Schönheit und Reizlosigkeit, über die Möglichkeit, aus Bosheit zu lügen oder aus dem gleichen Grund die Wahrheit zu sagen.

Als Sarah-Jane zurückkam, hatte ich meine Frage parat: »Was ereignete sich an dem Abend, an dem meine Schwester starb? Ich erinnere mich an Folgendes: Plötzlich kamen die Sanitäter oder Notärzte oder wer immer. Wir beide – Sie und ich – befanden uns in meinem Zimmer, während sie sich um Sonia kümmerten. Ich hörte mehrere Menschen weinen. Ich glaube, ich hörte auch Katjas Stimme. Aber das ist meine ganze Erinnerung. Was ist damals wirklich geschehen?«

»Aber das kann Ihnen doch Ihr Vater viel besser beantworten als ich. Haben Sie ihn denn nicht gefragt?«

»Es fällt ihm sehr schwer, über die Zeit damals zu sprechen.«

»Sicher, ja… Aber ich…« Sie spielte mit ihren Perlen. »Zucker? Milch? Sie müssen meinen Kaffee kosten.«

Als ich gehorsam die Tasse mit dem bitteren Gebräu zum Mund führte, sagte sie: »Ich kann da leider nicht viel hinzufügen. Ich war in meinem Zimmer, als es geschah. Ich hatte Ihre Unterrichtsstunde für den nächsten Tag vorbereitet und war gerade auf einen Sprung zu James hinüber gegangen, weil ich ihn um seine Hilfe bitten wollte. Ich hatte vor, in der nächsten Unterrichtsstunde mit Ihnen die Maße und Gewichte durchzunehmen, und hoffte, ihm würde ein Einstieg zu dem Thema einfallen, der Ihr Interesse hervorrufen würde. Ich meine, er war ein Mann – ist es natürlich immer noch, wenn er noch am Leben ist, und es besteht kein Anlass, das Gegenteil anzunehmen –, und ich dachte, er hätte vielleicht ein Idee, die einen kleinen Jungen, der sich im Grunde nur für die Musik interessierte« – hier zwinkerte sie mir zu – »neugierig machen könnte. Wir besprachen also verschiedene Möglichkeiten, als wir unten Lärm hörten – laute Stimmen, Gepolter, Türenschlagen und so weiter. Wir liefen nach unten, und da waren schon alle im Flur –«

»Alle?«

»Ja. Ihre Mutter, Ihr Vater, Katja, Raphael Robson, Ihre Großmutter…«

»Mein Großvater auch?«

»Ich weiß nicht... Doch, er muss da gewesen sein. Außer er war – na ja, wieder einmal auf dem Land zur Erholung. Nein, nein, er muss auch da gewesen sein, Gideon. Es war ungeheuer viel Lärm, und Ihr Großvater war ein ausgesprochen lauter Mensch, das weiß ich noch. Jedenfalls sagte man mir, ich solle Sie wieder in Ihr Zimmer bringen und bei Ihnen bleiben, und das tat ich auch. Als die Ärzte und Sanitäter kamen, mussten sowieso alle verschwinden, nur Ihre Eltern durften bleiben. Aber wir konnten von Ihrem Zimmer aus trotzdem alles hören.«

»Ich erinnere mich an nichts«, sagte ich, »außer an den Moment in meinem Zimmer.«

»Aber das ist doch ganz normal. Sie waren damals ein kleiner Junge. Wie alt? Sieben? Acht?«

»Acht.«

»Wie viele von uns haben denn Erinnerungen an *schöne* Zeiten in der Kindheit? Und dies war eine schreckliche und verstörende Zeit, Gideon. Für Sie war es ein Segen, das alles zu vergessen.«

»Sie sagten, dass Sie nicht gehen würden. Das weiß ich noch.«

»Selbstverständlich hätte ich Sie in einer solchen Situation niemals allein gelassen.«

»Nein, nein, das meine ich nicht. Sie sagten, Sie würden nun doch meine Lehrerin bleiben. Mein Vater hat mir erzählt, dass er Ihnen gekündigt hatte.«

Ihr Gesicht wurde rot, so tiefrot wie ihr Haar, das jetzt, da sie sich den Fünfzigern näherte, in seinem natürlichen Ton eingefärbt war. »Das Geld war damals knapp, Gideon.« Sie sprach leiser als zuvor.

»Natürlich. Verzeihen Sie. Ich weiß. Ich wollte auf keinen Fall unterstellen... Es liegt doch auf der Hand, dass mein Vater Sie nicht bis zu meinem sechzehnten Lebensjahr im Haus behalten hätte, wenn Sie nicht eine außergewöhnlich gute Lehrerin gewesen wären.«

»Danke.« Es klang überaus förmlich. Entweder hatten meine Worte sie gekränkt, oder sie wollte mich dies glauben machen, um es für sich auszunützen und das Gespräch in ihrem Sinn zu lenken. Das war mir sofort klar, Dr. Rose, und um dem gleich entgegenzutreten, ergriff ich selbst die Initiative und sagte: »Was haben Sie getan, bevor Sie zu James hinübergegangen sind, um ihn um seine Hilfe zu bitten?«

»An diesem Abend? Nun, wie ich schon sagte, ich plante die Unterrichtsstunden für den folgenden Tag.«

Mehr sagte sie nicht. Sie wusste, dass ich mir den Rest bereits selbst zusammengereimt hatte: Bevor sie zu James hinübergegangen war, war sie allein in ihrem Zimmer gewesen.

# 15

Das Klingeln holte Lynley aus den Tiefen des nächtlichen Schlafs. Mühsam öffnete er die Augen und tastete in der Dunkelheit blind nach dem Wecker, fluchte unterdrückt, als er ihn zu Boden warf, ohne ihn abgestellt zu haben. Helen, die neben ihm lag, rührte sich nicht. Auch als er Licht machte, schlief sie weiter. Diese besondere Begabung, sich durch nichts in ihrem Schlaf stören zu lassen, hatte sie sich sogar in der Schwangerschaft erhalten.

Zwinkernd und gähnend wurde er langsam wach und hörte erst jetzt, dass nicht der Wecker klingelte, sondern das Telefon. Er sah, wieviel Uhr es war – zwanzig vor vier –, und wusste, dass die Nachricht keine gute sein konnte.

Assistant Commissioner Sir David Hillier war am Apparat. »Charing Cross Hospital«, blaffte er. »Malcolm ist von einem Auto angefahren worden.«

»Was?«, fragte Lynley. »Malcolm? Wieso?«

»Wachen Sie auf, Inspector«, fuhr Hillier ihn an. »Halten Sie den Kopf unter den kalten Wasserhahn, wenn es sein muss. Malcolm ist schon im OP. Kommen Sie auf dem schnellsten Weg hierher. Ich will, dass Sie die Sache übernehmen. Also, beeilen Sie sich!«

»Wann war das denn? Was ist passiert?«

»Das verdammte Schwein hat nicht mal angehalten«, sagte Hillier, dessen Stimme – ungewohnt rau und ganz ohne den distanziert jovialen Ton, den der Assistant Commissioner in Scotland Yard anzuschlagen pflegte – verriet, wie besorgt er war.

*Von einem Auto angefahren. Das Schwein hat nicht angehalten.* Lynley war augenblicklich hellwach. »Wo ist es passiert?«, fragte er. »Wann?«

»Er ist jetzt im Charing Cross Hospital. Kommen Sie her, Lynley.« Damit legte Hillier auf.

Lynley sprang aus dem Bett und fuhr in seine Kleider. Anstatt Helen zu wecken, schrieb er ihr ein paar Zeilen, die die nackten

Fakten enthielten. Er vermerkte noch die Zeit auf dem Brief und legte ihn auf sein Kopfkissen. Dann packte er seinen Mantel und lief in die Nacht hinaus.

Der Wind hatte sich gelegt, aber es war unvermindert kalt, und es hatte zu regnen begonnen. Lynley klappte seinen Mantelkragen hoch und rannte im Laufschritt um die Ecke zu der Privatgarage, in der sein Bentley stand.

Er versuchte, nicht über Hilliers Worte und den gehetzten Ton in seiner Stimme nachzudenken. Er wollte keine Mutmaßungen anstellen, solange er keine Fakten hatte, aber er konnte seine Gedanken nicht zügeln. Erst der eine Unfall mit Fahrerflucht, jetzt der Nächste.

In der Annahme, dass es in der King's Road um diese Zeit ruhig sein würde, fuhr er direkt in Richtung Sloane Square, umrundete den von welkem Laub verstopften Brunnen und brauste an schicken Boutiquen und eleganten Stadthäusern vorbei durch Chelsea. Er sah einen Streifenpolizisten, der vor dem Rathaus mit einer in Wolldecken gehüllten Gestalt sprach, die dort in der Toreinfahrt hockte, aber das war das einzige Zeugnis nächtlichen Lebens, dem er, abgesehen von einigen Autos, auf seiner Fahrt nach Hammersmith begegnete.

Kurz vor dem King's College bog er nach rechts ab, um die Abkürzung zur Lillie Road zu nehmen, die ihn am schnellsten an das Charing Cross Hospital heranführen würde. Erst als er den Wagen auf dem Parkplatz abgestellt hatte und zur Notaufnahme sprintete, sah er auf die Uhr. Seit Hilliers Anruf waren keine zwanzig Minuten vergangen.

Hillier – unrasiert und hastig angekleidet wie Lynley – war im Warteraum der Notaufnahme, wo er sichtlich angespannt mit einem Constable sprach, während drei andere Beamte in Uniform nervös dabei standen. Als er Lynley bemerkte, entließ er seinen Gesprächspartner mit einem Fingerschnippen und ging Lynley zur Mitte des Raums entgegen.

Trotz der nächtlichen Stunde war in der Notaufnahme, vermutlich wegen des Regens, der die Sicht schlecht und die Straßen glitschig machte, einiges los. Als jemand mit lauter Stimme eine »Fuhre aus Earl's Court« ankündigte, was hieß, dass hier binnen Minuten die Hölle los sein würde, nahm Hillier Lynley beim Arm und führte ihn durch Korridore und über Treppen zu den Operationssälen hinauf.

Erst dort, im privaten Warteraum für Angehörige, der leer war, fragte Lynley: »Wo ist Frances? Ist sie nicht –«

»Randie hat uns angerufen«, unterbrach Hillier. »Gegen Viertel nach eins.«

»Miranda? Wieso denn das?«

»Frances hat sie in Cambridge angerufen. Malcolm war nicht zu Hause. Frances war zu Bett gegangen und wachte auf, als draußen der Hund bellte wie ein Verrückter. Er war vorn im Garten, mit der Leine am Halsband. Aber Malcolm war nicht bei ihm. Frances bekam Angst und rief Randie an. Die rief dann uns an. Als wir bei Frances ankamen, hatte das Krankenhaus sich schon bei ihr gemeldet und ihr mitgeteilt, dass Malcolm eingeliefert worden war. Frances glaubte, er hätte einen Herzinfarkt erlitten, während er mit dem Hund spazieren war. Sie weiß immer noch nicht, was wirklich passiert ist.« Hillier seufzte. »Es war unmöglich, sie aus dem Haus herauszulotsen. Bis zur Tür ist sie mitgekommen, wir hatten die Tür sogar schon offen. Laura hatte sie auf der einen Seite untergehakt, ich auf der anderen. Aber kaum spürte sie die Nachtluft, da war's aus. Sie wurde völlig hysterisch. Und der verdammte Hund gebärdete sich wie ein Wahnsinniger.« Hillier wischte sich das Gesicht mit einem Taschentuch ab.

Zum ersten Mal zeigte Hillier, dieser knallharte Vorgesetzte, Gefühle.

»Wie schlimm ist es?«, fragte Lynley.

»Er hat einen Schädelbruch, und sie mussten den Kopf aufmachen, um ein Blutgerinnsel zu entfernen. Außerdem ist eine Schwellung aufgetreten, um die sie sich ebenfalls kümmern. Sie tun irgendetwas mit einem Monitor – ich weiß nicht mehr, was. Es hat mit Druck zu tun. Sie setzen einen Monitor ein, um den Druck zu überwachen. Kann sein, dass sie ihm das Ding ins Gehirn einführen. Ich weiß es nicht.« Er steckte sein Taschentuch wieder ein und räusperte sich rau. »Mein Gott«, sagte er und starrte ins Leere.

»Soll ich Ihnen einen Kaffee holen, Sir?«, fragte Lynley und war sich dabei der Situation in ihrer ganzen Unbehaglichkeit bewusst. Zwischen ihm und Hillier herrschte von jeher Krieg. Hillier hatte nie ein Hehl aus seiner Abneigung gegen Lynley gemacht, und

Lynley hatte wiederum nicht mit seiner Verachtung für Hilliers penetrante Postenhascherei hinter dem Berg gehalten. Jetzt aber zeigte sich der Assistant Commissioner, vom schweren Unfall seines Schwagers und langjährigen Freundes erschüttert, in einem anderen Licht. Er war plötzlich verletzlich geworden, und Lynley wusste nicht recht, wie er mit diesen neuen Seiten des Mannes umgehen sollte.

»Sie sagten, sie müssten wahrscheinlich den größten Teil seiner Milz entfernen«, fuhr Hillier fort. »Die Leber hoffen sie, retten zu können, wenigstens zur Hälfte. Aber mit Gewissheit lässt sich auch das noch nicht sagen.«

»Ist er noch –«

»Onkel David!« Miranda Webberly, im ausgebeulten Jogginganzug, das krause Haar im Nacken mit einem Schal gebunden, kam in den Warteraum gerannt. Ihre Füße waren nackt, und ihr Gesicht war bleich. In der Hand hielt sie einen Autoschlüssel. Sie lief direkt auf Hillier zu.

»Hat dich jemand hergefahren?«, fragte er.

»Ich habe mir das Auto einer Freundin geliehen. Ich bin selbst gefahren.«

»Randie, ich habe dir doch gesagt –«

»Onkel David!« Und zu Lynley: »Haben Sie ihn gesehen, Inspector?« Und dann ein Schwall von Fragen an ihren Onkel. »Wie geht es ihm? Wo ist Mama? Sie ist nicht…? O Gott. Sie hat sich geweigert mitzukommen, richtig?« Mirandas Augen glänzten feucht, als sie voll Bitterkeit mit brüchiger Stimme hinzufügte: »Ja, klar, war ja nicht anders zu erwarten.«

»Tante Laura ist bei ihr«, sagte Hillier. »Komm hier herüber, Randie. Setz dich. Wo sind deine Schuhe?«

Miranda sah erstaunt zu ihren Füßen hinunter. »Ach, du meine Güte, ich hab vergessen, welche anzuziehen, Onkel David. Sag doch, wie geht es ihm?«

Hillier berichtete ihr, was er auch Lynley berichtet hatte, ohne jedoch zu erwähnen, dass der Fahrer des Unfallfahrzeugs geflüchtet war. Als er davon sprach, dass man versuchen wollte, Webberlys Leber zu retten, erschien ein Arzt, sagte nur »Webberly?« und musterte die drei mit blutunterlaufenen Augen und einer Miene, die nichts Gutes verhieß.

Hillier stellte erst sich selbst vor, dann Miranda und Lynley, legte seiner Nichte den Arm um die Schultern und sagte: »Wie sieht es aus?«

Der Chirurg erklärte, Webberly befinde sich jetzt auf der Wachstation und werde von dort direkt auf die Intensivstation gebracht; man habe ihn in ein künstliches Koma versetzt, um dem Gehirn Ruhe zu gönnen; die Schwellung werde man mit Steroiden behandeln; um ihn bewusstlos zu halten, werde man ihm Barbiturate verabreichen und außerdem die Muskeln lahm legen, um ihn ruhig zu stellen, bis das Gehirn sich erholt hatte.

Randie griff das letzte Wort sofort begierig auf. »Dann wird er also wieder gesund? Dann wird mein Vater wieder gesund?«

Das könnten sie noch nicht sagen, antwortete der Chirurg. Webberlys Zustand sei kritisch. Bei Gehirnödemen sei das immer so eine Sache. Man müsse die Schwellung beobachten und verhindern, dass das Gehirn auf den Stamm zu drücken begann.

»Und sonst?«, fragte Hillier. »Was ist mit seiner Milz und der Leber?«

»Wir haben gerettet, was zu retten war. Wir haben noch mehrere Frakturen festgestellt, aber die sind belanglos im Vergleich zu den übrigen Verletzungen.«

»Darf ich ihn sehen?«, fragte Randie.

»Sie sind –?«

»Die Tochter. Er ist mein Vater. Darf ich zu ihm?«

»Keine anderen Angehörigen?«, wandte sich der Arzt an Hillier.

»Seine Frau ist krank«, antwortete Hillier.

»Oh«, sagte der Arzt, »das ist bitter.« Er nickte Randie zu. »Wir geben Ihnen Bescheid, wenn er aus der Wachstation heraus ist. Aber das wird noch einige Stunden dauern. Sie sollten sich inzwischen etwas Ruhe gönnen.«

Nachdem er gegangen war, sagte Randie voll ängstlicher Sorge zu ihrem Onkel und Lynley: »Er muss nicht sterben. Das heißt doch, dass er nicht sterben muss, nicht wahr?«

»Im Moment ist er am Leben, und das ist erst mal das Wichtigste«, erwiderte Hillier. Die Befürchtungen, die er Lynleys Vermuten nach hatte, sprach er nicht aus: Webberly würde vielleicht nicht sterben, aber möglicherweise nie wieder gesund werden und für den Rest seines Lebens behindert bleiben.

Unwillkürlich musste Lynley an eine ähnliche Situation aus früherer Zeit denken. Auch da hatte ein Mensch eine schwere Kopfverletzung erlitten, auch da hatte erhöhter Druck die Funktionen des Gehirns bedroht. Sein Freund Simon St. James war etwa in jenem Zustand aus dem Koma erwacht, in dem er sich noch heute befand. Die Jahre, die seit seiner Genesung vergangen waren, hatten ihm nicht wiedergegeben, was Lynleys Leichtsinn ihm geraubt hatte.

Hillier drückte Randie auf ein Kunststoffsofa nieder, wo noch eine, von einem anderen angstvoll wartenden Angehörigen zurückgelassene, Wolldecke lag. »Ich hole dir erst einmal eine Tasse Tee«, sagte er und bedeutete Lynley, mit ihm zu kommen. Draußen im Korridor blieb er stehen. »Sie sind bis auf weiteres stellvertretender Superintendent. Stellen Sie ein Team zusammen und kämmen Sie die Stadt nach diesem Schweinehund durch, der ihn niedergefahren hat.«

»Ich bearbeite gerade einen Fall, der –«

»Hören Sie schlecht?«, unterbrach Hillier. »Geben Sie Ihren Fall weiter. Ich möchte, dass Sie sich um diese Sache hier kümmern. Setzen Sie alle Mittel ein, die nötig sind. Berichten Sie mir jeden Morgen. Ist das klar? Die Männer von der Streife, die noch unten sind, können Ihnen sagen, was wir bisher haben – leider so gut wie nichts. Ein Autofahrer, der in der entgegengesetzten Richtung unterwegs war, hat den Wagen flüchten sehen, konnte aber nicht mehr über ihn sagen, als dass es ein großer Wagen war, wie eine Limousine oder ein Taxi. Er meint, das Verdeck könnte grau gewesen sein, aber das kann man außer Acht lassen. Es wird durch die Reflexion der Straßenbeleuchtung heller gewirkt haben. Und wann haben Sie das letzte Mal einen zweifarbigen Wagen gesehen?«

»Limousine oder Taxi. Ein schwarzes Fahrzeug also«, sagte Lynley.

»Es freut mich, festzustellen, dass Ihnen Ihre bemerkenswerte Kombinationsgabe nicht abhanden gekommen ist.«

Die Spitze war Lynley der Beweis dafür, mit welchem Widerwillen Hillier ihm den Fall anvertraute. Der alte Zorn schlug in ihm empor, und unwillkürlich ballte er die Hand zur Faust. Aber als er sagte: »Warum gerade ich?«, war sein Ton höflich und korrekt.

»Weil Malcolm Sie wählen würde, wenn er sich äußern könnte«, antwortete Hillier. »Und ich respektiere seine Wünsche.«

»Dann glauben Sie, er wird es nicht schaffen.«

»Ich glaube gar nichts.« Aber die Unsicherheit in seiner Stimme widersprach seinen Worten. »Also, packen Sie es einfach an. Lassen Sie stehen und liegen, was Sie gerade tun, und legen Sie los. Finden Sie diesen Dreckskerl. Nehmen Sie ihn in Gewahrsam. An der Straße, wo Webberly angefahren wurde, sind Häuser. Irgendjemand dort muss etwas gesehen haben.«

»Die Sache könnte mit dem Fall zu tun haben, an dem ich im Moment arbeite«, bemerkte Lynley.

»Wie, zum Teufel –«

»Hören Sie mir einen Moment zu, bitte.«

Hillier lauschte schweigend, während Lynley ihm die Einzelheiten des Fahrerfluchtunfalls skizzierte, der sich erst vor zwei Tagen ereignet hatte. Auch hier war es ein schwarzes Fahrzeug gewesen, erklärte er und fügte hinzu, dass es zwischen dem Opfer und Webberly eine Verbindung gab. Welcher Art diese Verbindung war, erläuterte er nicht. Er ließ es dabei bewenden, zu sagen, dass hinter den beiden vermeintlichen Unfällen mit Fahrerflucht möglicherweise ein alter Fall steckte, der mehr als zwanzig Jahre zurücklag.

Aber Hillier wäre bei New Scotland Yard nicht so hoch aufgestiegen, wenn er nicht auch ein kluger Kopf gewesen wäre. Er sagte ungläubig: »Die Mutter des Kindes und der Beamte, der die Ermittlungen leitete? Wenn da wirklich ein Zusammenhang besteht, wer, zum Teufel, würde zwanzig Jahre warten, um den beiden etwas anzutun?«

»Jemand, der bis vor kurzem nicht wusste, wo sie zu finden sind, würde ich sagen.«

»Und gibt es so jemanden unter den Leuten, die Sie befragen?«

»Ja«, antwortete Lynley nach kurzem Überlegen. »Ja, ich glaube, da haben wir jemanden.«

Yasmin Edwards saß bei ihrem Sohn auf der Bettkante und legte ihre Hand auf seine kleine, magere Schulter. »Komm, Danny. Aufstehen! Es ist Zeit!« Sie schüttelte ihn. »Dan, hast du den Wecker nicht gehört?«

Daniel zog ein Gesicht und verkroch sich tiefer unter die Decke. Sein Po bildete einen runden Hügel im Bett, bei dessen Anblick sich Yasmins Herz zusammenzog. »Nur noch ein bisschen, Mam«, sagte er. »Bitte. Nur noch eine Minute.«

»Keine Minute. Wenn du jetzt nicht aufstehst, kommst du zu spät zur Schule. Oder du musst ohne Frühstück aus dem Haus.«

»Das macht mir nichts aus.«

»Aber mir«, entgegnete sie, gab ihm einen Klaps auf den Po und blies ihm ins Ohr. »Wenn du nicht aufstehst, holen dich die Bussikäfer!«

Er lachte, ohne die Augen zu öffnen. »Können sie gar nicht«, sagte er. »Ich hab mich mit Insektenschutz eingeschmiert.«

»Insektenschutz? Das hilft nichts. Vor den Bussikäfern kann man sich nicht schützen. Pass mal auf, gleich wirst du's sehen.«

Sie neigte sich über ihn und küsste Wangen, Ohren und Hals ihres Sohnes, kitzelte ihn, bis er ganz wach wurde.

Lachend und strampelnd versuchte er halbherzig, sie abzuwehren. »Igitt!«, kreischte er immer wieder quiekend. »Nein, nein! Jag die Käfer weg, Mam!«

»Das kann ich nicht«, erklärte sie außer Atem. »Ogottogott, da sind ja noch viel mehr, Dan. Überall kriechen sie rum. Ich weiß nicht mehr, was ich tun soll.« Sie riss die Bettdecke zurück und beugte sich über den kleinen Bauch. »Bussi, Bussi, Bussi«, rief sie und genoss das ausgelassene helle Lachen ihres Sohnes, das ihr jeden Tag wie neu erschien, obwohl sie nun schon seit Jahren wieder bei ihm war. Sie hatte das Bussikäferspiel erst wieder einführen müssen, als sie aus dem Gefängnis entlassen worden war, und sie hatten beide Unmengen von Küssen nachzuholen gehabt.

Sie zog Daniel hoch, bis er saß, und drückte ihn gegen sein *Star Trek*-Kopfkissen. Er schnappte ein paarmal nach Luft, hörte auf zu kreischen und blinzelte sie mit seinen braunen Augen voll kindlicher Zufriedenheit an. Ihr wurde innerlich ganz warm, wie immer, wenn er sie so ansah.

»Was möchtest du eigentlich in den Weihnachtsferien tun, Dan?«, sagte sie. »Hast du darüber mal nachgedacht?«

»Disney World!«, juchzte er. «Orlando, in Florida. Zuerst gehen wir ins Magic Kingdom, und danach fahren wir nach Miami

Beach, Mam, und da kannst du am Strand liegen und dich sonnen, und ich kann im Meer surfen.«

Sie lächelte. »Nach Disney World willst du? Wo sollen wir denn das Geld dafür hernehmen? Hast du vor, eine Bank auszurauben?«

»Ich hab Geld gespart.«

»Wie viel denn?«

»Ich hab fünfundzwanzig Pfund.«

»Kein schlechter Start, aber das reicht bei weitem nicht.«

»Mam…« Seine ganze Enttäuschung lag in dem einen Wort.

Es tat ihr immer weh, ihm nach allem, was er in den frühen Jahren seiner Kindheit durchgemacht hatte, einen Wunsch abschlagen zu müssen. Am liebsten hätte sie ihm jeden erfüllt. Aber sie wusste, dass es in diesem Fall keinen Sinn hatte, ihm – oder auch sich selbst – Hoffnungen zu machen; wie sie Daniels Weihnachtsferien verbringen würden, hing nicht allein von seinem und ihrem Willen ab.

»Und was ist mit Katja? Sie könnte nicht mitkommen, Dan. Sie würde hier bleiben und arbeiten müssen.«

»Na und? Warum können wir nicht allein fahren, Mam? Nur du und ich? So wie früher.«

»Weil Katja jetzt zu unserer Familie gehört. Das weißt du doch.«

Er machte ein finsteres Gesicht und wandte sich ab.

»Sie macht jetzt gerade draußen in der Küche dein Frühstück«, sagte Yasmin. »Sie bäckt extra die kleinen Pfannkuchen, die du so gern isst.«

»Ach, soll sie doch tun, was sie will«, brummte Daniel.

»Hey, Danny.« Yasmin beugte sich über ihn. Es war ihr wichtig, dass er verstand. »Katja gehört zu uns. Sie ist meine Partnerin. Du weißt, was das heißt.«

»Das heißt, dass sie immer überall dabei sein muss, die blöde Kuh.«

»Hey!« Sie gab ihm einen leichten Klaps auf die Wange. »Ich mag es nicht, wenn du so redest. Wir könnten auch nicht nach Disney World fahren, wenn's nur um uns beide ginge, Dan. Lass also deine Enttäuschung nicht an Katja aus, Schatz. Ich bin diejenige, die kein Geld hat.«

»Warum hast du mich dann überhaupt gefragt?«, sagte er

anklagend. »Wenn du von Anfang an gewusst hast, dass wir doch nicht fahren, warum hast du mich dann gefragt, wohin ich will?«

»Ich habe dich gefragt, was du *tun* willst, Dan. Du hast daraus gemacht, wohin du fahren willst.«

Damit war ihm der Wind aus den Segeln genommen, und er wusste es, und das Wunderbare war, dass ihr Sohn irgendwie davor bewahrt geblieben war, die Unart der Quengelei und ewiger Widerrede aufzuschnappen, mit der so viele Kinder seines Alters ihren Eltern das Leben schwer machten. Aber er war natürlich dennoch nur ein kleiner Junge, der noch nicht gelernt hatte, mit Enttäuschung umzugehen. Sein Gesicht verfinsterte sich, er verschränkte die Arme und trotzte.

Sie schob ihm die Hand unter das Kinn, um seinen Kopf anzuheben. Er leistete Widerstand. Sie seufzte und sagte: »Eines Tages haben wir bestimmt mehr Geld als heute. Aber du musst Geduld haben, Dan. Ich hab dich lieb. Und Katja hat dich auch lieb.« Sie stand von seinem Bett auf und ging zur Tür. »Komm jetzt, Dan. In spätestens zwanzig Sekunden will ich dich im Bad hören.«

»Aber ich will nach Disney World«, erklärte er eigensinnig.

»Bestimmt nicht halb so sehr, wie ich wünsche, ich könnte mit dir hinfahren.«

Sie schlug mit der Hand leicht an den Türpfosten und ging hinüber ins andere Zimmer, das sie mit Katja teilte. Dort ließ sie sich auf dem Bett nieder und lauschte den morgendlichen Geräuschen in der Wohnung: Sie hörte Daniel aus dem Bett hüpfen und ins Badezimmer hinüberlaufen; sie hörte Katja, die in der Küche die kleinen Pfannkuchen backte; hörte das Zischen, wenn Katja den Teig in die gebutterte Pfanne gab, hörte das Geschirrklappern, als sie Teller aus dem Küchenschrank holte, das Klicken des elektrischen Wasserkochers, der sich ausschaltete, und dann Katjas Stimme: »Daniel? Heute gibt's Pfannkuchen. Ich hab dir dein Lieblingsfrühstück gemacht.«

Warum?, überlegte Yasmin und hätte gern gefragt, aber sie hätte damit weit mehr hinterfragt als das morgendliche Ritual des Pfannkuchenbackens.

Sie strich mit einer Hand über das ungemachte Bett, das noch die Abdrücke ihrer beiden Körper trug. In den Kissen waren noch die Mulden, in denen ihre Köpfe gelegen hatten, und der Wirrwarr der Decken erinnerte sie daran, wie sie beieinander gelegen hatten: Sie in Katjas Armen, während Katjas warme Hände ihre Brüste umfassten.

Sie hatte sich schlafend gestellt, als Katja zu Bett gekommen war. Das Zimmer war dunkel – nie wieder würde Licht aus einem Gefängniskorridor in die Schwärze eines nächtlichen Zimmers fallen, in dem Yasmin Edwards lag –, daher war sie sicher, dass Katja nicht erkennen konnte, ob ihre Augen offen oder geschlossen waren. »Yas?«, hauchte Katja, aber Yasmin antwortete nicht. Und als Katja die Decke hob und ins Bett glitt wie ein Schiff in den vertrauten Hafen, empfing Yasmin sie mit dem schläfrigen Murmeln einer Frau, die in ihren Träumen gestört worden ist, und bemerkte, dass Katja einen Moment lang erstarrte, als wollte sie abwarten, ob Yasmin ganz wach werden würde.

Dieser Moment der Reglosigkeit verriet Yasmin etwas, auch wenn sie nicht genau wusste, was es zu bedeuten hatte. Sie drehte sich deshalb zu Katja herum, als diese die Decke zu ihrer Schulter hinaufzog, und nuschelte schläfrig, während sie ihr Bein über Katjas Hüfte schob: »Hey, Baby, wo warst du?«

»Morgen«, antwortete Katja flüsternd. »Das würde jetzt zu lang dauern.«

»Zu lang? Wieso?«

»Schschsch, schlaf jetzt.«

»Ich hab Sehnsucht nach dir gehabt«, murmelte Yasmin und prüfte Katja, obwohl sie das eigentlich gar nicht wollte, prüfte sie, obwohl sie nicht wusste, was sie dann mit dem Ergebnis der Prüfung anfangen würde. Sie hob der Geliebten den Mund zum Kuss entgegen. Sie schob ihre Hand zu dem weichen Schoß. Katja erwiderte den Kuss wie immer und rollte Yasmin nach einem Augenblick behutsam auf den Rücken. »Du Verrückte«, flüsterte sie leise mit rauer Stimme.

»Verrückt nach dir«, antwortete Yasmin und hörte Katjas kehliges Lachen.

Was verriet schon eine Umarmung in der Dunkelheit? Was verrieten Liebkosungen von Lippen und Fingern, zärtlicher Kontakt mit weichem Fleisch? Was konnte man erfahren, wenn man sich der Strömung überließ, bis diese so reißend wurde, dass es egal war, wer das Schiff in den Hafen lenkte, Hauptsache, es gelangte ans Ziel? Was, zum Teufel, brachte einem das?

Ich hätte Licht machen sollen, dachte Yasmin. Ich hätte erkannt, was los ist, wenn ich ihr Gesicht hätte sehen können.

Sie habe keine Zweifel, und Zweifel seien ganz natürlich, versicherte sie sich selbst gewissermaßen in einem Atemzug. Sie hielt sich vor, dass es im Leben keine Sicherheit gab. Trotzdem spürte sie, wie die Ungewissheit ihr die Luft raubte, ganz so, als zöge eine unsichtbare Hand eine Schlinge fester und fester. Sie wollte die Zweifel ignorieren, aber das konnte sie ebenso wenig, wie sie einen lebensbedrohenden Tumor in ihrem Körper hätte ignorieren können.

Ungeduldig schüttelte sie diese Gedanken ab. Der kommende Tag verlangte sein Recht. Sie stand vom Bett auf und begann, Kissen und Decken zu richten. Wenn das Schlimmste wahr sein sollte, würden sich andere Gelegenheiten bieten, Gewissheit zu erlangen.

Danach ging sie zu Katja in die Küche, wo es nach den kleinen Pfannkuchen duftete, die Daniel so gern aß. Katja hatte genug für alle gebacken und sie im Rohr warm gestellt. In einer Pfanne brutzelten, eine Konzession an englische Gepflogenheiten, mehrere Scheiben Schinkenspeck.

»Ah, da bist du ja«, sagte Katja lächelnd. »Der Kaffee ist fertig. Für Daniel hab ich Tee gemacht. Wo ist denn unser Kleiner? Duscht er etwa? Das ist was Neues, nicht? Gibt es vielleicht eine Frau in seinem Leben?«

»Keine Ahnung«, antwortete Yasmin. »Wenn ja, hat er mir nichts davon gesagt.«

»Die Mädchen werden auf jeden Fall nicht mehr lang auf sich warten lassen. Heutzutage werden die Kinder ja so furchtbar schnell erwachsen. Hast du schon mal mit ihm geredet? Du weißt schon.«

Yasmin goss sich einen Becher Kaffee ein. »Du meinst, ob ich ihn aufgeklärt habe?«, fragte sie. »Ob ich ihm erklärt habe, wie die Kinder gemacht werden?«

»Na ja, das könnte doch nicht schaden. Oder hat schon jemand mit ihm geredet? Früher, meine ich.«

Sie sagte nicht: »Als er in Pflege war.« Yasmin wusste, dass Katja diese Worte stets sorgfältig vermied, um bei ihr nicht die Erinnerungen zu wecken, die damit verbunden waren. Es war immer Katjas Art gewesen, in die Zukunft zu schauen und die Vergangenheit hinter sich zu lassen. »Was glaubst du denn, wie ich es hier, hinter diesen Mauern, aushalte?«, hatte sie einmal zu Yasmin gesagt. »Indem ich Pläne mache. Ich denke über die Zukunft nach, nicht über die Vergangenheit.« Und Yasmin, hatte sie hinzugefügt, täte gut daran, sich an ihr ein Beispiel zu nehmen. »Du musst dir darüber im Klaren sein, was du tun wirst, wenn du hier raus kommst«, hatte sie gesagt. »Du musst dir darüber im Klaren sein, was du sein willst. Und dann musst du es verwirklichen. Das geht. Aber du musst jetzt schon damit anfangen, diesen neuen Menschen aus dir zu machen, solange du hier drinnen bist und die Möglichkeit hast, dich ganz darauf zu konzentrieren.«

Und du?, dachte Yasmin jetzt, während sie die Freundin beobachtete, die die Pfannkuchen auf die Teller verteilte. Was ist mit dir, Katja? Was hast du für Pläne gemacht, als du im Gefängnis warst, und was ist das für ein Mensch, der du sein möchtest?

Zum ersten Mal fiel ihr auf, dass Katja ihr das nie genau gesagt hatte. Sie hatte immer nur gemeint: »Dafür ist Zeit, wenn ich wieder frei bin.«

Wofür?, dachte Yasmin.

Sie hatte nie zuvor darüber nachgedacht, welches Maß an Sicherheit die Gefangenschaft bot. Die Fragen waren einfach, wenn man im Gefängnis saß, genau wie die Antworten. In der Freiheit war alles viel komplizierter.

Mit einem Teller in der Hand, wandte Katja sich vom Herd ab. »Wo bleibt der Junge? Wenn er sich nicht beeilt, werden die Pfannkuchen zäh wie Gummi.«

»Er möchte in den Weihnachtsferien nach Disney World«, bemerkte Yasmin.

»Wirklich?« Katja lächelte. »Na ja, vielleicht können wir ihm den Wunsch erfüllen.«

»Wie denn?«

»Ach, es gibt immer Mittel und Wege«, meinte Katja. »Er ist so ein gutes Kind, unser Daniel. Er soll haben, was er will. Und du auch.«

Ein gutes Stichwort. Yasmin griff es sogleich auf. »Und wenn ich dich will«, sagte sie. »Wenn das alles ist, was ich will?«

Katja lachte, stellte Daniels Teller auf den Tisch und trat zu Yasmin. »Siehst du, wie einfach es ist?«, fragte sie. »Du brauchst deinen Wunsch nur zu äußern, und sofort wird er erfüllt.« Sie küsste Yasmin und ging wieder an den Herd. »Daniel!«, rief sie laut. »Deine Pfannkuchen sind fertig. Du musst jetzt kommen. Komm!«

Draußen klingelte es. Yasmin sah auf die kleine Uhr, die auf dem Herd stand. Halb acht. Wer, zum Teufel…? Sie runzelte die Stirn.

»Wer will uns denn so früh schon besuchen?«, sagte Katja, während Yasmin den Obi um den scharlachroten Kimono, den sie statt eines Morgenmantels trug, lockerte und neu band. »Es gibt hoffentlich keinen Ärger, Yas. Oder hat Daniel vielleicht die Schule geschwänzt?«

»Das möchte ich ihm nicht geraten haben.« Yasmin ging zur Tür und drückte ihr Auge an den Spion. Sie schnappte kurz nach Luft, als sie sah, wer draußen im Flur stand und geduldig darauf wartete, dass jemand ihm öffnete. Oder vielleicht doch nicht so geduldig, denn jetzt hob er die Hand und klingelte ein zweites Mal.

»Es ist dieser verdammte Bulle«, sagte sie leise zu Katja, die mit der Pfanne in der einen Hand und dem Wender in der anderen an die Küchentür gekommen war.

»Der Schwarze von gestern? Dann lass ihn doch rein, Yas.«

»Ich will nicht –«

Er klingelte zum dritten Mal, und Daniel streckte den Kopf aus dem Badezimmer. »Mam! Es hat geklingelt. Willst du nicht mal aufmachen?«, rief er laut, ohne zu bemerken, dass sie vor der Tür stand wie ein ungehorsames Kind, das die Strafe fürchtete.

»Yas«, sagte Katja. »Mach die Tür auf.« Und zu Daniel: »Komm, deine Pfannkuchen warten. Zwanzig Stück hab ich gemacht, genau so, wie du sie magst. Deine Mama hat mir erzählt, dass du in den Weihnachtsferien nach Disney World willst. Zieh dich an, dann reden wir darüber.«

»Wir fahren ja sowieso nicht«, sagte er mürrisch, während es draußen erneut klingelte.

»Ach, du kannst wohl hellsehen? Komm, zieh dich endlich an.
Wir müssen darüber reden.«

»Wozu denn?«

»Weil alle Träume der Wirklichkeit näher kommen, wenn man
über sie spricht. Und wenn sie der Wirklichkeit näher sind, ist die
Chance größer, dass sie in Erfüllung gehen. Yasmin, mein Gott,
mach endlich auf! Der Mann hat uns doch sowieso schon gehört.
Er hat offensichtlich vor, so lange zu bleiben, bis du aufmachst.«

Yasmin riss die Tür so heftig auf, dass sie ihr beinahe aus der
Hand flog. Daniel verschwand wieder im Bad, und Katja kehrte
an den Herd zurück.

Ohne ein Wort des Grußes sagte sie zu Nkata: »Wie sind Sie hier
heraufgekommen? Ich kann mich nicht erinnern, dass ich auf
den Türöffner gedrückt hab.«

»Die Tür war offen«, sagte Nkata.

»Was wollen Sie noch von uns, Mann?«

»Nur eine kleine Auskunft. Ist Ihre…« Er zögerte, und sein
Blick flog an ihr vorbei in die Wohnung, wo das Licht aus der
Küche in einem gelben Rechteck auf die Teppichfliesen im
Wohnzimmer fiel, in dem keine Lampe brannte. »Ist Katja Wolff
hier?«

»Es ist halb acht Uhr morgens. Wo sollte sie sonst sein?«, versetzte Yasmin schnippisch, aber der Ausdruck seines Gesichts war
ihr nicht geheuer, darum sprach sie hastig weiter. »Wir haben
Ihnen alles gesagt, was es zu sagen gibt. Daran wird sich auch
nichts ändern, wenn Sie das alles noch mal durchkauen.«

»Es geht um was anderes«, erklärte er ruhig. »Um was Neues.«

»Mam«, rief Dan aus seinem Zimmer, »wo ist mein Schulpulli?
Liegt er noch draußen? Ich kann ihn hier nirgends finden.« Er
kam in Unterhose, weißem Hemd und Socken aus seinem Zimmer. Sein Haar war noch feucht von der Dusche.

»Guten Morgen, Daniel«, sagte Nkata und nickte ihm lächelnd
zu. »Du machst dich wohl für die Schule fertig?«

»Lassen Sie ihn in Frieden«, fuhr Yasmin ihn an, ehe Daniel
etwas antworten konnte. Dann riss sie den gesuchten Pulli von
einem der Haken neben der Tür und sagte zu ihrem Sohn: »Geh
jetzt endlich frühstücken, Dan. Die Pfannkuchen machen einen
Haufen Arbeit. Sieh zu, dass du sie aufisst.«

547

»Hallo«, sagte Daniel scheu zu dem Polizisten und strahlte den Mann so bewundernd an, dass Yasmin innerlich zitterte vor ohnmächtigem Zorn. »Sie wissen noch, wie ich heiße.«

»Aber natürlich«, sagte Nkata lächelnd. »Ich heiße übrigens Winston. Gehst du gern zur Schule, Daniel?«

»Dan!«, sagte Yasmin so scharf, dass der Junge zusammenfuhr. Sie warf ihm seinen Pullover zu. »Hast du mich gehört? Zieh dich jetzt an und geh frühstücken.«

Daniel nickte. Aber er wandte den Blick nicht von dem schwarzen Polizisten. Vielmehr musterte er ihn mit so viel freimütigem Interesse und solcher Wissbegier, dass Yasmin am liebsten dazwischen getreten wäre und ihren Sohn in die eine und den Bullen in die andere Richtung gestoßen hätte.

Den Blick weiterhin auf den Polizisten gerichtet, ging Dan rückwärts zu seinem Zimmer und sagte: »Mögen Sie Pfannkuchen? Die, die's heute bei uns gibt, sind echt was Besonderes. Sie sind ganz klein. Wir haben bestimmt genug –«

»Daniel!«

»Entschuldige, Mam.« Er lächelte – ein unglaublich strahlendes Lächeln – und verschwand in seinem Zimmer.

Yasmin wandte sich Nkata zu. Sie merkte plötzlich, wie kalt die Luft war, die durch die offene Tür hereinwehte, heimtückisch um ihre nackten Beine und bloßen Füße strich, kitzelnd ihre Knie und ihre Schenkel liebkoste. Fröstelnd stand sie da, unschlüssig, ob sie dem Polizisten einfach die Tür vor der Nase zuschlagen oder ob sie ihn hereinbitten sollte.

Katja nahm ihr die Entscheidung ab. »Lass ihn rein, Yas«, sagte sie leise von der Küchentür her.

Sie trat zurück, der Polizist nickte Katja dankend zu. Yasmin schlug die Tür hinter ihm zu und nahm ihren Straßenmantel vom Garderobenhaken, gürtete ihn so eng wie einst die viktorianischen Damen ihre Korsetts schnürten, um sich mit Wespentaille präsentieren zu können. Nkata seinerseits knöpfte seinen Wintermantel auf und lockerte den Schal, ein Gast, der zum Essen gekommen war.

»Wir frühstücken gerade«, sagte Katja zu ihm. »Und Daniel muss pünktlich weg, damit er nicht zu spät zur Schule kommt.«

»Also, was wollen Sie?«, fragte Yasmin.

»Ich wollte nur mal nachfragen, ob Sie an der Geschichte, die Sie mir neulich Abend erzählt haben, was ändern wollen.« Er richtete das Wort an Katja.

»Nein«, antwortete Katja. »Da gibt es nichts zu ändern.«

»Vielleicht sollten Sie doch mal darüber nachdenken«, riet er ihr.

Yasmin brauste auf, Zorn und Furcht triumphierten über besseres Wissen. »Das ist Schikane!«, rief sie erregt. »Das ist doch reine Schikane!«

»Yas!«, sagte Katja und stellte die Pfanne, die sie in der Hand hatte, auf den Herd. Sie selbst blieb, wo sie war, an der offenen Tür, das Licht im Rücken, so dass ihr Gesicht in Schatten getaucht war. »Lass ihn doch erst mal erklären.«

»Wir haben doch alles schon mal gehört.«

»Aber wahrscheinlich war es eben nicht alles.«

»Ich sehe nicht ein –«

»Yas!«

»Nein! Fällt mir nicht ein, mich von einem verdammten Nigger mit einem Polizeiausweis –«

»Mama!« Daniel, jetzt vollständig gekleidet, schoss aus seinem Zimmer. Er schaute so entsetzt, dass Yasmin die Beschimpfung, die zwischen ihnen in der Luft hing und sie selbst viel härter traf als den Bullen, gern zurückgenommen hätte.

»Geh frühstücken«, sagte sie kurz zu ihrem Sohn und fügte zu Nkata gewandt hinzu: »Los, sagen Sie, was Sie zu sagen haben, und dann verschwinden Sie.«

Einen Moment lang rührte Daniel sich nicht. Es war, als wartete er auf Anweisungen des Polizisten, auf die Erlaubnis des Schwarzen, dem Befehl seiner Mutter Folge zu leisten. Yasmin hätte am liebsten blindwütig auf irgendjemanden eingeschlagen, als sie das sah, aber sie bemühte sich, ruhig zu bleiben und tief zu atmen. »Dan«, sagte sie nur, und an Katja vorbei, die zur Seite trat und »Im Kühlschrank ist Saft, Daniel« sagte, drängte sich der Junge in die Küche.

Keiner von ihnen sprach, während gedämpfte Geräusche aus der Küche verrieten, dass Daniel, trotz der Vorgänge um ihn herum, immerhin den Versuch machte, zu frühstücken. Alle drei verharrten auf den Positionen, die sie eingenommen hatten, als

Nkata in die Wohnung gekommen war, und bildeten so ein Dreieck, das durch Eckpunkte an der Wohnungstür, der Küchentür und dem Fernsehgerät definiert wurde. Yasmin wollte ihre Position aufgeben und zu ihrer Freundin treten, aber gerade als sie im Begriff war, den ersten Schritt zu tun, begann Nkata zu sprechen, und was er sagte, hielt sie an ihrem Platz.

»Es macht sich nicht gut, wenn eine Aussage berichtigt werden muss, Miss Wolff. Haben Sie neulich Abend wirklich vor dem Fernseher gesessen? Sind Sie sicher, dass der Junge das bestätigen wird, wenn ich ihn frage?«

»Lassen Sie Daniel aus dem Spiel«, schrie Yasmin ihn an. »Ich erlaube Ihnen nicht, mit meinem Sohn zu reden.«

»Aber Yas!« Katjas Ton war ruhig, aber nachdrücklich. »Jetzt frühstücke du doch erst mal, okay? Der Constable will ja offenbar mit *mir* sprechen.«

»Ich lass dich nicht mit diesem Typen allein. Du kennst die Bullen. Du weißt, wie sie sind. Denen kann man nichts anvertrauen –«

»Außer Fakten«, unterbrach Nkata. »Fakten können Sie uns immer anvertrauen. Um also noch mal auf neulich Abend zu kommen…«

»Ich habe nichts weiter zu sagen.«

»Gut. Und was ist mit gestern Abend, Miss Wolff?«

Yasmin sah, wie Katjas Gesicht sich veränderte, ihre Augen sich kaum wahrnehmbar zusammenzogen. »Was soll damit sein?«

»Haben Sie da auch vor dem Fernseher gesessen?«

»Wozu wollen Sie das wissen?«, fragte Yasmin. »Katja, du sagst gar nichts, solange er dir nicht erklärt, warum er diese Fragen stellt. Wir lassen uns nicht von ihm reinlegen. Entweder er sagt uns auf der Stelle, warum er fragt, oder er fliegt hochkant raus. Ist das klar, Mister?«

»Wir haben einen zweiten Autounfall mit Fahrerflucht«, sagte Nkata zu Katja. »Also, möchten Sie mir jetzt sagen, was Sie gestern Abend getrieben haben?«

In Yasmins Kopf schrillten sämtliche Alarmglocken, sodass sie es beinahe nicht hörte, als Katja »Ich war hier« sagte.

»Gegen halb zwölf?«

»Ja, da war ich hier.«

»Verstanden«, sagte er und fügte hinzu, was ihm, so vermutete

Yasmin, schon auf der Zunge lag, seit sie ihm die Tür geöffnet hatte. »Sie haben also nicht die ganze Nacht mit ihr verbracht. Es war nur eine schnelle Nummer. Ist das richtig?«

Seinen Worten folgte eine schreckliche Stille, in der Yasmin nichts hörte als die gellende Stimme in ihrem Kopf, die »Nein!« schrie. Bitte sag was, dachte sie. Zieh dich jetzt nicht in Schweigen zurück.

Katjas Blick suchte Yasmins, als sie zu dem Polizisten sagte: »Ich weiß nicht, wovon Sie reden.«

»Ich rede von einer Busfahrt nach Süd-London gestern Abend nach der Arbeit«, erklärte Nkata. »Ich rede von einem Stelldichein in *Frère Jacques'* Bar in Putney und einem Spaziergang nach Wandsworth in die Galveston Road Nummer fünfundfünfzig. Ich rede davon, was sich in dem Haus abgespielt hat und mit wem. Rührt sich da was bei Ihnen? Oder bleiben Sie weiterhin dabei, dass Sie gestern Abend vor dem Fernseher gesessen haben? Das sollte mich doch sehr wundern.«

»Sie sind mir gefolgt«, sagte Katja langsam und bedächtig.

»Ihnen und der Lady in Schwarz. Ganz recht. Eine weiße Lady in Schwarz«, fügte er hinzu und warf dabei einen schnellen Blick auf Yasmin. »Machen Sie das nächste Mal vorher das Licht aus, wenn Sie die Absicht haben, sich vor dem Fenster zu vergnügen, Miss Wolff.«

Yasmin hatte ein Gefühl, als flatterten wilde Vögel vor ihrem Gesicht herum. Sie wollte mit den Armen wedeln, um sie zu verjagen, aber sie konnte ihre Arme nicht bewegen. *Eine weiße Lady in Schwarz* war alles, was sie hörte. *Machen Sie das nächste Mal vorher das Licht aus.*

Katja sagte: »Ah ja, Sie haben gute Arbeit geleistet. Sie sind mir gefolgt – tüchtig. Und dann sind Sie uns beiden gefolgt – noch tüchtiger. Aber wären Sie geblieben, was Sie offensichtlich nicht getan haben, dann hätten Sie bemerkt, dass wir innerhalb einer Viertelstunde wieder gegangen sind. Und wenn auch Ihnen eine solche Zeitspanne vielleicht reicht, um sich zu vergnügen, wie Sie es formulieren, Constable, so brauche ich, das wird Mrs. Edwards Ihnen gern bestätigen, etwas mehr Zeit für solche Dinge.«

Nkata stand da wie ein begossener Pudel. Yasmin genoss den Anblick so sehr wie die Worte Katjas, die den Vorteil, den sie sich soeben verschafft hatte, nutzte, indem sie sagte: »Hätten Sie Ihre Hausaufgaben gründlicher gemacht, Constable, dann hätten Sie festgestellt, dass die Frau, die ich im *Frère Jacques* getroffen habe, meine Anwältin ist. Sie heißt Harriet Lewis, und wenn Sie ihre Telefonnummer brauchen, um sich meine Aussage bestätigen zu lassen, gebe ich sie Ihnen gern.«

»Und die Galveston Road fünfundfünfzig?«, sagte er.

»Was soll damit sein?«

»Wen haben Sie und« – sein kurzes Zögern und der Nachdruck, den er auf das Wort legte, sagten ihnen, dass er Katjas Geschichte auf jeden Fall nachprüfen würde – »Ihre *Anwältin* dort gestern Abend besucht, Miss Wolff?«

»Ihre Partnerin. Und wenn Sie jetzt fragen wollen, was ich mit den beiden Anwältinnen zu besprechen hatte, muss ich Sie leider darauf hinweisen, dass das eine vertrauliche Angelegenheit ist, die nur Anwältin und Mandantin angeht, und Harriet Lewis wird Ihnen das Gleiche sagen, falls Sie sie anrufen, um sich meine Aussage bestätigen zu lassen.«

Katja ging durch das kleine Wohnzimmer zum Sofa, auf dem ihre Umhängetasche lag. Nachdem sie Licht gemacht hatte, holte sie ihre Zigaretten aus der Tasche und zündete sich eine an. Rauchend kramte sie weiter und zog schließlich eine Visitenkarte hervor, die sie Nkata überreichte. Sie schien die Ruhe selbst zu sein. Gelassen zog sie an ihrer Zigarette und blies eine Rauchwolke zur Zimmerdecke hinauf, bevor sie sagte: »Rufen Sie sie an. Und wenn Sie jetzt keine weiteren Fragen an uns haben, würden wir gern frühstücken.«

Nkata nahm die Karte und steckte sie ein. Er hielt den Blick so unverwandt auf Katja gerichtet, als wollte er sie auf der Stelle festnageln. »Hoffen Sie, dass die Dame Ihre Aussage bestätigt. Wenn das nämlich nicht der Fall sein sollte –«

»Ist das jetzt alles?«, fiel Yasmin ihm ins Wort. »Wenn ja, wird's Zeit, dass Sie endlich verschwinden.«

Nkata sah sie an. »Sie wissen, wo ich zu erreichen bin«, sagte er.

»Als würde mich das interessieren.« Yasmin lachte. Sie riss die Tür auf und gönnte ihm keinen Blick, als er an ihr vorbei hinausging.

»Mama?«, rief Daniel aus der Küche, als sie die Tür zuschlug.

»Gleich, Schatz«, rief sie zurück. »Iss deine Pfannkuchen.«

»Und vergiss den Schinken nicht«, fügte Katja hinzu.

Sie sahen einander an, während sie mit Daniel sprachen, mit langem, festem Blick, und jede von ihnen wartete darauf, dass die andere sagen würde, was gesagt werden musste.

»Du hast mir gar nicht gesagt, dass du dich mit Harriet Lewis treffen wolltest«, sagte Yasmin.

Katja hob ihre Zigarette zum Mund und ließ sich viel Zeit, um an ihr zu ziehen. Schließlich erwiderte sie: »Es gibt viel zu erledigen. In zwanzig Jahren sammelt sich einiges an. Es braucht Zeit, das alles abzuarbeiten.«

»Wie meinst du das? Was hat sich angesammelt? Katja, hast du irgendwelche Probleme?«

»Ja, es gibt Probleme, aber es sind nicht meine. Sie müssen einfach nur geklärt werden.«

»Was denn? Was muss –«

»Yas, es ist spät.« Katja stand auf und drückte ihre Zigarette in dem Aschenbecher auf dem Couchtisch aus. »Die Arbeit ruft. Ich kann jetzt nicht alles erklären. Die Situation ist zu kompliziert.«

Yasmin hätte gern gesagt: Und deshalb hat es gestern Abend so lange gedauert, sie zu besprechen, Katja? Weil die Situation – was auch immer für eine Situation das ist – zu kompliziert ist? Aber sie sagte es nicht. Sie schob die Frage vorläufig weg, zu all den anderen Fragen, die sie Katja noch nicht gestellt hatte – zum Beispiel die nach den Gründen für ihr Fernbleiben, wenn sie nicht zur Arbeit ging oder nicht nach Hause kam; zum Beispiel die, wohin sie mit dem Auto fuhr, wenn sie es auslieh, und wozu sie es überhaupt ausleihen musste. Wenn sie und Katja etwas Dauerhaftes miteinander aufbauen wollten – eine Beziehung außerhalb der Gefängnismauern, die nicht allein auf der Angst vor Einsamkeit, Hoffnungslosigkeit und Depression gründete –, würde sie als Erstes alle Zweifel ausräumen müssen. Alle ihre Fragen entsprangen dem Zweifel, und Zweifel war Gift für eine Beziehung.

Um darüber nicht weiter nachdenken zu müssen, dachte Yasmin an die erste Zeit im Gefängnis, an die Untersuchungshaft, die Tage auf der Krankenstation, wo man sie aus Sorge, ihre Verzweiflung könnte sie in die geistige Verwirrung treiben, unter ständiger Beobachtung gehalten hatte, an die Demütigung der ersten

Leibesvisitation – »Na, dann wollen wir doch auch mal ins Loch schauen, Kleine« – und aller Leibesvisitationen, die folgten, an die endlosen Stunden geisttötender mechanischer Arbeiten wie das Kleben von Briefumschlägen, an Zorn und Wut, die so gewaltig waren, dass sie meinte, sie würden sie auffressen. Und sie dachte an Katja, wie diese sich in den ersten Tagen und während des Prozesses ihr gegenüber verhalten hatte, sie aus der Ferne beobachtet, aber nie ein Wort zu ihr gesagt hatte, bis Yasmin sie eines Tages beim Tee im Speisesaal, wo sie allein saß – wie immer, die Kindsmörderin, das Ungeheuer, eine, die nicht bereute –, gefragt hatte, was sie von ihr wolle.

»Leg dich bloß nicht mit diesem deutschen Luder an«, hatte man ihr gesagt. »Die wartet nur darauf, jemanden richtig fertig zu machen.«

Aber Yasmin hatte sie trotzdem angesprochen. Sie hatte sich an Katjas Tisch gesetzt, ihr Tablett hingeknallt und gesagt: »Was willst du von mir, du Schlampe? Was glotzt du mich dauernd an, als wär ich vom anderen Stern? Das nervt, sag ich dir. Ich hab die Nase voll davon. Ist das klar?« Sie hatte die Taffe gespielt. Sie wusste, ohne dass es ihr jemand gesagt hatte, dass man hinter Gefängnismauern nur überleben konnte, wenn man niemals Schwäche zeigte.

»Man kann so oder so mit der Situation umgehen«, hatte Katja ihr zur Antwort gegeben. »Aber du wirst es hier bestimmt nicht schaffen, wenn du dich nicht unterwirfst.«

»Mich diesen Schweinen unterwerfen?« Yasmin hatte ihre Tasse so hart aufgesetzt, dass der Tee überschwappte und die Papierserviette mit milchbrauner Brühe durchweichte. »Ich gehör überhaupt nicht hierher. Ich hab nur um mein Leben gekämpft.«

»Und genau das tust du, wenn du dich unterwirfst. Du kämpfst um dein Leben. Nicht um das Leben hinter Gittern, sondern um das Leben, das draußen auf dich wartet.«

»Was für ein Leben soll das schon werden? Wenn ich hier rauskomme, kennt mein Kind mich nicht mehr. Hast du überhaupt eine Ahnung, wie das ist?«

Katja hatte sehr wohl eine Ahnung, auch wenn sie nie von dem Kind sprach, das sie am Tag seiner Geburt aufgegeben hatte. Das war das Wunderbare an Katja, als Yasmin sie mit der Zeit kennen lernte, dass ihr *nichts* fremd war – nicht der Verlust der Freiheit oder der Verlust eines Kindes, nicht die Erfahrung, den falschen Menschen vertraut zu haben, oder die Erkenntnis, dass man sich nur auf sich selbst verlassen konnte. Auf der Basis dieses umfassenden Verständnisses Katjas hatten sie die ersten vorsichtigen Schritte aufeinander zu gemacht. Und in der Zeit, die sie zusammen verbrachten, entwickelten Katja Wolff – die schon zehn Jahre im Gefängnis war, als Yasmin ihr begegnete – und Yasmin einen Plan, wie sie ihr Leben einrichten würden, wenn sie wieder frei wären.

Rache hatte nicht zu ihrem Plan gehört. Das Wort *Vergeltung* war nie über ihre Lippen gekommen. Aber jetzt fragte sich Yasmin, was Katja damals, vor Jahren, gemeint hatte, als sie gesagt hatte:»Die sind mir was schuldig«, ohne zu erklären, welcher Art die Schuld war und wer sie zu zahlen hatte.

Sie brachte es nicht fertig, die Freundin zu fragen, wohin sie gestern Abend gegangen war, nachdem sie das Haus in der Galveston Road in Begleitung ihrer Anwältin, Harriet Lewis, verlassen hatte. Tiefe Dankbarkeit der Frau gegenüber, die ihr im Gefängnis mit Rat und Tat beigestanden, ihr zugehört und sie geliebt hatte, drängte alle ihre Zweifel zurück.

Trotzdem konnte sie die Erinnerung an den Moment nicht abschütteln, als Katja, im Begriff zu Bett zu kommen, plötzlich erstarrt war. Sie konnte diese Reaktion nicht einfach als bedeutungslos abtun. Sie sagte:»Ich wusste gar nicht, dass Harriet Lewis eine Partnerin hat.«

Katja sah von ihr weg zum Fenster, wo das erste graue Licht durch die geschlossenen Vorhänge sickerte. »Du wirst lachen, Yas, ich auch nicht.«

»Und du meinst, sie kann dir helfen? Ich meine, mit den Dingen, die du regeln willst.«

»Ja. Ja, ich hoffe es jedenfalls. Das wäre doch gut, wenn man nicht mehr zu kämpfen brauchte.«

Sie stand da und wartete, wartete auf die vielen Fragen, die Yasmin Edwards nicht über die Lippen brachte.

Als Yasmin stumm blieb, nickte sie schließlich wie zu sich selbst. »Es wird alles geregelt«, sagte sie. »Ich komme heute Abend direkt nach der Arbeit nach Hause.«

# 16

Barbara Havers hörte am Morgen um Viertel vor acht von Webberlys Unfall. Seine Sekretärin rief sie an, als sie gerade ihre Morgendusche genossen hatte und dabei war, sich abzutrocknen. Auf Anweisung Inspector Lynleys, der zum stellvertretenden Superintendent ernannt worden sei, rufe sie, erklärte Dorothea Harriman, alle Beamten an, die Webberly direkt unterstellt seien. Zum Schwatzen hatte sie keine Zeit und war darum sparsam mit Einzelheiten: Webberly liege im Charing-Cross-Krankenhaus, sein Zustand sei kritisch, er liege im Koma, nachdem er in der vergangenen Nacht, als er seinen Hund ausgeführt hatte, von einem Auto angefahren worden sei.

»Hölle und Teufel, Dee!«, rief Barbara. »Von einem Auto angefahren? Wie denn? Wo? Kommt er…? Wird er…?«

Harrimans Stimme klang plötzlich sehr angespannt, und das verriet Barbara, welche Anstrengung es sie kostete, trotz ihrer eigenen Besorgnis um den Mann, für den sie seit beinahe einem Jahrzehnt arbeitete, professionell und sachlich zu bleiben.

»Mehr weiß ich im Moment selbst nicht, Constable. Die Dienststelle Hammersmith hat die Ermittlungen bereits eingeleitet.«

»Aber was, zum Teufel, ist denn passiert, Dee?«

»Unfall mit Fahrerflucht.«

Barbara dröhnte der Kopf. Sie spürte, wie die Hand, die den Hörer hielt, taub wurde, als gehörte sie nicht mehr zu ihrem Körper. Benommen legte sie auf. Mit noch weniger Sorge um ihr Aussehen als gewöhnlich kleidete sie sich an. Erst viel später an diesem Tag würde sie bei einem Blick in den Spiegel der Damentoilette entdecken, dass sie pinkfarbene Socken angezogen hatte, eine grüne Hose mit ausgebeulten Knien und dazu ein ausgewaschenes violettes T-Shirt mit dem Aufdruck *Die Wahrheit ist nicht da draußen, sie ist hier drunter.* Sie warf ein Pop-Tart in den Toaster, und während es warm wurde, trocknete sie ihr Haar und verschmierte zwei Kleckse fuchsienroten Lippenstifts auf ihren Wangen, um ihrem Gesicht etwas Farbe zu geben. Mit dem Pop-Tart in der Hand kramte sie ihre Sachen zusammen, schnappte sich ihre Autoschlüssel und rannte in den Morgen hinaus – ohne Mantel, ohne Schal und ohne den blassesten Schimmer, wohin sie eigentlich wollte.

Sechs Schritte von ihrer Haustür entfernt, brachte die eiskalte Luft sie abrupt zur Besinnung. »Moment mal, Barb«, sagte sie laut und rannte in ihren kleinen Bungalow zurück. Dort setzte sie sich an den Tisch, an dem sie zu essen, zu bügeln und zu arbeiten pflegte, zündete sich eine Zigarette an und mahnte sich energisch zur Ruhe. Wenn zwischen Webberlys Unfall und der Ermordung Eugenie Davies' eine Verbindung bestand, würde sie bei den Ermittlungen keine Hilfe sein, solange sie herumrannte wie ein kopfloses Huhn.

Und es bestand garantiert eine Verbindung zwischen den beiden Ereignissen, darauf würde sie jede Wette eingehen.

Ihr zweiter Besuch im *Valley of Kings* und im *Comfort Inn* am vergangenen Abend war wenig befriedigend verlaufen. Sie hatte nichts weiter erfahren, als dass Pitchley in beiden Etablissements Stammkunde war und so häufig aufkreuzte, dass weder die Bedienungen im Restaurant noch der Nachtportier im Hotel mit Gewissheit hatten sagen können, ob er am Abend von Eugenie Davies' Ermordung da gewesen war.

»Oh, mein Gott, ja, der Herr hat großen Erfolg bei den Damen.« Der Nachtportier hatte sich das Foto von Pitchley angesehen, während hinter ihm in einem Video einer uralten Episode von »Das Haus am Eaton Place« Major Bellamy und seine Frau sich in kultivierten Tönen stritten. Er hatte sich einen Moment lang von den dramatischen Entwicklungen auf dem Bildschirm fesseln lassen und seufzend gesagt: »Die Ehe hält bestimmt nicht«, ehe er sich Barbara zugewandt und ihr das Bild zurückgereicht hatte. »Er kommt oft mit seinen Damen hierher«, sagte er. »Er bezahlt immer bar, und die Dame wartet inzwischen da drüben im Salon. Er möchte nicht, dass ich sie sehe oder auf die Idee komme, dass sie das Zimmer nur ein paar Stunden benutzen wollen, zum Geschlechtsverkehr. Ja, der Mann kommt sehr oft hierher.«

Im *Valley of Kings* war es ähnlich. J.W. Pitchley hatte sich die Speisekarte hinauf und hinunter gegessen, und die Kellner konnten die Gerichte aufzählen, die er in den letzten fünf Monaten bestellt hatte. Aber was seine Begleiterinnen anging... Blonde, Brünette, Rothaarige und Grauhaarige. Natürlich immer Engländerinnen. Was war in so einer dekadenten Gesellschaft anderes zu erwarten!

Barbara hatte Eugenie Davies' Foto zusammen mit dem von J.W. Pitchley gezeigt, aber das hatte überhaupt nichts gebracht. Ah ja, auch eine Engländerin, nicht wahr?, hatten die beiden Kellner und ebenso der Nachtportier gefragt. Ja, möglich, dass sie einen Abend mit dem Herrn zusammen hier gewesen war. Vielleicht aber auch nicht. Wissen Sie, der Herr ist interessant: Wie bringt es ein so durchschnittlicher Mensch zu so außergewöhnlichen Erfolgen bei den Damen?

»In der Not frisst der Teufel Fliegen«, hatte Barbara gemurmelt. »Wenn Sie verstehen, was ich meine.«

Sie hatten es nicht verstanden, und sie hatte es nicht erklärt. Sie war unverrichteter Dinge nach Hause gefahren und hatte beschlossen, sich bis zum Morgen zu gedulden, um dann in aller Frühe das Standesamt im St. Catherine's House aufzusuchen.

*Dahin* wollte sie, das wurde ihr klar, während sie, an ihrem kleinen Tisch sitzend, rauchte und hoffte, dass das Nikotin ihre Gehirnzellen anregen würde. Bei diesem J.W. Pitchley stimmte was nicht; wenn ihr das nicht schon die Tatsache gesagt hätte, dass man seine Adresse in der Handtasche der Toten gefunden hatte, dann war es auf jeden Fall klar gewesen, als sie die beiden Typen bei ihm aus dem Küchenfenster hatte springen sehen, und den Scheck, den er ausgeschrieben hatte – garantiert für einen der Kerle.

Superintendent Webberly konnte sie nicht helfen. Aber sie konnte auf dem geplanten Weg weitergehen und versuchen, dem Geheimnis auf die Spur zu kommen, das J.W. Pitchley alias James Pitchford so dringend für sich behalten wollte. Leicht möglich, dass etwas dahinter steckte, was ihn eines Mordes und der heimtückischen Attacke auf Webberly überführte. Und wenn das zutraf, dann wollte sie diejenige sein, die das Schwein festnagelte. Das wenigstens war sie dem Superintendent schuldig, dem sie so unendlich viel verdankte.

Ruhig geworden, holte sie ihre voluminöse marineblaue Jacke aus dem Schrank und wickelte sich einen karierten Schal um den

Hals. Besser gerüstet für die Novemberkälte, ging sie ein zweites Mal in den klammen, grauen Morgen hinaus.

Das St. Catherine's House war noch nicht geöffnet, als sie ankam, und sie nutzte die Wartezeit, um in einem der altmodischen kleinen Cafés, die es in London bald nicht mehr geben würde, ein Sandwich mit Schinken und Pilzen zu verdrücken. Danach telefonierte sie mit dem Charing Cross Hospital und erfuhr, dass Webberlys Zustand unverändert war. Lynley erreichte sie auf seinem Handy auf der Fahrt ins Yard. Er berichtete ihr, dass er bis sechs Uhr im Krankenhaus gewesen war und aufgegeben hatte, als ihm klar geworden war, dass die Warterei auf der Intensivstation nur seine Nerven strapazierte und Webberly nicht im Geringsten half.

»Hillier ist dort«, sagte er abrupt, und die drei Worte waren Erklärung genug. AC Hillier war nicht einmal in seinen besten Momenten ein angenehmer Zeitgenosse.

»Was ist mit dem Rest der Familie?«, fragte Barbara.

»Miranda ist aus Cambridge hergefahren.«

»Und Frances?«

»Laura Hillier ist bei ihr. Zu Hause, in Stamford Brook.«

»Zu Hause?« Barbara runzelte die Stirn. »Schon ein bisschen seltsam, finden Sie nicht, Sir?«

Woraufhin Lynley sagte: »Helen hat ein paar Kleider ins Krankenhaus gebracht. Und etwas zu essen. Randie ist so überstürzt losgefahren, dass sie vergessen hat, Schuhe anzuziehen. Helen hat ihr ein Paar Turnschuhe gebracht und einen Jogginganzug, damit sie etwas zum Wechseln hat. Sie ruft mich an, wenn es eine Veränderung geben sollte. Helen, meine ich.«

»Sir…« Barbara war irritiert über seine Verschlossenheit. Da war doch was im Busch; sie war entschlossen, dahinter zu kommen, was. Ihren Argwohn gegen Pitchley für den Moment vergessend, fragte sie sich, ob Frances Webberlys Fernbleiben vom Krankenhaus nicht vielleicht auf mehr als den Schock zurückzuführen war. Sie überlegte, ob es nicht vielleicht darauf hindeutete, dass Frances von dem früheren Seitensprung ihres Mannes wusste. »Sir«, sagte sie, »haben Sie daran gedacht, dass Frances –«

»Was haben Sie heute Morgen vor, Havers?«

»Sir…«

»Was haben Sie über Pitchley herausbekommen?«

Lynley ließ keinen Zweifel daran, dass er nicht bereit war, sich mit ihr über Frances Webberly zu unterhalten. Barbara steckte also fürs Erste ihre Neugier weg und berichtete, was sie am Vortag mit Pitchley erlebt und über ihn in Erfahrung gebracht hatte. Sie erzählte von seinem verdächtigen Verhalten, den beiden Männern, die in seinem Haus gewesen und bei ihrer Ankunft durch das Küchenfenster geflüchtet waren, dem teilweise ausgeschriebenen Scheck auf dem Esszimmertisch, ihren Gesprächen mit den Angestellten des *Valley of Kings* und des *Comfort Inn*, die ihr bestätigt hatten, dass Pitchley in der Tat Stammgast in beiden Häusern war.

»Ich denk mir Folgendes: Wenn er einmal seinen Namen wegen eines Verbrechens geändert hat, warum dann nicht schon vorher mal wegen eines anderen?«

Lynley sagte, das halte er eher für unwahrscheinlich, aber er gab Barbara grünes Licht. Sie würden sich später im Yard treffen.

Barbara brauchte nicht lange, um die Register und Urkunden im St. Catherine's House durchzusehen, denn sie wusste ja, wonach sie suchte. Und was sie schließlich fand, veranlasste sie, auf dem schnellsten Weg nach New Scotland Yard zu fahren, wo sie sofort mit der Dienststelle Kontakt aufnahm, die für den Bezirk Tower Hamlets zuständig war. Nach einer halben Stunde hatte sie den einzigen Kollegen aufgespürt, der seine gesamte Dienstzeit dort abgesessen hatte, und führte ein aufschlussreiches Gespräch mit ihm. Dank seinem Gedächtnis für Details und seinen Aufzeichnungen, die so umfangreich waren, dass er leicht seine Memoiren hätte schreiben können, bekam Barbara Informationen, die Gold wert waren.

»Oho«, sagte er, »den Namen vergess ich nicht so leicht. Die ganze verfluchte Bande hat uns nichts als Ärger gemacht, seit es sie gibt.«

»Aber der Mann, um den es mir geht…«, sagte Barbara.

»Über den kann ich Ihnen einiges erzählen.«

Sie schrieb mit, während der Kollege berichtete, und nachdem das Gespräch beendet war, machte sie sich auf die Suche nach Lynley.

Sie fand ihn in seinem Büro, wo er mit ernster Miene am Fenster stand. Er hatte, bevor er nach seinem langen Besuch im Krankenhaus ins Yard zurückgekehrt war, offensichtlich einen Abstecher nach Hause gemacht. Er sah aus wie immer: gepflegt, gut rasiert, angemessen gekleidet. Einziges Zeichen, dass nicht alles so war wie sonst, war seine Haltung. Für gewöhnlich hielt er sich so gerade, als hätte er ein Lineal im Rücken, jetzt aber wirkte er wie unter einem Joch gebeugt.

»Dee hat mir nur gesagt, dass er im Koma liegt«, bemerkte Barbara anstelle einer Begrüßung.

Lynley erläuterte ihr das ganze Ausmaß der Verletzungen, die Webberly davongetragen hatte, und schloss mit den Worten: »Das einzig Positive ist, dass er nicht überfahren wurde. Der Wagen muss ein ziemliches Tempo gehabt haben, um ihn mit solcher Wucht gegen den Briefkasten zu schleudern. Das ist schlimm genug. Aber es hätte schlimmer kommen können.«

»Gibt es Zeugen?«

»Einen, der einen schwarzen Wagen durch die Stamford Brook Road rasen sah.«

»Wie der Wagen, der Eugenie Davies überrollte?«

»Es war ein großes Fahrzeug«, sagte Lynley. »Dem Zeugen zufolge könnte es ein Taxi gewesen sein. Er meinte, es wäre zweifarbig gewesen, schwarz mit grauem Dach. Hillier behauptet, das Grau wäre nur die Spiegelung der Straßenbeleuchtung auf dem Dach gewesen.«

»Zum Teufel mit Hillier«, versetzte Barbara geringschätzig. »Taxis gibt's heutzutage in jeder Farbkombination. Zweifarbig, dreifarbig, rot und gelb, oder von oben bis unten mit Reklame bepflastert. Ich würde vorschlagen, wir hören auf den Zeugen. Wir haben es wieder mit einem schwarzen Fahrzeug zu tun. Ich bin sicher, es gibt da eine Verbindung, meinen Sie nicht auch?«

»Zu Eugenie Davies?« Lynley wartete nicht auf eine Antwort. »Ja, das glaube ich auch.« Er gestikulierte mit einem Notizbuch, das er von seinem Schreibtisch genommen hatte, und setzte seine Brille auf, während er um das Möbel herumging, um sich zu setzen. Mit einem kurzen Nicken bedeutete er Barbara, das Gleiche zu tun. »Aber wir haben noch immer praktisch keine Anhaltspunkte, Havers. Ich habe meine Aufzeichnungen noch einmal genau durchgelesen, weil ich hoffte, etwas zu finden, aber ich bin nicht weit gekommen. Das Einzige, was ich zu bieten habe, sind

Ungereimtheiten in den Aussagen von Richard Davies, seines Sohns Gideon und von Ian Staines über Eugenie Davies' Absicht, ihren Sohn aufzusuchen. Staines behauptet, sie hätte vorgehabt, ihren Sohn um Geld zu bitten, um ihm – Staines – aus finanziellen Schwierigkeiten zu helfen, die ihn alles kosten könnten, was er hat. Er sagt aber auch, dass sie – nachdem sie ihm versprochen hatte, mit ihrem Sohn zu reden – plötzlich erklärte, es sei etwas geschehen, was es ihr unmöglich mache, Gideon um Geld zu bitten. Richard Davies wiederum behauptet, sie hätte nie den Wunsch geäußert, ihren Sohn zu sehen, vielmehr hätte *er* ein Zusammentreffen zwischen ihr und Gideon angeregt, weil er hoffte, sie könnte ihm helfen, sein Lampenfieber zu überwinden. Gideon bestätigt diese Behauptung im Großen und Ganzen. Er sagt, seine Mutter hätte nie verlangt, ihn zu treffen – zumindest seines Wissens nicht. Er weiß nur, dass sein Vater eine Zusammenkunft wollte, eben weil er hoffte, sie könnte ihm helfen, wieder zu seiner Musik zu finden.«

»Hat sie Geige gespielt?«, fragte Barbara. »In ihrem Haus in Henley war keine.«

»Nein, nein, Gideon meinte nicht, dass sie mit ihm üben würde oder dergleichen. Er sagte, tatsächlich hätte sie zur Lösung seines Problems nicht mehr tun können, als dass sie seinem Vater ›zustimmte‹.«

»Was soll das denn heißen?«

»Keine Ahnung. Aber eines kann ich Ihnen sagen: Lampenfieber ist das nicht, was der Mann hat. Meiner Meinung nach ist er ernstlich krank.«

»Vielleicht leidet er an schlechtem Gewissen? Wo war er an dem Abend vor drei Tagen, als Eugenie Davies überfahren wurde?«

»Zu Hause. Allein. Sagt er jedenfalls.« Lynley warf sein Notizbuch auf den Schreibtisch und nahm seine Brille ab. »Und damit kommen wir zu Eugenie Davies' E-Mail, Barbara.« Er berichtete ihr kurz und sagte zum Schluss: »Am Ende der Mail stand der Name *Jete.* Sagt Ihnen das etwas?«

»Ein Acronym?« Sie überlegte, zu welchen Wörtern diese vier Buchstaben die Initialen sein könnten. Nichts fiel ihr ein außer *Ja Essen...* Schließlich gab sie auf und sagte: »Könnte Pitchley dahinter stecken? Vielleicht hat er sich ja neben *Die Zunge* noch einen anderen Decknamen zugelegt.«

»Ach ja, was haben Sie denn über den im St. Catherine's entdeckt?«, fragte Lynley.

»Gold«, antwortete sie. »Die Bestätigung, dass er vor zwanzig Jahren James Pitchford war.«

»Und das soll Gold sein?«

»Das Gold kommt noch«, erklärte Barbara. »Bevor er nämlich Pitchford wurde, war er Pytches, Sir. Der kleine Jimmy Pytches aus Tower Hamlets. Den Namen Pitchford hat er sechs Jahre vor dem Mord am Kensington Square angenommen.«

»Interessant«, meinte Lynley, »aber doch wohl kaum belastend.«

»Für sich allein nicht, das stimmt. Aber wenn man zwei Namensänderungen innerhalb eines noch relativ kurzen Lebens mit der Tatsache in einen Topf schmeißt, dass bei ihm zwei Typen aus dem Küchenfenster geflüchtet sind, als die Polizei aufkreuzte, dann stinkt das schon ganz schön. Also hab ich die zuständigen Kollegen angerufen und gefragt, ob sich jemand an Jimmy Pytches erinnert.«

»Und?«, fragte Lynley.

»Bingo. Die ganze Familie machte nichts als Ärger. Das war damals so, das ist jetzt auch noch so. Und als Pitchley noch Jimmy Pytches war, starb ein kleines Kind, auf das er aufpassen sollte. Er war damals ein Teenager, und man konnte ihm nichts nachweisen. Bei der Leichenschau hieß es: plötzlicher Kindstod, aber erst, nachdem Jimmy achtundvierzig Stunden in Gewahrsam gewesen und als Hauptverdächtiger befragt worden war. Hier, schauen Sie sich meine Notizen an, wenn Sie wollen.«

Lynley setzte seine Brille wieder auf.

»Ein paar Jahre später starb wieder ein Kind praktisch unter seinen Augen«, fuhr Barbara fort, während Lynley ihre Aufzeichnungen durchsah. »Das hört sich nicht sehr gut an, hm?«

»Wenn er tatsächlich Sonia Davies getötet hat«, begann Lynley, »und Katja Wolff für ihn den Kopf hingehalten –«

»Vielleicht«, fiel Barbara ihm ins Wort, »hat sie deshalb kein Wort mehr gesagt, nachdem sie festgenommen worden war, Sir. Angenommen, sie und Pitchford hatten was am Laufen – ich meine, sie war ja schwanger –, dann war den beiden bei Sonias Tod doch klar, dass die Polizei Pitchford sehr genau unter die Lupe nehmen würde, sobald sie rausgekriegt hätte, wer er wirklich war und dass er schon einmal in den Tod eines Kindes verwickelt war. Also beschlossen sie, Sonia Davies' Tod als Unfall hinzustellen, als Folge einer Unachtsamkeit –«

»Aber warum hätte Pitchford die kleine Davies ertränken sollen?«

»Neid auf alles, was diese Familie hatte und er nicht. Wut darüber, wie sie seine Geliebte behandelten. Er möchte sie aus der Situation befreien, oder er will sich an Leuten rächen, denen das Schicksal alles gegeben hat, was er niemals bekommen wird. Also bringt er das Kind um. Und Katja springt für ihn in die Bresche, weil sie seine Vergangenheit kennt und glaubt, dass sie selbst höchstens ein, zwei Jahre wegen Fahrlässigkeit bekommen wird, während man ihn wahrscheinlich wegen vorsätzlichen Mordes zu lebenslänglicher Haft verurteilen würde. Sie denkt keinen Moment darüber nach, wie die Geschworenen auf ihr stures Schweigen zum Tod eines behinderten Kleinkindes reagieren werden. Überlegen Sie bloß mal, was denen wahrscheinlich durch den Kopf gegangen ist, Sir: Erinnerungen an Mengele und Konsorten, und *diese Person* weigert sich, darüber Auskunft zu geben, was geschehen ist. Also gibt der Richter ihr die Höchststrafe und brummt ihr zwanzig Jahre auf. Pitchford setzt sich ab und lässt sie im Knast schmoren, während er sich in Pitchley verwandelt und in der City absahnt.«

»Und weiter?«, fragte Lynley. »Sie wird aus dem Gefängnis entlassen, und wie geht es dann weiter, Havers?«

»Sie erzählt Eugenie Davies, wie es wirklich war, wer das Kind in Wirklichkeit getötet hat. Eugenie heftet sich Pitchley an die Fersen und stöbert ihn auf, so wie ich Pytches aufgestöbert habe. Sie fährt zu ihm, um ihn zu stellen, aber dazu kommt es nicht.«

»Weil?«

»Weil sie auf der Straße getötet wird.«

»Das weiß ich. Aber von wem, Barbara?«

»Ich denke, Leach ist auf der richtigen Spur, Sir.«

»Von Pitchley? Aber warum?«

»Katja Wolff will Gerechtigkeit. Eugenie Davies ebenfalls. Der einzige Weg zur Gerechtigkeit führt über eine Verurteilung Pitchleys. Ich kann mir nicht vorstellen, dass er damit einverstanden gewesen wäre.«

Lynley schüttelte den Kopf. »Wie erklären Sie dann den Anschlag auf Webberly?«

»Ich denke, die Antwort darauf wissen Sie schon.«

»Die Briefe, meinen Sie?«

»Es ist Zeit, sie auszuhändigen, Sir. Sie müssen doch einsehen, dass sie von großer Bedeutung sind.«

»Barbara, sie sind mehr als zehn Jahre alt! Sie zählen hier nicht.«

»Falsch, falsch, *falsch.*« Barbara zerrte frustriert an ihren sandblonden Stirnfransen. »Sagen wir, Pitchley und die Davies hatten was miteinander. Sagen wir, das war der Grund, weshalb sie neulich Abend in seiner Straße war. Sagen wir, er hat sich des öfteren heimlich in Henley mit ihr getroffen und ist bei einem dieser Rendezvous auf die Briefe gestoßen. Er rastet aus vor Eifersucht, bringt erst sie um und versucht's dann bei dem Superintendent.«

Lynley schüttelte den Kopf. »Barbara, Sie können nicht dies und das zugleich haben. Sie verbiegen die Fakten, um sie einer Theorie anzupassen. Aber sie passen nicht, und die Theorie passt auch nicht.«

»Wieso nicht?«

»Weil sie zu vieles unerklärt lässt.« Lynley hakte die einzelnen Punkte ab. »Wie hätte Pitchley eine Liebesbeziehung zu Eugenie Davies unterhalten können, ohne dass Ted Wiley das gemerkt hätte? Wiley hat doch, wie wir wissen, genau beobachtet, was in Eugenie Davies' Haus vorging. Was hatte Eugenie Wiley zu beichten, und warum starb sie genau in der Nacht, bevor sie ihre Beichte ablegen wollte? Wer ist *Jete*? Mit wem hat sich Eugenie Davies in all diesen Pubs und Hotels getroffen? Und was fangen wir mit dem seltsamen Zusammentreffen an, dass genau in der Zeit, als Katja Wolff aus dem Gefängnis entlassen wird, Anschläge auf zwei Personen verübt werden, die in dem Mordfall, der zu ihrer Verurteilung führte, eine wichtige Rolle spielten?«

Barbara seufzte und ließ einen Moment den Kopf hängen. »Okay«, sagte sie dann. »Wo ist Winston? Was hat er über Katja Wolff zu berichten?«

Lynley brachte sie über Nkatas Unternehmungen am vergangenen Abend aufs Laufende und schloss mit den Worten: »Er ist überzeugt, dass sowohl Yasmin Edwards als auch Katja Wolff etwas verheimlichen. Als er von Webberlys Unfall hörte, sagte er, er wolle noch einmal mit den beiden Frauen sprechen.«

»Er glaubt also auch, dass zwischen den beiden Fahrerfluchtfällen eine Verbindung besteht.«

»Richtig. Und ich bin seiner Meinung. Es gibt da ganz sicher eine Verbindung, Havers. Wir sehen sie nur noch nicht.« Lynley stand auf, gab Barbara ihre Aufzeichnungen zurück und begann, Unterlagen von seinem Schreibtisch zu nehmen. »Fahren wir nach Hampstead«, sagte er. »Leachs Leute müssen inzwischen doch irgendwas haben, womit wir arbeiten können.«

Winston Nkata blieb gut fünf Minuten in seinem Wagen vor der Polizeidienststelle Hampstead sitzen, ehe er ausstieg. Wegen einer Massenkarambolage in dem Kreisverkehr kurz vor der Vauxhall-Brücke hatte er für die Fahrt aus Süd-London hier herüber fast zwei Stunden gebraucht. Der Aufschub war ihm willkommen gewesen. Während er, im Auto sitzend, zugesehen hatte, wie Feuerwehrleute, Sanitäter und Verkehrspolizisten sich bemühten, das Chaos aus verletzten Menschen und schrottreifen Fahrzeugen zu lichten, hatte er Zeit gehabt, sich mit der unerfreulichen Tatsache auseinander zu setzen, dass er das Gespräch mit Katja Wolff und Yasmin Edwards total in den Sand gesetzt hatte.

Ja, er hatte Mist gebaut. Er hatte sich in die Karten schauen lassen. Blind wie ein gereizter Stier war er genau siebenundsechzig Minuten, nachdem er zu Hause in seinem Bett erwacht war, nach Kennington gestürmt und schnaubend und Füße scharrend in dem knarrenden alten Aufzug aufwärts gefahren, die Hörner schon zur Attacke gesenkt, überzeugt, dass er den Fall binnen fünf Minuten gelöst hätte. Mit Gewalt hatte er sich einzureden versucht, dass einzig der Fall ihn nach Kennington geführt hätte. Denn wenn Katja Wolff fremdging und Yasmin Edwards nichts davon wusste und wenn es ihm gelang, die Sache mit dem kleinen Seitensprung so anzubringen, dass ein Riss in der Beziehung der beiden Frauen entstand, was sollte Yasmin Edwards dann daran hindern, endlich den Mund aufzumachen und ihm zu bestätigen, was er instinktiv längst wusste: dass Katja Wolff am Abend der Ermordung von Eugenie Davies nicht zu Hause gewesen war?

Mehr wollte er nicht, so versicherte er sich selbst. Er war nichts weiter als ein schlichter Bulle, der seine Pflicht tat. Ihr Körper bedeutete ihm nichts: glatt und straff, von der Farbe frisch gepresster Pennystücke, gertenschlank mit schmaler Taille, die in einladende Hüften überging. Ihre Augen waren nur Fenster: dunkel wie Schatten, bemüht, zu verbergen, was sie nicht verbergen konnten, nämlich Zorn und Furcht. Und diesen Zorn und diese Furcht musste man sich zunutze machen, musste *er* sich zunutze machen, dem sie nichts bedeutete, nur eine lesbische Knastschwester, die eines Abends ihren Alten umgebracht und sich mit einer Kindsmörderin zusammengetan hatte.

Er wusste, dass es nicht seine Sache war, sich den Kopf darüber zu zerbrechen, warum Yasmin Edwards sich ohne Rücksicht auf ihren kleinen Sohn, der mit ihr zusammenlebte, eine Kindsmörderin ins Haus geholt hatte. Trotzdem sagte er sich, dass es, ganz abgesehen vom Nutzen für ihre Ermittlungen, das Beste wäre, wenn das Misstrauen, das er vielleicht in die Beziehung der beiden Frauen würde hineintragen können, zum Bruch führte, durch den der kleine Daniel dem Einfluss einer verurteilten Mörderin entkommen würde.

Er wehrte den Gedanken ab, dass ja die Mutter des Jungen ebenfalls eine verurteilte Mörderin war. Sie hatte es schließlich mit einem Erwachsenen aufgenommen. Nichts in ihrer Geschichte ließ darauf schließen, dass sie es auf Kinder abgesehen hatte.

Ganz von selbstgerechtem Eifer erfüllt, hatte er also bei Yasmin Edwards geklingelt. Dass sie nicht sofort reagierte, spornte ihn nur an in seinem Tun, und er klingelte immer wieder, bis er endlich eine Reaktion erzwungen hatte.

Er war selbst sein Leben lang immer wieder Vorurteilen und Hass begegnet. Man konnte in England nicht einer ethnischen Minderheit angehören, ohne jeden Tag unzählige Feindseligkeiten mehr oder weniger subtiler Art hinnehmen zu müssen. Selbst bei der Metropolitan Police, wo er geglaubt hatte, dass Leistung mehr zählte als Hautfarbe, hatte er lernen müssen, vorsichtig zu sein. Nie hatte er andere zu nahe an sich herangelassen, nie hatte er sich ganz geöffnet; er wollte nicht hinterher dafür bezahlen müssen, dass er geglaubt hatte, vertrauter Umgang bedeute, als gleichwertig akzeptiert zu sein. So war es nicht, ganz gleich, wie die Verhältnisse sich dem uneingeweihten Beobachter darstellten. Und ein Schwarzer tat gut daran, das nicht zu vergessen.

Aufgrund dieser persönlichen Erfahrungen glaubte Nkata sich seit langem dagegen gefeit, mit anderen ähnlich umzuspringen, wie mit ihm immer wieder umgesprungen wurde. Aber nach dem morgendlichen Gespräch mit Yasmin Edwards und ihrer Freundin hatte er sich eingestehen müssen, dass er nicht besser war als alle anderen, sondern ebenso engstirnig und in seiner Engstirnigkeit ebenso fähig, sich zu vorschnellem Urteil verleiten zu lassen, wie es der ungebildetste, fanatischste Anhänger der Nationalen Front tat.

Er hatte sie zusammen gesehen. Er hatte beobachtet, wie sie einander begrüßt, wie sie miteinander gesprochen hatten und vertraut wie ein Paar miteinander die Straße hinuntergegangen waren. Er hatte gewusst, dass die Deutsche mit einer Frau zusammenlebte. Und prompt hatte er seiner Phantasie freien Lauf gelassen, als die beiden in der Galveston Road verschwunden waren und er am Fenster den Schatten zweier einander umarmender Frauen gesehen hatte. Eine Lesbe, die sich mit einer Frau traf und mit ihr in eine private Wohnung zurückzog, das konnte nur eines bedeuten, hatte er gemeint. Und er hatte sich bei seinem Gespräch mit Yasmin Edwards und Katja Wolff allein von dieser Meinung leiten lassen.

Hätte er nicht ohnehin gleich danach gemerkt, dass er alles vermasselt hatte, so wäre es ihm spätestens in dem Moment klar geworden, als er die Nummer auf der Geschäftskarte anrief, die Katja Wolff ihm mitgegeben hatte. Harriet Lewis bestätigte die Aussage: Ja, sie sei Katja Wolffs Rechtsanwältin. Ja, sie habe am vergangenen Abend eine Verabredung mit ihr gehabt. Ja, sie seien zusammen in der Galveston Road gewesen.

»Und Sie sind nach einer Viertelstunde wieder gegangen?«, fragte Nkata.

»Was wollen Sie eigentlich, Constable?«, erwiderte Harriet Lewis darauf.

»Was hatten Sie in der Galveston Road zu tun?«, fragte er weiter.

»Das geht Sie nun wirklich nichts an«, versetzte die Anwältin, genau wie Katja Wolff es vorausgesagt hatte.

Er versuchte es weiter. »Wie lange ist sie schon Ihre Mandantin?«

»Das Gespräch ist beendet«, sagte sie. »Ich bin für Miss Wolff tätig, nicht für Sie.«

Am Ende wusste er nur noch, dass er alles falsch gemacht hatte. Und nun würde er sich ausgerechnet vor dem Menschen rechtfertigen müssen, der sein großes Vorbild war: Inspector Thomas Lynley. Als der Verkehr vor der Vauxhall-Brücke zum Stillstand kam, während rundherum Sirenen heulten und Blaulichter blinkten, war er nicht nur für die Ablenkung dankbar, die so ein Verkehrschaos bot, sondern auch für die Frist, die ihm so geschenkt wurde, darüber nachzudenken, wie er die Geschichte seines Versagens präsentieren sollte.

Jetzt blickte er an der Fassade der Polizeidienststelle Hampstead empor und stieg widerwillig aus seinem Wagen. Er ging ins Haus, zeigte seinen Dienstausweis und trat den Bußgang an, den er sich durch sein Handeln selbst auferlegt hatte.

Sie waren im Besprechungsraum, wo man gerade zum Ende der morgendlichen Lage kam. Auf der Porzellantafel waren die Aufgaben für den Tag aufgeführt sowie die Namen der Männer und Frauen, denen sie zugeteilt waren. Das bedrückte Schweigen unter den Beamten, als sie aufbrachen, verriet Nkata, dass sie gehört hatten, was Webberly zugestoßen war.

Lynley und Barbara Havers blieben zurück. Sie waren dabei, irgendwelche Computerausdrucke zu vergleichen, als Nkata zu ihnen trat.

»Tut mir Leid«, sagte er. »Ich hab vor der Vauxhall-Brücke ewig im Stau gestanden.«

Lynley blickte ihn über die Ränder seiner Brillengläser an. »Ah, Winston! Wie ist es denn gelaufen?«

»Nichts zu machen, Sir. Die sind beide bei ihren Aussagen geblieben.«

»Mist!«, knurrte Barbara.

»Haben Sie mit der Edwards allein gesprochen?«, fragte Lynley.

»Das war gar nicht nötig. Die Frau, mit der die Wolff sich gestern Abend getroffen hat, war ihre Anwältin, Inspector. Die Anwältin hat es bestätigt, als ich sie angerufen hab.« Seine Miene verriet wohl etwas von seiner Bekümmerung, denn Lynley musterte ihn einen Moment lang sehr aufmerksam, und er fühlte sich dabei so elend wie ein Kind, das den geliebten Vater enttäuscht hat.

»Aber Sie schienen ganz sicher zu sein, als wir miteinander sprachen«, bemerkte Lynley, »und im Allgemeinen trügt Ihr Gefühl Sie doch nicht. Wissen Sie genau, dass Sie mit der Anwältin gesprochen haben, Winston? Die Wolff kann Ihnen ja auch die Nummer einer Freundin angedreht haben, die Ihnen dann etwas vorgespielt hat.«

»Sie hat mir die Visitenkarte der Anwältin gegeben«, erklärte Nkata. »Und kennen Sie einen Anwalt, der für seinen Mandanten lügen würde, wenn die Polizei auf ihre Frage nur ein Ja oder Nein hören will? Aber ich bin trotzdem überzeugt, dass die beiden Frauen etwas verheimlichen. Ich hab nur nicht die richtige Taktik angewendet, um es rauszukriegen.« Und weil seine Bewunderung für Lynley immer stärker sein würde als sein Wunsch, in den Augen seines Vorbilds gut dazustehen, fügte er hinzu: »Ich hab's völlig falsch angepackt und total vermasselt. Das nächste Mal sollte besser jemand anders mit ihnen reden.«

Barbara sagte mitfühlend: »Mensch, Winnie, so was hab ich mehr als einmal geschafft«, und Nkata warf ihr einen dankbaren Blick zu. Sie hatte tatsächlich vor noch gar nicht langer Zeit so gründlich gepatzt, dass sie vorübergehend vom Dienst suspendiert und danach zurückgestuft worden war und nun wahrscheinlich jede Chance zum Aufstieg bei der Metropolitan Police verloren hatte. Aber sie hatte in dem ganzen Schlamassel wenigstens einen Killer gestellt, während er selbst nur zusätzlich Sand ins Getriebe gestreut hatte.

»Gott, ja«, sagte Lynley. »Das kennen wir doch alle. Lassen Sie sich deswegen keine grauen Haare wachsen, Winston. Das bekommen wir schon hin.« Aber Nkata hörte doch, dass er enttäuscht war, wenn auch vielleicht nicht halb so enttäuscht wie seine Mutter es sein würde, wenn er ihr berichtete, was geschehen war.

»Aber mein Junge«, würde sie sagen, »was hattest du denn da im Kopf?«

Und genau diese Frage wollte er lieber nicht beantworten. Er versuchte, sich auf die Zusammenfassung der morgendlichen Lagebesprechung, die er versäumt hatte, zu konzentrieren. Man wusste mittlerweile die Namen sämtlicher Personen, mit denen Eugenie Davies den Unterlagen der Telefongesellschaft zufolge telefoniert hatte. Ebenso waren die Anrufer identifiziert, die Nachrichten auf ihrem Anrufbeantworter hinterlassen hatten. Die Frau, die sich Lynn genannt hatte, hatte sich als eine gewisse Lynn Davies entpuppt.

»Eine Verwandte?«, fragte Nkata.

»Das müssen wir noch feststellen.«

Sie wohnte in der Nähe von Dulwich.

»Havers wird sich mit der Dame unterhalten«, sagte Lynley und berichtete weiter, dass der unbekannte Mann, der über den Anrufbeantworter so zornig gefordert hatte, Eugenie Davies möge endlich den Hörer abheben, ein gewisser Raphael Robson war, der, in Gospel Oak wohnhaft, näher an dem Schauplatz des Mordes lebte als jeder andere, ausgenommen natürlich J.W. Pitchley.

»Ich werde mir Robson vorknöpfen«, schloss Lynley und fügte hinzu, »und ich möchte Sie dabei haben, Winston«, als wüsste er schon, dass Nkata mit seinem angeschlagenen Selbstwertgefühl jetzt Ermutigung brauchte.

»In Ordnung«, sagte Nkata, während Lynley bereits mit seinem zusammenfassenden Bericht fortfuhr. Die Unterlagen der British Telephone Company hatten Richard Davies' Aussage über mehr oder weniger regelmäßige Telefongespräche mit seiner geschiedenen Frau in den letzten Monaten bestätigt. Das erste Gespräch hatte Anfang August stattgefunden, etwa zu der Zeit, als der gemeinsame Sohn das Konzert in der Wigmore Hall hatte platzen lassen, und das letzte am Morgen vor Eugenie Davies' Tod, als Richard Davies sie kurz angerufen hatte. Ebenso bestätigten die Unterlagen häufige Anrufe von Ian Staines, sagte Lynley gerade abschließend, als die drei in ihrer kleinen Privatkonferenz gestört wurden.

»Kann ich Sie drei mal kurz sprechen?«, erklang es von der Tür, und als sie sich herumdrehten, sahen sie, dass Leach noch einmal in den Besprechungsraum zurückgekehrt war. Er hielt einen Zettel in der Hand, den er in Richtung Korridor schwenkte, als er sagte: »In meinem Büro, wenn es Ihnen recht ist.« Danach verschwand er einfach, überzeugt, dass sie ihm folgen würden.

»Wie kommen Sie mit den Nachforschungen über das Kind voran, das die Wolff im Gefängnis zur Welt gebracht hat?«, fragte er Barbara Havers, als sie bei ihm im Büro angekommen waren.

»Im Moment hatte ich dafür keine Zeit, weil ich mich mit Pitchley befasst habe«, antwortete Barbara. »Aber ich werde mich heute darum kümmern. Es gibt allerdings keinen Anhaltspunkt dafür, dass die Wolff überhaupt wissen will, was aus ihrem Kind geworden ist, Sir. Wenn sie den Jungen finden wollte, hätte sie garantiert als Erstes mit der Nonne im Kloster der Unbefleckten Empfängnis gesprochen. Aber das hat sie nicht getan.«

Leach knurrte etwas Unverständliches. »Gehen Sie der Sache trotzdem nach.«

»In Ordnung«, sagte Barbara. »Hat das Priorität vor einem Gespräch mit Lynn Davies?«

»Ist mir egal. Machen Sie's, wie Sie's für richtig halten, Constable«, antwortete Leach ungeduldig. »Wir haben übrigens einen Laborbefund. Die Lackteilchen, die an der Leiche gefunden wurden, sind analysiert.«

»Und?«, fragte Lynley.

»Wir werden umdenken müssen. SO7 berichtet, dass der Lack eine Mischung aus Zellulose und Verdünnungsmitteln aufweist. Seit vierzig Jahren wird bei Autos kein Lack dieser Art mehr verwendet. Die Splitter stammen von einem alten Fahrzeug – spätestens Fünfzigerjahre, sagen die vom Labor.«

»Fünfzigerjahre?«, wiederholte Barbara ungläubig.

»*Darum* meinte der Zeuge von gestern Nacht, es könnte eine Limousine gewesen sein«, sagte Lynley. »Die Autos in den Fünfzigern waren ja ungeheuer massiv. Jaguar, Rolls-Royce, Bentley, das waren alles Riesenschlitten.«

»Also hat jemand sie in seinem Oldtimer überfahren?«, fragte Barbara. »Na, da scheint ja einer vor nichts zurückzuschrecken.«

»Es könnte ein Taxi sein«, warf Nkata ein. »Ein ausrangiertes Taxi, das an jemanden verkauft worden ist, der es hergerichtet hat und jetzt damit rumkutschiert.«

»Ob Taxi oder Oldtimer«, sagte Barbara, »alle, die wir im Auge haben, sind aus dem Rennen.«

»Es sei denn, einer von ihnen hat sich den Wagen geliehen«, bemerkte Lynley.

»Richtig, diese Möglichkeit können wir nicht ausschließen«, stimmte Leach zu.

»Heißt das, dass wir wieder am Ausgangspunkt angelangt sind?«, fragte Barbara.

»Ich setze sofort jemanden darauf an. Und auf alle Werkstätten, die auf alte Autos spezialisiert sind. Obwohl bei einem Wagen aus den Fünfzigern nicht mit größeren Karosserieschäden zu rechnen ist. Das waren ja damals die reinsten Panzer.«

»Aber sie hatten Stoßstangen aus massivem Chrom«, stellte Nkata fest. »So eine könnte bei dem Unfall verbogen worden sein.«

»Das heißt, wir müssen auch alle Händler überprüfen, die alte Zubehörteile vertreiben.« Leach machte sich eine Notiz. »Es ist einfacher, so was zu ersetzen, als zu reparieren, besonders wenn man weiß, dass die Bullen sich dafür interessieren.« Er rief im Besprechungsraum an, um seine Anweisungen zu geben, dann legte er auf und sagte zu Lynley: »Und es könnte trotzdem nichts weiter als ein verrückter Zufall sein.«

»Glauben Sie das wirklich, Sir?«, erwiderte Lynley in so vielsagendem Ton, dass Nkata sofort wusste, der Inspector erwartete, aus Leachs Antwort, wie immer sie ausfallen würde, etwas heraushören zu können.

»Ich würde es gern glauben. Aber mir ist schon klar, dass man sich in so einer Situation gern Scheuklappen aufsetzt.« Leach starrte auf sein Telefon, als wollte er es mit reiner Willenskraft zum Klingeln zwingen. Die anderen sagten nichts. Schließlich murmelte er: »Er ist ein guter Mann. Er hat vielleicht hin und wieder einen Fehler begangen, aber wer von uns hat das nicht getan? Das schmälert sein Format nicht.« Er sah Lynley an, und zwischen den beiden schien ein Austausch stattzufinden, von dem Nkata nichts verstand. Dann sagte Leach kurz: »Packen Sie's an«, und sie gingen.

Draußen sagte Barbara zum Inspector: »Er weiß es, Inspector.«

»Wer weiß was?«, fragte Nkata.

»Leach«, antwortete Barbara. »Er weiß, dass es zwischen Webberly und der Davies eine Verbindung gibt –«

»Aber natürlich weiß er das. Sie haben den Fall damals gemeinsam bearbeitet. Das ist nichts Neues. Das wussten wir auch schon.«

»Okay. Aber wir wussten nicht –«

»Das reicht, Havers«, unterbrach Lynley. Die beiden tauschten einen langen Blick, ehe Barbara betont lässig sagte: »Na gut. Dann bin ich jetzt weg.« Mit einem freundlichen Nicken zu Nkata ging sie zu ihrem Wagen.

Nach diesem kurzen Wortwechsel glaubte Nkata deutlich den unausgesprochenen Tadel zu hören, der in Lynleys Entscheidung lag, ihn über eine offensichtlich neue Erkenntnis, die er und Barbara gesichert hatten, im Unklaren zu lassen. Er sah ein, dass er es nicht anders verdient hatte – er hatte ja weiß Gott bewiesen, dass er nicht über den Sachverstand und die Kompetenz verfügte, um mit wichtigen neuen Erkenntnissen richtig umzugehen –, aber er hatte doch geglaubt, bei seinem Bericht über das schief gelaufene Gespräch vorsichtig genug gewesen zu sein, um nicht als kompletter Versager dazustehen. Doch da hatte er sich offenbar geirrt.

Zutiefst niedergeschlagen sagte er: »Inspector, wollen Sie, dass ich abgebe?«

»Abgeben? Was denn, Winston?«

»Na, den Fall. Sie wissen schon. Wenn ich nicht mal eine simple Befragung durchführen kann, ohne alles zu verpfuschen...«

Lynley sah ihn so verdutzt an, dass Nkata klar war, er würde das eingestehen müssen, was er lieber für sich behalten hätte. Den Blick auf Barbara gerichtet, die in ihre kleine Rostlaube geklettert war und jetzt den müden alten Motor des Mini hochjagte, sagte er: »Ich meine, Sie finden ja vielleicht, wenn ich nicht mit den Fakten umgehen kann, die ich habe, ist es besser, mir gar nicht erst alles zu sagen. Aber dann wäre ich natürlich nur lückenhaft informiert, und meiner Arbeit täte das bestimmt nicht gut. Womit ich nicht sagen will, dass ich mich heute Morgen mit Ruhm bekleckert hätte... Also, mit anderen Worten... Wenn's Ihnen lieber ist, lass ich die Finger von dem Fall... Ich will nur sagen, dass ich das verstehen kann. Ich hätte sehen müssen, wie man diese beiden Frauen anpackt. Statt mir einzubilden, ich wüsste schon alles, hätte ich daran denken müssen, dass es vielleicht etwas gibt, das ich nicht sehe. Aber das hab ich nicht getan. Und drum hab ich die Sache in den Sand gesetzt und –«

»Winston«, unterbrach Lynley ihn mit Entschiedenheit. »Asche aufs Haupt ist in Ordnung, aber die neunschwänzige Katze können Sie im Schrank lassen.«

»Was?«

Lynley lächelte. »Sie haben eine glänzende Karriere vor sich, Winston. Keine Flecken auf der weißen Weste wie wir anderen. Ich möchte gern dafür sorgen, dass es so bleibt. Verstehen Sie mich?«

»Wie? Sie meinen, wenn ich noch mal pfusche, käme es zu einer förmlichen –«

»Nein, aber nein. Ich möchte einfach, dass Sie sauber bleiben, Winston. Für den Fall, dass…« Lynley schien nach einer Wendung zu suchen, die erklären würde, ohne zu enthüllen. Schließlich sagte er: »Falls man unser Vorgehen später kritisch überprüfen sollte, möchte *ich allein* dafür verantwortlich sein«, und er sagte es so vorsichtig, dass Nkata hörte, wie heikel die Angelegenheit war, und nur noch Lynleys Worte mit Barbaras unbedachter Bemerkung in Verbindung zu bringen brauchte, um zu begreifen.

»Heiliger Strohsack!«, rief er ungläubig. »Sie wissen was und rücken nicht raus damit?«

»Gute Arbeit, Winston«, sagte Lynley trocken. »Von mir haben Sie das aber nicht gehört.«

»Weiß Barb Bescheid?«

»Nur weil sie dabei war. Die Verantwortung trage ich, Winston. Und ich möchte gern, dass es so bleibt.«

»Könnte es eine Spur zum Killer sein?«

»Ich glaube es nicht. Aber ja, möglich wäre es.«

»Ist es Beweismaterial?«

»Darüber wollen wir lieber nicht sprechen.

Nkata traute seinen Ohren nicht. »Dann müssen Sie es weitergeben, Inspector! Es ist doch Teil der Beweiskette! Sie können es nicht einfach unterschlagen, weil Sie glauben – was glauben Sie überhaupt?«

»Dass die beiden Fahrerfluchtfälle in einem Zusammenhang

stehen. Aber ich muss genau wissen, welcher Art der Zusammenhang ist, bevor ich etwas unternehme, das womöglich das Leben eines Menschen zerstören könnte. Genauer: das, was davon geblieben ist. Es ist meine Entscheidung, Winston. Und in Ihrem eigenen Interesse sollten Sie jetzt keine weiteren Fragen stellen.«

Nkata starrte seinen Helden immer noch fassungslos an. Dass ausgerechnet Lynley sich auf so zweifelhaftes Terrain begab! Er wusste, dass er nur beharrlich genug bohren müsste, um ebenfalls dort zu landen, aber er war zu ehrgeizig, um den klugen Rat des Inspectors einfach in den Wind zu schlagen. Trotzdem sagte er: »So sollten Sie das nicht angehen.«

»Einspruch zur Kenntnis genommen«, entgegnete Lynley.

# 17

Libby Neal beschloss, sich wegen Grippe krank zu melden. Ihr war klar, dass Rock Peters einen Tobsuchtsanfall bekommen und ihr drohen würde, ihren Wochenlohn einzubehalten, aber das war ihr egal; es bedeutete ohnehin nichts, da er mit ihren Lohnzahlungen bereits drei Wochen im Verzug war. Nach der Trennung von Gideon am vergangenen Abend hatte sie gehofft, er würde zu ihr hinunterkommen, sobald der Polizist abgehauen war; aber er hatte sich nicht blicken lassen, und sie hatte daraufhin so schlecht geschlafen, dass sie nun tatsächlich fast krank war. Von einer Grippe zu sprechen war also nicht ganz die Unwahrheit.

Nachdem sie aufgestanden war, lief sie die ersten drei Stunden im Trainingsanzug in ihrer Wohnung herum und horchte angestrengt nach oben, um zu hören, ob sich dort etwas rührte. Schließlich gab sie ihre Lauschversuche auf – obwohl von »Lauschen« ja eigentlich keine Rede sein konnte, wenn es ihr einzig darum ging, von Gideon gewissermaßen ein Lebenszeichen zu vernehmen – und beschloss, sich persönlich zu vergewissern, dass es Gideon gut ging. Er war ja gestern, noch bevor der Bulle aufgekreuzt war, total fertig gewesen. Wer konnte wissen, wie es ihm ging, nachdem der Bulle sich verzogen hatte.

Du hättest gleich nach ihm schauen sollen, sagte sie sich, und gerade ihr Bemühen, nicht darüber nachzudenken, warum sie *nicht* nach ihm gesehen hatte, zwang sie unerbittlich, sich dieser Frage zu stellen.

Er hatte ihr Angst gemacht. Er war so unglaublich daneben gewesen. Sie hatte im Schuppen und nachher in der Küche mit ihm zu sprechen versucht, und er hatte ihr auch geantwortet – irgendwie jedenfalls –, aber er war trotzdem so abwesend gewesen, dass sie sich gefragt hatte, ob er nicht in die Psychiatrie gehörte. Vorübergehend wenigstens. Und prompt war sie sich daraufhin so unloyal vorgekommen, dass sie ihm nicht mehr ins Gesicht blicken konnte. Jedenfalls redete sie sich das ein, als sie später den ganzen Abend vor der Glotze saß und sich auf Sky TV alte Filme anschaute und dazu zwei große Tüten Cheddar-Popcorn verdrückte, die sie besser nicht angerührt hätte. Am Schluss war sie allein zu Bett gegangen und hatte sich die ganze Nacht herumgewälzt, wenn sie nicht gerade kinoreife Albträume gehabt hatte.

Nachdem sie also stundenlang in ihrer Wohnung herumgelaufen war, den Bund Stangensellerie aus dem Kühlschrank gekramt hatte, der ihr schlechtes Gewissen wegen des Käsepopcorns beruhigen sollte, und sich angeschaut hatte, wie sich Kilroy mit Frauen unterhielt, deren Ehemänner jung genug waren, um ihre Söhne und in zwei Fällen ihre Enkel sein zu können, ging sie nach oben, um nach Gideon zu sehen.

Sie fand ihn im Musikzimmer, wo er, den Rücken an die Wand gelehnt, auf dem Boden unter der Fensterbank hockte. Die Beine waren zur Brust hoch gezogen, und das Kinn ruhte auf den Knien. Er sah aus wie ein kleiner Junge, dem eben ein wütender Vater eine Strafpredigt gehalten hatte. Überall um ihn herum lagen Papiere, Fotokopien von Zeitungsberichten, die, wie sich zeigte, alle dasselbe Thema behandelten. Gideon war noch einmal im Pressearchiv gewesen.

Er beachtete sie nicht, als sie ins Zimmer kam. Er war völlig auf die Zeitungsausschnitte konzentriert, und sie fragte sich, ob er sie überhaupt hörte. Sie sprach ihn an, aber seine einzige Reaktion bestand darin, dass er begann, vor und zurück zu schaukeln.

Nervenzusammenbruch, dachte sie erschrocken. Total durchgedreht. So sah es auf jeden Fall aus. Es war das gleiche wie am vergangenen Tag, und auch er hatte offenbar die Nacht nicht geschlafen.

»Hey«, sagte sie leise. »Was ist, Gideon? Warst du noch mal unten in der Victoria Street? Warum hast du mir nichts davon gesagt? Ich wär mitgekommen.«

Sie musterte die Papiere, die im Halbkreis um ihn verstreut lagen, übergroße Blätter, auf denen kreuz und quer die Artikel abgelichtet waren. Die britischen Zeitungen waren – entsprechend der nationalen Tendenz zum Fremdenhass – gnadenlos über das Kindermädchen hergefallen. Wenn sie nicht verächtlich als »die Deutsche« bezeichnet wurde, dann als »die ehemalige Kommunistin, deren Familie unter dem Regime besonders gut lebte« –

um nicht zu sagen, »verdächtig« gut, dachte Libby sarkastisch. Eine Zeitung hatte die sensationelle Neuigkeit ausgegraben, dass ihr Großvater der Nationalsozialistischen Partei angehört hatte, während eine andere eine Fotografie ihres Vaters in der Kleidung des Hitlerjungen aufgestöbert hatte.

Unfassbar war die unermüdliche Bereitschaft der Presse, eine Story bis ins letzte Detail auszuschlachten! Libby hatte den Eindruck, dass jeder, der nur im Entferntesten mit dem Tod der kleinen Sonia Davies, dem nachfolgenden Prozess und der Verurteilung der Mörderin zu tun gehabt hatte, von der Sensationspresse bis aufs kleinste Knöchelchen seziert worden war. Gideons Privatlehrerin hatte man ebenso unters Messer gelegt wie den Untermieter und Rafael Robson sowie Gideons Eltern und Großeltern. Und noch lange, nachdem das Urteil gesprochen war, hatte offenbar jeder Beliebige nur seine eigene Version der Geschichte an die Presse verkaufen müssen, wenn er ein bisschen Kohle machen wollte.

Es hatte Leute genug gegeben, die gemeint hatten, ihre Meinung dazu abgeben zu müssen. Die einen hatten das Leben eines Kindermädchens im Allgemeinen und im Besonderen kommentiert – »Wie ich als Kindermädchen durch die Hölle gegangen bin« –, und die anderen, die nicht über derartige Erfahrung verfügten, präsentierten bemerkenswerte Kenntnisse über die Deutschen, an denen sie die Öffentlichkeit teilhaben lassen wollten – »Eine Rasse für sich, sagt ehemaliger GI«. Vor allem aber fiel Libby die große Zahl jener Artikel auf, die sich darüber ausließen, dass Gideons Familie überhaupt ein Kindermädchen für die kleine Sonia engagiert hatte.

Dabei wurde von mehreren Standpunkten aus argumentiert: Die eine Gruppe ritt darauf herum, was dem deutschen Kindermädchen bezahlt worden war (ein Hungerlohn, kein Wunder also, dass sie die arme Kleine am Ende abgemurkst hatte, wahrscheinlich in einem Anfall von Wut und Frust) und was im Vergleich dazu eine, wie es hieß, »gut ausgebildete schottische Kinderfrau« bekam (ein Vermögen, wie Libby feststellte, die daraufhin sogleich über einen Berufswechsel nachdachte), wobei sie ihre bösartigen Artikel so abfassten, dass der Anschein erweckt wurde, die Familie Davies hätte das junge Mädchen schamlos ausgenützt. Eine andere Gruppe stellte Mutmaßungen darüber an, wem es überhaupt diente, wenn eine Mutter beschloss, »Arbeit außer Haus anzunehmen«. Und wieder andere Leute befassten sich mit der Frage, wie es sich auf die Erwartungen, das Maß der Verantwortung und die Hingabe der Eltern auswirkte, wenn eine Familie mit den Belastungen fertig werden musste, die ein behindertes Kind mit sich brachte. Erbittert wurde darüber gestritten, wie Eltern eines Down-Syndrom-Kindes sich verhalten sollten, und sämtliche Möglichkeiten, mit solchen Kindern umzugehen, wurden eingehend erörtert: man sollte sie zur Adoption frei geben; auf Staatskosten betreuen lassen; ihnen sein Leben weihen; mit der Situation umgehen lernen, indem man sich bei entsprechenden Institutionen Hilfe holte; sich einer Selbsthilfegruppe anschließen; durchhalten und sich nicht unterkriegen lassen; das Kind genauso behandeln wie jedes andere, und so weiter und so fort.

Libby wurde sich bewusst, dass sie sich nicht einmal annähernd vorstellen konnte, wie es gewesen war, als die kleine Sonia Davies gestorben war. Es musste schwer genug gewesen sein, mit der Situation fertig zu werden, als das Kind geboren worden war, aber es zu lieben – denn ganz bestimmt hatten alle die Kleine geliebt! – und dann zu verlieren und aushalten zu müssen, dass jede Einzelheit seines Lebens und des Lebens seiner Familie der Öffentlichkeit zum Zeitvertreib preisgegeben wurde… Wahnsinn, dachte Libby. Wie soll man mit so was umgehen?

Leicht war es bestimmt nicht. Man brauchte ja nur Gideon anzuschauen. Er hatte jetzt seine Haltung geändert. Seine Stirn ruhte auf den Knien, und er wiegte sich weiter vor und zurück.

»Gideon«, sagte sie, »ist alles in Ordnung?«

»Jetzt, wo ich mich erinnere, will ich mich nicht erinnern«, antwortete er nuschelnd. »Ich will nicht denken. Aber ich kann nicht aufhören. Weder mit dem Erinnern noch mit dem Denken. Am liebsten würde ich mir das Gehirn aus dem Schädel reißen.«

»Das kann ich verstehen«, sagte Libby teilnahmsvoll. »Warum schmeißen wir nicht den ganzen Krempel hier in den Müll? Hast du denn in der Nacht nichts anderes getan, als dieses Zeug zu lesen?« Sie bückte sich und schickte sich an, die Papiere einzusammeln. »Kein Wunder, dass du ganz besessen davon bist, Gid.«

Er hielt sie am Handgelenk fest. »Nein! Nicht!«

»Aber wenn du nicht denken willst –«

»Nein! Ich habe das alles gelesen, und ich kann nicht verstehen, wie man danach noch weiterleben konnte, weiterleben wollte … Sieh es dir doch bloß an, Libby. Sieh es dir an!«

Libby senkte den Blick auf die Papiere und sah sie, wie Gideon sie gesehen haben musste, als er unversehens auf sie gestoßen war, nachdem er zwanzig Jahre lang vor dem Wissen beschützt worden war, was seine Eltern damals durchgemacht hatten. Sie sah die kaum verhüllten Angriffe auf seine Eltern in dem Licht, in dem er sie sehen musste, und zog aus dem, was die Zeitungen gedruckt hatten, die Schlussfolgerung, die er zweifellos bereits gezogen hatte: Seine Mutter hatte wegen dieser Kampagne die Familie verlassen; sie war gegangen und niemals zurückgekehrt, weil sie zu glauben begonnen hatte, sie sei die Rabenmutter, als die die Zeitungen sie hingestellt hatten. Gideon schien endlich seiner eigenen Geschichte nahe zu kommen. Kein Wunder, dass er das Gefühl hatte, den Boden unter den Füßen zu verlieren.

Das alles wollte sie ihm sagen, als er unvermittelt aufstand. Er machte zwei Schritte, dann blieb er schwankend stehen. Sie sprang auf und nahm ihn beim Arm.

»Ich muss zu Cresswell-White«, sagte er.

»Dem Anwalt?«

Er schob eine Hand in die Tasche und zog seine Wagenschlüssel heraus, während er bereits zur Tür eilte. Libby lief ihm nach. Sie konnte ihn in diesem Zustand nicht allein quer durch London fahren lassen. An der Haustür riss sie seine Lederjacke vom Garderobenständer und folgte ihm den Bürgersteig entlang zu seinem Wagen. Als er mit der zitternden Hand eines Greises versuchte, den Schlüssel ins Türschloss zu schieben, warf sie ihm die Jacke um die Schultern und sagte: »Du fährst nicht. Du würdest ja nicht mal bis zum Regent's Park kommen.«

»Ich muss zu Cresswell-White.«

»Ja, gut. Meinetwegen. Aber ich fahre.«

Unterwegs sprach er kein Wort. Er saß nur da und starrte unbewegt geradeaus, während seine Knie wie im Krampf gegeneinander schlugen.

Sobald Libby den Wagen vor den ehrwürdigen alten Gebäuden

des Temple anhielt, sprang er hinaus und eilte die Straße hinunter. Sie sperrte das Auto ab und rannte hinter ihm her. Am Ende der Straße, als er die Fahrbahn überquerte, um die heiligen Hallen zu betreten, holte sie ihn ein.

Sie gingen denselben Weg wie schon einmal zu dem Gebäude aus Klinker und hellem Stein, das am Rand eines kleinen Parks stand. Sie betraten das Haus durch denselben schmalen Torweg, wo an der Wand auf schwarzen Holzleisten in Weiß die Namen der Anwälte standen, die hier ihre Kanzlei hatten.

Sie mussten sich gedulden, ehe der Terminkalender Cresswell-White erlaubte, sie zu empfangen. Schweigend saßen sie auf dem schwarzen Ledersofa und starrten abwechselnd den Perserteppich und den Messinglüster an. Durch die Türen rundum hörten sie gedämpft das Klingeln von Telefonen. Dem Wartebereich gegenüber war ein Büro, in dem die Anrufe in Empfang genommen und weitergeleitet wurden.

Nachdem sich Libby vierzig Minuten lang mit der lebenswichtigen Frage herumgeschlagen hatte, ob die imposante alte Eichentruhe im Empfangsraum zur Aufbewahrung von Nachttöpfen diente, hörte sie jemanden »Gideon« sagen und blickte hoch. Bertram Cresswell-White hatte sich persönlich bemüht, sie in sein Zimmer zu bitten. Anders als bei ihrem letzten Besuch – der angemeldet gewesen war – wurde diesmal kein Kaffee serviert. Aber das künstliche Feuer im offenen Kamin brannte und nahm dem Raum etwas von seiner klammen Kühle.

Der Anwalt hatte offenbar gerade intensiv an irgendetwas gearbeitet; der Computer war noch eingeschaltet, der Bildschirm zeigte eine Seite maschinengeschriebenen Texts, und auf dem Schreibtisch lagen mehrere aufgeschlagene Bücher und ein Stapel ziemlich angestaubter Akten. In einem der geöffneten Ordner lag die Schwarzweiß-Fotografie einer Frau – blond, mit kurz gestutztem Haar, unreinem Teint und einem Gesichtsausdruck, als wollte sie sagen: Legt euch bloß nicht mit mir an.

Gideon sah das Bild und fragte: »Haben Sie vor, sie herauszuholen?«

Cresswell-White klappte den Hefter zu und wies sie zu den Klubsesseln am Feuer.

»Wenn es nach mir gegangen wäre«, sagte er, »und wir andere

Gesetze hätten, wäre sie gehängt worden. Sie ist ein Ungeheuer. Und ich habe mir das Studium von Ungeheuern zur Aufgabe gemacht.«

»Was hat sie denn getan?«, erkundigte sich Libby.

»Sie hat eine große Zahl von Kindern getötet und die Leichen im Moor verscharrt. Sie und ihr Freund haben die Kinder gefoltert und dabei Tonbandaufnahmen gemacht.«

Libby schluckte.

Cresswell-White sah bedeutungsvoll auf seine Uhr, schwächte diese Unhöflichkeit aber sogleich mit den Worten ab: »Ich habe vom Tod Ihrer Mutter gehört, Mr. Davies. Im Radio. Mein Beileid. Ich nehme an, Ihr Besuch bei mir hat damit zu tun. Wie kann ich Ihnen behilflich sein?«

»Ich möchte ihre Adresse.« Gideon brachte es in einem Ton hervor, als hätte er seit der Abfahrt vom Chalcot Square an nichts anderes mehr gedacht.

»Wessen Adresse?«

»Sie müssen doch wissen, wo sie sich aufhält. Sie haben dafür gesorgt, dass sie hinter Schloss und Riegel kam. Man wird Sie unterrichtet haben, als sie entlassen wurde. Und ich weiß, dass sie auf freiem Fuß ist. Deswegen bin ich gekommen. Ich brauche ihre Adresse.«

Libby dachte: Moment mal, Gideon!

Cresswell-White reagierte ähnlich. Er zog die Brauen zusammen und sagte: »Sie wollen von mir Katja Wolffs Adresse haben?«

»Sie haben sie doch, oder nicht? Sie müssen sie haben. Man hat sie bestimmt nicht frei gelassen, ohne Ihnen mitzuteilen, was sie vorhatte.«

»Wozu wollen Sie die Adresse? Ich sage übrigens nicht, dass ich sie habe.«

»Sie hat etwas gut.«

Libby dachte: Also, das ist echt der Wahnsinn! Leise, aber, wie sie hoffte, mit Nachdruck, sagte sie: »Gideon! Das ist doch Sache der Polizei.«

»Sie ist jetzt frei«, sagte Gideon zu Cresswell-White, als hätte Libby nicht gesprochen. »Sie ist frei, und sie hat etwas gut. Wo ist sie?«

»Das kann ich Ihnen nicht sagen.« Cresswell-White beugte sich vor, als wollte er nach Gideon greifen. »Ich weiß, wie schwer Sie gelitten haben, und ich kann mir vorstellen, dass Sie sich bis heute nicht von dem erholt haben, was sie Ihnen angetan hat. Die Zeit, die sie im Gefängnis verbracht hat, konnte Ihr Leiden natürlich nicht lindern.«

»Ich muss sie finden«, erklärte Gideon. »Es ist der einzige Weg.«

»Nein. Hören Sie mir zu. Das ist der falsche Weg. Ich weiß, es fühlt sich richtig an, und ich kenne selbst das Gefühl: Wenn Sie könnten, würden Sie mit einem Sprung in die Vergangenheit zurückkehren und sie schon vorher in Stücke reißen, nur um zu verhindern, dass sie Ihrer Familie das antun, was sie ihr angetan hat. Aber Sie würden dadurch so wenig gewinnen wie ich, wenn ich den Spruch der Geschworenen höre und weiß, dass ich gesiegt habe, aber in Wirklichkeit verloren, weil ein totes Kind durch nichts wieder zum Leben erweckt werden kann. Eine Frau, die das Leben eines Kindes nimmt, ist das schlimmste Ungeheuer überhaupt, weil sie Leben schenken könnte, wenn sie nur wollte. Und Leben zu nehmen, wenn man Leben schenken kann, ist ein besonders perverses Verbrechen, für das es niemals eine angemessene Strafe geben wird. Nicht einmal der Tod ist ausreichend.«

»Es muss eine Wiedergutmachung stattfinden«, sagte Gideon. Er schien weniger eigensinnig als verzweifelt. »Meine Mutter ist tot, verstehen Sie denn nicht? Es muss eine Wiedergutmachung geben, das ist der einzige Weg. Ich habe keine Wahl.«

»Doch«, entgegnete Cresswell-White, »Sie haben eine. Sie können sich dafür entscheiden, dieser Frau nicht auf dem Niveau zu begegnen, auf dem sie sich bewegt. Sie können sich dafür entscheiden zu glauben, was ich Ihnen sage, denn es gründet auf jahrzehntelanger Erfahrung. Es gibt keine Vergeltung für ein solches Verbrechen. Nicht einmal die Todesstrafe wäre angemessen, Gideon.«

»Sie verstehen mich nicht.«

Gideon schloss die Augen, und einen Moment lang glaubte Libby, er würde zu weinen anfangen. Sie wollte verhindern, dass er zusammenbrach und sich noch tiefer demütigte vor diesem Mann, der ihn nicht kannte und daher nicht wissen konnte, was er in den letzten zwei Monaten durchgemacht hatte. Aber sie wollte auch die Wogen glätten; denn wenn, so unwahrscheinlich das war, dieser Katja Wolff in den nächsten Tagen etwas zustoßen sollte, würde man nach diesem interessanten kleinen Gespräch mit Cresswell-White sich garantiert Gideon als Ersten vornehmen. Natürlich würde Gideon niemals wirklich etwas tun. Er redete nur, er brauchte einfach irgendetwas, woran er sich festhalten konnte, um nicht das Gefühl aushalten zu müssen, dass sein ganzes Leben in die Brüche ging.

Leise sagte Libby zu dem Anwalt: »Er war die ganze Nacht auf. Und wenn er mal schläft, dann hat er fürchterliche Albträume. Er hat sie nämlich gesehen, wissen Sie, und –«

Cresswell-White fuhr in die Höhe. »Katja Wolff? Hat sie sich bei Ihnen gemeldet, Gideon? Die Bewährungsauflagen verbieten ihr, mit Angehörigen Ihrer Familie Kontakt aufzunehmen. Wenn sie gegen sie verstoßen hat, können wir dafür sorgen –«

»Nein, nein. Seine Mutter«, unterbrach Libby. »Er hat seine Mutter gesehen. Aber er wusste nicht, dass sie es war, weil er sie seit seiner Kindheit nicht mehr gesehen hatte. Und das macht ihn total fertig, seit er gehört hat, dass sie – na ja, Sie wissen schon, dass sie umgebracht worden ist.« Sie warf einen vorsichtigen Blick auf Gideon. Er hatte die Augen immer noch geschlossen und schüttelte den Kopf, als wollte er alles verneinen, was ihn soweit getrieben hatte, einen Anwalt, den er nicht kannte, aufzufordern und zu bitten, seinetwegen seine Schweigepflicht zu verletzen. Libby wusste, dass es dazu nicht kommen würde. Nie im Leben würde Cresswell-White diese Frau, diese Katja Wolff, an Gideon ausliefern und damit Kopf und Kragen riskieren. Gott sei Dank. Das fehlte gerade noch, dass Gideon die Frau in die Hände bekam, die seine Schwester getötet hatte und vielleicht auch seine Mutter; dann würde er sein Leben endgültig verpfuschen.

Aber Libby wusste, wie ihm zumute war, oder glaubte jedenfalls, es zu wissen. Gideon meinte, er hätte seine Chance auf Wiedergutmachung irgendeines Vergehens vertan, und zur Strafe wäre seine Musik ihm genommen worden. Das war doch im Grunde alles, worauf es hinauslief: auf diese Geige.

Cresswell-White sagte: »Gideon, Katja Wolff ist den Zeitaufwand nicht wert, den es kosten würde, sie ausfindig zu machen. Diese Frau hat nie Reue gezeigt, sie war sich eines Freispruchs so sicher, dass sie niemals auch nur den Versuch unternahm, ihr Verhalten zu verteidigen. Ihr Schweigen sagte klar: ›Sollen die mir doch mal was nachweisen‹, und erst als die Fakten sich häuften – als am Leichnam Ihrer Schwester die früheren Verletzungen entdeckt wurden, die unbehandelt geblieben waren – und sie das Urteil hörte, hielt sie es für angebracht, etwas zu ihrer Verteidigung vorzubringen. Stellen Sie sich das doch einmal vor. Stellen Sie sich vor, was das für ein Mensch sein muss, der nach dem Tod eines Kindes, das seiner Fürsorge anvertraut war, hartnäckig jede Zusammenarbeit verweigert und nicht einmal zur Beantwortung der simpelsten Fragen bereit ist. Nach ihrer ersten Aussage vor der Polizei hat sie nicht eine Träne vergossen. Und sie wird auch jetzt nicht weinen. Das können Sie nicht von ihr erwarten. Sie ist nicht wie wir. Menschen, die Kinder quälen, sind niemals wie wir.«

Libby beobachtete Gideon mit ängstlicher Aufmerksamkeit, während Cresswell-White sprach. Sie hoffte auf ein Zeichen, dass die Worte des Anwalts irgendeinen Eindruck bei ihm hinterließen. Aber er verursachte bei ihr nur ein Gefühl wachsender Verzweiflung, als er die Augen öffnete, aufstand und zu sprechen begann.

Als hätte er Cresswell-Whites Worte nicht verstanden, sagte er: »Es ist ganz einfach so: Ich war ahnungslos, aber jetzt habe ich begriffen. Und ich muss sie finden.« Damit ging er zur Tür und griff sich dabei mit den Händen an die Stirn, als wollte er tun, was er vorher zu Libby gesagt hatte: sich das Gehirn aus dem Schädel reißen.

»Es geht ihm nicht gut«, sagte Cresswell-White zu Libby.

Worauf sie erwiderte: »Was Sie nicht sagen«, und Gideon nacheilte.

Raphael Robsons Haus in Gospel Oak lag ein Stück zurückgesetzt von einer stark belebten Straße des Viertels. Es entpuppte sich als ein imposanter, aber heruntergekommener Bau Edwardianischen Stils, der dringend der Renovierung bedurfte. Der mit Kies bedeckte Vorgarten war von einer Eibenhecke umgeben und diente als Parkplatz. Als Lynley und Nkata eintrafen, standen drei Fahrzeuge vor dem Haus: ein schmutziger weißer Lieferwagen, ein schwarzer Vauxhall und ein silbergrauer Renault. Lynley registrierte mit einem Blick, dass der Vauxhall nicht alt genug war, um das von ihnen gesuchte Fahrzeug sein zu können.

Ein Mann kam von hinten um das Haus herum, als sie auf dem Weg zur Haustür waren. Er hielt auf den Renault zu, ohne sie zu bemerken. Als Lynley ihn ansprach, blieb er stehen, in der Hand schon die Schlüssel, um den Wagen aufzusperren.

Ob er Raphael Robson sei?, fragte Lynley und zeigte seinen Dienstausweis.

Der Mann mit dem aschblonden, schütteren Haar, das in langen, lichten Strähnen nach rechts über den kahlen Schädel gekämmt war, hatte wenig Anziehendes. Seine Haut war fleckig von zu vielen Urlaubstagen an den hochsommerlichen Stränden des Mittelmeers, und seine Schultern waren bedeckt mit Schuppen. Er warf einen kurzen Blick auf Lynleys Ausweis und sagte, ja, er sei Raphael Robson.

Lynley stellte Nkata vor und fragte, ob man irgendwo in Ruhe miteinander sprechen könne, ohne vom Lärm der Autos gestört zu werden, die jenseits der Hecke vorbeibrausten. Aber ja, selbstverständlich, versicherte Robson. Wenn sie ihm folgen wollten.

»Die vordere Tür ist völlig verzogen«, erklärte er. »Wir haben noch keine neue angeschafft. Wir müssen hinten herum gehen.«

Robson führte sie auf einem mit Backsteinen gepflasterten Fußweg in einen ziemlich großen, verwilderten Garten mit wucherndem Unkraut, überall ehemalige Blumenrabatten, die schon lange nicht mehr gepflegt wurden, und mit Bäumen, die seit Jahren nicht mehr beschnitten worden waren. Die feuchten Herbstblätter unter ihren Füßen vermischten sich mit dem verrotteten Laub früherer Jahre zu einer dicken Mulchdecke. Mitten in dieser Szenerie des Verfalls stand ein offensichtlich neu errichteter Bau.

Robson, der sah, wie Lynley und Nkata das Gebäude musterten, sagte: »Das war unser erstes Projekt. Wir machen Möbel da drinnen.«

»Sie schreinern?«

»Wir restaurieren. Das Haus kommt auch noch dran. Wir verkaufen die restaurierten Möbel und sorgen so für ein gewisses Grundkapital, mit dem wir arbeiten können. Ein Haus wie dieses hier zu renovieren« – ein Nicken zu dem beeindruckenden alten

Gebäude –»kostet ein Vermögen. Immer wenn wir genug zusammengespart haben, nehmen wir einen Raum in Angriff. Es dauert ewig, aber hier hat's keiner eilig. Und wenn man gemeinsam an so einem Projekt arbeitet, entwickelt sich eine gewisse Kameradschaft, die sehr angenehm ist.«

Das Wort Kameradschaft verwunderte Lynley. Er hatte geglaubt, wenn Robson »wir« sagte, bezöge sich das auf seine Familie. Aber wenn der Mann von Kameradschaft sprach, bedeutete das etwas anderes. Er dachte an die Fahrzeuge, die er vor dem Haus gesehen hatte, und sagte: »Dann ist das hier eine Wohngemeinschaft?«

Robson sperrte die Tür auf. Dahinter befand sich ein Flur mit einer langen Holzbank an der einen Wand, unter der sauber aufgereiht Gummistiefel standen. An Haken darüber hingen Jacken und Mäntel.

»Das klingt ein bisschen sehr nach Hippie-Ära«, sagte er. »Aber, ja, ich denke, man könnte von einer Wohngemeinschaft sprechen. Vor allem ist es aber eine Interessengemeinschaft.«

»Und welches sind die gemeinsamen Interessen?«

»Musizieren und die Renovierung dieses Hauses, damit wir alle es nutzen und genießen können.«

»Nicht das Restaurieren von Möbeln?«, fragte Nkata.

»Das ist nur Mittel zum Zweck. Musiker verdienen nicht so viel Geld, dass sie sich ganz ohne Nebeneinkünfte eine Renovierung dieser Größenordnung erlauben könnten.«

Er ließ ihnen den Vortritt ins Haus, zog die Tür hinter ihnen zu und schloss gewissenhaft ab.

»Bitte, kommen Sie.« Er führte sie in einen großen muffigen Raum, früher vielleicht ein Speisezimmer, jetzt eine Kombination aus Zeichensaal, Lagerraum und Büro. Die Tapete oben an den Wänden war voller Stockflecken, die Holztäfelung unten herum zerschrammt. Auch ein Computer gehörte zur Einrichtung, und Lynley stellte sogleich fest, dass er mit einem Telefonanschluss versehen war.

Er sagte: »Wir haben Sie mit Hilfe der Nachricht ausfindig gemacht, die Sie auf dem Anrufbeantworter einer Frau namens Eugenie Davies hinterlassen haben, Mr. Robson. Vor vier Tagen. Abends um zwanzig Uhr fünfzehn.«

Nkata, der neben Lynley stand, zog sein in Leder gebundenes Protokollheft und seinen Drehbleistift heraus. Robson sah zu, wie er einen Millimeter der Mine herausdrehte, dann trat er zu einem Arbeitstisch, auf dem eine Anzahl Blaupausen übereinander ausgebreitet lag. Er strich mit der Hand glättend über den obersten Bogen, als beabsichtigte er, ihn genauer zu betrachten, und sagte nur: »Ja.«

»Wissen Sie, dass Mrs. Davies vor drei Tagen abends ermordet wurde?«

»Ja.« Er sprach leise. Unwillkürlich griff er nach einer Blaupause, die noch zusammengerollt war, und schnippte mit dem Daumen an dem Gummiband. »Richard Davies hat es mir gesagt.« Er hob den Kopf und sah Lynley an. »Er war gerade bei seinem Sohn, um es ihm mitzuteilen, als ich zu unserer täglichen Sitzung kam.«

»Sitzung?«

»Ich bin Geigenlehrer. Gideon Davis ist seit seiner Kindheit mein Schüler. Jetzt braucht er natürlich keinen Unterricht mehr. Aber wir musizieren täglich drei Stunden zusammen, wenn er nicht gerade probt oder Plattenaufnahmen macht. Sie haben doch sicher von ihm gehört.«

»Ich dachte, er hätte schon seit mehreren Monaten nicht mehr gespielt.«

Wieder wollte Robsons Hand zu einem der Entwürfe wandern, aber dann zog er sie plötzlich zurück. Mit einem Seufzer sagte er: »Nehmen Sie doch Platz, Inspector. Sie auch, Constable«, und kam zu ihnen. »Es ist in einer Situation wie der Gideons nicht nur wichtig, den Schein zu wahren, man muss auch so normal wie möglich weitermachen. Darum suche ich ihn weiterhin regelmäßig zu unseren täglichen Musikstunden auf, und wir hoffen, dass er mit der Zeit zu seinem Spiel zurückfinden wird.«

»Wir?« Nkata sah fragend auf.

»Richard Davies und ich. Gideons Vater.«

Irgendwo im Haus begann jemand ein Scherzo zu spielen. Ein Strom lebhafter Töne perlte von den Saiten eines Cembalos, so klang es zunächst, dann aber sprang das Timbre der Töne plötzlich um auf die dunklere Oboe, und gleich darauf klang es wie Flötentrillern durchs Haus. Zu gleicher Zeit steigerte sich die

589

Klangfülle, und das rhythmische Dröhnen mehrerer Schlaginstrumente setzte ein.

Robson ging zur Tür, machte sie zu und sagte: »Entschuldigen Sie. Janet ist völlig fasziniert von dem elektronischen Keyboard. Es begeistert sie, was man mit einem Computerchip alles machen kann.«

»Und Sie?«, fragte Lynley.

»Ich habe nicht das Geld für ein Keyboard.«

»Ich meine eigentlich die Computerchips, Mr. Robson. Benutzen Sie diesen Computer? Er hat einen Telefonanschluss, wie ich sehe.«

Robsons Blick flog zu dem Gerät. Er ging durch das Zimmer, zog unter der Spanplatte, die von Böcken getragen als Arbeitstisch diente, einen Stuhl hervor und setzte sich. Lynley und Nkata nahmen sich zwei Klappstühle aus Metall, stellten sie so, dass sie mit Robsons Stuhl ein Dreieck vor dem Computer bildeten, und setzten sich ebenfalls.

»Den benutzen wir alle«, sagte Robson.

»Für Mails? Zum Chatten? Zum Surfen im Internet?«

»Ich benutze ihn hauptsächlich zum Mailen. Meine Schwester lebt in Los Angeles, mein Bruder in Birmingham und meine Eltern haben ein Haus an der Costa del Sol. Da ist das die einfachste Art, Kontakt zu halten.«

»Wie lautet die Adresse?«

»Warum?«

»Neugier«, antwortete Lynley.

Robson nannte ihm mit verwunderter Miene die Adresse, und Lynley hörte, was er beim Anblick des Computers vermutet hatte. *Jete* war Robsons Online-Name, also Teil seiner E-Mail-Adresse.

»Ich habe den Eindruck, es gab Probleme zwischen Ihnen und Mrs. Davies«, sagte er zu Robson. »Ihre Nachricht auf dem Anrufbeantworter klang sehr erregt, und die letzte E-Mail, die sie ihr geschickt haben, wirkte beinahe verzweifelt. Sie schrieben, Sie müssten sie unbedingt sehen. Hatte es zwischen Ihnen ein Zerwürfnis gegeben?«

Robson drehte sich auf seinem Schreibtischstuhl und starrte auf den leeren Bildschirm des Computers, als könnte er dort noch einmal seinen letzten Brief an Eugenie Davies lesen. Wie zu sich selbst sagte er: »Sie überprüfen natürlich jede Einzelheit. Das versteht sich.« Dann fuhr er in normalem Ton fort: »Wir waren ziemlich verstimmt auseinander gegangen. Ich hatte Dinge gesagt...« Er zog ein Taschentuch heraus und drückte es an seine schweißfeuchte Stirn. »Ich wollte mich bei ihr entschuldigen. Schon als ich aus dem Lokal weg ging – und ich war wirklich wütend, das gebe ich gern zu –, hatte ich nicht etwa den Gedanken im Kopf, so, das war's jetzt, mit dieser Frau bin ich fertig, ein für allemal, sie ist ja völlig blind und uneinsichtig, ich will mit ihr nichts mehr zu tun haben. Mir ging etwas ganz Anderes durch den Kopf. Ich dachte, mein Gott, sie sieht so elend aus, sie ist dünner denn je, wieso will sie einfach nicht sehen, was das bedeutet.«

»Was denn?«, fragte Lynley.

»Dass sie die Entscheidung einzig mit dem Verstand getroffen hatte. Sie erschien ihr wahrscheinlich ganz vernünftig, aber ihr Körper rebellierte dagegen. Wahrscheinlich wollte ihre – ach, ich weiß auch nicht – ihre Seele ihr damit sagen, sie solle endlich Schluss machen und die Dinge nicht noch weiter treiben. Man konnte das innere Aufbegehren sehen. Glauben Sie mir, man konnte es wirklich sehen. Sie vernachlässigte sich. Aber das war es nicht allein. So hatte sie damals, vor Jahren, auch schon reagiert. Sie war früher eine schöne Frau, aber wenn man sie später sah, besonders in den letzten Jahren, hätte man nie geglaubt, dass sich früher die Männer auf der Straße nach ihr umdrehten.«

»Was für eine Entscheidung hatte sie denn getroffen, Mr. Robson?«

»Kommen Sie einen Augenblick mit«, sagte Robson, statt eine Antwort zu geben. »Ich möchte Ihnen etwas zeigen.« Auf dem Weg, den sie gekommen waren, führte er sie in den Garten hinaus. Er ging direkt auf das Häuschen zu, in dem, wie er berichtet hatte, die Hausbewohner ihre Restaurierungsarbeiten machten.

Der Bau bestand aus einem einzigen großen Raum, in dem alte, zum Teil arg mitgenommene Möbelstücke in unterschiedlichen Stadien der Wiederherstellung herumstanden. Es roch durchdringend nach Sägemehl, Terpentin und Holzbeize, und über allem lag wie ein feiner Schleier eine Patina aus Schmirgelstaub. Fußabdrücke zogen sich kreuz und quer über den schmutzigen

Boden, von einer Werkbank, über der eine Garnitur frisch gereinigter Werkzeuge blinkte, zu einem dreibeinigen alten Schrank, der, bis auf das blanke Walnussholz abgeschmirgelt und aller Innereien entleert, auf die nächste Phase der Verjüngung wartete.

»Ich will Ihnen sagen, was ich vermute«, begann Robson. »Sagen Sie mir dann, wie nahe ich der Realität bin. Ich habe einen Schrank für sie restauriert. Aus Kirschholz. Ein sehr schönes Stück. Etwas ganz Besonderes, das man nicht alle Tage sieht. Ich habe ihr außerdem eine Kommode hergerichtet, frühes achtzehntes Jahrhundert. Eiche. Und einen Waschtisch. Viktorianisch. Ebenholz mit einer Marmorplatte. Einer der Schubladenknöpfe fehlt, aber man würde ihn gar nicht ersetzen wollen, weil man keinen entsprechenden finden würde. Außerdem verleiht dieser kleine Mangel dem Stück zusätzlich Charakter. Für den Schrank habe ich am längsten gebraucht, denn wenn man so ein altes Stück, das hoffnungslos verwahrlost scheint, restauriert, dann will man es auch perfekt machen. Ich habe sechs Monate gebraucht, ehe ich den Schrank so hatte, wie ich ihn haben wollte, und hier« – er wies mit dem Kopf zum großen Haus – »war keiner besonders erfreut darüber, dass ich mich so lange mit einem Stück beschäftigte, das uns überhaupt nichts einbrachte.«

Lynley hörte sich das alles mit gerunzelter Stirn an und versuchte, während Robson, wie ihm schien, um den heißen Brei herumredete, zwischen den Zeilen zu lesen. »Es kam zwischen Ihnen und Mrs. Davies zu einem Zerwürfnis«, sagte er. »Dabei ging es um eine Entscheidung, die sie getroffen hatte. Aber ich kann mir nicht vorstellen, dass ihre Entscheidung etwas mit dem Verkauf von Möbelstücken zu tun hatte, die Sie für sie restauriert hatten. Habe ich Recht?«

Robsons Schultern sanken ein wenig herab. Insgeheim hatte er vielleicht gehofft, Lynley würde nicht bestätigen, was er vermutet hatte. Den Blick auf das Taschentuch gesenkt, das er noch in der Hand hielt, sagte er: »Sie hat sie also nicht behalten? Sie hat keines der Stücke behalten, die ich ihr geschenkt habe, sondern alle verkauft und den Erlös irgendwelchen wohltätigen Einrichtungen gegeben. Vielleicht hat sie auch gleich die Möbelstücke selbst verschenkt. Jedenfalls hat sie, wie ich Ihren Worten entnehme, nicht eines für sich behalten.«

»In dem Haus in Henley waren keinerlei Antiquitäten, falls das Ihre Frage sein sollte«, sagte Lynley. »Das Mobiliar war –«

Er suchte nach dem passenden Wort, um die Einrichtung von Eugenie Davies' Haus zu charakterisieren. »Spartanisch«, sagte er. »Ja, sie lebte wahrscheinlich wie eine Nonne«, meinte Robson bitter. »Das war die Strafe, die sie sich selbst auferlegt hatte. Aber es hat noch nicht gereicht. Sie wollte noch weiter gehen.«

»Und wie hätte das ausgesehen?« Nkata hatte keine Aufzeichnungen mehr gemacht, als Robson begonnen hatte, die Möbelstücke zu beschreiben, die er Eugenie Davies geschenkt hatte. Jetzt aber versprach es wieder interessant zu werden.

»Ich spreche von Wiley«, erklärte Robson. »Von dem Mann mit der Buchhandlung. Sie war seit mehreren Jahren mit ihm befreundet, und nun meinte sie, es wäre an der Zeit…«

Robson steckte sein Taschentuch ein und richtete seine Aufmerksamkeit auf den schief stehenden Schrank. Lynley konnte sich nicht vorstellen, dass an diesem dreibeinigen Wrack, dessen Rücken ein klaffendes Loch aufwies, so als wäre ihm jemand mit der Axt zu Leibe gerückt, noch etwas zu retten war.

»Sie wollte ihn heiraten, falls er ihr einen Antrag machte. Sie erklärte, sie glaube – sie spüre es, sagte sie, intuitiv, Herrgott noch mal! –, dass das anstehe. Ich sagte, wenn ein Mann nicht ein Mal den Versuch gemacht habe – in drei Jahren nicht ein einziges Mal Anstalten gemacht habe, sich ihr zu nähern… Ich spreche hier nicht von Gewalt oder Aufdringlichkeit, sondern lediglich… Er hatte überhaupt nicht versucht, ihr nahe zu kommen. Er hatte noch nicht einmal mit ihr darüber gesprochen, warum er es nicht versucht hatte. Sie begnügten sich beide mit ihren Ausflügen, ihren kleinen Spaziergängen, ihren armseligen Seniorenbusreisen… Ich wollte ihr nur sagen, dass das nicht normal sei. Ich meine, so etwas ist doch blutleer, wenn sie daraus einen Dauerzustand machen wollte, wenn sie sich tatsächlich mit ihm verheiraten und sich damit gewissermaßen selbst aus dem Rennen nehmen wollte…« Robson ging die Luft aus. Seine Augen röteten sich. »Aber wahrscheinlich wollte sie eben genau das. Mit einem Menschen zusammenleben, der ihr nichts geben konnte, nichts von dem, was ein Mann einer Frau geben kann, die ihm alles bedeutet.«

Lynley betrachtete Robson aufmerksam, während dieser redete, und sah, wie unglücklich er war. »Wann haben Sie Mrs. Davies das letzte Mal gesehen?« fragte er.

»Vor vierzehn Tagen. Am Donnerstag.«

»Wo?«

»In Marlow. Im *Swan and Three Roses*. Das ist ein Lokal am Stadtrand.«

»Und danach haben Sie sich nicht wieder getroffen? Haben Sie noch einmal mit ihr gesprochen?«

»Zweimal. Am Telefon. Ich wollte mich – ich hatte ziemlich heftig reagiert, als sie mir das mit Wiley gesagt hatte, und das war mir auch klar. Ich wollte mich mit ihr versöhnen. Aber es wurde nur schlimmer, weil ich trotzdem wieder mit ihr darüber sprechen wollte, über ihn und darüber, dass er in den drei Jahren kein Mal – nicht ein einziges Mal in drei Jahren … Doch das wollte sie nicht hören. ›Er ist ein guter Mann, Raphael‹, sagte sie immer wieder. ›Und es ist jetzt an der Zeit.‹«

»Was denn?«

Robson fuhr zu sprechen fort, als hätte Nkata nicht gefragt, als wäre er selbst ein stummer Cyrano, der lange auf eine Gelegenheit gewartet hatte, seinem Herzen Luft zu machen. »Ich fand auch, dass es an der Zeit sei«, fuhr er fort. »Sie hatte sich jahrelang bestraft. Sie war nicht im Gefängnis, aber sie lebte wie in einem Gefängnis. Sie lebte beinahe wie in Einzelhaft, in absoluter Selbstverleugnung, umgab sich mit Leuten, mit denen sie nichts gemeinsam hatte, und übernahm freiwillig die unangenehmsten Aufgaben. Und das alles tat sie, um zu bezahlen. Um zu büßen.«

»Aber wofür denn?« Nkata, der die ganze Zeit an der offenen Tür gestanden hatte, als wollte er seinen guten anthrazitgrauen Flanellanzug vor dem Staub schützen, der hier drinnen in der Luft hing, trat jetzt einen Schritt näher an Robson heran und sah Lynley an. Der deutete mit einer kurzen Handbewegung an, dass sie abwarten sollten, bis Robson aus eigenem Antrieb sprach. Ihr Schweigen war als Instrument so nützlich wie seines enthüllend.

Schließlich sagte Robson: »Eugenie konnte Sonia nicht gleich die Liebe geben, die sie dem Kind ihrer Meinung nach hätte geben müssen. Sie war einfach erschöpft von der Entbindung. Es

594

war eine schwere Geburt gewesen, und zunächst wollte sie nur Ruhe, um sich zu erholen. Es ist doch nichts Unnatürliches, wenn eine Frau so lange in den Wehen gelegen hat – dreißig Stunden! – und so ermattet ist, dass sie nicht einmal mehr die Kraft hat, ihr Neugeborenes in die Arme zu schließen. Das ist doch keine Sünde.«

»Sicher nicht«, sagte Lynley.

»Und sie haben ja auch nicht sofort festgestellt, was mit der Kleinen los war. Es gab natürlich gewisse Anzeichen, aber es war, wie gesagt, eine schwere Geburt gewesen. Sie kam nicht glatt und rosig zur Welt wie ein Filmbaby. Darum wurden die Ärzte erst aufmerksam, als sie sie untersuchten, und dann… Mein Gott, jeder wäre erst einmal schockiert gewesen von so einer Nachricht. Jeder hätte sich erst einmal mit der unerwarteten Situation auseinander setzen müssen, um sich auf sie einstellen zu können. So etwas braucht Zeit. Aber Eugenie meinte, bei ihr hätte es anders sein müssen, und das war ihr nicht auszureden. Sie meinte, sie hätte die Kleine sofort ins Herz schließen und augenblicklich wissen müssen, wie sie sich zu verhalten habe, was sie zu erwarten und wie sie zu sein hatte. Da ihr das nicht gelang, hasste sie sich. Und die Familie machte es ihr nicht leichter, das Kind zu akzeptieren, vor allem Richard Davies' Vater nicht – dieser Wahnsinnige –, der ein zweites Wunderkind erwartet hatte und nun, als ihm das Gegenteil beschert wurde… Ach, es war einfach zu viel für Eugenie! Sonias Probleme, Gideons Bedürfnisse – die täglich wuchsen, was kann man bei einem Wunderkind anderes erwarten? –, die Tobsuchtsanfälle des verrückten alten Mannes, Richard Davies' zweites Versagen –«

»Sein zweites Versagen?«

»Es war sein zweites behindertes Kind. Er hatte schon eines. Aus einer früheren Ehe. Und als dieses zweite zur Welt kam… Es war für alle entsetzlich, aber Eugenie wollte nicht begreifen, dass es ganz normal war, zunächst entsetzt und zornig zu sein, Gott zu verfluchen und sich so zu verhalten, wie man sich eben verhalten muss, um mit einem Schicksalsschlag fertig zu werden. Stattdessen hörte sie auf ihren fürchterlichen Vater: ›Gott spricht direkt zu uns. Es gibt kein Geheimnis in seiner Botschaft. Erforsche deine Seele und dein Gewissen, um in ihnen Gottes Handschrift zu lesen, Eugenie.‹ Das hat er ihr geschrieben. Ist das nicht Wahnsinn? Das war sein Segen und sein Trost zur Geburt dieses bedauernswerten Kindes. Und kein Mensch konnte ihr die Schuldgefühle und den Selbsthass ausreden. Die Nonne war auch keine Hilfe. Die sprach von Gottes Willen, als wäre die ganze Situation vorbestimmt. Eugenie müsse das Kind annehmen, ohne aufzubegehren. Sie dürfe Schmerz und Trauer in angemessener Weise empfinden, aber dann müsse sie sie hinter sich lassen und sich wieder dem Leben zuwenden. Und als das Kind dann starb – und wie es starb... Ich vermute, es hatte Augenblicke gegeben, in denen Eugenie sich sagte, lieber soll sie sterben, als so leben zu müssen, mit Ärzten und Operationen, Atemnot und Herzversagen, Magenproblemen, Schwerhörigkeit, kaum fähig, zu essen und zu verdauen – da soll sie doch lieber sterben. Und dann starb sie tatsächlich. Es war, als hätte jemand ihren Wunsch erhört, der in Wirklichkeit gar kein Wunsch war, sondern nur Ausdruck einer momentanen Hoffnungslosigkeit. Was hätte Eugenie da anderes empfinden können als Schuldgefühle? Und wie anders hätte sie büßen sollen als durch Selbstbestrafung?«

»Bis Major Wiley auf der Bildfläche erschien«, bemerkte Lynley.

»Vermutlich, ja.« Robsons Stimme klang dumpf. »Wiley bedeutete für sie einen Neuanfang. So jedenfalls hat sie es ihren eigenen Worten zufolge gesehen.«

»Und darüber haben Sie mit ihr gestritten.«

»Ich wollte mich ja entschuldigen«, sagte Robson. «Ich wollte unbedingt mit ihr Frieden schließen. Wir waren jahrelang befreundet gewesen, und ich konnte diese Freundschaft nicht vergessen, nur wegen Wiley. Das wollte ich ihr sagen. Das war alles.«

Lynley dachte an das, was er von Gideon und Richard Davies gehört hatte. »Sie hatte den Kontakt zur Familie vor langer Zeit abgebrochen, aber den zu Ihnen hat sie gehalten. Hatten Sie mal eine Liebesbeziehung mit Mrs. Davies, Mr. Robson?«

Tiefe Röte stieg Robson ins Gesicht, eine hässliche, flammende Röte, die auf seiner von der Sonne geschädigten Haut fleckig wirkte. »Wir haben uns zweimal im Monat getroffen«, sagte er nur.

»Wo?«

»In London oder auf dem Land. Wo immer sie es wünschte. Sie wollte Nachricht von Gideon, und ich lieferte sie ihr. Das war alles, was mich mit Eugenie Davies verband.«

Die Pubs und Hotels in ihrem Terminkalender, dachte Lynley. Zweimal im Monat. Aber das ergab keinen Sinn. Ihre Treffen mit Robson entsprachen nicht dem Muster, nach dem sie ihr Leben gestaltet hatte. Wenn sie sich für die Sünde der menschlichen Verzweiflung hatte bestrafen wollen, für den heimlichen Wunsch – der ihr auf so entsetzliche Weise erfüllt worden war –, von den Mühen und Sorgen um ein behindertes Kind erlöst zu werden, warum hatte sie sich dann gestattet, Informationen über ihren Sohn einzuholen, durch die sie vielleicht getröstet und nicht allen Kontakts beraubt werden würde? Hätte sie sich das nicht auch verweigern müssen?

Irgendwo fehlte da ein Glied in der Kette. Und sein Instinkt sagte Lynley, dass Raphael Robson genau wusste, was es war.

»Zum Teil kann ich Mrs. Davies' Verhalten verstehen, Mr. Robson«, erklärte er, »aber manches finde ich verwirrend. Warum, zum Beispiel, hat sie den Kontakt zu ihrer Familie abgebrochen, jedoch mit Ihnen Verbindung gehalten?«

»Wie ich schon sagte: Das war ihre Art, sich zu bestrafen.«

»Für etwas, das sie gedacht hatte, ohne je im Sinne dieser Gedanken gehandelt zu haben?«

Es hätte Raphael Robson eigentlich ein Leichtes sein müssen, diese einfache Frage zu beantworten. Ja oder nein. Er hatte Eugenie Davies immerhin Jahre gekannt und hatte sich regelmäßig mit ihr getroffen. Aber er antwortete nicht, sondern nahm einen Hobel, der mit anderen Werkzeugen auf dem Arbeitstisch lag, und prüfte mit seinen langen, schlanken Musikerfingern die Klinge.

»Mr. Robson?«, sagte Lynley.

Robson trat zu einem Fenster, dessen Scheiben, von Staub überzogen, beinahe undurchsichtig waren. Er sagte: »Sie hatte ihr gekündigt. Es war Eugenies Entscheidung, und damit fing alles an. Darum gab sie sich die Schuld.«

Nkata sah auf. »Katja Wolff, meinen Sie?«

»Eugenie hat Katja damals entlassen«, erklärte Robson. »Wenn sie nicht so entschieden hätte … wenn es nicht zum Streit gekommen wäre …« Er machte eine vage Handbewegung. »Wir können

597

keinen Moment unseres Lebens noch einmal leben. Wir können nichts ungesagt oder ungeschehen machen. Wir können nur die Scherben auflesen und versuchen, zu kitten, was zu kitten ist.«

Sicher wahr, dachte Lynley, aber dies waren Banalitäten, die sie der Wahrheit nicht einen Schritt näher brachten. »Beschreiben Sie die Zeit vor der Ermordung des Kindes, Mr. Robson«, sagte er. »So, wie Sie sie in Erinnerung haben.«

»Warum? Was hat das –«

»Tun Sie mir einfach den Gefallen.«

»Da gibt es nicht viel zu erzählen. Es ist eine ziemlich armselige Geschichte. Katja Wolff ließ sich schwängern und war gesundheitlich nicht mehr sehr stabil. Sie litt morgens an starker Übelkeit und häufig auch mittags und abends. Sonia verlangte volle Aufmerksamkeit von jedem, der sich um sie kümmerte, aber die konnte Katja ihr nicht geben. Sie konnte nicht mehr essen, ohne alles gleich wieder zu erbrechen. Sie war jede Nacht wegen Sonia wach und versuchte, den verlorenen Schlaf nachzuholen, wann immer sich Gelegenheit bot. Aber sie schlief einmal zu oft, als sie eigentlich etwas anderes hätte tun sollen, und da hat Eugenie ihr gekündigt. Katja verlor die Nerven. Eines Abends war ihr die Kleine – Sonia – zu schwierig. Und da war es aus.«

»Haben Sie beim Prozess ausgesagt?«, fragte Nkata.

»Ja.«

»Gegen sie?«

»Ich habe nur berichtet, was ich gesehen hatte, wo ich gewesen war, und was ich wusste.«

»Für die Anklage?«

»Letztendlich ja, denke ich.« Robson trat von einem Fuß auf den anderen, während er auf die nächste Frage wartete. Nkata schrieb, Lynley sagte nichts. Als das Schweigen sich in die Länge zog, ergriff Robson noch einmal das Wort. »Gesehen hatte ich praktisch nichts«, erklärte er. »Ich hatte Gideon eine Aufgabe gestellt und wurde erst darauf aufmerksam, dass etwas nicht in Ordnung war, als Katja im Badezimmer zu schreien begann. Sofort lief das ganze Haus zusammen, Eugenie rief den Rettungsdienst an und Richard versuchte, die Kleine zu beatmen.«

»Und die Schuld bekam Katja Wolff«, bemerkte Nkata.

»Am Anfang war ein solches Chaos, dass keiner daran dachte,

nach dem Schuldigen zu suchen«, antwortete Robson. »Katja schrie unablässig, sie habe die Kleine nicht allein gelassen. Also glaubten alle zunächst, Sonia hätte einen Herzanfall gehabt und wäre binnen eines Augenblicks gestorben, während Katja ihr den Rücken zugewandt hatte, um ein Handtuch zu holen. Das ungefähr dachten wir. Dann sagte sie aber, sie sei nur ein, zwei Minuten am Telefon gewesen. Das entpuppte sich als Lüge, als Katie Waddington aussagte, nichts von dem Telefonat zu wissen. Später folgte die Obduktion. Es wurde klar, woran Sonia gestorben war und dass es frühere Zwischenfälle gegeben hatte, von denen niemand etwas wußte ...« Er breitete die gespreizten Hände aus, als wollte er sagen, der Rest ist bekannt.

»Katja Wolff ist aus dem Gefängnis entlassen worden, Mr. Robson«, sagte Lynley. »Haben Sie von ihr gehört?«

Robson schüttelte den Kopf. »Ich kann mir auch nicht vorstellen, warum sie wünschen sollte, mich zu sprechen.«

»Ums Reden geht's ihr vielleicht gar nicht«, warf Nkata ein. Robson sah Lynley an. «Sie glauben, Katja könnte Eugenie getötet haben.«

Lynley sagte: »Der Beamte, der damals die Ermittlungen geleitet hat, ist gestern Nacht ebenfalls von einem Auto angefahren worden.«

»Um Gottes willen.«

»Wir halten es für ratsam, dass alle möglichst vorsichtig sind, bis wir wissen, was Mrs. Davies wirklich zugestoßen ist«, sagte Lynley. »Sie wollte Major Wiley übrigens etwas mitteilen. Das hat er uns gesagt. Haben Sie eine Ahnung, was das gewesen sein könnte?«

»Nein«, antwortete Robson, für Lynleys Geschmack viel zu prompt. Und als wäre ihm sogleich klar geworden, dass diese schnelle Antwort aufschlussreicher war als die Antwort selbst, fügte er hinzu: »Wenn Sie Major Wiley etwas mitteilen wollte, so hat sie mir nichts davon gesagt. Verstehen Sie, Inspector.«

Lynley verstand nur, dass der Mann etwas zu verheimlichen versuchte. Er sagte: »Sie waren doch ein enger Freund von Mrs. Davies, Mr. Robson. Mir scheint, Sie haben da etwas nicht bedacht. Wenn Sie sich Ihre letzten Zusammentreffen mit ihr ins Gedächtnis rufen, besonders das letzte, als es zwischen Ihnen beiden zum Streit kam, fällt Ihnen vielleicht doch noch irgendein Detail ein, eine rein beiläufige Bemerkung vielleicht, das uns einen Hinweis darauf geben könnte, was sie mit Major Wiley besprechen wollte.«

»Es gibt nichts. Wirklich. Ich wüsste nicht…«

Lynley ließ nicht locker. »Wenn das, was sie mit Major Wiley besprechen wollte, der Grund für ihre Ermordung ist – und wir können diese Möglichkeit nicht ausschließen, Mr. Robson –, dann ist jede Kleinigkeit, an die Sie sich erinnern können, von größter Bedeutung.«

»Vielleicht wollte sie mit ihm über Sonias Tod sprechen und wie es dazu kam. Vielleicht glaubte sie, ihm erklären zu müssen, warum sie ihren Mann und ihren Sohn verlassen hatte. Vielleicht glaubte sie, seine Vergebung zu brauchen, ehe sie mit ihm ein neues Leben anfangen könnte.«

»Hätte ihr das ähnlich gesehen?«, fragte Lynley. »Die Beichte vor der Intensivierung einer Beziehung?«

»Ja«, antwortete Robson, und es klang ehrlich. »Das wäre genau Eugenies Art gewesen. Vorher die Beichte abzulegen.«

Lynley nickte und ließ sich das durch den Kopf gehen. Teilweise war es durchaus stimmig, aber eine einfache Tatsache, die sich mit Robsons hilfsbereiter Erklärung gezeigt hatte, war nicht zu übersehen. Sie hatten Robson nichts davon gesagt, dass Major Wiley sich vor zwanzig Jahren in Afrika aufgehalten und daher die Umstände von Sonia Davies' Tod nicht gekannt hatte.

Wenn Robson das wusste, dann wusste er wahrscheinlich noch mehr, und Lynley war überzeugt, dass dieses verheimlichte Wissen den Weg zu dem Mord in Hampstead wies.

# GIDEON

## *1. November*

Ich protestiere, Dr. Rose. Ich meide nichts. Sie können meine Suche nach der Wahrheit über den Tod meiner Schwester mit Skepsis betrachten. Sie können behaupten, es diene dem übermächtigen Wunsch, abzulenken, wenn ich den halben Tag damit zubringe, nach Cheltenham und wieder zurück zu fahren, und Sie können meine Gründe dafür hinterfragen, dass ich noch einmal drei Stunden im Pressearchiv gesessen und die Bericht über Katja Wolffs Festnahme und den Prozess gelesen und kopiert habe. Aber Sie können mich nicht bezichtigen, eben das zu meiden, was zu tun Sie mir ans Herz gelegt haben.

Ja, Sie haben mir aufgetragen, niederzuschreiben, woran ich mich erinnere, und das habe ich getan. Mir scheint aber, dass mir die Geschichte über den Tod meiner Schwester den Zugang zu anderen Erinnerungen versperren wird, solange ich mich nicht gründlich mit ihr auseinander gesetzt habe. Und deshalb werde ich das alles durcharbeiten. Deshalb werde ich mir Gewissheit darüber verschaffen, was damals geschehen ist. Wenn dieses Bemühen nichts weiter ist als ein ausgeklügeltes Manöver meines Unterbewusstseins, das zu verschleiern, woran ich mich eigentlich erinnern sollte – was, zum Teufel, auch immer das ist –, so werden wir das früher oder später merken, meinen Sie nicht? Und unterdessen werden Sie durch die zahllosen Sitzungen mit mir immer reicher. Vielleicht werde ich sogar Ihr Patient auf Lebenszeit.

Sagen Sie mir jetzt bitte nicht, dass Sie meine Frustration spüren! Es ist doch klar, dass ich frustriert bin, wenn Sie mich genau in dem Moment, wo ich meine, eine Spur gefunden zu haben, auffordern, über den Prozess der Rationalisierung nachzudenken und zu überlegen, was für eine Bedeutung er bei meinen derzeitigen Bestrebungen haben könnte.

Ich werde Ihnen sagen, was Rationalisierung heißt: Es heißt, dass ich bewusst oder unbewusst der Ursache meines Versagens als Musiker ausweiche. Es heißt, dass ich die raffiniertesten Haken schlage, um Ihre Bemühungen, mir zu helfen, zu vereiteln.

Sehen Sie, mir ist absolut bewusst, was ich *vielleicht* tue. Und jetzt bitte ich Sie, es mich tun zu lassen.

Ich war bei meinem Vater. Er war nicht zu Hause, als ich kam, aber Jill war da. Sie hat beschlossen, seine Küche zu streichen, und hatte ein ganzes Sortiment Farbkarten mitgebracht, die sie auf dem Küchentisch ausgelegt hatte. Ich erklärte, ich sei gekommen, um verschiedene alte Unterlagen durchzusehen, die mein Vater im Großvaterzimmer aufbewahrt. Sie sah mich mit einem jener Verschwörerblicke an, die unterstellen, dass zwei Menschen sich stillschweigend über eine bestimmte Sache einig sind, und ich schloss daraus, dass das Museum zum Gedenken an meinen Großvater für immer geschlossen werden wird, wenn die beiden zusammenziehen. Das wird sie meinem Vater natürlich nicht gesagt haben. Solche Direktheit ist nicht Jills Art.

Zu mir sagte sie:»Hoffentlich hast du deine Gummistiefel mit.« Ich lächelte, ohne etwas zu erwidern, und zog mich ins Großvaterzimmer zurück.

Ich betrete diesen Raum selten. Es flößt mir Unbehagen ein, mich von derart erdrückenden Beweisen der Verehrung meines Vaters für seinen Vater umgeben zu sehen. Ich finde die Inbrunst, mit der mein Vater die Erinnerung an seinen Vater pflegt, ehrlich gesagt ziemlich fehl am Platz. Gewiss, mein Großvater hat Schweres durchgemacht – Kriegsgefangenschaft, schreckliche Entbehrungen, Zwangsarbeit, Folter – und unter Bedingungen leben müssen, die eher einem Tier als einem Menschen angemessen gewesen wären, aber sowohl vor dem Krieg als auch danach hat er meinen Vater mit Hohn und Spott tyrannisiert, und ich verstehe bis heute nicht, warum mein Vater am Gedenken an ihn festhält, anstatt ihn endlich ein für allemal zu begraben. Denn schließlich war mein Großvater schuld an diesem Leben, zu dem wir damals am Kensington Square gezwungen waren. Mein Vater musste schuften wie ein Sklave, weil mein Großvater nicht fähig war, sich und seine Frau zu ernähren und den Lebensstandard aufrechtzuerhalten, den die beiden gewöhnt waren. Meine Mutter musste nur deshalb arbeiten gehen – obwohl sie ein behindertes Kind hatte! –, weil das Einkommen meines Vaters nicht ausreichte, um das Leben seiner Eltern, den Unterhalt des Hauses, meine Musikstunden und meinen Privatunterricht zu finanzieren; mein Studium der Musik wurde vor allem deshalb gefördert – ohne Rücksicht auf die finanziellen Opfer –, weil mein Großvater es so wollte... Und als reichte das alles nicht, musste mein Vater sich ständig die höhnischen Beschimpfungen meines Großvaters anhören, die mir noch heute in den Ohren dröhnen: *Krüppel, Dick, du produzierst nichts als Krüppel.*

Ich gönnte daher der Devotionalienausstellung keinen Blick, als ich ins Zimmer kam, sondern ging direkt zu dem Schreibtisch, aus dem mein Vater das Foto von Katja Wolff und Sonia geholt hatte. Ich zog die oberste Schublade auf, die randvoll mit Papieren und Ordnern war.

Was suchten Sie denn?, fragen Sie mich.

Irgendetwas, das mir Klarheit über die Geschehnisse geben würde. Denn für mich ist *nichts* klar, Dr. Rose, und mit jeder neuen Tatsache, die ich ausgrabe, wird alles nur noch unklarer.

Mir ist etwas eingefallen, das meine Eltern und Katja Wolff betrifft. Die Erinnerung wurde durch mein Gespräch mit Sarah-Jane Beckett ausgelöst und durch den zweiten Besuch im Pressearchiv, zu dem mich dieses Gespräch veranlasste. Ich entdeckte unter den vielen Zeitungsausschnitten eine bildliche Darstellung, Dr. Rose, so etwas wie eine Karte aller zum Zeitpunkt des Todes bereits verheilten Verletzungen, die Sonia im Lauf der Zeit erlitten hatte. Es waren viele: unter anderem eine Schlüsselbeinfraktur, eine Hüftluxation, ein gebrochener Zeigefinger, der wieder geheilt war, und an einem Handgelenk waren Spuren einer Fissur zu erkennen. Mir wurde übel, als ich das alles las, und eine Frage stellte sich mir klar und deutlich: Wie hatte Katja Wolff – oder irgendeine andere Person – meiner Schwester derartige Verletzungen beibringen können, ohne dass jemand aus der Familie etwas davon merkte?

Die Zeitungen berichteten, dass der sachverständige Zeuge der Anklage – ein Mediziner, der auf dem traurigen Gebiet der Kindesmisshandlung Spezialist war – im Kreuzverhör einräumte, dass es bei Kleinkindern nicht nur leichter zu Knochenbrüchen kommt als bei Erwachsenen, sondern dass solche Frakturen auch leichter verheilen, sogar ohne das Zutun eines Arztes. Er räumte ferner ein, dass er, auf dem Gebiet der Knochenanomalien bei Down-Syndrom-Patienten nicht bewandert, die Möglichkeit nicht ausschließen könne, dass die Knochenbrüche und Luxationen, die Sonia davongetragen hatte, in direktem Zusammenhang mit ihrer Krankheit standen. Erneut von der Anklage befragt, trug er jedoch mit allem Nachdruck das entscheidende Argument seiner Aussage vor: Ein Kind, dessen Körper ein Trauma widerfährt, wird auf dieses Trauma reagieren. Wenn so eine Reaktion unbemerkt und so ein Trauma unbehandelt bleiben, so liegt dem schwere Pflichtverletzung zugrunde.

Und immer noch sagte Katja Wolff kein Wort. Als sich ihr die Gelegenheit bot, aufzustehen und sich zu verteidigen – sogar über Sonias Zustand zu sprechen, die Operationen und all die krankheitsbedingten Probleme, die aus ihr ein so schwieriges Kind machten, das beinahe ständig quengelte und weinte –, blieb Katja Wolff stumm, während der Ankläger ihre »herzlose Gleichgültigkeit dem Leiden eines Kindes gegenüber« und ihren »rücksichtslosen Egoismus« anprangerte und von der »Feindschaft« sprach, die »zwischen der Deutschen und ihren Arbeitgebern ausbrach«.

Das war die Stelle, an der ich mich plötzlich erinnerte, Dr. Rose.

Wir sitzen beim Frühstück in der Küche, nicht im Esszimmer. Nur wir vier: mein Vater, meine Mutter, Sonia und ich. Ich mache Spielchen mit meinem Weetabix, stapele Bananenstücke darauf wie Ladegut auf einen Lastkahn, obwohl mir gerade gesagt worden war, ich solle essen und nicht spielen. Sonia sitzt in ihrem Babystühlchen, und Mutter füttert sie.

Mutter sagt: »Wir können das nicht länger hinnehmen, Richard«, und ich hebe erschrocken den Kopf von meinem Weetabix-Schiffchen. Ich denke, dass sie böse ist, weil ich immer noch nicht esse, und mich gleich ausschimpfen wird. Aber Mutter fährt fort: »Sie war wieder bis halb zwei weg. Wenn sie sich nicht an die vereinbarten Zeiten halten kann –«

»Sie muss ab und zu mal einen Abend frei haben«, sagt Vater.

»Aber dann nicht auch noch den nächsten Morgen. Wir hatten eine klare Vereinbarung, Richard.«

Dem entnehme ich, dass Katja eigentlich mit uns beim Frühstück sitzen und Sonia füttern müsste. Aber sie ist nicht aus dem Bett gekommen und hat sich nicht um meine Schwester gekümmert. Darum hat Mutter ihre Arbeit übernommen.

»Wir bezahlen sie dafür, dass sie sich um Sonia kümmert«, sagt Mutter, »nicht dafür, dass sie zum Tanzen oder ins Kino geht oder vor dem Fernseher sitzt. Und ganz bestimmt nicht dafür, dass sie unter unserem Dach ihr Liebesleben pflegt.«

Das war es, was mir wieder einfiel, Dr. Rose, diese Bemerkung über Katjas Liebesleben. Und ich weiß jetzt auch wieder, wie das Gespräch zwischen meinen Eltern weiterging.

»Sie interessiert sich für niemanden in diesem Haus, Eugenie.«

»Du erwartest doch hoffentlich nicht, dass ich dir das glaube.«

Ich schaue sie an, erst Vater, dann Mutter, und spüre, dass etwas in der Luft liegt, was ich nicht fassen kann, vielleicht Unbehagen oder Verlegenheit. Mittenhinein in dieses Gespräch platzt Katja mit fliegenden Haaren und tausend Entschuldigungen, weil sie verschlafen hat.

»Ich bitte, lassen Sie mich die Kleine füttern«, sagt sie in ihrem ungeschickten Englisch, das vermutlich noch holpriger wird, wenn sie unter Stress steht.

Meine Mutter sieht mich an und sagt: »Gideon, würdest du mit deinem Müsli bitte ins Esszimmer gehen?«

Ich gehorche, weil ich die Spannung in der Küche wahrnehme. Aber gleich hinter der Tür bleibe ich stehen, um zu lauschen, und höre meine Mutter sagen: »Muss ich Sie schon wieder an Ihre Pflichten erinnern, Katja?«

»Ich bitte, lassen Sie mich die Kleine füttern«, erwidert Katja darauf klar und bestimmt.

Es ist die Stimme einer Person, die vor ihrem Arbeitgeber keine Angst hat, das weiß ich jetzt, Dr. Rose. Und das wiederum legt doch nahe, dass Katja aus gutem Grund keine Angst hatte.

Ich suchte also, wie gesagt, die Wohnung meines Vaters auf. Ich begrüßte Jill, wie es sich gehört, ignorierte Urkunden, Schaukästen und Truhen voll großväterlicher Andenken und ging schnurstracks zum Schreibtisch meines Großvaters, den mein Vater seit Jahren benutzt.

Ich suchte nach irgendetwas, was die Verbindung zwischen

Katja und dem Mann, der sie geschwängert hatte, bestätigen würde. Ich hatte nämlich endlich begriffen, dass Katja Wolff damals nur aus einem Grund so beharrlich geschwiegen haben kann: um jemanden zu schützen. Und diese Person muss mein Vater sein, der ihr Foto mehr als zwanzig Jahre lang aufgehoben hat.

## *1. November, 16 Uhr*

Ich kam nicht weit bei meiner Suche.

In der Schublade, die ich aufzog, fand ich eine Akte mit Korrespondenz. Unter den Briefen – die meisten hatten irgendwie mit meiner beruflichen Laufbahn zu tun – war einer von einer Rechtsanwältin mit einer Adresse im Norden Londons. Ihre Mandantin Katja Veronika Wolff habe sie, die Rechtsanwältin Harriet Lewis, beauftragt, sich mit Richard Davies bezüglich der ihr geschuldeten Gelder in Verbindung zu setzen. Da die Bewährungsauflagen ihr verböten, persönlich mit der Familie Davies Kontakt aufzunehmen, bediene sich Miss Wolff dieses Wegs über die Anwältin, um die oben erwähnte Angelegenheit zu regeln. Mr. Davies möge doch so freundlich sein, Miss Lewis möglichst umgehend in ihrer Kanzlei anzurufen, damit diese Angelegenheit so rasch wie möglich und zur beiderseitigen Zufriedenheit geklärt werden könne. Miss Lewis verbleibe mit vorzüglicher Hochachtung undsoweiter undsofort.

Der Brief war keine zwei Monate alt. Er war klar in der Sprache und schien mir nicht jene Art versteckter Drohung zu enthalten, die man von einem Anwalt erwartet, der bereits an eine gerichtliche Auseinandersetzung denkt. Das Schreiben war direkt, freundlich und professionell. Und löste prompt eine Frage aus: Warum?

Während ich noch über mögliche Antworten nachdachte, kam mein Vater zurück. Ich hörte ihn die Wohnung betreten. Ich hörte seine und Jills Stimmen aus der Küche. Und wenig später hörte ich ihn durch den Flur zum Großvaterzimmer kommen.

Als er die Tür öffnete, saß ich immer noch vor dem Schreibtisch, die Korrespondenzakte aufgeschlagen vor mir auf dem Boden, den Brief von Harriet Lewis in der Hand. Ich bemühte mich nicht, irgendwie zu vertuschen, dass ich die Sachen meines Vaters durchgesehen hatte, und als er mit einem scharfen »Gideon, was tust du da?« durch das Zimmer auf mich zu kam, reichte ich ihm zur Antwort den Brief und fragte: »Was hat das zu bedeuten, Dad?«

Er überflog das Schreiben. Dann legte er es in die Akte zurück und diese wieder in die Schreibtischschublade.

»Sie wollte für die Zeit bezahlt werden, während der sie vor dem Prozess in Untersuchungshaft saß«, sagte er schließlich. »Der erste Monat Untersuchungshaft fiel noch in die Kündigungsfrist, die wir ihr eingeräumt hatten, und sie wollte das Geld für diesen Monat haben, und zwar mit Zinsen.«

»Nach so vielen Jahren?«

»Angebrachter wäre vielleicht die Frage: Nachdem sie Sonia ermordet hatte?« Er stieß die Schublade zu.

»Sie war sich ihrer Stellung bei uns sehr sicher, nicht wahr? Sie hat nie im Leben damit gerechnet, entlassen zu werden, richtig?«

»Was redest du da für einen Unsinn?«

»Hast du den Brief eigentlich beantwortet? Hast du die Anwältin angerufen?«

»Ich habe nicht die geringste Absicht, diese Zeit wieder aufleben zu lassen, Gideon.«

Ich wies mit einer Kopfbewegung auf die Schublade, in der der Brief lag. »Da möchte dir aber anscheinend jemand einen Strich durch die Rechnung machen. Und nicht nur das. Diese Person hat offenbar trotz allem, was sie dir angeblich angetan hat, überhaupt keine Skrupel, wieder in dein Leben zu treten, wenn auch über ihre Anwältin. Ich verstehe nicht, warum sie das tut, es sei denn, zwischen euch bestand mehr als ein Arbeitsverhältnis. Oder findest du nicht, dass ein Brief wie dieser ein Selbstvertrauen ausdrückt, das jemand in Katja Wolffs Lage sich dir gegenüber eigentlich nicht erlauben dürfte?«

»Worauf, zum Teufel, willst du hinaus?«

»Ich habe mich wieder erinnert, wie meine Mutter mit dir über Katja gesprochen hat. Mir ist wieder eingefallen, was für einen Verdacht sie hatte.«

»Nichts als Unsinn.«

»Sarah-Jane Beckett behauptet, James Pitchford hätte sich

nicht für Katja interessiert. Sie behauptet, er hätte generell kein Interesse an Frauen gehabt. Damit ist er raus, Dad, und es bleiben du und Großvater, die beiden einzigen anderen Männer im Haus. Oder Raphael vielleicht, obwohl ich denke, du weißt so gut wie ich, wem Raphaels Zuneigung wirklich galt.«

»Was soll das heißen?«

»Sarah-Jane hat mir erzählt, dass Großvater ein Faible für Katja hatte und sich immer in ihrer Nähe aufhielt, wenn es ging. Aber irgendwie kann ich mir nicht vorstellen, dass es bei Großvater zu mehr gereicht hat als zu Schwärmerei und ein bisschen Tätscheln. Und damit bleibst nur du.«

»Sarah-Jane Beckett war eine eifersüchtige Gans«, entgegnete mein Vater. »Sie hat James Pitchford von dem Tag an angepeilt, als er das erste Mal zu uns ins Haus kam. Dem Kerl brauchte nur eine einzige Silbe von den Lippen zu tropfen, und sie bildete sich ein, er wäre ihr Märchenprinz. Sie war eine Streberin, die unbedingt Karriere machen wollte, Gideon, und bevor Katja auf der Bildfläche erschien, gab es kein Hindernis auf dem Weg zu den gesellschaftlichen Höhen, die dieser lächerliche Pitchford für sie verkörperte. Ist doch klar, dass sie niemals zugeben würde, dass eine andere dort Erfolg hatte, wo sie scheiterte. Und du kennst dich ja wohl in der elementaren menschlichen Psychologie gut genug aus, um mal darüber nachzudenken.«

Es blieb mir gar nichts anderes übrig. Ich rief mir den Besuch in Cheltenham ins Gedächtnis, um das, was Sarah-Jane mir erzählt hatte, gegen das abzuwägen, was mein Vater jetzt behauptete. Hatten Sarah-Janes Bemerkungen über Katja Wolff so etwas wie rachsüchtige Genugtuung enthalten? Oder hatte sie sich lediglich bemüht, eine Frage zu beantworten, die ich ihr gestellt hatte? Hätte ich sie einzig mit dem Wunsch aufgesucht, die alte Verbindung zu ihr aufzufrischen, hätte sie sicher nicht aus eigenem Antrieb das Gespräch auf Katja oder jene Zeit damals gelenkt. Aber verlangte nicht das, was der Eifersucht zu Grunde lag, danach, dass das Objekt dieses negativen Gefühls bei jeder Gelegenheit schlecht gemacht und verhöhnt wurde? Wenn sie also tatsächlich von gemeiner Eifersucht getrieben wäre, hätte sie dann nicht von sich aus das Thema Katja Wolff zur Sprache gebracht? Und einmal abgesehen davon, was für Gefühle sie Katja Wolff vor zwanzig Jahren entgegengebracht hatte, weshalb sollte sie noch heute von diesen Gefühlen beherrscht sein? So, wie sie da in ihrem schicken kleinen Häuschen in Cheltenham saß, gut situierte Ehefrau, Mutter, Puppensammlerin, Malerin ordentlicher, wenn auch nicht genialer Aquarelle, hatte sie doch kaum Anlass, bei der Vergangenheit zu verweilen.

In meine Überlegungen hinein sagte mein Vater schroff: »Das geht jetzt weiß Gott lange genug, Gideon«, und setzte damit meinen Spekulationen ein abruptes Ende.

»Was meinst du?«, fragte ich.

»Dieses ganze Theater. Diese Nabelbeschau. Ich bin am Ende meiner Geduld. Du kommst jetzt mit. Wir werden den Stier endlich bei den Hörnern packen.«

Ich glaubte, er wollte mir etwas sagen, was ich noch nicht gehört hatte, darum folgte ich ihm. Ich erwartete, er werde mich in den Garten führen, um unter vier Augen mit mir zu sprechen, außer Hörweite von Jill, die zufrieden in der Küche zurückblieb und ihre Farbmuster auf dem Fensterbrett auslegte. Aber statt dessen ging er zur Straße hinaus und rannte beinahe zu seinem Wagen, der auf halbem Weg zwischen den Cornwall Gardens und der Gloucester Road geparkt war.

»Steig ein!«, befahl er mir, nachdem er aufgesperrt hatte. Und als ich zögert: »Verdammt noch mal, Gideon. Du sollst einsteigen!«

»Wohin fahren wir?«, fragte ich, als er den Motor anließ.

Er legte krachend den Rückwärtsgang ein, manövrierte den Wagen aus der Lücke und gab Gas. Wir schossen die Gloucester Road hinauf, direkt auf das schmiedeeiserne Tor am Eingang der Kensington Gardens zu.

»Dorthin, wo wir jetzt fahren, hätten wir gleich fahren sollen«, antwortete er.

In der Kensington Road hielt er sich in östlicher Richtung und raste, wie ich das noch nie bei ihm erlebt hatte, im Slalom zwischen Taxis und Bussen hindurch, und einmal, als in der Nähe der Albert Hall zwei Frauen über die Straße rannten, hupte er, als wollte er überhaupt nicht mehr aufhören. Scharf links an der Exhibition Road, und wir waren im Hyde Park. Auf dem South Carriage Drive legte er noch an Tempo zu und behielt die Wahnsinnsgeschwindigkeit dann die ganze Park Lane hinunter bei. Erst als wir Marble Arch hinter uns gelassen hatten, erkannte ich, wohin es ging. Aber ich sagte nichts.

Als er den Wagen schließlich in der Tiefgarage am Portman Square abstellte, wo er immer parkte, wenn ich in der Nähe ein Konzert gab, fragte ich: »Was soll das, Dad?«, und versuchte, Geduld zu zeigen, obwohl ich Angst bekam.

»Du wirst jetzt endlich aufhören mit diesem Quatsch«, sagte er. »Bist du Manns genug, mitzukommen, oder hast du mit den Nerven auch den Mut verloren?«

Er stieß seine Tür auf, stieg aus und blieb stehen, um auf mich zu warten. Mir wurde heiß und kalt bei dem Gedanken daran, was die nächsten Minuten mir vielleicht bringen würden. Aber ich stieg aus dem Wagen. Und Seite an Seite gingen wir die Wigmore Street hinauf zur Wigmore Hall.

Was war das für ein Gefühl?, fragen Sie mich. Was haben Sie dabei empfunden, Gideon?

Es war wie damals, am Abend des Konzerts. Nur war ich an dem Abend allein, weil ich direkt vom Chalcot Square gekommen war.

Ich gehe die Straße hinunter und habe keine Ahnung, was auf mich wartet. Ich bin nervös, aber nicht mehr als sonst vor einem Auftritt. Davon habe ich ja schon gesprochen, nicht wahr? Von meiner Nervosität. Merkwürdig, ich kann mich nicht erinnern, nervös gewesen zu sein, als das eigentlich völlig *normal* gewesen wäre: Bei meinem ersten öffentlichen Konzert, sechs Jahre alt war ich damals, oder bei den nachfolgenden Auftritten als Siebenjähriger, oder als ich Perlman vorspielte, als ich Menuhin traf… Was hatte ich damals, was ich heute nicht mehr habe? Wieso fiel es mir so leicht, die Dinge ganz einfach so zu nehmen, wie sie kamen? Irgendwann habe ich dieses naive Vertrauen verloren.

Dieser Abend also, an dem ich mich auf dem Weg zur Wigmore Hall befinde, unterscheidet sich nicht von den vielen anderen Abenden, die ich erlebt habe, und ich erwarte, dass die Nervosität vor dem Konzert vorbeigehen wird wie immer, sobald ich die Guarneri und den Bogen hebe.

Im Gehen vergegenwärtige ich mir noch einmal die Musik, spiele sie im Kopf durch, wie das meine Gewohnheit ist. Bei keiner Probe ist es mir gelungen, das Stück makellos zu spielen – ich habe es noch nie perfekt gespielt –, aber ich sage mir, dass das Körpergedächtnis mir über die Passagen hinweg helfen wird, die mir Schwierigkeiten gemacht haben.

Bestimmte Passagen?, fragen Sie. Jedes Mal dieselben?

Nein. Nein, das ist es ja, was beim *Erzherzog-Trio* immer schon so seltsam war. Ich weiß nie, an welcher Stelle ich stolpern werde. Es ist, als ginge ich über ein Minenfeld, und ganz gleich, wie langsam und vorsichtig ich mich über das gefährliche Terrain bewege, immer schaffe ich es, auf eine Mine zu treten.

Ich gehe also die Straße hinunter, nehme beiläufig das Lärmen der Leute in einem Pub wahr, an dem ich vorüberkomme, und bin in Gedanken bei meiner Musik. Ich suche sogar die Töne, obwohl ich die Guarneri in ihrem Kasten natürlich bei mir habe, und indem ich das tue, legt sich meine Nervosität ein wenig, was ich irrtümlich als Zeichen dafür nehme, dass alles gut gehen wird.

Ich bin zwanzig Minuten zu früh da. Kurz bevor ich auf dem Weg zum Künstlereingang hinter der Konzerthalle um die Ecke biege, sehe ich vor mir das Portal zur Halle, dessen Glasdach den Bürgersteig überspannt. Um diese Zeit sind dort nur Passanten auf dem Heimweg von der Arbeit zu sehen. Ich gehe die ersten zehn Takte des Allegro durch. Ich sage mir, wie schön und einfach es doch ist, mit zwei Freunden wie Beth und Sherill zu musizieren. Ich habe nicht die leiseste Vorahnung, was in diesen neunzig Minuten, die von meiner Karriere als Geiger noch übrig sind, geschehen wird. Ich bin, könnte man sagen, das unschuldige Lamm auf dem Weg zur Schlachtbank, das die Gefahr nicht wittert und den Geruch des Bluts in der Luft nicht wahrnimmt.

All das erinnerte ich, als ich mich mit meinem Vater auf dem Weg zum Konzerthaus befand. Aber meine Beklommenheit hatte nichts wirklich Unmittelbares, weil ich schon wusste, wie sich die kommenden Minuten gestalten würden.

Wie an jenem anderen Abend bogen wir in die Welbeck Street ein. Seit wir aus der Tiefgarage herausgekommen waren, hatten wir kein Wort miteinander gesprochen. Ich legte das Schweigen meines Vaters als ein Zeichen grimmiger Entschlossenheit aus. Er sah in meinem wahrscheinlich Zustimmung zu seinem Plan, sicher nicht Resignation angesichts der Gewissheit des Ausgangs dieses Unternehmens.

Am Welbeck Way bogen wir noch einmal ab und gingen auf die zweiflügelige rote Tür zu, über der in ein steinernes Giebelfeld das Wort ›Künstlereingang‹ gemeißelt war. Mein Vater, sagte ich mir, hatte seinen Plan nicht richtig durchdacht. Vorn im Vestibül an den Kartenschaltern waren wahrscheinlich Leute, aber der Künstlereingang würde um diese Tageszeit sicher geschlossen sein, und es würde auch niemand in der Nähe sein, um uns zu öffnen, wenn wir klopften. Wenn also mein Vater mich dazu zwingen wollte, den Abend meines Scheiterns noch einmal zu durchleben, dann hatte er die Sache falsch angefangen, und der Erfolg würde ihm auf jeden Fall versagt bleiben.

Gerade wollte ich ihn darauf aufmerksam machen, da konnte ich plötzlich nicht mehr weiter, Dr. Rose. Erst stockte ich, dann erstarrte ich, und nichts auf der Welt hätte mich dazu bewegen können, nur einen Schritt weiter zu gehen.

Mein Vater nahm mich beim Arm und sagte: »Davonlaufen hilft gar nichts, Gideon.«

Er glaubte natürlich, ich hätte Angst und wäre in meiner Angst nicht bereit, mich dem Risiko auszusetzen, das vermeintlich die Musik für mich repräsentierte. Aber nicht die Angst lähmte mich, sondern das, was ich vor mir sah, das Bild, das ich unglaublicherweise bis zu diesem Moment nicht hatte einordnen können, obwohl ich in der Vergangenheit unzählige Male in der Wigmore Hall gespielt hatte.

Ich sah die blaue Tür, Dr. Rose. Ja, die blaue Tür, deren Bild gelegentlich in meinen Erinnerungen und Träumen aufgeblitzt ist. Sie befindet sich am Ende einer Treppe mit zehn Stufen, gleich neben dem Künstlereingang der Wigmore Hall.


*1. November, 22 Uhr*

Sie stimmt in allen Einzelheiten mit der Tür überein, deren Bild ich gesehen habe: leuchtend blau, so blau wie ein Sommerhimmel in den Highlands. Sie hat zwei Sicherheitsschlösser und in der Mitte einen silbernen Ring. Über ihr ist ein fächerförmiges Oberlicht, unter dem zentral über der Tür eine Lampe angebracht ist. Die Treppe hat ein Geländer in der gleichen Farbe wie die Tür – in diesem klaren, leuchtenden, unvergesslichen Blau, das ich dennoch vergessen hatte.

Die Tür schien zu einer Wohnung zu führen. Neben ihr waren Fenster mit Vorhängen, und von meinem Standort unten im Welbeck Way aus konnte ich erkennen, dass hoch an den Wänden Bilder hingen. Eine Erregung packte mich wie seit Monaten – vielleicht seit Jahren – nicht mehr, als mir klar wurde, dass hinter dieser Tür möglicherweise die Erklärung für das lag, was mir widerfahren war, der Ursprung meiner Qual und die Erlösung.

Ich riss mich von meinem Vater los und rannte diese Treppe hinauf. Genau so, wie Sie mir rieten, es in der Phantasie zu tun, Dr. Rose, versuchte ich, die Tür zu öffnen, obwohl ich gleich sah, dass sie von außen nur mit einem Schlüssel zu öffnen war. Ich klopfte. Ich trommelte dagegen.

Und mit einem Schlag waren alle meine Hoffnungen dahin. Die Tür wurde von einer Chinesin geöffnet. Sie war so klein, dass ich im ersten Moment glaubte, ein Kind vor mir zu haben. Gleichzeitig hatte ich den Eindruck, sie trüge Handschuhe, bis ich erkannte, dass ihre Hände mit Mehl bestäubt waren. Ich hatte die Frau nie zuvor gesehen.

»Ja?«, fragte sie höflich. Als ich nichts sagte, schweifte ihr Blick zu meinem Vater hinunter, der am Fuß der Treppe auf mich wartete. »Kann ich Ihnen irgendwie behilflich sein?«, fragte sie und bewegte sich, während sie sprach, vorsichtig zur Seite, so dass sie hinter der Tür zu stehen kam.

Ich hatte keine Ahnung, wonach ich fragen sollte. Ich hatte keine Ahnung, was für eine Bedeutung ihre Wohnungstür für mich hatte. Ich hatte keine Ahnung, wieso ich mit solcher Zuversicht diese Treppe hinaufgelaufen war, so sicher, vor dem Ende meiner Schwierigkeiten zu stehen.

»Entschuldigen Sie vielmals«, sagte ich schließlich. »Ein Irrtum.« Und trotzdem, obwohl ich wusste, dass es sinnlos war, fügte ich hinzu: »Leben Sie allein hier?«

Natürlich war mir im selben Augenblick klar, dass das die falsche Frage war. Welche Frau, die auch nur einen Funken Verstand besitzt, wird einem unbekannten Mann an ihrer Tür verraten, ob sie allein lebt? Doch noch ehe sie auf meine Frage überhaupt antworten konnte, hörte ich von drinnen die Stimme eines

Mannes. »Wer ist da, Sylvia?«, fragte er, und ich hatte meine Antwort.

Unmittelbar nach seiner Frage zog der Mann die Tür ein Stück weiter auf und schaute zu mir heraus. Ich kannte ihn so wenig wie Sylvia – ein massiger, kahlköpfiger Mensch mit Händen wie Wagenräder.

»Es tut mir Leid. Ich habe mich in der Adresse geirrt«, sagte ich.

»Zu wem wollten Sie denn?«, fragte er.

»Ich weiß nicht«, antwortete ich.

Wie Sylvia blickte er von mir zu meinem Vater hinunter. »Na, so wie Sie eben an die Tür gedonnert haben, klang das aber anders«, sagte er.

»Ja. Ich dachte ...« Was hatte ich überhaupt gedacht? Dass ich endlich Klarheit erhalten würde? Wahrscheinlich.

Aber am Welbeck Way gab es keine Klarheit für mich. Und als ich später, nachdem die blaue Tür sich wieder geschlossen hatte, zu meinem Vater sagte: »Das ist ein Teil der Antwort. Ich schwöre es!«, entgegnete er wütend: »Blödsinn! Du weißt ja nicht mal die gottverdammte Frage.«

# 18

»Lynn Davies?« Barbara Havers zeigte der Frau, die ihr auf ihr Klingeln geöffnet hatte, ihren Ausweis.

Das gelbe Haus stand am Ende einer Zeile von Reihenhäusern in der Therapia Road, eine umgebaute viktorianische Villa in einem Teil von East Dulwich, der sich, wie Barbara entdeckt hatte, durch das Vorhandensein zweier Friedhöfe, eines öffentlichen Parks und eines Golfplatzes auszeichnete.

»Ja«, antwortete die Frau, aber es klang wie eine Frage, und sie neigte verwundert den Kopf, als sie sich Barbaras Ausweis ansah. Sie hatte etwa die gleiche Körpergröße wie Barbara – war also klein –, trug Bluejeans, Pulli und Turnschuhe und wirkte sehr fit. Sie musste, sagte sich Barbara, Eugenie Davies' Schwägerin sein. Sie war etwa im gleichen Alter, wenn auch das krause, volle Haar, das ihr über die Schultern fiel, gerade erst grau zu werden begann.

»Kann ich Sie einen Moment sprechen?«, fragte Barbara.

»Ja, natürlich.« Lynn Davies zog die Tür weiter auf, so dass Barbara in das Vestibül treten konnte, auf dessen Boden ein kleiner bestickter Teppich lag. In der Ecke stand ein Schirmständer, daneben war eine Rattan-Garderobe, an der zwei gleiche Ölmäntel hingen, beide leuchtend gelb und mit Schwarz abgesetzt.

Lynn Davies führte Barbara in ein Wohnzimmer mit einem Erker zur Straße. Dort lehnte auf einer Staffelei ein großes Blatt Zeichenpapier, ein halb fertiges Fingerfarbengemälde nach der Art zu urteilen, wie die Farben aufgetragen waren. Weitere Blätter – vollendete Werke – hingen, kreuz und quer mit Reißzwecken befestigt, an den Erkerwänden. Das unvollendete Gemälde auf der Staffelei war trocken. Es sah aus, als wäre der Künstler mitten aus dem Akt der Schöpfung herausgerissen worden; auf der einen Seite wanden sich drei schlingernde Linien zur Ecke hinunter, der Rest des Bildes hingegen schwelgte ihn fröhlichen, eigenwilligen Wirbeln und Spiralen.

Lynn Davies wartete schweigend, während Barbara den Blick im Erker umherwandern ließ.

Barbara sagte: »Ich nehme an, Sie sind durch Heirat mit Eugenie Davies verwandt.«

»Nein, das stimmt nicht ganz«, antwortete Lynn Davies und fragte sichtlich beunruhigt: »Worum geht es denn, Constable? Ist Mrs. Davies etwas zugestoßen?«

»Sie sind nicht Richard Davies' Schwester?«

»Ich war einmal mit Richard Davies verheiratet. Ich war seine erste Frau. Bitte, sagen Sie schon, was los ist. Ich bekomme langsam Angst. Ist Mrs. Davies etwas zugestoßen?« Sie verschränkte ihre Finger. »Es muss etwas passiert sein, sonst wären Sie nicht hier.«

Barbara stellte sich in Gedanken erst einmal um – von Richard Davies' Schwester auf Richard Davies' erste Frau und alles, was das möglicherweise bedeutete. Dann erklärte sie Lynn Davies den Grund ihres Besuchs und beobachtete die Frau aufmerksam.

Lynn Davies hatte einen olivfarbenen Teint mit dunkler schattierten Halbmonden unter den braunen Augen. Sie wurde blass, als sie Einzelheiten über den Unfall mit Fahrerflucht in West Hampstead hörte. »Mein Gott«, sagte sie leise und ging zu einer zerschlissenen alten Couchgarnitur, wo sie sich auf das Sofa sinken ließ. Vor sich hinstarrend, sagte sie zu Barbara: »Bitte, ich …« Dann wies sie mit einer Kopfbewegung zu einem Sessel, neben dem mehrere Kinderbücher aufgestapelt waren.

»Es tut mir Leid«, sagte Barbara. «Es ist ein Schock für Sie, das sehe ich.«

»Ich hatte keine Ahnung«, sagte Lynn Davies. »Dabei hat es sicher in den Zeitungen gestanden. Schon Gideons wegen. Und natürlich auch wegen – wegen der Art und Weise, wie sie ums Leben gekommen ist. Aber ich habe keine Zeitung gelesen – ich komme doch nicht so gut zurecht, wie ich dachte, und … O Gott, die arme Eugenie. Dass es so enden musste!«

Mit der Reaktion einer verbitterten Exehefrau, die der Nachfolgerin hatte weichen müssen, hatte das wenig zu tun.

»Sie haben sie also gut gekannt?«, fragte Barbara.

»Seit Jahren.«

»Wann haben Sie sie zuletzt gesehen?«

»Vergangene Woche. Sie kam zum Gottesdienst für meine Tochter. Darum habe ich keine Zeitung – darum wusste ich nicht…« Lynn Davies rieb sich mit der flachen Hand über den Oberschenkel, als könnte sie sich auf diese Weise beruhigen. »Letzte Woche ist ganz plötzlich meine Tochter Virginia gestorben, Constable. Ich wusste, dass es jederzeit geschehen könnte. Das wusste ich seit Jahren. Und trotzdem ist man nie so gut vorbereitet, wie man es sich wünschen würde.«

»Es tut mir Leid, das zu hören«, sagte Barbara.

»Sie war beim Malen, wie jeden Nachmittag. Ich war in der Küche und machte Tee. Ich hörte den Sturz und bin sofort zu ihr gelaufen. Aber da war es schon vorbei. Und im Moment der endgültigen Trennung, mit der ich immer hatte rechnen müssen, war ich nicht bei ihr. Ich war nicht zur Stelle, um von ihr Abschied zu nehmen.«

*Wie bei Tony*, dachte Barbara unwillkürlich, und es erschütterte sie, dass plötzlich ihr Bruder sie aufsuchte und sie sich überhaupt nicht darauf vorbereitet hatte, ihn zu empfangen. Es war typisch für Tony, der ganz allein gestorben war. Keiner von der Familie war bei ihm gewesen. Es deprimierte sie, an Tony zu denken, an sein Dahinsiechen, an die Hölle, die mit seinem Tod über die Familie hereingebrochen war.

Sie sagte nur: »Kinder sollten nicht vor ihren Eltern sterben müssen«, und spürte, wie es ihr die Kehle zuschnürte.

»Der Arzt sagte, sie sei auf der Stelle tot gewesen«, berichtete Lynn Davies. »Ich weiß, das sollte mir ein Trost sein. Aber wenn man fast ein Leben lang für ein Kind wie Virginia gesorgt hat – für immer klein, ganz gleich, wie groß sie wurde –, bricht erst einmal die Welt zusammen, wenn es einem so plötzlich genommen wird. Ich war danach nicht fähig, die Tageszeitung zu lesen, geschweige denn eine Zeitschrift oder ein Buch, und habe weder den Fernseher noch das Radio eingeschaltet, obwohl ich mich gern ablenken würde. Aber ich weiß, wenn ich das tue, werde ich vielleicht aufhören zu fühlen, und das möchte ich nicht. Durch das, was ich im Moment fühle – in jedem einzelnen Moment, verstehen Sie –, bleibe ich mit ihr verbunden. Wenn Sie das nachempfinden können.« Lynn Davies' Augen waren feucht geworden.

Barbara ließ ihr ein wenig Zeit. Sie musste selbst erst einmal verarbeiten, was sie soeben erfahren hatte. Zu den Erkenntnissen, die sie einzuordnen versuchte, gehörte die kaum vorstellbare Tatsache, dass Richard Davies offenbar nicht nur ein behindertes Kind gezeugt hatte, sondern deren zwei. Denn was sonst konnte Lynn Davies gemeint haben, als sie ihre Tochter als »für immer klein« bezeichnet hatte?

»Virginia war nicht…« Es musste doch irgendeinen Euphemismus geben, sagte sich Barbara frustriert, und wenn sie aus Amerika gewesen wäre, diesem Mekka der »political correctness«, hätte sie wahrscheinlich ein Wort gewusst. So aber sagte sie schließlich verlegen: »Sie war nicht gesund?«

»Meine Tochter war von Geburt an geistig behindert, Constable. Sie hatte den Körper einer Frau und den Geist eines dreijährigen Kindes.«

»Oh! Das tut mir Leid.«

»Sie hatte außerdem einen schweren Herzfehler. Wir mussten von Anfang an damit rechnen, dass sie eines Tages viel zu früh daran sterben würde. Aber ihr Wille war stark. Zur Überraschung aller lebte sie zweiunddreißig Jahre.«

»Hier bei Ihnen?«

»Es war für uns beide kein leichtes Leben. Aber wenn ich bedenke, was hätte sein können, bedaure ich nichts. Ich habe damals, als meine Ehe zu Ende war, mehr gewonnen als verloren. Und letztlich konnte ich es Richard ja nicht übel nehmen, dass er mich um die Scheidung bat.«

»Und er hat sich dann wieder verheiratet und bekam ein zweites –« Wieder fehlte ihr ein freundlicher Ausdruck.

Lynn Davies formulierte es nach ihrem Empfinden. »Ein zweites Kind, das nach unseren gängigen Maßstäben nicht vollkommen war. Ja, Richard bekam noch so ein Kind, und diejenigen, die an die Rache der Götter glauben, werden vielleicht behaupten, das sei seine Strafe dafür gewesen, dass er Virginia und mich im Stich gelassen hat. Aber ich glaube nicht, dass das dem Wirken Gottes entspricht. Richard hätte im Übrigen niemals verlangt, dass wir gehen, wenn ich bereit gewesen wäre, weitere Kinder in die Welt zu setzen.«

»Er hat verlangt, dass Sie gehen?« Was für ein Prachtmensch, dachte Barbara. Darauf konnte man als Mann doch echt stolz sein – es fertig gebracht zu haben, eine Frau und ein geistig behindertes Kind vor die Tür zu setzen.

618

Lynn Davies erklärte hastig: »Wir lebten damals mit seinen Eltern zusammen in dem Haus, in dem er selbst aufgewachsen war. Es wäre absurd gewesen, wenn Richard gegangen wäre und Virginia und ich nach der Trennung geblieben wären und weiterhin mit Richards Eltern zusammengelebt hätten. Das war im Übrigen ein Teil des Problems: das Zusammenleben mit Richards Eltern. Sein Vater war unerbittlich, was Virginia anging. Er wollte sie weggeben. Unbedingt. Er ließ nicht locker. Und Richard war ... ihm war die Anerkennung seines Vaters ungeheuer wichtig. Nur darum ließ er sich auf die Seite seines Vaters ziehen und sprach sich ebenfalls dafür aus, Virginia in einem Heim unterzubringen. Aber das machte ich nicht mit. Es war schließlich ...«

Ihre Augen spiegelten ihren Schmerz, und sie hielt einen Moment inne, bevor sie mit ruhiger Würde sagte: »Sie war unser Kind. Sie konnte nichts dafür, dass sie behindert zur Welt gekommen war. Wie hätten wir uns anmaßen können, sie einfach wegzuwerfen? Anfangs dachte Richard wie ich, bis sein Vater ihn umgestimmt hat.«

Sie blickte zum Erker hinüber, zu den farbenfrohen Bildern an den Wänden, und sagte: »Jack Davies war ein schrecklicher Mann. Ich weiß, dass er im Krieg unerhört gelitten hat. Ich weiß, dass sein Geist zerstört war und man ihm seine Gemeinheiten nicht zum Vorwurf machen konnte. Aber dass er ein unschuldiges Kind so sehr hasste, dass es nicht mit ihm in einem Raum sein durfte ... Das war unrecht, Constable. Das war ein furchtbares Unrecht.«

»Es muss die Hölle gewesen sein«, sagte Barbara.

»Eine Form davon, ja. ›Gott sei Dank ist sie nicht von *meinem* Blut‹, sagte er immer. Und Richards Mutter murmelte dann jedes Mal: ›Jack, Jack, das ist doch nicht dein Ernst‹, dabei merkte man genau, dass er Virginia am liebsten vom Erdboden hätte verschwinden lassen, wenn es ein einfaches Mittel gegeben hätte, das zu bewerkstelligen.« Lynn Davies' Lippen bebten. »Und jetzt ist sie tot. Wie würde Jack sich freuen.«

Sie schob eine Hand in die Hosentasche und zog ein zerknittertes Papiertaschentuch heraus, mit dem sie sich die Augen abtupfte. »Entschuldigen Sie. Es tut mir wirklich Leid, dass ich Sie so mit meinen Problemen überfallen habe. Ich hätte das nicht – ach, mein Gott, sie fehlt mir so sehr.«

»Natürlich«, sagte Barbara. »Machen Sie sich meinetwegen keine Gedanken.«

»Und jetzt Eugenie«, sagte Lynn Davies. «Wie kann ich da weiterhelfen? Denn ich nehme doch an, deswegen sind Sie hier. Nicht nur, um mich zu informieren, sondern um mich um meine Hilfe zu bitten.«

»Ich könnte mir vorstellen, dass zwischen Ihnen und Mrs. Davies eine Bindung bestand. Durch Ihre Kinder.«

»Nein, zu Anfang nicht. Wir lernten uns erst nach Sonias Tod kennen. Da stand Eugenie eines Tages vor meiner Tür. Sie wollte reden. Ich habe ihr zugehört.«

»Danach sahen Sie sich regelmäßig?«

»Ja. Sie besuchte mich häufig. Sie brauchte jemanden, mit dem sie reden konnte – wem in ihrer Situation wäre das anders gegangen? –, und ich war froh, für sie dasein zu können. Denn mit Richard konnte sie nicht sprechen. Es gab zwar noch eine katholische Nonne, der sie vertraute, aber die Frau war eben keine Mutter. Und genau das brauchte Eugenie damals, eine Freundin, die auch Mutter war, am besten Mutter eines Kindes, das ›anders‹ war. Sie kam beinahe um vor Schmerz und Trauer, und in dieser Familie konnte keiner ihre Gefühle verstehen. Aber sie wusste von mir und Virginia, weil Richard ihr kurz nach der Heirat von uns erzählt hatte.«

»Nicht vorher? Das ist aber ungewöhnlich.«

Lynn Davies lächelte resigniert. »Das ist typisch Richard Davies, Constable. Er zahlte Unterhalt für Virginia, bis sie volljährig war, aber er hat sie nach der Trennung nicht ein einziges Mal gesehen. Ich dachte, er würde vielleicht zur Beerdigung kommen. Ich hatte ihn von ihrem Tod benachrichtigt. Aber er hat nur Blumen geschickt. Das war alles.«

»Großartig«, sagte Barbara.

»So ist er eben. Kein schlechter Mensch, aber nicht gerüstet, mit einem behinderten Kind umzugehen. Das ist nun mal nicht jedem gegeben. Ich hatte immerhin eine praktische Ausbildung als Krankenpflegerin, Richard hingegen – was hatte er schon außer seiner kurzen Karriere beim Militär? Außerdem wollte er unbedingt den Namen der Familie erhalten, und das hieß natürlich, dass er sich eine zweite Frau suchen musste. Was sich ja auch als glückliche Entscheidung erwies, nicht wahr? Eugenie hat ihm Gideon geboren.«

»Das große Los!«

»In gewisser Weise, ja. Aber ich denke, ein Wunderkind in der Familie bringt für die Eltern auch eine ungeheure Verantwortung mit sich. Eine Verantwortung anderer Art, natürlich, aber sicherlich ebenso schwierig.«

»Eugenie Davies hat sich nicht dazu geäußert?«

»Sie hat kaum über Gideon gesprochen. Und nach ihrer Scheidung von Richard überhaupt nicht mehr. Auch nicht über Richard oder die anderen. Wenn sie uns besuchte, half sie mir meistens bei Virginias Betreuung. Sie ging leidenschaftlich gern in den Park, Virginia, meine ich, und auf Friedhöfe. Das Schönste für sie war ein Streifzug über den Camberwell-Friedhof. Aber ich unternahm solche Ausflüge nur ungern, wenn nicht jemand dabei war, der mir bei der Beaufsichtigung Virginias helfen konnte. Wenn ich mit ihr allein unterwegs war, musste ich mich ständig auf sie konzentrieren und hatte selbst kaum etwas vom Nachmittag. Mit Eugenie zusammen war es einfacher und angenehmer. Wir teilten uns die Betreuung von Virginia und hatten trotzdem die Möglichkeit, uns zu unterhalten, in die Sonne zu setzen, die Inschriften auf den Grabsteinen zu lesen. Eugenie war ein wahres Glück für Virginia und mich.«

»Haben Sie am Tag von Virginias Beerdigung mit ihr gesprochen?«

»Ja, natürlich. Aber ich fürchte, wir haben nicht über Dinge gesprochen, die Ihnen bei Ihren Ermittlungen weiterhelfen würden. Es ging eigentlich nur um Virginia. Wie ich mit dem Verlust fertig werden würde. Eugenie war mir ein großer Trost. Sie hatte mir schon seit Jahren Kraft gegeben. Und Virginia... Sie wurde so vertraut mit Eugenie, dass sie sie wirklich kannte. Und *erkannte*. Und –«

Lynn Davies brach ab. Sie stand auf und ging in den Erker hinüber. Vor der Staffelei, auf der das letzte Bild ihrer Tochter an deren schnellen Tod erinnerte, blieb sie stehen und sagte sinnend: »Gestern habe ich selbst mehrere solcher Bilder gemalt. Ich wollte spüren, was ihr eine solch große Freude bereitet hat. Aber es gelang mir nicht. Ich malte ein Bild nach dem anderen, bis meine Hände ganz braun waren von dem Gemisch der vielen Farben, die ich verwendet hatte, aber ich spürte es trotzdem nicht. Erst da wurde mir klar, wie sehr sie im Grund vom Glück gesegnet war: ewig ein kleines Kind, das so wenig vom Leben verlangte.«

»Daraus kann man etwas lernen«, meinte Barbara.

»Ja, nicht wahr?« Tief in Gedanken versunken, stand sie vor dem letzten Bild.

Barbara beugte sich in ihrem Sessel vor. Sie wollte Lynn Davies in die Gegenwart zurückholen. «Eugenie Davies hatte in Henley einen engen Freund, Mrs. Davies. Einen ehemaligen Major namens Ted Wiley. Er betreibt eine Buchhandlung gegenüber von ihrem Haus. Hat sie mal von ihm erzählt?«

Lynn Davies wandte sich vom Bild ihrer Tochter ab. »Ted Wiley? Nein. Ich kann mich nicht erinnern, dass sie jemals von einem Ted Wiley gesprochen hat.«

»Hat sie vielleicht sonst jemanden erwähnt, zu dem sie eine engere Beziehung hatte?«

Lynn Davies dachte nach. »Sie war sehr zurückhaltend, was persönliche Dinge betraf. Von Anfang an. Aber ich glaube – ich weiß nicht, ob das eine Hilfe ist, aber als wir das letzte Mal miteinander sprachen, also bevor ich sie anrief, um sie von Virginias Tod in Kenntnis zu setzen, da erwähnte sie… Also, ich weiß wirklich nicht, ob es etwas zu bedeuten hatte. Ich meine, ich weiß nicht, ob es bedeutete, dass sie eine engere Beziehung, wie Sie es nennen, aufgenommen hatte.«

»Was hat sie denn gesagt?«, fragte Barbara.

»Es war weniger das, *was* sie sagte, als *wie* sie es sagte. Es lag so eine Unbeschwertheit in ihrem Ton, die ich vorher nie bei ihr gehört hatte. Sie wollte wissen, ob ich glaubte, man könne dort Liebe finden, wo man sie nie erwartet hätte. Sie fragte mich, ob es meiner Meinung nach möglich sei, nach Jahren einen Menschen plötzlich in einem ganz anderen Licht zu sehen, und dass aus diesem neuen Blick auf den anderen Liebe entstehen könnte. Kann es sein, dass sie da von diesem Ted Wiley sprach? Könnte er der Mann sein, den sie seit Jahren gekannt, aber bis zu diesem Moment nie als Geliebten gesehen hatte?«

Barbara ließ sich das durch den Kopf gehen. Möglich war es, sicher. Aber so einfach hinzunehmen war es nicht: Der Ort, an dem Eugenie Davies sich zum Zeitpunkt ihres Todes aufgehalten, die Adresse, die sie bei sich gehabt hatte, ließen etwas anderes vermuten.

Sie sagte: »Hat sie je einen James Pitchford erwähnt?«

Lynn Davies schüttelte den Kopf.

»Und Pitchley? Oder vielleicht Pytches?«

»Nein, diese Namen sind nie gefallen. Aber so war sie: eine sehr verschlossene Frau.«

Eine sehr verschlossene Frau, die das Opfer eines Mörders geworden ist, dachte Barbara. Und sie fragte sich, ob nicht diese Neigung zur Verschlossenheit der Grund für ihre Ermordung gewesen war.

Chief Inspector Leach hörte schweigend zu, als ihm die Oberschwester der Intensivstation im Charing Cross Hospital das Schlimmste eröffnete. *Keine Veränderung*, das sagten die Ärzte immer, wenn sie die Verantwortung für einen Patienten an Gott, das Schicksal, die Natur oder die Zeit abgaben. Sie sagten es nicht, wenn ein Patient dem Tod ein Schnippchen geschlagen hatte, auch nur die kleinsten Fortschritte zum Besseren zeigte oder auf wundersame Weise genas.

Leach legte den Telefonhörer auf und wandte sich grübelnd von seinem Schreibtisch ab. Er dachte nicht nur über das Schicksal Malcolm Webberlys nach, er zerbrach sich auch den Kopf über seine eigenen Unzulänglichkeiten und darüber, wie sie seine Fähigkeit beeinflussten, mit den Irrungen und Wirrungen dieser Untersuchung umzugehen.

Er musste auf jeden Fall das Problem Esmé anpacken. Wie, das würde ihm schon noch einfallen, aber dass er es anpacken *musste*, lag auf der Hand. Denn wäre er nicht durch Esmés Befürchtungen bezüglich des neuen Freundes ihrer Mutter – ganz zu schweigen von seiner eigenen Reaktion darauf, dass Bridget Ersatz für ihn gefunden hatte – abgelenkt gewesen, so hätte er sich ganz bestimmt erinnert, dass J.W. Pitchley alias James Pitchford früher einmal Jimmy Pytches gewesen war, dessen Verwicklung in den Tod eines Säuglings in Tower Hamlets vor langer Zeit für alle Boulevardblätter Londons ein gefundenes Fressen gewesen war.

Nicht zum Zeitpunkt des Todes besagten Säuglings natürlich, der Fall hatte sich nach der Obduktion rasch geklärt; nein, Jahre später, als in Kensington wieder ein Kind gestorben war.

Als die Frau vom Yard dieses pikante Detail zum Besten gegeben hatte, war Leach schlagartig alles wieder eingefallen. Er versuchte sich einzureden, dass er die Information aus dem Speicher seines Gedächtnisses gelöscht hätte, weil sie nichts weiter gebracht hatte als einen Haufen Ärger für Pitchford während der Ermittlungen wegen des Tods der kleinen Davies. Tatsächlich jedoch hätte er sich daran erinnern müssen, und es war nur Bridget und ihrem neuen Freund und insbesondere der Sorge seiner Tochter wegen Bridgets Freund zuzuschreiben, dass ihm die Sache vorübergehend entfallen war. Aber er konnte sich nicht erlauben, irgendetwas zu diesem lang zurückliegenden Fall zu vergessen, weil es immer wahrscheinlicher wurde, dass es zwischen dem Fall von damals und dem von heute eine Verbindung gab, die so leicht nicht aus der Welt zu schaffen sein würde.

Ein Constable schaute kurz bei ihm herein und sagte: »Wir haben jetzt den Typen aus West Hampstead hier, mit dem Sie sprechen wollten, Sir. Sollen wir ihn in einen Vernehmungsraum bringen?«

»Ist er mit seinem Anwalt hier?«

»Was sonst? Der geht wahrscheinlich morgens nicht mal mehr auf die Toilette, ohne dass er vorher seinen Anwalt fragt, auf wie viel Blatt Klopapier er ein Anrecht hat.«

»Dann bringen Sie ihn in einen Vernehmungsraum«, sagte Leach. Er wollte Anwälten keinen Anlass geben, zu glauben, sie hätten es geschafft, ihn einzuschüchtern, aber genau das würde Pitchford-Pitchleys Anwalt sich vermutlich einbilden, wenn er ihn mit seinem Mandanten in sein Büro bat.

Er nahm sich ein paar Minuten Zeit, um mit einem Anruf Pitchleys Wagen freizugeben. Den Porsche noch länger unter Verschluss zu halten würde nichts bringen, und Leach war überzeugt, dass sie dank ihren Kenntnissen über Details aus James Pitchfords Vergangenheit stärkeren Druck auf den Mann ausüben konnte als mit der Beschlagnahmung des Wagens.

Nach dem Telefonat holte er sich einen Becher Kaffee und ging in das Vernehmungszimmer, wo Pitchley-Pitchford-Pytches –

Leach begann ihn der Einfachheit halber im Stillen Mr. P zu nennen – und sein Anwalt, die bereits am Tisch Platz genommen hatten, ihn erwarteten. Azoff rauchte trotz des unübersehbaren Rauchverbotsschilds, seine Art, kundzutun, dass sie alle miteinander ihn mal könnten, und Mr. P fuhr sich unablässig mit beiden Händen durch die Haare, als wollte er seinem Hirn eine gründliche Massage verpassen.

»Ich habe meinem Mandanten geraten, keine Aussage zu machen«, begann Azoff ohne ein Wort der Begrüßung. »Obwohl er sich bisher in jeder Hinsicht kooperativ gezeigt hat, ist das von Ihnen in keiner Weise gewürdigt worden.«

»*Gewürdigt?*«, wiederholte Leach ungläubig. »Was glauben Sie eigentlich, wo wir hier sind, Mann? Wir ermitteln in einem Mordfall, und wenn wir die Hilfe Ihres Mandanten brauchen, dann bekommen wir sie auch, darauf können Sie sich verlassen.«

»Ich sehe keinen Anlass zu weiteren derartigen Treffen, wenn Sie keine konkreten Vorwürfe gegen ihn erheben«, konterte Azoff.

Woraufhin Mr. P den Kopf hob und ihn so wütend anstarrte, als wollte er sagen, was laberst du da für einen Mist, du Vollidiot? Leach gefiel das; ein Unschuldiger hätte seinen Anwalt sicher nicht mit diesem mörderischen Blick durchbohrt, nur weil der von »Vorwürfen« gesprochen hatte. Ein Unschuldiger hätte bestätigend genickt und den Bullen herausfordernd angesehen: Genau, schreiben Sie sich das gefälligst hinter die Ohren. Aber so reagierte Mr. P nicht, und das überzeugte Leach noch mehr, dass man den Mann zum Reden bringen musste. Er war sich nicht sicher, was sie dadurch gewinnen würden, aber einen Versuch, fand er, war es auf jeden Fall wert.

»Tja, Mr. Pytches«, sagte er beinahe jovial.

Woraufhin Azoff hörbar gereizt und mit einem übel riechenden Ausstoß von Tabaksqualm, der seine Ungehaltenheit noch unterstreichen sollte, »Pitchley!« sagte.

»Ah«, meinte Leach, zu Mr. P gewandt. »Sie haben Geheimnisse vor ihm, hm?« Und er wies mit einer Kopfbewegung zu Azoff. »Skelette im Schrank, die Sie ihm noch nicht gezeigt haben?«

Mr. P ließ den Kopf in die Hände sinken, deutliches Zeichen

seiner Niedergeschlagenheit bei der plötzlichen Erkenntnis, dass er soeben noch ein Stück tiefer in den Schlamassel gerutscht war, den er aus seinem Leben gemacht hatte. »Ich habe Ihnen alles gesagt, was ich weiß«, erklärte er, ohne auf das Thema Jimmy Pytches einzugehen. »Ich habe diese Frau das letzte Mal sechs Monate nach dem Prozess gesehen. Und alle anderen, die mit der Sache zu tun hatten, auch. Ich bin umgezogen. Was hätte ich denn tun sollen? Neues Haus, neues Leben…«

»Neuer Name«, sagte Leach. «Wie gehabt. Aber Mr. Azoff hier weiß anscheinend nicht, dass ein Typ wie Sie mit einer Vergangenheit wie der Ihren ein Talent dafür hat, immer wieder in irgendwelche zwielichtigen Geschichten verwickelt zu werden. Auch wenn er meint, er hätte seine Vergangenheit mit Betonklötzen beschwert in der Themse versenkt.«

»Was, zum Teufel, wollen Sie damit sagen, Leach?« fuhr Azoff ihn an.

»Nehmen Sie erst mal das Ding aus dem Mund, mit dem Sie uns hier die Bude verpesten, dann bin ich gern bereit, Sie aufzuklären«, entgegnete Leach. »Hier ist Rauchen verboten, und ich nehme doch an, Sie sind der Kunst des Lesens mächtig, Mr. Azoff.«

Azoff nahm betont gemächlich die Zigarette aus dem Mund, drückte sie noch gemächlicher an seiner Schuhsohle aus, sehr behutsam, um sich den Rest für später aufzuheben. Während dieser Vorstellung weihte Mr. P seinen Anwalt unaufgefordert in die diesem bisher unbekannten Details seiner Biografie ein.

Am Ende des Vortrags, den er so kurz und positiv wie möglich gehalten hatte, sagte er: »Ich habe diese Geschichte von dem plötzlichen Kindstod nie erwähnt, Lou, weil es keinen Anlass dazu gab. Und es gibt immer noch keinen. Zumindest gäbe es keinen, wenn er hier« – Mr. P wies mit einer ruckartigen Kopfbewegung auf Leach, nicht bereit, ihn mit der Nennung seines Namens zu würdigen – »sich nicht was zusammenfantasiert hätte, das mit der Wahrheit überhaupt nichts zu tun hat.«

»Pytches«, sagte Azoff nachdenklich, aber die zusammengekniffenen Augen ließen darauf schließen, dass er weniger über diese neue Information nachdachte als über eventuelle Strafmaßnahmen für einen Mandanten, der ihm beharrlich wichtige Fakten vorenthielt, so dass er vor der Polizei jedesmal ausgesprochen dumm dastand. »Es ist *noch ein* Kind ums Leben gekommen, Jay?«

»Zwei Kinder und eine Frau«, warf Leach ein. »Und das ist übrigens noch nicht das Ende. Gestern Abend hat es wieder einen erwischt. Wo waren Sie da, Pytches?«

»Das ist nicht fair«, rief Mr. P. »Ich habe nicht einen einzigen von diesen Leuten gesehen... Ich habe mit keinem gesprochen... Ich weiß nicht, *warum* sie meine Adresse bei sich hatte... Und ich glaube nie im Leben –«

»Gestern Abend«, wiederholte Leach.

»Nichts. *Nirgendwo.* Ich war zu Hause. Wo soll ich denn sonst sein, wenn Sie auf meinem Wagen sitzen?«

»Vielleicht haben Sie sich von jemandem abholen lassen.«

»Von wem denn? Von einem Kumpel vielleicht, der mit mir auf einen schnellen Unfall mit Fahrerflucht durch London gezischt ist?«

»Ich glaube nicht, dass ich etwas von einem Unfall mit Fahrerflucht gesagt habe.«

»Ach, hören Sie doch auf. Es reicht doch, wenn Sie sagen, dass es wieder einen erwischt hat. Oder halten Sie mich für total bescheuert? Warum wäre ich denn sonst hier, hm?«

Mr. P begann nervös zu werden, und das gefiel Leach ausgezeichnet. Genauso gut gefiel ihm die Tatsache, dass der Anwalt sauer genug war, seinen geschätzten Mandanten eine Weile hängen zu lassen. Das könnte sich als höchst nützlich erweisen.

»Gute Frage, Mr. Pytches«, sagte Leach.

»Pitchley«, korrigierte Mr. P.

»Haben Sie in letzter Zeit Katja Wolff gesehen oder von ihr gehört?«

»Kat –« Mr. P schluckte. »Was ist mit Katja Wolff?«, fragte er leise und vorsichtig.

»Ich hab mir heute Morgen die alten Akten mal gründlich angeschaut und festgestellt, dass Sie beim Prozess nicht ausgesagt haben.«

»Ich bin nicht vorgeladen worden. Ich war im Haus, aber ich habe nichts gesehen, und es bestand kein Grund –«

»Aber die Beckett hat doch auch ausgesagt. Die Privatlehrerin des Jungen. Sarah-Jane hieß sie. Aus meinen Unterlagen geht hervor – habe ich übrigens erwähnt, dass ich mir stets alle meine Aufzeichnungen aufhebe? –, dass Sie und Sarah-Jane zusammen waren, als das Kind umgebracht wurde. Sie waren zusammen, und das heißt doch wohl, dass Sie beide alles gesehen haben oder überhaupt nichts, aber ganz gleich, die –«

»Ich habe *nichts* gesehen!«

»– die Beckett hat ausgesagt«, fuhr Leach energisch fort, »während Sie den Mund gehalten haben. Warum?«

»Sie war die Lehrerein des Jungen. Gideons. Des Bruders. Sie war viel mehr mit der Familie zusammen. Und mit dem kleinen Mädchen. Sie hat miterlebt, wie Katja die Kleine versorgt hat. Sie wird geglaubt haben, sie hätte was beizutragen. Ich sag's noch mal, ich bin *nicht* als Zeuge geladen worden. Die Polizei hat mich vernommen, ich hab meine Aussage gemacht, ich hab darauf gewartet, dass ich vorgeladen werde, aber das ist nicht passiert.«

»Sehr bequem.«

»Wieso? Wollen Sie vielleicht behaupten –«

»Schluss«, sagte Azoff endlich. Und zu Leach: »Kommen Sie zur Sache, oder wir verschwinden.«

»Nicht ohne meinen Wagen«, sagte Mr. P.

Leach kramte den Freigabeschein für den Porsche aus seiner Jackentasche und legte ihn zwischen sich und den beiden Männern auf den Tisch. »Sie waren der Einzige aus dem ganzen Haus, der nicht ausgesagt hat, Mr. Pytches«, bemerkte er. »Man sollte doch meinen, sie wäre mal kurz bei Ihnen vorbei gekommen, um sich zu bedanken, nachdem sie jetzt raus ist.«

»Was wollen Sie damit sagen?«, schrie Mr. P erregt.

»Beckett hat zur Persönlichkeit ausgesagt. Sie hat uns und allen anderen erzählt, welche Drähte bei der Wolff durchgebrannt sind. Ein bisschen Ungeduld hier, ein kleiner Wutanfall dort. Anderes im Kopf, als sich ordentlich um die Kleine zu kümmern. Nicht ständig auf Zack, wie das bei einer ausgebildeten Kinderfrau der Fall gewesen wäre. Nachlässig eben. Und dann lässt sie sich auch noch schwängern...«

»Ja und?«, sagte Mr. P. »Sarah-Jane hat viel mehr mitgekriegt als ich. Und das hat sie erzählt. Bin ich vielleicht ihr Gewissen oder was? Mehr als zwanzig Jahre danach?«

Azoff mischte sich ein. »Wir würden gern wissen, worum es bei diesem Gespräch eigentlich geht, Chief Inspector. Wenn Sie uns das nicht sagen können, nehmen wir jetzt unser Papierchen für das Auto und empfehlen uns hochachtungsvoll.« Er griff nach dem Schein.

Leach hielt das Papier fest. «Es geht um Katja Wolff«, sagte er. »Und um die Verbindung Ihres Mandanten zu dieser Frau.«

»Ich habe keinerlei Verbindung zu ihr«, protestierte Mr. P.

»Da bin ich mir nicht so sicher. Irgendjemand hat sie geschwängert, und dass es der Heilige Geist war, glaube ich wirklich nicht.«

»Versuchen Sie nicht, das mir in die Schuhe zu schieben. Wir haben im selben Haus gewohnt. Das ist alles. Wir haben uns auf der Treppe gegrüßt, wenn wir einander begegnet sind. Ich habe ihr hin und wieder mal eine Englischstunde gegeben, und, ich gebe es zu, ich habe sie *bewundert*. Sie war attraktiv. Sie war selbstsicher und stolz, ganz anders, als man das von einer Ausländerin erwarten würde, die nicht einmal die Sprache perfekt beherrscht. Mir gefällt so was an einer Frau, das wird ja wohl noch erlaubt sein.«

»Aha, ich kann mir schon vorstellen, wie das war. Nachts schleicht man sich durchs Haus ins andere Zimmer. Trifft sich ein, zwei Mal im Gartenhäuschen und, hoppla, was ist denn da passiert!«

Azoff schlug mit der flachen Hand auf den Tisch. »Ein Mal, zwei Mal, fünfundachtzig Mal«, sagte er. »Wenn Sie nicht vorhaben, über den aktuellen Fall zu sprechen, verabschieden wir uns jetzt. Ist das klar?«

»Das ist der aktuelle Fall, Mr. Azoff, wenn wir mal davon ausgehen, dass unser Freund hier die letzten zwanzig Jahre mit Gewissensbissen darüber zugebracht hat, dass er die Frau, mit der er ein Verhältnis hatte, einfach im Stich gelassen hat, als sie a) von ihm schwanger wurde und b) unter Mordanklage gestellt wurde. Vielleicht wollte er Wiedergutmachung leisten. Und gibt's da was Besseres, als bei einem kleinen Rachefeldzug zu helfen? Den sie, nebenbei gesagt, vielleicht für absolut gerechtfertigt hält. Die Zeit vergeht langsam im Knast. Und Sie würden sich wundern, wie in dieser langsam verstreichenden Zeit so mancher Killer zu der Überzeugung gelangt, dass er derjenige ist, dem Unrecht getan wurde.«

»Das ist ja – total – das ist – *absurd*«, stammelte Mr. P.

»Wirklich?«

»Das wissen Sie doch ganz genau. Wie soll denn das abgelaufen sein?«

»Jay –« warnte Azoff.

»Glauben Sie vielleicht, sie hat mich ausfindig gemacht, hat eines Abends bei mir geklingelt und gesagt: ›Hallo, Jim, ich weiß, wir haben uns seit zwanzig Jahren nicht mehr gesehen, aber hast du nicht Lust, mir zu helfen, ein paar Leute kalt zu machen? Nur zum Spaß. Du hast doch hoffentlich nicht zu viel zu tun.‹ Soll es so gewesen sein, Inspector?«

»Halten Sie die Klappe, Jay«, fuhr Azoff seinen Mandanten an.

»Nein! Ich hab mein halbes Leben lang die Wände gewischt, obwohl ich sie gar nicht angepisst hatte. Ich habe die Nase voll. Restlos. Wenn es nicht die Polizei ist, dann ist es die Presse. Und wenn es nicht die Presse ist, dann ist es –« Er brach ab.

»Ja?« Leach beugte sich vor. »Wer ist es dann? Was für ein Skelett gibt's denn da noch im Schrank? Außer der Sache mit dem plötzlichen Kindstod, meine ich? Sie haben es ja faustdick hinter den Ohren. Und eines kann ich Ihnen gleich sagen: Ich bin noch nicht fertig mit Ihnen.«

Mr. P sank auf seinem Stuhl zusammen und schluckte krampfhaft.

Azoff sagte: »Sehr seltsam. Ich höre gar keine Belehrung, Chief Inspector. Verzeihen Sie, wenn ich während dieses Gesprächs vorübergehend weggetreten bin, aber ich habe keine Belehrung gehört. Und wenn ich nicht in den nächsten fünfzehn Sekunden eine höre, dann schlage ich vor, wir sagen einander Lebewohl, auch wenn der Abschied noch so herzzerreißend wird.«

Leach schob ihnen den Freigabeschein für den Porsche über den Tisch. »Planen Sie fürs Erste keinen Urlaub, Mr. Pitchley«, sagte er, und zu Azoff: »Zünden Sie den Giftstängel nicht wieder an, bevor Sie draußen auf der Straße sind, sonst krieg ich Sie wegen irgendwas dran.«

»Halleluja! Wenn ich mir da nicht gleich in die Hosen mache, Meister«, gab Azoff zurück.

Leach wollte etwas entgegnen, ließ es aber sein und sagte nur: «Verschwinden Sie!«

Als J.W. Pitchley alias *Die Zunge* alias James Pitchford alias Jimmy Pytches sich vor der Polizeidienststelle Hampstead von seinem Anwalt verabschiedete, wusste er, dass sie von nun an getrennte Wege gehen würden. Azoff war wütend wegen der Jimmy-Pytches-Geschichte, noch wütender als damals wegen der James-Pitchford-Geschichte; dass seine Unschuld am Tod beider Kinder erwiesen war, half gar nichts, darum gehe es nicht, erklärte Azoff. Es falle ihm nicht ein, sich noch einmal von einem Mandanten, der ihm gegenüber nicht ehrlich sei, als Volltrottel hinstellen zu lassen. Ob Jay überhaupt eine Ahnung habe, was für ein Gefühl das sei, wenn man da drinnen einem Bullen gegenübersitze, der wahrscheinlich nicht mal eine höhere Schulbildung hatte, und einem dann ohne Vorwarnung der Boden unter den Füßen weggezogen wurde. So eine Scheiße lasse er sich in Zukunft nicht mehr gefallen. Verstanden, Jay? Oder James? Oder Jimmy? Oder war er vielleicht noch irgendein anderer?

Es gab keinen anderen. Er war nicht noch ein anderer. Und auch wenn Azoff nicht gesagt hätte: «Meine Abschlussliquidation kommt morgen per Kurier», hätte Pitchley selbst den Schlussstrich unter ihrer geschäftlichen Verbindung gezogen. Ohne Rücksicht darauf, dass er Azoffs komplizierte Finanzen verwaltete. In der City ließ sich bestimmt jemand finden, der ebenso talentiert darin war, Azoffs Geld schneller herumzuschieben, als das Finanzamt folgen konnte.

Er sagte deshalb ganz gelassen: »In Ordnung, Lou«, und versuchte gar nicht, dem Anwalt seinen Entschluss auszureden. Im Grunde konnte er dem armen Kerl keinen Vorwurf machen. War ja wirklich kein Honiglecken, wenn einem der eigene Mandant immer wieder in den Rücken fiel.

Azoff schlang sich seinen langen Schal um den Hals und schwang das lose Ende mit großer Geste über seine Schulter. Dann zog er ab, und Pitchley seufzte. Er hätte Azoff sagen können, dass er bereits seit einiger Zeit mit dem Gedanken gespielt hatte, sich von ihm zu trennen, und dieser Gedanke während des Gesprächs mit Leach feste Form angenommen hatte, aber er beschloss, dem Mann seinen großen Auftritt nicht zu verderben. Der sollte ihm gegönnt sein als Entschädigung für die Schande, der er wegen Pitchleys Unterschlagung wesentlicher Fakten in letzter Zeit ausgesetzt gewesen war. Mehr hatte Pitchley im Moment nicht zu bieten, und so stand er mit gesenktem Kopf da, während Azoff wütete.

»Ich setze mich mit einem Bekannten in Verbindung, der Ihre Finanzen zu Ihrer Zufriedenheit managen kann«, sagte er.

»Tun Sie das«, versetzte Azoff, ohne sich zu einem Gegenangebot herabzulassen und etwa einen Kollegen aus der Anwaltschaft zu empfehlen, der bereit wäre, einen Mandanten zu betreuen, der ihn im Dunkeln tappen ließ. Aber Pitchley hatte so etwas auch nicht von ihm erwartet. Er erwartete schon lange nichts mehr.

So war das nicht immer gewesen. Zwar konnte man nicht behaupten, dass er früher große Erwartungen gehabt hatte, aber Träume, ja, die hatte er gehabt. Katja hatte ihm die ihren anvertraut, atemlos flüsternd, wenn das Haus abends still war, bei den Englischstunden und ihren Gesprächen oben in der Mansarde. Immer hatte sie mit einem Ohr auf das Babyfon gelauscht, um sofort zur Stelle zu sein, wenn die Kleine unruhig wurde oder schrie – wenn sie ihre Katja brauchte.

»Es gibt doch diese Schulen, wo man lernt, Mode zu entwerfen«, sagte sie. «Du weißt schon, elegante Kleider und so. Du hast die Zeichnungen gesehen, die ich mache, nicht? Auf so eine Schule will ich gehen, wenn ich das Geld gespart habe. Weißt du, James, die Mode bei uns… Ach, ich kann es nicht beschreiben, aber ihr habt Farben, oh, *eure Farben*… Und schau doch mal, der Schal, den ich mir gekauft habe. Er ist von Oxfam, James. Irgendjemand hat ihn *verschenkt*!« Und dann holte sie den Schal heraus und wirbelte ihn herum wie eine orientalische Tänzerin, ein langes Stück zerschlissener Seide, an dem sich der Fransenbesatz gelockert hatte, aber für sie ein Schleier, eine Schärpe, eine Stola. Zwei solcher Schals, und es wurde eine Bluse daraus. Fünf, und sie zauberte einen vielfarbigen Rock. »Das ist das, was ich einmal machen will«, pflegte sie zu sagen. Ihre Augen blitzten dabei, und ihre Wangen waren gerötet, und der Rest ihrer Haut war milchweißer Samt. Ganz London kleidete sich schwarz. Katja nie. Katja war ein Regenbogen, eine Huldigung an das Leben.

Und von ihr inspiriert, hatte er seine eigenen Träume gehabt. Keine Pläne wie sie, nichts Konkretes, etwas Zartes, das gehegt werden wollte wie eine Feder, die verschmutzt und zum Fliegen nicht mehr taugt, wenn sie zu lange fest gehalten wird.

Er würde sich Zeit lassen, sagte er sich. Sie waren beide jung. Sie hatte ihre Ausbildung vor sich, und er wollte sich in der City etablieren, bevor er sich an ein so verantwortungsvolles Unternehmen wie die Ehe heranwagte. Aber wenn der rechte Zeitpunkt gekommen war ... ja, Katja war die Richtige. So ganz anders und unglaublich *fähig*, etwas aus sich zu machen, so voller Eifer zu lernen, bereit – nein, *verzweifelt* bemüht –, diejenige hinter sich zu lassen, die sie gewesen war, um diejenige zu werden, die sie werden wollte und werden zu können glaubte. Sie war tatsächlich sein weibliches Pendant. Sie wusste es noch nicht und würde es auch nie erfahren, wenn es nach ihm ginge, aber falls sie es doch entdecken sollte, so unwahrscheinlich das auch war, würde sie verstehen. Wir haben alle unsere Wolkenkuckucksheime, würde er zu ihr sagen.

Hatte er sie geliebt? Oder hatte er in ihr nur seine beste Chance auf ein Leben gesehen, in dem er sich im Schatten ihrer ausländischen Herkunft würde verbergen können? Er wusste es nicht. Er hatte nie die Möglichkeit erhalten, es zu erfahren, und konnte auch aus einer Distanz von zwanzig Jahren nicht sagen, wie es zwischen ihnen beiden geworden wäre. Eines aber wusste er mit Sicherheit – dass er endlich genug hatte.

Nachdem er den Porsche abgeholt hatte, fuhr er los, um eine Reise anzutreten, von der er wusste, das sie schon lange fällig war. Sie führte ihn quer durch London, zuerst in südlicher Richtung aus Hampstead hinaus und hinunter zum Regent's Park, dann ostwärts, immer weiter ostwärts bis in den Hades, in dem seine Albträume ihre Wurzeln hatten.

Im Gegensatz zu zahlreichen anderen Gegenden Londons war Tower Hamlets nie von den Reichen und Schönen entdeckt worden. Filme, die hier gedreht wurden, zeigten keine witzigen jungen Leute, die sich leidenschaftlich verliebten, ein Bohème-Leben führten und dem Viertel den morbiden Charme verarmten Adels verliehen, der die Yuppies in ihren Range Rovers und mit ihrem ehrgeizigen Bemühen, immer im Trend zu liegen, in Scharen anlockte und so eine Renaissance des Viertels einleitete. Das Wort *Renaissance* implizierte, dass ein Ort einst bessere Zeiten gesehen hatte, die mit einer kräftigen Finanzspritze aufs Neue belebt werden konnten. Tower Hamlets jedoch war in Pitchleys Augen immer schon der Arsch der Welt gewesen, bereits von dem Moment an, als der Grundstein zum ersten seiner hässlichen Häuser gelegt worden war.

Beinahe so lange er lebte, versuchte er, den Gestank von Tower Hamlets loszuwerden. Von seinem neunten Lebensjahr an hatte er gearbeitet wie ein Tier und von seinem Lohn so viel wie irgend möglich für eine Zukunft auf die Seite gelegt, die er erstrebte, aber nicht recht definieren konnte. Er hatte sich hänseln und schikanieren lassen in der Schule, wo das Lernen zweitrangig war, weil es wichtiger war, die Lehrer zur Weißglut zu treiben, uraltes und nahezu unbrauchbares Lehrmaterial zu demolieren, jede frei Fläche zu beschmieren, die Mädchen im Treppenhaus zu bumsen, in den Papierkörben Feuer zu legen und zu klauen, was es zu klauen gab, vom Taschengeld der Drittklässler bis zu dem Geld, das jedes Jahr zu Weihnachten für die obdachlosen Wermutbrüder des Viertels gesammelt wurde. In dieser Umgebung eingesperrt, hatte er sich gezwungen zu lernen und gierig alles aufgesogen, von dem er hoffte, es könne ihm helfen, aus dem Inferno zu fliehen, in das er sich zur Strafe für eine Sünde, die er in einem früheren Leben begangen hatte, verbannt sah.

In seiner Familie verstand niemand seinen Wunsch zu entkommen. Seine Mutter – nie verheiratet – hockte den ganzen Tag am Fenster ihrer Sozialwohnung und qualmte eine Zigarette nach der anderen, kassierte die Sozialhilfe, als wäre der Staat sie ihr schuldig dafür, dass sie ihm und seinen Bürgern den Gefallen tat, zu atmen, zog die sechs Kinder groß, die sie mit vier Männern gezeugt hatte, und fragte sich laut, wie sie es fertig gebracht hatte, so einen Duckmäuser wie Jimmy in die Welt zu setzen, immer sauber und adrett, als glaubte er, was Besseres zu sein.

»Schaut ihn euch an!«, pflegte sie zu seinen Geschwistern zu sagen. »Immer wie aus dem Ei gepellt, unser Jimmy. Was haben wir denn heute vor, junger Herr?« Und dabei musterte sie ihn von oben bis unten. »Auf, auf zum fröhlichen Jagen, hoch zu Ross und mit der Meute?«

»Ach Mensch, Mama« pflegte er dann zu sagen, verlegen und unglücklich.

»Is' ja okay, Kleiner. Brauchst uns nur einen von den niedlichen Kötern mitbringen, der kann dann unsern Palazzo hier bewachen. Wär doch gut, Kinder, was meint ihr? Was würdet ihr dazu sagen, wenn unser Jimmy uns einen Hund organisiert?«

»Mama, ich geh doch überhaupt nicht auf die Fuchsjagd«, sagte er.

Und dann schütteten sie sich alle aus vor Lachen, und er hätte die ganze Bande am liebsten mit Fäusten geprügelt.

Seine Mutter war am schlimmsten, sie gab den Ton an. Sie war vielleicht einmal ganz gescheit gewesen. Sie war vielleicht einmal unternehmungslustig gewesen. Sie hätte vielleicht etwas aus ihrem Leben machen können. Aber sie ließ sich mit fünfzehn Jahren ein Kind anhängen – Jimmy –, und dann fand sie heraus, dass man für Kinder kassieren konnte, wenn man nur eines nach dem anderen produzierte. Kindergeld nannte man das. Fesseln, so nannte es Jimmy Pytches.

Und darum machte er die Vernichtung seiner Vergangenheit zu seinem Lebensziel und nahm, sobald er alt genug war, jede Arbeit an, die er bekommen konnte. Was für eine Arbeit das war, interessierte ihn überhaupt nicht – Fenster putzen, Böden schrubben, Teppiche saugen, Hunde spazieren führen, Autos waschen, Babysitten, er machte alles. Es war ihm völlig egal. Hauptsache, er wurde dafür bezahlt. Natürlich konnte er sich mit dem Geld keine andere Familie kaufen, aber es war ein Mittel, der Familie zu entrinnen, die ihn zu ersticken drohte.

Dann ereignete sich dieser plötzliche Kindstod. Er ging ins Kinderzimmer, weil sie viel länger schlief als sonst. Und da lag sie wie eine Plastikpuppe, ein gekrümmtes Händchen am geöffneten Mund, als hätte sie sich selbst beim Atmen helfen wollen. Die winzigen kleinen Fingernägel waren blau unterlaufen, so blau, dass er sofort wusste, dass sie tot war. Und dabei hatte er doch die ganze Zeit im Wohnzimmer gesessen, gleich nebenan. Er hatte sich das Arsenal-Spiel angeschaut. Klasse, hatte er gedacht, das Gör pennt, und ich kann mir in Ruhe das Spiel anschauen. So hatte er die Kleine insgeheim genannt – das Gör –, aber so hatte er es in Wirklichkeit nicht gemeint, hätte es nie gesagt. Er lachte sie immer an, wenn er sie mit ihrer Mutter im Supermarkt traf. Nie dachte er da »das Gör«, immer nur: Ach, da ist ja Sherry mit ihrer Mama. »Hallo, Schnuppel.« Er hatte nämlich seinen eigenen albernen kleinen Spitznamen für sie: Schnuppel.

Nun war sie plötzlich tot, und die Bullen rückten an. Fragen und Antworten und Tränen. Und was für ein Monster musste er sein, dass er sich Arsenal angeschaut hatte, während ein kleines Kind gestorben war, und das Ergebnis des Spiels bis auf den heutigen Tag im Kopf hatte.

Natürlich gab es Klatsch, natürlich gab es Gerüchte. Beides spornte ihn nur umso mehr an in seinem Bestreben, seinem Zuhause und seiner Familie für immer den Rücken zu kehren. Und dieses *für immer* hatte er geglaubt, erreicht zu haben, eine Art ewigen Paradieses in Gestalt eines herrschaftlichen Hauses in Kensington mit einer Fassade, wie man sie bei den alten holländischen Kaufmannshäusern sah, und einem Medaillon mit der Jahreszahl 1876 unter dem Giebel. Die Leute, die in diesem Haus lebten, waren zu seiner Genugtuung von ebensolcher Klasse wie das Viertel. Ein Kriegsheld, ein musikalisches Wunderkind, eine, wer sagt's denn, waschechte *Gouvernante* für dieses Kind, eine ausländische Kinderfrau... Welch ein Unterschied zu dem Leben, das er bisher gekannt und das ihn von Tower Hamlets über ein Ein-Zimmer-Apartment in Hammersmith sowie durch endlose teure Schulen geführt hatte, wo er von den Tischmanieren – dass man beispielsweise das Essen nicht mit den Fingern auf die Gabel schob, sondern das Messer dazu benutzte – bis zur kultivierten Ausdrucksweise – etwa wie man »haricots verts« aussprach – so ziemlich alles lernte, was dem gesellschaftlichen Fortkommen diente. Und so kam es, dass am Kensington Square, als er schließlich dort landete, niemand wusste, woher er kam. Am wenigsten Katja, der die englischen Klassenkriterien überhaupt nichts sagten.

Aber dann war sie schwanger geworden, und im Gegensatz zu seiner Mutter, für die ihre Schwangerschaften nichts weiter gewesen waren als kleine Unannehmlichkeiten, die sie zwangen, ein paar Monate lang unförmige Kleider zu tragen, hatte Katja gelitten, so dass es ihr unmöglich gewesen war, ihren Zustand zu verheimlichen. Und durch diese Schwangerschaft war das ganze spätere Unglück heraufbeschworen worden, einschließlich der Enthüllung seiner eigenen Vergangenheit, die wie die Kloake, die sie war, sein Leben am Kensington Square zu vergiften drohte.

Trotzdem hatte er geglaubt, aufs Neue entfliehen zu können. James Pitchford, dessen Vergangenheit wie ein Damoklesschwert über ihm hing, hatte nur darauf gewartet, von sämtlichen Sensationsblättern als »Der Untermieter, gegen den einst im Zusammenhang mit einem plötzlichen Kindstod ermittelt wurde« angeprangert und als Jimmy Pytches entlarvt zu werden, den armseligen Narren aus den Slums, der unbedingt etwas Besseres sein wollte. Also hatte er sich von neuem verwandelt und war in die Haut J.W. Pitchleys geschlüpft, Finanzgenie und Börsenspezialist. Aber immer auf der Flucht, immer bereit zu fliehen.

Darum war er nun hier in Tower Hamlets gelandet: ein Mann, der endlich begriffen hatte, dass er drei Möglichkeiten hatte, dem zu entrinnen, was er nicht ertragen konnte: Er könnte sich das Leben nehmen; er könnte aufs Neue seine Identität wechseln; oder er könnte bis in alle Ewigkeit fliehen, nicht nur aus seiner Heimatstadt London, sondern vor allem, wofür London – und England – stand.

Er stellte den Porsche in der Nähe des Hochhauses ab, in dem er als Kind gelebt hatte. Hier hatte sich kaum etwas verändert. Auch die herumlungernden Skinheads gab es noch, drei waren es, die in der Türnische eines Ladens lümmelten und rauchten, während sie ihn und sein Auto mit demonstrativer Aufmerksamkeit beobachteten.

»Hey«, rief er sie an, »wollt ihr euch zehn Pfund verdienen?«

Einer von ihnen spie einen Klumpen gelben Schleims auf die Straße. »Jeder?«, fragte er.

»In Ordnung. Jeder.«

»Und – was sollen wir dafür tun?«

»Auf meinen Wagen aufpassen. Darauf achten, dass keiner ihn anrührt. Okay?«

Sie zuckten die Achseln. Pitchley nahm es als Zusage. Er nickte ihnen zu. »Zehn jetzt, zwanzig später.«

»Her damit«, sagte der Anführer der drei und kam schlurfend auf ihn zu, um sich das Geld zu holen.

Als Pitchley dem aggressiv wirkenden Burschen den Schein gab, schoss ihm der Gedanke durch den Kopf, dass der Typ leicht sein jüngster Halbbruder Paul sein könnte. Er hatte den kleinen Paulie seit mehr als zwanzig Jahren nicht mehr gesehen. Wäre das nicht ein Witz, wenn er dieses Erpressergeld seinem eigenen Bruder übergäbe, ohne dass einer den anderen erkannte? Aber mittlerweile hätte er vermutlich keines seiner Geschwister mehr erkannt. Es war gut möglich, dass es inzwischen mehr geworden waren als die fünf, die er gehabt hatte, als er damals abgehauen war.

Er ging zwischen den Wohnsilos hindurch: eine verdorrte Rasenfläche, mit Kreide aufgemalte Himmel-und-Hölle-Quadrate auf unebenem Asphalt, ein Fußball ohne Luft mit einem Messerschlitz in der Haut, zwei umgekippte Einkaufswagen, von denen jemand die Räder entfernt hatte. Drei kleine Mädchen versuchten, auf einem der betonierten Fußwege zu skaten und mussten ständig, noch ehe sie richtig in Fahrt gekommen waren, vor Rissen oder Schlaglöchern abbremsen.

Als Pitchley den Aufzug des Hochhauses erreichte, stellte er fest, dass er außer Betrieb war. Das Schild, in Blockschrift beschrieben, hing an der uralten Chromtür, die längst von den Spraykünstlern des Hauses üppig dekoriert worden war.

Pitchley begann, die sieben Stockwerke hinaufzulaufen. Sie musste ja unbedingt »'n bisschen Aussicht« haben, wie sie es zu formulieren pflegte. Es war verständlich, da sie den ganzen Tag nichts anderes tat, als in dem uralten, durchhängenden Sessel zu sitzen, der schon seit Ewigkeiten neben dem Fenster stand, und zu rauchen, zu trinken und auf den Fernseher zu glotzen.

Im zweiten Stock ging Pitchley die Luft aus. Er musste auf dem Treppenabsatz Rast machen und tief die nach Urin stinkende Luft einatmen, bevor er weiter gehen konnte. In der fünften Etage ruhte er sich noch einmal aus. Als er in der siebten ankam, war er völlig verschwitzt.

Auf dem Weg zur Wohnungstür rieb er sich den Nacken trocken. Er zweifelte keinen Augenblick, dass sie da sein würde. Jen Pytches würde ihren Hintern höchstens in Bewegung setzten, wenn das Haus in Flammen stand. Und auch nur mit Widerwillen und besorgt, ihre Lieblingssendung im Fernsehen ja nicht zu versäumen.

Er klopfte. Geplapper schallte ihm aus der Wohnung entgegen, Fernsehstimmen, nach denen man die Tageszeit festsetzen konnte. Morgens Talkshows, am Nachmittag war es Billard –

Gott allein wusste, warum –, und der Abend gehörte den Seifen-
opern.

Auf sein Klopfen hin rührte sich nichts. Er klopfte noch einmal, lauter, und rief: »Mama?« Als er versuchsweise den Knauf
drehte, stellte er fest, dass die Tür nicht abgeschlossen war. Er öffnete sie einen Spalt und rief noch einmal: »Mama!«

»Was ist denn?«, fragte sie. «Bist du das, Paulie? Willst du mir
vielleicht erzählen, du wärst schon bei der Arbeitsvermittlung gewesen? Glaub ja nicht, du kannst mich verarschen, Kleiner. Ich
bin doch nicht von gestern.« Sie hustete, röchelnd und ver-
schleimt, und Pitchley drückte mit den Fingerspitzen die Tür
nach innen auf.

Er betrat die Wohnung und ging zu seiner Mutter, die er vor
fünfundzwanzig Jahren das letzte Mal gesehen hatte.

»Na, so was«, sagte sie.

Sie saß am Fenster, genau wie er erwartet hatte, aber sie war
nicht mehr die Frau, die er aus seiner Kindheit in Erinnerung
hatte. Fünfundzwanzig Jahre Trägheit, aus der sie sich höchstens
gezwungenermaßen hin und wieder herausgerissen hatte, hatten
aus seiner Mutter eine Frau wie einen Berg gemacht, die Massen
in eine Stretchhose gepresst, über der sie ein Hemd von Fall-
schirmausmaßen trug. Wäre er ihr auf der Straße begegnet, er
hätte sie nicht erkannt. Er hätte sie auch jetzt nicht erkannt, wenn
sie nicht gesagt hätte: »Jim, Junge, das is' aber 'ne Überraschung.«

Er sagte: »Hallo, Mama«, und sah sich in der Wohnung um. Alles war wie früher. Da war das U-förmige blaue Sofa, da waren die
Lampen mit den verbeulten Schirmen, und an der Wand hingen
dieselben Fotos: eines von jedem kleinen Pytches-Sprössling auf
dem Schoß des jeweiligen leiblichen Vaters, den Jen für diese Gelegenheit eigens herbeizitiert hatte. O Gott, bei dem Anblick
kehrten schlagartig die Erinnerungen zurück an dieses alberne
Theater, wenn die Kinder sich wie die Orgelpfeifen aufstellen
mussten und Jen, auf die Bilder zeigend, sagte: »Das ist *dein* Dad,
Jim, er hieß Trev. Aber ich hab ihn immer nur meinen kleinen
Zuckerjungen genannt.« Und: »Deiner hieß Derek, Bonnie.
Schau dir den Stiernacken von dem Mann an, Mädchen. Dem
hab ich die Arme nicht um den Hals legen können, das kannst du
mir glauben. O ja, war schon ein Mann, dein Vater, Bon.« Und so

ging es weiter, die Reihe entlang, immer der gleiche Vortrag, einmal die Woche, damit die Kinder es nicht vergaßen.

»Darf man fragen, was du willst, Jim?«, sagte seine Mutter und griff ächzend nach der Fernbedienung des Fernsehapparats. Mit zusammengekniffenen Augen starrte sie einen Moment auf den Bildschirm, als wollte sie sich einprägen, was gerade lief, dann stellte sie den Ton leiser.

»Ich geh weg«, sagte er. »Das wollte ich dir nur sagen.«

Sie sah ihn ruhig an. »Du warst schon die ganze Zeit weg, Kleiner. Wie viele Jahre jetzt? Was soll da plötzlich anders sein?«

»Dass ich nach Australien gehe«, antwortete er. »Oder Neuseeland. Kanada vielleicht. Ich weiß noch nicht. Aber ich wollte dir sagen, dass es auf Dauer ist. Ich löse hier alles auf und fange neu an. Ich wollt's dich wissen lassen, damit du es den anderen sagen kannst.«

»Ich glaub nicht, dass die sich bis jetzt groß Gedanken drüber gemacht haben, wo du geblieben bist«, entgegnete seine Mutter.

»Ich weiß. Trotzdem…« Er fragte sich, wie viel seine Mutter wusste. So weit er sich erinnern konnte, hatte sie nie Zeitung gelesen. Das ganze Land konnte zum Teufel gehen – ob die Politiker sich schmieren ließen, die Royals stürzten, das Oberhaus zu den Waffen griff, um sich gegen die Pläne des Unterhauses zu seiner Abschaffung zu wehren, ob Sportler starben, Rockstars an Überdosen von Designer-Drogen krepierten, Züge verunglückten, auf dem Piccadilly Bomben explodierten –, das alles interessierte sie nicht und hatte sie nie interessiert. Sie würde also nicht wissen, was einem gewissen James Pitchford widerfahren war und was dieser unternommen hatte, damit ihm nicht noch mehr passierte.

»Alte Zeiten eben«, sagte er vage. »Du bist schließlich meine Mutter. Ich hab mir gedacht, du hast ein Recht darauf.«

»Hol mir mal meine Kippen«, sagte sie mit einer Kopfbewegung zu einem Tisch beim Sofa, wo auf einer Frauenzeitschrift eine Packung Benson & Hedges lag. Er brachte ihr die Zigaretten, und sie zündete sich eine an, den Blick auf den Bildschirm des Fernsehgeräts gerichtet, wo die Kamera aus der Vogelperspektive einen Billardtisch zeigte, an dem ein Spieler stand und zu seinem nächsten Stoß ausholte.

»So, so, alte Zeiten«, wiederholte sie. »Nett von dir, Jim. Also dann, alles Gute.« Und sie stellte den Ton des Fernsehapparats wieder laut.

Er trat unbehaglich von einem Fuß auf den anderen, sah sich nach etwas um, womit er sich beschäftigen könnte. Er war eigentlich gar nicht ihretwegen hierher gekommen, aber er sah ihr an, dass sie ihm nichts über seine Geschwister sagen würde, wenn er sie direkt fragte. Sie schuldete ihm nichts, das wussten sie beide. Man tat nicht ein Vierteljahrhundert lang so, als hätte es die eigene Vergangenheit nie gegeben, und kreuzte dann aus heiterem Himmel bei der Mutter auf, weil man sich Hilfe von ihr erhoffte.

Er sagte: »Es tut mir echt Leid, Mama. Wirklich. Aber es war der einzige Weg.«

Sie winkte ab. Der Rauch ihrer Zigarette schob sich wie eine graue Schlange durch die Luft. Und bei dem Anblick fühlte er sich schlagartig in eine andere Zeit zurückversetzt. Es war genau in diesem Zimmer hier, seine Mutter lag auf dem Boden, sie hatte Wehen, das Kind drängte ans Licht, und sie rauchte eine Zigarette nach der anderen, denn wo, zum Teufel, blieb der Rettungswagen, den sie gerufen hatte? Verdammt noch mal, hatte sie vielleicht kein Recht auf Hilfe, wenn's nötig war? Er war ganz allein mit ihr gewesen, als es losgegangen war. *Geh nicht weg, Jim. Lass mich jetzt nicht allein, mein Junge.* Das Ding war so schleimig wie ein ungekochter Kabeljau und ganz blutig, und es hing immer noch an der Nabelschnur, und sie rauchte die ganze Zeit, paffte unaufhörlich, während das Kind kam, und der Rauch schob sich durch die Luft wie eine graue Schlange.

Pitchley ging in die Küche, um die Erinnerung an den Zehnjährigen abzuschütteln, der zu Tode erschrocken mit dem blutigen Neugeborenen in den Armen im Zimmer gestanden hatte. Halb vier Uhr morgens war es gewesen. Seine Brüder und die Schwester hatten geschlafen, die Nachbarn hatten geschlafen, die ganze beschissene Welt hatte geschlafen, alle hatten sie ihre Träume geträumt und sich einen Dreck gekümmert.

Kinder waren ihm nach diesem Erlebnis ein Gräuel gewesen. Und die Vorstellung, selbst eines in die Welt zu setzen … Je älter er wurde, desto klarer wurde ihm, dass er dieses Drama nicht ein zweites Mal in seinem Leben brauchte.

Er trat zum Spülbecken und drehte den Hahn auf. Ein kühler Schluck oder ein paar Hände voll Wasser ins Gesicht gespritzt, das würde die Erinnerung vielleicht vertreiben. Als er nach einem Glas griff, hörte er draußen die Tür aufgehen und einen Mann sagen: »Da hast du mal wieder den totalen Mist gebaut. Wie oft muss ich dir noch sagen, dass du bei Kundengesprächen gefälligst die Schnauze halten sollst!«

Ein zweiter Mann sagte: »Ich hab's doch nur gut gemeint. Frauen mögen's, wenn man ihnen ein bisschen schön tut.«

Woraufhin der Erste entgegnete: »Blödsinn! Die sind wir los, du Idiot.« Und dann: »Hallo, Mama, wie läuft's?«

»Wir haben Besuch«, sagte Jen Pytches.

Während Pitchley das Wasser trank, hörte er die Schritte im Wohnzimmer, die sich der Küche näherten. Er stellte sein Glas in das schmutzige Spülbecken und drehte sich nach seinen beiden jüngeren Brüdern um. Sie füllten den Raum, groß und massig wie ihr Vater, mit Köpfen wie Wassermelonen und riesigen Händen. Pitchley fühlte sich wie immer in ihrer Gegenwart: klein und hässlich. Und er verfluchte wie immer das Schicksal, das seiner Mutter eingegeben hatte, sich mit einem wahrhaften Zwerg zu paaren, um ihn – James – zur Welt zu bringen, und sich für ihre darauf folgenden beiden Söhne einen Preisringer als Vater auszusuchen.

»Robbie«, sagte er statt einer Begrüßung zum Älteren der beiden und »Brent« zum Jüngeren. Sie trugen beide schwere Stiefel, Bluejeans und Windjacken, auf denen vorn und hinten der Aufdruck *Rolling Suds* prangte. Sie hatten gearbeitet, vermutete Pitchley, in dem Bemühen, das mobile Autowaschunternehmen in Schwung zu halten, das er selbst auf die Beine gestellt hatte, als er dreizehn Jahre alt gewesen war.

Robbie führte wie immer das Wort. »Tja, wen haben wir denn da? Unseren großer Bruder! Da staunst du, was, Brent? Und schaut er nicht heiß aus in seinen piekfeinen Klamotten?«

Brent lachte unterdrückt und kaute auf seinem Daumennagel, während er wie gewöhnlich wartete, um Robs Vorbild zu folgen.

Pitchley sagte: »Du hast gewonnen, Rob. Ich hau ab.«

»Du haust ab? Wie meinst du das?« Robbie ging zum Kühlschrank, nahm eine Dose Bier heraus und warf sie Brent zu.

»Ma«, rief er, «willst du von hier draußen was haben? Was zu essen
oder zu trinken?«

Sie sagte: »Das ist nett von dir, Rob. Gegen ein Stück von der
Schweinefleischpastete von gestern hätte ich nichts einzuwenden. Siehst du sie? Sie liegt ganz oben. Sie muss gegessen werden,
bevor sie schlecht wird.«

»Ja, ich hab sie«, verkündete Rob. Er kippte die bröckelnden
Reste der Pastete auf einen Teller und drückte diesen seinem Bruder in die Hand. Der verschwand im Wohnzimmer.

Rob machte sein Bier auf, setzte die Dose an die Lippen und
leerte sie in einem langen Zug. Er griff sich die andere Dose, die
sein Bruder leichtsinnigerweise zurückgelassen hatte.

»So, so«, sagte er, »du haust also ab, hm? Und wohin haust du
ab, Jay?«

»Ich wandere aus, Rob. Ich weiß noch nicht, wohin. Es ist mir
ziemlich egal.«

»Aber mir nicht.«

Nein, natürlich nicht, dachte Pitchley. Denn woher würde jetzt
die Kohle kommen, wenn er wieder mal beim Buchmacher Schulden hatte, wenn er wieder mal einen Wagen zu Schrott gefahren
hatte, wenn er Bock auf einen Urlaub am Meer hatte? Ohne den
guten Jay, der ihm bei Bedarf stets einen Scheck ausgeschrieben
hatte, würde das Leben für Robbie spürbar anders verlaufen. Er
würde sich tatsächlich ein bisschen reinhängen müssen ins Auto-
waschgeschäft, und wenn die Firma pleite ging – was unter Robs
launischem Management seit Jahren drohte –, gab es niemanden
mehr, auf den er in der Not zurückgreifen konnte. Tja, so ist das
Leben, Rob, dachte Pitchley. Die Gans, die bisher die goldenen
Eier gelegt hat, ist im Begriff, davonzufliegen. Der Silberstreif am
Horizont wird für immer verschwinden. Du hast mich überall aufgespürt, wenn du mich gerade gebraucht hast, von East London
über Hammersmith und Kensington bis nach Hampstead, aber
damit wirst du dich schwer tun, wenn ich erst überm Ozean bin.

Er sagte noch einmal: »Ich weiß nicht, wo ich landen werde.
Keine Ahnung.«

»Was willst du dann noch hier?« Mit der Hand, die die Bierdose
hielt, machte Robbie eine ausholende Bewegung, die Pitchley
und die schäbige Behausung seiner Kindheit umfasste. »Wegen

der alten Zeiten bist du doch bestimmt nicht hergekommen, Jay, oder? Die möchtest du doch am liebsten vergessen. Aber ich will dir mal was sagen – es gibt Leute, die sich das nicht leisten können. Uns fehlt das nötige *Kleingeld*, Jay, und darum bleibt alles, was wir erlebt haben, schön da oben drin und dreht sich wie ein Karussell.« Wieder hob er die Hand mit der Bierdose, um zu demonstrieren, wie sich das Karussell in seinem Kopf drehte. Dann stopfte er beide Dosen in die Plastiktüte, die vom Knopf einer der Küchenschubladen herabhing und der Familie als Müllbeutel diente.

»Ich weiß«, sagte Pitchley.

»Du weißt, du weißt«, höhnte sein Bruder. »Du weißt gar nichts, Jay, und das solltest du mal lieber nicht vergessen.«

Wohl zum tausendsten Mal sagte Pitchley zu seinem Bruder: »Ich habe dich nicht gebeten, dich mit ihnen anzulegen. Was du getan hast –«

»Na klar, na klar. Du hast mich nicht *gebeten*, du hast nur gesagt: ›Hast du gesehen, was sie über mich geschrieben haben, Rob?‹ Genau das hast du gesagt. ›Die reißen mich in Stücke‹, hast du gesagt. ›Wenn das vorbei ist, dann ist von mir nichts mehr übrig.‹«

»Kann ja sein, dass ich das gesagt habe, aber ich meinte doch nur –«

»Scheiß drauf, was du gemeint hast!« Robbie trat mit dem Fuß gegen einen Schrank.

Pitchley zuckte zusammen.

»Was ist denn hier los?« Brent war zurück, mit den Zigaretten seiner Mutter, und er zündete sich eine an.

»Dieser Witzbold will schon wieder abhauen und behauptet, er weiß noch nicht, wohin. Wie findest du das?«

Brent kniff die Augen zusammen. »Hey, das ist echt Scheiße, Mann«, sagte er zu Pitchley.

»Da hast du verdammt Recht. Scheiße ist das!« Robbie stach mit einem Finger nach Pitchleys Gesicht. »Ich hab für dich gesessen. Sechs Monate war ich im Knast. Hast du 'ne Ahnung, was da drinnen läuft? Ich kann's dir sagen.« Und dann leierte er sie herunter, dieselbe alte Litanei, die Pitchley jedesmal zu hören bekam, wenn sein Bruder mehr Geld haben wollte. Sie begann mit

der Ursache von Robbies Problemen mit dem Gesetz: Er hatte
einen Journalisten zusammengeschlagen, der in James Pitchfords
sorgfältig konstruierter Vergangenheit tatsächlich Jimmy Pytches
aufgestöbert und die Story, die er von einem Informanten bei der
Polizei Tower Hamlets erhalten hatte, nicht nur veröffentlicht
hatte, sondern ihr gleich noch einen zweiten Bericht hatte folgen
lassen, trotz allen Warnungen Robs, der überhaupt nichts –
»einen Dreck, Jay, verstehst du mich?« – dadurch zu gewinnen
hatte, dass er in die Bresche sprang, um den Ruf eines Bruders zu
schützen, der die Familie vor Jahren im Stich gelassen hatte. »Du
hast dich doch um keinen von uns gekümmert, solange du uns
nicht gebraucht hast, Jay, und dann hast du uns ausgenützt bis
aufs Blut.«

Er hat wirklich ein unglaubliches Talent, die Geschichte umzu-
schreiben, dachte Pitchley und sagte: »Du hast dich damals um
mich ›gekümmert‹, Rob, weil du mein Bild in der Zeitung gesehen hattest. Du bist nur gekommen, weil du die Chance gewittert
hast, mich dir zu verpflichten. Man schlägt ein paar Schädel ein,
man bricht ein paar Knochen. Und das alles nur, damit Jimmys
Vergangenheit nicht raus kommt. Das wird ihm bestimmt gefallen. Der schämt sich ja seiner Familie. Und wir brauchen nur dafür zu sorgen, dass er immer ein bisschen Angst hat, wir könnten
plötzlich aus der Versenkung auftauchen, dann schiebt er die
Kohle schon rüber, der Trottel. Und zwar immer dann, wenn wir
welche brauchen.«

»Ich hab in einer Zelle gehockt«, brüllte Robbie. »Ich hab in
'nen gottverdammten Eimer geschissen. Hast du das kapiert,
Kumpel? Die haben mich in der Dusche ran genommen, Jay. Und
was ist *dir* passiert, hm?«

»Du!«, schrie Pitchley. »Du und Brent, ihr seid mir passiert! Ihr
beide sitzt mir doch seitdem unaufhörlich im Nacken und haltet
die Hände auf.«

»Wieso, was –«, begann Brent, aber sein Bruder ließ ihn nicht
ausreden.

»Halt du bloß die Schnauze!« Rob warf den Müllbeutel nach
Brent. »Du kapierst doch überhaupt nichts, du blöder Hund.«

»Er hat gesagt –«

»Schnauze! Ich hab selbst gehört, was er gesagt hat. Hast du nicht begriffen, was er meint? Dass wir Schmarotzer sind. Das meint er. Dass wir ihm was schulden, und nicht umgekehrt.«

»Das sage ich doch gar nicht.« Pitchley griff in seine Tasche. Er zog das Scheckbuch heraus, in dem der unvollständig ausgefüllte Scheck lag, den er zu schreiben begonnen hatte, als die Polizistin vom Yard aufgekreuzt war. »Aber ich sage, dass jetzt Schluss ist, weil ich mich ausklinke, Rob. Ich schreibe noch diesen letzten Scheck aus, und danach müsst ihr allein sehen, wie ihr zurecht kommt.«

»Schieb dir doch dein Geld in den Arsch!« Rob machte Anstalten, sich auf ihn zu stürzen. Brent wich hastig zum Wohnzimmer zurück.

»Hey, was ist los da draußen?«, rief Jen Pytches.

»Rob und Jay –«

»Halt endlich die Schnauze! Jesus, Maria, warum bist du bloß so ein gottverdammter Blödmann, Brent?«

Pitchley zog einen Kugelschreiber heraus. Aber bevor er zu schreiben beginnen konnte, war Rob da. Er riss ihm das Scheckbuch aus der Hand und schleuderte es an die Wand. Es knallte gegen ein Bord mit Steingutbechern, die laut scheppernd herunterfielen.

»Hey!«, schrie Jen von nebenan.

Pitchley sah blitzartig sein Leben vor sich ablaufen.

Brent rettete sich mit einem Sprung ins Wohnzimmer.

»Du blöder Wichser«, zischte Rob und packte Pitchley beim Revers seines Jacketts. Mit einem Ruck riss er ihn nach vorn, dass es ihm den Kopf in den Nacken schleuderte. »Du verstehst überhaupt nichts, du Trottel. Du hast nie verstanden, worum's geht.«

Pitchley schloss die Augen und wartete auf den Schlag. Aber der kam nicht. Stattdessen stieß ihn sein Bruder so heftig von sich weg, wie er ihn zu sich herangerissen hatte, und er prallte mit Wucht gegen das Spülbecken.

»Ich hab's nie auf dein Scheißgeld abgesehen gehabt«, erklärte Rob. »Du hast's rüber geschoben, ja, stimmt. Und ich hab's gern genommen. Geld kann man immer brauchen. Aber du warst derjenige, der immer gleich das Scheckbuch gezückt hat, wenn er meine Fresse gesehen hat. ›Ich geb dem Kerl einen Tausender oder zwei, dann wird er schon wieder verschwinden.‹ So hast du gedacht. Und mir wirfst du vor, dass ich das Geld genommen hab, das du mir hingehalten hast, wo du's mir sowieso nur gegeben hast, um dein zartes Gewissen zu beruhigen.«

»Ich habe nie was getan, weswegen ich ein schlechtes Gewissen –«

Robs Hand sauste wie ein Fallbeil durch die Luft, um Pitchley das Wort abzuschneiden. »Du hast so getan, als gäb's uns überhaupt nicht, Jay. Also, gib nicht mir die Schuld an dem, was du getan hast.«

Pitchley schluckte. Mehr gab es nicht zu sagen. Es war zu viel Wahres an Robs Behauptung und zu viel Lüge in seiner eigenen Vergangenheit.

Das Dröhnen des Fernsehapparats drüben im Wohnzimmer wurde lauter. Jen hatte den Ton noch einmal höher gedreht, um nicht hören zu müssen, was ihre beiden ältesten Söhne in der Küche trieben. Nicht meine Sache, bedeutete die Geste.

Genau, dachte Pitchley. Wie es uns geht und was aus uns wird, ist nie deine Sache gewesen.

Er sagte: »Tut mir Leid, Rob. Ich hab keinen anderen Weg gewusst, mir ein Leben aufzubauen.«

Rob wandte sich ab. Er ging wieder zum Kühlschrank, nahm noch eine Dose Bier heraus und öffnete sie. Er hob sie zu einem spöttischen Abschiedstoast hoch. »Ich wollte immer nur dein Bruder sein, Jim.«

# GIDEON

*2. November*

Ich denke, die Wahrheit über James Pitchford und Katja Wolff liegt irgendwo zwischen dem, was Sarah-Jane Beckett über James' Gleichgültigkeit Frauen gegenüber und was mein Vater über James' blinde Vernarrtheit in Katja sagte. Beide hatten sie Gründe, die Tatsachen zu verdrehen. Wenn Sarah-Jane Katja nicht mochte und James für sich haben wollte, dann wird sie wohl kaum gern zugeben, dass der Untermieter sich für die Konkurrentin interessierte. Und was meinen Vater angeht... Wenn er tatsächlich derjenige war, der Katja geschwängert hat, dann würde er wohl kaum *mir* dieses Vergehen beichten, nicht wahr? Es ist nicht die Art von Vätern, ihren Söhnen so etwas anzuvertrauen.

Sie hören mir mit dieser Miene ruhiger Gelassenheit zu, Dr. Rose, aber gerade *weil* Sie so gelassen wirken, so neutral, so offen für alles, worüber ich mich hier auslasse, ist mir ziemlich klar, was Sie denken: Er klammert sich an die Geschichte von Katja Wolffs Schwangerschaft, weil sie im Moment für ihn das einzig verfügbare Mittel ist, zu vermeiden...

*Was*, Dr. Rose? Und was ist, wenn ich gar nichts vermeide?

Das könnte zutreffen, Gideon. Aber bedenken Sie, dass Sie schon seit einiger Zeit keine einzige Erinnerung mehr zu Tage gefördert haben, die mit Ihrer Musik zu tun hat. Sie haben nur wenige Erinnerungen an ihre Mutter zur Sprache gebracht. Der Großvater Ihrer Kindheit scheint praktisch aus Ihrem Gedächtnis gelöscht und ebenso die Großmutter. Und Raphael Robson – so wie er in Ihrer Kindheit war – haben Sie allenfalls einmal flüchtig erwähnt.

Ich kann es nicht ändern, *wie* mein Gehirn die Punkte miteinander verbindet.

Nein, das natürlich nicht. Aber um das assoziative Denken anzuregen, muss man sich in einen mentalen Zustand versetzen, in dem die Gedanken frei schweifen können. Das ist der Sinn der Sache, wenn man äußere und innere Ruhe sucht und sich einen Platz auswählt, wo man ungestört schreiben kann. Diese aktive geistige Beschäftigung mit dem Tod Ihrer Schwester und dem nachfolgenden Gerichtsverfahren –

Wie soll ich mich denn zu etwas anderem hinwenden können, wenn mein Kopf voll davon ist? Ich kann nicht einfach mein Gehirn entleeren, die ganze Geschichte vergessen und mich auf etwas anderes konzentrieren. Meine Schwester ist ermordet worden, Dr. Rose. Ich hatte vergessen, dass sie *ermordet* wurde. Ich hatte vergessen, dass sie existierte! Ich kann das nicht einfach wegstecken und mich hinsetzen und darüber schreiben, wie ich als Neunjähriger »ansiosamente« spielte, obwohl »animato« da stand.

Ich kann mich nicht damit auseinandersetzen, was eine solche Fehlinterpretation eines Musikstücks über den Seelenzustand des Musikers aussagt.

Aber was ist mit der blauen Tür, Gideon?, fragen Sie, immer noch die Vernunft in Person. Diese Tür hat doch in Ihrem Aufarbeitungsprozess eine wichtige Rolle gespielt. Wäre es da nicht hilfreich, wenn Sie über sie reflektierten und schrieben anstatt über das, was andere Ihnen erzählen?

Nein, Dr. Rose. Diese Tür – verzeihen Sie das Wortspiel – ist verschlossen.

Trotzdem – warum schließen Sie nicht einige Augenblicke lang die Augen und rufen sich das Bild dieser Tür ins Gedächtnis? Warum sehen Sie nicht zu, ob Sie sie vielleicht in einen anderen Zusammenhang als den mit der Wigmore Hall stellen können? So wie Sie sie beschreiben, scheint sie eine Außentür zu sein, zu einem Haus oder einer Wohnung. Wäre es möglich, dass sie mit der Konzerthalle überhaupt nichts zu tun hat? Vielleicht könnten Sie ja auch eine Zeitlang über die Farbe nachdenken und schreiben, und nicht über die Tür selbst. Vielleicht über das Vorhandensein von zwei Schlössern statt einem, über die Lampe über der Tür und das Licht an sich, was es uns bedeutet und wozu wir es brauchen.

Freud, Jung und alle möglichen anderen waren mit uns im Zimmer... Ja, ja, ja, Dr. Rose. Ich bin ein Feld, das für die Ernte reif ist.

## 3. November

Libby ist wieder zu Hause. Nach unserer Meinungsverschieden-heit mitten auf dem Platz war sie drei Tage weg gewesen. Ich hörte in dieser Zeit nichts von ihr. Die Stille in ihrer Wohnung war eine Anklage, ein Vorwurf gegen mich, sie durch Feigheit und Mono-manie vertrieben zu haben. Das Schweigen behauptete, meine Monomanie wäre nur ein willkommener Schild, hinter dem ich mich versteckte, um nicht meinem Scheitern in der Beziehung zu Libby ins Auge blicken zu müssen, meinem Unvermögen, mit einem Menschen in Verbindung zu treten, den mir das Schicksal nur gesandt hat, um mir die Gelegenheit zu geben, eine Bindung mit ihm einzugehen.

Hier ist sie, Gideon, sagte Gott oder Fortuna oder das Karma an dem Tag zu mir, als ich mich bereit erklärte, der Kurierfahre-rin mit dem Lockenkopf, die eine Zuflucht vor ihrem Ehemann brauchte, die untere Wohnung zu vermieten. Hier ist deine Chance, zu heilen, was dich quält, seit Beth aus deinem Leben verschwunden ist.

Aber ich hatte mir diese einzigartige Chance auf Erlösung ent-gehen lassen. Schlimmer noch, ich hatte alles getan, was in mei-ner Macht stand, um die Chance erst gar nicht zu bekommen.

Hätte ich mir zur Vermeidung einer intimen Beziehung zu einer Frau etwas Besseres einfallen lassen können, als meine Kar-riere zu sabotieren und mir so eine Möglichkeit zu schaffen, alle meine Anstrengungen auf einen zentralen Punkt von Bedeutung auszurichten? Tut mir Leid, Libby, Darling, keine Zeit, um über unsere Beziehung zu sprechen. Keine Zeit, mich mit ihrer Merk-würdigkeit auseinander zu setzen. Keine Zeit, darüber nachzu-denken, wie es kommt, dass ich deinen nackten Körper in den Armen halten, deinen weichen Busen an meiner Brust, den Druck deines Schamhügels spüren kann, ohne etwas anderes zu empfinden als rasende Demütigung darüber, nichts zu empfin-den.

Überhaupt keine Zeit für irgendetwas anderes als die Suche nach einer Lösung dieses ewig quälenden, mörderischen Prob-lems mit meiner Musik, Libby.

Oder ist vielleicht das Nachdenken über Libby in diesem Moment auch nur ein Vorwand, um von der Frage abzulenken, wofür die blaue Tür steht? Woher, zum Teufel, soll ich das wissen?

Als Libby wieder nach Hause kam, rührte sie sich nicht. Sie klopfte nicht bei mir, und sie rief mich nicht an. Weder ließ sie draußen die Suzuki aufheulen, um auf ihre Rückkehr aufmerksam zu machen, noch legte sie drinnen donnernde Rhythmen auf. Dass sie wieder da war, merkte ich einzig daran, dass plötzlich die alten Rohre in den Mauern des Hauses zu knacken begannen. Sie nahm ein Bad.

Ich ließ ihr noch vierzig Minuten Zeit, nachdem die Rohre sich beruhigt hatten, dann ging ich hinunter, nach draußen und die Treppe zu ihrer Wohnungstür hinab. Aber ich klopfte nicht. Ich zögerte, nahe daran, den Gedanken an eine Versöhnung mit ihr aufzugeben. Aber im letzten Moment, als ich mir schon sagte, ach was, zum Teufel damit, was natürlich nichts anderes als Feigheit war, wurde mir bewusst, dass ich keinen Streit mit Libby wollte. Sie war mir eine so gute Freundin gewesen. Mir fehlte diese Freundschaft, und ich wollte sicher gehen, dass ich sie noch hatte.

Ich musste mehrmals anklopfen, um sie zu einer Reaktion zu bewegen. Und als sie sich endlich meldete, fragte sie durch die geschlossene Tür: »Wer ist da?«, obwohl sie genau wusste, dass außer mir bestimmt niemand sie am Chalcot Square aufsuchen würde. Ich übte mich in Geduld. Sie ist ärgerlich auf mich, sagte ich mir. Und alles in allem ist das ihr gutes Recht.

Als sie öffnete, hielt ich mich an die konventionellen Floskeln. »Hallo. Ich habe mir Sorgen um dich gemacht. Als du auf einmal verschwunden warst…«

»Lüg doch nicht«, sagte sie, aber sie sagte es nicht unfreundlich. Sie hatte Zeit gehabt, sich anzukleiden, und trug nicht die gewohnte Montur, sondern einen farbenfrohen Rock, der ihr bis zu den Waden ging, und einen schwarzen Pulli, der ihr bis zu den Hüften reichte. Ihre Füße waren nackt. Um eine Fessel trug sie ein goldenes Kettchen. Sie sah hübsch aus.

»Das ist keine Lüge. Als du weg warst, dachte ich, du wärst zur Arbeit gefahren. Als du nicht zurückkamst… ich wusste nicht, was ich davon halten sollte.«

»Du lügst schon wieder«, sagte sie.

Ich blieb geduldig. Es ist meine Schuld, sagte ich mir, also muss ich auch die Strafe auf mich nehmen. »Darf ich reinkommen?«, fragte ich.

Mit einer Bewegung, die wie ein Achselzucken des ganzen Körpers wirkte, trat sie von der Tür zurück. Ich folgte ihr in die Wohnung. Sie hatte sich offensichtlich gerade zum Essen setzen wollen. Der Couchtisch vor dem Futon, der ihr als Sofa diente, war gedeckt, aber nicht mit dem bei ihr üblichen Restaurantessen vom Chinesen oder Inder. Sie hatte sich Hühnchenbrust mit Broccoli und einen gemischten Salat gemacht.

»Du bist beim Essen«, sagte ich. »Entschuldige. Soll ich später wiederkommen?« Mein förmlicher Ton ärgerte mich selbst.

»Nein, kein Problem, wenn es dich nicht stört, mir beim Essen zuzusehen.«

»Überhaupt nicht. Aber vielleicht macht es dir etwas aus, wenn ich zusehe?«

»Nein, das macht mir nichts aus.«

Ein höfliches Frage- und Antwortspiel. Es gab so viele Dinge, über die wir miteinander reden konnten, und so viele Dinge, die wir mieden.

»Ich möchte mich wegen neulich entschuldigen«, sagte ich. »Was da vorgefallen ist, tut mir Leid. Zwischen uns, meine ich. Ich mache im Moment eine schlechte Phase durch. Na ja, das weißt du ja schon. Aber solange ich da nicht durch bin, werde ich für niemanden erträglich sein.«

»Warst du das denn vorher?«

Ich war konfus. »Was?«

»Erträglich für jemanden.« Sie ging zum Sofa und strich ihren Rock glatt, als sie sich setzte, eine sehr weiblich anmutende Geste, die zu ihr nicht zu passen schien.

»Ich weiß nicht, wie ich darauf ehrlich antworten und zu mir selbst ehrlich sein soll«, antwortete ich. »Eigentlich müsste ich sagen, ja, früher war ich ganz in Ordnung, und das wird auch wieder so sein. Aber in Wahrheit hat mir vielleicht immer etwas gefehlt. In Wahrheit war ich vielleicht nie erträglich für andere und werde es vielleicht auch niemals sein. Das ist alles, was ich im Moment weiß.«

Ich sah, dass sie Wasser trank und nicht Cola wie sonst. Im Wasser waren Eiswürfel und eine Scheibe Zitrone. Sie nahm das Glas, während ich sprach, und behielt mich über seinen Rand hinweg im Auge, als sie es zum Mund führte und trank. »In Ordnung«, meinte sie. »Bist du gekommen, um mir das zu erklären?«

»Ich hab doch schon gesagt, ich habe mir Sorgen um dich gemacht. Wir hatten uns nicht in Freundschaft getrennt, und als du verschwunden bist und nicht wieder kamst… Ich dachte wahrscheinlich… Jedenfalls bin ich froh, dass du wieder da bist. Und dass es dir gut geht. Ja, ich bin froh, dass es dir gut geht.«

»Wieso?« fragte sie. »Was dachtest du denn, dass ich getan haben könnte? Hast du Angst gehabt, ich würde in die Themse springen oder so was?«

»Aber nein, natürlich nicht.«

»Was dann?«

Ich erkannte in diesem Moment nicht, dass dies der falsche Weg war, und folgte ihm törichterweise in der Annahme, dass er uns an das Ziel führen würde, das ich mir vorstellte. »Ich weiß, dass deine Situation hier in London prekär ist, Libby«, sagte ich. »Ich würde es dir darum überhaupt nicht übel nehmen, wenn du… na ja, wenn du alles tätest, um dich abzusichern… Besonders nach dem Streit zwischen uns. Aber ich bin froh, dass du wieder da bist. Wahnsinnig froh. Du hast mir wirklich gefehlt.«

»Ah, schon kapiert.« Sie zwinkerte mir zu, aber sie lächelte nicht dabei. »Ich hab verstanden, Gid.«

»Was?«

Sie nahm Messer und Gabel zur Hand und schnitt in das Hühnerfleisch. Obwohl sie mittlerweile seit mehreren Jahren in England lebte, aß sie immer noch wie eine Amerikanerin mit diesem ständigen umständlichen Hin und Her von Messer und Gabel zwischen linker Hand und rechter. Während ich in Gedanken noch bei dieser Tatsache verweilte, antwortete sie mir.

»Du glaubst, ich war bei Rock, stimmt's?«

»Ich hab mir eigentlich keine näheren – na ja, du arbeitest schließlich bei ihm. Und nach dem Krach neulich… Mir ist klar, dass es da nur normal wäre…« Ich wusste nicht recht, wie ich den Gedanken zu Ende bringen sollte. Sie kaute bedächtig ihr Fleisch und ließ mich zappeln. Erst nach einer Weile sagte sie endlich: »Du hast geglaubt, ich wär zu Rock zurückgekrochen und würde total nach seiner Pfeife tanzen. Das heißt, mit ihm vögeln, wann immer er Bock hat, und keinen Piep sagen, wenn er jede andere vögelt, die ihm übern Weg läuft. Richtig?«

»Ich weiß, dass er dich in der Hand hat, Libby, aber in der Zeit, als du jetzt weg warst, habe ich mir überlegt, dass du doch mal zu einem Anwalt gehen könntest, der sich im Einwanderungsrecht auskennt…«

»Ach, hör auf, das stimmt doch gar nicht«, sagte sie zornig.

»Hör mir zu. Wenn dein Mann dir weiterhin damit droht, zum Innenministerium zu gehen, können wir –«

»Du glaubst es tatsächlich!« Sie legte die Gabel aus der Hand. »Ich war nicht bei Rock Peters, Gideon. Ich kann mir schon vorstellen, dass es dir schwer fällt, das zu glauben. Ich meine, warum sollte ich nicht reumütig zu irgendeinem totalen Arschloch zurückrennen, wo das doch gewissermaßen mein typisches Muster ist? Warum zieh ich eigentlich nicht gleich wieder bei ihm ein und tu mir den Kerl mit seiner ganzen Scheiße noch mal an? Wo ich doch durch dich sowieso schon in Übung bin.«

»Du bist mir immer noch böse.« Ich seufzte, enttäuscht darüber, dass ich offenbar nicht fähig war, mit irgendjemandem zu kommunizieren. Ich wünschte mir sehr, wir würden dies hinter uns lassen, aber ich wusste nicht, was ich mir danach für uns vorstellte. Ich konnte Libby nicht geben, was sie seit Monaten ganz unverblümt wollte, und ich wusste nicht, was ich ihr sonst geben könnte, das genügen würde, nicht nur im Augenblick, sondern auch in Zukunft. »Libby, mit mir ist etwas nicht in Ordnung«, sagte ich. »Du hast es selbst gesehen. Du weißt es. Über das Schlimmste, was mir fehlt, haben wir nicht gesprochen, aber du weißt es, weil du es erfahren hast… Du hast erlebt… Du warst mit mir zusammen in der Nacht…« Es war eine Qual, es auszusprechen.

Ich hatte mich nicht gesetzt, nachdem ich gekommen war, und jetzt lief ich ziemlich verzweifelt zwischen Küche und Wohnzimmer hin und her. Ich wartete darauf, dass sie mich retten würde.

Haben das früher andere getan?, fragen Sie mich.

Was?

Sie gerettet, Gideon. Haben früher andere Sie gerettet? Sehen Sie, wir erwarten häufig etwas, das wir von anderen Menschen gewöhnt sind. Bei uns entwickelt sich die Erwartung, dass ein bestimmter Mensch uns geben wird, was wir gewöhnlich von anderen erhalten haben.

Es hat kaum andere gegeben, Dr. Rose. Beth, ja. Aber sie reagierte stets mit gekränktem Schweigen, und das erwartete ich von Libby ganz gewiss nicht.

Und was wünschten Sie sich von Libby?

Verständnis, nehme ich an. Ein Entgegenkommen, das weitere Ausführungen – ein weiter gehendes Bekenntnis – unnötig gemacht hätte. Aber stattdessen bekam ich eine Entgegnung, die mir deutlich machte, dass sie mir nichts von dem Erwünschten geben würde.

Sie sagte: »Das Leben dreht sich nicht nur um dich, Gideon.«

»Das habe ich auch nie geglaubt«, erwiderte ich.

»Aber natürlich glaubst du das«, widersprach sie. «Ich bin ganze drei Tage weg, und du nimmst sofort an, ich wär total ausgeflippt, bloß weil wir's nicht schaffen, zwischen uns was zum Laufen zu kriegen. Du denkst gleich, ich wär nur wegen dir zu Rock zurück und mit ihm in die Koje gefallen.«

»Ich würde nicht behaupten, dass du meinetwegen mit ihm geschlafen hast. Aber du musst zugeben, dass du nicht einmal daran gedacht hättest, zu ihm zurückzukehren, wenn wir nicht – wenn es sich zwischen uns anders entwickelt hätte. Zwischen dir und mir.«

»Herrgott noch mal! Du bist wohl echt taub, oder was? Hast du mir überhaupt zugehört? Natürlich nicht, es ging ja nicht um dich.«

»Das ist nicht fair, Libby. Außerdem habe ich sehr wohl zugehört.«

»Ach ja? Ich hab gesagt, ich war nicht mit Rock zusammen. Ich hab ihn natürlich gesehen. Ich bin jeden Tag zur Arbeit gegangen, da musste ich ihn sehen. Und ich hätte jederzeit zu ihm zurück gekonnt, aber ich wollte nicht, kapiert? Und wenn er das FBI anrufen will – oder wen man hier anruft –, dann muss er's eben tun, und dann war's das hier für mich: Einmal einfach nach San Francisco. Und ich kann absolut nichts dagegen machen. Null. So schaut's aus.«

»Aber es muss doch eine Einigung möglich sein. Wenn ihm

wirklich so viel an dir liegt, wie es den Anschein hat, könntet ihr vielleicht zu einer Beratungsstelle gehen, um –«

»Sag mal, spinnst du eigentlich total? Oder hast du nur eine Scheißangst, ich könnte anfangen, was von dir zu wollen?«

»Ich versuche doch nur, eine Lösung für das Problem mit deiner Aufenthaltsgenehmigung zu finden. Du möchtest nicht abgeschoben werden. Offensichtlich möchte auch Rock nicht, dass du abgeschoben wirst, sonst hätte er dich längst anzeigen können – beim Innenministerium übrigens –, und man hätte dich bereits abgeholt.«

Sie hatte sich wieder ihrem Essen zugewandt und eine Gabel voll Fleisch und Gemüse zum Mund geführt. Aber die Gabel verharrte in der Luft, während ich sprach, und als ich zum Ende gekommen war, legte sie sie auf ihrem Teller ab und sah mich gut fünfzehn Sekunden lang ruhig an, ehe sie sprach. Und was sie dann sagte, klang für mich völlig unsinnig.

»Stepptanz!«

»Was?« sagte ich.

»Stepptanz, Gideon. Dorthin bin ich gegangen, als ich hier weg bin. Ich nehme Unterricht. Im Steppen. Ich bin nicht besonders gut, aber das macht nichts, weil ich's deswegen nicht mache, ich meine, um gut zu sein. Ich mach's, weil ich dabei so richtig ins Schwitzen komme und einen Riesenspaß hab und mich hinterher immer total gut fühle.«

»Ah ja, ich verstehe«, sagte ich, obwohl ich in Wirklichkeit nichts verstand. Wir hatten über ihre Ehe gesprochen, wir hatten über ihre unsichere Situation hier in England gesprochen, wir hatten über unsere Schwierigkeiten miteinander gesprochen – oder hatten jedenfalls versucht, darüber zu sprechen –, und was Stepptanz mit all dem zu tun hatte, war mir völlig unklar.

»Bei mir im Kurs ist ein echt nettes Mädchen, eine Inderin, die heimlich Unterricht nimmt. Sie hat mich zu sich nach Hause eingeladen, zu ihrer Familie. Und da war ich. Bei ihr. Bei dieser indischen Familie. Ich war nicht bei Rock. Ich hab nicht mal daran gedacht, zu ihm zu gehen. Ich hab mir nur überlegt, was für *mich* das Beste wäre. Und das hab ich dann getan, Gid. Einfach so.«

»Ja. Hm. Ich verstehe.« Ich hörte mich an wie eine Schallplatte mit Sprung. Ich spürte ihren Ärger, aber ich wusste nicht, was ich damit anfangen sollte.

»Nein. Du verstehst eben nicht. Jeder in deiner engen kleinen Welt lebt und atmet nur für dich, und das ist immer so gewesen. Alles dreht sich um dich. Und du bildest dir ein, bei mir wär's genauso. Du kriegst keinen hoch, wenn wir zusammen sind, folglich bin ich so total gefrustet, dass mir nichts Besseres einfällt, als zum größten Arsch von London zu rennen und mit ihm in die Kiste zu springen. Nur wegen dir, Gid. Du bildest dir ein, ich denk, Gid will mich nicht haben, aber der gute alte Rock ist ganz scharf auf mich, und wenn irgendein blödes Arschloch scharf auf mich ist, dann heißt das, dass ich okay bin, dass ich real bin, dass ich wirklich existiere.«

»Libby, ich sage nichts dergleichen.«

»Das brauchst du auch gar nicht. So lebst du, und darum glaubst du, dass alle anderen auch so leben. Aber du lebst in deiner Welt nur für diese dämliche Geige statt für einen anderen Menschen, und wenn die Geige nichts von dir wissen will oder so was, dann weißt du nicht mehr, wer du bist. Genau so läuft's, Gideon. Aber du bist nicht mein Leben. Und die Geige ist nicht deines.«

Ich fragte mich, wie wir soweit gekommen waren. Mir fiel keine klare Antwort ein. Und in meinem Kopf hörte ich nur meinen Vater, der mir vorhielt, dass das dabei herauskommt, wenn man sich mit Amerikanern zusammentut, und von allen Amerikanern sind die schlimmsten die aus Kalifornien. Die führen keine Dialoge, die psychologisieren.

Ich sagte: »Ich bin Musiker, Libby.«

»Nein. Du bist ein Mensch. So wie ich ein Mensch bin.«

»Außerhalb dessen, was er tut, existiert der Mensch nicht.«

»Aber natürlich! Die meisten Menschen existieren ganz prima. Nur die Menschen, die kein Innenleben haben – die, die sich nie die Zeit genommen haben, herauszufinden, wer sie wirklich sind –, die brechen total zusammen, wenn nicht alles so läuft, wie sie sich's vorstellen.«

»Du kannst doch gar nicht wissen, wie dieses – diese Situation – zwischen uns – was für einen Ausgang sie nehmen wird. Ich habe gesagt, dass ich mich in einer schlechten Phase befinde, aber ich bin dabei, sie zu überwinden. Ich arbeite jeden Tag daran.«

»Mensch, du hörst mir echt überhaupt nicht zu.« Sie warf die Gabel hin. Sie hatte nicht einmal die Hälfte ihrer Mahlzeit gegessen, aber sie trug ihren Teller in die Küche, kippte Hühnchen und Broccoli in einen Plastikbeutel und warf ihn in den Kühlschrank. »Du hast nichts, wenn deine Musik dich im Stich lässt. Und du glaubst, dass ich auch nichts habe, wenn's zwischen dir und mir oder Rock und mir oder mir und weiß der Himmel wem nicht klappt. Aber ich bin nicht du. Ich hab mein eigenes Leben. *Du* bist derjenige, der keines hat.«

»Und genau darum versuche ich, mir mein Leben zurückzuholen. Denn solange mir das nicht gelingt, bin ich weder für mich selbst noch für irgendeinen anderen Menschen gut.«

»Falsch. Du hast nie ein eigenes Leben gehabt. Du hattest immer nur die Geige. Das Geigenspiel, das warst doch nie du! Aber du hast es zu deinem *einzigen* Lebensinhalt gemacht, und darum bist du jetzt nichts!«

Gewäsch, konnte ich meinen Vater verächtlich sagen hören. Noch einen Monat in der Gesellschaft dieser Person, und das bisschen Verstand, das dir geblieben ist, wird Matsch sein. Das ist das Resultat des regelmäßigen Genusses von Talkshows und Selbsthilfebüchern.

So zwischen meinem Vater und Libby hin und her gerissen, hatte ich keine Chance. Der einzige Ausweg schien mir ein würdevoller Abgang. Ich versuchte, ihn zu bewerkstelligen, indem ich erklärte: »Ich denke, wir haben alles gesagt, was es zu dem Thema zu sagen gibt. Mit Sicherheit lässt sich jedenfalls feststellen, das dies nun mal ein Gebiet ist, auf dem wir unterschiedlicher Meinung sind.«

»Ach ja, achten wir doch darauf, immer nur das zu sagen, was sich mit Sicherheit sagen lässt«, entgegnete Libby. »Denn wir könnten ja tatsächlich imstande sein, uns zu verändern, wenn uns die Lage zu brenzlig wird und wir Angst bekommen.«

Ich war schon an der Tür, aber diese letzte spitze Bemerkung von ihr lag so weit daneben, dass ich sie korrigieren musste. Ich sagte: »Manche Menschen brauchen sich nicht zu verändern, Libby. Sie müssen vielleicht verstehen, was mit ihnen geschieht, aber sie brauchen sich nicht zu verändern.«

Ich ging, bevor sie antworten konnte. Es schien mir von größter Wichtigkeit, das letzte Wort zu haben. Aber als ich die Tür hinter mir schloss – ich tat es sehr behutsam, um ja durch nichts den Eindruck einer feindseligen Reaktion zu erwecken –, hörte ich sie dennoch sagen: »Ja, klar, Gideon.« Und dann schrammte etwas krachend über den Fußboden, so als hätte sie dem Couchtisch einen wütenden Tritt versetzt.

## 4. November

Ich bin die Musik. Ich bin das Instrument. Sie sieht das als falsch an. Ich nicht. Was ich sehe, ist der Unterschied zwischen uns, der Unterschied, auf den mein Vater mich von dem Moment an aufmerksam zu machen versuchte, als er Libby das erste Mal begegnete. Libby hat nie eine berufliche Ausbildung genossen, auf der sie dann eine Karriere aufzubauen versuchte, und sie ist keine Künstlerin. Sie kann leicht sagen, dass ich nicht meine Geige bin, sie hat ja nie erfahren, was es heißt, ein Leben zu führen, das mit dem Künstlertum untrennbar verbunden und verstrickt ist. Sie hat bisher immer nur »gejobbt«, das heißt, sie ist morgens zur Arbeit gegangen und hat sie am Ende des Tages hinter sich gelassen. So leben Künstler nicht. Wenn jemand annimmt, sie täten oder könnten es, zeigt das eine Ignoranz, vor der man innehalten und überlegen muss.

Was denn überlegen?, fragen Sie.

Was für Möglichkeiten es überhaupt für uns gibt. Für Libby und mich. Ich hatte nämlich eine Zeitlang geglaubt… Ja, es fühlte sich richtig an, dass wir einander begegnet waren. Es schien mir ein ganz entscheidender Vorteil zu sein, dass Libby nicht wusste, wer ich bin, dass sie meinen Namen nicht kannte, als sie ihn auf ihrer Kuriersendung sah, dass sie von meiner Karriere keine Ahnung hatte und es ihr egal war, ob ich Geige spielte oder Drachen baute und diese auf dem Markt in Camden verhökerte. Das gefiel mir an ihr. Aber jetzt wird mir klar, dass ich, wenn ich mein Leben leben will, mit jemandem zusammen sein muss, der es *versteht*.

Dieser Wunsch nach Verständnis gab mir den Anstoß, mich auf die Suche nach Katie Waddington zu machen, dem Mädchen aus dem Kloster, an die ich mich gut erinnerte, weil sie so oft bei uns am Kensington Square in der Küche gesessen hatte.

Katja Wolff, erzählte mir Katie, als ich sie aufgestöbert hatte, war die eine Hälfte der beiden KWs gewesen. Manchmal, sagte sie, wenn einen mit jemandem eine enge Freundschaft verbinde, mache man den Fehler, anzunehmen, sie werde ewig bestehen, unverändert und bereichernd. Aber das sei nur selten so.

Es war nicht schwierig, Katie Waddington ausfindig zu machen. Und ich war auch nicht weiter überrascht, zu erfahren, dass sie einen beruflichen Weg eingeschlagen hatte, der ganz dem entsprach, was sie zwei Jahrzehnte zuvor stets als ihre Lebensaufgabe bezeichnet hatte. Ich fand sie über die Telefonauskunft und erreichte sie in ihrem Institut in Maida Vale. Das Institut trägt den Namen »Harmonie von Körper und Seele«, und ich vermute, er soll verschleiern, was das Institut vor allem anbietet: Sexualtherapie. Natürlich spricht dort keiner rundheraus von Sexualtherapie. Das würde die meisten Leute abschrecken. Stattdessen reden sie von »Beziehungstherapie«; und die Unfähigkeit, den Geschlechtsverkehr auszuüben, wird »Beziehungsstörung« genannt.

»Sie würden sich wundern, wie viele Menschen sexuelle Probleme haben«, teilte mir Katie auf eine Art mit, die geeignet war, auf den alten Bekannten offen und freundlich, auf den eventuellen Ratsuchenden beruhigend zu wirken. »Wir bekommen täglich mindestens drei Anfragen. Manche unserer Klienten haben Probleme auf Grund von körperlichen Beschwerden – Diabetes, Herzkrankheiten, postoperatives Trauma und Ähnliches. Aber auf jeden Klienten mit einem körperlichen Problem kommen mindestens neun oder zehn mit psychischen Schwierigkeiten. Und das ist ja genau besehen auch kein Wunder – die ganze Nation ist besessen vom Sex, aber alle versuchen ständig, so zu tun, als wäre das nicht wahr. Dabei braucht man sich nur die Boulevardblätter und die Illustrierten anzusehen, da kann man doch den Pegel des sexuellen Interesses genau ablesen. Mich wundert es nur, dass nicht mehr Leute in Therapie kommen. Sie können es mir glauben, ich bin nie jemandem begegnet, der nicht *irgendwelche* sexuellen Schwierigkeiten hatte. Die Gesunden sind diejenigen, die damit umzugehen lernen.«

Sie führte mich durch einen Korridor, der in warmen Erdfarben gestrichen war, in ihren Arbeitsraum. Ein großer, üppig bewachsener Balkon bildete einen grünen Hintergrund zu einem behaglichen Zimmer mit komfortablen Polstermöbeln und Kissen, einer Sammlung von Keramiken (»Südamerikanisch«, erklärte sie mir) und Körben (»Nordamerikanisch… sind sie nicht wunderschön? Die sind meine verbotene Schwäche. Ich kann sie mir nicht leisten, aber ich kaufe sie trotzdem. Na ja, es gibt sicher schlimmere Laster im Leben.«).

Wir setzten uns und nahmen uns einen Moment Zeit, um uns gegenseitig zu mustern. Im selben warmen, persönlichen und zugleich beruhigenden professionellen Ton sagte Katie: »Also. Was kann ich für Sie tun, Gideon?«

Ich begriff, dass sie glaubte, ich wäre gekommen, um ihren Rat einzuholen, und beeilte mich, sie zu belehren. Zum Glück brauche ich ihr Spezialistenwissen nicht, versicherte ich mit herzlicher Munterkeit. Nein, ich sei gekommen, um sie ein wenig über Katja Wolff auszufragen, wenn sie nichts dagegen habe. Ich würde den Zeitaufwand selbstverständlich bezahlen, da ich ja wohl mit meinem Anliegen einem Klienten die Stunde wegnähme. Aber – hm, *Schwierigkeiten* der Art, wie sie ihr täglich Brot waren…? Ha, ha, kicher, kicher. Nun, im Augenblick gebe es keinerlei Anlass für eine Intervention dieser Art.

»Na wunderbar. Freut mich, das zu hören!«, sagte Katie und setzte sich bequemer in ihren Lehnsessel, dessen Bezug in Herbstfarben gehalten war, jenen Tönen ähnlich, in denen das Wartezimmer und der Korridor ausgestattet waren. Es war ein äußerst stabiles Möbel, was angesichts von Katies Leibesumfang zweifellos notwendig war. Die fünfundzwanzigjährige Studentin, die früher so oft bei uns zu Hause in der Küche gesessen hatte, war pummelig gewesen, jetzt aber war Katie Waddington schlicht fett, so unförmig, dass sie in keinen Kino- oder Flugzeugsitz mehr passte. Aber sie kleidete sich immer noch in Farben, die ihr schmeichelten, und der Schmuck, den sie trug, war geschmackvoll und sah teuer aus. Dennoch hatte ich Mühe, mir vorzustellen, wie sie es schaffte, sich durch die Stadt zu bewegen. Und noch weniger konnte ich mir vorstellen, dass irgendjemand ihr seine tiefsten libidinösen Geheimnisse anvertrauen würde. Aber es war offensichtlich, dass meine Aversion nicht von allen geteilt wurde.

Das Institut sah nach einem florierenden Unternehmen aus, und mir war es nur deshalb gelungen, zu Katie vorzudringen, weil ein Klient kurz zuvor seine Sitzung abgesagt hatte.

Ich erklärte ihr, ich sei gerade dabei, die Erinnerungen an meine Kindheit aufzufrischen, und da sei sie mir wieder eingefallen. Sie habe doch oft in der Küche gesessen, wenn Katja Sonia gefüttert hatte, und da ich keine Ahnung hätte, wo Katja sich derzeit aufhalte, wollte ich sie – Katie – bitten, mir zu helfen, diese oder jene Lücke in meiner Erinnerung zu füllen.

Zum Glück fragte sie nicht, wie es bei mir zu diesem plötzlichen Interesse an der Vergangenheit gekommen war. Und sie unterließ es auch, vom Gipfel ihres beruflichen Wissens herab einen Kommentar dazu abzugeben, was diese Erinnerungslücken bei mir möglicherweise bedeuten könnten. Stattdessen sagte sie: »Im Kloster haben sie uns immer nur die zwei KWs genannt. ›Wo sind die KWs?‹, hieß es immer. ›Hol doch mal jemand die beiden KWs, damit sie sich das ansehen können.‹«

»Sie waren also eng befreundet?«

»Ich war nicht die Einzige, die sich ihr näherte, als sie ins Kloster kam. Aber unsere Freundschaft... na ja, sie ging ziemlich tief. Man könnte schon sagen, dass wir damals eng befreundet waren, ja.«

Auf einem niedrigen Tisch neben ihrem wuchtigen Sessel stand ein kunstvoll gearbeiteter Vogelbauer mit zwei Wellensittichen darin, der eine leuchtend blau, der andere grün. Beim Sprechen öffnete Katie die Käfigtür, packte den blauen Vogel blitzschnell mit ihrer feisten Hand und holte ihn heraus. Er schimpfte und hackte zornig nach ihren Fingern. »Na, na, Joey«, sagte sie und griff nach einem Zungenspatel. Im ersten Moment glaubte ich erschrocken, sie wolle den Vogel damit schlagen. Aber sie strich ihm statt dessen sanft über Kopf und Hals, so dass er sich beruhigte. Ja, das Streicheln schien den Vogel förmlich zu hypnotisieren, und mir erging es nicht viel anders, während ich fasziniert beobachtete, wie die Augen des Vogels sich langsam schlossen. Katie öffnete die Faust, und das Tier sank entspannt in ihre offene Hand.

»Therapeutisch«, erklärte sie mir, während sie die Massage fortsetzte, nun mit den Fingerspitzen, da der Vogel sich beruhigt hatte. »Das senkt den Blutdruck.«

»Ich wusste gar nicht, dass Vögel an hohem Blutdruck leiden können.«

Sie lachte leise. »Nicht Joeys Blutdruck. Meinen. Ich leide, wie nicht zu übersehen, an krankhafter Fettleibigkeit. Mein Arzt prophezeit mir, dass ich keine Fünfzig werde, wenn ich nicht schleunigst mindestens sechzig Kilo abnehme. ›Sie sind nicht dick auf die Welt gekommen‹, sagt er immer. ›Nein, aber ich bin's geworden und geblieben‹, sag ich dann. Es ist eine wahnsinnige Belastung für das Herz, und der Blutdruck steigt, dass einem schwindlig werden kann. Aber irgendwas bringt uns alle früher oder später um. Ich habe selbst entschieden, was es sein soll.«

Sie strich mit einem Finger über Joeys gefaltete Schwingen, und er breitete sie aus, immer noch mit geschlossenen Augen. »Das war es, was mir an Katja gefallen hat. Sie hat ihre eigenen Entscheidungen getroffen, und das hat mir sehr imponiert. Wahrscheinlich, weil das in meiner Familie überhaupt nicht in Frage kam; da sind alle immer nur in die Gastronomie gegangen, ohne überhaupt daran zu denken, dass die Welt noch andere Möglichkeiten bietet, sein Leben zu gestalten. Katja war ein Mensch, der das Leben beim Schopf packte und versuchte, etwas daraus zu machen. Sie hat nicht einfach hingenommen, was ihr zufiel.«

»Ah ja«, meinte ich zustimmend. »Die Flucht im Heißluftballon.«

»Genau. Das ist ein hervorragendes Beispiel. Die Flucht im Ballon, und wie sie das Unternehmen organisiert hat.«

»Aber den Ballon hatte nicht sie gebaut, so viel ich weiß, nicht wahr?«

»Nein, nein. Das meinte ich auch nicht, als ich von ›organisieren‹ sprach. Ich meinte, wie sie Hannes Hertel dazu gebracht hat, sie mitzunehmen. Sie hat ihn tatsächlich erpresst, wenn das, was sie mir erzählt hat, zutrifft, und ich glaube es ihr, denn warum sollte sie lügen? Das ist doch nun wirklich nichts Schmeichelhaftes. Aber so unschön ihre Methoden waren, ich finde, es war ungeheuer mutig von ihr, zu ihm zu gehen und ihm zu drohen. Er war ein großer, kräftiger Kerl, so um die eins achtzig, eins neunzig, nach dem, was sie mir erzählt hat, und er hätte ihr leicht etwas antun können. Er hätte sie sogar umbringen können, würde ich mal sagen, und dann über die Mauer verschwinden können. Es war von ihrer Seite aus ein kalkuliertes Risiko, und sie ist es eingegangen. So einen unbändigen Lebenswillen hatte sie.«

»Womit hat sie ihn erpresst?«

»Womit sie ihm gedroht hat, meinen Sie?« Katie bearbeitete jetzt Joeys anderen Flügel, den er so bereitwillig ausgebreitet hatte wie den ersten. Der grüne Wellensittich im Inneren des Käfigs war auf seiner Stange näher gehüpft und beobachtete die Massage mit starrem Blick. »Sie drohte ihm, ihn anzuzeigen, wenn er sie nicht mitnähme.«

»Diese Geschichte ist nie herausgekommen, nicht wahr?«, sagte ich.

»Nein, ich glaube, ich bin der einzige Mensch, dem sie das je erzählt hat, und sie weiß wahrscheinlich gar nicht, dass sie es getan hat. Wir hatten beide was getrunken, und wenn Katja betrunken war – was wirklich nur höchst selten vorkam –, neigte sie dazu, Dinge zu sagen oder zu tun, an die sie sich vierundzwanzig Stunden später nicht mehr erinnern konnte. Ich habe sie nie auf diese Sache mit Hannes angesprochen, aber ich habe sie deswegen bewundert, weil es zeigte, wie weit sie zu gehen bereit war, um das zu bekommen, was sie wollte. Und da ich ja auch ziemlich weit gehen musste« – sie umfing mit einer Handbewegung ihr Arbeitszimmer und das ganze Institut, fern der gastronomischen Familientradition – »machte uns das in gewisser Weise zu geistigen Schwestern.«

»Sie lebten damals auch im Kloster der Unbefleckten Empfängnis?«

»Guter Gott, nein. Katja war dort untergekommen. Sie arbeitete bei den Nonnen, in der Küche, glaube ich, um für ihr Zimmer zu bezahlen, während sie Englischunterricht nahm. Ich wohnte in dem Studentenheim hinter dem Kloster, am anderen Ende des Geländes. Es lag direkt an der U-Bahn, und Sie können sich wahrscheinlich vorstellen, was da für ein Lärm war. Aber die Miete war billig und die Lage gut, Schulen und Colleges in der Nähe. Damals wohnten dort mehrere hundert Studenten, und die meisten von uns hatten natürlich von Katja gehört.« Sie lächelte. »Und hätten wir nicht von ihr gehört gehabt, so wäre sie uns auf jeden Fall früher oder später aufgefallen. Was diese Frau mit einem Pulli, einer langen Hose und ein paar Schals anstellen konnte, war toll. Sie war unheimlich kreativ in dieser Richtung. Das wollte sie übrigens irgendwann auch beruflich machen: Mode. Und sie hätte es sicher geschafft, wenn die Geschichte damals nicht so böse ausgegangen wäre für sie.«

Genau dahin wollte ich: zum bösen Ausgang, den die Dinge für Katja Wolff genommen hatten, und zu der Frage, wie es soweit gekommen war.

»Sie hatte gar nicht die Voraussetzungen zur Betreuung meiner Schwester, nicht wahr?«, fragte ich.

Katie streichelte jetzt die Schwanzfedern des Vogels, und er breitete sie so bereitwillig aus wie vorher seine Flügel, die er immer noch nicht wieder gefaltet hatte. Er schien in der Tat wie hypnotisiert von der Berührung.

»Sie hat alles für Ihre Schwester getan«, sagte Katie. »Sie hat die Kleine geliebt. Es war wunderbar, zu beobachten, wie sie auf sie einging. Ich habe sie nie anders als unglaublich zart und behutsam im Umgang mit Sonia erlebt. Sie war ein Geschenk des Himmels für Ihre Familie, Gideon.«

Das hatte ich nun überhaupt nicht zu hören erwartet. Ich schloss die Augen und suchte in meinem Gedächtnis nach einem Bild, das mir Katja und Sonia zusammen zeigte. Ich wollte ein Bild haben, das bestätigte, was ich dem rothaarigen Polizeibeamten gesagt hatte, und nicht das, was Katie behauptete.

Ich sagte: »Aber Sie haben sie wahrscheinlich vor allem in der Küche zusammen gesehen, wenn sie Sonia fütterte«, und hielt dabei die Augen geschlossen, um wenigstens dieses Bild heraufzubeschwören: die roten und schwarzen Quadrate des alten Linoleums auf dem Fußboden, den Tisch mit den ringförmigen Spuren, die feuchte Tassen und Gläser auf dem unbearbeiteten Holz hinterlassen hatten, die beiden Erdgeschossfenster mit dem Gitter davor. Ich konnte mich seltsamerweise genau an den Blick auf Beine erinnern, die oben auf dem Bürgersteig an diesen Küchenfenstern vorübergingen, aber es kam kein Bild einer Szene, die bestätigt hätte, was ich später bei der Polizei ausgesagt hatte.

»Das ist richtig«, sagte Katie, »ich habe die beiden in der Küche gesehen. Aber ich habe sie auch im Kloster gesehen. Und draußen auf dem Platz. Und an anderen Orten. Es gehörte ja zu Katjas Aufgaben, Sonias sinnliche Wahrnehmungsfähigkeit zu stimulieren und …» Sie brach ab, hörte auf, den Vogel zu streicheln, und sagte: »Aber das wissen Sie ja alles.«

»Wie ich schon sagte, meine Erinnerungen …«, murmelte ich unbestimmt.

Das reichte schon. Sie fuhr ohne weitere Unterbrechung fort zu erzählen. »Alle Kinder, ob behindert oder nicht, profitieren von sensorischer Stimulation, und Katja achtete darauf, dass Sonia vielfältige Erfahrungen machte. Sie arbeitete mit ihr an der Entwicklung ihrer Motorik und sorgte dafür, dass sie immer auch Eindrücken außerhalb der häuslichen Umgebung ausgesetzt war. Natürlich waren die Möglichkeiten durch die Krankheit ihrer Schwester beschränkt, aber soweit ihr Befinden es zuließ, zog Katja mit ihr durch die Gegend. Und wenn ich freie Zeit hatte, kam ich oft mit. Ich habe sie also zwar nicht jeden Tag, aber doch mehrmals in der Woche mit Ihrer Schwester zusammen gesehen, solange Ihre Schwester am Leben war. Und Katja war rührend zu der Kleinen. Darum konnte ich das Ganze damals überhaupt nicht begreifen – es fällt mir noch heute schwer, es zu verstehen.«

Dieser Bericht unterschied sich so grundlegend von allem, was ich gehört oder in den Zeitungen gelesen hatte, dass ich mich zu einem Frontalangriff genötigt fühlte. »Das deckt sich aber in keiner Hinsicht mit dem, was mir erzählt wurde.«

»Von wem?«

»Von Sarah-Jane Beckett, zum Beispiel.«

»Das überrascht mich nicht«, sagte Katie. »Was Sarah-Jane Beckett erzählt, muss man immer mit Vorbehalt betrachten. Die beiden waren wie Feuer und Wasser, Katja und Sarah-Jane, meine ich. Außerdem spielte auch noch James eine Rolle. Er war ganz verrückt nach Katja und ist jedesmal dahingeschmolzen, wenn sie ihn nur angeschaut hat. Sarah-Jane passte das gar nicht. Es war deutlich zu sehen, dass sie James schon für sich reserviert hatte.«

Das reinste Verwirrspiel, Dr. Rose, diese Geschichten über James, den Untermieter. Ganz gleich, mit wem ich über ihn spreche, immer nimmt die Fabel eine neue Färbung an. Auf ganz subtile Weise, nur eine kleine Abweichung hier und eine kleine Wendung dort – aber es reicht, um mich aus dem Konzept zu bringen und mich zu der Frage zu veranlassen, wem ich nun eigentlich glauben kann.

Vielleicht niemandem, erwidern Sie. Jeder Mensch sieht die Dinge mit seinen eigenen Augen, Gideon. Jeder Mensch legt sich eine Version vergangener Ereignisse zurecht, mit der er leben kann, und diese Version wird für ihn zur Wahrheit.

Ja, aber womit muss Katie Waddington zwanzig Jahre nach dem Verbrechen zu leben versuchen? Ich kann verstehen, womit mein Vater zu leben versucht. Ich kann mir auch vorstellen, womit Sarah-Jane Beckett zurechtzukommen versucht. Aber Katie...? Sie gehörte nicht zum Haus. Ihr einziges Interesse galt der Freundschaft mit Katja Wolff.

Und doch hatte sie mit ihrer Aussage beim Prozess wesentlich dazu beigetragen, Katja Wolffs Schicksal zu besiegeln. Ich hatte das den Zeitungsausschnitten unter der Schlagzeile »Falschaussage des Kindermädchens vor der Polizei« entnommen. Bei ihrem einzigen Gespräch mit den Ermittlern hatte Katja Wolff behauptet, ein Anruf von Katie Waddington hätte sie an dem Abend, an dem Sonia umkam, veranlasst, das Badezimmer zu verlassen, jedoch höchstens eine Minute lang gedauert. Aber Katie Waddington hatte unter Eid ausgesagt, dass sie zu dem Zeitpunkt des angeblichen Telefongesprächs in einem Abendkurs gesessen hatte. Die Aussage des zuständigen Lehrers hatte ihre Aussage bestätigt. Für Katja Wolff, deren Verteidigung ohnehin auf schwachen Füßen stand, war dies ein schwerer Schlag gewesen.

Aber Moment mal! Du lieber Gott, hatte vielleicht auch Katie Waddington ein Auge auf James, den Untermieter, geworfen gehabt? Hatte sie die Ereignisse vielleicht gar irgendwie inszeniert, um Katja Wolff als Konkurrentin aus dem Weg zu räumen?

Als spürte sie, was da in meinen Gedanken schwärte, führte Katie das Thema, das sie zur Sprache gebracht hatte, weiter aus. »Katja interessierte sich nicht für James. Für sie war er nur jemand, der ihr mit der Sprache weiterhelfen konnte, und ich denke, wenn man es genau nimmt, hat sie ihn benützt. Sie merkte natürlich, dass er sich wünschte, sie würde ihre freie Zeit mit ihm verbringen, und sie tat es gern, solange sie in dieser freien Zeit Sprachunterricht erhielt. James war damit zufrieden. Ich vermute, er hoffte, sie würde sich irgendwann in ihn verlieben, wenn er nur nett genug zu ihr wäre.«

»Er könnte also der Mann sein, der sie damals geschwängert hat?«

»Als Bezahlung für die Englischstunden, meinen Sie? Das bezweifle ich. Sex als Gegenleistung für irgendetwas, das wäre nicht Katjas Stil gewesen. Dann hätte sie ja auch Hannes Hertel Sex anbieten können, damit er sie in seinem Ballon mitnimmt. Aber sie wählte einen ganz anderen Weg, einen gefährlichen Weg, der sie leicht ins Verderben hätte führen können.« Katie, die aufgehört hatte, den blauen Wellensittich zu streicheln, beobachtete den Vogel, der langsam wieder munter wurde. Zuerst glätteten sich die gespreizten Schwanzfedern, dann legte er die Flügel an, und zuletzt öffnete er die Augen und zwinkerte verwundert.

Ich sagte: »Dann hat sie jemand anderen geliebt. Sie müssen doch wissen, wer es war.«

»Ich weiß nichts davon, dass sie irgendjemanden geliebt hat.«

»Aber wenn sie schwanger war –«

»Seien Sie doch nicht naiv, Gideon. Ein Frau braucht nicht verliebt zu sein, um schwanger zu werden. Sie braucht nicht einmal willens zu sein.« Sie setzte den blauen Vogel wieder in den Käfig.

»Wollen Sie sagen –« Ich konnte es nicht einmal aussprechen, so entsetzt war ich bei der Vorstellung, was Katja Wolff widerfahren sein könnte und durch wen.

»Nein, nein«, beschwor Katie hastig. »Sie wurde nicht vergewaltigt. Das hätte sie mir gesagt. Davon bin ich überzeugt. Ich meinte etwas anderes mit meiner Bemerkung…« Sie zögerte und nahm sich einen Moment Zeit, um den grünen Vogel aus dem Käfig zu holen und bei ihm die gleiche Behandlung zu beginnnen, die soeben der blaue erhalten hatte. »Wie ich vorhin schon sagte, sie hat ab und zu ganz gern mal was getrunken. Nicht viel und nicht oft. Aber wenn sie getrunken hat… na ja sie wusste häufig hinterher nicht mehr, was vorgefallen war. Es ist also gut möglich, dass sie selbst keine Ahnung hatte… Das ist die einzige Erklärung, auf die ich gekommen bin.«

»Erklärung wofür?«

»Dass ich von ihrer Schwangerschaft nichts wusste«, antwortete

Katie. »Wir haben einander immer alles erzählt. Für mich ist die Tatsache, dass sie zu mir nie ein Wort von ihrer Schwangerschaft gesagt hat, ein Beweis dafür, dass sie selbst keine Ahnung hatte. Es sei denn, sie wollte geheim halten, wer der Vater war.«

In diese Richtung wollte ich nicht weiter vordringen, darum sagte ich: »Wenn sie an ihrem freien Abend getrunken hat und sich in betrunkenem Zustand einmal mit einem Mann einließ, den sie nicht kannte, wollte sie vielleicht nicht, dass das herauskommt. Sie hätte ja dann nur noch schlechter dagestanden, nicht wahr? Besonders beim Prozess. Denn es wurde ja über ihre Persönlichkeit gesprochen, wie ich hörte.« Oder zumindest Sarah-Jane Beckett hatte das getan.

»Ja, und ich hätte mich gern als Leumundszeugin zur Verfügung gestellt«. Katie hörte einen Moment auf, den Kopf des grünen Wellensittichs zu streicheln. »Ich dachte, das wenigstens könnte ich für sie tun, trotz ihrer Lüge wegen des Anrufs. Aber dazu kam es nicht. Ihr Anwalt weigerte sich, mich in den Zeugenstand zu rufen. Und als der Ankläger hörte, dass ich nicht einmal von ihrer Schwangerschaft gewusst hatte... Sie können sich vorstellen, wie er das ausgeschlachtet hat, als er mich ins Verhör nahm: Wie ich dazu käme, mich als Katja Wolffs beste Freundin zu bezeichnen, als die Vertraute, die genau wisse, wozu sie fähig sei und wozu nicht, wenn sie mir nicht einmal genug Vertrauen geschenkt habe, um mich darüber aufzuklären, dass sie schwanger war?«

»Ah, ich verstehe, wie es gelaufen ist.«

»Auf Mord ist es hinausgelaufen. Ich glaubte, ich könnte ihr helfen. Ich *wollte* ihr helfen. Aber als sie mich bat, in Bezug auf diesen Anruf zu lügen –«

»Sie hat Sie gebeten zu lügen?«

»Ja, ganz recht. Sie hat mich darum gebeten. Aber ich konnte es nicht. Nicht vor Gericht. Für niemanden hätte ich das gekonnt. An dieser Stelle musste ich die Grenze ziehen, und das war das Ende unserer Freundschaft.«

Sie senkte den Blick zu dem Vogel in ihrer Hand, der jetzt den rechten Flügel gespreizt hatte, um ihre Berührung zu spüren. Intelligentes kleines Geschöpf, dachte ich. Sie hatte den Vogel noch nicht mit ihrer Liebkosung gebannt, aber er war schon bereit.

»Merkwürdig, nicht?«, sagte sie zu mir. »Man kann allen Ernstes überzeugt sein, man sei einem anderen Menschen durch eine Freundschaft ganz besonderer Art verbunden, bis man eines Tages erfahren muss, dass es nie das war, wofür man es gehalten hat.«

»Ja«, sagte ich. »Das ist sehr merkwürdig.«

# 19

Yasmin Edwards stand an der Ecke Oakhill und Galveston Road, die Nummer fünfundfünfzig in ihr Hirn gebrannt. Sie fand es abscheulich, was sie hier tat, aber sie tat es trotzdem, von einer Macht gesteuert, die von außerhalb zu wirken und gleichzeitig Bestandteil ihrer selbst zu sein schien.

Ihr Gefühl sagte: Fahr nach Hause, Yasmin. Sieh zu, dass du hier wegkommst. Zurück zu deinen Perücken und zum schönen Schein.

Ihr Verstand sagte: Kommt nicht in Frage, jetzt schlägt die Stunde der Wahrheit.

Zwischen Gefühl und Verstand hin und her gerissen, kam sie sich vor wie so eine dämliche Blondine aus einem Kinothriller, die durch die Dunkelheit zu der verdächtig knarrenden Tür schleicht, während das Publikum ihr zubrüllt, sie solle sich fern halten.

Sie war noch in der Wäscherei vorbeigegangen, bevor sie aus Kennington weggefahren war. Als sie es einfach nicht mehr geschafft hatte, die Gedanken zu verdrängen, die sie seit Tagen belasteten, hatte sie den Laden abgeschlossen und den Fiesta vom Parkplatz in der Siedlung geholt, um direkt nach Wandsworth zu fahren. Aber am Ende der Braganza Street, wo sie erst den Verkehr vorbeilassen musste, ehe sie in die Kennington Park Road einbiegen konnte, flog ihr Blick flüchtig zu der Wäscherei zwischen dem Lebensmittelgeschäft und dem Elektroladen, und sie beschloss, auf einen Sprung hineinzugehen und Katja zu fragen, was sie zum Abendessen haben wollte.

Sie wusste natürlich, dass das nur ein Vorwand war, um die Freundin zu kontrollieren. Aber sie hatte Katja heute Morgen, bevor sie sich getrennt hatten, ja wirklich nicht gefragt, was sie zu Abend essen wollte. Dieser verdammte Bulle, der so unerwartet aufgekreuzt war, hatte sie beide aus dem Konzept gebracht.

Sie suchte sich also einen Parkplatz und lief in den Laden, wo sie zu ihrer Erleichterung Katja bei der Arbeit sah – hinten, über ein zischendes Dampfbügeleisen gebeugt, das sie über die mit Spitzen besetzte Bettwäsche irgendeines Kunden schob. Die Luft im Geschäft, in der sich Hitze, Feuchtigkeit und die Gerüche schmutziger Wäsche mischten, hatte tropische Qualitäten. Keine zehn Sekunden, und Yasmin fühlte sich schwindlig und war völlig durchgeschwitzt.

Sie hatte Mrs. Crushley, die Betreiberin der Wäscherei, nie persönlich kennen gelernt, aber sie erkannte sie sofort an der Art, wie sie sich an ihrer Nähmaschine in Positur setzte, als Yasmin an den Tresen trat. Sie war eine Frau aus der Generation, die ständig darauf hinwies, dass England für »euch und euresgleichen« Krieg geführt habe, eine Frau, die zu jung war, um während eines Konflikts in der jüngsten Geschichte Militärdienst geleistet zu haben, aber gerade alt genug, um sich an ein London zu erinnern, das großenteils von Bürgern angelsächsischer Herkunft bevölkert war.

»Ja? Was wollen Sie?«, fragte sie scharf und musterte Yasmin mit einem Gesicht, als stiege ihr plötzlich ein übler Geruch in die Nase. Yasmin hatte keine schmutzige Wäsche dabei, das machte sie verdächtig. Yasmin war schwarz, das machte sie obendrein gefährlich. Wie leicht konnte sie ein Messer im Rucksack haben. Oder, im wilden Haar versteckt, einen Giftpfeil, den sie von einem Stammesbruder bekommen hatte.

Yasmin sagte höflich: »Kann ich mal kurz mit Katja sprechen?«

»*Katja?*«, wiederholte Mrs. Crushley in einem Ton, als hätte Yasmin gefragt, ob Jesus Christus zufällig heute arbeite. »Was wollen Sie von ihr?«

»Ich möchte Sie nur mal kurz sprechen.«

»Ich glaub nicht, dass ich das erlauben muss. Die kann froh sein, dass ich sie hier arbeiten lass; für ihr Privatvergnügen bin ich nicht zuständig.« Mrs. Crushley hob das Kleidungsstück hoch, an dem sie gerade arbeitete – ein weißes Herrenhemd –, und biss mit ihren schiefen Zähnen neben dem Knopf, den sie angenäht hatte, das letzte Stück Faden ab.

Hinten im Laden hob Katja den Kopf. Aber anstatt Yasmin mit einem Lächeln zu begrüßen, blickte sie aus irgendeinem Grund an ihr vorbei zur Tür. Und erst *dann* sah sie Yasmin an und lächelte.

Es war nur eine Kleinigkeit, nichts Besonderes, und früher wäre es Yasmin gar nicht aufgefallen. Jetzt aber achtete sie, wie ihr bewusst wurde, mit geschärften Sinnen auf Katjas Verhalten. Alles war ein Zeichen; alles hatte eine Bedeutung. Und das war nur diesem miesen Bullen zu verdanken.

Mit einem nervösen Blick zu Mrs. Crushley sagte sie zu Katja: »Ich hab heute Morgen vergessen zu fragen, was du zum Abendessen willst.«

Mrs. Crushley prustete spöttisch: »Ach, was die Gnädige zum Abendessen will? Zu meiner Zeit haben wir gegessen, was auf den Tisch kam.«

Katja trat näher. Yasmin sah, dass sie schweißnass war bis auf die Haut. Die himmelblaue Bluse klebte ihr am Körper, das Haar lag in feuchten Strähnen an ihrem Kopf. Aber noch *nie* seit sie in der Wäscherei arbeitete, war sie, wenn sie nach Hause kam, in so einer Verfassung gewesen – fertig und verschwitzt –, und sie jetzt so zu sehen, wo der Tag noch nicht einmal zur Hälfte vorbei war, bestärkte Yasmin in ihrem Argwohn. Wenn sie bisher nie so nach Hause gekommen war, hieß das, dass sie vorher immer noch irgendwo anders hinging.

Sie hatte diesen Abstecher in die Wäscherei nur gemacht, um nach Katja zu sehen und sich zu vergewissern, dass sie nicht krank gemacht hatte, weil sie damit bei ihrem Bewährungshelfer schlechte Karten hätte. Aber wie das so geht, wenn man sich einredet, man wolle lediglich seine Neugier befriedigen oder dem anderen helfen, erfuhr Yasmin mehr, als sie wissen wollte.

»Also, was ist?«, sagte sie zu Katja und verzog die Lippen zu einem Lächeln, das sich anfühlte wie eine Grimasse. »Hast du eine Idee? Ich könnte Couscous machen. Mit Lamm. Diese Eintopfgeschichte, du weißt schon.«

Katja nickte. Sie wischte sich Stirn und Oberlippe an ihrem Ärmel. »Ja«, antwortete sie, »das klingt gut. Lamm esse ich gern. Danke, Yas.«

Und dann standen sie einander gegenüber und sprachen kein Wort. Mrs. Crushley beobachtete sie über den Rand ihrer Bifokalgläser hinweg und sagte: »Na, jetzt haben Sie wohl Ihre Auskunft gekriegt, junge Frau. Dann lassen Sie Ihre Freundin mal wieder arbeiten.«

Yasmin presste die Lippen aufeinander, um nicht zu Katja zu sagen: »Wer ist es?«, oder zu Mrs. Crushley: »Scheiß auf dich, weiße Schlampe«. Statt dessen sagte Katja leise: »Ja, ich muss zurück an die Arbeit, Yas. Wir sehen uns heute Abend.«

»Okay«, antwortete Yasmin und ging, ohne Katja zu fragen, wann.

Das wäre die Falle gewesen: die Frage nach der Zeit. Sie hätte sie Katja stellen können. Es wäre ein Leichtes gewesen, im Beisein von Mrs. Crushley, die natürlich wusste, wann Katja abends Schluss machte, zu fragen, wann sie an diesem Abend nach Hause kommen würde, und dabei Mrs. Crushleys Gesichtsausdruck zu beobachten, um ihm zu entnehmen, ob die von Katja genannte Zeit mit ihrer Arbeitszeit übereinstimmte. Aber Yasmin wollte dieser widerlichen Kuh nicht die Genugtuung geben, irgendwelche Schlüsse über ihre – Yasmins – Beziehung zu Katja zu ziehen, deshalb verließ sie das Geschäft, ohne etwas zu sagen, und fuhr nach Wandsworth.

Jetzt stand sie an der Straßenecke im kalten Wind. Sie sah sich die Gegend an und verglich sie mit der Siedlung, die dabei nicht gut abschnitt. Die Straße hier war sauber, als würde sie täglich gefegt. Nirgendwo auf den Bürgersteigen lagen Abfälle oder Laub. Die Laternenpfähle waren nicht fleckig von Hundeurin, und im Rinnstein lagen keine Hundehaufen. Die Hausmauern waren nicht beschmiert, vor den Fenstern hingen weiße Stores, es gab keine Balkone mit Leinen voll müde herabhängender Wäsche; nur eine lange Zeile Reihenhäuser, alle von ihren Bewohnern gut gepflegt.

Hier könnte man glücklich sein, dachte Yasmin. Hier könnte man sich ein besseres Leben aufbauen. Langsam begann sie, die Straße hinunterzugehen. Es war niemand unterwegs, dennoch fühlte sie sich beobachtet. Sie machte den obersten Knopf ihrer Jacke zu und zog einen Schal heraus, um ihr Haar zu bedecken. Sie wusste, dass das albern war. Sie wusste, dass es sie auffällig machte: ängstlich und besorgt, gesehen zu werden. Sie tat es trotzdem, weil sie sich sicher fühlen wollte, unbefangen und selbstbewusst, und bereit war, dieses Ziel zu erreichen.

Bei Nummer fünfundfünfzig angekommen, blieb sie vor dem Gartentörchen stehen und fragte sich in diesem letzten Moment, ob sie wirklich fähig war, bis zum Ende zu gehen; ob sie es wirklich wissen wollte.

Sie verfluchte den Schwarzen, der sie soweit gebracht hatte, voller Wut nicht nur auf ihn, sondern auch auf sich selbst – auf ihn, weil er ihr den Verdacht ins Haus getragen hatte, auf sich selbst, weil sie ihn aufgenommen hatte.

Aber sie musste Gewissheit haben. Sie hatte zu viele Fragen, die vielleicht mit einem einfachen Anklopfen beantwortet werden konnten. Sie konnte nicht wieder gehen, solange sie sich nicht den Problemen gestellt hatte, die sie so lange zu verdrängen versucht hatte.

Sie trat durch die Pforte in einen Vorgarten. Auf dem mit Platten belegten Fußweg ging sie zu der glänzenden roten Haustür mit dem Klopfer aus Messing in der Mitte. Die kahlen Äste herbstlicher Büsche reckten sich über den kleinen Vorplatz, und in einem Drahtkorb standen drei leere Milchflaschen. In einer von ihnen steckte ein zusammengerollter Zettel.

Yasmin bückte sich, um den Zettel herauszuziehen. Vielleicht würde sie im letzten Moment doch verschont bleiben und die Konfrontation vermeiden können – vielleicht würde der Zettel ihr Auskunft geben. Sie strich ihn auf ihrer offenen Hand glatt und las: »Von jetzt ab bitte täglich zwei Fettarme, eine mit Silberfoliendeckel.« Das war alles. Die Handschrift verriet nichts. Alter, Geschlecht, Rasse, Konfession. Jeder konnte die Nachricht geschrieben haben.

Sie ballte ihre Hände zu Fäusten, um sich selbst zu ermutigen, die Rechte zu heben und zum Klopfer zu greifen. Sie trat einen Schritt zurück und richtete ihren Blick auf das Erkerfenster, in der Hoffnung, dort etwas zu entdecken, was sie davor bewahren würde, das zu tun, was sie tun wollte. Aber die Vorhänge waren so dicht wie alle anderen in der Straße: breite Stoffbahnen, die ein wenig Licht ins Zimmer ließen und durch die man abends eine Silhouette erkennen konnte. Bei Tag jedoch wehrten sie die Blicke von außen ab. Es blieb Yasmin also doch nichts anderes als die Tür.

Verdammt noch mal, dachte sie. Ich habe ein *Recht* darauf, es zu wissen. Entschlossen ging sie zur Tür und schlug mit dem Klopfer energisch auf das Holz.

Sie wartete. Nichts. Sie drückte auf den Klingelknopf und hörte drinnen, dicht bei der Tür, so ein raffiniertes Glockenspiel, das eine Melodie abspielte. Aber das Ergebnis war das Gleiche – nichts.

Yasmin wollte nicht daran denken, dass sie die lange Fahrt von Kennington umsonst gemacht haben könnte. Sie wollte nicht daran denken, wie es sein würde, mit Katja zusammenzusein, als hätte sie keine Zweifel. Es war besser, die Wahrheit zu erfahren, ob gut oder schlecht. Dann würde sie wenigstens ganz klar spüren, was sie als Nächstes zu tun hatte.

Seine Karte lag schwer wie Blei in ihrer Tasche. Sie hatte sie sich erst gestern Abend angesehen und in den Händen gedreht, während die Stunden vergingen, ohne dass Katja nach Hause kam. Katja hatte natürlich angerufen. »Yas, ich komme später«, hatte sie gesagt und hinzugefügt: »Es ist ein bisschen schwierig am Telefon zu erklären. Ich sag's dir nachher, okay?«, als Yasmin gefragt hatte, was denn los sei. Aber es war viel später geworden, als Yasmin erwartet hatte, und nach mehreren Stunden war sie aufgestanden und ans Fenster gegangen, als könnte die Dunkelheit draußen ihr helfen zu verstehen, was vorging. Schließlich hatte sie ihre Jacke geholt und in ihrer Tasche die Karte gefunden, die er ihr im Laden hinterlassen hatte.

Sie starrte auf den Namen: Winston Nkata. Das war afrikanisch. Aber er redete, als wäre er westindischer Herkunft, außer er bemühte sich, amtlich zu sein. Links unten auf der Karte stand eine Telefonnummer, eine Nummer der Metropolitan Police, die sie bestimmt nicht anrufen würde, und gegenüber, auf der rechten Seite, war eine Piepser-Nummer. »Sie können mich jederzeit anpiepsen«, hatte er gesagt. »Rund um die Uhr.«

Hatte er das wirklich gesagt? Ach was, es spielte sowieso keine Rolle, weil es ihr nicht einfallen würde, einem Bullen ihr Herz auszuschütten. Nie im Leben. So blöd war sie nicht.

Sie hatte die Karte wieder in ihre Jackentasche geschoben, und da spürte sie sie jetzt, schwer wie ein Stück Blei, das heiß zu werden begann und immer schwerer wog, ihre rechte Schulter nach unten zog mit ihrem Gewicht und sie dazu trieb, etwas zu tun, was sie ganz bestimmt nicht tun wollte.

Sie trat von dem Haus zurück und ging auf dem Fußweg durch

den Garten. Die Hände nach hinten ausgestreckt, ertastete sie die Pforte und manövrierte sich rückwärts hinaus auf die Straße. Wenn jemand auf die Idee kam, hinter diesen Vorhängen heimlich rauszuschauen, dann wollte sie sehen, wer es war. Aber nichts dergleichen geschah. Das Haus war leer.

Sie fasste einen Entschluss, als ratternd ein Lieferwagen eines Zustellungsdiensts in die Galveston Road einbog. Langsam tuckerte er durch die Straße, während der Fahrer nach der Hausnummer Ausschau hielt, die sein Ziel war. Als die richtige Adresse gefunden war, sprang der Fahrer aus dem Wagen und lief, ohne den Motor auszuschalten, zur Haustür, um das Paket abzugeben. Yasmin, die drei Häuser entfernt dastand, wartete. Er klingelte. Nach etwa zehn Sekunden wurde die Tür geöffnet. Ein kurzer höflicher Austausch, eine Unterschrift, und der Mann joggte zu seinem Fahrzeug zurück. Im Vorbeifahren streifte er Yasmin mit einem kurzen Blick, der nicht mehr registrierte als: *weiblich, schwarz, kaputtes Gesicht, klasse Körper, okay für eine schnelle Nummer.* Dann war er mit seinem Lieferwagen fort.

Yasmin ging auf das Haus zu, wo er sein Paket abgegeben hatte. Sie übte ihren Text. Außer Sichtweite des Fensters, das dem von Nummer fünfundfünfzig aufs Haar glich, blieb sie stehen und kritzelte die Adresse – Galveston Road 55, Wandsworth – auf die Rückseite der Karte des Bullen. Dann zog sie den Schal von ihrem Haar und schlang ihn sich wie einen Turban um den Kopf. Sie nahm ihre bunten Ohrringe ab und öffnete den obersten Knopf ihrer Jacke, um auch ihre Halskette abzulegen, die sie zusammen mit den Ohrringen in ihrer Umhängetasche verschwinden ließ. Dann knöpfte sie die Jacke wieder zu und klappte brav und bieder den Kragen herunter.

So verkleidet für die Rolle, die sie zu spielen gedachte, trat sie in den Garten des Hauses, wo kurz zuvor der Bote sein Paket abgeliefert hatte, und klopfte zaghaft an. Die Tür hatte einen Spion, und sie senkte den Kopf, zog ihre Tasche von der Schulter und hielt sie vor sich wie eine Handtasche. Sie bemühte sich, ihrem Gesicht einen Ausdruck zu verleihen, der zugleich Unterwürfigkeit, Ängstlichkeit, Nervosität und das eifrige Bestreben zu gefallen zeigte.

Gleich darauf hörte sie die Stimme einer Frau. »Ja? Was ist

denn?« Die Frau öffnete die Tür nicht, aber die Tatsache, dass sie überhaupt auf ihr Klopfen reagiert hatte, sagte Yasmin, dass sie die erste Hürde genommen hatte.

Sie hob den Kopf. »Ach, bitte, können Sie mir vielleicht helfen?«, fragte sie. »Ich sollte bei Ihrer Nachbarin putzen, aber sie ist anscheinend nicht zu Hause. Nummer fünfundfünfzig.«

»Tagsüber arbeitet sie«, rief die Frau durch die Tür.

»Aber ich versteh das nicht…« Yasmin hielt die Karte des Polizisten hoch. »Sehen Sie…?«, sagte sie. »Ihr Mann hat es mir genau aufgeschrieben.«

»Ihr Mann?« Die Frau sperrte endlich auf und öffnete. Sie war mittleren Alters und hielt eine Schere in der Hand. »Oh! Entschuldigung«, sagte sie, als sie bemerkte, dass Yasmins Blick zu der Schere huschte. »Ich habe gerade ein Paket aufgemacht. So. Lassen Sie mich doch mal sehen.«

Yasmin reichte ihr bereitwillig die Karte. Die Frau las die Adresse.

»Ja, stimmt. Hier steht tatsächlich… Aber Sie sprachen von ihrem Mann?« Und als Yasmin nickte, drehte die Frau die Karte um und las, so wie Yasmin am vergangenen Abend gelesen hatte: Winston Nkata, Detective Constable, Metropolitan Police. Dazu eine Telefon- und eine Piepsernummer. Alles absolut seriös.

»Hm, ja, wenn er natürlich bei der Polizei ist…«, sagte die Frau nachdenklich. Aber dann: »Nein. Das kann nur ein Irrtum sein, da bin ich sicher. Hier wohnt niemand namens Nkata.« Sie reichte die Karte zurück.

»Sie sind ganz sicher?« Yasmin zog die Augenbrauen zusammen und bemühte sich, so Mitleid erregend auszusehen, wie es nur ging. »Er hat gesagt, ich solle zum Putzen kommen…«

»Ja, ja, armes Kind, das glaube ich Ihnen. Aber er hat Ihnen aus irgendeinem Grund eine falsche Adresse gegeben. In diesem Haus hat nie jemand namens Nkata gewohnt. Da lebt schon seit Jahren die Familie McKay.«

»McKay?«, fragte Yasmin, und das Herz wurde ihr leichter. Denn wenn Harriet Lewis, Katjas Anwältin, wirklich eine Partnerin hatte und die in diesem Haus lebte, dann waren ihre Ängste grundlos.

»Ja, ja, McKay«, bestätigte die Frau. »Noreen McKay. Zusammen mit ihrer Nichte und ihrem Neffen. Eine sehr nette Frau, sehr angenehm, aber sie ist nicht verheiratet. War es auch nie, so viel ich weiß. Und gewiss nicht mit jemandem namens Nkata, wenn Sie verstehen, was ich meine. Nichts für ungut.«

»Ich – ja. Ja, ich verstehe schon«, flüsterte Yasmin, die kaum fähig war, noch ein Wort herauszubringen, nachdem sie den vollen Namen der Bewohnerin des Hauses Nummer fünfundfünfzig erfahren hatte. »Ich danke Ihnen sehr, Madam. Vielen Dank auch«, sagte sie, bereits zurückweichend.

Die Frau trat weiter vor. »Miss? Ist alles in Ordnung?«, fragte sie.

»Ja, ja. Es ist nur… Wenn man mit Arbeit rechnet und dann enttäuscht wird…«

»Es tut mir wirklich Leid. Wenn nicht gestern gerade meine eigene Zugehfrau hier gewesen wäre, würde ich Ihnen gern Arbeit geben. Sie machen einen angenehmen Eindruck. Würden Sie mir Ihren Namen und Ihre Telefonnummer sagen für den Fall, dass ich doch einmal jemanden brauche? Meine Zugehfrau ist Filipina, wissen Sie, und diese Leute sind ja nicht immer zuverlässig, wenn Sie verstehen, was ich meine.«

Yasmin hob den Kopf. Es wäre unklug gewesen, jetzt das zu sagen, was sie am liebsten gesagt hätte. Im Moment waren andere Dinge wichtiger als die Beleidigungen einer dummen Person. Darum sagte sie: »Das ist sehr freundlich von Ihnen, Madam«, und nannte sich Nora und sagte irgendeine Nummer auf, die ihr gerade in den Kopf kam. Die Frau schrieb alles eifrig auf einen Block, den sie von einem Tisch neben der Tür nahm.

»Gut«, sagte sie, nachdem sie die letzte Ziffer mit einem Schnörkel zu Papier gebracht hatte. »Vielleicht erweist sich unsere zufällige Begegnung für uns beide als nützlich.« Sie lächelte. »Man weiß ja nie, nicht wahr?«

Allerdings, dachte Yasmin. Sie nickte, ging wieder zur Straße und kehrte noch einmal zum Haus Nummer fünfundfünfzig zurück, um einen letzten Blick darauf zu werfen. Sie war wie betäubt, und einen Moment lang versuchte sie, sich einzureden, diese Gefühllosigkeit wäre ein Zeichen dafür, dass ihr das, was sie soeben erfahren hatte, gleichgültig war. Aber sie wusste, dass in Wirklichkeit der Schock alle Gefühle betäubt hatte. Und sie hoffte, wenn der Schock nachließe, würden ihr fünf Minuten bleiben, um zu überlegen, was sie tun sollte, ehe die Wut einsetzte.

Winston Nkatas Piepser meldete sich, als Lynley gerade die Tätigkeitsberichte las, die im Lauf des Morgens von Leachs Leuten eingegangen waren. Da es keine Augenzeugen gab und am Tatort, abgesehen von den Lackpartikeln, keine Spuren, konzentrierten sich die Ermittlungen des Teams auf die Suche nach dem Fahrzeug, mit dem Eugenie Davies niedergefahren und getötet worden war. Aber den Berichten zufolge war man bisher bei Karosseriewerkstätten ebenso wenig fündig geworden wie bei Ersatzteilhändlern, wo man eventuell eine alte Chromstoßstange bekommen konnte.

Lynley blickte von seiner Lektüre auf und sah, dass Nkata intensiv seinen Piepser musterte und sich dabei die Narbe im Gesicht rieb. Er nahm seine Lesebrille ab. »Was ist denn, Winnie?«, fragte er, und Nkata anwortete: »Keine Ahnung, Mann«. Aber er sagte es so bedächtig, als machte er sich seine eigenen Gedanken zu der Frage, und trat dann an den Schreibtisch einer Kollegin, die gerade am Computer arbeitete, um ihr Telefon zu benutzen.

»Ich denke, der nächste Schritt ist Swansea, Sir«, hatte Lynley zu Chief Inspector Leach gesagt, als er nach dem Gespräch mit Raphael Robson mit ihm telefoniert hatte. »Wir haben die Hauptverdächtigen beisammen. Ich schlage vor, wir lassen sie von der zentralen Zulassungsstelle überprüfen und feststellen, ob einer von ihnen neben dem Wagen, den er täglich fährt, noch ein älteres Modell in der Garage stehen hat. Fangen wir mit Robson an, mal sehen, ob sich da was findet.«

Leach hatte zugestimmt. Und mit dieser Suche war nun die junge Beamtin am Computer beschäftigt: nach Eingabe der Namen der in Frage kommenden Personen über die zentrale Zulassungsstelle nach dem Eigentümer eines Oldtimers oder einfach eines Autos alten Baujahrs zu suchen.

»Wir müssen die Möglichkeit in Betracht ziehen, dass einer unserer Verdächtigen Zugang zu einer Auswahl an Fahrzeugen hat – alten wie neuen«, hatte Leach gemeint. »Er könnte, zum

Beispiel, einen Sammler zum Freund haben. Oder einen Autohändler. Oder auch einen Automechaniker.«

»Und ebenso müssen wir die Möglichkeit in Betracht ziehen, dass der Wagen gestohlen wurde, kürzlich von einer Privatperson erworben, aber nicht angemeldet wurde oder vom Kontinent eigens für die Tat herübergeholt und bereits wieder zurückgebracht wurde, ohne dass irgendjemand etwas gemerkt hat«, sagte Lynley. »Dann kommen wir über die Zulassungsstelle nicht weiter. Aber in Ermangelung von Alternativen...«

»Genau«, stimmte Leach zu. »Was haben wir zu verlieren?«

Bei dieser Frage musste Lynley sofort an Webberly denken, dessen Zustand sich bedenklich verschlechtert hatte.

»Herzinfarkt«, hatte Hillier knapp gesagt, als er von der Intensivstation aus angerufen hatte. »Vor drei Stunden. Der Blutdruck sackte plötzlich ab, das Herz machte Schwierigkeiten, und dann – bumm! Es war ein schwerer Herzinfarkt.«

»Mein Gott!«, sagte Lynley.

»Sie haben ihn mit Elektroschocks behandelt. Zehn oder elf Mal haben sie es versucht, ehe es geklappt hat. Randie war dabei. Sie haben sie zwar rausgeschickt, aber die Alarmsignale und die ganze Panik hat sie natürlich mitbekommen... *Furchtbar* ist das alles.«

»Was hat man Ihnen gesagt, Sir?«

»Er wird ständig überwacht... sämtliche Funktionen. Er ist an tausend Maschinen und Geräte angeschlossen, überall Schläuche. Er hatte Kammerflimmern. Kann jederzeit wieder passieren.«

»Wie geht es Randie?«

»Sie hält sich tapfer.« Hillier ließ Lynley keine Gelegenheit zu weiteren Fragen, sondern fuhr ohne Pause zu sprechen fort, als wollte er es unbedingt vermeiden, ein Thema zur Sprache zu bringen, das er als tief bedrückend empfand. »Wie kommen Sie in der Sache voran?«, fragte er und war nicht erfreut, zu hören, dass alle Bemühungen Leachs, bei seiner dritten Sitzung mit Pitchley-Pitchford-Pytches irgendetwas Handfestes ans Licht zu bringen, erfolglos geblieben waren. Und genauso wenig freute es ihn, zu hören, dass die Arbeitsgruppen, die an den Tatorten der beiden Anschläge tätig waren, bisher keine neuen Erkenntnisse

681

ermittelt hatten. Er war allerdings nicht unzufrieden über die Informationen aus dem Labor zu den Lackteilchen und zum Alter des Tatfahrzeugs. Aber Informationen – schön und gut, was jetzt anstehe, sei eine gottverdammte Festnahme!

»Ist das bei Ihnen angekommen, Herr Aushilfs-Superintendent?«

Lynley holte einmal tief Luft und entschuldigte Hilliers besondere Bissigkeit mit seiner verständlichen Angst um Webberly. Aber natürlich sei das angekommen, versicherte er dem Assistant Commissioner ruhig und fragte dann, ob denn Miranda nichts brauche? Ob man nicht etwas für sie …? Ob Helen sie wenigstens dazu gebracht habe, etwas zu essen?

»Sie ist zu Frances rausgefahren«, sagte Hillier.

»Randie?«

»Nein, Ihre Frau. Laura hat überhaupt nichts erreicht. Sie konnte sie nicht einmal dazu bewegen, das Schlafzimmer zu verlassen. Jetzt will Helen ihr Glück versuchen. Eine tüchtige Person.« Hillier räusperte sich geräuschvoll. Lynley wusste, dass er sich niemals zu einem expliziteren Kompliment versteigen würde.

»Danke, Sir.«

»Halten Sie die Stellung. Ich bleibe hier. Ich möchte nicht, dass Randie ganz allein ist, wenn etwas … ich meine, wenn eine Entscheidung von ihr verlangt werden sollte …«

»Natürlich, Sir. Das verstehe ich.«

Jetzt beobachtete Lynley seinen Constable, der bei seinem Telefongespräch den Hörer hinter hochgezogener Schulter barg, als fürchtete er, belauscht zu werden. Er sah sich das stirnrunzelnd an und fragte, als Nkata aufgelegt hatte: »Und? Was Neues?«

Nkata rieb sich die Hände. »Ich hoffe es. Die Frau, die mit Katja Wolff zusammenlebt, möchte noch mal mit mir reden. Die war's, die mich angepiepst hat. Was meinen Sie, soll ich …?« Er wies mit dem Kopf zur Tür, aber die Geste schien mehr eine Pflichtübung als eine Bitte um Anweisung, zumal Nkata gleichzeitig mit der Hand auf die Hosentasche klopfte, als könnte er es kaum erwarten, den Autoschlüssel herauszuholen.

Lynley ließ sich durch den Kopf gehen, was Nkata ihm über

682

sein letztes Gespräch mit den beiden Frauen berichtet hatte. »Hat sie Ihnen gesagt, worum es geht?«

»Darüber wollte sie am Telefon nicht reden.«

»Und warum nicht?«

Nkata zuckte die Achseln und verlagerte sein Gewicht von einem Fuß auf den anderen. »Knackis. Sie wissen doch, wie diese Leute sind, Mann. Die wollen immer selber das Sagen haben.«

Das klang überzeugend. Wenn ein Häftling sich entschlossen hatte, einen Kollegen zu verpfeifen, dann pflegte er selbst festzulegen, wie, wo und wann. Es ging dabei um eine Machtdemonstration, die dazu diente, sein Gewissen zu beschwichtigen, wenn er den Beweis lieferte, dass es unter Gaunern keine Ehre gab. Aber solche Leute hatten für die Polizei wenig übrig, und man war als Polizeibeamter gut beraten, nicht zu vergessen, dass sie einem nur allzu gern Knüppel zwischen die Beine warfen, meist von einer Größe, die in direktem Verhältnis zum Ausmaß ihres Verrats stand.

Er sagte: »Wie heißt sie gleich wieder, Winnie?«

»Wer?«

»Die Frau, die Sie angepiepst hat. Wolffs Wohngenossin.« Und als Nkata es ihm sagte, fragte Lynley, welches Verbrechen Yasmin Edwards ins Gefängnis gebracht hatte.

»Sie hat ihren Ehemann erstochen«, antwortete Nkata. »Mit dem Messer. Dafür hat sie fünf Jahre gesessen. Aber ich hab den Eindruck, dass er sie geprügelt hat. Ihr Gesicht schaut schlimm aus, Inspector. Voller Narben. Sie und die Wolff leben mit ihrem Sohn zusammen. Daniel. Er ist elf oder zwölf. Ein netter kleiner Bursche. Soll ich …« Wieder die eifrige Kopfbewegung zur Tür.

Lynley überlegte, ob es klug sei, Nkata schon wieder allein zur South Side hinüberzuschicken. Gerade sein brennender Eifer stimmte Lynley bedenklich. Einerseits lag Nkata natürlich daran, seine schlechte Arbeit wieder gutzumachen, andererseits war er ziemlich unerfahren, und die Ungeduld, mit der er dem nächsten Gespräch mit Yasmin Edwards entgegenstrebte, ließ befürchten, dass die Objektivität auf der Strecke bleiben würde. Wie damals bei Webberly, dachte Lynley.

Immer kamen sie auf diesen alten Mordfall zurück. Dafür musste es einen Grund geben.

683

Er sagte: »Kann es sein, dass sie noch eine Rechnung offen hat, diese Yasmin Edwards?«

»Mit mir, meinen Sie?«

»Mit der Polizei im Allgemeinen.«

»Ja, kann schon sein.«

»Dann seien Sie vorsichtig.«

»In Ordnung«, versprach Nkata und eilte, die Autoschlüssel schon in der Hand, aus dem Besprechungsraum.

Als Nkata weg war, setzte sich Lynley an einen Schreibtisch und schob seine Lesebrille auf die Nase. Die Situation, in der sie sich befanden, war zum Wahnsinnigwerden. Er hatte bereits früher mit diesem oder jenen Fall zu tun gehabt, wo sie Berge von Beweismaterial gehabt hatten, aber keinen Täter, dem sie es zuordnen konnten. Er hatte mit Fällen zu tun gehabt, wo man sämtlichen Verdächtigen, die sie befragt hatten, die schönsten Motive hatte nachweisen können, aber nicht einen einzigen Beweis gegen irgendjemanden in der Hand gehabt hatte. Und er hatte mit Fällen zu tun gehabt, wo es bei keinem Verdächtigen an Mittel und Gelegenheit zum Mord gemangelt hatte, aber eben leider an einem klaren Motiv. Diese Sache hier jedoch…

Wie war es möglich, dass zwei Menschen auf belebten Straßen von einem Auto angefahren und einfach liegen gelassen wurden, ohne dass jemand mehr bemerkt hatte als ein schwarzes Fahrzeug?, fragte sich Lynley. Und wie war es möglich, dass das erste Opfer nach dem »Unfall« quer über die Straße geschleppt worden war, ohne dass ein Mensch aufmerksam geworden war?

Die Verlagerung der Leiche von einem Ort an einen anderen war ein wichtiges Detail. Lynley holte sich den letzten Bericht der Gerichtsmedizin, um nachzusehen, was man dort mit den Spuren hatte anfangen können, die an Eugenie Davies' Leichnam gesichert worden waren. Der Pathologe würde die Leiche mit aller Gründlichkeit untersucht und geprüft haben, und wenn – nach dem Regen in der Nacht – auch nur noch der Hauch einer Spur vorhanden gewesen war, dann würde er ihn gefunden haben.

Lynley blätterte in den Unterlagen. Keinerlei Spuren waren unter ihren Fingernägeln; alles Blut an ihrem Körper war ihr eigenes; aus dem Reifenprofil herausgefallene Erdreste zeigten keine

684

verräterischen Merkmale wie etwa Mineralspuren, die für einen bestimmten Teil des Landes typisch waren; Schmutz- und Staubkörnchen in ihrem Haar waren denen auf der Straße ähnlich; zwei einzelne Haare an ihrem Körper – das eine grau, das andere braun –, deren Analyse…

Lynleys Interesse wurde wach. Zwei einzelne Haare, zwei unterschiedliche Farbtöne, eine Analyse. Das klang doch vielversprechend. Stirnrunzelnd las er den Bericht, kämpfte sich durch Beschreibungen von Oberhäutchen, Rindenschicht und Markschicht, die in der Schlussfolgerung kulminierten, dass die beiden Haare von einem Säugetier stammten.

Aber als er weitersuchte und sich durch ein Gewirr aus Fachausdrücken von der »makrofibrillären Ultrastruktur der Medulärzellen« bis zu den »elektrophoretischen Varianten der Proteinbausteine« arbeitete, erfuhr er am Ende lediglich, dass die gerichtsmedizinische Untersuchung der Haare kein schlüssiges Ergebnis zu Tage gefördert hatte. Wie, zum Teufel, war das nun möglich?

Er griff zum Telefon und tippte die Nummer des Labors drüben am anderen Themseufer ein. Nachdem er mit drei Technikern und einer Sekretärin gesprochen hatte, gelang es ihm endlich, jemanden aufzutreiben, der ihm erklärte, wie es möglich war, dass in dieser Hochzeit wissenschaftlichen Fortschritts, wo man mit Hilfe eines mikroskopisch kleinen Hautpartikelchens einen Mörder identifizieren konnte, eine Haaranalyse ohne schlüssiges Ergebnis blieb.

»Wir können nicht einmal sagen, ob die Haare überhaupt vom Täter stammen, Inspector«, erklärte Dr. Claudia Knowles. »Sie könnten ebenso gut von der Toten sein.«

»Wieso denn das?«

»Erstens, weil an keinem von beiden Kopfhaut haftete. Zweitens – und das ist das Gemeine –, weil selbst die Haare, die von ein und derselben Person stammen, keineswegs alle gleich sind, sondern in ihren Merkmalen sehr unterschiedlich sein können. Wir könnten Dutzende von den Haaren des Opfers nehmen und kein einziges Haar finden, das den zwei an dem Körper gefundenen entspricht. Und trotzdem könnten es ihre Haare sein, wegen der möglichen Variationen. Verstehen Sie, was ich meine?«

»Aber was ist mit einem DNS-Test? Wozu überhaupt nach Haaren suchen, wenn wir sie nicht gebrauchen können –«

»Das stimmt ja nicht. Natürlich können wir sie gebrauchen«, unterbrach ihn Dr. Knowles. »Und wir werden sie gebrauchen. Aber selbst dann werden wir lediglich erfahren – und das geht nicht über Nacht, wie Sie sicherlich wissen –, ob das Haar tatsächlich von Ihrem Opfer stammt. Was natürlich eine Hilfe sein wird. Wenn aber die Haare nicht von der Toten sind, werden Sie nach der Analyse nichts weiter wissen, als dass jemand ihr entweder vor oder nach ihrem Tod nahe genug gekommen ist, um ein oder zwei Haare auf ihrem Körper hinterlassen zu haben.«

»Können es auch zwei Personen gewesen sein, die ihr nahe genug kamen, um je ein Haar auf ihrem Körper zu hinterlassen? Ich meine, da ja das eine grau und das andere braun ist.«

»Ja, sicher, so könnte es gewesen sein. Aber selbst dann ist die Möglichkeit nicht auszuschließen, dass vor ihrem Tod jemand sie ganz einfach umarmte und dabei in aller Unschuld ein Haar auf ihrer Kleidung zurückließ. Und selbst wenn wir das Ergebnis der DNS-Untersuchung vor uns haben und dieses beweist, dass das Haar nicht von einer Person stammt, die ihr zu ihren Lebzeiten innig genug verbunden war, um sie zu umarmen, was fangen wir dann mit diesem Ergebnis an, Inspector, solange wir keine Vergleichsproben haben?«

Ja, natürlich. Das war das Problem. Und dieses Problem würde es immer geben. Lynley dankte Dr. Knowles, legte auf und schob ungeduldig den Bericht zur Seite. Sie brauchten endlich ein wenig Glück.

Noch einmal las er die Aufzeichnungen der Gespräche durch, die er geführt hatte: was Wiley gesagt hatte, was Staines, was Davies, was Robson und der jüngere Davies gesagt hatten. Da musste es doch etwas geben, was er bisher übersehen hatte. Aber bei dem, was er sich aufgeschrieben hatte, fand er es nicht.

Na schön, dachte er. Versuchen wir es eben anders.

Er fuhr kurz entschlossen nach West Hampstead. Crediton Hill war nicht weit von der Finchley Road. Er parkte am oberen Ende, stieg aus dem Wagen und begann langsam loszugehen. Geparkte Autos standen zu beiden Seiten der Fahrbahn, und die Straße wirkte so verlassen und tot wie jede Gegend, deren Bewohner sich tagsüber an ihren Arbeitsplätzen aufhalten und erst abends nach Hause zurückkehren.

Kreidespuren auf dem Asphalt markierten die Stelle, wo die tote Eugenie Davies gelegen hatte. Lynley stellte sich genau dorthin und blickte die Straße entlang in die Richtung, aus der das todbringende Fahrzeug gekommen sein musste. Sie war angefahren und dann mehrmals überrollt worden, was darauf hinzudeuten schien, dass sie entweder nicht weggeschleudert worden war wie Webberly oder aber unmittelbar vor dem Wagen hingefallen war, was es dem Fahrer leicht gemacht hatte, mehrmals über sie hinwegzurollen. Danach hatte er sie an den Fahrbahnrand geschleift und unter einen dort geparkten Pkw, einen Vauxhall, geschoben.

Aber warum? Warum hatte der Mörder es riskiert, beobachtet zu werden? Warum hatte er sie nicht einfach auf der Straße liegen lassen und war schnellstens davongefahren? Es war natürlich möglich, dass er sie an den Straßenrand geschleppt hatte, um dafür zu sorgen, dass sie nicht sofort entdeckt wurde, und auf diese Weise sicher zu stellen, dass sie tot wäre, wenn sie schließlich gefunden würde. Aber überhaupt aus dem Wagen zu steigen war doch recht riskant gewesen! Es sei denn, der Killer hatte triftige Gründe gehabt, das Wagnis einzugehen…

Vielleicht war er ausgestiegen, weil er hier in der Gegend wohnte. Ja, das war möglich.

Aber sonst?

Lynley ging auf dem Bürgersteig weiter und drehte und wendete in Gedanken die Frage nach allen Seiten. Aber das Einzige, was ihm als Erklärung für die Risikobereitschaft des Mörders einfiel, war Eugenie Davies' Handtasche: Etwas, das sie in der Handtasche bei sich gehabt hatte; etwas, von dem der Killer gewusst hatte, dass sie es bei sich trug, und das er unbedingt haben wollte.

Aber die Tasche war unter einem anderen Auto auf der Straße gefunden worden, an einer Stelle, wo der Killer – in Eile und durch die Dunkelheit behindert – sie wahrscheinlich nicht gesehen hatte. Und so weit feststellbar war, fehlte nichts aus der Tasche. Es konnte allerdings sein, dass der Mörder nur einen einzigen Gegenstand herausgenommen – einen Brief vielleicht? –

und die Tasche dann unter das Auto geworfen hatte, wo sie schließlich entdeckt worden war.

Lynley ging bedächtigen Schritts weiter und dachte über diese Frage nach und hatte das Gefühl, ein altgriechischer Chor hätte sich in seinem Kopf niedergelassen und deklamierte nun nicht nur sämtliche Möglichkeiten, sondern auch die Folgen, mit denen er zu rechnen hatte, wenn er sich für eine von ihnen entschied und auch nur ein Quäntchen Glauben in sie investierte. Er marschierte mehrere Meter an einigen Häusern vorüber und an den herbstlich gefärbten Hecken entlang, die ihre Gärten umschlossen. Gerade wollte er umkehren und zu seinem Wagen zurückgehen, da stach ihm etwas Glitzerndes auf dem Bürgersteig ins Auge. Es lag ziemlich dicht an einer Eibenhecke, die noch nicht das ehrwürdige Alter der anderen Hecken in der Straße zu haben schien.

Er bückte sich, Sherlock Holmes, der seine Ehre gerettet sieht. Aber der Fund erwies sich nur als eine Glasscherbe, die zusammen mit ein paar anderen vom Bürgersteig in das Beet unter der Hecke gefegt worden war. Er nahm einen Bleistift aus seiner Jackentasche und drehte die Scherben herum, wühlte dann vorsichtig in der Erde und fand noch einige. Und weil er noch nie zuvor bei einer Untersuchung ein Gefühl solch deprimierender Aussichtslosigkeit empfunden hatte, zog er sein Taschentuch heraus und sammelte sie alle ein.

Zurück im Wagen, rief er auf der Suche nach Helen zu Hause an. Es war Stunden her, seit sie ins Charing Cross Hospital gekommen war, Stunden, seit sie zum Haus der Webberlys hinausgefahren war, um sich um Frances zu kümmern. Aber zu Hause war sie nicht, und sie war auch nicht in Chelsea bei St. James. Das war kein gutes Zeichen.

Er fuhr nach Stamford Brook.

Am Kensington Square parkte Barbara ihren Mini dort, wo sie ihn schon einmal geparkt hatte: vor der Reihe von Betonsäulen, die die Zufahrt von der Derry Street sperrten. Sie lief zum Kloster der Unbefleckten Empfängnis hinüber, aber anstatt gleich zur Pforte zu gehen und nach Schwester Cecilia Mahoney zu fragen, zündete sie sich eine Zigarette an und machte einen Abstecher zu dem eleganten Klinkerhaus mit der holländischen Fassade, in dem vor zwanzig Jahren so viel geschehen war. Es war das höchste Haus auf seiner Straßenseite: vier Stockwerke mit einem Spitzgiebel und einem Souterrain, zu dem vom gepflasterten Vorgarten aus eine schmale Wendeltreppe hinunterführte. Zwei Backsteinsäulen, mit je einem Blätterknauf gekrönt, flankierten das schmiedeeiserne Tor. Barbara drückte es auf, trat in den Vorgarten, schloss es hinter sich und blieb stehen, in die Betrachtung des Hauses versunken.

Mit Lynn Davies' bescheidener kleiner Wohnung war dieses Haus mit den Fenstertüren und Balkonen, den Fensterrahmen aus cremefarben gestrichenem Holz, den feierlichen Ziergiebeln und Simsen, den halbmondförmigen Oberlichten und Buntglasfenstern, das in einer der besten Gegenden Londons stand, nicht zu vergleichen. Der Unterschied zu der Umgebung, in der Virginia ihr Leben verbracht hatte, hätte kaum größer sein können.

Aber neben diesem rein äußerlichen Unterschied gab es noch einen anderen, und über den dachte Barbara jetzt nach, während sie das Haus betrachtete. Dort drinnen hatte, nach Lynn Davies' Worten, ein schrecklicher Mann gelebt; ein Mann, der es nicht ertrug, wenn seine Enkelin, die in seinen Augen missraten war, sich im selben Raum aufhielt wie er. Das Kind war in diesem Haus unerwünscht gewesen, ein Objekt des Abscheus, und darum war Lynn Davies mit Virginia für immer gegangen. Und der alte Jack Davies – der schreckliche Jack Davies – war zufrieden gewesen. Ja, er hatte mit dem Ausgang der Dinge hoch zufrieden sein können, denn das nächste Enkelkind, das sich nach der Wiederverheiratung seines Sohnes einstellte, entpuppte sich als musikalisches Wunderkind.

Ungetrübtes Glück, dachte Barbara. Der Junge griff sich die nächstbeste Geige, wurde berühmt und verlieh dem Namen Davies den Glanz, den er verdiente. Aber dann folgte die Geburt des dritten Enkelkindes, und der alte Jack Davies – der schreckliche Jack Davies – musste erneut der Unzulänglichkeit ins Gesicht sehen.

Diesmal jedoch, bei diesem *zweiten* missratenen Kind, war die Sache für Jack etwas heikler. Wenn er nämlich mit seinen unaufhörlichen Forderungen, ihm ›mit dieser Kreatur nicht unter die Augen zu kommen‹, die Mutter aus dem Haus trieb, war damit zu rechnen, dass diese ihr anderes Kind mitnehmen würde. Und dann: Ade Gideon, ade aller Glanz, in dem man sich dank Gideon und den Wunderdingen, die von ihm zu erwarten waren, hätte sonnen können.

Barbara fragte sich, ob ihre Kollegen, die damals den Tod der kleinen Sonia Davies untersucht hatten, überhaupt von Virginia Davies gewusst hatten. Und wenn ja, war es der Familie dann gelungen, die Einstellung des alten Jack Davies zu diesem Kind unter Verschluss zu halten? Wahrscheinlich.

Er hatte im Krieg Entsetzliches durchgemacht, er hatte sich nie wieder davon erholt, er war ein Kriegsheld. Aber er schien auch geistig gestört gewesen zu sein, und woher sollte man wissen, wie weit ein solcher Mensch zu gehen bereit war, wenn irgendetwas nicht seinen Wünschen entsprach?

Barbara ging wieder zur Straße hinaus und zog das Tor hinter sich zu. Sie schnippte den Zigarettenstummel aufs Pflaster und machte sich auf den Weg zum Kloster.

Diesmal traf sie Schwester Cecilia Mahoney in dem großen Park hinter dem Hauptgebäude an. Zusammen mit einer anderen Nonne war sie damit beschäftigt, unter einer gewaltigen alten Platane das Laub zusammenzurechen. Farbenprächtig hoben sich die fünf Blätterhaufen, die sie bisher zusammengeschoben hatten, vom grünen Rasen ab. In der Ferne, wo eine Mauer das Klostergelände begrenzte und gegen die unablässig vorbeidonnernden Zügen der U-Bahn abschirmte, die hier oberirdisch fuhr, bewachte ein Mann in Overall und Wollmütze ein Feuer, in dem ein Teil des Laubs verbrannt wurde.

»Da müssen Sie aber sehr vorsichtig sein«, sagte Barbara zu Schwester Cecilia, nachdem sie sie begrüßt hatte. »Eine Unachtsamkeit, und ganz Kensington geht in Flammen auf. Das wollen Sie doch bestimmt nicht.«

»Und kein Christopher Wren, der ein neues erbauen könnte«, erwiderte Schwester Cecilia. »Keine Sorge, wir sind selbstverständlich sehr vorsichtig, Constable. George lässt das Feuer keinen Moment aus den Augen. Und wenn Sie mich fragen, hat er den besseren Teil gewählt. Wir sammeln hier die Früchte des

Feldes, und er bringt Gott das Opfer dar, das dieser gnädig annimmt.«

»Pardon?«

»Eine kleine Anspielung auf die biblische Geschichte«, erklärte die Nonne, während sie ihren Rechen über den Rasen zog. »Kain und Abel. Der Rauch von Abels Feuer stieg zum Himmel auf.«

»Ach so, ja.«

»Sie kennen das Alte Testament nicht?«

»Nur die Stellen, wo es ums Beiwohnen, Erkennen und Zeugen geht. Da kann ich die meisten auswendig.«

Schwester Cecilia lachte und lehnte ihren Rechen an eine Bank, die ganz um den Stamm der großen Platane herumreichte.

»Ja, Beischlaf und Zeugung wurden damals sehr eifrig betrieben, nicht wahr? Aber die guten Leute mussten es ja auch anpacken, sie hatten schließlich den Befehl bekommen, die Welt zu bevölkern.«

Barbara lächelte. »Kann ich Sie kurz sprechen?«

»Gern. Aber Sie möchten sicher lieber hineingehen, nicht wahr?« Die Nonne wartete nicht auf eine Antwort, sondern sagte zu ihrer Gefährtin: »Schwester Rose, darf ich Sie eine Viertelstunde mit der Arbeit allein lassen?«, und ging, als diese nickte, Barbara voraus zu einer kurzen Betontreppe, die sie zur Hintertür des braunen Backsteingebäudes führte.

Sie schritten einen Korridor mit Linoleumboden hinunter zu einer Tür, auf der »Besucherzimmer« stand. Schwester Cecilia klopfte kurz an, und als es hinter der Tür still blieb, öffnete sie diese und sagte: »Möchten Sie vielleicht eine Tasse Tee, Constable? Oder lieber Kaffee? Ein paar Kekse sind sicher auch da.«

Barbara lehnte dankend ab. Sie wolle nur kurz mit ihr sprechen, erklärte sie der Nonne.

»Sie haben nichts dagegen, wenn ich...?« Schwester Cecilia wies auf einen elektrischen Wasserkocher, der neben einer Dose Earl-Grey-Tee und diversen, bunt zusammengewürfelten Tassen und Untertassen auf einem zerkratzten Plastiktablett stand. Sie schaltete den Wasserkocher ein und nahm aus der obersten Schublade einer kleinen Kommode eine Schachtel Würfelzucker, gab drei Stück in eine Tasse und sagte zu Barbara: »Ich habe eine Schwäche für Süßigkeiten. Aber Gott vergibt uns allen unsere kleinen Laster. Ich muss allerdings sagen, dass ich ein weniger schlechtes Gewissen hätte, wenn Sie wenigstens einen Keks nähmen. Es sind kalorienarme – oh, damit will ich natürlich keinesfalls sagen, dass Sie es nötig haben –«

»Ist schon in Ordnung«, unterbrach Barbara. »Ich nehme gern einen Keks.«

Schwester Cecilia lachte spitzbübisch. »Aber es gibt immer nur zwei in einem Päckchen, Constable.«

»Dann geben Sie mal her. Ich werd das schon schaffen.«

Als der Tee fertig war, gesellte sich Schwester Cecilia mit ihrer Tasse und einer Untertasse, auf der ihre Keksration lag, zu Barbara. Sie setzten sich in zwei Kunstledersessel an ein Fenster mit Blick in den Garten, wo Schwester Rose immer noch fleißig arbeitete. Zwischen ihnen stand ein niedriger Tisch, auf dem verschiedene religiöse Zeitschriften und eine sehr abgegriffene *Elle* lagen.

Barbara berichtete der Nonne von ihrem Gespräch mit Lynn Davies und fragte, ob sie von dieser früheren Ehe und dem ersten Kind von Richard Davies gewusst habe.

Ja, bestätigte Schwester Cecilia, davon habe sie seit langem gewusst; sie habe kurz nach Gideons Geburt durch Eugenie von Lynn und »diesem armen kleinen Seelchen« gehört. »Für Eugenie war es natürlich ein Schock, Constable. Sie hatte bis dahin nicht einmal gewusst, dass Richard Davies geschieden war. Sie hat sehr viel über die Bedeutung der Tatsache nachgedacht, dass er nicht vor der Heirat mit ihr über seine erste Ehe gesprochen hatte.«

»Sie muss sich doch betrogen gefühlt haben.«

»Ach Gott, der persönliche Aspekt der Unterlassung kümmerte sie weniger. Jedenfalls hat sie mit mir darüber nicht gesprochen. Es waren die kirchlichen und religiösen Aspekte, mit denen Eugenie in den ersten Jahren nach Gideons Geburt rang.«

»Was für Aspekte waren denn das?«

»Nun, die Kirche betrachtet die Ehe als einen unauflösbaren Bund zwischen einem Mann und einer Frau.«

»Und hatte Mrs. Davies Angst, die Ehe ihres Mannes mit ihr – seine zweite Ehe! – könnte in den Augen der Kirche ungültig sein? Und die Kinder aus dieser Ehe würden nicht als eheliche Kinder anerkannt werden?«

Schwester Cecilia trank einen Schluck Tee. »Ja und nein«, antwortete sie. »Die Situation wurde durch die Tatsache verkompliziert, dass Richard Davies nicht katholisch war. Er gehörte gar keinem Glauben an, der arme Mensch. Er hatte sich auch nicht kirchlich trauen lassen, darum lautete Eugenies eigentliche Frage, ob er nicht mit seiner ersten Frau Lynn in Sünde zusammengelebt hatte und ob nicht das Kind aus dieser Verbindung – das dann ja in Sünde gezeugt worden wäre – vom Gericht Gottes gezeichnet sei. Und daraus folgend fragte sie sich natürlich als Nächstes, ob sie selbst nicht auch das Gericht Gottes fürchten müsse.«

»Weil sie einen Mann geheiratet hatte, der ›in Sünde‹ gelebt hatte?«

»Nein, nein. Weil ihre Ehe mit ihm nicht in der Kirche geschlossen worden war.«

»Hat die Kirche es nicht gestattet?«

»Es ging nie darum, ob die Kirche es gestattet oder nicht. Richard Davies wollte einfach keine kirchliche Trauung, also fand auch keine statt. Die beiden haben nur standesamtlich geheiratet.«

»Aber hat denn Mrs. Davies als Katholikin nicht auch eine kirchliche Trauung gewünscht? Hätte sie sich nicht kirchlich trauen lassen *müssen*? Ich meine, damit Gott und der Papst mit ihr einverstanden gewesen wären.«

»Das ist schon richtig, Constable. Aber Eugenie Davies war eine Katholikin nach eigener Fasson.«

»Und was heißt das?«

»Das heißt, dass sie einige Sakramente empfing und andere nicht; einige Lehren akzeptierte und andere nicht.«

»Aber muss man denn beim Eintritt in die Kirche nicht auf die Bibel schwören, dass man sich an die Regeln halten wird oder so was? Ich meine, wir wissen, dass sie nicht katholisch erzogen wurde – nimmt denn die Kirche Mitglieder auf, die sich an einige Regeln halten und an andere nicht?«

»Sie dürfen nicht vergessen, dass die Kirche nicht über eine Geheimpolizei verfügt, die ihre Mitglieder überwacht, Constable«, antwortete die Nonne. »Gott hat jedem von uns ein Gewissen gegeben, damit wir unser Verhalten überprüfen können. Es ist eine

Tatsache, dass es viele Themen gibt, zu denen einzelne Katholiken eine andere Meinung haben als die heilige Mutter Kirche, aber ob deshalb ihr Seelenheil gefährdet ist, das könnte nur Gott selbst uns sagen.«

»Mrs. Davies hat aber offenbar geglaubt, dass Gott die Sünder schon zu ihren Lebzeiten straft, sonst wäre sie doch nicht auf die Idee gekommen, Virginia könnte Richard und Lynn von Gott als Strafe gesandt worden sein.«

»Nun, wir wissen doch, dass es von den Leuten häufig so interpretiert wird, wenn jemanden ein Schicksalsschlag trifft. Aber denken Sie an Hiob. Welche Sünde hatte er begangen, dass er von Gott so schwer geprüft wurde?«

»Beischlaf zur Linken?«, meinte Barbara. »Ich kann mich nicht erinnern.«

»Sie können sich nicht erinnern, weil es keine Sünde gab. Nur die grausamen Prüfungen seines Glaubens an Gott.« Schwester Cecilia wischte sich die Kekskrümel an den Fingern am groben Stoff ihres Rocks ab und griff nach ihrer Teetasse.

»Haben Sie das damals Mrs. Davies so erklärt?«

»Ich sagte ihr, wenn Gott sie strafen wollte, hätte er ihr sicher nicht als erste Frucht ihrer Ehe mit Richard Davies Gideon gegeben, ein kerngesundes Kind.«

»Und wie war es mit Sonia?«

»Sie meinen, ob sie das Kind als die Strafe Gottes für ihre Sünden betrachtete? Gesagt hat sie es nie, aber ihrer Reaktion nach zu urteilen, als sie von der Krankheit der Kleinen erfuhr... Und als sie dann nach dem Tod des Kindes überhaupt nicht mehr zur Kirche kam...« Schwester Cecilia hob seufzend ihre Tasse zum Mund und hielt nachdenklich inne. Schließlich sagte sie: »Wir können nur Mutmaßungen anstellen, Constable. Wir können nur aus den Fragen, die sie in Bezug auf Lynn und Virginia gestellt hat, zu schließen versuchen, wie es ihr selbst erging und was sie möglicherweise glaubte, als ihr eine ähnliche Prüfung auferlegt wurde.«

»Was war mit den anderen?«

»Mit welchen anderen?«

»Den übrigen Mitgliedern der Familie. Hat sie darüber gesprochen, wie sie reagierten? Auf die Sache mit Sonia, als sie davon erfuhren...?«

»Nein, darüber hat sie nie etwas gesagt.«

»Lynn Davies hat mir erzählt, dass sie auch wegen Richard Davies' Vater gegangen ist. Bei dem waren angeblich mehrere Schrauben locker, aber wiederum nicht so locker, dass er ihr und dem Kind das Leben nicht zur Hölle machen konnte.«

»Eugenie hat nie über die Familie gesprochen.«

»Sie hat nie erwähnt, dass es Leute gab, die Sonia nicht haben wollten? Wie, zum Beispiel, Richard oder sein Vater oder sonst jemand?«

Schwester Cecilias blaue Augen weiteten sich. »Heilige Maria und Josef«, sagte sie. »Nein. Aber nein! In diesem Haus lebten keine bösen Menschen. Menschen mit Sorgen, ja. So wie wir alle von Zeit zu Zeit unsere Sorgen haben. Aber ein kleines unschuldiges Kind nicht haben zu wollen, so dass vielleicht einer von ihnen...? Nein. Das kann ich von keinem von ihnen glauben.«

»Aber jemand hat die Kleine getötet, und Sie selbst sagten mir gestern, Sie glaubten nicht, dass es Katja Wolff war.«

»Ich glaubte es damals nicht, und ich glaube es heute nicht«, erklärte die Nonne.

»Aber jemand muss es getan haben! Oder wollen Sie mir sagen, das die Hand Gottes herabstieß und das Kind unter Wasser drückte? Wer war es also? Eugenie selbst? Richard? Der Großvater? Der Untermieter? Gideon?«

»Er war acht Jahre alt!«

»Und vielleicht eifersüchtig, dass plötzlich ein zweites Kind da war und ihm die Schau stahl.«

»Also, das konnte Sonia nun wirklich nicht tun.«

»Aber sie konnte ihm die allgemeine Aufmerksamkeit rauben. Sie beanspruchte eine Menge Zeit. Und eine Menge Geld. Vielleicht so viel, dass irgendwann nichts mehr dagewesen wäre. Und was wäre dann aus Gideon geworden?«

»Ein Achtjähriger denkt nicht so weit voraus.«

»Aber jemand anders hat es vielleicht getan, jemand, der ein maßgebliches Interesse daran hatte, dass Gideon weiterhin im Mittelpunkt des Familieninteresses stand.«

»Ja. Hm. Ich wüsste nicht, wer das gewesen sein soll.«

Barbara schwieg, während die Nonne einen halben Keks auf ihre Untertasse legte. Sie schwieg weiter, als Schwester Cecilia zum Wasserkocher ging und ihn einschaltete, um sich eine zweite Tasse Tee zu machen. Bemüht, ihre Vorurteile gegenüber Nonnen zu vergessen, dachte sie über die Auskünfte nach, die sie von dieser Frau hier erhalten hatte, und über die Art, wie sie ihr gegeben worden waren, und gelangte zu dem Schluss, dass die Nonne absolut offen mit ihr war und ihr alles sagte, was sie wusste. Sie hatte berichtet, dass Eugenie Davies nach dem Tod ihrer kleinen Tochter Sonia nicht mehr zur Kirche gekommen war. Und wahrscheinlich hatte sich danach keine Gelegenheit mehr zu den vertrauten Gesprächen geboten, bei denen Eugenie Davies ihr ihr Herz ausgeschüttet und wichtige Dinge mitgeteilt hatte.

Sie sagte: »Was ist aus dem anderen Kind geworden?«

»Welches meinen Sie? – Ach so, Sie sprechen von Katjas Kind?«

»Mein Chef hat mich beauftragt, es ausfindig zu machen.«

»Der Junge ist in Australien, Constable. Schon seit seinem zwölften Lebensjahr. Und wie ich Ihnen bereits sagte, als wir uns das erste Mal miteinander unterhielten – wenn Katja den Wunsch hätte, etwas über ihn zu erfahren, wäre sie gleich nach ihrer Freilassung zu mir gekommen. Das müssen Sie mir glauben. Der Adoptionsvertrag macht es den Adoptiveltern zur Auflage, jährlich über das Kind zu berichten, ich habe daher stets gewusst, wo er ist, und ich hätte Katja jederzeit alle Auskünfte gegeben, wenn sie darum gebeten hätte.«

»Aber sie hat es nicht getan?«

»Nein.« Schwester Cecilia ging zur Tür. »Bitte entschuldigen Sie mich einen Moment. Ich hole nur rasch etwas, das Sie vielleicht interessieren wird.«

Als die Nonne die Tür hinter sich schloss, begann dass Wasser im Elektrokocher zu sprudeln, und das Gerät schaltete sich aus. Barbara stand auf und goss Schwester Cecilia eine zweite Tasse Earl Grey auf und nahm sich selbst noch ein Päckchen Kekse. Sie hatte drei Stück Zucker in den Tee gegeben und die Kekse hinuntergeschlungen, als Schwester Cecilia mit einem braunen Umschlag in der Hand zurückkehrte.

Sie setzte sich, Füße und Knie aneinander gedrückt, und breitete den Inhalt des Umschlags auf ihrem Schoß aus. Es waren Briefe und Fotografien, sowohl Momentaufnahmen als auch Atelierporträts.

»Der Junge heißt Jeremy«, sagte Schwester Cecilia. »Er wird im Februar zwanzig Jahre alt. Er wurde von einer Familie Watts adoptiert, zusammen mit drei weiteren Kindern. Sie leben jetzt alle in Adelaide. Ich finde, er hat große Ähnlichkeit mit seiner Mutter.«

Barbara nahm die Fotos, die Schwester Cecilia ihr hinhielt, alle zusammen so etwas wie eine Lebensgeschichte des Jungen in Bildern. Jeremy war blond und blauäugig, wenn auch das helle Blond der Kindheit in der Adoleszenz dunkler geworden war. Etwa zu der Zeit, als die Adoptiveltern mit ihm und seinen Geschwistern nach Australien ausgewandert waren, hatte er eine pummelige Phase durchgemacht, sich dann aber zu einem gutaussehenden Jungen entwickelt – gerade Nase, kantiges Kinn, dicht am Kopf anliegende Ohren, ein guter Arier, dachte Barbara.

Sie sagte: »Und Katja Wolff weiß nicht, dass Sie die hier haben?«

»Ich habe es Ihnen ja schon erklärt, sie war kein einziges Mal bei mir. Nicht einmal, als Jeremys Adoption vorbereitet werden musste, wollte sie mit mir sprechen. Es lief alles über die Gefängnisverwaltung. Die Aufsichtsbeamtin teilte mir mit, dass Katja eine Adoption wünschte, und sie benachrichtigte mich, als es soweit war. Ich weiß nicht, ob Katja das Kind je gesehen hat. Ich weiß nur, dass sie den Jungen sofort bei einer Familie untergebracht haben wollte, und ich sollte dafür sorgen, dass das klappte.«

Barbara reichte ihr die Bilder zurück. »Und sie wollte nicht, dass sein Vater ihn zu sich nimmt?«

»Sie wünschte eine Adoption.«

»Wer war der Vater?«

»Darüber haben wir nicht gesprochen. Ich –«

»Hab schon verstanden. Ich weiß. Aber Sie kannten Katja, und sie kannten die anderen. Sie müssen doch einen Verdacht gehabt haben. Es waren drei Männer im Haus: der Großvater, Richard Davies und der Untermieter, ein Mann namens James Pitchford. Wenn man noch Raphael Robson dazunimmt, den Geigenlehrer, waren es vier. Fünf, wenn man Gideon mitzählen will und annimmt, dass Katja sie so jung mochte. Er war in einer Hinsicht frühreif, warum nicht auch in einer weiteren?«

Schwester Cecilia machte ein pikiertes Gesicht. »Katja hat doch keine kleinen Kinder belästigt.«

»Vielleicht hat sie es nicht als *Belästigung* gesehen. Frauen betrachten das anders, wenn sie einen jungen Mann die Liebe lehren. Es gibt Stämme, wo es *Sitte* ist, dass die älteren Frauen den Knaben beibringen, was Sache ist.«

»Meinetwegen, aber die Familie Davies war kein Stamm. Und ganz gewiss ist Gideon nicht der Vater dieses Kindes. Ich bezweifle« – die Nonne errötete – »dass er überhaupt fähig gewesen wäre, den Akt auszuüben.«

»Wer auch immer es war, er scheint Grund gehabt zu haben, es zu verheimlichen. Sonst hätte er sich melden und auf das Kind Anspruch erheben können – als Katja zu zwanzig Jahren Gefängnis verurteilt wurde. Es sei denn, er wollte nicht als der Mann bekannt werden, der eine Mörderin geschwängert hat.«

»Warum muss es überhaupt jemand aus dem Haus gewesen sein?«, fragte Schwester Cecilia. »Und warum ist es so wichtig, zu wissen, wer es war?«

»Ich weiß nicht, ob es wichtig ist«, gab Barbara zu. »Aber wenn der Vater des Kindes irgendwie in all das verstrickt ist, was Katja Wolff geschehen ist, dann ist er jetzt vielleicht in Gefahr. Vorausgesetzt, sie steckt hinter diesen zwei Anschlägen.«

»Zwei…?«

»Der Kollege, der die Ermittlungen über Sonia Davies' Tod leitete, ist gestern Abend angefahren worden. Er liegt im Koma.«

Schwester Cecilia griff zu dem Kruzifix, das sie an einer Kette um den Hals trug. Sie krümmte ihre Finger darum und hielt es fest. »Ich kann nicht glauben, dass Katja irgendetwas damit zu tun hat.«

»Gut«, sagte Barbara. »Aber manchmal kommt es eben vor, dass wir etwas glauben müssen, was wir nicht glauben wollen. So ist das Leben, Schwester.«

»Nicht mein Leben«, widersprach die Nonne.

# GIDEON

*6. November*

Ich habe wieder geträumt, Dr. Rose.

Ich stehe auf der Bühne im Barbican, über mir das gleißend helle Licht der Scheinwerfer. Das Orchester befindet sich hinter mir, und der Dirigent, dessen Gesicht ich nicht sehen kann, klopft mit dem Taktstock auf sein Pult. Die Musik setzt ein – vier Takte von den Celli –, und ich hebe mein Instrument und mache mich bereit, einzustimmen. Da höre ich es plötzlich, irgendwo aus den Tiefen des riesigen Saals: Ein kleines Kind hat zu weinen angefangen.

Das Weinen schallt durch den Saal, aber ich bin offenbar der Einzige, der es hört. Die Celli spielen weiter, die anderen Streicher gesellen sich zu ihnen, und ich weiß, dass gleich mein Solo beginnt.

Ich kann nicht denken, ich kann nicht spielen, ich verstehe nicht, warum der Dirigent nicht unterbricht; warum er sich nicht dem Publikum zuwendet und darum bittet, dass irgendjemand so freundlich sein möge, das schreiende Kind aus dem Saal zu bringen, damit wir uns auf unser Spiel konzentrieren können. Unmittelbar vor meinem Einsatz ist eine Pause von einem ganzen Takt, und während ich auf diese Pause warte, blicke ich immer wieder in den Saal hinaus. Aber ich kann nichts erkennen wegen der Lichter, die weit heller und greller sind als in Wirklichkeit. Sie sind so grell, wie man sich bei einem Verhör das Licht vorstellt, mit dem sie dem Verdächtigen ins Gesicht leuchten.

Als die Pause erreicht ist und die Streicher ihre Instrumente einen Takt lang ruhen lassen, zähle ich mit. Irgendwie weiß ich, dass ich, solange diese Störung andauert, nicht in der Lage sein werde zu spielen, was ich spielen sollte, aber spielen muss ich, das weiß ich auch. Darum werde ich etwas tun müssen, was ich nie zuvor getan habe: So absurd es sich anhört, ich werde den Leuten etwas vormachen, wenn nötig improvisieren müssen; ich werde die Tonart beibehalten, aber irgendetwas *Beliebiges* spielen, um diese Katastrophe zu überstehen.

Ich beginne zu spielen. Natürlich ist alles falsch, und es ist auch nicht die richtige Tonart. Zu meiner Linken springt der Konzertmeister auf, und ich sehe, dass es Raphael Robson ist. »Raphael«, möchte ich rufen. »Du spielst ja! Vor Publikum!« Aber da folgen schon die übrigen Geiger seinem Beispiel und stehen ebenfalls auf. Protestierend bestürmen sie den Dirigenten, und die Cellisten und Bassisten tun es ihnen gleich. Ich höre das Gewirr ihrer Stimmen. Ich versuche, sie durch mein Spiel zu übertönen, genau wie ich das Schreien des kleinen Kindes zu übertönen suche. Aber es gelingt mir nicht. Es ist nicht meine Schuld, möchte ich ihnen zurufen, und sage laut: »Hört ihr es nicht? Hört ihr es denn nicht?«, ohne mein Spiel zu unterbrechen. Ich beobachte dabei den Dirigenten, der fortfährt, das Orchester zu dirigieren, als hätte es nie aufgehört zu spielen.

Da tritt Raphael an den Dirigenten heran, der sich daraufhin mir zuwendet. Es ist mein Vater. »Spiel!«, fährt er mich an, und ich bin so überrascht, ihn dort zu sehen, wo er gar nicht hingehört, dass ich zurückweiche, und die Dunkelheit des Zuschauerraums mich einhüllt.

Ich mache mich auf die Suche nach dem schreienden kleinen Kind. Ich taste mich in der Finsternis den Mittelgang hinauf, bis ich erkenne, dass das Schreien hinter einer geschlossenen Tür hervordringt.

Ich öffne diese Tür. Plötzlich bin ich draußen im Freien, es ist heller Tag, und vor mir sehe ich einen gigantischen Brunnen. Aber es ist kein gewöhnlicher Brunnen; im Wasser stehen ein Mann, der aussieht wie ein Geistlicher, er ist ganz in Schwarz gekleidet, und eine Frau in Weiß, die einen laut weinenden Säugling an ihre Brust gedrückt hält. Noch während ich hinsehe, taucht der Geistliche beide unter Wasser – die Frau und den Säugling, den sie im Arm hält –, und ich weiß, dass die Frau Katja Wolff ist und das Kind meine Schwester.

Ich weiß, dass ich irgendwie zu dem Brunnen gelangen muss, aber meine Füße sind plötzlich so schwer, dass ich sie nicht heben kann. Ich kann nur hilflos zusehen, was geschieht, und als Katja Wolff wieder auftaucht, ist sie allein.

Das nasse weiße Kleid klebt an ihrem Körper. Durch den Stoff hindurch sind ihre Brustwarzen zu sehen und ihr Schamhaar, dicht und schwarz wie die Nacht und wild, so wild gekraust über ihrem Geschlecht, das immer noch durch das nasse Kleid schimmert, so als trüge sie gar keines. Ich spüre, wie etwas in mir erwacht, diese stürmische Begierde, die ich seit Jahren nicht mehr gefühlt habe. In mir beginnt es zu pochen, und ich bin glücklich darüber und vergesse das Konzert, aus dem ich geflohen bin, und die Zeremonie im Wasser, deren Zeuge ich soeben wurde.

Ich kann meine Füße frei bewegen. Ich nähere mich dem Brunnen. Katja hält mit den Händen ihre Brüste umfasst. Aber ehe ich den Brunnen und sie erreiche, tritt mir der Geistliche in den Weg. Ich sehe ihn an, und es ist mein Vater.

Er geht zu ihr. Er tut mit ihr, was ich tun möchte, und ich muss zusehen, wie ihre zuckenden Körper sich vereinigen, während das Wasser träge um ihre Beine spielt.

Ich schreie laut auf und erwache.

Und das, was mir seit – ich weiß nicht, wie lange – seit Beth versagt geblieben war, Dr. Rose, war plötzlich da. Hart und pulsierend stand mein Penis zwischen meinen Beinen, und das nur dank eines Traums, in dem ich nicht mehr war als ein Voyeur der Lust meines Vaters.

Ich lag in der Dunkelheit, voller Verachtung für mich selbst; voller Verachtung für meinen Körper und meinen Geist und für das, was beide mir mit diesem Traum sagen wollten. Und während ich da so lag, kam mir eine Erinnerung.

An Katja. Mit meiner Schwester auf dem Arm, die schon für die Nacht gekleidet ist, kommt sie ins Speisezimmer, wo wir alle beim Abendessen sitzen. Sie ist aufgeregt, man merkt es daran, dass ihr Englisch holpriger ist als sonst. »Schauen Sie!«, ruft sie. »Schauen Sie, was kann die Kleine!«

Großvater sagt unwillig: »Was gibt es denn *jetzt* schon wieder?«, und es folgt ein Moment, in dem ich Spannung wahrnehme, während die Erwachsenen einander ansehen: Meine Mutter sieht meinen Großvater an, mein Vater meine Großmutter, Sarah-Jane sieht James an, den Untermieter, und der sieht Katja an. Katjas Blick jedoch ist auf Sonia gerichtet.

»Zeig ihnen, was du kannst, Kleines«, sagt sie und setzt meine

Schwester auf den Fußboden, setzt sie auf den Po, aber ohne sie zu stützen, wie sie das sonst immer tun muss. Nein, sie hilft Sonia behutsam, das Gleichgewicht zu finden, dann lässt sie den kleinen Körper los, und Sonia bleibt aufrecht sitzen.

»Sie kann ohne Hilfe sitzen«, verkündet Katja stolz. »Ist das nicht ein Traum?«

Meine Mutter steht auf. »Das machst du wirklich gut, Schatz«, ruft sie und läuft zu meiner Schwester, um sie zu umarmen. Sie sagt: »Danke, Katja«, und lächelt, und ihr Gesicht strahlt vor Glück.

Großvater sagt kein Wort, er sieht gar nicht zu Sonia hin. Großmutter murmelt: »Sehr schön, meine Liebe«, und behält Großvater im Auge.

Sarah-Jane Beckett macht eine höfliche Bemerkung und versucht, James, den Untermieter, in ein Gespräch zu verwickeln. Aber ohne Erfolg: James ist auf Katja fixiert wie ein ausgehungerter Köter auf ein saftiges Stück Fleisch.

Und Katja ihrerseits ist ganz auf meinen Vater fixiert. »Schauen Sie, wie schön sie das macht!«, ruft sie begeistert. »Und wie schnell sie lernt. O ja, Sonia ist ein braves großes Mädchen. Bei Katja blüht jedes Baby auf.«

*Jedes Baby!* Wie hatte ich diese Worte und diesen Blick vergessen können! Wie hatte mir das bis zu diesem Moment entgehen können: was diese Worte und dieser Blick wirklich sagten. Was offensichtlich alle am Tisch verstanden, denn sie erstarrten wie die Figuren in einem Film, wenn er angehalten wird.

Und einen Augenblick später – in Sekundenschnelle – nimmt meine Mutter Sonia hoch und sagt: »Ja, meine Liebe, das glauben wir Ihnen gern.«

Ich habe es damals gesehen, und ich sehe es jetzt. Aber damals verstand ich es nicht, weil ich – Gott, wie alt war ich? Sieben? Welches Kind ist in diesem Alter schon fähig, das ganze Ausmaß einer Situation zu erfassen, in der es lebt? Welches Kind dieses Alters wäre fähig, einer einzigen kurzen, freundlich geäußerten Bemerkung zu entnehmen, dass eine Frau soeben schlagartig begriffen hat, dass sie in ihrem eigenen Heim betrogen wurde und immer noch betrogen wird?

702

## 9. November

Er hat dieses Foto aufbewahrt, Dr. Rose. Alles, was ich weiß, geht zurück auf die Tatsache, dass mein Vater dieses eine Bild aufgehoben hat, eine Fotografie, die er selbst aufgenommen und heimlich verwahrt haben muss; wie sonst wäre sie in seinen Besitz gelangt?

Ich sehe die beiden vor mir, an einem sonnigen Sommernachmittag. Er bittet Katja, in den Garten hinauszukommen, damit er von ihr und meiner Schwester ein Foto machen kann. Sonia, die von Katja im Arm gehalten wird, ist seine Legitimation. Sonia dient als Vorwand für die Aufnahme dieses Fotos, obwohl ihr Gesicht, so wie sie getragen wird, von der Kamera gar nicht erfasst werden kann. Das ist übrigens ein wichtiges Detail, denn Sonia ist ja nicht normal. Sonia ist behindert, und ein Foto von Sonia, deren Gesicht von den Kennzeichen ihrer Krankheit entstellt ist – der Schrägstellung der Lidachse, wie ich inzwischen gelernt habe, dem Epikanthus, dieser Hautfalte am Innenrand des oberen Augenlids, dem unverhältnismäßig kleinen Mund –, wäre meinem Vater immerwährende Erinnerung daran, dass er zum zweiten Mal in seinem Leben ein Kind gezeugt hat, das körperlich und geistig defekt ist. Darum will er dieses Gesicht gar nicht im Bild festhalten, aber er braucht Sonia, wie schon gesagt, als Vorwand.

Sind er und Katja um diese Zeit bereits miteinander intim? Oder stellen sie es sich beide nur vor, während jeder auf ein Zeichen vom anderen wartet, das Zeichen eines Interesses, das noch nicht ausgesprochen werden kann? Wer von ihnen ergreift, als es schließlich so weit ist, die Initiative, und welcher Art ist diese Initiative, dieser erste Schritt, der die Richtung vorgibt, die sie bald einschlagen werden?

An einem erstickend heißen Abend, einem jener Londoner Augustabende während einer Hitzeperiode, wenn es kein Entrinnen gibt vor der stickigen Luft, die, täglich von der Sonnenglut aufgeheizt und von den stinkenden Abgasen der Diesellaster auf den Straßen verpestet, auf die Stadt drückt, geht sie in den Garten, um frische Luft zu schnappen. Sonia ist endlich eingeschlafen, und Katja hat zehn kostbare Minuten für sich. Die Dunkelheit draußen lockt mit falscher Verheißung erlösender Kühle, und so geht sie hinaus in den Garten hinter dem Haus. Und dort findet er sie.

»Ein schrecklicher Tag«, sagt er. »Ich verbrenne.«

»Ich auch«, antwortet sie und sieht ihn unverwandt an. »Ich verbrenne auch, Richard.«

Mehr braucht es nicht. Diese letzten Worte und insbesondere der Gebrauch seines Vornamens sind stillschweigende Erlaubnis. Er braucht keine weitere Aufforderung. Er drängt ihr entgegen, und so beginnt es. Und ich beobachte es vom Garten aus.

## 20

Libby Neal war nie in Richard Davies' Wohnung gewesen, darum hatte sie, als sie Gideon von Temple aus dorthin fuhr, keine Ahnung, womit sie zu rechnen hatte. Hätte jemand sie nach ihren Erwartungen gefragt, so hätte sie gesagt, Gideons Vater führe wahrscheinlich ein Leben wie Gott in Frankreich. Bei dem Aufstand, den er machte, weil Gideon seit vier Monaten seine Geige nicht angerührt hatte, musste man vermuten, dass er es gewöhnt war, das Geld aus dem Fenster zu werfen, sich das allerdings nur leisten konnte, solange regelmäßig Kohle von Gideon rüberkam.

Sie fragte deshalb ungläubig: »Hier?«, und sah sich mit einem Gefühl vager Enttäuschung um, als Gideon sie in einer Straße namens Cornwall Gardens bat, an den Bordstein zu fahren und zu parken. Die alten Kästen rechts und links waren – na gut – ziemlich edel, aber total heruntergekommen. Da und dort dazwischen gequetscht gab es ein paar Häuser, die ganz okay aussahen, aber den Rest konnte man echt vergessen.

Es kam noch schlimmer. Gideon führte sie, ohne auf ihre Frage zu antworten, zu einem Haus, das man nur als Bruchbude bezeichnen konnte. Zwischen der hoffnungslos verzogenen Tür und dem Pfosten klaffte ein so breiter Spalt, dass zum Öffnen eine Kreditkarte genauso gut getaugt hätte wie der Schlüssel, den Gideon benutzte. Drinnen gingen sie die Treppe hinauf zu einer weiteren Tür, die zwar nicht verzogen war, dafür aber mit einem grünen Schnörkel besprüht, der die Form eines Z hatte, als wäre ein irischer Zorro zu Besuch gewesen.

»Dad?«, rief Gideon gedämpft, als er die Tür aufstieß und sie in die Wohnung seines Vaters traten. Bevor er in einer Küche gleich neben dem Wohnzimmer verschwand, sagte er zu Libby: »Warte hier«, was diese nur zu gern tat. Dass Richard Davies in so einer Bruchbude hauste, hätte sie ihm nicht zugetraut.

Erst mal, was war mit dem Farbgefühl des Mannes los? Sie war selbst keine Expertin für Raumausstattung – solche Geschichten überließ sie lieber ihrer Mutter und Schwester, die total auf Feng

Shui standen. Aber sogar sie merkte, dass bei den Farben hier garantiert jeder nur noch den Wunsch hatte, von der nächsten Brücke zu springen. Kotzgrüne Wände. Kackebraune Möbel. Und dazu so krankes Zeug wie der Akt ohne Kopf mit dem Schamhaar, das aussah wie das Innere einer Kloschüssel, wenn gerade die Spülung lief. Was sollte das bloß bedeuten? Über dem offenen Kamin – der aus irgendeinem unerfindlichen Grund mit Büchern gefüllt war – waren abgesägte Äste zu einem kreisrunden Objekt an die Wand geschlagen. Sie sahen aus wie Spazierstöcke, geschmirgelt und poliert, und sie waren mit Löchern versehen, durch die Lederschnüre gefädelt waren. So was Irres, und dann noch über dem Kamin!

Das Einzige, was in diesem Zimmer Libbys Erwartungen entsprach, waren die vielen Fotos von Gideon. Es waren Massen, und alle konnte man sie unter demselben langweiligen Thema ablegen: die Geige. *Überraschung!*, dachte Libby. Wär ja ein Wunder gewesen, wenn Richard irgendwo ein Foto von Gideon gehabt hätte, auf dem der zur Abwechslung mal bei einer Tätigkeit gezeigt wurde, die ihm *Spaß* machte. Beim Drachensteigen auf dem Primrose Hill, zum Beispiel. Oder bei der Landung mit seinem Segelflieger. Oder wie er gerade einem kleinen Bengel aus dem East End zeigte, wie man eine Geige hielt, anstatt sie selber zu halten und zu spielen und eine Riesengage dafür zu kassieren. Aber nein, das wäre ja unmöglich gewesen. Einen Tritt in den Hintern sollte man Richard geben, dachte Libby. Der tat doch überhaupt *nichts* dafür, dass es Gideon besser ging.

Sie hörte, wie in der Küche quietschend ein Fenster geöffnet wurde, hörte Gideon in den Garten hinaus, der sich links vom Haus befand, nach seinem Vater rufen. Aber dort draußen war Richard offensichtlich auch nicht, denn nach ungefähr dreißig Sekunden und einigen weiteren Rufen wurde das Fenster zugeschlagen. Gideon kam ins Wohnzimmer zurück, ging aber gleich weiter in den Flur.

Da er diesmal nicht »Warte hier« sagte, folgte ihm Libby. Von diesem gruseligen Wohnzimmer hatte sie sowieso genug.

Er arbeitete sich von hinten nach vorn durch die Wohnung, rief: »Dad?«, als er zuerst eine Schlafzimmertür und dann eine Badezimmertür öffnete. Libby blieb bei ihm. Sie wollte ihm gerade sagen, es sei doch mittlerweile ziemlich klar, dass Richard nicht zu Hause sei, und er könne es sich sparen, durch die Wohnung zu brüllen, als wäre sein Vater in den letzten vierundzwanzig Stunden plötzlich taub geworden, da stieß er die nächste Tür auf.

Das Zimmer dahinter war die absolute Krönung. Libby folgte ihm hinein und sagte verblüfft:»Hoppla! Entschuldigung«, als ihr Blick auf einen Soldaten in Uniform fiel, der neben der Tür stand. Sie brauchte einen Moment, um zu erkennen, dass der Soldat nicht der verkleidete Richard war, der sie und seinen Sohn zu Tode erschrecken wollte. Der Soldat war eine Puppe. Vorsichtig trat sie näher.»Wahnsinn! Was soll denn das?«, fragte sie und wandte sich Gideon zu.

Aber der war schon am anderen Ende des Raums an einem Schreibtisch, dessen Klappe er geöffnet hatte, um nun sämtliche Fächer und Schubladen zu durchsuchen. Er sah so konzentriert aus, dass er sie wahrscheinlich gar nicht hören würde, wenn sie jetzt fragte, was sie gern fragen wollte – was, zum Teufel, Richard mit dieser *Gruselfigur* in seiner Wohnung wollte und ob Gideon glaube, dass Jill davon wisse.

Glasvitrinen und Schaukästen standen herum, genau wie in einem Museum. In ihnen waren Briefe, Orden, Urkunden, Telegramme und aller möglicher anderer Schrott ausgestellt, der, wie sich bei näherer Betrachtung zeigte, aus dem Zweiten Weltkrieg zu stammen schien. An den Wänden hingen Bilder aus der gleichen Zeit, alle zeigten sie einen Typen beim Militär. Hier lag er bäuchlings auf der Erde und blinzelte an einem Gewehrlauf entlang wie John Wayne in einem Kriegsfilm. Dort rannte er neben einem Panzer her. Auf dem nächsten Foto hockte er im Schneidersitz da, umgeben von einer Gruppe ähnlicher Typen, die ihre Waffen so lässig geschultert hatten, als wär's ganz normal, eine AK-47 – oder was es damals gewesen war – über die Schulter zu tragen. Kein Mensch würde sich heute mit so was *brüsten*, außer er gehörte irgendeiner martialischen Neonazi-Truppe an.

Libby war mulmig zumute. Sie hätte nichts dagegen gehabt, innerhalb der nächsten dreißig Sekunden aus diesem Gruselkabinett zu verschwinden.

Dieser Wunsch wurde stärker, als sie die letzte Serie Fotos sah.

Die Bilder zeigten denselben Typen wie vorher, aber unter gänzlich anderen Umständen. Er sah aus wie einer aus einem Konzentrationslager. Er wog höchstens noch dreißig Kilo, und sein ganzer Körper war eine einzige eiternde Wunde. Er lag in einer Blätterhütte auf einer Pritsche, und seine Augen waren so tief in seinen Schädel eingesunken, dass es aussah, als wollten sie sich durch ihn hindurchbrennen. Aber sie waren lebendig, diese Augen. Sie blickten in die Kamera, und sie sagten, euch krieg ich, und wenn's ewig dauert. Richtig *unheimlich.*

Hinter Libby wurden Schubladen zugestoßen und andere herausgezogen. Papier raschelte, Gegenstände wurden zu Boden geworfen. Sie sah Gideon zu und dachte, wenn Richard das sieht, wird er total ausrasten, aber es war ihr ziemlich egal, denn Richard erntete ja nur, was er über so lange Zeit gesät hatte.

»Gideon«, sagte sie. »Was suchen wir hier eigentlich?«

»Er hat ihre Adresse. Er muss sie haben.«

»Das ist doch Unsinn.«

»Doch, er weiß, wo sie ist. Er hat sie gesehen.«

»Hat er dir das gesagt?«

»Sie hat ihm geschrieben. Er *weiß* die Adresse.«

»Gid, hat er dir das *gesagt?*« Libby glaubte es nicht. »Hey, warum sollte sie ihm schreiben? Warum sollte sie versuchen, ihn zu treffen? Cresswell-White hat doch gesagt, dass sie zu euch keine Verbindung aufnehmen darf, sonst haut es mit ihrer Bewährung nicht mehr hin. Die hat gerade zwanzig Jahre gesessen, richtig? Glaubst du, sie will gleich noch mal drei oder vier Jahre zurück in den Knast?«

»Er weiß es, Libby. Und ich auch.«

»Was tust du dann hier? Ich meine, wenn du es weißt…« Gideons Verhalten wurde von Minute zu Minute rätselhafter. Libby dachte flüchtig an die Psychiaterin. Sie wusste ihren Namen, Dr. Soundso Rose, aber das war auch alles. Sollte sie jeden Dr. Rose im Telefonbuch anrufen – wie viele konnte es da geben? – und sagen: Entschuldigen Sie, ich bin eine Freundin von Gideon Davies. Ich krieg langsam den Horror. Der benimmt sich total seltsam. Können Sie mir helfen?

Machten Psychiater Hausbesuche? Waren sie überhaupt bereit, es ernst zu nehmen, wenn ein Freund eines Patienten anrief und sagte, da laufe was aus dem Ruder? Oder waren sie in so einem Fall eher der Meinung, der Freund gehöre als Nächster auf die Couch? Scheiße. Mist. Was sollte sie tun? Richard würde sie jedenfalls bestimmt nicht anrufen. Von dem war nichts Gutes zu erwarten.

Gideon hatte unterdessen sämtliche Schubladen ausgeleert und den ganzen Krempel mit aller Gründlichkeit durchgesehen. Das Einzige, was er sich noch nicht vorgenommen hatte, war ein Briefhalter auf dem Schreibtisch, den er sich aus irgendeinem bizarren Grund – aber wer zählte die jetzt noch? – bis zum Schluss aufgehoben hatte. Einen nach dem anderen öffnete er die Briefumschläge und warf sie zu Boden, nachdem er sich ihren Inhalt angesehen hatte. Aber beim fünften Kuvert hielt er inne und begann zu lesen. Libby konnte erkennen, dass es sich um eine Grußkarte handelte, mit einem Blumenbild vorn und einer gedruckten Botschaft sowie einigen Zeilen handgeschriebenen Texts innen. Seine Hand sank schwer herab, als er die Worte gelesen hatte.

Er hat's gefunden, dachte sie und ging zu ihm. »Was ist es? Hat sie wirklich an deinen Dad geschrieben?«

Er sagte: »Virginia.«

»Was? Wer? Wer ist Virginia?«

Seine Schultern bebten, und er hielt die Karte in seiner Faust wie in einem Würgegriff. »Virginia«, sagte er wieder. »Virginia! Strafe ihn Gott! Er hat mich belogen.« Er begann zu weinen, nein, er schluchzte. Sein Körper wurde von heftigen Zuckungen geschüttelt, während er schluckte und würgte, als wollte alles aus ihm heraus: der Inhalt seines Magens, seine Gedanken und seine Gefühle.

Vorsichtig griff Libby nach der Karte. Er ließ sie sich aus der Hand nehmen, und sie überflog das Geschriebene auf der Suche nach den Worten, die Gideon zu dieser heftigen Reaktion veranlasst hatten.

*Lieber Richard*, stand da, *danke dir vielmals für die Blumen. Es war keine große Feier, aber ich habe versucht, sie so zu gestalten, dass sie Virginia gefallen hätte. Ich habe überall in der Kapelle ihre Fingerfarbengemälde aufgehängt und ihr ihre Lieblingsspielsachen rund um den Sarg gelegt.*

*Unsere Tochter war auf ihre eigene Art ein Wunderkind. Nicht nur weil sie den medizinischen Vorhersagen zum Trotz zweiunddreißig Jahre alt wurde, sondern auch weil sie jedem, der mit ihr in Berührung kam, so vieles geben konnte. Ich denke, du wärst stolz gewesen, ihr Vater zu sein, wenn du sie gekannt hättest, Richard. Trotz ihren Problemen besaß sie deine Beharrlichkeit und deinen Kampfgeist, keine geringen Gaben an ein Kind.*

*Herzlichst,*

*Lynn.*

Libby las das Schreiben noch einmal und verstand. *Sie besaß deine Beharrlichkeit und deinen Kampfgeist, keine geringen Gaben an ein Kind.* Virginia, dachte sie. Auch Richards Kind. Gideon hatte noch eine Schwester, und auch die war tot.

Sie sah Gideon an und wusste nicht, was sie sagen sollte. Er hatte in den vergangenen Tagen so viele Schläge einstecken müssen, und sie hatte keine Ahnung, wie sie ihn trösten sollte.

Zaghaft sagte sie: »Du hast nichts von ihr gewusst, Gid?«, und sagte noch einmal: »Gideon?«, als er nicht antwortete. Behutsam berührte sie seine Schulter. Er bewegte sich nicht, aber er zitterte am ganzen Körper.

»Tot«, sagte er schließlich.

»Ja«, antwortete sie. »Das habe ich gelesen. Lynn muss – na ja, sie spricht von ›unserer Tochter‹, also war sie offensichtlich die Mutter. Das heißt, dass dein Dad früher schon mal verheiratet war und du eine Stiefschwester hattest. Hast du das nicht gewusst?«

Er nahm ihr die Karte wieder ab, stemmte sich aus dem Schreibtischsessel, schob die Karte ungeschickt wieder in den Umschlag und steckte diesen in seine hintere Hosentasche. Mit einer Stimme, die so leise war, als spräche er in Hypnose, sagte er: »Er belügt mich ständig. Das war immer so. Und er lügt auch jetzt.«

Wie blind watete er durch den Müll, den er auf dem Fußboden hinterlassen hatte, und Libby, die ihm folgte, sagte: »Vielleicht hat er gar nicht gelogen.« Sie sagte es nicht, um Richard Davies zu verteidigen – dieser Mensch hätte wahrscheinlich das Blaue vom Himmel gelogen, um zu erreichen, was er wollte –, sondern weil sie es so schrecklich fand, dass Gideon nun auch noch *das* zu-

710

gemutet wurde. »Ich meine, wenn er dir nicht von Virginia erzählt hat, muss das ja nicht unbedingt eine bewusste Lüge gewesen sein. Vielleicht gab es einfach nie einen Anlass, darüber zu sprechen. Es ergab sich für ihn nie eine Gelegenheit, von ihr zu erzählen. Vielleicht wollte auch deine Mutter nicht, dass darüber geredet wird. Vielleicht war es zu schmerzhaft? Ich will damit nur sagen, dass es nicht unbedingt –«

»Ich wusste es«, sagte er. »Ich habe es immer gewusst.«

Er ging in die Küche, Libby hinterher, verwundert über diese letzte Bemerkung. Wenn Gideon von Virginia gewusst hatte, was war dann mit ihm los? War er entsetzt über ihren Tod? War er verstört, weil niemand ihn von ihrem Tod in Kenntnis gesetzt hatte? Empört, weil er daran gehindert worden war, zu ihrer Beerdigung zu gehen? Aber Richard selbst war ja, nach dieser Dankeskarte zu urteilen, auch nicht dort gewesen. Was also war die Lüge?

»Gid –«, begann sie und brach ab, als er zum Telefon ging und eine Nummer einzutippen begann. Eine Hand auf seinen Magen gedrückt, stand er da und klopfte mit dem Fuß auf den Boden, sein Gesicht eine Maske grimmiger Entschlossenheit.

»Jill?«, sagte er ins Telefon. »Gideon hier. Ich würde gern meinen Vater sprechen… Nein? Wo kann er dann …? Ich bin in seiner Wohnung. Nein, er ist nicht hier – ja, da habe ich nachgesehen. Hat er irgendetwas zu dir gesagt …?«

Es folgte eine ziemlich lange Pause, während der Richards Geliebte entweder nachdachte oder eine Reihe von Möglichkeiten aufzählte. Dann sagte Gideon: »Gut. MotherCare. In Ordnung… Danke, Jill.« Danach legte er wieder eine Pause ein, während der er nur zuhörte, und schloss das Gespräch dann mit den Worten: »Nein, du brauchst ihm nichts auszurichten. Es wäre mir sogar lieber, du würdest ihm nichts von meinem Anruf sagen, falls er sich bei dir meldet. Ich möchte ihn nicht… Genau! Wozu ihn beunruhigen? Er hat genug um die Ohren.« Dann legte er auf.

»Sie meint, er sei in der Oxford Street. Einkäufe machen. Er möchte ein Babyfon haben. Sie hat noch keines besorgt, weil sie dachte, das Kind würde bei ihnen schlafen. Oder bei ihr. Oder bei ihm. Oder bei *irgendjemandem*. Auf keinen Fall wollte sie es allein schlafen lassen. Denn wenn man ein Baby allein lässt, Libby, wenn ein Kind eine Zeit lang unbeaufsichtigt bleibt, wenn die Eltern nicht wachsam sind, wenn ein unerwartetes Ereignis sie ablenkt, wenn ein Fenster offen steht, wenn man vergisst, eine brennende Kerze auszublasen, ganz gleich, was, dann kann das Schlimmste geschehen. Dann wird das Schlimmste geschehen. Und wer weiß das besser als mein Vater?«

»Los, gehen wir«, sagte Libby.»Verschwinden wir hier, Gideon. Komm schon. Ich spendier dir einen Milchkaffee, okay? Irgendwo in der Nähe gibt's bestimmt ein Starbucks.«

Er schüttelte den Kopf.»Fahr du nach Hause. Nimm den Wagen. Fahr nach Hause.«

»Ich lass dich hier nicht allein. Wie willst du denn überhaupt –«

»Ich warte auf meinen Vater. Er kann mich dann nach Hause fahren.«

»Wer weiß, wann er kommt. Wenn er erst zu Jill fährt und bei ihr dann die Wehen anfangen und sie zur Entbindung ins Krankenhaus muss, kann es Tage dauern. Komm schon. Ich möchte nicht, dass du ganz allein hier rumhängst.«

Aber er war nicht umzustimmen. Er wollte nicht, dass sie blieb, und er wollte nicht mit ihr fahren. Er wollte mit seinem Vater sprechen.

»Es ist mir egal, wie lang es dauert«, sagte er.»Diesmal ist es mir wirklich völlig egal.«

Widerstrebend fügte sie sich seinem Wunsch, außerdem war er nach dem Gespräch mit Jill etwas ruhiger, schien sich einigermaßen gefangen zu haben.

»Aber du rufst mich an, wenn du was brauchst«, sagte sie.

Er brachte sie zur Tür.»Ich brauche nichts«, antwortete er.

Helen selbst öffnete, als Lynley an die Tür des Hauses in Stamford Brook klopfte.

»Helen«, sagte er,»wieso bist du immer noch hier? Ich konnte es nicht glauben, als Hillier sagte, du wärst vom Krankenhaus aus hier herausgefahren. Das solltest du nicht tun.«

»Aber warum denn nicht?«, fragte sie ruhig und vernünftig.

Als er ins Haus trat, kam mit lautem Gebell Webberlys Hund aus der Küche angerannt. Lynley wich zur Tür zurück, während Helen den Hund beim Halsband nahm und sagte:»Nein, Alfie.« Sie schüttelte ihn einmal kräftig.»Er benimmt sich nicht gerade wie ein guter Freund, aber er ist schon in Ordnung. Hunde, die bellen, beißen nicht.«

»Versprichst du mir das?«, fragte Lynley.

Sie hob den Kopf und sah ihn an. »Ich habe eigentlich von dir gesprochen.« Sie ließ den Hund los, als dieser sich beruhigt hatte, dann kurz Lynleys Hosenaufschläge beschnupperte und zur Küche zurück trottete. »Gib mir bitte keine guten Ratschläge, Darling«, sagte Helen zu ihrem Mann. »Du siehst, ich habe wehrhafte Freunde.«

»Mit scharfen Zähnen.«

»Stimmt.« Mit einer Kopfbewegung zur Haustür sagte sie: »Ich hatte gar nicht mit dir gerechnet. Ich hoffte, es wäre Randie.«

»Sie will ihn wohl auf keinen Fall allein lassen.«

»Es ist das reinste Tauziehen. Sie will ihren Vater nicht verlassen, und Frances will das Haus nicht verlassen. Als der Anruf kam, dass er einen Herzinfarkt erlitten hatte, dachte ich, jetzt wird sie doch ganz bestimmt zu ihm fahren wollen. Sie wird sich überwinden, denn es kann ja sein, dass er stirbt, und nicht bei ihm zu sein, wenn er stirbt... Aber nein.«

»Das ist nicht dein Problem, Helen. Und so wie du dich die letzten Tage gefühlt hast – du brauchst dringend Ruhe. Wo ist denn Laura Hillier?«

»Sie und Frances hatten einen Riesenstreit. Das heißt, er ging eigentlich mehr von Frances aus. Es war so ein Gespräch nach dem Motto, schau mich gefälligst nicht an, als wär ich ein Ungeheuer, weißt du, wo die eine versucht, die andere davon zu überzeugen, dass sie das nicht denkt, was die andere ihr unbedingt einreden will, dass sie denkt, weil sie es nämlich auf einer gewissen Ebene – würde man sagen, im Unterbewussten? – tatsächlich denkt.«

Lynley hatte keinen Boden mehr unter den Füßen und sagte: »Kann es sein, dass diese Gewässer zu tief für mich sind, Helen?«

»Ein Rettungsring wäre vielleicht nicht schlecht.«

»Und ich dachte, ich könnte helfen.«

Helen war ins Wohnzimmer gegangen. Dort stand ein Bügelbrett und auf ihm ein Bügeleisen, woraus Lynley verblüfft schloss, dass seine Frau tatsächlich dabei war, die Familienwäsche zu bügeln. Über dem Brett lag ein Herrenhemd, dessen einer Ärmel offensichtlich das Objekt ihrer jüngsten Bemühungen war. Nach den Falten zu urteilen, die wie in das Kleidungsstück gestanzt wirkten, schien Helens Berufung nicht unbedingt das Bügeln zu sein.

Sie bemerkte seinen Blick und sagte: »Na ja, ich wollte mich nützlich machen.«

»Du bist großartig. Wirklich«, versicherte Lynley ermutigend.

»Aber ich mache es irgendwie falsch. Das sehe ich selbst. Ich bin sicher, es gibt da eine Methode – eine Reihenfolge oder so was –, aber ich bin bis jetzt nicht dahinter gekommen. Zuerst die Ärmel? Oder der Rücken? Der Kragen vielleicht? Ganz gleich, wo ich anfange, der Teil, den ich gerade gebügelt habe, verknittert sofort wieder, wenn ich den nächsten Teil in Angriff nehme. Hast du keinen Rat für mich?«

»Es muss doch in der Nähe eine Wäscherei geben.«

»Das ist wirklich wahnsinnig hilfreich, Tommy.« Helen lächelte kläglich. »Vielleicht sollte ich bei Kissenbezügen bleiben.«

»Wo ist Frances?«

»Darling, nein! Wir können sie doch jetzt unmöglich –«

Er lachte. »Das meinte ich nicht. Ich würde gern mit ihr sprechen. Ist sie oben?«

»Ach so. Ja. Nach dem Krach gab's natürlich Tränen. Laura stürzte schluchzend aus dem Haus, und Frances rannte mit verbissener Miene nach oben. Als ich später nach ihr sah, hockte sie im Schlafzimmer in einer Ecke auf dem Boden und hielt sich an den Vorhängen fest. Sie bat mich, sie in Ruhe zu lassen.«

»Sie braucht Randie. Und Randie braucht sie.«

»Glaub mir, Tommy, das habe ich ihr bereits in allen Tonarten gesagt, von piano bis fortissimo. Nur aggressiv habe ich es nicht versucht.«

»Aber das braucht sie vielleicht. Ein bisschen Aggressivität.«

»Der Ton könnte vielleicht eine Wirkung haben – obwohl ich es bezweifle –, aber mit Lautstärke, das garantiere ich dir, wirst du überhaupt nichts erreichen. Jedes Mal, wenn ich nach oben gehe, um nach ihr zu sehen, bittet sie mich, sie allein zu lassen. Ich tu das zwar nicht gern, aber ich finde, man muss ihre Wünsche respektieren.«

»Dann lass es mich doch mal versuchen.«

»Ich komme mit. Gibt es von Malcolm eigentlich etwas Neues? Wir haben aus dem Krankenhaus nichts mehr gehört, seit Randie angerufen hat. Aber das ist wahrscheinlich ein gutes Zeichen. Randie hätte doch bestimmt sofort telefoniert, wenn... Hat sich an seinem Zustand gar nichts geändert, Tommy?«

»Nein, nichts«, antwortete Lynley. »Sein Herz verkompliziert die Situation natürlich. Man kann nur warten.«

»Meinst du, es wird auf eine Entscheidung hinauslaufen...?« Helen blieb oberhalb von ihm auf der Treppe stehen und blickte zu ihm zurück. Sein Gesicht gab ihr die Antwort auf die unvollendete Frage. »Ach Gott, es tut mir so Leid für sie alle«, sagte sie. »Und für dich auch. Ich weiß doch, wie viel er dir bedeutet.«

»Frances muss zu ihm ins Krankenhaus. Man kann Randie nicht zumuten, alles allein zu entscheiden, wenn es soweit kommen sollte.«

»Nein, ganz gewiss nicht«, stimmte Helen zu.

Lynley, der nie im oberen Stockwerk des Hauses gewesen war, ließ sich von Helen den Weg zum Schlafzimmer zeigen. Hier oben durchzogen die verschiedensten Gerüche die Luft: Blumendüfte aus Schalen mit getrockneten Blüten auf einer dreistöckigen Etagère gleich bei der Treppe, würziger Orangenduft, der mit dem Rauch einer brennenden Kerze neben der Badezimmertür aufstieg, das Zitronenaroma der Möbelpolitur. Aber all diese Düfte vermochten nicht, den durchdringenden Geruch überheizter Luft und schalen Zigarrenrauchs zu überdecken, die sich in diesen Räumen so festgesetzt hatten, dass es schien, als könnte höchstens ein heftiger und lang andauernder Regenguss sie vertreiben.

»Es gibt nicht ein offenes Fenster im Haus«, bemerkte Helen leise. »Ich weiß, es ist November, da kann man natürlich nicht erwarten... Aber trotzdem... Es muss sehr schwierig für sie sein, nicht nur für Malcolm und Randie. Sie können ja weg. Auch für Frances, denn sie wünscht sich doch sicher nichts so sehr, wie wieder – wieder gesund zu werden.«

»Ja, das möchte man meinen«, stimmte Lynley zu. »Ist es hier, Helen?«

Nur eine der Türen war geschlossen, und Helen nickte, als er auf diese zeigte. Er klopfte an und sagte: »Frances? Ich bin's, Tommy. Darf ich reinkommen?«

Keine Antwort. Er rief noch einmal, ein wenig lauter diesmal, und ließ ein zweites Klopfen folgen. Als sie sich auch jetzt nicht meldete, legte er die Hand an den Türknauf, der sich ohne Mühe drehen ließ. Lynley öffnete vorsichtig die Tür einen Spalt. Hinter ihm rief Helen gedämpft: »Frances? Möchten Sie mit Tommy sprechen?

Woraufhin Webberlys Frau endlich reagierte und »Ja« sagte, mit einer Stimme, aus der weder Furcht noch Ärger angesichts der Störung herausklangen, die nur leise und sehr müde war.

Sie fanden sie nicht in der Ecke, wo Helen sie zuletzt gesehen hatte, sondern auf einem ungepolsterten, steiflehnigen Stuhl sitzend, den sie an ihren Toilettentisch herangezogen hatte, um dort im Spiegel ihr Bild betrachten zu können. Auf dem Tisch hatte sie Haarbürsten, Spangen und Bänder bereit gelegt, und als Helen und Lynley eintraten, ließ sie gerade zwei der Bänder durch ihre Finger laufen, als wollte sie die Wirkung der Farbe auf ihrer Haut prüfen.

Sie trug offensichtlich noch dieselben Kleider wie in der Nacht, als sie ihre Tochter angerufen hatte: einen gesteppten rosaroten Morgenrock und darunter ein blaues Nachthemd. Sie hatte ihr Haar nicht geordnet, auch wenn sie sämtliche Bürsten vor sich ausgelegt hatte, denn es war immer noch platt an den Kopf gedrückt wie unter einem unsichtbaren Hut.

Sie war so bleich, dass Lynley trotz der Tageszeit sofort an einen stärkenden Schluck Alkohohl dachte: Gin, Brandy, Whisky, Wodka oder irgendetwas anderes, was ihrem Gesicht wieder Farbe geben würde. Er sagte zu Helen: »Würdest du uns etwas zu trinken holen, Darling?« Und zu Webberlys Frau: »Frances, Ihnen würde ein Brandy gut tun. Tun Sie mir den Gefallen und trinken Sie einen.«

»Ja, gut«, antwortete sie. »Einen Brandy.«

Helen ging. Lynley schob eine Wäschetruhe, die am Fußende des Bettes stand, zum Toilettentisch hinüber, wo Frances saß, um mit ihr von Angesicht zu Angesicht sprechen zu können und nicht von oben herab wie ein Schulmeister. Er wusste nicht, wo er anfangen sollte. Er wusste nicht, was helfen würde. Wenn man bedachte, wie lange Frances Webberly, von unerklärlichen Ängsten heimgesucht, dieses Haus nicht mehr verlassen hatte, war nicht damit zu rechnen, dass sie sich von einigen simplen Worten darüber, in welcher Gefahr ihr Mann schwebte und wie dringend ihre Tochter sie brauchte, überzeugen lassen würde, dass ihre Ängste grundlos waren. Er war klug genug, zu wissen, dass der menschliche Geist so nicht funktionierte. Alltagslogik reichte nicht aus, um Dämonen auszutreiben, die im dunklen Labyrinth der Seele hausten.

Er sagte:»Kann ich irgendetwas für Sie tun, Frances? Ich weiß, Sie wollen zu ihm.«

Sie hatte eines der Bänder an ihre Wange gehoben und ließ es sinken, um es auf dem Tisch niederzulegen.»Das wissen Sie«, erwiderte sie, nicht als Frage, sondern als Feststellung.»Wenn ich das Herz einer Frau besäße, die ihren Mann richtig zu lieben weiß, wäre ich schon bei ihm. Unmittelbar nach dem Anruf des Krankenhauses wäre ich zu ihm gefahren, als sie sagten: ›Ist dort Mrs. Webberly? Hier ist die Notaufnahme des Charing Cross Hospitals. Spreche ich mit einer Angehörigen von Malcolm Webberly?‹ Da wäre ich gefahren und hätte kein weiteres Wort abgewartet. Keine Frau, die ihren Mann liebt, hätte das getan. Keine richtige Frau hätte gesagt: ›Was ist denn passiert? O Gott! Wieso ist er nicht hier? Bitte sagen Sie es mir. Der Hund ist nach Hause gekommen, aber Malcolm nicht, er hat mich verlassen, nicht wahr? Er hat mich verlassen, er hat mich schließlich doch verlassen!‹ Und sie sagten: ›Mrs. Webberly, Ihr Mann ist am Leben. Aber wir möchten gern mit Ihnen sprechen. Hier im Krankenhaus. Sollen wir Ihnen ein Taxi schicken? Oder haben Sie jemanden, der Sie hierher fahren kann?‹ Das war wirklich rücksichtsvoll von ihnen, nicht wahr, sich nichts anmerken zu lassen. Mein Gerede einfach zu übergehen. Aber nachdem sie aufgelegt hatten, da sagten sie: ›Hey, die Frau gehört in die Klapsmühle. Kann einem Leid tun, dieser Webberly. Kein Wunder, dass er draußen auf der Straße rumgeirrt ist. Wahrscheinlich hat er sich absichtlich vor das Auto geworfen!‹« Ihre Finger krümmten sich krampfhaft um ein dunkelblaues Haarband, und die Nägel gruben Kerben in den Satin.

»Wenn man mitten in der Nacht aus dem Schlaf gerissen wird, ist man natürlich durcheinander, Frances«, sagte Lynley.»Schwestern, Ärzte, Pfleger – jeder in einem Krankenhaus weiß das.«

717

»›Er ist dein *Mann*‹, hat sie gesagt. ›Er hat sich in all diesen schlimmen Jahren immer um dich gekümmert, du schuldest ihm das. Und Miranda schuldest du es auch, Frances. Du musst dich zusammenreißen, denn wenn du es nicht tust und Malcolm etwas zustößt – wenn er, mein Gott, stell dir vor er stirbt… Steh auf, steh verdammt noch mal auf, Frances Louise! Du und ich, wir wissen doch genau, dass dir nichts, aber auch gar nichts fehlt! Du stehst nicht mehr im Scheinwerferlicht. Akzeptier das einfach.‹ Als hätte sie auch nur eine Ahnung, wie es ist. Als hätte sie selbst in meiner Welt gelebt, in dieser Welt hier drinnen« – sie klopfte sich heftig an die Schläfe – »und nicht in ihrer eigenen kleinen heilen Welt, wo alles in bester Ordnung ist und immer war und immer sein wird, Amen. Aber bei mir ist es nicht so. Nein. So ist es bei mir nicht.«

»Natürlich«, stimmte Lynley zu. »Jeder von uns sieht die Welt durch das Prisma seiner eigenen Erfahrungen. Aber manchmal, in einem Moment der Krise, vergessen wir das. Und dann sagen und tun wir Dinge… Es geht immer um ein Ziel, das jeder zu erreichen sucht, ohne zu wissen, wie dies funktionieren soll. Wie kann ich Ihnen helfen, Frances?«

In diesem Moment kam Helen zurück, in der Hand ein Weinglas, das zur Hälfte mit Brandy gefüllt war. Sie stellte es auf den Toilettentisch und sah Lynley mit einem Gesicht an, als wollte sie sagen: »Und was nun?« Er wünschte, er hätte ihr eine Antwort geben können. Er hatte kaum Zweifel daran, dass Frances' Schwester vom besten Willen beseelt das ganze Repertoire bereits durchprobiert hatte. Ganz sicher hatte Laura Hillier zunächst versucht, vernünftig mit ihrer Schwester zu reden, und dann, als das nichts half, alle anderen Register gezogen, von der Manipulation über die Schuldzuweisung bis zu den Drohungen. Das, was wahrscheinlich notwendig wäre, um der armen Frau zu helfen – sie langsam Schritt für Schritt wieder an die Außenwelt zu gewöhnen, vor der sie seit Jahren zurückschreckte –, konnte keiner von ihnen bewerkstelligen, ganz abgesehen davon, dass die Zeit fehlte.

Was nun?, fragte sich Lynley genau wie seine Frau. *Ein Wunder*, Helen.

»Trinken Sie, Frances«, sagte er und hielt ihr das Glas hin. Als sie getrunken hatte, legte er seine Hand auf die ihre und fragte: »Was genau hat man Ihnen über Malcolm gesagt?«

Frances murmelte: »›Die Ärzte wollen mit dir sprechen‹, hat sie gesagt. ›Du musst ins Krankenhaus fahren. Du musst an seiner Seite sein. Du musst Randie beistehen.‹«

Zum ersten Mal ließ Frances Webberly ihr Spiegelbild aus den Augen und sah zu Lynleys Hand hinunter, die immer noch auf der ihren lag. »Wenn Randie bei ihm ist«, sagte sie, »ist ihm das schon beinahe genug. ›Was für eine herrliche neue Welt uns geschenkt worden ist‹, sagte er bei ihrer Geburt. Deswegen musste sie Miranda getauft werden. In seinen Augen war sie vollkommen. Die Vollkommenheit schlechthin. Ich konnte nicht einmal hoffen, so zu sein. Niemals. Daddy hatte eine Prinzessin.«

Sie griff nach dem Weinglas, das Lynley abgestellt hatte, wollte es nehmen und hielt plötzlich inne. »Nein. Nein, das stimmt nicht«, sagte sie. »Nicht Prinzessin. Nein. Daddy hatte eine Königin gefunden.« Ihr Blick blieb starr auf das Glas mit dem Brandy gerichtet, aber in ihren Augen sammelten sich Tränen.

Lynley schaute Helen an, die rechts hinter Frances stand, und sah, dass sie in diesem Moment genau wie er am liebsten geflohen wäre. Sich mit der Eifersucht einer Mutter konfrontiert zu sehen, die so stark war, dass sie ihr Opfer selbst angesichts einer Krise auf Leben und Tod nicht loslassen konnte ... Das war mehr als erschreckend, fand Lynley. Es war obszön. Er kam sich vor wie ein Voyeur.

Helen sagte: »Wenn Malcolm auch nur die kleinste Ähnlichkeit mit meinem Vater hat, Frances, dann vermute ich, dass er immer überzeugt war, Randie gegenüber eine besondere Verantwortung zu haben, weil sie eine Tochter ist und nicht ein Sohn.«

»Ja, ich habe das in meiner eigenen Familie erlebt«, fügte Lynley hinzu. »Mein Vater hat meine ältere Schwester völlig anders behandelt als mich. Oder auch als meinen jüngeren Bruder. Wir waren in seinen Augen längst nicht so verletzlich. Wir mussten gestählt werden. Aber meiner Ansicht nach heißt das alles doch nur –«

Frances zog ihre Hand unter der seinen heraus. »Nein«, sagte sie. »Sie haben schon Recht. Ich meine, im Krankenhaus, mit dem, was sie denken. Die Königin ist tot, und jetzt kommt er mit dem Leben nicht mehr zurecht. Darum hat er sich gestern Abend vor ein Auto geworfen.« Zum ersten Mal sah sie Lynley direkt an. Noch einmal sagte sie: »Die Königin ist endgültig tot. Niemand kann sie ersetzen. Ganz gewiss nicht ich.«

Und Lynley verstand plötzlich. »Sie haben es gewusst«, sagte er im selben Moment, als Helen rief: »Frances, Sie dürfen *niemals* glauben –«

Frances brachte sie zum Schweigen, indem sie aufstand. Sie trat zu einem der beiden Nachttische, zog die Schublade heraus und stellte sie aufs Bett. Von ganz hinten, getrennt von den restlichen Gegenständen, die hier verwahrt waren, nahm sie ein kleines gefaltetes Tüchlein aus weißem Leinen. Wie ein Priester bei einem Ritual schüttelte sie es zuerst auseinander und breitete es dann auf dem Bettüberwurf aus.

Lynley trat näher. Helen ebenfalls. Alle drei sahen sie auf das weiße Stück Leinen hinunter, ein Taschentuch gewöhnlicher Art bis auf zwei Details: In einer Ecke waren die ineinander verschlungenen Initialen E und D zu erkennen, und in der Mitte war ein rostfarbener Fleck, Erinnerung an ein kleines Drama aus der Vergangenheit. Er schneidet sich in den Finger, den Handballen, den Handrücken, während er irgendetwas für sie tut – ein Brett durchsägt, einen Nagel einschlägt, ein Glas abtrocknet, die Scherben einer versehentlich zerschlagenen Tasse aufhebt –, und sie zieht eilig das Taschentuch aus ihrer Jackentasche, ihrer Handtasche, ihrem Pulloverärmel, ihrem Büstenhalter und drückt es auf seine Haut, weil er nie eines bei sich hat. Dieses kleine Stück Leinen findet seinen Weg in die Tasche seiner Hose, seines Jacketts, seines Mantels, wo er es vergisst und seine Frau es findet, als sie die Wäsche sortiert, die Sachen für die Reinigung, für die Kleidersammlung zurecht legt – und sofort weiß, was es ist, und es aufbewahrt.

Wie viele Jahre lang?, fragte sich Lynley. Wie viele gottverdammte, schreckliche Jahre lang, in denen sie nicht ein einziges Mal gefragt hatte, was dieses Taschentuch zu bedeuten hatte, ihrem Mann niemals die Gelegenheit gab, die Wahrheit zu sagen, wie immer diese Wahrheit auch aussah, oder zu lügen, eine Erklärung zu erfinden, die vielleicht völlig glaubwürdig gewesen wäre oder wenigstens so plausibel, dass sie daran hätte festhalten können, um sich selbst zu belügen.

»Frances«, sagte Helen, »darf ich das wegwerfen?« Sie legte ihre Finger nicht auf das Taschentuch, sondern daneben, als wäre es eine Reliquie und sie eine Novizin in irgendeiner obskuren Glaubensgemeinschaft, wo nur die Geweihten das Heiligtum berühren durften.

Frances sagte: »Nein!«, und packte das Tuch. »Er hat sie geliebt«, fuhr sie fort. »Er hat sie geliebt, und ich wusste es. Ich sah es kommen. Ich sah, wie es sich entwickelte; es war, als würde mir eine Studie des ganzen Prozesses der Liebe vorgeführt. Wie in einem Fernsehspiel. Und ich habe immer nur gewartet, weil ich von Anfang an wusste, was mit ihm los war. Er müsse einfach darüber sprechen, sagte er. Wegen Randie ... weil diese armen Menschen ein kleines Mädchen verloren hätten, das nicht viel jünger gewesen sei als unsere Randie, und er könne mitfühlen, wie entsetzlich es für sie sei, wie sehr sie litten, besonders die Mutter, und: ›Kein Mensch scheint mit ihr darüber sprechen zu wollen, Frances. Sie hat niemanden. Sie lebt unter einer Glocke des Schmerzes – nein, unter einer Giftwolke des Schmerzes, die keiner ihr zu lichten hilft. Das ist unmenschlich, Frances. Unmenschlich! Jemand muss ihr helfen, bevor sie erstickt.‹ Und damit stand für ihn fest, dass er ihr helfen würde. Er würde diesen Mörder hinter Schloss und Riegel bringen, so wahr ihm Gott helfe. ›Ich werde nicht rasten noch ruhen, Frances, Liebes, bis dieser Mörder seine gerechte Strafe bekommt. Denn wie würden wir uns fühlen, wenn jemand – was Gott verhüten möge – unserer Randie etwas antäte? Wir würden die Nächte aufbleiben, nicht wahr, wir würden in allen Straßen suchen, wir würden nicht schlafen und nicht essen, wir würden tagelang nicht heimkehren, wenn das erforderlich wäre, um das Ungeheuer zu finden, das unserem Kind etwas Böses getan hat.‹«

Lynley ließ langsam seinen Atem entweichen und merkte erst jetzt, dass er ihn angehalten hatte, seit Frances zu sprechen begonnen hatte. Er fühlte sich dieser Situation nicht gewachsen. Hilfesuchend blickte er zu seiner Frau, und als er sah, dass sie die Finger an den Mund drückte, wusste er, dass das, was sie empfand, eine tiefe Trauer war – eine tiefe Trauer wegen all dem, was zwischen Frances Webberly und ihrem Mann viel zu lange unausgesprochen geblieben war. Unwillkürlich fragte er sich, was denn eigentlich schlimmer war: jahrelang die Folter der eigenen Fantasien zu ertragen oder innerhalb von Sekunden durch die Wahrheit den Tod zu erfahren.

Helen sagte: »Frances, wenn Malcolm Sie nicht geliebt hätte –«

»Pflichtgefühl.« Frances ging daran, das Taschentuch wieder sehr sorgsam zu falten.

»Aber das ist meiner Ansicht nach ein Teil der Liebe, Frances«, sagte Lynley. »Es ist nicht der einfache Teil. Es ist nicht wie dieser erste Sturm der Gefühle: dieses heiße Begehren und die unerschütterliche Gewissheit, man sei vom Schicksal füreinander bestimmt, und, ach, welch ein Glück, dass wir einander gefunden haben! Es ist der schwierige Teil, bei dem es um die Möglichkeit der Wahl geht und die Entscheidung, am Kurs festzuhalten.«

»Ich habe ihm gar keine Wahl gelassen«, entgegnete Frances Webberly.

»Frances«, sagte Helen leise, und Lynley konnte allein ihrem Ton entnehmen, was die nächsten Worte sie kosteten. »Glauben Sie mir, wenn ich Ihnen sage, dass Sie über diese Macht gar nicht verfügen.«

Die Worte veranlassten Frances zu einem scharfen Blick auf Helen, aber natürlich konnte sie nicht hinter die Fassade sehen, die Helen errichtet hatte, um in der Welt zu leben, die sie vor langer Zeit für sich erschaffen hatte: die schicke Frisur, die makellose und sorgfältig gepflegte Haut, die manikürten Nägel, der perfekte schlanke Körper, der wöchentlich massiert wurde, die eleganten Kleider für Frauen, die wussten, was Eleganz war und wie man sie einsetzte. Aber die wahre Helen, in der sie die Frau hätte erkennen können, die einst aus dem Leben eines Mannes geflüchtet war, den sie geliebt hatte, weil sie es nicht fertig brachte, an einem Kurs festzuhalten, der sich ihrer Meinung nach und für ihre Möglichkeiten allzu radikal geändert hatte... Diese Helen kannte Frances Webberly nicht und hatte daher keine Ahnung davon, dass niemand besser als Helen wusste, dass niemals ein Einzelner allein durch seinen Zustand – ob geistig, seelisch, sozial, körperlich oder in Kombination dieser verschiedenen Aspekte – die Entscheidungen eines anderen wirklich bestimmen konnte.

»Frances«, sagte Lynley, »eines müssen Sie wissen: Malcolm hat sich nicht vor ein Auto geworfen. Ja, Eric Leach hat ihn angerufen, um ihn von Eugenie Davies' Tod in Kenntnis zu setzen, und ich nehme an, Sie haben in der Zeitung von ihrem Tod gelesen.«

»Er war verstört. Ich glaubte, er hätte sie vergessen, aber dann wurde mir klar, dass das nicht der Fall war. Er hat sie nie vergessen, in all den Jahren nicht.«

»Er hat sie nicht vergessen, das stimmt«, sagte Lynley, »aber die Gründe sind andere, als Sie glauben. Frances, wir vergessen nicht. Wir können gar nicht vergessen. Was wir erleben, lässt uns nicht unberührt. Aber die Tatsache, dass wir uns erinnern, heißt allein das, nicht mehr und nicht weniger. Denn so arbeitet unser Verstand. Er behält die Dinge in Erinnerung. Und wenn wir Glück haben, entstehen aus dem Erinnern keine Albträume. Mehr können wir uns nicht erhoffen.«

Lynley wusste, dass er sich auf einem schmalen Grat zwischen Lüge und Wahrheit bewegte. Er hielt es für ziemlich wahrscheinlich, dass das, was Webberly während dieser Beziehung zu Eugenie Davies und in den darauf folgenden Jahren erlebt hatte, weit über bloßes Erinnern hinausging. Aber das zählte im Augenblick nicht. Jetzt kam es einzig darauf an, dass Webberlys Frau einen Teil der letzten achtundvierzig Stunden verstand. Darum erklärte er es ihr noch einmal. »Frances, er hat sich nicht absichtlich vor ein Auto geworfen. Er wurde angefahren. Jemand wollte ihn töten. In den nächsten Stunden oder Tagen wird sich zeigen, ob dieser Jemand Erfolg gehabt hat; denn es kann sein, dass Malcolm sterben wird. Zumal er auch noch einen schweren Herzinfarkt hatte. Das hat man Ihnen doch mitgeteilt, nicht wahr?«

Ein schrecklicher Laut kam ihr über die Lippen, halb wie das Brüllen einer Gebärenden und halb wie das angstvolle Jammern eines verlassenen Kindes. »Malcolm darf nicht sterben«, wimmerte sie. »Ich habe solche Angst.«

»Da sind Sie nicht allein«, sagte Lynley.


Nur dank ihrem Termin in einem Frauenhaus behielt Yasmin Edwards in der Zeit zwischen ihrem Anruf bei Constable Nkata und ihrem Treffen mit ihm in ihrem Laden die Nerven. Er hatte gesagt, er müsse erst von Hampstead herüberfahren und könne darum nicht mit Sicherheit sagen, wann er da sein werde, aber er

725

werde so schnell wie möglich kommen, und in der Zwischenzeit könne sie ihn jederzeit anpiepen, falls sie plötzlich Befürchtungen bekäme, er würde nicht kommen oder hätte den Termin vergessen oder wäre irgendwo hängen geblieben. Er würde ihr dann genau sagen, wo er sich gerade befinde. Sie hatte gesagt, sie könne auch zu ihm kommen oder sich irgendwo auf halbem Weg mit ihm treffen. Das wäre ihr sogar lieber, hatte sie erklärt. Aber er hatte ihren Vorschlag abgelehnt und gemeint, es sei das Beste, wenn er zu ihr komme.

Beinahe hätte sie es sich da anders überlegt. Aber dann dachte sie an die Galveston Road Nummer fünfundfünfzig, an Katjas Küsse und was es hieß, dass Katja noch immer hinabgleiten und sie lieben konnte. Und sie sagte: »In Ordnung. Ich warte dann im Laden auf Sie.«

Aber erst einmal fuhr sie zu ihrem Termin in dem Frauenhaus in Camberwell. Drei Schwestern in den Dreißigern, eine Asiatin und eine alte Frau, die seit sechsundvierzig Jahren verheiratet war, lebten zur Zeit dort. Sie teilten miteinander zahllose blaue Flecke, zwei Veilchen, vier Platzwunden an den Lippen, eine zusammengeflickte Wange, ein gebrochenes Handgelenk, eine ausgekugelte Schulter und ein durchstochenes Trommelfell. Sie waren wie geprügelte Hunde, die vor kurzem von der Kette gelassen worden waren: geduckt und zwischen Flucht und Angriff schwankend.

Lasst euch von niemandem so was gefallen, hätte Yasmin die Frauen am liebsten angeschrien. Das Einzige, was sie davon abhielt, waren die Spuren in ihrem eigenen Gesicht – die Narbe und die nach einem Bruch schlecht verheilte Nase –, die genug darüber sagten, was sie selbst sich einmal alles hatte gefallen lassen.

Sie sah die Frauen deshalb nur mit einem breiten Lächeln an und sagte: »Kommt doch rüber, ihr Klasseweiber.« Insgesamt blieb sie zwei Stunden und arbeitete mit ihren Schminkutensilien, ihren Farbmustern, mit Schals, Düften und Perücken. Und als sie schließlich ging, konnten drei der Frauen wieder lächeln, die vierte hatte tatsächlich ein Lachen zustande gebracht, und die fünfte wagte es, den Blick vom Boden zu heben. Yasmin war zufrieden mit ihrer Arbeit.

Sie fuhr zum Laden zurück. Als sie ankam, marschierte schon

der Bulle auf der Straße auf und ab. Sie beobachtete, wie er auf die Uhr schaute und versuchte, hinter den eisernen Vorhang zu spähen, den sie vor dem Laden herunterzulassen pflegte, wenn sie nicht da war. Dann schaute er wieder auf seine Uhr, zog seinen Piepser aus dem Halter an seinem Gürtel und gab eine Nummer ein.

Yasmin fuhr in dem alten Fiesta vor und öffnete die Tür. Noch ehe sie ein Bein aus dem Wagen geschwungen hatte, war der Bulle da.

»Soll das ein Witz sein?«, fragte er verärgert. »Glauben Sie vielleicht, eine Morduntersuchung wäre ein Jux, Mrs. Edwards?«

»Sie haben doch gesagt, dass sie nicht wissen, wie lange –« Yasmin brach ab. Wie kam *sie* dazu, sich vor ihm zu rechtfertigen? »Ich hatte einen Termin. Wollen Sie mir jetzt tragen helfen, oder macht's Ihnen mehr Spaß, mich fertig zu machen?« Trotzig sah sie ihm ins Gesicht – eine Frau, so groß wie er – und wartete auf eine Beleidigung oder auf Spott.

Aber es kam nichts dergleichen. Er ging wortlos zum Kofferraum des Fiesta und wartete darauf, dass sie aufsperren würde.

Sie tat es, hob ihm den Karton mit ihren Frisiersachen in die Arme und stellte noch den Koffer mit dem Schminkzeug, den Cremes und den Bürsten obenauf. Dann knallte sie die Kofferraumklappe zu und ging zum Laden, wo sie die Eisengitter aufsperrte und nach oben schob und mit der Schulter nachhalf, wie immer, wenn es auf halbem Weg klemmte.

»Moment mal«, sagte er und stellte seine Last zu Boden. Bevor sie es verhindern konnte, drückte er seine Hände – breit und flach und schwarz mit hellen ovalen Nägeln, die kurz geschnitten und gepflegt waren – rechts und links unter das Gitter und stieß es hinauf, während sie schob. Mit einem Knirschen von Metall auf Metall hob sich das Gitter. Der Bulle blieb, wo er war, direkt hinter ihr, viel zu nahe, und sagte: »Da muss mal was gemacht werden. Der wird sich bald überhaupt nicht mehr hochschieben lassen.«

»Ich komm schon zurecht«, sagte sie und ergriff den Metallkoffer mit den Schminksachen, weil sie etwas tun und ihm zu verstehen geben wollte, dass sie keine Hilfe nötig hatte.

Aber drinnen im Laden war es wie zuvor. Er schien den Raum

zu füllen, er schien von ihm Besitz zu ergreifen. Und das ärgerte sie, zumal er überhaupt nichts tat, woraus man hätte schließen können, dass er es darauf anlegte, den starken Mann zu markieren. Er stellte den Karton auf den Tresen und sagte in ernsthaftem Ton: »Ich habe fast eine Stunde auf Sie gewartet, Mrs. Edwards. Ich hoffe, es hat sich gelohnt.«

»Von mir brauchen Sie sich überhaupt nichts –« Sie fuhr zornig herum. Sie war gerade dabei gewesen, ihren Schminkkoffer zu verstauen, als er sprach, und ihre Reaktion war reiner Reflex, zack!, genau wie bei den Pawlowschen Hunden und ihrer Glocke. *Mensch, komm, jetzt zier dich nicht so, Yas. Wenn eine so 'nen Körper hat wie du, sollte sie ihn auch gebrauchen.*

Darum hätte sie jetzt dem Bullen beinahe ins Gesicht geschrien: Von mir brauchen Sie sich überhaupt nichts zu erhoffen! Nichts da von wegen Knutscherei in der Wäschekammer, geilem Gegrapsche beim Essen unterm Tisch, großer Entkleidungsszene mit anschließenden wütenden Versuchen, widerwillige Beine auseinander zu zwingen. *Mensch, jetzt stell dich doch nicht so an, Yas!*

Sie spürte, wie ihr Gesicht erstarrte. Er beobachtete sie. Sie nahm wahr, wie sein Blick von ihrem Mund zu ihrer Nase wanderte. Sie war gezeichnet von dem, was ein Mann Liebe genannt hatte, und er las diese Zeichen, und sie würde es niemals vergessen können.

Er sagte: »Mrs. Edwards«, und sie fragte sich, wieso sie diesen Namen, dessen Klang ihr so verhasst war, beibehalten hatte. Sie hatte sich einzureden versucht, sie hätte es Daniels wegen getan, damit Mutter und Sohn wenigstens durch den Namen verbunden wären, wenn es schon keine andere Verbindung zwischen ihnen geben konnte. Jetzt aber fragte sie sich, ob sie es getan hatte, um sich selbst zu strafen; nicht als ständige Erinnerung daran, dass sie ihren Mann getötet hatte, sondern gewissermaßen als Buße dafür, dass sie sich überhaupt mit ihm eingelassen hatte.

Sie hatte ihn geliebt, ja. Aber sie hatte sehr bald begriffen, dass es einem nicht gut tat, zu lieben. Nur hatte sie die Lektion nicht wirklich gelernt. Sie hatte von Neuem geliebt, und was war dabei herausgekommen? Dass sie jetzt einem Bullen gegenüber stand, der diesmal dieselbe Mörderin, aber eine ganz andere Art von Leiche erleben würde.

»Sie wollten mir etwas mitteilen.« Constable Winston Nkata griff in die Tasche seines wie angegossen sitzenden Jacketts und zog ein Notizbuch heraus; das, welches sie schon kannte, an dem der Drehbleistift festgeklemmt war.

Yasmin musste an die Lügen denken, die er bereits aufgeschrieben hatte, und wie schlecht sie dastehen würde, wenn sie jetzt plötzlich beschloss, reinen Tisch zu machen. Und bei diesem Bild vom reinen Tisch wurde ihr alles klar: Wie andere einen Menschen betrachten und sich anhand seines Gesichts, seiner Art sich auszudrücken und seiner Körperhaltung ein Bild von ihm machen, an dem sie – allen Indizien für eine Täuschung zum Trotz – eisern festhalten. Und warum? Weil die Menschen unbedingt glauben wollen.

»Sie war nicht zu Hause«, sagte sie. »Wir haben nicht ferngesehen. Sie war nicht da.«

Sie beobachtete, wie der Brustkorb des Polizisten langsam einsank, als hätte er seit dem Moment seiner Ankunft die Luft angehalten, weil er nicht glauben konnte, dass Yasmin Edwards ihn am Morgen eigens angerufen hatte, weil sie ihre Freundin verraten wollte.

»Wo war sie?«, fragte er. »Hat sie es Ihnen gesagt, Mrs. Edwards? Wann ist sie nach Hause gekommen?«

»Neunzehn Minuten vor eins.«

Er nickte. Er bemühte sich, cool zu bleiben, während er schrieb, aber Yasmin wusste genau, was sich in seinem Kopf abspielte. Er rechnete. Er verglich das Ergebnis seiner Berechnungen mit Katjas Lügen. Und er frohlockte, dass sein Einsatz sich gelohnt und er das Spiel gewonnen hatte.

# 21

Zum Abschluss sagte sie: »Und wir wollen doch eines nicht vergessen, Eric. Du warst derjenige, der die Scheidung wollte. Wenn du also nicht damit umgehen kannst, dass ich jetzt mit Jerry zusammen bin, dann tu nicht so, als wäre das Esmés Problem.« Und dabei hatte sie ihn so gottverdammt triumphierend angesehen, mit einem Gesicht, als wollte sie sagen: Tja, da staunst du, was? Ich hab tatsächlich jemanden gefunden, der mich mag. Dass Leach einen Moment lang allen Ernstes seine zwölfjährige Tochter dafür verwünschte, dass sie ihn überhaupt so weit gebracht hatte, dieses Gespräch mit ihrer Mutter zu führen.

»Ich habe ein Recht darauf, neue Bekanntschaften zu machen«, hatte Bridget mit Nachdruck erklärt. »Du selbst hast mir dieses Recht gegeben.«

»Lieber Gott, Bridg«, hatte er gesagt. »Es ist doch nicht so, dass ich eifersüchtig bin. Es geht um Esmé, sie ist völlig aus dem Häuschen, weil sie glaubt, du willst wieder heiraten.«

»Das will ich auch.«

»Gut, meinetwegen. Aber sie meint, du hättest dich bereits für diesen Burschen entschieden und –«

»Und wenn? Gibt es vielleicht etwas dagegen einzuwenden, wenn es mir gut tut, begehrt zu werden? Mit einem Mann zusammen zu sein, den ein nicht mehr ganz so straffer Busen und ein paar Charakterfalten im Gesicht nicht stören? So nennt er sie nämlich, Eric, Charakterfalten.«

»Das ist doch nichts als Schmeichelei.«

»Belehr du mich bitte nicht darüber, was das ist. Sonst werden wir mal diskutieren, was es bei dir ist: Altersschwachsinn, verlängerte Spätpubertät, adoleszentes Irresein – soll ich fortfahren? Nein? Na gut, das dachte ich mir schon.« Und weg war sie.

Sie kehrte in das Zimmer ihrer Grundschulklasse zurück, aus dem Leach sie zehn Minuten zuvor von der Tür aus winkend herausgeholt hatte, nachdem er zuerst pflichtschuldig bei der Direktorin angefragt hatte, ob er bitte Mrs. Leach einen Moment sprechen könne. Die Direktorin hatte gemeint, es sei doch äußerst ungewöhnlich, dass ein Vater während des Unterrichts erscheine, um einen Lehrer zu sprechen; aber als Leach sich daraufhin vorstellte, war sie nicht nur freundlicher geworden, sondern auffallend Anteil nehmend, was Leach als Indiz dafür sah, dass die bevorstehende Scheidung und Bridgets neue Liebesbeziehung in der Schule ein offenes Geheimnis waren. Er hätte gern gesagt: Hey, es juckt mich überhaupt nicht, dass sie einen neuen Kerl hat, aber er war nicht so sicher, ob das wirklich stimmte. Immerhin konnte er angesichts des neuen Kerls ein wenig zurückstecken mit seinen Schuldgefühlen darüber, dass er derjenige war, der gegangen war, und als seine Frau ihm jetzt den Rücken kehrte, versuchte er, ausschließlich daran zu denken.

»Hör mal, Bridg, es tut mir Leid«, sagte er zu seiner sich entfernenden Frau, aber er sagte es nicht sehr laut, und er wusste, dass sie seine Worte nicht hören konnte, und er fragte sich, wofür er sich überhaupt entschuldigte.

Aber er spürte natürlich seinen verletzten Stolz, während er ihr nachblickte. Und darum versuchte er, sein Bedauern darüber, wie sie auseinander gegangen waren, wegzuschieben, und sagte sich, er habe ganz richtig gehandelt. Wenn sie so schnell Ersatz für ihn gefunden hatte, konnte man kaum noch daran zweifeln, dass ihre Ehe schon lange zu Ende gewesen war, als er die Tatsache zum ersten Mal angesprochen hatte.

Und trotzdem konnte er sich des Gedankens nicht erwehren, dass manche Paare es schafften, beieinander zu bleiben, ganz gleich, was aus ihren Gefühlen füreinander geworden war. Ja, manche Paare behaupteten im Brustton der Überzeugung, sie wollten »unter allen Umständen zusammenwachsen«, wenn in Wirklichkeit nichts weiter sie zusammenhielt als ein Bankkonto, eine Immobilie, gemeinsame Kinder und eine Aversion, die Möbel und den Christbaumschmuck zu teilen. Leach kannte Kollegen, die mit Frauen verheiratet waren, die sie seit Ewigkeiten nicht mehr mochten. Aber der Gedanke daran, womöglich ihre Kinder und ihren Besitz – ganz zu schweigen von der Pension – aufs Spiel zu setzen, hielt sie seit Jahren bei der Stange.

Und damit war Leach in seinen Überlegungen bei Malcolm Webberly angelangt.

Er hatte damals gemerkt, dass etwas im Gange war, an den Telefongesprächen, den hastig gekritzelten Briefchen, die in einen Umschlag geschoben und abgeschickt wurden, an Webberlys häufiger Zerstreutheit bei Gesprächen. Er hatte seinen Verdacht gehabt, aber die Bestätigung hatte er erst sieben Jahre nach dem Fall Davies erhalten, als er sie rein zufällig zusammen sah, bei einem Ausflug, den er mit Bridget und den Kindern zur Regatta in Henley unternommen hatte, weil Curtis, sein Sohn, einen Schulaufsatz zu dem Thema Kultur und Traditionen unserer Heimat schreiben musste – du meine Güte, er erinnerte sich sogar noch wörtlich an den Titel! Ja, da hatte er sie gesehen, die beiden, Arm in Arm auf der Themsebrücke, die nach Henley hineinführte, mitten im Sonnenlicht. Er erkannte sie nicht gleich, er hatte sie nicht mehr in Erinnerung, bemerkte nur, dass sie gut aussah und die beiden offensichtlich ein Liebespaar waren.

Seltsam, dachte Leach jetzt, sich zu erinnern, was er damals beim Anblick Webberlys und seiner Freundin empfunden hatte. Ihm war schlagartig klar geworden, dass sein Vorgesetzter bis zu diesem Moment für ihn nie ein Mensch wie jeder andere gewesen war. Ihm war klar geworden, dass er Webberly etwa so gesehen hatte, wie ein Kind einen weit älteren Erwachsenen sieht. Und die plötzliche Erkenntnis, dass Webberly ein geheimes Leben hatte, traf ihn so heftig, wie es einen Achtjährigen getroffen hätte, seinen Papa mit einer Frau aus der Nachbarschaft im Bett zu überraschen.

Und so sah sie auch aus, die Frau auf der Brücke, irgendwie vertraut, wie jemand aus der Nachbarschaft. Sie schien Leach sogar so vertraut, dass er eine Zeitlang erwartete, ihr in der Dienststelle zu begegnen – vielleicht eine Sekretärin, die ihm noch nicht vorgestellt worden war? – oder sie aus einem der Bürohäuser in der Earl's Court Road kommen zu sehen. Er hatte geglaubt, Webberly hätte sie rein zufällig kennen gelernt, hätte rein zufällig ein Gespräch mit ihr angefangen, gemerkt, dass er sich zu ihr hingezogen fühlte, und sich gesagt: Warum nicht, Malc? Was ist denn schon dabei?

Leach konnte sich nicht erinnern, wann oder wie er dahinter gekommen war, dass Webberlys Geliebte Eugenie Davies war. Aber als er es wusste, konnte er den Mund nicht mehr halten. Er musste seiner Entrüstung Luft machen, und er verhielt sich keineswegs wie der kleine Junge, der fürchtet, dass Papa von zu Hause fortgeht, sondern wie ein Erwachsener, der Recht und Unrecht unterscheiden kann. Mein Gott, wie konnte ein Beamter der Mordkommission – sein Partner! – die Grenzen so verletzen? Wie konnte er sich dazu hinreißen lassen, so schamlos die Situation einer Frau auszunützen, die das verletzte und geschundene Opfer tragischer Ereignisse und ihrer Nachwirkungen war ... Es war unvorstellbar.

Webberly war immerhin bereit gewesen, sich seine Vorhaltungen anzuhören. Einen Kommentar dazu hatte er erst abgegeben, als Leach das Ende seines Vortrags über Webberlys unprofessionelles Verhalten erreicht hatte. Da hatte er gesagt: »Wofür, zum Teufel, halten Sie mich, Eric? So war es nicht. Das hat nicht während der Ermittlungen angefangen. Ich hatte sie mehrere Jahre nicht gesehen, als wir ... Erst als ... Es war am Paddington Bahnhof. Ganz zufällig. Wir haben vielleicht zehn Minuten miteinander gesprochen, dann mussten wir zu unseren Zügen. Später ... Herrgott noch mal, wieso gebe ich hier eigentlich Erklärungen ab? Wenn Sie der Meinung sind, dass mein Verhalten nicht in Ordnung ist, dann reichen Sie doch Ihre Versetzung ein.«

Aber das hatte er nicht gewollt.

Und warum nicht?, fragte er sich.

Weil Malcolm Webberly einen ganz besonderen Platz in seinem Leben einnahm.

Tja, so bestimmt unsere Vergangenheit unsere Gegenwart, dachte Leach jetzt. Wir merken es gar nicht, aber jedesmal, wenn wir zu einer Schlussfolgerung gelangen, uns ein Urteil bilden oder eine Entscheidung treffen, haben wir die Jahre unseres Lebens im Rücken, die uns ständig beeinflussen, ohne dass wir uns dieses Einflusses, der unsere Persönlichkeit prägt, überhaupt bewusst sind.

Er fuhr nach Hammersmith. Er redete sich ein, er brauchte ein paar Minuten für sich, um sich von der Szene mit Bridget zu erholen, indem er den Wagen kreuz und quer durch die Stadt lenkte, aber immer in südlicher Richtung, bis er nur noch einen Katzensprung vom Charing Cross Hospital entfernt war. Dort beendete er die Fahrt und machte die Intensivstation ausfindig.

Er könne Webberly nicht sehen, teilte ihm die zuständige Schwester mit, als er durch die Schwingtür trat. Nur Angehörige dürften einen Patienten auf der Intensivstation besuchen. Ob er zur Familie gehöre?

O ja, dachte er. Und seit langem schon, wenn er sich das auch niemals wirklich eingestanden und Webberly es nie gemerkt hatte. Aber laut sagte er:»Nein. Nur ein Kollege. Der Superintendent und ich haben lange zusammengearbeitet.«

Die Schwester nickte. Sie machte eine Bemerkung darüber, wie schön es sei, dass so viele Kollegen vorbeigekommen waren, angerufen hatten, Blumen geschickt und sich zum Blutspenden angeboten hatten.»Blutgruppe B«, fügte sie erläuternd hinzu.»Sie sind wohl nicht zufällig…? Oder Null vielleicht, die Universalgruppe, aber das wissen Sie wahrscheinlich.«

»AB negativ.«

»Oh, das kommt sehr selten vor. Könnten wir in diesem Fall nicht gebrauchen, aber Sie sollten regelmäßig spenden, wenn ich das mal sagen darf.«

»Kann ich irgendetwas…?« Er wies mit einer Kopfbewegung zu den Zimmern.

»Seine Tochter ist bei ihm. Und sein Schwager. Im Moment kann man gar nichts tun…«

»Hängt er immer noch an den Geräten?«

Sie machte eine bedauernde Miene.»Es tut mir wirklich Leid, aber ich darf keine nähere Auskunft… Ich hoffe, Sie haben Verständnis dafür. Aber wenn ich fragen darf – beten Sie?«

»Nicht regelmäßig.«

»Es hilft manchmal.«

Doch Leach meinte, er könne Nützlicheres tun als beten. Zum Beispiel, das Ermittlungsteam auf Trab bringen, um wenigstens bei der Suche nach dem Schwein, das Malcolm das angetan hatte, Fortschritte zu machen.

Gerade wollte er sich von der Schwester verabschieden, als eine junge Frau im Jogginganzug und mit offenen Turnschuhen aus einem der Zimmer trat. Die Schwester rief sie heran und sagte: »Der Herr hier hat sich nach Ihrem Vater erkundigt.«

Leach hatte Miranda Webberly zuletzt als Kind gesehen. Sie war ihrem Vater sehr ähnlich geworden: der gleiche stämmige Wuchs, das gleiche rostrote Haar, der gleiche gesunde Teint, selbst das Lächeln, das an den Augenwinkeln Fältchen hervorrief und ein Grübchen in der linken Wange, war das Gleiche. Sie wirkte auf ihn wie eine junge Frau, die von modischem Firlefanz nichts hielt, und das gefiel ihm.

Sie sprach mit leiser Stimme von ihrem Vater: dass er das Bewusstein nicht wiedererlangt hatte, dass es heute »eine ziemlich schlimme Krise mit seinem Herzen« gegeben, sich sein Zustand aber nun, Gott sei Dank, stabilisiert hatte, dass die Blutsenkung – »Ich glaube, es waren die weißen Blutkörperchen, oder? Aber vielleicht waren es auch die anderen.« – auf eine innere Blutung hinwies, die bald gefunden werden musste, weil sonst die Transfusionen, die er erhielt, umsonst wären.

»Es heißt, dass man sogar im Koma noch hören kann, darum habe ich ihm vorgelesen«, berichtete Miranda. »Ich habe natürlich in Cambridge nicht daran gedacht, etwas mitzunehmen, aber Onkel David ist losgegangen und hat ein Segelbuch gekauft, ich glaube, er hat das Erstbeste genommen, das ihm in die Hände fiel. Es ist leider furchtbar langweilig, wahrscheinlich falle ich selbst ins Koma, wenn ich da noch lange weiterlese. Jedenfalls kann ich mir nicht vorstellen, dass mein Vater vor lauter Spannung aus der Bewusstlosigkeit erwachen wird. Er liegt allerdings hauptsächlich im Koma, weil sie es so wollen. Zumindest haben sie mir das erklärt.«

Ihr schien viel daran zu liegen, Leach das Gefühl zu vermitteln, dass er willkommen war, dass sein klägliches Bemühen, zu helfen, dankbar gewürdigt wurde. Sie sah erschöpft aus, aber sie war ruhig und schien nicht zu erwarten, dass irgendein anderer sie aus der Situation, in die sie hineingeworfen worden war, retten würde. Auch das gefiel ihm.

»Kann nicht jemand Sie hier ablösen?«, fragte er. »Damit Sie wenigstens mal nach Hause fahren und sich ein Stündchen hinlegen können.«

»Doch, natürlich«, versicherte sie und kramte aus einer Tasche ihres Jogginganzugs ein Gummiband, mit dem sie ihr kräftiges, krauses Haar bändigte. »Aber ich möchte hier bleiben. Er ist mein Vater, und… Er kann mich hören, verstehen Sie. Er weiß, dass ich da bin. Und wenn das ihm hilft… Ich meine, es ist doch wichtig, dass jemand, der so etwas durchmacht, weiß, dass er nicht allein ist, finden Sie nicht auch?«

Woraus zu schließen war, dass Malcolms Frau nicht hier war.

Und das wiederum erlaubte gewisse Rückschlüsse darauf, wie das Leben im Hause Webberly sich seit Malcolms Entscheidung, Frances nicht zu verlassen, gestaltet hatte.

Ein einziges Mal hatten sie darüber gesprochen, Leach selbst hatte damals das Thema zur Sprache gebracht. Er konnte sich jetzt nicht mehr erinnern, warum er geglaubt hatte, er müsse einen Vorstoß in einen so persönlichen Bereich im Leben eines Kollegen machen, aber irgendetwas – eine eigenartige Bemerkung? ein Telefongespräch voll unterschwelliger Feindseligkeit von Webberlys Seite? eine Festlichkeit oder Feier, zu der Malcolm wieder einmal allein erschienen war? – hatte Leach veranlasst zu sagen: »Es ist mir schleierhaft, wie Sie der einen Frau den Geliebten vorspielen und der anderen der Geliebte sein können. Sie könnten Frances doch verlassen, Malc. Was hält Sie denn noch?«

Webberly hatte ihm keine Antwort gegeben. Tagelang nicht. Leach hatte schon geglaubt, er würde nie mehr eine bekommen, bis er eines Abends zwei Wochen später Webberly nach Hause gefahren hatte, weil dessen Wagen in der Werkstatt war. Es war halb neun Uhr, und sie war schon im Schlafanzug, als sie zur Tür gelaufen kam und freudestrahlend »Daddy! Daddy!« rufend durch den Vorgarten rannte und sich ihrem Vater in die Arme warf. Webberly drückte sein Gesicht in ihr krauses Haar und prustete ihr Küsse auf den Hals, die entzücktes Gekicher hervorriefen.

»Das ist meine Randie«, hatte Webberly gesagt. »Das ist es, was mich hält.«

Jetzt sagte Leach zu Miranda: »Ihre Mutter ist nicht hier? Sie ist wohl nach Hause gefahren, um sich ein bisschen auszuruhen?«

Sie erwiderte: »Ich werde ihr erzählen, dass Sie hier waren, Inspector. Ich weiß, das wird sie sehr freuen. Alle sind so – nehmen großen Anteil. Ja, wirklich.« Dann gab sie ihm die Hand und sagte, sie wolle jetzt zurück zu ihrem Vater.

»Wenn ich irgendetwas tun kann…?«

»Sie haben es schon getan«, versicherte sie.

Aber das Gefühl hatte Leach überhaupt nicht, als er zur Dienststelle in Hampstead zurück fuhr. Und dort angekommen, lief er rastlos im Besprechungszimmer hin und her, während er einen Bericht nach dem anderen durchsah, obwohl er die meisten bereits gelesen hatte.

Zu der Beamtin am Computer sagte er: »Was hören wir aus Swansea?«

Sie schüttelte den Kopf. »Die Autos der Verdächtigen sind alle relativ neu, Sir. Keines ist mehr als zehn Jahre alt.«

»Und wem gehört der älteste Wagen?«

Sie sah auf einer Liste nach. »Robson«, antwortete sie. »Raphael. Er fährt einen Renault. Farbe – Augenblick – silbergrau.«

»Verdammt noch mal. Es muss doch eine Spur geben.« Er erwog andere Wege, das Problem anzugehen. Er sagte: »Andere Personen von Bedeutung. Schauen Sie da mal nach.«

»Sir?«, fragte sie.

»Gehen Sie die Berichte durch. Schreiben Sie sämtliche Namen heraus. Ehefrauen, Ehemänner, Freunde, Freundinnen, Teenager, die Auto fahren, jeden, der irgendeine Verbindung zu dieser Geschichte hat und Auto fährt. Jagen Sie die Namen durch den Computer der Zulassungsstelle und finden Sie raus, ob einer von denen ein Fahrzeug hat, das passt.«

»Alle, Sir?«, fragte sie.

»Ich denke, wir sprechen dieselbe Sprache, Vanessa.«

»Natürlich, Sir.«

Gerade wollte sie seufzend an ihre Arbeit zurückkehren, da kam ein junger Constable ins Besprechungszimmer gerannt. Er hieß Solberg, ein Frischling, der seit seinem ersten Tag bei der Mordkommission ganz versessen darauf war, zu zeigen, was er konnte. Er schwenkte ein Bündel Papiere, und sein Gesicht war so rot, als hätte er gerade einen Marathonlauf absolviert.

»Hey, Chef!«, rief er laut. »Schauen Sie sich das mal an. Es ist zehn Tage her, und es ist eine ganz heiße Sache. Echt.«

»Wovon reden Sie überhaupt, Solberg?«, fragte Leach.

»Von einer kleinen Komplikation«, antwortete der Constable.

Nach dem Gespräch mit Yasmin Edwards beschloss Nkata, Katja Wolffs Anwältin auf den Zahn zu fühlen. »Sie haben bekommen, was Sie wollen, Constable. Jetzt verschwinden Sie gefälligst«, hatte Yasmin gesagt, nachdem sie abgewartet hatte, bis er *12 Uhr 41 nachts* in sein Buch eingetragen hatte. Sie hatte es abgelehnt, Mutmaßungen darüber anzustellen, wo ihre Freundin an dem Abend von Eugenie Davies' Tod gewesen war. Er hatte mit dem Gedanken gespielt, ihr ein wenig die Hölle heiß zu machen – *Sie haben schon einmal gelogen, Madam, wer sagt mir, dass Sie nicht wieder lügen. Wissen Sie, was mit Strafgefangenen passiert, die sich der Beihilfe zum Mord schuldig machen?* –, aber er hatte es nicht getan. Er hatte es nicht übers Herz gebracht, da er beobachtet hatte, was während des Gesprächs in ihrem Gesicht vorgegangen war, und daraus ziemlich genau hatte schließen können, was es sie kostete, ihm das Wenige zu sagen, was sie bereits gesagt hatte. Trotzdem konnte er nicht umhin, zu überlegen, was geschehen würde, wenn er sie nach dem Grund fragte – warum sie ihre Freundin verriet, und was es zu bedeuten hatte, dass sie sie verriet? Aber das war nicht seine Sache. Das durfte nicht seine Sache sein, weil er Polizist war und sie eine ehemalige Strafgefangene. So war das nun mal.

Er hatte also sein Buch zugeklappt. Er hatte die Absicht gehabt, mit einem kurzen, pointierten: »Bravo, Mrs. Edwards, Sie haben das Richtige getan«, ohne weiteren Aufenthalt aus dem Laden zu marschieren. Aber es kam ganz anders. Er sagte: »Ist alles in Ordnung, Mrs. Edwards?«, und war erschrocken über die Zärtlichkeit, die er für sie empfand. Zärtlichkeit für eine solche Frau in einer solchen Situation, das war ja echt das Letzte. Und als sie schroff erwiderte: »Hauen Sie einfach ab«, war er klug genug, der Aufforderung zu folgen.

Im Auto holte er die Karte aus seiner Brieftasche, die Katja Wolff ihm am Morgen gegeben hatte, nahm den Stadtplan aus dem Handschuhfach und suchte die Straße, in der Harriet Lewis ihre Kanzlei hatte. Wie der unerfreuliche Zufall es wollte, war die Kanzlei in Kentish Town, auf der anderen Seite der Themse, und das bedeutete eine weitere Expedition quer durch London. Aber die umständliche Fahrt hatte auch ihr Gutes. Sie ließ ihm Zeit, darüber nachzudenken, wie er von der Anwältin am ehesten erfahren würde, was er wissen wollte. Er brauchte einen guten Plan, denn wenn Harriet Lewis ihre Kanzlei in so unmittelbarer Nähe des Holloway-Frauengefängnisses hatte, konnte man damit rechnen, dass zu ihren Mandanten mehr als eine Knastschwester gehörte, und das wiederum hieß, dass sie sich nicht so leicht austricksen lassen würde.

Als er endlich seinen Bestimmungsort erreicht hatte und seinen Wagen am Bordstein anhielt, stellte er fest, dass Harriet Lewis sich in einem bescheidenen Büro zwischen einem Zeitungsladen und einem Lebensmittelgeschäft, das auf der Straße nicht mehr ganz taufrischen Broccoli und Blumenkohl anbot, niedergelassen hatte. Die Haustür stand in schrägem Winkel zur Straße und grenzte direkt an die Tür zum Zeitungsladen. Auf der oben eingelassenen Scheibe aus durchsichtigem Glas stand nur *Anwaltskanzlei.*

Drinnen führte eine mit fadenscheinigem roten Teppich bespannte Treppe zu einem kleinen Vorplatz mit zwei gegenüberliegenden Türen hinauf. Eine stand offen. Dahinter befand sich ein leerer Raum mit staubigem Holzdielenboden. Die andere Tür war geschlossen und durch eine Visitenkarte gekennzeichnet, die mit einer Reißzwecke befestigt war. Nkata sah sich die Karte an: die Gleiche, die Katja Wolff ihm gegeben hatte. Mit dem Fingernagel hob er sie an und warf einen Blick darunter. Es gab keine zweite. Nkata lächelte. Das war doch ein guter Einstieg.

Er trat ohne anzuklopfen ein und gelangte in einen Empfangsraum, wie er ihn in diesem Viertel, in dieser Umgebung, angesichts der Räume gegenüber überhaupt nicht erwartet hätte. Ein Perserteppich bedeckte zum größten Teil den gewachsten Holzboden, und auf ihm gruppierten sich ein Empfangstresen, Sofa, Sessel und Tische strengsten modernen Designs. Alles Holz und Leder und vorwiegend scharfe Ecken und Kanten. Eigentlich hätten sie sich nicht nur mit dem Teppich, sondern auch mit der altmodischen Sockeltäfelung und der Tapete beißen müssen, stattdessen drückte diese Einrichtung gerade so viel Wagemut aus, wie man ihn sich bei einem Anwalt wünscht.

»Ja, bitte?«, fragte die Frau mittleren Alters, die an einem Schreibtisch mit Bildschirm und Tastatur saß und, nach den kleinen Stöpseln in ihren Ohren zu urteilen, gerade nach Diktat schrieb. Sie trug korrektes Marineblau mit Creme, einen adretten Kurzhaarschnitt, der von einer ersten grauen Strähne durchzogen war, und hatte die dunkelsten Augenbrauen, die man sich vorstellen konnte. Und den feindseligsten Blick, den Nkata, der die argwöhnischen Blicke weißer Frauen gewöhnt war, je hatte aushalten müssen.

Er zeigte ihr seinen Ausweis und bat um ein Gespräch mit der Anwältin. Einen Termin habe er nicht, teilte er der Frau mit, bevor sie danach fragen konnte, aber Mrs. Lewis werde sicherlich…

»Miss Lewis«, verbesserte ihn die Empfangsdame und entfernte ihre Ohrstöpsel.

… bereit sein, ihn zu empfangen, wenn sie hörte, dass er wegen Katja Wolff hier sei. Er legte seine Karte auf den Tisch und fügte hinzu: »Geben Sie ihr die bitte. Und sagen Sie ihr, dass wir heute Morgen miteinander telefoniert haben. Ich denke, sie wird sich erinnern.«

Die Empfangssekretärin wartete demonstrativ, bis Nkata seine Finger von der Karte genommen hatte, ehe sie sie ergriff.

»Bitte warten Sie hier«, sagte sie und stand auf, um nach nebenan zu gehen. Vielleicht zwei Minuten später kehrte sie zurück und setzte den Kopfhörer wieder auf. Ohne einen Blick in Nkatas Richtung, begann sie wieder zu tippen, und ihm wäre vielleicht die Galle hochgekommen, hätte er nicht früh im Leben gelernt, das Verhalten weißer Frauen als das zu erkennen, was es im Allgemeinen war: plump und dumm.

Er sah sich also die Bilder an den Wänden an – alte Schwarzweiß-Aufnahmen von Frauenköpfen, die ihn an Zeiten erinnerten, als das britische Empire noch rund um den Globus reichte –, und als er damit fertig war, nahm er eine Ausgabe der amerikanischen Zeitschrift *Ms.* zur Hand und vertiefte sich in einen Artikel über Alternativen zur Totaloperation, von einer Autorin, die einen gigantischen Komplex zu haben schien.

Er setzte sich nicht, und als die Empfangssekretärin mit bedeutungsvoller Betonung sagte: »Es wird eine Weile dauern, Constable, da Sie ja nicht angemeldet waren«, entgegnete er: »Ja, so ist das mit Morden, nicht? Die melden sich nie an.« Und er lehnte sich mit einer Schulter an die helle gestreifte Tapete und schlug mit der flachen Hand dagegen, wobei er sagte: »Echt schön, das Muster. Hat es einen Namen?«

Er bemerkte genau, wie die Frau auf der Suche nach Fettflecken mit Argusaugen die Stelle musterte, die er berührt hatte. Sie gab ihm keine Antwort. Er nickte ihr freundlich zu, öffnete seine Zeitschrift wieder und lehnte seinen Kopf an die Tapete.

»Wir haben ein Sofa, Constable«, sagte die Empfangssekretärin.

»Ich hab schon den ganzen Tag gesessen«, gab er zurück und fügte dann mit einer Grimasse hinzu: »Hämorrhoiden, wissen Sie.«

Das wirkte. Sie stand auf, verschwand im Zimmer nebenan und kam innerhalb einer Minute zurück. Sie trug ein Tablett mit den Resten des Nachmittagstees und sagte, er könne jetzt hineingehen.

Nkata lächelte vor sich hin.

Harriet Lewis, ganz in Schwarz wie am vergangenen Abend, stand hinter ihrem Schreibtisch, als er in ihr Büro trat. Sie sagte: »Wir haben uns bereits unterhalten, Constable. Muss ich einen Kollegen anrufen?«

»Wieso? Haben Sie das nötig?«, fragte Nkata. »Eine Frau wie Sie hat doch bestimmt keine Angst, für sich selbst einzustehen.«

»Eine Frau wie ich«, äffte sie ihn nach, »ist nicht naiv. Ich sage meinen Mandanten den ganzen Tag nichts anderes, als dass sie in Anwesenheit der Polizei den Mund halten sollen. Ich wäre ja wohl ziemlich dumm, würde ich nicht meinen eigenen Rat beherzigen.«

»Noch dümmer wären Sie, wenn Sie es so weit kommen ließen, dass sie eine Klage wegen Behinderung polizeilicher Ermittlungen an den Hals kriegten.«

»Sie haben ja noch nicht einmal jemanden festgenommen. Da bekämen Sie keinen Fuß auf den Boden.«

»Es ist noch nicht aller Tage Abend.«

»Drohen Sie mir nicht.«

»Dann machen Sie doch Ihren Anruf«, sagte Nkata und schlenderte zu der Sitzgruppe auf der anderen Seite des Raums. »Ah«, sagte er, als er sich setzte. »Puh! Tut gut, mal wieder die Beine auszuruhen.« Mit einer Kopfbewegung wies er zu ihrem Telefon. »Bitte. Tun Sie sich keinen Zwang an. Ich kann warten. Meine Mutter ist eine Top-Köchin, die hält mir mein Essen schon warm.«

»Was soll das alles, Constable? Wir haben bereits miteinander gesprochen, und ich habe dem, was ich Ihnen gesagt habe, nichts hinzuzufügen.«

»Eine Partnerin haben Sie nicht, wie ich eben festgestellt

habe«, sagte er. »Oder ist sie vielleicht unter Ihrem Schreibtisch versteckt?«

»Ich kann mich nicht erinnern, gesagt zu haben, ich hätte eine Partnerin. Das ist eine reine Vermutung von Ihnen.«

»Die auf Katja Wolffs Lüge basiert. Galveston Road Nummer fünfundfünfzig, Miss Lewis. Wäre das ein Thema für Sie? Dort soll übrigens Ihre Partnerin ihren Wohnsitz haben.«

»Die Beziehung zu meiner Mandantin ist vertraulich.«

»Natürlich. Sie haben also dort eine Mandantin?«

»Das sagte ich nicht.«

Die Ellbogen auf die Knie gestützt, beugte Nkata sich vor. »Dann hören Sie mir jetzt mal gut zu«, sagte er und sah auf seine Uhr. »Vor genau siebenundsiebzig Minuten hat Katja Wolff ihr Alibi für einen Unfall mit Fahrerflucht in West Hampstead verloren. Haben Sie das verstanden? Und durch den Verlust dieses Alibis rückt sie auf der Liste der Verdächtigen ganz nach oben. Es ist meine Erfahrung, dass einem die Leute bei Mord nur dann ein falsches Alibi auftischen, wenn sie einen guten Grund haben. Und in dem Fall schaut's so aus, als hätte sie einen guten Grund dazu gehabt. Die Frau, die getötet wurde –«

»Ich weiß, wer getötet wurde«, fiel ihm die Anwältin gereizt ins Wort.

»Ach ja? Gut. Dann wissen Sie vielleicht, dass Ihre Mandantin mit dieser Person möglicherweise noch eine Rechnung offen hatte.«

»Die Vorstellung ist absurd. Meine Mandantin hatte nichts gegen die Frau. Im Gegenteil.«

»Katja Wolff hätte also gewollt, dass Eugenie Davies am Leben bleibt? Wieso denn das, Miss Lewis?«

»Das ist vertraulich.«

»Na, bravo! Dann fügen Sie doch dem Schatz Ihrer vertraulichen Informationen noch folgendes hinzu: Gestern Abend gab es in Hammersmith einen zweiten Autounfall mit Fahrerflucht. Gegen Mitternacht. Es traf den Beamten, der damals Katja Wolff ins Gefängnis gebracht hat. Er ist am Leben, aber sein Leben hängt am seidenen Faden. Und Sie wissen doch sicher, wie die Polizisten zu einem Verdächtigen stehen, wenn's einen der Ihren trifft.«

Diese Neuigkeit schien Harriet Lewis doch ein wenig zu er-

740

schüttern. Sie setzte sich eine Spur aufrechter hin und sagte: »Katja Wolff hat mit alledem nichts zu tun.«

»Das zu sagen, werden Sie bezahlt. Und das zu glauben, auch. Das würde wahrscheinlich auch Ihre Partnerin sagen und glauben, wenn Sie eine hätten.«

»Hören Sie endlich auf, darauf herumzureiten. Sie wissen doch so gut wie ich, dass ich für eine falsche Information, die Sie in meiner Abwesenheit von einer Mandantin erhalten haben, nicht verantwortlich bin.«

»Stimmt. Aber jetzt sind Sie anwesend. Und jetzt, wo klar ist, dass Sie keine Partnerin haben, müssen wir vielleicht mal darüber reden, warum mir weisgemacht wurde, Sie hätten eine.«

»Ich habe keine Ahnung.«

»Ach nein?« Nkata zog Notizbuch und Stift heraus und klopfte, um seinen Worten Nachdruck zu verleihen, mit dem Stift auf den Ledereinband des Buchs. »Für mich schaut das folgendermaßen aus: Sie sind Katja Wolffs Anwältin, aber Sie sind für sie auch noch was anderes, was Pikanteres, etwas, das in Ihrem Geschäft nicht so ganz koscher ist. Also –«

»Das ist wirklich unerhört!«

»Also, wenn das raus kommt, sehen Sie schlecht aus, Miss Lewis. Bei Ihnen gibt's schließlich ein Berufsethos, und eine Anwältin, die mit ihrer Klientin rumturtelt, passt da nicht rein. Es schaut sogar ganz danach aus, als wäre das überhaupt der Grund, weshalb Sie sich so rührend um Strafgefangene kümmern: Die kommen zu Ihnen, wenn sie ganz tief unten sind, und da haben Sie freie Bahn, um sie in die Kiste zu kriegen.«

»Das ist eine Frechheit.« Harriet Lewis kam hinter ihrem Schreibtisch hervor. Sie ging mit schnellen Schritten durch das Zimmer und stellte sich hinter einen der Sessel der Sitzgruppe. Die Hände fest auf seiner Rückenlehne, sagte sie: »Verlassen Sie sofort mein Büro, Constable.«

»Spielen wir's doch mal durch«, sagte er ruhig und vernünftig und lehnte sich in seinem Sessel zurück. »Denken wir einfach mal laut nach.«

»Leute Ihres Schlags können das ja nicht einmal leise.«

Nkata lächelte. Er schrieb sich einen Punkt gut. »Dann hören Sie mir trotzdem einen Moment zu, okay?«

»Ich habe keine Lust, mich weiter mit Ihnen zu unterhalten. Gehen Sie jetzt bitte, sonst werde ich mich bei Ihrer Behörde beschweren.«

»Worüber wollen Sie sich denn beschweren? Was meinen Sie, wie das aussieht, wenn rauskommt, dass Sie nicht mal mit einem einzelnen Bullen fertig geworden sind, der wegen einer Mörderin bei Ihnen war. Und nicht etwa wegen irgendeiner x-beliebigen Mörderin, Miss Lewis. Wegen einer Kindsmörderin, die zwanzig Jahre gesessen hat!«

Darauf gab die Anwältin keine Antwort.

Nkata ließ nicht locker. Mit einem Nicken zu Harriet Lewis' Schreibtisch sagte er: »Dann rufen Sie doch jetzt bei der Beschwerdestelle an und melden Sie mich wegen gemeiner Schikane oder was Ihnen sonst so einfällt. Aber passen Sie auf, wer am Ende dumm dasteht, wenn die Story in die Zeitungen kommt.«

»Das ist Nötigung!«

»Unsinn! Ich mache Sie auf die Fakten aufmerksam. Sie können mit ihnen anfangen, was Sie wollen. Mir geht es um die Wahrheit über die Galveston Road. Sagen Sie mir die, und ich bin weg.«

»Fahren Sie doch selbst hin.«

»Hab ich schon einmal getan. Ohne Munition kein zweites Mal.«

»Die Galveston Road hat überhaupt nichts –«

»Ach, Miss Lewis, versuchen Sie doch nicht, mich für dumm zu verkaufen.« Wieder wies Nkata zu ihrem Telefon. »Na, wollen Sie nicht die Beschwerdestelle anrufen?«

Harriet Lewis seufzte. Sie schien über ihre Möglichkeiten nachzudenken. Dann kam sie um den Sessel herum und setzte sich. »In diesem Haus lebt Katja Wolffs Alibi, Constable«, sagte sie endlich. »Eine Frau namens Noreen McKay. Sie ist nicht bereit, sich zu melden und Katja zu entlasten. Wir waren gestern Abend bei ihr, um das mit ihr zu besprechen. Wir hatten keinen Erfolg. Und ich fürchte, daran wird sich auch nichts ändern.«

»Wie kommt das?«, fragte Nkata.

Harriet Lewis strich glättend über ihren Rock. Sie spielte an einem Fädchen, das sie an einem Knopf ihrer Jacke entdeckt hatte. »Ich vermute, Sie würden es Berufsethos nennen«, antwortete sie schließlich.

»Es handelt sich um eine Rechtsanwältin?«

Harriet Lewis stand auf. »Ich muss Katja Wolff anrufen und sie um die Genehmigung bitten, diese Frage zu beantworten«, sagte sie.

Libby Neal ging schnurstracks zum Kühlschrank, als sie aus South Kensington nach Hause kam. Sie hatte eine Wahnsinnsgier auf was Weißes und fand, es stünde ihr zu, dieses Bedürfnis zu befriedigen. Sie hatte für solche Notfälle immer einen großen Becher Häagen-Dasz-Vanilleeis im Tiefkühlschrank. Den holte sie jetzt heraus, schnappte sich aus der Besteckschublade einen Löffel und schob mit einiger Mühe den Deckel des Bechers hoch. Sie schlang ungefähr ein Dutzend Löffel voll in sich hinein, ehe sie wieder denken konnte.

Aber selbst dann dachte sie nur, ich brauch noch was Weißes, und wühlte im Müll unter der Küchenspüle, bis sie den Beutel mit dem Rest Käsepopcorn fand, den sie am Vortag in einer Anwandlung von Selbstverachtung weggeworfen hatte. Sie hockte sich auf den Boden und stopfte sich das restliche Popcorn in den Mund, ehe sie sich erneut auf die Suche begab. Diesmal musste das Päckchen Weizenmehltortillas daran glauben, das sie seit langem als eine Art Herausforderung an ihre Willenskraft herumliegen hatte. Allerdings waren die Tortillas inzwischen nicht mehr weiß, sondern stellenweise schimmelig. Aber der Schimmel ließ sich ja leicht entfernen, und wenn sie versehentlich welchen schluckte, war das bestimmt auch nicht weiter schlimm. Man denke nur an Penizillin.

Sie schälte ein Stück Wensleydale aus seiner Zellophanverpackung und schnitt ein paar Scheiben für eine Quesadilla auf. Dann legte sie die Käsescheiben auf die Tortilla, gab eine zweite darauf und warf das Ganze in eine Bratpfanne. Als der Käse geschmolzen und die Tortilla angebräunt war, nahm sie sie heraus, rollte sie zu einer Röhre und hockte sich damit wieder auf den Küchenboden, wo sie sich so gierig wie eine Verhungernde über den Leckerbissen hermachte.

Sie blieb auf dem Boden sitzen, als die Quesadilla vertilgt war, und lehnte den Kopf an einen der Küchenschränke. Das, sagte sie sich, hatte sie gebraucht. Was passiert war, war doch einfach zu gruselig, und wenn alles zu gruselig wurde, musste man dafür sorgen, dass der Blutzuckerspiegel hoch blieb. Man konnte ja nie wissen, wann Action angesagt war.

Gideon hatte sie nicht zum Wagen begleitet. Er hatte sie nur zur Wohnungstür gebracht. Auf dem Weg durch den Flur hatte sie gefragt: »Macht dir das echt nichts aus, Gid? Ich meine, es kann doch für dich nicht gerade lustig sein, hier zu warten. Warum fährst du nicht einfach mit mir nach Hause? Wir können deinem Dad einen Zettel hinlegen, und wenn er heimkommt, kann er dich anrufen, und wir können wieder hierher fahren.«

»Ich warte hier«, hatte er gesagt, die Tür aufgemacht und hinter ihr geschlossen, ohne sie auch nur einmal anzusehen.

Was hatte das zu bedeuten, dass er unbedingt auf seinen Vater warten wollte? Würde es jetzt zur großen Abrechnung zwischen den beiden kommen? Sie hoffte es von Herzen. Denn die große Abrechnung zwischen Vater und Sohn war seit Ewigkeiten fällig.

Sie versuchte, es sich vorzustellen, eine heftige Auseinandersetzung, heraufbeschworen durch Gideons Entdeckung, dass er noch eine Schwester gehabt hatte, eine zweite Schwester, von deren Existenz er nie erfahren hatte. Er würde die Karte ergreifen, die Virginias Mutter an Richard geschrieben hatte, und sie seinem Vater zornig vor die Nase halten. »Los«, würde er sagen, »erzähl mir von ihr, du Mistkerl. Erklär mir, warum ich sie nie kennenlernen durfte.«

Denn das schien der springende Punkt zu sein, der Ursprung von Gideons Wut, als er die Karte gelesen hatte: dass sein Vater ihm diese Schwester verheimlicht hatte, obwohl sie immer dagewesen war.

Und warum?, dachte Libby. Warum hatte es Richard darauf angelegt, Gideon von seiner noch lebenden Schwester fern zu halten? Aus dem gleichen Grund, aus dem er alles andere tat: um Gideon auf die Geige zurückzuverweisen, und einzig auf die Geige.

Nein, nein, nein. Keine Freunde, Gideon. Keine Partys. Kein Sport. Keine öffentliche Schule. Du musst üben, spielen, auftreten, Geld ranschaffen. Und das kannst du nicht, wenn du andere Interessen neben deinem Instrument hast. Wie beispielsweise eine Schwester.

Mein Gott, dachte Libby. Was für ein gemeiner Kerl. Er hatte Gideons Leben total verkorkst.

Wie, versuchte sie sich vorzustellen, hätte dieses Leben sich entfaltet, wenn Gideon es nicht ausschließlich mit seiner Musik zugebracht hätte? Er wäre zur Schule gegangen wie ein ganz gewöhnlicher kleiner Junge. Er hätte Sport getrieben, Fußball gespielt vielleicht. Er wäre Fahrrad gefahren, auf Bäume geklettert, wäre vielleicht auch mal runtergefallen und hätte sich was gebrochen. Er wäre abends mit seinen Freunden auf ein Bier gegangen, und er hätte sich mit Mädchen getroffen und versucht, ihnen an die Wäsche zu gehen, und wäre ganz normal gewesen. Nie wäre er so geworden, wie er jetzt war.

Gideon verdiente das Gleiche, was andere hatten und für selbstverständlich hielten, sagte sich Libby. Er verdiente Freunde. Er verdiente eine Familie. Er verdiente ein eigenes Leben. Aber das alles würde er nicht bekommen, solange er unter Richards Fuchtel stand und niemand bereit war, etwas zu unternehmen, um die Beziehung zwischen Gideon und seinem beschissenen Vater zu verändern.

Libby fuhr in die Höhe. Sie merkte, dass sie auf einmal ganz kribbelig war. Sie lehnte den Kopf gegen den Küchenschrank, um hinauf auf den Tisch sehen zu können. Dort hatte sie Gideons Schlüssel hingeworfen, als sie, ihrer Gier nach einem weißen Nahrungsmittel nachgebend, zum Kühlschrank gestürzt war, und es schien ihr jetzt wie eine Vorsehung zu sein, dass sie die Schlüssel hatte, ein Zeichen Gottes, das gesandt worden war, Gideons Leben zu verändern.

Sie stand auf, trat an den Tisch und nahm die Schlüssel, ehe sie es sich wieder anders überlegen konnte. Dann verließ sie die Wohnung.

## 22

Yasmin schickte Daniel mit einem Schokoladenkuchen in die Kaserne hinüber. Er war erstaunt, denn seine Mutter schimpfte sonst immer, wenn er bei den Soldaten herumhing, aber er sagte nur: »Hey, klasse, Mama«, lachte sie an und flitzte schon davon, um den »Dankbesuch« zu machen, den sie vorgeschlagen hatte. »Es ist doch nett von den Typen, dass sie dich immer wieder mal zum Essen einladen«, hatte sie zu ihrem Sohn gesagt, und wenn Daniel der Widerspruch zwischen dieser Bemerkung und ihrer früheren Einstellung den Soldaten gegenüber auffiel, so verlor er kein Wort darüber.

Als Yasmin allein war, setzte sie sich vor den Fernseher. Sie hatte den Lammeintopf vorbereitet. Sie brachte es auch jetzt noch nicht fertig, ein einmal gegebenes Versprechen zu brechen, arme Irre, die sie war. Jetzt genauso wenig wie zu Roger Edwards' Zeiten konnte sie plötzlich ihre Meinung ändern oder einen Schlussstrich ziehen.

Warum ist das so?, fragte sie sich in diesem Moment, aber diese innere Leere, die sie empfand, und das Aufkeimen einer Furcht, die sie vor langer Zeit begraben hatte, waren ihr Antwort genug. Ihr ganzes Leben, so schien ihr, war von dieser Furcht bestimmt und beherrscht gewesen, einem tiefen Grauen vor etwas, dem sie niemals einen Namen geben und erst recht nicht ins Gesicht hatte sehen wollen.

Sie versuchte, das Denken abzuschalten. Sie wollte nicht darüber nachdenken, dass ihr wieder einmal nichts geblieben war als die Erkenntnis, dass es keine rettende Zuflucht gab, auch wenn sie noch so entschlossen war, sich den Glauben an ihre Existenz nicht rauben zu lassen.

Sie hasste sich. Sie hasste sich so sehr, wie sie Roger Edwards gehasst hatte, und mehr – viel mehr –, als sie Katja hasste, die ihr diesen Moment der Wahrheit beschert hatte und sie zwang, in den Spiegel zu sehen, lange und kritisch. Es änderte nichts, dass jeder Kuss, jede Umarmung, jeder Liebesakt und jedes Gespräch auf einer Lüge gegründet waren, die sie nicht hatte erkennen können. Was zählte, war die Tatsache, dass sie, Yasmin Edwards, sich darauf eingelassen hatte. Darum dieser Selbstekel, der sie verzehrte, diese tausend *Ich hätte es wissen müssen.*

Als Katja zur Tür hereinkam, sah Yasmin auf die Uhr. Sie war auf die Minute pünktlich, aber das war ja von Anfang an klar gewesen, dass sie pünktlich kommen würde, denn Katja Wolff hatte ein gutes Gespür dafür, was in anderen vorging. Es war eine Überlebenskunst, die sie sich im Gefängnis angeeignet hatte, und Yasmins Besuch in der Wäscherei hatte ihr natürlich verraten, dass etwas geschehen war. Darum die pünktliche Heimkehr. Sie war vorbereitet.

Aber sie wusste natürlich nicht, worauf sie vorbereitet sein musste. Das war der einzige Vorteil, den Yasmin hatte. Sonst lagen alle Vorteile bei der Freundin, und der Wichtigste war immer unübersehbar gewesen, obwohl Yasmin ihn stets geleugnet hatte.

Zielstrebigkeit. Die Tatsache, dass sie stets ein Ziel vor Augen gehabt hatte, war im Gefängnis Katja Wolffs Rettung davor gewesen, den Verstand zu verlieren. Sie war ein Mensch, der immer Pläne hatte, und so war sie ihr Leben lang gewesen. »Du musst wissen, was du willst, wenn du hier herauskommst«, hatte sie immer wieder zu Yasmin gesagt. »Gönne ihnen nicht den Triumph, dich zerstört zu haben.« Yasmin hatte gelernt, Katja Wolff für diese eiserne Entschlossenheit, der Situation zum Trotz die zu werden, die sie immer hatte werden wollen, zu bewundern. Und danach hatte sie gelernt, Katja Wolff dafür zu lieben, dass sie ihnen beiden, selbst hinter Gefängnismauern, stets eine Zukunftsvision geboten hatte.

Sie hatte zu ihr gesagt: »Du musst zwanzig Jahre hier drinnen bleiben. Glaubst du im Ernst, du wirst mit fünfundvierzig einfach rausmarschieren und anfangen, Mode zu machen?«

»Ich werde mir ein Leben aufbauen«, hatte Katja versichert. »Ich werde niemals klein beigeben, Yas. Ich lasse mir mein Leben nicht nehmen.«

Dieses Leben musste aber irgendwo beginnen, wenn Katja ihre Strafe verbüßt hatte und in die Gesellschaft entlassen wurde. Sie brauchte eine Zuflucht, wo sie vor dem öffentlichen Interesse sicher wäre, um in Ruhe ihre Welt neu aufbauen zu können. Kein

Rampenlicht. Sie könnte ihren Traum nicht verwirklichen, wenn es ihr nicht gelänge, sich reibungslos wieder in die Gesellschaft einzufügen. Für sie als ehemalige Strafgefangene würde es schwierig genug werden, sich auf dem heiß umkämpften Modemarkt durchzusetzen.

Als sie nach Kennington zu Yasmin gezogen war, hatte Yasmin damit gerechnet, dass sie eine gewisse Anpassungszeit brauchen würde, ehe sie daran gehen konnte, die Träume zu verwirklichen, von denen sie immer gesprochen hatte. Sie hatte Katja deshalb Zeit gelassen, mit der Freiheit wieder Bekanntschaft zu schließen, und sich nicht gewundert, als Katja sich nicht unmittelbar anschickte, die Ziele, von denen sie im Gefängnis stets gesprochen hatte, in Angriff zu nehmen. Die Menschen sind eben unterschiedlich, dachte sie. Es hatte überhaupt nichts zu bedeuten, dass sie selbst von dem Moment an, als sie endlich frei war, wie eine Wilde losgelegt hatte, um sich ihr neues Leben zu schaffen. Sie hatte schließlich einen Sohn, für den sie sorgen musste, und eine geliebte Freundin, auf deren Kommen sie sich jahrelang vorbereitete. Sie hatte Gründe, ihre Welt in Ordnung zu bringen, um zuerst Daniel und später Katja das Heim bieten zu können, das die beiden verdienten.

Aber jetzt erkannte sie, dass Katjas Worte nicht mehr als eben das gewesen waren: Worte. Katja drängte es gar nicht, sich einen Platz in der Welt zu erobern, weil sie es nicht nötig hatte. Ihr war seit langem ein Platz reserviert.

Jasmin blieb reglos auf dem Sofa sitzen, als Katja mit den Worten: »Mein Gott, bin ich fertig«, ihren Mantel abwarf und dann, Yasmin bemerkend, erstaunt rief: »Was tust du denn da im Dunkeln, Yas?« Sie kam durch das Zimmer, knipste die Tischlampe an und griff sofort nach den Zigaretten, die Mrs. Crushley in der Wäscherei nicht erlaubte. Sie zündete sich eine Zigarette mit einem Streichholz aus einem Heftchen an, das sie aus ihrer Tasche nahm und dann neben die Packung Dunhill auf den Couchtisch warf. Yasmin beugte sich vor und nahm die Streichhölzer zur Hand. *Frère Jacques Bar & Brasserie* stand darauf.

»Wo ist Daniel?«, fragte Katja und schaute sich um. Sie ging in die Küche und rief, als sie sah, dass der Tisch nur für zwei gedeckt war: »Ist er zum Essen bei einem Freund, Yas?«

»Nein«, antwortete Yas, »er kommt bald nach Hause.« Sie hatte es absichtlich so eingerichtet, um sich dagegen abzusichern, dass sie im letzten Moment doch wieder schwach würde.

»Warum ist dann der Tisch –« Katja brach ab. Sie war eine Frau, die ausreichend Disziplin besaß, um sich nicht zu verraten, und jetzt bediente sie sich dieser Disziplin, um ihre eigene Frage zu unterdrücken.

Yasmin lächelte bitter. Tja, sagte sie der Freundin lautlos, das hättest du nicht gedacht, was, Kat? Dass die kleine Dumme eines Tages schlau wird? Und dass sie dann tatsächlich etwas *unternimmt*, sogar die Initiative ergreift und sich traut, es anzugehen! Denn du hast ja fünf Jahre Zeit gehabt, um rauszukriegen, wie sie tickt, und ihr vorzumachen, sie hätte eine Zukunft mit dir. Du hast damals schon gewusst, dass man dieser kleinen Blöden nur mit den schönsten Möglichkeiten zu winken braucht, wo's in Wirklichkeit nicht mal die Hoffnung einer Möglichkeit gibt, um sie so weit zu kriegen, dass sie alles für einen tut. Und so eine hast du gebraucht, stimmt's, Kat? Darauf hast du gezählt.

Laut sagte sie: »Ich war in der Galveston Road.«

»Du warst wo?«, fragte Katja vorsichtig, und Yasmin hörte wieder den Akzent, dieses Zeichen ihres Fremdseins, das ihr einmal so sehr gefallen hatte.

»Galveston Road fünfundfünfzig in Wandsworth, Süd-London«, sagte Yasmin.

Katja antwortete nicht, aber Yasmin sah ihr an, dass sie überlegte, obwohl ihr Gesicht die ausdruckslose Maske war, die zu zeigen sie im Gefängnis gelernt hatte. Die leere Miene sagte, hinter dieser Stirn geht gar nichts vor. Aber der auf Yasmin gerichtete Blick war allzu angespannt.

Jetzt erst fiel Yasmin auf, wie ungepflegt Katja aussah. Ihr Gesicht glänzte fettig, und das blonde Haar klebte ihr strähnig am Schädel.

»Heute warst du nicht dort«, stellte sie fest. »Hast dir wohl gedacht, du duschst zu Hause, hm?«

Katja kam näher. Sie zog tief an ihrer Zigarette, und Yasmin merkte ihr an, dass sie immer noch überlegte. Sie überlegte, ob das Ganze nicht ein Trick war, um sie zu einem Geständnis zu verleiten; ob nicht Yasmin lediglich auf den Busch klopfte. »Yas«, sagte sie und streifte mit ihrer Hand über die Zöpfe, die Yasmin zurückgenommen und im Nacken mit einem Seidenschal gebunden hatte.

Yasmin fuhr zurück. »Du hast dort gar nicht duschen müssen, oder?«, sagte sie. »Keine Schmiere im Gesicht.«

»Yasmin, was redest du da?«

»Ich rede von der Galveston Road, Katja. Nummer fünfundfünfzig. Ich rede davon, was du so treibst, wenn du dahin gehst.«

»Ich gehe dorthin, um mich mit meiner Anwältin zu treffen«, entgegnete Katja. »Yas, du hast doch gehört, was ich dem Bullen heute Morgen gesagt habe. Glaubst du, ich lüge? Weshalb sollte ich? Wenn du Harriet anrufen willst, um sie zu fragen, ob sie und ich zusammen dorthin gegangen sind –«

»Ich war auch dort«, unterbrach Yasmin. »Ich war dort, Katja. Hörst du mich?«

»Und?«, fragte Katja. Immer noch so ruhig, dachte Yasmin, so selbstsicher oder zumindest immer noch in der Lage, sich den Anschein zu geben. Und warum? Weil sie wusste, dass dort tagsüber niemand zu Hause war. Sie war überzeugt davon, dass derjenige, der bei Tag dort klingelte, nicht erfahren würde, wer in dem Haus lebte. Oder vielleicht versuchte sie auch nur, Zeit zu gewinnen, um sich etwas auszudenken.

Yasmin sagte: »Es war niemand zu Hause.«

»Aha.«

»Da bin ich zu einer Nachbarin gegangen und habe gefragt, wer in dem Haus wohnt.« Sie spürte, wie die Schande des Verrats in ihrem Inneren anschwoll wie ein Ballon, der sich in ihre Kehle drückte. Sie zwang sich zu sagen: »Noreen McKay«, und wartete auf Katjas Antwort. Was wird sie sagen?, dachte sie. Wird sie sich herausreden? Oder behaupten, das Ganze wäre ein Missverständnis? Oder den Versuch einer Erklärung machen?

Katja sagte: »Yas …« Dann fluchte sie leise, und die typisch englischen Verwünschungen klangen so seltsam aus ihrem Mund, dass Yasmin, wenn auch nur einen Augenblick lang, den Eindruck hatte, sie spräche mit einer Wildfremden und nicht mit der Katja, die sie in den letzten drei Jahren ihres Gefängnisaufenthalts und in den fünf Jahren danach unerschütterlich geliebt hatte.

»Ich weiß nicht, was ich sagen soll.« Katja seufzte. Sie kam um den Couchtisch herum und setzte sich zu Yasmin aufs Sofa. Yasmin wich vor ihr zurück. Katja rückte von ihr ab.

»Ich hab deine Sachen gepackt«, sagte Yasmin. »Sie sind im Schlafzimmer. Ich wollte nicht, dass Dan es mitbekommt... Ich sag's ihm morgen. Er ist es ja schon gewöhnt, dass du an manchen Abenden nicht hier bist.«

»Yas, es war nicht immer –«

Yasmin hörte selbst, wie ihre Stimme einen schrillen Ton bekam, als sie sagte: »Es war schmutzige Wäsche dabei. Die hab ich extra gepackt, in eine Sainsbury-Tüte. Du kannst sie ja morgen waschen oder heute Abend in den Waschsalon gehen oder –«

»Yasmin, bitte hör mir zu. Wir waren nicht von Anfang an... Noreen und ich... Wir waren nicht von Anfang an zusammen, wie du anscheinend glaubst. Das ist etwas...« Katja rückte wieder näher. Sie legte ihre Hand auf Yasmins Oberschenkel, und Yasmin spürte, wie ihr Körper bei der Berührung erstarrte, und mit dieser Anspannung der Muskeln und Gelenke kehrte alles zurück, und sie wurde in die Vergangenheit katapultiert, wo die Gesichter über ihr hingen...

Sie sprang auf, hielt sich die Ohren zu. »Hör auf! Fahr doch zur Hölle!«, schrie sie.

Katja streckte ihr die Hand entgegen, stand jedoch nicht vom Sofa auf. »Yasmin, bitte hör mir zu. Ich kann das nicht erklären. Es sitzt hier in meinem Inneren, und es war schon immer da. Ich kann mich nicht davon befreien. Ich versuche es. Dann weicht es zurück, aber schließlich kommt es wieder. Bei dir, Yasmin – du musst mir zuhören! Bei dir, glaubte ich... ich hoffte...«

»Komm mir nicht mit glauben und hoffen«, sagte Yasmin. »*Benutzt* hast du mich, Katja. Du hast gedacht, wenn es so aussähe, als würdest du sie wegen einer anderen verlassen, würde sie endlich Farbe bekennen müssen. Aber das hat sie nicht getan, solange du im Bau warst. Und sie hat's auch nicht getan, als du rausgekommen bist. Aber du bildest dir immer noch ein, sie wird's tun, und darum hast du dich bei mir einquartiert, weil du sie zum Handeln zwingen wolltest. Aber das klappt natürlich nur, wenn sie weiß, was du treibst und mit wem du zusammen bist, richtig? Und es klappt garantiert nicht, wenn du sie nicht ab und zu mal ran lässt, damit sie weiß, was ihr entgeht.«

»Das stimmt nicht. So ist es nicht.«

»Willst du vielleicht behaupten, ihr zwei hätt's nicht miteinander getan? Du wärst nicht mit ihr zusammen gewesen, seit du raus bist? Du wärst nicht nach der Arbeit oder nach dem Abendessen heimlich da drüben gewesen, manchmal sogar nachdem du mit mir zusammen warst, wenn du zu mir gesagt hast, du könntest nicht schlafen und müsstest noch mal an die frische Luft. Du hast ja gewusst, dass ich vor dem Morgen nicht aufwachen würde. Du kannst mich nicht mehr täuschen, Katja. Ich möchte, dass du gehst.«

»Yas, ich weiß nicht, wohin ich soll.«

Yasmin lachte atemlos. »Das lässt sich doch bestimmt mit einem Anruf regeln.«

»Bitte, Yasmin. Komm, setz dich wieder. Lass mich dir sagen, wie es war.«

»Das weiß ich jetzt. Du hast *gewartet*. Am Anfang hab ich's nicht gemerkt. Ich hab gedacht, du bräuchtest Zeit, um dich an das Leben draußen zu gewöhnen. Ich dachte, du holst Luft, um etwas aufzubauen – für dich und mich und Dan, Katja –, aber in Wirklichkeit hast du die ganze Zeit nur auf sie gewartet. Du hast *immer* nur gewartet. Da hast darauf gewartet, einen Platz in *ihrem* Leben zu bekommen, und damit wäre für dich alles bestens gelaufen gewesen.«

»So ist es nicht, Yasmin.«

»Ach nein? Was hast du denn unternommen, um dein Leben auf die Reihe zu kriegen, seit du draußen bist? Hast du auch nur eine einzige Modeschule angerufen? Hast du dich mit irgend jemandem unterhalten? Warst du mal in einer von den Boutiquen in der Gegend von Knightsbridge und hast gefragt, ob du dort eine Lehre machen kannst?«

»Nein. Das alles habe ich nicht getan.«

»Und wir wissen beide, warum nicht. Du hast es gar nicht nötig, dir was aufzubauen, wenn sie es für dich tut.«

»Das stimmt nicht.« Katja stand auf. Sie drückte ihre Zigarette im Aschenbecher aus und verstreute Asche auf den Tisch, die dort liegen blieb wie ein Häufchen verbrannter Träume. »Ich schaffe mir mein eigenes Leben«, sagte sie. »Es ist anders, als ich es mir vorgestellt habe, das stimmt. Es ist anders, als das Leben, von dem ich im Knast immer gesprochen habe, ja. Aber ich verlasse mich so wenig auf Noreen wie auf dich, Yasmin. Ich gestalte mein Leben selbst. Ich tue es seit dem Tag, an dem ich entlassen worden bin. Und Harriet hilft mir dabei. Nur darum konnte ich zwanzig Jahre im Gefängnis sitzen, ohne verrückt zu werden. Weil ich wusste – ja, ganz recht, ich wusste es –, was draußen auf mich wartet.«

»Sie«, sagte Yasmin. »Sie war's, die gewartet hat, richtig? Dann geh doch zu ihr. Hau schon ab!«

»Nein. Ich möchte, dass du es verstehst. Du musst –«

Du musst, du musst, du musst. Viel zu oft in ihrem Leben hatte Yasmin das gehört. Sie drückte beide Hände an den Kopf.

»Yasmin, ich habe in meinem Leben drei wirklich schlimme Dinge getan. Ich habe Hannes gezwungen, mich über die Mauer mitzunehmen, indem ich ihm mit einer Anzeige drohte.«

»Das sind doch alte Geschichten.«

»Es ist mehr als das. Hör mir zu. Das, was ich mit Hannes gemacht habe, war meine erste unrechte Tat. Dann habe ich einmal nicht den Mund aufgemacht, als ich ihn hätte aufmachen müssen. Das war das zweite Unrecht. Und einmal – nur ein Mal, Yas, aber das hat gereicht – habe ich hingehört, als ich mir die Ohren hätte zuhalten müssen. Für alle diese Taten habe ich bezahlt. Zwanzig Jahre lang. Weil ich belogen wurde. Jetzt müssen andere bezahlen. Und im Moment bin ich dabei, alles zu veranlassen, damit das passiert.«

»Nein! Ich will das nicht hören.« In Panik rannte Yasmin ins Schlafzimmer, wo sie Katjas bescheidene Garderobe – farbenfrohe Kleider, in Secondhand-Läden von einer Frau ausgesucht, die niemals Schwarz tragen würde in einer Stadt, wo man überall nur Schwarz sah – in einen Matchsack gepackt hatte, den sie eigens für diesen Zweck besorgt und selbst bezahlt hatte, Bußgeld für Naivität und Vertrauensseligkeit. Sie wollte Katja nicht anhören, sie konnte es sich nicht erlauben, sie anzuhören. Denn wenn sie es täte, würde sie sich selbst und ihre Zukunft mit Daniel aufs Spiel setzen, und das wollte sie nicht.

Sie packte den Matchsack und schleuderte ihn ins Wohnzimmer, ließ die Plastiktüte mit der schmutzigen Wäsche folgen und zum Schluss den Karton mit den Toilettenartikeln und anderen persönlichen Dingen, die Katja bei ihrem Einzug mitgebracht hatte. »Ich hab's ihm gesagt, Katja«, rief sie laut. »Er weiß Bescheid. Hast du gehört? Ich hab's ihm gesagt.«

Sie fragte: »Wem?«

»Das weißt du doch. Ihm!« Yasmin zog einen Finger quer über ihre Wange, um die Narbe im Gesicht des Bullen anzudeuten. »Du warst nicht hier und hast ferngesehen. Das weiß er jetzt.«

»Aber er ist – sie sind – sie sind doch alle ... Yas, du weißt genau, dass sie deine Feinde sind. Was die dir angetan haben, als du Roger aus reiner Notwehr ... Nach allem, was die mit dir gemacht haben? Wie konntest du so einem Typen vertrauen?«

»Ja, darauf hast du dich verlassen, richtig? Die gute alte Yas wird garantiert keinem Bullen vertrauen, ganz gleich, was er ihr erzählt, ganz gleich, was ich tue. Ich werde mich also einfach bei der guten alten Yas einnisten, und sie wird mich schützen, wenn sie kommen. Sie wird brav tun, was ich sage, so wie sie's getan hat, als wir beide noch gesessen haben. Aber das ist jetzt vorbei, Katja. Was auch immer es war, und es ist mir ziemlich egal, es ist vorbei.«

Katja blickte zu ihrem Gepäck hinunter. Sie sagte leise: »Wir sind so nahe daran, es zu beenden, nach all den –«

Yasmin schlug die Schlafzimmertür zu, um sich vor ihren Worten und vor weiterer Gefahr zu schützen. Und jetzt erst begann sie zu weinen. Sie hörte, wie Katja draußen ihre Sachen einsammelte. Dann wurde die Wohnungstür geöffnet, und als Yasmin sie einen Augenblick später zufallen hörte, wusste sie, dass die Freundin für immer gegangen war.

»Es geht also nicht um das Kind«, sagte Barbara Havers zum Abschluss ihres Berichts über ihren zweiten Besuch im Kloster der Unbefleckten Empfängnis zu Lynley. »Der Junge heißt übrigens Jeremy Watts. Die Nonne hat immer gewusst, wo er sich aufhielt; und Katja Wolff hat immer gewusst, dass sie es weiß. Sie hat in zwanzig Jahren kein einziges Mal nach ihm gefragt. Sie hat in diesen zwanzig Jahren überhaupt nicht mit Schwester Cecilia gesprochen. Es geht also nicht um den Jungen.«

»Irgendwie ist das doch unnatürlich«, meinte Lynley nachdenklich.

»Irgendwie ist eine Menge an ihr unnatürlich«, erwiderte Barbara. »An allen diesen Leuten. Ich meine, was ist mit diesem Richard Davies los, Inspector? Okay. Virginia war geistig behindert. Das hat ihn fertig gemacht. So was hätte jeden fertig gemacht. Aber sich dann überhaupt nicht mehr um sie zu kümmern, sie nicht einmal zu besuchen... und sich von seinem Vater vorschreiben zu lassen... Wieso lebten er und Lynn überhaupt mit seinen Eltern zusammen? Natürlich ist das Haus am Kensington Square sehr imposant, und vielleicht ist der gute Richard jemand, der gern andere beeindruckt. Und vielleicht hätten Mama und Papa den ehrwürdigen alten Kasten nicht halten können, wenn Richard nicht was zum Unterhalt beigetragen hätte, indem er dort einzog und eine hohe Miete bezahlte oder so was, aber trotzdem...«

»Vater-Sohn-Beziehungen sind meistens kompliziert«, sagte Lynley.

»Komplizierter als Mutter-Tochter-Beziehungen?«

»Ganz sicher. Weil so vieles unausgesprochen bleibt.«

Sie saßen nicht weit von der Dienststelle am Downshire Hill in einem Café in der Hampstead High Street, wo sie sich verabredet hatten, nachdem Barbara Lynley, der gerade aus Stamford Brook aufgebrochen war, auf seinem Handy angerufen hatte. Er hatte ihr von Webberlys Herzinfarkt berichtet, und sie hatte ihr Bedauern in Kraftausdrücken geäußert. Als sie gefragt hatte, was sie tun könne, hatte er ihr das Gleiche gesagt, was Randie gesagt hatte, als sie kurz vor Lynleys Abfahrt zu Hause angerufen hatte, um ihre Mutter über den letzten Stand der Dinge zu unterrichten: Man könne nur beten; die Ärzte hielten ihn unter ständiger Beobachtung.

»Was, zum Teufel, soll das heißen?«, hatte Barbara gefragt.

Lynley hatte geantwortet, seiner Meinung nach sei das die euphemistische Art der Ärzte, zu sagen, man warte nur auf den geeigneten Moment, um die Geräte abzuschalten.

Barbara an dem kleinen Kaffeehaustisch gegenüber sitzend, auf dem ein Espresso (seiner) und ein Milchkaffee mit massenhaft Zucker sowie ein Teller mit einem Schoko-Croissant (beides ihre) standen, zog er jetzt sein Taschentuch heraus und breitete es auf dem Tisch aus, um ihr seinen Fund zu zeigen.

»Das hier ist vielleicht unsere einzige Hoffnung«, sagte er und wies auf die Glasscherben, die er am Crediton Hill auf dem Bürgersteig halb im Gebüsch gefunden hatte.

Barbara betrachtete sie prüfend. »Autoscheinwerfer?«

»In Anbetracht des Fundorts wohl eher nicht. Sie waren unter einer Hecke.«

»Sie haben vielleicht gar keine Bedeutung, Sir.«

»Ich weiß«, stimmte Lynley missmutig zu.

»Wo ist eigentlich Winnie? Hat er inzwischen irgendwas rausbekommen?«

»Er ist Katja Wolff auf den Fersen.« Lynley berichtete ihr, was Nkata ihm vor einigen Stunden mitgeteilt hatte.

Sie sagte: »Und – neigen Sie zur Wolff? Dann geht's aber, wie gesagt, nicht –«

»– um ihren Sohn, ich weiß. Was könnte ihr Motiv sein, wenn sie die Täterin ist?«

»Rache? Könnte es sein, dass die ihr den Mord damals fälschlicherweise angehängt haben?«

»Und Webberly mit ihnen? Um Gottes willen! Was für ein Gedanke!«

»Aber wenn er was mit Eugenie Davies hatte…« Barbara hatte ihre Kaffeetasse zum Mund geführt, aber sie trank nicht, sondern sah Lynley über den Rand der Tasse hinweg an. »Ich behaupte ja nicht, dass er es absichtlich getan hätte, Sir. Aber wenn er da irgendwie verstrickt war, könnte er ganz einfach geblendet gewesen sein, könnte – na ja, vielleicht manipuliert, an der Nase herumgeführt worden sein… Sie wissen schon.«

»Das würde bedeuten, dass auch die Kronanwaltschaft, die Geschworenen und der Richter an der Nase herumgeführt wurden«, wandte Lynley ein.

»So was soll schon vorgekommen sein«, versetzte Barbara. »Und nicht nur einmal. Das wissen Sie doch auch.«

»Ja, gut. Akzeptiert. Aber warum hat sie nicht *geredet*? Wenn Beweise manipuliert oder falsche Aussagen gemacht wurden, warum hat sie dann den Mund nicht aufgemacht?«

»Tja, das ist die Frage, auf die wir immer wieder zurückkommen«, meinte Barbara seufzend.

»Genau.« Lynley nahm einen Bleistift aus seiner Brusttasche und schob mit ihm die Glasscherben auf dem Taschentuch herum. »Zu dünn für Autoscheinwerfer«, sagte er. »Ein Scheinwerfer aus solchem Glas würde zerspringen, wenn ihn nur ein kleines Steinchen trifft – auf der Schnellstraße zum Beispiel.«

»Glasscherben unter einer Hecke? Die stammen wahrscheinlich von einer Flasche. Da kommt einer mit einer Flasche Wein unterm Arm von einer Party. Er ist nicht mehr ganz nüchtern und torkelt. Die Flasche fällt runter, zerbricht, und er befördert die Scherben mit ein paar Fußtritten auf die Seite.«

»Aber das Glas ist nicht gekrümmt, Havers. Da, schauen Sie sich die größeren Scherben an. Keine Krümmung.«

»Okay, keine Krümmung. Aber wenn Sie hoffen, zwischen diesen Scherben und einem unserer Verdächtigen eine Verbindung zu entdecken, dann, denke ich, haben Sie ungefähr die gleichen Chancen wie ein Blinder im Nebel.«

Lynley wusste, dass sie Recht hatte. Er schob das Taschentuch wieder zusammen, steckte es ein und grübelte stumm vor sich hin. Er ließ einen Finger langsam auf dem Rand der Espressotasse kreisen, während er in das Restchen dunklen Satz auf ihrem Grund starrte.

Barbara verdrückte inzwischen ihr Schoko-Croissant, von dem nur ein paar Krümel auf ihren Lippen zurückblieben.

»Das tut den Arterien aber gar nicht gut, Constable«, sagte er.

»Und jetzt kommt die Lunge dran«, entgegnete sie, wischte sich mit einer Papierserviette den Mund ab und kramte ihre Zigaretten heraus. Ehe er protestieren konnte, sagte sie: »Das hab ich mir verdient. Es war ein langer Tag. Ich blas den Rauch über meine Schulter, okay?«

Lynley war zu niedergeschlagen, um sich mit ihr zu streiten. Gedanken an Webberlys Zustand bedrückten ihn, und kaum minder schwer lag ihm die neu gewonnene Gewissheit auf der Seele, dass Frances Webberly von der Liebesbeziehung ihres Mannes zu einer anderen Frau gewusst hatte. Er versuchte, diesen Gedanken zu entrinnen, indem er sagte: »Also, schauen wir uns jeden Einzelnen noch einmal genau an. Was haben Sie an Aufzeichnungen?«

Barbara blies ungeduldig eine Rauchwolke in die Luft. »Das haben wir doch schon durchexerziert, Inspector. Wir haben überhaupt nichts.«

»Aber wir müssen etwas haben«, entgegnete Lynley und setzte seine Lesebrille auf. »Ihre Aufzeichnungen, Havers.«

Unwillig holte sie ihr Heft aus der Umhängetasche, während Lynley seine eigenen Notizen aus seiner Jackentasche nahm. Sie begannen mit den Personen, die kein nachgewiesenes Alibi hatten.

Ian Staines war der erste Kandidat, den Lynley zu bieten hatte. Er brauchte dringend Geld, und seine Schwester hatte ihm versprochen, ihren Sohn darum zu bitten. Aber sie war von ihrer Zusage zurückgetreten und hatte Staines damit in größte Nöte gestürzt. »Er muss damit rechnen, sein Haus zu verlieren«, sagte Lynley. »Am Abend ihres Todes haben die beiden sich gestritten. Er könnte ihr nach London gefolgt sein. Er ist erst nach ein Uhr nachts nach Hause gekommen.«

»Aber der Wagen passt nicht«, wandte Barbara ein. »Es sei denn, er war mit einem anderen Fahrzeug in Henley.«

»Möglich wäre es«, meinte Lynley. »Er könnte es dort irgendwann früher abgestellt haben – nur für den Fall. Irgendjemand hat Zugang zu einem zweiten Wagen, Havers.«

Sie wandten sich dem vielnamigen J.W. Pitchley zu, Barbaras derzeitigem Lieblingsverdächtigen. »Was, zum Teufel, hatte seine Adresse in Eugenie Davies' Handtasche zu suchen?«, sagte sie mit Vehemenz. »Warum wollte die Frau zu ihm? Von Staines wissen wir, dass sie ihm sagte, es wäre was dazwischen gekommen. War das vielleicht Pitchley?«

»Möglich, aber wir haben bis jetzt keine Verbindung zwischen den beiden entdeckt. Nicht per Telefon, nicht übers Internet…«

»Schneckenpost?«

»Wie hat sie ihn überhaupt ausfindig gemacht?«

»Wie ich, Inspector. Sie hat sich gesagt, dass er wahrscheinlich wieder mal die Identität gewechselt hat.«

»Meinetwegen. Aber was für einen Grund hatte sie, ihn aufzusuchen?«

Barbara ließ alle Möglichkeiten, die sie bisher angeboten hatte, außer Acht und schlug einen völlig neuen Weg ein. »Vielleicht arrangierte *er* die Zusammenkunft mit ihr, nachdem sie ihn aufgestöbert hatte. Und sie setzte sich mit ihm in Verbindung, weil…« Barbara ließ sich die verschiedenen Möglichkeiten durch den Kopf gehen und sagte schließlich: »Weil Katja Wolff gerade aus dem Knast entlassen worden war. Wenn die ganze verdammte Bande die Wolff reingelegt hatte und sie jetzt wieder auf freiem Fuß war, mussten sie sich was einfallen lassen, würde ich sagen... Zum Beispiel, wer sie übernehmen sollte, wenn sie sich meldete.«

»Aber da sind wir doch wieder an genau demselben Punkt, Havers. Ein ganzes Haus voll Leute tut sich zusammen, um eine Person zum Sündenbock eines Verbrechens zu machen, und diese Person sagt dann nicht ein einziges Wort zu ihrer eigenen Verteidigung? Warum nicht, Herrgott noch mal?«

»Angst vor dem, was sie ihr antun könnten? Der Großpapa scheint ja eine echte Horrorfigur gewesen zu sein. Vielleicht hatte er irgendwas gegen sie in der Hand. Er sagte: ›Entweder du machst unser Spiel mit, oder wir bringen es an die Öffentlichkeit...‹« Barbara hielt einen Moment inne und verwarf dann ihren eigenen Einfall, indem sie sagte: »Was denn? Dass sie schwanger war? Na toll. Als hätte zu der Zeit noch ein Hahn danach gekräht. Es kam ja sowieso raus, dass sie schwanger war.«

Lynley hob eine Hand, um sie daran zu hindern, den Gedanken ganz fallen zu lassen. »Sie könnten auf der richtigen Spur sein, Barbara«, meinte er. »Vielleicht hieß es: ›Entweder du machst unser Spiel mit, oder wir verraten, wer der Vater des Kindes ist, das du erwartest.‹«

»Na, ganz toll!«

»Richtig«, versetzte Lynley, »wenn man nämlich nicht gedroht hätte, es der Öffentlichkeit zu verraten, sondern Eugenie Davies.«

»Richard?«

»Es wäre nicht das erste Mal, dass der Herr des Hauses zarte Bande zum Kindermädchen knüpft.«

»Ja, wie wär's dann mit ihm?«, fragte Barbara. »Könnte nicht Davies seine Exfrau umgebracht haben?«

»Motiv und Alibi«, sagte Lynley kurz. »Das eine hat er nicht, das andere hat er. Das Umgekehrte ließe sich von Robson sagen.«

»Aber wie passt Webberly da ins Bild? Wie passt er überhaupt ins Bild, ganz gleich, wer als Kandidat für uns in Frage kommt?«

»Er passt nur beim Fall Wolff ins Bild. Und damit sind wir beim Ausgangspunkt: dem Mord an Sonia Davies und der ursprünglichen Gruppe von Leuten, die von den darauf folgenden Ermittlungen betroffen waren.«

»Vielleicht legt es jemand nur darauf an, den Anschein zu erwecken, als wäre alles mit dem Verbrechen von damals verbunden, Sir. Denn in Wahrheit besteht doch noch eine andere, tiefer gehende Verbindung: die zwischen Webberly und Eugenie Davies. Und damit wären wir wieder bei Richard. Bei Richard oder Frances Webberly.«

Lynley wollte nicht an Frances denken. Er sagte: »Oder bei Gideon, der Webberly die Schuld am Ende der Ehe seiner Eltern gibt.«

»Das ist schwach.«

»Aber irgendetwas ist mit ihm los, Havers. Wenn sie ihn kennen gelernt hätten, würden Sie mir zustimmen. Und er hat kein überzeugendes Alibi. Er war am fraglichen Abend allein zu Hause.«

»Wo war sein Vater?«

Lynley warf einen Blick in seiner Notizen. »Bei seiner Lebensgefährtin. Sie hat es bestätigt.«

»Aber er hat ein viel besseres Motiv als Gideon, wenn die Webberly-Eugenie-Verbindung hinter diesen Anschlägen steckt.«

»Hm. Ja. Da haben Sie schon Recht. Aber wenn wir annehmen, er hätte ein Motiv gehabt, seine Frau und Webberly zu töten, stellt sich die Frage, warum er damit so viele Jahre gewartet hat.«

»Er musste bis jetzt warten, bis zu Katja Wolffs Entlassung. Er hat gewusst, dass wir ihre Spur aufnehmen würden.«

»Aber über so viele Jahre an einem alten Groll festzuhalten!«

»Vielleicht gab es ja einen neueren Anlass.«

»Einen neueren…? Wollen Sie behaupten, dass er sich ein zweites Mal in sie verliebt hatte?« Lynley dachte einen Moment über seine Frage nach. »Gut. Ich halte es für unwahrscheinlich, aber nehmen wir einmal an, es wäre so gewesen und seine Liebe zu seiner geschiedenen Frau wäre wieder erwacht. Er ist also von ihr geschieden.«

»Und am Boden zerstört von der Tatsache, dass sie ihn verlassen hat«, fügte Barbara hinzu.

»Richtig. So, und jetzt hat Gideon plötzlich Schwierigkeiten. Er kann nicht mehr Geige spielen. Seine Mutter erfährt entweder durch die Zeitung von diesen Schwierigkeiten oder von Robson. Sie nimmt mit Davies Verbindung auf.«

»Sie sprechen häufig miteinander. Sie tauschen Erinnerungen aus. Er glaubt, sie werden es noch einmal miteinander versuchen, und ist ganz heiß drauf –«

»Aber Jill Foster lassen wir damit außen vor«, warf Lynley ein.

»Moment, Moment. Richard und Eugenie sprechen über Gideon. Sie sprechen über alte Zeiten, über ihre Ehe, weiß der Himmel über was noch. Alles lebt noch einmal auf. Er ist, wie gesagt, ganz versessen darauf, einen zweiten Versuch zu machen, und da erfährt er, dass Eugenie schon jemanden für ihr Bett in Aussicht hat: Wiley.«

»Nein, nicht Wiley«, widersprach Lynley. »Der ist zu alt. Davies hätte in ihm keinen Rivalen gesehen. Außerdem hat Wiley uns doch berichtet, sie wollte ihm irgendetwas beichten. Das hatte sie selbst zu ihm gesagt. Aber vor drei Tagen war sie noch nicht bereit dazu –«

»– weil sie nach London wollte«, fiel Barbara ihm ins Wort.

»Zu Pitchley, Pitchford, Pytches«, sagte Lynley. »Immer ist das Ende der Anfang, nicht wahr?« Er fand in seinen Aufzeichnungen einen Hinweis, der die ganze Zeit dort gewesen war und nur auf die richtige Interpretation gewartet hatte. »Moment«, sagte er. »Als ich die Möglichkeit eines anderen Mannes zur Sprache brachte, hat Davies sofort auf ihn getippt, Barbara. Er hat ihn sogar namentlich genannt. Es schien keinen Zweifel für ihn zu geben. Ich habe es hier in meinen Notizen: Er nannte unverzüglich den Namen Pytches.«

»Pytches?«, fragte Barbara. »Nein. Doch nicht Pytches, Inspector. Das kann nicht –«

Lynleys Handy klingelte. Er nahm es vom Tisch und hob einen Finger, um Barbara zu bedeuten, sie möge mit ihren Ausführungen einen Moment warten. Aber sie brannte darauf, fortzufahren. Ungeduldig drückte sie ihre Zigarette aus und sagte: »An welchem Tag haben Sie mit Davies geredet, Inspector?«

Lynley winkte ab, hielt sein Handy ans Ohr und sagte: »Lynley.«

»Leach hier«, blaffte es. »Wir haben ein weiteres Opfer.«

Winston Nkata las die Aufschrift – Strafanstalt Holloway – und machte sich bewusst, dass sein Leben vielleicht eine andere Wendung genommen hätte und er selbst eines Tages im Knast gelandet wäre, wenn nicht seine Mutter beim Anblick ihres Sohnes, der mit einer furchtbaren Schnittverletzung im Gesicht, die gerade mit vierunddreißig Stichen genäht worden war, in der Notaufnahme des Krankenhauses lag, ohnmächtig geworden wäre. Natürlich wäre er nicht in dieser Anstalt hier gelandet, die war nur für Frauen, aber in einer ähnlichen. Im The Scrubbs, vielleicht, oder in Dartmoor oder im The Ville. Hinter Gittern, weil er mit dem Leben in Freiheit nicht hatte umgehen können.

Aber seine Mutter war ohnmächtig geworden. »Oh, Herzblatt«, hatte sie noch gemurmelt und war umgekippt wie ein gefällter Baum. Und als er sie dort auf dem Boden liegen sah, den Turban verrutscht, so dass er das erste Mal wahrnahm, was er nie zuvor bemerkt hatte – dass ihr Haar grau zu werden begann –, da hatte er endlich begriffen, dass sie nicht die unerschütterliche starke Frau war, als die er sie immer gesehen hatte, sondern eine normale Frau, eine Frau, die liebte und sich darauf verließ, dass er ihr Grund geben würde, stolz darauf zu sein, ihn geboren zu haben. Da war es entschieden gewesen.

Aber hätte es diesen Moment nicht gegeben, wäre nicht seine Mutter, sondern sein Vater gekommen, um ihn abzuholen, und hätte ihn mit dem ganzen Maß an zorniger Verachtung, das er verdiente, auf den Rücksitz des Wagens bugsiert, so hätte sich vielleicht alles ganz anders entwickelt. Vielleicht hätte er geglaubt, demonstrieren zu müssen, dass ihm der Unmut seines Vaters gleichgültig war, vielleicht hätte er geglaubt, es damit demonstrieren zu müssen, dass er sich noch wilder in den lange währenden Kampf zwischen den Brixton Warriors und der kleineren, erst kürzlich hoch gekommenen Gang der Longborough Bloods um ein Gelände namens Windmill Gardens stürzte. Aber es hatte diesen Moment gegeben, und er hatte sein Leben verändert, und es hatte ihn hierher geführt, wo er jetzt stand: den Blick auf die fensterlose Backsteinfestung des Holloway-Gefängnisses gerichtet, hinter dessen Mauern Katja Wolff Yasmin Edwards und Noreen McKay begegnet war.

Er hatte auf der gegenüber liegenden Straßenseite geparkt,

vor einem Pub, dessen Fenster mit Brettern vernagelt waren. Es hätte in Belfast stehen können. Er hatte eine Orange gegessen, das Gefängnistor angestarrt und darüber nachgedacht, was es alles zu bedeuten hatte. Im Besonderen hatte er darüber nachgedacht, was es zu bedeuten hatte, dass die Deutsche bei Yasmin Edwards lebte, aber gleichzeitig, wie er beim Anblick der zwei sich vereinigenden Schatten im Fenster des Hauses in der Galveston Road vermutet hatte, ein Verhältnis mit einer anderen hatte.

Als er seine Orange gegessen hatte, wartete er, bis die Ampel auf Rot sprang und den donnernden Verkehr in der Parkhurst Road anhielt, und rannte über die Straße. Er ging zur Anmeldung, zog seinen Dienstausweis heraus und zeigte ihn der Beamtin am Schalter.

Sie sagte: »Erwartet Miss McKay Sie?«

»Ich bin dienstlich hier«, antwortete er. »Mein Besuch wird sie nicht überraschen.«

Die Frau an der Anmeldung sagte, sie würde anrufen, vielleicht wolle der Constable einen Moment Platz nehmen. Es sei spät, und es sei unsicher, ob Miss McKay jetzt Zeit für ihn habe...

»Oh, ich bin sicher, sie hat Zeit für mich«, erklärte Nkata.

Er setzte sich nicht, sondern ging zum Fenster, wo sein Blick an weiteren Backsteinmauern abprallte. Während er den Verkehr auf der Straße beobachtete, öffnete sich an der Einfahrt zur Strafanstalt eine Schranke, und ein Kleinbus fuhr in den Hof, der vermutlich einen Untersuchungsgefangenen nach einem Prozesstag im Old Bailey zurückbrachte. So war auch Katja Wolff während der Tage ihres Prozesses hin und her gefahren worden, täglich begleitet von einer Aufsichtsbeamtin des Gefängnisses, die jede Minute an ihrer Seite geblieben war. Diese Beamtin hatte sie zwischen ihrer Zelle im Gerichtsgebäude und dem Verhandlungsraum hin und her geführt, hatte ihr Tee gemacht, ihr beim Mittagessen Gesellschaft geleistet und sie abends nach Holloway zurückgebracht. Eine Beamtin ganz allein mit einer Gefangenen in der schwersten Zeit ihres Lebens.

»Constable Nkata?«

Nkata drehte sich herum. Die Frau an der Anmeldung hielt ihm einen Telefonhörer hin. Er nahm ihn, nannte seinen Namen und hörte eine Frauenstimme. »Gegenüber ist ein Pub«, sagte die Frau. »An der Ecke Hillmarton Road. Hier kann ich nicht mit Ihnen sprechen. Aber wenn Sie im Pub auf mich warten, bin ich in einer Viertelstunde da.«

»Fünf Minuten«, entgegnete er, »sonst bin ich weg und hör mich anderswo um.«

Sie stieß geräuschvoll den Atem aus. »Gut, fünf Minuten«, sagte sie und legte auf.

Nkata ging zu dem Pub zurück, das aus einem fast leeren Gastraum bestand, in dem es kalt und zugig war und hauptsächlich nach Staub roch. Er bestellte sich einen Cider und setzte sich an einen Tisch mit Blick zur Tür.

In fünf Minuten schaffte sie es nicht, aber es waren noch keine zehn verstrichen, als sie mit einem Windstoß zur Tür hereinkam. Sie sah sich um, und als ihr Blick auf Nkata fiel, nickte sie einmal kurz und kam mit dem ruhigen, sicheren Schritt einer Frau mit Macht und Selbstbewusstsein an seinen Tisch. Sie war groß, nicht ganz so groß wie Yasmin Edwards, aber größer als Katja Wolff, einen Meter fünfundsiebzig vielleicht.

»Constable Nkata?«, sagte sie.

»Miss McKay?«

Sie zog einen Stuhl heraus, knöpfte ihren Mantel auf, legte ihn ab und setzte sich, die Ellbogen auf dem Tisch, die Finger im Haar, um es zurückzustreichen. Es war blond, kurz geschnitten, so dass die Ohren frei waren, in denen sie Perlenstecker trug. Einen Moment lang hielt sie den Kopf gesenkt, dann holte sie Luft und blickte auf, sah Nkata mit unverhohlener Abneigung in den blauen Augen an.

»Was wollen Sie von mir? Ich mag Störungen bei der Arbeit nicht.«

»Ich hätte Sie natürlich auch zu Hause aufsuchen können«, sagte Nkata. »Aber von Harriet Lewis' Kanzlei aus war es hierher näher als in die Galveston Road.«

Als der Name der Anwältin fiel, wurde ihre Miene misstrauisch. »Sie wissen, wo ich wohne«, bemerkte sie vorsichtig.

»Ja, ich bin gestern Abend einer Frau namens Katja Wolff zur Galveston Road Nummer fünfundfünfzig gefolgt. Sie ist mit dem Bus gefahren, von Kennington nach Wandsworth, und das Interessante war, dass sie nicht ein einziges Mal irgendwo nach dem Weg gefragt hat. Sie kannte ihn offenbar sehr gut.«

Noreen McKay seufzte. Sie war nicht mehr jung – wahrscheinlich nahe den Fünfzig, vermutete Nkata –, und es tat ihrem Gesicht gut, dass sie nur sehr dezent geschminkt war. So betonte sie vorteilhaft, was sie hatte, ohne auszusehen, als trage sie Kriegsbemalung. Sie hatte die Gefängnisuniform an, gepflegt und adrett, mit frischer weißer Bluse, messerscharfen Bügelfalten in der Hose und blanken Messingverzierungen auf den dunkelblauen Schulterstücken der Jacke. Am Gürtel trug sie einen Schlüsselbund, ein Funksprechgerät und irgendeinen Beutel. Sie sah beeindruckend aus.

Sie sagte: »Ich weiß nicht, worum es hier geht, aber ich habe Ihnen nichts zu sagen, Constable.«

»Auch nicht über Katja Wolf?«, fragte er. »Warum sie mit ihrer Anwältin im Schlepptau bei Ihnen war? Wollen die Sie verklagen, oder was?«

»Hören Sie, ich habe nichts zu sagen, und ich kann mir in meiner Position keine Konzessionen erlauben. Ich muss auf meine Zukunft und zwei junge Menschen Rücksicht nehmen.«

»Aber nicht auf einen Ehemann?«

Sie strich sich wieder mit einer Hand über das Haar. Es schien eine typische Geste von ihr zu sein. »Ich war nie verheiratet, Constable. Ich kümmere mich um die beiden Kinder meiner Schwester. Sie waren vier und sechs, als sie zu mir kamen. Ihr Vater wollte sie nicht haben, als meine Schwester starb – er war zu sehr damit beschäftigt, sein Single-Dasein zu genießen. Aber seit ihm langsam klar wird, dass er nicht ewig zwanzig Jahre alt sein wird, kommt er offenbar zur Vernunft. Ehrlich gesagt möchte ich ihm keinen Grund geben, mir die Kinder wegzunehmen.«

»Gibt es denn einen Grund? Was für einer wäre das wohl?«

Anstatt ihm zu antworten, stand Noreen McKay auf und ging an den Tresen. Dort bestellte sie und wartete, während ihr ein Gin Tonic gemacht wurde.

Nkata beobachtete sie und versuchte, die Lücken der Unkenntnis durch aufmerksame Betrachtung ihrer Person zu schließen. Es hätte ihn interessiert, was Noreen McKay an der Tätigkeit in einer Strafanstalt fasziniert hatte – die Macht über andere, die sie einem verlieh, oder die Möglichkeit, im Trüben zu fischen.

Mit dem Glas in der Hand kehrte sie an den Tisch zurück und sagte: »Sie haben beobachtet, dass Katja Wolff und ihre Anwältin bei mir waren. Aber das ist auch alles, was Sie gesehen haben.«

»Ich habe auch gesehen, dass sie einfach ins Haus gegangen ist. Sie hat nicht angeklopft.«

»Constable, sie ist Deutsche.«

Nkata schüttelte den Kopf. «Ich kann mich nicht erinnern, schon mal gehört zu haben, dass es bei den Deutschen nicht Sitte ist, anzuklopfen, bevor man ein fremdes Haus betritt, Miss McKay. Ich glaube, die kennen die Regeln ziemlich genau, besonders die, die besagen, dass man bei den Leuten nicht anzuklopfen braucht, bei denen man sich schon häuslich eingerichtet hat.«

Noreen McKay hob ihr Glas. Sie trank und schwieg.

Nkata sagte: »Was mich an der Situation interessiert, ist Folgendes: War Katja Wolff die erste im Knast, mit der Sie was hatten, oder war sie eine von vielen?«

Noreen McKay lief rot an. «Sie wissen überhaupt nicht, wovon Sie reden.«

»Ich rede von Ihrer Stellung in Holloway und der Frage, ob und wie sie sie möglicherweise über Jahre hinweg ausgenützt haben, und was die Gefängnisleitung für geeignete Maßnahmen bereit halten würde, wenn rauskommt, dass sie ganz andere Dinge getrieben haben, als nur die Türen abzusperren. Wie lang sind Sie jetzt dabei? Sie kriegen eine Pension? Haben Sie eine Beförderung in Aussicht? Wie sieht's aus?«

Sie lächelte ohne Erheiterung, als sie sagte: »Wissen Sie, ich wollte eigentlich zur Polizei, Constable, aber ich leide an einer Lesestörung und habe die Prüfungen nicht geschafft. Da bin ich in den Vollzug gegangen, weil ich der Meinung bin, jeder Bürger sollte die Gesetze achten, und wer die Grenzen übertritt, sollte bestraft werden.«

»Und Sie selbst haben sie übertreten. Bei Katja. Sie musste eine Strafe von zwanzig Jahren verbüßen –«

»Sie war nicht die ganze Zeit in Holloway. Es kommt praktisch nie vor, dass jemand seine ganze Strafe hier absitzt. Aber ich bin seit vierundzwanzig Jahren hier. Ich denke, dass Ihre Vermutung – wie auch immer sie aussieht – auf ziemlich wackligen Füßen steht.«

»Katja Wolff war hier in Untersuchungshaft. Sie war während des Prozesses hier. Und sie hat einen Teil ihrer Strafe hier verbüßt. Und als sie verlegt wurde – nach Durham, richtig? –, bekam sie die Erlaubnis, Besuche zu empfangen, und musste zu diesem Zweck eine Liste mit den Namen der Leute einreichen, die sie erwartete. Wetten, dass ich Ihren Namen – wahrscheinlich als einzigen neben dem ihrer Anwältin – auf der Liste finden würde? Und dann war sie noch mal eine Zeit lang hier in Holloway, nehme ich an. Ja, das hat sich intern bestimmt ohne allzu große Schwierigkeiten arrangieren lassen. Was für eine Stellung haben Sie, Miss McKay?«

»Ich bin stellvertretende Gefängnisdirektorin«, antwortete sie. »Ich denke, das wissen Sie.«

»Die stellvertretende Direktorin mit Geschmack an den Damen. Waren Sie immer schon homosexuell?«

»Das geht Sie überhaupt nichts an.«

Nkata schlug mit der Hand auf den Tisch und beugte sich der Frau entgegen. »Mich geht das alles was an«, erklärte er. »Also, soll ich mir Katja Wolffs Unterlagen vornehmen, feststellen, in welchen Strafanstalten sie war, mir sämtliche Besucherlisten von ihr besorgen, auf denen sie Ihren Namen an die oberste Stelle gesetzt hat, und Ihnen dann die Daumenschrauben anlegen? Das kann ich selbstverständlich tun, Miss McKay, aber ich habe keine große Lust dazu. Es ist Zeitverschwendung.«

Den Blick gesenkt, drehte sie ihr Glas langsam in der Hand. Die Tür des Pubs wurde geöffnet, ein neuerlicher kalter Windstoß fegte den Gestank der Abgase von der Parkhurst Road herein, und zwei Männer in der Uniform der Gefängnisangestellten traten ein. Sie starrten erst Noreen McKay an, dann Nkata, dann wieder Noreen McKay. Der eine grinste und machte mit gesenkter Stimme eine Bemerkung. Noreen McKay blickte auf und sah die beiden.

Sie fluchte unterdrückt, sagte: »Ich muss hier verschwinden«, und machte schon Anstalten, aufzustehen.

Nkata legte eine Hand auf ihren Arm. »Aber nicht, ohne mir ein paar Auskünfte gegeben zu haben«, sagte er. »Sonst muss ich mir doch Wolffs Gefängnisunterlagen ansehen, Miss McKay. Und wenn ich da Ihren Namen finde, werden Sie einiges zu erklären haben.«

»Ist es Ihre Gewohnheit, den Leuten zu drohen?«

»Das ist keine Drohung. Das ist nur eine schlichte Tatsache. Also, setzen Sie sich wieder hin und trinken Sie Ihren Gin Tonic.« Mit einer Kopfbewegung wies er auf ihre Kollegen. »Ich glaube, ich tue Ihrem Ruf ganz gut.«

Ihr Gesicht wurde rot vor Zorn. »Sie gemeiner –«

»Regen Sie sich ab«, sagte er. »Reden wir über Katja Wolff. Sie war übrigens damit einverstanden, dass ich mit Ihnen spreche.«

»Das glaube ich nicht –«

»Dann rufen Sie sie an.«

»Sie –«

»Sie steht unter Verdacht, zwei Personen vorsätzlich mit dem Auto überfahren zu haben, in einem Fall mit Todesfolge. Wenn Sie sie entlasten können, dann sollten Sie das schleunigst tun. Sie kann jeden Moment festgenommen werden. Und glauben Sie vielleicht, das wird man der Presse vorenthalten können? Berüchtigte Kindsmörderin erneut von der Polizei festgenommen! Wohl kaum, Miss McKay. Man wird ihr ganzes Leben unter die Lupe nehmen, und Sie wissen wohl, was das heißt.«

»Ich kann sie nicht entlasten«, sagte Noreen McKay, und ihre Finger umfassten das Glas mit dem Gin Tonic fester. »Das ist es ja gerade. Ich kann sie nicht entlasten.«

# 23

»Waddington«, sagte Chief Inspector Leach, als Lynley und Barbara Havers in den Besprechungsraum traten. Er war bester Stimmung, sein Gesicht entspannter als seit Tagen, sein Schritt wie beflügelt, als er durchs Zimmer eilte, um *Kathleen Waddington* ganz oben auf eine der Porzellantafeln zu schreiben.

»Wo hat es sie erwischt?«, fragte Lynley.

»In Maida Vale. Die gleiche Verfahrensweise. Ruhige Gegend. Ein Fußgänger allein auf der Straße. Nacht. Schwarzes Fahrzeug. Und bumm!«

»Gestern Abend?«, fragte Barbara Havers. »Aber das würde bedeuten −«

»Nein, nein. Es war schon vor zehn Tagen.«

»Könnte ein zufälliges Zusammentreffen sein«, meinte Lynley.

»Bestimmt nicht. Die hat damals auch eine Rolle gespielt.« Leach beeilte sich, ihnen zu erklären, wer diese Kathleen Waddington war: eine Sexualtherapeutin, die ihr Institut an dem fraglichen Abend irgendwann nach zehn Uhr verlassen hatte. Sie war auf der Straße angefahren und mit einem Beckenbruch und ausgekugelter Schulter liegen gelassen worden. Bei der polizeilichen Vernehmung hatte sie ausgesagt, der Wagen, der sie angefahren hatte, sei groß gewesen, »wie so eine Gangsterlimousine«, er sei schnell gefahren und von dunkler Farbe gewesen, möglicherweise schwarz.

»Ich habe noch einmal meine Aufzeichnungen von damals durchgesehen, als das Kind ertrank, meine ich«, sagte Leach. »Die Waddington war die Frau, die Katja Wolff beim Prozess das Genick gebrochen hat. Die Wolff hatte behauptet, sie hätte an dem Abend, an dem die kleine Davies ertrank, ganz kurz mit ihr telefoniert, und die Waddington konnte nachweisen, dass das nicht stimmte. Ohne sie wäre die Wolff vielleicht mit ein paar Jährchen wegen Fahrlässigkeit davongekommen. Aber nachdem sie die Wolff der Lüge überführt hatte... Das hat ihr damals den Rest gegeben. Wir müssen die Wolff festnehmen. Geben Sie das an Nkata weiter. Soll er die Lorbeeren einheimsen. Er hat an dieser Sache hart gearbeitet.«

»Was ist mit dem Wagen?«, fragte Lynley.

»Das wird schon noch rauskommen. Sie können mir nicht erzählen, dass sie zwanzig Jahre im Knast war, ohne diese oder jene nützliche Verbindung zu knüpfen.«

»Sie meinen, sie kennt jemanden mit so einem alten Wagen?«

»Worauf Sie sich verlassen können. Eine meiner Beamtinnen überprüft im Augenblick weitere Personen wegen des Wagens«, sagte Leach mit einem Nicken zu einer jungen Frau, die an einem der Computer im Zimmer saß. »Sie überprüft jeden Namen, der in irgendeinem Bericht erwähnt wurde. Die Gefängnisunterlagen werden wir uns auch noch beschaffen und dann sämtliche Leute unter die Lupe nehmen, mit denen die Wolff im Knast Kontakt hatte. Das können wir erledigen, während wir sie zur Vernehmung hier haben. Wollen Sie Ihren Mann anpiepsen und ihm Bescheid geben? Oder soll ich es tun?« Leach rieb sich geschäftig die Hände.

Die Beamtin am Computer stand in diesem Moment auf, ein Blatt Papier in der Hand. Sie sagte: »Ich glaube, ich hab den Wagen, Sir«, und Leach stürzte mit einem begeisterten: »Genial. Gut gemacht, Vanessa«, zu ihr hin. »Also, was haben wir?«, fragte er.

»Einen Humber«, antwortete sie.

Das genannte Fahrzeug war eine Nachkriegslimousine, die zu einer Zeit hergestellt wurde, als das Verhältnis zwischen Benzinverbrauch und gefahrenen Kilometern den Autokäufer nur in zweiter Linie interessierte. Der Humber war kleiner als ein Rolls-Royce, Bentley oder Daimler – und lange nicht so teuer –, aber größer als der Durchschnittswagen, den man heute auf den Straßen sah. Und während das moderne Auto aus Aluminium und Metalllegierung hergestellt wurde, um ein möglichst niedriges Gewicht und damit Sparsamkeit im Verbrauch zu erzielen, war der Humber ein Ungetüm aus Stahl und Chrom, vorn mit einem raubgierigen Kühlergrill, der sich so ziemlich alles – von geflügelten Insekten bis zu kleinen Vögeln – aus der Luft griff.

»Hervorragend«, sagte Leach.

»Und wem gehört der Wagen?«, fragte Lynley.

»Einer Frau«, antwortete Vanessa. »Sie heißt Jill Foster.«

»Richard Davies' Verlobter?« Barbara Havers sah Lynley an. Ein Lächeln breitete sich auf ihrem Gesicht aus. Sie sagte: »Das ist es. Verdammt noch mal, das ist es, Inspector. Als Sie gesagt haben –«

Doch Lynley ließ sie nicht ausreden. »Jill Foster? Das kann ich mir nicht vorstellen, Havers. Ich habe die Frau kennen gelernt. Sie ist hochschwanger. Sie kann das unmöglich getan haben, sie wäre gar nicht fähig dazu. Und selbst wenn, warum sollte sie es auf Kathleen Waddington abgesehen haben?«

Havers sagte: »Sir –«, und wurde wieder unterbrochen.

Von Leach diesmal. »Dann muss es einen zweiten Wagen geben. Noch ein anderes altes Modell.«

»Halten Sie das wirklich für wahrscheinlich?«, fragte die Beamtin zweifelnd.

»Piepsen Sie Nkata an«, sagte Leach zu Lynley. Und zu Vanessa: »Besorgen Sie uns die Gefängnisunterlagen von Katja Wolff. Wir müssen sie durchforsten. Es muss einen Wagen geben –«

»Moment mal!«, rief Barbara heftig. »Das kann man doch auch ganz anders sehen, Herrschaften! Hören Sie mir nur mal einen Augenblick zu. Er hat Pytches gesagt. Richard Davies, meine ich. Er sagte nicht Pitchley oder Pitchford, sondern Pytches.« Emphatisch packte sie Lynley beim Arm. »Sie haben mir doch erzählt, dass er Pytches gesagt hat. Als wir vorhin im Café saßen. Sie sagten, dass in Ihren Aufzeichnungen Pytches steht. Von dem Gespräch mit Richard Davies, richtig?«

»Pytches?«, fragte Lynley. »Was hat Jimmy Pytches damit zu tun, Havers?«

»Es war ein Versprecher, verstehen Sie!«

»Constable«, raunzte Leach ungeduldig, »was, zum Teufel, quasseln Sie da?«

Barbara ließ sich nicht beirren. Zu Lynley gewandt, fuhr sie fort: »Richard Davies wäre so ein Versprecher bestimmt nicht unterlaufen, wenn er gerade erst erfahren hätte, dass seine geschiedene Frau ermordet worden war. Er hätte in diesem Moment gar nicht wissen können, dass J.W. Pitchley mit Jimmy Pytches identisch war. Er hätte vielleicht wissen können, dass James Pitchford Jimmy Pytches war, ja, aber er hat ihn in Gedanken bestimmt nicht Pytches genannt, er hat ihn doch nie als Pytches gekannt, warum, zum Teufel, sollte er ihn im Gespräch mit Ihnen so nennen, wo Sie selbst doch zu dem Zeitpunkt gar nicht wussten, wer Pytches war. Warum sollte er ihn überhaupt bei diesem Namen nennen, hm? Das hätte er nie getan, wenn er den Namen nicht präsent gehabt hätte, weil er das Gleiche getan hatte wie ich: Er hatte die standesamtlichen Unterlagen im St. Catherine's House durchgesehen. Und warum? Weil er selbst auf der Suche nach James Pitchford war.«

»Was soll das alles heißen?«, fragte Leach gereizt.

Lynley hob eine Hand. »Gedulden Sie sich einen Moment, Sir. An dieser Sache ist was dran. Weiter, Havers.«

»Garantiert ist da was dran«, bekräftigte Barbara. »Er war seit Monaten mit Eugenie telefonisch im Gespräch gewesen. Das haben Sie in Ihren Notizen. Er hat es uns selbst gesagt, und die Unterlagen der Telefongesellschaft bestätigen es.«

»Das ist richtig«, sagte Lynley.

»Und Gideon Davies hat Ihnen erzählt, dass ein Treffen zwischen ihm und seiner Mutter geplant war. Korrekt?«

»Ja.«

»Es wurde angenommen, Eugenie könnte ihm helfen, die Krise zu überwinden, in der er sich befand. Das hat er uns selbst gesagt. Auch das steht in Ihren Aufzeichnungen. Aber es kam nicht zu dem Treffen. Es kam nicht dazu, weil sie vorher getötet wurde. Sie wusste nicht, wo Gideon lebte. Das hätte sie nur von Richard erfahren können.«

Lynley sah sie nachdenklich an. »Davies möchte sie beseitigen und sieht eine gute Möglichkeit dazu: Gib ihr eine Adresse, die sie für Gideons halten muss, vereinbare eine Zeit für das vermeintliche Treffen mit dem Sohn, lauere ihr auf –«

»– und wenn sie dann auf der Suche nach der richtigen Hausnummer arglos die Straße entlanggeht – peng! –, fährt er sie nieder«, vollendete Havers. »Dann überrollt er sie noch einmal, um sicher zu sein, dass sie tot ist. Und mit den Anschlägen vorher auf die Waddington und hinterher auf Webberly erweckt er den Anschein, als stünde die Ermordung seiner Exfrau mit dem Verbrechen vor zwanzig Jahren in Zusammenhang.«

»Aber warum?«, fragte Leach.

»Ja, das ist die Frage«, bekannte Lynley. Zu Barbara sagte er:

»Es funktioniert, Barbara. Daran gibt es keinen Zweifel. Aber wenn Eugenie Davies ihrem Sohn wirklich über seine Krise hätte hinweghelfen können, warum hätte Richard Davies sie daran hindern sollen? Wenn man wie ich mit dem Mann gesprochen hat, wenn man seine Wohnung gesehen hat, wo man auf Schritt und Tritt den Zeugnissen der großen Karriere seines Sohnes begegnet, gibt es nur eine logische Schlussfolgerung – dass Richard Davies seinen Sohn unbedingt wieder spielen hören wollte.«

»Vielleicht gehen wir von der falschen Voraussetzung aus«, bemerkte Barbara.

»Inwiefern?«

»Ich akzeptiere, dass Richard Davies seinen Sohn wieder spielen hören möchte. Wenn er je Probleme mit der musikalischen Begabung seines Sohnes hatte – zum Beispiel eifersüchtig gewesen wäre und seinem Sohn den Erfolg geneidet hätte –, dann hätte er wahrscheinlich schon vor langer Zeit etwas unternommen, um ihn am Spiel zu hindern. Aber nach allem, was wir wissen, spielt Gideon Davies, seit er aus den Windeln heraus ist. Wie wäre es also, wenn Eugenie Davies sich mit ihrem Sohn treffen wollte, um zu verhindern, dass er je wieder Geige spielt?«

»Ja, aber warum denn?«

»Vielleicht nach dem Motto, wie du mir, so ich dir. Wenn Richard Davies etwas getan hatte, wodurch die Ehe in die Brüche ging –«

»Wie zum Beispiel das Kindermädchen schwängern?«, warf Leach ein.

»Oder Tag und Nacht um Gideon herumzutanzen und völlig zu vergessen, dass er eine Frau hatte, eine Frau, die trauerte, die einen anderen Menschen gebraucht hätte ... Eugenie verliert ein Kind, aber statt dass Richard sich um sie kümmert und ihr Halt gibt, ist er einzig darum besorgt, *Gideon* über das Trauma hinwegzuhelfen, damit der nicht durchdreht und seine Geige in die Ecke wirft und plötzlich aufhört, der Sohn zu sein, den alle bewundern und der auf dem besten Weg ist, berühmt zu werden und alle Träume seines Daddys wahr zu machen. An Eugenie denkt keiner, sie muss allein sehen, wie sie fertig wird, und sie vergisst nie, wie es war. Als sich dann eine Gelegenheit bietet, es Richard heimzuzahlen, als er sie so dringend braucht, wie sie ihn einmal gebraucht hat, weiß sie genau, was sie tun wird.« Barbara holte tief Luft nach diesem langen Vortrag und blickte, auf eine Reaktion wartend, von Leach zu Lynley.

Leach sagte nur: »Wie?«

»Was wie?«

»Wie hätte sie ihren Sohn daran hindern können, in Zukunft wieder zu spielen? Was hätte sie Ihrer Meinung nach getan, Constable? *Ihm* die Finger gebrochen? Oder *ihn* mit dem Auto überfahren?«

Barbara holte ein zweites Mal Luft und stieß sie in Form eines Seufzers aus. »Ich weiß es nicht«, antwortete sie, und ihre Schultern sanken herab.

»Genau«, sagte Leach wegwerfend. »Sie können uns ja Bescheid geben, wenn Sie –«

»Nein, Sir«, mischte sich Lynley ein. »Das ist alles durchaus vernünftig.«

»Das soll wohl ein Witz sein«, gab Leach zurück.

»Nein. Wenn wir Constable Havers' Überlegungen folgen, haben wir eine Erklärung dafür, warum Eugenie Davies am fraglichen Abend Pitchleys Adresse bei sich hatte, während alle unsere anderen Theorien stets daran gescheitert sind, dass wir genau dafür keine Erklärung finden konnten.«

»Alles Quatsch«, knurrte Leach.

»Was für eine andere Erklärung ist denn möglich? Es gibt keine uns bekannte Verbindung zwischen ihr und Pitchley. Keinen Brief, kein Telefonat, keine E-Mail.«

»Sie hatte eine E-Mail-Adresse?«, fragte Leach scharf.

»Klar«, antwortete Barbara, »und ihr Computer –« Sie brach abrupt ab, zog eine Grimasse und schluckte den Rest ihres Satzes hinunter.

»Computer?«, rief Leach sofort. »Wo, zum Teufel, ist der Computer geblieben? In Ihren Berichten ist nirgends die Rede davon.«

Lynley spürte, dass Barbara ihm einen Blick zuwarf, bevor sie sich zu ihrer Umhängetasche vorbeugte und hektisch darin zu kramen begann. Er fragte sich, was für sie beide vorteilhafter wäre, Wahrheit oder Lüge, und entschied sich für: »Ich habe den Computer überprüft. Es war nichts drauf. Sie hatte E-Mail, ja.

Aber es war nichts von Pitchley da. Ich sah deshalb keine Notwendigkeit –«

»– das in Ihren Bericht aufzunehmen?«, schnauzte Leach. »Nennen Sie das gründliche Arbeit?«

»Ich hielt es für überflüssig.«

»*Was?!* Allmächtiger Gott! Dieser Computer kommt auf der Stelle hierher, Lynley. Damit unsere Leute ihn sich vornehmen können. Sie sind kein Fachmann. Sie können leicht etwas übersehen haben, das – verdammt noch mal! Sind Sie denn von allen guten Geistern verlassen? Was, zur Hölle, haben Sie sich dabei gedacht?«

Was sollte er darauf sagen? Er habe Zeit sparen wollen? Mühe? Einen Ruf retten wollen? Eine Ehe? Er sagte mit Bedacht: »An ihre E-Mail zu kommen war kein Problem, Sir. Und als uns das gelungen war, haben wir sofort gesehen, dass es da praktisch nichts –«

»Was heißt hier praktisch?«

»Nur eine Nachricht von Robson, und mit dem haben wir gesprochen. Er verschweigt meiner Ansicht nach etwas. Aber mit Eugenie Davies' Tod hatte er sicher nichts zu tun.«

»Ach, das wissen Sie?«

»Das sagt mir mein Gefühl, Sir.«

»Ah ja, das gleiche Gefühl, das Sie veranlasst hat, ein Beweisstück zurückzuhalten – oder soll ich sagen ›verschwinden zu lassen‹?«

»Ich habe nach Ermessen entschieden, Sir.«

»Sie haben *nichts* zu entscheiden. Der Computer kommt hierher. Und zwar gleich. *Jetzt.*«

»Und was ist mit dem Humber?«, erkundigte sich Barbara vorsichtig.

»Zum Teufel mit dem Humber. Und zum Teufel mit Davies. Vanessa, besorgen Sie uns diese verdammten Gefängnisunterlagen von der Wolff. Womöglich hat die zehn Leute an der Hand, alle mit Autos, die so alt sind wie Methusalem, und alle irgendwie mit diesem Fall verquickt.«

»Aber Sir«, warf Lynley ein. »Diese Spur, die wir hier entdeckt haben, der Humber, führt uns vielleicht –«

»Ich sagte, zum Teufel mit dem Humber, Lynley. Was Sie angeht, sind wir wieder am Ausgangspunkt. Bringen Sie mir jetzt diesen Computer. Und wenn Sie das getan haben, dann fallen Sie auf die Knie und danken Sie Ihrem Schöpfer, dass ich Sie nicht bei Ihren Vorgesetzten melde.«

»Es wird Zeit, dass du zu mir kommst, Jill.« Dora Foster trocknete den letzten Teller und hängte das Geschirrtuch ordentlich gefaltet über den Halter neben dem Spülbecken. Sie zog die Ränder mit gewohnter Akribie gerade und wandte sich wieder ihrer Tochter zu, die am Küchentisch saß, die Beine hochgelegt, die Hände im Kreuz, um die schmerzhaft verspannten Muskeln zu kneten. Es kam ihr vor, als schleppte sie einen Fünfzig-Pfund-Sack mit Mehl in ihrem Bauch herum, und sie fragte sich, wie, um alles in der Welt, sie bis zur Hochzeit, die knapp zwei Monate nach der Entbindung geplant war, ihre Figur zurückbekommen sollte.

»Unsere kleine Catherine hat sich schon auf den Weg gemacht«, sagte Jills Mutter. »Es kann sich nur noch um Tage handeln.«

»Richard hat sich mit dem Plan noch nicht recht angefreundet«, gab Jill zu bedenken.

»Du bist bei mir besser aufgehoben als ganz allein in einem Kreißsaal, wo nur ab und zu eine Schwester vorbeischaut, um sich zu vergewissern, dass du noch lebst.«

»Mama, das weiß ich. Aber Richard macht sich Sorgen.«

»Wie vielen Kindern ich auf die Welt geholfen habe –«

»Das weiß er doch.«

»Dann –«

»Es geht doch nicht darum, dass er dich für inkompetent hält. Aber es sei etwas anderes, sagt er, wenn es um das eigene Fleisch und Blut geht. Er behauptet, kein Arzt würde sein eigenes Kind operieren. Er wäre nicht fähig, objektiv zu bleiben, wenn es zu einer Krise käme. Einem Notfall. Du weißt schon.«

»Bei einem Notfall fahren wir ins Krankenhaus. Mit dem Auto zehn Minuten.«

»Das habe ich ihm auch gesagt. Darauf hat er erklärt, in zehn Minuten könne alles Mögliche geschehen.«

»Gar nichts wird geschehen. Deine ganze Schwangerschaft war wie aus dem Bilderbuch.«

»Ja, aber Richard –«

»Richard ist nicht mit dir verheiratet«, fiel Dora Foster ihrer Tochter mit Entschiedenheit ins Wort. »Er hätte dich heiraten können, aber er hat's nicht getan. Folglich hat er keinerlei Recht, bei dieser Entscheidung mitzureden. Hast du ihn darauf mal hingewiesen?«

Jill seufzte. »Mama...«

»Nichts Mama!«

»Es spielt doch überhaupt keine Rolle, dass wir noch nicht verheiratet sind. Wie *werden* heiraten – mit allem Drum und Dran, Kirche und Pfarrer und großem Empfang. Was brauchst du denn noch?«

»Es geht nicht darum, was *ich* brauche«, erklärte Dora. »Es geht darum, was *du* verdient hast. Und erzähl mir jetzt bloß nicht, das wäre deine Idee gewesen. Ich weiß genau, dass das Blödsinn ist. Du hattest deine Hochzeit seit deinem zehnten Lebensjahr geplant, von den Blumen bis zur Hochzeitstorte, und soweit ich mich erinnere, war von einem Baby im Voraus nie die Rede.«

Jill wollte sich auf diese Diskussion nicht einlassen. »Die Zeiten ändern sich, Mama«, sagte sie.

»Aber du änderst dich nicht. Ja, ja, ich weiß, heutzutage sucht man sich als Frau einen *Partner* und keinen Ehemann. Einen Partner! Als hätte man vor, ins Babyproduktionsgeschäft einzusteigen. Und wenn sie ihre Babys dann haben, führen sie sie ohne das geringste bisschen Schamgefühl in der Öffentlichkeit vor. Ich weiß, dass das ständig passiert. Aber du bist keine Schauspielerin oder Rocksängerin, Jill. Du hast immer genau gewusst, was du willst, und hast nie etwas getan, nur weil es gerade *in* war.«

Jill seufzte. Ihre Mutter kannte sie besser als jeder andere, und was sie da sagte, traf zu. Aber damit eine Beziehung gelingen konnte, musste man eben Kompromisse schließen, und zu einem Kind wünschte sie sich eine glückliche Ehe, die sie sich wohl kaum erhoffen konnte, wenn sie Richard unter Druck setzte.

»Aber es ist nun mal so, wie es ist«, sagte sie. »Und es ist zu spät, um jetzt noch etwas zu ändern. Ich watschle bestimmt nicht mit diesem Bauch zum Altar.«

»Und weil es so ist«, sagte ihre Mutter, »bist du völlig frei in deiner Entscheidung und kannst allein bestimmen, wo und wie dein

Kind zur Welt kommen soll. Und wenn es Richard nicht passt, kannst du ihn ja darauf hinweisen, dass er selbst es vorgezogen hat, nicht auf die konventionelle Art *vor* der Ankunft des Kindes zu heiraten, und dir daher keine Vorschriften zu machen hat, solange ihr nicht verheiratet seid. So, und jetzt –« ihre Mutter trat zu ihr an den Tisch, wo ein Karton mit Hochzeitseinladungen auf den Versand wartete –»holen wir deinen Koffer und bringen dich heim nach Wiltshire. Du kannst ihm einen Zettel hinlegen. Oder du kannst ihn anrufen. Soll ich dir das Telefon holen?«

»Heute Abend fahre ich nicht mehr nach Wiltshire«, sagte Jill. »Ich möchte erst mit Richard sprechen. Ich werde ihn noch einmal fragen –«

»*Fragen?* Willst du ihn fragen, ob du bitte dein Kind auf die Welt bringen darfst?«

»Catherine ist auch sein Kind.«

»Na und? Du bist diejenige, die das Kind zur Welt bringt! Jill, das ist doch überhaupt nicht deine Art. Du hast immer gewusst, was du willst, aber jetzt benimmst du dich, als hättest du plötzlich Angst, du könntest etwas tun, was ihn von dir wegtreibt. Das ist absurd, Kind. Er kann sich glücklich preisen, dich zu haben. In seinem Alter kann er froh sein, überhaupt –«

»Mama!« Sie hatten sich vor langer Zeit geeinigt, dieses Thema unberührt zu lassen – Richards Alter und die Tatsache, dass er zwei Jahre älter war als Jills Vater und fünf Jahre älter als ihre Mutter. »Du hast ganz Recht, ich weiß, was ich will. Und ich will mit Richard reden, wenn er nach Hause kommt. Ich werde nicht nach Wiltshire fahren, ohne mit ihm gesprochen zu haben, und ganz sicher werde ich ihm nicht einfach einen Zettel hinlegen und abfahren.« Sie sprach in einem schneidenden Ton, dem Ton, den sie beim BBC einsetzte, genau die Nuance, die notwendig war, um den Leuten Beine zu machen. Wenn sie ihren schneidenden Ton anschlug, widersprach ihr keiner.

Und auch ihre Mutter widersprach ihr jetzt nicht. Sie richtete nur resigniert ihren Blick auf das elfenbeinfarbene Hochzeitskleid, das in der durchsichtigen Plastikhülle an der Tür hing, und sagte: »Nie hätte ich gedacht, dass es so kommen würde.«

»Es ist doch alles gut, Mama«, behauptete sie.

Aber als ihre Mutter gegangen war, stürmten die Gedanken auf sie ein, diese boshaften Gefährten der Einsamkeit. Sie drängten sie, die Worte ihrer Mutter sorgfältig abzuwägen, und damit war sie schon bei ihrer Beziehung zu Richard.

Es hatte nichts zu bedeuten, dass er derjenige gewesen war, der den Wunsch geäußert hatte, zu warten. Es war eine ganz logische Entscheidung gewesen. Und sie hatten sie gemeinsam getroffen. Was spielte es schon für eine Rolle, dass er die treibende Kraft gewesen war? Hinter seinen Überlegungen hatte gesunde Vernunft gestanden. Sie hatte ihm eröffnet, dass sie schwanger war, und er war voller Freude über die Neuigkeit gewesen, so glücklich wie sie selbst. »Wir heiraten«, hatte er gesagt. »Sag mir, dass wir heiraten werden.« Und sie hatte gelacht beim Anblick seines Gesichts, das so sehr dem eines kleinen Jungen ähnelte, der fürchtete, enttäuscht zu werden. »Natürlich heiraten wir«, hatte sie gesagt, und er hatte sie in die Arme genommen und ins Schlafzimmer geführt.

Nach der Liebe blieben sie ineinander verschlungen liegen, und er sprach von ihrer Hochzeit. Sie befand sich in diesem Zustand seliger Mattigkeit nach dem Orgasmus, in dem alles möglich und alles einleuchtend scheint. Als er daher sagte, er wolle eine *richtige große Hochzeit* für sie und nicht eine Trauung im Schnellverfahren, murmelte sie schläfrig: »Ja. Ja. Eine richtige große Hochzeit, Schatz.« Und er fügte hinzu: »Mit einem tollen Hochzeitskleid für dich. Mit Blumen und Brautjungfern. In der Kirche. Mit einem Fotografen. Einem Empfang. Ich möchte richtig feiern, Jill.«

Was natürlich nicht möglich war, wenn sie die gesamte Planung in den sieben Monaten vor der Geburt des Kindes erledigen mussten. Und selbst wenn sie das schafften, würde sie sich bis dahin beim besten Willen nicht mehr in ein elegantes Hochzeitskleid hineinquetschen können. Es war viel praktischer, zu warten.

Tatsächlich, erkannte Jill jetzt beim Nachdenken, hatte Richard sie mit sicherer Hand diesen Weg entlang geführt, und als er am Ende ihrer langen Aufzählung all der Dinge, die für so eine große Hochzeit noch erledigt werden mussten, gesagt hatte: »Ich hatte ja keine Ahnung, dass das so viel Zeit beansprucht... Wirst du denn die Hochzeit überhaupt noch genießen können, Jill, wenn dein Zustand schon so weit fortgeschritten ist?«, war sie bereits bestens präpariert für seine nachfolgenden Überlegungen. »Das soll doch vor allem dein Tag sein. Und du bist so zart…« Er legte wie zum Nachdruck seine Hand auf ihren Bauch, der noch flach und straff war, das aber bald nicht mehr sein würde. »Meinst du, wir sollten warten?«, fragte er.

Warum nicht, hatte sie gedacht. Sie hatte siebenunddreißig Jahre auf ihren Hochzeitstag gewartet, da spielten ein paar zusätzliche Monate weiß Gott keine Rolle.

Aber das war zu einer Zeit gewesen, als noch nicht Gideons Schwierigkeiten alles andere aus Richards Sinnen und Trachten verdrängt hatten und bevor mit Gideons Schwierigkeiten plötzlich Eugenie auf der Bildfläche erschienen war.

Jill war jetzt klar, dass Richards Zerstreutheit nach der Panne in der Wigmore Hall noch eine andere Quelle gehabt hatte, als das Versagen seines Sohnes an diesem Abend. Und als sie dies mit seinem Widerstreben, zu heiraten, in Zusammenhang brachte, stieg eine Beklemmung in ihr auf wie Nebel, der sich lautlos über ahnungslose Ufer legt.

Sie gab ihrer Mutter die Schuld daran. Dora Foster freute sich auf ihr erstes Enkelkind, mit dem Vater jedoch, den Jill sich für ihr erstes Kind ausgesucht hatte, war sie nicht einverstanden, wenn sie auch klug genug war, das nicht direkt zu sagen. Aber sie konnte es natürlich nicht lassen, ihrer Missbilligung indirekt Ausdruck zu geben, und was eignete sich dazu besser, als Jills Glauben an Richards Ehrlichkeit zu erschüttern? Wobei Jill natürlich keineswegs in diesen altmodischen Kategorien vom Mann mit den *ehrlichen Absichten* dachte. Sie lebte schließlich nicht in einem Roman von Thomas Hardy. Wenn sie an Ehrlichkeit dachte, hieß das für sie nur, dass ein Mann bezüglich seines Handelns und seiner Absichten die Wahrheit sagte. Richard hatte gesagt, sie würden heiraten; also würden sie das auch tun.

Natürlich hätten sie sofort heiraten können, nachdem sie schwanger geworden war. Sie hätte nichts dagegen gehabt. Auf ihrer Liste der angestrebten Erfolge standen *Ehe* und *Familie*. Das Wort *Hochzeit* hatte sie nie niedergeschrieben; sie hatte die Hochzeit immer nur als ein Mittel zur Erreichung ihres Ziels gesehen. Und hätte sie sich damals im Bett nach der Liebe nicht in diesem Zustand seliger Verklärtheit befunden, so hätte sie wahrscheinlich gesagt: »Ach, vergiss die große Hochzeit, Richard. Lass uns gleich heiraten«, und er hätte zugestimmt.

Wirklich?, fragte sie sich. Wie er dem Namen zugestimmt hatte, den sie für das Kind gewählt hatte? Wie er dem Vorschlag zugestimmt hatte, dass ihre Mutter ihr bei der Entbindung beistehen würde? Wie er zugestimmt hatte, statt seiner zuerst ihre Wohnung zu verkaufen? Das Haus in Harrow zu erwerben? Nur einmal mit dem Makler hinzufahren, um sich das Haus wenigstens anzusehen?

Was hatte es zu bedeuten, dass Richard jeden ihrer Pläne zunichte machte, mit den vernünftigsten Argumenten, so dass es stets den Anschein hatte, der Entschluss basiere auf einer beiderseitigen Entscheidung und nicht auf ihrem Nachgeben, weil sie – ja, was? Weil sie Angst hatte? Und wenn ja, wovor?

Die Antwort lag auf der Hand, obwohl die Frau tot war, obwohl sie nicht zurückkehren und sich zwischen sie drängen und verhindern konnte, was vom Schicksal bestimmt war…

Das Telefon klingelte. Jill fuhr zusammen, im ersten Moment verwirrt. Sie war so tief in Gedanken gewesen, dass sie nicht gleich wusste, dass sie noch in der Küche war und das Telefon im Wohnzimmer. Schwerfällig stand sie auf.

»Spricht dort Miss Foster?« Es war eine Frauenstimme, professionell und sachlich, so wie Jills Stimme einmal gewesen war.

»Ja«, sagte Jill.

»Miss Jill Foster?«

»Ja. Ja. Wer spricht denn bitte?«

Als sie die Antwort hörte, brach ihre Welt in Stücke.

Etwas an der Art, wie Noreen McKay das sagte – »Ich kann sie nicht entlasten« –, veranlasste Nkata, innezuhalten, bevor er sich zum Erfolg gratulierte. Im Blick der Frau lag Verzweiflung, und beginnende Panik in der Geste, mit der sie den Rest ihres Drinks in einem Zug hinunterkippte. Er sagte: »Können Sie nicht, oder wollen Sie nicht, Miss McKay?«

»Ich muss an zwei junge Menschen denken. Sie sind die einzige Familie, die mir geblieben ist. Ich möchte mich nicht mit ihrem Vater um das Sorgerecht streiten müssen.«

»Die Gerichte sind heutzutage liberaler.«

»Ich muss außerdem an meine berufliche Laufbahn denken. Es ist zwar nicht die, die ich mir gewünscht habe, aber sie ist mir wichtig, und ich habe sie mir aus eigener Kraft aufgebaut. Verstehen Sie denn nicht? Wenn herauskommt, dass ich –« Sie brach ab.

Nkata seufzte. »Sie war also bei Ihnen? Vor drei Tagen. Abends. Und gestern Abend auch? Spät?«

Noreen McKay sagte nichts. Groß und aufrecht saß sie auf ihrem Stuhl wie eine Pappfigur.

»Miss McKay, ich muss wissen, ob ich Ihren Namen streichen kann.«

»Und ich muss wissen, ob ich Ihnen trauen kann. Die Tatsache, dass Sie direkt hierher gekommen sind, direkt ins Gefängnis… Ihnen muss doch klar sein, was das vermuten lässt!«

»Es lässt vermuten, dass ich einen Haufen Arbeit hab und es deshalb blödsinnig wäre, vom einen Ende der Stadt zum anderen zu fahren, wenn ich Sie hier erreichen kann, keine zwei, drei Kilometer von Harriet Lewis' Kanzlei entfernt.«

»Aber das ist nicht alles«, entgegnete Noreen McKay. »Ich entnehme daraus, dass Sie ein Eigeninteresse haben, Constable, und wenn das zutrifft, was sollte Sie dann daran hindern, meinen Namen für nette fünfzig Pfund an die Presse zu verhökern? Die Story würde sich bestimmt gut verkaufen lassen, an die *Mail*, zum Beispiel. Sie haben mir im Lauf dieses Gesprächs bereits mit Schlimmerem gedroht.«

»Ach, ein Geschäft könnte ich schon jetzt machen. Überlegen Sie mal. Sie haben mir eine ganze Menge erzählt.«

»Was denn? Dass einmal abends eine Rechtsanwältin und ihre Mandantin bei mir waren? Was soll die *Mail* damit anfangen?«

Nkata musste einräumen, dass Noreen McKay mit ihrer Skepsis nicht unrecht hatte. Aus den dürftigen Informationen, die er von ihr bekommen hatte, ließ sich kaum etwas machen. Doch man sollte nicht zu gering einschätzen, was er bereits wusste, was er aus diesem Wissen schließen konnte, und was er *daraus* letztlich *machen* konnte. Tatsache allerdings war, so ungern er sich das eingestand, dass er von ihr lediglich eine Bestätigung brauchte und eine Zeitangabe. Alles andere, all das Wie und Warum, das hätte er zwar gern erfahren, aber es bestand keine dienstliche Notwendigkeit, es zu wissen.

»Der tödliche Autounfall mit Fahrerflucht in Hampstead«, sagte er, »geschah neulich Abend so zwischen zehn und elf. Harriet Lewis behauptet, sie könnten Katja Wolff für diese Zeit ein Alibi geben, würden es aber nicht tun. Aus diesem Grund vermute ich, dass zwischen Ihnen und Katja Wolff was läuft, was Sie schlecht aussehen lässt, wenn es rauskommt.«

»Ich habe es schon einmal gesagt: Darüber spreche ich nicht.«

»Das hab ich begriffen, Miss McKay. Wie wär's dann, wenn Sie über das reden, worüber Sie zu reden bereit sind? Wie wär's mit nüchternen Fakten ohne Schnörkel?«

»Wie meinen Sie das?«

»Nur ja oder nein.«

Noreen McKay schaute zum Tresen hinüber, wo ihre Kollegen Bier tranken. Die Tür wurde geöffnet, und es traten noch drei Gefängnisangestellte ein, alles Frauen in Uniformen wie Noreen McKay eine trug. Zwei von ihnen grüßten sie und schienen zu überlegen, ob sie an ihren Tisch kommen und sich mit ihrem Begleiter bekannt machen lassen sollten. Noreen McKay wandte sich brüsk von ihnen ab und sagte leise: »Das ist unmöglich. Ich hätte nicht… Wir müssen gehen.«

»Das würde sich aber nicht besonders gut machen, wenn Sie jetzt davonlaufen«, murmelte Nkata. »Schon gar nicht, wenn ich gleichzeitig aufspringe und Ihnen hinterherbrülle. Nur ein paar klare Antworten, ja oder nein, Miss McKay, und ich bin weg. Ich verschwinde wie Spülwasser, und Sie können denen über mich erzählen, was Sie wollen. Dass ich der Schulpsychologe bin und Sie wegen Ihres Neffen sprechen wollte. Oder ein Talentsucher von Manchester United, der sich für den Jungen interessiert. Ist mir völlig egal. Nur ja oder nein, und für Sie bleibt alles beim Alten, wie auch immer das ausschaut.«

»Sie haben keine Ahnung.«

»Eben. Das hab ich ja gesagt. Wie auch immer es ausschaut.«

Sie starrte ihn einen Moment lang schweigend an. Dann sagte sie: »Also gut. Fragen Sie.«

»War sie vor drei Tagen abends bei Ihnen?«

»Ja.«

»Zwischen zweiundzwanzig Uhr und Mitternacht?«

»Ja.«

»Um welche Zeit ist sie gegangen?«

»Wir hatten ja oder nein vereinbart.«

»Richtig. Ist sie vor Mitternacht gegangen?«

»Nein.«

»Ist sie vor zweiundzwanzig Uhr gekommen?«

»Ja.«

»Kam sie allein?«

»Ja.«

»Weiß Mrs. Edwards, wo sie war?«

Noreen McKay blickte bei dieser Frage an ihm vorbei, aber sie schien es nicht zu tun, weil sie die Absicht hatte, zu lügen. »Nein«, antwortete sie.

»Und gestern Abend?«

»Was meinen Sie?«

»War Katja Wolff gestern Abend bei Ihnen? Sagen wir, nachdem ihre Anwältin gegangen war?«

Noreen McKay sah ihn wieder an. »Ja.«

»Ist sie geblieben? War sie gegen dreiundzwanzig Uhr dreißig und Mitternacht noch da?«

»Ja. Sie ist – es dürfte ungefähr halb zwei gewesen sein, als sie ging.«

»Kennen Sie Mrs. Edwards?«

Wieder wanderte ihr Blick von ihm weg. Er beobachtete, wie ein Muskel an ihrem Hals sich anspannte. Sie sagte: »Ja. Ja, ich kenne Yasmin Edwards. Sie hat den größten Teil ihrer Strafe in Holloway verbüßt.«

»Sie wissen, dass sie und Katja ...«

»Ja.«

»Was drängen Sie sich dann zwischen die beiden?«, fragte er abrupt, und die Vereinbarung mit ihr wurde von einem plötzlichen Bedürfnis, zuzuschlagen, verdrängt, einem persönlichen Bedürfnis, das er sich kaum eingestehen konnte und überhaupt nicht verstand. »Sie haben wohl einen Plan, Sie und Katja? Benutzen Sie beide Mrs. Edwards und ihren Jungen für Ihre eigenen Zwecke?«

Sie sah ihn an, ohne etwas zu sagen.

»Das sind Menschen, Miss McKay«, fuhr er fort. »Menschen, die ein eigenes Leben und Gefühle haben. Wenn Sie und Katja

Wolff die Absicht haben, Yasmin Edwards etwas anzuhängen, sie in irgendwas reinzuziehen, sie schlecht zu machen, in Gefahr zu bringen –«

Mit einer heftigen Bewegung beugte sich Noreen McKay über den Tisch und zischte: »Sehen Sie denn nicht, dass genau das Gegenteil der Fall ist? *Ich* stehe schlecht da. *Ich* bin in Gefahr. Und warum? Weil ich sie liebe, Constable. Das ist mein Verbrechen. Sie glauben, hier ginge es um Perversion und Sex, nicht wahr? Um den Missbrauch von Macht. Um Nötigung und widerliche Szenen mit verzweifelten Frauen, die verzweifelten Frauen hinter Gittern Gewalt antun. Sie kommen gar nicht auf den Gedanken, dass es anders sein könnte, viel schwieriger, dass es um Liebe gehen könnte. Aber so ist es, ich liebe eine Frau und darf es nicht öffentlich tun, ich muss mich mit Heimlichkeiten begnügen und die Gewissheit ertragen, dass sie an den Abenden, an denen wir getrennt sind – und das sind weit mehr, als wir gemeinsam verbringen, glauben Sie mir –, mit einer anderen zusammen ist, eine andere liebt oder zumindest so tut, weil *ich* es so will. Und jede Auseinandersetzung, die wir haben, bleibt ohne Lösung, weil wir *beide* mit den Entscheidungen, die wir getroffen haben, Recht haben. Ich kann ihr nicht geben, was sie von mir will, und ich kann nicht annehmen, was sie geben will. Darum gibt sie es anderswo, und ich bekomme Brosamen von ihr, und sie bekommt Brosamen von mir. Und so wird es immer bleiben, ganz gleich, was sie darüber sagt, wie und wann sich die Dinge ändern werden.« Sie lehnte sich, als sie geendet hatte, einen Moment atemlos zurück, dann schlüpfte sie in ihren dunkelblauen Mantel, stand auf und steuerte auf die Tür zu.

Nkata folgte ihr. Draußen blieb sie stehen, mitten im pfeifenden Wind, keuchend wie eine Läuferin. Das Licht der Straßenlampe fiel auf sie herab, während sie mit einer Hand den Masten umfasst hielt und zum Holloway-Gefängnis auf der anderen Straßenseite hinüber schaute.

Sie schien zu spüren, dass Nkata an ihre Seite trat. Sie sah ihn nicht an, als sie sprach. »Zuerst machte sie mich nur neugierig. Sie kam nach dem Prozess ins Krankenhaus, dort arbeitete ich damals. Sie wurde rund um die Uhr bewacht, weil man fürchtete, sie könnte sich das Leben nehmen. Aber ich sah gleich, dass sie nicht die geringste Absicht hatte, sich etwas anzutun. Sie strahlte so eine Entschlossenheit und Selbstsicherheit aus. Sie schien genau zu wissen, wer sie war. Und mir gefiel das, ich fand es unwiderstehlich; denn ich wusste zwar ebenso genau, wer ich war, aber im Gegensatz zu ihr war ich nie fähig gewesen, es mir einzugestehen. Dann kam sie in die Abteilung für Schwangere, und sie hätte nach der Geburt des Kindes auf die Mutter-Kind-Station gehen können, aber das wollte sie nicht, sie wollte den Jungen nicht, und ich merkte auf einmal, dass es mich brennend interessierte, was sie vom Leben wollte und wie sie geschaffen war, dass sie so existieren konnte, so sicher in ihrer Einsamkeit.«

Nkata sagte nichts. Er hielt den Wind ein wenig ab, als er sich vor Noreen McKay stellte.

»Danach habe ich sie einfach nur beobachtet. Sie war natürlich in Gefahr, als sie aus der Krankenabteilung herauskam. Es gibt so etwas wie Ehre unter ihnen, und das Schlimmste ist in ihren Augen eine Kindsmörderin. Sie war deshalb nur in Gemeinschaft mit anderen Kapitalverbrecherinnen sicher. Aber ihre Sicherheit kümmerte sie gar nicht, und das faszinierte mich. Anfangs glaubte ich, das wäre so, weil sie ihr Leben als beendet betrachtete, und ich wollte mit ihr darüber sprechen. Ich nannte es meine Pflicht, und da ich damals für die Samariter zuständig war –«

»Samariter?«, fragte Nkata.

»Wir haben hier im Gefängnis ein Programm, das Samaritern erlaubt, Besuche zu machen. Wenn eine Gefangene an dem Programm teilnehmen möchte, teilt sie das der zuständigen Beamtin mit.«

»Und wollte Katja Wolff teilnehmen?«

»Nein. Nie. Aber ich benutzte das als Vorwand, um mit ihr ins Gespräch zu kommen.« Sie sah Nkata forschend an und schien etwas in seiner Miene lesen, denn sie fügte hinzu: »Ich bin gut in meiner Arbeit. Wir haben jetzt Entzugsprogramme. Wir verzeichnen einen Anstieg der Besucherzahlen. Wir haben bessere Rehabilitationschancen und bessere Möglichkeiten für Kinder, ihre Mütter im Gefängnis zu besuchen. Ich *bin* gut, glauben Sie mir.«

Ihr Blick schweifte von ihm weg zur Straße, wo abendliche Autoschlangen zu den Vorstädten im Norden hinauskrochen. Sie sagte: »Sie wollte das alles nicht, und ich konnte ihre Ablehnung nicht verstehen. Sie kämpfte gegen die Auslieferung nach Deutschland, und auch das verstand ich nicht. Sie sprach mit niemandem, wenn sie nicht angesprochen wurde. Aber sie beobachtete alles. Und so merkte sie natürlich nach einiger Zeit, dass ich *sie* beobachtete. Als ich in ihren Trakt versetzt wurde – das war später –, begannen wir miteinander zu reden. Sie nahm den Kontakt als Erste auf, was mich sehr überraschte. Sie sagte: ›Warum beobachten Sie mich?‹, daran erinnere ich mich. Und an das, was folgte, erinnere ich mich auch.«

»Sie hält alle Trümpfe in der Hand, Miss McKay«, sagte Nkata.

»Es geht hier nicht um Erpressung, Constable. Katja könnte mich vernichten, aber ich weiß, sie wird es nicht tun.«

»Woher wissen Sie das?«

»Es gibt Dinge, die weiß man einfach.«

»Wir sprechen von einer ehemaligen Gefängnisinsassin.«

»Wir sprechen von Katja.«

Noreen McKay trat von der Straßenlampe weg und ging in Richtung Ampel, um die Straße zu überqueren und ins Gefängnis zurückzukehren. Nkata ging mit ihr. Sie sagte: »Ich wusste schon sehr früh, was ich bin. Ich nehme an, meine Eltern wussten es auch, wenn ich Verkleiden spielte und mich als Soldat, Pirat oder Feuerwehrmann präsentierte. Nie als Prinzessin oder Krankenschwester oder feine Dame. Und das ist ja nicht normal, nicht? Aber mit fünfzehn will man unter allen Umständen normal sein. Also versuchte ich es mit jedem Mittel: Miniröcke, hochhackige Schuhe, tiefe Ausschnitte, was eben so dazugehört. Ich versuchte mein Glück bei den Jungs und trieb es mit jedem, den ich ergattern konnte. Bis ich eines Tages in der Zeitung eine Annonce entdeckte, wo Frauen Kontakt zu Frauen suchten, und die Nummer anrief. Nur aus Jux, sagte ich mir. Wir trafen uns in einem Fitnessstudio, schwammen ein bisschen im Pool, sind dann zusammen Kaffee trinken gegangen und danach zu ihr. Sie war vierundzwanzig. Ich war neunzehn. Wir waren fünf Jahre zusammen, bis ich im Vollzug zu arbeiten anfing. Danach – ich konnte so ein Leben nicht mehr führen. Ich empfand es als zu großes Risiko. Und dann bekam meine Schwester die Hodgkinsche Krankheit, und ich nahm die Kinder zu mir, und lange Zeit war das genug.«

»Bis Katja Wolff kam.«

»Ich habe mit Dutzenden von Männern geschlafen, aber geliebt habe ich nur zwei Menschen, und das waren Frauen. Eine von ihnen ist Katja.«

»Wie lange geht das schon?«

»Siebzehn Jahre. Mit Unterbrechungen.«

»Und wollen Sie ewig so weitermachen?«

»Sie meinen, mit Yasmin zwischen uns?« Sie warf Nkata einen Blick zu und schien seinem Schweigen die Antwort zu entnehmen. »Wenn man behauptet, dass wir in der Liebe wählen, dann habe ich Katja aus zwei Gründen gewählt. Sie hat nie darüber gesprochen, was sie ins Gefängnis gebracht hatte, daher wusste ich, dass sie schweigen konnte. Und sie hatte ein großes Geheimnis. Ich dachte damals, es sei ein Geliebter oder eine Geliebte außerhalb des Gefängnisses. Also kann ich mich gefahrlos auf sie einlassen, sagte ich mir, denn nach ihrer Entlassung wird sie zu ihm oder zu ihr zurückgehen, und ich habe meine Wünsche mit ihr ausleben können. Und dann kann ich gut wie eine Nonne leben, ohne das Gefühl haben zu müssen, ich hätte im Leben etwas versäumt…«

Die Ampel an der Parkhurst Road schaltete auf Grün. Noreen McKay trat vom Bürgersteig herab. Dann blickte sie noch einmal zurück, um eine letzte Bemerkung zu machen. »Es sind siebzehn Jahre, Constable. Sie ist die Einzige unter den Frauen im Gefängnis, die ich je angerührt habe. Sie ist die einzige Frau, die ich dort je geliebt habe.«

»Warum?«, fragte er, als sie sich anschickte, die Straße zu überqueren.

»Weil von ihr keine Gefahr ausgeht«, antwortete Noreen McKay. »Und weil sie stark ist. Niemand kann Katja Wolff zerbrechen.«


»Gottverdammter Mist. Das ist echt toll«, brummte Barbara Havers in sich hinein. Sie begann gerade, sich der Gefahr ihrer Situation bewusst zu werden: Erst vor zwei Monaten wegen Insubordination und tätlichen Angriffs auf einen Vorgesetzten degradiert, konnte sie sich ein weiteres Schlagloch auf ihrer holprigen Berufslaufbahn nicht leisten. »Wenn Leach das mit dem Computer an Hillier weitergibt, sind wir erledigt, Inspector. Das ist Ihnen wohl klar?«

»Wir sind nur erledigt, wenn sich in diesem Computer etwas findet, was für die Ermittlungen wichtig ist«, erwiderte Lynley, während er den Bentley am Rosslyn Hill in den dichten abendlichen Verkehr lenkte. »Und das ist nicht der Fall, Havers.«

Seine unerschütterliche Ruhe reizte sie. Sie waren mit solch einem Tempo zu seinem Wagen marschiert, nachdem sie Leachs Büro verlassen hatten, dass sie nicht dazu gekommen war, eine zu rauchen, und sie gierte nach einer Dosis Tabak zur Beruhigung ihrer Nerven und ihrer Befürchtungen.

»Ach, das wissen Sie so genau?«, fragte sie gereizt. »Und was ist mit den Briefen vom Superintendent an Eugenie Davies? Wenn wir die Briefe als Beweismittel gegen Richard Davies brauchen, um zu erklären, warum er es auf Webberly abgesehen hatte – warum er den Anschein erwecken wollte, dass die Wolff hinter den Anschlägen steckt…« Sie fuhr sich mit der Hand durch die Haare, die schon wieder viel zu lang waren. Gleich heute Abend würde sie sie schneiden, mit der Nagelschere, gründlich. Vielleicht ganz kurz, und dann mit Haargel hochfrisieren wie ein Punk. Das müsste Hillier doch von allen Gedanken über ihre Rolle bei dieser Manipulation von Beweismitteln ablenken.

»Es geht immer nur das eine oder das andere, Havers.«

»Und was bitte soll das heißen?«

»Er kann nicht einerseits Eugenie getötet haben, weil sie Gideons Karriere bedrohte, und andererseits aus Eifersucht Webberly aufs Korn genommen haben. Wo bleibt da die Sextherapeutin Kathleen Waddington?«

»Na ja, vielleicht liege ich mit meiner Theorie über Gideons Karriere falsch«, meinte sie. »Vielleicht hat er Eugenie tot gefahren, weil sie sich mit Webberly eingelassen hatte.«

»Nein, Sie haben schon Recht. Sein Ziel war Eugenie, die Einzige, die er getötet hat. Die Anschläge auf Webberly und Waddington hat er nur verübt, um unsere Aufmerksamkeit auf Katja Wolff zu lenken.« Lynley schien so sicher und absolut unbeeindruckt von der Gefahr, in der sie sich befanden, dass Barbara ihm am liebsten eine runtergehauen hätte. Er konnte es sich leisten, unbeeindruckt zu bleiben. Wenn man ihn in Scotland Yard an die

Luft setzte, brauchte er nur in seinem dicken Schlitten nach Cornwall runterzufahren, wo sich der Familienstammsitz befand, und dort bis an sein seliges Ende das unbeschwerte Leben eines Landjunkers zu führen. Sie dagegen hatte solche Möglichkeiten nicht.

»Sie scheinen sich Ihrer Sache ja verdammt sicher zu sein«, nörgelte sie.

»Davies hatte den Brief bekommen, Havers.«

»Welchen Brief?«

»Den Brief, in dem ihm mitgeteilt wurde, dass Katja Wolff aus dem Gefängnis frei gelassen worden war. Er wusste, dass ich ihn verdächtigen würde, wenn er mir den Brief zeigte.«

»Also fährt er zuerst diese Waddington über den Haufen und dann den Superintendent, damit es so aussieht, als wäre Eugenie aus Rache umgebracht worden und als wäre das Katja Wolffs Werk, die es den Leuten heimzahlen will, die sie in den Knast gebracht haben, ja?«

»Das ist meine Vermutung.«

»Aber vielleicht ist es ja wirklich Rache, Inspector. Nicht Katja Wolffs, sondern seine. Vielleicht hat er von Eugenie und Webberly gewusst. Vielleicht hat er es immer gewusst und hat nur abgewartet, krank vor Eifersucht und finster entschlossen, eines Tages –«

»Das funktioniert so nicht, Havers. Webberlys Briefe an Eugenie Davies sind alle an die Adresse in Henley gerichtet. Sie stammen aus einer Zeit lange nach Eugenies Trennung von ihrem Mann. Davies hatte keinen Grund zur Eifersucht. Er hat wahrscheinlich sogar nie von der Beziehung der beiden gewusst.«

»Aber warum dann Webberly? Warum nicht eine andere Person, die im Prozess eine Rolle spielte? Den Ankläger, den Richter, irgendeinen Zeugen.«

»Ich nehme an, Webberly war einfach leichter ausfindig zu machen. Er lebt seit fünfundzwanzig Jahren in demselben Haus.«

»Aber Richard Davies muss auch die Adressen der anderen kennen, wenn er die Waddington gefunden hat.«

»Welche anderen meinen Sie?«

»Die Leute, die gegen Katja Wolff ausgesagt haben. Robson, zum Beispiel. Was ist mit Robson?«

»Robson war immer nur für Gideon da. Das hat er mir selbst

gesagt. Ich kann mir nicht vorstellen, dass Davies irgendetwas tun würde, was seinem Sohn schaden könnte. Ihre ganze Theorie – die, die Sie bei Leach im Büro vorgetragen haben – hängt an der Voraussetzung, dass Davies nur zur Rettung seines Sohnes aktiv geworden war.«

»Okay. Gut. Vielleicht bin ich auf dem falschen Dampfer. Vielleicht hat es mit Eugenie und Webberly und ihrer Beziehung überhaupt nichts zu tun. Vielleicht sind die Briefe und der Computer Beweisstücke, mit denen wir das hätten nachweisen können. Und vielleicht sitzen wir jetzt richtig im Dreck.«

Er sah sie von der Seite an. »Nein, Barbara, tun wir nicht.« Als sein Blick nach unten glitt, wurde ihr bewusst, dass sie tatsächlich die Hände rang wie die tragische Heldin in einem Melodram. Er sagte: »Nehmen Sie sich ruhig eine.«

»Was?«, fragte sie.

»Eine Zigarette. Rauchen Sie eine. Sie haben es verdient. Ich werd's überstehen.« Er drückte sogar den Zigarettenanzünder des Bentley ein und reichte ihn ihr, als er heraussprang. »Genießen Sie sie«, sagte er. »So bald erleben Sie das nicht wieder.«

»Das will ich hoffen«, antwortete Barbara brummig.

»Ich sprach eigentlich vom Rauchen in meinem Wagen.«

»Ah ja. Ich nicht.« Sie kramte ihre Players heraus und zündete sich eine an. Während sie den Rauch tief inhalierte, dankte sie im Stillen ihrem Chef, dass er ausnahmsweise einmal Toleranz für ihre Schwäche zeigte. Langsam krochen sie die Hauptstraße entlang, und Lynley sah auf seine Taschenuhr. Er reichte Barbara sein Handy und sagte: »Rufen Sie St. James an und bitten Sie ihn, den Computer bereit zu halten.«

Barbara wollte der Aufforderung gerade nachkommen, als das Handy in ihrer Hand klingelte. Sie drückte auf den Knopf, und Lynley bedeutete ihr mit einem Nicken, dass sie den Anruf entgegennehmen solle.

»Havers«, sagte sie deshalb.

»Constable?«, brüllte Leach ihr ins Ohr. »Wo, zur Hölle, sind Sie?«

»Auf dem Weg, den Computer zu holen, Sir«, antwortete sie und flüsterte, die Hand auf dem Mikrofon, zu Lynley gewandt: »Leach. Schon wieder total ausgeflippt.«

»Vergessen Sie den Computer«, bellte Leach. »Fahren Sie rüber zur Portman Street. Zwischen Oxford Street und Portman Square. Sie werden die Sauerei sehen, wenn Sie hinkommen.«

»Portman Street?«, sagte Barbara. »Aber Sir, wollten Sie denn nicht –«

»Hören Sie schlecht?«

»Ich –«

»Es ist wieder jemand angefahren worden«, schnauzte Leach.

»Was?! Wer denn?«, rief Barbara.

»Richard Davies. Aber diesmal gibt's Zeugen. Und ich möchte, dass Sie und Lynley da drüben antanzen und die Leute durch die Mangel drehen, bevor sie verschwinden.«

# GIDEON

*10. November*

Es bleibt nur noch die Konfrontation. Er hat mich belogen. Fast mein Leben lang hat mein Vater mich belogen. Nicht mit Worten, sondern mit dem, was er mich glauben ließ, indem er zwanzig Jahre lang schwieg: dass wir – er und ich – die Opfer gewesen wären, als meine Mutter uns verließ. Aber in Wahrheit hat sie uns verlassen, weil sie erkannte, warum Katja meine Schwester ermordet hatte und warum sie über ihre Tat Stillschweigen bewahrte.

*11. November*

Und so hat es sich abgespielt, Dr. Rose. Keine Erinnerungen mehr, wenn Sie mir das verzeihen wollen, keine Reisen in die Vergangenheit. Nur dies:

Ich habe ihn angerufen. Ich sagte: »Ich weiß, warum Sonia gestorben ist. Ich weiß, warum Katja geschwiegen hat. Du bist ein Schwein, Dad.«

Er sagte nichts.

Ich sagte: »Ich weiß, warum meine Mutter uns verlassen hat. Ich weiß, was geschehen ist. Hörst du mich? Sag etwas, Dad. Es ist Zeit für die Wahrheit. Ich *weiß*, was geschehen ist.«

Im Hintergrund hörte ich Jills Stimme. Ich hörte ihre Frage, und sowohl der Ton als auch die Art, wie sie fragte – »Richard? Schatz, wer, um Gottes willen, ist das?« –, verrieten mir etwas über die Reaktion meines Vaters auf meine Worte. Ich war darum nicht überrascht, als er schroff sagte: »Ich komme jetzt rüber. Geh nicht aus dem Haus.«

Wie er es anstellte, so schnell hier zu sein, weiß ich nicht. Aber als er ins Haus trat und entschlossenen Schritts die Treppe hinaufeilte, kam es mir vor, als wären nur Minuten vergangen, seit ich nach unserem Gespräch den Hörer aufgelegt hatte.

Aber in diesen Minuten hatte ich sie beide vor mir gesehen: Katja Wolff, die das Leben zu meistern suchte, die sich einer Drohung bediente, um aus Ostdeutschland herauszukommen; und meinen Vater, der sie geschwängert hatte, vielleicht in der Hoffnung, zum Aufbau eines Geschlechts, das mit ihm begann, ein vollkommenes Kind zu produzieren. Es war schließlich seine Gewohnheit, Frauen, die keine gesunden Nachkommen hervorbrachten, fallen zu lassen. So hatte er es mit seiner ersten Frau gemacht, und so hatte er es wahrscheinlich mit meiner Mutter vorgehabt. Aber Katja ging es nicht schnell genug, Katja, Katja, Katja, die das Leben anpacken wollte und nicht abwarten, was es ihr geben würde.

Es gab Streit zwischen ihnen.

»*Wann sagst du es ihr, Richard?*«

»*Wenn die Zeit reif ist.*«

»*Aber wir haben keine Zeit! Du weißt, dass wir keine Zeit haben.*«

»*Katja, benimm dich nicht wie eine hysterische Gans.*«

Und als dann der Augenblick kam, wo er hätte Stellung beziehen können, sagte er kein Wort zu ihrer Verteidigung oder Entschuldigung und hielt sich heraus, als meine Mutter Katja ihre Schwangerschaft vorhielt und die Tatsache, dass sie auf Grund dieser Schwangerschaft ihre Pflichten gegenüber meiner Schwester vernachlässigte. Schließlich hatte Katja die Dinge selbst in die Hand genommen. Erschöpft von den ewigen Streitereien und ihren Versuchen, sich zu verteidigen, elend und geschwächt durch die Schwangerschaft und mit dem Gefühl, von allen Seiten verraten worden zu sein, hatte sie den Kopf verloren und Sonia ertränkt.

Was hoffte sie, damit zu erreichen?

Vielleicht hoffte sie, meinen Vater von einer Last zu befreien, die ihn ihrer Meinung nach daran hinderte, zu ihr zu kommen. Vielleicht sah sie in der Tötung Sonias eine Möglichkeit zu einem Statement. Vielleicht wollte sie meine Mutter dafür bestrafen, dass sie eine Macht über meinen Vater besaß, die offenbar nicht zu brechen war. Wie dem auch sei, Katja tötete Sonia und weigerte sich danach durch unerbittliches Schweigen, ihr Verbrechen anzuerkennen oder mögliche Verfehlungen, die sie dazu verleitet hatten, dem Leben meiner Schwester ein Ende zu machen.

Aber warum? Weil sie den Mann schützen wollte, den sie liebte? Oder weil sie ihn bestrafen wollte?

All das sah ich, und über all das dachte ich nach, während ich auf meinen Vater wartete.

»Was soll dieser Blödsinn, Gideon?«

Das waren seine ersten Worte, als er ins Musikzimmer kam, wo ich auf der Fensterbank saß und gegen das erste leise Ziehen in meinen Eingeweiden kämpfte, das durch kindische Angst und Feigheit in Erwartung unserer letzten, entscheidenden Auseinandersetzung hervorgerufen wurde. Ich wies auf das Heft, in dem ich all die Wochen hindurch alles aufgeschrieben hatte, und war wütend darüber, wie angespannt meine Stimme klang; wütend darüber, was diese Anspannung verriet: über mich, über ihn, über das, was ich fürchtete.

»Ich weiß, was geschehen ist«, sagte ich. »Mir ist alles wieder eingefallen.«

»Hast du dein Instrument zur Hand genommen?«

»Du hast geglaubt, ich käme niemals dahinter, nicht wahr?«

»Gideon, hast du ein Mal die Guarneri zur Hand genommen?«

»Du hast geglaubt, du könntest mir ein Leben lang etwas vormachen?«

»Verdammt noch mal! Hast du gespielt? Hast du es wenigstens versucht? Hast du deine Geige überhaupt mal angesehen?«

»Du hast geglaubt, ich würde tun, was ich immer getan habe.«

»Jetzt habe ich aber genug.« Er setzte sich in Bewegung. Aber er ging nicht zum Geigenkasten, sondern zur Stereoanlage, und dabei nahm er eine neue CD aus seiner Tasche.

»Du hast geglaubt, ich würde auf alles hereinfallen, was du mir erzählst, weil ich das immer getan habe, nicht wahr? Erzähle ihm nur eine halbwegs plausible Geschichte, dann schluckt er sie schon.«

Mein Vater wandte sich mit einer heftigen Bewegung um. »Du weißt ja nicht, was du redest. Sieh dich bloß mal an. Sieh dir an, was diese Person mit ihrem Psycho-Hokuspokus aus dir gemacht hat. Eine Maus, die sich vor ihrem eigenen Schatten fürchtet.«

»Hast nicht du das getan, Dad? Hast nicht du das damals getan? Du hast gelogen, betrogen, verraten –«

»Es reicht!« Er mühte sich ab, die CD aus ihrer Verpackung zu befreien, riss mit den Zähnen daran herum wie ein Hund und spie die Zellophanfetzen auf den Boden. »Ich sag's dir noch ein Mal – es gibt nur einen Weg, mit dieser Geschichte fertig zu werden, und diesen Weg hättest du von Anfang an einschlagen sollen. Ein echter Mann trotzt seiner Furcht. Er macht nicht auf dem Absatz kehrt und läuft vor ihr davon.«

»Du läufst doch selbst davon. Gerade jetzt.«

»Rede keinen Blödsinn!« Er drückte auf den Knopf, um den CD-Player zu öffnen, knallte die Scheibe hinein, schaltete das Gerät an und stellte die Lautstärke ein. »Hör zu«, zischte er mich an. »Hör jetzt endlich zu! Und benimm dich wie ein Mann.«

Er hatte den Ton so laut eingestellt, dass ich im ersten Moment, als die Musik einsetzte, nicht erkannte, welches Stück es war. Aber meine Verwirrung hielt nur eine Sekunde an.

Dann hörte ich, was er ausgesucht hatte, Dr. Rose. Beethoven. *Das Erzherzog-Trio.* Das hatte er ausgesucht.

Das Allegro Moderato begann, und es füllte den Raum. Übertönt von der brüllenden Stimme meines Vaters.

»*Hör es dir an!* Hör es dir an, verdammt noch mal. Hör dir an, was dich zu Grunde gerichtet hat. Hör dir an, wovor du solche Angst hast, dass du es nicht spielen kannst.«

Ich presste die Hände auf meine Ohren. »Ich kann nicht.« Aber ich hörte es trotzdem. *Es.* Ich hörte es. Und lauter noch hörte ich ihn.

»Hör dir an, wovon du dich beherrschen lässt! Hör es dir an, dieses alberne Musikstück, von dem du dir die Karriere zerstören lässt.«

»Ich will nicht –«

»Schwarze Punkte auf einem lumpigen Blatt Papier! Mehr ist es nicht. Und dem hast du eine solche Macht eingeräumt.«

»Zwing mich nicht –«

»Sei still! *Hör zu!* Ist es für einen Musiker wie dich unmöglich, dieses Stück zu spielen? Nein, ist es nicht. Ist es zu schwierig? Nein, ist es nicht. Ist es auch nur anspruchsvoll? Nein, nein, nein. Ist es auch nur im Entferntesten –«

»Dad!« Ich presste die Hände noch fester auf meine Ohren. Das Zimmer begann in Dunkelheit zu versinken. Es schrumpfte zu einem Lichtpunkt von der Größe eines Stecknadelkopfs, und das

Licht war blau, es war blau, es war *blau.*

»Weißt du, was das bei dir ist, Gideon? Fleisch gewordene Schwäche, das ist es. Du hast einmal kurz die Nerven verloren und dich prompt in den erbärmlichen Mr. Robson verwandelt.«

Die Einleitung des Klaviers näherte sich dem Ende. Gleich würde die Geige einsetzen. Ich kannte jede einzelne Note. Die Musik war in mir. Aber vor meinen Augen sah ich nur diese Tür. Und mein Vater tobte weiter.

»Es wundert mich wirklich, dass du noch nicht angefangen hast zu schwitzen wie er. Das wird als Nächstes kommen. Dass du schwitzt und zitterst wie ein Kretin, der –«

»Hör auf!«

Und die Musik. Die Musik. Die *Musik.* Sie schwoll an. Sie zerbarst. Sie forderte. Überall um mich herum die Musik, die ich fürchtete.

Und vor mir die Tür, und *sie* stand auf der Treppe, die zu der Tür hinaufführte. Das Licht fiel auf sie herab, eine Frau, die ich auf der Straße nicht erkannt hätte, eine Frau, deren Akzent sich mit der Zeit abgeschliffen hat, in den zwanzig Jahren, die sie im Gefängnis gesessen hat.

Sie sagt: »Erinnern Sie sich an mich, Gideon? Ich bin Katja Wolff. Ich muss Sie sprechen.«

Ich weiß nicht, wer sie ist, aber ich sage höflich – man hat mich gelehrt, höflich zu den Leuten zu sein, ganz gleich, was sie von mir wollen, weil es diese Leute sind, die meine Konzerte besuchen, meine Platten kaufen, das East London Conservatory und seine Bemühungen unterstützen, das Leben der Kinder aus armen Familien zu bereichern, von Kindern, die in so vielerlei Hinsicht wie ich sind, bis auf die Verhältnisse, in die sie hineingeboren wurden… Ich sage also höflich: »Es tut mir Leid, Madam, aber ich habe jetzt ein Konzert.«

»Ich werde Sie nicht lange aufhalten.«

Sie geht die Treppe hinunter und überquert das schmale Stück Straße, das uns trennt. Ich bin zur roten, zweiflügeligen Tür des Künstlereingangs der Wigmore Hall getreten, klopfte an, um eingelassen zu werden. Da sagt sie, o Gott, da sagt sie, da sagt sie: »Ich bin wegen meiner Bezahlung hier, Gideon«, und ich weiß nicht, was sie meint.

Aber irgendwie begreife ich, dass Gefahr droht. Fester umfasse ich den Griff des Kastens, in dem, von Leder geschützt und in Samt gebettet, die Guarneri ruht, und erwidere: »Ich sagte ja schon, ich habe jetzt ein Konzert.«

»Bis dahin ist noch mehr als eine Stunde Zeit«, erwidert sie. »Das hat man mir gesagt.«

Sie macht eine Kopfbewegung zur Wigmore Street hin, wo die Verkaufsschalter sind. Dort war sie offenbar zuerst gewesen, um nach mir zu fragen. Man hatte ihr dort vermutlich gesagt, dass die Künstler noch nicht da seien. Und wenn sie kommen, Madam, benutzen sie den Künstlereingang. Wenn sie also dort warten wolle, werde Sie vielleicht Gelegenheit bekommen, mit Mr. Davies zu sprechen, man könne allerdings nicht garantieren, dass Mr. Davies die Zeit zu einem Gespräch haben werde.

Sie sagt: »Vierhunderttausend Pfund, Gideon. Ihr Vater behauptet, er hätte das Geld nicht. Darum komme ich zu Ihnen, ich weiß, dass Sie es haben.«

Die Welt, die ich kenne, schrumpft und schrumpft und wird ganz von einem Tropfen Licht verschluckt. Aus diesem Tropfen wachsen Klänge, und ich höre den Beethoven, das Allegro Moderato, den ersten Satz des *Erzherzog-Trios*, und dann die Stimme meines Vaters.

Er sagte: »Benimm dich wie ein Mann, um Gottes willen! Setz dich richtig hin. Steh auf. Hör auf, dich da zusammenzukauern wie ein geprügelter Hund. Du lieber Gott! Hör auf zu flennen. Du tust ja gerade so, als wäre das –«

Mehr hörte ich nicht, denn ich wusste plötzlich, was *das* war, und ich wusste, was *das* immer gewesen war. Ich erinnerte mich an alles wie eine fortlaufende Szene – wie die Musik selbst. Die Musik war der Hintergrund, und die Tat, die zum Hintergrund dieser Musik gehörte, war das, was ich verdrängt hatte.

Ich bin in meinem Zimmer. Raphael ist schlecht gelaunt wie nie zuvor. Schon seit Tagen ist er schlecht gelaunt, nervös, ungeduldig und leicht reizbar. Ich selbst bin trotzig und widerspenstig. Man hat mir den Besuch an der Juilliard verwehrt. Es ist nur eine unter den vielen Unmöglichkeiten, von denen ich in letzter Zeit ständig zu hören bekomme. Dies ist nicht möglich, und jenes ist nicht möglich, treten wir hier ein wenig kürzer, schnallen wir dort den Gürtel etwas enger, kalkulieren wir dieses ein, bedenken wir jenes.

Aber denen werde ich es zeigen. Ich werde einfach nicht mehr auf dieser blöden Geige spielen. Ich werde keinen Strich mehr üben. Ich werde keine Stunden nehmen. Ich werde nicht auftreten, auch nicht im privaten Kreis. Denen werde ich es zeigen.

Raphael führt mich energisch in mein Zimmer. Er legt das *Erzherzog-Trio* auf und sagt: »Ich verliere langsam die Geduld mit dir, Gideon. Dieses Stück ist nicht schwierig. Du hörst dir jetzt den ersten Satz an, bis du ihn im Schlaf summen kannst.«

Dann lässt er mich allein und macht die Tür hinter sich zu. Das Allegro Moderato setzt ein.

Ich schreie: »Ich tu's aber nicht, ich tu's nicht, ich tu's nicht!« Und ich stoße einen Tisch um, trete mit dem Fuß gegen einen Sessel, werfe mich mit meinem ganzen Körper gegen die Tür. »Ihr könnt mich nicht zwingen!«, schreie ich. »Ihr könnt mich zu nichts zwingen.«

Und die Musik schwillt an. Das Klavier führt die Melodie ein. Man wartet gespannt auf die Geige und das Cello. Meine Partie ist nicht schwer zu lernen, nicht für jemanden mit einer natürlichen Begabung wie mich. Aber wozu es überhaupt lernen, wenn ich nicht an die Juilliard School of Music darf? Perlman war dort. Er war als Junge dort. Aber ich werde nicht dorthin kommen. Und das ist ungerecht. Das ist gemein und ungerecht. Alles in meinem Leben ist ungerecht. Ich lasse mir das nicht gefallen. Ich akzeptiere das nicht.

Und die Musik schwillt an.

Ich reiße meine Zimmertür auf und schreie: »Nein!« und »Ich tu's nicht« in den Korridor hinaus. Ich warte darauf, dass jemand kommen, mich irgendwohin mitnehmen und bestrafen wird. Aber es kommt niemand. Sie sind alle mit ihren eigenen Sorgen beschäftigt, die meinen interessieren sie nicht. Das macht mich wütend, denn es ist ja *mein* Leben, das betroffen ist. *Mein* Leben wird hier geformt. *Meine* Wünsche werden ignoriert. Am liebsten würde ich mit der Faust gegen die Wand donnern.

Und die Musik schwillt an. Und die Geige jubelt. Und ich werde dieses Stück weder an der Juilliard noch sonst wo spielen, weil ich hier bleiben muss. In diesem Haus, in dem wir alle Gefangene sind. Ihretwegen.

Der Türknauf ist in meiner Hand, bevor ich mich versehe, und die Tür öffnet sich vor mir. Ich werde hineinspringen und sie richtig erschrecken. Sie soll weinen. Sie soll bezahlen. Sie sollen alle bezahlen.

Sie erschrickt nicht. Aber sie ist allein. Allein in der Wanne mit den gelben Gummienten rund herum und einem knallroten Boot, auf das sie vergnügt mit der Faust einschlägt. Sie verdient einen richtigen Schrecken. Sie verdient es, einmal kräftig untergetaucht zu werden, damit sie begreift, was sie mir die ganze Zeit antut. Und ich packe sie und drücke sie unter Wasser. Ich sehe, wie sie die Augen aufreißt, immer weiter, immer größer, und ich spüre, wie sie kämpft, um wieder hoch zu kommen.

Und die Musik – diese Musik – schwillt immer noch an. Hört nicht auf. Minutenlang nicht. Tagelang nicht.

Plötzlich ist Katja da. Sie schreit meinen Namen. Raphael ist direkt hinter ihr, ja, jetzt verstehe ich alles: Sie waren draußen und haben miteinander geredet, die zwei, darum war Sonia allein, und er hat zu wissen verlangt, ob an Sarah-Janes Getuschel etwas Wahres ist. Denn er habe ein Recht, es zu wissen, sagt er. Er sagt es, als er unmittelbar hinter Katja ins Badezimmer tritt. Ja, das sagt er, als er eintritt, und sie schreit. Er sagt: »…denn wenn es wahr ist, dann ist es meines, das weißt du. Und ich habe das Recht –«

Und die Musik schwillt an.

Und Katja schreit, schreit nach meinem Vater, und Raphael ruft, »O mein Gott, mein Gott«, aber ich lasse sie nicht los. Nicht einmal jetzt lasse ich sie los, weil ich weiß, dass mit ihr das Ende meiner Welt begann.

# 24

Jill rannte in ihr Schlafzimmer. Ihre Bewegungen waren schwerfällig. Ihr Leibesumfang behinderte sie. Sie riss ihren Kleiderschrank auf, nur *Richard, o Gott, Richard* im Kopf, und als sie zu Besinnung kam, wusste sie nicht, was sie hier vor dem offenen Kleiderschrank tat. Sie konnte nichts anderes denken als den Namen des Geliebten. Sie konnte nichts fühlen als Angst und tiefe Selbstverachtung angesichts der Zweifel, die sie eben noch gehegt hatte, genau in dem Moment, als – als was? Was war ihm zugestoßen?

»Ist er am Leben?«, hatte sie ins Telefon geschrien, als die Stimme fragte, ob sie Miss Foster sei, Miss Jill Foster, die Frau, deren Namen Richard in seiner Brieftasche bei sich trug für den Fall, dass etwas...

»Mein Gott, was ist denn passiert?«, hatte Jill gerufen.

»Miss Foster, wenn Sie ins Krankenhaus kommen würden«, hatte die Stimme gesagt. »Brauchen Sie ein Taxi? Soll ich Ihnen eines rufen? Wenn Sie mir Ihre Adresse geben, rufe ich einen Wagen für Sie.«

Fünf Minuten – oder zehn oder fünfzehn – auf ein Taxi warten zu müssen war undenkbar. Jill warf das Telefon hin und lief, so schnell es ihr möglich war, um ihren Mantel zu holen.

Ihr Mantel. Ja richtig. Sie war ins Schlafzimmer gegangen, um ihren Mantel zu holen. Hastig schob sie die Kleidungsstücke auseinander, die im Schrank hingen, bis sie Kaschmir berührte. Sie zerrte den Mantel vom Bügel und zog ihn über. Sie hatte Mühe, die Hornknöpfe zu schließen, vertat sich in der Reihenfolge, machte sich aber nicht die Mühe, den Fehler zu korrigieren, obwohl der Mantel am Bauch eine Falte schlug und am Saum schief hing. Aus der Kommode nahm sie einen Schal – den ersten, der ihr in die Hände fiel, es spielte keine Rolle – und schlang ihn sich um den Hals. Sie zog die schwarze Wollmütze über ihr Haar und ergriff ihre Umhängetasche. Dann lief sie zur Tür.

Im Aufzug drückte sie auf den Knopf für die Tiefgarage und betete, dass die Kabine in keinem anderen Stockwerk anhalten, son-

801

dern sie schnurstracks hinunterbefördern würde. Sie sagte sich, es sei ein *gutes* Zeichen, dass man sie vom Krankenhaus aus angerufen und aufgefordert hatte, zu kommen. Wenn es etwas Schlimmes wäre, wenn er – durfte sie das Wort überhaupt denken? – tot wäre, hätte man sie bestimmt gar nicht erst angerufen. Man hätte einen Polizisten zu ihr geschickt, um sie zu holen oder um ihr die Nachricht schonend beizubringen. Wenn sie also angerufen hatten, dann bedeutete das, dass er lebte. Er *lebte.*

Sie begann, mit Gott zu feilschen, als sie die schwere Tür zur Tiefgarage aufstieß. Wenn Richard am Leben bliebe, wenn sein Herz, oder was sonst es war, wieder heilte, wäre sie im Kampf um den Namen des Kindes zu einem Kompromiss bereit. Sie würden ihre Tochter Cara *Catherine* taufen. Richard könnte sie zu Hause, hinter verschlossener Tür, in der Familie Cara nennen, und auch Jill würde sie so nennen. Draußen aber, in der Öffentlichkeit, würden beide sie nur Catherine nennen. Sie würden sie in der Schule unter dem Namen Catherine anmelden. Ihre Freunde würden sie nur als Catherine kennen. Und Cara wäre dann umso mehr etwas Besonderes, ein Name, den nur die Eltern benutzten. Das war doch ein faires Angebot, nicht wahr? Wenn nur Richard am Leben blieb!

Der Wagen stand sieben Buchten vom Lift entfernt. Sie sperrte ihn auf, und während sie inbrünstig hoffte, er möge sofort anspringen, sah sie zum ersten Mal ein, dass es vielleicht doch klug wäre, einen neueren, moderneren Wagen zu fahren. Aber der Humber war ein wichtiger Teil ihrer Vergangenheit – er hatte ihrem Großvater gehört, und als dieser ihr das Fahrzeug vermacht hatte, da hatte sie es aus Liebe zu ihm und in Erinnerung an die Landpartien, die sie in diesem Wagen zusammen unternommen hatten, behalten. Ihre Freunde hatten über das Ungetüm gelacht, Richard hatte ihr Vorträge über seine gefährlichen Unzulänglichkeiten gehalten – kein Airbag, keine Kopfstützen, provisorische Gurte –, doch Jill hatte eigensinnig an dem Wagen festgehalten und nie daran gedacht, einen anderen zu kaufen.

»In dem alten Ding ist man sicherer als in den Klapperkisten, die heute auf den Straßen herumfahren«, hatte sie behauptet, als Richard ihr das Versprechen abnehmen wollte, den Wagen nicht mehr zu fahren. »Es ist der reinste Panzer.«

»Setz dich nur bitte vor der Entbindung nicht mehr rein und versprich mir, dass du Cara nicht mal in seine Nähe lässt«, hatte er geantwortet.

*Catherine,* hatte sie gedacht. *Sie heißt Catherine.* Aber das war vorher gewesen, als sie geglaubt hatte, nichts könnte so blitzschnell geschehen, wie die Dinge eben doch geschahen: Wie dies hier, das alles veränderte, und alles, was gestern noch so ungeheuer wichtig schien, heute zur Bagatelle machte.

Sie hatte ihm schließlich das Versprechen gegeben, den Humber nicht mehr zu fahren, und hatte dieses Versprechen die letzten zwei Monate hindurch gehalten. Und deshalb machte sie sich noch mehr Sorgen, ob er gleich anspringen würde.

Er startete sofort. Traumhaft. Aber Jill passte nicht mehr hinters Steuer. Sie musste den Sitz verstellen. Sie beugte sich hinunter und griff nach dem Metallhebel, zog daran und versuchte, den Sitz nach hinten zu schieben, doch der war zu schwer und rührte sich nicht von der Stelle.

»Ach, verdammt«, schimpfte sie. »Komm schon.« Sie versuchte es noch einmal. Aber entweder war die ganze Vorrichtung im Lauf der Jahre allmählich eingerostet, oder etwas blockierte die Schiene, auf der der Sitz bewegt werden konnte.

Mit wachsender Nervosität tastete sie mit den Fingern auf dem Boden unter dem Sitz herum. Sie fand den Hebel, dann die Kante des Hebels. Sie fand die Sprungfedern des Sitzes. Die Schiene. Und dann hatte sie es. Etwas Hartes, Dünnes, Rechteckiges blockierte die Schiene, war auf eine Weise eingeklemmt, dass es wie ein Bremskeil wirkte.

Stirnrunzelnd zog sie an dem Gegenstand, riss ihn ungeduldig hin und her, als er klemmte. Sie fluchte. Ihre Hände begannen zu schwitzen. Und dann endlich, endlich schaffte sie es, das Ding zu lösen. Sie zog es unter dem Sitz hervor, hob es hoch und legte es auf den Sitz neben sich.

Es war eine Fotografie, ein Bild in einem einfachen Holzrahmen.

# GIDEON

*11. November*

Ich lief davon, Dr. Rose. Ich stürzte zur Tür des Musikzimmers und stürmte die Treppe hinunter. Ich riss die Haustür auf. Sie krachte gegen die Wand. Ich floh zum Chalcot Square. Ich wusste nicht, wohin oder was tun. Aber ich musste weg; weg von meinem Vater und weg von dem, womit er mich, ohne es zu wollen, konfrontiert hatte.

Ich rannte blind, aber ich sah ihr Gesicht. Nicht so, wie sie heiter oder unschuldig oder selbst im Leiden vielleicht ausgesehen hätte, sondern im Zustand des schwindenden Bewusstseins, als ich sie ertränkte. Ich sah, wie ihr Kopf sich von einer Seite zur anderen bewegte, wie ihr feines Kleinkinderhaar sich unter Wasser ausbreitete, ihr Mund wie der eines Fischs schnappte, ihre Augen sich verdrehten und verschwanden. Sie kämpfte um ihr Leben, aber der Kraft meiner Wut war sie nicht gewachsen. Ich hielt sie unter Wasser, und als Katja und Raphael hereinkamen, bewegte sie sich schon nicht mehr, versuchte nicht mehr, sich gegen mich zu wehren. Aber meine Wut war immer noch nicht gestillt.

Meine Füße schlugen knallend aufs Pflaster, als ich über den Platz lief. Ich lief nicht in die Richtung zum Primrose Hill, denn der Primrose Hill bietet keinen Schutz, und Ungeschütztheit, ganz gleich, vor wem oder was, konnte ich jetzt nicht ertragen. Ich rannte deshalb in eine andere Richtung, bog um die nächste Ecke, jagte durch das stille Viertel, bis ich in den oberen Bereich der Regent's Park Road gelangte.

Augenblicke später hörte ich ihn meinen Namen rufen. Während ich keuchend an der Kreuzung stand, wo die Regent's Park Road und die Gloucester Road aufeinander treffen, bog er um die Ecke, eine Hand in die Seite gedrückt. Er hob den Arm und rief laut: »Warte!«

Ich begann wieder zu laufen. Beim Laufen ging mir ständig derselbe Gedanke durch den Kopf: *Er hat es immer gewusst.* Denn mir kamen weitere Erinnerungen, und ich sah sie in einer Folge von Bildern.

Katja schreit gellend. Raphael drängt sich an ihr vorbei, um an mich heranzukommen. Rufe und Schritte schallen auf der Treppe und im Korridor. Eine Stimme brüllt: »*Gottverdammt!*« Mein Vater ist im Badezimmer. Er versucht, mich von der Wanne wegzuzerren, meine Finger zu lösen, die sich tief, tief in die zerbrechlichen Schultern meiner Schwester gegraben haben. Er zieht mich bei den Haaren, und ich lasse sie endlich los.

»Bringt ihn hier raus!«, brüllt er, und zum ersten Mal hört er sich genau wie Großvater an, und ich bekomme Angst.

Während Raphael mich durch den Korridor schleppt, höre ich andere kommen. Meine Mutter ist auf der Treppe und ruft: »Richard? Richard?«, während sie läuft. Sarah-Jane Beckett und James, der Untermieter, kommen von oben die Treppe heruntergerannt. Irgendwo schimpft Großvater: »Dick! Wo, zum Teufel, ist mein Whisky? Dick!« Und Großmutter ruft furchtsam von unten: »Ist Jack etwas zugestoßen?«

Dann ist Sarah-Jane Beckett bei mir und sagt: »Was ist denn los?« Sie befreit mich aus Raphaels verzweifelter Umklammerung. »Raphael, was tun Sie mit ihm?«, fährt sie ihn an und fragt: »Du meine Güte, was ist denn mit *der* los?«, als sie Katja Wolff bemerkt, die schluchzend ruft: »Ich habe sie nicht allein gelassen. Nur eine Minute«, während Raphael sich in Schweigen hüllt.

Danach bin ich in meinem Zimmer. Ich höre meinen Vater rufen: »Komm nicht hier rein, Eugenie. Ruf neun-neun-neun an.«

Sie sagt: »Was ist passiert? Sosy! Was ist passiert?«

Eine Tür wird zugeschlagen. Katja weint. Raphael sagt: »Lass mich sie hinunterbringen.«

Sarah-Jane Beckett stellt sich in meinem Zimmer an die Tür und lauscht, den Kopf gesenkt. So bleibt sie stehen. Ich sitze, an das Kopfbrett gelehnt, auf meinem Bett, die Arme nass bis zu den Ellbogen, zitternd, da mir endlich die Ungeheuerlichkeit meiner Tat bewusst wird. Und die ganze Zeit hindurch hat die Musik gespielt, diese Musik, dieses verfluchte Stück, das *Erzherzog-Trio*, das mich seit zwanzig Jahren verfolgt wie ein böser Dämon.

All das erinnerte ich im Laufen, und als ich die Kreuzung überquerte, versuchte ich nicht, dem Verkehr auszuweichen. Mir schien, es wäre eine Gnade, von einem Auto oder Lastwagen überfahren zu werden.

Aber ich erreichte unverletzt die andere Straßenseite. Mein Vater war dicht hinter mir, immer noch meinen Namen rufend.

Ich rannte weiter, floh vor ihm, floh in die Vergangenheit. Ich sah sie wie durch ein Kaleidoskop in rasch aufeinander folgenden Bildausschnitten: der joviale rotblonde Polizeibeamte, der nach Zigarren riecht und mit freundlich-väterlicher Stimme spricht... der Abend im Bett mit meiner Mutter, die mich fest, fest, fest hält und mein Gesicht an ihren Busen drückt, als wollte sie mir das antun, was ich meiner Schwester getan habe... mein Vater, der auf der Bettkante sitzt, seine Hände auf meinen Schultern... seine Stimme: »Du brauchst keine Angst zu haben, Gideon, niemand wird dir etwas tun.«... Raphael mit Blumen, Blumen für meine Mutter, Blumen der Anteilnahme, zur Linderung ihres Schmerzes... und immer gedämpfte Stimmen, in jedem Raum, tagelang...

Endlich tritt Sarah-Jane von der Tür weg, an der sie die ganze Zeit reglos lauschend gestanden hat. Sie geht zum Kassettenrecorder. In dem Beethoven-Trio spielt der Geiger gerade eine Folge von Doppelgriffen. Sie drückt auf einen Knopf, und die Musik bricht ab. Sie hinterlässt eine so dumpf hallende Stille, dass ich sie mir zurückwünsche.

In diese Stille hinein platzt das Heulen von Sirenen. Es wird mit dem Näherkommen der Fahrzeuge lauter und lauter. Obwohl sie wahrscheinlich nur Minuten gebraucht haben, scheint mir eine Stunde vergangen, seit mein Vater mich an den Haaren von der Wanne weggerissen und gezwungen hat, meine Schwester loszulassen.

»Hier oben, hier drinnen«, ruft mein Vater die Treppe hinunter, als jemand die Sanitäter ins Haus lässt.

Dann beginnen die Bemühungen, zu retten, was nicht mehr zu retten ist, ich weiß das, weil ich es war, der sie vernichtet hat.

Ich kann sie nicht ertragen, die Bilder, die Gedanken, die Geräusche.

Ich rannte weiter, blind, ziellos, es war mir egal, wohin die Flucht mich führte. Ich überquerte die Straße und kam schließlich unmittelbar vor dem *Pembroke Castle Pub* zur Besinnung. Ich erkannte die

Terrasse, auf der im Sommer die Gäste sitzen und trinken, sie war jetzt leer, eine Mauer begrenzte sie, eine niedrige Backsteinmauer, auf die ich hinaufsprang, auf der ich weiter lief, und von der ich wieder hinabsprang, ohne einen Moment der Überlegung, hinab auf den eisernen Torbogen der Fußgängerbrücke, die die Eisenbahngleise zehn Meter darunter überspannt, und im Springen dachte ich, so ist es, so wird es enden.

Ich hörte den Zug, bevor ich ihn sah. Ich nahm das als Zeichen. Der Zug fuhr nicht schnell, der Lokführer würde ihn leicht anhalten können, und ich würde nicht sterben – wenn ich nicht genau im richtigen Moment sprang.

Ich trat an den Rand des Torbogens. Ich sah den Zug. Ich beobachtete sein Näherkommen.

»Gideon!«

Mein Vater stand am Ende der Fußgängerbrücke. »Bleib, wo du bist«, rief er laut.

»Es ist zu spät.«

Ich begann zu weinen wie ein kleines Kind und wartete auf den Moment, den richtigen Moment, wo ich mich vor den Zug auf die Gleise hinunterfallen lassen und vergessen könnte.

»Was sagst du da?«, schrie er. »Zu spät wofür?«

»Ich weiß, was ich getan habe«, rief ich weinend. »Sonia. Ich weiß es wieder.«

»Was weißt du wieder?« Er blickte von mir zum Zug, und wir beobachteten beide sein unausweichliches Näherkommen. Mein Vater trat einen Schritt näher zu mir.

»Was ich getan habe. An dem Abend damals. Was ich Sonia angetan habe. Wie sie gestorben ist. Du weißt, was ich Sonia angetan habe.«

»Nein! Warte!«, rief er, als ich mich an den Rand des Bogens schob, so dass ein Teil meiner Schuhsohlen in die Luft stand. »Tu das nicht, Gideon. Sag mir erst, was deiner Meinung nach geschehen ist.«

»Ich habe sie ertränkt, Dad! Ich habe meine Schwester ertränkt!«

Mit ausgestreckten Armen kam er noch einen Schritt näher auf mich zu.

Der Zug rollte heran. Zwanzig Sekunden, und es würde vorbei

sein. Zwanzig Sekunden, und eine Schuld würde beglichen
sein.

»Bleib, wo du bist! Um Gottes willen, Gideon!«

»Ich habe sie ertränkt«, rief ich schluchzend. »Ich habe sie ertränkt und habe es nicht einmal mehr gewusst. Weißt du, was das
bedeutet? Weißt du, wie das ist?«

Sein Blick flog zu dem sich nähernden Zug, dann zurück zu
mir. Noch einen Schritt ging er mir entgegen. »Nicht!«, schrie er.
»Hör mir zu! Du hast deine Schwester nicht getötet.«

»Du hast mich doch selbst von ihr weggezogen. Ich erinnere
mich ganz deutlich. Darum ist Mutter gegangen. Sie hat uns ohne
ein Wort verlassen, weil sie wusste, was ich getan hatte. Stimmt das
nicht? Ist es nicht die Wahrheit?«

»Nein! Nein, es ist nicht die Wahrheit.«

»Doch. Ich erinnere mich genau.«

»Bitte hör mir zu. Warte!« Er sprach sehr schnell. »Du hast ihr
weh getan, ja. Und sie war bewusstlos, ja. Aber Gideon, mein
Sohn, höre, was ich sage. Du hast Sonia nicht ertränkt.«

»Wer dann –«

»Ich habe es getan.«

»Das glaube ich dir nicht.« Ich sah nach unten zu den wartenden Gleisen. Nur einen einzigen Schritt brauchte ich zu machen,
dann wäre ich unten auf den Schienen, und einen Augenblick danach wäre alles vorbei. Ein brüllender Schmerz, dann alle Schuld
gelöscht.

»Sieh mich an, Gideon. Um Gottes willen, hör mir zu bis zum
Ende. Tu das nicht, bevor du weißt, was damals geschah.«

»Du willst mich nur hinhalten.«

»Und wenn schon? Es kommen ja noch andere Züge, oder
nicht? Also, hör mir zu. Das bist du dir selbst schuldig.«

Niemand sei dabei gewesen, sagte er. Raphael hatte Katja in
die Küche hinunter gebracht. Meine Mutter telefonierte unten
mit der Notrufzentrale. Großmutter war zu Großvater gegangen,
um ihn zu beruhigen. Sarah-Jane hatte mich in mein Zimmer gebracht. Und James, der Untermieter, war wieder nach oben gegangen.

»Ich hätte sie aus dem Wasser heben können«, sagte er. »Ich
hätte sie beatmen können. Ich hätte versuchen können, sie wie-

derzubeleben. Aber ich habe sie nicht herausgeholt, Gideon. Ich habe sie weiter unter Wasser gedrückt, bis ich hörte, dass deine Mutter unten das Telefongespräch mit dem Rettungsdienst beendete.«

»Ach, in der Zeit wäre gar nichts passiert, es war viel zu kurz.«

»Nein, war es nicht. Deine Mutter hielt die Verbindung mit dem Rettungsdienst und gab ständig Instruktionen an mich weiter, bis die Sanitäter an die Tür klopften. Ich tat so, als befolgte ich ihre Anweisungen. Aber sie konnte mich ja nicht sehen, Gideon, darum wusste sie nicht, dass ich Sonia gar nicht aus dem Wasser geholt hatte.«

»Ich glaube dir nicht. Du hast mich mein Leben lang belogen. Du hast nicht geredet. Du hast mir *nichts* gesagt.«

»Ich sage es dir jetzt.«

Unten fuhr der Zug vorbei. Ich sah, wie der Lokführer im letzten Moment nach oben schaute. Unsere Blicke trafen sich, er riss die Augen auf und griff zu seinem Funksprechgerät. Die Warnung wurde an alle nachfolgenden Züge herausgegeben. Meine Chance auf Vergessen war verpasst.

Mein Vater sagte: »Du musst mir glauben. Ich sage die Wahrheit.«

»Was ist dann mit Katja?«

»Was soll mit ihr sein?«

»Sie kam ins Gefängnis. Und wir sind schuld daran, nicht wahr? Wir haben die Polizei belogen, und sie musste ins Gefängnis. Zwanzig Jahre, Dad. Das ist unsere Schuld.«

»Nein, Gideon. Sie war damit einverstanden.«

»Was?!«

»Komm zu mir. Komm da runter. Ich erkläre dir alles.«

Nun, das wenigstens ließ ich ihm: den Glauben, dass er es geschafft hätte, mich von den Gleisen wegzuholen, dabei wusste ich, dass wahrscheinlich schon in wenigen Minuten die Bahnpolizei hier erscheinen würde. Ich kletterte zur Fußgängerbrücke hinunter und ging auf meinen Vater zu. Als ich nahe genug war, packte er mich, als wollte er mich vor einem Sturz in den Abgrund retten. Er hielt mich an sich gedrückt, und ich spürte den hämmernden Schlag seines Herzens. Ich glaubte nichts von dem, was er mir bisher gesagt hatte, aber ich war bereit, ihn anzuhören und zu versuchen, hinter die Fassade zu sehen, die er errichtet hatte, um zu erkennen, was die Wahrheit war.

Er sprach in einem einzigen hastigen Wortschwall und ließ mich dabei die ganze Zeit nicht los. Katja Wolff, die glaubte, ich – und nicht mein Vater – hätte Sonia ertränkt, war sich augenblicklich bewusst gewesen, dass sie einen großen Teil der Verantwortung an dem Unglück trug, weil sie Sonia allein gelassen hatte. Wenn sie bereit sei, die Schuld auf sich zu nehmen – indem sie sagte, sie habe Sonia nur eine Minute aus den Augen gelassen, um einen Anruf entgegenzunehmen –, würde mein Vater sich erkenntlich zeigen. Er würde ihr für diesen Dienst an seiner Familie zwanzigtausend Pfund bezahlen. Und für den Fall, dass ihr wegen Fahrlässigkeit der Prozess gemacht werde, würde er auf diesen Betrag für jedes Jahr, das ihr genommen würde, weitere zwanzigtausend Pfund drauflegen.

»Wir wussten nicht, dass die Polizei wegen Mordes gegen sie ermitteln würde«, sagte mein Vater nahe an meinem Ohr. »Wir wussten nichts von den verheilten Frakturen am Körper deiner Schwester. Wir wussten nicht, dass sich die gesamte Boulevardpresse so gierig auf diese Geschichte stürzen würde. Und wir wussten nicht, dass Bertram Cresswell-White so gnadenlos gegen sie vorgehen würde, als hätte er eine zweite Myra Hindley vor sich. Bei einem normalen Verlauf der Dinge hätte sie vielleicht eine Bewährungsstrafe wegen Fahrlässigkeit bekommen oder allerhöchstens fünf Jahre Haft. Aber es ging alles schief. Und als der Richter wegen der Misshandlung zwanzig Jahre empfahl, war es zu spät.«

Ich trat von ihm weg. Wahrheit oder Lüge?, fragte ich mich und sah ihm forschend ins Gesicht.

»Wer hat Sonia misshandelt?«

»Niemand«, antwortete er.

»Aber die Knochenbrüche –«

»Sie war zart, Gideon. Sie hatte ein zerbrechliches Knochengerüst. Das war Teil ihres Krankheitsbilds. Katjas Verteidiger haben das vorgetragen, aber Cresswell-White hat ihren Gutachter in Fetzen gerissen. Es lief rundherum schlecht. Es ging alles schief.«

»Warum hat sie dann nicht selbst zu ihrer Verteidigung ausgesagt? Warum hat sie nicht mit der Polizei gesprochen? Oder mit ihren eigenen Anwälten?«

»Das war Teil der Vereinbarung.«

»Ah ja?«

»Zwanzigtausend Pfund, wenn sie schwieg.«

»Aber du musst doch gewusst haben –«

Was denn?, dachte ich. Was muss er gewusst haben? Dass ihre Freundin Katie Waddington unter Eid nicht lügen, nicht ein Telefonat bestätigen würde, das sie nie geführt hatte? Dass Sarah-Jane Beckett sie ins schlechtestmögliche Licht rücken würde? Dass der Anwalt der Krone sie der Kindesmisshandlung anklagen und als den Teufel in Person hinstellen würde? Dass der Richter eine drakonische Strafe empfehlen würde? Was genau hätte mein Vater wissen müssen?

Ich schob seine Hände weg, die mich immer noch festhielten, und trat den Heimweg zum Chalcot Square an. Er folgte mir schweigend. Aber ich spürte seinen Blick auf mir. Ich spürte, wie er sich in mich hineinbrannte. Er hat das alles erfunden, dachte ich. Er hatte zu viele Antworten zu schnell parat gehabt.

»Ich glaube dir nicht, Dad.«

»Warum sonst hätte sie geschwiegen?«, konterte er.

»Oh, diesen Teil glaube ich dir«, erwiderte ich. »Den Teil mit den zwanzigtausend Pfund glaube ich. Du wärst bereit gewesen, ihr das zu bezahlen, um mich vor Schaden zu bewahren. Und um Großvater zu verheimlich, dass dein abartiger Sohn deine abartige Tochter ertränkt hatte.«

»Aber so war es nicht!«

»Wir wissen beide, dass es so war.« Ich wandte mich ab, um ins Haus zu gehen.

Er packte mich beim Arm. »Würdest du deiner Mutter glauben?«, fragte er mich.

Ich wandte mich um. Er sah zweifellos die Frage, die Ungläubigkeit und das Misstrauen in meinem Gesicht, denn er fuhr zu sprechen fort, ohne auf eine Antwort von mir zu warten.

»Sie ruft mich regelmäßig an. Seit der Sache in der Wigmore Hall ruft sie mindestens zweimal die Woche an. Sie hat gelesen, was geschehen ist, und ruft seither immer wieder an. Ich werde dich mit ihr zusammenbringen, wenn du das möchtest.«

»Was würde das helfen? Du hast selbst gesagt, das sie nicht gesehen –«

»Gideon, Herrgott noch mal! Was glaubst du, warum sie mich verlassen hat? Was glaubst du, warum sie alle Bilder deiner Schwester mitgenommen hat?«

Ich starrte ihn an und versuchte, seine Gedanken zu lesen. Mehr noch, ich versuchte, die Antwort auf eine Frage zu finden, die ich nicht aussprach: Selbst wenn ich mit ihr zusammenkäme, würde sie mir die Wahrheit sagen?

Doch mein Vater schien die Frage in meinen Augen zu erkennen, denn er sagte schnell: »Deine Mutter hat keinen Grund, dich zu belügen, mein Junge. Und die Art, wie sie aus unserem Leben verschwunden ist, muss dir doch sagen, dass ihr Gewissen das Leben in Heuchelei nicht ertrug, zu dem ich sie zwingen wollte.«

»Genauso gut könnte es bedeuten, dass sie nicht mit einem Sohn, der seine Schwester getötet hatte, unter einem Dach leben konnte.«

»Dann lass dir das von ihr selbst sagen.«

Auge in Auge standen wir einander gegenüber, und ich wartete auf ein Zeichen der Furcht an ihm. Aber es kam keines.

»Du kannst mir vertrauen«, sagte er.

Nichts wünschte ich mir mehr, als diesem Versprechen glauben zu können.

# 25

Barbara Havers sagte: »Es wär doch prima, wenn die Situation nicht alle fünfundzwanzig Minuten ein völlig anderes Gesicht bekäme. Dann könnten wir tatsächlich hoffen, den Fall in den Griff zu bekommen.«

Lynley bog in die Belsize Avenue ein und vergegenwärtigte sich den Stadtplan, um sich einen Weg zur Portman Street zu überlegen, der sie nicht mitten in einen Verkehrsstau führen würde.

Barbara, die neben ihm saß, schimpfte weiter. »Wer bleibt eigentlich, wenn's jetzt auch Davies erwischt hat? Leach wird schon Recht haben. Es kann eigentlich nur noch die Wolff dahinter stecken, die einen Kumpel mit einem Oldtimer hat, von dem wir noch nichts wissen. Der Kumpel leiht ihr den Wagen – wahrscheinlich völlig ahnungslos, wozu sie ihn braucht –, und sie fährt ihre Attacken auf die Leute, die sie in den Knast gebracht haben. Oder vielleicht attackieren die beiden auch gemeinsam. Das ist eine Möglichkeit, die wir noch nicht ins Auge gefasst haben.«

»Das würde voraussetzen, dass eine *Unschuldige* zwanzig Jahre im Gefängnis war.«

»Das soll schon vorgekommen sein«, erwiderte Barbara.

»Aber doch nicht, ohne dass die Unschuldige ihre Unschuld lautstark beteuert hat.«

»Sie kommt aus der ehemaligen DDR, einem totalitären Staat. Sie war gerade mal – wie lange war sie in England, als die Geschichte passierte? Zwei Jahre? Vielleicht drei? Plötzlich findet sie sich auf dem Polizeirevier wieder und wird vernommen. Alte Ängste werden wach, und sie hält es für das Klügste, kein Wort zu sagen. Mir leuchtet das ein. Ich kann mir nicht vorstellen, dass sie dort, wo sie herkommt, ein inniges Verhältnis zur Polizei hatte.«

»Ja, gut«, meinte Lynley, »es kann sein, dass die Polizei ihr Angst gemacht hat. Aber irgendjemandem hätte sie doch gesagt, dass sie unschuldig ist, Havers. Sie hätte doch bestimmt mit ihren Anwälten gesprochen. Aber das hat sie nicht getan. Was sagt Ihnen das?«

»Dass jemand sie beeinflusst hat.«

»Wie denn?«

»Weiß ich doch nicht.« Barbara zerrte frustriert an ihren Haaren, als könnte sie so irgendwelche neuen Ideen locker machen. Lynley ließ sich ihre Vermutung durch den Kopf gehen. Er sagte: »Piepsen Sie mal Winston an. Vielleicht hat er etwas für uns.«

Barbara benutzte Lynleys Handy, um dies zu tun.

Sie arbeiteten sich zur Finchley Road durch. Der Wind, den ganzen Tag schon frisch, hatte im Lauf des späten Nachmittags an Kraft gewonnen und fegte jetzt Herbstlaub und Abfälle durch die Straße, während aus Nordwesten sich Regenwolken heranwälzten. Als sie von der Park Road in die Baker Street abbogen, fielen die ersten dicken Tropfen auf die Windschutzscheibe des Bentley. Die frühe Dämmerung des Novembers hatte sich über London herabgesenkt, und der immer dichter fallende Regen glitzerte im Licht der entgegenkommenden Scheinwerfer.

Lynley fluchte. »Das gibt eine schöne Schweinerei am Tatort.«

Barbara stimmte zu. Lynleys Handy läutete, und Barbara reichte es ihm hinüber.

Winston Nkata berichtete, dass, wenn die langjährige Geliebte Katja Wolffs nicht gelogen habe, diese entlastet sei, sowohl bezüglich des Mordes an Eugenie Davies als auch des Anschlags auf Webberly. Die zwei Frauen seien an beiden Abenden zusammen gewesen.

»Das ist nicht neu, Winston«, sagte Lynley. »Wir wissen ja von Ihnen bereits, dass Yasmin Edwards bestätigt hat –«

Es handle sich bei dieser Geliebten nicht um Yasmin Edwards, erklärte Nkata, sondern um die stellvertretende Direktorin im Holloway-Gefängnis, eine gewisse Noreen McKay, die seit Jahren mit Katja Wolff ein Verhältnis habe. Die McKay habe sich aus nahe liegenden Gründen gescheut, eine Aussage zu machen, habe aber schließlich zugegeben, an den beiden fraglichen Abenden mit Katja Wolff zusammen gewesen zu sein.

»Geben Sie auf jeden Fall ihren Namen an Leachs Leute durch«, sagte Lynley. »Sie sollen prüfen, was für einen Wagen sie fährt. Wo ist die Wolff jetzt?«

»Zu Hause, vermute ich. Ich bin jetzt auf dem Weg dorthin.«

»Warum?«

Es trat eine Pause ein, bevor Nkata antwortete. »Ich wollte ihr selbst sagen, dass sie nicht mehr verdächtig ist. Ich bin ziemlich grob mit ihr umgesprungen.«

Lynley fragte sich, wen genau der Constable meinte, wenn er von »ihr« sprach. »Geben Sie vorher Leach den Namen dieser McKay durch. Und ihre Adresse.«

»Und dann?«

»Erledigen Sie die Sache in Kennington. Aber, Winnie, seien Sie zurückhaltend.«

»Warum das, Inspector?«

»Wir haben bereits die nächste Fahrerflucht.« Lynley setzte ihn kurz ins Bild und fügte hinzu, dass er und Havers in diesem Moment auf dem Weg in die Portman Street seien. »Jetzt, wo es auch Richard Davies erwischt hat, haben wir ein ganz neues Spiel. Neue Regeln, neue Spieler und, wer weiß, vielleicht ein neues Ziel.«

»Aber wenn die Wolff doch ein Alibi hat –«

»Lassen Sie einfach ein bisschen Vorsicht walten«, riet Lynley. »Es ist noch nicht alles auf dem Tisch.«

Nachdem Lynley das Gespräch beendet hatte, berichtete er alles Barbara, und als er zum Schluss gekommen war, sagte sie: »Na, das wird ja immer dürftiger.«

»Ja, das kann man wohl sagen«, stimmte Lynley zu.

Noch einmal zehn Minuten Fahrt, und sie erreichten die Portman Street, wo schon blinkendes Blaulicht und ein größerer Verkehrsstau in der Nähe des Portman Square von einem Unfall kündeten. Lynley fuhr den Wagen an den Bordstein und hielt ihn halb auf dem Bürgersteig, halb auf der Busspur an.

Sie stapften durch den Regen den Blaulichtern entgegen und bahnten sich einen Weg durch ein Gewühl von Gaffern. Die Lichter gehörten zu zwei Streifenfahrzeugen, die die Busspur blockierten, und zu einem dritten, das den Verkehr stoppte. Die Beamten aus einem der Wagen führten mitten auf der Straße ein Gespräch mit einer Politesse, während einige Beamte aus den beiden anderen Fahrzeugen mit Leuten auf dem Bürgersteig redeten und die anderen sich durch das Unter- und Oberdeck des Busses drängten, der schief, mit einem Rad auf dem Bordstein, am Straßenrand stand. Ein Rettungswagen war weit und breit nicht zu sehen. Ebenso wenig die Kollegen von der Spurensicherung. Und die Unfallstelle selbst – die zweifellos dort war, wo der Streifenwagen mitten im Verkehr stand – war noch nicht einmal abgesperrt worden. Das hieß, dass eventuell vorhandene, wichtige Spuren ungesichert waren und bald verloren sein würden. Lynley schimpfte unterdrückt.

Dicht gefolgt von Barbara Havers schob er sich durch die Menge und hielt dem nächst stehenden Polizisten, einem Bobby im Anorak, dem das Wasser vom Helm in den Nacken tropfte, seinen Ausweis unter die Nase.

»Was ist hier geschehen?«, fragte er. »Wo ist das Opfer?«

»Schon auf dem Weg ins Krankenhaus«, antwortete der Beamte.

»Er ist also am Leben?« Lynley sah Barbara an. Die hob die Faust mit aufgestelltem Daumen. »Wie ist sein Zustand?«

»Hat ein Schweineglück gehabt, der Mann. Als wir das letzte Mal so einen Fall hatten, haben sie eine Woche gebraucht, um die Leiche vom Pflaster zu kratzen, und der Fahrer ist erst mal in der Klapse gelandet.«

»Gibt es Zeugen? Wir müssen mit ihnen sprechen.«

»Ach ja? Wieso denn?«

»Wir hatten ähnliche Unfälle mit Fahrerflucht in West Hampstead«, erklärte Lynley, »in Hammersmith und in Maida Vale. Bei dem heutigen hat es einen Mann erwischt, der mit einem unserer früheren Opfer verwandt ist.«

»Sie sind falsch informiert.«

»Wie bitte?«, fragte Barbara.

»Das hier war keine Fahrerflucht.« Der Polizist wies mit einer Kopfbewegung zum Bus, in dem einer seiner Kollegen gerade mit einer Frau sprach, die direkt hinter dem Fahrersitz saß. Der Fahrer selbst war draußen auf dem Bürgersteig in einem erregten Gespräch mit einem der Polizisten, dem er seinen linken vorderen Scheinwerfer zeigte. »Ein Fußgänger ist vom Bürgersteig aus direkt vor den Bus gestoßen worden«, erläuterte der Polizist. »Zum Glück ist ihm nicht allzu viel passiert. Mr. Nai« – er deutete auf den Busfahrer – »hat gute Reflexe, und bei dem Bus sind erst letzte Woche die Bremsen überprüft worden. Bei den Fahrgästen hat es ein paar Schrammen und Beulen gegeben, und das Opfer hat ein paar Knochenbrüche abbekommen, aber das ist schon alles.«

»Hat jemand gesehen, wer ihn gestoßen hat?«, fragte Lynley gespannt.

»Das versuchen wir gerade rauszukriegen, Meister.«

Jill stellte den Humber einfach auf einem Platz ab, der unübersehbar für Krankenfahrzeuge reserviert war. Es war ihr egal. Sollten sie dem Wagen doch eine Kralle verpassen oder ihn abschleppen, wenn es ihnen Spaß machte. Sie kämpfte sich hinter dem Lenkrad hervor und lief zum Eingang der Notaufnahme.

Hier gab es keine Anmeldung, nur einen Wachmann hinter einem simplen Holzpult.

Er warf nur einen Blick auf Jill und fragte sofort, »Soll ich Ihren Arzt anrufen, Madam? Oder erwartet er Sie hier?«

Jill sagte: »Wie bitte?«, bevor sie begriff, was der Wachmann angesichts ihres Körperumfangs, ihrer Aufmachung und ihrer panischen Verfassung glaubte. »Nein, nein«, wehrte sie ab, »keinen Arzt«, woraufhin der Mann missbilligend sagte: »Sie haben keinen Arzt?«

Ohne ihn weiter zu beachten, lief sie schwerfällig auf einen Mann zu, der wie ein Arzt aussah. Er blätterte gerade irgendwelche Unterlagen durch, die auf einem Klemmbrett befestigt waren, und hatte ein Stethoskop um den Hals hängen.

Jill rief: »Richard Davies?«, woraufhin der Arzt aufblickte. »Wo ist Richard Davies? Man hat mich angerufen. Ich solle herkommen. Man hat ihn hierher gebracht. Bitte sagen Sie mir jetzt nicht… sagen Sie bitte nicht, dass er… Bitte! Wo ist er?«

»Jill…«

Sie fuhr herum. Er stand hinter dem Empfangspult an den Pfosten einer offenen Tür gelehnt, durch die man in eine Art Behandlungsraum hineinsehen konnte. Fahrbare Tragen standen dort, auf denen Menschen unter dünnen pastellfarbenen Decken lagen, und weiter hinten waren Abteile, durch Vorhänge voneinander abgetrennt, die nicht ganz bis zum Boden reichten, so dass die Füße derer zu sehen waren, die sich um die Verletzten, die Schwerkranken und die Sterbenden bemühten.

Richard gehörte in die Gruppe der Verletzten. Jill wurden die

Knie weich, als sie ihn sah. »O Gott«, rief sie. »Ich dachte, du wärst… Sie sagten… Als sie angerufen haben…«, und dann begann sie zu weinen, was überhaupt nicht ihre Art war und deutlich verriet, wie sehr sie sich aufgeregt hatte.

Er ging ihr humpelnd entgegen, und sie hielten einander fest. Er sagte: »Ich habe sie gebeten, dich nicht anzurufen. Ich sagte ihnen, ich würde dich selbst anrufen und dir Bescheid geben, aber sie ließen nicht mit sich reden… Das sind eben die Vorschriften… Wenn ich gewusst hätte, dass du dich so sehr aufregst… Komm, Jill, hör auf zu weinen…«

Er versuchte, ein Taschentuch für sie herauszukramen, und erst bei dieser Gelegenheit bemerkte sie, dass sein rechter Arm in Gips war. Gleich darauf nahm sie alles andere wahr: den Gehgips am rechten Fuß, den sie unter dem aufgerissenen marineblauen Hosenbein sehen konnte, die hässlich verfärbte Quetschung auf der einen Seite seines Gesichts, die blutige Naht unter seinem rechten Auge.

»Was ist denn nur passiert?«, rief sie.

Er sagte: »Bring mich nach Hause, Schatz. Sie wollen mich über Nacht hier behalten, aber ich – das brauche ich nicht… Ich verstehe nicht…« Er sah sie ernst an. »Jill, bringst du mich nach Hause?«

Natürlich, sagte sie. Habe er denn je daran gezweifelt, dass sie da sein würde, alles für ihn tun, ihn versorgen und pflegen würde?

Er nahm es mit einer Dankbarkeit entgegen, die sie rührte. Und als sie seine Sachen packten, rührte es sie noch tiefer, zu sehen, dass er es tatsächlich geschafft hatte, all die Einkäufe zu erledigen, die er sich vorgenommen hatte, als er weggegangen war. Er kam mit fünf ziemlich zerdrückten und verschmutzten Einkaufstüten aus dem Behandlungszimmer zurück. »Wenigstens habe ich das Babyfon gefunden«, sagte er mit ein wenig bitterer Ironie.

Ohne auf die Proteste des jungen Arztes und der noch jüngeren Schwester zu achten, die sie aufzuhalten suchten, verließen sie das Krankenhaus. Es ging langsam, da Richard etwa alle vier Schritte eine Verschnaufpause einlegen musste. Unterwegs erzählte er ihr kurz, was geschehen war.

818

Er sei auf der Suche nach dem, was ihm vorschwebte, in mehr als ein Geschäft gegangen, sagte er. Am Ende hatte er mehr eingekauft, als er eigentlich vorgehabt hatte, und in den Menschenmassen draußen auf den Bürgersteigen erwiesen sich die Einkaufstüten als sperrig und hinderlich.

»Ich habe einfach nicht aufgepasst«, sagte er. »Es waren so viele Menschen.«

Er war auf dem Weg zur Tiefgarage am Portman Square, wo er seinen Granada geparkt hatte. Auf den Bürgersteigen wimmelte es von Menschen: Leute, die noch einen schnellen letzten Einkauf in der Oxford Street machen wollten, ehe die Geschäfte schlossen, Geschäftsleute auf dem Heimweg, Gruppen von ausgelassenen Schülern, die Obdachlosen auf der Suche nach einer Türnische für die Nacht und ein paar Münzen, um sich etwas zu essen kaufen zu können.

»Du weißt ja, wie es in der Stadt um diese Zeit zugeht«, sagte er. »Es war Wahnsinn, sich in dieses Getümmel zu stürzen, aber ich wollte es einfach nicht länger aufschieben.«

Der Stoß, erklärte er, traf ihn aus dem Nichts, als eben ein Bus der Linie 74 von seiner Haltestelle ausscherte. Ehe er wusste, wie ihm geschah, fiel er direkt vor das Fahrzeug. Ein Rad fuhr über –

»Über deinen Arm«, sagte Jill. »Ach, dein Arm. Oh, Richard …«

»Die Polizisten sagten, ich hätte großes Glück gehabt«, schloss Richard. »Es hätte – du weißt, was hätte geschehen können.« Wieder legte er auf dem Weg zu Jills Wagen eine kurze Rast ein.

Jill sagte zornig: »Die Leute sind heutzutage dermaßen rücksichtslos. Ständig sind sie in Eile. Sie laufen mit ihren Handys am Ohr durch die Straßen und achten nicht auf die anderen.« Sie berührte seine verletzte Wange. »Komm, ich bring dich nach Hause, mein Schatz. Ich verwöhne dich ein bisschen.« Liebevoll lächelnd sah sie ihn an »Ich mache dir eine schöne Bouillon und pack dich ins Bett.«

»Heute Abend muss ich zu mir nach Hause«, sagte er. »Verzeih mir, Jill, aber die Nacht auf deinem Sofa zu verbringen …«

»Aber natürlich, nein, unmöglich. Ich fahr dich zu dir.« Sie nahm die fünf Tüten in die andere Hand.

Sie waren wirklich schwer und unhandlich. Kein Wunder, dass er abgelenkt gewesen war.

»Was hat die Polizei denn mit der Person gemacht, die dich gestoßen hat?«, fragte sie.

»Sie wissen noch nicht, wer es war.«

»Sie wissen nicht –? Wie ist das möglich, Richard?«

Er zuckte die Achseln. Sie kannte ihn gut genug, um sofort zu
wissen, dass er etwas verheimlichte.

»Richard!« sagte sie

»Der Mensch hat sich nicht blicken lassen, nachdem ich angefahren worden war. Es kann gut sein, dass der oder die Betreffende von meinem Sturz gar nichts bemerkt hat. Es ging so
schnell und passierte genau in dem Moment, als der Bus vom
Bordstein wegfuhr. Wenn derjenige es eilig hatte…« Er zog sein
Jackett, das er sich wegen des Gipses am Arm nur übergehängt
hatte, fester über die Schulter. »Am liebsten würde ich es einfach
vergessen.«

»Aber irgendjemand muss doch was beobachtet haben«, insistierte Jill.

»Sie waren dabei, die Leute zu befragen, als der Rettungswagen
mich wegbrachte.« Er bemerkte den Humber, den Jill so verboten
stehen gelassen hatte, und humpelte schweigend auf ihn zu.

Jill folgte ihm. »Richard, du verschweigst mir doch etwas!«

Er antwortete ihr erst, als sie den Wagen erreicht hatten. »Sie
vermuten, dass es Absicht war, Jill.« Dann fügte er hinzu: »Wo ist
Gideon? Er muss gewarnt werden.«

Wie ein Automat öffnete Jill die Autotür, klappte den Sitz nach
vorn und legte die Tüten auf den Rücksitz. Sie half Richard in den
Wagen und rutschte dann neben ihm hinter das Lenkrad. »Was
soll das heißen – Absicht?« Sie blickte starr geradeaus auf die Spuren, die der Regen auf der Windschutzscheibe hinterließ, und
versuchte, ihre Angst zu verbergen.

Er gab ihr keine Antwort. Sie wandte sich ihm zu. »Richard, was
meinst du mit ›Absicht‹? Gibt es da einen Zusammenhang mit–«
Und da sah sie, dass er auf dem Schoß den Bilderrahmen hielt,
den sie unter dem Sitz gefunden hatte.

»Woher hast du das?«, fragte er.

Sie erklärte es ihm und fügte hinzu: »Aber ich verstehe nicht…
Wo ist das hergekommen? Wer ist sie? Ich kenne sie nicht. Das
kann doch nicht…« Jill zögerte, sie wollte es nicht aussprechen.

Richard tat es für sie. »Das ist Sonia, meine Tochter.«

Jill hatte ein Gefühl, als legte sich plötzlich ein Ring aus Eis um ihr Herz. Im dämmrigen Licht vom Eingang des Krankenhauses griff sie nach dem Bild und drehte es so, dass sie es ansehen konnte. Es zeigte ein kleines Mädchen – so blond wie ihr Bruder als Kind gewesen war –, das einen Plüschpanda an seine Wange gedrückt hielt. Sie lachte in die Kamera, als hätte sie keine Sorgen. Wahrscheinlich hat sie auch nicht gewusst, dass es anders war, dachte Jill, während sie das Bild betrachtete.

Sie sagte: »Richard, du hast nie erwähnt, dass Sonia... Warum hat mir das nie jemand gesagt? Richard! Warum hast du mir nicht gesagt, dass deine Tochter am Down-Syndrom litt?«

Erst da sah er sie an. »Ich spreche nicht über Sonia«, erklärte er ruhig. »Ich spreche nie über Sonia. Das weißt du.«

»Aber ich hätte es wissen müssen. Du hättest es mir sagen müssen. Das wärst du mir schuldig gewesen.«

»Du hörst dich an wie Gideon.«

»Ich bin aber nicht Gideon! Richard, warum hast du mit mir nie über sie gesprochen? Und was tut dieses Foto in meinem Wagen?« Der ganze Stress des Abends – das Gespräch mit ihrer Mutter, der Anruf aus dem Krankenhaus, die wilde Fahrt durch die Stadt – überwältigte Jill in diesem Moment. »Willst du mir Angst machen?«, schrie sie schrill. »Hoffst du, ich werde zustimmen, zur Entbindung ins Krankenhaus zu gehen und nicht zu meiner Mutter, wenn ich sehe, was mit Sonia los war? Legst du es darauf an, ja?«

Richard warf das Bild nach hinten, wo es auf einer der Einkaufstüten landete. »Mach dich nicht lächerlich«, sagte er. »Gideon will ein Foto von ihr haben – Gott allein weiß, warum –, und ich habe das hier herausgesucht, um es neu rahmen zu lassen. Das ist notwendig, wie du bemerkt haben dürftest. Der Rahmen ist zerkratzt, und das Glas... Du hast es ja selbst gesehen. Das ist alles, Jill. Mehr steckt nicht dahinter.«

»Aber warum hast du es mir nicht gesagt? Ist dir denn nicht klar, auf was für ein Risiko wir uns da einließen? Wenn sie auf Grund eines genetischen Defekts am Down-Syndrom erkrankt war... Wir hätten zum Arzt gehen können. Wir hätten Blutuntersuchungen machen lassen können, oder ich weiß nicht, was. Irgendwas auf jeden Fall. Stattdessen hast du mich schwanger werden lassen, und ich hatte keine Ahnung, dass eine Möglichkeit bestand …«

»*Ich* wusste es«, entgegnete er. »Es bestand überhaupt keine Gefahr. Ich wusste, du würdest die Fruchtwasseruntersuchung machen lassen. Und nachdem man uns gesagt hatte, dass alles in Ordnung ist – wozu hätte ich dich unnötig beunruhigen sollen?«

»Aber als wir beschlossen, es darauf ankommen zu lassen, dass ich schwanger werde, da hättest du mich – ich hatte ein Recht darauf, denn wenn die Tests gezeigt hätten, dass etwas nicht stimmt, dann hätte ich entscheiden müssen … Verstehst du denn nicht, dass ich von Anfang an hätte Bescheid wissen müssen? Ich hätte über das Risiko aufgeklärt sein müssen, um Zeit zu haben, darüber nachzudenken, falls ich gezwungen sein sollte, eine Entscheidung zu treffen … Richard, ich kann es nicht fassen, dass du mir das verheimlicht hast!«

»Fahr los, Jill«, sagte er. »Ich will nach Hause.«

»Du glaubst doch nicht, dass ich das so einfach unter den Tisch fallen lasse!«

Er seufzte und holte tief Luft. »Jill, mich hat eben ein Bus angefahren. Die Polizei vermutet, dass jemand mich absichtlich vor den Bus gestoßen hat. Das heißt, dass jemand mich töten wollte. Ich kann deine Erregung verstehen. Du behauptest, sie wäre berechtig, und ich bin bereit, das für den Moment so stehen zu lassen. Aber wenn du einmal einen Moment lang über deine eigene Nase hinausschauen könntest, dann würdest du begreifen, dass ich nach Hause muss. Mein Gesicht tut mir weh, ich habe Schmerzen im Arm und am Knöchel. Wir können jetzt hier im Auto eine Riesenauseinandersetzung starten, und ich lande wieder in der Notaufnahme, oder wir verschieben diese Diskussion auf morgen. Du kannst das halten, wie du willst.«

Jill starrte ihn an, bis er den Kopf drehte und sie anblickte. Sie sagte: »Mir kein Wort von ihr zu sagen kommt einer Lüge gleich.«

Sie ließ den Motor an, bevor er antworten konnte, und legte krachend den Gang ein. Er verzog sein Gesicht. »Wenn ich gewusst hätte, dass du so reagierst, hätte ich es dir gesagt. Glaubst du im Ernst, ich möchte, dass irgendetwas zwischen uns steht? Ge-

822

rade jetzt, wo jeden Moment das Kind kommen kann? Glaubst du das? Mein Gott, Jill, wir hätten einander heute Abend beinahe verloren!«

Jill lenkte den Wagen zum Grafton Way hinaus. Sie wusste intuitiv, dass etwas nicht in Ordnung war, aber sie konnte nicht sagen, ob es an ihr lag oder an dem Mann, den sie liebte.

Richard sprach erst wieder, als sie sich zum Portland Place durchgeschlängelt hatten und nun durch den Regen in Richtung Cavendish Square fuhren. Und da sagte er: »Ich muss so bald wie möglich mit Gideon sprechen. Er könnte auch in Gefahr sein. Wenn ihm etwas zustößt... nach allem anderen...«

Dieses »auch« sprach Bände, fand Jill. Sie sagte: »Dann besteht also *tatsächlich* ein Zusammenhang mit dem, was Eugenie geschehen ist?«

Sein Schweigen war Antwort genug. Furcht begann von neuem an ihr zu nagen.

Zu spät bemerkte Jill, dass die Route, die sie gewählt hatte, sie direkt an der Wigmore Hall vorbeiführen würde. Und das Schlimmste daran war, dass heute Abend offenbar ein Konzert stattfand. Die Straße davor war von Taxis verstopft, die um einen Platz vor dem Glasdach kämpften, um dort ihre Passagiere, vor dem Regen geschützt, abzusetzen. Sie sah, wie Richard sich abwandte.

»Sie ist aus dem Gefängnis entlassen worden«, sagte er. »Und auf den Tag genau zwölf Wochen nach ihrer Entlassung wurde Eugenie ermordet.«

»Du glaubst, dass diese Deutsche...? Die Frau, die Sonia getötet hat...?« Und mit einem Schlag war alles wieder da und machte jede andere Diskussion unmöglich: das Bild dieses bedauernswerten Kindes und die Tatsache, dass man ihr, Jill Foster, die ein ernstes Interesse daran haben musste, alles über Richard Davies und seine Kinder zu wissen, seinen Zustand verschwiegen hatte. »Hattest du Angst, es mir zu sagen?«, fragte sie. »War es das?«

»Du wusstest doch, dass Katja Wolff frei ist. Wir haben erst neulich mit diesem Kriminalbeamten darüber gesprochen.«

»Ich spreche nicht von Katja Wolff. Ich spreche von... Du weißt, wovon ich spreche.« Sie bog in den Portman Square ein und fuhr weiter zur Park Lane, während sie sagte: »Du hattest Angst, ich würde kein Kind von dir wollen, wenn ich es wüsste. Ich würde dann zu viel Angst haben. Das hast du befürchtet, nicht wahr, und mir nichts gesagt. Weil du mir nicht vertraust.«

»Wie hätte ich es dir denn mitteilen sollen?«, fragte Richard. »Hätte ich ganz beiläufig sagen sollen: ›Ach, übrigens, meine Exfrau hat ein behindertes Kind zur Welt gebracht?‹ Es war nicht relevant.«

»Wie kannst du das sagen!«

»Weil wir gar nicht unbedingt versuchten, ein Kind zu bekommen, du und ich. Wir hatten Sex miteinander. Guten Sex. Wirklich aufregend. Und wir waren verliebt. Aber wir dachten doch nicht daran –«

»Ich habe nicht verhütet. Das wusstest du.«

»Aber ich wusste nicht, dass du keine Ahnung von Sonia hattest... Mein Gott, es stand doch damals, nach ihrem Tod, in allen Zeitungen: dass sie am Down-Syndrom litt und dass sie ertränkt wurde. Mir ist nie der Gedanke gekommen, ich müsste dir das erzählen.«

»Aber ich wusste nichts davon. Das alles ist vor mehr als zwanzig Jahren passiert, Richard, da war ich sechzehn. Wer erinnert sich zwei Jahrzehnte später noch, was er mit sechzehn mal in der Zeitung gelesen hat?«

»Dein Erinnerungsvermögen ist nun wirklich nicht meine Sache.«

»Aber es wäre deine Sache gewesen, mich auf etwas aufmerksam zu machen, das meine Zukunft und die unseres Kindes beeinflussen könnte.«

»Du warst doch diejenige, die nicht verhütet hat. Ich dachte, du hättest deine Zukunft bereits geplant.«

»Willst du unterstellen, dass ich dich reingelegt habe?« Sie standen vor der Ampel am Ende der Park Lane, und Jill drehte sich mühsam in ihrem Sitz herum, um ihm ins Gesicht sehen zu können. »Willst du das damit sagen? Willst du behaupten, ich wäre so versessen darauf gewesen, mir dich als Ehemann zu angeln, dass ich es darauf angelegt habe, schwanger zu werden, damit du mit mir vor den Altar treten würdest? Tja, schlecht gelaufen für mich, nicht? Ich habe während unserer ganzen Beziehung sowieso nur einen Kompromiss nach dem anderen geschlossen. Alle dir zuliebe.«

Ein Taxi hupte ungeduldig hinter ihnen. Jill schaute zuerst in den Rückspiegel und bemerkte dann, dass die Ampel auf Grün geschaltet hatte. Sie fuhren weiter, rund um den Wellington Arch, und Jill war froh, dass der Humber so groß und wuchtig war, deutlich zu sehen für die Busfahrer und ein wenig bedrohlich für die Fahrer kleinerer Autos.

»Ich unterstelle gar nichts«, entgegnete Richard ruhig. »Ich sage nur, dass ich darüber nicht streiten will. Es ist nun mal geschehen. Ich habe versäumt, dir etwas mitzuteilen, weil ich glaubte, du wüsstest es. Mag sein, dass ich es nicht erwähnt habe, aber ich habe nie versucht, es zu verheimlichen.«

»Wie kannst du das sagen, wenn du nicht ein einziges Foto von ihr im Haus hast?«

»Das ist Gideons wegen so. Glaubst du denn, ich möchte, dass mein einziger Sohn sein Leben lang seine ermordete Schwester ansehen muss? Was meinst du wohl, wie sich das auf seine Musik auswirken würde? Als Sonia getötet wurde, sind wir alle durch die Hölle gegangen. *Alle*, Jill, auch Gideon. Wir mussten versuchen, zu vergessen, und ich dachte, ohne Bilder von ihr wäre es leichter, zu vergessen. Wenn du das nicht verstehen oder verzeihen kannst, wenn du deswegen unsere Beziehung beenden willst…« Seine Stimme zitterte. Er hob eine Hand zu seinem Gesicht und zog an der Haut unter seinem Kinn, zog und zerrte, ohne etwas zu sagen.

Und auch Jill schwieg den Rest der Fahrt bis Cornwall Gardens. Sie nahm den Weg über Kensington Gore, und sieben Minuten später hielten sie auf dem kleinen Platz, wo der Wind das Herbstlaub über das Pflaster trieb.

Schweigend half Jill Richard aus dem Wagen und griff nach hinten, um die Einkaufstüten vom Rücksitz zu holen. Einerseits wäre es vernünftiger gewesen, sie liegen zu lassen, da es ja lauter Dinge für Catherine waren. Andererseits schien es, da die Zukunft von Catherines Eltern plötzlich so unsicher geworden war, ein dezentes, aber unübersehbares Zeichen, sie in Richards Wohnung zu bringen. Jill nahm die Tüten. Sie nahm auch das Bild, das die Ursache ihres Streits gewesen war.

Richard sagte: »Komm, lass mich auch was tragen«, und bot ihr seine gesunde Hand.

»Ich schaff das schon«, entgegnete sie.

»Jill…«

»Ich schaff es schon.«

Sie wandte sich zum Haus, zu diesem verwahrlosten alten Gemäuer, das sie erneut an die vielen Kompromisse erinnerte, die sie ihrem Verlobten zuliebe ständig einging. Wer würde hier wohnen wollen? fragte sie sich. Wer würde eine Wohnung in einem Haus kaufen wollen, das auf die Abrissbirne zu warten schien? Wenn sie und Richard wirklich versuchten, seine Wohnung vor der ihren zu verkaufen, würden sie niemals zu dem Haus mit Garten kommen, in dem sie mit Catherine wie eine richtige Familie zusammenleben wollte.

Aber vielleicht war das ja auch nie sein Wunsch gewesen.

Er hatte sich nicht wieder verheiratet. Zwanzig Jahre waren seit seiner Scheidung vergangen – oder waren es achtzehn? sechzehn? –, und er hatte sein Leben nie wieder mit einer Frau geteilt. Und jetzt, an diesem Abend, an dem er hätte sterben können, dachte er an sie. Dachte daran, was ihr zugestoßen war und was er nun unternehmen musste, um seinen Sohn zu schützen. Nicht Jill Foster, seine zukünftige Frau, die von ihm schwanger war, nicht ihr gemeinsames ungeborenes Kind, nein, seinen Sohn wollte er beschützen. Gideon. Seinen verfluchten Sohn.

Richard kam ihr nach, als sie schwerfällig die Treppe zur Haustür hinaufging. Er griff an ihr vorbei und sperrte auf, stieß die Tür auf, so dass sie in das unbeleuchtete Foyer treten konnte, wo die Fliesen auf dem Boden voller Sprünge waren und die Tapete sich an den feuchten Wänden wellte. Es schien ein zusätzlicher Affront, dass es keinen Aufzug gab und keinen Treppenabsatz, sollte jemand eine Verschnaufpause einlegen wollen, sondern nur eine nach außen hin breiter werdende Stufe an der Stelle, wo die Treppe eine Biegung machte. Aber Jill wollte sowieso nicht rasten. Sie stieg zielstrebig in den ersten Stock hinauf und ließ Richard sich allein hochplagen.

Er atmete schwer, als er oben ankam. Normalerweise hätte es ihr Leid getan, ihm bei diesem mit dem Gipsbein mühevollen Anstieg, bei dem das wacklige alte Treppengeländer kaum Stütze bot, nicht geholfen zu haben, aber sie fand, die Lektion würde ihm gut tun.

»In meinem Haus gibt es einen Aufzug«, bemerkte sie. »Die Leute achten immer darauf, ob es im Haus einen Aufzug gibt, wenn sie eine Wohnung suchen. Und was denkst du, was du für diese Wohnung im Vergleich zu meiner bekommen wirst? Mit dem Erlös aus dem Verkauf meiner Wohnung könnten wir umziehen. Wir könnten ein Haus kaufen. Und du hättest dann Zeit, die nötigen Arbeiten zu machen, streichen, renovieren und so, die es braucht, um die Wohnung hier so herzurichten, dass sie sich verkaufen lässt.«

»Ich bin zu Tode erschöpft«, sagte er. »Ich kann so nicht weitermachen.« Er drängte sich an ihr vorbei und ging hinkend zu seiner Wohnungstür.

»Das ist ja sehr bequem«, sagte sie, als sie die Wohnung betraten und Richard die Tür hinter ihnen schloss. Die Lichter waren an. Richard nahm das stirnrunzelnd zur Kenntnis. Er ging zum Fenster. »Du machst nie weiter, wenn es dir nicht in den Kram passt.«

»Das ist nicht wahr. Jetzt wirst du unsachlich. Du hast dich aufgeregt, wir haben uns beide aufgeregt, und jetzt reagierst du darauf. Wenn du dich erst ein wenig ausgeruht hast –«

»Sag du mir nicht, was ich zu tun habe!« Ihre Stimme war schrill. Sie wusste zwar, dass Richard Recht hatte und sie unsachlich war, aber sie konnte sich nicht beherrschen. All die unausgesprochenen Zweifel, die sie seit Monaten quälten, vereinigten sich jetzt mit ihren uneingestandenen Ängsten. Alles stieg in ihr hoch wie eine Mischung giftiger Gase, die ein Ventil suchten. »Es geht immer nur nach deinem Kopf. Ich gebe ständig nach. Aber jetzt wirst ein Mal du mir nachgeben.«

Er blieb am Fenster stehen. »Hat das alles der Anblick dieses uralten Fotos bewirkt?«, fragte er und hielt ihr die Hand hin. »Dann gib es mir. Ich vernichte es.«

»Ich dachte, es wäre für Gideon«, rief sie.

»Ja, aber wenn es zu solchen Problemen zwischen uns Anlass gibt... Gib es mir, Jill.«

»Nein. Ich werde es Gideon geben. Gideon ist schließlich unheimlich wichtig. Wie Gideon sich fühlt, was Gideon tut, wann Gideon auf seiner Geige spielt. Er hat von Anfang an zwischen uns gestanden – mein Gott, wir haben uns sogar nur dank Gideon kennen gelernt –, und ich habe nicht die Absicht, ihn jetzt von seinem Platz zu verdrängen. Du möchtest Gideon das Foto geben, und er wird es bekommen. Komm, rufen wir ihn doch gleich an und sagen ihm, dass wir es haben.«

»Jill! Das ist doch albern. Er weiß nicht, dass ich dir erzählt habe, wie groß seine Angst davor ist, zu spielen, und wenn du ihn jetzt wegen des Fotos anrufst, wird er sich verraten fühlen.«

»Man kann eben nicht alles haben, Schatz. Er möchte das Foto, und er wird es heute Abend bekommen. Ich bringe es ihm selbst.« Sie griff zum Telefon und begann, die Nummer einzutippen.

»Jill!« sagte Richard und schickte sich an, zu ihr zu gehen.

»Was willst du mir denn bringen, Jill?«, fragte Gideon.

Sie fuhren beide herum, als sie seine Stimme hörten. Er stand an der Wohnzimmertür in dem düsteren Flur, der zum Schlafzimmer und zu Richards Arbeitszimmer führte. In der einen Hand hielt er einen Briefumschlag, in der anderen eine Grußkarte mit einem Blumenbild. Sein Gesicht hatte die Farbe grauen Sands, und unter seinen Augen lagen Schatten der Schlaflosigkeit.

»Was wolltest du mir bringen?« wiederholte er.

# GIDEON

*12. November*

Sie sitzen im Ledersessel Ihres Vaters, Dr. Rose, und sehen mich an, während ich mich stammelnd durch den Bericht der schrecklichen Fakten quäle. Ihr Gesicht zeigt den gleichen Ausdruck wie immer – interessiert an dem, was ich sage, jedoch ohne Wertung –, und in Ihren Augen schimmert ein Mitleid, bei dem ich mich fühle wie ein Kind, das verzweifelt Trost sucht.

Und nichts anderes tue ich ja: Ich rufe sie an und weine, ich flehe Sie an, mich sofort zu sehen, ich behaupte, es gäbe sonst keinen Menschen, dem ich vertrauen kann.

Sie sagen: Kommen Sie in neunzig Minuten in meine Praxis.

So präzise. Neunzig Minuten. Ich will wissen, was Sie daran hindert, mich sofort, noch in diesem Augenblick, zu empfangen.

Sie sagen: Beruhigen Sie sich, Gideon. Sammeln Sie sich. Atmen Sie tief durch.

Aber ich muss Sie *jetzt* sehen!

Sie erklären mir, dass Sie bei Ihrem Vater sind, aber kommen werden, so schnell Sie können. Sie sagen: Warten Sie auf der Treppe, wenn Sie vor mir da sind. Neunzig Minuten, Gideon. Können Sie das behalten?

Und nun sitzen wir hier, und ich erzähle Ihnen alles, woran ich mich an diesem entsetzlichen Tag erinnert habe. Ich schließe mit den Worten: Wie konnte ich das alles vergessen? Was muss ich für ein Monstrum sein, dass ich nichts von dem, was damals geschah, in Erinnerung behalten habe?

Sie erkennen, dass ich mit meinem Bericht am Ende angelangt bin, und ergreifen die Gelegenheit, mir einiges zu erklären. Ruhig und gelassen wie immer sagen Sie, dass die Erinnerung daran, dass ich meiner Schwester etwas zu Leide getan hatte, und die Überzeugung, sie getötet zu haben, nicht nur etwas ungeheuer Beängstigendes seien, sondern assoziativ verknüpft mit der Musik, die gespielt wurde, als ich die Tat beging. Verdrängt habe ich die Erinnerung an die Tat selbst, und da mit ihr die Musik verbunden war, verdrängte ich schließlich auch diese. Bedenken Sie, sagen Sie, dass etwas Verdrängtes wie ein Magnet wirkt, Gideon. Es zieht andere Dinge an, die mit ihm verknüpft sind, saugt sie in sich ein, so dass sie ebenfalls verdrängt werden. Das *Erzherzog-Trio* war eng verbunden mit jenem Abend. Sie verdrängten Ihre Handlungen aus Ihrem bewussten Denken – und es scheint so, als hätten alle anderen in der Familie Sie direkt oder indirekt dazu ermutigt –, und die Musik wurde mit einbezogen in die Verdrängung.

Aber alles andere konnte ich doch immer problemlos spielen. Nur das *Erzherzog-Trio* hat sich mir beharrlich widersetzt.

Natürlich, sagen Sie. Aber als Katja Wolff unerwartet am Künstlereingang zur Wigmore Hall erschien und Ihnen sagte, wer sie ist, wurde dadurch ein Prozess der Verdrängungsoperation ausgelöst, die die gesamte Musik umfasste.

Warum? *Warum?*

Weil Katja Wolff, Ihre Geige, das *Erzherzog-Trio* und der Tod Ihrer Schwester in Ihrem Bewusstsein assoziativ miteinander verknüpft waren. So funktioniert das, Gideon. Die Erinnerung, die sie unbedingt verdrängen mussten, beruhte auf Ihrer Überzeugung, Ihre Schwester getötet zu haben. Dies zog die Erinnerung an Katja Wolff mit sich, der Person, die für Sie am engsten mit Ihrer Schwester verbunden war. Katja Wolff riss das *Erzherzog-Trio* mit ins schwarze Loch, das Musikstück, das jenen Abend begleitete. Und am Ende folgte diesem einen Stück, mit dem Sie immer Mühe hatten, die ganze Musik – symbolisiert durch die Geige. So funktioniert das.

Ich schweige. Ich scheue mich, die nächste Frage zu stellen – Werde ich je wieder spielen können? –, weil ich widerwärtig finde, was sie über mich verrät. Jeder von uns ist der Mittelpunkt seiner eigenen Welt, aber die meisten von uns sind doch in der Lage, andere innerhalb ihrer individuellen Grenzen wahrzunehmen. Ich konnte das nie. Ich habe immer nur mich selbst gesehen, vom ersten Moment an, als ich mir meiner selbst bewusst wurde. In diesem Augenblick nach meiner Musik zu fragen erscheint mir monströs. Diese Frage wäre eine Verleugnung der Existenz meiner unschuldigen Schwester. Und ich habe Sonia lange und gründlich genug verleugnet.

Glauben Sie Ihrem Vater, fragen Sie mich, und das, was er über Sonias Tod sagte, und die Rolle, die er selbst dabei spielte ...? Glauben Sie ihm, Gideon?

Ich glaube gar nichts, solange ich nicht mit meiner Mutter gesprochen habe.

## 13. November

Ich beginne, mein Leben aus einem Blickwinkel zu sehen, der mir vieles klarmacht, Dr. Rose. Ich beginne zu erkennen, dass die Beziehungen, die ich aufzunehmen versuchte oder mit Erfolg aufnahm, in Wirklichkeit beherrscht waren von dem, womit ich mich nie auseinander setzen wollte: dem Tod meiner Schwester. Mit den Menschen, die nichts davon ahnten, wie tief ich in die Umstände ihres Todes verstrickt war, konnte ich mich einlassen, es waren immer zugleich jene Menschen, deren wichtigstes Anliegen das Gleiche war wie meines: meine künstlerische Existenz. Zu diesen Menschen gehörten Sherill und andere Musikerkollegen, die Musiker bei den Schallplattenaufnahmen, Dirigenten, Produzenten, Konzertimpresarios in der ganzen Welt. Aber die Menschen, die sich mehr von mir gewünscht hätten als das Spiel auf meiner Geige – das waren diejenigen, an denen ich scheiterte.

Das beste Beispiel dafür ist Beth. Ganz klar, dass ich ihr nicht der Lebenspartner sein konnte, den sie sich wünschte.

Eine Partnerschaft dieser Art hätte ja einen Grad an Nähe, Vertrauen und emotionaler Öffnung verlangt, der für mich viel zu gefährlich gewesen wäre. Meine einzige Hoffnung auf Überleben war die Flucht vor dieser Frau.

Und so ist es jetzt mit Libby. Ich kann den Liebesakt, der das Zeichen tiefster Intimität ist, nicht vollziehen. Wir liegen beieinander, und würde man meine Gefühle für Libby am Grad meiner Begierde nach ihr messen, so könnte sie ebenso gut ein Sack Kartoffeln sein.

Wenigstens weiß ich, warum. Und solange ich nicht mit meiner Mutter gesprochen und die ganze Wahrheit über jenen Abend erfahren habe, kann ich mit keiner Frau intim werden, ganz gleich, wer sie ist, ganz gleich, wie wenig sie von mir erwartet.

## *16. November*

Ich war auf dem Heimweg vom Primrose Hill, als ich Libby wiedersah. Ich war mit einem Drachen losgezogen, einem neuen, an dem ich mehrere Wochen lang gearbeitet hatte und den ich unbedingt ausprobieren wollte. Ich hatte mir ein, wie ich meinte, tolles aerodynamisches Design einfallen lassen, durch das der Drachen auf Rekordhöhe steigen würde.

Oben auf dem Primrose Hill gibt es nichts, was den Flug eines Drachen behindern könnte. Die Bäume sind weit weg, die einzigen Bauten, die einem fliegenden Geschöpf oder Gerät in den Weg kommen könnten, sind die Häuser, die jenseits der Hügelkuppe stehen, auf der anderen Seite der Straßen, die an den Park angrenzen. Da der Wind an diesem Tag gut war, glaubte ich, dass der Drachen sich in die Lüfte erheben würde, sobald ich ihn freigäbe.

Aber so war es nicht. Jedes Mal, wenn ich ihn losließ und ihm in schnellem Lauf Leine zu geben begann, sprang und hüpfte er im Wind und stürzte dann ab wie eine Rakete. Immer wieder versuchte ich es, nachdem ich Veränderungen an der Vorderkante, den Seitenrudern, sogar dem Leitwerk vorgenommen hatte, aber nichts half. Schließlich brach ein Spanten, und ich musste das ganze Unternehmen aufgeben.

Ich ging mit meinem Drachen die Chalcot Crescent hinunter, als ich Libby traf. Sie lief in die Richtung, aus der ich kam. In der einen Hand hatte sie eine Plastiktüte vom Drogeriemarkt, in der anderen eine Dose Cola light. Ein Picknick, vermutete ich. Aus der Tüte ragte ein Ende eines Baguette heraus.

»Der Wind wird dir wahrscheinlich einen Strich durch die Rechnung machen, wenn du vorhast, da draußen zu essen«, bemerkte ich mit einem Nicken zum Park.

»Ja, freut mich auch, dich zu sehen«, war ihre Antwort.

Ihr Ton war höflich, aber ihr Lächeln flüchtig. Seit unserem unerfreulichen Zusammentreffen in ihrer Wohnung hatten wir uns nicht mehr gesehen. Ich hörte sie zwar kommen und gehen und hatte damit gerechnet, dass sie bei mir klingeln würde, aber sie hatte es nicht getan. Sie hatte mir gefehlt, aber als ich begann, mich an jene Dinge zu erinnern, die erinnert werden mussten, an Sonia, an Katja, an meinen Anteil am Tod der einen und an der Verurteilung der anderen, erkannte ich, dass es besser war, Libby nicht zu sehen. Ich taugte keiner Frau zum Freund oder Geliebten. Ob Libby das merkte oder nicht, es war klug von ihr, sich von mir fern zu halten.

»Ich habe versucht, den hier steigen zu lassen«, sagte ich und hob zur Erklärung meiner Bemerkung über den Wind den kaputten Drachen hoch. »Wenn du nicht hinaufgehst, sondern dein Picknick irgendwo unten machst, geht es vielleicht.«

»Zu den Enten«, sagte sie.

Einen Moment lang dachte ich, das wäre wieder so ein seltsamer kalifornischer Ausdruck, den ich nie gehört hatte. Aber dann sprach sie weiter.

»Ich geh die Enten füttern. Im Regent's Park.«

»Ach so. Ich dachte... Na ja, als ich das Brot sah...«

»Und da du bei mir sowieso automatisch an Essen denkst. Klar. Ist ja logisch.«

»Ich denke bei dir nicht automatisch an Essen, Libby.«

»Okay«, sagte sie. »Dann nicht.«

Ich nahm meinen Drachen von der linken Hand in die rechte. Ich mochte das Gefühl nicht, mit ihr uneins zu sein, aber ich hatte keine klare Vorstellung, wie ich die Kluft zwischen uns überbrücken sollte. Wir sind ja so verschieden, dachte ich. Vielleicht war es, genau wie Dad von Beginn an gesehen hat, immer schon eine absurde Verbindung: Libby Neal und Gideon Davies. Was hatten die beiden denn gemeinsam?

»Ich hab Rafe bereits seit zwei Tagen nicht mehr gesehen«, bemerkte Libby mit einer Kopfbewegung zurück zum Chalcot Square. »Ich hab mich schon gefragt, ob ihm was passiert ist.«

Mir wurde, als sie mir diese Möglichkeit zum Gespräch bot, bewusst, dass bei unseren Gesprächen immer sie diejenige war, die fragte und nachfragte. Und diese Erkenntnis veranlasste mich zu sagen: »Ja, es ist tatsächlich etwas passiert. Aber nicht ihm.«

Sie sah mich ernst an. »Aber mit deinem Dad ist doch alles okay?«

»Ja, ihm geht es gut.«

»Und seiner Freundin?«

»Jill? Ihr geht's auch gut. Allen geht es gut.«

»Na, wunderbar.«

Ich holte tief Luft. »Libby, ich werde meine Mutter treffen. Nach dieser langen, langen Zeit werde ich Sie tatsächlich sehen. Mein Vater hat mir erzählt, dass sie meinetwegen regelmäßig bei ihm anruft, und nun werden wir uns also treffen. Nur wir beide. Und dann werde ich vielleicht meinen Schwierigkeiten mit der Geige endlich auf den Grund kommen.«

Sie schob ihre Coladose in die Plastiktüte und rieb sich mit der Hand über die Hüfte. »Das ist wahrscheinlich echt cool, Gid. Wenn's das ist, was man will. Ich mein, es ist ja wohl das, was du vom Leben willst, richtig?«

»Es *ist* mein Leben.«

»Klar. Es ist dein Leben, das, was du daraus gemacht hast.«

Ich merkte an ihrem Ton, dass wir uns wieder auf demselben holprigen Terrain befanden, das wir schon früher abgeschritten hatten, und ich fühlte mich plötzlich frustriert. »Libby, ich bin Musiker. Mal von allem anderen abgesehen – so verdiene ich meinen Lebensunterhalt. Das kannst du wohl verstehen.«

»O ja, ich verstehe«, sagte sie.

»Dann –«

»Okay, Gid, wie gesagt, ich geh jetzt die Enten füttern.«

»Komm doch herauf, wenn du zurück bist. Wir können ja zusammen essen.«

»Ich wollte eigentlich zum Steppen.«

»Steppen?«

Sie sah weg. Einen Moment lang drückte ihr Gesicht etwas aus, das ich nicht ganz erfassen konnte. Als sie mich wieder ansah, war ihr Blick traurig, und ihr Ton war resigniert, als sie sagte: »Stepptanzen, mein Hobby.«

»Entschuldige, das hatte ich vergessen.«

»Schon gut«, sagte sie. »Ich weiß.«

»Wie wär's dann mit später? Ich bin sicher zu Hause. Ich warte nur auf einen Anruf meines Vaters. Komm doch nach dem Stepptanz herauf. Natürlich nur, wenn du Lust hast.«

»Klar«, sagte sie. »Wir sehen uns.«

Und ich wusste, sie würde nicht kommen. Dass ich den Stepptanz vergessen hatte, das hatte ihr offenbar den Rest gegeben. Ich

834

sagte: »Libby, ich hatte so vieles im Kopf. Das weißt du. Du musst verstehen –«

»Ach, Mensch«, unterbrach sie mich. »Du raffst überhaupt nichts.«

»Ich ›raffe‹, dass du ärgerlich bist.«

»Ich bin nicht ärgerlich. Ich bin gar nichts. Ich geh jetzt in den Park und füttere die Enten. Weil ich Zeit hab und weil ich Enten mag. Und danach gehe ich zum Steppen. Weil ich Stepptanz mag.«

»Du gehst mir aus dem Weg, nicht wahr?«

»Es dreht sich nicht alles um dich. *Ich* dreh mich nicht um dich. Der Rest der Welt dreht sich nicht um dich. Wenn du, sagen wir mal, morgen aufhörst, Geige zu spielen, bleibt der Rest der Welt doch weiterhin der Rest der Welt. Aber wie willst du derjenige bleiben, der du bist, wenn gar nichts von dir da ist, Gideon?«

»Ich versuche ja, es mir wieder zu holen.«

»Man kann sich nicht etwas zurückholen, was nie da war. Du kannst es neu erschaffen, wenn du willst. Aber du kannst nicht einfach mit dem Schmetterlingsnetz losziehen und es einfangen.«

»Warum willst du nicht verstehen –«

»Ich möchte jetzt die Enten füttern«, fiel sie mir ins Wort. Und damit ging sie an mir vorbei und schlug den Weg zur Regent's Park Road ein.

Ich sah ihr nach. Ich wollte ihr nachlaufen und ihr klar machen, was ich meinte – wie leicht es für sie war, davon zu reden, dass man einfach man selbst sein müsse. Ihre Vergangenheit war ja nicht an allen Ecken und Enden mit besonderen Leistungen gespickt, die als Wegweiser in eine seit langem festgelegte Zukunft dienten. Für sie war es leicht, einfach den Moment zu leben, weil sie nie etwas anderes als Momente gehabt hatte. Aber so war mein Leben nie gewesen, und ich wollte, dass sie diese Tatsache anerkannte.

Sie musste gespürt haben, was in mir vorging. Denn an der Ecke drehte sie sich um und rief mir etwas zu.

»Was?«, schrie ich, als der Wind ihre Worte forttrug.

Sie legte die Hände muschelförmig um ihren Mund und versuchte es noch ein Mal. »Viel Glück mit deiner Mutter«, rief sie laut.

## 17. November

Jahrelang war es mir dank meiner Arbeit gelungen, meine Mutter aus meinem Bewusstsein zu bannen. Ich musste mich auf dieses Konzert oder jene Plattenaufnahme vorbereiten, ich musste mit Raphael üben, für einen Dokumentarfilm zur Verfügung stehen, mit diesem oder jenem Orchester proben, in Europa oder den Vereinigten Staaten auf Tournee gehen, meinen Agenten treffen, Verträge aushandeln, mit dem East London Conservatory arbeiten… Meine Tage und Stunden waren zwanzig Jahre lang mit Musik angefüllt gewesen. Da war kein Platz zum Nachdenken über die Mutter, die mich verlassen hatte.

Aber jetzt hatte ich Zeit, und sie beherrschte meine Gedanken. Und selbst während ich darüber nachdachte, selbst während ich fragte und mutmaßte, wusste ich, dass diese Fixierung meiner Gedanken auf meine Mutter ein Mittel zur Ablenkung von Sonia war.

Es wirkte nicht immer. In unachtsamen Momenten suchte meine Schwester mich dennoch auf.

»Sie sieht so komisch aus, Mami«, erinnerte ich mich, gesagt zu haben, als ich eines Tages an dem Bett stand, in dem in Decken gehüllt und mit einem Häubchen auf dem Kopf meine Schwester lag, mit einem Gesicht, das irgendwie verkehrt aussah.

»Sag so etwas nicht, Gideon«, entgegnete meine Mutter. »So etwas darfst du nie über deine Schwester sagen.«

»Aber sie hat so quallige Augen. Und einen komischen Mund.«

»Ich habe gesagt, du sollst nicht so von deiner Schwester sprechen.«

Das war der Anfang. Gespräche über Sonias Gebrechen wurden bei uns zum Tabu. Sie begann, unser aller Leben zu beherrschen, aber es wurde kein Wort über sie verloren. Sonia war quengelig. Sonia schrie die ganze Nacht. Sonia kam zwei oder drei Wochen ins Krankenhaus. Aber wir taten so, als wäre das Leben völlig normal, als wäre es in jeder Familie so, wenn ein Kind zur Welt kommt. Bis eines Tages Großvater die Glaswand der Verleugnung zertrümmerte, hinter der wir lebten.

»Die taugen doch beide nichts«, tobte er. »Keines von dir taugt was, Dick.«

836

Hat es da in meinem Kopf zu arbeiten begonnen? Habe ich da zum ersten Mal die Notwendigkeit verspürt, zu beweisen, dass ich anders bin als meine Schwester? Großvater hatte mich mit Sonia gleichgesetzt, aber ich würde ihm zeigen, dass die Wahrheit anders aussah.

Doch wie sollte ich das bewerkstelligen, wenn alles sich einzig um sie drehte? Um ihr Befinden, ihr Wachstum, ihre Gebrechen, ihre Entwicklung. Ein Weinen in der Nacht, und das ganze Haus war auf den Beinen, um sich um sie zu kümmern. Eine Veränderung ihrer Körpertemperatur, und das Leben stand still, bis der Arzt kam und die Ursache klärte. Die kleinste Änderung in ihren Essgewohnheiten, und Spezialisten wurden konsultiert. Sie war der Gegenstand jedes Gesprächs, gleichzeitig aber durfte die Ursache ihrer Krankheiten und Leiden niemals direkt angesprochen werden.

Das fiel mir wieder ein, Dr. Rose. Das alles fiel mir wieder ein, weil am Schürzenzipfel jeder Erinnerung an meine Mutter, die ich beim Nachdenken heraufbeschwören konnte, meine Schwester Sonia hing. Sie drängte sich so hartnäckig in mein Bewusstsein, wie sie sich in mein Leben gedrängt hatte. Und während ich auf den Tag wartete, an dem ich meine Mutter sehen würde, versuchte ich mit der gleichen wütenden Entschlossenheit, sie von mir abzuschütteln, wie ich es versucht hatte, als sie noch am Leben war.

Ja, ich weiß, was das heißt. Sie ist mir heute im Weg. Sie war mir damals im Weg. Ihretwegen hatte sich das Leben geändert. Ihretwegen sollte es sich noch entscheidender ändern.

»Du wirst in Zukunft zur Schule gehen, Gideon.«

Das muss der Moment gewesen sein, als der Keim gelegt wurde: der Keim der Enttäuschung, des Zorns, der vereitelten Träume, der zu einem wuchernden Geschwür wütenden Vorwurfs heranwuchs. Mein Vater war derjenige, der mir die Neuigkeit eröffnete.

Er kommt in mein Zimmer. Ich sitze am Tisch unter dem Fenster, wo Sarah-Jane Beckett und ich unsere Stunden zu halten pflegen. Ich mache gerade meine Aufgaben. Dad zieht sich den Stuhl heraus, auf dem gewöhnlich Sarah-Jane sitzt, verschränkt die Arme und sieht mir zu.

Er sagt: »Wir haben es probiert, Gideon. Und du bist dabei aufgeblüht, nicht wahr, mein Sohn?«

Ich verstehe nicht, wovon er spricht, aber das, was ich in seiner Stimme vernehme, macht mich augenblicklich misstrauisch. Ich weiß jetzt, dass ich wahrscheinlich Resignation wahrnahm, doch in diesem Moment kann ich das, was er offenbar empfindet, nicht benennen.

Das ist der Augenblick, wo er mir sagt, dass ich in Zukunft zur Schule gehen werde, in eine öffentliche Schule, die er ausfindig gemacht hat, eine Tagesschule, nicht allzu weit entfernt.

Ich spreche aus, was mir als Erstes in den Sinn kommt. »Was ist mit meinem Geigenunterricht? Wann soll ich üben?«

»Das müssen wir regeln.«

»Aber was ist mit Sarah-Jane? Ihr gefällt es bestimmt nicht, wenn sie mir keinen Unterricht mehr geben darf.«

»Sie wird damit zurecht kommen müssen. Wir müssen uns von ihr trennen, mein Junge.«

Wir müssen uns von ihr trennen? Zuerst glaube ich, er will damit sagen, dass Sarah-Jane von uns weggehen will, dass sie darum gebeten hat, gehen zu dürfen, und er widerstrebend zugestimmt hat. Aber als ich darauf sage: »Dann rede ich mal mit ihr. Ich sage ihr, dass sie nicht weggehen darf«, erklärt er es mir.

»Wir können uns eine Hauslehrerin nicht mehr leisten, Gideon.« Den Rest sagt er nicht, ich ergänze ihn selbst in meinem Kopf. »Wir müssen irgendwo anfangen zu sparen«, teilt mein Vater mir mit. »Raphael wollen wir nicht gehen lassen, und Katja können wir nicht gehen lassen. Bleibt also nur Sarah-Jane.«

»Aber wann soll ich denn Geige spielen, wenn ich zur Schule gehe? Die erlauben doch bestimmt nicht, dass ich nur zur Schule komme, wann ich will, oder, Dad? Da gibt es sicher Regeln. Wann soll ich da meine Stunden nehmen?«

»Wir haben schon mit der Schulleitung gesprochen. Sie sind bereit, Zugeständnisse zu machen. Sie kennen die Situation.«

»Aber ich will nicht zur Schule gehen. Ich will, dass Sarah-Jane mich weiter unterrichtet.«

»Das möchte ich auch gern«, sagt mein Vater. »Das möchten wir alle. Aber es ist nicht möglich, Gideon. Wir haben nicht die Mittel dazu.«

Wir haben nicht die Mittel – das Geld, die Mittel. War das nicht das Leitmotiv unseres Lebens? Wieso sollte ich also überrascht sein, als die Einladung von der Juilliard School of Music eintrifft und leider abgelehnt werden muss? Wäre es nicht logisch, ich gäbe dem Geld die Schuld daran, dass ich die Einladung an die Juilliard nicht annehmen darf?

Aber ich *bin* überrascht. Ich bin wütend. Ich bin außer mir. Und der einmal gelegte Keim treibt Wurzeln und Schösslinge und beginnt, auf fruchtbarem Boden zu wachsen.

Ich lerne hassen. Ich lerne Rachsucht. Ich brauche dringend ein Ziel für meine Rache. Ich finde es in ihr, in meiner Schwester, mit ihrem ewigen Weinen und Greinen und den unmenschlichen Forderungen, die sie an uns alle stellt.

In Gedanken an meine Mutter verweilte ich auch bei diesen anderen Überlegungen. Und bei ihrer Betrachtung drängte sich mir unausweichlich eine Schlussfolgerung auf: Selbst wenn mein Vater tatsächlich nichts unternommen hatte, um Sonia zu retten, wie er das hätte tun können, was änderte das? Ich hatte den Prozess des Tötens begonnen, und er hatte ihm nur seinen Lauf gelassen.

Sie sagen zu mir: Gideon, Sie waren doch noch ein kleiner Junge. Das war eine Geschwisterrivalität. Sie sind nicht der Erste, der versucht hat, einem jüngeren Geschwister etwas anzutun, und Sie werden nicht der Letzte sein.

Aber sie ist *gestorben*, Dr. Rose.

Ja, sie ist gestorben. Aber nicht von Ihrer Hand.

Das weiß ich nicht mit Sicherheit.

Im Moment wissen Sie nicht – können gar nicht wissen –, was wahr ist. Aber Sie werden es erfahren. Bald.

Sie haben Recht, Dr. Rose, wie meistens. Meine Mutter wird mir sagen, was wirklich geschehen ist. Wenn es für mich auf der Welt Erlösung gibt, wird sie sie mir bringen.

# 26

»Nicht mal einen Rollstuhl hat er genommen«, sagte die Stationsschwester der Notaufnahme. Auf ihrem Namensschildchen stand »Schwester Darla Magnana«, und sie war höchst empört über die Art und Weise, wie Richard Davies sich aus dem Krankenhaus verabschiedet hatte. Alle Patienten hatten das Haus in *Rollstühlen* zu verlassen, in Begleitung eines Mitglieds des Pflegepersonals, das sie zu ihrem Wagen bringen würde. Keinesfalls hatten sie diese Dienstleistung des Krankenhauses abzulehnen; taten sie es doch, so durften sie nicht entlassen werden. Dieser Herr war tatsächlich auf eigene Verantwortung gegangen, ohne ordnungsgemäß entlassen worden zu sein. Das Krankenhaus übernahm daher keinerlei Haftung für den Fall, dass seine Verletzungen sich verschlimmerten oder ihm weitere Probleme bereiteten. Schwester Darla Magnana hoffte, dass das klar sei. »Wenn wir jemanden über Nacht zur Beobachtung hier behalten möchten, haben wir sehr gute Gründe dafür«, erklärte sie.

Lynley bat, den Arzt sprechen zu dürfen, der Richard Davies behandelt hatte, und dieser – ein überarbeitet aussehender Stationsarzt mit Drei-Tage-Bart – unterrichtete ihn und Barbara Havers über das Ausmaß der Verletzungen, die Richard Davies davongetragen hatte: einen komplizierten Bruch der rechten Ulna, einen einfachen Bruch des rechten Malleolus. »Rechter Arm und rechter Fußknöchel«, übersetzte der Arzt für Barbara, als diese sagte: »Was für Brüche?« Weiter erwähnte er: »Abschürfungen an den Händen. Eine mögliche Gehirnerschütterung. Aber insgesamt hat der Mann großes Glück gehabt. Das hätte tödlich ausgehen können.«

Darüber dachte Lynley nach, als er und Barbara das Krankenhaus wieder verließen, nachdem man ihnen mitgeteilt hatte, dass Richard Davies sich in Begleitung einer hochschwangeren Frau davongemacht hatte. Sie setzten sich in den Bentley, riefen Leach an und hörten von ihm, dass Winston Nkata den Namen Noreen McKays durchgegeben hatte und man mittlerweile über den Computer der Zentralen Zulassungsstelle festgestellt hatte, dass sie einen neueren Toyota RAV4 fuhr. Es war ihr einziges Fahrzeug.

»Wenn uns die Gefängnisunterlagen nichts bringen, sind wir wieder bei dem Humber«, sagte Leach. »Lassen Sie den Wagen zur Überprüfung abholen.«

Lynley sagte: »In Ordnung. Und wie sieht es mit Eugenie Davies' Computer aus, Sir?«

»Damit können wir uns später befassen. Erst mal den Wagen. Und reden Sie mal mit der Foster. Ich möchte wissen, wo *sie* heute Nachmittag war.«

»Na, bestimmt nicht in der Portman Street, um ihren Verlobten unter einen Bus zu stoßen«, erwiderte Lynley, obwohl er wusste, er sollte besser nichts sagen oder tun, was womöglich Leach an seine eigenen Verfehlungen erinnerte. »In ihrem Zustand wäre sie doch sehr auffällig.«

»Reden Sie einfach mit ihr, Inspector. Und bringen Sie diesen Wagen her.« Leach nannte Jill Fosters Adresse, irgendwo in Shepherd's Bush. Die Telefonauskunft lieferte Lynley eine Nummer dazu, und eine Minute später bekam er schon bestätigt, was er vermutet hatte, als Leach ihm seinen Auftrag gegeben hatte: Jill Foster war nicht zu Hause. Vermutlich hatte sie Davies in seine eigene Wohnung in South Kensington gebracht.

Als sie vor der letzten Etappe der Fahrt von der Gower Street nach South Kensington die Park Lane hinunterbrausten, sagte Barbara: »Jetzt können nur noch Robson oder Gideon Davies Richard Davies heute Abend vor den Bus gestoßen haben, Inspector. Aber wenn es einer von ihnen war, bleibt immer noch die grundlegende Frage: Warum?«

»›Wenn‹ ist das entscheidende Wort«, erklärte Lynley.

Sie hörte offensichtlich seine Zweifel, denn sie sagte: »Sie glauben nicht, dass es einer der beiden war?«

»Ein Mörder wählt fast immer die gleiche Waffe«, sagte Lynley.

»Aber ein Bus ist doch auch ein Fahrzeug«, entgegnete Barbara.

»Aber kein Pkw mit Fahrer. Und nicht *der* Wagen, der Humber. Oder sonst ein Oldtimer. Außerdem hat es Davies auch nicht so schlimm erwischt wie die anderen, wenn man bedenkt, wie es hätte kommen können.«

841

»Und niemand hat beobachtet, wie er gestoßen wurde«, meinte Barbara nachdenklich. »Wenigstens haben wir bis jetzt keinen Zeugen.«

»Ich wette, dass kein Mensch etwas gesehen hat, Havers.«

»Okay, wir sind also wieder bei Davies gelandet. Er lauert Kathleen Waddington auf, bevor er Eugenie totfährt. Er nimmt Webberly aufs Korn, um unseren Verdacht auf Katja Wolff zu lenken, als wir ihm nicht schnell genug von selbst draufkommen. Dann wirft er sich vor einen Bus, weil er das Gefühl hat, wir betrachten die Wolff nicht ernsthaft als Verdächtige. Gut. Leuchtet mir ein. Aber bleibt weiterhin die Frage, warum.«

»Gideons wegen. Anders kann es nicht sein. Weil Eugenie Gideon in irgendeiner Weise bedrohte, und Davies lebt für seinen Sohn. Wenn sie, wie Sie vermuteten, Barbara, tatsächlich vorhatte, ihn davon abzuhalten, wieder zu spielen –«

»Okay, mir gefällt der Gedanke, aber wäre Eugenie wirklich auf so eine Idee gekommen? Ich meine, das Normale wäre doch gewesen, dass sie wünschte, Gideon würde wieder spielen. Wir haben oben in ihrem Speicher die ganze Geschichte seiner Karriere gefunden. Es bedeutete ihr doch offensichtlich etwas, dass er spielte. Warum alles verderben?«

»Vielleicht war es gar nicht ihre Absicht, alles zu verderben«, meinte Lynley. »Aber vielleicht wäre es geschehen, vielleicht wäre alles verdorben gewesen – ohne dass sie es wusste oder wollte –, wenn sie Gideon wiedergesehen hätte.«

»Und da hat Davies sie umgebracht? Warum hat er ihr nicht einfach gesagt, was los war? Warum hat er nicht einfach gesagt: ›Hey, warte mal, Schatz, lass das lieber. Wenn du mit Gideon zusammenkommst, ist er erledigt‹, als Musiker, mein ich!«

»Vielleicht *hat* er das gesagt«, erwiderte Lynley. »Und vielleicht sagte sie darauf: ›Ich kann nicht anders, Richard. Es sind Jahre vergangen, und es ist Zeit…‹«

»Wofür?«, fragte Barbara. »Für eine Familienzusammenführung? Eine Erklärung, warum sie damals gegangen ist? Eine Bekanntmachung ihrer Absichten bezüglich Wiley? Oder was?«

»Irgendwas«, sagte Lynley. »Irgendwas, wovon wir vielleicht nie erfahren werden.«

»Sehr tröstlich«, stellte Barbara fest »Und Richard Davies kriegen wird damit auch nicht schneller in den Knast. Wenn er überhaupt unser Mann ist. Die Beweislage ist mehr als bescheiden, Inspector. Er hat doch ein Alibi, richtig?«

»Hat geschlafen. Bei Jill Foster. Die ganz sicher wie ein Murmeltier geschlummert hat. Er hätte also verschwinden und zurückkommen können, ohne dass sie etwas merkte, Havers. Er hätte ihren Wagen nehmen und nach vollbrachter Tat schön wieder an seinen Platz stellen können.«

»Da sind wir wieder bei dem Wagen.«

»Er ist das Einzige, was wir haben.«

»Tja… Die Kronanwaltschaft wird da wohl kaum Freudensprünge machen, Inspector. Die Tatsache, dass er Zugang zum Wagen hatte, ist als Beweis ziemlich dürftig.«

»Die Möglichkeit des Zugangs für sich, ja, das stimmt«, pflichtete Lynley bei. »Aber darauf allein verlasse ich mich nicht.«

# GIDEON

*20. November*

Ich sah meinen Vater, bevor er hochblickte und mich entdeckte. Er kam den Bürgersteig am Chalcot Square herauf, und ich erkannte an seiner Haltung, dass er grübelte. Ich empfand eine gewisse Anteilnahme, aber ich war nicht beunruhigt.

Dann geschah etwas Merkwürdiges. Am anderen Ende der Grünanlage in der Mitte des Platzes erschien Raphael. Er muss meinen Vater gerufen haben, denn dieser blieb auf dem Bürgersteig stehen, drehte sich um und wartete auf ihn, nur ein paar Häuser von meinem Haus entfernt. Vom Fenster des Musikzimmers aus beobachtete ich, dass es zu einem kurzen Gespräch kam, bei dem hauptsächlich mein Vater sprach, und noch während er sprach, wich Raphael taumelnd zwei Schritte zurück, und sein Gesicht verzerrte sich wie bei jemandem, der einen Schlag in den Magen bekommen hat. Mein Vater sprach weiter. Raphael kehrte um und ging zum Park zurück. Mein Vater sah ihm nach, wie er durch das Tor trat, zu den Bänken, die dort einander gegenüber stehen. Er setzte sich. Nein, er fiel auf die Bank, mit dem ganzen Gewicht eines Körpers, der nur Knochen und Fleisch war – der personifizierte Schock.

In dem Moment hätte ich es eigentlich wissen müssen.

Mein Vater ging weiter. Er blickte hoch und sah mich am Fenster. Er hob grüßend eine Hand, wartete aber nicht auf eine Erwiderung von mir. Einen Augenblick später verschwand er unterhalb von mir, und ich hörte das Geräusch seines Schlüssels im Schloss meiner Haustür. Als er ins Musikzimmer trat, zog er seinen Mantel aus und legte ihn bedächtig über die Rückenlehne eines Sessels.

»Was ist mit Raphael?«, fragte ich. »Ist etwas passiert?«

Er sah mich an. Sein Gesicht war voller Schmerz. »Ich habe dir etwas zu berichten«, sagte er. »Etwas sehr Trauriges.«

»Was?« Ich spürte, wie Furcht mich packte.

»Ich weiß nicht, wie ich es dir sagen soll.«

»Sag es einfach.«

»Deine Mutter ist tot, mein Sohn.«

»Aber du hast doch gesagt, sie hätte dich angerufen. Wegen der Geschichte in der Wigmore Hall. Sie kann doch jetzt nicht –«

»Sie wurde gestern Abend getötet, Gideon. Sie wurde in West Hampstead von einem Auto überfahren. Die Polizei hat mich heute Morgen angerufen.« Er räusperte sich und massierte seine Schläfen, als ob er einen Gefühlsausbruch verhindern wollte. »Sie baten mich, den Leichnam zu identifizieren. Ich habe ihn mir angesehen. Ich konnte es nicht mit Sicherheit sagen … Ich hatte sie vor Jahren das letzte Mal gesehen …« Er machte eine ziellose Handbewegung. »Es tut mir so Leid, mein Sohn.«

»Aber sie kann nicht … Wenn du sie nicht erkannt hast, dann ist es vielleicht gar nicht –«

»Die Frau trug die Ausweise deiner Mutter bei sich. Führerschein, Kreditkarten, Scheckbuch. Hältst du es für möglich, dass eine andere Person all diese Papiere Eugenies in ihrem Besitz hatte?«

»Du hast also gesagt, dass sie es ist? Du hast gesagt, dass es meine Mutter ist?«

»Ich sagte, ich sei nicht sicher. Ich habe ihnen den Namen ihres Zahnarzts gegeben – bei dem sie zu unserer Zeit in Behandlung war. Auf diesem Weg werden sie es sicher feststellen können. Und Fingerabdrücke gibt es ja wahrscheinlich auch.«

»Hast du sie angerufen?«, fragte ich. «Wusste sie, dass ich …? War sie bereit …?« Aber wozu fragte ich das noch? Was half es mir, das zu wissen? Was spielte es noch für eine Rolle, da sie tot war?

»Ich habe ihr eine Nachricht hinterlassen, mein Junge. Sie hatte mich noch nicht zurückgerufen.«

»Das war's dann wohl.«

Er hatte den Kopf bisher gesenkt gehalten, aber jetzt hob er ihn. »Wie meinst du das?«, fragte er.

»Es ist niemand mehr da, der mir sagen kann, wie es war.«

»Ich habe es dir gesagt.«

»Nein.«

»Gideon, um Gottes willen …«

»Du hast mir etwas gesagt, von dem du hoffst, dass es mich von meiner Schuldlosigkeit überzeugen wird. Aber du würdest das Blaue vom Himmel erzählen, um mich wieder zum Spielen zu bringen.«

»Gideon, bitte!«

»Nein!« Alles wurde auf einmal so viel klarer. Es war, als hätte der Schock über die Nachricht ihres Todes mein Bewusstsein gereinigt. Ich sagte: »Es ist völliger Unsinn, anzunehmen, dass Katja Wolff auf dein Ansinnen eingegangen wäre. Dass sie so viele Jahre ihres Lebens aufgegeben hätte... wofür, Dad? Für mich? Für dich? Ich habe ihr nichts bedeutet und du auch nicht. Ist es nicht so? Du warst nicht ihr Liebhaber. Du warst nicht der Vater des Kindes, das sie erwartete. Es war Raphael, nicht wahr? Weshalb also hätte sie zustimmen sollen? Das ergibt doch keinen Sinn. Du musst sie hereingelegt haben. Du musst – was hast du getan? Falsche Spuren gelegt? Die Fakten manipuliert?«

»Wie kommst du dazu, mich derart zu beschuldigen?«

»Weil ich jetzt klar sehe. Weil ich jetzt begreife. Wie hätte Großvater denn auf die Nachricht reagiert, Dad, dass seine behinderte Enkeltochter gerade von ihrem abartigen Bruder ertränkt worden war? Darum muss es letztlich gegangen sein: Großvater auf keinen Fall die Wahrheit wissen zu lassen.«

»Sie war einverstanden. Wegen des Geldes. Zwanzigtausend Pfund für ein Geständnis von ihr, dass Sonias Tod durch eine fahrlässige Handlung verursacht worden war. Ich habe dir das alles erklärt. Ich habe dir gesagt, dass wir nicht mit der Reaktion der Presse gerechnet hatten und auch nicht mit der erbitterten Entschlossenheit des Anklägers, sie hinter Gitter zu bringen. Wir hatten keine Ahnung –«

»Du hast es getan, um mich zu schützen. Und deine Behauptung, du hättest Sonia nicht aus dem Wasser geholt, sondern sie dem Tod überlassen – sie sogar selbst noch unter Wasser gedrückt –, ist nichts als Gerede. Es dient dem gleichen Zweck wie damals, als du alle Schuld auf Katja Wolff abgewälzt hast. Es hält mich bei der Geige. Oder soll es jedenfalls.«

»Was willst du damit sagen?«

»Du weißt, was ich sage. Es ist vorbei. Oder es wird vorbei sein, sobald ich das Geld geholt habe, um Katja Wolff ihre vierhunderttausend Pfund zu bezahlen.«

846

»Nein! Du schuldest ihr nichts… Um Himmels willen, überleg doch. Es ist gut möglich, dass *sie* deine Mutter überfahren hat.«

Ich starrte ihn an. Meine Lippen formten das Wort: »Was?«, aber die Stimme versagte mir den Dienst. Und mein Verstand konnte nicht aufnehmen, was er sagte.

Er sprach weiter, sagte Wörter, die ich hörte, aber nicht in Zusammenhang bringen konnte. Fahrerflucht, hörte ich. Kein Unfall, Gideon. Ein Auto ist über sie hinweggerollt. Zwei Mal. Drei Mal. Eine vorsätzliche Tat. Ein Mord.

»Ich hatte nicht das Geld, um sie zu bezahlen«, sagte er, »und du hast sie nicht erkannt. Sie wird sich daraufhin an deine Mutter gewandt haben. Und als Eugenie sie auch nicht bezahlen konnte… Du siehst ja, was geschehen ist. Es ist doch klar?«

Ich hörte die Worte, aber sie sagten mir nichts. Ich hörte sie und verstand nichts. Ich wusste nur, dass meine Hoffnung auf Erlösung von meinem Verbrechen dahin war. Auch wenn ich unfähig war, an irgendetwas anderes zu glauben, an meine Mutter hatte ich geglaubt.

Warum?, fragen Sie.

Weil sie uns damals verlassen hat, Dr. Rose. Vielleicht hat sie uns verlassen, weil sie mit dem Schmerz über den Tod meiner Schwester nicht fertig wurde, aber ich bin überzeugt, dass sie gegangen ist, weil sie nicht mit der Lüge fertig wurde, die sie hätte leben müssen, wenn sie geblieben wäre.

*20. November, 14 Uhr*

Dad ging, als offenkundig wurde, dass ich nichts mehr zu sagen hatte. Aber ich blieb nur zehn Minuten allein – vielleicht nicht einmal so lange –, dann kam Raphael.

Er sah furchtbar aus. Die Augen wie entzündet, die Haut wie Asche, das waren die einzigen Farben in seinem Gesicht.

Er trat zu mir und legte mir die Hand auf die Schulter. Wir blickten einander an, und ich beobachtete, wie seine Züge sich aufzulösen begannen, als hätte er keine Schädelknochen unter der Haut, die alles zusammenhielten, sondern stattdessen irgendeine Substanz, die immer löslich gewesen war, anfällig für das richtige Element, das sie zum Zerfließen bringen konnte.

Er sagte: »Sie konnte nicht aufhören, sich zu bestrafen!« Seine Hand krampfte sich immer fester um meine Schulter. Ich wollte aufschreien vor Schmerz oder mich losreißen, aber ich konnte mich nicht rühren, ich durfte nicht die kleinste Geste wagen und damit riskieren, dass er verstummte. »Sie konnte sich nicht verzeihen, Gideon, aber sie hat nie aufgehört – nie! Ich schwöre es! –, an dich zu denken.«

»An mich zu denken?«, wiederholte ich dumpf, während ich aufzunehmen versuchte, was er sagte. »Woher weißt du das? Woher weißt du, dass sie nie aufgehört hat, an mich zu denken?«

Sein Gesicht gab mir die Antwort, noch bevor er zu sprechen begann. Er hatte den Kontakt zu meiner Mutter in all den Jahren, seit sie uns verlassen hatte, nie verloren. Er hatte nie aufgehört, mit ihr zu sprechen. Er hatte nie aufgehört, sie zu sehen, in Pubs, Restaurants, Hotelfoyers, Parks und Museen. Sie pflegte zu sagen: »Erzählen Sie mir, wie es Gideon geht, Raphael«, und er berichtete ihr das, was sie aus den Zeitungen, Konzertbesprechungen, Zeitschriftenartikeln und dem Klatsch innerhalb der klassischen Musikszene nicht erfahren konnte.

»Du hast sie gesehen«, sagte ich. »Du hast sie *gesehen*! Warum?«

»Weil sie dich geliebt hat.«

»Nein, ich meine, warum hast du das getan?«

»Sie hat mir nicht erlaubt, es dir zu sagen«, erklärte er mit brüchiger Stimme. »Gideon, sie sagte, sie würde jeglichen Kontakt zu mir abbrechen, wenn sie je erführe, dass ich dir von unseren Treffen erzähle.«

»Und das hättest du nicht ausgehalten, nicht wahr?«, sagte ich bitter, weil ich endlich alles verstand. Ich hatte geahnt, was die Blumen bedeuteten, die er ihr in jenen lang vergangenen Tagen gebracht hatte, ich wusste, was diese Reaktion jetzt bedeutete, da sie tot war und er nun nicht mehr seinen Fantasien nachhängen konnte, dass sich eines Tages etwas von Bedeutung zwischen ihnen entwickeln würde. «Denn was wäre denn aus deinem hübschen kleinen Traum geworden, wenn du sie nicht mehr hättest sehen dürfen?«

Er sagte nichts.

»Du hast sie geliebt. So war es doch, Raphael? Du hast sie immer geliebt. Und wenn du sie einmal im Monat, einmal in der Woche, einmal am Tag oder einmal im Jahr gesehen hast, so hatte das mit nichts anderem zu tun als deinen ganz persönlichen Hoffnungen und Wünschen. Darum hast du mir nichts von diesen Treffen gesagt? Du hast mich in dem Glauben gelassen, sie wäre gegangen und hätte nie zurückgeblickt, hätte nie auch nur ein Interesse daran gehabt, zurückzublicken. Und dabei wusstest du die ganze Zeit –« Ich konnte nicht weitersprechen.

»Sie wollte es so«, sagte er. »Ich musste ihre Entscheidung respektieren.«

»Du musstest gar nichts!«

»Es tut mir Leid. Gideon, wenn ich gewusst hätte... Woher hätte ich wissen sollen...?«

»Erzähl mir, was an dem Abend geschah!«

»An dem Abend?

»Du weißt, welchen ich meine. Spiel jetzt nicht den Idioten. Was ist an dem Abend geschehen, als meine Schwester starb? Und sag mir jetzt nicht, dass Katja Wolff es getan hat. Du warst mit ihr zusammen. Du hast mit ihr gestritten. Ich bin ins Badezimmer geschlüpft. Ich habe Sonia unter Wasser gedrückt. Wie ging es dann weiter?«

»Das weiß ich nicht.«

»Ich glaube dir nicht.«

»Aber es ist die Wahrheit. Wir haben dich im Badezimmer überrascht. Katja fing an zu schreien. Dein Vater kam. Ich brachte Katja nach unten. Das ist alles, was ich weiß. Ich kam erst wieder nach oben, als die Sanitäter eintrafen. Ich habe die Küche nicht verlassen, bis die Polizei kam.«

»Hat Sonia sich in der Wanne noch bewegt?«

»Das weiß ich nicht. Ich glaube nicht. Aber das heißt nicht, dass du ihr etwas angetan hast.«

»Herrgott noch mal, Raphael, ich habe sie unter Wasser gedrückt!«

»Daran kannst du dich nicht erinnern. Ausgeschlossen. Du warst viel zu jung, Gideon. Katja hatte sie fünf oder sechs Minuten allein gelassen. Ich war zu ihr gegangen, um mit ihr zu sprechen, und wir gerieten in Streit. Wir sind hinübergegangen ins

Kinderzimmer, weil ich wissen wollte, was sie wegen des…« Er stockte. Er konnte es nicht sagen, nicht einmal jetzt.

Ich sagte es für ihn. »Warum, zum Teufel, hast du sie geschwängert, wenn du meine Mutter geliebt hast?«

»Sie war blond«, lautete die erbärmliche Antwort. Erst nach fünfzehn Sekunden, in denen er nichts anderes tat, als in unregelmäßigen Stößen zu atmen, kam sie ihm über die Lippen. »Sie waren beide blond.«

»Mein Gott«, flüsterte ich. »Und hat sie dir erlaubt, sie Eugenie zu nennen?«

»Nein«, sagte er. »Es passierte nur einmal.«

»Und du konntest es dir nicht erlauben, mit irgendjemandem darüber zu sprechen. Ihr habt beide in der Klemme gesessen. Sie konnte sich nicht leisten, irgendjemanden wissen zu lassen, dass sie Sonia so lange allein gelassen hatte, und du konntest dir nicht gestatten, irgendjemanden wissen zu lassen, dass du sie geschwängert und dir dabei vorgestellt hast, du würdest meine Mutter vögeln.«

»Sie hätte abtreiben können. Das wäre ganz einfach gewesen.«

»Nichts ist so einfach, Raphael. Außer zu lügen. Und das war für uns alle das Einfachste, nicht wahr?«

»Nicht für deine Mutter«, entgegnete Raphael. »Darum ist sie gegangen.«

Er näherte sich mir wieder und legte mir die Hand auf die Schulter, so fest wie zuvor. Er sagte: »Sie hätte dir die Wahrheit gesagt, Gideon. Das musst du deinem Vater glauben. Deine Mutter hätte dir die Wahrheit gesagt.«


*21. November, 1.30 Uhr nachts.*

Das ist alles, was mir geblieben ist, Dr. Rose: eine Beteuerung. Wäre sie am Leben geblieben, hätten wir die Gelegenheit bekommen, miteinander zu sprechen, und sie hätte mir alles gesagt.

Sie hätte mich an der Hand genommen und durch meine eigene Geschichte geführt und dort korrigiert, wo meine Eindrücke falsch und meine Erinnerung unvollständig waren.

Sie hätte mir die Einzelheiten erklärt, derer ich mich entsinne.
Sie hätte die Lücken gefüllt.
Aber sie ist tot und kann nichts mehr tun.
Und was mir bleibt, ist nur das, woran ich mich erinnere.

# 27

Richard sagte zu seinem Sohn:»Gideon, was tust du hier?«

Gideon erwiderte:»Was ist dir passiert?«

»Jemand wollte ihn töten«, sagte Jill.»Er glaubt, dass es Katja Wolff war. Er hat Angst, dass sie als Nächstes versuchen wird, dir etwas anzutun.«

Gideon sah erst sie an und dann seinen Vater. Er schien aufs Äußerste verwundert. Nicht erschrocken, dachte Jill, nicht entsetzt, dass Richard beinahe ums Leben gekommen wäre, sondern einzig verwundert. Er sagte:»Warum sollte Katja das wollen? Damit würde sie wohl kaum erreichen, worauf sie es abgesehen hat.«

»Gideon...«, sagte Richard bedrückt.

»Richard glaubt, dass sie dir auch ans Leben will«, erläuterte Jill.»Er glaubt, dass sie ihn vor den Bus gestoßen hat. Er hätte tot sein können.«

»Hat er dir das erzählt?«

»Herrgott noch mal! So war es«, sagte Richard heftig.»Was tust du hier? Wie lange bist du schon da?«

Gideon antwortete nicht gleich. Er schien vielmehr im Geist eine Liste der Verletzungen seines Vaters aufzustellen. Sein Blick glitt zu Richards Bein hinunter, wanderte aufwärts zum Arm und kehrte dann zum Gesicht zurück.

»Gideon«, sagte Richard. «Ich habe dich gefragt, wie lange du schon hier bist.«

»Lange genug, um das hier zu finden.« Gideon schwenkte die Karte, die er in der Hand hielt.

Jill sah Richard an. Sie bemerkte, wie seine Augen schmal wurden.

»Auch darüber hast du mich belogen«, sagte Gideon.

Richards Aufmerksamkeit war auf die Karte gerichtet.»Worüber belogen?«

»Über meine Schwester. Sie ist gar nicht gestorben. Nicht als Säugling und nicht als Kind.« Er knüllte den Umschlag in seiner Hand zusammen und ließ ihn zu Boden fallen.

852

Jill blickte auf die Fotografie hinunter, die sie immer noch bei sich hatte. »Aber Gideon«, sagte sie, »du weißt doch, dass deine Schwester –«

»Du hast in meinen Sachen gekramt«, unterbrach Richard.

»Ich habe Katjas Adresse gesucht. Ich vermute, du hast sie irgendwo versteckt, richtig? Aber stattdessen fand ich –«

»Gideon!« Jill hielt ihm das Foto hin, das Richard ihm geben wollte. »Ich verstehe nicht, was du da redest. Deine Schwester war doch –«

»Stattdessen«, fuhr Gideon eigensinnig fort und hielt seinem Vater die Karte hin, »habe ich das hier gefunden. Und jetzt weiß ich genau, was du bist: ein notorischer Lügner, Dad, der nicht einmal zu lügen aufhören würde, wenn sein Leben davon abhinge – oder das Leben anderer.«

»Gideon!« Jill war entsetzt, nicht über die Worte, sondern über Gideons eisigen Ton. Und in ihrem Entsetzen vergaß sie vorübergehend ihren eigenen Ärger über Richards Verhalten. Sie ließ den Gedanken nicht aufkommen, dass das, was Gideon sagte, zumindest in Bezug auf ihr Leben, wenn auch vielleicht nicht auf seines, der Wahrheit entsprach: Indem er Sonias Krankheit nie erwähnt hatte, hatte Richard sie in der Tat belogen. Sie regte sich stattdessen über die Unbeherrschtheit Gideons seinem Vater gegenüber auf. »Richard wäre vor noch nicht einmal drei Stunden beinahe umgebracht worden.«

»Bist du da sicher?«, fragte Gideon sie. »Wenn er mir über Virginia Lügen erzählt hat, wer weiß, was für Lügen er dann noch auf Lager hat.«

»Virginia?«, fragte Jill. »Wer –«

Richard sagte zu seinem Sohn: »Darüber sprechen wir später.«

»Nein«, widersprach Gideon, »über Virginia sprechen wir jetzt.«

»Wer ist Virginia?«, fragte Jill.

»Dann weißt du es also auch nicht.«

Jill sagte: «Richard«, und sah ihn an. »Richard, was hat das alles zu bedeuten?«

»Das kann ich dir sagen«, bemerkte Gideon und las vor, was auf der Karte geschrieben stand. Seine Stimme wurde von der Kraft seiner Empörung getragen, auch wenn sie zweimal kurz schwankte: einmal, als er die Worte *unsere Tochter* vorlas, und ein zweites Mal, als er zu der Stelle *zweiunddreißig Jahre alt* kam.

Bei Jill blieben zwei ganz andere Wendungen hängen: *Den medizinischen Vorhersagen zum Trotz* war die eine, und die zweite umfasste die drei ersten Wörter des letzten Satzes: *Trotz ihrer Probleme...* Sie spürte eine Welle der Übelkeit in sich aufsteigen, und eine schreckliche Kälte kroch ihr in alle Glieder. »Wer ist das?«, rief sie. »Wer ist das, Richard?«

»Ein Krüppel«, sagte Gideon eisig. »Stimmt's nicht, Dad? Virginia Davies war auch behindert.«

»Was meint er damit?«, fragte Jill, obwohl sie es bereits wusste und das Wissen nicht ertragen konnte. Sie wartete auf eine Antwort Richards, aber er stand wie versteinert da, mit hoch gezogenen Schultern und krummem Rücken, die Augen starr auf seinen Sohn gerichtet. »Sag doch etwas!«, flehte Jill.

»Er überlegt sich gerade eine gute Antwort für dich«, klärte Gideon sie auf. »Er überlegt, was er als Entschuldigung dafür vorbringen kann, dass er mich in dem Glauben gelassen hat, meine ältere Schwester wäre als Säugling gestorben. Sie war ziemlich krank, weißt du. Und ich vermute, es war einfacher, vorzugeben, sie wäre tot, als akzeptieren zu müssen, dass sie nicht vollkommen war.«

Endlich sprach Richard. »Du weißt nicht, wovon du redest«, sagte er, während Jills Gedanken sich nicht mehr beherrschen ließen: noch ein Kind mit Down-Syndrom, schrie es in ihrem Kopf, ein zweiter Fall von Down-Syndrom, oder etwas anderes, etwas Schlimmeres, etwas, von dem zu sprechen er nicht über sich brachte, und dabei war ihre kostbare kleine Catherine die ganze Zeit gefährdet gewesen, bedroht von etwas Unbekanntem, etwas, das bei den Schwangerschaftsuntersuchungen nicht erkannt worden war, und er stand nur da und stand und stand wie angewurzelt und starrte seinen Sohn an und weigerte sich, darüber zu sprechen, was... Sie merkte, dass das Bild, das sie immer noch in der Hand hielt, feucht geworden war und so schwer, eine Last, die sie kaum noch tragen konnte. Es glitt ihr aus den Fingern, als sie flehentlich rief: »Sag doch etwas, Richard.«

Richard und sein Sohn bewegten sich gleichzeitig, als das Bild scheppernd auf den Holzfußboden fiel, und Jill eilte an dem Foto vorbei, weil sie das Gefühl hatte, ihr eigenes Gewicht nicht einen Augenblick länger tragen zu können. Sie lief stolpernd zum Sofa und ließ sich darauf fallen und wurde zur stummen Zuschauerin der nachfolgenden Szene.

Richard bückte sich hastig nach dem Foto, war jedoch durch den Gips an seinem Bein in seiner Beweglichkeit eingeschränkt. Gideon kam ihm zuvor. Er riss das Bild in die Höhe und rief: »Ah, noch etwas, Dad?« Dann starrte er es an und hielt es dabei so krampfhaft fest, dass seine Finger am hölzernen Rahmen weiß wurden. Er sagte heiser: »Wo kommt das her?« Er starrte seinen Vater an.

Richard sagte: »Beruhige dich doch, Gideon«, und seine Stimme klang verzweifelt. Jill, die sie beide beobachtete, nahm die Spannung der beiden Männer wahr, Richards wie eine in der Hand erhobene Peitsche, Gideons wie eine tickende Bombe.

Gideon sagte: »Du hast mir erklärt, sie hätte alle Bilder von Sonia mitgenommen. Mutter hat uns verlassen und hat alle Bilder mitgenommen, hast du gesagt. Sie hätte alle Bilder mitgenommen bis auf das eine, das du in deinem Schreibtisch hattest.«

»Ich hatte guten Grund…«

»Hast du das hier die ganze Zeit gehabt?«

»Ja.« Richards Blick bohrte sich in die Augen seines Sohnes.

»Das glaube ich dir nicht«, entgegnete Gideon. »Du hast gesagt, sie hätte sie mitgenommen, und sie hat sie auch mitgenommen. Du *wolltest*, dass sie alle Fotos mitnimmt. Oder du hast sie ihr nachgeschickt. Und dieses hier hattest du nicht bei dir, denn wenn du es gehabt hättest, an dem Tag, als ich eines haben wollte, als ich sie sehen musste, als ich dich fragte, dich bat –«

»Blödsinn! Was für ein Quatsch! Ich habe dir das Bild nicht gegeben, weil ich fürchtete, du –«

»Was denn? Ich könnte mich auf die Bahngleise stürzen? Zu dem Zeitpunkt war ich noch ahnungslos. Ich hatte nicht mal einen Verdacht. Ich war in Panik wegen meiner Musik, und du genauso. Wenn du also dieses Bild damals in deinem Besitz gehabt hättest, an dem Tag, an dem ich eines haben wollte, hättest du es mir unverzüglich gegeben. Du hättest alles getan, wenn auch nur die geringste Möglichkeit bestanden hätte, dass ich dadurch wieder zur Musik finde, wieder zu meiner Geige greife.«

»Jetzt hör mir mal zu.« Richard sprach schnell. »Ich hatte dieses Bild immer in meinem Besitz. Ich hatte es nur vergessen. Ich hatte es irgendwo unter den Papieren deines Großvaters verlegt. Als ich gestern darauf stieß, hatte ich sofort die Absicht, es dir zu schenken. Mir fiel ein, dass du ein Bild von Sonia haben wolltest… dass du danach gefragt hattest…«

»Es wäre nicht gerahmt«, entgegnete Gideon. »Es wäre nicht gerahmt, wenn es irgendwo unter Großvaters Papieren herumgelegen hätte.«

»Du verdrehst mir das Wort im Mund.«

»Es hätte genau wie das andere in einem Umschlag gesteckt oder zwischen den Seiten eines Buchs, es hätte vielleicht in einem Karton oder irgendwo sonst lose herumgelegen, aber es wäre nicht gerahmt gewesen.«

»Du bist ja völlig hysterisch. Das sind die Früchte der Psychoanalyse. Ich hoffe, du erkennst das.«

»Was ich erkenne«, schrie Gideon erregt, »ist ein egozentrischer Heuchler, der vor nichts zurückschrecken würde, wenn es seinen Zwecken –« Er brach ab.

Jill, die reglos auf dem Sofa saß, spürte, wie die Atmosphäre zwischen den beiden Männern sich immer mehr auflud. In ihrem Kopf war ein solches Durcheinander, dass sie, als Gideon weitersprach, zunächst den Sinn seiner Worte nicht verstand.

»Du warst es«, sagte er. »O Gott! Du hast sie getötet. Du hattest mit ihr gesprochen. Du hattest sie gebeten, dich bei deinen Lügen über Sonias Tod zu unterstützen, aber dazu war sie nicht bereit, nicht wahr? Und darum musste sie sterben.«

»Um Gottes willen, Gideon! Du weißt ja nicht, was du da sagst.«

»O doch! Zum ersten Mal in meinem Leben weiß ich genau, was ich sage. Sie wollte mir die Wahrheit sagen, nicht wahr? Du hast nicht geglaubt, dass sie das tun würde, du warst so sicher, sie würde bei allem mitspielen, was du geplant hattest, weil sie es ja zu Anfang, damals, auch getan hatte. Aber so ein Mensch war sie nicht, und es würde mich wirklich interessieren, wieso du geglaubt hast, sie wäre so, verdammt noch mal. Sie hat uns damals verlassen, Dad. Sie konnte nicht mit uns und der Lüge leben, darum ist sie gegangen. Zu wissen, dass wir Katja ins Gefängnis gebracht hatten, das war zu viel für sie.«

»Sie hat's doch freiwillig getan! Sie war mit allem einverstanden.«

»Aber nicht mit zwanzig Jahren«, widersprach Gideon. »Damit wäre Katja Wolff nicht einverstanden gewesen. Mit fünf, vielleicht. Fünf Jahre und hunderttausend Pfund, okay. Aber zwanzig Jahre? Keiner rechnete mit so einem Urteil. Und Mutter konnte damit nicht leben. Sie ging, und sie wäre auf immer verschwunden geblieben, wäre ich nicht in der Wigmore Hall in diese Krise geraten.«

»Hör endlich auf, dir einzubilden, dass die Wigmore Hall mit irgendwas anderem zu tun hat als mit der Wigmore Hall! Ich habe dir von Anfang an gesagt, dass das Unsinn ist.«

»Weil du es so sehen wolltest«, erwiderte Gideon. »Aber Mutter hätte mir bestätigt, dass meine Erinnerung mich nicht trog, nicht wahr, Dad? Sie wusste, dass ich Sonia getötet habe. Sie wusste, dass ich allein es getan habe.«

»Das stimmt nicht. Ich habe es dir doch gesagt. Ich habe dir erklärt, was damals geschah.«

»Dann erklär es mir noch einmal. Vor Jill.«

Richard schwieg. Aber er warf einen Blick auf Jill. Sie hätte diesen Blick gern als ein Bitten um Hilfe und Verständnis gesehen. Stattdessen aber sah sie die Berechnung dahinter.

»Gideon«, sagte Richard. »Lass uns das für den Moment vertagen. Lass uns später darüber sprechen.«

»Wir sprechen jetzt darüber. Einer von uns. Soll ich derjenige sein? Ich habe meine Schwester getötet, Jill. Ich habe sie in der Badewanne ertränkt. Sie war für uns alle eine Last –«

»Gideon! Sei still!«

»– aber besonders für mich. Sie stand mir bei der Ausübung meiner Musik im Weg. Ich sah, dass alles sich um sie drehte, und damit wurde ich nicht fertig. Darum habe ich sie getötet.«

»Nein!«, rief Richard.

»Dad möchte mich glauben machen –«

»Nein!«, rief Richard noch einmal.

»– dass er es getan hat; dass er, als er an diesem Abend ins Bad kam und sie in der Wanne sah, meine Schwester weiter unter Wasser drückte und sie tötete. Aber er lügt. Er lügt, weil er weiß, dass ich die Geige wahrscheinlich nie wieder zur Hand neh-

857

men werde, solange ich davon überzeugt bin, sie getötet zu haben.«

»So war es nicht!«, sagte Richard.

»Was war nicht so?«

Richard antwortete nicht gleich. Dann sagte er nur:»Bitte«, hilflos vor der Entscheidung zwischen den zwei Übeln, mit denen Gideon ihn so gnadenlos konfrontiert hatte. Und ganz gleich, für welches er sich entschied, sie bedeuteten am Ende ein und dasselbe: Entweder er hatte sein Kind getötet. Oder er hatte sein Kind getötet.

Gideon schien dem Schweigen seines Vaters die Antwort zu entnehmen, die er wünschte. Er sagte:»Ja. In Ordnung«, und ließ das Bild seiner Schwester zu Boden fallen.

Mit großen Schritten eilte er zur Tür und riss sie auf.

»Um Gottes willen, ich habe es getan«, rief Richard laut.»Gideon! Bleib! Hör mir zu. Du musst mir glauben, was ich sage. Ich habe sie in der Wanne unter Wasser gehalten. Ich habe Sonia ertränkt.«

Jill stöhnte auf vor Entsetzen. Es war alles nur allzu logisch. Sie begriff. Er sprach mit seinem Sohn, aber gleichzeitig tat er noch etwas anderes: Er erklärte Jill endlich, was ihn von der Ehe abhielt.

Gideon sagte:»Nichts als Lügen«, und wandte sich zum Gehen.

Richard wollte ihm nachlaufen, wurde aber durch seine Verletzungen daran gehindert. Jill stand schwerfällig vom Sofa auf.»Es sind alles Töchter«, sagte sie.»Alles Töchter. Virginia. Sonia. Und nun Catherine.«

Richard humpelte zur Tür und lehnte sich an den Pfosten. Er brüllte:»Gideon! Verdammt noch mal! Hör mir zu!«, und stürzte in den Korridor hinaus.

Jill rannte ihm nach.»Du wolltest nicht heiraten, weil es eine Tochter ist«, schrie sie und packte ihn beim Arm. Er sprang hinkend zur Treppe und riss sie mit sich, so schwer sie auch war. Sie hörte Gideon polternd nach unten laufen, dann seinen knallenden Schritt auf den Fliesen im Foyer.

»Gideon!«, brüllte Richard erneut.»Warte!«

»Du hast Angst, sie wird wie die anderen beiden«, rief Jill, weinend an Richards Arm geklammert.»Du hast Virginia gezeugt.

Du hast Sonia gezeugt. Und du glaubst, dass unser Kind auch behindert sein wird. Darum wolltest du mich nicht heiraten.«

Die Haustür wurde aufgerissen. Richard und Jill erreichten die Treppe. Richard schrie:»Gideon! Hör mir doch mal zu!«

Jill hing schwer an seinem Arm.»Das ist der Grund, nicht wahr? Du wolltest erst sehen, ob das Kind normal bist, bevor du –«

Er schüttelte sie ab. Sie griff von Neuem nach ihm.

»Geh weg!« schrie er sie an.»Lass mich los. Geh schon! Siehst du denn nicht, dass ich ihn aufhalten muss?«

»Antworte mir. Sage es mir. Du dachtest, das Kind würde nicht normal werden, weil es eine Tochter ist, und wenn wir vorher heirateten, säßest du fest. Mit mir. Mit ihr. Genau wie früher.«

»Du weißt ja nicht, was du redest.«

»Dann sag mir, dass ich mich irre.«

»Gideon!«, brüllte er wieder.»Verdammt noch mal, Jill! Ich bin sein Vater. Er braucht mich. Du hast ja keine Ahnung… Lass mich endlich los.«

»Nein! Erst wenn du –«

»Ich – sage – lass – mich…« Er knirschte mit den Zähnen. Sein Gesicht war starr. Jill spürte, wie seine Hand – seine gesunde Hand – sich zu ihrer Brust hob und ihr einen brutalen Stoß versetzte.

Sie klammerte sich noch fester an seinen Arm.»Nein!«, schrie sie.»Was tust du da, Richard? Rede mit mir!«

Sie wollte ihn zu sich ziehen, aber er drehte sich von ihr weg und riss sich los. Ihre Positionen am Treppenabsatz verschoben sich gefährlich. Er war jetzt oberhalb von ihr. Sie war unterhalb. So versperrte sie ihm den Weg, den Weg zu Gideon und zur Rückkehr in ein Leben, das zu verstehen sie sich nicht erlauben durfte.

Beide atmeten keuchend. Der Geruch seines Schweißes hing in der Luft.»Das ist der Grund, nicht wahr?«, rief Jill.»Ich möchte es aus deinem Mund hören, Richard.«

Aber anstatt ihr zu antworten, stieß er einen unartikulierten Schrei aus, und bevor sie aus dem Weg gehen konnte, drängte er sich an ihr vorbei. Er schlug ihr mit seinem gesunden Arm gegen die Brust. Sie wich reflexartig zurück, verlor den Halt unter den Füßen. Und stürzte die Treppe hinunter.

# 28

Richard hörte den Atem in seinen Ohren rauschen. Sie stürzte, und er sah ihr nach und hörte das Krachen des Treppengeländers, als sie dagegen schlug. Das Gewicht ihres Körpers beschleunigte den Fall, so dass nicht einmal der dürftige Ersatz für eine Zwischenetage – diese eine völlig unzureichende, etwas breitere Stufe, die Jill so hasste – sie aufhalten konnte und sie weiter stürzte bis hinunter ins Erdgeschoss.

Es geschah nicht in Sekundenschnelle. Es zog sich über eine Zeitspanne von solcher Länge hin, dass es wie eine Ewigkeit schien. Und mit jeder Sekunde, die verging, gewann Gideon, im Vollbesitz seiner körperlichen Kräfte und nicht durch einen Gipsverband behindert, der sein Bein vom Fuß bis zum Knie umschloss, mehr Abstand von seinem Vater. Und nicht nur Abstand, sondern vor allem gewann er Gewissheit. Und das durfte nicht sein!

Richard humpelte die Treppe hinunter, so schnell er es schaffte. Unten lag Jill, reglos, mit schlaffen Gliedern. Als er zu ihr trat, begannen ihre Augenlider, die im schwachen Licht, das durch die Foyerfenster fiel, blau aussahen, zu flattern, und ihre Lippen öffneten sich zu einem Stöhnen.

»Mama«, flüsterte sie.

Ihr Rock war hochgerutscht, ihr gewölbter Bauch auf obszöne Weise entblößt. Ihr Mantel lag wie ein riesiger Fächer über ihrem Kopf ausgebreitet.

»Mama?«, flüsterte sie wieder. Dann ächzte sie. Dann schrie sie auf und drückte ihren Rücken durch.

Richard kniete neben ihrem Kopf nieder. Hektisch durchsuchte er die Taschen ihres Mantels. Er hatte doch gesehen, wie sie die Schlüssel in ihre Manteltasche geschoben hatte. Verdammt noch mal, er hatte es doch gesehen! Er musste die Schlüssel finden. Wenn ihm das nicht gelang, würde Gideon bald über alle Berge sein, und er musste zu ihm, musste mit ihm sprechen, ihm erklären…

Die Schlüssel waren nicht da. Richard fluchte. Er richtete sich auf. Er kehrte zur Treppe zurück und begann, sich in panischer Hast die Stufen hinaufzuziehen. Zu seinen Füßen rief Jill laut: »Catherine«, und Richard zog sich am Treppengeländer hoch und keuchte wie ein Sprinter und dachte nur daran, wie er seinen Sohn aufhalten könnte.

Wieder in der Wohnung, suchte er nach Jills Handtasche. Sie lag neben dem Sofa auf dem Boden. Er hob sie auf, kämpfte mit dem idiotischen Verschluss. Seine Hände zitterten. Seine Finger waren ungeschickt. Er schaffte es nicht –

Es klingelte irgendwo. Er hob den Kopf, schaute sich im Zimmer um. Aber da war nichts. Er konzentrierte sich wieder auf die Handtasche. Es gelang ihm, den Verschluss zu öffnen, und er riss die Tasche mit einem Ruck auf und leerte ihren Inhalt auf das Sofa.

Es klingelte irgendwo. Er ignorierte es. Er wühlte in Lippenstiften, Puderdosen, Scheckbuch, Geldbörse, zusammengeknüllten Papiertüchern, Kugelschreibern – und dann hatte er sie. Fünf Schlüssel an dem vertrauten Chromring, zwei messingfarben, drei silbern. Einer für ihre Wohnung, einer für seine, einer für das Haus ihrer Eltern in Wiltshire und zwei für den Humber, Zündung und Kofferraum. Er nahm sie an sich.

Es klingelte irgendwo. Lang, laut, nachdrücklich diesmal. Augenblickliche Kenntnisnahme fordernd.

Er fluchte, stellte endlich fest, woher das Klingeln kam. Die Glocke unten an der Haustür. Gideon? Gott, Gideon? Aber er hatte einen eigenen Schlüssel. Er würde nicht läuten.

Immer noch klingelte es. Richard beachtete es nicht mehr. Er eilte zur Wohnungstür.

Das Läuten hörte endlich auf. In Richards Ohren rauschte nur sein eigener Atem. Er klang wie das Heulen verlorener Seelen, und Schmerz begleitete ihn, Schmerz, der brennend sein rechtes Bein hinaufkroch und gleichzeitig pochend seinen ganzen rechten Arm von der Hand bis zur Schulter durchzog. Er hatte Seitenstechen vor Erschöpfung und konnte nicht mehr richtig durchatmen.

Oben an der Treppe blieb er stehen und blickte nach unten. Sein Herz hämmerte zum Zerspringen. Sein Brustkorb hob und senkte sich in tiefen Atemzügen. Die Luft, die er einsog, war feucht und schal.

Er begann, die Stufen hinunterzusteigen. Er hielt sich am Geländer fest. Jill hatte sich nicht gerührt. Konnte sie? Würde sie? Es spielte kaum eine Rolle, solange Gideon auf der Flucht war. »Mama? Hilfst du mir?« Ihre Stimme war schwach. Aber Mama war nicht da. Mama konnte nicht helfen. Aber Daddy war da. Daddy konnte helfen. Er würde immer da sein. Nicht diese Gestalt der Vergangenheit, erfüllt von einem schlauen Wahnsinn, der kam und ging und den Weg versperrte zu Daddy. Ja, mein Sohn, du bist mein Sohn. Sondern der Daddy der Gegenwart, der nicht scheitern konnte, nicht wollte, nicht würde. Ja, mein Sohn, du bist mein Sohn. Alles, was du tust, alles, was du kannst. Das alles bist du. Mein Sohn.

Richard erreichte die breitere Zwischenstufe. Er hörte, wie unten die Haustür geöffnet wurde.

Er rief: »Gideon!«

»Oh, Hölle und Verdammnis!«, antwortete die Stimme einer Frau.

Ein vierschrötiges Geschöpf in einer dunkelblauen Marinejacke stürzte sich auf Jill. Ihr folgte ein Mann im Regenmantel, den Richard Davies nur zu gut erkannte. Er hielt eine Kreditkarte in der Hand, das Werkzeug, mit dem er die verzogene alte Haustür von Braemar Mansions geöffnet hatte.

»Guter Gott!« sagte Lynley und kniete ebenfalls neben Jill nieder. »Rufen Sie einen Rettungswagen, Havers.« Dann hob er den Kopf.

Sein Blick traf sofort auf Richard Davies, der mit Jills Autoschlüsseln in der Hand auf der Treppe stand.

Barbara fuhr mit Jill Foster ins Krankenhaus. Lynley brachte Richard Davies zum nächsten Polizeirevier. Zufällig war es das in der Earl's Court Road, von dem aus an einem Abend vor mehr als zwanzig Jahren Malcolm Webberly aufgebrochen war, um den Tod der kleinen Sonia Davies zu untersuchen, die unter verdächtigen Umständen in der Badewanne ertrunken war.

Ob Richard Davies sich der Ironie dieses Zufalls bewusst war, war ihm nicht anzumerken. Er sprach, wie ihm das zustand, kein

862

Wort mehr, nachdem Lynley ihn über seine Rechte aufgeklärt hatte. Der Bereitschaftsanwalt wurde geholt, um ihn zu beraten, aber das Einzige, was Davies wissen wollte, war, wie er seinem Sohn eine Nachricht zukommen lassen könne.

»Ich muss meinen Sohn sprechen«, erklärte er dem Anwalt. »Gideon Davies. Sie haben sicher von ihm gehört. Der Geiger…« Sonst hüllte er sich in Schweigen. Er würde an der Geschichte, die er Lynley bei früherer Gelegenheit erzählt hatte, festhalten. Er kannte seine Rechte, und die Polizei hatte keine Beweise gegen Gideon Davies' Vater in der Hand.

Aber sie hatten den Humber. Lynley fuhr mit dem zuständigen Team noch einmal zu den Cornwall Gardens zurück, um die Beschlagnahmung des Fahrzeugs zu beaufsichtigen. Wie von Winston Nkata vorhergesagt, hatte der Wagen, mit dem zwei, wahrscheinlich sogar drei Menschen niedergefahren worden waren, vor allem an der vorderen Stoßstange Schaden genommen. Das Prachtstück aus Chrom war ziemlich übel zugerichtet. Aber ein geschickter Verteidiger würde so einen Beweis mühelos zerpflücken, darum wollte Lynley gar nicht erst darauf aufbauen. Er baute auf etwas anderes, was derselbe geschickte Verteidiger nicht so leicht würde aus der Welt schaffen können – Spuren unter der Stoßstange und am Fahrgestell des Humber. Es war wohl kaum möglich, dass Richard Davies Kathleen Waddington und Malcolm Webberly angefahren und seine geschiedene Frau dreimal überrollt hatte, ohne dass Blut, Hautpartikel oder ein Haar, wie sie es dringend brauchten – ein Haar mit Kopfhautspuren daran –, am Fahrgestell zu finden waren. Davies hätte an die Möglichkeit solcher Spuren denken müssen, um sie entfernen zu können. Und Lynley war ziemlich sicher, dass er das versäumt hatte. Er wusste aus langer Erfahrung, dass kein Verbrecher an alles denkt.

Er rief Leach an, berichtete seine Neuigkeiten und bat ihn, sie an Assistant Commissioner Hillier weiterzugeben. Er würde in Cornwall Gardens bleiben, sagte er, bis der Humber abgeschleppt war, und danach Eugenie Davies' Computer holen, wie er das ursprünglich vorgehabt hatte. Ob Chief Inspector Leach den Computer überhaupt noch haben wolle?

Aber selbstverständlich, sagte Leach. Lynley habe zwar eine Festnahme durchgeführt, aber das ändere nichts daran, dass die

863

Unterschlagung des Computers nicht ordnungsgemäß gewesen sei; das Gerät müsse als Eigentum des Opfers registriert werden. »Haben Sie vielleicht sonst noch was verschwinden lassen, da Sie schon mal dabei waren?«, erkundigte er sich argwöhnisch.

Außer dem Computer, beteuerte Lynley, habe er nichts an sich genommen, was Eugenie Davies gehört hatte. Und er fand seine Antwort völlig in Ordnung. Denn für ihn stand fest, dass aus Leidenschaft geborene Worte, die ein Mann zu Papier bringt und einer Frau sendet – ja selbst die Worte, die er spricht –, nur eine Leihgabe an sie sind, solange sie Gültigkeit besitzen. Die Worte selbst bleiben immer Eigentum des Mannes.

»Er hat mich nicht gestoßen«, sagte Jill Foster im Krankenwagen zu Barbara Havers. »Sie dürfen nicht glauben, dass er mich gestoßen hat.« Ihre Stimme war leise, nur ein schwaches Murmeln, und ihr Unterleib war beschmutzt von der Pfütze aus Urin, Fruchtwasser und Blut, die sich unter ihr ausgebreitet hatte, während sie am Fuß der Treppe gelegen hatte. Mehr sprechen konnte sie nicht, weil die Schmerzen sie überwältigten, diesen Eindruck jedenfalls hatte Barbara, als Jill laut aufschrie. Und als sie den Sanitäter, der ständig die Vitalfunktionen der Frau überwachte, zum Fahrer sagen hörte: »Schalt die Sirene ein, Cliff«, war ihr das Auskunft genug über Jill Fosters Zustand.

»Was ist mit dem Kind?«, fragte sie den Sanitäter leise.

Er sah sie nur an, ohne etwas zu sagen, und richtete seinen Blick dann auf den Tropf, den er über der Frau angebracht hatte.

Trotz der Sirenen erschien Barbara die Fahrt zum nächsten Krankenhaus mit einer Notaufnahme ewig zu dauern. Aber wie sie empfangen wurden, als sie endlich ankamen, das war höchst zufriedenstellend. Im Laufschritt schoben die Sanitäter die Trage mit ihrer Patientin in die Station, wo diese von einem Schwarm von Ärzten und Pflegepersonal übernommen wurde, die lauthals Geräte verlangten, mit der Gynäkologie telefonierten, geheimnisvolle Medikamente anforderten und rätselhafte Verfahren mit Namen, die nichts über ihren Zweck aussagten, einleiteten.

»Wird sie es schaffen?«, fragte Barbara jeden, der bereit war, ihr zuzuhören. »Sie hat Wehen, oder? Ist sie okay? Und das Kind?«

»So sollten Kinder eigentlich nicht zur Welt kommen«, war die einzige Antwort, die sie bekam.

Sie blieb in der Notaufnahme, lief unruhig im Warteraum hin und her, bis Jill Foster in rasendem Tempo in einen Operationssaal gebracht wurde. »Sie hat schon genug Traumata erlebt«, war die Erklärung, die sie erhielt. Jede genauere Auskunft wurde ihr verweigert, weil sie keine Familienangehörige war. Barbara hätte nicht sagen können, warum es ihr so wichtig war, zu wissen, dass der Frau nichts Schlimmes geschehen würde. Sie schrieb es einer ungewöhnlichen schwesterlichen Sympathie zu, die sie für Jill Foster empfand. Es war ja noch gar nicht so lange her, dass Barbara selbst nach einer Begegnung mit einem Killer mit dem Rettungswagen ins Krankenhaus gebracht worden war.

Sie glaubte Jill Foster nicht, dass Richard Davies sie nicht die Treppe hinuntergestoßen hatte. Aber die Frage würde später geklärt werden müssen, wenn eine Zeit der Erholung der Frau Gelegenheit ließ, die Wahrheit über ihren Verlobten zu erfahren.

Und sie würde wieder gesund werden, wie Barbara eine Stunde später erfuhr. Sie hatte eine Tochter geboren. Das Kind war wohlauf, trotz seines überstürzten Eintritts in die Welt.

Barbara fand, jetzt könne sie beruhigt gehen, und sie war schon auf dem Weg hinaus – ja, sie stand vor dem Krankenhaus und versuchte herauszufinden, ob von hier aus Busse in die Fulham Palace Road fuhren –, als sie bemerkte, dass dies das Charing Cross Hospital war, wo Superintendent Webberly noch immer lag. Sie ging wieder hinein.

Oben im elften Stockwerk wartete sie vor der Intensivstation auf eine Schwester, die Webberlys Zustand als »kritisch und unverändert« beschrieb. Barbara schloss daraus, dass er immer noch im Koma lag, immer noch künstlich beatmet wurde und dass immer noch zahlreiche gefährliche Komplikationen drohten, dass man nicht wusste, ob man für sein Leben oder seinen Tod beten sollte. Menschen, die von Autos angefahren wurden und dabei Gehirnverletzungen erlitten, gingen sehr häufig völlig verändert aus der Krise hervor. Barbara wusste nicht, ob sie ihrem Chef eine solche Veränderung wünschte. Sie wollte nicht, dass er starb. Allein der Gedanke daran war schrecklich. Aber sie konnte ihn sich auch nicht als Invaliden vorstellen, der sich Monate und Jahre mit Rehabilitationsversuchen quälte.

Sie sagte zu der Schwester:»Sind seine Angehörigen bei ihm? Ich gehöre zum Ermittlungsteam der Polizei. Ich habe Neuigkeiten für sie. Natürlich nur, wenn sie sie hören wollen.« Die Schwester musterte Barbara mit zweifelnder Miene. Barbara holte seufzend ihren Dienstausweis heraus, und nachdem die Schwester sich diesen mit zusammengekniffenen Augen angesehen hatte, sagte sie:»Dann warten Sie mal hier«, und ging.

Barbara erwartete, dass Assistant Commissioner Hillier herauskommen würde, aber stattdessen erschien Webberlys Tochter Miranda. Sie sah erschöpft aus, aber sie lächelte und sagte:»Barbara! Hallo! Das ist wirklich nett von Ihnen. Sie sind doch um diese Zeit bestimmt nicht mehr im Dienst.«

»Wir haben einen Verdächtigen festgenommen«, berichtete Barbara.»Würden Sie das Ihrem Vater sagen? Ich meine, ich weiß, dass er nichts hören kann, aber trotzdem, Sie wissen schon…«

»Oh, er kann hören«, sagte Miranda.

Barbara begann zu hoffen.»Er ist bei Bewusstsein?«

»Nein. Nein, das nicht. Aber die Ärzte sagen, dass Menschen im Koma hören können, was um sie herum vorgeht. Und er wird sicher hören wollen, dass Sie den Autofahrer festgenommen haben, der ihn angefahren hat.«

»Wie geht es ihm?«, fragte Barbara.»Ich habe mit der Schwester gesprochen, aber die hat mir nicht viel gesagt. Nur dass es keine Veränderung gebe.«

Miranda lächelte, aber dieses Lächeln sollte wohl Barbaras Beruhigung dienen. Sicherlich spiegelte es nicht Mirandas Gefühle. »Das stimmt leider. Aber wenigstens hat er keinen weiteren Herzinfarkt gehabt, und das betrachten alle als gutes Zeichen. Sein Zustand ist soweit stabil, und wir – na ja, wir hoffen das Beste. Ja, wir sind eigentlich ganz optimistisch.«

In ihren Augen lag ein zu starker Glanz, zu viel Angst. Barbara hätte ihr gern gesagt, dass sie ihr nichts vorzumachen brauche, aber sie verstand, dass Miranda mit ihrem Optimismus vor allem sich selbst aufrichten wollte.»Gut, dann werde ich auch optimistisch sein«, sagte sie.»Wir werden es alle sein. Brauchen Sie irgendetwas, Miranda?«

»O nein, danke, ich glaube nicht. Ich bin natürlich Hals über Kopf von Cambridge hierher gefahren und habe eine Arbeit liegen lassen, die eigentlich durchgesehen werden müsste. Aber der Termin ist erst nächste Woche, und vielleicht ist ja bis dahin ... Na ja, vielleicht.« Schritte im Korridor erregten ihre Aufmerksamkeit. Sie drehten sich beide um und sahen Assistant Commissioner Hillier und seine Frau kommen. Zwischen ihnen ging, von beiden gestützt, Frances Webberly.

Mama!«, rief Miranda.

«Randie«, sagte Frances. «Randie, Liebes ...«

Miranda sagte noch einmal:»Mama! Ach, ich bin ja so froh. Ach, Mama!« Sie nahm ihre Mutter in die Arme und drückte sie lang und fest. Und dann, vielleicht weil sie sich plötzlich von einer Last befreit fühlte, die man ihr allein gar nicht hätte aufbürden dürfen, begann sie zu weinen.»Die Ärzte haben gesagt, wenn er noch einen Herzinfarkt bekommt, dann wird er vielleicht – dann muss er vielleicht wirklich ...«

»Ist ja gut, mein Schatz«, sagte Frances Webberly und drückte ihre Wange in das Haar ihrer Tochter.»Komm, bring mich jetzt zu Daddy. Wir setzen uns zusammen zu ihm.«

Als Miranda und ihre Mutter durch die Tür zur Intensivstation verschwunden waren, sagte Assistant Commissioner Hillier zu seiner Frau:»Bleib bei ihnen, Laura. Bitte. Achte darauf ...«, und nickte vielsagend.

Laura Hillier folgte den beiden Frauen.

Der Assistant Commissioner betrachtete Barbara nur eine Spur weniger missbilligend als gewöhnlich, und sie wurde sich ihrer Kleidung peinlich bewusst. Sie gab sich nun schon seit Monaten die größte Mühe, ihm nicht unter die Augen zu kommen, und wenn sich eine Begegnung nicht vermeiden ließ, achtete sie stets darauf, möglichst korrekt gekleidet zu sein. Aber jetzt ... Sie hatte das Gefühl, ihre roten Baseballstiefel leuchteten wie eine Neonreklame, und die grüne Hose, die sie am Morgen angezogen hatte, schien kaum weniger unpassend.

Sie sagte:»Wir haben einen Verdächtigen festgenommen, Sir. Ich dachte mir, ich komme her und sage es ...«

»Leach hat mich schon angerufen.« Hillier trat zu einer Tür

auf der anderen Seite des Korridors und nickte ihr auffordernd zu. Sie folgte ihm in einen Warteraum, wo er zu einem Sofa ging und sich setzte. Erst jetzt bemerkte Barbara, wie müde er aussah, vermutlich war er seit der vergangenen Nacht fast ununterbrochen von der Familie in Anspruch genommen worden. Ihre misstrauische Abwehr ließ ein wenig nach. Vielleicht war Hillier doch nicht der Unmensch, für den sie ihn immer gehalten hatte.

Er sagte:»Gute Arbeit, Barbara. Von Ihnen beiden.«

Sie erwiderte vorsichtig:»Danke, Sir«, und wartete, wie es weitergehen würde.

Er sagte:»Setzen Sie sich.«

Sie sagte: «Sir«, und setzte sich, obwohl sie sich viel lieber nach Hause verzogen hätte, in ihren Sessel von zweifelhaftem Komfort. In einer besseren Welt, dachte sie, würde Hillier in diesem Augenblick höchster emotionaler Erschütterung erkennen, wie sehr er sich in ihr geirrt hatte. Er würde sie ansehen, ihre edleren Qualitäten wahrnehmen – zu denen modisches Bewusstsein entschieden nicht gehörte – und ihnen samt und sonders seine Anerkennung schenken. Er würde sie auf der Stelle wieder in ihren früheren Rang hinaufstufen und damit die Strafe löschen, die er am Ende des Sommers über sie verhängt hatte.

Aber dies war keine bessere Welt, und Hillier tat nichts dergleichen. Er sagte nur:»Es ist möglich, dass er es nicht schafft. Wir tun so, als stünde das außer Frage – besonders vor seiner Frau –, aber man muss der Möglichkeit natürlich ins Auge sehen.«

Barbara, die nicht wusste, was sie darauf sagen sollte, murmelte: »Ach, verdammt«, weil sie sich so fühlte, zur Hilflosigkeit und, zusammen mit dem Rest der Menschheit, zu endlosem Warten verdammt.

»Ich kenne ihn seit einer Ewigkeit«, sagte Hillier.»Es gab Zeiten, da konnte ich ihn überhaupt nicht leiden, und verstanden habe ich ihn nie. Aber er war immer da, eine vertraute Gestalt, bei der ich mich irgendwie darauf verlassen konnte, dass er – nun, dass er einfach *da sein* würde. Und der Gedanke, dass er nun vielleicht geht, ist mir gar nicht recht.«

»Vielleicht bleibt er ja«, sagte Barbara.»Vielleicht wird er wieder gesund.«

Hillier warf ihr einen kurzen Blick zu.»Nach so etwas wird man nicht wieder gesund. Er wird vielleicht am Leben bleiben. Aber gesund werden? Nein. Er wird nie mehr der Alte sein. Er wird nicht gesund werden.« Er schlug ein Bein über das andere, und zum ersten Mal nahm Barbara von *seiner* Kleidung Notiz, die er, in der Nacht zuvor hastig angezogen, seither offensichtlich nicht gewechselt hatte. Ausnahmsweise sah sie ihn nicht als Vorgesetzten, sondern als Mensch: Tweed und Hahnentritt und ein Pulli mit einem Loch im Ärmel. Hillier sagte:»Leach hat mir erzählt, dass der Mann das alles nur getan hat, um falsche Spuren zu legen.«

»Ja, das jedenfalls glauben Inspector Lynley und ich.«

»So ein Irrsinn.« Und dann sah er sie mit zusammengekniffenen Augen an.»Was anderes steckt nicht dahinter?«

»Wie meinen Sie das?«

»Es gibt keinen anderen Grund für den Anschlag auf Malcolm?«

Sie erwiderte ruhig seinen Blick und las die Frage darin, die Frage, ob das, was Assistant Commissioner Hillier über die Webberlys und ihre Ehe vermutete, glaubte oder glauben wollte, richtig war. Barbara hatte nicht die Absicht, dem Assistant Commissioner diesbezüglich irgendeine Information zu liefern. Sie antwortete:»Nein, es gibt keinen anderen Grund. Es war einfach so, dass der Superintendent für Davies leicht ausfindig zu machen war.«

»Das ist Ihre *Vermutung*«, stellte Hillier fest.»Leach hat mir erzählt, dass Richard Davies nicht redet.«

»Ich denke, er wird schon noch reden«, meinte Barbara.»Er weiß doch besser als die meisten, wohin es hinführen kann, wenn man den Mund nicht aufmacht.«

»Ich habe Lynley zum stellvertretenden Superintendent ernannt, bis diese Geschichte geklärt ist«, sagte Hillier.»Das wissen Sie, nicht wahr?«

»Dee Harriman hat uns informiert.« Barbara holte Luft und hielt sie an, während sie all ihr Hoffen, Wünschen und Träumen auf das richtete, was dann nicht geschah.

Hillier sagte lediglich:»Winston Nkata macht seine Sache insgesamt gesehen recht gut.«

Was heißt hier, insgesamt gesehen?, fragte sie sich, sagte aber:»Ja, Sir. Er ist wirklich gut.«

»Ich denke, er kann mit einer baldigen Beförderung rechnen.«
»Da wird er sich freuen, Sir.«
»Ja, das denke ich auch.« Hillier sah sie lange an, dann schaute er weg. Die Augen fielen ihm zu, und sein Kopf sank zurück an die Sofalehne.

Barbara saß stumm da und überlegte, was jetzt von ihr erwartet wurde. Schließlich sagte sie:»Sie sollten nach Hause fahren und sich ausruhen, Sir.«

»Das habe ich vor«, antwortete Hillier.»Das sollten wir alle tun, Constable.«

Es war halb elf Uhr abends, als Lynley seinen Wagen in der Lawrence Street abstellte und das Stück Weg zum Haus der St. James zu Fuß ging. Er hatte sich bei seinen Freunden nicht angemeldet und auf der Fahrt von der Earl's Court Road hierher beschlossen, sie nicht zu stören, sollte bei seiner Ankunft im Haus kein Licht mehr brennen. Er wusste, dass hinter dieser Entscheidung hauptsächlich Feigheit steckte. Es wurde höchste Zeit, sich den Sünden und Versäumnissen der Vergangenheit zu stellen und endlich reinen Tisch zu machen, und vor diesem Schritt scheute er zurück. Dabei spürte er, wie seine Vergangenheit wie ein schleichendes Gift in die Gegenwart eindrang, und wusste, dass er der Zukunft eine Radikalkur schuldete, die nur durchgeführt werden konnte, wenn er redete. Trotzdem hätte er das gern noch eine Weile hinausgeschoben. Und als er um die Ecke bog, hoffte er auf dunkle Fenster als Vorwand für weiteres Zögern.

Aber er hatte Pech. Das Licht über der Haustür brannte hell, und aus den Fenstern von St. James' Arbeitszimmer fielen gelbe Lichtstreifen auf den schmiedeeisernen Zaun, der das Grundstück umschloss.

Er ging die Treppe hinauf und klingelte. Drinnen bellte als Antwort der Hund. Er bellte immer noch, als Deborah St. James die Tür öffnete.

Sie sagte:»Tommy! Du meine Güte, du bist ja völlig durchnässt. Hast du deinen Schirm vergessen? – Peach, hierher!« Sie hob den kläffenden kleinen Dackel hoch und klemmte ihn unter den Arm.»Simon ist nicht da«, sagte sie,»und Dad schaut sich einen Film über Schlafmäuse an – frag mich nicht, warum. Da nimmt

Peach seine Pflichten als Wachhund etwas ernster als sonst. Komm jetzt, Peach, hör auf zu knurren.«

Lynley trat ins Haus und zog seinen nassen Mantel aus. Er hängte ihn an die Garderobe rechts neben der Tür und streckte dem Hund die Hand hin, um ihn schnuppern zu lassen. Peach hörte auf, zu bellen und zu knurren, und zeigte sich bereit, Lynleys Huldigung in Form von ein paar Streicheleinheiten entgegenzunehmen.

»Er ist wahnsinnig verwöhnt«, bemerkte Deborah.

»Er tut nur seine Pflicht. Du solltest nicht jedem gleich die Tür aufmachen, jedenfalls nicht nach Einbruch der Dunkelheit, Deb. Das ist unvorsichtig.«

»Ich gehe immer davon aus, dass Peach einen Einbrecher am Hosenbein packen wird, bevor er das erste Zimmer betreten kann. Große Beute würde bei uns sowieso keiner machen, obwohl ich gar nichts dagegen hätte, dieses scheußliche Ding mit den Pfauenfedern, das im Esszimmer auf der Anrichte steht, loszuwerden.« Sie lächelte.»Wie geht's dir, Tommy? Komm mit, ich bin da drinnen.«

Sie führte ihn ins Arbeitszimmer, wo sie, wie er sah, dabei war, die Fotos zu verpacken, die sie für ihre Ausstellung im Dezember ausgewählt hatte. Überall auf dem Boden verteilt standen gerahmte Fotografien, die noch mit Plastik geschützt werden mussten, und mitten unter ihnen eine Flasche Glasreiniger, eine Rolle Küchenkrepp, Packpapier, Klebeband und Schere. Im offenen Kamin brannte ein Gasfeuer, und Peach steuerte sofort den Korb an, der davor stand, und rollte sich darin zusammen.

»Du musst einen Hindernislauf machen, wenn du einen Schluck von Simons Whisky willst«, sagte Deborah.

»Wo ist Simon überhaupt?«, fragte Lynley, während er sich zwischen den Fotos hindurch zum Barwagen schlängelte.

»Bei einem Vortrag in der *Royal Geographic Society*, irgendjemandes Reise irgendwohin, und hinterher eine Autogrammstunde. Ich glaube, es geht um Eisbären. In dem Vortrag, meine ich.«

Lynley lächelte. Er trank einen kräftigen Schluck von dem Whisky, um sich Mut zu machen, und sagte, damit der Alkohol erst einmal wirken konnte:»Wir haben übrigens in dem Fall, an dem wir gegenwärtig arbeiten, jemanden festgenommen.«

»Das ist aber schnell gegangen. Weißt du, Tommy, du bist wirklich ideal für die Arbeit bei der Polizei. Wer hätte das gedacht, so wie du aufgewachsen bist.«

Sie erwähnte seine Herkunft selten. In eine privilegierte Familie hineingeboren, hatte Lynley Abstammung und Familiengeschichte sowie die Pflichten, die diese mit sich brachten, lange als drückende Last empfunden. Jetzt daran erinnert zu werden – Familie, nutzlose Titel, die jedes Jahr weiter an Sinn und Bedeutung verloren, hermelinbesetzte Samtumhänge und mehr als zweihundertfünfzig Jahre Familientradition, die jeden seiner Schritte bestimmte – brachte ihm wieder mit aller Schärfe zu Bewusstsein, was er ihr sagen wollte und warum. Und dennoch schob er es weiter hinaus, indem er ihr erwiderte: »Ja, na ja. In einem Mordfall ist schnelles Handeln entscheidend. Wenn die Spur erst einmal kalt geworden ist, sind die Chancen, einen Täter zu schnappen, weit geringer. Ich bin übrigens wegen des Computers gekommen, den ich bei Simon gelassen habe. Steht er noch oben im Labor? Ist es dir recht, wenn ich ihn mir hole, Deb?«

»Natürlich«, antwortete sie, aber der Blick, den sie ihm zuwarf, zeigte Verwunderung, entweder über seine Erklärungen – aufgrund der Arbeit ihres Mannes war ihr völlig klar, wie wichtig bei einer Morduntersuchung schnelles Handeln war – oder über den übertrieben forschen Ton, in dem er darüber sprach. Sie sagte: »Geh ruhig rauf. Du hast doch nichts dagegen, wenn ich hier unten weitermache?«

»Überhaupt nicht«, versicherte er und floh. Er ließ sich Zeit auf dem Weg nach oben, knipste, im obersten Stockwerk des Hauses angekommen, das Licht im Labor an und fand den Computer dort, wo St. James ihn bei seinem Besuch abgestellt hatte. Er zog den Stecker heraus, nahm das Gerät in beide Arme und trug es hinunter. Unten stellte er es neben die Haustür und überlegte ernsthaft, ob er nicht einfach mit einem munteren »Gute Nacht« das Weite suchen sollte. Es war spät, und das Gespräch, das er mit Deborah St. James führen musste, konnte warten.

Aber noch während er über weiteren Aufschub nachdachte, kam Deborah an die Tür des Arbeitszimmers und betrachtete ihn aufmerksam. »Irgendetwas stimmt doch nicht, Tommy«, sagte sie. »Ist mit Helen alles okay?«

872

Da wusste er, dass er nicht länger ausweichen konnte, auch wenn er es noch so sehr wünschte. Er sagte:»Mit Helen ist alles in Ordnung.«

»Da bin ich froh«, meinte sie.»Die ersten Schwangerschaftsmonate können scheußlich sein.«

Er öffnete den Mund, um zu antworten, fand aber einen Moment lang keine Worte. Als er sich wieder gefasst hatte, sagte er:»Du weißt es also.«

Sie lächelte.»Weshalb denn nicht? Nach – wie viele sind es mittlerweile? – sieben Schwangerschaften? Ich habe ein ziemlich gutes Gespür für die Symptome entwickelt. Ich selbst bin ja nie weit gekommen – mit den Schwangerschaften, meine ich ... nun, das weißt du ja –, aber doch so weit, dass ich das Gefühl hatte, die Übelkeit würde nie aufhören.«

Lynley schluckte. Deborah kehrte ins Arbeitszimmer zurück. Er folgte ihr, fand sein Whiskyglas, wo er es stehen lassen hatte, und suchte im Whisky Zuflucht. Dann aber gab es kein Ausweichen mehr, und er sagte:»Wir wissen, wie sehr ihr euch ein Kind wünscht ... und was ihr alles versucht habt ... du und Simon ...«

»Tommy«, sagte sie ruhig,»ich freue mich für euch. Ihr dürft nicht glauben, dass meine Situation – Simons und meine ... nein, doch nur meine – mich daran hindern würde, mich mit euch zu freuen. Ich weiß, was das für euch beide bedeutet, und dass ich kein Kind bekommen kann – na ja, natürlich tut es weh. Aber ich will doch nicht der ganzen Welt meine Enttäuschung aufbürden. Und ganz bestimmt wünsche ich keinem das gleiche, nur damit ich Gesellschaft habe.«

Sie kniete inmitten ihrer Fotografien nieder, als wäre das Thema damit für sie erledigt. Aber Lynley konnte es nicht dabei belassen, denn das für ihn entscheidende Thema hatten sie noch nicht berührt. Er setzte sich ihr gegenüber in den Ledersessel, den St. James zu benutzen pflegte, wenn er im Raum war, und sagte:»Deb?«

Sie blickte auf.

»Da ist noch etwas.«

Ihre grünen Augen verdunkelten sich.»Was denn?«

»Santa Barbara.«

»Santa Barbara?«

»Der Sommer, als du achtzehn warst. Als du dort am Institut gelernt hast. Das Jahr, als ich viermal hinübergeflogen bin, um dich zu sehen: im Oktober, Januar, Mai und Juli. Ich denke besonders an den Juli, als wir die Küstenstraße nach Oregon gefahren sind.«

Sie sagte nichts, aber ihr Gesicht wurde einen Hauch blasser, und das verriet ihm, dass sie wusste, worauf er hinaus wollte. Selbst jetzt noch wünschte er, es würde etwas geschehen, das ihn am Weitersprechen hinderte, damit er nicht vor ihr eingestehen müsste, was er sich selbst kaum eingestehen konnte.

»Du sagtest damals, es läge an der langen Fahrt«, fuhr er fort. »Du wärst so viel Autofahren nicht gewöhnt. Oder vielleicht sei es das Essen, meintest du. Oder der Klimaunterschied. Oder die Hitze, wenn es draußen heiß war, oder die Kälte, wenn es drinnen kalt war. Du wärst dieses Hin und Her zwischen Klimaanlage und natürlicher Temperatur nicht gewöhnt, und es sei ja absurd, wie abhängig die Amerikaner von ihren Klimaanlagen sind. Ich hörte mir jede deiner Entschuldigungen an und gab mich mit ihnen zufrieden. Aber die ganze Zeit...« Er wollte es nicht aussprechen und hätte alles darum gegeben, es vermeiden zu können. Aber im letzten Moment zwang er sich, zuzugeben, was er lange Zeit einfach verdrängt hatte. »Ich wusste es.«

Sie senkte den Blick. Er sah, wie sie nach der Schere und dem Packpapier griff. Sie zog eines ihrer Fotos zu sich heran, aber sie arbeitete nicht weiter.

»Nach dieser Reise habe ich darauf gewartet, dass du es mir sagen würdest«, sprach er weiter. »Ich dachte, sobald du es mir sagtest, würden wir gemeinsam entscheiden, was wir wollten. Wir lieben uns, wir werden heiraten, sagte ich mir. Sobald Deb zugibt, dass sie schwanger ist.«

»Tommy...«

»Lass mich fortfahren. Das brodelt schon seit Jahren in mir, jetzt will ich es endlich loswerden.«

»Tommy, du darfst nicht –«

»Ich habe es von Anfang an gewusst. Schon seit der Nacht, als es passierte, glaube ich. Damals in Montecito.«

Sie schwieg.

»Deborah, bitte sag es mir.«

»Es ist nicht mehr wichtig.«

»Für mich schon.«

»Nicht nach so langer Zeit.«

»Doch, nach so langer Zeit. Weil ich nichts getan habe. Verstehst du? Ich wusste es und habe nichts getan. Ich habe dich damit allein gelassen. Du warst die Frau, die ich liebte, die Frau, die ich haben wollte, und ich ignorierte einfach, was geschah, weil…« Er merkte, dass sie ihn immer noch nicht ansah und den Kopf so hielt, dass ihre nach vorn fallenden Haare ihr Gesicht verbargen. Aber er hörte nicht auf zu sprechen, denn er verstand endlich, was ihn damals motiviert hatte und was die Ursache für sein schlechtes Gewissen war. »Weil ich selbst überhaupt nicht damit zurecht kam«, sagte er. »Weil ich es so nicht geplant hatte, und wehe all dem, was meinem genau festgelegten Lebensplan in die Quere kam! Solange du nichts sagtest, konnte ich die Dinge einfach laufen lassen, konnte mich treiben lassen, ohne irgendwelche Unbequemlichkeiten auf mich nehmen zu müssen. Und als du nichts sagtest, redete ich mir ein, ich hätte mich geirrt. Dabei wusste ich genau, dass es nicht so war. Ich sagte also nichts. Den ganzen Juli, den ganzen August und September. Und das, was auf dich zukam, als du den Entschluss fasstest, zu handeln, ließ ich dich ganz allein tragen.«

»Es war meine Verantwortung.«

»Unsere! Es war unser Kind. Es war unsere Verantwortung. Aber ich habe dich allein gelassen. Und das tut mir Leid.«

»Dazu besteht kein Anlass.«

»Doch. Denn als du Simon geheiratet hast, als du eine Fehlgeburt nach der anderen erlitten hast, musste ich immer denken, wenn du dieses Kind bekommen hättest, unser Kind, dann wäre vielleicht –«

»Tommy! Nein!« Sie hob ruckartig den Kopf.

»– das alles nicht geschehen.«

»So war es nicht«, entgegnete sie. »Glaube mir. So war es nicht. Du brauchst dich wegen damals nicht selbst zu bestrafen. Du hast mir gegenüber keine Verpflichtung.«

»Heute vielleicht nicht mehr. Damals schon.«

»Nein. Und es hätte sowieso nichts geändert. Du hättest darüber sprechen können, ja. Du hättest anrufen können. Du hättest gleich mit der nächsten Maschine zurückkommen und mir sagen können, was du vermutetest. Aber das alles hätte nichts geändert. Kann sein, dass wir in aller Eile geheiratet hätten oder so was. Vielleicht wärst du sogar bei mir in Santa Barbara geblieben, damit ich die Ausbildung am Institut hätte abschließen können. Aber ein Kind hätte es nicht gegeben und wird es nie geben, wie sich erwiesen hat.«

»Wie meinst du das?«

Sie hockte sich auf die Fersen, legte Schere und Klebeband aus der Hand. »Genau so, wie ich es sage«, antwortete sie. »Ganz gleich, was ich getan hätte, ein Kind hätte es nie gegeben. Ich wartete damals nur nicht lange genug, um das herauszufinden.« Sie zwinkerte hastig gegen die Tränen an und wandte sich ab, um mit starrem Blick das Bücherregal zu fixieren. Nach einem Moment sah sie ihn wieder an. »Ich hätte auch unser Kind verloren, Tommy. Man nennt es symetrische Translokation.«

»Was ist das?«

»Mein – wie soll ich es nennen? Problem? Defekt? Leiden?« Sie lächelte mit bebenden Lippen.

»Deborah, was sagst du mir da?«

»Dass ich keine Kinder bekommen kann. Niemals. Unvorstellbar, dass ein einzelnes kleines Chromosom solche Macht besitzen kann, aber so ist es.« Sie drückte sich einen Finger auf die Brust und sagte: »Phänotyp: normal in jeder Hinsicht. Genotyp… na ja, es besteht eine ›exzessive Abortus-Neigung‹ – so wurde mir das gesagt –, klingt das nicht obszön? So was muss natürlich einen medizinischen Grund haben. Bei mir ist es ein genetischer Fehler: Das einundzwanzigste Chromosom ist verkehrt gebaut.«

»Mein Gott«, sagte er. »Deb, ich –«

»Simon weiß es noch nicht«, unterbrach sie ihn hastig. »Und im Moment ist es mir auch lieber so. Ich hatte ihm eigentlich versprochen, dass ich jetzt erst einmal ein Jahr warte, ehe ich mich neuen Untersuchungen unterziehe, und ich möchte ihn gern in dem Glauben lassen, dass ich mich an das Versprechen gehalten habe. Aber im letzten Juni… dieser Fall, in dem du ermittelt hast, als das kleine Mädchen ums Leben kam… Danach musste ich einfach Gewissheit haben, Tommy. Ich weiß nicht, warum – ich war einfach so erschüttert von ihrem Tod. Von der Sinnlosigkeit. Dieses Elend, diese Vergeudung von Leben... dass dieses unschuldige kleine Leben einfach so ausgelöscht worden war... Da bin ich noch einmal zum Arzt gegangen. Aber Simon weiß nichts davon.«

»Deborah«, sagte Lynley leise. »Es tut mir unendlich Leid.« Ihre Augen wurden feucht. Energisch drängte sie die Tränen zurück und schüttelte ebenso energisch den Kopf, als er sie berühren wollte. »Nein. Es ist in Ordnung. Es geht mir gut. Ich meine, mir fehlt nichts. Die meiste Zeit denke ich nicht daran. Und wir versuchen ja, ein Kind zu adoptieren. Wir haben Unmengen von Formularen ausgefüllt... dieser ganze Papierkrieg... so dass wir auf jeden Fall ein Kind... früher oder später. Und wir versuchen es auch im Ausland. Ich wünschte um Simons willen, es könnte anders sein. Es ist selbstsüchtig, und ich weiß, es ist narzisstisch, aber ich habe mir so gewünscht, wir könnten zusammen ein Kind erschaffen. Ich glaube, er hat sich das auch gewünscht, aber er ist zu rücksichtsvoll, um das direkt zu sagen.« Und dann lächelte sie trotz einer Träne, die sie nicht zurückhalten konnte. »Du darfst nicht glauben, es ginge mir nicht gut, Tommy. Es geht mir gut. Ich habe gelernt, dass alles stets so kommt, wie es kommen muss, ohne Rücksicht darauf, was wir uns wünschen. Darum ist es das Beste, wenn wir im Wünschen bescheiden sind und unserem guten Stern, dem Glück oder den Göttern danken, dass wir haben, was wir haben.«

»Aber das spricht mich nicht frei von meinem Anteil an dem, was geschah«, sagte er. »Damals. In Santa Barbara. Ich meine, dass ich ohne ein Wort abgereist bin. Von dieser Schuld spricht mich das nicht frei, Deb.«

»Nein, das nicht«, stimmte sie zu. »Aber ich, Tommy, glaub mir.«


Helen hatte auf ihn gewartet. Sie war schon im Bett, mit einem aufgeschlagenen Buch auf dem Schoß. Aber sie war beim Lesen eingeschlafen, und ihr Kopf ruhte auf den Kissen, die sie hinter sich aufgestapelt hatte, dunkles Haar auf weißem Grund.

Leise trat Lynley ans Bett und blickte auf sie hinunter. Sie war Licht und Schatten, unglaublich stark und rührend verletzlich. Er setzte sich auf die Bettkante.

Sie schreckte nicht hoch, wie manche das vielleicht getan hätten, wenn sie plötzlich durch die Nähe einer anderen Person aus dem Schlaf gerissen werden. Sie öffnete die Augen und war sofort wach, den Blick mit einer Art intuitiven Verstehens auf ihn gerichtet.»Frances ist endlich zu ihm gefahren«, sagte sie, als hätten sie sich die ganze Zeit unterhalten.»Laura Hillier hat mich angerufen, um es mir zu sagen.«

»Wie gut, da bin ich froh«, erwiderte er.»Das war notwendig für sie. Wie geht es ihm?«

»Unverändert. Aber sein Zustand ist stabil.«

Lynley seufzte und nickte.»Nun, es ist jedenfalls vorbei. Wir haben den Mann festgenommen.«

»Ich weiß. Barbara hat mich angerufen. Ich soll dir ausrichten, dass an ihrem Ende der Welt alles in Ordnung ist. Sie hätte dich auf dem Handy angerufen, aber sie wollte sich erkundigen, wie es mir geht.«

»Das war nett von ihr.«

»Sie ist überhaupt eine nette Person. Sie hat mir übrigens auch erzählt, dass Hillier vorhat, Winston zu befördern. Wusstest du davon, Tommy?«

»Ist das wahr?«

»Sie sagt, offensichtlich wollte Hillier es ihr unter die Nase reiben. Aber immerhin hat er sie vorher gelobt wegen ihrer Arbeit in diesem Fall. Er hat euch beide gelobt.«

»Tja, das ist typisch Hillier. Er schafft's nicht, einem etwas Nettes zu sagen, ohne einem gleichzeitig den Teppich unter den Füßen wegzuziehen, damit man nur ja nicht übermütig wird.«

»Sie hätte gern ihren früheren Rang wieder. Das weißt du ja.«

»Ja, und ich besäße gern die Macht, ihn ihr zurückzugeben.«

Er ergriff das Buch, in dem sie gelesen hatte, drehte es herum und sah sich den Titel an. *Eine Lektion vor dem Tod*, wie passend.

Sie sagte:»Ich habe es bei den Romanen in der Bibliothek entdeckt. Weit bin ich allerdings noch nicht gekommen. Ich bin eingeschlafen. Wieso bin ich ständig so müde? Wenn das neun Monate lang so weitergeht, werde ich am Ende der Schwangerschaft zwanzig Stunden am Tag schlafen. Und den Rest der Zeit werde ich über der Toilette hängen und spucken. Ich hatte mir das alles viel romantischer vorgestellt.«

878

»Ich habe es übrigens Deborah gesagt.« Er erklärte, warum er überhaupt nach Chelsea gefahren war, und fügte hinzu:»Aber sie wusste es schon, wie sich zeigte.«

Helen blickte ihm forschend ins Gesicht, vielleicht weil sie in seiner Stimme einen Unterton hörte, der der Situation nicht angemessen war. Ja, da war tatsächlich etwas. Er hörte es selbst. Aber mit Helen hatte es nichts zu tun und noch weniger mit der Zukunft, die Lynley mit ihr teilen wollte.

Sie sagte:»Und du, Tommy? Freust *du* dich denn? Ich weiß, ich weiß, du hast gesagt, dass du dich freust, aber du kannst ja wohl kaum etwas anderes sagen. Als Ehemann, Gentleman und Beteiligter kannst du schlecht in hellem Entsetzen aus dem Zimmer stürzen. Aber ich habe seit einiger Zeit das Gefühl, dass zwischen uns beiden etwas nicht stimmt. Ich hatte dieses Gefühl nicht, bevor ich schwanger war, darum hat sich bei mir der Verdacht eingeschlichen, dass du vielleicht doch nicht so bereit bist für ein Kind, wie du geglaubt hast.«

»Nein, so ist es nicht«, sagte er.»Es ist alles gut, Helen. Und ich freue mich wirklich. Mehr als ich sagen kann.«

»Eine längere Anpassungszeit hätte uns vielleicht trotzdem ganz gut getan«, meinte sie.

Lynley musste daran denken, was Deborah über das Glück gesagt hatte, das dem entspringt, was einem gegeben wird.»Wir haben den Rest unseres Lebens, um uns aufeinander einzustellen«, sagte er zu seiner Frau.»Wenn wir den Moment nicht genießen, ist er für immer vorbei.«

Er legte den Roman auf ihren Nachttisch, beugte sich zu ihr hinunter und küsste sie auf die Stirn.»Ich liebe dich, Darling«, sagte er, und sie zog ihn zu sich herunter und küsste ihn. Sie murmelte:»Weil wir gerade vom Genuss des Moments gesprochen haben…«, und dann erwiderte sie seinen Kuss auf eine Weise, die sie einander so nahe brachte, wie sie es seit dem Tag, an dem sie ihm gesagt hatte, dass sie schwanger war, nicht mehr gewesen waren.

Er spürte, wie sein Körper und seine Gefühle zu einer Mischung aus Lust und Liebe erwachten, die ihn stets schwach und gleichzeitig entschlossen machte, entschlossen, diese Gefühle zu beherrschen und sich zugleich völlig ihrer Macht zu unterwerfen.

Er küsste ihren Hals und ihre Schultern und fühlte ihr leichtes Beben, als er die Träger ihres Nachthemds behutsam über ihre Arme streifte. Als er seine Hände auf ihre Brüste legte und sich zu ihnen hinunterneigte, begann sie, seine Krawatte zu lösen und die Knöpfe seines Hemds zu öffnen.

Er sah abrupt hoch, alle Leidenschaft von Besorgnis gedämpft. »Was ist mit dem Kind?«, fragte er. »Kann ihm auch nichts geschehen?«

Sie zog ihn lächelnd in ihre Arme. »Das Kind, mein Liebster, wird es überleben.«

# 29

Als Winston Nkata aus dem Badezimmer kam, fand er seine Mutter unter einer Stehlampe sitzend, deren Schirm sie abgenommen hatte, um bei ihrer Handarbeit besseres Licht zu haben. Sie fertigte Schiffchenspitze an. Seitdem sie zusammen mit ein paar Frauen aus ihrer Kirchengemeinde einen Kurs in dieser Art der Spitzenherstellung gemacht hatte, war sie entschlossen, es darin zur Perfektion zu bringen. Nkata wusste nicht, warum. Als er sie gefragt hatte, warum sie angefangen habe, mit Fadenrollen, Schiffchen und Knoten herumzuwerkeln, hatte sie geantwortet: »Es ist eine schöne Beschäftigung für meine Hände, Herzblatt. Und bloß weil das heute nicht mehr viel gemacht wird, braucht man's noch lange nicht ausrangieren.«

Nkata hatte den Verdacht, dass ihr Eifer mit seinem Vater zu tun hatte, der nachts zu schnarchen pflegte, dass die Wände wackelten. Wer da ein Auge zutun wollte, musste es auf jeden Fall schaffen, vor ihm einzuschlafen und dann möglichst in einen komaähnlichen Zustand zu fallen. Wenn Alice Nkata über ihre gewöhnliche Schlafenszeit von Viertel vor elf hinaus noch wach war, konnte man annehmen, dass sie über ihrer Spitzenarbeit saß, um sich in ihrem Bett vom Schnauben und Röhren ihres Mannes nicht zur Weißglut treiben zu lassen.

An diesem Abend war es ganz sicher so. Als Nkata aus dem Badezimmer trat, sah er nicht nur seine Mutter bei der Handarbeit, sondern es empfing ihn auch die Geräuschkulisse seines offenbar wild träumenden Vaters. Es hörte sich an, als würden im Schlafzimmer seiner Eltern Bären abgestochen.

Alice Nkata hob den Kopf und sah ihren Sohn über den Rand ihrer Brillengläser hinweg an. Sie hatte ihren uralten gelben Chenillemorgenrock an, wie ihr Sohn verdrossen feststellte.

Er sagte: »Wo ist der, den ich dir zum Muttertag geschenkt hab?«

»Wer? Was?«, fragte seine Mutter.

»Du weißt es ganz genau. Der neue Morgenrock.«

»Der ist doch viel zu elegant für alle Tage, Herzblatt«, antwortete sie. Und bevor er ihr vorhalten konnte, dass Morgenröcke nicht dazu gedacht waren, für einen eventuellen Empfang bei der Queen geschont zu werden, und warum sie ihn nicht einfach anziehe, er habe schließlich zwei Wochenlöhne für das Ding ausgegeben, sagte sie: »Wo willst du denn um die Zeit noch hin?«

»Ich hab mir gedacht, ich fahr mal ins Krankenhaus und schau, wie's dem Super geht«, antwortete er ihr. »Der Fall ist geklärt – der Inspector hat den Typen geschnappt, der die Leute mit seinem Auto umgefahren hat –, aber der Super liegt immer noch im Koma und…« Er zuckte die Achseln. »Ich weiß nicht, irgendwie find ich, es gehört sich einfach.«

»Um diese Zeit?« Alice Nkata warf einen Blick auf die kleine Wedgwood-Uhr, die auf dem Tischchen neben ihr stand, ein Weihnachtsgeschenk ihres Sohnes. »Ich hab noch nie von einem Krankenhaus gehört, wo mitten in der Nacht Besuchszeit ist.«

»Doch nicht mitten in der Nacht, Mama.«

»Du weißt, was ich meine.«

»Ich kann sowieso nicht schlafen, bin viel zu aufgedreht. Wenn ich der Familie irgendwie helfen kann… Na ja, wie gesagt, ich find, es gehört sich.«

Sie musterte ihn. »Und angezogen wie zu 'ner Hochzeit«, stellte sie mit einer gewissen Schärfe fest.

Oder zu einer Beerdigung, dachte Nkata. Aber so einen Gedanken wollte er gar nicht erst zulassen und zwang sich, schnell an etwas zu denken: zum Beispiel, warum er so überzeugt gewesen war, dass Katja Wolff die Mörderin Eugenie Davies' wäre und die Fahrerin des Wagens, der den Superintendent so schwer verletzt hatte; und was es eigentlich bedeutete, dass Katja Wolff keines dieser Verbrechen begangen hatte.

Er sagte: »Ehre, wem Ehre gebührt, Mama. Das hast du selbst mir immer gepredigt, als ich noch ein kleiner Junge war.«

Seine Mutter machte nur »Hm«, aber er merkte genau, dass sie mit ihm zufrieden war. Sie sagte: »Dann pass auf dich auf, Herzblatt. Wenn du an der Ecke Glatzen mit Springerstiefeln rumlungern siehst, dann mach einen großen Bogen um sie. Am besten gehst du in die andere Richtung. Verstanden?«

»Ja, Mama.«

»Nichts da ›Ja, Mama‹, als wüsste ich nicht, wovon ich rede.«

»Mach dir keine Sorgen«, sagte er. »Ich weiß, was ich zu tun hab.«

Er küsste sie auf den Scheitel und ging. Ein wenig zwickte ihn sein Gewissen, weil er geflunkert hatte – das hatte er seit der Pubertät nicht mehr getan –, aber, sagte er sich, er hatte es ja nur der Einfachheit halber getan. Es war spät, er hätte erst lange Erklärungen abgeben müssen, aber er musste los.

Die Siedlung, in der die Nkatas lebten, sah im Regen noch trostloser aus als gewöhnlich. Das Wasser, das der Wind in die ungeschützten obersten Gänge der Außengalerien fegte, an denen die Wohnungen lagen, tropfte durch Ritzen und Sprünge in Böden und Mauern des alten Hauses, das nur notdürftig instand gehalten wurde, in die unteren Etagen hinunter, wo sich in den Durchgängen große Pfützen gesammelt hatten. Die Treppenstufen, deren Gummibelag völlig durchgetreten, an einigen Stellen auch von mutwilligen Jugendlichen, die nichts Besseres zu tun hatten, abgerissen worden war, waren wie üblich gefährlich glatt. Und unten, im sogenannten Garten, wo vor langer Zeit einmal eine Rasenfläche mit Blumen gewesen war, befand sich jetzt eine Schlammwüste voller Abfälle – leere Dosen, Fast-Food-Behälter, Wegwerfwindeln –, die beredtes Zeugnis davon ablegten, was Frustration und Verzweiflung aus Menschen machten, die der – nicht selten durch Erfahrung bestätigten – Überzeugung waren, ihre Chancen wären auf Grund ihrer Hautfarbe stark begrenzt.

Nkata hatte seinen Eltern mehr als einmal vorgeschlagen, sie sollten umziehen, hatte sich sogar bereit erklärt, sie finanziell zu unterstützen, um ihnen das zu ermöglichen. Aber sie hatten jedes Mal abgelehnt. Man könne nicht immer gleich die Wurzeln herausreißen, hatte Alice Nkata ihrem Sohn erklärt; da bestünde die Gefahr, dass die ganze Pflanze eingehe. Außerdem gäben sie allen anderen ein Beispiel, indem sie hier blieben, noch dazu mit einem Sohn, der es geschafft hatte, dieser Gegend zu entrinnen, in der er leicht hätte untergehen können.

»Und die Verkehrsverbindungen sind erstklassig«, hatte Alice Nkata ergänzt. »Untergrundbahnhof Brixton, Busse, Züge – das reicht mir vollkommen, Herzblatt, und deinem Vater auch.«

Also waren sie geblieben. Und er mit ihnen. Eine eigene Wohnung konnte er sich von seinem Gehalt noch nicht leisten, und selbst wenn er es gekonnt hätte, wäre er bei seinen Eltern geblieben. Er war für sie eine Quelle des Stolzes, und das war er gern. Sein Wagen stand unter einer Straßenlampe, sauber gewaschen vom Regen. Er setzte sich hinein und gurtete sich an. Die Fahrt dauerte nicht lange. Schnell war er in der Brixton Road und folgte ihr in nördlicher Richtung nach Kennington. Er parkte vor dem Gartencenter, wo er noch einen Moment im Auto sitzen blieb und durch den strömenden Regen, den der Wind durch die Straße peitschte, zu Yasmin Edwards' Wohnung hinüberschaute. Zum Teil hatte ihn die Einsicht, dass er sich geirrt hatte, nach Kennington getrieben. Er hatte sich einzureden versucht, dass er dieses Unrecht aus den richtigen Gründen getan hatte, und er hielt das eigentlich auch für wahr. Er war ziemlich sicher, dass Inspector Lynley Yasmin Edwards und ihrer Freundin gegenüber ähnliche Tricks angewendet hätte, und absolut überzeugt davon, dass Barbara Havers sogar noch einen mehr gewusst hätte. Aber ihre Absichten wären natürlich im Gegensatz zu seinen eindeutig und sauber gewesen, und hinter ihrem Handeln hätte nicht diese starke unterschwellige Aggression gesteckt.

Nkata war sich nicht sicher, woher bei ihm diese Aggression kam und was sie über ihn als Polizeibeamten aussagte. Er wusste nur, dass er sie hatte und loswerden musste, um wieder mit sich selbst ins Reine zu kommen.

Er stieg aus, sperrte den Wagen sorgfältig ab und rannte über die Straße zur Siedlung. Die Aufzugtür war geschlossen. Er hob die Hand, um bei Yasmin Edwards' Wohnung zu klingeln, aber dann hielt er inne, überlegte einen Moment und klingelte bei der Wohnung darunter. Als eine Männerstimme wissen wollte, wer da sei, nannte er seinen Namen, sagte, man habe ihn wegen Vandalismus auf dem Parkplatz angerufen, und fragte, ob Mr. – er warf einen schnellen Blick auf die Klingelschilder – Mr. Houghton bereit wäre, sich ein paar Fotos anzuschauen, um festzustellen, ob er aus einer Gruppe Jugendlicher, die man in der Gegend festgenommen habe, jemanden erkenne. Mr. Houghton stimmte zu und betätigte den elektrischen Türöffner für den Aufzug. Nkata fuhr mit schlechtem Gewissen zu Yasmin Edwards' Wohnung hinauf und nahm sich vor, hinterher bei Mr. Houghton zu klingeln und sich zu entschuldigen.

Die Vorhänge vor Yasmin Edwards' Fenster waren geschlossen, aber an den unteren Ritzen schimmerte Licht durch, und hinter der Tür waren Fernsehgeräusche zu hören. Als er anklopfte, fragte sie vorsichtig, wer da sei, und als er seinen Namen nannte, ließ sie ihn endlose dreißig Sekunden warten, während sie überlegte, ob sie öffnen sollte oder nicht.

Als sie sich entschieden hatte, zog sie die Tür nur einen Spalt von höchsten fünfzehn Zentimetern auf, gerade so weit, dass er sie in Leggings und einem voluminösen Pulli sehen konnte, der rot war, so rot wie Mohn. Sie sagte kein Wort, sah ihn nur völlig ausdruckslos an, was ihn wieder daran erinnerte, was sie war und immer bleiben würde.

»Kann ich reinkommen?«, fragte er.

»Wozu?«

»Reden.«

»Worüber?«

»Ist sie da?«

»Was glauben Sie?«

Er hörte, wie ein Stockwerk tiefer eine Tür geöffnet wurde, und wusste, dass es Mr. Houghton war, der sich wunderte, wo der Polizist blieb, der ihm die Fotos zeigen wollte.

»Es gießt«, sagte er. »Eiskalt. Ich bleib nur 'ne Minute, wenn Sie mich reinlassen. Höchstens fünf. Ich schwör's«

Sie sagte: »Dan schläft schon. Ich möchte nicht, dass er aufwacht. Er hat morgen Schule –«

»Ich bin ganz leise.«

Sie brauchte noch einmal einen Moment, um zu überlegen, aber dann trat sie endlich zurück. Sie ging von der Tür weg zum Sofa, wo sie gesessen hatte, als er angeklopft hatte, und überließ es ihm, die Tür weiter zu öffnen und dann leise hinter sich zu schließen.

Sie schaute sich einen Film an, in dem gerade Peter Sellers sich anschickte, übers Wasser zu wandeln.

Sie nahm die Fernbedienung zur Hand, schaltete aber das Fernsehgerät nicht aus. Sie stellte nur den Ton leiser und fuhr fort, die Geschehnisse auf dem Bildschirm zu verfolgen.

Er verstand, was sie damit sagen wollte, und nahm es ihr nicht übel. Er würde noch weniger willkommen sein, wenn er erst gesagt hatte, was er sagen wollte.

»Wir haben den Autofahrer, der die Anschläge verübt hat«, teilte er ihr mit. »Es war nicht – nicht Katja Wolff. Sie hatte ein reelles Alibi, wie sich rausgestellt hat.«

»Ich kenn ihr Alibi«, sagte Yasmin. »Galveston Road fünfundfünfzig.«

»Ah.« Er schaute erst zum Fernseher, dann zu ihr. Sie saß kerzengerade da und sah aus wie ein Model. Sie hatte den eleganten Körper eines Models, und sie wäre toll dafür geeignet gewesen, sich in flippigen Klamotten für Zeitschriften fotografieren zu lassen, wenn nicht dieses Gesicht gewesen wäre, die Narbe am Mund, die sie böse und wütend und fertig aussehen ließ. »Hinweisen nachzugehen gehört zu unserem täglichen Brot, Mrs. Edwards. Sie hatte eine Verbindung zu einem der Opfer, das konnte ich nicht einfach außer Acht lassen.«

»Sie werden getan haben, was Sie tun mussten.«

»Und Sie auch«, sagte er. »Deshalb bin ich gekommen. Um Ihnen das zu sagen.«

»Natürlich«, erwiderte sie. »Andere zu verpfeifen ist immer richtig, stimmt's?«

»Sie hat Ihnen doch gar keine Wahl gelassen, nachdem Sie auf meine Frage, wo sie an dem betreffenden Abend gewesen war, gelogen hatten. Sie konnten nur entweder mitspielen und sich und Ihren Jungen in Gefahr bringen oder die Wahrheit sagen. Wenn sie nicht hier war, dann war sie woanders, und sie hätte leicht in West Hampstead gewesen sein können. Sie konnten doch nicht einfach die Klappe halten und womöglich wieder im Knast landen.«

»Ja, klar. Aber Katja war nicht in West Hampstead, oder? Und jetzt, wo wir wissen, wo sie war und warum, können wir uns beide beruhigt zurücklehnen. Ich krieg keinen Ärger mit den Bullen, Dan kommt nicht ins Heim, und Sie brauchen sich nachts nicht mehr schlaflos im Bett herumzuwälzen und sich den Kopf darüber zu zerbrechen, wie sie Katja Wolff was anhängen können, was sie nie getan hat und woran sie nicht mal gedacht hat.«

Es fiel Nkata schwer, zu begreifen, dass Yasmin ihre Freundin trotz des Verrats, den diese an ihr begangen hatte, noch verteidigte. Aber er zwang sich nachzudenken, ehe er antwortete, und konnte eine gewisse Logik in Yasmin Edwards' Verhalten erkennen. In ihren Augen war immer noch er der Feind. Nicht nur war er von der Polizei, was ihn automatisch zum Gegner machte, sondern er war auch noch derjenige, der sie gezwungen hatte, einzusehen, dass ihre Beziehung zu Katja Wolff nur eine Farce war, die lediglich zur Vertuschung einer anderen existierte, die Katja bereits viel länger unterhielt und die ihr viel mehr bedeutete, aber eben nicht in vollem Umfang zu leben war.

Er sagte: »Deswegen würde ich mich bestimmt nicht schlaflos im Bett wälzen.«

»Sag ich ja«, antwortete sie verächtlich.

»Damit will ich sagen«, erklärte er, »dass ich mich zwar immer noch herumwälzen würde, aber nicht deswegen.«

»Warum auch immer«, sagte sie. Sie hatte wieder die Fernbedienung in der Hand. «Ist das alles, was Sie mir sagen wollten? Dass ich richtig gehandelt habe und froh sein kann, dass ich mich nicht zur Mittäterin von irgendwas gemacht hab, was keiner getan hat?«

»Nein«, antwortete er. »Das ist nicht alles, was ich Ihnen sagen wollte.«

»Ach, nein? Was denn noch?«

Nkata wusste es selbst nicht. Er wollte ihr sagen, dass er hatte herkommen müssen, weil seine Motive, sie in Bezug auf Katja Wolff zum Handeln zu zwingen, von Anfang an nicht eindeutig gewesen waren. Aber wenn er ihr das sagte, würde er nur das Offenkundige sagen, das, was sie bereits wusste. Ihm war klar, dass sie längst erkannt hatte, dass die Motive der Männer, die sie anstarrten, ansprachen, etwas von ihr wollten – so geschmeidig und warm und lebendig –, stets absolut eindeutig waren. Und für ihn stand fest, dass er nicht zu diesen anderen Männern gezählt werden wollte.

Darum sagte er: »Ihr Sohn geht mir im Kopf rum, Mrs. Edwards.«

»Dann schlagen Sie ihn sich eben *aus* dem Kopf.«

»Das kann ich nicht«, entgegnete er. Als sie darauf nichts sagte, fügte er hinzu: »Es ist nämlich so: Er schaut aus wie ein Gewinner, wissen Sie, aber dazu muss er natürlich auf dem richtigen Weg bleiben. Nur kann ihm da draußen eine Menge dazwischen kommen.«

»Glauben Sie vielleicht, das weiß ich nicht?«

»Das hab ich nicht gesagt. Aber ob Sie mich nun mögen oder nicht, ich könnte sein Freund sein. Und das wäre ich gern.«

»Was denn?«

»Ihrem Sohn ein Freund. Er mag mich. Das sehen Sie ja selbst. Ich könnte ab und zu was mit ihm unternehmen. So kommt er mit jemandem zusammen, der keine krummen Touren macht. Mit einem Mann, der den geraden Weg geht, Mrs. Edwards«, fügte Nkata hastig hinzu. »Ein Junge in seinem Alter, der braucht doch so ein Vorbild.«

»Wollen Sie sagen, dass sie selbst so 'n Vorbild gehabt haben?«

»Richtig, ja, und ich würde das gern weitergeben.«

Sie lachte geringschätzig. »Heben Sie sich's für Ihre eigenen Kinder auf, Mann.«

»Sicher, wenn ich mal welche hab. Dann geb ich's an sie weiter. Aber bis dahin...« Er seufzte. »Schauen Sie, Mrs. Edwards, es ist so: Wenn ich frei hab, würd ich die Zeit gern mit ihm verbringen.«

»Und was wollen Sie dann tun?«

»Weiß ich noch nicht.«

»Er braucht Sie nicht.«

»Ich sag ja nicht, dass er *mich* braucht«, erwiderte Nkata. »Aber er braucht jemanden. Einen Mann. Das sieht man doch. Und meiner Meinung nach –«

»Ihre Meinung interessiert mich nicht.« Sie drückte auf den Knopf der Fernbedienung, und der Ton wurde wieder lauter. Sie stellte ihn noch etwas lauter, damit Nkata auch wirklich kapiere.

Er sah zum Schlafzimmer hinüber. Vielleicht würde der Junge aufwachen, ins Wohnzimmer kommen und mit seinem erfreuten Lächeln bestätigen, dass alles, was Winston Nkata gesagt hatte, stimmte. Aber die Schlafzimmertür blieb geschlossen.

Nkata sagte: »Haben Sie meine Karte noch?«

Yasmin hielt den Blick auf den Bildschirm gerichtet und antwortete nicht.

Nkata nahm eine zweite Visitenkarte heraus und legte sie auf den Couchtisch vor ihr. «Rufen Sie mich an, wenn Sie sich's anders überlegen«, sagte er. »Sie können mich auch anpiepsen. Jederzeit.«

Als sie stumm blieb, ging er und schloss die Tür leise hinter sich.

Er war schon unten auf dem Parkplatz und sprang über Pfützen hinweg zur Straße, als ihm Mr. Houghton einfiel, bei dem er sich doch noch entschuldigen wollte. Er kehrte um und sah am Haus empor.

Yasmin Edwards stand am Fenster. Sie beobachtete ihn. Und sie hielt etwas in der Hand, von dem er sehr wünschte, es möge die Karte sein, die er ihr dagelassen hatte.

# 30

Gideon ging jetzt langsamer. Zuerst war er gerannt: die Grünanlagen von Cornwall Gardens entlang und quer über die schmale, nasse Fahrbahn der Gloucester Road. Er stürzte sich in die Queen's Gate Gardens, lief dann weiter an den alten Hotels vorbei in Richtung Park. Und dann schwenkte er plötzlich völlig blind nach rechts ab und rannte am Royal College of Music vorbei. Er merkte erst, wo er war, als er eine kleine Steigung hinaufgekeucht war und unvermittelt vor der strahlend erleuchteten Royal Albert Hall stand, aus deren weit geöffneten Türen sich gerade Ströme von Konzertbesuchern ins Freie ergossen.

Mit einem Schlag war ihm die Ironie bewusst geworden, und er hatte aufgehört zu laufen. Ja, er hatte stolpernd angehalten und war heftig atmend im prasselnden Regen stehen geblieben, merkte nicht einmal, dass sein Jackett schwer von Nässe auf seine Schultern drückte und die durchweichten Hosenbeine ihm kalt an den Waden klebten. Hier war das großartigste Konzerthaus des Landes, das begehrteste Forum für jeden, der sein Talent beweisen wollte. Hier war Gideon Davies als neunjähriges Wunderkind zum ersten Mal aufgetreten, behütet von seinem Vater und Raphael Robson, und alle drei hatten sie nichts heißer gewünscht, als dem Namen Davies einen festen Platz am Firmament der klassischen Musik zu erobern. Wie passend, dass seine letzte Flucht aus Braemar Mansions – vor seinem Vater, vor den Worten seines Vaters und dem, was sie bedeuteten und nicht bedeuteten – ihn hierher geführt hatte, zu diesem Haus, das die Triebfeder all dessen verkörperte, was geschehen war: mit Sonia, mit Katja Wolff, mit seiner Mutter, mit allen. Und wie passend auch, dass das Publikum, die andere Verkörperung jener Triebfeder, nicht einmal wusste, dass er hier war.

Von der anderen Straßenseite aus beobachtete Gideon, wie die Konzertbesucher ihre Schirme aufspannten. Er konnte die Bewegungen ihrer Lippen sehen, aber ihr aufgeregtes Geschnatter, diese allzu vertrauten Geräusche gieriger Kulturkonsumenten, die für den Moment gesättigt waren, das Geschwätz eben jener Leute, deren Beifall er immer gesucht hatte, konnte er nicht hören. Vielmehr hallten die Worte seines Vaters wie eine Beschwörungsformel in seinem Kopf: *Um Gottes willen, ich habe es getan, ich habe es getan, ich habe es getan. Glaube mir, was ich sage, ich sage, ich sage. Sie war am Leben, als du gingst, du gingst, du gingst. Ich habe sie hinuntergedrückt ins Wasser, ins Wasser. Ich war es, der sie ertränkt hat, der sie ertränkt hat. Nicht du, Gideon, mein Sohn, mein Sohn.* Ins Unendliche wiederholten sich die Worte, aber sie beschworen ein Bild herauf, das etwas anderes sagte. Er sah seine eigenen Hände auf den schmalen Schultern seiner Schwester. Er spürte, wie das Wasser sich um seine Arme schloss. Und lauter als die endlos wiederholte Behauptung seines Vaters hörte er die Schreie der Frau und des Mannes, dann das Geräusch eilender Schritte, das Knallen von Türen, die zugeschlagen wurden, und die anderen heiseren Schreie, dann das Heulen der Sirenen und die laut hervorgestoßenen Befehle der Retter, die ihre Arbeit taten, wo Rettung nicht mehr möglich war. Und alle wussten es außer den Rettern selbst, denn sie waren darauf gedrillt, nur eines zu tun: Leben zu erhalten und zurückzuholen, allen anderen zum Trotz, die das Leben auslöschen wollten.

Aber: *Um Gottes willen, ich habe es getan, ich habe es getan, ich habe es getan. Glaube mir, was ich sage, ich sage, ich sage.*

Gideon suchte verzweifelt nach einer Erinnerung, die es gestatten würde, dies zu glauben, aber immer sah er nur dasselbe Bild wie zuvor: seine Hände auf ihren Schultern und dazu jetzt noch der Anblick ihres Gesichts, ihres Mundes, der sich öffnete und schloss und öffnete und schloss, und ihres Kopfes, der langsam vor und zurück glitt.

Sein Vater behauptete, das wäre ein Traum, *denn sie hat gelebt, als du gingst, als du gingst.* Und wichtiger noch, denn: *Ich habe sie hinunter gedrückt ins Wasser, ins Wasser.*

Doch der einzige Mensch, der diese Geschichte hätte bestätigen können – war selbst tot. Und was bedeutete das? Was sagte ihm das?

Dass sie selbst die Wahrheit nicht gewusst hat, insistierte sein Vater, während er an Gideons Seite durch Wind und Regen schritt. Sie wusste sie nicht, weil ich es *nie* zugegeben habe, damals nicht, als es zählte, als ich einen anderen, weit einfacheren Weg sah, die Situation zu bereinigen. Und als ich es ihr endlich sagte –

Da hat sie dir nicht geglaubt. Sie wusste, dass ich es getan hatte. Und du hast sie getötet, um zu verhindern, dass sie mir das sagte. Sie ist tot, Dad. Sie ist tot, sie ist tot.

Ja. Richtig. Deine Mutter ist tot. Aber ich bin schuld an ihrem Tod, nicht du. Sie ist an dem zugrunde gegangen, was ich sie glauben machte und was ich sie zu akzeptieren zwang.

Und was war das, Dad, was?, fragte Gideon.

Du weißt die Antwort, erwiderte sein Vater. Ich habe sie glauben gemacht, du hättest deine Schwester getötet. Ich sagte: *Gideon war hier drinnen, hier drinnen im Badezimmer Er hat sie unter Wasser gedrückt. Ich habe ihn weggezogen von ihr, aber, mein Gott, mein Gott, Eugenie, sie war tot.* Und sie glaubte mir. Darum stimmte sie der Vereinbarung mit Katja zu, weil sie glaubte, dich damit zu retten. Vor einer Untersuchung. Vor einem Jugendgericht. Vor einer entsetzlichen Schuld, die dich dein Leben lang belasten würde. Du warst Gideon Davies! Sie wollte dich vor dem Skandal bewahren, und das habe ich ausgenützt, Gideon, um uns alle zu schützen.

Außer Katja Wolff.

Sie war damit einverstanden. Für das Geld.

Sie glaubte also, dass ich –

Ja, sie glaubte, sie glaube, sie *glaubte*. Aber sie wusste nichts. Nicht mehr als du in diesem Augenblick. Du warst nicht im Raum. Du wurdest fortgebracht, und sie wurde nach unten geholt. Deine Mutter telefonierte. Und ich war allein mit deiner Schwester. Siehst du nicht, was das bedeutet?

Aber ich erinnere mich –

Du erinnerst, was du erinnerst, weil es so geschah: Du hast sie untergetaucht. Aber sie untertauchen und hinuntergedrückt halten, das ist nicht dasselbe. Und das weißt du, Gideon. Das *weißt* du.

Aber ich erinnere mich –

Du erinnerst dich an das, was du getan hast, soweit du es getan hast. Den Rest habe ich getan. Allein ich bin all der Verbrechen schuldig, die begangen wurden. Ich bin schließlich der Mann, der seine eigene Tochter Virginia nicht in seinem Leben haben wollte.

Nein, das war Großvater.

Großvater war nur der Vorwand, den ich benutzte. Ich habe sie aus meinem Leben verbannt, Gideon. Ich habe so getan, als sei sie tot, weil ich mir ihren Tod wünschte. Vergiss das nicht. Vergiss das nie. Du weißt, was es bedeutet. Du weißt es, Gideon.

Aber Mutter... Mutter wollte mir sagen –

Eugenie hätte die Lüge fortbestehen lassen. Sie hätte dir gesagt, was ich sie seit Jahren glauben machte. Sie wollte erklären, warum sie ohne ein Wort des Abschieds gegangen war, warum sie alle Bilder deiner Schwester mitgenommen hatte, warum sie uns beinahe zwanzig Jahre lang fern blieb... Ja. Sie wollte dir sagen, was sie für die Wahrheit hielt – dass du deine Schwester ertränkt hast –, und das wollte ich nicht zulassen. Darum habe ich sie getötet, Gideon. Ich habe deine Mutter ermordet. Ich habe es für dich getan.

Und nun gibt es niemanden mehr, der mir sagen kann –

*Ich* sage es dir. Du kannst mir glauben, und du musst mir glauben. Bin ich nicht der Mann, der die Mutter seiner Kinder getötet hat? Bin ich nicht der Mann, der sie auf der Straße mit dem Auto niedergefahren, der sie überrollt, ihre Leiche weggeschafft, dann das Bild an sich genommen hat, das sie mitgenommen hatte, um dir deine Schuld vor Augen zu halten? Bin ich nicht der Mann, der danach ruhig wegfuhr und nichts empfand? Bin ich nicht der Mann, der vergnügt nach Hause fuhr zu seiner jungen Geliebten und sein Leben weiterführte, als wäre nichts gewesen? Und bin ich auf Grund all dessen nicht ein Mann, der fähig ist, ein krankes, wertloses, schwachsinniges Kind zu töten, das uns allen immer nur eine Last war und für mich der lebende Beweis meines Versagens? Bin ich nicht dieser Mann, Gideon? Bin ich nicht dieser Mann?

Die Frage schallte durch die Jahre. Sie zwang Gideon hundert Erinnerungen auf. Er sah sie flimmernd vor sich ablaufen, und jede stellte dieselbe Frage: Bin ich nicht dieser Mann?

Und er war es. Er war es. Natürlich. Er war es. Richard Davies war immer dieser Mann gewesen. Gideon erkannte es in jedem Wort, jeder Nuance und Geste seines Vaters in den vergangenen zwanzig Jahren: Richard Davies war dieser Mann.

Aber ein Eingeständnis dieser Tatsache – ein endgültiges Akzeptieren – brachte keine Spur von Absolution.

Und darum ging Gideon durch den Regen. Sein Gesicht tropfte, und sein Haar klebte an seinem Schädel. Rinnsale zogen sich wie Adern seinen Hals hinab, aber er nahm nichts wahr von der Kälte oder Feuchtigkeit. Der Weg, den er ging, erschien ihm beliebig, aber er war es nicht, auch wenn Gideon die Stelle kaum erkannte, wo die Park Lane der Oxford Street wich und wo die Orchard Street in die Baker Street mündete.

Aus dem Sumpf dessen, woran er sich erinnerte, was man ihm erzählt hatte und was er gehört hatte, erhob sich ein einziges Wort, an dem er schließlich festhielt: Akzeptanz war die einzige Möglichkeit, weil nur Akzeptanz Wiedergutmachung gestattete. Und er war derjenige, der Wiedergutmachung leisten musste, weil er als Einziger übrig war, es zu tun.

Er konnte seine Schwester nicht zum Leben erwecken, er konnte seine Mutter nicht vor der Vernichtung bewahren, er konnte Katja Wolff die zwanzig Jahre ihres Lebens nicht zurückgeben, die sie den Plänen seines Vaters geopfert hatte. Aber er konnte die Schuld dieser zwanzig Jahre bezahlen und wenigstens auf diese Art Wiedergutmachung leisten für den teuflischen Handel, den sein Vater mit ihr geschlossen hatte.

Und es gab eine Möglichkeit, die Schuld an ihr zu begleichen, durch die zugleich der Kreis all dessen, was geschehen war, sich schließen würde: vom Tod seiner Mutter bis zum Verlust seiner Musik, von Sonias Tod bis zur öffentlichen Entlarvung aller, die zu dem Haus am Kensington Square gehörten. Diese Möglichkeit materialisierte sich in den langen eleganten Bügeln, den perfekt geformten Schnecken und den schönen Schalllöchern: ein zweihundertfünfzig Jahre altes Kunstwerk von der Hand Bartolomeo Giuseppe Guarneris. Er würde die Geige verkaufen. Ganz gleich, welchen Preis sie bei einer Versteigerung erzielte, ganz gleich, wie hoch der wäre, und es würde ein astronomischer Betrag sein – er würde dieses Geld Katja Wolff geben. Und indem er diese beiden Dinge tat, würde er sein Bedauern und seinen Schmerz auf eine Weise ausdrücken, wie keine andere Handlung von ihm es ausdrücken könnte.

Mit diesen beiden Handlungen würde sich der Kreis von Verbrechen, Lügen, Schuld und Strafe durch ihn schließen lassen. Sein Leben würde danach nie wieder wie früher sein, aber es würde endlich sein eigenes Leben sein. Und das wollte er.

Gideon hatte keine Ahnung, wie spät es war, als er schließlich den Chalcot Square erreichte. Er war nass bis auf die Haut und von dem langen Marsch erschöpft. Aber durch den Plan, den er ausführen wollte, verspürte er immerhin so etwas wie einen gewissen inneren Frieden. Dennoch erschienen ihm die letzten Meter bis zum Haus endlos. Als er endlich ankam, musste er sich am Geländer der Treppe hochziehen, sank dann erschöpft gegen den Türpfosten und kramte in seiner Hosentasche nach dem Schlüssel.

Er hatte ihn nicht. Stirnrunzelnd nahm er es zur Kenntnis. Er ging den Tag noch einmal durch. Er hatte die Schlüssel eingesteckt. Er war zunächst mit dem Wagen unterwegs gewesen. Er war zu Cresswell-White gefahren und danach zur Wohnung seines Vaters, wo –

Libby, dachte er. Sie hatte den Wagen gefahren. Sie war bei ihm gewesen. Er hatte sie gebeten, ihn allein zu lassen, was sie getan hatte. Sie hatte auf seine Anweisung hin den Wagen genommen. Sie musste die Schlüssel haben.

Er wollte gerade die Treppe zu ihrer Wohnung hinunter gehen, als die Haustür aufgerissen wurde.

»Gideon«, rief Libby. »Was, zum Teufel... Mann, du bist ja total durchgeweicht. Hast du kein Taxi gekriegt? Warum hast du mich nicht angerufen? Ich wär doch gekommen... Hey, dieser Bulle hat angerufen, der neulich hier war, um mit dir zu reden, du weißt schon. Ich habe nicht abgenommen, aber er hat eine Nachricht hinterlassen, du sollst ihn zurückrufen. Ist alles...? Mensch, warum hast du mich nicht angerufen?«

Sie hielt die Tür weit geöffnet, während sie sprach, zog ihn ins Haus und schlug sie hinter ihm zu. Gideon sagte nichts. Sie fuhr fort, als hätte er ihr eine Antwort gegeben.

»Komm, Gid. Leg deinen Arm um mich. So. Wo warst du? Hast du mit deinem Dad geredet? Ist alles okay?«

Sie stiegen in den ersten Stock hinauf. Gideon wollte zum Musikzimmer, aber Libby führte ihn zur Küche.

»Du brauchst jetzt erst mal eine Tasse Tee«, erklärte sie bestimmt.»Oder eine Suppe. Oder irgend was. Setz dich. Lass mich das machen ...«

Er gab nach.

Sie plapperte weiter, hektisch. Ihr Gesicht war erhitzt. Sie sagte: »Ich hab mir gedacht, ich warte hier oben auf dich, da ich doch die Schlüssel hatte. Ich hätte natürlich auch unten bei mir warten können. Ich war auch vorhin mal unten. Aber dann hat Rock angerufen, und ich hab blöderweise abgenommen, weil ich dachte, du wärst es. Mein Gott, der ist echt so ganz anders, als ich dachte, als ich mich mit ihm zusammengetan hab. Er wollte doch tatsächlich rüberkommen. Komm, quatschen wir uns mal richtig aus, hat er gesagt. Unglaublich.«

Gideon hörte sie und hörte sie nicht. Er saß am Küchentisch, durchnässt und unruhig.

Als er Anstalten machte, aufzustehen, redete sie noch hastiger als vorher weiter. »Rock will, dass wir wieder zusammenkommen. Es ist natürlich alles totaler Quatsch, aber er hat tatsächlich gesagt: ›Hey, Lib, ich tu dir gut‹, kann man sich das vorstellen? Als hätte er in unserer tollen Ehe nicht die ganze Zeit mit allem, was die richtigen Körperteile hatte, rumgevögelt. Er hat echt gesagt: ›Wir sind gut für einander‹, woraufhin ich gesagt hab: ›Gid ist gut für mich, Rocco, wenn du's genau wissen willst. Und du bist total ätzend für mich.‹ Und das ist auch meine Überzeugung, weißt du. Du tust mir gut, Gideon. Und ich tu dir gut.«

Sie lief in der Küche umher. Sie hatte sich offenbar für Suppe entschieden, denn sie kramte jetzt im Kühlschrank, wo sie eine Dose Tomatensuppe mit Basilikum fand, die sie triumphierend präsentierte. »Und noch gut. Ich mach sie dir sofort heiß.« Sie holte einen Topf heraus und kippte die Suppe hinein. Sie stellte ihn auf den Herd und nahm einen Teller aus dem Schrank. Und immer noch plapperte sie weiter. »Weißt du, ich hab mir Folgendes überlegt. Wir könnten doch eine Weile aus London verschwinden. Du brauchst mal Erholung. Und ich brauch Urlaub. Wir könnten ein bisschen reisen. Wir könnten nach Spanien runtergurken, da ist schönes Wetter. Oder nach Italien. Wir könnten auch nach Kalifornien fliegen, dann würde ich dich mit meiner Familie bekannt machen. Ich hab ihnen von dir erzählt. Sie wissen, dass ich dich kenne. Ich mein, ich hab erzählt, dass wir zusammenleben und alles. Ich meine, na ja, so in etwa. Ich meine, nicht so in etwa erzählt, sondern dass wir eben so in etwa zusammenleben.«

Sie stellte den Teller auf den Tisch und legte einen Löffel daneben. Sie faltete eine Papierserviette zum Dreieck und sagte: »Hier«, und griff zu einem Träger ihres Overalls, der mit einer Sicherheitsnadel festgemacht war. Sie hielt die Sicherheitsnadel zwischen den Fingern, während er sie ansah, und öffnete und schloss sie unaufhörlich.

Solche Nervosität kannte er nicht an ihr. Sie machte ihn stutzig. Er betrachtete sie aufmerksam und verwundert.

»Was ist?«, fragte sie.

Er stand auf. »Ich muss mich umziehen.«

Sie sagte: »Ich hole dir frische Sachen«, und ging in Richtung Musikzimmer und zu seinem Schlafzimmer, das dahinter lag. »Was willst du anziehen? Levi's? Einen Pulli? Du hast Recht. Du musst dich dringend umziehen.« Und als er aufstand, rief sie: »Ich hol die Sachen. Warte, Gideon. Wir müssen erst noch reden. Ich muss dir erklären –« Sie brach ab. Sie schluckte so laut, dass er es hörte, obwohl er anderthalb Meter entfernt war. Es war ein Geräusch wie von einem gestrandeten Fisch, kurz bevor er den Geist aufgibt.

Gideon blickte an ihr vorbei und sah, dass im Musikzimmer kein Licht brannte. Er empfand es wie eine Warnung, obwohl er nicht hätte sagen können, weshalb. Er bemerkte jedoch, dass Libby ihm den Weg in das Zimmer versperrte, und machte einen Schritt zur Küchentür.

Libby sagte hastig: »Eines musst du wissen, Gideon, du bist für mich die absolute Nummer eins. Und ich hab mir Folgendes gedacht. Also, ich hab mir gedacht, wie kann ich ihm helfen – wie kann ich uns helfen, damit wir ein echtes Wir sein können. Denn das ist doch nicht normal, dass wir zusammen sind, aber in Wirklichkeit doch nicht zusammen, oder? Und es wäre für uns beide total gut, wenn wir – du weißt schon. Schau mal, du brauchst es, und ich brauch es auch. Ich meine, dass wir die sein können, die wir wirklich sind. Und wir sind, wer wir *sind*. Wir sind nicht das, was wir tun. Und die einzige Möglichkeit, dir, na ja, du weißt schon, dir das zu zeigen, damit du es endlich siehst und verstehst – denn

897

mein ganzes Gerede hat's ja nicht gebracht, und das weißt du selber – und darum wollte ich –«

»O Gott! Nein!« Gideon drängte sich an ihr vorbei, stieß sie mit einem unartikulierten Aufschrei zur Seite.

Er tastete nach der nächstbesten Lampe im Musikzimmer. Er knipste sie an.

Er sah es. Die Guarneri – das, was von ihr übrig war – lag neben dem Heizkörper. Ihr Hals war gebrochen, der Schallkörper zerschmettert, die Seitenwände in Stücke zerlegt. Der Steg war in der Mitte durchgeknickt, die Saiten waren um die Überreste des Halses gewickelt. Unversehrt war nur die vollkommen geformte Schnecke, elegant geschwungen, als wartete sie auf die Finger des Geigers.

Libby redete hektisch und schrill hinter ihm. Gideon hörte die Worte, aber er verstand sie nicht. «Du wirst es mir danken«, sagte sie.»Vielleicht nicht jetzt, aber später bestimmt. Das schwör ich dir. Ich hab's für dich getan. Und jetzt, wo sie endlich aus deinem Leben verschwunden ist, kannst du –«

»Niemals«, sagte er zu sich selbst.»Niemals.«

»Niemals, was?«, fragte sie, und als er sich der Geige näherte, vor ihr niederkniete, das Holz berührte, dessen Kühle sich mit der Hitze mischte, die in seine Hände strömte, sagte sie mit schallender, emphatischer Stimme:»Gideon? Hör mir zu. Es ist okay. Es wird alles gut. Ich weiß, dass du jetzt wütend bist, aber du musst doch einsehen, dass es die einzige Möglichkeit war. Du bist jetzt von ihr befreit. Du bist frei. Du kannst derjenige sein, der du bist, viel eher als der Typ, der Geige spielt. Du warst immer mehr als dieser Typ, Gideon. Und jetzt kannst du es erfahren und wissen, wie ich.«

Die Worte prasselten auf ihn ein, aber er nahm nur den Klang ihrer Stimme wahr. Und dahinter war das Brausen der Zukunft, die über ihm zusammenschlug wie eine Flutwelle, schwarz und gewaltig. Er war machtlos, als sie ihn überwältigte. Er wurde von ihr gepackt, und alles, was er wusste, reduzierte sich in diesem Moment auf einen einzigen Gedanken: Das, was er wollte und was er geplant hatte, war ihm verwehrt worden. Wieder einmal. *Wieder einmal.*

Er schrie laut:»Nein!« und»Nein!« und»Nein!« Er sprang auf.

Er hörte Libbys Aufschrei nicht, als er sich auf sie stürzte. Er prallte gegen sie, fiel mit seinem ganzen Gewicht auf sie und riss sie mit sich zu Boden.

Sie schrie:»Gideon! Gideon! Nein! Hör auf!«

Aber die Worte bedeuteten nichts, weniger als »Schall und Wahn«. Seine Hände umfassten ihre Schultern – wie damals.

Und er drückte sie nieder.

# DANKSAGUNG

Ohne die hilfreichen Beiträge einiger Menschen in den Vereinigten Staaten und England hätte ich ein Projekt dieses Umfangs in dem von mir geplanten Zeitraum nicht fertig stellen können. In England möchte ich Louise Davis, der Direktorin des Norland College, danken. Sie gab mir die Möglichkeit, Erzieherinnen in der Ausbildung zu beobachten, und sie gab mir Hintergrundinformationen über das Berufsleben ausgebildeter Kinderbetreuer. Ebenso danke ich Godfrey Carey, Q.C., Joanna Korner, Q.C., und Charlotte Bircher vom Inner Temple, die mir alle bei meinen Bemühungen, mich in der britischen Rechtsprechung zurechtzufinden, sehr geholfen haben. Dank an Schwester Mary O'Gorman vom Convent of the Assumption am Kensington Square, die mir den Zugang zum Kloster und zur Kapelle ermöglicht und mich mit zwei Jahrzehnte umfassenden Informationen über den Kensington Square versorgt hat. Dank auch an Chief Superintendent Paul Scotney von der Metropolitan Police (Belgravia Police Station), der mir polizeiliche Verfahrensweisen nahe gebracht und mir wieder einmal bewiesen hat, dass meine nachsichtigsten Leser zur britischen Polizei gehören. Ich danke auch Chief Inspector Pip Lane, der großzügigerweise stets als Verbindungsmann zwischen mir und der Polizei fungierte. Dank ferner an John Oliver und Maggie Newton vom Gefängnis Holloway für die Informationen über das Vollzugssystem in England. Ebenso danke ich Swati Gamble für die Informationen über Busfahrpläne bis hin zu Krankenhäusern mit Unfallstationen. Dank an JoAnn Goodwin von der *Daily Mail* für die Hilfe bei den Gesetzen bezüglich der Pressearbeit bei Morduntersuchungen und Prozessen. Dank an Sue Fletcher, die mir großzügig die kreative Swati Gamble ausgeliehen hat. Ich danke auch meiner Agentin Stephanie Cabot von der Agentur William Morris, die keine Herausforderung scheut.

In den Vereinigten Staaten danke ich vor allem Amy Sims von der Orange County Philharmonie, die sich die Zeit genommen hat, mich so weit in die Kunst des Geigenspiels einzuweihen, dass ich mit einer gewissen Exaktheit darüber schreiben konnte. Ich danke ebenfalls Cynthia Faisst, die mir die Möglichkeit gab, einigen Violinstunden beizuwohnen. Dank an Dr. Gordon Globus, der mein Wissen über psychogene Amnesie und therapeutische Protokolle vervollständigte. Dank auch an Dr. Tom Ruben und Dr. Robert Greenburg, die mir mit medizinischen Informationen halfen, wann immer ich sie benötigte. Danken möchte ich auch den Studenten meines Schreibseminars, die sich die ersten Teile des Romans anhörten und mir hilfreiches Feedback gaben.

Besonderen Dank schulde ich meiner großartigen Assistentin Dannielle Azoulay, ohne die ich den Rohentwurf dieses ziemlich langen Romans wohl nicht innerhalb von zehn Monaten zustande gebracht hätte. Dannielles Hilfe auf jedem Gebiet – von Recherchen bis Einkäufen – war entscheidend für mein Wohlbefinden und meine geistige Gesundheit, und ich danke ihr dafür zutiefst.

Schließlich danke ich noch, wie immer, meiner langjährigen Lektorin bei Bantam Books – Kate Miciak –, die stets die besten Fragen zu den verwickeltsten Szenen hatte. Weiterhin danke ich meinem Agenten in den Vereinigten Staaten – Robert Gottlieb von Trident Media –, der mich mit Energie und Kreativität vertritt. Dank auch an meinen Schreibkollegen Don McQuinn, der sich tapfer mit meinen Zweifeln und Ängsten herum schlug. Auch danke ich Tom McCabe, der wohlwollend den Weg für kreative Arbeit frei machte, wann immer es nötig war.

# Elizabeth George
## bei Blanvalet

### Mein ist die Rache
*Roman. 478 Seiten*

### Gott schütze dieses Haus
*Roman. 382 Seiten*

### Keiner werfe den ersten Stein
*Roman. 445 Seiten*

### Auf Ehre und Gewissen
*Roman. 468 Seiten*

### Denn bitter ist der Tod
*Roman. 478 Seiten*

### Denn keiner ist ohne Schuld
*Roman. 620 Seiten*

### Asche zu Asche
*Roman. 768 Seiten*

### Im Angesicht des Feindes
*Roman. 736 Seiten*

### Denn sie betrügt man nicht
*Roman. 768 Seiten*

### Undank ist der Väter Lohn
*Roman. 736 Seiten*

### Nie sollst du vergessen
*Roman. 912 Seiten*
Aus dem Amerikanischen von Mechtild Sandberg-Ciletti

»Hier erzählt eine Autorin mit großer Menschenkenntnis
und noch größerem Gespür für die Abgründe
hinter der Fassade des Normalen.«
*(Brigitte)*

# Ruth Rendell
bei Blanvalet

## Das Verderben
*Roman. 480 Seiten*

Eigentlich gibt es noch gar keinen richtigen Fall.
Die Meldung über zwei verschwundene junge Mädchen,
die wenige Tage später scheinbar wohlbehalten
und ohne Erklärungen wieder auftauchen, reizt lediglich
Chief Inspector Wexfords Neugier.
Nicht einmal der scharfsinnige Wexford rechnet damit,
dass diese harmlosen Vorfälle mit der Entführung
eines Babys, dem Tod eines Polizisten und dem Mord
an einem Geschäftsmann zusammenhängen.

**»Ruth Rendell ist die brillanteste Kriminalautorin
unserer Zeit.«**
*(Patricia Cornwell)*

# Danuta Reah
bei Blanvalet

## Letzter Halt
*Roman. 352 Seiten*

Auf einem Kleinstadtbahnhof in Yorkshire wird die
junge Lehrerin Deborah Sykes eines Abends unwissentlich
Zeugin eines Mordes. Kurz darauf entdeckt sie zu
ihrem Entsetzen ihr eigenes Foto auf der Titelseite einer
Zeitung – unter der Schlagzeile:»Ich sah das
Gesicht des Würgers.« Eine grausame Falle, denn der
Mörder lebt offenbar in Deborahs Umgebung.
Und er bekommt sein nächstes Opfer auf dem Silber-
tablett präsentiert...

**Nervenkitzel in feinster englischer Krimitradition:
»Ein raffinierter Plot, eine geradezu verstörende
atmosphärische Dichte und gekonnte Perspektivenwechsel
machen die Qualität dieses Debütromans – unter
anderem – aus.«**
*Oxford Times*

# Charlotte Link
bei Blanvalet

## Die Rosenzüchterin
*Roman. 608 Seiten*

Ein Geheimnis umgibt das altes Rosenzüchterhaus von
Le Variouf. Und alle Spuren scheinen in die
Vergangenheit seine Bewohnerinnen zu weisen – in die
Jahre, als die idyllische Insel Guernsey von
deutschen Truppen besetzt war.

**Dramatisch, suggestiv und spannend bis
zur letzten Seite – der neue große *Spiegel*-Bestseller der
deutschen Erfolgsautorin Charlotte Link!**

# Jeffery Deaver
bei Blanvalet

## Der Insektensammler
*Roman. 480 Seiten*

Lincoln Rhyme, der geniale gelähmte Ermittler,
will sich in North Carolina einer riskanten
Operation unterziehen. Doch kaum angekommen,
werden er und seine Assistentin Amelia Sachs in einen
spektakulären Entführungsfall involviert.
Verdächtigt wird ein sonderbarer junger Mann,
den man nur den »Insektensammler« nennt. Als das
Ermittlungsteam endlich das Versteck des Jungen
in den undurchdringlichen Sümpfen ausfindig macht,
geschieht das Unfassbare: Amelia wechselt die Fronten –
und stellt sich auf die Seite des Entführers...

**»Jeffery Deaver ist brillant!«**
*Minette Walters*

**»Der beste Autor psychologischer Thriller weit und breit.«**
*The Times*